献给为祖国的绿色事业执著奋斗的朋友们

岁月留痕

SUI YUE LIU HEN

（上）

李树明 ⊙ 著

中国林业出版社
China Forestry Publishing House

图书在版编目(CIP)数据

岁月留痕:上、中、下 / 李树明著. -- 北京:中国林业出版社,
2020.10
ISBN 978-7-5219-0826-8

Ⅰ.①岁… Ⅱ.①李… Ⅲ.①新闻报道—作品集—中
国—当代②散文集—中国—当代 Ⅳ.①I217.1

中国版本图书馆CIP数据核字(2020)第190194号

中国林业出版社·林业分社

策划、责任编辑:于界芬

出版发行	中国林业出版社	
	(100009 北京西城区德内大街刘海胡同 7 号)	
网　址	http://www.forestry.gov.cn/lycb.html	
电　话	(010) 83143542	
印　刷	中林科印文化发展(北京)有限公司	
版　次	2020 年 10 月第 1 版	
印　次	2020 年 10 月第 1 次	
开　本	700mm×1000mm　1/16	
印　张	66.25　彩插 16 面	
字　数	1200 千字	
定　价	288.00 元	

李树明

河北阳原人，1941年出生，北京师范学院（今首都师范大学前身）66届中文系毕业生。1968年6月，分配到黑龙江省伊春市上甘岭林业局任中学语文教师，后调该局教师进修学校进行中小学教师培训。1978年3月，调伊春市教育学院工作，先后任中文科教员、教研室主任、教师进修部主任、副院长等职。1986年8月，被前国家林业部调回北京参与创办《中国林业报》，任科教部主任，后兼任代理副总编辑，1990年3月，改任副总编辑。1998年该报改名为《中国绿色时报》（今名）继续任副总编辑，2000年被国家林业局党组免去副总编职务，提升为正厅级调研员，2001年12月退休。退休之后做林业系统国家级报刊的审读工作多年。

1986年10月，第一次聆听林业部杨忠部长关于办好《中国林业报》的指示

1986年11月，聆听林业部董智勇副部长介绍全国林业的情况

1987年春天，报纸试刊成功后，部分创业时期的老同志在林业部大院里合影留念

1998年秋天，在报社
的一次研讨会上

庆祝香港回归

1997年6月27日，为庆
祝香港回归全社职工
在天安门广场合影

中国林业报

1990年秋，复读本社
刚出版的报纸

1992年11月，在湖北谷城县采访长江防护林建设，不经意间被人民日报社记者蒋铎摄下了忙碌的瞬间

1991年8月，在兰州采访全
国治沙工作会议

1992年11月，在湖北兴山县一家农家的小院里聆听群众对建设长江
防护林的述求

1994年4月，在河南周口地区扶沟县采访农民种植银杏树苗

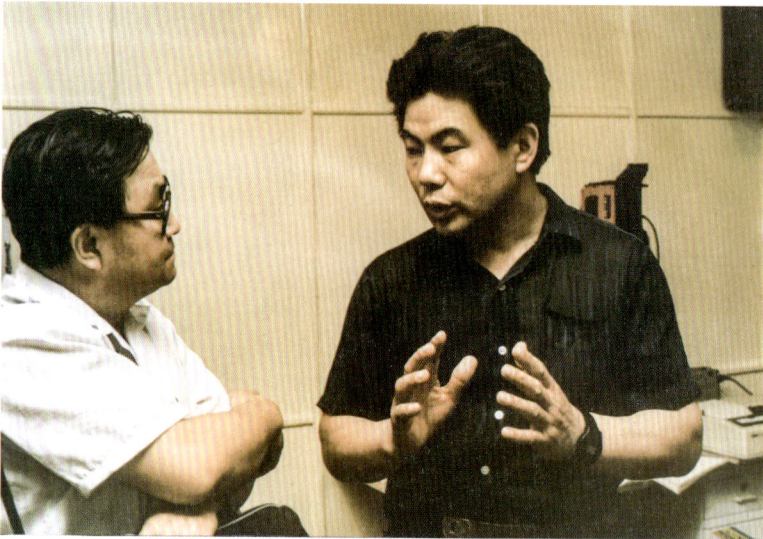

1994年8月，在东北林业大学采访植物生态学家祖无刚教授

2001年5月，赴西藏采访，在林芝地区的色季拉山和同行记者曾联盟（右），援藏干部的带头人卢昌强合影

1993年3月10日，在首都表彰绿化美化先进大会现场采访，很荣幸被安排在人大会堂主席台上就坐

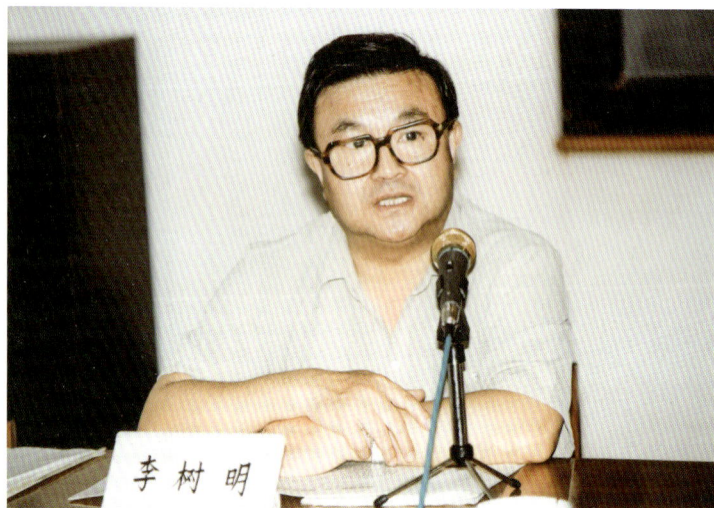

1994年7月，在河南信阳南湾林场给全国林业公安系统通讯员讲林业新闻写作

讲完课，和通讯员们一起游南湾湖

1993年10月22日，在广西北海市的北部湾大酒店会议室里，给通讯员讲林业新闻采访与写作，突然停电，点上蜡烛讲课继续

1987年4月22日，赴江阴林场第一次见到苏南竹林，与之合影

和我的同事及老学生们在一起

和我的老学生们在一起

退休后有闲暇时间，在小区内散步，歇歇脚

和老师向锦江教授在一起

和初中时期的老同学在一起

和北京师范学院预科时期的老同学在一起

和大学时期的老同学在一起

和大学时期的老同学在一起

2012年7月，邀请乡亲们到北京聚会

和老伴儿在一起

自　序

　　这是一本新闻与散文作品的自选集，是在很多朋友的帮助与推动下问世的。之所以取了一个"岁月留痕"的书名，目的是想给我的那些还不算十分蹉跎的岁月留下一点痕迹。

　　有道是，新闻是时间上的易碎品，除部分散文外，书中大多是林业报刊上的新闻作品，它们似乎已经完成了自己的历史使命，成为了过去。但是，由于珍惜它们的存在吧，便把其中还有些许价值的作品编辑起来再一次给人们讲述那些曾经发生过的故事。因为，昨天的新闻，也正是中国林业曾经有过的历史。

　　这些作品大多是有关林业与生态建设的报道，涉及植树造林、绿化祖国、防沙治沙、修复生态、保护环境、改善民生等等，以及"林家铺子"里的大事小情，所关涉的都是祖国的绿色事业。报纸是这一绿色事业的新闻载体，1987年7月1日创刊时称《中国林业报》，这报名是当时林业部的司局长们投票选择的，并曾十分郑重地迎接过这个新生婴儿的呱呱坠地。1998年，随着林业内涵的日渐丰富、报道内容的逐步扩展、办报人的认识与观念的持续提升、受众范围的不断扩大，遂更名为《中国绿色时报》，到现在已经运行超过20

个年头了。

记得，刚办报时，那是上个世纪 80 年代中期，正值改革开放的春天里，报纸还实行着铅字排版，疲惫的森工林区正在"两危"的困境中挣扎，林业在社会公众的意识里大多是干着挖坑栽树、采伐造材、护林防火等事项的经济类行业；而我们对何为"生态"、这"生态"和"林业"到底是什么关系，在理论认识上懵懵懂懂，连"可持续发展"都是颇为新鲜的词语。可是今天，这一切都发生了天翻地覆的重大变化。森工企业早已摆脱了"两危"困境，过去的采伐工一批批变成了种树人和护林人；林业的地位、肩负的使命和所发挥的作用，都得到了空前的提高并被社会认同，受到党和国家决策层领导和社会公众的普遍重视；从那时起，我国林业连续实现了森林面积和蓄积量的双增长，营造了世界上面积最大的人工林，全国森林覆盖率从 12.7% 提升到 22.96%，成为全球森林资源增长最快的国家；从"风沙紧逼北京城"到"蓝天保卫战"大见成效，从"沙逼人退"到"人进沙退"，一座座沙丘牢牢锁定，一片片沙漠化土地变成了绿洲，并带动了沙产业的崛起和发展；林业的年产值已达到几万亿元，广大林农依靠林业脱贫致富已成为不争的事实；以三北防护林工程为先导的一大批生态修复工程迅速发展，长江中上游防护林体系工程、天然林保护工程、退耕还林（草）工程等也已大见成效，建立以国家公园为主体的自然保护地体系也取得了良好成果；大数据、人工智能、航空航天技术等高新技术已在林业生产建设中得到了广泛应用，创造着无比巨大的综合效益；林业报刊早已实行了激光照排，编采工作也告别了纸与笔，电子网络平台已运行多年，并被使用得得心应手；"生态""可持续发展"这些词语都成了时报上最常见的习用词、常用语。

　　我在报社主要从事编辑工作，有时也做记者进行实地采访，这就有机会把所见所闻所思所感写成报道，随岁月流逝形成了几十万字的文稿。其中，有的是专程采访得来的，有的是偶然相遇抢到手的，也有一些是自己"蓄谋已久"经过精心策划挖掘来的。现在看来，都是曾经发生过的真实的故事，并感动过自己，也希望能感动别人。文集中，除了新闻报道以外，还有一组生态文学论稿、两篇林业文化论稿，还有一组新闻论稿，都是曾经刊登在林业报刊上或相关的文集中的。这算是我对这三个专题的研究心得。《中国沙产业开发与实践》，是我在退休后接受中国治沙与沙产业学会交办的任务而采写的 23 篇述评。河北塞罕坝机械林场是蜚声中外的建设生态林业的典型，被誉为"治理地球的中国榜样"。我曾有幸应邀赴塞罕坝林场实地采访，为林场的展览馆代笔写下了解说词，这次也把这篇解说词一并收到了文集里，以示对塞罕坝人的敬重。此外，我在退休后被国家林业局宣传中心聘请担任报刊审读员，曾对 7 种局管报刊做过 11 年的审读工作，留下了一定数量的"审读报告"和"审读手记"，也在这次编辑文集的过程中，选择了 5 组文存放进了书里，或许对从事编辑工作的人会有些许帮助；书中的"亲情友情乡情"栏目里的文章，是我退休后撰写的，它们既是我成长的记录，也是我心路历程中沉淀下来的感受，如能引起读者的共鸣，这对我将是一种幸福。

　　需要说明的是，其中有一些报道是我和我社记者共同采访、由我执笔完成的——如若有不当之处，那是我的失误；如若报道还算成功，那是我们共同拥有的。《让绿色铺满中华大地》(《中国林业报》

发刊词）是我代表报社编委会采写的，我只是执笔者，也放到了文集里，以示纪念。在这里向一切帮助过我的同事、报社的编辑记者们表示由衷的谢意！

这个文集能顺利出版，要感谢我社内的朋友邵权熙、郝育军、刘宁、刘慎元、杨玉兰等人的热心帮助，也要感谢我的朋友郭颖在整合与校对文稿上给予的热心支援，还要感谢中国林业出版社的领导，特别是刘东黎、王佳会二位先生和于界芬女士的鼎力支持。请他们接受我言轻意重的致谢！

李树明

二〇二〇年七月三十日

目　录

治沙通鉴

科技兴林

林政备忘录

让绿色铺满中华大地

——《中国林业报》发刊词

亲爱的读者，您已经看到了，《中国林业报》像一株滴翠的新苗，在林业改革的春风中破土而出了。她带着勃勃生机，呼唤着生命之绿；她将在黄与绿的角逐中奋力拼搏，让绿色铺满中华大地。

森林是陆地生态的主体，林业是国民经济的重要组成部分。发达的林业是国家富足、民族繁荣、社会文明的标志之一。可见，林业的兴衰跟您，跟我，跟一切人都有直接的关系。创办《中国林业报》旨在扩大对林业的宣传报道，推动国土绿化与林业建设事业的发展。现在把这株新苗奉献给您，愿她成为您的朋友。

我们祖国幅员辽阔，资源丰富，历史上森林面积广大。可是，在漫长的历史岁月里，由于农垦开荒，兵火战乱，乱砍滥伐，森林毁坏极其严重。中华人民共和国成立以后，经过党和人民群众、林业职工的艰苦奋斗，林业建设取得了一定的成绩。特别是党的十一届三中全会以来，随着经济改革的不断深入，林业建设出现了发展的好势头。但是由于对林业的重要性认识不足，以及近几年来林业部领导存在着严重的官僚主义，以致使林业领导工作中出现严重失误，影响了林业的发展，特别是大兴安岭特大森林火灾和南方集体林区乱砍滥伐，使我国森林造成惨重的损失。森林资源的锐减对自然生态环境造成恶劣的影响，使人们越来越清醒地认识到林业与人类的命运休戚相关，正在酝酿着种树爱树的"绿色革命"。在我国，全民义务植树运动蓬勃兴起，平原绿化日益发展，被誉为"世界生态之最"的三北防护林工程建设顺利进行。《中国林业报》在这种形势下应运而生，她将促进人们在生态危机中觉醒，为保护和创造人类生存的绿色环境而呼号呐喊：乱砍滥伐、破坏森林的时代该结束了，要开始一个全社会爱树护林、植树造林的新时代；不讲科学的旧时代该结束了，开始一个科学造林的新时代！

《中国林业报》立志和中国林业同呼吸，共命运，竭诚尽力，为使中国林业在困窘中崛起而努力奋斗。我们要坚持无产阶级的党性原则，遵从新闻规律，努力做到：宣传党和政府的政策精神深些，再深些；结合中国林业的实际紧些，再紧些；同人民群众靠得近些，再近些，让您觉得可读，可信，可爱。我们的工作需要您的帮助和支持，您是读者，也是评者，还可以是作者和严格的监督人。我们相信，在读者、作者、编者的共同努力下，这株新苗一定会随中国林业的健康发展，永葆青春的活力，茁壮成长。

金沙江林区斧锯声息　隐患尚存

刘广运副部长指出，乱砍滥伐歪风刹住后要谋求林区长治久安

本报讯　被《人民日报》两次披露乱砍滥伐森林严重的云南省金沙江林区，经过治理，现已基本平静下来。云南全省的乱砍滥伐歪风也已基本刹住。

为了杜绝木材非法流通，云南各地清理了木材市场。记者看到，一些经过充实和加强的木材检查站都在严格盘查过往车辆。省、地、县各级政府也都派出大批公安干警，昼夜巡查乡镇旅店，清查那些投机钻营的木材"老板"。山区农村活跃着一支支工作队，宣传林业各项法规，并一件一件地查处群众揭露出来的偷砍、盗伐林木案件。因地域争议而导致乱砍滥伐的地段，也已被封山。

旨在贯彻落实田纪云副总理关于坚决制止乱砍滥伐金沙江两岸森林的重要批示，由林业部副部长刘广运带领的工作组，于8月20日赶赴云南后，即深入金沙江林区，听取各方汇报，巡查乱砍滥伐的重点林区，督促案件的查处工作。工作组对云南省各级政府和领导同志认真贯

彻田纪云副总理的批示精神表示满意，但对那些尚未清除的乱砍滥伐隐患深表忧虑。希望云南省各级政府和领导同志进一步研究林区的长治久安之策，以求从根本上解决问题。刘广运副部长结束检查工作离开昆明之前，在有云南省保永康副省长和省林业厅有关领导同志参加的会议上，再一次强调，这一次被揭露出来的大案要案，一定要一件一件地查清案情，不管涉及什么人，哪一级干部，都要依法从严、从重、从快处理；按照有关文件的规定，进一步整顿木材市场和流通渠道，坚持由林业部门统一收购和经营木材，坚决取缔非法经营，彻底改变多头经营、倒卖木材的混乱状况；要确定国家、集体和个人之间的林权界线，国有林也必须颁发林权证，落实经营单位。要积极处理好林权纠纷，切实加强林政管理，充实加强林业站、木材检查站和林业公安队伍；进一步完善各级领导保护森林资源的责任制，形成制度，要坚持下去。

（刊登于 1988 年 9 月 17 日《中国林业报》一版）

乱砍滥伐已成林区社会公害

——今春以来乱砍滥伐森林情况综述与思考

今春以来，乱砍滥伐的风潮一度席卷了南部中国林区，引起了全社会的普遍关注。这股罪恶的歪风已成为我国林区社会的一大公害。

据林业公安部门统计，今年上半年共发生各类毁林案件 2 万余起，其中，广西、江西、云南、湖南、海南等省（区）严重，特大案件呈急剧上升趋势，大片大片的森林惨遭劫难，生态环境惨遭破坏，经济损失难以计数。

今春以来的乱砍滥伐较多地表现为哄抢盗伐，有以下特点：一是来势凶猛，突发性强。今年元月，云南省江边林业局发生了震惊全国的特大毁林案件，拉开了突击哄抢森林的序幕。800 多人明目张胆地哄抢国有林，一个多月里出动汽车 1085 辆次，毁掉森林 7800 多亩。广西维都林场，今年一季度被突击砍伐林木9.8万株，超过了去年全年盗伐林木的总和。二是哄抢的规模大，参与人数明显增多。数百人、上千人进山盗伐森林的事件，在一些省（区）已屡见不鲜。湖南全省上半年在查处毁林案件中打击犯罪人员共计8747人，比去年上半年增加了18%。今年6月，云南省祥云县桂花田村发生了长达26天的抢砍林木案件，全村203户村民中就有179户参与了上山抢砍，马驮人扛，男女老少一起上，形成了法难责众的局面。三是砍伐盗运的手段步步升级。盗伐者从使用刀斧发展到使用油锯，从马驮人扛已发展到大量动用汽车、拖拉机。有些地方犯罪分子盗运木材已用摩托车开道、步话机联络、持枪押运、武装冲卡，气焰十分嚣张。四是恶性案件增多，后果严重。最突出的是，今年8月19日江西省铅山县发生的大规模的盗伐森林案件。一伙暴徒抗拒检查，打死该县检察院一名副科长，打伤20多名公安干警和林政管理人员，并烧毁汽车、捣毁了派出所和干警宿舍，洗劫了公司财务，造成直接经济损失17万多元。今春以来，广西已发生上百起殴打护林员事件；云南省江边林业局的公安干警和护林人员24人先后71次被打，致重伤者9人。贵州省遵义地区的杜仲林场，是我国三大杜仲生产基地之一，由于屡遭哄抢盗伐，现在杜仲资源已不足原来的1/3，林场已难于继续经营。

乱砍滥伐、哄抢盗伐不仅严重地破坏了我国本来就少得可怜的森林资源，威胁着我们自身，特别是子孙后代的生存环境，而且也严重破坏了林区的社会安定，扰乱了正常的经济秩序。"公害"不除，林业实难振兴！

8月中旬以来，由于在中央和有关部门的督促下，各地采取了一些紧急措施，乱砍滥伐之风已基本刹住。但由于许多问题没有从根本上得到解决，乱砍滥伐森林的隐患依然存在，稍有放松，又会抬头。因此，目前的形势依然十分严峻。目前存在的较为严重的隐患之一是，如此严重的乱砍滥伐，并未引起足够的重视，有的地方甚至对此无动于衷，上面督促了才勉强采取一些措施，表现得十分被动。不少地区形成了抓一下动一下、不抓不动的局面，致使乱砍风潮时起时伏，出现周期性反复。隐患之二是，林区社会发展观念淡薄，公安林政执法力量薄弱，需要有一个较长时期的强化过程。隐患之三是，成为乱砍滥伐借口的林权争议问题，虽几经努力解决了上百万起，但仍大量存在，随时还会发生再度乱砍和哄抢。这些重大隐患不消除，保护好现有的森林资源，实现林区社会的长治久安是很困难的。

大森林养育了我们，并维护着已经十分脆弱生态环境的安全，我们应该热爱这难得的绿色，珍惜大森林。我们毁坏了大森林，大自然也必将更无情地报复并惩罚我们。隐患必须消除，毁林的公害必须迅速治理，执迷不悟的砍伐者必须给予应有的惩罚！

（刊登于 1988 年 10 月 22 日《中国林业报》第三版）

乱砍风潮背后到底隐藏着什么？

面对大森林的劫难，人们忧心忡忡，都在思考它产生的原因，寻求根治它的办法。

为什么乱砍滥伐森林屡禁不止？为什么中央［1987］20 号文件不能贯彻到底？在乱砍滥伐背后到底隐藏着什么？

木材流通领域混乱是诱发乱砍滥伐森林的一个直接原因。表现之一是对木材的多头经营。南方集体林区出现了包括部队、机关、学校在内的各行各业普遍经营木材的混乱局面。仅云南省丽江县就有 161 家木材经营单位，其中 94.4% 是非林业单位。表现之二是多家进山收购木材。近几年来，在南方林区木材贩子"满天飞"，他们非法进山收购木材，诱发农民上山盗砍林木。表现之三是黑市交易猖獗。今年 8 月中旬以前，云南大公路沿线到处是木材市场，除私人非法倒卖木材而外，各种官办公司也都在"吃木头"，哄抢盗伐的林木可以通过各种渠道迅速流入官办公司，销赃极快。

乱砍滥伐屡禁不止也有领导干部的责任。湖南省郴州地区近两年查出 80 多起毁林案件，其中有 2 起因与领导干部有关而不了了之。海南省东方县在处理尖峰岭林区毁林案件中，竟然把秉公执法的县林业公安局局长调离公安岗位，让乱砍滥伐森林的直接责任者顶替其职。很多林业企业的干部急功近利，"乱批条子，乱开口子"，使超限额采伐屡禁不止。前不久，一位省级领导干部公然要冲破山林管护的"禁区"，提出"向山上要资金"的口号，竟然提倡砍树致富。

林政管理力量薄弱，政策贯彻不力，执法不严。据调查，南方集体林区应建区乡林业工作站的 40% 没有完成建站工作；已建立起来的林业工作站，因人员、设备不足一半以上有名无实。大部分省区"三定"工作做得不细，致使山林权属界限不清，这些大大小小的林权纠纷往往成为哄抢盗伐森林的借口。有的司法机关对毁林犯罪熟视无睹，或以罚代法、重罪轻判，或久拖不决，不了了之，有的甚至处置不公，只抓穿"草鞋"的，不抓穿"皮鞋"的。

产生乱砍滥伐森林最根本的原因是我国社会木材供需矛盾过于尖锐，森林资源管理又严重失控，林区群众脱贫致富，地方政府增加财政收入，森工企业维系生存、谋求发展，社会上利欲熏心之徒拼命追逐财富，一股脑地都在大森林上打主意，穷凶极恶地掠夺绿色资源。在乱砍滥伐风潮的背后隐藏着的是强烈的经济利益矛盾。就近几年的情况看，木材价格与市场放开之后，改革与管理的配套措施没有落到实处，使木材这一紧缺的生产、生活资料一下变成了极其走俏的商品，越发刺激了人们的占有心理，于是诱使不法之徒疯狂地扑向大森林哄抢乱砍起来，造成了愈演愈烈的可怕情景。

产生乱砍滥伐森林的原因如此复杂，光靠严刑峻法、一般性的教育宣传、有限的护林员看山，以及一把手抓，恐怕难以从根本上解决问题，必须动员全社会的力量加强综合治理，真正按照党的十一届三中全会的精神下大气力治理林区的经济环境，整顿林区的经济秩序，进一步深化林业改革。实践证明，放开木材市场后山上很难管严，只能引发和加剧乱砍滥伐。为制止乱砍滥伐，必须限制多头经营木材，任意倒买倒卖；必须稳定木材价格，维护林农利益，保护森林资源；现阶段国家对木材必须实行专营，否则，就算给林政管理与林业公安机构再增加数倍力量，四处敞开的"绿色仓库"也难以守卫好。

今年我国大面积的水旱灾害就是大自然对乱砍滥伐森林的惩罚。如果让乱砍滥伐森林的歪风继续发展下去，孟加拉国的大水就是前车之鉴。如果我们无力解决这个问题，在可预见的将来，必将承受更大的惩罚。

（刊登于 1988 年 10 月 29 日《中国林业报》一版）

祝光耀听取全国资源林政管理工作汇报时强调

资源林政管理工作要抓细抓实

本报讯　祝光耀副部长在听取全国资源林政管理工作研讨班汇报时提出，1994 年资源林政管理工作必须做到：坚持森林资源全额管理、限额采伐制度不能动摇；坚持木材流通领域的检查监督、凭证运输制度和重点产材县由林业部门一家收购木材的制度不能动摇；坚持合法经营和加工利用木材、由林业主管部门审核发放木材经营加工许可证的制度不能动摇；坚持林业主管部门管理、监督林地资源，审核征、占用林地的制度不能动摇；坚持实行森林资源消长目标管理，领导任期发展、保护森林资源目标责任制不能动摇。要发挥林业行业依法治林的表率作用，提高林业职工的林业政策水平和法治意识；发挥林政执法队伍的骨干作用，提高基本骨干队伍的政治素质和业务水平；发挥林业部门的行业管理作用，提高为生产服务、为林农服务的工作水平，努力完善"一限""二站""三证"和"四项制度"，加强队伍建设，加强法制建设，立足本职岗位，真抓实干。

全国资源林政管理工作研讨班是由林业部资源和林政管理司举办的，来自全国各省（区、市）主管资源林政管理工作的领导、部属林业调查规划设计单位的领导，以及重点县市林业局长参加了研讨班。

祝光耀对 1994 年资源林政管理工作提出了 8 个方面的要求：

一、稳定队伍，提高素质，进一步加强廉政和作风建设。首先要把现有机构、队伍稳定住，妥善解决好林政管理和执法人员的工作和生活困难；其次要坚持一级抓一级，进一步抓紧抓好资源和林政管理人员的业务培训，提高队伍的整体素质；同时，还要特别重视林政执法人员的思想政治教育，弘扬行业精神，树立行业新风。今后，凡具有林业行政执法权的单位，不得直接或间接地参与木材经营活动。

二、加强法制建设，坚持依法治林。部里要在修改《森林法》的同时，抓紧制定、修改和颁布相关配套的林业法规；各省（区、市）林业主管部门也要结合本地情况和工作的实际需要，制定和完善有关的地方法规，并报请同级人大、政府批准实施，使资源林政管理工作尽快纳入规范化、法制化轨道。

三、坚持凭证采伐和森林资源采伐消耗全额管理制度，抓好"九五"期间森林采伐限额的编制工作。要采取果断措施，刹住乱砍滥伐歪风，遏制超限额采伐的现象发生和蔓延。要坚持管好"源头"，不断完善凭证采伐管理制度。各地要把编制"九五"限额采伐当作一件大事来抓，组成专门工作班子，扎扎实实地抓好这项工作。

四、依法强化林地保护管理工作。要在贯彻落实《林地管理暂行办法》的基础上，抓紧制定并实施地方法规。要坚持对林地征、占用审核制度，对大中型建设项目征、占用林地审核率要达到 100%。

五、要坚持凭证运输木材制度，做到领证有登记，回收有审查；东北、内蒙古国有林区各林业（森工）主管部门要积极做好工作，杜绝企业内部专用线外运无证木材的现象。要加强木材检查站建设，依法监督木材运输，制止非法木材进入流通领域。各级林业主管部门要主动争取工商、税务、物价、公安等有关部门的配合，对木材经营、加工单位进行全面清理整顿，坚决取缔非法经营。

六、抓好森林资源监测的基础工作，建立和完善地方森林资源监测体系。

七、加强森林经营方案的管理，提高科学经营森林的水平。

八、要进一步完善执法程序，规范执法行为，抓紧抓好林业执法工作。对"窗口"单位的执法情况，要不定期地进行检查，促进依法行政、文明执法，提高林业行政执法水平和执法效果。

"三北"造林 11 年人工林保存面积 1.1 亿亩

"三北"工程是党的十一届三中全会以来
我国林业建设成就的突出标志

本报讯　记者在 9 月 18 日林业部召开的"三北"防护林体系建设成果新闻发布会上获悉：举世瞩目的"三北"防护林体系工程建设，在 1978 年至 1988 年的 11 年间人工造林总面积 13885 万亩，人工造林保存面积为 11130.5 万亩，保存率为 80.16%。

"三北"防护林体系工程建设是我国规模宏大的生态建设工程，是党中央、国务院 1978 年决定兴建的。这项工程建设总体规划横跨我国西北、华北北部、东北西部，包括陕西、甘肃、宁夏、青海、新疆、山西、河北、北京、天津、内蒙古、辽宁、吉林、黑龙江共计 13 个省(自治区、直辖市)的 551 个县(旗、市、区)，这个范围总面积达 406.9 万平方公里。规划在这个区域，营造以防风固沙、水土保持和农田防护为主要目的的防护林体系，构成我国北方的一道生态屏障。整个工程按照先易后难、由近及远、突出重点、分段分期实施的原则进行。第一阶段由 1978 年至 2000 年，分三期工程(1978~1985 年为第一期，1986~1995 年为第二期，1996~2000 年为第三期)，共规划造林 3.27 亿亩。

目前，1978~1985 年历时 8 年的第一期工程已经结束，自 1986 年开始第二期工程正在建设中。"三北"地区各级政府带领人民群众在自然环境极其严酷的条件下大力植树造林，1978~1988 年 11 年间，共完成人工造林 13885 万亩。社会各方面对多年来"三北"防护林体系建设的实际成果都十分关心，为了回答这个问题，也为了检验"三北"防护林体系工程建设所采取的经济政策和技术措施取得的实际效果，以便为今后提高和完善这一工程建设提供科学依据，在国家计委的专门安排下，由林业部组织力量，对"三北"防护林地区进行了一次森林资源调查工作，重点是查清核实1978~1988年11年间累计完成人工造林的保存情况。

这次调查工作，从1990年3月至1991年3月，历时1年零1个月。调查范围涉及整个"三北"防护林体系建设区域。参加人员共1453人。调查依据数理统计原理，采用两阶抽样的方法，即当前国际上通用的先进的森林资源调查办法，调查的资料准确可靠。

调查结果是：第一期工程8年造林面积9002.4万亩，保存面积为6886.7万亩，保存率为76.5%。第二期3年造林面积为4882.6万亩，保存未成林造林地面积为4243.8万亩，保存率为86.92%。合计11年共造林13885万亩，保存面积11130.5万亩，保存率为80.16%。

从这次调查的结果可以看出，11年来"三北"防护林体系工程建设的成果是明显的，人工造林的保存率是比较高的。通过11年的建设，已初步取得明显的生态效益、经济效益和社会效益。1.65亿亩农田，实现了林网化保护，粮食产量增加10%至30%；1.34亿亩荒漠和半荒漠草原得到了保护和恢复，产草量增加20%以上；已有1.1亿亩水土流失面积得到初步治理，年输入黄河的泥沙量约减少10%；初步治理和控制风沙危害面积1亿多亩。可以预见，随着时间的推移，"三北"防护林体系将发挥出更为巨大的作用。

国务院副总理田纪云前不久在林业部《关于"三北"防护林体系建设成果的调查报告》上批示："'三北'防护林建设成绩很大，经验不少，值得认真总结、提倡与推广。"

林业部部长高德占在新闻发布会上通报"三北"防护林体系建设成果时说，"三北"防护林体系工程，无论从建设速度、规模还是从成效方面来说，都可以称为世界上有名的生态建设工程。"三北"防护林体系建设取得令人瞩目的成绩，是党的十一届三中全会以来我国林业建设成就的突出标志。"三北"防护林体系建设能取得的如此巨大成就，从根本上说，就是在中国共产党的领导下，充分发挥社会主义制度的优越性，发扬党的优良传统和作风，从我国的国情和林情出发，按照林业的自然规律和经济规律办事，走有中国特色林业建设道路。其主要经验有以下五点。

第一，依靠广大人民群众，调动各方面的积极性，实行全社会办林业，全民搞绿化。各行各业、各部门、各单位，按照"统一规划，分工负责，各尽其责，各付其费，各受其益，限期完成"的原则，团结奋斗，共建绿色长城。11年来，广大群众对"三北"防护林工程建设已投劳11亿多任务日，充分显示了蕴藏在群众中的建设社会主义林业的积极性和巨大力量。

第二，发扬自力更生、艰苦奋斗精神，实行"群众投劳，多方集资，国家补助"的造林资金投入机制。在建设中坚持以群众投工投劳为主、国家补助为辅，靠艰苦奋斗精神，大力植树造林。在"三北"防护林建设中，普遍建立植树造林劳动积累工、义务工制度。同时，坚持多渠道、多形式筹集造林绿化资金，发动全社会的力量，支持防护林建设。

第三，坚持经济效益、生态效益和社会效益的统一，实行多林种、多树种相结合，林业和多种经营相结合。在"三北"防护林体系建设中注意做到长短结合、以短养长。从规划设计到造林施工，既重点强调发挥防护林的生态效益，又充分考虑防护林建设同当地群众脱贫致富相结合。11年来，除营造了8000多万亩防护林外，还营造了近3500万亩用材林、900多万亩经济林和1100多万亩薪炭林。与此同时，还广泛开展多种经营，年产值达4亿多元，做到以副养林，以工补林，使群众从多种经营中有所收益，增强了自我积累和自我发展能力，保证了广大群众建设防护林持久的积极性和经济承受能力。

第四，重视科学技术和科学管理，实行"科技兴林"。在建设中坚持因地制宜、因害设防的原则，实行多林种、多树种，乔灌草、带网片相结合。在造林方式上，从实际出发，既大力开展人工造林，又积极抓好封山封沙育林育草和飞机播种造林种草。在工程建设中，重视造林质量和抚育管护，强调科学管理，严格执行技术规程。并且结合"三北"地区的实际，大力推广先进适用技术。

第五，加强领导，真抓实干，实行各种行之有效的责任制。"三北"地区各省区的党政领导，对这项工程建设从一开始就十分重视，把建设好防护林体系作为改变自然面貌、振兴当地经济的一件大事来抓，并列入各级党委和政府的重要议事日程。各地都认真建立并严格执行各级领导任期防护林建设目标责任制，并从五个方面加以具体落实。一是认真搞好本地区的建设规划，确定各自的建设目标和任务；二是层层分解任务，层层签订责任状；三是各级领导带头办防护林建设示范点，以点带面；四是及时研究解决防护林建设的困难和问题；五是坚持考核，严明奖惩。

高德占指出，"三北"防护林体系工程建设，为我国林业生产建设提供的这些宝贵经验，对我国今后的林业发展具有重要的指导意义。

高德占在全国林业科技工作会议上强调

要把林业发展转移到依靠科技进步和提高劳动者素质的轨道上来

本报讯　11月21日，林业部部长高德占在全国林业科技工作会议结束时作了总结讲话。他在讲话中强调，要充分认识科技是第一生产力，要把林业发展转移到依靠科技进步和提高劳动者素质的轨道上来，推动科技兴林再上新水平。

围绕这一中心，高德占重点讲了五个问题。

一、实行"四位一体"促成果转化的运行机制，是抓好科技兴林的关键。他说，目前林业建设任务很重，而资金又很短缺，要解决这个矛盾就必须充分依靠科技进步，走"投入少、见效快、效益高"的路子，要促进科技成果的转化。随着林业改革的不断深化，科技面向生产和生产依靠科技的自觉性在不断提高。但是，仅有这两方面的自觉性是不够的，要把生产和科技紧密地结合起来，必须有一个促进的机制；从我国林业的实际出发，还必须充分发挥计划的导向、调控作用和资金的保障作用。因此，就要实行计划、财务、生产、科技"四位一体"促进科技成果转化的新的运行机制，这是科技兴林的关键。高德占指出，实行这一新机制是林业工作的一项重大改革，也是促进林业科技成果向现实生产力转化的必由之路。实行这一新体制的目的，就是要扎扎实实地提高科技成果的转化率和科技成果在适宜地区的覆盖率，增加生产建设项目中的科技含量，增加科技推广的资金投入。为保证这一新机制的有效实施，高德占要求，首先要抓好科技成果的鉴定工作。他说，这是成果转化的源头。今后搞成果鉴定，科技、生产、计划、财务等部门要共同参加，要在鉴定的同时为成果找好出路。这样做，既能促进科技成果的转化，又能促进科技水平的提高。其次，各级林业部门对不同性质、不同层次、不同阶段上的科研项目，在鉴定时要从实际出发，做出不同层次的妥善安排。从明年起，对鉴定以后的项目不能再积压。第三，对过去鉴定了的项目，要进行清理，然后纳入"四位一体"的运行机制促进成果转化，让它们在生产建设中发挥作用。第四，在抓好科技推广的同时，要下大气力抓好科技项目的攻关，增强科技发展的后劲。第五，各省要从实际出发，从现在起对那些影响面大、效益好的项目进行大面积推广，形成一个促进成果转化的良好环境。明年，各省都要制定重点技术推广计划。

二、科技兴林要着眼于发展林业产业。高德占说，从森林资源的多样性出发，决定了林业是一个包括造林、营林、采伐运输、林产工业和多种经营在内的综合性产业部门。我们要把林业办成一个产业，只有这样，林业发展才有活力。要把林业办成产业，科技工作要走在前面，要展宽视野，努力工作，为林业产业的发展创造足够的先进科技成果，为林业产业提供发展的潜力和后劲。

三、要扎扎实实地开展全行业的培训活动。高德占说，科技是第一生产力，要把林业发展转移到依靠科技进步和提高劳动者素质的轨道上来，提高林业劳动者素质有关键性的意义。切实抓好这项工作，尤其要集中力量抓好技术培训。全行业的培训是多层次、全方位的。所谓多层次，就要层层培训，要一级抓一级地搞；所谓全方位，就是要按系统开展培训。明年，要做出妥善安排，把力量重点放在培训工作上。

四、要加快建设强有力的科技推广体系。高德占说，科技推广工作是一个工作量很大、涉及面很广的系统工程，必须建立体系，形成网络。省、地、县、乡都要抓推广工作。明年，各级林业推广站都要边建设、边抓好这项工作。工作抓不好的，在资金上不给予支持。县级科技推广站重点应该抓推广，省级也要抓关键性项目的推广。推广工作是一项硬任务，必须有项目，有目标，有检查和考核。有的技术推广项目可以搞承包，提倡结合成果推广，组织科技人员下基层进行技术咨询、技术指导和技术服务。县级林业科技推广站的建设要根据自身的实际而定，不搞"一刀切"，总的原则是，要做到精干、集中。乡一级不要再建林业科技推广站，林业工作站就是科技推广站，要抓科技推广工作。

五、各级林业主管部门、各企事业单位的一把手要重视抓第一生产力。高部长说，科技工作是关系到林业全局的大事，一把手抓第一生产力就是在抓全局。抓科技成果推广要"四位一体"促转化，一把手如不加以综合、协调就很难做到。因此，一把手抓第一生产力，这是个具有战略性、方向性的重大问题。领导重视科技工作主要表现在三个方面：一是认识到位，真正把科学技术看做是第一生产力；二是工作到位，在安排、部署工作和确定项目时，真正注意提高科技的含量；三是条件到位，及时研究并解决科技工作和成果转化工作中的问题和困难。一把手重视了，科技工作就好抓了。

高德占在部办公会议上指出

要把林业宣传工作的水平再提高一步

本报讯 "要促进林业工作再上一个新台阶，作为林业'第一道工序'的宣传工作，首先要上新台阶。我们不能满足于已经取得的成绩，要下大气力把林业宣传工作的水平再提高一步。"这是高德占部长5月16日在林业部第18次办公会议上强调指出的。

这次办公会议专题研究了宣传工作。高德占在听取有关人员汇报后，着重讲了四点意见。

首先，要由阶段性宣传向经常化宣传转变，使林业宣传高潮迭起。他说，衡量宣传工作水平有许多标志，其中最重要的是，要看宣传工作是否做到了经常化。一定要克服那种阶段性抓宣传的做法，所有的宣传项目要尽可能地超前安排，要做到常抓不懈，常抓常新，高潮迭起。

其次，要拓宽宣传面，提高宣传质量，在宣传的广度和深度上下功夫。他说，要宣传林业，要让各方面和全社会了解林业，重视林业，支持林业，就要充分利用报纸、广播、电视以及其它形式，多渠道、多层次地广泛进行宣传。要请高层次的专家、学者来撰写文章，要宣传多方面、各种层次的典型，这样才有说服力。要发理论性文章，要把道理讲深讲透；要宣传先进人物，就要有动人的事迹；要抓典型，就要有代表性和示范性。这样，让领导说话，让专家说话，让群众说话，让典型说话，让我们的宣传有很强的说服力，才能收到好的宣传效果。

第三，要加强面上的宣传工作。他说，整个林业系统都要重视宣传工作。今后，看一个地方林业工作搞得好坏，不仅要看采种育苗、植树造林、抚育管护、木材生产、林产工业等，而且还要看林业宣传工作抓得如何。这是因为，宣传工作不仅决定了动员和组织千百万人民群众投入造林绿化事业的效果，而且极大地影响着各级领导对林业工作重视的程度。因此，部里的主管部门一定要加强对面上宣传工作的督促和指导，要建立起相对稳定又能发挥积极作用的信息网络，搞好组织协调，保证信息渠道的畅通。

高德占最后强调，宣传工作是发动组织工作，这种工作最重要的就是要讲求实效。我们提倡林业宣传工作要讲求社会效果。要扎扎实实地做到传实情、讲实话、办实事、求实效。搞宣传工作的同志首先要有好的思想作风和精神面貌。

高德占在森林资源监督工作会议上要求

监督专员办事处的工作要进入正式运行阶段

本报讯　8月30日，林业部召开部长办公会议，讨论研究了《关于加强森林资源监督工作若干问题的决定》。高德占部长在会议上作了重要讲话，他在讲话中要求，森林资源监督专员办事处的工作要从试运行阶段进入正式运行阶段。

高德占指出，这次会议是资源管理工作的一个重要的转折点。过去两年来，在森林资源监督方面做了大量的工作，摸索出了许多很好的经验。但是，从总体上看，这两年还只是试运行阶段。当前森林资源监督工作还有不少薄弱环节，还需进一步提高认识，端正态度，通过这次会议，努力实现资源监督工作的规范化、制度化，把这项工作再向前推进一大步。他要求，这次会议以后，森林资源监督专员办事处的工作要从试运行阶段进入正式运行阶段。

高德占强调指出，森林资源监督工作的基础是被监督单位自觉地加强管理。他说，我们要树立这样的观点：监督工作与被监督单位的工作，目标是一致的，都是为了增加森林资源，增强林业发展的活力，这两方面的工作是相辅相成、互相促进的。监督工作，实际上是一种约束机制，也是一种激励机制，这和被监督单位的管理工作是对立的统一。因此，我们强调要主动配合，密切协作，发扬我们党的优良传统和作风，同心同德，团结一致，把资源监督工作做好。从另一角度看，国家对一些重要行业中的重点问题进行系统的监督，这是加强行业管理的重要内容。因此，不能为监督而监督，要通过卓有成效的监督去促进和帮助被监督单位加强管理。从这一认识出发，高德占要求：内蒙古自治区、吉林省、黑龙江省林业部门、大兴安岭林业公司和各级有森林资源的被监督单位，都不能消极地等待监督，而要积极地从自身做起，自觉地加强对森林资源管理。

高德占从党性原则出发突出地强调了资源监督工作要坚持高度的原则性。他说，监督工作是从更高的层次上来检查森林资源的状况，是对被监督单位的检查、监督。从这一特点出发，要做好监督工作就必须坚持高度的原则性。这样做，是基于对党的事业高度的责任心，也是坚持全心全意为人民服务这一宗旨的具体体现。他说，监督者与被监督者之间的关系，是共同事业的两种不同的分工，因此，做好监督工作必须要有高度的原则性。在监督工作中能够坚持高度的原则性，就是对党和人民的事业高度负责；丧失了这种原则性，就是失职。

高德占明确要求，森林资源监督专员办事处的工作要做到规范化、制度化。他说，在监督工作的试运行阶段虽然取得了一定的成绩，但也存在一些问题，主要是监督得不深入，没有做到规范化和制度化。这就要讲求科学，要依据国家编委规定的监督人员的主要职责，对监督程序和监督内容加以严格规范，形成切实的工作制度。

高德占对森林资源监督工作的内容作了深入的分析，提出了分两步到位的要求。他说，森林资源监督专员办事处的工作重点就是监督驻在地的林木、林地和林政管理。其中林政管理也是为了增加森林资源，控制不合理的消耗。所以，资源监督工作的重点就是监督林木和林地。林木和林地都有消长问题，为此，我们的资源监督工作可以实行两步到位：从现在起到明年上半年先实现对林木与林地消耗监督工作的规范化和制度化；明年下半年以后再把林木与林地增长的这一部分加以落实。

高德占指出，当前资源监督工作的重点是监督林木和林地的消耗，这不仅要监督林木和林地消耗的数量，而且要监督消耗的结构以及消耗的合理性。高德占明确提出，明年要通过资源监督大力降低东北、内蒙古国有林区森林资源的消耗，通过卓有成效的工作加强资源管理，提高资源利用率、全树利用率，提高伐区作业质量，大搞改灶节柴，切实把资源消耗降下来。他说，要重视对林地消耗的监督，今后凡动用林地都要记账，凡是账外消耗的一律以非法占用论处，要追究责任。总之，明年要在监督、控制森林资源消耗上取得突破性进展。

最后，高德占阐述了建立严格的责任制、理顺管理体制的问题。他说，首先要明确，对国有森林资源的管理，要根据国务院的指示和过去的规定，坚持对国家负责，实行上管一级；从我国的实际情况出发，森林资源监督体系还要实行双重领导。其次，资源监督工作有自己的系统性，但是，又不能脱离驻在单位的领导自成体系。第三，部里派出的资源监督机构(各级监督机构也一样)工作的重点是监督森林资源，因此，与此有关的事务要参与，但是，监督专员(各级监督员也一样)不能参与被监督单位的具体管理工作。第四，因为监督工作与被监督单位的工作，是同一目标的两种不同分工，所以，不能为监督而监督，派出的监督机构对驻在单位既要监督，又要热情地给以帮助。要建立严格的责任制，要理顺管理体制，在资源监督工作的实践中一定要处理好上述四种关系。他勉励大家，一定要以对党和人民事业高度负责的精神，同心同德，团结一致，做好资源监督工作，进一步开创森林资源管理工作的新局面。

高德占最近再一次强调

要像抓森林防火那样抓好森林
病虫害防治工作

　　本报讯　7月15日，高德占部长在听取黑龙江大兴安岭林区森林病虫害发生及防治情况汇报时再一次强调，要像抓森林防火那样抓好森林病虫害防治工作。他要求，大兴安岭林业公司和有关部门，要以对党和人民的事业高度负责的精神，集中全力，尽快把虫害控制住。

　　去年6月，在黑龙江省大兴安岭林区发现大面积落叶松毛虫害以后，引起了各级领导和广大林业科技工作者的重视。国务院、林业部多次作出灭虫指示，并先后两次派工作组赶赴灾区进行调查，指导防治工作。黑龙江省各级政府、大兴安岭林业公司专门作出部署，当地干部、群众已采取积极措施，经过去秋今春防治取得了较好的效果。但是，由于虫害发生面积过大，防治任务很重，现有防治能力有限，因此，迅速控制虫灾还需要做大量艰苦的工作。

　　高德占在听取汇报后，充分肯定了前一阶段防治工作取得的成绩，并对虫害灾区的干部、群众以及参与防治工作的所有科技人员表示慰问和感谢。

　　高德占再一次强调森林病虫害防治工作的紧迫性和极端重要性。他说，我们一再强调：发展林业要"加快培育、加强保护、强化管理、合理利用"四管齐下，做到发展、保护和利用相统一。这就是说，抓森林保护和抓造林抚育同样重要。在某种意义上讲，抓森林保护就是抓造林。在森林保护方面，"三防"同等重要，因此，一定要像抓森林防火那样抓好森林病虫害防治工作。

　　高德占指出，抓森林病虫害防治工作一定要坚持"预防为主、综合治理"的方针。这和森林防火一样，对森林防火我们强调"打早、打小、打了"，对森林病虫害我们也要强调"治早、治小、治了"。这次大兴安岭林区森林虫害之所以能蔓延成灾，就是因为发现得比较晚，预防不力。这个教训我们一定要很好地记取。他说，要切实加强森林病虫害防治工作，就要尽快地建立健全检疫、监测、防治体系，三者之间是密切相关、缺一不可的。与森林防火相比，防治森林病虫害还是一个薄弱环节，因此，一定要有紧迫感，要像对待森林防火那样抓紧森林病虫害防治工作，一刻也不能放松。

高德占对大兴安岭的灭虫救灾工作提出了五点要求：

一、大兴安岭林业公司要立即采取紧急措施，加强检疫、监测、防治体系的建设。目前防治人员太少，要大力扩充人员，加强防治力量；所有防治人员都要尽职尽责，像扑火那样投入灭虫救灾工作。

二、要进一步加强虫情监测。目前所设置的150块固定标准地数量不足，还要再大幅度增加。要按科学要求选择好地块，实行定位、定时、定人监测。

三、防治经费支出按救灾处理，但要单项列支，精打细算，讲求效益，防治工作结束后，要进行专项审计。

四、防治工作既要有科学的态度，又要积极主动往前赶。因此，对秋防工作要高度重视，经过专家论证，认真听取各方面的意见，选出最佳方案，一定要把这一战役打好。

五、在灭虫的过程中，要尽可能保护好生态环境。因此，要尽量采用生物防治措施，尽可能少用化学药剂，化学药剂中主要应考虑用菊酯类农药，也可以使用混合防治措施。

高德占部长号召广大科技工作者都来研究落叶松毛虫的防治问题，为大兴安岭灭虫救灾献策出力。

高德占倾听专家意见共商森保良策

本报讯　继前不久会见在京出席林业造纸项目论证审查会议的专家之后，本着尊重科学，发扬民主，广泛听取专家意见，做好林业工作这一思路，高德占部长在 6 月 17 日上午与有关司局长一起先后会见了刘玉壶、穆家修等专家。在座谈中，高德占认真听取了专家们关于保护森林生态环境、森林防火和森林病虫害防治等方面的意见和建议，并根据专家的建议就解决有关问题做出具体安排。

刘玉壶先生是新中国第一任林业部长梁希教授的学生，著名的植物生态学家，现任中科院华南植物研究所的研究员。刘老虽已 73 岁高龄，但神情矍铄，谈锋颇健，非常关心我国林业事业的发展。他向高部长倾心讲述了对林业重要地位的认识，对恢复西北的生态环境，保护华南原始林和珍稀植物的意见。

高德占认真听取了刘老的意见后，高度赞扬了他渊博的学识和献身林业事业的可贵精神。他说，你认为林业的发展是国家兴衰之所系，森林是生物多样性的主体，这实在是真知灼见。确如你所说的，保护生物物种的多样性是关系到现在与将来，关系到子孙后代，关系到人类与世界的大事。高德占非常称赞刘老提出的"立足秦巴，整治黄土（高原），恢复大西北生态环境"的主张，并说，我们搞"三北"防护林体系建设工程，就是要把被破坏了的"三北"地区的生态环境恢复并发展起来；今后，"三北"防护林体系建设也要注意遵循生物多样性的原则来搞。

在座谈中，高德占向刘老介绍了我国正在建设的速生丰产用材林基地和四大防护林体系以及人工林建设的情况，刘老一迭连声地赞扬说："很好！太好了！这样搞是很正确、很有必要的。"

在谈到保护华南地区热带、亚热带森林时，高德占说，刘老的建议很好，华南地区已有的原始林自然保护区要进一步扩大范围，今后这一地区的原始森林就是不许砍伐，一定要保护好这里的珍稀物种，保护好这个宝贵的生物基因库。他说，对森林资源要保护，对植物物种的多样性更要认真地加以保护。

高德占根据刘玉壶先生的建议，提出要组建一个专家咨询组，就如何把我国南方植物物种多样性的保护当做一个工程来抓的问题，进行前期咨询。刘老兴奋地说，我毛遂自荐担当顾问！

送走刘玉壶先生后，高德占部长又会见了吉林省气象研究所所长、高级工程师穆家修同志，认真听取了他对扑救森林火灾和防治大兴安岭森林病虫害的意见和建议。高德占赞扬了穆家修同志从气象学角度积极参与林业科研的精神，充分肯定了他们研究所利用遥感技术监测大兴安岭地区森林虫害所取得的成果。

在谈到森林防火时，高部长强调说，森林防火一定要坚持预防为主的方针，抓预防什么时候都不能放松。我们也希望专家们努力研究，运用数学模型为扑火指挥提供科学的量化的依据，提高综合灭火能力。

在谈到大兴安岭森林虫害防治时，高德占提出，根据虫情监测情况来看，要立即组织多学科、权威性的专家组赴大兴安岭林区调查研究，尽快制定切实有力的防治措施；从现在起，要像对待森林火灾一样对待森林病虫害的防治，明年一定要控制住大兴安岭松毛虫害的蔓延。

高德占部长诚恳地感谢两位专家对林业的关心和提出很好的建议，他再一次强调说，我们林业部门在决策过程中都要尊重科学，发扬民主，要广泛听取意见，尤其是专家们的意见，我们十分欢迎跨学科跨系统专家的意见，这可以为科学决策提供更可靠的依据。

高德占在森林病虫害防治工作研讨会上强调

要大力加强森林病虫害防治工作

本报讯　8月6日，林业部部长高德占在部有关司局负责人与部分森林保护专家在京举行的森林病虫害防治工作研讨会上作了重要讲话。他在讲话中强调，对森林病虫害扩展蔓延的严峻形势决不能掉以轻心，必须立即采取果断、有力的措施，加强森林病虫害防治工作。

最近，林业部已多次召开专家会议研究森林病虫害防治问题。高德占指出，这不仅说明林业部对森林病虫害防治工作高度重视，同时也体现了我们在这样一个重大问题上广泛听取专家们的意见，做到决策科学化、民主化。

高德占从林业改革和发展的全局出发，再一次阐述了森林病虫害防治工作的重要性和紧迫性。他说，对林业工作来说，增加森林资源，增强林业活力是改革和发展的重点。对于增加森林资源，我们遵循的方针是"加快培育、加强保护、强化管理、合理利用"，就是说要"四管齐下"。其中加强保护，就是强调建立三防体系，即加强森林防火，森林病虫害防治和制止乱砍滥伐。这三者同样重要。我们屡次提出，要像抓森林防火那样抓森林病虫害防治，而且也相应采取了一些措施，其中包括工作上重视，资金上给以扶持等等。在各地的努力下，森林病虫害防治工作，总的来看，进展情况是好的。广大林业职工、科技人员和各级领导干部更加重视，工作上取得了一定的成绩，防治也取得了一定的效果。去年以来，森林病虫害得到一定控制，总的情况是稳定的，受害森林面积略有下降，但在有的地区仍然相当严重，有些种类的病虫害还很突出。因此，这项工作还要大力加强。我们对森林病虫害扩展蔓延的严峻形势决不能掉以轻心，必须立即采取果断、有力的措施，加强森林病虫害防治工作。

　　高德占指出，和森林防火相比，目前森林病虫害防治工作还存在着许多薄弱环节。主要原因有以下4个方面：一是对森林病虫害的严重性和危害性认识不足，社会普遍缺乏防治意识，没有紧迫感。实际上森林病虫的危害比森林火灾的危害还要严重，但是，由于它是逐渐发生的、潜在的、不是突发性的，因此，人们往往认识不到它的严重程度。你说病虫害影响林木生长，他看不见，除非树死了才觉得有点可惜，只要树还活着，往往就难以产生紧迫感。二是工作上的。对森林病虫害防治工作还没有像森林防火工作那样有检查、考核的硬性指标，实际上是当做一项软任务来对待的。防治，检疫，监测缺乏严格的责任制度。这是工作和运行机制上的弊端。既然三防体系同样重要，对森林病虫害防治工作就不应该是干也行不干也行。因此，必须把森林病虫害防治工作当成一项硬任务来抓，认真贯彻《森林病虫害防治条例》，严格依法办事，非抓紧不可。三是技术上的。虽然我们在科研工作上取得了很大的成绩，但是在科研与生产的密切结合上，在防治成果的推广应用上还做得很不够；有些难题还没有解决，尤其是对突发性的重大虫情还缺乏有效的对策。更重要的是，急需找到适合我国国情与林情的防治办法，既要花钱少，又要除治效果好，还要适合在我国广大林区推广应用，这就对我们提出了更高的要求。找到这种办法还有许多艰苦的工作要做。四是资金投入得少，影响了防治工作的开展。

　　高德占强调指出，为进一步加强森林病虫害防治工作，真正做到像抓森林防火那样抓森林病虫害防治，必须采取重大的改革措施。当前，主要应做到以下几点：

　　——对森林病虫害防治工作，从明年开始要实行目标管理，建立严格的责任制度。他说，从明年起、森林病虫害防治工作要实行目标管理，要遵循实事求是、量力而行的原则，提出明确的要求。总的要求有三条：第一、从国外传入的几种危险的森林病虫害，要控制蔓延，并在防治效果上有明显突破。各省要联合作战，制定一个3至5年的防治计划，集中力量对国外传入的主要病虫害实施紧急防治工程，要扎扎实实地取得效果。第二、对松毛虫、大袋蛾、杨树蛀干害虫等发生面积较广的森林虫害，明年要坚决扭转发生面积继续扩大的趋势。第三、面上的森林病虫危害程度要减轻。他说，这是总的要求，在具体实施中要有检查考核的硬性指标，明年在计划中要有具体体现，要事先下达指标，不能再搞事后报账。另外，要建立严格的责任制度，划定职责范围。要像对待森林防火那样，森林病虫害的监测、检疫、除治也都要有明确的责任，有了责任，就能引起各级领导的重视，也便于检查。今后，我们对各省(市、区)林业厅(局)的要求：发生了森林火灾要负责任，发生了大的虫情也要负责任。

　　—— 坚决贯彻"预防为主、综合治理"的森林病虫害防治方针。他说，森林病虫害防治关系到林业的全局，不只是森保部门的事，林业主管部门的各个方面都要全力以赴把这项工作做好。首先，要从种苗抓起，做好种苗检疫，决不允许能引起病虫害的种苗上山。今后在选种育种上，应当做到选择那些对病虫害有高抗性的优良种苗。就种苗工作来讲，防治病害比防治虫害更具有重要意义。其次，要从造林的措施上防治森林病虫害，因此，要搞好科学的造林规划和设计。当前应采取的主要措施是造混交林。除了定向培育的速生丰产林之外，其余的林种凡有可能的都应该多造混交林，可以株间混，行间混，也可以块状混；要从实际出发搞好设计。要大力开展封山育林。封山育林花钱少，见效快，林相好，多是混交林，生态环境好。还可以把封山育林和人工造林结合起来，在有条件封山的林地里补植目的树种，用这种方法培育混交林。一般的防护林都适于搞成混交林，这样有利于森林病虫害的防治。第三，要进一步健全森林病虫害的检疫体系和监测体系。目前对这两大体系的建设重视不够，明年应该加强。

　　高德占强调，一定要把森林病虫害的防治工作真正当作一项系统工程来抓。防治工作的重点绝不是发生了大的虫情以后除治。防治工作的重点应该是：认真搞好检疫、搞好预测预报，在种苗和造林上采取积极有效的措施，发生了虫情以后在它的初始阶段就能发现和控制，就像森林防火要"打早、打小、打了"那样，防治森林病虫害也要"治早、治小、治了"。这样做花钱少，效果好。所以，要把工作重点放在预防上。森林病虫害防治工作，不抓预防就是没有抓住根本。因此，我们的科研工作以及其它工作，除了要研究除治办法，更需要研究预防的办法，要走有中国特色的森林病虫害防治的路子。

—— 通过采取资金、科研课题与防治任务挂钩的办法，调动方方面面搞好森林病虫害防治工作的积极性。他说，现在我们的工作关系还没有理顺，新的运行机制还没有建立起来，科研成果的推广率还比较低，基层还缺乏积极防治的紧迫感。因此，必须深化改革。从明年起，安排用于防治的科研经费和推广经费，财政安排的防治费，计划内安排的防治设施建设资金，都要和防治任务挂钩，即资金和任务挂钩、课题和任务挂钩，实行承包。除基础理论研究以外，研究课题没有推广应用的不能进行最后鉴定。我们要通过采用这种办法来调动方方面面搞好森林病虫害防治工作的积极性。

—— 森林病虫害的除治要讲科学，要注意保护生态环境。他说，利用化学药剂除治，一定要选用对周围环境影响较小的农药，如除虫菊酯类农药等。我们积极主张大力推广生物防治的做法，要对生物防治给以扶持，明年要在主要森林病虫害重点发生的省区、在花钱不多的条件下建生物防治制剂厂；集中力量解决几个重大的生物防治课题。对森林病虫害防治的重点县的森防站，要尽可能地配备必要的设备。

最后，高德占部长明确要求，国有森工局、国有林场必须带头搞好森林病虫害防治工作，乡村林场也要积极做好这项工作。

林业部领导接见全国著名
劳动模范李守堂

高德占强调，林业系统各级领导要全心全意
依靠工人阶级办好企业

本报讯　4月30日，林业部部长高德占、副部长徐有芳接见了进

京参加"五一"庆祝活动的全国著名劳动模范李守堂，并与李守堂进行了座谈。

今年 49 岁的李守堂是牡丹江木工机械厂的车工，他用 10 年时间完成了 42 年的工作量，多创价值 26.56 万元，于 1988 年被命名为全国劳动模范。今年"五一"前夕，全国总工会特邀李守堂等 10 名全国著名劳动模范进京参加"五一"庆祝活动。

高德占在接见时说，李守堂同志作为全国总工会特邀的 10 名全国著名劳动模范之一，参加今年的"五一"庆祝活动，这是林业战线的光荣。我们林业战线的广大职工都要很好地向李守堂等全国劳动模范学习，向全国"五一劳动奖章"和"五一劳动奖状"获得者学习。要办好林业企业，就要牢牢树立全心全意依靠工人阶级的指导思想，各级领导都要全心全意为人民服务，全心全意依靠工人阶级办好企业，充分发挥他们的聪明才智。同样，我们森工企业的治危兴林工作也要全心全意依靠工人阶级。我们林业系统各级领导一定要增强依靠工人阶级办好企业的意识，带领干部职工认真开展"质量、品种、效益年"活动，在挖掘内部潜力，提高经济效益和劳动生产率等方面做出贡献。

高德占指出，在全心全意依靠工人阶级办好企业、办好林业事业中，劳动模范、先进工作者起着重要作用，李守堂同志就是林业战线先进人物中的突出代表。各级领导要经常征求劳动模范对企业生产、管理的意见，要特别注意总结、推广劳动模范的经验和宣传劳动模范的事迹，宣传他们无私奉献的精神、高度的主人翁责任感，以带动广大干部职工齐心协力，把企业办好。同时对劳动模范还要十分关心、爱护和做好培养工作。

高德占询问了牡丹江木工机械厂的生产经营情况，并希望李守堂同志再接再厉，搞好传帮带，每年都要有新的建树。

中国农林工会主席王一凡也参加了接见和座谈。他说，李守堂是跑在时间前面的劳动模范，由于他在刀具上刻苦钻研、大搞技术革新，10 年干完了 42 年的活儿。可以说是当今的"刀具大王"。中华人民共和国成立以来，林业战线涌现出全国劳模、先进工作者、"五一劳动奖章"

获得者及省、部级劳动模范等共计480多人。李守堂同志这次作为10名全国著名劳动模范之一，进京参加"五一"庆祝活动，就是代表这样一批劳模和全国200多万林业职工来的。今后，我们要大力宣传以李守堂为代表的林业战线劳模，宣传他们的先进事迹，以推动林业的不断发展。

李守堂同志表示，感谢各级领导的关怀和同志们的支持，要再接再厉，保持荣誉和发扬成绩，决不辜负领导的期望。要抓紧学习管理知识，做好本职工作，带好青年工人，使工厂后继有人。回去以后，要认真贯彻落实中央领导的讲话精神，努力做出新的成绩，为工厂争光，为林业战线争光。

高德占部长在办公会议上强调

林业部要为受灾的基层单位多办实事

本报讯　8月15日上午，高德占部长主持召开办公会议，听取汇报，并专门研究林业部直属林机企业抗灾救灾、恢复生产问题。

今年6月中旬以来，江苏遭受百年未遇的特大洪灾，林业部直属的镇江林机厂、常州林机厂、泰州林机厂、苏州林机厂等4家企业受到洪水的严重侵害，企业生产和职工生活都蒙受了严重损失。但这些林机企业的广大职工在各级党委和政府的领导下，精神振奋，斗志昂扬，一面抗洪抢险，一面坚持生产，表现了不畏艰险的英雄气概和大公无私的革命精神。截至7月份，4家林机企业的生产总值、销售收入、实现利润都高于去年同期水平。

高德占听取汇报以后说，江苏4厂抗洪救灾的生动实践充分说明，我们有优越的社会主义制度，有共产党的坚强领导，有广大党员、干部的模范带头作用和广大群众的艰苦努力，没有克服不了的困难。实践证明，我们部直属林机企业的职工队伍是经得起考验的，这些企业的党组织是坚强的，干部是好干部，职工是好职工，党员是好党员。他们在抗洪抢险斗争中表现了高度自觉的革命精神和强大的企业凝聚力，为林业建设做出了突出的贡献。我代表林业部的领导和全体职工向这几家林机企业的全体职工表示衷心的感谢和崇高的敬意！

高德占说，我们林业部也同样经受住了抗灾救灾工作的考验。各司、局都能积极贯彻落实党中央、国务院关于抗洪救灾的部署安排，行动快，工作抓得也比较扎实，都能急受灾企业之所急，想受灾企业之所想，为他们多办实事，在精神和物质上给受灾企业以尽可能的支持。

高德占高度评价了部直属林机企业的工作。他说，这些林机企业过去为林业建设事业做出过很大贡献，林业行业的工作能不断地向前发展，其中就有这些林机企业的一份功劳。我们这些林机企业无论是产品质量、企业管理水平，还是职工队伍的素质，都是很有实力的好企业。这次之所以在抗洪抢险工作中能有如此突出的表现和这些企业有良好的职工队伍是分不开的。企业的这种可贵的革命精神很重要。如果平时没有好的思想政治工作基础，没有好的工作作风，在抗洪救灾的关键时刻是不会做出这样突出成绩的。

高德占说，部领导和全部同志对江苏4厂的灾情极为关心，江苏在全国是重灾区，我们这几家林机企业灾情也是很重的。他们目前在生产和职工生活上有不少困难，部里应该尽可能地给以帮助。这些企业的职工顾大局、识大体、抢险自救，不等不靠，越是在这种情况下我们部里越是要体贴他们，关心他们，支持他们，让他们尽快克服水灾带来的困难，尽快恢复正常的生产秩序，促使他们在"质量、品种、效益年"创造新成绩，再上新水平。要让受灾的职工尽快得到安置，让受灾群众通过我们的工作感受到党的温暖。要让林机企业的职工感到，我们林业部是他们抗洪救灾工作的坚强后盾。

高德占部长就林业部直属林机企业抗洪救灾工作提出5条援助措施：

——立即组织抗灾救灾慰问组，再去江苏对受灾的林机企业的干部职工进行慰问，了解他们当前的困难，帮助企业研究解决恢复生产、重建家园过程中急需解决的问题。

——部里要进一步支持林机企业的救灾工作，并请林业投资公司也大力支持落实林机企业的水毁工程建设资金。

——在前阶段拨出救灾专款的基础上，再安排一部分救灾资金，解决江苏4厂救灾急需。

——林业部用于扶持企业扭亏的资金要给受灾的林机企业作专项安排，慰问组这次到现场进行具体落实，支持他们在开展"质量、品种、效益年"活动中创出新成绩。

高德占在林业部直属公司工作会议上指出

要把部直属公司办成第一流的大公司

本报讯　林业部部长高德占在2月9日召开的部直属公司工作会议上指出，要充分认识林业部直属公司的地位和责任，要认真做到以十四大精神为指针，按照建立社会主义市场经济体制的要求，围绕林业发展的总体目标，把林业部直属公司的工作进一步做好，要把部直属公司办成国内第一流的大公司，进而办成跨国公司。

高德占在讲话中充分肯定了几家部直属公司在十几年的创业发展中为林业行业做出的贡献。他指出，当前，部直属公司的发展面临着新的形势、新的机遇和新的挑战。我们一定要很好地适应新形势，努力推动公司更快发展。

高德占说，部直属公司是林业行业办产业的窗口和排头兵，肩负着推动林业产业发展的重任，要起到示范和辐射作用。为此，他要求部直属公司的全体同志要树立以下四个观念：

第一、要树立全局观念。办公司要以效益为中心，但部直属公司同时还要发挥带头作用和示范作用，促进林业产业的发展，时时想到我国林业产业发展的全局，自觉地为推动林业产业的发展做出贡献。

第二、要树立创业观念。所谓创业，就是要开拓进取，大胆地干事业，利用公司现有的基础和条件办大公司，求大发展，办大事业；要加快发展，努力创业，搞集团化公司，联合经营；要立足于国内、国际两个市场，还要敢想敢干，搞跨国经营。总之，我们要有创业的思想，要通过艰苦创业，使部直属公司尽快成为国内的大公司，并要有办成跨国公司的雄心壮志。这要成为部直属公司的发展方向。就近期来讲，公司要把林业行业在国内有影响的大企业、大林场联合起来；现在已同公司联营的，应结合得更紧密些。

第三、要树立效益观念。办企业要按照国家制定的产业政策走向市场，要努力提高经济效益。部直属公司要多创收，多上交，多做贡献。要在提高效益方面带好头，为全行业做出示范。我们讲效益，既着眼于当前的又着眼于长远的，既要重视当年的效益，又要重视保值增值，决不能以消耗和转化企业固定资产来追求当年的经济效益。部直属公司要把经营的着眼点放在"定比上交"上，抓住当前有利时机，努力提高效益，争取为林业事业的发展多做贡献。

第四、要树立守法观念。部直属公司既要甩开膀子大干，又要遵章守纪，合法经营，不干那种没有把握的事和明文规定不能干的事。作为公司，要做到适应市场，灵活经营，但又要严守法纪，在放开搞活经营的同时，更要加强监察、审计，严格执行各项规章制度。

高德占结合公司工作实际和今年的工作任务，要求部直属公司今年要抓好以下四项工作：

第一项工作：转换经营机制。公司办得好不好，效益能否提高，关键在于深层次推进改革，全方位地扩大开放。今年我们要进一步加大改革的力度，以改革为重点，认真贯彻《全民所有制工业企业转换经营机制条例》所提出的各项要求。他强调，在深化改革中首先要特别重视建立激励机制，激励公司人员积极地、创造性地开拓事业，扩大经营领域，扩大事业规模，提高经济效益；其次，要建立约束机制，既要考虑当前，又要顾及长远，做到统筹兼顾，当前能提高效益，长远能保值增值；第三，要建立竞争机制，最大限度地调动公司全体人员的积极性和创造性。

第二项工作：强化企业管理。管理出效益。只有加强了企业管理，实现企业管理的规范化、制度化，才能保证决策的正确性，才能保证公司多成功、少失败，多赚钱、少亏损，要用管理的科学化来保证决策的科学化。除了加强公司自身的管理外，特别要搞好联营项目的管理。要明确股权，分清责权利，不能只投入不见效益。此外，今年还要特别重视搞好新上项目的管理。要抓紧论证，力求尽快落实，争取在强化管理上打开新的局面。

第三项工作：提高整体素质。各公司的领导要特别重视抓人才，抓现有干部的培养，要重视专项的学习和培训。要结合业务学，结合项目学，干什么就学什么，有条件的也可以学深一些。公司内部要形成一种紧张工作、酷爱学习的风气。此外，要破格提拔和使用人才，要积极创造条件，使各方面的人才脱颖而出。是人才就要使用，就要压担子，就要培养。公司今年工作做得好不好，今后能否有长足的发展，关键是人才。因此，我们的公司，在决策上，发展战略上，一定要把人才的培养当作重要任务来抓。

第四项工作：加强思想政治工作。越是加快改革开放，加快发展，就越要坚持两手抓，做到两手都要硬。公司要办好，关键是要调动每个同志的积极性和创造性，这就要靠加强思想政治工作，靠加强领导班子的建设，靠干部和党员的模范带头作用。公司不能单纯地去抓创收，对干部来说，还得讲廉政、勤政，讲团结，讲奉献。没有这一条，也许一时能办些事情，但长远持久不了；没有这一条，公司也带不出一支好队伍，也不会有好风气。所以，我们要办成各方面都过得硬的第一流的大公司，就一定要加强思想政治工作。

高德占部长最后强调，要充分认识我们林业部直属公司的重要地位和肩负的责任，树立四个观念，做好上述四项工作。要认真做到，以十四大精神为指针，按照建立社会主义市场经济体制的要求，围绕林业发展的总体目标，把部直属公司的工作进一步做好，要把部直属公司办成第一流的公司。

刘广运副部长在长江上游调研后提出

改善长江上游生态环境刻不容缓

本报讯　长江上游水土流失不断加剧，已使这一地区的生态环境严重恶化，自然灾害频繁发生。林业部刘广运副部长最近在长江上游调研后提出，改善长江上游生态环境已刻不容缓，必须引起各级政府的高度重视。他认为建设防护林体系是治理长江水土流失的根本措施。

刘广运说，长江流域有得天独厚的自然条件，经济基础好、开发潜力大，把整个长江流域建设成为经济发达地区，在我国现代化建设中具有重大的战略意义。但是，今天长江上游区域水土流失非常严重，山地石漠化面积日益扩大。据有关单位统计，50 年代长江上游水土流失面积为 38 万平方公里，80 年代达到 56 万平方公里，仅 30 年就增加了55.6%，占流域总面积的 31.1%；年水土侵蚀量为 22.4 亿吨，相当于每年失掉 30 厘米厚的耕地 830 万亩。目前水土流失后岩石裸露面积，每年以 5%~7% 的速度增加。水土流失使水库淤积，湖泊缩小，河床不断抬高。长江流域到 1982 年共建成水库 48522 座，总库容 12.1 亿立方米，现在每年因泥沙淤积，相当于报废 12 座大型水库；中下游地区 50年代湖泊总面积为 2.2 万平方公里，目前已缩小了将近一半；湖泊、河道、水库淤积，明显地削弱了蓄洪泄洪能力，给经济建设造成巨大损失。水土流失使这一地区自然灾害频繁发生，洪涝、干旱、泥石流愈演愈烈。历史上"天府之国"的四川，现在已变得多灾多难，水旱灾害年年发生，受灾面积逐年扩大。云南省东川市的泥石流沟 50 年代有 51条，现在已增加到 100 多条。生态环境不断恶化，使上游地区水田减少、土地退化，再加上刀耕火种，造成"越垦越穷，越穷越垦"的恶性循环，这一地区的不少群众至今不得温饱。鉴于这种严重情况，治理长江上游水土流失，改善这一地区的生态环境已刻不容缓。

在前不久召开的长江上游水土保持委员会第一次会议上，刘广运副部长作为该委员会的副主任委员在会上强调指出：建设防护林体系是治理长江上游水土流失、改善生态环境的根本措施，可以说，功在当代，利在千秋，势在必行。他建议各地当前要抓紧做好以下工作：

第一，要抓紧做好长江中上游防护林体系建设一期工程实施的准备工作。要争取中央立项，各地大力集资，群众积极投劳，经费应按照以生物措施为主并与工程措施相结合的方针重点投入。

第二，必须采取最坚决、最有力的措施保护好现有的森林资源，要坚决制止乱砍滥伐，继续加强森林防火和森林病虫害防治，千方百计地遏制边治理边毁林的不良趋势。

第三，要进一步落实林业政策，稳定林权，完善林业承包制，调动群众造林、护林和主动投劳的积极性。

第四，要把建设防护林体系、治理水土流失同当地群众脱贫致富结合起来，做到既有远谋，又有近利，为这一地区稳定、长期、有效地发展经济创造条件。

第五，必须加强领导，建立健全各级行政领导任期目标责任制。要把考核各级领导的政绩同森林资源消长、水土保持效益挂起钩来，并以此作为考核各级领导干部政绩的标准。

一要巩固　二要发展

把乡村林场建设推向新的发展阶段

本报讯　9月21日至23日，全国乡村林场工作会议在湖南省长沙市召开。林业部部长高德占主持会议并发表讲话。

我国的乡村林场是在农业合作化以后，逐步发展壮大起来的。到1989 年底，全国已有乡村林场 11 万多个，从业人员达 78 万人，经营面积 1.7 亿亩，其中有林地面积 1.3 亿亩，占全国农村有林地面积的16%。近几年，全国乡村林场年均生产木材 300 多万立方米，人工造林和中幼林抚育面积都在 800 万亩以上，产品销售年收入 10 亿多元。实践证明，我国乡村林场不仅已成为国家重要的后备森林资源基地，为绿化祖国、改善生态环境、缓解木材和林副产品供求矛盾做出了重要贡献，而且在引导集体林业向适度规模经营和集约经营转变、繁荣农村经济、促进精神文明建设等方面，都具有重要的战略地位。

刘广运副部长在会议开幕时作了重要讲话。他强调指出，发展乡村林场，要继续贯彻中央有关精神，坚持国家、集体、个人一齐上的方针，认真执行谁造谁有、合造共有的政策，要鼓励农户经营好责任山、自留山，办好"小五园"，发展庭院经济，继续允许有经营能力的专业户、重点户承包开发荒山，维护他们的合法权益。

高德占部长在会议总结报告中强调，办乡村林场符合我国的国情和林业改革的方向。当前，我们林业改革的总要求是，发展林业生产力，增加森林资源，增强林业活力。乡村林场体现了适度规模经营、集约经营和综合经营，适应现阶段我国林业生产力的水平。办好乡村林场，有利于培育后备森林资源，提高造林成果；有利于森林资源的保护和管理，提高抗御自然灾害的能力；有利于调动各方面的积极性集资联合造林育林；有利于推广科技成果，培养科技骨干；有利于发展农村经济，增加农民收入；有利于加强农村精神文明建设，加强基层政权建设。因此，发展乡村林场是一条具有中国特色社会主义林业建设的路子，同时，办乡村林场，也就是办"绿色企业""绿色银行"，抓乡村林场就是抓农业、抓粮食，因此，这也是我国广大农村致富的门路。办乡村林场不需要大量的投资，主要靠劳力投入，不愁能源、原材料和产品销路，乡村林场的林业生产和多种经营，都是建立在农村资源基础上的，是最可靠的。正是基于这种认识，我们提出，目前要巩固和发展乡村林场。

巩固，就是把现有的 11 万多个乡村林场真正办好。发展，就是要增加乡村林场的数量，增加森林的面积，增加蓄积量，提高林场的产值和效益。今后乡村林场建设的任务就是，一抓巩固，二抓发展。

高德占明确指出，办好乡村林场要在自愿互利的基础上，实行多层次、多形式的联合，进行适度规模经营。联合要从实际出发，可以是国家、集体、个人之间的联合，也可以实行跨所有制、跨地区、跨行业的联合；可以是全面的联合经营，也可以统分结合、单项或多项的联合，有的联合也可以是松散的。这种联合能调剂山场、劳力、技术、资金的余缺，有利于生产诸要素的有机结合。各地经验说明，联合的形式可以多种多样，但是至少应做到以下几点：一要联合各方都乐意接受，二要有利于广筹资金多造林，三要有利于保护和发展森林资源，四要有利于增加群众收入。同时还必须强调指出，对于现在办得好的林业承包大户、专业户、家庭林场等要继续办好，鼓励他们加快发展。

高德占说，我们所讲的联合又是多层次的联合。可以是全面的联合，即联合办场，统一经营；也可以是统分结合，双层经营，实行分阶段的、单项的或多项的联合，如联合更新、联合护林、联合采伐等；还可以从低层次的松散的联合开始，逐步提高，引导到更高层次的紧密的联合。

要稳定山林权属，积极引导联合。对这一原则必须掌握好两条。一条是要保持政策的稳定性、连续性；另一条是要适应形势的发展，坚持正确导向，积极引导联合，促成联合，不能消极等待，无所作为。

要维护乡村林场的经营自主权。乡村林场是一个利益共同体，必须实行自主经营，独立核算，这是办好乡村林场的前提。特别是林场处于初创阶段，困难很多，应该扶持，不能侵犯他们的合法权益。

要正确处理利益分配，充分调动各方面的积极性。要处理好国家、集体和个人之间的利益关系，所有者、经营者和生产者之间的利益关系，也要处理好长期、中期和当前的利益关系，坚持责、权、利相结合和多劳多得的原则，要实行各种任务、各种岗位的责任承包，并进行严格考核，做到奖惩兑现。

　　坚持以林为主，多种经营。有什么条件就利用什么条件，能办什么就办什么，要千方百计地把林业经济搞活。从总体看，我们林业投入与产出的比值是高的，只是见效时期长。只有搞多种经营，才能做到以短养长，这是我们林业得以生存发展的前提。但是，我们的主体是林业，我们的任务是增加森林资源，要始终坚持以林为主。搞综合利用，也要先搞我们森林资源的综合利用；多种经营也包括我们林业内部的多种经营，要多林种，多树种造林。

　　要把乡村林场办成林业基地，不断加强内部管理和自身建设。特别要加强领导班子和队伍的建设，加强制度建设，加强财务，资金管理，发扬艰苦奋斗的优良传统，加强思想政治工作，文明办场，做到既育树又育人。

　　会上，林业部表彰了 89 个全国先进乡村林场和 63 位全国乡村林场先进工作者。

　　湖南省副省长卓康宁出席了会议。

高德占部长在全国平原绿化工作会议上强调

严格实行目标管理 确保完成"七五"达标任务

刘广运副部长部署今后工作，湖南省
副省长卓康宁出席会议

　　本报讯　9 月 24 日至 28 日林业部在湖南省长沙市主持召开了全国平原绿化工作会议。高德占部长在动员报告中强调指出，按平原绿化"五、七、九"达标规划要求，全国 918 个平原、半平原和部分平原县中，"七五"期间应有 500 个以上的县达到部颁平原绿化标准。我们要在过去工作的基础上，严格实行目标管理，真正把任务层层落到实处。

　　建国 40 年来，我国平原绿化工作取得了突破性进展。到 1988 年底，全国 918 个平原、半平原和部分平原县，已建农田林网的农田面积达 4 亿亩，占平原耕地面积的 53.7%，占适宜建设林网耕地面积的 70%；农林间作面积已发展到 5957 万亩，占适宜间作农田面积的 67.5%；成片造林 1.94 亿亩。平原绿化已成为我国林业建设的重要组成部分，是中华人民共和国成立以来我国林业建设取得成就的重要标志。

近年来，林业部先后制定了"平原县绿化标准""表彰平原绿化先进县暂行办法""全国平原绿化'五、七、九'达标规划"等规定和办法，使全国平原绿化工作逐步走向规范化和制度化。到目前为止，全国已有 253 个县（市、区）达到了平原绿化标准，其中近 3 年达标的县有 108 个，比 1986 年以前增加了 74.4%；有 10 个地（市）实现了全面达标，比 1986 年以前增加了 3 倍。

高德占指出：明年是"七五"期间的最后一年，是实现"七五"达标规划的关键性一年。因此，这次会议是平原绿化"七五"达标决战前的动员大会。我们既要看到过去工作的成绩和有利条件，更要看到不利因素和工作难度。从时间上看，"七五"达标规划的实际工作时间只有一年，任务是十分艰巨的。各地必须加强领导，真抓实干，切实做到领导落实、任务落实、资金落实、种苗落实、服务落实，一定要维护"七五"达标规划的严肃性，采取切实有力的措施，来一次广泛深入地再发动，保证完成任务。

湖南省副省长卓康宁出席了会议，并介绍了湖南省开展平原绿化工作的经验。会议期间，除湖南省外，还听取了湖北、河南、江苏、吉林等省和部分先进县开展平原绿化工作的经验介绍，深入讨论了实现"五、七、九"达标规划和完成"七五"达标任务的具体措施，组织参观了湖南省的汉寿县、沅江县和南县的四旁植树、农田林网和林业基地建设，对已达到平原绿化标准的 253 个县（市、区）和 10 个地（市）授予全国平原绿化先进单位称号，进行了表彰。

副部长刘广运在会议结束时作了总结讲话，部署了今后的工作。

全国治沙工作会议在兰州召开

本报讯　全国治沙工作会议于 7 月 29 日在兰州市召开。

国务委员陈俊生代表国务院在会上对治沙工作作了重要讲话。他讲了四个问题：一、治沙已成为一件迫在眉睫的大事；二、治沙是全社会的共同任务；三、治沙要统筹规划，采取综合措施；四、要切实加强对治沙工作的组织领导(讲话全文另发)。

林业部部长高德占在讲话中提出了治沙工程 10 年规划的任务、目标和原则，并就确保治沙规划的实现提出了具体措施和要求(讲话全文另发)。

这次会议将总结交流我国 40 多年来治沙工作的经验，讨论今后 10 年治沙工程规划和关于治沙工作的政策措施，部署今后的治沙任务，表彰奖励在治沙工作中做出优异成绩和突出贡献的先进单位和劳动模范。

参加大会的有：新疆、甘肃、青海、陕西、宁夏、内蒙古、山西、河北、辽宁、吉林、黑龙江等 11 个治沙工作任务较重的省(区、市)负责同志，全军绿委办公室、兰州军区、新疆生产建设兵团的负责同志，国家计委、财政部、农业部、水利部、能源部、铁道部、交通部、国家科委、环保局、土地局、税务局、中国科学院、中国人民银行、国务院贫困地区经济开发办、国家农业综合开发办的负责同志，有治沙工作任务的 26 个省(区、市)林业厅(局)的负责同志，中国科协、人事部、中国农业银行、中国国际工程咨询公司、中国林科院、北京林业大学等单位的负责同志。

33 个治沙工作先进单位和 28 名劳动模范的代表，以及治沙专家等也出席了会议。

大会预计 8 月 2 日结束。

全国治沙工作会议圆满结束

林业部部长高德占在闭幕式上强调，要抓认识，抓领导，抓规划，抓措施切实把全国治沙工作会议精神落到实处，一批治沙先进单位和个人受到表彰

本报讯　全国治沙工作会议于 8 月 2 日圆满结束。

在 8 月 2 日下午举行的闭幕式上，全国绿化委员会、林业部特授予吉林省、甘肃省"全国治沙先进省"光荣称号，以表彰它们组织动员沙区人民进行防沙治沙工作取得的优异成绩。全国绿化委员会、林业部、人事部授予陕西省榆林地区等 33 个单位为全国治沙先进单位，授予朱震达等 28 位同志为全国治沙劳动模范。先进省的领导、先进单位的代表和全国治沙劳动模范们，在欢快的鼓乐声中先后登上主席台接受了红彤彤的荣誉证书和金光闪闪的奖牌。

这次全国治沙工作会议开了 5 天。会议期间，与会代表认真地学习了党中央、国务院领导关于治沙工作的指示，交流了治沙工作经验，讨论了今后 10 年全国治沙工程规划要点和政策措施。代表们一致认为，通过这次会议提高了认识，统一了思想，明确了方向，增强了信心。

全国绿化委员会副主任、林业部部长高德占在闭幕式上作了重要讲话。他说，这次全国治沙工作会议以后，我们的任务就是要认真学习、贯彻党中央、国务院领导同志的指示和这次会议的精神，真抓实干，狠抓落实。

高德占就如何狠抓落实的问题，根据国务院领导同志的指示精神提出了 4 个方面的要求。

一是抓认识。高德占说，首先，要进一步认清治沙工作重要性。我们要真正认识到，治沙工作是整治国土，改善生态环境，促进国民经济发展，特别是发展西北地区经济和推动贫困地区人民脱贫致富，确保实

现现代化建设第二步战略目标的一个带有根本性的重要问题。其次，要进一步认清治沙工作的紧迫性。陈俊生同志在讲话中指出，"治沙是造福子孙万代的一件大事，如果再拖延下去，后果不堪设想，现在已经到了迫在眉睫、非抓紧不可的时候了。"这就是说，我们对土地沙漠化问题的严重性，对土地沙漠化不断扩大的趋势，一定要有充分的认识，要进一步增强治沙工作的紧迫感和责任心。第三，要进一步认清治沙工作的艰巨性。我们国家沙漠分布范围广，面积大，自然条件严酷，治理难度大。要控制土地沙漠化的扩展，改变沙进人退的局面，做到人进沙退，就需要做出艰苦努力，需要付出很大的代价。要从根本上扭转这种沙漠化扩大的被动局面，需要十几年，几十年，甚至更长的时间。我们在思想上一定要有长期奋斗的准备，一代一代、一任一任地干下去。第四，要进一步认清治沙工作的社会性。因为，治沙是一项涉及多方面、多部门、多学科的系统工程，是全社会受益的生态建设，不只是哪一个部门的任务，必须依靠全社会的共同努力才能办好。对各部门、各行业都要给任务。各行各业、各部门都要把治沙作为自身的一项重要职责，都要下大气力，多投入，切实抓紧抓好。同时，还要进一步提高认识，明确治沙工作的方针，这就是要做到："统一规划、分工负责，因地制宜、综合治理，防治并重、治用结合，突出重点、讲求效益"。我们还要大力宣传治沙工作已经取得的成绩和经验，让人们认识到沙漠化土地是可逆转的，经过努力是可以治理的。因此，我们要克服畏难情绪，鼓舞广大干部、群众的斗志，坚定做好治沙工作的信心。他强调：在治沙工作中必须坚持"两手抓"，要以先进单位、劳动模范为楷模，发扬艰苦奋斗、无私奉献的精神，埋头苦干，开拓进取，开创治沙事业的新局面。要提高对治沙工作的认识，就要大力加强宣传，造成强大的社会舆论。

二是抓领导。高德占说，俊生同志在讲话中提到，"沙区各级人民政府首先要负起责任，组织广大干部、群众采取植树种草等多种有效的办法，防沙治沙。"这就要求我们有治沙任务地区的各级人民政府切实负起责任来，建立起领导干部治沙任期目标责任制。要具体抓好以下几个环节：一是要编制规划，确定治沙的目标和任务；二是要层层分解任务，签订责任状；三是领导干部要带头办治沙点；四是积极支持治沙工作，把治沙工作摆上议事日程，及时解决治沙工作中的困难和问题；五是坚持考核，严明奖惩。同时，与治沙有关的部门也要建立起部门领导治沙责任制，按照"谁开发、谁治理、谁受益"的原则，根据统一规划和分工负责的要求，考虑在沙区进行开发建设项目的同时，明确治沙任务。我们还要建立治沙项目和单位领导的治沙责任制。各有关单位要根据自己的情况，按照规划所确定的目标，把本单位的治沙任务担当起来，采取有力措施，做到建设和治沙同步进行。

三是抓规划。高德占说，各地区、各部门都要结合自己的实际情况，尽快制定出本地区、本部门的治沙工程 10 年规划和"八五"计划，并明确分年度落实的任务和指标。在制定规划时要处理好以下几个关系：一是要处理好防和治的关系。我们要坚持"防治并重、治用结合"的原则，建立起以保护、扩大林草植被为中心，逐步建立防、治、用有机结合的治沙工作体系。当前，特别要加强对现有林草植被的保护，采取有力措施，依法治沙，严禁滥垦、滥牧、滥砍、滥挖。只有在切实保护好现有林草植被的基础上，我们才谈得上有计划、有步骤、有重点地综合治理和开发。因此，从一定意义上说，保护就是治理。二是要处理好治和用的关系。要坚持治用结合，走开发型治理的路子。我们要充分利用沙区的生物资源、矿物资源等，搞多种经营，办各种产业，建沙漠绿洲，这就是建设沙产业的思路。三是要处理好重点和一般的关系。我国沙漠和沙漠化土地主要在北方，治沙工作的重点也在北方。但南方风沙化土地也有扩大的趋势。因此，无论南方或北方，都要根据这次会议的精神抓好治沙工作。由于南方相对来说是小块的沙漠化、风沙化土地，治理的条件比北方好一些。因此，南方的治沙工作要走在前列。处理好重点和一般的关系，还包括重点工程和面上治沙的关系，既要抓好治沙的重点工程，又要抓好面上的治沙工作。总之，要点面结合，积极创造条件，加快治沙的进度。四是要处理好治沙工程与四大防护林体系建设的关系。要把治沙规划与三北防护林、长江中上游防护林、沿海防护林、平原绿化这四大防护林体系建设规划紧密地衔接起来。这些规划各有侧重，而又相辅相成，互相促进，它们的目的都是改善本地区的生态环境，彼此之间一定要搞好衔接。五是要处理好治沙和扶贫开发、农业综合开发之间的关系。我国 60% 以上的贫困县集中在治沙地区，因此，扶贫的重点地区也是治沙的重点地区。在这些地区种树种草，控制风沙危害，提高土地生产力，是引导群众脱贫致富、改变贫穷落后面貌的重要途径。六是要处理好乔灌草和封飞造之间的关系。我们一贯主张要因地制宜，从实际情况出发，多树种、多林种、多形式造林，主张乔灌草相结合；对城市绿化还主张乔灌草花相结合。沙区条件更差，更应该从实际情况出发，要坚持适地适树，适地适草，适合种什么就种什么，一定要按科学办事，按自然规律办事。在沙区要特别重视灌木树种，要特别重视草本植被的作用。此外，还要重视封沙育林育草，有条件的地方要搞飞播造林种草。总之，在编制治沙规划时，要坚持实事求是，一切从实际出发，量力而行。各地的治沙规划，一般应在今年年底以前完成。

四是抓措施。高德占强调要抓好抓实五个方面的工作。首先要抓政策。各地要根据会议精神，结合本地的实际情况，制定相应的扶持政策，作出一些适用于本地区的具体规定。抓政策还要多渠道筹集治沙资金，依靠政策，调动广大群众和各部门的治沙积极性。其次，要抓科技、教育。各地要把现有的科技成果和先进实用技术，尽快推广应用。要建立和完善治沙科技推广、技术监测和技术服务体系，要抓好重点工程的技术攻关，全国要抓好规划确定的综合治理试验示范区。我们特别要认识到，振兴治沙事业的关键在于提高治沙队伍的素质，激发广大群众和科技人员献身治沙事业的积极性和无私奉献的精神。因此，我们一定要重视教育，重视培训工作。在治沙工作中要集中中科院、产业部门、高等院校和地方科研单位的技术力量，组成浩浩荡荡的治沙科技大军。我们要十分尊重和爱护治沙科技人才，实行优惠政策，鼓励他们深入沙区开展科研和推广工作。今后的治沙科技工作，包括研究和推广，除了一部分基础研究课题外，也要采取按项目承包的办法。第三要抓投入。除国家采取增加治沙投入的措施外，还要坚持多层次、多渠道筹集治沙资金。要实行群众投工投劳为主，国家投入为辅，各有关部门和有关行业要本着统一规划、分工负责，谁治理、谁受益的原则，每年都要拿出一部分资金用来防沙治沙。凡是在沙区从事采矿、资源开发、筑路以及其它工程建设的，都要把治沙列入工程内容，安排资金，确保治沙措施与主体工程同步实施。第四抓管理。要全面加强计划、资金、技术管理。治沙工程要同工程造林一样，按规划设计，按设计施工，按项目管理，按项目考核。要把治沙投入的资金和治沙的任务挂钩，要切实管好用好专项资金，千方百计地提高资金的使用效益。要牢固树立质量意识，严格把好各个环节的质量关，严格检查验收制度，建立治沙规划执行情况通报制度，并结合各级领导干部任期治沙目标责任制建立奖惩制度。第五要抓协调。各级林业部门作为治沙的主管部门，要肩负起行业管理的责任，并且要主动与农业、水利、牧业等部门密切配合，在各部门的支持下，共同搞好治沙工作。

在会议的闭幕式上，甘肃省省长贾志杰作了重要讲话。

今后 10 年我国治沙工程
规划要点已拟定

10 年间，将综合治理开发沙漠化土地和风沙化土地 1 亿亩，重点抓好 20 个治沙工程项目，搞好 9 个不同类型的综合治理开发试验示范区

本报讯　从全国治沙工作会议上获悉，今后 10 年，全国治沙工作要围绕实现现代化建设的第二步战略目标，坚持"统一规划、分工负责、因地制宜、综合治理，防治并重、治用结合，突出重点、讲求效益的工作方针，动员全社会的力量，有组织、有计划、有步骤地进行。

今后 10 年，治沙工程的总体布局是，以西北、华北、东北西部万

里风沙带为主线，以保护、扩大林草植被和沙生植被为中心，建立防、治、用有机结合的治沙工程体系。当前要以治理沙漠化土地为重点，主要是围绕恢复土地资源和合理开发利用来进行综合治理，逐步缩小沙漠化土地的面积。对风沙化地区，主要以防风固沙、保护农田为主要目的，进行综合治理。对沙漠、戈壁地区，要努力保护好现有的沙生植被，在边缘地带有条件的地方发展林草植被，防止流沙扩张和推进。

10 年间，在切实保护好现有植被的基础上，将综合治理开发沙漠化土地和风沙化土地 1 亿亩。其中，治沙造林 2000 万亩，封沙育林育草 4000 万亩，飞机播种造林种草 1000 万亩，治沙造田及改造低产田 600 万亩，人工种草及改良草场 2000 万亩，发展各种经济植物 200 万亩，开发利用水面 200 万亩。

10 年治沙规划期间，在抓好面上治沙的同时，要重点抓好 20 个工程项目，共治理开发沙漠化和风沙化土地 8015 万亩，占规划总任务的 80%。这些重点项目是：内蒙古高原至新疆荒漠地区天然森林植被的恢复和合理利用、呼伦贝尔沙地综合治理开发、松嫩沙地的综合治理开发、西辽河流域沙地的综合治理开发、科尔沁沙地北部综合治理开发、浑善达克沙地沙化草场的综合治理、神府—准格尔煤田沙区环境的综合治理、毛乌素沙地中部沙化草原的综合治理、毛乌素沙地南缘长城沿线沙地综合治理开发、乌兰布和沙漠北部的综合治理开发、内蒙古乌盟后山沙漠化土地的综合治理开发、山西雁北沙地综合治理开发、宁夏河东沙地及腾格里沙漠东南缘的综合治理开发、河西走廊北部沙地综合治理开发、准噶尔盆地南缘沙地综合治理开发、新疆塔里木盆地绿色走廊的综合治理开发、塔里木盆地南缘沙地综合治理开发、永定河潮白河中下游风沙化土地的综合治理开发、黄淮海平原中部风沙化土地综合治理开发，以及塔克拉玛干中部油田沙区环境的综合治理。

今后 10 年，要搞好 9 个不同类型的综合治理开发试验示范区，为治沙工作探索路子，提供经验。这些试验示范区是：科尔沁沙地综合治理开发试验示范区、毛乌素沙地综合治理开发试验示范区、乌兰布和沙漠综合治理开发试验示范区、河西走廊沙漠化土地综合治理开发试验示范区、永定河中下游风沙化土地综合开发试验示范区、阿拉善荒漠植被保护与合理利用试验示范区、赣江中下游亚热带风沙化土地综合开发试验示范区、新疆沙化盐渍化土地综合治理开发试验示范区和柴达木盆地高海拔沙地综合治理开发试验示范区。

据了解，治沙工程项目完成后，不仅可以控制风沙危害面积 2.7 亿亩，有效地防止沙漠的推进和沙漠化的扩大，而且能够进一步改善沙区发展经济的条件，促进"老、少、边、穷"地区尽快致富。经有关部门测算，规划实施后，除了能明显地改善沙区生态环境，具有较大的社会效益外，其直接经济效益可达 23.7 亿元。到那时，许多地方将出现人进沙退、林茂粮丰、草原肥美、人民安居乐业的繁荣景象；同时，也为下一个世纪进一步向沙漠进军打下良好的基础。

动员起来　向沙漠进军

内蒙古副主席阿拉坦敖其尔指出，要进一步治理沙害，开发沙产业 把内蒙古的治沙事业推向新阶段

本报讯　"治沙应本着综合治理的指导思想，防、治、用结合，化沙害为沙利，达到治沙兴林富民的目的。"这是内蒙古自治区副主席阿拉坦敖其尔在全国治沙工作会议上，接受本报记者采访时说的这番话。

阿副主席高度评价了这次会议。他说，全国治沙工作会议的召开，充分体现了党中央、国务院对治沙工作的重视，对沙区人民的关怀。通过这次会议，明确了今后治沙工作的总的原则、方针、政策、措施及任务，交流了经验，参观了典型。会议召开本身，充分反映了沙区人民渴望治理沙害的愿望。

阿副主席介绍说，内蒙古有沙漠、戈壁、沙地 6.3 亿亩，占全国沙漠、戈壁、沙地总面积的 1/3。自治区党委、政府对治沙工作十分重

视，从 1958 年开始，就作出了向沙漠进军的决定，成立了治沙委员会。到现在为止，全区 15% 的沙漠和沙地得到了治理，主要的农田和草牧场得到了保护。通过几十年对沙漠和沙地的治理，我们不仅总结出了很多好的治沙经验，尤其是认识到了沙害可以转化为沙利。

阿副主席指出，搞好治沙工作提高认识是关键，特别是有些领导还对治沙工作有畏难情绪，更要转变思想认识，增强信心。这次全国治沙工作会议的召开，进一步增强了我们对治沙工作的使命感和责任感。我们准备回去后马上召开全区治沙工作会议，贯彻落实这次会议精神，制定规划，落实任务，提高认识，增强沙区人民治理沙害的决心。

内蒙古自治区是全国治沙任务最重的省区。在谈到如何完成规划确定的任务时，阿副主席认为，首先是制定好规划和年度实施计划，建立项目区，项目区内实行责任制，确定行政和技术负责人。

其次是不能把治沙看成是林业部门或沙区人民的事情，要动员全社会的力量，积极投身治沙事业。

第三是制定倾斜、鼓励政策，谁治理、谁受益、成果归谁所有，长期不变，在沙区开发的产业在税收上要优惠，以调动沙区人民和沙区各行业的治沙积极性。要增加投入，建立治沙育林基金。

第四是走科技兴林之路，用科技兴林的思想指导治沙事业，用现代化治沙技术武装沙区人民群众。

最后，阿副主席说，我们自治区人民有信心，保证保质保量地完成今后 10 年全国治沙工程规划确定的任务。

交流经验开拓进取进一步提高林业工作总体水平

全国林业厅局长会议在西安召开

会议讨论研究了林业发展十年规划和"八五"计划的
基本思路，部署安排了今年的林业改革和林业工作

本报讯　全国林业厅局长会议 1 月 11 日至 16 日在西安市召开。这次会议的主要议题是，认真学习贯彻党的十三届七中全会精神，讨论研究林业发展十年规划和"八五"计划的基本思路，部署安排今年的林业改革和林业工作。

高德占部长在 11 日的开幕式上，作了题为"开拓进取，埋头苦干，促进我国林业再上一个新台阶"的讲话。

高德占的讲话共分两个部分，第一部分是林业发展十年规划和"八五"计划的基本思路，第二部分是 1991 年的工作要点。

在讲林业发展十年规划和"八五"计划的基本思路时，高德占阐述了林业发展十年规划和"八五"计划的指导思想和应当遵循的主要原则和确定的主要奋斗目标。

林业发展十年规划和"八五"计划的指导思想是：以深化林业改革、增加森林资源、增强林业活力、提高林业的整体素质为中心，进一步加快森林培育，加强森林保护，强化林业管理，调整产业结构，提高经济效益，推动科技进步，提高职工队伍素质，加强行业精神文明建设，确保实现林业发展的十年规划和完成"八五"计划确定的各项任务。通过实施"八五"计划和十年规划，促进我国林业逐步实现四个转变。

十年规划和"八五"计划应遵循的 10 项主要原则是：坚持"以营林为基础"的方针；坚持以系统工程和综合治理的方法来增加森林资源；坚持合理调整林区产业结构和林业产品结构；坚持抓好科技兴林，加强

林业教育；坚持林业政策的连续性和稳定性；坚持自力更生、艰苦奋斗、勤俭办林业；坚持以内涵为主扩大再生产；坚持从全局出发，认真抓好"治危兴林"；坚持一切从实际出发，办实事，求实效；坚持两个文明一起抓的方针。

"八五"期间，我国森林资源的发展目标是：①森林资源总生长量与总消耗量持平，消灭资源赤字；②森林资源总生长量大于总消耗量。到2000年的主要奋斗目标是争取做到：①用材林的生长量与消耗量持平；②用材林生长量大于消耗量。高德占在讲话中还提出了"八五"计划和十年规划的其它6个方面的具体奋斗目标。

高德占在讲话中强调指出，从现在起到2000年这十年间，特别是"八五"期间，是林业发展的关键时期，对恢复和发展我国森林资源具有转折性的意义。我们一定要在过去工作的基础上，进一步把林业工作做好，使我国林业再上一个新台阶，以适应整个国民经济发展和改善生态环境的需要。

关于今年的林业改革和林业建设，高德占提出，要切实抓好以下六项重点工作：一、全面落实全国造林绿化规划，加快造林进度，提高林分质量；二、认真执行新的采伐限额，加强资源和林政管理，严格控制森林资源消耗；三、坚持以法治林，把森林保护工作提高到一个新水平；四、积极发展林产工业、多种经营和综合利用，增强林业活力；五、加强林业教育和科技事业，坚持科技兴林，强化企业管理；六、重点森工企业要眼睛向内，开拓进取，认真抓好"治危兴林"。

高德占说，为把林业工作推向前进，还必须下大气力抓好林业宣传工作，要注意巩固1990年开展"林业质量年"活动的成果，进一步抓好基层建设和基础建设，加强林业的对外经济技术合作和交流，加强非统配木材的经营和管理，同时还要加强林业立法工作。

高德占强调，林业工作千头万绪，一定要突出重点、抓住关键。应当充分认识到，加快森林培育、增加森林资源是根本，广筹资金多造林是重点，要以此为中心来安排各项工作。

他说，下一步我们总的工作路子是：政策要稳定，改革要深化，抓法要得力，措施要完善，经验要推广，水平要提高。

这次全国林业厅局长会议在开法上也很有特色。

这次会议与过去有很大的不同，以往主要是部领导讲、厅局长议，而这次会议是双向互动的，除了林业部从林业工作总的方面进行部署安排和提出要求外，主要是请各省(区、市)在会上系统地交流经验，共商林业改革和发展的大计。

为期6天的会议，有3天的时间用于交流经验。

在限定每人30分钟的发言时间里，各省(区、市)33位厅局长分别介绍了3至7条"七五"期间本省(区、市)林业改革与建设的主要经验和具体抓法。

这些经验是林业改革与建设的成果，是广大林业干部、职工开拓进取、埋头苦干的结晶，它集中体现了我国林业工作"七五"以来的主要成就和突出的亮点。这些经验汇集起来，就会成为推动我国林业再上新台阶的巨大力量。

为介绍好本省(区、市)的经验，各省(区、市)的厅局长早在两个多月前就已开始精心准备。他们感到，"七五"期间本省(区、市)林业改革和建设成效显著，有许多好的经验和具体抓法，很有必要进行系统总结，并与兄弟省(区、市)相互交流；同时，在目前情况下这样系统地总结、交流经验也是我国林业改革与建设深入发展的迫切需要。

与会代表反映，听了经验介绍，令人思路开阔、信心倍增。各省(区、市)介绍了许多好的经验和抓法，说明这些年的林业工作既有困难，又有成绩，更有办法。这些事实表明，要开创我国林业工作的新局面，"力量在群众，办法在基层。"

高德占解释说，会议之所以这样开，主要是想通过系统的交流经验，互相学习，互相启发，互相借鉴，把各地的经验集中起来，组合配套，取长补短，形成合力，进一步开创各省(区、市)林业改革和建设的新局面，从而把我国林业工作的整体水平再提高一步，以适应整个国民经济发展和改善生态环境的需要，为实现全国的十年规划和"八五"计划做出应有的贡献。会议这样开，也是部里向各地，向基层学习的一个好机会，对部里进一步改进作风，做好工作，更好地为基层服务，也是一个有力的推动。

与会代表们还认真讨论了《"七五"期间我国林业发展情况》《林业发展十年规划和"八五"计划要点》《关于加强林业行业精神文明建设，培养"四有"林业职工队伍的意见》等文件。

林业部还在会议上通报了 1989 年全国人工造林和采伐迹地更新实绩核查情况、1989 年全国森林资源消耗量及消耗结构调查成果。

林业部副部长蔡延松出席了会议并讲话。

陕西省副省长王双锡代表省委、省政府到会祝贺并讲话。

全国总工会农林工会、国家林业投资公司的负责同志应邀出席会议。

全国各省(区、市)林业(农林)厅(局)长，黑龙江省森工总局、大兴安岭林业公司、内蒙古大兴安岭林管局、新疆生产建设兵团农业局、14 个计划单列市林业(农林)局的负责同志参加了会议。

林业部各司局、直属单位的主要负责同志也参加了这次会议。

参加这次会议的代表共计 150 多人。

蔡延松在全国林业厅局长会议上强调

林业企业要坚持在管理上大做文章

本报讯　1 月 16 日，林业部在西安召开的全国林业厅局长会议上举行了颁奖仪式。高德占部长、蔡延松副部长向 19 个晋升为国家二级企业、9 个部级质量管理奖和 16 个国家二级能源管理先进单位颁发了获奖证书。蔡延松副部长在颁奖仪式上发表讲话，并强调，林业企业要坚持在管理上大做文章。

蔡延松说，1990 年是林业企业管理取得显著成就的一年。这一年，经过严格考核，有 19 个林业企业晋升为国家二级企业，一个企业通过一级企业预考核，两个企业获得国家质量管理奖，5 项林产品荣获国优产品银牌奖，4 家企业的 QC 小组被评为国家级优秀 QC 小组，16 个企业成为国家二级能源管理合格企业；此外，还评选出部级质量管理奖单位 9 个，部级优秀 QC 小组 35 个，部优产品 51 个。特别是黑龙江省南岔木材水解厂通过国家一级企业预考核和林业部常州林机厂、福建省武平县林化厂获国家质量管理奖，填补了林业企业管理史上的空白，这是一个重大突破，它标志着林业企业管理已进入了一个新阶段，有了新发展。

蔡延松强调，林业企业要扭转"两危"局面，实现"两增"，既要靠积极争取和创造有利于发展的外部条件，同时更要靠加强和改进企业的内部工作，不断提高管理水平。因此，必须坚持眼睛向内，进一步加强管理，充分挖掘内部潜力，首先把自己应办的事情办好，要坚持在加强企业管理上做大文章。

蔡延松说，"八五"期间，国家决定还要继续运用企业升级这一加强企业管理的有效机制，促进企业提高素质。各级林业主管部门和企业都要重视企业升级工作，下大气力抓紧抓好。必须把企业升级工作与开展"质量、品种、效益年"活动紧密结合起来，进一步提高产品质量、增加新品种、降低物质消耗，提高经济效益，为"治危兴林"和增强企业活力取得更大的成绩。

王志宝在中国林科院工作会议上强调

加大科技创新力度加快科技发展步伐

本报讯　1 月 29 日，中国林科院召开 1999 年工作会议。国家林业局局长王志宝出席会议并发表讲话指出，当前林业发展比以往任何时候都要更加依赖于科技进步，依赖于科学的决策和管理。实施科技兴林战略，推进林业两大体系建设，迫切要求我们加大科技创新力度，加快科技发展步伐。

科技部副部长邓楠出席会议并讲话，国家林业局党组成员、中国林科院院长江泽慧作了题为"深化改革锐意创新努力开创中国林科院科技工作的新局面"的报告。

国家林业局党组书记、局长王志宝对中国林科院在林业建设全局中的重要地位与作用给予了高度评价，并就该院今后的工作提出了五点意见。

一、为建立起具有自身特色的国家林业科技创新体系发挥骨干作用。我国林业要实现由传统林业向现代林业的转变，实现林业由粗放经营向集约经营的转变，必须依靠科技创新。林科院是林业科研的国家队，要承担起创建国家林业科技创新体系的历史使命。国家林业科技创新体系要把保护和培育森林资源，改善生态环境，实现国土保安，推进经济、社会可持续发展作为创新的核心；要在机构创新、创新基地建设、创新机制建立、创新资源配置和创新环境建设等五个方面有所突破，特别要在创新基地的建设中发挥骨干作用，以提高林业的整体创新能力。从现在起，要以林科院为中心，组织各方面的力量，结合林业的实际，及早部署，抓紧研究，抓紧实施，把建设国家林业科技创新体系作为1999年科技工作的重中之重，抓紧抓好，抓出成效来。

二、进一步加大改革力度，加快机制转换，为国家林业重点建设工程提供科技支撑。在过去的一年里，林科院提出了为林业生态环境建设工程提供科技支撑的改革思路。这个思路很好，对实施科教兴林战略意义重大。希望林科院的同志们切实抓紧、抓实、抓好这项工作，紧紧围绕"为工程建设服务"这一中心，切实抓好"工程实用技术推广、攻克工程技术难题、加强工程质量技术监督"三个重点，提高工程建设的质量和效益。为了使科技能够全面支撑林业重大工程建设，必须加大工程管理和政策方面的研究，尽快建立起一个精干、高效的管理系统，发挥在计划、组织、指挥、调节、监督等方面的重要作用。同时，还要进一步搞好科技服务。科技人员要深入基层，传播科技知识，努力提高劳动者的素质，这是提高工程质量和效益的最重要条件。

三、培养和造就大批德才兼备的科技骨干，提高科技队伍的整体素质。林科院制定的《改革与发展总体方案》，提出了建设亚洲一流、国际一流的林业科研机构的奋斗目标，这个目标定得很好，很鼓舞人心。要实现这一目标，首先要抓住人才这个关键，没有一流人才，就出不了一流成果，建设不了一流院所。在培养人才上，要特别强调两点：一是要建立一种有利于人尽其才、才尽其用的机制，并积极创造使人才脱颖而出的环境条件；二是要根据经济、科技和社会发展的需要，培养多层次的各类人才。根据林科院的实际，特别要培养一批既懂专业又善营销的开发型高级管理人才和科技企业家。

四、充分发挥专家的智囊作用，当好参谋，提高决策水平。林业生产周期长，一旦决策失误就会造成很大的甚至无法弥补的损失。为了做到正确决策，必须充分发挥专家的智囊作用。当前，最主要的是要组织科技人员对重大林业工程进行调查研究，积极提出建议，切实解决工程中的技术、管理等科技问题，这应成为专家和科技工作者的一项重要任务。林科院学科齐全，人才济济，具备了决策咨询工作的实力，希望林科院加强与国家林业局有关部门的联系和配合，在事关林业发展的重大问题上，当好参谋，为林业的发展做出更大的贡献。

五、关心科技人员的生活，解除科技人员的后顾之忧，充分调动科技人员的积极性。科技工作是一心一意的工作，要出成果、出成绩就必须使科技人员全身心地投入。这就要求我们在各方面要比别的行业更要关心科技人员的生活，以确保科技人员无后顾之忧，充分调动他们的积极性，只有这样，才能更快地出成果、出成绩。

中林绿源科技有限责任公司成立

本报讯　中国林科院深化科技体制改革，9月9日成立了中林绿源科技有限责任公司，标志着该院的"市场取向，一院两制"的战略构想进入了实施阶段。

国家林业局党组成员、中国林科院院长江泽慧评价说，中林绿源科技有限责任公司的成立，是中国林科院贯彻落实国务院关于"加强技术创新，发展高科技，实现产业化的决定"的重要举措，也是全面推进"市场取向，一院两制"战略构想的新起点。

中国林科院是原国家科委确定的全国科技体制改革试点单位。两年多来，该院通过深化改革，主动面向市场，加强技术创新，加速实现科技产业化，积极探索"市场取向，一院两制"的改革发展思路，初步形成了林业科研、成果转化与科技产业协调发展的雏形。所谓"市场取向，一院两制"，即以市场为导向，全院实行两种运行机制：一是以实验室为主体，主要从事重大基础理论研究、应用基础研究和战略高技术研究，重点解决林业建设中带有全局性的重大科技问题；另一种是让大部分科技人员直接进入新组建的科技产业（集团）公司，从事技术创新和高新技术产业化工作，或进入林业科技中介服务机构，面向企业和市场，开展新产品研发、成果转化、科技推广、科技服务和科技咨询活动。中林绿源科技有限责任公司的成立就是以科研成果和技术为依托，以资产为纽带，将具备条件的技术开发类研究所向企业转制，面向市场、服务社会、走向产业化的一项重大改革。公司将致力于林业工程、生态环境保护与治理工程、木材与林化工程、园林绿化工程的规划、设计、施工与监理，林木制品与林化产品的开发、生产与销售，林木种苗、花卉、草坪的生产与销售，以林产品为主要原料的生物制品与保健品的研制开发，森林旅游服务以及科技咨询与信息服务等方面进行开拓。

成立大会上，该公司还与有关方面签署了"南水北调中线工程生态防护林建设项目""杜仲资源培育与杜仲胶产业化项目""厦门滨海生态科技园建设项目""海南玉龙泉火山森林公园建设项目"的合作协议书。

全国林业科技推广工作
会议在徐州召开

江泽慧出席会议并讲话

本报讯　10月31日至11月2日，全国林业科技推广工作会议在江苏省徐州市召开。全国政协人口、资源与环境委员会副主任，国家林业局党组成员，中国林科院院长江泽慧出席会议并讲话。

全国政协委员、原林业部副部长、国家林业局科技委副主任蔡延松，江苏省副省长姜永春，江苏省政府和国家林业局的有关领导，各省、自治区、直辖市林业主管部门、全国各林业技术开发试验示范区有关领导以及林业单位、大专院校的专家教授，徐州市委、市政府的主要领导等近三百名代表出席了会议。

这次会议的主要任务是：深入贯彻党的十五届三中全会精神，总结交流近年来全国各地林业科技推广工作经验，探索新时期林业科技推广工作的新形势、新思路，部署下一阶段的林业科技推广工作。

江泽慧在讲话中语重心长地勉励林业系统各级领导和广大林业科技工作者，要认真学习、深刻领会党的十五届三中全会精神，正确认识当前林业发展的紧迫形势和艰巨任务，坚定不移地实施科技兴林战略，全面开创林业科技推广工作的新局面。江泽慧指出，这是适应世界科技发展的需要，是迎接知识经济挑战的需要，是促进林业增长方式转变、实现可持续发展的需要。

江泽慧充分肯定了自1989年林业部提出科技兴林发展战略以来，

林业科技推广工作取得的长足进步，同时也指出了工作中存在的问题。这些问题主要表现是：对林业科技推广工作认识不高，在科技工作中重科研、轻推广的现象普遍存在；林业科技推广运行机制不完善、机构不健全、经费不落实、人员素质较低。江泽慧强调指出，到2000年底，要初步实现经济增长方式的根本转变，使林业科技成果的转化率提高到50%，使科技进步的贡献率达到40%，先进地区和试验示范区要达到50%以上，任务是非常艰巨的。

为把林业科技推广工作推上一个新台阶，江泽慧对下一步工作提出了6点意见：一是进一步提高认识，加强领导，确立林业科技推广工作的重要地位。林业科技推广工作是实施科教兴林战略的关键和突破口，牵涉到科技、生产、计划、财务和人事各个方面，牵涉到奖励机制、利益机制、约束机制等诸多问题，需要方方面面的支持和关注。各级林业部门的领导班子特别是一把手，一定要从林业发展的全局和可持续发展的高度来充分认识科技推广的重要意义，把加速林业科技成果转化放在林业发展的重要位置予以高度重视。二是紧紧围绕生态环境建设和林业发展中的热点、难点问题，集中力量抓好现有成果的组装配套和大规模推广应用。要按照国家关于科技救灾的精神，尽快筛选出一批能抵御自然灾害和灾后重建急需的林业科技成果，组织骨干力量到灾区一线推广。林业生产部门要增强依靠科技的紧迫感和主动性，在林业科技推广工作中大显身手。同时有两点要特别强调：要注重科技产业化，用科技成果去开发引导市场，大力培育能带动农户发展商品生产的"龙头"企业；要注重科技创新，不断改进和完善已有成果，使之更加符合林业实际和现实需要，发挥显著作用。三是坚决稳住现有林业科技推广服务体系和示范体系。县级以上林业科技推广机构不仅要有人员、有场所，还应该配备必需的交通工具和仪器设备。同时，要根据党的十五大精神和市场经济的要求，积极探索林业科技推广服务体系建设的新途径。要继续抓好技术开发试验示范区建设，进一步扩大示范范围，增强技术辐射能力。四是积极探索既符合社会主义市场经济体制要求又符合林业科技自身发展规律的科技推广运行机制。首先要对科研立项和成果管理进行改革；其次要重新部署现有林业科研力量，把重点放在促进科技与经济结合上，初步设想，今后三年，要使我国林业科技推广与开发人员达到林业科技人员总数的 70% 以上；第三要加强各类林业科技推广计划的改革与管理；第四要树立新的科技推广价值观，健全激励竞争机制。五是认真做好林业科技普及和技术培训工作。加强林业科技普及和技术培训工作是林业科技推广工作的重要内容。各级林业主管部门一定要把这项工作作为实施科教兴林战略的重要工作抓紧抓好。六是采取有效措施，建立稳定的林业科技推广投入保障机制。目前，我国林业科技投入总量不足，科技推广经费严重缺乏。各级林业主管部门、各林业企事业单位都要多渠道、多层次、多形式地增加林业科技推广的有效投入，逐步建立稳固的投入保障机制。同时，我们也要鼓励社会各界人士和团体以资金入股等方式，与林业科研所、推广机构合作，共同做好林业科技推广工作。

与会代表参观了丰县治沙工程、铜山县高标准农田林网、邳州市银杏产业化基地和徐州市的石山造林现场，听取了江苏省徐州市、河北省、福建省南平示范区、吉林省以及中国林科院 ABT 中心有关开展科技推广工作的经验介绍。

会议隆重表彰了北京昌平县林业局等 75 个林业科技推广先进单位和周彬彬等 108 名科技推广的先进个人。

（刊登于 1998 年 11 月 5 日《中国绿色时报》一版）

首都隆重表彰绿化美化先进

在表彰先进的同时公开批评 5 个后进单位

本报讯 1992 年度首都绿化美化先进单位、积极分子表彰大会 3 月 10 日在人民大会堂隆重举行。中共中央政治局委员、国务院副总理、全国绿化委员会主任田纪云到会作了重要讲话。全国人大常委会副委员长陈慕华，全国政协副主席洪学智、林业部部长高德占等到会为先进单位和积极分子颁奖。

首都绿化委员会第十二次全会决定，在表彰先进的同时，公开批评了 5 个后进单位。

田纪云在讲话中指出，植树造林绿化美化环境是造福当代、荫及后人的伟大事业。首都北京作为全国政治中心、文化中心和国际交往中心，绿化造林的责任更大、任务更重、也更为紧迫。因此，搞好首都绿化美化事业，要坚持与国民经济、社会发展同步；要加强领导，坚持解放思想，坚持任期目标责任制，坚持城乡一起抓，国家、集体、个人一起上；还要坚持生态效益、社会效益、经济效益统一的原则，巩固、发展绿化成果，多层次、全方位提高首都绿化的整体水平。此外，必须更加广泛、深入、扎实地开展全民义务植树运动，严格履行公民义务，使之更加基地化、科学化、规范化、制度化。

首都绿化委员会副主任、副市长段强部署了今年首都绿化美化的具体任务：城市植树 140 万株，铺草坪 80 万平方米，新增绿地面积 300 公顷；郊区平原植树 1000 万株，荒山人工造林 18 万亩，封山育林 20 万亩，飞播造林作业面积 50 万亩，中幼林抚育 30 万亩，育苗 6 万亩，种牧草 5 万亩。

不守旧摊子　开创新事业

——听李永芳局长谈林业行业精神

北京市林业局局长李永芳，给记者印象较深的是他的思辨能力和研究精神。这位身为共和国首都的林业"行政长官"向记者谈起了林业行业精神。

李永芳说，北京的林业是"在荒山荒滩上起家"的事业，没有乐于吃苦、开拓进取的精神是干不好林业的。

李永芳历数了北京十几年来的新变化：实行了各级领导抓造林绿化的新制度，形成了全社会办林业的新格局，初步建立了"三防"新体系，推动了林业科技的新发展。这些新变化，既是认真贯彻党的基本路线的结果，也是我们林业行业精神结出的丰硕成果。

问及李局长北京林业行业精神的内涵，他向记者讲了几个从荒山荒滩上"拾"来的小故事。

密云县半城子乡林场场长朱忠有说过一句话："守着旧摊子，永远干不了大事业！"朱忠有1983年开始承包本村的30亩沙滩果园，苦战3年，打理成功，但并未让他满足。1986年他又承包了满目荒凉的长沟峪林场，带领30多名场员采石垒坝、建园植树。朱忠有经过5年艰苦奋斗，筑坝200道，植杨树上万株，新建果园30亩，山坡地造林8000多亩，初步改变了荒山秃岭的面貌，他的开拓进取精神是很有代表性的。

赵春生的故事代表了年轻知识分子的精神风貌。赵春生1981年中专毕业后，被分配到顺义县林业工作站工作。他10年艰苦耕耘，单独或与人合作共完成8项科学实验，其中5项获奖，"多效唑在果树上的应用"获北京市科技进步一等奖。李永芳说，他之所以在事业上取得成功，主要原因是他能把自己深深扎根于林业生产实践的沃土中。林业的科技进步正需要赵春生这种在实践中勇于探索的精神。

怀柔县范各庄乡石片村青年农民李向荣带领乡亲们共同致富的精神，是新时期林业行业精神的又一突出体现。李向荣的家乡是个穷山区，但山场广阔、桑源丰富。他试验养蚕成功后，首先想到的是带领乡亲们一起致富。他组织了京郊第一个农民养蚕联合体，用自家的住房做饲养房，用自家的口粮田培育优质桑苗，自费外出学技术，又把学来的技术传授给养蚕农户。他经过一年多的努力，共生产蚕茧3217公斤，使各户平均增收2100元。

李永芳说："10几年来，林业战线的广大干部、群众，继承了老一辈林业工作者艰苦创业的优良传统，并带着时代的特征，在新时期进一步表现出开拓进取的精神、真抓实干的精神、艰苦奋斗的精神和无私奉献的精神，这就是我们引以为自豪的林业行业精神。"他补充说，这些精神在我们林业系统的先进单位和先进人物的事迹中表现得最为集中和突出。

（刊登于1992年1月7日《中国林业报》第三版）

改革教育体制 调整院校布局

全国林业教育发展迅速

现已有林区中小学2738所、高等林业院校11所、
各种职业技术学校137所、各类林业成人学校54所，
一个较完整的林业教育体系已基本形成

本报讯　党的十一届三中全会以来，林业系统深入进行教育体制改革，加强了基础教育，相继恢复和发展了一批林业院校，调整了专业结构和院校布局，全国林业教育有了较大发展。据有关部门统计，现在全国林区有中小学2738所，在校生78.96万人，教师4.84万人；有林业高等院校11所，在18所农业院校中设有林业专业，林业院校系共有34个专业，144个布点，本、专科在校生约计2万余人，专业教师4934人；有技工、中专、中师、卫校、森警学校等职业技术学校137所，在校生4.12万人，专业教师4373人；有各类成人院校54所，办学点64处，在校生1.57万人，教师1293人。一个较完整的林业教育体系已基本形成。

十年来，林区中小学面貌发生了很大变化。在深入开展教育体制改革的过程中，尊师重教蔚然成风，调动了广大教师的积极性，教学质量逐年提高，普及九年制义务教育的工作正在有步骤地向前发展。由于教育经费逐年增加，办学条件也有一定改善，一批现代化的教学实验设备已开始进入部分林区重点中小学的课堂。尽管林区办学还有重重困难，

但已引起社会的高度关注。

林业高等院校健全了领导机构，加强了教学管理，不断扩大办学规模。随着专业结构的调整，在发展本科教育的基础上，增加了专科生与研究生的培养。1985年以来，从林业经济体制改革的需要出发，增设了企业管理工程、林业政法、木材贸易与管理、自然保护区管理等专科、专业。1981年实行学位制以来，林业院校设有硕士学位授予点95个，博士学位授予点21个，现有硕士研究生748人，博士研究生23人，为造就高级人才创造了条件。近年来，从林业建设实际出发不断深化教育改革，注意加强实践性环节，认真修订了教学大纲，编写更新教材69种，明显地提高了教学质量。各院校注意坚持把教学与科研结合起来，做到既出人才，又出成果。部属院校设立了54个研究室，核定专职科研编制1150人，保证了科研工作的顺利进行。1986年底，林业院校科研成果获得林业部科技成果奖的有41项，其中南京林业大学的旋风燃烧干燥木材的研究获得一等奖。在教育为林业建设服务这一思想的指导下，1982年以来林业院校改革了招生与毕业生分配制度，实行"定向招生、定向分配"，有效地打通了向林区输送专门人才的通道；对非定向招收的毕业生，除统一分配外，一部分采取院校与用人单位"供需见面"的做法，也取得了积极的效果。东北林业大学和中南林学院先后建立了师范部，已为林区输送了一批各种专业的师资。由于党和国家对林业教育的重视，不断改善了林业高等院校的办学条件。"六五"期间林业部为部属院校投资1亿多元，其中设备费2000多万元，并先后两期利用世界银行贷款共计1000多万美元，使教学用房与设备得到更新和补充。在三所林业大学中分别建立了理化分析、测试、显微技术、遥感、电子计算机等中心实验室，为教学与科研创造了良好的条件。高等林业教育的巨大发展对我国林业现代化建设发挥了积极的作用。

中等林业教育从十一届三中全会以来，也得到了恢复和发展。林业中专增建了一倍，每年可为国家培养4000余名中级专门人才。此外，在林区和山区开办了林业职工学校或职业班，省(区)创办林业技工校

87 所，在校生共计 3 万余人。

林业成人教育的发展速度更是惊人的。近年来，已先后建成管理干部学院 3 所，职工大学 3 所，教育学院 4 所，广播电视大学 4 所，干部中专 25 所，职工中专 15 所，办学网点遍布全国林区，初步形成了多渠道、多层次、多形式的成人教育网络。1986 年以来在中央农业广播学校开设了林业专业，又为林农专业户学习林业知识创造了条件。林业成人教育已对提高林区职工干部的素质、强化企业管理以及中年林业科技人员的知识更新发挥了明显的作用。

桃李添春色，新条继待发。我国林业教育已获得了迅速的发展，但要适应林业经济体制改革的要求，还需要增强深入改革的紧迫感，不断完善、充实、提高。

学习十三大文件 深化科技教育改革

北林大部分专家教授畅谈十三大

校庆 35 周年余兴未尽，十三大胜利召开的洋洋喜气又充满了北京林业大学的校园。10 月 27 日上午，部分专家教授满怀喜悦之情济济一堂，畅谈十三大。

改革带来了繁荣兴旺

"党的十三大报告对十一届三中全会以来 9 年的估计是符合我国实际的。"森林生态学教授沈国舫校长说："这 9 年是建国以来国家经济增长最快的时期，也是人民群众得到实惠最多的时期。许多外宾对我们取得的成就，都给以很高的评价。他们有的一年来中国一次，年年都看到中国的新变化，到处是一派繁荣兴旺的景象。我校 1978 年刚从云南搬回来时，满目凄凉，现在不仅得到了恢复，而且有了明显的更新和发展。这是坚持四项基本原则，坚持改革、开放的结果。"昆虫学副教授黄兢芳接着说："三中全会以前，我们有劲儿没处使，现在是有劲儿不够用。这9年是建国以来最好的时期，政治环境宽松，从来没有像现在这样心情舒畅。"水保学教授王礼先抑制不住激动的心情，他说："没有十一届三中全会清除'左'的思潮，没有改革，就没有我们国家的今天，就没有教育界的今天，也没有我个人的今天。'阶级斗争'、'穷过渡'使我国的经济、教育走到了崩溃的边缘。看到今天，我，对党是怀着感激的心情的。……"他说到这里流下了激动的热泪。育种学教授朱之悌话不多，却句句在人们的心里产生着共鸣，他说："现在正是改革的黄金时期，我们要在十三大精神指引下，加快改革，为四个现代化做贡献。"

找到了打开疑团的钥匙

在座谈中，大家一致认为十三大的报告理论性强，实践基础深厚，紧扣中国的国情，特别是社会主义初级阶段的理论，使人们找到了打开疑团的钥匙，更坚定了深化改革的信心。森林经理学专家范济洲教授说："在'左'的时期讲的那一套政治口号，理论上不通，我们嘴上不讲，心里保留；这次报告讲得透彻，我们处在社会主义初级阶段，听了，心里亮堂了。我们林业口怎么办？要坚持法制，加快改革。"园林学教授陈有民说："在我国5000年的文明发展史上有许多重要的发明创造，我们的先人为人类做出过重大贡献，我们这一代人应该做得更好。要努力建设有中国特色社会主义，首要问题是要理解社会主义初级阶段的理论。"沈国舫校长说："我们处在什么阶段，怎样实事求是地对待自己，过去不是很明确的，因此，走了不少弯路，政策上发生了一些失误。现在理解了，我们处在社会主义初级阶段，而且这是一个要经历上百年的很长的历史时期。"接着他又联系学校的实际，谈了自己的体会："认识这个问题，在我校要注意两种倾向：一是防止资本主义倾向，坚持四项基本原则，坚持社会主义方向。要时刻牢记，学校要为社会主义服务，要教书育人，加强思想政治工作，我们培养的人要为社会主义服务。另一种是克服僵化的思想，这就要坚持改革、开放、搞活，改革教学，改革教学管理，提高工作效率，克服官僚主义，使学校充满活力。这样，就能为林业培养更多、更好的人才。"

深化科技教育改革

著名生理生态学专家汪振儒老教授，无限感慨地回顾了我国近代饱经忧患的历史和建国以来动荡不息的经历，兴致勃勃地谈起三中全会以来充满生机的改革形势。当谈到科技教育体制改革时，他兴奋地说："十三大报告中提出，把发展科学技术和教育事业放在经济发展战略的首要位置，提得好，我举双手赞成！教育是科技的基础，科技的首要任务就是要振兴国民经济，这说明今后我们北林大的任务更重了。"木工学教授孙立谔说："现代生产发展，在很大程度上要靠科技进步，而发展科技更要重视发展教育。教育要从幼儿园、中小学抓起，一直抓到高等学校，为国家经济建设培养各级各类人才，为经济腾飞积蓄后劲。当前深化教育改革要特别注重加强思想道德教育，使学生对国家具有强烈的责任感。重视教育要有行动，不能只停留在口头上，目前普遍感到教育经费不足，应该引起有关部门的重视。"陈有民说："随着改革的深化，拿手术刀的不如拿剃头刀的这种现象必须改变。将来社会的发展要靠知识，靠提高全体人民的素质，不能再采取过去那种拼资源，拼劳力，拼消耗的办法去发展生产，老老实实地靠知识，这才是脚踏实地。"数理统计学教授符伍儒说："十三大报告讲得实事求是，加快科技、教育的发展依赖于政治体制改革，加强民主与法制建设，有利于在决策中减少失误。"气象学副教授贺庆棠谈了自己对政治体制改革的体会，他说："我国的教育有些方面还不能不使人忧虑，有些地区新文盲增加，部分青年学生在开放、搞活的形势下不安心学习。我们应该为林业教育呼吁。对中年知识分子还存在论资排辈的问题，拔尖人才很难脱颖而出，加快改革教育体制是必须的。政治体制改革的关键是党政分开，克服党不管党的倾向。党政分开以后，党组织可以集中精力抓自身建设，从严治党，目的是加强和改善党的领导，在学校保证科技教育改革的顺利进行。"

争当科技成果转化的排头兵

本报评论员

　　由王涛院士主持完成的 ABT 生根粉系列推广项目，获得了科技界的最高荣誉——国家科技进步奖特等奖。在此我们向王涛院士和她的战友们表示崇高的敬意和热烈的祝贺！

　　王涛的成功在于，她始终坚持在经济建设的主战场建功立业，在科技成果转化第一线开拓进取，拼搏奋斗。

　　80 年代初期，她从林业生产建设的需要出发，研制成功了 ABT 生根粉这一复合型植物生长调节剂，突破了传统的研制方式，其技术达到国内领先水平。她并不满足于成果获奖，而是义无反顾地冲向了成果转化的第一线，通过研究推广、改进完善，ABT 生根粉发展成了系列化的成果，更好地适应了农林业生产建设的需求。在成果转化过程中，针对面临的农村推广经验短缺、人才匮乏、地域广、风险大等实际问题，王涛和她的战友们知难而上，进行了配套技术、项目实施和推广模式的研究，逐步建立起与市场经济、农村发展、社会进步相适应的研究开发、示范推广、生产销售、人才培养、学术交流以及国际合作等一系列良性循环的运行机制，从而形成了大范围、多层次、开放式的研究推广网络和社会化服务体系。过硬的科技成果、正确的技术路线、庞大的推广服务体系、良好的运行机制，不仅保证了 ABT 系列成果的迅速转化和推广研究的持续发展，而且也为农林科技成果转化起到了典型示范作用，开辟了一条具有中国特色的自力更生促转化的道路。

　　截至目前，ABT 累计应用的植物已达 1133 种，培养建立了有 16.4 万多名技术骨干和 1172 万人参加的推广销售队伍，推广范围覆盖了全国 80% 的县(市)，推广面积达 1.5 亿亩，总计育苗 59 亿株，取得的经济效益达 58.8 亿元；同时，还先后与世界 20 个国家进行了学术交流与合作研究，组建了地跨五大洲的国际合作网络。这一空前巨大的科技转化成果，浸透了王涛和她的战友们的汗水和心血，是王涛在党的"科技兴国"战略思想感召下率领她的推广大军创造的奇迹，也是我们林业战线的骄傲与光荣。

王涛院士是 ABT 生根粉的发明人，也是 ABT 系列推广项目的主持者。为完成这项推广重任，十几年来，她殚精竭虑、辛勤耕耘、奔波劳碌、无私奉献。她谢绝了国外合作者的挽留，放弃了在美国拿绿卡的机会，坦言相告：我的事业在中国！她几乎白手起家，却凭自力更生，成就了光彩照人的大事业，表现了社会强人的雄心和胆魄。她取得了辉煌，却宣告"从零开始"，要继续艰苦奋斗，"以自己的知识与智慧报效祖国，造福人民"。王涛的高风亮节，堪称中国当代知识分子的楷模。

王涛的成功实践再一次启示我们：面向经济建设的主战场，科技人员就会大有作为；科技成果只有通过推广转化成现实生产力，才有存在的价值和意义。因此，一切鄙薄成果转化，认为推广没有水平的想法是要不得的。今天，当我们为王涛鼓掌、祝贺的时候，应该更加清醒地看到，科技成果转化需求紧迫，任重道远。让我们都来争做科技成果转化的排头兵，到科技推广中建功立业！

(刊登于 1996 年 12 月 24 日《中国林业报》第一版)

一个值得大力提倡的好做法

本报评论员

近年来，随着全国绿化活动的深入开展，天津市城区出现了一种新的绿化管理模式，即由群众自觉地认养管护公共绿地和树木。先是南开区长宁里街道居委会自发地搞起来，引起绿化主管部门和社会的广泛关注，通过积极引导很快扩展到全市城区数百个居民区、数百所学校和单位，护绿面积 394.2 公顷，占全市公共绿地面积的 23%。由于得到了科学化规范化的管理，这些被群众认养管护的绿地植被枝叶繁茂展现着勃勃生机。

群众认养管护公共绿地和树木有效地保护了绿化成果，是一个值得大力推广的好做法。

天津市的经验告诉我们，有了群众的自觉参与，绿化成果就保得住；毁绿者变成了护绿人，再加上实施专群结合、科学管理，以及不断进行的改造和提高，就能够确保城市绿化美化向更高的层次发展。我们常说，"人民的城市人民建，人民管"，群众认养管护绿地、树木，正是实践这一指导思想的具体体现。天津市这几年每年新增绿地都在 150 万平方米以上，保护管理好这些绿地和树木光靠绿化主管部门在人力财力上的有限投入是远远不够的，群众自己动手养绿护绿，美化家园，就可以极大地加快城市绿化建设的步伐。同时，群众认养管护绿地、树木，也是加快社区精神文明建设的有效途径。通过公共绿地认养和管护，机关干部可以增强公仆意识，中小学生有了接受环保教育的生动课堂，普通居民在认养绿地的实践中可以陶冶情操、活跃家庭的文化生活，整个社会可以破旧俗、树新风，养成健康文明的新风尚。

群众认养管护绿地贵在坚持，重在积极引导、科学规范化管理，绿化部门更要热心支持，不能甩手不管。

(刊登于 1998 年 4 月 14 日《中国绿色时报》第三版，本期三版刊发的就是天津市群众认养绿地的专题报道)

国有林区的新曙光

本报评论员

吉林省湾沟林业局解放思想，深化改革，艰苦奋斗，实现了三年巨变，一举甩掉了亏损企业的帽子。其治危兴林的成功实践，为处于"两危"困境中的国有林区展现了黎明破晓的曙光，使人们看到了旭日东升的希望!

祖国有百万森工儿女,曾在党的领导下创建了我国的森林工业基地,为国家的建设和国有林区的发展立下过汗马功劳。但是,近些年来,由于诸多原因,国有林区陷入了森林资源危机和经济危困之中。一时间,森工解困成为全行业密切关注的大事,也是国有林区广大干部群众日夜企盼,并苦苦探索的课题。

湾沟人有雄心,有志气,在极端艰难的境况下发起了一场英雄壮歌式的"二次创业",通过短短3年的苦战奋斗,终于冲出了"两危"的困扰,跃出了经济振兴的"地平线",使人们看到了重振森工雄风的希望。

湾沟迅速解困的成功经验启示我们,森工企业治危兴林,首先必须解放思想。那种计划经济体制下留给我们的保守、封闭、落后的传统观念是要不得的,那种懦夫、懒汉式的等、靠、要的思想是要不得的,那种习惯于按老路办事的做法也是要不得的。必须像湾沟人那样,摆脱一切陈旧观念的困扰,跳出林业看林业,树立市场意识、开放意识、竞争意识,运用建设有中国特色社会主义理论研究问题,探索出路,自强不息,开拓进取。

湾沟迅速解困的成功经验也启示我们,只有大刀阔斧地推进改革,才是森工解困的唯一出路。森工企业之所以走入"两危"的境地,一个很重要的原因,即在于计划经济体制留下的许多积弊造成的,很不适应今天市场经济发展的需要,不彻底改革是没有出路的。要改革,就不能怕阵痛,就要动真格的。要在实事求是的基础上通过认真深入的调查研究,凭借一步步卓有成效的配套改革,真正建立起适应社会主义市场经济的运行机制,把企业不断地推向前进。

湾沟迅速解困的成功经验还启示我们,森工创业时期形成的艰苦奋斗、无私奉献的传家宝千万不能丢。这是因为,干林业本身就意味着必须吃苦和奉献,何况我们身处"两危"之中呢? 森工的治危兴林又是一次伟大而艰苦的再创业,要走的都是艰难曲折的道路,更需要有艰苦奋斗、无私奉献的精神,尤其需要坚持"两手抓,两手都要硬"的方针,在发展经济的同时,还要大力加强精神文明建设。

湾沟人冲出"两危"走过来了，那些还处在严重困境中的企业要快快地跟上去！

曙光在前，国有林区摆脱"两危"一定大有希望！

（刊登于1996年12月9日《中国林业报》一版）

林业部门要做扶贫攻坚的突击队

本报评论员

通过全社会的共同努力，最终解决我国贫困人口的温饱问题，目前已经到了攻坚阶段。党中央已发出号召，动员全党全社会行动起来，为实现国家"八七"扶贫攻坚计划而努力奋斗！

到本世纪末基本解决我国农村贫困人口的温饱问题，是广大贫困群众的强烈愿望，是贯彻我们党全心全意为人民服务宗旨的具体体现，也是全面实现国民经济和社会发展第二步战略目标，维护改革、发展、稳定大局的客观要求，有着极其重要的政治、经济和社会意义。为此，林业部发出通知，要求各级林业部门要在党中央的统一领导下，积极投身于扶贫攻坚的伟大事业中，为打好这场攻坚战做出应有的贡献。

在全社会扶贫中，林业部门要担当重任，要做扶贫攻坚的突击队，要把打赢这场攻坚战当作自己光荣的社会职责和神圣的历史使命。这是因为，我国的贫困地区大多分布在山区、沙区，在这些地区发展林业推动扶贫有着其他行业不可替代的优势。

我国林业扶贫开发的优势首先是资源。贫困地区耕地虽少，但多数情况是山场面积大，搞好山区综合开发，对促进扶贫、发展林业有显著的作用。其次是功能优势。森林的合理分布可以为农田水利基本建设和农业生产提供良好的生态保障，搞好植树造林是农村生态环境建设的主体和基础。第三是产业优势。在一些富裕起来的农村，林业往往是那里脱贫致富的支柱产业。因此，我们林业系统的广大干部群众一定要主动积极地发挥好这些优势，大力发展林业促进扶贫开发的进程。

国家扶贫开发的大政方针已经确定，林业部元旦前夕发出的《通知》已对全系统的扶贫开发工作进行了具体明确的部署，当前最紧要的是狠抓落实。我们要继续坚持开发式扶贫的方针，进一步抓好山区、沙区的扶贫工作，在党中央的统一领导下，紧密配合当地政府逐村逐户地加以落实；要加大林业部承担的黔桂九万大山地区林业扶贫工作的力度，让那里的农民如期脱贫；要千方百计抓好国有场圃的扶贫工作，通过努力，在那里建设一片富裕文明的新天地。我们要继续动员全社会的力量大搞植树造林，努力改善贫困地区的生态环境，大力发展林果业和木本粮油经济林产品及其加工业，集中力量解决贫困村、贫困户的温饱问题。要进一步加大林业资金扶持的力度，切实加强科技攻关和技术推广。各级林业部门要真抓实干，做扶贫攻坚的突击队，保证国家扶贫攻坚目标顺利实现。

(刊登于 1997 年 1 月 13 日《中国林业报》一版)

让竹藤产业走向世界

本报评论员

世界林业发展史将永远铭记这一天——1997 年 11 月 7 日，第一个以研究并推动世界竹藤业发展为宗旨的国际组织，在中国成立了。

国际竹藤组织是联系国际资助组织(包括团体和个人)、国际科研机构(包括专家和技术人员)与竹藤生产国之间的桥梁和纽带。它的诞生，对开展竹藤研究、促进国际合作与交流、推动竹藤产业发展、保护竹藤资源，必将发挥重要的组织、指导和协调作用。

竹藤资源作为森林资源的重要组成部分在发展中国家广有分布。竹藤作为非木材产品具有极大的开发潜力。大力发展竹藤产业对促进发展中国家的山区开发和农村经济发展具有重要作用。由于竹子和藤类植物具有生长快、用途广、再生能力强的特点，因而大力开展国际合作，加强科学研究，合理开发、利用竹藤资源，减少林木资源消耗，保护全球的生态环境，帮助并推动发展中国家实现经济与社会的可持续发展具有重要的战略意义。

国际竹藤组织是第一个把总部设在中国的国际组织。我国是竹藤生产大国，竹藤资源极其丰富。国际竹藤组织的总部设在中国，会有利于促进我国林业特别是竹藤产业的科学研究，培养一批熟悉国际组织管理运作以及通晓国际合作的专门人才，为开展国际交流合作，推动竹藤产业发展提供更多的机会和更便捷的条件。同时，也有利于我们及时掌握世界竹藤基因资源、栽培和加工等先进技术，迅速获得国际市场的信息，从而提高竹藤产业的整体水平，更好地走向国际市场。

通过国际竹藤组织，我们还可以更好地发挥自己的优势，对技术相对落后又急需外援的发展中国家提供技术援助，这对发展我国的对外关系，树立良好的国际形象，将会发挥积极作用。中国作为国际竹藤组织的发起国和东道国，应当充分利用其总部设在中国的有利条件，充分发挥我国的竹藤资源优势，抓住机遇，把国际竹藤组织当作我国对外交流的展示窗口和发展基地，通过这一重要渠道，让中国欣欣向荣的竹藤产业走向世界。

（刊登于 1997 年 11 月 8 日《中国林业报》一版）

黑龙江林业厅系统下定决心

走自我解危自我繁荣之路

本报讯　为贯彻全国林业厅局长会议精神，黑龙江省林业厅系统近日提出了今后林业工作的战略目标和工作重点：发扬自力更生精神，自我解危，自我繁荣，建好绿色屏障，办好绿色企业，为全省人民奔小康做贡献。

多路进军、总体推进，加快森林资源的培育。全省林业系统将重点抓好"六大重点工程"建设。到 1995 年完成"三北"防护林二期工程造林任务；到 2000 年完成嫩江沙地治理任务；在"三江"农业开发区大力营造水土保持林、防护林；37 个平原、半平原县造林绿化要如期达标；因地制宜营造速生丰产林，扎扎实实建设好龙江大地绿色屏障。从今年起设立"黑龙江绿色奖章"。

为尽快扭转经济危困局面，省林业厅已制定《系统搞活国营林场方案》《系统治危兴林方案》《系统企业管理方案》。林业主管部门要强化服务，强化国有资产和森林资源管理，在两三年内，使全省 100 多个贫困林场走上致富之路。全省林业系统各单位到 1993 年底全部实现扭亏。

山东省委省政府日前做出决定

学习广东　奋战十年　绿化山东

本报讯　绿化国土的大潮，正由城镇涌向乡村，由平原涌向山区，由内地涌向沿海，席卷着古老的齐鲁大地。

山东省日前决定："八五"栽上树，"九五"完善提高，10 年绿化全省，到本世纪末，林木覆盖率从现在的 17% 提高到 25%。目前，全省上下已经动员起来，向这一宏伟目标挺进！

山东省林业厅厅长李育才告诉记者：前不久，山东省委、省政府集中全省人民的意志和心愿，从省情出发，做出了《关于学习广东、奋战 10 年、绿化山东的决定》，确定了加快发展林业的指导思想、发展路子、工作重点和必须采取的措施，体现了省委、省政府的远见，使全省广大干部和群众受到巨大的鼓舞。

李育才概括《决定》的特点是："境界高，思想新，内容全，措施实，要求严"。他说，整个《决定》突出了植树造林、绿化祖国这一基本国策，把它看作是造福千秋万代的伟大事业；《决定》要求我们把植树造林绿化国土放到经济和社会发展的重要战略位置上，作为两个文明建设的一项巨大工程来抓。《决定》谈了 7 个方面的内容，从认识、目标、规划到政策和各项实施的措施，把山东林业多年来没有解决的问题都讲进去了，既有软件，又有硬件。《决定》制定了一整套切实有力的措施；省委、省政府把绿化山东的重任落实到各级党政一把手的肩上，要求一届届抓下去，真正抓出成效，并制定了具体的检查验收标准和奖惩办法。

四个体系、两个基地是山东省造林绿化工作的重点。李育才说，四个体系是：山区绿化体系、平原农田防护林体系、沿海防护林体系和城镇绿化体系。两个基地是：500 万亩速生丰产林基地和 300 万亩名特优经济林基地。《决定》要求省、市（地）、县（市、区）、乡（镇）各级都要根据全省的总目标制定各自的总体规划和年度实施计划。制定林业规划要和农田基本建设规划结合起来，实行山水林田路综合治理。规划要逐级上报审批，并由各级政府发布实施。规划一经确定，要坚定不移地贯彻执行，不能因换届、换人而改变。

实现 10 年绿化山东的目标，必须有足够的资金、物资和劳动投入。记者问到在这方面山东有什么考虑时，李育才说，关于林业投入的问题，《决定》中已明确规定：今明两年省财政每年增拨相应的造林绿化专款，直接用于每年 200 万亩荒山荒滩工程造林；平原地区，农业开发基金和黄淮海平原农业开发资金、黄河三角洲农业开发资金，用于林业建设的部分不少于 10%；山丘地区，农业发展基金和贫困山区经济发展资金，用于林业的部分应占 30% 左右；进入市场的木材、果品等要按比例交纳育林基金；对占用林地单位，征收林地占用费和资源补偿费。他又强调指出："我们林业投入的原则是，自力更生为主，国家支持为辅，同时也要通过多层次、多渠道筹集资金来增加对林业的投入。

10 年绿化山东，是一项规模宏大的系统工程，任务十分艰巨。实现这个目标，关键在领导，在认真落实各项措施。李育才对此颇有体会。他表示，今后我们就是要按照《决定》的精神和制定的各项措施狠抓落实，一步一个脚印地往前走，扎扎实实地完成历史赋予我们的造林绿化使命，实现宏伟的奋斗目标。

李育才说："我们最近制定了'八五'绿化标准和验收奖惩办法，这是贯彻《决定》的配套措施。对按期完成或提前完成绿化任务的市地县，给予党政主要负责同志、政府分管负责同志和林业主管部门的负责同志以表彰奖励；对措施不力，不能按期完成绿化任务的，要给予通报批评或行政处分。"

编后　全国植树造林动员表彰大会之后，各地都相应地召开了各种形式的会议，研究贯彻落实的措施，进一步明确目标，制定规划，积极采取措施，有力地推动了造林绿化事业的发展。山东省对照广东找差距，进一步提高对植树造林，发展林业重大意义的认识，把植树造林、绿化祖国的工作放到了经济和社会发展的重要战略位置上，作为全省两个文明建设的一项巨大工程来抓，使"奋战 10 年、绿化山东"的宏伟目标成为全省人民的自觉行动。为了实现总体目标，山东省不仅制定了切实有力的措施，而且做到了绿化有标准，检查验收有规定，兑现奖惩有依据。所有这些，都是值得各地认真借鉴的。

面向新世纪 建设林业强省

——访福建林业厅厅长何团经

福建是我国著名的林业大省。"九五"以来，全省造林绿化持续发展，森林覆盖率从 57.3% 增加到 60.5%，继续高居全国第一；林业产业平均增长速度预计达 12.9%，木材、竹材、人造板、松脂、松香等产量均居全国前列，林业系统内福州人造板厂、永林集团已发展成为全国同行业的知名龙头企业，一批新兴产业异军突起，呈现出迅猛发展的势头。

面向新世纪，福建林业如何发展，如何发挥现有的优势，在推进全省社会主义现代化的进程中林业如何做出新的更大的贡献？前不久，记者带着这些问题采访了福建省林业厅厅长何团经。

何厅长今年50岁，精力充沛，心地坦诚又颇健谈。他长期在闽东地区担任基层领导职务，后到闽西北林区任龙岩地委副书记兼行署副专员，当过三明市市长，此后调任福建省乡镇企业局局长，今年4月初就任省林业厅厅长。他说，他是主动请缨来干林业的。因为，福建虽是林业大省，但林业经济在福建同其它行业比起来，发展还比较滞后；现在党中央、国务院对林业非常重视，面临着难得的发展机遇，林业发展潜力巨大，他熟悉基层，熟悉林区，可以更好地发挥自己的聪明才智。

何厅长上任以后，从调查研究入手，首先提出对福建林业的定位问题。他说，林业是陆地生态的主体，是国民经济发展的重要基础产业，在实现社会经济的可持续发展中具有十分重要的地位和作用。面向新世纪，福建林业必须坚持建设生态和产业两大体系一起抓，两者不能偏废，但是根据国家林业的发展战略和福建地处东南沿海以及生态环境状况相对较好的实际，福建必须把建设比较发达的林业产业体系作为重点，使福建由林业资源大省变成林业经济强省，力争通过15年的努力基本实现林业现代化。实现山川秀美和兴林富民，"鱼和熊掌"都要得到，这也正是新世纪福建林业的奋斗目标。

何厅长快人快语，针对记者提出的问题，层次分明地讲述着新世纪福建林业发展的思路。

首先，要继续保护和发展森林资源，努力建设山川秀美的生态环境。他说："对此，我们是坚定不移的。"他分析说："从福建的省情和林情出发，我省生态公益林与商品林的比例宜控制在3：7左右。考虑到闽东沿海地区与闽西北山区在经济水平上的差异，以及对生态环境需求的不同，闽东沿海地区要适当提高生态公益林的比例，闽西北山区要在保护和优化生态环境的基础上，大力发展商品林。重新布局分类区划以后要以天然林保护为核心，集中抓好四大生态工程建设。一是加紧建设好沿海防护林工程，为海峡西岸经济繁荣地带创造良好的生态环境；

二是建设好江河流域生态林工程，特别要对"五江一溪"流域内的天然林严加保护；三是建设好生物多样性保护工程，到 2005 年使自然保护区的面积达到 80.72 万公顷，占全省幅员面积的 6.64%；四是精心实施城乡绿化一体化和"两纵三横"绿色通道工程，加速实现八闽大地山川秀美。

其次，推进商品林建设，加快林业产业发展。对营林基础产业的发展，要坚持以市场为导向，实行定向培育，调整林种树种结构，上规模，上水平，并在搞活增效上下功夫。要改造提升加工业，鼓励企业开发杉木和竹材的综合利用、林化产品的深度加工利用，提高资源利用率和产业化水平。发展林业多种经营，积极培育新兴产业：要依托优美的森林景观，大力发展生态旅游；扩建花卉市场，让花卉业成为重要的经济增长点；开发绿色食品，并把野生动物保护、养殖和加工结合起来，开发研制中药、保健品、化妆品；利用林区的非木质资源，因地制宜地发展小水电、矿产等非林产业。其中，发展加工业是关键，要以加工业的发展促进营林基础产业的发展、带动新兴产业的崛起，实现兴林富民的目标。

第三，要更新观念，变林业办社会为全社会办林业。首先要建立生态公益林生态效益补偿制度，这是巩固生态环境建设成果、促进山区经济发展、调动广大林农投入生态建设积极性的一项重要举措。总的思路是，由各级政府的财政资金予以补偿，省级资金来源除财政预算安排一部分以外，可通过财政渠道，从直接受益的水电经营效益中解决。制定政策积极引导并鼓励多行业、多所有制、多投资主体进入林业发展领域，形成全社会办林业的格局。同时，要鼓励国有林场、营林公司以资产为纽带，以多种形式同制浆造纸、板材生产企业结合，推进林纸、林板一体化建设。此外，要通过深化改革，扩大非公有制和混合所有制的发展领域，适当引进非公有制经济兼并或改组、改造经营不善的国有林业企业。福建有非公有制林业企业 8000 多家，拥有资金上百亿元，在这方面有巨大的潜力。

第四，要进一步调动林业经营者的积极性。全省力争在以下三个方面有重大突破：一是尽一切可能减轻经营者的税费负担，林业部门从自身做起，逐步下调育林基金的征提比例，并取消森林资源（出省）补偿费，恳请政府部门减少税种、降低税率；二是对商品林经营全面实行放活政策，深化集体林经营体制、林政资源管理体制、木材流通和税费体制改革，并在贷款贴息和科技开发等方面给予扶持；三是林业部门要认真贯彻发展林业的各项方针政策，全心全意地为所有正当经营的企业搞好服务。

第五，要依靠科技进步推动福建林业发展。要积极发挥科技作为第一生产力的作用，改变重理论、重研究、轻视实践、轻视推广的状况，加速科技创新和优良树种的引进推广，全面提高产业效益；要加快科技体制创新，推行推广项目招标制，推进产学研相结合，引导科技人员到林业生产第一线建功立业；继续实施林业科技示范工程，促进科技成果的普及和应用。

最后，何厅长表示，他要在以后的 10 年里竭尽全力为福建林业建设拼搏奋斗，让全省林业两大体系的建立初见端倪，以忠诚奉献来报效养育过他的人民和这片深情的土地。

林海短论

有感于林若当选党代表

6月中旬，从广东省的党代会上传来了好消息：原广东省委书记林若同志虽已从领导岗位上退下来了，但仍被全票推选为即将在年内召开的党的第十五次全国代表大会的代表。

林若书记当选为党代表，尤其让林业战线上的广大干部群众感到欢欣鼓舞。这是因为，它显示了林业在广东省广大党员和人民群众心目中的崇高地位，这实在是林业的光荣！

　　1985 年正是广东百业待兴之际，林若书记认准了林业兴百业兴的道理，以战略家的胸怀和眼光发动并领导了"五年消灭荒山、十年绿化广东"的伟大壮举，以数千万人气壮山河的播绿实践，率先在南粤大地树起了一座绿色丰碑！林若书记的功绩受到全党和全国人民的赞扬，广东省造林绿化创造的辉煌业绩受到党中央和国务院的表彰。如今，广东省 18 万平方公里的国土山清水秀、绿树成荫、繁花似锦，7000 万广东人的生活环境和全省的经济建设环境大为改观，林业的振兴带来了百业兴旺。林若书记功不可没！

　　民心所向，党心所向。人们忘不了林若书记对党的事业忠诚，对人民的情和爱，自然要把当十五大代表的重任托付给他，尽管他已是年逾七旬的老人，尽管他已从领导岗位上退了下来。

　　林业是百业的根基，抓林业，优化环境，大得民心。林若书记这一次全票当选党代表，尤其是在经济发达的广东省，是耐人寻味的。

（刊登于 1997 年 7 月 1 日《中国林业报》一版）

山路弯弯向前迈

——访广东省林业厅厅长梁星权

　　广东省是全国绿化达标第一省，1990 年就在全国率先消灭了宜林荒山。如今森林覆盖率从 12 年前的 27.7% 提升到 55.9%，有林地面积整整增加了一倍。

　　记者近日在粤北山区采访，实实在在地看到了广东林业的振兴带来的百业兴旺，林业给各行各业的加速发展创造了良好的环境条件。于是，带着对广东林业工作者的崇敬之情，记者走访了省林业厅厅长梁星泉。

　　梁星泉抚今追昔，无限感慨地说，广东林业的发展首先得益于省委、省政府的精心策划和大力支持。当年，林若书记领导了广东林业的第一次创业，现在省委、省政府又在积极策划，即在全省掀起以兴办林业产业为核心、以富山富民富行业为宗旨的第二次林业创业的高潮。目前，分布在肇庆、韶关、清远、河源、梅州等山区林业县市正在积极准备。第四季度省委、省政府将召开以二次创业为主题的林业会议，作全面的部署和动员。

梁星权今年58岁，从20岁起就干林业，在厅级领导岗位上已干了23年，对广东林业的枝枝蔓蔓可谓了如指掌。此时此刻，他对广东林业既看到困难又充满信心。

广东提前两年实现绿化达标后，1993年即在全国率先提出并实施了分类经营。目前生态公益林和经济用材林两大体系建设已略有基础。梁星权说，通过10年造林绿化，林业的生态效益和社会效益已在广东得到了充分的体现。为进一步巩固绿化成果、提高绿化水平，对已划定的4700万亩生态公益林，我们要举全省之力加强保护，建立适应市场经济体制的管理机制，同时坚持以四江流域为框架，以建设保护区和森林公园为重点，加快树种优化和林种结构调整，到2010年初步建成比较完备的林业生态体系。

"青山、碧水、蓝天、花城"，这是广东人为他们未来的生存环境描绘的壮丽图景，也是广东林业确定的生态建设目标。

然而，广东林业系统为此付出的代价是巨大的，致使有的林业事业单位为此负债运行，山区经济大多还处于贫困状态，与繁荣的珠江三角洲形成强烈的反差。梁星权说，无论如何要赶上去，要让林业行业在二次创业中彻底翻身！

广东林业目前的年产值是191亿元，比12年前已经翻了10番，他们确定的目标：到2010年要达到800亿元，向贫困提出了庄严的挑战！

我们静听着梁星权阐述广东林业即将推出并全力发展的五大产业体系。一是家具。广东已有经营家具的企业470多家，其生产规模已占全国的1/4，并有海外出口的巨大优势。二是人造板。1986年全省生产量已达84万立方米，今年可达100万立方米，也能占到全国总产量的1/4，而且招商引资有巨大潜力。三是松香。目前全省松脂年产量达10万吨，位居全国前列；要狠抓加工增值，预计到2000年松脂二次加工达到 60%，到 2010 年全部实现二次加工，可使产值翻 5 番。四是木浆造纸。目前湛江、广州、汕头已有相当规模的木浆造纸生产基地，预计到本世纪末可形成 100 万吨木浆、50 万吨纸的生产规模，要加速林纸一体化的进程，使木浆造纸成为林业的一大支柱产业。五是花卉。广东已有全国最大的花卉产业：全国花卉业总产值约 8.3 亿元，广东是 2.5 亿元，占 1/4 以上的份额；全国花卉年出口贸易总额是 8000 万美元，而广东省是 6000 万美元，占 3/4。林业经营权调整到位之后，花卉业将会有更大的发展。梁星权强调，适应大产业都要形成比较发达的体系，带动其他产业的发展，在山区综合开发和发展高效林业的推动下，到 2010 年林业产值突破 800 亿元是完全可能的。

梁星权认为，广东林业第二次创业比第一次创业难度要大得多。这里不仅有资金的困难和巨大的市场风险，还包括人才与技术的储备不足，还没有在全行业形成共识，因此，要做大量的艰苦细致的工作。一句话，还是"山路弯弯"。

他回忆起第一次创业时，他向林若书记汇报林业的困难，林书记就曾语重心长地鼓励他：没别的，只有山路弯弯向前迈！这里包含了坚定的信念和不懈的追求。

如今，广东人已经执著地踏上了二次创业的弯弯山路，他们带着更坚定的信念和更大的追求。

（刊登于 1997 年 7 月 3 日《中国林业报》一版）

行动起来 加速沙漠治理

玉素甫·穆罕默德强调：新疆治沙要在保护和发展绿洲上做文章

本报讯 新疆维吾尔自治区副主席玉素甫·穆罕默德说，新疆沙区面积大，加紧治理沙漠化土地，是摆在全区各族人民面前的一项十分紧迫的战略任务。玉素甫强调，搞好新疆的治沙工作，要在保护和发展绿洲上做文章。

玉素甫说，我们不能一面建设，一面破坏自己的生存环境。如果再不按自然规律办事，只顾眼前利益，不仅会使自己的生活条件受到严重影响，而且还要殃及子孙。

在谈到新疆的治沙工作时，玉素甫说，新疆要在保护好现有的沙漠植被的同时，突出重点，抓好塔克拉玛干沙漠南缘绿洲周围沙化土地的治理和古尔班通古特沙漠南缘沙地的综合治理，保护和建设好这两大沙漠之间的绿色走廊，还要抓好吐鲁番盆地和艾比湖周围沙漠化土地的治理。这是全区人民赖以生存和农业发展的重大课题。因此，首先要在保护和发展现有的绿洲上做文章。

玉素甫说，防沙治沙、改善生态环境，首先要提高全区人民对治沙工作重要意义的认识，尤其是要解决各级领导的认识问题，明确自己的社会责任，使治沙工作真正成为广大干部和人民群众的自觉行动。国务院制定的治沙工作方针，很适合新疆的实际情况，新疆的治沙工作也要坚持防治并重、治用结合、综合治理、讲求实效。就目前情况看，特别是在生态环境脆弱的干旱地区，要强调防治和保护。在治沙工作中要处理好眼前利益和长远利益的关系、局部利益和全局利益的关系。能治用结合的，可以搞治用结合；暂时不能或不宜开发利用的，要在防治上下功夫。大的生态环境问题解决不了，小的开发就很难见到效益。生态环境是变动不息的，要警惕人为的破坏。为保护好生态环境，必须强调依法治沙、依法保护环境。要加强法制建设，克服执法的随意性，制定相应的地方性法规和具体实施细则，改变目前法律过宽、执法不严的现状。

玉素甫最后说，要使绿洲得到切实的保护和发展，在治沙工作中要十分重视妥善地解决沙区群众的烧柴问题。烧柴问题解决了，就可以杜绝滥砍、滥樵，才能有效地保护好沙区植

他对全区人民团结奋斗，开创新疆治沙工作的新局面充满信心。

新疆维吾尔自治区副主席章恒指出

要抓住机遇加快经济林建设

本报讯　新疆维吾尔自治区副主席章恒，10 月 21 日在自治区经济林现场交流会上讲话指出，经济林发展对全面振兴农村经济、农民群众脱贫致富、加强集体经济积累、实现小康，具有重要的地位和作用。我们要努力增强商品经济观念，抓住难得的机遇把经济林建设搞上去，开创一个稳定健康发展的新局面。

章恒认为，社会主义市场经济体制的建立，必将极大地激发农民群众造林种果的积极性。国家在新疆进行大规模的石油开发，显示出新疆经济振兴的巨大潜力。沿边开放和营建我国向西开放的国际大通道，使新疆已由过去内陆"瓶颈"变为对外开放的前沿，正在成为国内外竞相投资的热点地区。只要我们正确把握形势，增强危机感和紧迫感，加大林业改革的力度，扎扎实实地进行工作，就会取得更多更好的成绩。

就如何加快经济林建设。章恒指出，首先要不断增强经济林在发展新疆农村经济中的地位和作用的认识。经济林是新疆林产品中首先可实现商品化、产业化的优势树种，对实现全区农村发展第二步目标具有重要的意义。其次，发展经济林产业要始终坚持质量第一，要建设两高一优经济林产业基地；切不可片面地强调发展数量而忽视质量。第三要高度重视对低产林（园）的改造，这要作为经济林建设的重点来抓；同时要依靠科学技术，加速品种更新，优化品种结构，以形成"人无我有、人有我优"的拳头产品。

章恒强调，建设两高一优经济林，任务十分艰巨，单靠林业部门难以完成。各级政府要把这项工作列入重要议程。计划、财政、税收、水利、农业等部门都要支持经济林建设；国家和地方安排的扶贫、农业综合开发、以工代赈、水利发展等资金，都要对经济林建设项目予以扶持和安排；各地县要通过试点，抓出一批经济林建设的样板，以点带面，推动全局。

（刊登于 1994 年 11 月 4 日《中国林业报》一版）

新疆启动林果致富战略

把经济林建设推向两高一优发展道路

本报讯　新疆是久负盛名的瓜果之乡。近年来，在市场经济的驱动下，全区各地兴起了建设经济林基地、植树种果的热潮。自治区各级党委、政府因势利导，从本地优势出发，决定启动林果致富战略，动员全区各族人民，在巩固、发展、完善、防护林体系的基础上，以市场为导向，以名特优品种为重点，以商品生产为龙头，加大科技投入，建设优质高产高效的经济林产业基地，推动农村脱贫致富奔小康。

发展经济林投入少，产出高，易启动，见效快，经营方式灵活，果品收益期长，市场广阔，其商品生产又可推动第二、三产业的兴起与发展。新疆大地太阳辐射强，有效积温高，昼夜温差大，因而果品产量高、品质优，发展经济林有得天独厚的优势。新疆经济林品种多，产地分布广，不少优质果品香、甜、脆、美、耐贮存、独具地方特色，有巨大的发展潜力和市场竞争力。截至 1993 年底，新疆全区经济林种植总面积已达到 249.3 万亩，果品产量约计 100 万吨，靠种植经济林富起来的农民不断涌现。在造林种果的实践中，各地都积累了不少经营管理的好经验，相继出现了和田、叶城、莎车、英吉沙、泽普、库尔勒、和静、和硕、洛浦、疏附军等 10 个商品基地县，拥有纸皮核桃、木马核桃、巴旦杏、香梨、白杏、无花果、榅桲等享誉中外的拳头产品。但是，新疆在经济林的发展中也出现了一些新情况和新问题。最突出的是，全区发展不平衡，尚未成为优势产业；低产林比重比较大，而且生产经营分散；果品加工滞后，商品率比较低。自治区党委、区政府从全疆实际出发，适时提出实施林果致富战略，决心推动全区经济林建设走上两高一优的发展道路。

　　记者在 10 月下旬新疆林业厅主持召开的自治区经济林现场经验交流会上获悉，新疆境内从自治区到地(州)、县(市)、乡(镇)正在结合国民经济发展第二步战略目标，层层编制经济林发展规划。全区预计到 2010 年经济林种植面积发展到 474 万亩，占人工林总面积的 36%；决定进一步完善家庭承包责任制，继续放宽林业政策，为经济林的发展创造良好的外部环境；大力发展名特优新产品，发挥优势，突出新疆地方特色，努力占领国内外市场；实现统一规划、统一树种、统一品种、统一种植、统一技术措施，分户承包管理，做到建一片，成活一片，优质高产一片；全区已规划再建 16 个名特优商品基地县，并对基地建设提出了明确的管理办法和建设标准；大力发展加工业和运输业，努力提高经济效益。林业部门要深入产地开展科技推广、信息、贮运、流通等服务项目，逐步健全社会化服务体系；同时，要加强山区综合开发，提高林业的总体效益。

　　　　　　　　　　　　(刊登于 1994 年 11 月 2 日《中国林业报》一版)

湖北启动"绿色致富工程"

　　本报讯　11 月 18 日至 20 日，湖北省委、省政府在随州召开林业现场会，全民动员启动"绿色致富工程"。由此，揭开了全省继"灭荒"之后第二次林业创业的序幕。

　　省长蒋祝平向大会发来书面致辞，省委常委、副省长王生铁，省长助理江弘，省林业厅厅长韩永分别在会上发表讲话。

　　王铁生在讲话中指出，实施"绿色致富工程"是改善生态环境、促进全省社会经济持续发展的需要，是山区农村经济发展、农民脱贫致富奔小康的重要途径，同时还是调整优化产业结构、实现林业两大转变的要求。可以说，"绿色致富工程"是一项德政工程、扶贫工程和精神文明建设工程。

王铁生要求全省各地，首先要有明确的发展思路，要在巩固造林绿化成果、发挥好生态效益的前提下，以市场为导向，以提高经济效益为中心，培育发展森林资源，建设好高效经济林、速生丰产林、短周期工业原料林等三个1000万亩基地；其次要科学制定规划，把高效经济林建设作为山区开发和实现林业产业化的突破口来抓，实行一村一品、一乡一业，每个县市都要集中发展2至3个主导品种；第三要按照区域化布局、专业化生产和系列化开发的要求实行集约经营；第四要优化经营模式，走种养加、贸工林、经科教一体化的路子，带动千家万户发展商品生产，形成"山上建基地、山下搞加工、山外抓市场"的林业生产经营格局。

王铁生强调，各级政府和各有关部门一定要加强领导，真抓实干。实行目标责任制，狠抓落实。要完善"绿色致富工程"的各项政策和措施，进一步稳定山林承包权，坚持"宜统则统、宜分则分、统分结合、双层经营"的原则，坚持"谁造谁有、谁投资谁受益"的政策，允许山林权继承和转让，同时要实行对内、对外开放，鼓励个人、集体、联合体、企事业单位，本地外地一起开发山区，积极引进外资合股开发，允许多种经营方式并存，推动林业股份合作制发展。要进一步实行科学经营，处理好发展高效林业与低产林改造的关系，加强科学研究和技术服务，积极推广林业新技术、新成果；多层次、多形式地培训农民技术员和技术致富带头人，逐步做到乡有技术站、村有技术员。"九五"期间，力争实现林业科技成果转化率达到60%以上，科技成果的覆盖率达到50%以上，依靠科技进步使林业经济增长的贡献率达到40%以上。

参加会议的各地(州、市)分管林业的专员、市长，部分山区县(市)的领导和省直机关有关部门的负责人参观了随州市兴办的绿色致富工程的现场。会上，省政府与各地(州、市)的负责同志签订了"九五"期间"绿色致富工程"建设目标责任状。

（刊登于1996年11月26日《中国林业报》一版）

"中华大自然——野生生物保护系列活动"启动

七家主办单位在京举办新闻发布会

本报讯　在新千年即将到来之际，宋庆龄基金会、文化部、国家环保总局、国家广播电影电视总局、国家林业局、共青团中央、中国绿化基金会等七家单位于 2000 年联合举办"中华大自然——野生生物保护系列活动"。12 月 22 日，主办单位在北京举办了新闻发布会。

会议宣布，这次"系列活动"将从现在起至新世纪初始之年陆续进行。主要内容有：① 2000 年 1 月 1 日清晨组织首都青少年代表在天安门广场举行"中华大自然——野生生物保护"誓师大会，并向全国青少年发出有关开展保护野生生物活动的倡议；②举办"中华大自然——野生生物保护"摄影展览，展出领导同志题词的有关野生生物保护的照片和聚焦野生生物保护的摄影艺术作品；③举办"中华大自然——野生生物保护"大型文艺晚会，拟邀请党和国家领导人及有关部门领导人出席，以多种文艺形式，讴歌祖国的壮丽河山和全国各地保护野生生物的先进事迹，以激发全社会保护自然生态、保护野生生物的积极性；④组织有关新闻单位联合举办"中华大自然——野生生物保护"采访活动，系统地宣传中国在自然、生态环境和野生生物保护方面取得的成绩，表扬先进人物和集体，揭露破坏野生生物资源的行为；⑤举办评选和表彰"中华大自然——野生生物保护"十佳先进集体和十佳英模活动，以唤起全社会对野生生物的保护意识。

会上，宋庆龄基金会野生生物保护基金管理委员会会长、本次"系列活动"组委会主任董智勇先生发表了激情洋溢的讲话。董智勇指出，保护野生生物物种及其栖息地，是一项艰巨而复杂的长期任务，单靠政府和有关部门的努力是不够的，还必须宣传、发动和依靠广大人民群众，争取国内外多方面力量的支持，充分发挥社会各界的积极性和作用。这也正是七家单位联合举办这次"系列活动"的意义所在。董智勇说，我们相信，通过这一大规模的"系列活动"，将会在中国大地上掀起保护自然生态环境、保护野生生物的热潮，进一步唤起和提高人们保护野生生物的意识，普及生态保护科学知识，促使人们自觉遵守国家有关法律法规，积极参与到与我们人类命运和前途息息相关的保护大自然、保护野生生物资源、保护生物多样性的行动中来，以确保可持续发展战略在新世纪的实施。据悉，此前，七家主办单位已于 11 月 12 日发布了《关于联合举办"中华大自然——野生生物保护系列活动"的决定》。由中国政府主管部门和重要的社会团体联合举办如此大规模的野生生物保护系列活动，是建国以来的第一次。这次"系列活动"将由宋庆龄基金会野生生物保护基金管理委员会具体组织承办，所需经费由该基金管委会筹集。

近百名中外记者出席了发布会。

（刊登于 1999 年 12 月 27 日《中国绿色时报》一版）

敞开三湘大门 迎接四海宾客

湖南省今年将举办三大国际节活动

张家界森林景观将展现迷人风光

本报讯　湖南省为加快对外开放，增进与各国人民之间的经济、科技、文化交往，决定在今年内举办三次大规模的国际节活动：6 月 16 日至 18 日在汨罗江和南湖举办国际龙舟节，9 月 8 日至 10 日在长沙举办国际烟花节，11 月 8 日至 10 日在张家界举办国际森林保护节。在三大国际节活动中，张家界森林景观将向中外游客展现迷人的森林风光。

张家界是我国第一个国家森林公园。它位于湖南西北部的武陵源风景名胜区，是近年新开辟的旅游胜地。这个风景区由张家界、索溪峪、天子山三部分组成。这里峰险谷幽，林茂水秀，被人誉为"养在深闺人未识"的绝代佳境。张家界森林公园总面积 4.8 万亩，森林覆盖率达 97.3%，园内珍奇动植物荟萃，是人与自然和谐相处的体现。在森林保护节期间，将举行国际生态林业学术研讨会，湖南林业建设成就展览、森林旅游、地方名、优、特、新产品展销和经贸旅游洽谈会、民俗风情展览、盆景花卉展览、民族文艺和气功表演，进行茅岩河漂流。人们不仅可以饱览奇丽的张家界森林景观，而且可以尽情享受湘西山区富有魅力的民族风情。

2 月 2 日，湖南省副省长陈彬藩在京主持召开了湖南省 1991 年三大国际节活动介绍会。林业部副部长刘广运、林业部科技委主任董智勇出席了介绍会。

四单位将联合举办考察宣传活动

活动主题——西部大开发 建设绿色家园

本报讯　国家林业局、全国人大环境与资源保护委员会、全国政协人口资源与环境委员会、中央电视台将联合举办"西部大开发，建设绿色家园"考察宣传活动，这是记者从 5 月 22 日召开的组委会会议上了解到的。

全国政协副主席赵南起担任这次考察宣传活动的组委主任，副主任由全国人大环境与资源保护委员会主任委员曲格平、全国政协人口资源与环境委员会副主任江泽慧、全国政协委员蔡延松、国家林业局副局长李育才、国家林业局党组成员杨继平、中国治沙学会理事长董智勇、中央电视台副台长李东生等担任。

据悉，这次考察宣传活动的主要内容是：以生态环境建设为中心，在总结以往生态环境建设经验的同时，调查了中西部地区在生态建设中落实中央各项政策的情况，及时总结新经验，发现新问题，提出新建议，以指导推动当前的工作。

在"西部大开发，建设绿色家园"考察宣传活动的组委会上，全国政协副主席赵南起指出，西部大开发是党中央总揽全局、面向新世纪做出的重大战略决策，具有重大的现实意义，同时它也是实现国民经济第三步发展战略的重要内容。西部大开发的战略决策深得全国人民的拥护。赵南起强调，在这次活动中，要把考察和现场指导、考察和献计献策结合起来，宣传和报道要紧密结合，宣传中要以正面报道为主。

国家林业局党组成员杨继平出席了组委会会议，他指出，这次考察宣传活动，要紧紧围绕加强生态环境建设这一主题，坚持解放思想，实事求是，尊重科学，尊重自然规律和经济规律，一切从实际出发，借鉴东部沿海地区改革开放的成功经验，认真总结西部地区多年来生态环境建设的经验教训，寻找适应西部地区特点的发展新路，为西部大开发作出积极贡献。

考察宣传团的成员包括 18 名生态、环境、林业等方面的专家(其中 5 名院士)和新华社、中央电视台、人民日报、中央人民广播电台和中国绿色时报等 5 家新闻单位的 22 名记者。这次活动将采取专家考察和新闻宣传相结合的方式，在掌握第一手数据的基础上，由专家提出正确指导西部地区生态建设的意见，记者要把专家考察的情况、提出的意见和建议宣传出去。

这次考察涉及我国西部和北方沙区的 18 个省(区)的 50 个县(旗)，整个考察宣传活动将分西南、西北、华北北部和东北西部三个大组进行，于 2000 年 6 月 17 日开始，历时 4 个月，其中外业考察约一个半月。

再造西部秀美山川

西部地区科普宣传活动启动

江泽慧出席启动仪式并发表讲话

　　本报讯　由中国科协、中宣部、国家林业局、国家环保总局和中国绿化基金会主办，我国西部十省（区、市）联合开展了以"再造秀美山川"为主题的科普宣传活动。活动从 6 月 3 日开始到 6 月 9 日结束。

　　6 月 3 日上午，科普宣传活动主办单位在青海省西宁市举行了启动仪式。青海省委书记白恩培，青海省省长赵乐际，中国科协党组副书记、书记处书记徐善衍，中国科协普及工作委员会主任、国家林业局党组成员、全国政协人口资源环境委员会副主任、中国林科院院长江泽慧，中国工程院院士、国家环保总局局长顾问、原国家环保局副局长金鉴明，中共青海省委副书记桑结加，青海省副省长马培华以及各有关部门的负责人出席了启动仪式。在启动仪式上，江泽慧代表科普宣传活动组委会发表了讲话。

　　江泽慧说，实施西部大开发战略，加快西部地区发展，是党中央总揽全局，审时度势，面向新世纪作出的重大决策。实施西部大开发战略意义重大。生态环境建设是西部大开发的前提条件和切入点。为了贯彻落实党中央、国务院关于西部大开发战略，促进西部地区加强生态环境建设，中国科协、中宣部、国家林业局、国家环保总局和中国绿化基金会共同主办了这次为期一周的"再造西部秀美山川"科普宣传活动。活动从今天开始在西部地区同时启动。希望通过这次大型活动，让更多的人进一步关注西部地区生态环境状况，增强保护和建设西部地区生态环境的使命感、紧迫感和责任感，大力传播可持续发展的科学思想，普及保护和建设西部生态环境的科学知识、科学方法和实用技术，促进国家退耕还林还草、天然林资源保护、防沙治沙等政策措施的落实，提高广大干部群众的生态环境意识、科学意识和生态重建技能。

江泽慧在深入分析了西部地区生态环境严重恶化的状况后指出，西部地区的生态环境问题不仅严重制约着西部经济和社会的发展，而且对中华民族的生存和发展也构成了严重的威胁。因此，必须集中力量加快改善和建设好西部地区的生态环境。"再造西部秀美山川"必须依靠各级党委、政府的高度重视以及全社会积极广泛的参与。西部地区的人民一定要保护好现有的林草植被，认真实施退耕还林还草工程，积极参加防沙治沙工作，把保护和建设好西部生态环境变成自觉行动。西部地区的各级科协、宣传、林业、环保等部门要密切合作，共同抓好有关生态环境建设的科普宣传和技术指导工作。各级党委和政府要在科学普及和技术推广上舍得投入人力和经费。全国各行各业都要积极行动起来，为"再造西部秀美山川"多作贡献。

在启动仪式上金鉴明、桑结加分别代表国家环保总局和青海省讲了话。西宁市八一路小学40名少先队员代表热情洋溢的献辞激起一阵阵热烈的掌声。之后，江泽慧代表中国林科院向青海省政府赠送了"青海全省及6个还林还草试点县卫星影像图"；中国科协普及部副部长杨文志代表中国科协向青海省科协赠送了科普器材、科普图书、数据和草籽；中国绿化基金会副秘书长董启昌代表中国绿化基金会向青海省人民政府资助人民币30万元，用于营造黄河源头生态保护示范林。青海省科协副主席谢承志就青海省"再造西部秀美山川"科普宣传活动作了部署。

在雄壮的鼓乐声中，青海省副省长马培华给青海省少数民族地区科普工作队授旗。他把一面绣有"再造西部秀美山川科普万里行"字样的绿色大旗郑重地交到领队者手中。这标志着西部十省(区、市)"再造西部秀美山川"科普宣传活动正式启动。

启动仪式结束后，江泽慧等领导同志与西宁市群众一起参观了科普宣传千米一条街；之后，徐善衍、江泽慧、金鉴明、桑结加、马培华共同为"黄河在呼唤"大型展览剪彩，并同西宁市群众一起参观了展览。

连日来，西部各地围绕"再造西部秀美山川"这一主题组织开展了丰富多彩的科普宣传活动，有的深入到边远乡镇。

政协的形象

三月的北京，春风和煦，阳光灿烂。

每一位全国政协委员走出人民大会堂都有一种幸福而又庄严之感。两天来，他们聆听了全国政协常委会工作报告和政府工作报告，欣慰地回顾着全国政协过去几年的工作，回味并品评着共和国前进的脚步，共商国是，畅想着中国的未来。同时也以一种崇高的社会责任感塑造着人民政协的形象。

人民政协群英荟萃，云集了各行各业的专家学者和富有工作经验的各级政府部门、企事业单位的领导人。这正是政协的优势，也为人民政协树立了良好的形象。参加本届政协的新委员都感到职责的崇高，有一种切切实实的光荣感。

团结就是力量，而团结又是人民政协的一大特色。许多以民族党派身份参加全国政协的委员都感到中国共产党是可信赖的领导核心。九三学社的委员陈昌洁说，这种坚实的团结是有历史渊源的，已有几十年的肝胆相照、荣辱与共、团结协商的历史，相信以后会合作得更好。北京市园林局副局长刘秀晨委员认为，在社会学系统中专有一门政协学。在数十年多党合作的实践中，这门政协学不断地得到丰富和发展，已把政协的形象塑造得越来越完美。他倾心地热爱着政协，曾多次写诗撰文来歌颂她。许多政协委员在评议政协工作时提出，人民政协在组织上具有广泛的代表性，在政治上具有最大限度的包容性，"尽职而不越位，帮忙而不添乱，切实而不表面"；团结各界，协商国是，听取意见，协调关系……这些定位和认识，使政协完全融进了共和国的"肌体"变得更加成熟了。

在农业界讨论中，常近时委员（北京农业大学教授）把政协比作一所大学校，激起了委员们的强烈共鸣；在政协能学到很多宝贵的东西，这是老委员们的共识；要虚心学习，力争在参政议政上有所作为，这更是新委员们的共同愿望。

人们相信，人民政协将会有更大的进步，政协的形象将会更加美好。

（刊登于 1998 年 3 月 10 日《中国绿色时报》一版）

掌声表达人心所向

参加全国政协九届一次会议的全体委员，3 月 6 日上午在人民大会堂列席九届全国人大一次会议二次全会，聆听了国务院秘书长罗干所作的《关于国务院机构改革方案的说明》。罗干话音刚落，大会堂即刻响起了经久不息的掌声。

掌声表达了人心所向。

会议散场后，在返回驻地的汽车上，政协委员们兴奋异常地谈论着政府机构改革的话题，并一直延续到驻地的房间里，下午讨论的会场上，使几天来的讨论达到了高潮。

委员们说，政府机构改革是建立社会主义市场经济体制的迫切需要，是众望所归。我们要以高度的社会责任感献计献策，帮助各级政府把机构改革工作做细、做实、做好。委员们认为，政府机构改革一直是个大难题。这次国务院身体力行，率先进行机构改革，在全国带了一个好头，使我们对这次机构改革充满信心，进一步看到了祖国的光明前景。

在二十一世纪饭店下榻的农业界委员中有不少林业系统的领导干部和资深专家，他们一致拥护国务院机构改革方案。他们提出，林业是一个特殊重要的行业，在我国实施的可持续发展战略中具有举足轻重的地位，要按照减员增效、转换职能的原则，通过改革建立起办事高效、运转协调、行为规范的行政管理体系，更好地适应发展社会主义市场经济的需要，做到依法治林、依法行政。

（刊登于 1998 年 3 月 12 日《中国绿色时报》一版）

政协委员的绿色情结

治理环境，发展林业，是全国政协九届一次会议农业界委员们谈论最集中的话题之一。他们对生态环境恶化的现实忧心忡忡，对加快林业发展寄托着殷切的希望。

政协委员刘广运、蔡延松、沈茂成、刘于鹤等都在口头或书面发言中从不同的角度列举事实，阐述生态环境不断恶化的趋势，急切地呼吁社会各界关注并支持林业的发展。

金道超委员（贵州大学教授）说，由于森林稀少，生态环境恶劣，自然灾害频繁发生，已危及中华民族的生存与发展。贵州的贫穷与落后，主要原因是自然条件恶劣。全省面积93%是石灰岩山地，许多地方缺少生产和生存条件。不改善生态环境，贵州就谈不上可持续发展。发展林业在贵州实在是太紧迫了。

陈昌洁委员（中国林科院研究员）说，我国农村脱贫致富的潜力在山区，而山区的希望在于发展林业。林业作为产业对于社会经济的发展起着巨大的支撑作用，尤其是对改善生态环境更起着决定性的作用。因此，不能仅用每年 2000 亿元产值去衡量林业的地位。但林业的发展又必须处理好经济效益与生态效益的关系。没有强有力的经济力量的支持，林业快速发展是不可能的；只搞短期行为，忽视生态环境治理，更是要不得的。

林开钦委员（中共福建省委原副书记）对林业情有独钟。他说，发展林业调动群众的积极性，是个大的政策问题。福建是个林业大省，绿化达标了，但不少地方"远看绿油油，近看小老树"。树木种上了，成林不成材。为什么？抚育跟不上，税费太重，农民没有积极性。类似的情况，恐怕全国不少地方都存在。对林业必须减免税费，积极扶持，否则很难保持林业发展的后劲。

常近时委员是中国农业大学水利土木工程学院的教授。他在全国水土流失最严重的贵州省毕节地区搞了10年的生态环境治理。毕节每年都有上百万人上山植树造林。通过10年的艰苦奋斗，森林的覆盖率由1988年的8%上升到28%，有的县达到32%，整整翻了两三番。再加上小流域治理和实行坡改梯，有效地遏制了水土流失。自然环境的改善带来了社会经济的发展。10年前，毕节在全省倒数第一，现在排到了第三位。

中国工程院院士、北京林业大学教授沈国舫委员奋笔撰文，对林业发展历史作了深入剖析，并对从传统林业向现代林业过渡中的几种经营理论进行了评说。他最后指出，现代高效持续林业是当代中国对林业发展道路的明智选择。

政协委员们钟情林业的良苦用心，足可告慰同仁，启迪社会。

（刊登于1998年2月23日《中国绿色时报》一版）

扶贫还要攻坚

——访国务院扶贫开发领导小组副组长、政协委员杨钟

国务院扶贫开发领导小组副组长、全国政协委员杨钟，很愿意接受记者采访，期待着新闻传媒为扶贫攻坚鼓与呼。

杨钟委员充满信心地对记者说，扶贫攻坚从总体上看，希望与困难同在，优势大于劣势，只要我们发扬"穷且益坚，不坠青云之志"的精神，就能战胜前进中的困难。

杨钟介绍说，4年来我国农村的贫困人口已由1993年底的8065万人减少到1997年底的5000万人，并且增强了扶贫攻坚的能力。但是，

也要清醒地看到，扶贫攻坚的任务越来越艰巨。具体表现是：贫困程度深，工作难度大，时间相当紧迫，已脱贫的人口标准低，而且很不稳定。

今后三年，每年要解决 1000 万以上贫困人口的温饱问题。面对这一繁重任务，杨钟说，关键在于各级领导干部要动感情、动脑筋、动真格，真抓实干。他建议：首先要统一对扶贫工作的认识，加强薄弱地区和薄弱环节上的扶贫工作；要继续增加扶贫投入，提高扶贫资金的使用效益；大力推行机关单位包穷村、干部群众结穷亲的做法；发扬中华民族扶贫济困的优良传统，动员全社会参与扶贫工作；加强东西部地区的经济合作，尽快加强贫困地区基层组织建设，激发当地干部群众自力更生的精神，调动群众自我解困的积极性。

杨钟意味深长地说："执政之要在安民，安民之要在济贫。"打好扶贫攻坚战，是把中国社会主义现代化建设全面推向 21 世纪的一项重要任务。

（刊登于 1998 年 3 月 16 日《中国绿色时报》一版）

刘广运委员提出

林业建设必须加强再加强

本报讯　全国政协委员刘广运在政协九届一次会议上多次发言强调，林业建设必须加强再加强。

刘广运说，当前，解决生态环境恶化问题，是世界性的重大课题。森林是陆地生态系统的主体。1992 年召开的联合国环境与发展大会，把发展林业放在改善生态环境的首要地位。

刘广运不无忧虑地说，我国林业建设虽然成绩很大，但森林覆盖率低，只及世界平均水平的一半多一点，森林的分布也很不均匀，而且还在逐年减少。目前，全国每年有近700万亩林地转化为非林地，有3100万亩森林因破坏而严重退化。土地荒漠化面积日益扩大，江河水库淤积，湖泊水域面积缩小。森林植被的减少，导致水土流失严重、生态环境恶化，这已成为我国农业和整个国民经济持续发展的一大祸患。因此，林业建设只能加强不能削弱。

刘广运认为，在当前由计划经济向市场经济转变的过程中，有些地方和部门的领导急功近利，对林业建设抓得不紧，投入不足，措施不力，这是我国生态环境恶化的关键所在。为此，他建议：各级领导一定要进一步提高对林业重要地位和作用的认识，加大投入，采取有力措施，切实加强林业建设，尽快遏制生态环境恶化的趋势。在政府部门进行机构改革的同时，国家要支持森工企业实行转产分流，有计划地停止对天然林的主伐，保护和经营好现有的森林资源。要加快建设长江、黄河以及其他大江大河流域的防护林体系；努力抓好山区综合开发，走开发和治理相结合的路子，既要国强民富，又要山河秀美。

（刊登于1998年3月17日《中国绿色时报》一版）

黄枢委员指出

必须加强林业的基础地位

本报讯　出席八届全国政协三次会议的委员黄枢，虽年逾古稀，但对林业依然一往深情。他在讨论政府工作报告的多次发言中，突出强调执行环境保护国策和解决农业问题，必须加强林业的基础地位，加速林业发展。

黄枢说，地球生态环境正面临着严峻的形势，而所有的环境问题又几乎都与森林的消长息息相关。农业问题已成为全国上下关注的一个热点，而要真正解决好农业问题，又必须树立大农业的观点，即把林业看作是大农业的重要的组成部分，充分认识森林与农作物栽培利用之间的互补关系。产自森林的木本油料、干鲜果品以及其它森林食品，对粮、棉、油、菜无疑是重要的补充。人口多、耕地少是我国的基本国情，因此，解决耕地不足必须面向全部国土。我国 70% 的国土是山区，又有 17.6 万平方公里近期可开发的沙漠化土地，贫困人口大多数生活在山区和沙区。加快山区与沙区的综合治理和林业开发，改善生态环境，建绿色产业，不仅可以调整农业生产结构，增加森林食品和其它林产品，而且可为容纳农村剩余劳力和脱贫致富开辟有效途径。

黄枢强调说，党中央、国务院一再强调要加强农业的基础地位，在八届全国人大三次会议的政府工作报告中又一次指出，大力发展农业是"实现国民经济健康发展的基础"。从大农业的观点看，林业理应包括在内。这就要求各级领导和有关部门切实提高认识，对林业发展给以足够的关心和支持。

黄枢满怀深情地说，林业周期长，收益见效慢，往往要求规模经营，除了承担市场风险外，还要经受如火灾、虫害等自然灾害的风险。因此除了实行全社会办林业、全民搞绿化的方针外，更需要国家和地方在投资和政策上给予大力扶持，切实增加对林业的投入，并保持林业管理机构和政策的长期稳定。

沈茂成委员进言

要重视自然保护区建设

本报讯　沈茂成委员进言：各级政府应将自然保护区建设列入国民经济和社会发展计划。

沈茂成说，截至 1997 年底，全国林业部门建设和管理的自然保护区已达 574 处，占国土总面积的 5.35%，保护了三百多种国家重点保护的珍稀濒危的野生动物和 132 种珍贵树种，已成为我国面积最大、生态功能最佳、成效最显著的重要生态工程。但是，保护区的建设尚未引起应有的重视。具体表现为：无正常的投资渠道，自办产业缺少政策支持，不少建立多年的自然保护区仍处于无住房、无公路、无电、无通讯设备的"四无"状况，职工生活贫困，严重危及自然保护区的巩固和发展。

沈茂成指出，自然保护区是国家法定的自然保护地域，保护着各类有代表性的典型的生态系统、珍稀濒危野生动植物和具有重要保护价值的自然历史遗迹、自然景观，对于保护和改善生态环境，保护生物多样性，维护生态平衡，发展文化科学事业，开展生态旅游以及对外合作都具有十分重要的意义，是一项服务国家、造福人民、荫及子孙的重要的公益事业。他建议，各级政府都应提高对自然保护区建设的认识，将自然保护区建设和管理列入当地国民经济和社会发展计划，改善自然保护区职工的工作和生活条件，并对其自办产业实行扶持政策。

（刊登于 1998 年 3 月 17 日《中国绿色时报》一版）

如何实现木材需求平衡？蔡延松委员建议

走保护发展节约代用之路

本报讯　如何用占世界 4% 的森林面积解决占世界 22% 人口对木材的需求？政协委员、原林业部副部长蔡延松建言献策：走保护、发展、节约、代用之路。

蔡延松分析说，到 2010 年，我国所需木材年缺口约 5000 万立方米，由于各国都在实施可持续发展战略，国际市场上原木出口已呈下降趋势，而且木材价格上涨，我们很难支付大量外汇进口木材。而我们尚有一半林地未被利用，造林潜力很大。同时，节约与代用的潜力也很大，如能把保护森林资源、大规模植树造林和提高木材综合利用、挖掘节约替代潜力结合起来，到下个世纪头十年基本解决木材供求平衡是不成问题的。

蔡延松说，首先要保护好现有森林资源，加快宜林地的造林速度；其次要大力发展林产工业，提高资源利用率；第三，改革农村燃料结构，大力回收我国城乡废旧木材和废纸，推广钢材、塑料等木材替代产品，同时加快大径材培育和木浆造纸的发展速度。他建议，为解决木材的需求不足，国家要制定实施相关的扶持政策。如国家给予长期低息贷款扶持培育大径级木材，免除间伐木材的一切税费，加强中幼林抚育，调整木材税费，以调动林农造林营林的积极性。

（刊登于 1998 年 3 月 16 日《中国绿色时报》一版）

拯救黄河需要大合唱

——访全国政协委员张红武

近年来，黄河频繁断流，牵动着中华各族儿女的心，并引起世界的关注。

记者借全国政协九届一次会以召开之机，对生长在黄河岸边始终悉心研究黄河的水利专家、九届全国政协委员、黄河水利科学院副院长张红武就黄河断流问题作了采访。

张红武直率地对记者说，黄河既有断流之忧，又有水灾隐患，需要加速治理。拯救黄河需要全社会的"大合唱"。

张红武告诉记者，黄河是我国西北、华北地区的主要水源，担负着流域内 1.4 亿人口、1600 万公顷耕地、50 多座大中城市以及晋、陕、宁、内蒙古接壤地区能源基地和中原、胜利两大油田的供水任务，是这些地区国民经济和省会可持续发展的依托。黄河断流无疑会对这些地区乃至国民经济造成严重影响。

张红武分析说，从黄河发展的历史看，其水源除来自源头的涓涓细流外，还来自降雨。中上游地区生态环境遭到严重破坏，天旱无雨或少雨，自然会造成黄河断流。近几年，黄河断流频繁，正反映了黄河流域生态环境严重恶化的趋势。因此，解决黄河断流的问题必须从根本上改善黄河流域的生态环境，特别是改善中上游地区的生态环境。

改善黄河流域的生态环境必须坚持综合治理。既要大规模地植树造林，又要修建水利设施。

张红武强调说，无节制地滥用黄河水也是造成黄河断流的重要原因。因此，对黄河水资源必须加强管理，统一调度，合理使用。要深挖农业节水潜力，并配套出台合理征收水资源费的政策，实行浮动价格：枯水高价，丰水低价，超计划用水加价，以唤起人们的节水意识。同时，还要加强黄河水资源的保护，制订水资源保护措施和统一防治水污染规划。

采访结束时，张红武嘱咐记者，在黄河断流之际，别忘了告诉读者："黄河的水患之忧依然存在！"他说，据历史记载，黄河水断流并不开始于当代，在漫长的历史上黄河就曾有过断流的记录，后来的水患也曾频繁发生。防洪对于黄河永远是一个重大的主题！

（刊登于 1998 年 3 月 19 日，《中国绿色时报》一版）

兴产业　增活力

——访全国政协委员陈昌洁

在全国政协八届三次会议期间，谈起林业的发展，陈昌洁委员有颇多感慨，其中使他忧虑最重的是势单力薄的林业产业体系。

陈昌洁告诉记者，林业的快速发展必须有强大的产业体系作保证。没有产业的林业是没有希望的，产业是林业搞活致富之本，也是尽快绿起来和持久绿下去的依托和动力。因此，我们在考虑绿起来的同时就要考虑兴办产业，尽快地活起来和富起来。现实中的很多事例证明，林业只有成为当地经济发展中的支柱产业，才能在地方经济的发展中受到重视和关注，才能具有自己的地位。他说，我很赞同山区、沙区搞综合开发，走生态经济型发展道路。所谓生态经济型发展道路，也正是在加强生态建设和保护的前提下适应市场经济发展要求的产业化的发展道路。

资源是发展林业的基础，陈昌洁对此又有深入一步的思考。他认为，增资源也必须以兴产业为龙头，让产业来诱导资源的发展，要把效益放在首位。资金的投向和一切生产要素的配置都要考虑经济效益。毫无效益的投入应该严加制止。更多的资金应该投到兴办产业上。目前兴办的几大防护林工程也要坚持走生态经济型发展道路。只有产业兴旺，生态林业才能有持久的发展后劲。

鉴于林业产业基础薄弱，起步艰难，陈昌洁建议：国家在税收政策上要给予倾斜和扶持。据调查，有的地方林业税赋有3个层次28种之多，广大林农辛苦一年其收获所剩无几。为调动广大林农投入林业生产建设、兴办林业产业的积极性，国家与各级政府应该减免税赋，为林业产业的发展创造宽松的环境。

这位就职于中国林业科学院林研所的昆虫学专家，本来是在显微镜下研究昆虫病原微生物的，没想到，他竟然对宏观世界中林业产业的发展思考得如此投入。使他沟通微观与宏观这两大领域的，是对林业事业的一往深情和崇高的社会责任感。

刘广运委员提出

加快防治沙漠化刻不容缓

本报讯　我国土地沙漠化的严峻形势牵动着原林业部副部长、全国政协常委刘广运的心。他希望人们更多地关心沙区1.8亿炎黄子孙的生存命运，加快防治土地沙漠化。

刘广运在八届全国政协三次会议的发言中指出，党和国家很重视防治沙漠化工作，随着"三北"防护林工程建设的开展，局部地区成效显著。但从总体上看，治理速度赶不上沙化速度，形势十分严峻，加快防治刻不容缓。

刘广运说，现在我国有近 1/3 的国土和 15% 的人口受风沙威胁，而且平均每年沙漠化土地要扩大 2100 平方公里。

当前我国防沙治沙工作存在的突出问题是，对水资源利用缺乏合理安排，人为破坏严重，国家对治沙工程投入严重不足，因此，治理赶不上沙化的速度。他建议，首先国家要加大对防沙治沙工程建设的投入。沙区多是贫困地区，地方和群众投入能力很低。工程建设以来，国家投资本来就很少，又一直不到位，加上地方投入的资金，每亩最多只有三五元，少的只有几角钱。因此，国家再不加大投入，加快治理将很难实现。其次，要把防与治结合起来。要尽快制定沙漠化防治法，用法律规范人们的行为，防止一面治理一面破坏。要统筹规划，科学合理地利用水资源，防止沙漠绿洲的退化。同时，还要重视天然植被的保护和发展。在保护好现有天然植被的基础上，组织沙区人民大力开展封沙育草、封沙育林；要把天然植被的消长作为各级领导干部任期目标责任制的一项主要内容。对天山、阿尔泰山、祁连山等的森林，要全部作为水源涵养林保护起来。

刘广运认为，我国西北地区资源十分丰富，加快防治沙漠化，不仅是开发沙区资源、发展沙区经济的需要，也应看做是促进我国西部开发的重大战略措施。

走向明天　走向新的胜利

——写在全国政协八届三次会议闭幕之际

全国政协八届三次会议沐浴着 3 月的春风，在庄严的国歌声中降下了帷幕。

委员们走出人大会堂，滞留在天安门广场上依依不舍离去。有的抢拍纪念照，想永远保留下自己的光荣和幸福；有的沉浸在李瑞环主席鼓舞人心的话语中，掂量着人民和时代的重托。直到返回驻地，他们还不断地交流着参加会议的心得和体会。

这的确是一次民主、求实、团结、鼓劲的大会。

农林界的 60 多位委员来自祖国四面八方。他们当中既有德高望重的领导干部，又有久负盛名的专家教授，是一群在自己的工作与研究领域中取得一定成就的人。在历时 12 天的会议进程中，他们认真地审议了两会的工作报告，秉公直言，共商国是，为推动农林业发展献计献策。他们充分地肯定了过去一年我国农林业生产建设取得的巨大成就，对物价涨幅过高、农业基础脆弱、生态环境恶化、农林产业发展滞后、教育科技投入不足和加快中西部地区发展、加强精神文明建设、消除腐败现象极为关注，提出了许多建设性意见和中肯的批评，希望政府采取有力措施加以解决。

专门从事林业工作的委员对农、林、水、牧各业之间相互依存的密切关系，都有深刻的认识。他们认为，必须充分认识确立农业基础地位的重大意义，要在宏观上树立大农业的观点，切实把林业纳入发展农业的系统工程中去。从中观的角度看，农业与林业是一对同体相连的兄弟，你中有我，我中有你，国家给农业的优惠政策，也应该让林业受益。从国民经济发展和社会稳定的全局与贯彻保护生态环境这一基本国策出发，林业肩负的社会责任将是无比光荣而艰巨的，形势紧迫，必须加紧工作，要使今年林业有更大的发展。四川籍的毛炳衡委员建议农林界的委员，今年应该联合起来，搞些扎扎实实的调查研究，争取在参政议政上有更大的作为。他的建议受到与会委员们的支持。会议还没结束就拿出了一个选题：今年6月，分4路到"三北"地区考察防护林体系建设，研究中西部地区的发展问题。

委员们离开驻地时，每个人的提包都是沉甸甸的，里面装满了会议的文件和资料。他们要继续消化理解会议精神，准备把今年的工作做得更好。

他们踏着春光，带着信心和希望，走向明天，走向新的胜利。

让北京更美丽

——访九届全国政协委员刘秀晨

北京市园林局副局长45岁的刘秀晨是有过15年参政议政经历的"老政协"，可登上全国政协讲坛这还是第一次。

记者采访他那天，他捧着歌谱动情地唱了一首"黄河风"——他谱的曲。他说他从小就酷爱艺术，喜欢音乐、建筑，最后因为那个时代所要求的"政治条件"的限制进了北京林学院园林系。这也算如愿以偿，因为园林也是无声的音乐，是在时空中展开的视觉艺术。

刘秀晨钟爱园林，为首都的园林建设事业浸透了心血。他先是一门心思地搞园林设计，把美的艺术情思倾泻在图纸上，再物化于造园的施工中，让首都更美丽。石景山游乐园、石景山雕塑公园、古城公园都是他的佳作。

1989年，他当了园林局副局长，每年都有几十项建园任务，要完成几千万元的投资。从计划协调、前期设计，到施工检查、最后验收，有时忙得他喘不过气来。这时，他尝到了"累"的滋味。他说，累过之后见到成果，那种愉悦才是一种真正的享受。

刘秀晨爱园林，也爱政协。每当登上政协的讲坛，他就幸福地感到自己是共和国的主人。记得，他 37 岁那年，第一次走进政协会议时曾激动地泪流满面。因为他切实感到自己肩负着祖国的重托，人民的希望。他每年都要写提案，并且锲而不舍追踪落实情况。他的体会是：写提案要认真调查研究，必须实事求是，既要考虑现实的迫切性，又要考虑政府的承受能力，提出的建议要有可操作性。因此，他提出的"打通展览路""实现八角南路通邮""腾退天坛神乐署""修建朝阜路文化一条街"等等建议都受到北京市政府的高度重视，有的已落实，有的正在落实之中。1991 年提出"腾退天坛神乐署"这一提案后，他紧紧跟踪了六七年，终于接近解决。

为了恢复朝阜路旧貌，他查阅了大量资料，走访了许多单位，还特意写了一篇动情入理的文章，以期引起决策者的特别关注。他历数了从朝阳门到阜成门的一百多处文物古迹，把朝阜路比喻为"一幅绝无仅有的民族文化和政治历史的精彩画卷"，"一部记载着老北京历史变迁的教科书"，"一曲韵律优美、节奏鲜明的街景建筑交响曲"。他又把朝阜路与巴黎的塞纳河（有 43 处景点，被誉为展示法兰西文明的水上画廊）、纽约的曼哈顿第五大道和柏林的菩提树下大街相比较，指出北京的朝阜路景点建设之精美、文化底蕴之深邃、街道曲线之流畅是举世无双的。北京要发展文化产业，要打园林、文物两张牌，而朝阜路正是一座文物荟萃的街景公园，应当把朝阜路的保护和修建纳入北京城建规划，尽快恢复它的旧貌，切不可发展成千篇一律的商业街。

刘秀晨又一次成功了。这次政协会议，他郑重提出保护北京的绿地，美化北京的环境。他还要锲而不舍地追踪下去。现在，他正为在西山植物园内建一座苗木花舟大棚而操劳，这正是他为这一美化北京的提案奋斗的起点。

建设现代化林业基地的有效途径

——三明集体林区林业改革经验述评

三明位于闽西北，是福建省的重要林区。党的十一届三中全会以来，三明市始终坚持并不断深化林业改革，使林业建设取得了令人瞩目的成绩。目前，全市森林面积 2178 万亩，森林覆盖率已达 63.3%，活力木蓄积量 1.17 亿立方米，占福建全省的 1/3。去年 4 月，国务院批准将三明集体林区列为全国农村改革试验区。从此，三明在现代林业发展道路上又迈出了雄健的步伐，不断丰富完善着林业改革的经验。

把林业当做"绿色企业"来办

由于森林资源危机日益加剧，资金投入严重不足，我国林业建设举步维艰。然而，三明集体林区的林业建设却呈现出一派生机勃勃、繁荣兴旺的景象：森林资源与日俱增，林业资金投入不断增加。到目前为止，三明的林木生长量已达到 695 万立方米以上，在森林这座"绿色银行"里已存入 500 亿元的财富。

三明林业兴旺发达的原因在于，在改革中彻底转变观念，把林业当做"绿色企业"来办。

长期以来，南方集体林区营林生产靠育林基金补助过日子，年年造林不见林。三明在林业改革中，首先在转变观念上突破，用商品经济的观念指导林业，着手兴办"绿色企业"。他们在所有制改革上，打破了"大锅饭"，建立了林业股份合作制，实行"分股不分山、分利不分林""折股联营、经营承包"，把责、权、利联系在一起，使农民成了"绿色企业"的主人。在资源培育上，严格按照有计划商品经济的原则管理，对商品林业，搞集约化经营，追求高投入、高产出，快投入、快产出。他们已在动手建设 1000 万亩商品林基地，促使森林培育向商品化方向发展。在资金使用上，改部分无偿投放为有偿贴息贷款造林，严格考核投资效果，保证了育林资金不断增值。每一个乡村办的林场、每一个林业股东会，都有产销自主权，已是取得了企业法人地位的自负盈亏、独立经营的经济实体。这样就使三明林业的经营单位成了与商品市场紧密相联的绿色企业。

将乐县古镛镇桃村的"三八林场"是一个村办集体林场，38 名职工经营着 1.8 万亩林地，已集约造林 7600 亩，立木蓄积 3.15 万立方米，年增长 4000 立方米，产值可达 42 万元。全场现有林木到主伐期的价值可超过 1 亿元。像这样的绿色企业，在三明集体林区很普遍。有人估算，三明 2826 万亩青山全部郁闭成林后，他们的"绿色银行"中将有 2000 亿元的财富！

建立完善的林业经营管理体系

完善的林业经营管理体系，是林业生产建设健康发展的保证。三明在市、县两级专门成立了林业委员会，基层组织机构也十分健全。

三明林业的基层经营管理组织有两类，一是遍布 1707 个行政村的林业股东会，一是覆盖 140 个乡镇的林业工作站。前者是在林业体制改革中实行折股联营承包制应运而生的基层经营组织，后者是林业委员会的派出机构。林业股东会与乡镇林业站的建立，使集体林业的发展有了落脚的基础，出现了"四轮驱动"的生动格局。第一个轮子由 16 个国有林场和 42 个伐木场组成，经营着全市 10.7% 的林地，发挥示范作用；第二个轮子由 118 个乡镇集体林场、采育场组成，经营着全市 5.5% 的林地，发挥着上下沟通的桥梁作用；第三个轮子由村办林业股东会组成，经营着全市 64.9% 的林地，是三明林业的主体；第四个轮子是林农经营的自留山，占全市林地的 6.3%，起辅助作用。这样，就使全市 2826 万亩林地各有其主，责权利分明，短中长效益兼顾，为林业发展创造了国家、集体、个人一起上的条件。

在此基础上，全市建立起完善的经营管理体系：村有护林员，乡镇有林业站，县里有林业委员会（局），市里也设有林业委员会；村有林业股东会，县里成立了股东协会总会，乡设分会，市里成立了林业股东管理总站。三明的乡镇林业站物质条件好、技术力量雄厚、机构健全，每站平均 9.7 人。林业站的工作在改革中不断创新发展，有的专司林政管理、技术指导和开展系列化服务，有的在做好管理和服务工作的同时，又致力于多种经营、综合开发，加强自身建设，还有的具体组织实施全乡商品材基地建设，在基层林业生产管理中发挥了积极作用。

改革森林培育制度　推进营林机制转换

森林培育制度是林业生产建设的基础。长期以来，我国的森林资源主要依赖自然生长，处于粗放分散的经营状态。改革使三明开始用商品经济的观念指导森林培育，着手改革森林培育制度，推进营林机制转换。

所谓改革森林培育制度，即废除盲目的粗放的造林营林制度，实行集约经营。定向培育的具体做法是：在全市林业用地中划出 35% 做商品材培育基地，平均轮伐期 20 年，年均采伐 50 万亩，预计年产材 400 万立方米；其余 65% 的林地发展生态林和多功能林种，只为社会提供少量木材，年产材约计 100 万立方米；商品材基地建成后，全市年产材可达 500 万立方米。面对我国林业所面临的生态失衡和木材供不应求的两大矛盾，三明创造性地提出了森林分工培育的理论，较好地兼顾了林业的三大效益，这在我国南方集体林区的林业建设中是一个新的突破。

三明市精心进行速生丰产商品材基地建设示范的改革试验，积极探索高投入、高产出、快投入、快产出的规模经营模式，以制度建设为重点，推进营林机制转换。这种试验，在生产技术管理与现代森林培育制度的建立上已取得明显成效。尤溪县团结乡是林业改革试验点。这个乡通过艰苦探索，形成了一整套森林培育新制度，涉及了基地建设指标管理、投入产出的概算测算、基地规划设计和施工管理、检查验收和统计监督、资金筹集与管理运用以及乡镇林业站服务等极为丰富的内容，使现代营林新模式正在形成之中。按照新的培育制度实施，团结乡对试验效果作了预测，预计到 1995 年，建成基地后，投入与产出的比值将是

1：37，将使绿色企业充满更大的生机与活力。

现实的情况也是鼓舞人心的。到今年3月，全市高标准的速生丰产林基地已经建成274万亩，平均每亩年立木生长量9.8立方米，大大高于一般人工林。大部分基地已达到"一年一棵树长高1米、胸径生长1厘米、每亩林地活立木增加1立方米"的速生丰产标准。

创建森林市场

森林非资产观念，长期以来一直禁锢着人们的头脑，认为森林是自然生长的，其本身没有价值，让活立木作为商品进入市场流通更是不可想象的。这种森林无价值观念正是造成重取轻予、掠夺性采伐的主要原因之一。

三明林区大胆改革森林资产制度，在商品经济观念的指导下，引入竞争机制、创办森林市场。长在山上的绿色森林有偿转移，在三明已成为现实。据悉，近几年来，全市的森林市场已成交34笔，共转移森林7.6万亩。有的租赁，有的投股，有的联营，有的转让，固定在山上的林木一下子活了起来。《三明市森林市场管理试行办法》规定：不论国营、集体或个人的森林，不管是幼林、中龄林或成熟林，只要有合法的证件并办妥手续，就可以进入森林市场进行交易；森林市场交易不限地区、部门、个人，不限国别；交易的方式：可以拍卖、转让、联营、租赁、抵押、补偿贸易、参股购股，也可以招标、投标；森林成交后，山地所有权不变，使用权随森林一起转移。三明森林市场已成交的大多是中、幼林，买方都是国营单位，买的多是集体林。实践证明，中、幼林转让对发展林区社会主义市场经济，形成规模经营，促进林业生产发展利多弊少。

从总体上看，创办森林市场，承认了森林的价值，使活立木商品化，可以广泛地向社会吸引对林业的资金投入，开辟森林培育的资金投入渠道。允许活立木作为商品进入流通领域，解决了林业生产周期长与收益见效慢之间的矛盾，同时也解决了短中长利益结合的问题，有效调动了广大林农的生产积极性。

改无偿投资为部分有偿投资

由于财力所限，国家对林业的投入普遍不足，并且这种投入不可能在短期内有较大的增加。本来就很有限的林业资金，在使用上又实行无偿的单向投放，群众造林责任不明确，有造无管，致使投放的资金使用效益很低。

三明市从林业发展的实际出发，改资金单一无偿投放为无偿投放与有偿投放相结合，改革了林业资金投放制度。从 1986 年起，三明林区市、县两级建立了林业建设投资公司，并明确规定：森林防火、林业科研、教育和宣传、林政资源管理、防护林和自然保护区建设等，仍实行无偿投资；采种育苗、造林、抚育、间伐、多种经营、林产品加工等都纳入商品经济的轨道，实行有偿投资。林业建设投资公司掌握着 50% 的育林资金、20% 的更改资金和从林价中提取的 40% 的更新造林费以及低息贷款等项资金，专门负责资金的有偿投放和管理，实行直接投资或合资建设、经营林业基地。同时，投资公司又广泛吸收企事业单位投向林业建设的社会资金，发挥外引内联的作用。

近几年，三明林区市、县两级投资公司共投放资金 10787 万元，完成 16 万亩速生丰产林基地建设、27.97 万亩幼林抚育、联营造林192.91 万亩，实现了多投入、多产出，快投入、快产出，初步形成了资金投入—收回—再投入—再收回的良性循环，也使林业资金实现了滚动增值。实行资金有偿投放也增强了劳资双方的责任感，促使资金使用者千方百计用好资金，提高营林质量。调查表明，林农在单位面积提高产量上带来的经济收入，在偿还投资后尚有大量节余，林农收益相应增加。

林业建设投资公司发挥外引内联作用，广泛吸收社会资金投向林业建设，也产生了很好的效果。据不完全统计，几年来，三明市以木材为原料的工厂及销区的事业单位，有偿投向林业、用于造林和中幼林联营抚育的资金共达 6062.8 万元，经营森林面积达 223.6 万亩，增强了林业发展的后劲，促进了乡村集体林业的发展。

建立"大林业"管理新体制

长期以来，以木材为原料的高利润行业重取轻予林业，同样是木本植物的高效益生产又被划之"林"外，由此造成林业资金循环中断，导致林业经济危困。

三明市通过改革林业管理体制，理顺了"大林业"中的各种关系，加强山上各种资源的管理，开通横向联合渠道，调动各个部门向林业投放资金的积极性，获得资金回路，形成良性循环。一年来，他们选择了三个课题进行实验研究，一有成果便积极推广。

针对毛竹资源开发利用长期处于多家经营、产量低、产品率低的状况，研究了新的对策。他们改多头经营为由林业一家经营管理，实行"七个一"的管理办法，即竹笋采挖一本账，经营管理一条龙，采伐审批一支笔，验收一把尺，收购调拨一个价，税、金、费统一标准，运输证件统一发放。他们先在永安市进行试点，通过论证一确定可行，便在全市大力推广。

发展食用菌生产，是合理利用林区采伐剩余的杂木枝丫、小径材，也是提高森林资源利用率的重要手段和增加林业收入的有效途径。但原来的食用菌生产具有很大的自发性、盲目性和短期性，而且林、技、贸相脱离，从而造成森林资源浪费严重，食用菌产品单一，销售市场不稳定等三大难题。为此，三明市在尤溪县开展了"食用菌行业管理新体制"的改革试验工作，实行食用菌制种、培育、加工、销售"一条龙"，原料、菌种、产品、资金、技术"五统一"的行业管理体制，由县林委实行行业管理，由县科委进行技术指导，并酝酿成立林技贸相结合、产供销一条龙的食用菌联合开发企业集团公司。新的管理体制使食用菌生产由粗放经营转向集约经营，由单一原料生产转向多元化立体开发，从初级产品阶段转向深度加工、出口创汇。在三明，食用菌生产已成为现代化林业经济的有机组成部分。

我国林纸分离的体制造成了林纸两困的格局。三明林区在改革中反其道而行之，积极探索林纸结合，实现了林纸两旺。三明林业发展的长期目标就是"林的王国、纸的世界"。近年来，他们搞了三个试点。泰宁县实行股份制结合，由泰宁造纸厂和泰宁县林业委员会组成泰宁林纸股份公司，从原料基地建设到制浆造纸、产品销售形成紧密型一体化经营，双方共同投资、共建基地、共办纸厂共分利润。沙县高桥乡采取松散型的联合形式。纸厂和山权单位以资金为媒介，以木材为纽带，在自愿平等互利的基础上，签订林纸协作的长期合同。山权单位提供林地，纸厂提供造林、育林等全部资金。尤溪县的做法是，由山林入股的股东和造纸厂的拥有固定资产的股东组成尤溪纸业股份有限公司，创办年产3.5万吨的新闻纸厂。持山林股的股东（包括国有林、乡村集体林资产所有者）将20万亩山区林地按总股份45%折价入股，山林资产为6300万元，预计每入股1万亩山林，年股息可达67.96万元。实行林纸一体化后，国家和地方的财政收入，企业、投资者和林农的经济收益都有大幅度提高。

动员全社会办林业

　　林业是社会公益性很强的产业，因此，必须动员全社会来办。

　　三明市委、市政府与各级党政领导，是大办林业的鼓动者、组织者和带头人。他们把林业建设摆上了发展三明及各区县经济的战略地位，把林业当做支柱产业来对待，动员全社会真抓实干，并从机构建立到资金投入、从造林绿化到资源管理，都采取了切实有力的措施。

　　三明市动员全社会大办林业，首先是调动林业系统自身的积极性，充分发挥国有林场、伐木场的指导作用，乡镇林场、采育场的桥梁作用，以及1304个林业股东会的主力军作用和农民个体联合体的造林积极性，形成了国家、集体、个人一起大办林业的生动局面。其次，鼓励社会力量参与合作造林。近几年来，三明的社会合作造林已达到273万亩。同时，以木材为原料的企业建立原料林基地；动员水利、水电、公路等行业和系统大搞造林绿化。三明的几家用材大户已投资865万元，与乡、村联办原料林基地101万亩；三明的水库周围已营造经济林和用材林1.2万亩。第三，充分发动各种劳力资源大搞造林绿化。三明市把

60 年代以来大办妇女、青年、老年耕山队的传统继承下来，并发展到一个更高的层次。民兵已成为护林防火的主体力量。第四，鼓励城镇所有单位积极参与造林绿化。目前三明山山绿荫覆盖，森林已经进入城镇，溪河两岸出现了一片片带状的公园，不少街巷已建成绿廊，花园似的单位到处可见。

三明市还积极探索在林业系统内试办非林产业，试图逐步形成林业与社会各行各业之间"你中有我、我中有你"的新格局。林业系统大搞多种经营，为社会提供林副特产，利用自然环境优势发展旅游业，挖掘内部潜力搞交通运输，发展社会服务业，努力打开山门，使林业发展的道路越走越宽广。

三明集体林区在 10 年的改革实践中，创建了激动人心的业绩。三明林区的改革之路，是一条林业的振兴之路，是南方集体林区建设现代化林业基地的有效途径，很值得全国各地林区借鉴。

（刊登于 1989 年 9 月 2 日和 9 日《中国林业报》一版）

治沙通鉴

语重情长话治沙

——访国务院参事、中国林科院研究员高尚武

世界荒漠化日前夕，记者就我国荒漠化治理中的有关问题，慕名访问了中国林科院研究员、著名治沙专家高尚武先生。

高尚武先生今年已76岁高龄，依然神情矍铄，精力充沛。他为中国林业科学研究和荒漠化治理艰苦耕耘了半个世纪，1991年被聘为国务院参事，在林学界可谓德高望重。

高先生在他的办公室里接见了我们。室内大部分空间都被办公桌和书柜占据了，显得有些拥挤，高先生平时就在资料和书籍之间伏案工作。他自1978年创办内蒙古磴口治沙实验基地以来，对荒漠化土地和生活在那里的人民的牵挂就相依相伴着他的人生岁月。

高先生说，荒漠化表现为产生类似沙漠或荒漠景观的土地退化过程。造成土地退化有自然因素，如气候变异，也有人为活动的因素，如无序开荒、过度樵采、超载放牧等等，而后者是我们关注的焦点，应引起全社会的重视。高先生很动情地讲起了1996年10月他对新疆塔里木河两岸无序开荒引起土地退化情况调查所见的情景。近年来，一些人把塔里木河流域的土地视为"宜农荒地"，对这里的水土资源无序开发，严重破坏了沿河大面积的以胡杨林为主体的植被群落，致使塔里木河的流程缩短了300公里，地下水位由60年代的2米下降到现在的16米以下，河水径流量大幅度减少，从而导致大面积土地沙化，绿色走廊面临消失的厄运。他说，像这样土地开发失控造成生态环境恶化的局面必须扭转，否则，塔里木河流域的生态悲剧还会不断重演！

高先生指出，科技工作者要自觉地投入荒漠化治理的主战场，要发挥科技的先导作用，要让科学技术真正能在荒漠化治理中发挥第一生产力的作用。现在的科研大多局限在小区域实验上、停留在治沙造林的研

究上，项目太单一，水平太落后。他认为，只为上报成果、与风沙危害区的社会经济现实相脱离，这种研究是毫无价值的。因此，他主张，科研必须紧密地联系荒漠化治理区域的社会经济现实，坚持在科学有序的开发中治理，这样，研究治理才能见到实效。他欣喜地向记者介绍了内蒙古、宁夏改造低中产田防治荒漠化的经验。内蒙古巴盟二、三期农业综合开发，以改造中低产田为主，共开发荒漠化土地94.5万亩，渠、沟、路、林、田五配套，效益十分明显。宁夏结合荒漠化治理，进行退化土地改造，也很有成效。荒漠化土地减少了，粮食产量上去了，农民收入增加了，出现了沙退人进的局面。高先生解释说："要开发，必须要先治理。只有把开发与治理结合起来，治理才能真正见到效果。因此，科技工作者既要研究荒漠化土地治理，又要研究市场经济条件下荒漠化区域的水土资源开发；既要改善生态环境，又要使沙区人民脱贫致富。"高先生强调说，要让科技在荒漠化治理中能够充分发挥第一生产力的作用，就必须调整科研课题和研究方向，不能再简单地搞治沙造林研究；科研人员要努力适应市场经济条件下荒漠化土地开发治理的新形势，不仅要站在当代科学与技术前沿，还要有经济学与社会学的头脑。

高尚武先生最后说，我国是受荒漠化影响比较严重的国家，防治荒漠化任重道远。但是，只要我们一代又一代的人民坚持不懈，努力奋斗，我们一定能改善生态环境，实现资源可持续发展与利用。

这不仅表达了他的心愿，而且这也正是老一辈林业科技工作者对世界荒漠化日的寄语。

（刊登于1998年6月16日《中国绿色时报》第三版）

民勤：大漠荒沙竞风流

今年春天，8场沙尘暴相继袭击北京城，搅得京城人惶惶不安。然而，地处大漠风沙线上的民勤人对这种恶劣的风沙天气早已司空见惯，习以为常了。

民勤地处甘肃省河西走廊的东北部，除西南一隅同武威、金昌绿洲相接而外，其东、西、北三面皆被腾格里、巴丹吉林两大沙漠所包围，绿洲边缘的风沙线长达408公里，形成了一个半封闭的风沙肆虐区。全县1.6万平方公里土地，留给30万民勤人的只有9%可居住的绿洲，各类沙漠和沙漠化土地面积达2288万亩，占全县总土地面积的94.5%。这种状况在全国实属罕见。

严酷的自然状况，恶劣的生态环境，给民勤人带来了难以解脱的苦难。中华人民共和国成立前，民勤流传过这样一首凄凉的歌谣："举目远望一片沙，大风起处不见家；朝为田原夕压沙，流离失所走天涯。"歌谣中描绘的图景也正是民勤人往昔岁月的写照。新中国成立后，在党和人民政府的领导下，民勤人同步步紧逼的风沙展开了殊死搏斗。他们大规模地开展了防风固沙、植树造林、兴修水利的活动，坚持"因地制宜、因害设防"的原则和"外治风沙、内建林网、因地制宜发展经济林"的方针，国家、集体、个人一齐上，一片地一片地地造林，一块田一块田地治理，领导班子一届接着一届埋头苦干，"治沙不息、战斗不止"的精神一代人接一代人地往下传。面对大漠风沙，民勤人始终没有停止过苦战奋斗。对民勤人来说，与风沙搏斗几乎是他们全部的生活内容，一部民勤的历史就是一部与大漠风沙顽强抗争的历史，竞现着民勤人的大漠风流。

经过几十年的不懈努力，全县造林保存面积达101.7万亩，封育管护沙生植物63万亩，在408公里的风沙线上营造了330公里的防护林带，治理风沙口188个，全县森林覆盖率由50年代的3.4%提高到6.9%，初步形成了"外镶边、内建网、乔灌草相结合"的防风固沙林体系。由此，民勤的生态环境得到了很大的改善，社会经济也得到了迅速发展。从此，民勤成了共和国迎战大漠风沙的桥头堡、全国防沙治沙的一面高高扬起的战旗，多次受到国家、省、地人民政府的表彰和奖励。

然而，特殊的自然地理环境使防沙治沙成为民勤人经济生活中的一个永恒的主题，即所谓面对大漠风沙，战斗正未有穷期！

记者今夏到民勤采访看到，随着自然条件的变迁，民勤绿洲的生态环境依然显得十分脆弱，沙尘暴频繁发生，土地荒漠化日趋严重。民勤三面环沙、沙源极其深广，治沙任务非常繁重。据了解，民勤周围有亟待治理的流沙面积 60 多万亩、大风沙口还有 69 个，尤其是同危害风向垂直的绿洲西线，流沙每年以 3 米至 4 米的速度向绿洲进逼，部分地段逼进速度高达 8 米至 10 米；同时，更严重的是连年降雨稀少，地下水源也在减少，致使绿洲外围的天然沙生植被出现了大面积的枯梢退化，急需人工封育，但由于资金缺乏，人们只能望大漠而喟叹。目前，全县急需封育并有望封育成林的林草植被面积达 268 万亩，怎能不让人心急火燎。记者见到林业局何承仁局长时，这坚强的西北大汉竟一脸的愁容。因为，他没有治沙经费，民勤还在贫困之中。记者曾在马路槽子护林站看到护林员蜗居的小泥棚。那是用碎石和泥巴搭建的，低矮而阴暗，凉锅、冷灶、破衣被、护林员们过着极其清苦的日子。他们就是这样熬度着春、夏、秋、冬，迎送着日、月、星、辰，守护着茫无边际的梭梭林。他们把这看得很神圣，因为这梭梭林几乎是民勤人的生命。在民勤，讲求"生态优先"是不用启发和教育的，几乎人人都懂得。这道理，他们是通过长期的生活实践在心里搅和着凄苦的泪水领悟到的，是在同严酷的风沙灾害搏斗中一次次沉淀着辛酸感受到的，同时更是征服了肆虐的风沙喜获了大地的丰收后体会到的。因此，在民勤人看来，防沙就是保家园，治沙建绿洲，就是求生存谋发展。今天，他们看得更深更远：民勤绿洲的生死存亡关系到河西走廊的安危，是一项极其紧迫的战略任务。为此，县委、县政府把防沙治沙、改善生态环境列为立县的根本，摆上了基础工程的位置。他们紧紧抓住西部大开发的历史机遇，决定实施民勤西线保卫绿色工程，维护自身，着眼未来，造福子孙！计划利用 10 年时间，以绿洲西线的红崖山、尖沙窝、勤锋滩、下雷滩、老爷庙滩、红沙堡、老虎口、三角城、西渠白墩子滩、中渠北沙窝等风沙口为治理重点，采取工程措施与生物措施相结合的办法，完成治沙造林 15 万亩；从今年秋季开始，每年秋季都要发动全县干部、群众开展义务治沙大会战，次年春季由国有林场在压沙地段植树造林。今年 8 月以来，全县共发动 20 个乡(镇)、县城 175 个部门和单位在绿洲西线的重点风沙口义务压沙 15768 亩。这次压沙，出动运草车 2.1 万辆(次)，参加人数达 12 万人(次)，发动规模之大，压沙质量之高，是民勤治沙史上空前的。

西部大开发鼓角声声，民勤人深受鼓舞。面对大漠风沙，他们无所畏惧，决心在新的历史时期奋力拼搏，竞展风流。但一想到明春实施人工造林，每亩地要投资 150 元，不免愁云罩上心头。他们盼望上级部门能给予立项扶持，让他们能圆上自己的绿色之梦。

梁爱和他的治沙林业示范区

甘肃省敦煌市南 5 公里佛爷庙湾，有一片占地 3000 亩新造的绿洲，紧邻鸣沙山、月牙泉，与莫高窟风景区相望。过去这里是沙尘弥漫的大风口，如今已成了集旅游观光与沙产业开发于一体的林业示范区。这绿洲的兴建者是敦煌市鸣沙山实业有限责任公司总经理梁爱。

梁爱今年 46 岁，敦煌人，是位身高一米八左右的男子汉，古铜色的脸膛上布满了岁月的风霜，目光里透着刚毅和精明。他在市电业局端了 20 年铁饭碗，1990 年退下来闯市场，有了一定的积蓄后，1997 年就玩命似地干起了治沙兴林的事业。梁爱说，我这是提前投入西部大开发!

梁爱选定临近鸣沙山、月牙泉和莫高窟黄金旅游带建设示范区，算是得其地利;又适逢省委、省政府出台了一系列鼓励发展非公有制经济的优惠政策，又让梁爱占尽了天时。他独家经营，机制灵活，完全可以放开手脚，大展宏图了。

然而创业是艰辛的。

面对 3000 亩沙丘连绵的荒漠化土地，梁爱经过考察论证，决定首先从治沙开始。他四处奔波，申请到一笔治沙贴息贷款，便开展了大规模的推沙整地、开渠铺路、打井架线、植树造林。两年来，共投资 900 万元，推移沙石 300 多万立方米，开垦出 2000 亩耕地，种树 11.9 万株，植草坪 120 亩，铺筑柏油路 5 公里，架设高压线路 4 公里，打了 4 眼井，衬砌斗渠 5 公里，还挖了 100 亩养鱼池，修建了 7700 平方米牲畜圈舍，建起 15 座日光温室。至此，一个集中治沙、田林渠路相配套的生态农林体系初具规模。梁爱由于治沙成绩突出被评为全国治沙先进个人。

在极度干旱的沙漠化土地上发展绿色产业，在没有大量地下水和河水可用于浇灌的情况下，推行高新节水技术便成了关键性的措施。梁爱很精明，他看透了这一步，便义无反顾地大胆决策：上微、喷、滴灌节水技术，引进温室无土栽培！于是，他聘请水利工程技术人员做顾问，派专人到省内外考察学习，根据敦煌地区的气候特征研究作物品种和布局，货比三家地选购材料设备，通过论证评比选择施工单位。经过又一番艰苦努力，他又建成了 1000 亩微、喷、滴灌集林果业、农业于一体的试验示范区，为甘肃河西走廊地区发展林业节水灌溉起到了示范带动作用；同时，投资 5 万元建起 1 座占地 1 亩用于实施无土栽培试验的日光温室，成功地试种了半亩甜瓜、半亩黄瓜，使无公害生态农业生产技术在敦煌结出了硕果。

有了基础，站稳了脚跟，梁爱把目光投向了美丽的鸣沙山、温馨的月牙泉和那令世人向往的莫高窟，他要把自己经营的这 3000 亩绿洲建成生态旅游的观光区，同上述的三个景点相融合构成一道亮丽的旅游风景线。于是，他对项目区作了一番紧锣密鼓的提升改造，实行立体种植、带田间作，建成了 300 亩美国油桃系列、含 8 个品种的密植桃园，400 亩含美国红提子、黑提子和巨峰 3 个品种的葡萄园，还有 100 亩鸣山大枣密植园，这是林果区；在农业区内种植了 100 亩小麦和 400 亩甜瓜；在养殖区内饲养了牛、羊和骆驼，建了养鹿场，铺设了草坪，开辟了鱼池垂钓区。

梁爱有远大的抱负，也有开拓进取的精神。他想让敦煌市摆脱每年 50 多万游客看过莫高窟、游过鸣沙山和月牙泉就再也留不住人的尴尬局面，他想让甘肃的这一旅游龙头城市在西部开发中昂起头来，立志创造农、林、旅游相融合的新型产业。面对西部大开发的紧迫形势，梁爱又向杨家桥乡买进了 7000 亩沙荒地。6 月 30 日，记者赶赴敦煌采访梁爱时，踏上了这片位于河水村到月牙泉村之间广阔的处女地。这时，梁爱正在给弥望中的荒沙滩动着大手术：将来实行"带田间作"的情景已见眉目，不仅沙丘早已推平，而且在作业地上挖走沙石，并已铺填了 500 万立方米的表土，十几台推土机在紧张作业。梁爱准备再投资 3000 万元，建成三园（千亩葡萄园、千亩桃园、千亩枣园）、三场（养千只羊、百头牛、50 峰骆驼），修建 10 座田园式别墅，种植 6 万平方米草坪，实现造景田园化，推出高档次的生态农、林业精品，下决心把游客留住。他说，让他们到敦煌来看完莫高窟，游完鸣沙山、月牙泉，感受了大漠落日的风光，还有兴致来体验一下大漠中的田园生活。

梁爱事业扩大了，缺少管理人才，但他当前最缺的是资金。他说，今年把地推平，把路修完，把线架上，把渠砌好，明年好种上苗，买推土机和苗木的钱还缺不少。但西部大开发形势好，他说他对自己的事业满怀信心。

甘肃科技治沙是怎样走向世界的？

半个世纪以来，甘肃省的科技治沙始终走在全国的前列：创造的科技成果多，在实践中推广的效果好，土地沙漠化治理成效显著。之所以有如此辉煌的业绩，是因为在其沙漠腹心地带——河西走廊的武威有一座科学殿堂——甘肃省治沙研究所。

甘肃治沙研究所，其前身是中国科学研究院 1959 年建立的甘肃民勤治沙综合试验站。当时正值新中国建立后的第十个春天，198 名胸怀大志的知识分子，从祖国的四面八方汇集到沙海茫茫的民勤，开始了治沙领域的科技创业。几间简陋的办公室、几顶聊以挡风的帐篷坐落在沙丘连绵的旷野里，就像漂浮在浩瀚沙海中的一叶小舟。但是，舟虽小，能量却非常大，它已鼓荡起进军沙漠的风帆，震撼着腾格里、巴丹吉林、库姆塔格三大沙漠的万顷荒原。他们查清了甘肃沙漠分布的状况、类型、面积、风沙危害的主要方式和各地风沙危害的程度，研究了沙漠的运动规律，总结了群众的治沙经验；在此基础上，发明了黏土沙障工程固沙技术，并研究出了一整套适合甘肃河西沙区特点的黏土或柴草沙障等机械措施与梭梭造林等生物措施相结合的固身削顶治沙造林技术，并编辑出版了《甘肃沙漠与治理》专著。同时，在民勤西沙窝的流沙地带，他们建起了我国第一座沙生植物园。

这座植物园占地 67 公顷，园内建有引种区、培育驯化区、造林实验区、苗圃、气象观测站、植物蒸腾耗水量观测场，以及植物标本室、植物生理实验室、中心化验室等分区和基础研究设施。科技人员凭借这座沙生植物园，以北方沙生、旱生植物引种驯化为中心，大力开展了挖掘沙区野生植物资源和良种选育与推广工作，同时开展了荒漠植物的生物学、生理学和生态学的观察以及经济利用途径的研究，使之成为治理、改造、利用沙漠资源的科研基地。

民勤的沙生植物园，融沙漠景观与园林风情于一体，以其独特的魅力向社会打开了一扇了解沙漠、认识沙漠的窗口，并以全球第一的非凡创举轰动了国际林学界和治沙学界。自建园以来，先后有联合国及美、英、德、日等十几个国家的专家、学者专程前来考察和进行学术交流，还有农林院校的师生在此进行教学实习，被誉为一颗镶嵌在大漠上的"绿色明珠"。

党的十一届三中全会像强劲的春风吹遍了祖国的大地，为甘肃的治沙科技事业带来了勃勃生机。由此，甘肃治沙研究所在春风中孕育，在大漠中崛起。同年，甘肃省政府批准，在民勤治沙综合试验站的基础上正式组建了甘肃省治沙研究所，并将所址迁至武威，同时保留民勤治沙综合实验站为研究所的永久性野外试验研究基地。

研究所成立后，面向甘肃沙区，研究并推广了防治风沙危害和控制土地沙漠化的措施，探索了沙区资源保护和开发利用的途径，为甘肃沙漠化土地的综合治理以及沙区农、林、牧业的持续发展提供了有力的科技支撑。他们结合沙生植物园建设，系统地进行了沙生、旱生植物引种驯化技术研究，引种筛选出一大批适合不同立地类型特点的固沙造林和农田防护林建设树种，并研究解决了这些树种的育苗、造林与管理的方法和技术。长期进行着沙生植物水分生理特征和沙地水分平衡的研究，提出了主要造林树种的理论初植密度、理论成林密度以及区域水资源开发利用的策略，为水资源优化利用和区域土地荒漠化综合防治优化模式的建立奠定了坚实的理论基础；继续开展了民勤沙区气候、地下水动态、风沙运动规律、物候与植被变化等定位监测，积累了 41 年的观测资料，掌握了沙区生态演变规律，为民勤土地沙漠化防治、农业生产建设和沙区资源的可持续利用提供了重要的科学依据。特别是，在大量研究的基础上，提出了用系统的方法综合防治土地沙漠化的理论，不仅发展和完善了我国防治沙漠化的理论体系，而且也使防沙治沙实践驶入快车道。同时，他们以取得的科技成果为依托，建立了民勤西沙窝、高台黑河北岸、安西桥子等一批治沙和沙漠化综合防治样板，在这些样板的示范带动下，使防沙治沙技术在甘肃全省得到大面积推广，并辐射到其他省(区)。上个世纪 60 年代以来，甘肃共培训各类技术人员 15 万人次，推广治沙造林面积 5.2 万公顷，治理沙害 5.5 万公顷，保护农田 46 万公顷。

经过 41 年的建设，甘肃治沙研究所已发展成为我国防沙治沙领域具有重大影响的专业化研究机构。研究所具有 90 名知识门类齐全、结构配置合理的研究技术人员，拥有一大批较先进的科研仪器设备。主要有计算机工作技术系统和应有尽有的配套软件，外设"3S"系统、LI——6200 光合分析仪、原子吸收光谱仪、图型数字化仪、紫外分光光度仪、摄录像及编辑设备和植物与土壤常规化验分析设备等；在民勤试验站建有以多组非称量蒸渗仪为基础的沙地 SPAC 系统观测场，土壤、植被水文动态监测场和全自动气象观测系统等。民勤沙生植物园内引种植物 430 余种，其中有国家重点保护的珍稀濒危植物 25 种，馆藏沙生植物标本 1 万多件。经过两代人的前赴后继，顽强奋斗，共取得科研技术成果 130 多项，获地(厅)级以上奖励的 56 项，共发表论文 430 余篇，出版专著 3 部。

在治沙研究所强大科研技术力量的支撑下，甘肃省的科技治沙不仅在全国处于领先地位，而且跨出国门走向了世界。从 1981 年 5 月原西德瓦茨堡大学著名植物生态学家郎格教授慕名访问民勤治沙站开始，研究所先后接待了日本、德国、澳大利亚、英国、美国、新西兰、以色列、比利时以及联合国开发计划署、联合国粮农组织等考察团的专家、学者、高级官员 420 人次，并从 1993 年开始成功地为发展中国家举办了 5 期"治沙技术国际推广培训班"。一批批"老外"考察了、接受了研究所的良好培训，他们翘起大拇指称赞说："世界上有很多国家治理沙漠，但成效不大。民勤治沙站的工作是做得最有成效的!"

今年夏天，记者到甘肃治沙研究所采访，看到王继和所长同研究所的几位高层专家为即将举办的新一届"治沙技术国际培训班"认真忙碌的情景，深受感动。他们只是说，苦点儿，累点儿，习惯了；再说，这是国家交办的任务，当然必须完成好。他们不理会荣誉，唯一看重的是责任；他们不计较酬劳，崇尚的是对治沙事业的信念!

由此，我不由得想到这批伟大的普通人，这支鏖战在沙海里的科技劲旅——共和国功勋卓著的治沙人，41 年来，他们伴着最荒凉、最冷酷的大自然，熬过了多少骄阳似火的盛夏，又送走了多少寒风刺骨的荒原上的严冬，把苦与累自己扛起来，把创造的幸福与甘甜奉献给人民!在价值观念多元化的今天，这是怎样的大纯洁与大辉煌啊!

想到这些，甘肃科技治沙为什么能走向世界，也就不足为奇了。

（刊登于 2001 年 1 月 5 日《中国绿色时报》第三版）

中国的沙产业开发与实践

小 序

中国的沙产业经过 20 多年的发展，已经由理论探索进入了较大规模的实践，涌现出了各种类型的沙产业开发典型，展现着初始阶段的生动面貌。

各地利用沙区气候、土地、光热、生物甚至风能等自然资源优势，因地制宜地创建了各种不同类型的开发和经营沙产业的模式，从事沙产业开发的企业已经发展到 2600 多家。随着高新技术的发展和运用，产业化的水平不断提高，沙产业的优势和效益不断显现，焕发着强大的生命力。

这一阶段，我国经营和开发沙产业的主要类型有以下 6 种：一是，中草药种植和产业化经营；二是，实施林纸一体化经营；三是，沙区特种资源的综合开发和利用；四是，沙区旅游业开发；五是，主要沙生植物种植与开发利用；六是，节水灌溉、风能利用和其他。

一、中草药种植与开发

在我国沙区特有的自然资源中，生长着独特的纯净、无污染的沙生药材。这些沙生药材是沙区特有的珍贵资源，也是开发沙区制药产业的一大优势和重要依托。近年来，内蒙古伊泰集团、内蒙古伊利集团、宁夏银广夏集团以及内蒙古阿拉善盟和甘肃酒泉市等企业和地区，在保护好沙生药材资源的前提下，进行沙区中药材大面积的种植，并运用高新技术对沙生药材进行了多层次、全方位的开发与利用，取得了显著成绩，使之成为沙产业开发的一大亮点。

伊泰要做中国的"甘草王"

内蒙古伊泰集团有限公司(以下简称"伊泰集团")以生态建设为基础,以甘草种植和综合开发利用为重点,以药品、保健品为主要产品,推动沙产业的发展,经过6年多的开发建设与生产经营,已奠定了坚实的基础。

伊泰集团属国家520家重点企业和内蒙古自治区重点培育的20家大型企业之一。伊泰集团主要从事煤炭产运销、铁路运输和生物制药生产,下设伊泰煤炭股份有限公司、准东铁路有限公司和伊泰生物高科有限公司等三个控股子公司。伊泰集团从1988年成立以来创造了年年盈利的经营业绩。公司始终坚持以煤炭为主、多业互补的经营战略。在内蒙古杭锦旗发展沙产业是伊泰集团实施这一经营战略的重要举措。

杭锦旗位于鄂尔多斯市的西北部,属国家贫困旗县,人均收入低,经济落后,又由于地处干旱与半干旱草原向荒漠过渡地带,土地沙漠化非常严重。近年来,沙漠每年以3.45万亩的速度向外扩张,在这块贫瘠的土地上生长着驰名中外的杭锦"梁外甘草"濒临灭绝。为了保护并开发利用这里的优质杭锦"梁外甘草"资源,带动地方经济的发展,伊泰生物高科有限公司在由张双旺董事长(总经理)为首的伊泰集团领导下,从甘草种植起步,走向了竭尽全力进军甘草产业化与生物制药的发展道路。

1997年,伊泰生物高科公司在杭锦旗征得了4万亩已接近沙漠化的土地,开始进行基础设施建设、基地生态建设和甘草资源培育。

在基地建设中,公司先后投资4600万元,建成高标准的网状围栏64.9公里,平整土地1.66万亩,搬运土石300多万立方米,安装输电变压器20台,架设输电线路77.6公里,打机井67眼,铺设喷灌管道177.9公里,配装喷灌设备61套,建成沙石公路20.3公里;之后,又建成了3875平方米的生活区和面积为394平方米的生产控制室,治理和改造了1030亩的沙化土地和盐碱地,建成了500亩高标准的试验示范田。截至目前,一个水、电、机、田、林、路相配套,草(甘草)、灌、乔(防护林)相结合，国内规模最大、设施水平一流的甘草种植基地已经形成。

公司围封的这4万亩土地，是杭锦旗沙漠化十分严重的地带，弥望中，白茫茫的一片沙漠，基本见不到什么植被。公司在基础设施建设的同时，也把基地的生态建设和甘草种植结合起来，同步实施，使其互相促进、共同发展。项目启动后，公司每年都要投入几百万元资金用于植树种草，改善基地生态，促进甘草培育。他们采取公司种植、委托承包户种植或与当地有关部门合作种植等形式，在广阔的基地上建设生态防护林，累计种植高杆防护林木20.5万株，种植旱柳、沙柳、柠条等灌木30万株，陆续建成的育苗苗圃面积达897亩，植被控制面积达到10.3万亩。精心实施的生态建设，不仅在基地上形成了防风固沙林带，而且使基地的植被得到了全面的恢复，有效地控制了土地沙漠化，使原来的不毛之地变成了生机盎然的绿洲。与此同时，公司人工种植甘草1.7万亩，移植甘草1502.6亩，选育甘草苗1704亩，并每年投入大量资金和人工进行田间管理，促进甘草顺利生长。伊泰生物高科公司成功的生态建设和甘草种植，为当地农牧民保护和培育自然生态资源做出了示范，调动了他们植树种草、发展沙产业的积极性，使他们认识到，在沙漠化土地上搞林、草、药复合经营的确是一条脱贫致富、发展经济的好路子。从此，当地农牧民也开始在自己承包的土地上种树、种草、种药材。公司主动维护农牧民的利益，对于农牧民种植的甘草以高出市场20%的价格进行收购。与公司合作，农民解除了后顾之忧。

伊泰集团在甘草种植示范基地建设之初，就先后与中国医学科学院药用植物研究所、北京京科有限公司等多家科研机构合作，在科学实验和技术创新方面做了大量的工作。他们开展了土壤、水质等种植条件与种植技术研究，进行了品种选育研究、施肥对比试验、不同产地和品种的甘草生长对比试验、提前打破种子休眠期技术研究、伊泰甘草全根定位发根技术研究、甘草育苗期不同播种量的种植以及种植密度与产量的对比试验分析，还进行了甘草病虫害防治试验、消除甘草农药残留试验、甘草种植管理技术研究、甘草含酸量检测、甘草采收与加工方法研

究，以及甘草防风固沙生态园与甘草多种经营示范园建设方案的研究等
等。连续不断的试验研究取得了一系列的科研成果，把这些成果再运用
到生产经营的实践中，初步建成了甘草优质、高产、规范化的种植
体系。

甘草及其他中药材种植是伊泰集团发展生物制药产业的基础，而伊
泰集团在培育甘草资源的实践中走规范化、富集化的发展道路。他们坚
持以人工种植为主，辅之以野生甘草资源保护，采取公司种植与农牧户
承包种植相结合的形式，不断扩大甘草的种植面积；公司发挥种植甘草
的示范指导作用，辐射、带动基地周边地区的农牧户进行更大规模的种
植。几年来，在公司的带动下，当地 3500 多户农牧民广泛种植以甘草
为主的中药材，面积达 6 万多亩，经济收入不断提高。为了充分发挥基
地的示范带动作用，提高经营效益，公司积极探索以甘草为主、种植多
种中药材的发展途径。2003 年，公司通过引进人才、引进技术，开始
种植桔梗、板蓝根、王不留行、丹参等药材新品种，累计达 3000 亩。
伊泰集团的目标是，经过两三年的努力，把基地建成全国以甘草为主的
中药材种植示范基地。

为了以产业化拉动甘草种植业的发展，提高中药材的附加值，产生
倍增的经济效益，在建成了资源基地以后，伊泰集团公司适时进行了甘
草综合加工利用与发展制药业的探索。公司经过深入的调查研究，提出
并确立了建设甘草资源综合开发利用产业化示范工程项目。有关专家评
价认为，该项目是目前我国唯一一个按照国家有关规定进行建设和管理
的关于甘草综合开发利用产业化高新技术项目。2000 年，国家计划委
员会已将该项目列为西部大开发重点项目；2002 年，国家科技部又将
该项目列入星火计划，内蒙古自治区政府也将该项目列为内蒙古重点工
业项目。为了切实搞好项目建设，伊泰集团公司投资 4800 万元在杭锦
旗按照 GMP 标准建成了伊泰圣龙药业分公司。该公司是目前我国现代
化装备程度最高、规模最大、技术最先进的甘草综合加工实体。圣龙公
司，每年可加工处理甘草原料 2000 吨，拥有 5 条现代化的药品生产线。
公司采用当前国内最先进的双溶剂快速加压渗滤提取技术、超临界流态

萃取技术、双级吸附技术、超微过滤技术对甘草进行综合加工。目前开发的主要产品有甘草浸膏、甘草总黄酮、异甘草素、可溶性膳食纤维等甘草系列产品，以及以甘草为主的多种中药材饮片、中药有效成分提取物以及中药配方颗粒剂。圣龙公司已于2003年10月完成了全部加工基地建设任务，并已投入试生产，年底通过了GMP认证并正式投入生产。

为了做大做强伊泰药业，伊泰集团于2003年投入3000万元对控股子公司——伊泰丹龙药业有限公司进行了GMP改造。目前，该公司生产经营的8个剂型、126个品种的中成药产品已进入了全国28个省（区、市）的药品市场，成为内蒙古工业系统中重要的支柱企业。至此，"圣龙"与"丹龙"两大药业公司的成功组建和改造，以及甘草种植基地的不断完善，使伊泰集团进军沙产业呈现出主体（基地）挺进、两翼（"圣龙"与"丹龙"）齐飞的发展态势。为加快新产品开发和市场转化的力度，不断提高经济效益，伊泰集团公司坚持走"产、学、研"相结合的发展道路。2002年以来，公司先后与南京中医药大学、沈阳医药大学、天津医学院和部分大学的医药研究所以及专家教授开展新产品研发合作。公司已开发出了"进膳进美"甘草纤素、香知甘草糖等一批新产品。公司开发的麝香救心滴丸、甘草益体素、甘草精华素、炙甘草颗粒、儿咳颗粒等一批新药已进入临床试验阶段或申报阶段。目前，伊泰生物高科公司凭借在甘草研发方面的技术优势，正在联合国内外有关大学及专家教授用异甘草素等甘草有效成分研究开发抗癌和抗艾滋病毒的国家级新药，使甘草以最尖端的技术产品发挥其奇特的医疗功效，进而以高附加值进入广阔的国内外药品市场。

伊泰生物高科公司从组建的第一天起，就开始重视并连续不断地开拓产品销售市场，并把开拓市场作为关系全局的中心工作来抓。为此，伊泰生物高科公司精心地打造了全新的高效能的专业营销机构——北京伊泰生物高科公司，负责全公司产品的国内销售和国际贸易。该公司在总部设置了国际贸易部、市场部和销售部，在全国范围内设立了20个省级办事处和50个地区代表处，负责产品营销和市场开拓工作。已经过GMP认证的伊泰医药批发公司和伊泰大药房连锁有限公司，在内蒙古赤峰市及其周边地区建立了相应的批发和零售网络，负责公司在内蒙古东部地区的产品销售业务。

伊泰集团推进甘草产业化不仅为企业的发展注入了生机与活力，而且也带动了地方经济的发展。公司以制药为龙头的甘草产业达产后，每年可以实现销售收入 5 亿元，并为地方增加 5000 万元的财政收入，提供数百个就业岗位。公司基地带动周边地区的农牧民种植药材，不仅培育了资源、保护了生态，而且每年又可以为种植户带来 3000 万元以上的经济收入。总之，甘草产业化的发展利国利民也利企业。伊泰集团对推进甘草产业化发展充满了信心。公司今后 5 年的规划目标是：再平移甘草 3 万亩，扦插甘草 2 万亩，育甘草苗 2000 亩；种植板蓝根、黄芪、丹参、桔梗等中药材 1 万亩，在基地形成多种中药材 GMP 有机种植的格局；再种植杨树、旱柳 12.6 万株，种植沙枣树 35.6 万株，培育林木苗 220 亩，进一步增强基地的生态效益。伊泰集团决心通过实施这一规划，在较短时期内把基地建设成为以甘草为主的多种中药材种植的示范园、西部地区防风固沙的生态园、带动当地农牧民致富的科技园，不断增加甘草等中药材的种植面积，扩大甘草产业化的规模，做我国名副其实的"甘草王"，使伊泰集团跨进我国医药工业的百强企业行列。

亿利将打造沙产业"硅谷"

打开祖国地图，在黄河中游巨大的"几"字形南缘，就可以找到神奇的鄂尔多斯高原和跌宕起伏的库布其沙漠。在鄂尔多斯高原上的库布齐沙漠腹地，有一片沙漠湖泊，湖泊中拥有储量丰富的优质芒硝资源。开发这片芒硝资源的，原本是一家名不见经传的小型化工企业。而介入沙产业开发并得到长足发展的亿利资源集团，就是 1995 年在这家小型化工企业的基础上组建并成长起来的。

亿利资源集团组建 8 年来，经过资源优化配置、产业结构调整和一系列高新技术的应用，在全力推进化工产业规模扩张以及产品升级的同时，实现了主业向中蒙药现代化生产的战略转变，构建了"以中蒙药现代化产业为主导产业，以生态产业为效益产业"的企业发展框架。

一项伟大事业的诞生，往往有它不平凡的孕育过程。

从 20 世纪 90 年代初开始，为了保护这片优质芒硝资源，这家化工企业组织员工连续几年防沙治沙，在迎风方向的湖畔广袤的荒原上，建起了 3 万多亩林草基地，有效地挡住了风沙对湖泊的侵袭，极大地改善了湖田的作业环境。随着化工产业的快速发展，产品外运成了企业经营的瓶颈。于是，亿利资源集团于 1997 年在当地政府帮助与支持下，依靠沙区农牧民，启动了闻名遐迩的穿越库布齐沙漠的公路建设项目。历经 4 年，1460 个日日夜夜的艰苦奋战，他们不仅在飞鸟难越的死亡之海打通了穿沙公路，而且还栽种了 120 万亩林草网带，有效地保护了这条黄金通道。穿沙公路建设是一次由政府指导、企业投资并组织、群众参与投劳，进行大规模生态建设的成功实践。它不仅加快了企业基础设施建设的步伐，极大地改善了投资环境，而且还开启了亿利资源集团进军沙漠的智慧之门。在修建沙漠公路的过程中，企业的决策者们了解并认识了库布其沙漠，看到沙漠里不仅有大量的无污染的可资利用的土地，而且还有极具开发价值的优质中药材——甘草以及大白柠条、半日花、四合木等储量丰富的珍贵植物。这一发现，坚定了他们介入沙产业开发的信心与决心。

1998 年，亿利资源集团确立了依托库布其沙漠资源优势，应用高新技术开发沙产业，以甘草为主线、以生产中蒙药为主业的发展战略。他们果断地兼并了杭锦旗甘草公司，同时封育了 10 万亩天然甘草，并以公司加农户的形式组织农牧民保护天然甘草 11 万亩，还建成了 1 万亩种苗基地。2000 年，又封育了 43 万亩天然甘草，种植了 2 万亩紫花苜蓿。在 2000~2001 年这两年里，亿利资源集团又连续投资飞播优质牧草和中蒙药材 120 万亩，并投资兴建了移民新村，将穿沙公路两侧 100 多户居民迁离沙区，同时退牧还草 30 多万亩。2001 年植树节期间，集团公司总裁王文彪把政府奖励给他的 15 万元全部捐献给了库布其沙漠治理工程，并组织职工栽植沙障 1.5 万亩，种植各种灌木 200 多万株，还建成了一个面积为 3000 亩的沙生植物精品园。

开发沙生植物资源，促进绿色中蒙药产业发展，必须建立在资源培育的基础上，使植物资源达到富集化、规模化、产业化的要求，否则，将是对沙漠资源掠夺性的开采与破坏，最终必然导致生态灾难。鉴于此，亿利资源集团除了对已有的 65 万亩甘草基地按照富集化、规模化、产业化的要求加以规范和完善外，还本着"锁住四周、渗透腹部、开发沙漠净土、大造甘草药谷"的战略方针和"治之有道、护之有理、取之有度、用之有方"的原则，在黄河南岸和库布齐沙漠北缘长 242 公里、宽 3 公里的狭长地带实施了"百万亩甘草防沙护河工程"（当时实际治沙面积为 139 万亩，截至 2003 年已发展到近 200 万亩）。该项工程的特点是，充分利用库布其沙漠未经开发的"处女地"优势，通过一次补偿征地以及农牧民以土地入股的形式，大规模地种植以甘草、苦豆子为主的绿色中蒙药材。——那是名副其实的绿色中蒙药材，是完全符合国际质量标准要求的无污染、无公害、无残留农药、重金属含量绝不超标的绿色中蒙药材。

工程于 2003 年全面完工，为资源可持续利用、资产可持续发展奠定了基础。他们实行"公司+农户""企业+基地"的经营模式，同时实行并推广边采边种、轮采轮挖的生产模式，保证了资源的永续利用。公司在向入股的农牧民提出生产要求和质量标准的同时，向他们承诺：保证做到"三到位"，即种子、苗条到位，技术服务到位，收购订单到位，让农牧民免除了后顾之忧，从而提高了农牧民种植甘草的积极性。2000 年，公司向农牧民提供甘草苗条 1 亿株，可种植甘草 10 万亩。通过"五荒地"入股，农牧民成了企业的股东，每年都有不断增加的稳定收入，同时也带动了地方经济的发展。人们称赞说：亿利资源集团的沙产业开发，锁住了沙漠，护住了黄河，改善了生态，富裕了人民。

公司坚持以市场为导向，以优质甘草资源为依托，运用高新技术，不断提高产品质量。他们，首先加强甘草原草、甘草饮片、甘草粉等初级产品的加工工艺研究，实现了资源的二次增值。目前，"亿利"牌梁外甘草初级产品已源源不断地进入了东南亚市场。紧接着，他们又依托高新技术改造传统产业，狠抓毛草等的下脚料的深度开发，利用下脚料提取高附加值的甘草中间体，使以甘草为主的植物药中间体很快进入了国际医药的主流市场，实现了产业链的延伸和经济效益的提升。由于加工工艺优良、产品质量好、企业信誉高，又具备一定的规模和实力，公司很快取得了甘草专营许可证，在当地实现了对甘草近乎垄断似的经营，从而增加了对甘草调拨和流转的力度，进一步扩大了产品的经营和销售量。

从此，亿利资源集团的发展步入了快车道。在此基础上，他们加快了亿利科技制药工业园区的建设步伐。首先依托现已通过 GMP 认证的固体制剂车间，建设了滴丸、软胶囊、口服液水丸等 GMP 生产车间，并正在通过国家认证。这一举措使公司生产的以甘草系列产品为主线的现代化中蒙药全部达到了 GMP 认证标准。他们不断地将科技成果转化为现实生产力，充分利用沙漠药材资源，全方位地开发系列化产品，并保证产品不断升级换代，带动市场销售不断拓展，真正实现了把资源优势转化为经济优势和具有竞争性的产品优势。目前，亿利资源集团已上市的中蒙药产品有甘草良咽系列产品、复方甘草片、甘草合剂、复方炙甘草颗粒、甘草锌片、小儿甘草锌片等。

为使沙漠中的各种资源得到充分的利用，亿利资源集团正在兴建中蒙药材副产品高蛋白保健精饲料项目，使沙产业开发从原料种植到初级产品加工、制剂加工、副产品利用，形成一个良性循环的运作体系，从富集的原料中获取倍增效益。由于科学地开发沙产业，并通过产业结构调整以及生态移民、休牧舍饲养畜等措施的实施，在生产了大量的中蒙药的同时，也使沙漠植被得到了很好的保护，缔造了美丽的沙漠景观。公司通过对药材种植园和沙漠自然景观等资源的整合，以资源资本化的形式引进人才、资金和管理，积极发展旅游业，使当地旅游业的发展也形成了产业化的格局，并使局部地区出现了从未有过的人流、物流、信息流，为当地群众发展三产创造了商机，从而推动了地方经济的发展。目前，亿利资源集团还在加大招商引资的力度，进行沙产业的深度开发，决心通过技术、人才、资金和管理的引进，占领国际医药的主流市场，更大限度地实现沙区资源的二次增值。亿利资源集团在鄂尔多斯高原的库布齐沙漠开发沙产业、实现中蒙药生产现代化的生动实践，给我们提供了如下的有益启示：

其一，沙漠不是肆虐的黄龙，而是宝贵的资源。沙漠大多未经人类开垦，是真正的"处女地"、难得的一片净土。在这样洁净的沙漠区域运用高新技术种植极端环境下的药用植物，并形成大规模、富集化的原料基地，用这样的原料生产的医药产品，必然是无污染的绿色产品；而这样的产品就可以在国内、国际两大市场上畅行无阻，并在竞争中立于不败之地。从事沙产业开发，充分利用被人们严重忽视甚至弃置不用的沙漠资源，只要开发适度、用之有方，就可以为产业化经营奠定基础。

其二，"企业+基地""公司+农户"的产业经营模式，较好地解决了过去生态治理与建设中一直存在着的政府主动投资与群众被动参与相互脱节的问题，形成了企业与群众双赢的利益驱动机制。亿利资源集团采用一次性补偿的办法，从政府或农户手里取得生产建设所需要的"五荒"地50年的使用权，使其成为沙产业开发的载体。按照统一规划、分区治理的方式，除部分工程由企业建设并作出示范外，大部分生产任务以承包经营和量化股权的方式分解给农牧民，使区域内的农牧民成为企业的股东，农牧民经营的药园成为企业的第一车间。这样做，既吸纳了劳动力资源，扩大了企业经营的规模，获得了生态建设的群众基础，又解决了沙产业开发区域内农牧民脱贫致富的问题。

其三，亿利资源集团在开发沙产业中实行资源资本化，实现资源的二次增值，这一做法是保证生态建设与沙产业开发可持续发展的有效实现模式。从极端环境下生长的药用植物资源来看，它本身就是一种生产药品和保健品的原料，可以直接进入市场，但这样做只能获得一次性的经济效益。亿利资源集团的做法是，运用高新技术手段，把资源作为资本再投入，通过这种资源资本化的再投入实现资源的二次增值，获得了更大的经济效益。同时，由于技术合作的拉动，对大规模、富集化原料的需求，会更加激发起企业和农牧户种植原料的积极性，进而形成互动效应，真正做到了"在保护中开发、在发展中保护"的良性循环的格局，为生态建设和可持续发展找到了一条有效实现的途径。

其四，积极进取，不断拉长产业链、产品链和价值链，是沙产业开发得以长足发展的重要保证。伊利资源集团从中蒙药材的种植、保护、初级产品的加工、中间体的提取、副产品的综合加工利用，到各类系列制剂的研发、产品的升级换代和销售网络的不断扩大，最终引进战略合作伙伴，使其产品进入国际医药主流市场，实现经济效益最大化。他们所作的这一切，始终都是围绕着这"三个链条"不断拉长而进行的，因此使沙产业越做越兴旺。

目前，库布齐沙漠中的甘草资源已成为亿利资源集团核心产品的丰富原料，形成了很强的市场竞争能力。他们确定了一个宏伟的目标：经过 5 年的努力，完成亿利资源"以甘草为主线、以绿色中蒙药现代化为核心"的沙产业综合利用工程，届时实现年销售收入 100 亿元，年利润达 7 亿元左右，在鄂尔多斯高原上打造一个中国沙产业"硅谷"。

阿拉善盟开发推进沙产业

阿拉善盟位于内蒙古最西部，其东南与宁夏回族自治区接壤，西南与甘肃省毗邻，北部与蒙古国交界，国境线长达 733 公里，总面积 27 万平方公里，比江苏、浙江两省加起来的面积还要大。全盟辖阿拉善左旗、阿拉善右旗和额济纳旗，总人口 19.94 万。

阿拉善盟属大陆性干旱与极端干旱荒漠区，全盟的地理与气候特征可以用"三多三少"来概括。一是阳光多、降水量少。全盟年均光照时间在 3000 小时以上，年降水量东部地区最高也只有 200 毫米，西部更少，只有 40 毫米，而蒸发量却高达 3500 毫米以上。二是沙漠、戈壁多，植被少。著名的巴丹吉林、腾格里、乌兰布和三大沙漠横贯全境，当地统称阿拉善沙漠，总面积 8.4 万平方公里，占全境总土地面积的 31.1%；沙漠化土地面积 3.4 万平方公里，占全盟总土地面积的 12.6%；另有戈壁 9.1 万平方公里和大面积的荒漠草原，植被十分稀少。三是山地、丘陵多，河流少。阿拉善盟的东南有贺兰山脉，境内有龙首山、马鬃山、雅布赖山和大面积的丘陵，而河流只有两条，一条是额济纳河，另一条是黄河。额济纳河发源于祁连山，其上游在甘肃境内称黑河，经张掖流入阿拉善盟，境内流程 270 公里，最后向东流入额济纳旗的居延海；黄河从盟境的东缘流过，入境流程只有 85 公里，由于受大漠阻隔，利用率极低。两条河流的有效给水量，对于阿拉善盟辽阔干渴的土地实在是少而又少。由于干旱缺水，全盟境内较好的农、牧业用地为数不多。因此，要想使全盟的经济社会得到持续、稳定的发展，只有在沙区开发上寻找出路。

一方水土养一方人，也养育着一方珍稀的乡土生物物种。阿拉善盟干旱少雨，风大沙多，就在这恶劣的自然环境里，经过严酷的物竞天择，奇迹般地生长着肉苁蓉、甘草、苦豆子、锁阳、麻黄草等多种珍贵的沙生药用植物。其中，尤其以肉苁蓉、甘草、苦豆子最有优势，不仅分布的面积大，而且产量高、质量好，历来是国家此类药材的主产区和重要的采收基地。据勘察统计，阿拉善盟拥有肉苁蓉的寄主——梭梭灌木林 800 多万亩，肉苁蓉分布面积 632 万亩，储藏量可达 20 万千克；甘草分布面积 63 万亩，储藏量达 1543 千克，年产量可达 30 万~40 万千克；苦豆子分布面积 150 多万亩，年产量可达 40 万千克；锁阳和麻黄草的储量也极其丰富。这一组粗略的勘查统计数字生动地展示了阿拉善盟沙生植物药材开发的巨大潜力和广阔前景。此外，境内沙漠周边地区还有众多的盐湖，盐湖中储藏着丰富的盐藻和卤虫资源。据初步统计，全盟具有天然出产盐藻和卤虫的水面就达 4 万亩；同时盐湖还可以开发天然胡萝卜素。阿拉善盟广袤的大漠中还有沙葱、沙芥、沙米、沙蒿等纯天然的绿色食品。

肉苁蓉属列当科，别称"大芸"，是一种寄生在沙生灌木梭梭根部的多年生草本植物，其全株没有叶绿素，茎基部特别肥厚，可以入药，性微温，味甘，有补肾、壮阳、润肠、抗衰老的特殊功能，是一种极其名贵的中药材，在《本草纲目》《本经》《本草求真》诸药典中均有记载。《神农本草》将肉苁蓉与大补元气、安神生津的人间良药——人参相提并论，同列为中药材上品，故使其有"沙漠人参"之美称。肉苁蓉可以人工种植在梭梭的根上。梭梭的根部发达，适宜干旱荒漠地区生长，是优良的防风固沙植物。近年来，阿拉善盟充分发挥梭梭灌木林分布地域广、面积大的资源优势，大力开发肉苁蓉药用保健产品，并已进入了产业化发展阶段，同时以此为先导，带动着整个沙生植物药业的发展。

内蒙古阿拉善盟苁蓉集团有限责任公司是以研究开发、生产经营肉苁蓉、锁阳等沙生药材产品为主的高科技企业，是具有多种经济成分的跨行业的企业集团。该公司具有药品及保健品的生产经营资质，并拥有国内先进的生产流水线和提纯生产工艺。目前，公司研制成功了高级滋补苁蓉酒和具有保健功能的新型苁蓉养生液，已获得了国家批准的专利，并先后荣获了全国科技成果展销会金奖、国际保健美容博览会金奖。产品销往 20 多个省（区、市）的 100 多个城市，并进入了美国、日本和东南亚等地的市场。阿拉善盟苁蓉集团现有总资产 1.08 亿元，年销售收入 5100 万元，近 3 年累计缴纳税金 2600 万元，已成为阿拉善左旗地方财政的支柱企业和带动全盟沙生中药材产业发展的龙头企业。2001 年，公司启动了肉苁蓉产业化推进项目，在国家专项资金的支持下完成了 20 万亩肉苁蓉栽培基地建设和年产 1000 吨苁蓉药酒的技术改造工程。在整个项目的运行中，苁蓉集团坚持实行"贸工农一体化""产供销一条龙"的经营模式，采取"市场牵产品、产品带基地、基地连农户"的运作方式，形成了种植、研发、生产、销售良性循环的发展态势。苁蓉集团坚持走"产学研"相结合的发展道路，同北京大学联合成立了阿拉善沙生植物研究中心，开发科技含量高、附加值高的深加工系列产品，进一步拓宽了市场，使产业焕发出旺盛的生命力。

甘草属蝶形花科、多年生草本植物。据记载，我国有 8 种甘草，其中分布在荒漠地区的有 6 种，并以甜甘草为药用上品。阿拉善盟分布的是甜甘草。甘草在我国是中医常用的中草药，也是制作镇静剂和解毒剂的重要原料，同时甘草还是重要的出口药材。近年来，国内外有众多的企业利用甘草生产甜味素，作为砂糖和糖精的替代品，有的还用甘草做调制香烟的香料。甘草的用途日益广泛，经济价值也越来越高。近年来，阿拉善盟在大力开发肉苁蓉的同时，也加大了天然甘草资源的保护力度，并启动了人工种植甘草实验和甘草深加工项目。

苦豆子，亦属蝶形花科，是多年生草本根茎地下芽植物，别名叫苦甘草、苦参草、苦豆根、西豆根等。苦豆子全株味极苦，性寒，有毒，是一种药用价值很高的中草药，具有清热解毒、抗菌消炎等作用，当地民间用其根治疗咽喉痛、咳嗽、痢疾和湿疹。苦豆子片已收入药典，主治菌痢和肠炎。苦豆子在阿拉善盟荒漠土地上有大面积集中成片的分布。在阿拉善盟具有极大开发潜力的还有锁阳。锁阳是寄生在沙生灌木白刺根部上的草本植物，其肉质茎富含淀粉，可以食用；同时锁阳又是价值很高的滋补药物。苦豆子与锁阳的大规模开发也会给阿拉善盟带来巨大的生态效益和经济效益。

近些年，阿拉善盟在沙产业开发中，加快了对沙生植物的保护、利用和研究。目前，除苦豆子和锁阳没有进行大规模的开发利用外，肉苁蓉和甘草已经进入了较大规范的开发利用阶段。他们的具体做法：一是坚持以沙生植物药材保护为重点，实行围栏封育、复壮更新，逐步实现资源的富集化。阿拉善盟自"九五"以来，面对土地沙漠化不断加剧的现实，从实际出发，实施了"适度收缩、相对集中"为核心的转移发展战略，从生态恶化也是沙生药材植物亟需尽快恢复的地区，成功地转移了2800多户农牧民，有效地保护了荒漠生态和药用植物资源；实施围栏封育后，恢复并扩大了原来沙生药材植物生长的面积，也提高了单位面积的产量。全盟共围栏封育肉苁蓉的寄主梭梭、锁阳的寄主白刺以及甘草、苦豆子等沙生植物90多万亩，遏制了乱采滥挖的现象。二是开展了沙生中药材的人工种植试验。目前，他们已攻破了在梭梭根部种植肉苁蓉的难题，填补了国内的技术空白；进行了梭梭残次林人工复壮更新的试验研究，并取得了成功；同时，实行试验与生产同步进行，即边实验边推广成果，从而加快了肉苁蓉的开发进度。近两年，他们还开展了甘草育苗栽植、截根扦插种植、直播种植等试验研究，摸索出了在干旱荒漠地区人工种植甘草的成熟技术与经验，取得了显著的成效。在试验区内，育苗种植3年，亩产鲜甘草可以达到1500千克；扦插种植3年，亩产鲜甘草可以达到300千克。三是，开展了沙生药材植物的加工利用研究，并已将研究成果投入了生产实践。在苁蓉集团公司的带动下，初步形成了集约化经营、产业化发展的格局。额济纳旗从20世纪90年代初开始建设中草药开发试验示范区，经过10几年的发展，如今全旗年生产甘草已达近百万千克。苁蓉集团公司开发的第二代产品——苁蓉养肾口服液已经通过专家鉴定。他们加大力度进行招商引资和技术开发，推动着产品不断地升级换代。阿拉善右旗的苁阳公司也具备了年产300吨锁阳清酒的生产能力。

在开发沙产业的实践中，阿拉善盟经过艰苦的探索和不懈的追求，确立了以全面建设小康社会为目标、以沙产业开发为重要支撑点的发展战略，通过实施加强资源保护、优化生态环境、加大科技攻关力度和大力培育龙头企业等综合性措施，以沙生药材产业为先导，力争用5年左右的时间在全盟建成十大沙产业基地，形成强健的发展态势。这十大沙产业基地是：以梭梭资源和苁蓉集团为依托的肉苁蓉生产基地，以吉兰泰盐湖为骨干的天然胡萝卜素生产基地，以沙漠卤水湖为依托的卤虫生产基地，以白刺资源和阿拉善右旗苁阳公司为依托的锁阳生产基地，以苦豆子资源为依托的额济纳旗苦豆碱生产基地，以甘草资源为依托的甘草生产基地，以麻黄草资源为依托的麻黄生产基地，以白刺果资源和贺兰山矿泉水为依托的天然饮料生产基地，以沙葱、沙芥、沙米、沙蒿资源为依托的绿色沙生食品生产基地，以腾格里月亮湖、巴丹吉林鸣沙山等奇特的沙漠风景资源为依托的沙漠旅游基地。

十大基地建成之时，阿拉善盟的沙产业将全面开花，也将开始给阿拉善荒原带来温馨与富足，给阿拉善人开辟出奔向小康的通天大道。

酒泉甘草种植方兴未艾

甘肃省酒泉市是我国甘草的主要产地。近些年，酒泉市在加强天然甘草资源保护的基础上，制定并实施了建设50万亩甘草种植基地的规划，使沙区甘草种植业得到了迅速发展。

酒泉市位于甘肃河西走廊的最西端，土地面积大，沙漠分布广。全市国土面积19.1万平方公里，接近浙江全省国土面积的2倍。全市从东到西被沙漠包围着，活化沙丘和流动沙地分布面积十分广泛。区域内的沙漠、沙漠化土地以及潜在沙漠化土地面积达1.9亿亩占全市国土总面积的66%，是我国沙漠和沙漠化土地的主要分布区；区域内只有400

万亩森林，森林覆盖率仅为 1.41%。酒泉市深居内陆，气候干燥，降雨极少，蒸发强烈，冷热变化大，风大沙多，植被稀疏，属典型的温带内陆干旱气候。酒泉水资源紧缺，而光热资源却十分丰富。区域内年均降水量为 176~368 毫米，由东向西递减，年蒸发量高达 3000 毫米以上，是降水量的 17~81 倍；酒泉市内有发源于南部祁连山的大小内陆河流 17 条，分属黑河和疏勒河两个内陆河水系，年均径流量 32.05 亿立方米，但可利用的仅有 26 亿立方米左右，是当地绿洲农业的主要水源。酒泉市年日照时数为 3033.4~3316.5 小时，是我国太阳能资源最丰富的地区之一，开发利用的潜力巨大。

甘草是一种抗逆性很强的多年生草本植物，药用价值很高，是制作镇静剂和解毒剂的重要原料，几乎是中西医最常用的药物，在我国年购销量居各类中药之首。甘草除具有药用价值外，还被广泛应用于食品、化工、印染、化妆品研制等领域。如，以甘草为原料提取的甘草酸单铵盐（纯度 98%），具有特殊的甜味，其甜度是蔗糖的 250 倍，可做天然甜味剂；此外，甘草还可做乳化剂、防腐剂、抗菌抗氧化剂等。甘草的茎叶也有较高的营养价值，是尚好的饲料。由于甘草具有极强的抗逆性，所以它能在极端干旱的沙漠和沙漠化土地上顽强地繁衍生长，是防风固沙重要的植被。甘草还能在含盐量高达 24.8%（胀果甘草耐盐碱的极限值）的盐碱地上生长，具有改良盐碱地的作用。在干旱荒漠地带的沙生植物中，甘草是集生态、经济、社会三大效益于一身的植物。全球共有 13 种甘草，我国有 8 种，除山东、河北、山西、河南、内蒙古及宁夏有少量分布外，沙区的 5 种甘草主要分布在甘肃的河西走廊和新疆的准噶尔盆地、塔里木盆地。其中，酒泉是沙区的几种甘草的交汇区，成为甘草品种、资源分布最多的地方，其年产量约占甘肃全省甘草总产量的 50%。长期以来，甘草在国内外市场上始终供不应求。据调查，国内甘草市场每年成交量约 7 万吨，年需求量却高达 15 万吨左右；国际市场的年需求量约 25 万~30 万吨，而年均贸易量只有 6 万~8 万吨。

由于市场需求量大，在经济利益驱动下导致对甘草的过度采挖，致使酒泉的甘草资源已处于枯竭状态。据调查，前些年，酒泉甘草的采挖量每年在百万千克以上，野生甘草的储量大幅度减少，这种掠夺式的采挖利用已经到了竭泽而渔的地步。在实施封育之前，酒泉的天然甘草只剩下43万亩。250多年前，清乾隆二年编修的、《肃州新志》上记载："甘草开紫花，大者如椽，随处皆有。"这种现象，现在已不复存在了。随着野生甘草植被的严重退化，甘草的质量也在大幅度下降。另据调查，酒泉地区主产甘草的金塔县，在1957~1982年的26年间，甘草的收购量增长了35.1倍，特等甘草的年产量却下降了37.5倍；特等甘草1957年占甘草年产量的28.5%，到1982年只占0.8%，下降了35.53倍；一等甘草1957年占甘草年产量的47.95%，到1982年只占8.5%，下降了5.63倍；而三等甘草和毛条甘草分别由1957年占年产量的10.77%、10%，到1982年分别上升到25.9%、22.4%。因此，对天然甘草资源进行严格管理和全面封育已经势在必行了。如今，酒泉人已经认识到，卓有成效地发展人工种植甘草，是保护酒泉地区生态、解决甘草市场的供需矛盾和拉动地方经济发展的有效途径。

　　酒泉发展人工种植甘草有着得天独厚的条件。首先，甘草抗寒、耐热、耐干旱，在气温高达47.6℃和低温达-47℃、年平均降水量在30毫米以下、空气湿度0%以下的荒漠气候条件下，也能生长得很好。甘草还耐盐碱，其中胀果甘草耐盐碱性更强。甘草最适宜的土壤盐碱度为2%~3%。酒泉各条内陆河的中下游地区洪水冲击的扇缘地带大多是盐碱草甸，是甘草的主要分布区，也是酒泉荒地资源最丰富的地区，为酒泉发展甘草种植业提供了适宜的自然环境基础。其次，酒泉还有宜农荒地276.8万亩，其中50.4%为盐碱化土壤，有机质含量在0.8%以下，虽影响农作物生长，却适宜甘草种植。全市每年都有大量的盐碱化低产农田撂荒弃耕，为发展甘草种植业提供了充足的土地资源。据调查统计，酒泉全市有40万亩盐碱化草甸荒地，可直接开垦种植甘草；另有33.6万亩盐碱化低产农田，也可扬长避短，弃农而种植甘草。第三，我国商品甘草的四大品种，在酒泉都有分布，既有适应温带干旱气候的乌拉尔甘草和光果甘草，又有能适应暖温带干旱气候的胀果甘草和黄甘草，整个酒泉就是一个储量丰富的甘草种质资源库。可根据不同的气候、土壤条件进行甘草品种选育实验研究，为建立稳产高产商品甘草基地创造了良好的条件。同时，还值得一提的是，在酒泉，田间、渠沿、路边，甚至居民院落，都有甘草的踪迹。提起甘草，妇孺皆知。为此，在酒泉推广人工种植甘草的技术成果和建立甘草种植基地，具有广泛的群众基础。据测算，酒泉市如能发挥这些有利的优势，种植 50 万亩甘草，4 年后收获，按年亩均纯收入可达 400 元计算，50 万亩人工甘草每年经济效益将高达 2 亿元，更不要说如果把收获的甘草作为资产转化、进行深度加工可以获取更高的附加值了。

1990 年酒泉地区制定了建设 50 万亩甘草种植基地的规划。截至 2000 年已封育甘草 40 万亩，人工种植乌拉尔甘草 3.5 万亩，甘草年产量达 300 吨。据调查，以在梨园内间作的方式人工种植的 4 年生甘草，平均亩产 1073.7 千克，每亩每年纯收入达 357.9 元。可见，在增加科技投入的情况下，全部土地用于种植甘草，而不采用间作方式，亩均实现年收入 400 元的目标是可以达到的。现在全市甘草种植基地的甘草储量约为 2.3 万吨，价值约 4600 万元。发展甘草，不仅有较高的经济效益，而且能保护植被、防风固沙，有良好的生态效益和社会效益。

金塔县是酒泉市甘草的"种植大户"。金塔县已启动了 10 万亩中药材产业开发项目，总投资 2000 万元。该项目由县林业局主持实施，产品除甘草之外还有麻黄、黄芪、板蓝根、金银花等。预计封育 3.5 万亩，人工种植 6.5 万亩。现在已开发 6 万亩荒地，以喷、滴、渗为主的节水灌溉体系已初具规模。

二、林纸一体化经营

林纸一体化经营，是近年来兴起的一种实行林木定向培育与以制浆造纸为目的加工利用相结合的很好的产业化经营形式。在沙区实行林纸一体化经营具有特殊重要的意义。在科学规划、论证的基础上，通过林木定向培育或大力发展沙柳等固沙灌木林，通过林木更新或沙柳平茬获得丰厚的原料，发展制浆造纸(有的可加工成刨花板、纤维板、中密度板等)，不仅逆向拉动了沙区的生态建设，促进了沙区乔、灌木资源的发展，而且还保证了造纸（包括人造板加工）业发展有足够的原料供应，带来了巨大的经济效益。目前，宁夏的美利纸业集团和内蒙古的东达蒙古王集团、盘古集团在林纸一体化的经营方面已走出了可喜的一步，其提供的经验可资借鉴。

美利集团立足沙区展宏图

宁夏美利纸业集团公司（以下简称"美利集团"）是宁夏回族自治区21家重点骨干企业之一，也是国家确定的在西部地区重点建设和重点扶持的规模最大的造纸龙头企业。美利集团自1985年在宁夏回族自治区中卫县创建至今，始终立足于沙区，坚持"林纸一体化"的经营战略，先后进行了3次大规模的技术改造和扩建，目前已拥有9个全资子公司和控股公司，员工达7000多人，工业占地面积2万亩，自有营林基地50万亩。公司拥有20条现代化的造纸生产线，具有年制浆20万吨、年造纸25万吨的生产能力。

1998年，美利集团为解决制浆造纸的原料供应问题，启动了"林纸一体化"工程，计划从2000年起到2010年，用10年时间，投资87亿元，营造100万亩速生原料林，兴建年产70万吨杨木纸浆生产线和100万吨高档文化纸生产线，力争跨入国内造纸"十强"企业行列，成为世界造纸行业中的先进企业。

美利集团率先启动了营林建设工程。2001年春天，完成了2万亩速生原料示范林和3000亩种苗基地的建设任务。森丰公司是美利集团下属的子公司之一，担负着林纸一体化营林基地建设的重任。公司于2000年正式成立，组建了林业科学研究所和9个基地林场，有员工800多人，为原料林基地建设提供了技术保证。该公司先后在宁夏、内蒙古、甘肃3省（区）的15个县（市、旗），沿腾格里沙漠边缘半径纵深200公里的地域内，开展了大规模的原料林基地建设。截至2003年上半年，他们共造林30万亩，林木成活率达到85%左右。

森丰公司在腾格里沙漠边缘进行大规模的植树造林，使沙漠边缘的20万亩沙地得到了彻底的治理，有效地保护了周边地区的农田免受风沙的侵袭，同时也解决了基地周边地区一大批农村富余劳动力的就业问题，调动了当地农民植树育苗的积极性，为企业的持续发展积蓄了后劲。

美利集团的林纸一体化工程由政府、企业、农户三方面共同参与实施。政府负责工程实施方案的审查、制定优惠政策和落实造林补助资金；政府的林业部门负责对工程建设进行技术指导、咨询服务和检查验收，引导农户调整产业结构，发展林粮、林药、林牧间作，达到以农养林、以林创收的目的。企业负责工程的具体实施，为农户提供预借资金和贷款担保，给农户建立造林档案，并与项目实施乡(镇)村签订木材收购合同，保证农户的木材销路和合理的经济收益。各乡(镇)村调整出土地，由农户具体实施造林和抚育。为鼓励农户植树造林，公司建立了合理的补贴机制，切实保护了农户的利益。

根据速生林生产的特点和立地条件综合分析，按5年一个轮伐期计算，每亩林地生产木材10立方米，农户每亩林地木材收入3600元；1年~3年幼树生长期间实行林、粮(药、牧)间作，农户每亩林地又可获得纯收入400元；农户参与基地营林，5年每亩林地共计收入4000元，除去每亩林地1392元营林成本，平均每亩林地净收入2608元，年均每亩林地净收入521.6元。

美利集团在实施林纸一体化战略的过程中始终坚持以科技为先导，把科技进步、科技创新放在重要的位置上。在林木规划与配置上，坚持适地适树的原则，沿沟、渠、路边及林区外围设置了以新疆杨、臭椿、白蜡、刺槐、沙枣、柠条为主的防护林网，让防护林占到造林面积的20%以上。在主栽树种的选择上，公司种植了适宜当地生长的中林系列、三倍体毛白杨、欧美杨等速生树种，同时，采用不同类型的树种进行块状混交，把欧美杨中林系列的树种隔离种植，以防止病虫害的蔓延，基本上实现了原料林基地的科学规划和树种的科学配置。在速生杨的栽培中大面积推广了节水灌溉技术，并取得了明显的节水效果。美利集团与中国林科院、宁夏林业研究所合作，相继进行了速生杨栽培技术研究、节水试验研究，同时还开展了杨树优良品种及无性系对比试验、杨树配方施肥试验、杨树病虫害防治试验，为建成持续稳定的制浆造纸原料林基地提供了强有力的科技保障。

美利集团在原料林基地的建设中采取了多元化的经营体制，在实践中创造了公司自办基地实行承包责任制、股份合作制以及"公司+农户"经营运作等多种管理模式。其中，最典型的模式有3种：

——公司自办基地实行承包责任制模式。由公司承担生产投入，实行统一管理，由林场直接经营；对承包人实行生产环节分项考核，根据考核结果核定工程报酬，确定奖罚。目前，采用这种管理模式已完成自办基地造林11.01万亩。

——股份合作制模式。这是一种由公司与农、林企业合作开发建设速生原料林基地的模式。合作方以土地作价入股，公司以物资、技术等形式直接投资入股，共同操作经营，利润按入股"资金"比例分成。目前，采用股份合作合作模式已造林8.14万亩。

——"公司+农户"的运作模式。主要采取订单管理办法，公司提供苗木和技术指导，与农户签订种植及收购合同，农户承担成本投入，并自负盈亏，公司在收购木材时再扣除农户的苗木费。公司通过营造示范林以点带面，推动基地建设。目前，"公司+农户"造林已达到10.65万亩。

东达蒙古王集团开发沙柳发展造纸业

内蒙古东达蒙古王集团位于鄂尔多斯市、库布其沙漠的边缘。集团公司始建于1996年，过去一直从事羊绒加工，近年来积极投入沙产业开发。他们实施"林纸一体化"战略，大规模地种植沙柳，利用沙柳做原料发展造纸业，同时利用沙柳副产品做原料进行舍饲养羊、集中养牛，发展畜牧业，取得明显成效。

库布齐沙漠位于鄂尔多斯高原北部、黄河南岸，是我国八大沙漠之一。沙漠腹地散布着大面积的流动沙丘，每年春季由于干旱少雨，都会引发肆虐的沙尘暴使沙区农牧民大受其苦。库布齐沙漠南高北低，一到雨季就会引起山洪暴发。肆虐的山洪沿着十大孔兑（蒙古语，意为季节

性河床)穿越库布齐沙漠直接泻入黄河,年平均输沙量高达 1.6 亿吨,
严重时会造成黄河断流,临近的包钢因断水而停产。鄂尔多斯市经过几
十年的林业生态建设,连续不断地种植沙柳近千万亩,使沙区的生态环
境得到了有效的治理,沙区人民的生产、生活环境得到了明显的改善。

东达蒙古王集团经过研究论证,选择当地的速生乡土灌木树种——
沙柳,作为保卫母亲河、防风固沙、护岸固堤的先锋树种。沙柳的成活
率高、萌蘖能力强、适应性强、易繁殖、生长快。沙柳有其独特的生长
规律,即三年必须平茬一次,"平茬复壮"是其唯一的也是最重要的抚
育管理办法。东达蒙古王集团决定利用沙柳的这一生长特性,加速沙柳
更新,拉长产业链条,开发沙柳的工业用途,用看得见的经济效益引导
并帮助当地农牧民脱贫致富,从而有效地调动农牧民种植沙柳的积极
性,达到"沙漠增绿、沙柳增值、农牧民增收、地方增税、企业增效"
的目的。

开发沙产业、逆向拉动沙柳种植,其关键是解决沙柳平茬复壮后的
综合利用问题,给平茬时砍伐下来的沙柳条找到最佳的利用途经。几经
研究论证,他们认识到,沙柳是一种理想的造纸原料,同时沙柳的细梢
嫩枝还是尚好的畜牧业饲料;只要采用新的造纸工艺就可以利用沙柳生
产出高强度瓦楞纸、挂面箱板纸,替代进口产品。利用沙柳嫩枝条做饲
料发展畜牧业,又可以带动当地牧民脱贫致富。

目前,东达蒙古王集团已在福源泉生态基地投入 6000 多万元建立
了 5 万亩沙柳种植示范园区,实施"林纸一体化"实验项目。2002 年,
该实验项目已被列入"双百万京(津)北绿色屏障工程",现在已经带动
起周边 3 万多农牧民广植沙柳,沙柳种植面积已达 70 多万亩。造纸项
目已经成功地通过了冷、热磨中试。公司初步规划,首期工程为年产
10 万吨高强度瓦楞纸、箱板纸。

他们在利用沙柳的粗枝进行制浆造纸的同时,利用沙柳的细梢嫩枝
舍饲绒山羊和集中养牛,并实行林草间作,建立立体牧场。他们已在沙
柳树行间种植了紫花苜蓿、沙打旺、羊柴等优良牧草。把平茬后 85% 的
沙柳粗枝用于造纸,15% 的细梢嫩枝加工成牛羊的饲料。目前,东达蒙

古王集团已实施了饲养 20 万头牛的扶贫富民工程，其中奶牛和肉牛各 10 万头，总投资 10 亿元。产量达标后，可日产鲜奶 2500 吨。上述两个项目全部达标后，沙柳造纸和乳、肉食品生产项目总产值可达 42 亿元，可使 10 万多农牧民脱贫致富。

我国著名科学家钱学森院士对该项目给予了高度评价，致信东达蒙古王集团说："我认为内蒙古东达蒙古王集团是在从事一项伟大的事业——将林草沙三业结合起来，开创我国西北沙区 21 世纪大农业，而且实现农工贸一体化的产业链，达到沙漠增绿、农牧民增收、企业增效的良性循环。"内蒙古自治区党委书记储波同志在 2002 年 9 月 20 日给内蒙古自治区农业厅、畜牧业厅的批示中说："我们应当重视东达蒙古王集团规模种植和养殖的经验，注重研究推广，使它形成气候，形成产业。"现在，这一项目已正式被列为内蒙古自治区"十五"计划重点项目。国家计划委员会已委托中国国际投资咨询公司对其"林纸一体化"项目进行评估论证，即待批复；国家经济贸易委员会已经立项，并把该项目确定为"双高一优"技改重点项目。

开发沙产业高远的起步必然要有高远的目标，同时也必然会带来巨大的生态、经济、社会效益。东达蒙古王集团开发沙产业至少在以下六个方面表现了巨大的作为：

首先，东达蒙古王集团开发的 50 万吨"沙柳制浆制造箱板纸"——首期 10 万吨项目，极大地调动了当地农牧民种植沙柳的积极性，将在库布齐沙漠地带新增 300 万亩沙柳林地，可有效地遏制项目区内的风沙危害和水土流失，及大地改善这里的生态环境。由于有大面积的沙柳护岸固堤，从而保护了项目区段黄河的生态安全。

其次，沙产业项目区涉及地处库布齐沙漠中的 3 个旗、32 个乡镇（苏木），这里居住着几十万各族群众，而且这 3 个旗都是国家级贫困旗。项目实施后，可以使这 3 个旗处在贫困状态下的农牧民通过种植沙柳和舍饲牛羊，获得总计年均 3 亿元的直接经济收入。

第三，通过沙柳产业开发，东达蒙古王集团给林地废材、工业废水、农业废地找到了新的用途。沙柳过去一向被视为"次小薪材"，即所谓废材。如今开发沙柳制浆造纸，使沙柳这种"废材"得到了充分的利用并大幅度增值。东达蒙古王集团实施的"林纸一体化"项目，利用的是当地达拉特电厂的冷凝水。过去该电厂的冷凝水强排黄河，每年要支付3000万元的污水处理费。如今，达拉特电厂的废水改为东达蒙古王集团的造纸厂用水，即将废水变为可回收利用的好水。东达蒙古王集团造纸厂将其废水排入芒硝含量很高的盐碱地，即使这原本废弃的农田得到了改造，焕发了生机，同时也使改造了的农田得到了灌溉，从而使废水变成了肥田水。

第四，东达蒙古王集团开发沙产业，实施"农牧互补"战略，确保畜草平衡，带动当地农牧民舍饲养羊和养牛，同时也带动了当地肉食品加工业和乳食品加工业的发展。集团公司开发的舍饲畜牧业有较高的科技含量和较强的市场竞争力，既可有效地保护林草植被，又能促进畜产品的加工利用，从而形成了绒山羊养殖以牛奶、牛肉为主要原料的肉、乳食品加工，以及新型的饲料加工业，并使项目区6亿千克农作物秸秆通过青贮、氨化和微化转化为饲料，实现加工增值。

五是，不断壮大产业规模，带动当地农牧民就业和地方经济的发展。目前，东达蒙古王集团沙产业发展尚处于起步阶段，随着产业规模的不断扩大，产业链不断拉长，这方面的经济、社会效益将越来越显著。

六是，为了进一步实施沙柳产业化工程，做好项目前期运行，东达蒙古王集团已投入2000多万元建设了库布齐沙漠治理研究所、高产绒山羊育种研究所和福源泉生态建设基地。"两所一基地"建设把产学研有机地结合起来，强化共性技术的主导作用，并为实施300万亩沙柳基地的建设积累经验。例如，高产绒山羊育种研究所通过5年的育种研究，已使白绒山羊成年母羊的个体产绒量由过去最高300克提高到1080克，使成年公羊的个体产绒量由过去最高400克提高到1350克，平均增绒两倍多，羊绒细度平均为14.57微米。这项科研成果获得了内蒙古自治区科技成果二等奖。实施这一科研成果，繁育出绒山羊的核心群体，靠高科技减少饲养头数，增加效益，可最终实现"三高一低"，即提高绒山羊优良品种的繁育率，最大限度地提高产绒量和产业的附加值，降低饲养成本。

盘古集团开发"绿金产业"

内蒙古盘古集团从 1996 年开始，在巴彦淖尔盟的磴口县境内的乌兰布和沙漠开发沙产业，启动了生态治理工程，在 7 年来的治理实践中，初步探索出了一条生态建设产业化发展的道路。

盘古集团发展沙产业的原则和宗旨可以归纳为"三效、四增、五个一"，按照盘古人的说法，即简称为"三四五工程"。"三效"，即以生态效益为基础，以经济效益为支撑，以社会效益为延伸，追求三大效益相统一，确保三大效益同步提高。"四增"，即让大地增绿、群众增收、政府增税、企业增效。"五个一"，即种植一片绿色，改善一区环境，发展一个产业，富裕一方百姓，振兴一地经济。

7 年来，盘古集团先后投资 5000 多万元，项目区面积从最初的 52 万亩扩大到 100 万亩，已治理沙漠 6 万多亩，植树、育苗 1500 多万株，并且在初步建成的基地上实现了"通路、通电、通水、房井配套"，为今后沙产业的发展奠定了稳固的基础。目前，盘古集团的生态工程基地初步形成了"沙漠绿洲"的小环境；路边绿树成荫，育苗地碧湖扬波；春季大风扬沙基地里风速减弱，扬沙扬尘减少；夏季赤日炎炎，基地内的湿度明显高于周边地区，由于植被的覆盖度提高，吸引了很多野生动物前来安家落户。

在生态环境得到明显改善的条件下，盘古集团经过实践和探索，发展"绿色黄金产业"（简称"绿金产业"）的全盘构想基本形成，并已经开始实施。其全部的经营战略格局可以概括为启动并发展四大"绿金产业"。

一是，实施林纸一体化，发展杨木制浆造纸业。经过几年的实践证实，新疆杨、小美旱杨、欧美黑杨等速生杨品种，在乌兰布和沙漠边缘都可以生长。只要有水、肥保证，种植 3 年的速生杨其胸径一般可达 12 厘米以上，生长好的可达 20 厘米，5~6 年可进入轮伐期。通过认真、深入的市场调研，和对国内林、纸产业现状的分析，盘古集团的决策者们清醒地认识到，建设速生树种原料基地势在必行。乌兰布和沙漠光、热、水、土条件具备，通过建设防风固沙的速生林基地，不仅可以减轻风沙危害，而且可以为发展杨木制浆造纸提供可靠的原料保证。同时，结合河套灌区农田防护林网的更新，建设百万亩速生杨基地将成为锁定乌兰布和沙漠东移的绿色长城。2001 年 12 月，盘古集团杨木制浆造纸项目已经通过专家论证，国家计划委员会上报国务院，并列入内蒙古自治区"十五"规划的重点项目：一期工程即可达到年产杨木纸浆 10 万吨、高中档文化纸 20 万吨的规模；二期工程将达到年生产 20 万吨杨木纸浆、40 万吨文化纸的规模；三期工程将达到年生产 30 万吨纸浆、50 万~60 万吨文化纸的规模，并可带动 500 万亩速生杨原料林基地的建设。

二是，实施林草一体化，发展畜牧养殖业。实行退牧还草、舍饲养畜后，农牧民对养畜的饲料需求必然增加。沙漠地区干旱少雨，牧草生长量较低，但营养价值较高，而且像柠条等野生灌木经过加工后也可以饲用。柠条的粗蛋白含量高，超过苜蓿等优质牧草，而且生长 3 年必须平茬，促进其枝叶分蘖，否则就会枯萎死亡。沙漠里的饲草、柠条是真正的纯天然、无污染的"绿色食品"，牛羊饲用这种"绿色食品"，其肉、乳也都是"绿色食品"。在发达国家特别是欧洲一些国家疯牛病、口蹄疫事件连续发生，消费者缺少安全感的国际背景下，通过在沙漠地区种草和发展饲料加工业，促进畜牧养殖业发展，既可推动生态建设，又可带动农牧民致富，还可将"沙漠牌""草原牌"的绿色肉、乳食品打进国际市场，创造可观的经济效益。目前，盘古集团已经利用 3000 万美元的日本协力事业资金启动了种植牧草生态建设项目。

三是，种植天然药材，发展生物制药产业。沙漠地区生物生长环境极其严酷，然而，按照大自然"物竞天择"的法则，经过亿万年残酷无情的考验和选择，毕竟保存下来一批适合在沙漠地区生长的植物。这些植物不仅护卫者沙漠地区的生态，而且有些植物还有着很高的药用价值和经济价值。特别是像苦豆子、狼毒、醉马草、牛心朴等有毒植物，含有极其宝贵的生物碱和其他一些有效成分，是不可多得的天然药材。在沙漠地区大面积种植这些天然药材，不仅可以获得显著的生态效益，而且还可以通过生物制药创造巨大的经济效益；同时，在制药过程中提取了有效的药用成分后再实施必要的解毒措施，利用其加工剩余物还可以生产大量的优质饲料，反哺畜牧养殖业。为此，发展天然药材种植、加工，可以形成人药、农药、兽药等不同的系列化产品，打开国际、国内两大市场，开发"绿金"大产业。

四是，建设绿色食品良种基地，开发绿色食品产业。乌兰布和沙漠日照充足，昼夜温差大，有利于植物进行光合作用和营养成分积累，而且无污染，在种植中再施之以绿肥、植物农药，就具备了建设绿色食品良种基地的条件。绿色食品产业即是阳光产业，具有广阔的发展前景。

盘古集团进行生态建设，走出了一条"政府支持、企业运作、市场导向、科技支撑、社会参与"的体制创新之路。

民营企业投入生态建设，是生态建设主体的根本转换。但是，生态建设涉及面广、风险大，特别是生态系统极为脆弱的沙漠地区，更要谨慎从事。因此，必须按照国家和地方政府的统一要求，将企业实施的项目纳入各级政府的生态建设规划，以取得各级政府的支持，这样才能够顺利进行。盘古集团的做法是，积极与各级政府保持密切联系，严格按照国家和地方政府确定的"黄河上中游、风沙荒漠地区生态治理规划"确定自己的建设项目，力避开发建设的盲目性。各级政府对盘古集团的开发建设项目给予了高度重视和密切关注。国家有关部委、内蒙古自治区、巴彦淖尔盟，以及磴口县的领导曾多次深入基地考察指导，对盘古集团给予了多方面的有力支持。

在开放型的市场经济条件下，治理沙漠的生态工程不宜沿用传统的计划经济体制下形成的旧模式，即依靠行政命令组织推动，而必须坚持以市场为导向，采取企业化的管理模式来运作。盘古集团在实施"三四五工程"中，实行了适应市场经济要求的"企业+基地+农户"的运作模式：由企业进行沙漠治理与开发的前期工作，完成调查研究、综合论证、全面规划，提出治理与开发的统一要求；对于投资大、风险大、农户难以承担的基础建设项目，如打井、平整土地、修路、开渠、架设电线、盖房舍等，也由企业投资、规划并组织实施；具体的农田机械作业、实施新技术、引进良种、实施综合配套服务等工作，均由基地承担。农户参加基础设施建设与种植工作均按劳取酬；企业规定：农户承包土地和灌溉种植，均按照企业统一要求操作，并负责田间管理，在头三年试种承包期内，全部收益归农户所有，只向企业交水、电费，三年以后视具体情况再向企业交纳承包费。采用这种方式进行基地建设极大地调动了当地农户承包土地参与种植的积极性，同时还吸引了周边地区的农民慕名前来参与开发建设。早期入场的农户，有的已形成一定的经济实力，购置了大型农机具，承包土地由 200 亩扩大到 800 亩，有的甚至准备组建家庭农场。

以市场需求为导向进行生态产业建设，是盘古集团经营管理的一个突出的特色。企业在生态建设中不是简单的种树、种草，而是选择既具有良好的生态效益（耐旱抗风，适应沙漠环境气候，并能防风固沙）又有良好经济价值的树种、草种，为求通过项目的实施，既能改善沙漠地区的生态环境，又能丰富沙漠地区的植物资源，在此基础上发展种植业、养殖业、加工业，不断拉长沙产业链条，获得尽可能巨大的经济效益。

将现代生物科学技术导入生态建设领域，实施以现代生物科学技术为先导，以生态建设为基础的"双生战略"，是盘古集团的一大创造。面对生态脆弱的沙漠环境，盘古集团在生态建设之初采取了科学慎重的态度，注重吸收过去沙漠地区经济开发的经验教训，坚持以科技为依托；在项目启动前，请教了地理、气象、水文、土壤、生物、历史、经济、民族等学科的专家，对开发对象进行了深入的研究；在项目实施中，聘请了一批经济、科学顾问，并与中国环境学院、中国科学院植物研究所、沙漠研究所、中国林科院沙漠林业实验中心、中国农科院草原研究所，以及一些高等院校建立了合作关系，不仅保证了起步的高起点，而且也使企业的发展驶入正确的航道。在具体工作中，盘古集团确定了"多采光、少用水、新技术、高效益"的技术路线。基地灌溉一律采用输水管道，并将在条件具备时采用滴灌、喷灌等先进的节水技术，杜绝大水漫灌和渠道渗漏。精心选择光合作用强、水资源利用率高、转化能力强的树种、草种和农作物种植。同时，盘古集团不断扩大同国外科研机构、高科技企业的合作途经和领域，目前，已引进了法国瑞奇公司776平方米的现代温室，与澳大利亚英达克集团合作进行种苗快速繁育项目进展得也十分顺利。在一期工程建设中，为北京2008年奥运会繁育的100万株白皮松已取得成功，利用高新技术不仅使成活率提高到80%以上，而且生长速度也提高了5倍。在沙漠地区实现的这一创举，既为北京奥运会增添了光彩，也为企业带来了可观的经济效益。

从2003年春季开始，盘古集团在磴口建设沙漠生态产业开发区，被誉为"中国西部沙漠硅谷"规模面积100平方公里。其中包括沙漠生态科技、造纸工业、生物制药工业、绿色食品加工和贸易服务五大园区。

建设"沙漠硅谷"可以吸引国内外的治沙科技专家投入中国的防沙治沙事业，引进国际上的先进技术和改善沙漠生态的优良的植物品种，促进中国沙漠生态建设真正走上"高起点、高技术、高质量、高效益"的可持续发展的道路。同时，通过发展绿色产品的种植业、养殖业，形成丰富的可以永续利用的绿色资源；通过发展加工业，形成带动沙产业发展的龙头企业，即为沙区富余劳动力提供就业机会，又带动当地农牧民脱贫致富，促进地方经济发展；通过发展流通服务业，组建功能完备的交易、流通、仓储、金融、商贸服务系统，改善地区的经济结构，加速开拓国际、国内市场，促进沙产业健康发展。

内蒙古盘古集团开发"绿金产业"、打造"沙漠硅谷"的壮丽事业，前景无限辉煌！

三、沙区资源综合开发利用

在长期防沙治沙的实践中，趋利避害，换向思维，人们不再把沙漠和沙漠化土地看做是苦难的象征和不毛之地，已经或正在认识到，沙区虽然干旱少雨、风大沙多，但具有丰富的光热资源、土地资源和极为珍贵的沙生动植物资源，沙区还有土壤透水透气性好的特点，在沙区坚持"多采光、少用水、新技术、高效益"的技术路线，发展知识密集型的农业是大有作为的。在经历了 20 年不断深入的探索中，步入实践的沙产业已经形成了沙区资源综合利用的发展态势。各地在防沙治沙的基础上，坚持从当地的实际出发，以高新技术为依托，以市场为导向，采用龙头企业带动和"公司+基地+农（牧）户"的产业经营方式，吸引多种经济成分参与沙产业开发，取得了显著的成效。不少地方已经形成了"农工贸一体化""产供销一条龙"的发展格局。这种大面积、综合性的沙产业开发，既促进了当地生态系统的改善，又繁荣了沙区经济。甘肃省的张掖市、武威市、绿洲科技有限公司，内蒙古的赤峰市、鄂尔多斯市、吉兰泰盐化集团，陕西榆林市的治沙英雄石光银及其集团公司等都是沙区资源综合开发利用的典型。

"西菜东运"的奇迹是怎样创造的？
——张掖和武威沙产业综合开发述评

　　甘肃省张掖市和武威市，是在钱学森院士有关沙产业理论的指导下，在我国最早步入开发沙产业实践的地区之一。著名的"多采光、少用水、新技术、高效益"这一发展沙产业的技术路线，就是在甘肃河西走廊，特别是张掖和武威两市群众大规模开发沙产业的实践中总结出来的。在 20 世纪 90 年代中期，这里的地膜覆盖、暖棚种植养殖、无土栽培、节水灌溉、经济林营造，甚至包括微藻的生产和应用，都已经搞得红红火火，不仅在千古荒原——"不毛之地"上建成了一片片新型绿洲，而且创造了"西菜东运"的奇迹。

　　张掖和武威两市位于甘肃省河西走廊的中、东部，地处巴丹吉林和腾格里沙漠的边缘。其中部与北部隔金昌市相望，其南部——张掖的肃南裕固族自治县与武威的凉州区接壤。张掖和武威的北部都是浩瀚的戈壁与沙漠，南部是流经张掖的黑河与流经武威的石羊河，这两条内陆河的发源地都在祁连山，中部是散布于荒漠与戈壁的绿洲。张掖辖 5 县 1 市，120 万人，总面积 4.2 万平方公里。全市有沙漠 300 万亩、戈壁

600 万亩、盐碱地 120 万亩,耕地只有 120 万亩,风沙线长达 400 多公里,直接威胁着 6 个县(市)、82 个乡(镇)的 100 多万亩耕地和 80 多万农牧民的生产生活安全。武威市辖 3 县 1 区,193.5 万人,总面积 3.32 万平方公里,有 45% 的土地是荒漠和戈壁。张掖和武威地区干旱少雨,风大沙多,是典型的大陆性温带干旱气候,水资源极其短缺,光热资源非常丰富。这一地区的年降水量大约在 110 毫米到 410 毫米之间,年日照总时数 2083~3078 小时,而且光质优越、昼夜温差大,沙区太阳能资源开发利用潜力巨大。水资源短缺是张掖武威两市改善生态、发展经济最主要的制约因素,而丰富的土地资源、沙生植物资源和充足的光热资源却是张掖和武威两市发展沙产业的优势条件。

张掖和武威两市开发沙产业是在"北治风沙、南保水源、中建绿洲"的基础上进行的。没有生态建设这个大前提,其沙产业很难发展。长期以来,张掖和武威地区的各级政府带领广大群众,开展大规模的生态建设,在市区南部有效地保护了祁连山的水源涵养林,在北部风沙线上建起了数百公里的防风固沙林带,在中部农牧区实行渠、路、田、林、村统一规划,因地制宜,综合治理,建成了完善的防护林体系,为沙产业的发展奠定了良好的生态基础。

1992 年,张掖、武威两市沙产业蓬勃兴起,使沙区开发实现了由被动地防沙治沙,向主动、积极地治沙用沙转变;由单纯追求生态效益,向带领全地区人民致富奔小康,实现生态、经济、社会三大效益相统一转变;由单一地在风沙线上植树造林,向提高太阳能固定转化率和水资源利用率发展阳光农业转变。到 20 世纪 90 年代中期,张掖、武威地区沙产业开发已成效显著,并蜚声全国。

有资料显示,张掖、武威地区的地膜覆盖面积已达到 11 万亩,1996 年又猛增到 40 万亩;1994 年建塑料大棚 1000 亩,1995 年猛增到 4000 亩,1996 年又发展到 6000 亩。1996 年,张掖地区地膜覆盖面积发展到 95 万亩,塑料大棚、日光温室发展到 3.6 万亩,暖棚畜禽饲养量达 246 万头(只);高效日光节能温室年亩均收入在万元左右,最高的能达到 2~3 万元;已建成螺旋藻生产池 1.1 万平方米,形成了年产微藻干粉 10 吨的生产能力。另据相关后续报道，张掖、武威两地生产的蔬菜，不仅远销全国 20 多个省（区、市），而且还外销日本、韩国以及东南亚一些国家和地区，每年外销增收 4500 万元；两市先后共利用治沙贴息贷款 3.15 亿元，支持各类沙产业开发项目 366 个，建成了一批以林、畜牧、蔬菜、棉花、啤酒原料等为主的产业化龙头骨干项目，到 1999 年沙产业开发总产值已达 15 亿多元；通过沙产业开发开辟了新的农牧业生产基地，已安置贫困地区移民 10 多万人，建成了一批林茂粮丰的移民新村（区）。

张掖市发展沙产业始终坚持"多采光、少用水"，因地制宜地发展科技含量高、经济效益好的项目。从 2002 年 8 月起，他们采用财政借支、银行贷款、群众投劳等办法大规模地开展了高标准的节水工程建设，同时加大了节水退耕的力度，进行"社会型节水"试点，出台了一系列政策法规，一直将水资源利用指标配置到田间地头、控制到基层农户，不仅为沙产业开发完善了基础设施，而且创造了良好的社会环境。截至目前，张掖市推广常规节水作业农田 192 万亩，建防渗 U 型输水渠 36 万亩，实行低压管灌的农田达 16 万亩，建成高效节水的滴灌、喷灌示范基地 2 万亩。全市共建了 13 个沙产业综合开发示范区，日光温室、塑料大棚已发展到 3.63 万亩。山丹县沿 312 国道，在戈壁沙滩上建成了 235 座种植大棚，其中有 50 座实行无土栽培，有不少大棚安装了从以色列引进的先进设施、由电脑控制的全自动化温室，为沙产业的科技推广发挥了良好的示范作用。

在沙产业的发展中，张掖市采取"企业建基地、基地带农户"的形式，实行贸、工、农一体化经营，逐步形成了草畜、制种、果树、轻工原料等四大支柱产业，并促进了龙头企业群体的迅速发展。在这些龙头企业的带动下，全市已建千亩以上集中连片的优质牧草种植基地 47 个，种植面积达 35 万亩，涌现出 52 个种植专业村、7000 多个养殖专业户，饲养猪羊牛等牲畜 411 万头（只）；建万亩以上制种基地 16 个，面积达 54 万亩；建轻工原料基地 90 个，面积达 93 万亩；同时，果品蔬菜种植面积已发展到 26 万亩。近年来，张掖市新改扩建沙产业龙头项目总计

33 个，完成投资 3.5 亿元，其中引进资金 2.3 亿元，先后有 14 家国内知名的农副产品加工企业落户张掖，加盟沙产业开发。在草畜产品加工龙头企业的带动下，全市年牧草加工能力达到 35 万吨，畜产品加工率达 30%以上；中国种子公司、奥瑞金、长城种业集团等国内知名制种企业在张掖落户后，新上 12 条种子加工生产线，年加工种子 25 万吨；全市果蔬加工企业已发展到 40 家，产品加工转化率和分级分类包装率达到 40%以上；轻工原料加工企业已发展到 14 家，啤酒原料、酿酒葡萄、中药材等产品的加工转化率也达到 40%以上。同时，在生产实践中培育出了一批像"中字""奥瑞金""甘绿"等名牌产品。

武威市充分利用沙区土地、生物和光热等自然资源优势，以高新技术为依托，以市场为导向，采用"公司+基地+农户"的产业经营模式，吸引多种经济成分投入产业开发，取得了显著成效。

近年来，武威市的饲草种植和高效节能日光温室栽培、温棚养畜又有了新的发展。沙区各乡（镇）种植优质紫花苜蓿已达到 24.2 万亩。在武威兴农畜牧开发有限公司的带动下，千家万户投入了温棚养畜，全市养畜温棚已发展到 304 万平方米，饲养牲畜达到 246 万头（只）。截至 2003 年，全市日光温室种植面积已经达到 5 万亩。种植品种有适销对路的果蔬、花卉和食用菌等，极大地提高了作物的产量和效益。武威市农业科学研究所和沙产业中心实验室，分别从以色列和美国引进设备和技术，建立了两座现代化的日光温室，发挥了显著的示范带动作用。

武威市在沙产业开发的实践中，形成了一批颇具优势的产业群体，其中葡萄、红枣、花卉、中药材和食用菌等产业经营已经初步形成"贸工农一体化、产供销一条龙"的发展格局。武威市的皇台集团、莫高集团和苏武庄园等龙头企业带动企业周边地区的农户，在武威凉州区的沿沙乡和民勤、古浪两县的部分乡（镇），已建成优质酿酒葡萄种植基地 8.4 万亩，先后建成了"莫高""皇台""苏武庄园"三家年加工能力达万吨的现代化葡萄酿酒厂。2003 年，全市葡萄产量达 1.5 万吨，产业链条已初具规模，并仍有巨大的开发潜力。在泰龙食品公司的带动下，全市红枣种植面积已达 9.1 万亩，年加工红枣 6000 吨，泰龙公司开发生产的红枣饮料、酒枣、鲜枣等产品已开始进入国内市场。武威市的新兴花卉业在探索中前进，目前已突破传统的生产方式，开始沿着高科技、规模化、产业化的方向发展。截至 2003 年，全市已建成以用于城市美化和以金盏花、鲜切花加工为主的花卉栽培基地 3000 亩，其中日光温室种植面积达 356 亩，呈现出方兴未艾的发展态势。武威市沙区中草药材资源极其丰富。据调查，全市沙区共有中药材 250 多种，蕴藏量达 15.25 万吨，开发潜力巨大。近几年，全市已建成中药材种植基地 1 万多亩，大规模的种植与加工正在规划之中。在闽凉食用菌有限责任公司的带动下，全市食用菌栽培加工发展势头迅猛，已开发出近 10 个品种，年产量已达 1913 万袋，主要销往兰州、广州、福建、香港等地，经济效益一路攀升。

张掖、武威两市的沙产业开发始终坚持与生态建设相结合，做到了开发与治理并重，坚持"多采光、少用水"，采用高新技术和规模化经营，较好地实现了生态、经济和社会三大效益相统一。同时，沙产业的发展加快了两市农业结构调整的步伐，几倍、十几倍甚至几十倍地提高着生产效益，大幅度地增加着农牧民的收入，切切实实成了两市新的经济增长点，为振兴地方经济和人民群众致富奔小康开辟了广阔的前景。

为治沙红旗再添光彩
——赤峰市综合开发沙产业纪实

内蒙古自治区赤峰市是全国防沙治沙的一面红旗，也是综合开发沙产业的一个突出的典型。

赤峰市位于内蒙古自治区东部、西辽河上游，是一个以畜牧业为主、农牧林全面经营的经济类型区。浑善达克沙地和科尔沁沙地由西至东断续相连，构成了一条贯穿于赤峰市中部的风沙带。这条风沙带是全市沙漠灾害的中心，其影响范围达 562.3 万公顷，占全市总土地面积的 53%。过去每年的秋、冬、春三季，5 至 7 级西北风由外蒙古高原袭来，其势如饿狼扑食般凶猛残暴，可让上亿吨流沙搬家，埋没房舍、农田、铁路、公路，还要把本来就贫瘠的地表土刮下厚厚一层，连同种子、秧苗统统卷走。严酷的生态恶化的现实让赤峰人看到：要想求生存、求发展，惟一的出路就是治理风沙、改变生态，并在此基础上兴办沙产业。

赤峰市各级政府领导广大人民群众，与肆虐的风沙灾害进行了长期的坚苦卓绝的斗争，取得了震惊世界的成绩。在生态环境得到巨大改善之后，伴随着沙区资源的迅速增长，赤峰市的沙产业正向多门类、多产品的方向发展，表现出一种综合互动的发展态势。在赤峰市沙区现已形成了以林产品加工业、日光温室种养业、特种养殖业、绿色食品加工业和沙漠生态旅游业为主体的沙产业开发格局，产业链条不断拉长，内涵不断扩展，综合效益不断提高。

大规模的治沙造林为赤峰市积蓄了丰厚的乔灌材资源，为发展木材加工业创造了优越条件。目前，赤峰市在福峰木业股份有限公司、敖汉中密度纤维板厂等龙头企业的带动下，木材加工企业已发展到200多家，年加工各种板材12万立方米、锯材4万立方米，全市乔灌材加工年产值达1.6亿元。由于基础条件好、发展势头强劲，沙区乔灌材加工业已成赤峰市经济发展的支柱产业。

赤峰市沙区的山杏产品加工业基础雄厚，发展势头迅猛。山杏是赤峰市乡土树种，并具有防风固沙、保持水土、涵养水源、改善生态的重要作用，全市12个旗(县)均有广泛分布。目前，全市沙区山杏林资源已达640万亩，其中天然山杏林面积达287万亩，占全国天然山杏林总面积的1/4。进入结实阶段的山杏林面积有387万亩，占总面积的67%，年产山杏仁1500万千克。赤峰市依托敖汉赤波集团和宁城宁露集团等山杏加工企业，年生产杏仁饮料6万吨，产值达2亿元。

养鹿业已成赤峰市沙产业的优势项目。全市沙区现有养鹿场近20家，饲养马鹿3500只，年产鹿茸2600多千克，年创产值1200万元。其中以巴林左旗乌兰坝、石棚沟、林东等沙区林场为主体组建的内蒙古健元鹿业集团已发展成国内领先、亚洲最大、世界一流的开发式天然放牧型马鹿繁育基地和我国北方马鹿鹿茸加工、出口的龙头企业。

在赤峰市沙区有丰富的野生植物资源，已开发出的可食用植物达30余种。在赤峰市沙区，从事绿色食品大规模生产的企业有5家，年产量达 2000 万吨，产值达 400 万元。其中，沙棘林已发展到 150 万亩，每年采集沙棘鲜果达 65 万千克，开发的主产品有 B 型沙棘油、沙棘饮料、沙棘茶、参棘乳膏和以沙棘油为主剂的元力口服液等营养保健品，在国内外市场上十分畅销。

近年来，随着沙产业的兴起，全市大力推行日光温室养畜模式，并已形成规模。日光温棚养畜可以充分开发利用太阳能，为牲畜创造了冬、春季节生长发育的良好环境，提高了牲畜繁育成活率，同时也可减少草场放牧。目前，全市已建养畜日光暖棚 86165 座，总面积达 276.6 万平方米，已累计饲养牛、羊等牲畜 1200 多万头（只），产值达 2 亿多元。

随着生态环境的改善，赤峰市各旗（县）把沙漠旅游当做"大旅游、大市场、大产业"来发展。目前，赤峰市以红山区红山文化遗址、翁牛特旗玉龙沙地度假村和勃隆克沙漠旅游区、克什克腾旗白音敖包沙地云杉保护区度假村等沙漠景点为主线，已建成一条贯通全市南北的沙漠旅游大通道，年接待游客约 30 万人次，沙漠旅游业年产值达 300 多万元。

阳光型沙产业的发展，不仅为广大农牧民开辟了一条致富之路，同时也很好地巩固了治沙成果，为赤峰这面举世瞩目的治沙红旗又增添了新的光彩。

鄂尔多斯市沙区资源培育与综合利用

近年来，内蒙古鄂尔多斯市沙产业开发势头迅猛，大有后来居上的发展态势。

鄂尔多斯市位于内蒙古西南部，辖伊金霍洛旗、乌审旗、达拉特旗、准格尔旗、杭锦旗、鄂托克旗、鄂托克前旗和市政府所在地的东胜区等 7 旗 1 区，总面积 8.68 万平方公里，有 139.5 万人，是一个以蒙古族为主体、汉族人口占多数的地级市。鄂尔多斯市地处黄河上中游的鄂尔多斯高原腹地，西、北、东三面被黄河环绕，南临古长城与黄土高原相连。市境内，东部为丘陵山区（占 29%），西部为波状高原（占 19%），中部是毛乌素沙地和库布其沙漠（占 48%），北部是黄河冲积平原(占 4%)，风蚀、沙化和水土流失的土地面积占 80% 以上。干旱少雨、风大沙多是其最基本的气候特征。这里阳光充足，年日照时数为 2716～3194 小时；年均降水量在 350 毫米以下，年蒸发量为 2000～3000 毫米；每年 8 级以上大风日数达 40 多天，并伴有扬沙和沙尘暴天气；每年输入黄河的泥沙约 1.6 亿吨，约占黄河中上游地区流入黄河泥沙总量的 10%，是我国生态治理的重点地区。

鄂尔多斯市地上、地下资源极为丰富，开发建设势头迅猛。近些年来，该市加快治理沙漠化土地并大力发展以沙柳、沙棘、甘草、麻黄以及有毒灌草种植加工为核心的沙产业。截至 2002 年 6 月，已累计投资 11.6 亿元，确立的 20 多个沙产业开发项目正在全面启动或建设之中。全部项目投产后，预计每年可新增销售额 13.1 亿元，年利润可达 3.06 亿元。

鄂尔多斯市有沙漠和沙地 4.3 万平方公里，占全市辖区总面积的 50%。在沙漠和沙地上生长的植物大多是纯净、无污染的，有的具有独特的药用价值。这里的沙地甘草享誉中外，柠条可以做饲料养畜，沙柳和柠条是生产纤维板和纸浆的优质原料。鄂尔多斯市充分利用沙漠和沙地的资源优势，通过开发沙产业，带动地区经济发展，增加农牧民收入，同时也极大地调动了当地农牧民防沙治沙和开发沙产业的积极性。

柠条是鄂尔多斯市治沙造林的先锋树种，具有旱不死、砍不死、牲畜啃不死的特点；同时，柠条又是一种营养丰富、粗蛋白含量高、适口性好的优质饲用灌木。鄂尔多斯市通九公司抓住保护生态，实行禁牧休牧、舍饲养畜，从而使饲料需求迅速增加的商机，在柠条资源丰富的杭锦旗四十里梁镇兴建了年产量为 2 万吨的柠条饲料加工厂。柠条饲料投放市场后，深受广大用户的欢迎。新兴的饲料加工产业既为全市畜牧业发展开辟了新的饲料来源，又激发起广植柠条、造林治沙的热潮。截至 2002 年底，四十里梁镇及其周边的乡(镇)种植并保存柠条 100 多万亩，畜条量达 50 多万吨，按每隔三年平茬一次计算，平均每年可收割柠条 17 万吨，能饲养羊 20 万只。农牧民每年还可采集柠条种子 100 万千克，采种收入达 1000 万元。四十里梁镇依托退耕还林工程，最近三年种植柠条 21 万亩，成活率达 90%以上，使全镇森林覆盖率由原来的 11%提高到现在的 21.2%。

沙柳耐旱、耐寒、耐风蚀沙埋，生命力强，是鄂尔多斯市治沙造林的乡土树种。沙柳可通过平茬复壮，永续利用，是生产优质人造板、纸浆、箱纸板的优质原料。鄂尔多斯市通过以沙柳为原料的刨花板厂、中密度纤维板厂和造纸厂的生产带动，加快了沙柳林的发展。东胜区的漫赖乡和伊金霍洛旗的新街等地已建成 3 条年产 3 万立方米的刨花板生产线，目前正在抓产品的升级换代。由东达蒙古王集团投资 6.5 亿元兴建的沙柳纸浆、纸箱项目，初试和中试均达到了国家产品升级标准，已被列为国家重点项目。伊金霍洛旗的天桥人造板有限责任公司年产中密度纤维板 3.5 万立方米，已经过国家人造板技术检测中心和内蒙古产品质量监督检测所的测试，产品质量达到国家标准，并获得了国家质量检验协会授予的"中国建材绿色环保产品"称号。其产品热销于内蒙古、宁夏、陕西、甘肃、四川、重庆等省(区、市)，年产值达 3500 万元，创利税 250 万元。周边农牧民靠种植收割沙柳，年增收 800 万元。鄂尔多斯市通过实施利益驱动、逆向拉动战略，实现了沙漠增绿、企业增效、农牧民增收的良性互动。现在，该市沙柳种植面积已发展到 534 万亩，畜条量达 540 万吨，每年可平茬沙柳枝条 180 万吨，可以满足 150 万立方米人造板或 110 万吨纸浆、箱板纸生产的需要，开发前景十分广阔。

沙棘生命力极强，即使在砒砂岩地上也能栽 1 株活一片。沙棘果实含有大量维生素，种子含油率高达 18.8%，有很高的营养价值和药用价值，其果叶又具有独特的降血脂功能，因此吸引了区内外 10 多家企业前来投资开发。目前已开发了沙棘油、沙棘醋、沙棘饮料以及沙棘化妆品等产品，而且十分畅销。鄂尔多斯市生产的沙棘系列产品远销北京、上海、兰州等地，已实现利税 800 万元。目前，鄂尔多斯市有以沙棘为原料的加工企业三家，全市沙棘林面积 100 多万亩。

苦豆子、麻黄等有毒灌草，通过开发加工可以为生物制药打开新的渠道。鄂尔多斯市在原有两家麻黄素厂的基础上，由内蒙古金驼药业公司投资 1.01 亿元进行资源综合开发，预计每年可处理有毒灌草 2.5 万吨，生产苦豆子生物碱 60 吨，年生产植物农药 1050 吨，给当地农民带来年 6500 万元的经济收入。

近年来，鄂尔多斯市一直坚持"谁开发、谁治理、谁受益"的原则，积极推行荒山、荒地、荒沙地的拍卖、租赁、承包和无偿划拨的工作。在发展灌木林上，坚持实施"国家、集体、个人一起上"和"谁造谁有、合造共有、长期不变、允许继承"的政策。鄂尔多斯市从体制管理和活化机制入手，充分调动社会各界大种灌木的积极性。他们根据具体的立地条件，有的实行拍卖、分户经营，有的先统一造林，造林后再拍卖或承包到户。对治理难度大的地方实行无偿划拨、限期治理。把零星小片的灌木林作价归户经营，鼓励农牧民和企事业单位以资金、劳力、土地、技术入股，推行股份制造林。用以奖代投等优惠政策扶持造林大户，鼓励民营企业承包大面积荒山、荒沙地，发展多种经济成分、多种经营方式的生态建设工程。近年来，鄂尔多斯市每年造林 200 多万亩，其中个体与民营企业造林占 90% 以上。

目前，鄂尔多斯市的沙产业蓬勃发展。全市已建成麻黄生产基地 7.5 万亩、甘草生产基地 200 多万亩、沙棘生产基地 570 万亩、沙棘果生产基地 100 万亩、以柠条杨柴为主的灌木饲料林基地 580 万亩，初步形成了年产麻黄草 1 万吨、甘草 2.2 万吨、灌木柳条 206 万吨、沙棘果 1 万吨、灌木饲料 68 万吨的生产能力；同时建成林产品生产和饲料加工企业 11 家、麻黄素厂 2 家、果品饮料和食品加工厂 4 家，年生产人造板 17 万立方米、饲草料 50 万吨、麻黄素 50 吨、饮料和保健品 1125 吨，年产值达 3.5 亿元，年创利润 3000 万元。

绿舟公司开发生态经济产业

甘肃绿舟生态科技有限责任公司（以下简称"绿舟公司"），是 2000 年 5 月，在大型综合性矿山企业——甘肃柳园花牛山工业集团有限责任公司的基础上，联合中国农业科学院兰州畜牧与兽药研究所、甘肃阳关种业公司、甘肃锁阳春保健饮品公司，在甘肃河西走廊最西端的安西县，共同出资组建的从事生态经济产业开发的新型企业。绿舟公司坚持

"走经济生态之路、兴生态经济之业"的企业经营理念，以中国农科院、北京林业大学等科研院校为依托，以高新技术为先导，以沙漠和沙漠化土地治理为基础，以生态产业建设为方向，进行动植物遗传资源的保护、开发和利用，实行林、草、药、畜、工多业并举，产、供、销一条龙经营。绿舟公司在企业经营的实践中，坚持生态、社会、经济三大效益相统一，密切关注并积极参与地方生态经济建设，努力追求国家、地方政府、企业和农民共同受益。

绿舟公司自创建以来，经过创业阶段的发展，截止2003年年底，已拥有总资产近亿元，土地面积8万亩，其中可耕种面积2万亩，拥有两个农场(西农场和南农场)、一个生态治理示范基地(石岗墩沙产业基地)、一个种羊繁育中心；已建成苜蓿优良品种扩大繁殖基地1300亩(拟建5000亩)、速生丰产林育苗基地2300亩，种植梭梭、红柳、花棒等沙生植物1500亩，人工种植锁阳、肉苁蓉2100亩，养殖无角陶赛特、波尔代等优质种羊30只、小尾寒羊2457只。绿舟公司的项目启动后，带动安西县农民种植速生杨近5万亩、苜蓿近8万亩，初步呈现出多方共赢的发展局面。

按照"走经济生态之路、兴生态经济之业"的企业经营理念，绿舟公司在创业实践中，积极探索生态经济产业可持续发展和以发展经济拉动生态治理的经营模式，结合安西当地自然资源和经济发展现状以及企业的实际，确立了建设林产、林药、草畜"三个一体化"的发展目标。

——林产一体化。以公司拥有的2300亩速生杨育苗基地为基础，以带动安西县以及周边地区建设30万亩速生丰产林基地(年产木材45万~50万立方米)为依托，建设一个年生产10万吨纸浆的造纸企业和一个年生产5万吨中密度纤维板的人造板加工企业，最终实现林产(纸、板)一体化。项目计划总投资3.3825亿元(包括流动资金)。投产后，预计光杨木纸浆正常年销售收入就可达到4.3亿元，预计年均上缴税费7310万元，年均纯利润7021.13万元，用六七年时间可以收回全部投资。同时，公司还将大规模地发展葡萄种植。

——林药一体化。在野生和人工栽培的红柳、白刺、梭梭等沙生植物的根系上接种肉苁蓉和锁阳，建成年产肉苁蓉和锁阳干品500吨的林药生产基地，面积2万亩（全县面积5万亩）。在此基础上开发苁蓉、锁阳、枸杞等系列保健饮品，建设年生产量500吨的生产线，达到生态治理和经济效益"双赢"的目的。预计项目建设总投资2500万元，达产后形成包括锁阳、苁蓉药用中间体，锁阳颗粒冲剂，苁蓉、锁阳春酒，锁阳春胶囊，苁蓉、锁阳、枸杞盒装中药材等系列产品，预计可新增销售收入8000万元，上缴税金1171万元，实现年利润644万元。

——草畜一体化。以5000亩中兰一号和新疆大叶苜蓿优良种子繁育基地为基础，以在安西县建设8万亩优良苜蓿种植基地为依托，建设一座年产800吨保健苜蓿浓缩素、1000吨畜用饲料蛋白、年产2.6万吨饲料的加工厂，一个饲养1万只羊的良种羊繁育中心，一个可以加工处理70万头（只）牛羊的屠宰厂。苜蓿浓缩素项目依托中国农科院和北京林业大学草业研究所的高新技术，具有产业加工链长、经济效益好、带动面广、保护生态、利于环境、无污染的特点；预计项目总投资5215.58万元，建成投产后每年可上缴税金313.4万元，投资净利润率达13.4%，5~7年可收回全部投资。万只良种羊繁育基地建设项目，计划投资880万元，建设一个大型的良种羊繁育中心，利用现代生物工程技术繁育优良品种，带动安西县及整个河西地区草畜业发展；项目建成达产后，预计年销售收入可达918万元，年盈利218万元，正常年景上缴税金72万元，税后利润146万元，4~7年可收回投资。70万头（只）牛羊屠宰及加工项目，总投资5956.6万元，预计达产后每年将盈利2657.4万元，5~8年可收回全部投资。

绿舟公司实施"三个一体化"项目，将采用"公司建基地、基地带农户和基地加农户"的经营模式运行，通过项目建设带动安西县及其周边地区农业产业结构调整，促进地方政府和当地农民增收、企业增效和大地增绿。

绿舟公司所在的安西县是干旱少雨的沙区，地表植被已遭受严重的破坏，生态极其脆弱，工农业生产条件很差。公司的林产、林药、草畜三大基地大部分建在安西县县城东边石岗墩风沙口区，与县城只有一渠之隔。这一地区，东西长 10 公里，南北宽 4.5 公里，总面积 44 平方公里，折合 6.6 万亩。其中，戈壁、干裸河床与沙化土地占总面积的 80% 以上，可耕作的土地只有几千亩。同时，石岗墩还是安西县境内 42 个风沙口中面积最大、危害最严重的风沙口。安西县历届政府带领全县人民对石岗墩风沙危害进行了大力整治，治理了从老城到四工的流沙带，并在石岗墩风沙口营造了 3000 亩防护林带，遏制了风沙对县城的侵袭。但是，由于受当地条件限制，并没有彻底改变石岗墩地区的生态状况。为此，绿舟公司决定以石岗墩风沙区生态治理为突破口，以在石岗墩创建三大基地为重点，精心打造绿舟生态经济产业模式。

2003 年，绿舟公司基地建设项目全面启动，得到了安西县委、县政府和全县社会各界的大力支持。公司在实地勘察和反复论证的基础上，对石岗墩的生态治理和基地建设进行了全面具体的规划，把石岗墩划分为四大功能区。这四大功能区是：①沙障设置区，面积 7070 亩，占总面积的 19.7%；②生态公益林区，面积 3000 亩，占总面积的 4.5%；③封育保护区，面积 4.1242 万亩，占 62.5%；④核心治理区，面积 1.4742 万亩，占 22.3%。对核心治理区又根据产业开发的需要划分为：葡萄种植区、林草（苜蓿）种植区、林药种植区、育苗区、特种苗木繁育区、沙生植物采种区等 6 个小区。各区功能虽不尽相同，但区与区之间相互关联，自然与人工生态系统重叠交错、相互依附，构成一个协调的整体。绿舟公司通过开发建设要让石岗墩成为生态与经济协调发展、繁荣、昌盛的新型绿洲。

绿舟公司的"林产一体化"项目已经启动。公司已经建成育苗基地 2300 亩，全县 2003 年已经栽种速生杨 4.8 万亩，并预计到 2008 年完成 30 万亩速生杨原料林基地建设任务。10 万吨制浆造纸项目已在瓜州新工业园区划拨基建用地 1000 亩，并正在通电、通水、通路和平整土地；同时，商品木片厂房基建已经开工。公司在治理区已建葡萄种植基地 4000 亩，5 年后将进入盛果期，届时每年能收获 8000 吨葡萄，年收入达 1600 万元。

绿舟公司的"林药一体化"项目启动后进展迅速。与兄弟单位合作开发的锁阳接种技术试验已取得成功，并获得了自主知识产权；已开发了栽培试验示范基地 2100 亩，同时建成了沙生药用寄生植物采种繁育基地，年产红柳、梭梭、白刺、杂交胡杨和花棒种苗 135 万株；锁阳春颗粒、锁阳春冲剂和盒装锁阳药品已批量上市，试生产的锁阳春酒已在省内试销，锁阳春胶囊正在研制中，同时还进行了肉苁蓉和锁阳有效成分的提取试验。

绿舟公司的"草畜一体化"项目启动后进展顺利。公司已经遴选出两个适合开发的优良品种，并建成了 1300 亩苜蓿种子生产基地；已经从 9 种方法中通过 8 次实验筛选出合理的提取工艺，完成了全部工艺设计，并成功地进行了生产试验；同时，项目研究成果已通过了甘肃省科学技术委员会及有关部门的鉴定验收。公司已在瓜州新工业园区的核心地带，划定了 300 亩厂区建设用地，围墙已建完，三通工程正在建设中，生产线正在设计中。万只优质良种肉羊繁育中心正在加紧建设。公司已投资 340 万元，平整土地 68 万亩，建成高标准羊舍 16 栋、6240 平方米，种羊运动场 12480 平方米，年产万吨饲料和代乳料 540 平方米的钢结构厂房和库房已经建完，而且设备已经安装到位，不日即可试车生产；同时，建成了一座 900 平方米的钢结构饲料棚、一个占地 1000 平方米的青贮池和一个药浴池，并完成了厂区的生活设施及其配套的基础设施建设任务。已引进良种羊 2500 只。70 万头（只）牛羊屠宰及深加工项目也在做着前期的准备工作。基地设在瓜州新工业园区的西北角，已平整完土地。

绿舟公司创造并实施生态经济开发模式，就是要构建一种多功能、多层次、多产出、多效益并相互结合的生态经济体系，实现在生态治理的同时，利用生物资源的可再生性特点进行多层次的综合开发，既达到治理沙区生态的目的，又促进地方财政与农民增收，并实现企业增效和可持续发展。绿舟公司建设的"三个一体化"项目，在沙漠化土地上植树种草，以林护草、以草养畜，以提取草叶蛋白增值，用草秆、草渣养畜肥田，以沙生植物固沙，以寄生植物制药；三个项目互相关联、互相渗透、互相支持，组成一条紧密联系的产业链和配置完善的生态经济产业体系。绿舟公司的这一创举，为解决区域经济发展中生态治理与产业开发之间的矛盾将提供有益的借鉴。

阿盟盐湖也有生动的故事
——吉兰泰盐化集团开发沙产业的探索

　　吉兰泰盐湖地处内蒙古阿拉善盟荒原的东部、乌兰布和沙漠的西南边缘，是内蒙古自治区最大的盐湖，面积 120 平方公里，湖盐储量为 1.14 亿吨。

　　吉兰泰盐湖干旱少雨，年均降水量为 114 毫米，而年均蒸发量却是 2863 毫米，冬季寒冷，夏季炎热，日照充足，属典型的大陆性荒漠气候。这里风沙大，年均大风日为 34.5 天，扬沙日为 82.5 天。每年 4~5 月份，常有沙尘暴天气出现。盐湖区域无常年性地表水系，植被稀疏，生态恶劣。过去盐湖周围曾经有 6.7 万亩天然梭梭林，成为阻挡乌兰布和沙害侵袭吉兰泰镇和盐湖的天然屏障。但是，20 世纪 60~70 年代，由于人为的乱砍滥伐和过度放牧，梭梭林已毁坏殆尽。进入 80 年代，已有 5.21 平方公里的盐矿床被沙覆盖。到 1983 年，盐湖进沙量达 825.4 万立方米，而且沙丘正以每年 33 米的速度向盐湖采矿区推进。专家预测，30 年后吉兰泰盐湖将变为沙下湖。

　　吉兰泰盐化集团是全国湖盐开采机械化程度最高、产量最大、效益最好的企业。该企业以吉兰泰盐湖为依托，以湖盐为主营产品，年产盐量达 100 万吨以上，在当地经济发展中具有举足轻重地位。保护好吉兰泰盐湖这颗"沙漠明珠"，对于实现盐湖资源的持续利用和企业的可持续发展具有十分重要的意义。因此，吉兰泰盐化集团从 1983 年起实施了以综合治理沙害为主的盐湖生态保护工程，并不断开发沙产业，走出了一条由治理到发展、再到开发沙产业的道路。

　　沙害综合治理，是吉兰泰盐化集团开发沙产业威武雄壮的序幕。

　　1983~2000 年，公司按照"以围栏封禁、植树造林为主，封、育、造结合，科研与生产结合"的方针，对盐湖周边的流动沙丘进行综合治理。在长达 10 年的治理过程中，公司累计投入资金 3000 多万元，在盐湖周边建围栏封育区 23 平方公里，架设高压输电线路 26 公里，打机井 26 眼，营造防护林 1400 公顷，设置沙障 70 公顷；同时，建设了 200 多亩果园，开发了 300 多亩饲草地。最突出的治理成果是围绕盐湖和吉兰泰镇，在其东、北、西三面建成了长 15 公里、宽 1～2 公里的乔、灌、草相结合的生态防护体系，使沙湖外围沙害严重的地段得到了有效的控制。据 1993 年的调查，盐湖区域的植被覆盖度由治理前的 10% 恢复到 50% 以上；盐湖进沙量由治理前的每年 127.5 万立方米，减少到 19.9 万立方米（减少了 84.4%）；盐湖采矿区覆沙面积由治理前的 1.86 平方公里，减少到 0.70 平方公里（减少了 62.4%），获得了显著的生态、经济、社会效益。

嗣后，公司实施的"盐湖补水"，既是生态治理的继续，又是吉兰泰开发沙产业的关键性乐章。

公司在经过 1993～1995 年前期试验、研究的基础上，1996 年正式启动了"盐湖补水、环境治理与可持续发展一体化工程"。工程的核心是，对盐湖进行人工补水，其重点放在提高采区的卤水水位、改善卤水水质，以及固沙阻沙、植树造林、建设水生和盐生植物群落的一体化上。盐湖补水的好处是：通过补水，建立新的水动态平衡、可控制卤水的水位，从而增加卤水的水量，保证了再生盐的生长和船采船运盐所需要的卤水深度，同时根据固体和液体相转化的原理和盐类矿床易溶于水的特性，采用盐湖补水的溶盐法，可以回收盐湖边缘的贫矿、尾矿和边矿，改善卤水水质，提高资源的回收率和可利用率；盐湖补水，改变了开采区与防护林带之间大面积盐碱和风蚀沙地的土质，使盐生植物与沙生植物得到了繁衍生长，起到了恢复生态和固沙的作用；通过补水，土壤的理化性状得到了改善，明显地降低了土壤的含盐量，在补水地区自然长出了成片的芦苇、红柳、盐瓜瓜、碱蓬等植物，而且长得十分茂盛。总之，盐湖补水一体化工程的实施，起到了防沙治沙、保护盐湖生态的作用，遏制了盐湖卤水水位下降、水质恶化和蓄水枯竭的趋势，确保了盐湖资源的可持续利用和公司的可持续发展。

在生态治理的实践中，吉兰泰人扩展了视野，发现了沙产业蓬勃旺盛的生命力。他们在实践中认识到，盐湖既是无机盐的生产基地，又是期待开发的盐水域，由于沙漠盐湖区日照充足，卤水资源丰富，具有盐湖生物生长繁衍的环境，可以开发特色养殖业；同时，盐水域周边有巨大的耐盐生物群，又可以开发特种种植业和农牧业。从此，吉兰泰盐化集团开始实施"以盐为主、多种经营"的发展战略，走上了开发沙产业的探索之路。

公司早在盐湖生态综合治理的过程中就进行了盐湖微藻开发。盐湖微藻富含天然胡萝卜素，具有抗癌防癌、增强人体免疫力、促进人体内分泌系统良性循环的功效。1991年，公司投资1000万元建成了我国首家大规模生产天然胡萝卜素的企业，并先后研制出胡萝卜素晶体、油悬浮液、口服液和胶丸等高科技医药产品。此项目填补了我国在该领域中的空白，被列为国家高新技术的"火炬"项目。2000年，吉兰泰盐化集团所组建的兰太实业股份公司上市成功，并把生物开发工程作为公司的重点项目。兰太公司先后投资3000万元，引进、吸收以色列等国家的先进技术，很快就把微藻优势转化成了经济优势。兰太公司现已建成养藻池5万平方米，形成了年产盐藻粉20吨的生产能力，产品质量达到了国际标准。

继微藻开发之后，公司开始大力开发卤虫资源。卤虫成虫和卤虫卵的蛋白质含量高达60%，脂肪含量达18%，含人体所需氨基酸的种类十分齐全；此外，维生素、微量元素、不饱和脂肪酸的含量也很丰富。卤虫是鱼、虾类幼体的良好饲料，具有广阔的市场前景。吉兰泰盐湖周边地区土壤的含盐量只有1%~2%，地下水的矿化度30克/升，当地年光照时数达3000小时，而且湖区野生卤虫资源非常丰富。公司结合盐池补水进行了卤虫养殖试验，很快取得成功，从而坚定了开发卤虫养殖的信心；之后，公司又扩建了2万平方米的养殖池，养殖期6个月，每公顷鲜卤虫的产量达369~600千克，并取得了丰富的养殖经验。阿拉善盟地区盐湖众多，卤虫资源极为丰富，但当地没有卤虫深加工企业。据此，公司与中国地质科学院合作，投资600万元建成了卤虫加工厂，进行卤虫卵的深加工，年加工能力达150吨，带动了地方经济的发展。

不断拉长的产业链条、努力开发沙产业的新领域，体现了吉兰泰盐化集团决策者们的开拓进取精神。

经过多年来的发展，公司建成了 35 亩淡水鱼塘、18 亩育苗鱼塘，并与宁夏水产研究所联姻，引进先进的养殖技术和管理经验，平均每亩产鱼量达 820 千克，并创造了最高单产 1100 千克的记录，形成了年产鲜鱼 2.5 万千克、鱼苗 7500 千克的规模。目前，公司正在试验利用卤水资源养殖咸水鱼、虾，努力开发盐湖特色水产养殖业。2002 年，公司与阿盟林业局合作，建成了 3600 亩花棒采种基地，每年可采收花棒种子 1 万千克，占阿盟每年生态建设用种量的 15%，极大地促进了当地的生态建设。此外，公司在积极引进项目的同时，利用现有的资源优势，先后进行了肉苁蓉、麻黄、甘草等药材的种植，速生杨的引种培育，黄沙建材的试制，利用封育区的牧草资源积极发展草食家禽等。

吉兰泰盐化集团以养殖微藻和卤虫为主，多元化兴办沙产业搞得红红火火，为开发利用盐湖区的沙漠资源进行了有益的探索。

石光银依托治沙成果兴办沙产业

石光银是全国治沙群英中的佼佼者，是我国防沙治沙事业的功臣，更是陕西榆林地区开发沙产业的领头人。石光银在几十年的治沙道路上历尽了艰辛，同时也创造了震惊世界的奇迹。在开发沙产业的征途上，他积极探索，续写了另一种震撼人心的故事。

石光银这位心地善良、性格刚强的陕北汉子，原本是定边县海子梁乡的普通农民。定边地处陕西的西北角，与宁夏盐池、内蒙古的鄂尔多斯市的鄂托克前旗毗邻，是毛乌素沙漠边缘的一块不毛之地。石光银从小就吃尽了沙漠的苦头，深深地懂得风沙是家乡贫困的根源。他暗暗发誓，长大以后一定要治住这片荒沙，让乡亲们过上好日子。

石光银 18 岁入党，20 岁当上了同心干大队的党支部书记。他紧紧抓住这个机会，带领乡亲们与风沙展开了鏖战。他们在村南 1 万多亩沙漠里种植沙柳和旱柳，艰苦奋斗了 3 年，把这片荒沙治理成了郁郁葱葱的绿洲。海子梁乡第一次有了绿洲。几年后防风林长起来了，粮食生产逐年上升，乡亲们的日子逐渐好过了。从此，石光银更坚定了带领乡亲们治沙致富的信念。

治沙造林是极其艰难的事业，不仅要投入大量的人力、资金和技术，还要承担意想不到的风险。这对白手起家、不识字的石光银来说有着常人难以想象的困难。但是，石光银不怕风险，执著地在探索中前进。

1984 年，随着农村生产责任制的落实，政府鼓励个人承包治沙。就在这时，国家三北防护林工程在陕北长城沿线的风沙区也全面展开。石光银紧紧抓住这一机会，毅然辞去了南海子农场场长职务，第一个和海子乡政府签订了合同，承包治理海子乡农场 3000 亩沙荒地，并举家搬到了沙漠面积最大的四大壕村。由此，他也成为榆林地区个人承包治沙的第一人。石光银组织了 7 户农民进行联户治沙。于是，"联户治沙"这种模式在中国的治沙史上正式出现了。

在 3000 亩沙地上栽树，仅买树苗就需资金 10 万元，7 户人家拿不出，怎么办？石光银心急如焚，长夜难眠。在走投无路的情况下，他决定舍小家顾大家，卖掉家里的几十只羊和一头骡子。石光银的这一举动强烈地感动了其他承包户。他们也不甘落后，纷纷拉出自家的羊和牲口去卖。石光银又向亲朋好友借钱、去信用社贷款，终于凑够了买树苗的钱。这年春秋两季，7 户人家男女老少共 30 口人齐上阵，冒着被风沙埋掉的风险，在 3000 亩沙地上种下了他们几乎用全部家当换来的树苗。这一年，雨水特别好，种下的沙柳、杨树十有八九都抽出了绿叶，成活率达到 87% 以上。他们经过艰苦努力，终于让 3000 亩沙荒地披上了绿装。

石光银承包治沙的成功，给那些有心无力的人带来了希望，也给那些心里没底的人带来了信心。于是，一批批农民兄弟开始迈向石光银正在走着的治沙道路。这一年，仅海子乡就有 187 户村民承包了 6 万多亩沙荒地。

首战告捷，石光银的"野心"也更大了。1985 年春天，他又和长茂滩林场签订了治理 5.8 万亩沙荒地的承包合同，并借鉴城里正在推行的股份制做法，决定成立股份制的新兴农牧场。石光银的提议受到定边县5个乡农民的积极响应，治沙队伍很快发展到127户、480多人。这5.8万亩荒沙，是定边县面积最大的沙漠，东西长20公里，南北宽6公里，里面布满了数以千计的大沙丘。其中有一片最险恶的地方叫狼窝沙，占地6000亩，正处在风口上，是一块最难啃的硬骨头。能否拿下狼窝沙，是治理这5.8万亩荒沙地的关键所在。1986年春，石光银带领100多人扛着树苗一头扎进了狼窝沙顶着日晒、忍者沙烤，苦战了一个春天，结果种下的1万多株树苗都毁在了大风中。第二年春天。他又带领200多人再战狼窝沙，改用乔灌草结合的办法，苦战了20多天，成活率只有两成。二战狼窝沙失败后，石光银背上干粮，步行几百里，访专家、问内行，认真学习治沙技术。1988年春天，石光银带领521人，第三次进攻狼窝沙。这一次，他用学来的治沙技术，在沙丘上围格子、搭沙障，在沙障间栽沙蒿、种沙柳，在沙丘间种杨树，成活后再在沙丘上栽树苗。他们在6000亩沙梁上，共搭建了800多公里的沙障。3年下来，这里的风小了，沙丘绿了，狼窝沙被治住了！三战狼窝沙不仅取得了治沙成功，而且总结了一套治沙经验："先搭沙障后栽树，围栏管护相跟上；杨树柠条搭配好，沙柳锁住大沙梁……"石光银总结的这些治沙门道，在以后的盐化厂、草滩墩等治沙攻坚战中屡试不爽。

经过几年的努力，石光银带领群众治理的近6万亩荒沙地又变成了林草丰茂、牛羊成群的绿洲。他把这一大片绿洲交给了政府，带着骨干力量一往无前地向定边的第二大沙海——"十里沙"进军。……

经过40年的奋斗，石光银带领群众共植树1000多万株，栽种沙柳、柠条等灌木1000多万丛，累计治理荒沙、碱滩19.5万亩，治理过得沙荒地林草覆盖率达95%以上，在定边县毛乌素沙地南缘营造了长63公里、宽6公里的绿色屏障。如果按每亩沙地治理需要投入200元计算，石光银共为国家节省治沙经费3900多万元。据林业部门核查计算，光是石光银在1985年承包的5.8万亩沙地栽种林木，总价值就达3000多万元。

在漫长的治沙征途中，石光银的事业和胸襟逐渐开阔，他的目标越来越远大，越来越宏伟。治沙的战场转向"十里沙"后，他在治沙的同时开发沙产业，他要把沙区丰富的光、热资源和特有的生物资源变成巨大的财富。在新兴林牧场基础上，石光银成立了全国第一家由农户组成的治沙公司。石光银在公司的领导班子会议上说："我们造林只改变了生态，创造了治沙的条件；而致富的根本出路还在于沙区资源的开发利用。咱们现在就是要向沙窝窝要效益！"石光银认识到，只有沙区综合开发，才能解决治沙资金的问题，才能使群众得到实实在在的利益，才能使治沙长久地坚持下去。根据这个道理，他制定了"林、农、牧、副并举，治沙与开发相结合，以治沙促开发，以开发保治理"的公司发展战略。

1997年5月1日，石光银又承包了国有长城林场的荒沙地5万亩，承包了定边盐化厂的沙荒地1.5万亩，承包了草滩墩农场荒沙地829亩。1998年又与县政府签订了治理5.5万亩盐碱滩的合同。石光银在承包了这12万亩荒沙、盐碱地治理合同后，公司筹办的各项实业有条不紊地先后上马了。石光银横下一条心，带领公司员工一起奔小康，决心让大家伙的日子都富裕起来。

石光银带着这帮穷苦农民一边造林治沙，一边搞沙产业开发。他请来专家帮着规划，建成了百亩育苗基地，培育美国大杏、法国葡萄、俄罗斯大粒沙棘和金丝柳等经济树种；还建了饲料厂、机砖厂、绿色食品厂、苗木花卉公司、温棚育苗基地、粮食生产基地、麻黄种植基地、养猪场、养羊场等一批经济实体。这些项目的上马，既保证了治沙资金有源头活水，又解决了职工、移民等劳动力就业，还开发利用了沙区资源，带动了相关产业的发展。2000年，石光银集团公司的总产值达到4600多万元，年收益超过100万元。这些收入很大部分又转向荒沙（碱滩）地的再治理上。如今，最初入股的100户农民，已经成了远近闻名的富裕户，人均年收入从200元增加到2000元。

自然环境的改变，沙产业的综合开发，直接带来了这一带人民群众生活的改善。受益最明显的村子是四大壕村。这个村在上个世纪70年代是当地有名的"光棍村"，现在已经一跃成为了全乡的"首富村"。

为了能让定边县最穷的白于山区的贫困户尽快脱贫致富，石光银公司在分析论证的基础上，得到定边县委、县政府的同意和支持，把白于山区的贫苦农民迁到十里沙落户，组建了"十里沙新村"。石光银公司帮助移民打井平地、盖房修路，还花了15万元为移民解决了供电问题。石光银还手把手地教移民们种植和养殖技术，帮助他们自力更生走致富道路。目前，60户移民全部搬进了新居，过上了安定富裕的生活。

多年来，石光银无偿给群众提供树苗50万株、树种4000千克，帮助群众贷款26万元，免费为农民打井160多眼，给沙区孩子办起了"黄沙小学"，就连省政府两次奖励他的45万元他也全部投入到治沙造林和帮助乡亲们致富中来了。

石光银的治沙公司，采用"公司+农户"的形式进行经营和开发沙产业，他们搞养殖，搞中药材种植，搞沙漠特色野菜和沙区农产品开发，一些产品已经远销全国各地，实现了生态效益和经济效益双丰收。现在沙荒地绿了，树林子长起来了，公司所栽种的林木总价值已超过3000万元。

公司成立之初，由于不能及时了解治沙信息，致使治沙走了不少弯路，开发的一些具有沙漠特色的产品，也由于不能及时了解市场行情而时常滞销。为此，2003年，当定边县邮电局的技术人员上门宣传数据业务时，石光银在资金十分紧张的情况下，投资近万元，购买了电脑和打印机等设备，并派有文化的儿媳到电脑公司学习了3个月，全面掌握了电脑操作和网络运用的知识和技能，回来为公司服务。从此，石光银每天几乎都要在互联网上了解有关科学治沙的新知识和新技术，了解沙产业开发的信息和有关产品的行情。它的公司也从此走上了科学治沙和科学开发沙产业的道路。

目前，石光银的治沙公司发展得十分红火，已成为具有一定经济实力和市场影响力的集团公司，并在定边县组建了"沙漠大叔"野菜公司。野菜公司生产的野沙芥、野沙葱、野苦菜等产品均实行公益保鲜、灭菌精制和真空包装，并注册了"沙漠大叔"商标。公司所属的农户都已通过种植麻黄、养羊、养牛以及给公司做劳务走上了富裕道路。石光银表示，将尽快制作公司网站，让公司走向世界。

四、沙区旅游资源开发

旅游业是一项新兴的朝阳产业，也是国家扶持西部地区产业结构调整的重点行业之一。中国的现代旅游业虽然起步晚，但随着人们生活水平的不断提高和休闲度假的时间日益增多，发展速度却非常快。我国沙区的旅游资源非常丰富，具有发展沙漠旅游业的优势。不要说雄浑粗犷的大漠，形似波涛、流线优美的沙丘和那一直延伸到天际的戈壁瀚海本身就有撼动人心的魅力，更何况在沙漠边缘还有辽阔的草原、名山大川等独特的自然景观，在神奇的沙漠古道上还有散布着的众多的人文景观，如驰名中外的敦煌莫高窟、月牙泉、丝绸古道、四子王旗、古长城的遗址等等，这些都是中外游客向往的旅游胜地。随着西部大开发步伐的加快，沙区交通、通讯等等各项基础设施建设的不断完善，沙漠旅游业的开发必将成为沙区的一个新的经济增长点。近年来，有众多的沙区在开发沙产业的过程中都在规划着沙漠旅游业的开发。其中宁夏中卫县依托治沙成果发展沙区旅游和宁夏沙湖风景区的建设就是突出的实例。

沙坡头：一座绿色丰碑
——中卫县依托治沙成果发展沙区旅游业纪实

宁夏回族自治区中卫县在防沙治沙的基础上，以沙坡头景区为龙头，以沙漠景观为依托，大力发展沙漠旅游业，并带动了其他沙产业的发展。

中卫县位于宁夏回族自治区的西南部，地处腾格里沙漠的东南边缘，是我国风沙危害最严重的地区之一。全县沙漠面积达 1060.6 平方公里，占全县总土地面积的 22.7%。过去，由于风大沙多，沙害、沙尘暴频繁发生，不仅严重阻碍了全县经济的发展，也给当地群众的生活带来了深重的灾难。长期以来，中卫县历届县委、县政府十分重视防沙治沙工作，组织并带领全县人民坚持不懈地植树种草，进行沙区综合开发治理。截至目前，全县累计完成沙区综合开发治理总面积 30 多万亩，完成人工造林面积 41.6 万亩，农田林网植树 1174 万株，封山和封沙育林 39.2 万亩，全县森林覆盖率达到 8.4%，初步建立起乔、灌、草，带、网、片相结合的多林种、多树种、多层次、高效益的防风固沙体系，为开发沙漠旅游业奠定了

良好的基础，培育起一大批沙区支柱产业。

建立驰名中外的沙坡头沙漠旅游名胜区，是中卫县在防沙治沙和沙产业开发实践中取得的卓越成果。

沙坡头是中卫县境内沙害最严重的地区之一。过去的沙坡头布满了移动沙丘，弥望中满目荒凉。20 世纪 50 年代中期，国务院决定修建中国第一条沙漠铁路——包（头）兰（州）铁路。铁路穿越中卫县境内沙坡头地区 55 公里的腾格里沙漠地段。工程启动后，在短短的 4 年内便完成了铁路铺筑。然而，通车并不意味着工程建设的最后成功，风沙漫道是对铁路最大的威胁。在此之前，世界上许多沙漠铁路都因为解决不了流沙问题而被迫改道。就在包兰铁路通车的当年，一场 7 级大风过后，包兰铁路的沙坡头地段有多处被黄沙淹埋，积沙的平均厚度达 511 厘米。为了从根本上解除风沙危害，中卫县人民、科研人员和铁路治沙工作者先是创造了"麦草方格"治沙法，把编织成巨大的"麦草网"铺设在沙丘上，成功地锁住了滚滚黄沙；之后，又创造了"五带一体"治沙法，在沙坡头风沙进逼最严重的 15 公里地段上建成了前沿阻沙带、封沙育草带、草障植物带、灌溉造林带和卵石防火带，同时将单一的"旱路固沙"改变成"水旱并举"的综合治沙体系，有效地控制了腾格里沙漠的扩张，保证了包兰铁路从 1958 年运营以来畅通无阻。经过 40 多年连续不断的治沙造林，中卫县人民已把沙坡头建成了充满生机的沙漠绿洲。如今的沙坡头林木茂盛，花团锦簇，风光优美，被评为国家 4A 级旅游景区。

沙坡头是生态建设的一座绿色丰碑。其卓越的治沙成果已蜚声海内外，被誉为"世界治沙史上的奇迹"。目前，沙坡头景区的旅游从业人员近 300 人，近年来，年均接待游客 6500 多万人次，旅游业年收入达 2000 万元左右，已成为带动中卫县沙漠旅游业发展的龙头。

沙坡头旅游区北接浩瀚无垠的腾格里沙漠。沙漠中有许多奇特的自然景观，并保留着大量珍贵的古代文明遗迹。其中，有神奇的沙漠湖泊和沙漠草原，在大漠深处珍藏着沙山岩画、古长城、古丝绸商道，还有卫青、蒙恬修建的古长城遗址，并伴有众多美丽的传说。腾格里沙漠受西伯利亚季风影响，沙丘起伏大，流线形态优美，更使这条沙漠旅游线路充满了神奇与魅力。目前，到中卫县可以参观沙生植物园，观看治沙成果展，骑骆驼游览大漠风光，举行各种沙漠娱乐、沙漠探险和沙漠竞技活动。在腾格里沙漠腹地还有沙关驿、水稍子、通湖草原等旅游区，可作为沙坡头旅游区的延伸和沙漠探险旅游的驿站。2001 年举办的万人徒步穿越腾格里沙漠、2002 年举办的中国宁夏(沙坡头)大漠黄河国际旅游节、在"9·27"世界旅游日举办的"千人治沙"和"千人漂流"活动，都成了当时国内旅游的新亮点。

中卫县的沙漠旅游还有巨大的开发潜力。为了充分利用并科学开发县城北部"沙漠湿地——长城边关"一线的旅游资源，启动"沙漠湿地——长城边关"一线的旅游开发，建设沙漠湿地生态旅游区，中卫人民依托沙坡头自然保护区的核心区、典型的沙漠与湿地生态系统、大规模的三北防护林体系以及边关城堡、明汉长城、古老道观、林中人家等资源，近期又启动了环保教育、科学考察、探奇观光、休闲娱乐等旅游项目。目前，"中国沙漠博物馆""沙漠观光铁路""沙漠人家一条街""沙地运动村"等项目正在积极筹建之中。宁夏回族自治区也把中卫县作为重要的"沙漠旅游基地"和"大漠旅游健身基地"加紧进行规划和建设，以推动全宁夏回族自治区沙产业的发展。

在沙漠旅游业的带动下，中卫县其他的沙产业也取得了明显的成效。南山台子、碱碱湖等沙区以苹果、红枣为主的经济林已发展到 4 万多亩，年产量已达 1500 多万千克；近几年枸杞种植面积已达到 1.9 万亩，新建的鲜食葡萄种植基地已发展到 3000 余亩，并已形成了产业化格局。企事业单位与开发大户创办的沙产业也有了一定的规模，收到了明显的生态效益、经济效益和社会效益。

宁夏沙湖为沙漠旅游增添光彩

去过宁夏沙湖的人，无不为置身于雄浑的大漠能饱览江南水乡般的秀丽风光而惊叹不已。纵情地在沙湖观光总能让人流连忘返。

沙湖是一个奇迹，是开发沙漠旅游业创造的奇迹！

宁夏沙湖旅游区1996年就被中国旅游界评定为全国35个王牌旅游景点之一。2000年，沙湖被中共中央精神文明办公室、国家建设部、国家旅游局确定为"全国文明旅游风景区"，2001年被国家旅游局评为首批4A级生态旅游区，并获得了LSO9001质量管理体系认证、LSO14001环境管理体系认证。这一切都确定无疑地表明：沙湖已堂堂正正地走进了中国风景名胜区的行列。

沙湖风景名胜区位于宁夏回族自治区银川平原以北，地处银川和石嘴山两市之间，距银川市42公里，距石嘴山市26公里，109国道与包兰铁路傍湖而过，姚叶高速公路直达沙湖。到沙湖观光旅游，交通十分便利。

沙湖风景区总面积85.1平方公里。其中，土地总面积52.2平方公里，湖水总面积20.2平方公里，景区内的沙漠面积12.7平方公里。沙湖以自然景观为主体，风景资源蕴藏量极其丰富。金黄色的沙山依傍在湖岸边，清澈的湖水倒映着沙山、白云和蓝天，微风过处泛起阵阵涟漪。湖面散布着一片片翠绿色的芦苇荡，给沙湖平添了一抹翠绿的色彩。或荡舟于湖面之上，或穿梭于芦荡之间，人们可以尽情地享受在沙湖上的游乐情趣。湖面上不时有鱼儿跃起，好像是有意同游人嬉戏。站在湖畔，远远近近地能看到候鸟成群结队地飞翔；登上沙山，弥望中是粗犷无际的沙漠。神奇的沙湖把"沙、水、苇、鸟、山"五大景源有机地结合在一起，构成了独具特色的秀丽景观，实在是一颗融江南水乡与大漠风光于一体的"塞上明珠"。不要说游人喜欢沙湖，连鸟类都青睐沙湖。沙湖水产丰富，而又纯净无污染，得到了湖区管理者和游人的格外关照和保护，成为鸟类栖息繁衍的理想之地。据调查统计，到沙湖落户或过往栖息的鸟类有天鹅、大鸨、中华秋沙鸭、鹭鸶、海鸥、白鹤、灰鹤、野鸭等 11 目 24 科、上百万只之多。鸟类安详灵动的世界成为沙湖又一种绝妙的景观。因此，沙湖被列为国家级自然风景保护区。

其实，如今风景秀丽的沙湖在 15 年前还是一个被荒漠包围的养鱼塘，归宁夏农垦集团有限公司前进农场经营管理。由于鱼塘面积比较大，当地人习惯叫它"渔湖"。渔湖的周围是沙漠和一处处低洼的荒地。不过，这片渔湖水面与沙漠相连又有鱼跃鸟鸣，地理结构很独特，造就了别具一格的自然情趣，很有开发沙漠旅游的价值。农垦集团公司从 1989 年起，开始了对沙湖风景资源的开发，决心依托这里的风景资源发展沙漠生态旅游业。他们引入黄河水扩大了湖面，大规模地种植了高档绿色植物绿化、美化了环境，精心设计并建成了具有沙区特色的景点，完善了风景区内的基础设施和娱乐设施。近年来，随着国内生态旅游热的兴起，沙湖景区的开发建设者们与时俱进，在沙湖风景区内增建了"百鸟乐园""大漠丝路奇观""尼罗河风情"和"万亩荷花精品园"等四大新景区，极大地丰富了沙湖的艺术文化内涵。观鸟台面湖而建，百鸟齐集的世界尽收眼底，实在是不知游人之乐与百鸟之乐孰乐也。在尼罗河风景区，游人可以欣赏到艺术家们创作的古埃及的金字塔、狮身人面像等沙雕艺术品，充满了浓重的异国远古情调。在丝路奇观景区，一座座沙雕艺术品有把游人带到了穿越茫茫大漠的丝绸之路上，可以目睹长城烽燧、漫道雄关、莫高宝窟、麦积古城以及古代波斯和天竺国的风采。建在沙湖东侧的万亩荷花精品园完全是另一番景象，这里没有一丝沙漠的苍凉和雄阔，满眼都是田田的荷叶和亭亭玉立的芙蓉花，这一派柔美的景象对看惯了大漠风烟的人们实在是一种心灵的慰藉和补偿。如今的沙湖之美实在令人陶醉。

经过历时十多年的开发建设，沙湖已创造了中国旅游业的知名品牌。自 1989 年开发以来，沙湖旅游区累计接待国内外游客 400 多万人次，实现旅游业总收入近亿元，来沙湖旅游的人数呈逐年上升的趋势。近几年，沙湖每年接待游人都在 50 万人次左右。许多党和国家领导人都曾经到过沙湖视察，并对沙湖景区的开发建设给予了很高的评价，充分肯定了农垦集团公司将一个渔湖改造成为全国知名的旅游景区这一经营思路。

开发沙湖旅游的成功实践给我们提供了如下宝贵的启示：

——沙漠旅游业的开发也要有龙头企业的带动。沙湖的先期开发建设就是在农垦集团公司主持下进行的。2000年底，农垦集团公司为加大沙湖开发的力度和进一步实行产业化经营，发起并成立了宁夏沙湖旅游股份有限公司，使之成为西北地区旅游行业中规模最大的拟上市股份公司和银川地区旅游行业的龙头企业。加盟沙湖旅游股份公司的其他股东有宁夏大漠科技投资有限公司、银川新华百货商店股份有限公司、宁夏英利特（集团）股份有限公司、宁夏水产研究所和中国国际旅行社，总资产达7208万元。各方股东的加盟不仅解决了开发建设资金短缺的问题，而且实现了多方优势的集中组合，极大地增强了公司经营的实力，为沙湖的后续开发建设，上规模、上水平创造了条件。

——要加快沙漠旅游的开发建设，不能小打小闹，要树立"大旅游、大产业、大市场、大发展"的观念，要有一定的规模，并不断提高产业化经营水平。沙湖旅游股份有限公司不仅按照"大旅游、大产业、大市场、大发展"的要求，缔造了沙湖旅游区神奇秀丽的景观，而且做到所有的设施都是一流的。公司所拥有的沙湖宾馆，就建在银川市中心，是一家现代化的酒店。宾馆主楼13层，外观气势宏伟，内部设计新颖，装修考究，环境优雅舒适，被国家旅游局评为三星级涉外旅游饭店。宾馆的餐饮项目也很有特色，其烹制的"沙湖豆浆""石烹豆花""油凉面"已被中国烹调协会评为"中华名小吃"。目前，宾馆拥有客房137间，其中有22套豪华客房；宾馆还有多功能厅、会客室，除了为游客提供娱乐服务外，还可以接待大型会议。宾馆的员工队伍和管理人员都是经过正规、系统培训的，其精良的服务在当地的饭店宾馆业中名列前茅。沙湖旅游公司所管辖的沙湖旅行社也同样拥有一支训练有素的导游队伍，具有丰富的组团经验，与民航、铁路、饭店一一建立了良好的协作关系，有能力为游客提供高效快捷、热情周到的接待服务。这一切都保证了沙湖旅游区在激烈的市场竞争中立于不败之地，并获得长足的发展。

——开发沙漠旅游业也要像实施工业项目那样，有科学的规划设计，也要进行可行性论证，要努力打造精品景点，形成旅游热线；同时还要精心地培育旅游市场，不断增强宣传促销意识。沙湖旅游区之所以能取得开发的成功，除了风景资源有一定的基础外，最重要的原因还在于经过了高水平、大手笔的设计，十分科学巧妙地把"沙、水、苇、鸟、山"五大景源有机地组合在一起，新的"四大景区"的设计也能做到与"五大景源"和谐统一，浑然天成，相映成趣。再加上沙湖宾馆、沙湖旅行社等，这些实力雄厚的对外"窗口"，通过一系列的优质服务不断地宣传推销"沙湖"，精心地培育市场，自然会使景区人气旺盛、客流云集了。

——沙漠旅游开发也要不断完善产业体系，要逐步形成"吃、住、行、游、购、娱"配套发展的旅游服务体系。沙湖旅游区在十多年的开发建设中，始终在朝着这个方向努力。为了进一步完善旅游产业体系，沙湖旅游公司又专门组建了宁夏沙湖生物科技有限公司。这家下属的子公司主要从事月见草的种植、加工和销售，同时开发相关的旅游保健品，以补充市场缺失，不断地完善自己。

总之，一切都要做到尽善尽美，这就是"沙湖"的理念，也是沙漠旅游开发的努力方向。

五、经济植物的开发利用

沙区植物在特殊的自然环境中生长发育，积累了许多宝贵的营养成分，对人体具有重要的保健功效；有的沙区优势植物品种，适宜在某一地区大面积种植与开发，并能迅速培育成产业群体，可以带来显著的生态、经济、社会效益；同时，单一植物种植与开发，不仅优势集中，易于形成产业链，而且还可构建区域特色经济，便于开拓市场。这里所列举的内蒙古宇航人公司种植与开发沙棘、北京圣树科技发展有限公司推广沙地饲料桑，都是有代表性的事例；葡萄并不神奇，但河北怀来县种植与开发葡萄，嘉峪关长城葡萄开发有限公司种植与开发葡萄，并使之成为充满生机的沙产业，却是十分新奇的；河南兰考县依托富集化的泡桐资源，在沙区开发出泡桐加工业，初步实现了资源增值，也是值得借鉴的；青藏高原生物制品有限公司凭借科研优势，开发柴达木荒原上的唐古特白刺，就更显得神奇了。

把小浆果做成大产业
——内蒙古宇航人公司开发沙棘产业纪实

　　沙棘是一种小浆果灌木，是沙漠治理和我国西部干旱区生态建设的先锋树种。沙棘浑身都是宝，加工利用附加值极高。科学界称沙棘为"维生素之王""21 世纪最有希望的保健品之一"。如今，围绕沙棘所进行的研究开发、生产销售、良种选育、种植推广已形成了一个具有持久生命力和广阔发展前景的朝阳产业。

　　内蒙古宇航人高科技产业有限责任公司（以下简称"宇航人公司"）自 1995 年成立以来，始终精心致力于沙棘产业开发，先后承担了 9 项国家和地方重点科技攻关、星火计划项目，并取得了良好的业绩和成效，具有很强的沙棘开发技术实力，是中国最大的一家从事沙棘综合利用产业化开发研究的企业。公司拥有超临界萃取、大孔树脂吸附技术、生物技术等达到国际水平的天然物质提取技术。其沙棘产业开发范围主要包括生产沙棘类药品、保健品、护肤品、普通食品、药用原料以及沙棘良种的培育和种植。公司经过 9 年来的艰苦创业走出了一条培育种植沙棘资源，并利用富集化的沙棘资源搞开发、发展沙棘产业的新路子；形成了科研、种植、开发、生产、销售、资本运作、国际合作一体化的格局，使之成为当之无愧的中国最大的沙棘研究、开发基地。

　　宇航人公司把科技进步视为企业生存之本，不断地探索着沙棘世界的奥秘。在宇航人公司的管理层汇集了化学、食品、国贸、自动化、植物学和化工等专业的优秀人才，同时公司还聘请了多位专家教授指导科研工作。公司组建了"沙棘工程技术研究中心"，专门负责公司的科研开发和对外技术合作与交流。2003 年，宇航人公司与世界上对沙棘研究具有绝对领先优势的德国 ALPHA 公司合资，形成了对沙棘种植、研发、推广的强强组合，从而成为一家具有世界领先水平的沙棘综合开发利用的集团公司。

多年来，宇航人公司下大气力进行了沙棘营养和药用功能的开发研究，应用高新技术手段相继开发出沙棘油胶囊、沙棘黄酮、沙棘多糖、沙棘化妆品、沙棘功能饮品等数十类200多种沙棘系列产品，为企业技术创新、科技成果转化以及市场开拓创造了良好的条件。经过近几年的努力，宇航人公司生产的沙棘类产品已进入高品位、多系列、大批量和走向国际市场的发展阶段。

2000年11月，宇航人公司承担了国家计委"西部沙棘综合开发利用高技术产业化示范工程"建设项目，历时3年，现已全面完成。公司在呼和浩特市经济技术开发区建成了中国首套500升全膛快开卡箍式超临界CO_2萃取工业化装置，并生产出了品质优异的"宇航人牌"沙棘油。实施这一综合开发项目后，经过3年的市场开拓，"宇航人牌"沙棘油已进入国内51个大中城市的520家商场的销售柜台，在国外已有多家公司成为其重要的代理商。公司已研究开发出了沙棘黄酮提取与精制的新技术、新工艺，并已形成了年产10吨沙棘黄酮的生产规模。宇航人公司于1997年就已同内蒙古水利科学研究院合作，完成了"沙棘良种选育及试验田建设"科技攻关项目，利用"中、俄沙棘远缘杂交"技术培育出了适合中国种植的沙棘优良品种，取得了集流式沙棘建园推广技术。承担综合开发项目后，他们历经3年努力奋斗，采用上述技术已完成10万亩沙棘生态经济林的建设任务，不仅极大地改善了种植地区的生态环境，为宇航人公司提供了可持续利用的沙棘资源，而且也为当地农民开辟了致富门路。公司采取"企业+政府+农户+其他合作单位"的经营方式，以签订种植、收购合同的办法，极大地提高了农民种植沙棘的积极性。10万亩沙棘生态经济林的建设，可使农民每年销售沙棘果获利6200多万元，同时依托沙棘资源发展养殖业，每年又可增收1000多万元。

据悉，到2005年，宇航人公司将生产出2~3个国家二类以上的新药产品，研究开发出5~7个具有良好市场前景的三类和四类新药产品，并推向市场；建成10万亩无刺大果沙棘原料林基地和50万亩沙棘生态经济林，为企业提供可以永续利用的沙棘资源。

北京圣树开发推广沙地饲料桑

古老的中国一直视"农桑"为立国之本。提起桑树，人们马上就会想到养蚕抽丝，想到一匹匹丝绸锦缎，或者有人还会以为这是南方湿润地区的事情，与沙产业无关。其实这些认识正在成为历史。北京圣树科技发展有限公司(以下简称"圣树公司")，其法人代表任荣荣教授用全新的理念重新研究了桑树，发现桑树适生的范围非常广，泱泱中华国土处处都有桑树的踪迹。他们经过创新选育和实验，开辟了桑树利用的新途径，运用他们的研究成果，把桑树引种到沙区，完全可以组建新的产业群体。这是沙产业和桑树利用研究领域很有价值的新突破。

北京圣树科技发展有限公司注册于北京中关村科技园区，是北京市政府批准建立的高科技企业。其北京圣树农林科学有限公司注册于北京大兴区，并在北京大兴区安定镇干旱永定河老河床区建成了面积达1000余亩科研与种苗基地；公司于2004年春，在山西西部的天镇县建立的天荣圣树科技发展有限公司，其科研与种苗基地面积达3万亩；此外，公司还在内蒙古、河北、山西、宁夏、贵州等省(自治区)建有5家冠以"圣树"之名的独立法人公司，在全国14个省(市、区)建有不同规模的40多处饲料桑种植示范基地。圣树公司选育的饲料桑，如今已在辽西的科尔沁沙地、内蒙古的和林格尔沙地、毛乌素沙地、内蒙古的兴安盟、甘肃河西走廊的腾格里沙漠以及新疆的戈壁滩等地进行中试推广。这种饲料桑种上以后，在降水量很少、又无灌溉的情况下，也能扎根生长，短短的几个月就可以形成绿荫覆盖的饲料基地。

目前，圣树公司正在推广的桑树品系主要有三大类。一是，以防沙治沙、抗风耐旱、保土节水为主的荒漠饲料桑。这类饲料桑适宜于年降水量200毫米以上的北方干旱、半干旱沙漠地区和南方的草山草坡地区种植。这种饲料桑种植后，完全在自然条件下生长，无需灌溉，生长6个月就可以起到遏制风沙、保土节水、改变荒漠面貌、改造草山草坡植被结构的作用，进而形成优质高产和高效益的牧场。二是，适合我国南北方各地种植的各类果桑。这类果桑具有稳产、高产和抗逆性强的特点；桑果营养丰富、保健效果明显，经营果桑经济效益巨大。果桑3年进入桑果盛产期，连续结果可长达数百年；每年每亩桑园产果1500～2500千克，产值达5000元以上。三是，建造农田防护林和造纸原料林的速生乔桑。这类乔桑抗风、抗压能力超过各种杨树，其幼树年生长高度可以达到2.5米以上，最高的可以达到4米，其树皮纤维之优为所有树种之冠，实为世界优质木本纸浆树，而且种植当年就可以用于纸浆生产。

其中，对沙产业经营具有重要意义的是荒漠饲料桑。

圣树公司选育的荒漠饲料桑之所以能防沙治沙、抗风耐旱、保土节水，是因其地下有强大的呼吸根系群，保障这类桑树能在沙漠地区生长。饲料桑的根系最突出的特点是，只喜欢在沙性透气的土壤条件下生长，不耐水湿和水浸——水湿、水浸则会抑制其根系生长——由于沙地很少有土壤的毛细管，自然降水基本上形成的是水的单一向地性运动，不会造成水湿现象；我国由东向西，凡降水量在250毫米左右的沙地，其地表干沙层只有10～30厘米，其下皆是湿润沙层，其含水量在4%～6%左右；而这样的湿润沙层不仅完全可以保证这类桑树根系的生长蔓延，而且沙间的隐形生态水分基本上也能保证桑树地上部分——树干、枝、叶等的生长需要。桑树之根有强大的生命力。在沙化的土地上，甚至在半固定的沙丘上，其强大的根系可以长到地下9米深处，横向拓展的根系面积往往是地上树冠面积的4～5倍。这正是干旱之年草本植物因缺水而死亡，而桑树却可以活得很自在的根本原因。干旱地区的桑树还有一个神奇的特性，即每年生长所需要的水分能和自然降水保持在一个平衡的界面上——有水多长，水少慢生；由此，成为长寿树种，能历经千年风霜雨雪而不衰亡——所以，我国北方干旱、半干旱地区乡土类型的桑树从未有过长成"小老树"的现象——这也是当今世界上大部分速生树种所不具备的功能和优势。

饲料桑还是速生树种。据实地调查，在年降水量250～400毫米的干旱、半干旱沙区，尽管无水灌溉，饲料桑每年都能长高60厘米左右；

如果每亩能施40~50千克复合肥，其每年的生长高度是不施肥饲料桑的1倍或2倍。饲料桑的萌生能力极强，每年平茬时刈割到地面，次年又会萌生成灌丛，而且长得更快。如此，像割韭菜一样周而复始地年年平茬，历经数十年而不衰。

饲料桑营养丰富，无任何毒性，适口性好。经现代科技确定，其枝叶中含有18种氨基酸，粗蛋白含量在15%~28%之间，并富含动物生长所需要的矿物质，其中钙的含量是苜蓿的十几倍，甚至几十倍。其适口性超过苜蓿，灰分值高达25%。荒漠饲料桑由于富含矿物质，特别是含钙，可以鲜饲，也可以青饲，苜蓿则不行。用饲料桑喂养奶牛不需要补钙，而用苜蓿饲养奶牛必须补钙。由于饲料桑适口性好，牲畜特别爱吃，而放牧反刍家畜，如果饲用苜蓿过多，家畜会发生膨胀病。在同等自然环境和生长条件下桑树亩均产干饲料1500千克，而苜蓿亩产只有1000千克；苜蓿种植周期是7~8年，而荒漠饲料桑可以连续生长30~40年；在降水量300~500毫米的自然条件下，维持苜蓿生长必须灌溉，而饲料桑则无需灌溉。更值得强调的是，种植饲料桑比种植苜蓿的成本低得多，同时由于在饲料桑生长期无需灌溉，因此牧场的经营和管理相对比种植苜蓿省工、省时。在沙区栽种荒漠饲料桑，建立饲料基地，发展畜牧业，一次性投资可以数十年受益。饲料桑的另一个特点是，多肥多长，肥少慢生：如果桑树生长期间，人工施上一些肥料，桑树会生长得很快。对饲料桑深度开发，可带动饲料技术工业、肉食品加工业、乳制品加工业等一系列产业的发展，随着产业链的拉长，必将带动地方经济的发展和当地农牧民致富。

圣树公司2002年初，在植被极为稀疏的内蒙古和林格尔沙地推广种植荒漠饲料桑，并实行常年无灌溉栽培。种植后，饲料桑生长状况良好，在当年冬季-30℃低温条件下每亩仍保存幼树600株以上，而且长势喜人；2002年冬季曾进行过一次平茬，到2003年基地饲料桑的生长量超过2002年的1~2倍，整个沙地呈现出一片翠绿色的景象。圣树公司2003年3月底，在位于毛乌素沙地西边宁夏回族自治区灵武县的流动沙区示范种植荒漠饲料桑，在无灌溉条件下定植后，当年历经四次沙尘暴袭击，虽然地表被刮去了 25 厘米的沙土，但各示范区种植的桑树仍顽强地生长着。在北京大兴区安定镇永定河老河床区圣树公司的示范基地上，2003 年种植的各种饲料桑、乔桑、果桑，以及绿化观赏桑都已蔚然成林，呈现出一派生机盎然的景象。在完全依靠自然降水的条件下每亩施用 30 千克复合肥，现在饲料桑鲜叶亩均年产量已达 1500 千克，亩均产值在千元以上。2003 年 4 月底，新疆维吾尔自治区阜康干旱种质培育基地从圣树公司引种了 500 亩荒漠饲料桑，种植 4 个月后，在无灌溉条件下，其幼树生长成活率在 95% 以上，树高达 1.8 米，成功地开创了新疆沙区木本饲料基地建设的先河，获得了自治区领导的赞扬和支持，为全区发展畜牧业展示了广阔的前景。

圣树公司依靠科技创新，建立的以荒漠饲料桑为依托的沙产业，打破了"草牧业"的一统天下，增加了木本饲料新品种；同时也将改变沙区农业种植结构——在继续种植粮食作物、经济作物的同时，也将大力发展饲料作物，形成符合生态农业要求的三元种植结构。

这种桑树将进一步证明：农桑可以立国，畜牧也能兴邦。

葡萄美酒香飘怀来风沙源

河北省怀来县是全国有名的"葡萄之乡"，也是靠北京最近的风沙源。近十几年来，怀来县一面加紧风沙源治理，一面大力开发葡萄资源，在沙区发展葡萄种植业和加工业，同时用葡萄产业的发展逆向拉动防沙治沙，取得了良好的生态效益、经济效益和社会效益。

怀来县位于首都北京的西北，桑干河、洋河在县境内交汇成永定河，流入官厅水库。怀来县地处北纬 40 度这一世界葡萄种植的黄金地带，是中国鲜食与酿酒葡萄最佳的栽培地区之一。但是，这里土地沙漠化比较严重，有沙漠化土地 50 多万亩，是河北省的三大风沙区之一。其中位于官厅水库南岸的天漠（宝龙山）沙丘占地 256 亩，距北京市只有 70 公里。

这直接威胁着首都北京的生态安全，严重影响着官厅水库的水质和寿命，同时也给怀来人民的生产和生活带来了灾难。

多年来，怀来县人民同风沙灾害进行着不屈不挠的抗争。从 2000 年至今，全县治理水土流失面积 149 平方公里，新增造林面积 20.3 万亩，封山育林 10 万亩，四旁植树 230 万株，实施退耕还林 3.2 万亩，沙区生态有了明显改善。其中，大力发展葡萄产业对推动生态建设发挥了积极作用。

早在 1998 年，怀来县就制定并发布了开发"四荒"地资源的优惠政策，鼓励社会各界及个人购买"四荒"土地开发沙产业，并积极引导发展葡萄种植与加工业，极大地激发了私营企业承包荒山、荒地，特别是沙区土地开发沙产业的积极性。山海关红帆酒业有限公司和张家口容辰公司首先介入。红帆公司投资 198 万元，在东花园镇租赁沙漠化"四荒"土地建成了一座年加工能力 600 吨的葡萄榨汁厂，创造了当年建厂当年收回投资的范例。容辰公司租用南辛堡乡七营村的沙漠化土地 2000 亩，投资 6000 万元，独资建成了一处现代化的集葡萄种植、酿酒、采摘、观光于一体的葡萄庄园，2001 年又建成了容辰葡萄酒园。该酒园生产的第一批干白、干红葡萄酒在希尔顿国际评酒会上分别被评为第一名、第二名，并被钓鱼台国宾馆指定为国宴用酒。在红帆和容辰两家公司的示范和带动下，怀来县已成为国内外客商投资开发葡萄产业的热点地区，先后吸引了美国、英国、法国、阿根廷等国家的企业以独资或合资等方式前来开发葡萄产业。同时，怀来县还引进国内资金先后建成了具有地方特色的河北夹河葡萄酒有限公司、河北龙泉葡萄酒发酵有限公司、河北怀来燕北葡萄酒有限公司和长城酿酒集团公司葡萄酒分公司。在怀来县沙区生产的优质鲜食葡萄和葡萄酒不仅畅销全国各地，而且远销英国、美国、德国、意大利、日本等 20 多个国家和地区。

目前，怀来县在沙漠化土地上开发生产的优质龙眼葡萄以及专用于酿酒的赤霞珠等品种的葡萄，已成为中国长城葡萄酒有限公司、北京保乐力加（龙徽集团）等国内著名葡萄酿酒企业的上乘原料。长城公司利用怀来的龙眼葡萄生产出的"长城"牌干白葡萄酒被欧美的品酒专家誉为"典型的东方美酒"。继长城干白之后，怀来县的葡萄产业，又先后拥有了"沙城""家和""容辰""马丁""斯帕多内""中法"等著名葡萄酒品牌和"暖泉""官厅湖"两个著名的鲜食葡萄品牌。优势品牌战略的实施不断把怀来的葡萄产业推向快速发展的航道，同时也强有力地带动了生态建设的发展。

近年来，怀来县通过租赁、承包、合作开发等形式发展葡萄产业，治理沙漠化"四荒"土地达 8.69 万亩。目前，全县的葡萄种植面积已达到 10.8 万亩，葡萄种植业年产值达 1.2 亿元，占林果业总产值的 59%，占葡萄主产区人均纯收入的 80%。全县葡萄产业已覆盖了 82% 的乡（镇）和 38% 的农户，葡萄产业年总产值达 6.7 亿元，年创利税 1.8 亿元。葡萄产业对全县财政的贡献率达到 50% 以上，支撑着怀来县经济发展的"半壁河山"。

近年来，怀来县狠抓葡萄产业的无公害、标准化、优质化生产，并申报了"沙城地区"葡萄酒原产地保护；同时，建立了"中国农民网"信息平台，聘请了 10 多位国内著名葡萄专家做长期技术顾问，为怀来县葡萄产业的发展壮大，提供了信息技术等多方面的保障。为了推动葡萄产业持续、快速、健康发展，怀来县专门成立了葡萄产业领导小组，组建了怀来葡萄产业有限公司，并发展了 100 多个葡萄销售经济人大户，组建了由 500 多人组成的销售队伍，在全国 20 多个省（区、市）的大中城市设立了销售网站，同时还建立了 5 个年交易额达千万元的葡萄交易批发市场和 10 多个储藏冷库。怀来县的每个乡村都有葡萄种植技术服务站、生产资料供应站，并建成了标准化、无公害化种植示范园 5000余亩，已推广无公害、优质化种植技术 3 万多亩，正在实现着与国际市场对接。

长城公司种植葡萄开发沙产业

甘肃嘉峪关市长城葡萄开发有限公司（以下简称"长城公司"）成立于 1997 年，是一家以经营葡萄为主的集林果种植、加工、经销、种苗繁育和沙区林业开发于一体的民营企业。

公司的总经理叫杨虎年，原来是武威市金羊建筑工程公司嘉峪关分公司的经理。长城公司成立之前，杨虎年 34 岁，正赶上国家建设重点向西部转移，甘肃省也正在实施"再造河西"的发展战略，相继制定并颁布了一系列鼓励民营经济发展和私人承包荒山荒地搞种养业开发的优惠政策。杨虎年敏锐地看到开发沙产业具有广阔的发展前景，便从建筑业迅速转到林果业开发上来。

长城公司的组建决定于杨虎年的一次山东之行。

1996年9月，杨虎年到青岛考察项目，在胶南山区看到朋友承包的2000亩果园经营得非常好，效益十分显著。通过实地考察和同朋友交流，杨虎年萌生了利用河西走廊沙区土地、光、热等自然资源优势开发葡萄种植业的想法。从山东回来以后，杨虎年带着朦胧的构想，又到新疆葡萄沟考察，学技术、看经营、观察市场，并走访了甘肃省农业大学专门研究葡萄种植的常永义教授，向常教授请教葡萄栽培的技艺和搞集约化经营的学问。常教授的指点和教诲使杨虎年对开发葡萄产业充满了信心。从新疆回来的路上，一个组建长城公司、承包嘉峪关沙区土地、发展葡萄种植、开发沙产业的总体规划已在杨虎年的脑海中形成了。

经过一段时间紧锣密鼓的筹备，1997年3月，杨虎年聘请常永义教授做公司的技术顾问；同年6月，他向市林业局递交了建葡萄园项目的可行性论证报告，请市计划委员会批准立项。计划委员会批准立项后，杨虎年在新城乡政府的协助下，与长城村签订了先承包1000亩土地开发种植葡萄和其他果树的协议，确定承包期为30年。

1997年9月，长城公司的葡萄园项目破土动工了。公司购置了推土机、农用车，雇用了酒泉钢铁公司的大型机械，并联系聘用了酒泉电厂的700多名工人，在千亩沙漠戈壁上开荒作业。机械的轰鸣声传遍了荒凉的原野，沉睡千年的荒原开始苏醒了。这些拓荒者们推平了一座座沙丘，推走了一片片砾石，经过3个月的紧张激战，平整出了1000亩土地。

同年11月，长城公司的葡萄建园项目在甘肃省林业厅立项后，杨虎年申请到了300万元的治沙贷款，自己又筹集到了120万元资金，把数百万元资金又一次投到了沙产业开发中。次年，杨虎年继续扩大开发。截至 1999 年 7 月，长城公司共计完成开荒面积 1916 亩，修建公路和机耕道路 6000 米，营造防护林带 6800 米，衬砌水渠 2650 米，新打机井 3 眼，修复配套机井 2 眼，架设输电线路 1200 米，使葡萄种植园实现了渠、水、田、林、路、电配套，并一次到位。同时，公司还修建了一座生活用水塔，挖了两个占地面积 3 亩的鱼塘，建了 4400 平方米的办公室和职工宿舍。基础设施建设完成后，经过精心规划，种植葡萄14.3 万株，架设葡萄园刺篱 1825 米，种植杏树 900 株、梨树 1134 株、沙枣树 899 株、定制大棚樱桃 200 株、大棚油桃 250 株，培育试管葡萄苗 5000 株、油桃苗 5000 株。千亩葡萄园建设已现雏形。这时，心怀壮志的杨虎年又将目光投向了综合开发。在 1989 年底完成综合养殖场的建设后，又同甘肃农业大学联营，在葡萄常规种植的基础上，兴建了组培室，搞起了生物工程试管快速繁育技术。组培室年育苗达 10 万株，不仅为公司葡萄种植提供了优质壮苗，而且还可以外销，增加公司的经济收入。

　　杨虎年经过两年的艰苦努力，终于让一座千亩葡萄园出现在戈壁荒漠上，为嘉峪关市增添了一片富饶的绿洲。

　　沙产业的发展不断地提升着杨虎年的精神境界，推动着长城公司在开拓中前进。杨虎年认识到，千亩葡萄园建在荒漠戈壁上，首先要治理好风沙和搞好节水。在有关专家的指导下，公司营造了两条骨干林带、4 条副林带，中间设置了 200 米宽的果园林网。如今，一道道防风林带像绿色屏障一样护卫着这座葡萄园，不仅为葡萄和其他果树的正常生长提供了可靠的保证，而且也美化了环境。为解决沙漠干旱缺水问题，公司从美国引进部分设备，并与国产设备相配套，建起了 11 座日光温室，设计并安装了 3200 米主管道，对所有作物进行滴管，同时修建了 5 万立方米的蓄水池，还有高位水池和无塔压力罐等辅助设施，既保证了节水灌溉的顺利进行，同时又可把分配的秋水、春水和山水储存在池内，解决了同周围农户争水的问题。

　　公司在常教授的指导下，从品种选育、作物栽培，到经营管理，一律采用高新技术，精心开发培育新、特、奇优良品种。他们经过筛选，引进了美国优质提子葡萄系列，并利用"试管快速繁育技术"，在高效节能的日光温室中进行了葡萄育苗和栽培。这些高新技术的应用，加快了新品种的开发，也给企业带来了快速增长的经济效益。为带动周边地区群众致富，公司主动向农户推广新技术，并继续扩大葡萄种植。经过5年来的发展，长城公司的葡萄种植基地已发展到1万亩。以"公司+农户"的形式扩大了生产经营的规模——公司本身扩大了200亩，带动扶持农户种植7000亩。为使基地得到长足的发展，公司还建了一座葡萄榨汁厂，进行终极产品——优质葡萄酒的开发。

目前，长城公司正按照新的规划重新整合资源，已把上万亩基地划分并建设成为种植区、养殖区、生活区、加工区、旅游区和观赏性的农业园区；同时大幅度地调整了经营战略，确定了以葡萄榨汁、酿酒为主，种植、养殖为辅，形成具有高科技水平、产业化经营的集果蔬、肉禽生产于一体，产、供、销一条龙的现代化经营体系。

兰考人把沙区桐木开发成大产业

兰考泡桐，是当年焦裕禄书记带领兰考人民治沙造林所采用的先锋树种。因此，兰考泡桐也伴随着县委书记的好榜样——焦裕禄先进事迹的传播而享誉全国。同时，也因此，兰考、泡桐、焦裕禄——三位一体，构成了中华民族治沙造林史上的一段佳话。今天，这段佳话依然在兰考大地的生态建设与沙产业开发的实践中延续着。泡桐不但承担着护卫焦裕禄开创的生态建设成果的重要角色，而且以泡桐加工为主体形成的沙产业也给兰考人民带来了富裕和最后脱贫奔小康的希望。

兰考地处豫东平原，位于河南省东北部，北依黄河，东邻京九铁路线上的中心城市商丘，南与杞县和民权县接壤，西靠中原古城开封。兰考总面积1116平方公里，总人口74.27万人，其中农业人口65万人，人口密度为每平方公里700人。兰考是个典型的农业县，人多地少，全县财政一般年计划收入6465万元。2003年3月，兰考被国务院扶贫办确定为国家级扶贫工作重点县。

远古时期，黄河北流入海，兰考境内尚无黄河的踪迹。自北宋末年，黄河改道南迁夺淮入海便开始流经兰考。如今的兰考正处于黄河西折北流的大转弯处。黄河此处曾水势汹涌，历史上多次从这里决口改道，不仅使水患频繁发生，而且给兰考大地造成了风沙、内涝、盐碱三大自然灾害。

风沙在兰考居三害之首。20世纪60年代，兰考的风沙危害进入了极盛时期，当时全县有沙漠化土地24万亩、流动沙丘261座、沙丘群63个、大沙垄17条，占地面积达1.8万多亩，有风口86处，危害耕地23万多亩。全县境内林木稀少，粮食亩产只有50多千克。兰考人民在生态恶劣、经济极度贫困的环境中挣扎。

60年代初，正是"三害"最猖獗的时候，焦裕禄来到兰考担任县委书记。他全心全意为人民服务，深入实际，调查研究，带领群众在兰考沙区开展了大规模的植树造林，对"三害"特别是风沙进行工程治理，取得了显著的成效。其中，最著名的，也是最有实际效果的就是广种泡桐。焦裕禄总结当时兰考的治沙经验，就是一面"扎针"（栽树，种泡桐），一面"贴膏药"（翻淤泥压沙）。此后的几十年来，兰考历届县委、县政府的领导都踏着焦裕禄书记的足迹前进，一张蓝图绘到底，造林治沙不放松，并实施了一系列林业生态建设工程。

坚持不懈的治沙造林，不仅极大地改善了兰考的生态环境，彻底控制了自然灾害，促进了农业的稳产高产和农村经济的快速发展，而且由于泡桐资源的极大丰富，造就了兰考沙区泡桐加工业的蓬勃发展。

如今，踏上了兰考大地，就像走进了平原大森林。《中国绿色时报》的记者报道说："远远望去，大地被绿色麦苗覆盖着，麦苗上方是一层淡绿色的泡桐树冠。泡桐树40～50米一行，5米一棵，把兰考大地编织成一个林茂粮丰的生态网络。"这个生态网络年年效益递增，给兰考人民带来了安宁和富裕。

兰考种植泡桐已有500多年的历史，不过，以前都是零星栽种，房前屋后、庭院路旁，都可种泡桐。种泡桐主要是造绿荫，美化环境，泡桐树很少进入大田与农作物间作。20世纪60年代初，焦裕禄书记带领兰考人民治风沙、除"三害"，大力推广农桐间作，创造并总结出了在平原沙区营造农田林网和农桐间作的生态治理模式，获得了防风固沙、改善农田小气候的良好效果。从此，泡桐越种越多，成了兰考人民喜爱的乡土树种，并实现了桐木资源的富集化。截至目前，兰考全县农桐间作面积已达到46万亩，农田林网36万亩，营造防风固沙林1.5万亩，活立木蓄积量达116.3万立方米，其中泡桐蓄积量为80万立方米；年林木生长量为16万立方米，新增泡桐资源10万立方米。兰考的泡桐，采伐一片，便就地更新一片，为此资源形成了良性循环。

泡桐树干通直，桐木不翘不裂，易于加工。泡桐种植大规模发展起来以后，兰考人就开始在桐木加工上做文章。20世纪80年代，他们先是利用桐木自己做家具，后来，家具做多了，把剩下的下脚料锯一锯、旋一旋，做成电线槽板、绝缘盒什么的，拿到集市上卖，挣点零花钱。20世纪90年代，兰考的桐木加工走上了产业化发展道路。他们开始成规模地使用木工机械，兴起了家庭作坊似的小企业，大多是批量地加工桐木板方材。其中的能工巧匠把桐木拼成板，雕上花，搞装修，做家具，或包揽工程，或开发市场出卖。全县有1000多家农户从事桐木加工，带动了泡桐加工业的迅速发展。

到20世纪末，兰考人搞起了桐木的深加工和精加工，让泡桐的价值成十倍成百倍地增长。他们充分利用桐木的力学和声学性能，开始进军乐器行业，制作古筝、琵琶、扬琴、阮等民族乐器，凭着一双巧手让兰考的泡桐登上了音乐的艺术殿堂。薄薄儿的几块儿桐木板儿，当做面板儿和底板儿，再配上小小的花梨木或红木板儿做的内架儿和邦板儿，再配上琴弦，就成了样式新颖、音色优美的古筝。而一架古筝少说也能卖几千元，多则上万元。——桐木伴随着兰考人的智慧和精明，其价值翻着跟头地往上涨。家具也是精工细做的，成了大批量的外销出口商品。现在兰考全县有100多家桐木加工企业，年出口创汇200多万美元，形成了以中原民族乐器厂为龙头的民族乐器生产加工基地和以三环木业公司为龙头的桐木加工基地。兰考生产的桐木拼板、桐木家具和桐木乐器不仅畅销于国内市场，而且还远销到日本、韩国、美国和加拿大等国家。

当年焦裕禄书记带领兰考全县人民种植泡桐，是为了治理风沙、清除"三害"、造福人民，而今兰考的泡桐有了沙产业的拉动产生了更大的生态效益、社会效益和经济效益。这也正是焦裕禄书记所期盼的。

开发唐古特白刺资源大有可为

唐古特白刺是蒺藜科白刺属的一个品种，有很高的药用价值和生态价值。它与西伯利亚白刺、中国白刺等灌木混生，广泛地生长在柴达木盆地的沙原上。

唐古特白刺耐干旱、耐盐碱、抗沙埋，能防风固沙、保持水土、改良土壤，是不可多得的治理沙漠化土地的灌木品种。其叶厚而肥大，呈现肉质化状态，水分储量高达80%以上，因此提高了细胞液和原生质的渗透压，具有很高的泌盐功能。这一生理特性使其在极端干旱、盐碱化的土壤中也能生长。在极端干旱的情况下，唐古特白刺不发芽、不长叶、处于休眠状态，谓之"假死"，一旦降水适度，就会很快生长起来。

据科学分析研究，唐古特白刺的果叶中含有丰富的维生素、氨基酸、多糖、生物碱、甾醇、多肽、木质素、黄酮类、果酸、萜类、果胶、胡萝卜素、类胡萝卜素、红果素以及锌、硒、铬、锶、铜、铁、钾、钠、钙、镁、磷等丰富的营养活性成分。尤其是氨基酸，在其果汁冻干粉中的含量高达10%，并极易被人体吸收。白刺果种子含油，其油脂的主要成分是不饱和脂肪酸，含量高达97%，具有极高的药用价值，被国际医学界命名为维生素F。据《中国药物大辞典》记载：白刺健脾胃，滋补强壮，调经活血，可治身体瘦弱、气血两亏、脾胃不和、消化不良、月经不调和腰腹疼痛等病症。唐古特白刺同时具有预防和治疗"三高"（高血糖、高血压、高血脂）症状及其他疑难杂症的功效。这样的药用价值，再加上它生长在具有世界"四大超净区"美称的青藏高原，纯净、无污染，使其果实独具世界上任何一种可食性植物果实所不具有的营养保健价值，而且又具有可食植物所不具有的耐干旱、盐碱，耐沙埋和极易生长的特性。

唐古特白刺能适应极端干旱的生长环境，其果实全长在枝头，极易采摘，而且不会伤害主枝和树梢。唐古特白刺果实晶莹剔透，红的像珍珠，紫的像玛瑙，被誉为"高原红珍珠"，可直接食用，而且味道鲜美，适口性好，容易加工成各种性状的食品，极易发展成产业。因此，开发唐古特白刺大有可为。

唐古特白刺容易种植成活，可以飞播，可以人工穴种、垄播，可以育苗移植，也可以断枝扦插，这就大大地减轻了大面积种植的劳动强度；挂果后，在不破坏生态环境的情况下，可直接增加农民的收入。同时，唐古特白刺还能通过种子以及被沙埋掉的枝干繁殖再生，一旦形成林地，具有极强的种群繁衍更新能力，生命力极强。在供水适当的情况下，唐古特白刺会生长得非常茂盛，而且挂果丰硕。一株成年白刺，株高3米，株冠直径达3米，产果量能达到50千克以上，最高的能够达到100千克。其首期挂果时间为3~4年，与普通水果的挂果期大致相同。其树龄可达80~100年，甚至更长，而其盛果期是其生命周期的3/4。

柴达木盆地有白刺林150万亩，在不同的区域集中连片，密集成林，其果实年产量达34万吨，丰产林面积达50万亩左右，工业利用价值很高。这在我国各省（区、市）中是独一无二的，发展沙产业有充足的资源保障。

青藏高原生物制品有限公司不仅有生产绿色食品的最佳原料，而且有明显的科研优势。其主体项目除实现工业产业化外，更重要的是实现生态产业化。其实现工业产业化的技术依托单位中国科学院寒区、旱区环境与工程研究所，技术力量雄厚。现在，公司已依靠中科院寒区、旱区环境与工程研究所的技术成果，研究开发出"金河红珍珠胶囊"（藏药）"红珍珠降糖胶囊"和"红珍珠血脂康胶囊"以及"红珍珠"牌果酒果油软胶囊等产品，其中降血糖、降血脂产品已获成果鉴定书；此外，公司还开发出系列果汁、果酒、果酱等产品，绝大部分已经申请了专利，有的已被批准，有的正在审批中。公司拟新建一条年产3000吨红珍珠果酒的生产线、一条年产5000吨红珍珠果汁的生产线和一条生产各类保健品胶囊的生产线，并投资研制或购置白刺果汁处理、浓缩及储存等配套设备。为保护唐古特白刺资源和柴达木盆地沙区的生态环境，公司拟采取"公司+农户"的经营模式建立 5 万～10 万亩生产唐古特白刺果的原料林基地。经测算，全部项目总投资近亿元。该项目前期准备工作已经完成，搭建起了知识经济、特色经济和生态经济的平台，目前已有了发展大产业、开拓大市场、打造大品牌的基础条件。预计，项目建设期为一年，项目建成投产后，年销售收入可以达到 2 亿元以上，年利润9000 万元。目前，公司正在招商引资。

六、节水灌溉及其他

兴办沙产业要"因地制宜、扬长避短"，这是搞好沙产业开发必须坚持的重要原则之一。沙区水资源缺乏，这是发展沙产业的限制性因素。因此，节水灌溉，甚至包括太阳能、风能资源的开发利用，是兴办沙产业的一项不能忽视的重要任务。甘肃酒泉大禹节水设备有限责任公司、西北师范大学高分子研究所等企业和科研单位已捷足先登，在这方面作了有益的探索；广东金沙纬地生态环境发展有限公司创造的人工植被技术，也是对沙产业开发的重要贡献。

大禹公司开发滴灌自动控制系统

我国是一个水资源极其短缺的国家，人均占有水量仅为世界人均的1/4。因此，节水灌溉是我国，特别是干旱沙区一切农事活动永恒的研究课题；而"少用水"又是开发沙产业的一项至关重要的技术措施。

甘肃酒泉大禹节水设备有限责任公司（以下简称"大禹公司"）以保护环境、节约水资源、服务社会、推动沙产业发展为己任，研究开发了独具特色的滴灌自动控制系统，并具有承揽建设大型节水工程的能力，在不断开拓市场的同时，面向国内干旱沙区进行大规模推广，具有十分重大的现实意义。

滴灌是一种高效节水的灌溉新技术。安装上滴灌设备以后，让水从滴头中缓缓涌出，定时定量地渗到作物根部附近的土壤中，借助土壤的毛细管作用在作物根部附近形成饱和区，并向周围扩散，以这种方式来湿润土壤，灌溉作物；如果将全部支、毛滴管和滴头都埋入地下，通过科学安装形成地下滴灌系统，其节水效果会更好。滴灌比管灌更能减少田间灌水的损失，其用水量仅为地面管灌用水量的 30%~45%，是喷灌的 40%~65%，而且小泉、细水和积蓄的雨水都可以利用。滴灌的先进性和高效节水的特点，使其取代地面灌溉，甚至喷灌已成为必然的趋势。

大禹公司研究开发的滴灌自动控制系统，按照控制功能和控制能力的不同，可以分为简单型和高级组合型两大类。简单型滴灌自控系统应用在小面积露天灌溉和温室灌溉中。高级组合型滴灌自控系统不仅可以实现对时间、气象、流量、施肥、过滤等灌溉参数的监测和控制，而且其灌溉控制的面积可以扩展到上万亩土地——包括平川地区和落差较大的丘陵和山地；同时，可以和各种输入传感器及计算机相连接，形成一个全方位的滴灌控制系统。其控制系统的通讯方式：在小面积土地上进行滴灌，可用电力控制；大面积平地，可用流量控制；大面积山坡地，可用无线电控制。

大禹公司是 20 世纪末，在中国的沙产业开发方兴未艾之际，由酒泉地区节水材料厂、国家节水灌溉北京技术研究中心、甘肃省水利综合经营办公室和甘肃省水利灌溉试验培训中心等四家单位在资源整合的基础上共同投资组建的，是一家以开发灌溉技术设备为核心、实行专业化生产和现代化经营管理的省级股份制企业。企业投资总额为 1.2 亿元，其中固定资产 8000 万元。这四家单位各有专长，在开发节水灌溉技术上实属优势互补、强强联合。组建后的大禹公司位于酒泉市高新技术工业园区，占地 5.4 万平方米（折合 80.9 亩），总建筑面积为 2.5 万平方米，其中生产区建筑面积为 1.5 万平方米。公司已拥有高、中级工程技术人员 60 多人，并将利用国债资金建设 1.2 万平方米的技术研究开发中心，继续引进高新技术人才，进一步加大新产品开发力度。目前，大禹公司建立的技术研究开发中心已达到了国债项目可以批复的要求，并通过了主管部门的认证。大禹公司下设行政部、企业发展部、企业管理部、财务部、生产设备部、技术质量部和供应部等 7 个职能部门，另有销售与安装两个分公司。公司已建有内镶贴片式滴灌生产线 1 条、压力补偿式扁平滴头、滴灌管生产线和内镶贴片地埋式滴灌管生产线 6 条、U–PVC 和 PE 管材生产线 5 条，年产各类滴灌管 3 亿米、各类管材 6000米；同时，公司还拥有年加工各类管件 500 吨、施肥过滤器及自控系统3 万台(套)的生产能力，年产值达 1.9 亿元。

当今世界要数以色列的滴灌设备研制技术水平最高。如果说，在以色列，耐特费姆是拥有滴灌技术最早、也是最有实力的发明者和推广者，那么，中国水利水电科学研究院国家节水灌溉北京工程技术研究中心就是中国的"耐特费姆"。该研究中心不仅是大禹公司的重要成员，而且是大禹公司最核心的技术依托单位，从而全方位地保证了大禹公司设备研制的高起点、产品质量的高水准。大禹公司从产品设计、生产到产品销售、安装以及售后服务，都严格按照 LSO9001–2000 国际质量管理体系的标准和要求，实施全过程的质量管理，并形成了完善的管理体系。大禹公司的这一质量管理体系目前已通过了中国进出口商品检验总局质量中心认证。2000 年，大禹公司被国家经贸委列为实施国家重点技术创新项目的企业；2002 年，大禹公司又被甘肃省工商行政管理局评为"守合同、重信誉"企业，在广大用户中赢得了很好的口碑。

大禹公司引进了国外先进的滴灌管(带)生产线，再兼以国家节水灌溉北京工程技术研究中心提供的精良工艺，从而保证了产品的高质量和高功能。其中，大禹公司生产的内镶贴片地埋式滴灌管系列产品，是目前国际上最先进的高新节水产品。这种滴灌管，其扁平滴头是镶在管子内壁上的，使滴头在滴灌中承受的压力和受到的损伤很小；滴头内安有特殊装置，因此滴水均匀，抗堵塞能力强；可以铺设在地下 30～40厘米处，不仅节水、节肥效果好，而且防腐蚀、防老化、使用寿命长；同时，地埋式滴灌管克服了由于人为、风吹等因素以及植物根系的向水性影响所造成的滴头堵塞，更不会对滴灌管造成破坏，可以大量地节省维修用工和成本，而且安装方便，投资比较低。这种地埋式滴灌管是发展沙区种植业和进行戈壁园林绿化比较理想的高新节水产品。大禹公司生产的压力补偿式滴灌管系列产品，其滴头采用膜片调节水流量，以紊流态方式出水，使得在不同压力条件下流量一致，适合在大坡度丘陵、山地落差大的地区使用。压力补偿式滴灌管在压力增大时，滴头流道断面减小，出水量随之减小；在压力减小时，滴头流道断面增大，出水量随之增大，因此，在7~40米水头下能保持同样的流量。同时，压力补偿式滴灌管的滴头具有自动清洗功能和过滤功能，双流道进口可在每次灌水后清洗一次，而且对水质要求宽松，灌水均匀度高，铺设长度可达700米。这种产品在退耕还林，荒漠化治理，发展沙产业、草产业、林业，以及防沙治沙等领域都可以使用，适用范围比较广。

同时，大禹公司还有质量上乘、品种齐全的管材、管件系列产品。其中，给水用聚氯乙烯(PVC-U)管材系列产品强度高，管壁光滑，不结垢，相同口径管材的沿程水头损失比铸铁管要低30%，可大量节省运行动力费；同时，这种管材耐腐蚀、易安装、造价低、寿命长，而且无毒、卫生，输送水不会造成二次污染。聚氯乙烯管材产品又有高密度和低密度两个系列。他们除了具有无毒、卫生、管壁光滑、吸水率低、不结垢、输水阻力小这些共同的优点外，最大差异是，高密度管材具有一定的刚性和耐磨性，而低密度管材具有相对的柔韧性，为滴灌管的安装使用提供了较大的选择空间。此外，大禹公司还能生产各种滴灌配套管件和过滤器、施肥器系列产品，其性能优良、做工精细，均在国内同类产品中处于领先地位。

大禹公司对节水灌溉材料市场的调查表明，甘肃、河北、新疆、内蒙古等省(区)，对滴灌管(带)的市场需求量最大，安装使用工程总面积达7118.57万亩，总投资额为945.7亿元。根据甘肃省的节水规划，全省计划发展滴灌面积136万亩，总投资达31.5亿元，光在河西走廊的黑河流域就要发展滴灌36.8万亩。新疆维吾尔自治区将投资107亿元，实施塔里木河流域生态治理项目，计划发展节水灌溉1000万亩。河北、内蒙古等北京周边地区用于生态建设和荒漠化土地治理的总投资约达800亿元。可见，滴灌设备技术有巨大的市场空间，为大禹公司未来的发展提供了强大的驱动力。

2003年，大禹公司销售形势十分喜人。公司完成了酒泉人饮工程供货(360万元)、黑河管灌工程金塔片区供货(410万元)、中标营建日协酒泉滴灌工程(4660万元)、日协酒泉管灌工程(1000万元)、日协临泽管灌工程(1000万元)以及新疆塔里木河生态治理工程(800万元)等，仅工程中标金额就达8420万元。同时，大禹公司与中建六局合作组建了大禹水利水电工程公司，现已全面开展工作，并承揽了省内外滴灌、管灌等节水工程项目。

为了拓宽销售市场，大禹公司在内蒙古、河北、新疆、宁夏等省(区)设立了办事机构，初步建立了自己的销售体系以及服务网络。公司经营的节水材料销售市场潜力巨大，发展前景同样十分广阔。

西北师大高分子研究所开发节水型多功能植物生长剂

西北师范大学高分子研究所与西北师范大学生命科学学院植物研究所协作，经过高分子化学、生物学和地理环境等学科的联合攻关，将不同的植物生长调节剂分别同保水剂结合，研制出节水型固沙种草剂系列产品。这种固沙种草剂具有吸水、保水、减少蒸发、促进植物生长、缓释长效、改良土壤等多种功能，是一种适用于不同的干旱地区作物生长和固沙种草的多功能高分子材料，被称为"多功能高分子植物生长剂"。

西北师大高分子研究所是在原甘肃省"应用有机-高分子"这一省级重点学科的基础上组建而成的，科研实力雄厚，现拥有"高分子化学与物理"专业硕士、博士学位授权，同时也是甘肃省高分子材料重点实验室。近年来，该研究所坚持走产、学、研相结合的发展道路，和中国科学院化学物理研究所、中石油天然气集团公司兰州石化研究院建立密切的合作关系，取得了包括"聚合反应'引发剂K'和'引发剂OT'""高分子复配改性高等级公路沥青的研究"以及"可降解的水溶性纳米塑料研制"等一批重要的科研成果。研究所有10位研究生导师(其中包括两位国家级有突出贡献的青年专家、一位省优秀专家、三位甘肃省跨世纪学科带头人)，有在读博士研究生24人、硕士研究生30余人，设有功能高分子及生物高分子、聚合物摩擦学、聚合物合成与改性、微波固相合成与催化、纳米材料与分析技术等研究方向。

西北师大高分子研究所，在研究多功能高分子植物生长剂及固沙种草剂这一课题时，受到国家有关部门的高度重视，并连续两次获得国家自然科学基金的资助。据查新报告显示，该项成果属国内外首创，现已获国家发明专利。1998 年 4 月 23 日，该项目成果正式通过了甘肃省科学技术委员会组织的技术鉴定。此次鉴定中国工程院院士薛群基研究员任鉴定委员会主任，由兰州大学、甘肃省农业科学院等教学与科研机构的多名专家教授参加。鉴定的结论是："该成果是一项有特色的研究，所得结果达到了国内先进水平。"1999 年 10 月，多功能高分子植物生长剂及固沙种草剂获得了国家农业部、科技部、大北农集团联合主办的"首届大北农科技基金重点关注项目"奖励，并被国家科学自然基金会列为"庆祝中华人民共和国建国 50 周年优秀应用推广成果项目"，被国家技术专利局列入《新编中国优秀实用专利 5000 项》《中华优秀专利技术精选》中；2002 年，获得了第 51 届尤里卡世界发明博览会金奖；2003 年，又获得了香港国际专利技术博览会金（牌）奖和中国首届（北京）沙产业博览会优秀产品奖。

目前，节水农业越来越受到是世界各国的重视。我国已被列为第 13 个缺水国，尤其在我国 10 大旱作农业区，水资源的利用已成为制约农业发展的重要因素。因而，推广节水农业已成为我国农业发展的一项重要的技术措施。同时，风沙灾害也是我国的一大心腹之患。近年来，北方地区多次发生的较大范围的扬沙及沙尘暴天气，不仅造成了极大的经济损失，也带来了严重的环境污染，影响着城乡居民的生活质量，向我们一再敲响警钟；沙漠和沙漠化土地必须抓紧治理。多功能高分子植物生长剂及固沙种草剂的问世，不仅为旱作农业的发展和沙漠化土地的治理带来了福音，而且也为以节水为重要技术措施、以绿色植物种植为主体的沙产业开发提供了巨大的科技支持。目前，兰州助剂厂已建成了年产 300 吨多功能高分子植物生长剂及固沙种草剂中试生产装置，并由上海融之杰投资咨询有限公司完成了"商业计划书"的编制工作，已在甘肃省沙漠研究所民勤治沙试验站，西北师范大学地理环境科学院，甘肃农业大学草业学院天祝草原试验站，甘肃省农业科学院，青海石油管理局敦煌绿化基地，德令哈铁道经营开发有限公司旳施业区，甘肃省的永登县、皋兰县、靖远县，甘肃省兰州北山造林站，内蒙古科尔沁沙地和有"世界风库"之称的甘肃安西荒漠化土地上推广应用。

多功能高分子植物生长剂及固沙种草剂，是一种比保水剂（超强吸水树脂）功能更广泛、效果更优异的节水农业新材料。该产品是以淀粉、纤维素、丙烯酸和聚乙烯醇为原料，采用微波辐射、反相悬浮聚合、本体发泡聚合等方法合成的，并通过元素分析、红外光谱、紫外光谱、热分析，以及运用扫描电镜、X-射线粉末衍射等证实了其高分子结构；之后，又进行了多种生物活性实验和旱作农田和沙区作物种植实验。试验的结果表明：这种节水型固沙种草高分子新材料具有以下功能和特点：

首先是抗旱、节水，并能促进作物生长和改良作物的品质。这种多功能高分子植物生长剂，在旱区小麦、玉米、西瓜等种植中使用，具有明显的吸水、保水效果。产品的吸水量能达到其自身重量的 500～600 倍。净重 500 克的土壤在自然状态下只能吸水 120 毫升，当加入 1 克这种产品后，其吸水量可增加到 310 毫米，并可减少水分蒸发。经过应用试验证实，旱地小麦可增产 15%～24.8%，旱地玉米可增产 11%，并可节约灌溉用水 30%～40%。永登县使用该产品种植了 200 亩小麦试验田，其小麦增产达 10.6%；靖远县进行了玉米大田种植试验，使用该产品增产 12%；兰州市科学技术协会和皋兰县科学技术协会使用该产品在旱地种植西瓜，每亩增产 500 余千克。甘肃省农业科学院对使用该产品进行大田试验所收获的旱地小麦进行分析，其结果是：小麦粗蛋白的含量增加了 3.7%，达到 19.24%；湿面筋提高了 4.3%～5.2%，达到 33.5%。华南理工大学食品与生物工程学院对使用该产品种植小麦分析，发现其全麦抗酶解量达到 4.84%（对照为 2.83%），维生素 B 含量也有增加（样品/对照＝1.59）。实验表明，使用该产品种植的旱地西瓜比对照西瓜长得大，50% 的西瓜纵径达 28 厘米、横径 22 厘米，每个西瓜重达 6 千克以上，而且甜度也有明显增加。

其次是用于固沙种草，可有效地减少沙尘暴的危害。应用于固沙种草的多功能高分子植物生长剂(简称"固沙种草剂"),是将由天然产物分离出的具有抗旱、耐酸碱、缩小树草叶面窗孔以减少蒸发、促进树草根系发育等功能的植物生长剂结合到超强吸水剂上形成的新型多功能高分子材料。它具有固沙抗风蚀的作用。该高分子材料的高黏度和成膜性使其易于和沙石结合。与沙石结合而成的结皮厚度达 1.41 厘米,足以起到固沙的作用;同时,它还能将水分保持在土地的表层下,最深达 40 厘米,保水率比对照增加 141%;在 33~39℃阳光照射下,可减少蒸发量 24.9%,抗风蚀效率达 98%。使用上述产品在沙丘上种植黑麦草、柠条、枸杞、苜蓿、麻黄等植物,均长势良好。头一年使用这种产品固定的沙丘,第二年结皮情况仍然良好,在沙丘上种植的多年生植物柠条、枸杞、苜蓿等又会自行发芽生长。甘肃省民勤县已在沙区建立试验基地,大面积推广固沙种草剂。土地的沙化往往伴随着不同程度的盐碱化。该产品所用的植物生长调节剂具有很强的抗盐碱能力。实验证实,将其喷洒在 pH9~10 的碱性沙丘上,不耐盐碱的羔羊毛草长势良好。同时,该产品对沙区退化植被能起到复壮作用。由于连年干旱,年降水量不足 50 毫米的民勤沙区大片梭梭、白刺濒临死亡。试验人员在即将枯死的梭梭、白刺根部注射液体固沙种草剂,收到明显的复壮效果:受试沙生白刺比对照物高 151%,梭梭比对照物高 39%,其枝条平均含水率是对照梭梭的 2.5 倍。

第三,改良牧草,防止草场沙漠化。牧草、柠条经该产品包衣后,其生长比对照品种高 2~3 厘米,叶片浓绿。经过分析,其植物粗蛋白含量比对照品种增加 1 倍。甘肃农业大学草业学院在天祝草原试验站推广应用该产品,不施肥、不浇水,使用该产品 3 千克的试验田每亩产青刈饲草 1017.1 千克,而对照田亩产青刈饲草只有 551.6 千克,比对照田增产 84.8%。

第四,植树造林,改善生态环境。多功能高分子植物生长剂及固沙种草剂固体和液体产品均已用于兰州两山绿化、青海石油管理局敦煌绿化基地种树和西宁德令哈车站铁路沿线沙漠地带植树造林,均取得了良好的效果。兰州市干旱少雨,其南北两山绿化难度国内驰名。位于兰州市北山的西北师大的试验林使用多功能高分子植物生长剂使林木的成活率高达94%。

目前，西北师大高分子研究所已采用富产、价廉的膨润土和沙蒿胶为原料，利用微波法研制出多功能高分子植物生长剂及固沙种草剂的新一代产品，并已申请发明专利。新产品成本低，适合大面积推广应用。

金沙纬地开发人工植被技术

广东金沙纬地生态环保发展有限公司（以下简称"金沙纬地"），是一家专门从事防沙治沙技术研发的科技企业。近年来，金沙纬地自行研制开发成功了用于防沙固沙、保水绿化的人工植被技术。此技术，已于2001年12月通过了中国科学院技术成果鉴定。参加鉴定的专家对此项技术给予了很高的评价，认为该项技术"选料广泛、配比合理、工艺先进、实用性强，属国内首创""是一种具有创新性的防沙治沙技术措施"。2002年7月，该项技术被国家科技部列为国家科技重大成果重点推广项目。2002年10月，金沙纬地获得了中国国家知识产权局授予该项技术的发明专利；同年9月，金沙纬地还申请了该项技术的美国专利，已被受理。

人工植被技术的研发成功，把高速度、大面积、大规模治理沙漠化土地的梦想变成了现实，同时也给沙产业开发插上了腾飞的翅膀。

金沙纬地的人工植被技术，是采用整体再造植物生长微环境的全新理念，使用农牧业的废弃物（如秸秆），城乡居民的生活垃圾，植物的根、茎、叶等生物性有机物质做原料，同时混合配入其他辅料，经过工业化加工，生产出一种具有保水、保肥、固沙和绿化功能的营养基质——人工植被（即由人工生产的用于种植植物的被状基质）；然后，把要种植的植物的种子夹在人工植被中，再利用多功能沙漠植被建造机以大面积作业的方式，把这种夹带了植物种子的人工植被直接铺设在沙地上。这种人工植被铺设在沙地上以后，不仅可以很好地固定浮沙，而且能够大量吸收并蓄积雨水，为植物提供水分。在这层多功能基质的养护下，预先混拌在被状基质中的植物种子不用浇水、灌溉就能生根、发芽、成长。用人工植被造林绿化，不用挖坑开沟，只要把人工植被铺设在沙地上就可以在较短的时间内让绿色植被覆盖沙漠，使沙漠变成绿洲，达到改善沙漠生态的目的。

金沙纬地研究开发的人工植被技术，彻底突破了传统的用植树种草的方法防沙治沙的模式，在国内首先创造了用铺设"植被"的方法治理沙漠化土地的模式。人工植被技术的功效和特点可以概括为"四不一化"，即不挖坑、不浇水、不施肥、不护理、实行机械化作业。由此看来，人工植被技术的研发成功对于传统绿化操作模式是一次深刻的技术变革。其显著的优势是：

——不用挖坑栽树，却能很好地防风固沙、保持水土。用人工植被技术治沙绿化不用挖坑、不用破土，所栽的植物只需将其种子夹带在人工植被中，随同植被一起铺设在沙地上，既节省了人力，又防止了因挖坑破土造成的土地沙化。人工植被能够大面积地将沙地覆盖，使裸露、干旱的沙地表面获得了一个生物的保护层，而且在风力的作用下，这个生物保护层会与地表越贴越紧，浮土、浮沙被严严实实覆盖在植被的下面。因此，铺设了人工植被后，无论怎样刮风，都不会扬沙起尘，有效地控制了沙丘的移动和沙尘暴的发生。同时，由于地表有人工植被的保护，还能有效地避免下雨时雨水对地表的冲刷，不会发生水土流失；降雨只能通过这层人工植被慢慢地渗透到地表之下，水土也因此会得到很好的保持。

——不用浇水，具有涵养水分、调节旱情的功能。我国西北沙区，年降水量都在300毫米以下，而水分的蒸发量又大多在2000毫米以上，近于地表的土层含水量几乎为零。当沙地表面覆盖了这种人工植被以后，由于人工植被技术的特殊功能，能够大量吸收天然降水和地下蒸发的水分，除了植被本身能够保水以外还切断了地表土壤的水分和接近地表空气中的水分之间的交流通道，因此可以阻隔地下水分的蒸发；同时，由于具有昼夜温差的缘故，从土壤中蒸发出来的水分又会向地表渗透，这就形成了一个人工植被与地表之间的水分循环系统，有效地增加了地表水分的含量，从而使干旱的表土层变得湿润，适于植物生长。在三四个月滴水不降的干旱天气里，在不浇水的情况下，人工植被仍然能够提供足够的水分来滋润植物生长。

——不施肥，能替代泥土，高效绿化。人工植被是采用各种生物材料、通过特殊的工艺加工制成的，是一种新型植物生长营养基。这种营养基本身就是一种各种营养成分配置合理的肥料。由于这种营养基提供了维持和适于植物生长的各种养分和整体环境，因而不用再施加任何肥料，它就能够替代泥土使植物生长。当植物长成以后，营养基逐渐腐烂变成泥土，还会继续为植物提供利于其生长的养分和环境；同时，植被上的植物每年的落叶也会增加大量的腐殖质，给植物生长提供营养需要。同时，由于有人工植被覆盖，使浮尘、浮沙得到了固定，这就为地表结皮的形成和土层的发育创造了条件。

——不用护理就能收到保护环境、改善生态的双重功效。由于不用浇水、不用施肥，所以也就不用再进行大量的后期护理工作，一旦人工植被铺设完成也就一劳永逸了。由于制造人工植被选用的是生物材料，利用它来治沙绿化，不仅从一开始就能防风固沙、保持水土，而且在铺盖于地面以后，随着时间的推移这种人工植被通过覆盖、渗透、湿化、腐化等作用的发挥，还可以改善沙地土质。这是一种变废为宝的做法，推广使用人工植被治理沙漠化土地会获得环境保护和改善生态的双重功效。

——实行机械化作业，高效适用，成本低廉。用人工植被技术治理沙漠，从原料收集、加工到铺设，全部采用机械化操作，省工省力。人工植被集蓄水释水、保持水土、固沙治沙、改善土质等功能与一身，不仅在有水的地方可以用，在干旱的沙区更可以大显身手，其适用性极为广泛。该项技术根据沙漠化土地植被生长生态条件，科学地设计了人工植被基质的基料颗粒细度、容度（假密度）、孔隙度、气水比、PH 值、持水量、保水率和营养成分的功能配比，大大提高了栽种植物发芽率、成活率和生长率，具有很高的科技含量。特别是在铺设时完全不用人工，而是采用完全机械化的操作方式，免除了挖坑开沟、植树种草这种繁重的体力劳动。由于多功能植被建造机有强大的动力装置和特殊的沙漠行驶装置，一台植被建造机一天就可以建造 100 亩人工植被，效率极高，而且工程作业中不用挖开土地，不用对树苗进行二次栽植，大大地节省了人力、物力和财力，有效地降低了劳动强度。据甘肃民勤沙生植物研究所介绍，用草方格技术治沙，每公顷沙地投入成本约为 1005 万元，2~3 年要更换一次，而且固沙保水效果不甚理想。另据有关专家考察的数据，在土地沙化严重的地区，用传统的方法种活一棵树一般要花费 200~300 元。而采用人工植被技术治沙绿化，每公顷综合成本只有 1.5 万元~2.25 万元，而且是一次性投入，不用浇水，不用施肥，不用护理，后续投入几乎为零。

2001 年 7 月，金沙纬地在河北省张家口市宣化区的黄羊滩对人工植被技术进行沙地治理应用试验，取得了极大的成功。黄羊滩是宣化区境内的一片风蚀沙地，面积约 1 万平方公里，距北京 180 公里。近 5 年来连续大旱。试验区当地为风沙土亚类土壤，单体沙粒，无日不起风，沙体常年流动，植被极其稀少，流动沙丘上寸草不生。金沙纬地的科技人员在黄羊滩上选择了 100 亩沙化严重的地块，用机械化操作方法很快就铺盖好了自行开发研制的人工植被。人工植被覆盖上以后，即刻见不到一粒浮沙，沙魔完全被治住了。柠条 8~10 天发芽，发芽率达 68%；沙蒿和沙打旺 5~7 天发芽，沙蒿的发芽率达 71%，沙打旺的发芽率达 76%。30 天后，在原来不毛之地的沙丘上长出了一片新绿。试验期内，黄羊滩的年降水量不足 150 毫米。连续 4 年，在黄羊滩试验植被上没有浇过一滴水，没有施过一把肥，也没有做过任何护理，目前试验基地上的草木长得郁郁葱葱，十分喜人。对人工植被和植被以下 10 厘米厚沙土层的含水率进行连续监测，结果表明：人工植被不仅能够有效地吸收自然降水，同时还能够有效地阻止地表水分的蒸发，使得人工植被及其覆盖下的沙土层在整个试验期内呈现着良好的水分保持能力，植被下面的沙土层也开始出现土壤化迹象，在人工植被中使用的保水剂、黏合剂对植被的后期生长无任何副作用。

2003 年 7 月，金沙纬地又在内蒙古自治区杭锦旗的库布齐沙漠进行了面积为 1000 亩的示范基地建设，也取得了令人惊喜的成功。有专家亲历了这一过程，分析认为，人工植被技术是应用于生态建设事业中的高科技环保技术，它的推广和应用对于恢复沙漠植被，大面积地改变沙漠生态，对我国乃至全球范围内的沙漠化土地治理和经济社会的可持续发展，都将起到不可估量的作用。

联系沙产业的发展，很值得一提的是，人工植被技术还是一项综合性很高、产业关联很强的技术。它的推广和应用必将带动系列化产业群的发展。建造人工植被进行大规模工程操作需要大量的人力、物料以及运输、水电等综合配套服务性投入，会带动生态环保工程产业、机械装备业、运输业、垃圾处理业的发展，可以安置众多富余劳动力就业，带来巨大的社会效益和经济效益；建造人工植被需要大量的城市生活垃圾做原料，而且对生活垃圾处理要求并不高，这既可降低城市生活垃圾处理的成本，又可减少垃圾填埋所占用的土地，可以变废为宝、利国利民；同时，在这项技术的支撑下，发展沙区的种植业、养殖业、中草药业以及与这一切相联系的加工业，都有着巨大的开拓前景和发展空间，对改善沙区生态、优化沙产业的发展环境，有着不可估量的巨大作用。

塞罕坝展览馆解说词

引言

1. 前言

各位观众，上午（下午）好！欢迎大家到塞罕坝机械林场来参观！这里被誉为河的源头、云的故乡、花的世界、林的海洋。我国大规模机械造林首获成功的奇迹就发生在这里。这里不仅有优美的自然风光，而且还有人类呵护自然，再造自然之美的伟大奇迹。让我们来看一看，塞罕坝人是怎样用自己的双手和汗水在曾经是"飞鸟无栖树，黄沙漫天飞"的不毛之地上培育和灌溉出这百万亩绿色森林的。

为了推广塞罕坝机械林场造林育林的成功经验，尽快建立京津冀北部完备的绿色生态屏障，弘扬"艰苦创业、无私奉献"的林业行业精神，在世纪交替之年，河北省林业局率先在塞罕坝机械林场建立了"林业艰苦创业教育基地"。2002 年，国家林业局又在塞罕坝建立了全国惟一的"再造秀美山川示范教育基地"；同年，中共中央国家机关工委在此建立了"思想教育基地"；2003 年，共青团河北省委也相继在此建立了"青少年生态环境教育基地"。本展馆是上述教育基地最重要的组成部分。

展览分三部分：艰苦奋斗、科学求实、和谐发展。

2. 门口影壁

［正面：蓝天、白云、林海。照片上书写着塞罕坝精神。］

原河北省副省长陈立友曾饱含深情地评价说："塞罕坝留给我们的除了茫茫林海，还塑造了一个林业建设的英雄群体。"

"勤俭建场，艰苦创业，科学求实，无私奉献"，就是这个英雄群体——两代塞罕坝人——老一代的创业者和新一代的务林人用他们的青春、汗水、热血乃至生命塑造的塞罕坝精神。这宝贵的塞罕坝精神激励着两代塞罕坝人奋斗不息，创业不止，不断地创新辉煌的业绩，为祖国的绿色事业默默地做出无私的奉献。

［背面：塞罕坝林场与周边对比卫星照片。内配塞罕坝机械林场简介。］

塞罕坝机械林场，地处河北省最北部，内蒙古浑善达克沙地南缘，距离北京直线距离 283 公里，是阻滞风沙侵袭北京的第一道防线。林场地跨坝上与接坝山区两个地貌单元，处于内蒙古高原、阴山山脉和大兴安岭余脉的交汇处，海拔 1010～1939.6 米，属寒温性半干旱半湿润高寒气候。年均气温 - 1.2℃，极端最高气温 30.9℃，极端最低气温 - 43.2℃，年均无霜期只有 67 天，年均六级以上大风日数 76 天，年积雪期长达 7 个月。(查近年来的下雪记录，2006 年 9 月 8 日开始下当年的第一场雪；最晚下雪纪录：经过冰封雪飘的严冬，2003 年直到 6 月 10 日这里还下了一场大雪。) 年均降水量为 417.6 毫米。境内有 6 条河流，是滦河、辽河的主要发源地。塞罕坝机械林场 1962 年由原国家林业部设计建立，现隶属于河北省林业局。总经营面积 142.6 万亩，现有林地面积 110 万亩，其中人工林 86 万亩，天然次生林 24 万亩，森林覆盖率 77.14%，林木总蓄积 800 万立方米，是目前北半球面积最大的人工林林场。如今林场的百万亩林海生态效益、经济效益、社会效益日益明显，已成为"为北京阻沙源，为天津保水源"的重要生态屏障。

塞罕坝机械林场内部实行总场、林场、营林区三级管理。总场设 17 个职能科室，下辖 6 个林场、8 个直属部门，林场下辖 30 个营林区，全场职工总计 1792 人。

3. 沙盘

[沙盘内容：塞罕坝地形、河流、森林、望火楼、六个林场分界线。沙盘左下角是缩小的中华人民共和国地图，标出塞罕坝的位置，并标出与塞罕坝临近的主要城市。]

4. 历史上的塞罕坝

"塞罕坝"是蒙汉词语的合璧，蒙古语称塞堪达巴汉，意为"美丽的高岭"。历史上，塞罕坝及周边地区曾是一处水草丰沛、森林茂密、禽兽繁集的天然名苑，辽、金时期尚有一望无际的"千里松林"。清康熙二十年，即公元 1681 年，在此设立了"木兰围场"，满语意为哨鹿设围狩猎之地，成为皇家猎苑。塞罕坝是"木兰围场"的重要组成部分。据史料记载，自康熙二十年至嘉庆二十五年的 139 年间，康熙、乾隆、嘉庆共在"木兰围场""肆武、绥藩、狩猎"105 次。

但是，清朝政府在看重这皇家猎苑的同时，也对塞罕坝的林木进行了大规模砍伐。据记载，为了修建北京的圆明园和承德的避暑山庄，在乾隆三十三年至三十九年的 7 年中，从塞罕坝采伐古松 34 万株。清末，国势衰微，政治腐败，经济萧条，充满内忧外患。同治二年，即公元 1863 年，为了弥补国库空虚，清政府对"木兰围场"开围放垦，招募垦民开荒，对森林进行掠夺性采伐，并在锥子山设立木局，收购木材。

1932 年，日寇侵占承德，又对这里的森林资源进行了洗劫，加之山火不断，到建国初期，原始森林已荡然无存，仅留下了 18 万亩以白桦、山杨为主的天然次生林和 11 万亩疏林地。昔日"美丽的高岭"，变成了茫茫荒原。

没有了森林的护卫，西伯利亚的寒流长驱直入，推动着流沙南移。大自然报复性的灾难如洪水猛兽。威胁着京津冀的安危。

5. 具有远见卓识的历史决策

在塞罕坝机械林场的创业发展史上，经历过两上两下的传奇故事，生动地展示了创业先行者的卓越贡献。

上个世纪 50 年代，塞罕坝地区有围场县人民政府所属的大唤起林场、阴河林场和承德专署塞罕坝小机械林场，经营着这片荒芜的土地。当时，由于这里地势高，沙地面积广，降雨少，气温低，多风，无霜期只有 42 天，技术人员短缺，造林成活率极低，又没有稳定的投资来源，生产难以为继，林场要下马。

1961 年 7、8 月间，林业部为了解决国家木材短缺，改善生态环境，积累国有林场管理经验等问题，派调研组在全国各地考察调研。原林业部副部长、时任林业部国营林场管理总局副总局长的刘琨同志，从张家口市的张北、保康、崇礼等县考察后来到承德地区的隆化、围场县，得知承德专署塞罕坝小机械林场要下马的消息，心情十分焦虑。同年 10 月，他带领部规划设计院的工程技术人员和省、地林业局负责人，在无路可行的塞罕坝地区冒着风雪严寒骑马进行了整整三天大范围的踏察。他们在红松洼一带发现了一棵树龄三四百年且生长旺盛的天然落叶松，在亮兵台、石庙子发现了多处落叶松的老伐根。这些珍贵的发现使他们兴奋不已，证明这里确实生长过参天大树，也一定能够种植培育出参天大树。这就是确凿的依据和鲜活的样本！经过充分调研论证之后，形成了第一次林场不下反上的英明决策。

于是，1962 年 2 月林业部作出了将地方的三个林场合并组建部直属塞罕坝机械林场的重大决定。1964 年 2 月国家计委批复了建立塞罕坝机械林场的设计任务书。

塞罕坝机械林场组建后，林场经过 1962～1963 年连续两年的艰苦奋战，机械造林 6400 亩，但成活率只有 8%，失望的阴云控制了部分干部职工的情绪，致使又一次刮起了"下马风"。刘琨同志这一年又一次来到塞罕坝，耐心深入地做思想疏导工作，与林场广大干部职工共同总结经验教训，改进植树机和植苗方法，1964 年一场"马蹄坑会战"，机械化造林成活率达到 95%。很快平息了"下马风"。

同样令人佩服的是，建场之初经国家计委批复、林业部高瞻远瞩给塞罕坝机械林场确定了四项建设任务：(1)建成大片用材林基地，生产中、小径级用材；(2)改变当地自然面貌，保持水土，为改变京津地带风沙危害创造条件；(3)研究积累高寒地区造林和育林的经验；(4)研究积累大型国营机械化林场经营管理的经验。这四项任务是从全国林业发展的战略全局出发提出来的，指明塞罕坝机械林场的建设要实现林业三大效益的高度统一，并把塞罕坝机械林场的建设置于试点示范的崇高地位，无疑具有远见卓识。这种见解产生于上个世纪 60 年代初，实属难能可贵！

对照今天的现实，两代创业者凭借着"勤俭建场、艰苦创业、科学求实、无私奉献"的塞罕坝精神，让昔日荒凉的塞外高原重新恢复了秀美的容颜，在共和国的造林史上创造了如此恢弘的丰功伟业，我们完全可以自豪地说：这赋予塞罕坝机械林场的四项任务所描绘的愿景，今天已经胜利地实现了！

6. 林场历任领导班子照片

第一部分：艰苦奋斗

40 多年来，塞罕坝机械林场一代又一代务林人与冰雪严寒搏斗，与肆虐的风沙搏斗，始终在恶劣的环境条件下默默地营造着绿色，奉献着人生。

1. 挺进荒原

为迅速启动林场工作，林业部同河北、承德省地两级政府协商，调承德地区农业局局长、地委委员王尚海同志出任林场党委书记，调承德地区林业局局长刘文仕同志出任林场场长，调丰宁县副县长王福明同志任副场长，林业部派造林司高级工程师张启恩同志任林场的技术副场长，组成了塞罕坝机械林场第一任强有力的领导班子；同时，从多所院校调配了 144 名大中专毕业生形成了一支朝气蓬勃的技术队伍。他们与原三个林场的 248 名职工组成了 396 人的创业队伍。

1962 年春天，长城内外已见桃红柳绿，坝上报春的杜鹃还没绽放，山野还覆盖着三尺积雪。在这春寒料峭的时节，来自全国十多个省（自治区、直辖市）的创业者们怀着火热的激情顶着凛冽的寒风，一路风尘扑进了荒原的怀抱。即刻吹响了"还我森林"的战斗号角，拉开了艰苦创业的序幕。

创业大军依托小机械林场留下的几十间旧房舍扎下了营寨。办公室支起行军床变成了职工宿舍，不够住就挤住马棚、库房和粮仓，再不够住就搭窝铺拉帐篷。没有食堂，就地取材在院子里搭个棚子，支几口大锅，能烧火做饭就行。人们伴着寒风就在露天地里吃饭。

第一代创业者，他们都是坚强的务林人，他们深深地懂得，树能成活关键是要把根牢牢地扎在大地上。创业者要想在"立地条件"如此恶劣严酷的荒原上生存奋斗，也必须首先在坝上扎下根，而且把根扎在理想和事业中！

（1）第一任领导班子成员简历

①王尚海同志简历：1921 年 4 月出生于山西五台县，中共党员，1945 年 7 月参加革命。曾任中共围场县委书记、承德地区农业局局长、地委委员。1962 年 7 月来到塞罕坝机械林场任第一任党委书记。1975 年 9 月调离林场。1989 年 12 月 6 日在承德市因病去世。

②刘文仕同志简历：1927 年 7 月出生于河北丰宁县，中共党员，1947 年 9 月参加革命。曾任丰宁县凤山镇区委书记、共青团丰宁县委

书记、共青团承德地委书记、承德地区行署林业局局长。1962 年 7 月来到塞罕坝机械林场任第一任场长。1978 年 12 月调离林场。

③王福明同志简历：1923 年 5 月出生于河北丰宁县，中共党员，1945 年 10 月参加革命，曾任丰宁石人沟区农会主任、干沟门区代理区长、波罗诺区武工队副队长、选将营区区长。新中国成立后曾担任中共丰宁县委宣传部副部长、部长、围场县孟奎人民公社主任、水利局局长、丰宁县副县长。1962 年 7 月来到塞罕坝机械林场任第一任副场长。1979 年 7 月调离林场。1998 年 3 月 2 日在围场县城因病去世。

④张启恩同志简历：1920 年 12 月出生于河北丰润县，中共党员，高级工程师。1944 年毕业于北京大学农学院林学系。曾担任北京华北农事实验场林业科技员，中央农业实验所北平分所任技佐。新中国成立后任林业部造林司工程师。1962 年 3 月来到塞罕坝机械林场任第一任技术副场长。1979 年调离林场。

以王尚海、刘文仕为核心的林场第一任领导班子成员，个个都是英雄好汉，他们是林场创业时期的领路人。

王尚海祖籍山西五台县，自幼家贫，没念过几天书，青年时期参加革命，建国后当过围场县的老县委书记，有深厚的群众基础和丰富的工作经验，堪称德高望重。他勤于学习，在工作的实践中练就了第一流的好口才，讲话从不拿讲稿，讲得生动风趣，有条有理，抑扬顿挫，简明利落，很富有鼓动性；更由于他公正无私，吃苦在前，严格自律，事事率先垂范，深得干部职工的爱戴。

场长刘文仕河北丰宁人，20 多岁就任县团委青工部长，30 岁出头就在地区林业局任局长，调进林场时刚刚 35 岁。他事业心强，有干劲，懂业务，雷厉风行，铁面无私，敢作敢当，也敢说敢管，是全场职工敬佩的好统帅。

副场长王福明富有行政管理工作经验，吃苦耐劳，工作责任心强，是书记和场长的好助手。

技术副场长张启恩，出生在唐山市郊一个矿工家庭，建国前北京大学林学院毕业，是专家型的技术领导干部、原林业部的一名很有才干的工程师。建场之初，他和在中国林科院搞植物分类研究所的妻子带着三个孩子一齐来到塞罕坝，破釜沉舟献身于林场的建设事业。很快就成为了坝上造林技术攻坚的主将与领导核心。那时，张启恩还不是共产党员，但他时时处处以一个共产党员的标准严格要求自己，走在创业者队伍的前面。

（2）青年学子

在创业者的群体里，有4支引人注目的队伍。一是来自东北林学院的47名大学毕业生，二是来自承德农专的53名大专毕业生，三是来自白城子林机校的27名中专毕业生，四是原三个林场合并时的17名大中专毕业生。这144名大中专毕业生，占当时369名职工总数的39.20%。他们都是学有专长的莘莘学子，志气高昂、蓬勃向上。在一个国有林场投入如此巨大的智力，充分体现了决策者攻克高寒地区机械造林难关志在必得的决心。144位青年学子在这人迹罕至的坝上高原，成了植树造林、防沙止漠、攻克技术难关的中坚力量，也为林场的长足发展带来了勃勃生机。

（3）"六女上坝"

1964年夏天，承德市出了一件让人们尤其是中学生震惊的事：承德二中6名应届女高中毕业生放弃报考大学的机会，主动要求到塞罕坝机械林场工作。一时间"六女上坝"的事迹传为美谈。这6名女高中毕业生是：陈彦娴、李如意、王桂珍、王晚霞、史德荣和甄瑞林。她们都是富有特长的好学生，不少老师和同学为她们放弃高考感到惋惜，但塞罕坝机械林场却像强力的磁石一样吸引着她们的心灵。当时，正值全国上下掀起学雷锋的热潮，也正值党号召知识青年下乡锻炼，雷锋、邢燕子就是他们心中的榜样。这时塞罕坝机械林场刚兴建不久，正需要有知识的热血青年到那里去创业。6名女高中毕业生抱定一个信念：听从祖国的召唤，哪里艰苦就到哪里去，哪里需要就在哪里安家！她们的正义行动，正是那个时代价值观念的生动体现，在全市的大街小巷引起强烈的反响。人们谱写了《六女上坝》的歌儿在中学生口中传唱："六女坚决要上坝，嘿呦嘿，要上坝！哪怕它，冰天雪地风沙大，哪怕它深山密林无人家，六女坚决要上坝……"1964 年 8 月 12 日，6 位姑娘登上了上坝的汽车，经过整整两天风尘仆仆的颠簸，走进了创业大军的行列。来到塞罕坝后，她们与男职工一样，参加育苗、造林、整地等生产一线工作，为塞罕坝的绿色事业奉献了宝贵的青春年华。

2. 艰苦创业

放下行装，就是荒原的主人。创业者们按照"先治坡、后治窝，先生产、后生活"的总体部署，兵分两路，一路搞生产——植树造林；一路搞营建——盖房、种地，为生产提供后勤保障，而且始终把植树造林放在首位。

在简陋的营寨里刚刚安顿下来，创业大军就投入了紧张的战斗。顿时，塞罕坝沸腾了！十万火急，调运造林机械设备；十万火急，到各地调运造林苗木；十万火急，忙碌备耕，抢足 42 天的坝上无霜期，保粮菜，保创业大军的生活！进入 5 月，坝上的积雪刚刚化尽，造林生产就开始了，营建盖房和农耕也开始了。三五成群的拖拉机在百里荒原上日夜轰鸣，不误林时，抢栽抢种，而且是在中国的林业建设史上第一次试用机械造林。自力更生、就地取材、因陋就简，挖草坯盖干打垒，一栋栋草房拔地而起，虽然简陋了点，但度过严冬基本上有了御寒的保障。与此同时，也在沉睡千年的荒原上播下了保人保场的粮菜种子。创业者克服了常人难以想象的困难，夜以继日，艰苦奋战。他们播下的是心血，栽种的是绿色的希望！

这是名副其实的创业。许多地方还是处女地，连个名字都没有，需要第一次命名；许多事情前人从来没有做过，必须在探索中前进。

然而，创业是艰难的。首先是自然环境恶劣。当地有这样的顺口溜："坝上一场风，年始到年终；春天刮出山药籽，秋天刮出犁地层。"就是在创业者立足坝上之时，屋外刮风，屋里还得点灯。坝上九月即飞雪，漫长的冰雪期一年长达 7 个月，当地人真是谈冷色变。过个冬天就得脱一层皮。厚厚的羊皮袄穿在身上就像裹了一层薄纸。晚上睡觉，灶膛的火一灭，褥子就冻在炕上了，得用铁锹铲下来。冰天雪地干外业活，两脚踩不着地，上坡下坡都在雪地上爬滚，白天干活一出汗，棉衣很快就冻成了冰甲，走起路来哗哗直响。一个叫孟济云的小伙子，一次外出找马，倒在雪地上，不幸冻坏了双腿骨髓，最后截了肢。其次是生活艰苦。吃的是全麸黑莜面、酸菜、土豆和咸菜，这是他们日常享用的最好的饭菜了。过冬，遇到大雪封山粮菜供应不上，只能嚼盐水煮的麦粒充饥。造林季节，创业者们要背着行李锅灶到远离驻地的造林现场宿营。他们吃的是黑莜面，喝的是涝塔子水。夜晚在马架子、地窖子里过夜。有时下雨，外边大下屋里小下，外边不下屋里还下，被子被雨浸透了，压得人翻不了身，于是就扯过被子你帮我我帮你地每人揪住一个角使劲拧，减少些水分再盖。场领导干部白天与职工吃一样的饭、干一样的活儿，夜间睡在马架子最外边给职工遮风挡雨蔽寒——和风雨交加的漆黑旷野只隔着一层草帘子。就这样，一住就是几十天，头发长了没时间理，胡子长了顾不上刮，每个人都蓬头垢面，像野人一样，回到场里，20多岁的小伙子，小孩儿见了直叫老大爷。

　　建场初期，也正是国民经济最困难的时期，国家粮食奇缺。尽管坝上荒原，人烟稀少，缺乏基本的生活、生产条件。创业者们也必须自力更生，艰苦奋斗，一边造林一边种粮、种菜，解决自己的吃饭问题，只有这样才能保证林业生产。

　　首任副场长王福明回忆创业时期的情景，引用了当时林场职工创作的一首诗："渴饮沟河水，饥食黑莜面。白天忙作业，夜宿草窝间。雨雪来查铺，鸟兽扰我眠。劲风扬飞沙，严霜镶被边。老天虽无情，也怕铁打汉。满地栽上树，看你变不变！"当时职工们在坝上过春节，还贴过这样一副春联："一日三餐有味无味无所谓，爬冰卧雪冷乎冻乎不在乎"；横批是："乐在其中"。这诗、这春联，洋溢着创业者的壮志豪情，也是建场时期现实生活的真实写照，充分表达了创业时代塞罕坝人以苦为荣、以苦为乐的豁达情怀。

　　在"半年风雪半年沙，没有电灯点油灯"的坝上，不但物质生活艰苦，而且业余文化生活特别单调，交通和医疗条件非常差。老职工回忆起创业时期那段艰苦的日子，既自豪也揪心。因为，在艰苦生活环境的蹂躏与折磨下时常会产生一些意想不到的悲剧。有这样一个故事：1963年农历正月，一个职工家属大冷的天抱着孩子到围场四区走娘家，她挤上了解放牌大卡车，车厢里坐满了人。旷野零下40多度，寒风呼叫，她怕冻坏了孩子，用棉被把孩子捂得严严实实。等到了围场县城，打开被子一看，不满周岁的小男孩给闷死了！那时塞罕坝人的生活处境绝对不是用一个"苦"字能说得清的。

由于一心扑在造林上，林场职工的生活条件改善得十分缓慢。时至1993年，职工住的依然是低矮、阴暗、窄小拥挤的破旧房屋，酸菜、土豆、咸菜仍然是林场职工餐桌上的主要副食。林场居民冬季取暖靠的是火炉，通往林区以外城镇与乡村的道路还是坑洼不平的土路，与外面沟通的通讯设施依旧是磁石电话，营林区、望火楼、检查站还是靠油灯照明，教育医疗条件改善不大，文化生活极度贫乏。

3. 就地育苗就地栽

抓种苗，是林业生产的第一道工序。塞罕坝建场初期，即开始大规模造林，解决种苗的问题不仅是创业的起点，也是造林成败的关键。开始没有苗木，要栽树只能从外地调苗；但是外地调苗不仅数量没有保证，路上运输容易失水伤根，而且这种苗木栽上由于不适应坝上的气候，很难存活。经历了第一年造林失败以后，有人说："塞罕坝不能造林。"大学生们反驳说："早年有森林的地方，怎么不能造林？"他们提出要自己育苗。这一想法同技术副场长张启恩早已思考的结论一拍即合。

在塞罕坝这样高纬度、高海拔的地区育苗，一没理论、二没技术、三没实践者，但是他们敢于大胆地试，大胆地闯——在张启恩的带领下，潜心研究，大胆试验；闯高寒育苗禁区，破解一个又一个技术难题。他们坚持早晨和旭日同起，晚上与明月同归，有时甚至同松苗睡在一起。1964年"马蹄坑"造林会战终于用上了自己培育的苗木，从而保证了苗木存活，赢得了会战的全面胜利。

来自东北林学院的大学毕业生李兴元是创业时期育苗的技术能手。张启恩看他有出息，信赖他，特意调他到四十号苗圃担当育苗重任。四十号苗圃实际上是一片盐碱滩。李兴元到苗圃后先抓科学改土：给河滩开膛破肚，然后畅通排灌，浇水淋碱。他把传统凹式苗床改培成上凸式苗床，既使表面积增大、光热增多，又使耕作层加厚。播种时把撒播改为条播，既减少了用种的数量，又增加了出苗的数量。为掌握地温的变化规律探索新的育苗方法，他不分季节、不分昼夜地坚守在苗圃，一面观察，一面作记录。寒夜难熬，他不在乎，夜以继日地操劳着。越是有理想的人，越会不断地追求。为给大面积造林提供足够数量的合格苗木，他用施大肥、浇大水的办法促进苗木加快生长。终于试验成功，实现了当年育苗当年出圃的愿望。当时总场有 3 个苗圃，李兴元所在的四十号苗圃每年出圃松苗 400 万棵，占总场每年造林用苗的一半，而且棵棵都是"矮胖子"（指苗形）、"大胡子"（指根系），符合总场提出的标准。

4."马蹄坑"会战

有道是"创业艰难百战多"。在艰苦的条件下创业，失败和挫折往往是很难避免的。1964 年，即机械林场建场的第三年，由于前两年机械造林失败经历了一场严重的"下马"风波。

其风源是，少数人经不住艰苦生活的考验，想离开塞罕坝，理由是落叶松在这里栽不活，林场前景堪忧。事实是，建场头两年总共机械植树 6400 亩，成活率只有 8%！源头风起，引起了群众的思想波动。场领导立场坚定，态度鲜明，始终抵制"下马"风波，千方百计地给职工做工作，以稳定军心，甚至党委书记王尚海、场长刘文仕先后把家迁到塞罕坝落户，以示创业到底的决心，但都无济于事。看来，只能用事实来解决问题了。

春节过后，以王尚海、刘文仕为首的场领导一班人，在刘琨同志的帮助下带领职工认真分析总结造林失败的原因和教训，寻找攻克难关的对策。党委书记王尚海带领部分中层干部骑马再一次踏查了千里荒原，察看天然落叶松生长的踪迹，通过比较分析研究，更坚定了人工栽活落叶松的信心。场长刘文仕和技术副场长张启恩组织技术人员分析技术环节出现的各种问题，抓紧开展技术攻关。他们对植苗机械和植苗方法进行了技术改革：将半自动植苗机配置了自动浇水装置，改镇压由固定式连接变交链式连接，用毛毡代替铁片，改进了卡簧植苗夹。三项技术革新提高了苗木的抗旱能力，使植苗机适应了坝上缓坡地带的镇压运转作业，并解决了机械损伤苗木的难题。

有了自己培育的苗木，找到了技术问题的症结，并进行了三项技术革新，张启恩亲自制订了周密的施工方案，万事俱备，于是一进入春季造林时节，就在"马蹄坑"摆下了机械造林的战场。

"马蹄坑"位于总场以东 5 公里处，东西北三面环山，翘尾巴河在它的南边缓缓流过，当中是一片近千亩的沃野，形如马蹄踏出的坑，因此而得名。党委书记、总场场长挂帅出征，技术副场长张启恩任现场总指挥，参加会战的 120 多人都是精兵强将。他们在翘尾巴河北岸拉起一溜帐篷，运来了精良的装备和聊以果腹的给养决定背水一战。每个人都有一个坚强的信念：这一仗只能打胜，不能失败！因为它是平息"下马"风波最关键性的一搏，关系到林场生存与发展！这些精兵强将在"马蹄坑"艰苦鏖战了一个多月，7 月初调查造林成活率的报告出来了：平均成活率在 95% 以上！10 月初调查造林保存率的报告也出来了：当年保存率 99% 以上！

"马蹄坑"会战是塞罕坝林场机械造林打的第一个漂亮仗，是创业者精神上的大丰收，不仅很快平息了"下马"风波，教育了群众，而且极大地鼓舞了士气，在林场的发展史上树立了一座辉煌的里程碑。

5. 创业开辟新天地

创业不断向深度和广度进军。技术副场张启恩亲自带领调查队员骑着马跑遍了塞罕坝的山山水水，研究设计了林场 20 年发展总体规划。"马蹄坑"会战的胜利让张启恩兴奋不已，他亲自起草了落叶松育苗、造林两个《技术实施细则》。在这两个细则中，他认真总结了三年机械造林正反两个方面的经验教训，准确而严谨地阐述育苗、造林所必须遵循的规律，把每一个生产环节和具体做法一一写入细则，并铅印成册，发给全场职工人手一册。这是塞罕坝建立机械林场以来第一次产生的两个技术指导性文件，是全场职工三年来艰苦创业、拼搏奋斗的心血和汗水的结晶。

创业开辟了新天地。1965 年春季，塞罕坝机械林场开始大规模造林了！林场职工和数千民工在千里荒原上摆开了气势宏大的战场。从总场的领导到各分场的领导，从科室干部到炊事员全部开拔到造林第一线。各处造林工地上机声隆隆、人欢马跃，好不壮观。从此，机械林场植树造林工作迈开了大步。到规划设计完了的 1982 年，20 年来，平均每年造林 5 万亩，最多的年景造林 8 万亩。在练兵台、东坝梁、梨树沟、北曼甸、千层板，你都可以看到万顷林海，那真是树连天、山连山，风起绿涌，一望无边。六个林场就是六路大军，各路大军尽显神通；机务队像野战军，哪里适合机械造林就奔向哪里。就是这样让昔日的荒原披上了秀美的绿装。

时至今日，人们不应该忘记当时在塞罕坝艰苦创业的造林功臣。因为，他们是共和国最优秀的务林人，他们奉献了自己最宝贵的青春年华，用自己的心血和汗水浇灌出了这片秀美的山川！

6. 奉献人生

为了再造塞罕坝的秀美山川，为了持续不断地经营好这片来之不易的百万亩林海，老一代的创业者和新一代的务林人献了青春献终身，献了终身献子孙。许多人甚至付出了宝贵的生命。

张启恩，林场第一任技术副场长。1962 年 3 月他接到来场任职的通知后，毅然放弃了北京舒适的生活，带着妻子和三个正在上学的孩子，来到了茫茫的塞外荒原。张启恩来到林场后，一心扑在工作上。他带领广大技术人员大胆实验，攻克了一道道技术难关，终于探索出了一整套在高海拔高纬度的坝上地区育苗和造林的方法，为林场的造林绿化奠定了雄厚的技术基础。正当塞罕坝造林高潮即将兴起、张启恩要甩开膀子大干的时候，"文化大革命"动乱开始了，他惨遭诬陷，怀疑他是"国民党特务"，并被打成了"反动学术权威"。在痛苦熬煎的日子里，他白天指挥职工搞林业生产，晚上要去挨批斗。1967年春季造林，他同职工一起到拖拉机上往下搬树苗，不慎从拖拉机上摔下来，造成一条腿粉碎性骨折。造反派不允许他治疗，继续用批斗来折磨他，因耽误了最佳治疗期，落下终身残疾。他先以双拐为伴，最终靠轮椅来代步。他虽多次以无限崇敬的心情向党组织提出入党申请，但长期在"左"的路线干扰下都未被批准，直到1979年11月才实现了自己的夙愿，成为了中国共产党的正式党员。虽历尽坎坷，但他至今无怨无悔。妻子张国珍也是学有专长的知识分子，到林场后，被安排在苗圃和工人一样从事最基础的工作。他们都是接受过高等教育的人，但由于塞罕坝艰苦的生活环境和缺乏良好的学习条件，他们的三个孩子却没有一个上大学的，有的只读完初中就当了工人。

像张启恩一样，塞罕坝老一辈技术人员，为了塞罕坝的造林绿化事业，破解过许多生产实践中的技术难题，有的也历经种种坎坷，但他们一心默默奉献，从不计较个人的得失。

第一任党委书记王尚海和第一任总场场长刘文仕。他们是创业时期的领路人，与领导班子成员精诚团结，带领广大创业者共同克服着重重困难，一起度过了林场最艰难的岁月。他们先后离开了林场，去接受组织上指派的其他工作，却无一例外地牵挂着林场的事业，一有机会回场，就和留守的塞罕坝人共商林场发展大计，为林场未来的发展出谋划策。1977年林场遭受雨凇灾害，王尚海同志连夜打电话询问灾情。1980年林场遭受特大旱灾，老书记听说后匆忙赶回林场察看旱情。1989年12月6日，王尚海同志在弥留之际，对家人留下了惟一的遗嘱："我死后，要把骨灰撒在塞罕坝。"老书记已长眠在"马蹄坑造林大会战"营造起来的松林中。为纪念他和像他一样艰苦奋斗的老一代创业功臣，林场将这块林地命名为"尚海纪念林"。

为保护塞罕坝的森林，40多年来，不知有多少林场的职工日夜操劳，费尽苦心地守护着这片森林。他们付出的不仅是心血和汗水，有时甚至是血肉之躯。有一年冬天，天气特别冷。一天，护林队员孟继之、凌少起，雪后徒步从坝上林地返回林场驻地。途中因积雪过于深厚，行走十分艰难。临近傍晚两人已经走得筋疲力尽。孟继之实在走不动了，一头倒在雪地上再也爬不起来。凌少起知道，不继续走就会冻死在雪地里！情急之下，他把孟继之安排在避风处，自己连走带爬地寻找救援。在白水台子终于求得了当地老乡的帮助。当他和老乡们把孟继之救回来时，孟继之的两条腿已冻成了粗粗的"冰棍"，因伤势太重，后来不幸被截了肢。凌少起的冻伤也十分严重，连续治疗了一年多，最后还是落下了终身残疾。

望火楼是森林的"眼睛"，也被称为"森林的守护神"，是预防和及早发现、消灭森林火灾的重要哨所，也是林场防火体系的重要组成部分。望火楼全部建在远离人烟的高山上。为了保护好苦心营造起来的绿色成果，防火瞭望员每年有七八个月，有的甚至全年都要驻守在高高的山顶上。他们昼夜重复着单调而又枯燥的瞭望工作，生活非常艰苦。在这支瞭望队伍中，有长期饮用沼泽水患上了肝病、二十几岁就过早地离开了人世的；有从山下背水不慎跌倒磕破了腿，后因感染严重贻误了治疗不幸去世的；也有夫妻带着孩子长期驻守在望火楼上，孩子都四五岁了却还不怎么会说话，只会叫爸爸、妈妈的。就是这样一支默默奉献的防火队伍，创造了建场以来从没有发生过森林火灾的优异成绩。瞭望员陈锐军，就是他们当中的典型代表。

陈锐军，河北平泉人，高中毕业后，19岁来到塞罕坝机械林场阴河分场当工人。小陈在阴河林场一直从事森林管护工作。1984~1996年，在这12年的时间里，他和妻子初景梅一直驻守在塞罕坝海拔最高的望火楼上，护卫着塞罕坝的茫茫林海。他们夫妻俩工作的望火楼也被誉为"夫妻望火楼"。因为望火楼的实在高，给驻守在望火楼上的人员带来了太多的辛苦，因此，当防火瞭望员在塞罕坝林场是大家公认的最苦的差事，不少人对这项工作有畏惧心理。1984年，陈锐军主动请缨，向领导要求去望火楼工作。他说："防火重要，我去！"

1984年春季，27岁的陈锐军上了大光顶子望火楼，一去就是半年多，其间没有回过一次家，这让在场部上班的初景梅放心不下。于是，小初决定和丈夫一起去看守这个望火楼。这年秋天，她也来到了望火楼上，开始了长达 12 年之久的"夫妻坚守望火楼"生活。

大光顶子望火楼海拔 1996 米，坐落在塞罕坝的"珠穆朗玛峰"上，距阴河林场场部 17.5 公里，常年刮着 7 级以上的大风。那里没有路，要去望火楼只能在陡峭的山路上攀登。那里没有电，常年陪伴他们的只有蜡烛和油灯。那里没有水，日常用水——夏接雨水、冬化雪水，没雨没雪的日子只能到十多里以外的小河里取水背上山；由于这里水贵如油，别说洗衣服，就是几天不洗脸也是常有的事。每年春季冰雪化净以后，夫妻俩徒步一趟一趟往山上背粮食，直到背够一年吃的为止。至于蔬菜就更难了，夏秋两季可以采些山野菜，冬季只能有一点大白菜和土豆了，但都保存不了多长时间，很长一段时间只能靠啃咸菜度日。住的房屋，夏季有时渗雨，到了冬季，在室外零下四十多度的低温下，屋内墙上、棚顶都挂满了冰霜。生活如此艰苦，但和精神上的煎熬比起来，实在算不了什么。守望在远离生活区的高山上，常年看不见几个人影，孤独和寂寞伴随着他们生活，有时寂寞得实在受不了，只好放开嗓门朝着大山和森林大吼几声，听一听山谷的回声。他们毕竟是年轻人，长时间生活在无人的世界里，需要多么坚强的意志呀！后来，他们把自己的女儿接到望火楼上，给生活增添了许多欢乐。

塞罕坝的万顷林海来之不易，也是所有塞罕坝人的命根子。作为一名瞭望员，小夫妻俩深知这份担子的重量，所以工作起来格外认真。每到春、秋防火季节，他们都是昼夜轮流值班放哨，就连吃饭也是换着吃。小陈经常说："不怕一万，就怕万一！"干好瞭望员工作，除了要有强烈的责任心，还要有过硬的观察本领。为了熟悉地形，尽快报出火情地点，夫妻俩把从望远镜里所能观察到的山头、洼地都一一编成号码，牢牢地记在心上，为迅速、准确地报告火情打下了坚实的基础。通过长时间的对比、观察，他们还熟练掌握了一套识别烟火的本领，能在最短的时间内快速准确地识别出是烟、是雾还是霞光。十多年来，他们及时、准确地报告了多起界外火情，使人们在最短的时间控制了火情，防止了山火的蔓延和火灾的发生，没有发生一次漏报、误报，更没有发生过任何责任事故。一部电话、一架望远镜、一个记录本，这就是他们日常工作的全部家当。夫妻二人守着这些家当，一干就是 12 年！他们经受了 12 年的风雪洗礼，忍受了 12 年寂寞岁月的煎熬，也为塞罕坝的森林付出了 12 年宝贵的青春年华。

不能忘记，1990 年，他们的儿子出生了，从呱呱落地起，一直到 6 岁，都和他们一起生活在望火楼上。由于喝雪水、雨水，缺少青菜和营养，孩子到两岁多了还没有长出牙；由于没有人和他说话，会说话特别晚，也特别不爱说话。上学后，他们 7 岁的儿子说起话来像三四岁的小孩……

塞罕坝的人们没有忘记他们，社会也没有忘记他们：1987 年到 1989 年，陈锐军被授予"全国森林防火模范"光荣称号；1990 年，被评为河北省林业厅先进工作者；1991 年，被授予"承德地区青年杰出人物"；在单位年度考核中连续多年被评为优秀，并奖励了级别工资；1990 年，他们夫妻的感人事迹还被搬上了河北省春节联欢晚会的舞台。1996 年，单位领导拒绝他们夫妻的一再坚持，强制性地把他们从望火楼调到了山下的检查站工作。提起那段艰苦的岁月，他们只有留恋，没有后悔，只有自豪，没有遗憾。他们是塞罕坝防火队伍中的普通一员，和现在工作在望火楼上的塞罕坝人一样，在平凡的工作岗位上做出了不平凡的贡献。

在创业最艰难的时期，创业者们"舍小家、顾大家"，将家人和子女接到林场定居。在这方圆百里不见人家的荒原上，根本没有学校。为了让孩子们能读上书，林场把简陋的库房改成教室，抽调几名职工当老师，这些孩子就在这样的条件下度过了接受教育的最佳时期。这便形成了父辈中不少人接受过大、中专教育，而他们的子女却极少有受过大、中专教育的现象。

经过林场老一代创业者和新一代务林人的不懈奋斗，塞罕坝的山变绿了，水变清了，环境变美了，动物也有了家。然而，塞罕坝的务林人，他们收入有限，长期以来生活十分清苦。海拔高，气温低，医疗条件差、孩子就学条件差，文化生活单调等客观因素，依然是长期工作在这里的人们每天需要面对的现实。

第二部分：科学求实

塞罕坝人始终坚持科学求实的思想路线，科学精神，科学方法、科学实践伴随着林场发展的每一步，越是在林场发展遇到困难的时候，越是处于进退两难的境地中，科学求实的精神就会指引他们迎难而上，用科学方法、科学管理去寻找破解难题的出路，实现着一次又一次的自我超越。

1. 育苗

建场前两年，由于外调苗木长途运输伤根、失水，且不适应坝上气候，造林成活率很低。1964 年，创业者们在张启恩的指挥和带领下，在坝下农村租用了 100 亩农田，开始了育苗实验。通过一年的摸索实践，遮荫育苗获得成功，并探索出了就地育苗就地种植等一整套科学的苗木管护技术。在此基础上，1965 年开始在大唤起分场四十号、北曼甸分场高台阶、阴河分场三道沟等接坝山地建起了苗圃，并连续不断地扩大育苗地规模，成功地实现了苗木自给。之后，为了克服遮荫育苗喷壶浇水费时、费工、费力等不利因素，技术人员开始探索高寒地区全光育苗。首先派技术人员赴吉林江南苗圃考察，经过一周的学习，掌握了全光育苗技术。他们回场后结合坝上地区的土壤、气候条件，将苗床加长，种子处理改为雪藏，播种前对种子升温催芽，严格控制覆土厚度，掌握了地表伤害苗木的高温、低温、霜冻危害的临界温度和应对措施，自行制作了半自动苗木浇水车，及时给种苗补充水分。通过技术人员的不懈努力，在坝上地区全光育苗获得成功，填补了国内高寒地区全光育苗的空白。为了达到机械造林对苗木的要求，并提高苗木的抗旱能力，塞罕坝机械林场率先在全国提出了优质壮苗的标准与培育方法，对一年生苗木用切根犁切断主根，再培育一年，使苗木须根发达、增多，从而培育出了大量的"大胡子""矮胖子"苗木。随着全光育苗的成功，为了补充固定苗圃产量不足，满足大面积造林需要，林场又在造林集中地建立山间苗圃，大大提升了造林进度，使年造林面积由几千亩增加到 5 万亩，最高达 8 万多亩。

2. 造林

（1）机械造林

在塞罕坝高寒地区进行机械造林，一无适用技术，二无成功经验。面对 1962~1963 年机械造林的失败，塞罕坝人没有气馁，他们迎难而上。场领导班子成员组织技术人员认真总结了造林失败的教训，将前苏联蔡金 I 式植树机装配了自动给水装置，将镇压滚增加了配重铁，将植苗夹增加了毛毡。改进后的植树机，既适合了丘陵地区的造林要求，又解决了苗木抗旱、缓坡覆土压实、机械伤苗等问题，为当时国内领先水平。1964 年春，"马蹄坑"机械造林大会战取得了当年造林成活率达到 95.7% 的好成绩，开创了国内高寒地区机械栽植落叶松的成功先例。为永远记录塞罕坝人创造的这一辉煌业绩，现在虽然早已不再使用机械造林，但是林场的名字仍然保留着"机械"二字。

（2）人工造林

机械造林只适宜平缓地段（全场机械造林只有 10.35 万亩）。为了适应大范围的山地造林，创业者们开始摸索研究高寒地区人工造林的科学方法。建场初期，人工造林采用的是"中心靠山植苗法"，工序复杂、费时，进度慢。为了提高造林速度，创业者们引进了前苏联"科洛索夫植苗锹"，开始着手探索新的植苗方法。但"科洛索夫植苗锹"每把重 3.5 公斤，既厚又宽而且笨重，技术人员在实践中逐步改进，使锹体增长变窄，增加了两翼，让每把锹的重量降低到 2.25 公斤，使用起来轻便省力而且入土深。在改进植苗锹的同时，创业者们还摸索出了"三锹半人工缝隙植苗法"和"苗根蘸泥浆保水法"。新的植苗法在保证植苗造林的基本要求前提下，大大提高了工效，其造林速度是同期其他林场的 3 倍。大规模的人工造林启动后，林场由原来一年一次春季造林，改为春、夏、秋三季造林，并特别加大了秋季造林的力度。创业者们改进的植苗锹和探索出的"三锹半人工缝隙植苗法"现已在张家口、承德以及内蒙古地区得到普遍推广。

邓宝珠，是塞罕坝林场的工人技师，1973年进场参加工作，先后任塞罕坝机械林场第三乡林场营林区施工员、营林区主任，现任第三乡林场北岔营林区主任。

邓宝珠参加工作以来，始终扎根基层，工作在林业生产第一线。他吃苦耐劳，勤奋好学，刻苦钻研林业技术，善于总结经验和开拓创新，取得了突出的工作成绩，为林场做出了较大贡献。

邓宝珠三十多年来的工作岗位一直在营林区，而且只干过两样工作：施工员和营林区主任。施工员是所有造林、营林等林业生产和造林技术的直接监督者和执行者。他自19岁参加工作以来，始终干一行爱一行，通过自己的刻苦努力，不到几年就全部掌握了整地、造林、抚育、低质林改造、间伐、皆伐、三项作业调查等造林、营林工作施工的全部技术要领，在很短的时间内他就成为第三乡林场叫得响、过得硬的技术尖子人们亲切地叫他"大施工员"。一块地的面积，他用眼睛一扫就能估计个八九不离十；人工林间伐按设计要求确定采伐株数和保留密度，一样的面积，别人三天干完，他一天就干完了，而且绝对符合设计要求；调查每亩保留树木的株数，他拿眼睛一扫，就知道大致株数。由于多年来工作成绩出众，各方面表现突出，1995年初被第三乡林场任命为莫里莫营林区主任。

邓宝珠对工作有强烈的责任心。他在东坝梁营林区当施工员时，看到一些林缘地适合栽云杉，就想把林缘地都栽上树。第一年林场帮助搞了一些云杉树苗，他栽上了，成活率达到95%以上。第二年林缘地面积大了，但树苗却没有了。他听说坝下有个大苗圃，那里有很多云杉树苗，便去讨购，但人家自用，一棵也不卖；他多次苦苦相求，软磨硬泡，终于买回了足够的云杉树苗，经过他连续几年的栽植，林缘地带形成了重要的云杉大苗基地。现在，他栽下云杉树已经长到4米多高了，正在不断地运往北京，为北京举办绿色奥运会出了一把力。

自从当主任负责营林区的全面工作后，邓宝珠的责任意识就更强烈了。就拿整地来说，在他的领导下，莫里莫营林区的整地既规范又标准，那是全场公认的。未成林造林地需要及时进行割灌，否则会抑制苗木生长或导致幼树死亡。当时他们营林区有不少造林地已经错过了割灌期，形势很紧迫，但林场没有安排割灌任务，按计划也就没有投资；他怕影响幼树生长，就领着营林区的职工夜以继日地自己割灌，终于保住了这一些来之不易的造林成果。

邓宝珠对造林更是情有独钟。用他的话来说，"好像上瘾了"——看见空地就想栽树，看见树苗就想造林。当时莫里莫营林区林业皆伐任务大，六次作业面积3170亩，但他却在3170亩的皆伐地上完成迹地造林4300多亩，怎么回事？原来他在整地时把所有地块都扩边展沿、最大限度扩展造林面积，即使周边是石质山地也不放过，这样，就比原来多造了1140多亩，并且保证所有造林地成活率全部在90%以上。

邓宝珠爱书如命。2000年、2001年塞罕坝连续两年遇到大旱，全场大量幼树被旱死，他的营林区有620多亩新造林地的树苗也被旱得很严重，有的濒临死亡，邓宝珠心急如焚，他决定给树苗浇水。大面积给造林地浇水，这在塞罕坝还没有人搞过，他决定就此开个头。经过思考，他买了四个旧的汽油桶，清理干净，由专人在小河边往油桶里灌水，灌满了就用小拖拉机拉着去林地；每次拉两个油桶，一个油桶接一个塑料管，两个人一边一个，跟着拖拉机给树苗浇水。每棵树苗的浇水量也很关键，太多浇不起，太少又不管事。他经过测试，确定了较为合适的给水量。经过13天的奋战，他们终于保住了这600多亩树苗。在其他地方大部分树苗被旱死的情况下，他这片造林地的树苗保存率达到了90%以上，创造了一个不大不小的奇迹。

邓宝珠常挂在嘴边上的两句话是："不管什么事，要么就不干，要干就必须干好！""林业生产不是高科技，只要你上心，就能干好。"他是个爱动脑筋、遇事好琢磨的人。刚参加工作当施工员时，他就舍得吃辛苦，又勤学好问，自己每完成一项生产任务，事后总要抽时间到其他营林区去看一看，和人家干的活儿比较一下，看看自己哪一点干得好，哪些地方不如人家，在下次作业中可以扬长避短，所以他进步非常快。他不仅很善于总结和创新，而且还坚持实事求是、因地制宜、灵活机动地开展工作，从不生搬硬套自己没弄通的理论和规矩。2000年林场大旱，杂草和树木都旱得打蔫了，日晒又特别强烈，林场按常规又下达了割灌任务。根据当时实际情况，割灌后小环境突然改变，很可能马上把苗子晒死，利用杂草给苗木遮阳可以起到一定的防晒作用，可以减低旱情，所以他当时没有马上施行割灌，直到8月初，他经过慎重观察，见日晒情况有所缓解，这才开始割灌，为此，使割灌取得了良好的效果。在迹地更新造林中，都认为一次造林不可能全部成活，这是当时专业技术人员的共识，但他在营林实践中发现，更新造林后，再对造林地进行后期补植，不仅造林成本高，而且费时费力，补植后苗木高矮不一，林相很不好看。他想，怎样才能保证一次更新造林就能全部成活，并把造林成本降下来呢？他经过深入研究认为，只有用同一批苗子同时在山上更新造林并保证他们同时成活，才能让这一设想变成现实。经过冥思苦想，他在春季造林时每行隔六七棵造一个一穴双株，以备将来补植，但他发现，这样虽然可以提供补植苗木，但苗木过于分散，不好施工。经过计算和改进，他又使用了每隔十行造一行，这一行全部是一穴造两株的，两苗间隙要留除足够大的距离，以方便补植时挖坑。在雨季补植时，根据墒情等实际情况，在雨前或冒雨进行补植，这时只要找到这一行，就找到了备补苗木，这样补植时十分方便和实用。用这种造林方法，既明显提高了造林成活率，又保证了同一块造林地苗木的同步生长，同时大大降低了补植成本。他用这种方法在莫里莫营林区造林6000多亩，保存率全部在90%以上，如今大部分幼林平均高度达到了2米。看到在迹地上成长起来的郁郁葱葱的幼树，让人无比欣慰，给人无限的希望，也只有这样才能做到青山常在，永续利用。

在整地方面，邓宝珠也有独到见解。有的造林地块，只有薄薄的一层土，底下全部是砾石，整地后，土层被破坏，有限的回填土不能保证苗木的成活，因此造林成活率很低。针对这种情况，他提出不整地，直接造林，经过试验后造林成活率明显提高。人们把这种方法总结为"干插缝造林法"，实践证明，干插缝造林法投资低，造林成活率却相对较高，现在已经应用于薄土石砾地块造林。在石质荒山上造林，由于立地条件恶劣，很难保证造林横成行、竖成线。他首先尝试哪里条件好就往哪里造，后来发现抚育时找不到苗木，还容易误伤新苗，于是，他又改进为行距相等、株距不等的造林方法，造林时让两个人拉紧工程绳，其他人沿着绳子造林，这样做既提高了造林速度，又保证了造林成活率。

邓宝珠是一个开朗乐观、爱说好动的人，他的爱人没有固定工作，他走到哪里，爱人就跟他到哪里。当施工员时，差不多每年过年时他都在营林区看门。有一年大年初一，夫妻俩实在孤单无事干，就划拳喝酒打发时间。谁知道，划着划着就忘了锅里还炖着一条牛腿；忽然想起，再去看时，牛腿已经变成了"烧火棍"。这就是邓宝珠的家庭生活。直到现在，他还念念不忘那条牛腿。

当主任以后，他把营林区管理得井井有条，各方面的工作都安排得妥妥当当。在保证职工完成好各自工作、不违反原则的前提下，他首先搞好营林区内部职工的团结，让大家在一起相处得十分融洽，亲如兄弟。他总是想方设法搞好大家的生活，让大家尽量吃得好一些，住得暖和点。什么事他都努力做在前面，以身作则。经过言传身教，他已经为林场培养了多名主任和施工员。为了节省投资，有些活儿就让营林区职工自己干，看到当时造林任务很大，他在营林区建了一个小苗圃，把当年造林剩余的苗子返还苗圃培育起来，以备第二年造林使用，还把林场苗圃淘汰的三级苗拉回来进行改进培育，待苗子侧根多、粗壮后再运到山上造林，这样既提高了造林成活率，又节省了苗木的成本和运费，为林场节省投资的同时，也为营林区增加了一点收入。他同周边村民之间的关系处得非常好，重诚信、讲团结，村民们也十分信任他，在别的营林区都为雇人而发愁的时候，他的营林区总会有人主动来找活儿干。他对营林区充满了感情，他说："营林区就是我的家。"

自1995年以来，邓宝珠获得了很多荣誉。其中有：连续七年年度考核被评为优秀，四次荣获河北省林业局三等功；2003年因为他在采伐迹地更新造林中有突出贡献，被塞罕坝林场授予"塞罕坝机械林场总场场长特别奖"，并且得到了河北省林业局有关领导的称赞；2004年被承德市人民政府评为"承德市劳动模范"。邓宝珠是塞罕坝人积极进取、无私奉献的优秀代表，提起邓宝珠，人们就说："这就是咱塞罕坝人！"

（3）攻坚造林

上个世纪 90 年代，林场的造林进入了"啃硬骨头"的攻坚阶段，相对具有造林优越条件的土地块都已林荫覆盖、绿染山川了，这时留给新一代塞罕坝务林人的造林地大多是土壤贫瘠的石质山地和沙化严重的土地，而且地处偏远，面积小而分散。在这些地方造林费时费力，而且成本很高，造林施工格外辛苦。

新一代务林人在认真总结老一辈创业者成功的造林经验的基础上，不断进行着艰苦的科技攻关，在科研实践中探索出了一整套攻坚造林的好方法、好措施。对裸根苗木先用保水剂、生根粉作浸根处理，然后再造林；选用樟子松树种造林，冬季进行树苗埋土防风；在石质山地造林，实行大苗带土坨移植；在沙化土地上造林，实行沙棘带状密植或黄柳分根压条种植；遇到比较适宜的造林地块，则实行十行造一行、一穴双株，并在雨季用带土坨的苗木补植；遇到抗旱保墒能力低的地块，则实行大规格容器苗造林；同时，调整林种、树种结构，着重营造白桦、落叶松、云杉等带状混交林。这些措施大大地提高了造林成活率和保存率，使攻坚造林取得明显的成效。

3. 引进树种

落叶松对土壤的肥力要求比较高，而林场布满了大面积的阳坡沙地，这些阳坡沙地土层薄、旱情严重，不利于落叶松生长。为了寻找耐旱耐瘠薄树种，创业者们从东北引进了樟子松，经过试种，获得了成功，然后进行大面积种植。樟子松的成功引进，为坝上干旱沙地造林找到了适宜树种，也为林场的科研工作带来了勃勃生机。林场独立完成的"樟子松常年造林技术研究"的科研课题荣获了国家科技进步三等奖和河北省林业科技进步二等奖。

4. 生产自救

（1）雨淞灾害

1977 年 10 月 28 日，塞罕坝机械林场经历了一次罕见的"雨淞"

灾害。

这天一早，天阴沉沉的，后来下起了密密麻麻的小雨，再后来天气越来越冷，雨越下越急、越下越大，不多时，全场的林木都被厚厚的冰凌所包裹，冰层厚达三四厘米。一棵 3 米高的落叶松挂冰量达 250 公斤，一棵中龄树木挂冰重量超过 1 吨！树木经受不住沉重的压力，小树被压断或压倒在地，大树被拦腰折断或树冠被劈落。树木折断的声音"噼噼啪啪"地响彻了坝上高原，这可怕的声音传遍了四面八方，震撼着人们的心。经过灾情调查获悉，受灾面积达 57 万亩，占全场森林总面积的 52%。其中折干、折冠、劈裂、严重扭曲的重灾面积达 20 多万亩，受灾林木损失蓄积量 62 万立方米以上。创业以来所积累的绿色资源，被这场"天灾"无情地吞噬了一半！面对这场如此严重的"雨淞"灾害，连场长刘文仕这位全场有名的硬汉也止不住流下了悲伤的眼泪。但是，坚强的塞罕坝的务林人没有被沉重的灾难所压倒，他们含着眼泪开始了生产自救，一棵一棵地清理被害木，一锹一镐地重新整地，一片一片地重新造林。如今，被害地块早已是郁郁葱葱，又恢复了绿色和生机。

（2）旱灾

在塞罕坝机械林场，旱灾常有，而且屡见不鲜，但是，1980 年所遭遇的特大旱灾却是十分罕见的。当年 6、7 月份降水量比历年同期减少 49.3%，共旱死落叶松人工林 12.38 万亩。面对旱灾的沉重打击，创业者们没有被压垮，反而更增强了他们与干旱作斗争的意志和开展科技攻关的决心。为便于浇水抗旱，他们将造林穴状整地改为机犁沟整地，由以前大面积栽植浅根树种落叶松，改为大面积栽植比较耐旱的樟子松，有效地提高了树木的抗旱能力。

5. 集约经营

从 1983 年开始，新一届领导班子审时度势，适时引导林场进入了以营林为主的发展阶段，确定了"以育为主，育、护、造、改相结合，多种经营，综合利用"的经营方针，使塞罕坝机械林场又开始了一个全新的发展时期。从此，一任接着一任干、一张蓝图绘到底，经过多年的生产实践逐步形成了一套独具塞罕坝特色的森林经营体系。

——对幼林架设围栏，护林员定岗包片看护，全面履行管护职责。

——对人工林严格按照修枝、疏伐、主伐、更新的流程系统经营，科学地研究制定各项作业的起始年限和作业强度，做到修枝方法因树种而定、抚育与中间利用并重、主伐与迹地更新结合，保障了森林资源的良性循环。

——对天然次生林采取综合经营措施，去小留大、去弯留直，坚持抚育与改造并重，及时除伐、选优、定株，清理病腐木，保持林内卫生环境，全面改善资源结构，提高残次林的林分质量，加速林木生长。

——广大生产技术人员注重科技创新和经验总结。坚持施工一律以设计为准、生产一律以样图为指导、伐根一律降低为零、修枝一律用锯、枝柴剩余物一律清出林外、造材一律以市场为导向的"六个一律"施工操作规范。适时总结编制了《育苗造林技术规程》《森林经营方案》《营、造林施工技术细则》《营林生产调查设计细则》《林业生产百分制考核管理办法》等，实现了经营工作的法制化、制度化、规范化管理。

6. 资源管护

林场自建场以来认真坚持把"三分造、七分管"的原则落到实处，成立了专业化管理队伍；进入以营林为主的发展阶段以后，实行集约经营，更加强了资源管护，从根本上保证了成林、成材、成资源。

(1) 森林防火

在森林防火工作中，林场树立了"不发生森林火灾就是最大的经济效益"这一崭新的资源管理理念，确立了"坚持以预防为主、千方百计杜绝森林火灾的发生"这一总的指导思想，把对森林防火认识和要求由"人人有责"提升到了"关系全场生死存亡"的高度，采取了一系列有力的措施确保森林资源的安全。一是夯实防御体系。场内建立了总场、分场、营林区三级森林防火指挥领导组织；组建了专业扑火队和以护林员、巡道员、检查员、瞭望员等组成的森林防火专业队伍；每年秋季对总长度 540 多公里的防火隔离带进行一次机耕翻新，清除所有可燃物；始终保持扑火车辆、机具、视频监控等设施设备处于良好状态；在场外的周边乡镇建立起联防联护组织，营造良好的周边防火环境。二是落实护林防火责体系。建立并完善了各类森林防火责任制度，与场内场外有关机构层层签定森林防火责任书，实现了层层有人抓，处处有人管的局面。三是组建宣传体系。采用树立标示牌、标语牌，发放传单，悬挂警示旗，设置防火区门牌等形式进行视觉警示教育；利用出动宣传车、设立有线广播、实行小学生纠察等进行听觉警示教育。林场每年 9 月 15 日到翌年 6 月 15 日为防火戒严期。在防火戒严期内，森林防火指挥中心和各级组织昼夜有人值班，专业扑火队整装待命，护林员、瞭望员、巡道员、检查员死看严守，创造了建场以来从未发生过森林火灾的好成绩。1982 年到 2003 年，5 次被林业部（局）授予"全国护林防火先进单位"称号。

（2）有害生物防治

在 40 多年的森林经营实践中，塞罕坝人深切地认识到，森林病虫害不啻无烟的森林火灾，决不能掉以轻心。因此，林场一向对有害生物防治工作高度重视，专门设立了森林病虫害防治检疫站。在此基础上组建了专业的防治检疫队伍，建立了专、兼职相结合的森林植物检疫网络和病虫害防治网络体系，完善了三级虫情测报网。完善的防治体系在资源管护的实践中发挥了积极的作用。林场根据病虫害测报提供的信息，及时采取人工或飞机综合防治，实现了有虫不成灾。林场防治的主要虫种有落叶松尺蛾、落叶松毛虫、落叶松腮扁叶蜂、两中松线小卷蛾等。多年来，进行大型飞防作业面积累计达 140 多万亩，人工防治作业面积 80 万亩。由于工作基础扎实、成效突出，2001 年国家林业局在塞罕坝机械林场建立了"国家级森林病虫害中心测报点""森林病虫害防治检疫标准站"，2002 年至 2004 年连续三年被河北省政府授予"全省森林病虫害防治先进单位"。

科学求实演化出的求真务实，已成为一种永恒的精神品格，塑造着塞罕坝人的美好心灵，并成为他们绿化山川强大而又高度自觉的内动力。王文录就是践行着求真务实的典型代表。

王文录，1962 年毕业于承德农专，同年九月到塞罕坝机械林场工作，是塞罕坝林场建场时参加工作的 144 名大中专毕业生之一。他历任塞罕坝林场技术员、营林区主任、林场副场长、总场林业科副科长，2001 年退休，现年 67 岁。

王文录同志对工作要求非常严格、认真细致、作风严谨、善于思考。1974 年前后在任千层板林场营林区主任期间，他发现人工整地费时、费力，速度慢，难以满足塞罕坝林场大面积造林的需要。经过探索试验，他最先创造了机犁沟整地法，大大提高了整地速度，而且成效十分显著。这种方法迅速在全场推广，大大加快了造林绿化的进度。在任总场林业科副科长、主管全场造林工作期间，他整章建制、率先垂范，严抓细管、不徇私情，在他的坚持下，规范了全场造林程序，提高了造林质量。尤其是在塞罕坝林场所属三道河口林场的造林实践中，他更是做出了突出贡献。

三道河口林场位于塞罕坝林场的西部，与内蒙古浑善达克沙地隔河相望，该地区地貌土质与浑善达克沙地相同，大部分是沙地和沙丘，造林难度大，树木成活、保存都很困难。塞罕坝总场对三道河口地区造林一直十分重视，为了加快该地区的造林治沙进程，1975 年，成立了三道河口林场，先后引进、栽种过杨树、榆树、油松等树种，但所剩无几，随后几年，仅杨树就试种了 30 多个品种，还搞了一些柠条、沙枣、沙棘等 7 种灌木直播，除沙棘外无一存活。人们说，这里造林"一年绿、二年黄、三年见阎王"。

王文录同志在千层板林场工作期间，就特别重视沙地造林，经过多年探索，积累了丰富的经验，1988 年任林业科副科长主管全场造林后，他便开始破解沙地造林的难题。

王文录说："在沙地上栽树，不想招儿不行！"1982 年大旱，全场仅落叶松就旱死 11 万多亩。但他发现，千层板林场当年 200 多亩樟子松林，保存率却相对较高，三年以上的一棵也没旱死，这充分显示樟子松的抗旱能力。由此，王文录认定了樟子松！1988 年以前，三道河口也造过一些樟子松，但成活率非常低，他认为没有造活，可能有栽种方法不当、气候影响和后期管理不到位等多种原因。

通过观察，他认识到，最大限度地提高苗木保墒抗旱能力，肯定是造林成活的关键。他首先抓整地。整地时把机犁沟加深加宽，这样有利于储存更多的雨水、雪水；造林时缩短苗木和沟边的距离，发挥沟沿的遮阳作用，减少苗木的水分散失。其次，秋季对越冬苗木实行埋土防风，第二年春天撤除。他发现，当年活得很好的苗木，到第二年春天，不少都旱死了。原来苗木经过冬春季的风吹日晒，严重失水，这是造成干枯死亡的重要原因。他经过查阅资料，分析三道河口的实际情况，决定对当年营造的林木在秋天全部盖土防风保水；在风大干旱年景，还实行一年春秋两季埋土防风。采用这项措施大大提高了造林成活率，并在全场和周边地区推广沿用至今。此外，他在树苗的迎风面垒起土岗，便于拦截更多的雨水和风刮来的积雪，为树苗存积尽可能多的水分，最大限度增加苗木的成活几率；之后，他又在三道河口林场率先使用了容器桶造林。第一次搞了10万株两年生容器苗做实验，结果当年苗木成活率都在92%以上。这种方法是三道河口林场森林覆盖率从过去不足14%提高到今天72%的根本保障，并广泛应用到了全场的攻坚造林和其他地区的植树造林。

王文录为了三道河口林场的造林工作顺利进行，他舍得花时间，更舍得吃辛苦。每年春季造林开始，他总是第一个到三道河口林场，在跟班指导一段时间后，再到其他五个林场检查造林情况；各林场转过一圈后，他再回到三道河口林场，直到造林结束。只要山上有人造林，他从来不在场部呆着。他每天都跟着造林人员一起上山，眼看着、脚跟着、手把手地教着他们造林，一刻也不放松，不对的地方就立刻纠正过来，一点也不容许他们马虎大意。造林工人不下山，他也不下山。

王文录工作的原则性和责任心都很强，对分场领导、技术员、营林区主任、施工员要求十分严格，看见他们不按要求作业或者稍有放松，他就严厉批评，从来不讲情面。

他不仅和下边的人较真，也和总场较真。总场对越冬苗木压盖防寒土这项生产任务没有专项投资，他毫不退让，并据理力争，最终为林场争取到了该项投资，而且通过实践检验，还把这项技术纳入林场造林的常规作业之中，并继续带有固定投资。

如今的三道河口是著名的防沙治沙警示区，隔着几米宽的一条吐力根河，北面是白沙遍地的内蒙古浑善达克沙地，南面却是碧波荡漾的林海。正是有许许多多像王文录一样的塞罕坝人，才把这坝上高原建设得如此美丽。

王文录退休了，已经有了可以歇息的机会。像石怀义这样的坝上硬汉，却为绿染荒原奉献了自己毕生的精力。求真务实同样是他高尚的人生品格。

石怀义，河北承德人，1962年毕业于承德农专后分配到塞罕坝林场工作。他一生经历了很多坎坷和磨难，但他始终勤奋工作，任劳任怨，对党无限热爱，对林业事业无比忠诚。建场初期，由于国家处在困难时期，林场干部超编，分配到塞罕坝的承德农专53名毕业生全部按工人使用。面对着不合理的决定，石怀义等十几名同学希望能恢复他们的技术干部身份，并写信向上级有关部门反映自己的意见和要求。万万没想到，石怀义等五人却被围场县法院定为"反革命小集团"，并被判决在本地区"管制生产三年"。厄运没有完，紧接着"文化大革命"开始了，又因想"阴谋翻案"被划为"右派"，遭到更加残酷的专政。于是无休止的批斗、劳改伴随着他的生活，直到1980年才给他平反。

从1962年到1979年的17年间，是石怀义一生中遭遇的最艰难困苦的岁月。他每天都生活在管制、劳累、痛苦和孤独之中。1974年冬季石怀义被解除管制后，他的技术和才能有了用武之地。

石怀义没有气馁，更没有怨恨党和国家，相反，他以一颗光明磊落的赤子之心，把自己的全部人生都交给了党的事业。他是林学专业毕业的，又长期在苗圃育苗和在上山造林，因此掌握了育苗和造林的全套技术，并在实践中积累了在高寒地区育苗和造林的成功经验。在塞罕坝机械造林的高峰时期，他在大梨树沟苗圃担任技术员，把育苗地面积发展到110余亩，实现了年最高产成苗量达840万株的好成绩。1983年，石怀义加入了中国共产党，这更激发了他献身造林事业的热情。在三道河口林场任场长、支部书记期间，他带领全场职工艰苦鏖战，硬是让干旱的沙地披上了绿装。在兼任第三乡林场技术副场长期间，他提出并坚持科学造材，还在林场成立了造材培训班，培训了造材技术员。他先后撰写或编制了《塞罕坝地区育苗技术细则》《樟子松幼苗越冬技术管理》《第三乡林场常规林业生产调查、设计施工方案》《松杆造材新方法》等专业技术文章。

石怀义作为党员领导干部处处以身作则、率先垂范。他要求上班人员不准迟到早退，他就总是第一个来，最后一个走；他带头学政治、学技术，被职工誉为勤奋学习的好书记。在他的影响带动下，第三乡林场干部职工工作劲头十足，年年创造优秀业绩。第三乡林场党支部也多次被林场党委授予"优秀党支部"称号，石怀义也被评为全省林业系统的"优秀党务工作者"。

石怀义一身正气，两袖清风，敢于坚持原则，抵制一切歪风邪气。他担任领导职务这么多年，从没有收过一次礼。直到 2005 年去世，他家里除了一个使用了多年的大衣柜之外，只有一台老式的彩色电视机。他从不用公款大吃大喝，也很少陪客人吃饭；因公出差，为了省钱，他总是一个人单吃，从不乱花公家一分钱，住旅店也总是跑到郊区住最便宜的小旅店。

在劳动改造的日子里，他常年住的是阴暗、潮湿的窝棚，早春在冷水中修水库，晚秋在冰水中弄苗子，由于长期经受寒风袭击，落下了严重的类风湿病。到 1992 年以后，他的病情日渐加重，1998 年已经累及到全身关节，到后来上下肢关节僵直，不能活动，浑身贴满了膏药，但他还是一步一挪地坚持上班，有时从一楼走到二楼办公室，二十几级楼梯要走上半个多小时，每挪动一步，都要付出巨大的努力。领导和同志们看在眼里，疼在心上，多次劝他在家休息，他都不肯。后来，病情进一步加重了，他被单位领导和职工强行送到北京住院治疗，可他仍然念念不忘林场的工作，住院没几天，病痛稍稍减轻一点，他就要求出院。在不到一个月的时间里，他就连续四次要求办理出院手续，最后医生无奈只得同意。一回到林场，他就立刻全身心地投入到了工作中来，一直到 2002 年不能下床，才离开了自己的工作岗位。

1998 年，总场领导考虑到他的身体状况和林场的气候条件，决定在围场县城给他三间住房，让他到县城去养病生活，可他坚决不肯，说自己还能坚持工作。石怀义一家四口人，只有他一个人挣工资，他又长期吃药，家庭拮据，生活困难，林场想给他家属一个转工的机会，但他还是谢绝了。他认为作为一名党员干部，不能只想着自己，更不能以权谋私。

石怀义可能不是一个好丈夫，也可能不是一个好父亲，因为他为家人操劳得实在太少太少，可他是一个坚强的战士，是一个高尚、纯粹的共产党员，他把自己的一生都献给了塞罕坝的绿色事业！

7. 荒原披绿

英雄的塞罕坝人用自己艰苦卓绝的奋斗书写了一部辉煌的林业发展史。从 1962 年至 1982 年，机械林场共造林 96.08 万亩，总计 3.2 亿株，按株距 1 米计算，可绕地球 8 圈！在 20 年中，塞罕坝林场保存了 67.93 万亩林子，保存率 70.7%，创下全国造林保存率之最！此后的 20 多年来，新一代的务林人又在坝上"硬骨头"地块攻坚造林 25.42 万亩，封山育林 13 万亩，同时建立了自己的采种基地 7.56 万亩。从此，绿染荒原，在塞外千里高原上树起了一座再造秀美山川的绿色丰碑！

8. 科技推广

林场的林业发展史，也是一部科技兴林史。林场广大技术人员共完成育苗、造林、营林、有害生物防治、林副产品开发利用等 9 大类 58 项科研成果，发表论文 300 余篇。《樟子松经营技术的研究》《危害落叶松的两种松线小卷蛾生物学特性及综合治理》《危害落叶松的两种松线小卷蛾综合治理技术推广》《森林草原交错带植物多样性及林业发展策略》《塞罕坝机械林场落叶松人工林集约经营系统的研究》《河北省主要林区干燥花资源开发利用技术的研究》等 20 余项科研成果获得奖励。

《樟子松常年造林技术的研究》成果已在河北张家口市、秦皇岛市、承德地区推广，先后向吉林、辽宁、黑龙江、内蒙古、新疆、陕西等外省普及。林场还先后出版了《塞罕坝植物志》《塞罕坝林业生产技术与管理》《塞北绿色明珠——塞罕坝机械林场科学营林系统研究》等专著，多次参与了跨地区、跨省和国际性的学术交流，有的成果已选入大学教材，如《森林培育学》；同时，林场还为17个省份输送了专业技术和管理人才。1981年，国家计委、科委、林业部、农牧渔业部联合授予塞罕坝机械林场"农林科技推广进步奖"。1984年，林场荣获了由国家经委、科委、农牧渔业部、林业部联合授予的"全国林业科技推广工作先进集体"荣誉称号；1990年，林场荣获了"全国先进国营林场"称号；1994年，林场又荣获了十大"全国科技兴林示范林场"称号。

戴继先，河北献县人，从1991年由张家口调到塞罕坝机械林场工作以来，一直从事林业工作和林业方面的科学技术研究工作。多年来，他始终默默地工作在自己的岗位上，勤奋好学、爱岗敬业、潜心研究、探索创新，把自己的聪明才智无私地奉献给了塞罕坝的绿色事业。

到塞罕坝以后，戴继先先在总场林业科工作，通过对塞罕坝短时间的了解，他很快找到了工作的切入点，迅速投入到了工作当中，在完成林业生产等日常工作的同时，把精力和重点放到了林业科研方面。根据塞罕坝特有的气候环境特点和土壤结构，针对塞罕坝林场在林业生产方面存在的薄弱环节和不足，他牺牲了无数个星期天和节假日，不断地查找资料、试验、总结、改进，再试验、再总结，经过30多种造林试验，历时8年，解决了林业生产中多项技术难题。他的主要研究成果是：攻克了落叶松深栽造林的技术难关，使落叶松深栽30厘米，成活率达85%以上，从而提高了落叶松造林成活后的抗旱能力；主持完成了"塞罕坝机械林场落叶松人工林集约经营系统的研究"科研课题；解决了沙地柏压条造林技术的关键问题，用三年生以上的沙地柏压条造林，获得了85%以上的造林成活率，为裸露沙地荒沙治理工程提供了新的树种和技术；用丙三醇处理樟子松苗木和用提高苗木束缚水含量的方法，大幅度提高了造林成活率，这项技术在国内外尚属首创；主持完成了"樟子松常年造林技术的研究"科研课题，并推广到了承德、张家口、赤峰以及辽宁、吉林两省，并建立起三省四市的科学技术推广网络。

1999 年，根据工作需要，戴继先任塞罕坝机械林场森林旅游开发有限公司副总经理，负责公司的旅游资源调查保护工作，2001 年任塞罕坝机械林场科研所所长兼森林旅游开发有限公司副总经理。在新的工作岗位上，他更是兢兢业业，尽职尽责，他几乎跑遍了塞罕坝的山山水水，沟沟岔岔，对全场地形地貌和植物资源进行了详实调查，对场内大量的野生花卉资源作了深入研究。经过几年如一日的努力，他在科研、技术推广、学术和生产实践等方面均取得了较为突出的业绩，主要是：撰写了《自然干燥花》《樟子松造林技术》等专著，主编完成了《塞北绿色明珠——塞罕坝机械林场科学营林系统研究》，主持完成了"河北省主要林区干燥花资源开发利用技术的研究""补血草生物学特性及产业化开发利用途径的研究"等科研课题，建立了河北省野生花卉培育示范基地，进行了大规模的植物资源调查和濒危植物迁地保护，有效地保护了塞罕坝的自然资源。多年来，他共计发表了专业技术论文 40 余篇，有些技术和研究成果经专家鉴定，居国内领先水平，在活植株染色方面填补了国内空白，在无土栽培染色方面填补了国际空白。他的辛苦付出和创造的突出业绩，得到了回报和认可，他连续多年考核被评为优秀，多次被评为优秀共产党员；1999 年获得河北省林业科技进步一等奖，河北省科技进步三等奖，国家林业局科技进步三等奖，承德市科技进步三等奖。戴继先 1998 年被确定为河北省林业系统"121"人才工程第二层人选，1999 年获全省林业系统"绿林杯"竞赛先进个人，先后获得"河北省林业技术推广先进个人""河北省林业科教工作先进个人""河北省林业技术推广十佳先进工作者"等荣誉。戴继先在塞罕坝国家级森林公园的调查、论证和申报方面也做了大量工作，他在《国家森林公园的自然保护》一文中提出了森林公园三大区域划分的理论依据和措施，使塞罕坝国家森林公园成为我国北方自然环境保护最好的森林公园之一，为塞罕坝被批准为国家级森林公园做出了较大贡献。

戴继先主持了塞罕坝省级自然保护区的工作，主笔完成了 40 万亩、

20 万字的《河北塞罕坝两河源自然保护区考察报告》和《建立河北塞罕坝两河源自然保护区的申请》，并得到了上级主管部门的认可，成为全省自然保护区申报工作的样板。为此，塞罕坝于 2002 年顺利被批准为省级自然保护区。在规划申报过程中，戴继先不辞辛苦，不计报酬，不讲排场，不顾节假日，做了大量艰苦的工作。他出门挤班车，住低档旅馆，在场内踏查了北曼甸、阴河、三乡、千层板、三道河口等林场的湿地、天然林和水域，经过仔细的分析和大量的调查，确定了林场建立以辽河、滦河源头为主的两河源自然保护区，为塞罕坝保护区的建立做出了巨大贡献。

多年的劳累和不规律的生活与饮食习惯，使他的体质和抵抗力明显下降，2004 年，他被查出患上了食道癌，2005 年 5 月病逝，时年 52 岁。戴继先同志是塞罕坝林场众多林业工作者中的一员，更是献身林业、科研骨干中的优秀代表，他为塞罕坝贡献了自己的智慧和生命，也为塞罕坝留下了宝贵的物质财富和精神财富。他的英年早逝，令人扼腕痛惜，但他的工作精神和高尚品格，必将激励塞罕坝的每一位后来人，为塞罕坝的美好明天而努力奋斗。

第三部分：和谐发展

1. 经济效益

截至 2005 年，塞罕坝机械林场共育苗 5.37 亿株，造林 132.3 万亩，保存 86 万亩，森林面积由建场初期残存的天然次生林 19 万亩、疏林地 8.3 万亩，增加到目前的天然林 24 万亩、人工林 86 万亩，森林覆盖率由建场初期的 13.32% 增加到目前的 77.14%。建场以来累计投资 2.43 亿元，其中国家投资 1.44 亿元，场内自筹资金 0.99 亿元。林场现有活立木蓄积 800 万立方米，林木资产 24 亿元，每年增加活立木蓄积 62 万立方米，年增加资产近 2 亿元。另外，40 多年来，林场累计向地方政府缴纳各种税费 8000 万元。

2. 生态效益

塞罕坝林场是一个天然资源库，位于三北防护林环京津区段的外围，地处冀北山地向内蒙古草原的过渡地带，其西向、西北向处于浑善达克沙地的前缘，是京津地区的绿色屏障。林场的百万亩林海有效地阻滞了土壤沙化和浑善达克沙地南移，茂密森林的巨大蓄水功能，有效地滋养和保护了生物多样性，同时每年可向滦河、辽河源源不断地输入淡水近 400 万立方米。据专家测算，塞罕坝机械林场的森林在涵养水源、保持水土、净化空气等方面每年产生的生态效益其价值达 200 亿元人民币，生物多样性潜在年效益达 2.3 亿元，每年吸收 25 万吨的二氧化碳，产生 18 万吨氧气；同时，森林在防止噪音、降解有害物质、营造生物基因库、有效地调节当地气候等方面创造的生态效益也十分巨大。据林场气象站提供的原始资料显示：建场初期（1962~1971 年）坝上年均气温-1.4℃，建场后期（1991~2000 年）上升到-1.2℃，上升了 2℃；建场初期年均降水 417.6 毫米，建场后期提高到 530.9 毫米，提高了 113.3 毫米；建场初期年均降水日 110 天，建场后期增加到 160 天，增加了 50 天；建场初期年均大风日数 75 天，建场后期减少到 67 天，年均减少了 8 天；建场初期年均无霜期 42 天，建场后期增加到 67 天，年均增加了 25 天。

随着森林的兴起，走失多年的獐、狍、狐、狲、黄羊、野猪又渐渐迁移回来，就连名贵的天鹅、大鸨、白鹭也时常到坝上林区来做客。吐力根河特产的细鳞鱼也逐渐多起来。塞罕坝机械林场万顷林海为野生动植物繁衍、生息提供了良好的场所。据调查统计，目前塞罕坝林区有陆生野生动物 4 纲 24 目 66 科 261 种（亚种）；鱼类 5 科 24 属 32 种；昆虫 12 目 114 科 660 种；大型真菌 22 科 51 属 79 种；自生维管植物 81 科 303 属 618 种。

3. 社会效益

塞罕坝机械林场林业事业的发展，带动了周边群众脱贫致富。森林旅游业的快速发展，每年可为社会提供 7500 多个就业岗位；山野植物资源采集、销售等产业的发展，每年可给当地群众提供 3000 多万元收入。同时，每年都吸引着众多的国内外摄影、摄像、绘画的朋友来此创作。

林场建设的成功经验，为国家林业发展提供了决策依据。1989 年，国务院副总理田纪云来场视察时称赞"塞罕坝是绿宝石"，决定启动了"坝上生态农业工程"。1998 年全国人大常委会副委员长邹家华来塞罕坝机械林场考察，高度赞扬了塞罕坝机械林场的成功做法，决定延长京北生态屏障，在河北省北部启动"再建'三个塞罕坝'林场"项目。目前，这三个塞罕坝林场项目正在实施。

1986 年，日本林业技术协会常务理事尾山正之和农林技术指导役东三郎教授来场参观考察时，称赞林场是"人类改造自然的楷模，林学事业的骄傲"。1990 年，匈牙利以国家农业食品部森林与木材工业局局长詹姆森为组长的林业考察组一行 5 人来塞罕坝林场参观考察，他们考察了北岔人工林的抚育管理、坝梁人工林、大梨树沟混交林、马蹄坑机械造林和千层板林场苗圃，塞罕坝给他们留下了深刻的印象。同年，参加世界半干旱地区防护林国际学术会议 9 个国家的专家 50 余人来到塞罕坝林场，参观考察了坝梁落叶松人工林及引种的樟子松人工林和马蹄坑落叶松机械造林，对坝上的森林惊叹不已。林场的《危害落叶松的两种线小卷蛾生物特性研究》，1992 年在北京召开的"第 19 届国际昆虫学术大会"上进行了交流，受到与会者的重视和好评，并被收入大会论文英文摘要集。

塞罕坝是锻炼和塑造优秀林业建设者的大熔炉。自建场以来，塞罕坝给上级主管部门和相关的林业部门先后输送了不少副处级以上的干部。

塞罕坝是一本励志修身的教科书。认真地读透这本教科书可以砥砺思想、磨炼意志，净化人的心灵，提升人的精神境界；塞罕坝又是魅力无穷的林海课堂，在这里可以学到丰富的林业知识。因此，建场以来有不少大学生先后来塞罕坝机械林场实习锻炼，经受林业建设事业的洗礼。

4. 产业发展

进入上个世纪 90 年代，面对林业发展的新形势，塞罕坝新一代务林人大胆解放思想，积极转变观念，经过充分的研究论证，确立了以"营、造、管、护、游、富、工、城"为主导，以开放带动资源开发的科技兴场发展战略，拉开了机械林场二次创业的序幕。塞罕坝林场二次创业的最终目标就是，继续发扬"勤俭建场、艰苦创业、科学求实、无私奉献"的精神，加快实现传统林向现代林业的转变！

塞罕坝林场二次创业的关键是在保护好森林资源的前提下，实现林场经济的快速增长。为了加快林场经济的增长和实现森林经营的可持续发展，塞罕坝人在深入探索中逐渐形成了"以旅游促开放、以开放促开发、以开发促发展"的运作思路。林场坚持以林为主，首先启动了"高科技工厂化育苗基地建设工程"，先后两期育苗试验均取得成功，将为"再建三个塞罕坝"项目的实施和"京津风沙源治理工程"建设提供充足的优质苗木。同时，林场以基地化培育绿化大苗和雄厚的技术实力为依托，走出去承揽绿化工程，并开发加工花卉营养土，建立金莲花药材基地和金莲花观赏基地，实行多业并举，为林场的长远发展积累后劲。

林场立足于自身的资源优势，把经营生态旅游确定为二次创业重要的支柱产业。塞罕坝既有森林又有草原，既有山地又有高原，既有丘陵又有曼甸，既有河流又有湖泊，既有清朝历史遗迹又有满蒙民族风情。同时，由于林场地处蒙古高原南缘，夏季气候凉爽，最高气温一般不超过 25℃。凭借这种得天独厚的地理和资源环境优势，不失时机地抓紧筹建森林公园，并调集精兵强将组建了旅游开发公司。1993 年 5 月，塞罕坝机械林场被林业部批准为国家级森林公园。森林公园成立以来，他们严格按照《塞罕坝国家森林公园总体规划》开发建设，明确界定了自然保护区和生态旅游区，并坚持以合资合作为主，以招商引资和自我投资为辅，以职工自营经济为补充，加快投入，已建成高档宾馆、度假村 100 余家。先后在旅游区共建成了 6 大景区、104 个景点，集中展现了坝上独特的森林、草原风光，营造了和谐优美的生态旅游环境。如今的塞罕坝国家森林公园被誉为"河的源头、云的故乡、花的世界、林的海洋"，是休闲度假的好地方。1999 年，塞罕坝森林公园被河北省政府评为"生态旅游示范区"。2002 年被国家旅游局评定为"国家 AAAA 级旅游区"；2005 年 9 月，又被评为"中国最佳森林公园"。

生态旅游带动了多种经营的发展。目前，已形成了以生态旅游为主、以苗木、花卉土、土特产品加工为辅的新型产业不断兴起的发展格局，初步走上了绿色产业致富之路。

5. 自然保护区

为了保护森林与草原交错带的生态系统，恢复"木兰围场"动植物种群，2002 年 10 月经河北省人民政府批准成立了河北省塞罕坝省级自然保护区，区划面积 30.05 万亩。保护区建立以来，林场紧紧围绕保护区的保护对象，成立了管理机构，建立了管护站，制订了总体规划，完善了管护措施，加大了宣传力度，在缓冲区设立了警示标牌，核心区严禁有人为活动。

6. 人居环境

（1）基础设施

近几年，塞罕坝机械林场先后启动了"精神文明建设综合治理工程""塞罕坝城建设工程""林区光明工程"和"林区通讯设施改造工程"，大力整治了场区脏、乱、差的工作生活环境，使林场的面貌焕然一新，一个与生态旅游相协调的袖珍城市已初具规模；基础设施得到快速完善，总场、林场、营林区办公条件大大改善，全场用上了视频会议新技术，开通了局域网，网络办公在全场得到了普及；营林房舍全部更新，营林区全部用上了网电或太阳能发电；新建了森林防火指挥中心，并应用了现代森林防火监控设备；共修筑高标准林区公路 530 多公里，架设通讯线路 300 多公里。昔日的塞外旷野荒郊，正在向繁荣富庶的和谐林区一步步迈近。

（2）居住条件

进入上个世纪 90 年代，林场良好的生态环境与职工的落后居住条件形成了强烈的反差。1993 年林场在坝上建起了 7 栋职工住宅楼，从此迈开了改善职工居住条件的脚步。为了彻底解决坝上就医难、子女就学难的问题，林场提出了"山里治坡、山外治窝，山里生产、山外生活"的新思路。1999 年，林场启动实施了"老职工安居工程"，在围场县城共建职工集资住宅楼 3 栋，让 144 户曾为塞罕坝建功立业的老职工住上了梦寐以求的新楼房。2004~2005 年，林场又在县城建了 13 栋住宅楼，又有 654 户职工乔迁新居，有效地改善了现有职工的住房条件，较大幅度弥补了历史欠账。

（3）文化生活

为了丰富和活跃职工的文化生活，林场新建和扩建了两处老干部活动中心；总场和林场都先后建起了图书阅览室和健身场所；与此同时，林场每年还利用生产淡季组织各类培训班，为林场长远和可持续发展打下了良好的基础。

7. 亲切关怀

塞罕坝机械林场的生态建设成就得到了各级领导的充分肯定和高度赞誉。1989 年万里委员长来场视察时指示："成绩不小，潜力很大，再加把劲。"。同年，国务院副总理田纪云来林场视察，称赞"河北有三宝：白洋淀是明珠，塞罕坝是绿宝石……"。国务委员宋平曾先后两次来林场视察，赞誉塞罕坝为"水源卫士，风沙屏障"。1998 年全国人大常委会副委员长邹家华来场考察时，高度赞扬了林场的成功经验，决定在河北北部建立与塞罕坝机械林场同等规模的三个林场（即"再建三个塞罕坝林场"项目）。1999 年，原林业部副部长刘琨同志来塞罕坝机械林场视察时留下"昔日塞罕坝尘沙飞舞乱石流滚，今日塞罕坝林海松涛人如潮涌"的墨迹。2002 年，全国政协人口资源环境委员会副主任、中国林科院院长、国家林业局党组成员江泽慧来林场视察后，称赞塞罕坝机械林场是"林海课堂"。2003 年 8 月，河北省委书记白克明到塞罕坝林场视察时指出：保护好塞罕坝这万顷林海，别发生森林火灾，即使你们的 GDP 为零，也是你们最大的贡献，最大的政绩。2005 年，国家林业局副局长李育才来场考察时赞誉塞罕坝是"中国绿色明珠"。

8. 巨大鼓舞（林场的全部奖励、荣誉在此集中展出）

2000 年，河北省林业厅在塞罕坝机械林场建立了"河北林业艰苦创业教育基地"。2002 年，中央国家机关工委在塞罕坝机械林场建立了"中央国家机关思想教育基地"，同年国家林业局在塞罕坝机械林场建立了"再造秀美山川示范教育基地"。2003 年，河北省保护母亲河行动领导小组在此建立了"河北省青少年生态环境教育基地"。2005 年中国人民武装警察部队森林指挥学校也在此建立了"教学基地"。北京大学对塞罕坝经过十多年的实地考察，于 2005 年动工兴建了"地球生态与环境系统塞罕坝实验站"。2006 年，塞罕坝机械林场荣获了"全国五一劳动奖状"。

9. 展望未来

保护好、经营好、发展好森林资源是塞罕坝机械林场永恒的主题。按照分类经营的要求，林场将建立起公益林与商品林协调发展，与国民经济和社会发展相适应的，均衡适度、功能齐全、结构稳定、布局合理和可持续发展的林业生态体系，实现高水准的山川秀美。通过产业基地建设和龙头企业培育，林场将建立起以木材生产为主，森林旅游、种苗花卉多业并举的发达产业体系，繁荣林区经济。到 2020 年，全场产业总收入将达到 8000 万元，其中，非木材产业收入达到 50%。通过基础设施建设和社会文化事业的发展，塞罕坝将全面建成经济发展、职工富裕、人与自然和谐相处的小康林场。

结束语

塞罕坝机械林场是中国林业防沙止漠、改善生态环境、再造秀美山川的一个突出的典型。塞罕坝人是中国务林人的优秀代表。展览粗略地回顾了塞罕坝人勤俭建场、艰苦创业的光辉历史，展现了他们科学求实的精神风貌，也追踪了他们探索和谐发展坚实的足迹。同时展览也启示着我们，塞罕坝人成就的是一项绿染山川的伟大事业。绿，的确是一种非常美丽的颜色。但是，世界上最美的绿色，还不是自然赋予我们的那种绿色，而是人类用自己的心血和汗水浇灌出来的绿色。那种在茫茫的荒原上，在风沙弥漫的不毛之地，用艰苦的劳动创造的绿色才是最美最美的，因为这种绿色不仅同自然赋予我们的绿色一样地使人赏心悦目，而且她浸透着人格的高贵，饱含着造福于人类的深情，闪耀着创造者美好心灵的光辉！

塞罕坝机械林场从诞生、发展到壮大，始终如一地得到了党和政府的关怀与支持，同时也得到了社会各界朋友的极大关注。在此，我谨代表全场职工向多年来支持塞罕坝机械林场发展的各级领导和社会各界朋友表示衷心的感谢！

科技兴林

国家科委成果办发文

向广大林农推荐使用"根宝"

　　本报讯　"根宝"是山西农业大学研制开发的一种营养型植物生长促进剂，对提高林木、果树植苗和作物移栽成活率，促进幼苗健壮生长有特殊效果。为推动造林绿化事业的发展，国家科委科技成果管理办公室前不久发文，向广大林农推荐使用"根宝"。

　　"根宝"含有无机酸、有机酸、氨基酸、酶、维生素等多种营养元素，具有较强的生物活性。使用"根宝"能显著提高植物根系活力，促进新根再生，增强移栽苗木自身吸收功能，使根系较好地发挥及时补给水分与养分的作用，从而提高林木成活率，促进植株健壮生长。特别是将"根宝"用于干旱阴坡、立地条件差的地区造林，效果更加突出。据悉，山西省1991~1992年连续两年进行多点试验并示范推广300万亩，结果证明：使用"根宝"一般可使植苗树木根系活力提高7%~138%，增加新根42%~224%，新根生长量增加10%~20%，植苗成活率提高15%左右，新梢初期生长量提高50%~100%。试验还证明：使用"根宝"，抗旱保墒效果好，不污染环境，对人、畜无毒害，使用方便（直接加水稀释），适用范围广（针阔叶树种植苗、容器育苗，作物移栽均可使用），而且还有价格低廉的优点。一般情况下，造100亩林只投入10元，以提高植苗成活率10%计算，可节约造林费用400元以上，加上节省补栽用工和增产效果，其社会效益与经济效益更加显著。

　　"根宝"已通过山西省科委组织的技术鉴定，1992年荣获中国新产品新技术金奖，由山西农业大学独家生产。记者了解到，目前已开发出适用于荒山造林、田旁植树、果树和蔬菜等农作物移栽以及苗木换床用的"根宝2号"和适用花卉与林木硬嫩枝扦插用的"根宝3号"两种适于林业的产品。该项成果已在山西省全面推广应用，并在全国13个省市试用，博得一致好评。国家科委成果办正在组织全国推广协作网，加速"根宝"在全国的示范推广工作。

"4S"技术落户房山

房山区位于北京西南郊，境内历史古迹、风景名胜众多，地貌类型多样、复杂，山区面积为1402.69平方公里，占全区总面积的69.5%，而且森林资源80%集中在山区。由于山区面积大，山峰陡峭，立地条件差，干旱少雨，森林防火难度很大。房山区多年来积极探索科学防火之路，取得了显著成绩，1993年被原林业部评为全国7个森林防火设施建设达标示范县之一。近年来，他们在加强"四网两化"建设的基础上，逐步形成了一套完整的"4S"森林防火体系。

房山区的"4S"森林防火体系由CIS系统（林火信息系统）和3S（即GIS地理信息系统、GPS全球定位系统、RS遥感技术）集成和应用两部分组成。

1994年，房山区还在全国范围内率先将视频监测系统引进自己的森林防火领域。1995年房山区从当地的森林资源分布特点和区域实际情况出发，开发了林火管理信息系统，建立了林区可燃物数据库。经过两年的调整试用，1997年正式投入使用。1998年，他们同中国林科院合作建立了森林防火地理信息系统。2000年，他们又对这一系统进行了升级，使之能够在WINDOWS系统上运行。升级后的林火管理信息系统工作界面更具有可操作性，并增加了自动火险天气预报模块，实现了完全由计算机准确自动地预报火险天气等级、模拟高火险天气可燃物燃烧情况，为科学制定指挥扑火方案提供了决策依据；同时，它还能对火场损失进行科学评估。然而，房山区仍不满足于现状，继续在森林防火领域攀登高峰。2002年，区、院继续合作，成功地开发了房山区航拍影像数据管理信息系统，并引进了GIS技术。GIS、GPS、RS的集成应用，不仅使房山人对火情火险反映快捷灵敏，而且使房山区的森林防火工作实现了决策现代化、数据科学化、指挥规范化。

为了进一步提升森林防火水平，2001年房山区投入45万元装备了北京全市第一台森林防火现场指挥车，形成了一个功能完备的小型指挥室，把防火指挥中心前移到火场第一线，大大提高了指挥效率。2002年又投入45万元先后在周口店林场、青龙湖、百花山、燕山石化公司、云居寺等重要地界安装了5套林火视频监视系统，并在青龙湖建立了插转基站，使林火监测网络覆盖了全区山林。在森林防火戒严期内，区林业局指挥室昼夜24小时对林区进行监控，做到了有隐患早发现、早排除，有火情早发现、早扑救。接着，他们又投入60万元对指挥室进行了第四次升级改造，增加了有线电话调度系统、自动气象观测系统。这两大系统与原有的林火管理信息系统紧密结合，形成了一套完整的CIS系统。至此，"4S"森林防火系统在房山落户。

"4S"技术的应用，实现了林火的可预测性，突现了林火的发生规律，显著地提高了房山区在森林防火工作中的预防、指挥和扑救的能力。他们可以更加科学合理地配置防扑火资源，从而有效地减少了山火、火警、火灾发生的次数，为建设好首都西南的生态屏障，保护好绿化成果做出了贡献。澳大利亚、俄罗斯、加拿大等国家的防火考察团先后来房山考察交流经验，并给予了很高评价。

时代需要陈聚恒

林学家陈聚恒创造了杨树超短周期原料林栽培及其早期加工利用的高新技术体系，改变了林业生产周期长、见效慢的现状，把杨树产业带进了"超短周期"新时代。这是造福人类的伟大壮举，是超越前人的大创造、大发明。

陈聚恒的这一切是在默无声息的艰苦耕耘中创造的，是在排除了数不清的艰难险阻，以崇高的社会责任感、超常的毅力和敢为天下先的大无畏精神开拓出来的。他把一个个大大小小的困难和一次次面临失败的风险留给了自己，把丰硕的科研成果和巨大的综合效益献给了祖国和人民。他是一位富有良知的科学家，一个令人敬佩的人。

陈聚恒最大的特点和最可宝贵的品格是创新，而且在科技创新的路上不自满、不停步，一直所向披靡，勇往直前！他创造了"超短周期原料林"这一新林种、新概念，并用这一栽培技术使1年生~2年生杨树迅速生长，竟使其单位面积材积产量达到世界领先水平；为给这种"超短周期"杨树条材派上大用场，他继续开拓创新：运用高新技术发明了一系列新工艺、新设备，让杨树产业"四面开花"。他和他的合作伙伴们用杨树条材生产出木本饲料、人造板材、木质餐具，并用这种条材制浆生产出第一张符合环保要求的新闻纸，几乎涉及了林产工业的半个天下！按常理说，人的生命是有限的，一个人一生有一项重大发明，就已经很了不起了，而陈聚恒的发明是在杨树产业内成系列的，其创造的新工艺、新技术是成体系的，这就更加难能可贵了。

开拓创新，是人类社会发展进步永恒的主题。不能开拓创新的民族是没有希望的民族。正是基于这一基本观点，在我们这个改革开放的时代里特别需要陈聚恒，尤其是在万众一心实现林业跨越式发展的今天，更需要一大批陈聚恒式的人勇于开拓创新，不畏艰险，无私地奉献自己的聪明才智。

仔细想来，在陈聚恒开创事业的道路上，一定有许多忠诚的合作者和给予他无私帮助的人。在我们评价陈聚恒的创造和发明的时候，也铭记着他们的忠诚和热心。从这个意义上讲，陈聚恒是推动杨树产业进入"超短周期"新时代的杰出代表。因此，时代需要陈聚恒，也需要千千万万与陈聚恒忠诚合作、无私帮助他的热心人。特别是在当前，在杨树超短周期原料林栽培及其早期加工利用的高新技术体系成果急需大面积推广、急需尽快转化成现实生产力的时候，更需要这样的合作者和热心人。

兴林治山 脱贫致富

河北林业科技工作者进军太行山

本报讯 记者前不久获悉，河北省石家地区部分林业科技工作者，自由"联姻"，组建科研课题组，着眼治山，着手致富，已开始进行太行山林果生产技术和产品综合利用的研究。此项研究工作由河北省林科所牵头。

河北境内的太行山地区涉及 28 个县市，有海拔 100 米以上的山地4321.83 万亩，占河北全省土地面积的 15.3%，人口 537.22 万，林木覆盖率只有 10%。这项研究课题是在对太行山区进行了科学考察的基础上提出来的。这项研究的目的是，充分挖掘太行山地区的科技潜力，发挥科研的整体效益，解决太行山治山致富问题。这对于帮助山区人民脱贫致富，尽快恢复太行山植被，控制水土流失，保护和改善京津地区的生态环境具有重要意义。

跨向世界生态科学的前沿

——访祖元刚和他的森林植物生态学实验室

仲夏时节，记者慕名走访了坐落在东北林业大学校园里的森林植物生态学开放研究室。跨进这座神圣的科学殿堂，使人有一种身临科学前沿阵地的深切感受。

这座拥有 500 平方米的开放研究实验室，设立在一座独立的二层楼内，在校园里独处一方，显得格外高雅幽静。热情的主人带领我们参观了一个个工作间，向我们展示了各种各样高档、尖端和极其精密的仪器仪表。实验室有 13 名固定的研究人员，其中大多是久负盛名或已显露头角的森林植物生态学领域的专家教授；5 名固定的技术人员也都精通电子计算机硬件和软件及其外设原理、各种精密仪器仪表的性能原理，并能熟练地操作和维修。年轻的博士生导师祖元刚教授既是这个实验室的创办者，又领衔出任实验室主任。

回顾 15 年前，当我国生态学会作为新生婴儿呱呱坠地之时，祖元刚还仅仅是个助教，在东北师大生物系学习海洋采珍。早在本世纪 40 年代，国外已开始了生态系统的定量研究，而我国于 80 年代初才刚刚接触这一概念。英气勃勃的祖元刚却用 10 年时间完成了这一历史性的跨越，冲上了世界生态学研究的一个新的制高点。自 80 年代开始，他在东北师大祝廷成教授的指导下，潜心于能量生态学的研究，在我国首次提出了植物能量代谢中能量计算测量公式，首次研制出了我国第一套用于野外能量生态研究的仪器装置，首次建立了生态系统能量流动的完整量化模型，在世界面前第一次揭开了草地生态学领域中"能量守恒"的神秘面纱。他撰写的《能量生态学引论》一书，创建了"能量生态学"严密的理论体系与科学的研究方法，成为填补世界科学领域空白的力作。正因为上述成就，使祖元刚成为我国能量生态学研究领域中年轻的开拓者和跨世纪的学术带头人。

祖元刚教授告诉记者，森林植物生态学属于植物科学基础研究和应用基础研究的范畴，它的基本任务是揭示植物与环境之间相互作用的客观规律，揭示森林植物群体的结构、功能及其动态变化规律，为开发利用森林资源和林业经济的发展提供理论依据和有效方法。因此，这一研究具有重要的科学意义和广阔的发展前景。东北林业大学集中了财力、物力和全部的生态学研究力量创办了这个开放实验室，即等于在国内创建了一个高水平的森林植物生态研究中心和一个高层次的人才培养基地。

问起实验室的创建过程，祖元刚的激动之情溢于言表。他的倡议很快得到了林业部和学校领导的高度重视，同时也得到了周以良、聂绍荃等德高望重的老一辈森林生态学专家们的鼎力支持。实验室的建设很快从去年的年中起步，学校共投资 24 万元，经过多方积极努力形成了比较可观的规模，年底，被国家教委正式批准为部门开放研究实验室。目前，实验室已有在读博士研究生 8 名、硕士研究生 16 名，聘任来自全国各大专院校、研究院所的专兼职客座研究人员 6 名；此外，还有 5 名来自加拿大、美国、英国和日本的外籍研究人员。实验室与国外有关单位的专家进行了密切合作和广泛的学术交流，取得了一大批科研学术成果；已出版 8 部学术专著，发表了 108 篇学术论文，先后有 10 项科研成果通过鉴定并获得国家或省部级奖励。实验室的工作把森林植物生态学的研究一步步地推向世界科学与技术的前沿。

祖元刚对实验室的工作精神振奋，并充满信心，但从他的言谈话语中，记者品味到他肩膀上的担子很重。

他说，既面向中国的林业建设实际，又紧紧追踪世界生态科学研究的前沿，这要成为这个实验室的鲜明特色。我们已经在森林植物生态学、森林植物群落生态学和非线性森林植物生态学模型研究方面向国内外专家提供了科研课题，今后要创造条件、扩大开放。通过开放，既可树立实验室的外界形象，又能促进广泛的学术交流，增强合作，更充分地开发、利用高层次的人才资源，为林业经济建设服务。

我们满怀敬意地关注着森林植物生态学开放研究实验室的专家们正在追踪着的世界生态科学研究前进的脚步，殷切地期待着祖元刚和他的同事们创造更辉煌的业绩！

（刊登于 1994 年 9 月 16 日《中国林业报》第三版）

追寻那生根的土地

——日照科技兴林风采录

日照东临黄海，是山东省的一座新兴的港口城市，改革开放的大潮已把它推上了欧亚大陆桥东方桥头堡的地位。

时令已是隆冬，记者踏上了这片绿色拥抱的土地，目睹了日照科技兴林的风采，油然感到一股暖融融的春意。

一

张天印是市林业局的高级工程师，已在日照工作了 38 年。他说，他依恋这片土地，在这儿扎根了。在张工的陪同下，记者在日照走访了三天，追寻着林业科技工作者艰苦创业的足迹。

今天在日照见到的情景，已和张工刚到日照时大不相同。昔日风沙弥漫的荒凉海滩，如今已被绿龙封锁，岚山、石臼两大港区也已披上了绿色的盛装；东部的平川地带农田林网已初具规模，一排排杨树长势喜人；中部和西部的低山丘陵地区建起了一片片用材林、经济林基地，完全裸露的山丘已所见不多了；位于石臼港北侧、50 年代起步在荒芜的海滩上建起的大沙洼林场，如今已成为遐迩闻名的旅游胜地。在建设中都浸透了科技工作者们的心血和汗水。

张天印说，以科技振兴林业是一个系统工程，要做的事情太多了。

日照的科技工作者们既有艰苦创业的风采，又有开拓进取的雄姿。1977 年，他们在涛雒乡华山设点试验研究人工驯养灰喜鹊技术和放鸟除虫的方法。历经 6 度寒暑的观察研究，取得了大量的试验数据，证实了该鸟除虫的作用和价值，这对宣传保护益鸟、普及推广益鸟治虫，做出了突出贡献。在南茶北引的试验研究和推广普及中，使茶叶次生区生产的日照优质茶跻身于全国名茶行列。日照本没有水杉，他们大胆地从湖北引进，种植 500 亩，每亩年均生长量 2.2 立方米，亩均蓄积达 31 立方米，比湖北水杉长得还好。近年，他们引种美国的火炬松也喜获成功。我在虎山乡黄家峪村看到近一两年种植的千亩火炬松林，株株苗壮，生机盎然。南竹北移是艰难的，他们从 50 年代末开始试验，几经起落引种的只存活了 7 棵，但他们不灰心、不气馁，就凭借这 7 棵竹苗不断繁衍，最终搞成了现在散布于全市的数万亩竹林。

二

日照的科技工作者们追寻到了他们赖以生根的土地，他们的工作紧密地结合着林业建设的实际。记者在采访中突出地感到，面向生产实际，直接服务于日照的林业建设，正是他们工作的一大特色。

为治理日照海岸线上的风沙、保护东部地区的农田，科技工作者们在3万亩宜林荒滩上展开了科技攻关战。他们走访群众、查阅资料，根据不同沙滩类型选择适宜的树种试验，在取得成功后，指导群众大搞海滩造林；在改良后的低洼沙滩上营造了杨树、水杉丰产林，现在都已经郁闭成林，取得了很好的生态、社会和经济效益。

他们坚持在生产实际中积极寻找科研课题，并把研究与推广结合起来。灰喜鹊治虫的试验研究，是在松毛虫危害严重的现实中"逼"出来的。张天印说，他们从没想过为拿什么奖才去这样做。长期以来，日照的树种结构单一，而且材质低劣。群众说，"山上松（赤松），山下杨（加拿大杨树），太单调了。"他们还编了顺口溜："远看一片青，近看无材用"；"焦了稍、发了红，里头遭了啄木虫；截成板，尽窟窿"。科技人员听着堵心。于是，他们大搞引种试验研究，经过坚持不懈的努力，树木品种日益增多，绿色天地变得多姿多彩了。他们在造林实践中研究了林种布局，提出"山上松，山中槐，山下四园（果园、茶园、竹园、桑园）巧安排"，实现了植树造林科学化和规范化。在治山整地中，科技人员引导群众克服了"大扒皮"的蛮干做法，群众学会了打隔离带、修筑水平梯田，保护植被，防止水土流失，有效地提高了林分质量。现在，日照大地上的病树、小老树明显减少了。

三

日照的科技兴林，既有说干就干的劲头，又有与群众密切结合的特点。科技人员都能做到有项目、有课题、有实验基地。他们一年中大部分时间沉在下边带领群众干，成果一经取得，立即进行推广。据介绍，凡是自行研究的成果基本上都得到了切实的应用。此外，近几年还重点推广了容器育苗和良种繁育新技术，推广了板栗、苹果等经济林新品种，广泛运用了 ABT 生根粉、新农药、植物生长刺激素。这些新技术的推广和应用，创造了巨大的经济效益，推动着日照林业不断地提档次、上水平。

张天印是日照科技工作者的优秀代表、科技兴林的带头人。他说不清自己熬过多少不眠的夜晚，也记不清自己受到过多少次表彰和奖励，以及已经攻下过多少难关，只知道自己还有多少事没有做。他饶有兴趣地和我们谈起他近期的打算。他说，他要研究并引种一种叫野芝麻的月见草。这种植物经济价值很高，吉林省长白山就有。他已经试种了，适合日照土地生长。他说，如能广植，既可迅速绿化荒山荒滩，美化环境、保持水土，又能给农民增加收入。它的草籽能榨油，还是珍贵的药材；种植多了，可以兴办油料加工厂、中药厂，是很好的综合利用项目。他还要搞林木良种繁育推广项目。他说："要让刺槐、刚松、晚松、班克松、绒毛白蜡、窄冠白杨等树种在日照的推广形成气候；这个项目的天地太广阔了，光刺槐就有 13 个优良类型，我都想让它们尽快地在日照的土地上落户生根。"看他那股劲头儿，实在不亚于二三十年前，研究引种淡竹和十几年前研究驯养灰喜鹊治虫的情景。

"您感到累吗？"我问。他没有正面回答我，只是说："干林业就得多吃辛苦，多牺牲自己的利益。"前两年，省林业厅要调他去，他是济南人，这样就可以"荣归故里"了，但他思忖再三，还是决定留下，因为他离不开这方热土。

日照渴望绿色。今天，日照的科技兴林已充满了生机，明天科技兴林在日照将结出更丰硕的果实。因为，林业科技和张天印们已在这里追寻到了它们生根的土地。

（刊登于 1991 年 12 月 27 日《中国林业报》第三版）

溧阳：依托科技开发山区

以竹海、茶乡和风光秀丽的天目湖闻名遐迩的江苏省溧阳市，近年来依托科技在 150 万亩丘陵山地上掀起了综合开发的热潮。经过几年的努力，溧阳的山水田林路得到了综合治理，农林牧副渔五业兴旺，不仅进一步改善了山区的生态环境，而且使丘陵山丘成为这个全国经济"百强县(市)"又一个新的经济增长点。

溧阳的山区综合开发是建立在科学规划基础上的，因此，保证了开发建设的高起点、高效益。他们在规划中确立了科技的先导地位，要求实施的所有项目，都要经过充分的科学论证，都要具有较高的科技含量，都要吸纳并转化为先进的科技成果和先进的管理措施。科技推广在溧阳是作为体系工程来对待的。去年，全市在科技推广上投入资金 860 万元，今年又加大投资力度，达到 1545 万元。由于充分发挥了科技的先导作用，溧阳把山区的生态公益林建设与板栗、笋用竹、茶叶、材用竹、蚕桑、花卉、苗木、商品用材林等十大生产基地建设同时并举，注意挖掘潜力、发挥优势，促进三大产业协调发展，从而使开发的规模日趋壮大，产业结构不断优化，经济特色更加明显。由于实施的成效显著，1997 年 5 月，溧阳被国务院确立为全国山区综合开发示范县(市)。

溧阳在山区综合开发的过程中建立了一支素质高、结构合理、比较稳定的科技队伍，并且加强乡镇和村两级科技队伍建设，形成了完善的科技推广网络。同时，大搞科技产业和经营实体，强化科技服务体系；采用颁发科技证书的形式，向农民普及科技知识，促进科技进山入户。在硬件建设上，下大气力建设了一批包括各种类型又有区域特色的科技示范基地，带动面上技术水平的提高。在各种基地的建设过程中，板栗丰产、板栗单芽切接、名特茶制作、丰产林培育、茶园管理、畜禽与水产养殖等先进适用技术得到推广应用，极大地提高了经济效益。目前，科技在溧阳山区经济增长的贡献率已经攀升到50%左右。

溧阳市的龙潭林场在科技兴林中发挥了示范作用。该林场与原林业部合建了板栗良种基地，5年来在全国各地采集板栗优良种质资源294份，建成了江苏第一个板栗良种基因库，培育板栗壮苗10万多株，累计收益44万元。他们进行了板栗成年树增产技术研究，使板栗亩产达335.5公斤创造了当时全国板栗单产的最高纪录。今年，龙潭林场又与韩园艺会、美国珍珠贸易公司、美国体洋公司四方三国合资合作，成立了溧阳国际园艺有限公司。该公司的成立，不仅为溧阳引进了国外的新品种、新技术和新的管理经验，同时也为溧阳山区的特色产品打入国际市场带来了新的商机。

（刊登于1998年12月29日《中国绿色时报》第三版）

南林大进军首都绿化市场

与四季青乡合作建立珍稀观赏植物繁育中心

本报讯　南京林业大学把自己的业务触角成功地延伸到了北京。1月20日，南京林业大学经济植物研究所和北京市四季青农工商总公司在京签订协议，合作建立珍稀观赏植物繁育中心。

根据双方暂定为十年的合作协议，四季青乡政府今年将无偿为中心提供50亩、明年提供150亩到200亩土地作为试验和快繁基地；负责做好灌排和快繁等设施的建设和投入；向南京林业大学经济植物研究所提供科研开支，第一阶段（2003年前）提供60万元，第二阶段（2004年~2006年）提供经费标准参照第一阶段执行。南京林业大学将全面负责观赏绿化和造林用珍稀植物品种的引进、资源的收集和快繁等科研工作。南林大经济植物研究所今年1月完成中心基地各类规划设计；在两个实施阶段中，每一个阶段分别引进珍稀观赏灌木40种和观赏造林用乔木10种、观赏银杏新品种5个，其中今年要完成第一阶段引种任务的80%；负责从引进和收集的品种中筛选、培育出可供北京地区大面积推广的观赏乔、灌木品种15个到20个；同时负责适宜推广的新品种快速繁育技术的研究和指导，以及中心各项技术资料的整理、成果总结和推广材料的制作等。

此前，作为本次合作的序曲，南京林业大学曾为四季青乡做过四环路绿化设计等工程；而地处京城上风向的四季青乡现在的林木覆盖率为48%。以经营蔬菜闻名京城的四季青乡，正通过和南林大的合作等一系列措施，实现该乡建设"绿谷氧吧、生态园区"的构想。

祈盼全社会伸出援助之手

共同筹建珍稀动物标本馆

——访国家林业局南京警校校长苏惠民

最近，国家林业局南京警察学校校长苏惠民正为筹建珍稀动物标本馆奔波忙碌，也为筹措资金闹得寝食不安。记者闻讯赶赴警校采访了苏惠民校长。

苏惠民今年四十多岁，一脸的书卷气，到警校任职刚刚一年，就已深深地爱上了这个绿色军旅的摇篮。一见面，他就把记者领到了珍稀动物标本室，向记者展示了学校珍贵的教学资源。标本室内，现有国家一、二级重点保护野生动物的标本共七十余种、三百多件，飞禽走兽无不制作得栩栩如生，初步计算全部价值可达五百多万元。只可惜，金丝猴、亚洲象、东北虎、麋鹿等这些珍贵的动物标本被"囚禁"在名为标本室而实则是看守严密的仓库里，没有声、光、电的辉映，难以显示动物世界的万象生机。

记者直言不讳地谈了自己的感受，拨动了苏校长的心弦。他说，这的确是太可惜了！如果能筹建一座占地三五千平方米的珍稀动物标本馆，向社会开放就好了。从实施科教兴国和可持续发展战略来看，这既是当务之急又是长远大计。苏校长解释说，当前，鉴于我国生态环境日益恶化的严重形势，在全体人民中，特别是青少年中，普及生物科学知识，进行保护环境包括保护野生动物的教育已迫在眉睫；我们要为将来着想，还子孙一片蓝天净土、一个生物物种丰富的美好家园。他说，我们要筹建动物标本馆的宗旨就是积极开展社会服务，即在完成学校正常教学任务的同时，让珍稀动物标本馆完全对社会开放，既搞教学科研，又搞面向全社会的环境保护教育，普及野生动物知识，以增强全民的环保意识，让这些珍贵的教学资源实现学校与社会共享。

苏校长十分动情地向记者介绍了学校的建馆构想。他说，我们通过努力，在西藏、陕西、新疆、甘肃、内蒙古等省（区）森林公安部门的帮助下补充尚缺的大熊猫、藏羚羊、雪豹、羚牛、马鹿、北山羊等珍贵标本，并力争把《野生动物保护法·名录》中所列的 335 种国家一、二级重点保护野生动物的标本都收集制作齐全。把它们布置在有声、光、电设施的自然生态景观中。其中，有森林、有草原、有湿地，让参观者如身临其境，能听到阵阵林涛、鸟鸣虎啸和流水欢歌，让野生动物有亲近之感。馆内设有触摸计算机指示系统，参观者可以随意查阅各种动物的形象、文字资料；馆内还设有图片和录像展示以及演播场所，并有小型的多功能报告厅，供开展学术交流之用。

记者被苏校长的激情感动着，意识到这是一桩功在当代、利在千秋的大事。据悉，学校所在的南京市玄武区已确立了"以科普教育为龙头、共建两个文明新社区"的方针；省、市、区领导到警校考察，一致认为珍稀动物标本馆是很有特色的教育资源；目前有关方面已经成立了珍稀动物标本馆筹建领导小组，苏校长正在为此奔走呼吁，恳请江苏省政府、南京市以及玄武区的有关部门给予大力支持。苏校长特别强调，学校坐落在玄武区花园路，地处南京市东郊风景区。学校拨出土地，建成珍稀动物标本馆，可与相邻的南京地质博物馆、紫金山天文台、红山森林公园连成一条科普旅游风景线。从这个意义上讲，也是一件利国利民的大好事。他告诉记者，希望得到全社会的理解和支持。

记者相信，有耕耘就会有收获，南京警校的正义之举会获得有识之士的热心赞助。有了全社会的积极支持，这座科普殿堂一定会矗立起来。

（刊登于 1998 年 11 月 30 日《中国绿色时报》第三版）

无助的周学尚处在苦恼中

他进行了十几年的药物防治枣疯病的试验研究，历尽艰难，已初见成效。但没人相信一个基层科技工作者能解决如此重大的科研难题，他得不到任何科研经费的支持，发表文章难，扩大试验难，出卖转让技术更难……

枣疯病是植原体（原称类菌原体）引起的一种毁灭性的枣树病害，被称为枣树的"癌症"。患有这种病的枣树，最多三年左右就会整株死亡，目前只有四环素族药物可暂缓病情，两三个月后便失去疗效。因此，对枣疯病至今缺少有效的防治办法，目前仍处在患病后一砍了之的状态。由于枣疯病分布地域广，枣树产区每年为此损失惨重。

安徽省黄山市森防站有位高级工程师叫周学尚，现年 59 岁，他急林农之所急，研究枣疯病防治已达 13 年，历尽挫折，反复试验，近年在屯溪一重一轻两株病树上实施药物治疗试验，获得明显成效，初步达到了对病树不剪枝、不环剥；用他研制的药物可以控制病情扩展并使之逐渐康复，不仅病株可以发芽、抽枝、展叶、开花、结果，而且可使叶绿、枝健、花繁、果甜。只是由于他的研究条件太差，几乎得不到信任和支持，没法进行大面积的实验。要根治枣疯病尚需深入研究。

去年 10 月，记者到黄山采访，初识周学尚，他向记者倾诉了自己的苦恼：他需要社会的理解和支持，需要对药理作定性、定量的分析，急需对枣疯病的药物防治扩大试验，深入研究，但得不到任何经费上的支持。他告诉记者，市科委的领导实地看过他的试验成果，只承认有效，但没钱请专家给他鉴定，现在正在申请安徽省科研项目资金，但立项的希望很小。

周学尚没有灰心。今年春天，他又选择了 16 株试验树。1 株近在屯溪(黄山市所在地)，其它 15 株远在歙县的杞梓里。对屯溪选的这株危重病树，他要做进一步提高疗效的试验研究；对歙县的 15 株轻度病树，他把它们分为 5 组，3 株为一组，有的进行使用新药的试验研究，有的探索实施新的药物剂型。5 月 8 日，周学尚来信告诉记者，经过施药治疗，屯溪的这株近于垂死的重病树，已长出绿叶，新梢已平均长到 10 厘米以上，不久可见到花器形成。8 月 8 日，整 3 个月以后，周学尚又寄来 5 张照片，反映屯溪试验树不同时期的康复情况，并在信中欣喜地说，春天，人们说这株病树活不成了，我说治治看，保证今年结果比去年多——去年结枣几十个。现在我的承诺实现了！病树起死回生，而且结了十几斤果，连八十岁的老婆婆都愿给我作证明！讲到歙县那 15 株试验树，他在 5 月 8 日的信中说，已施过一次药，由于路远，一年只能去 3 次。目前看，药物治疗枣疯病效果很明显，治疗办法越来越成熟。他希望有关专家能对他的研究进行实地检验，也希望有整治枣疯病需求的地方，支持他把这项研究进行到底。

屯溪那株重病枣树的起死回生也没给他带来太大的喜悦，他依然处在极度的苦恼中。因为，他写的《药物治疗枣疯病重病树试验观察》的文章投寄到一家很对门路的学术刊物，被人家退回来了，以为他的试验带有很大的偶然性，根本就不相信他这个基层的技术人员可以解决如此重大的难题；去年他申报的省科研项目资助也彻底泡汤了。周学尚完全处在无助的状态中。当前，连轻度枣疯病都无奈其何，3 年时间只能眼巴巴地看它死亡。他，周学尚，不仅能治，而且当年治，当年就开花结果。要知道这是一株濒临死亡的重病树，要让它发芽、抽枝、展叶、开花、结果，须闯过道道难关，果实还形正、味甜，对人无毒，这怎么能说是"碰巧"的呢？他实在想不通！他从权威们的冷漠中体会到的是，人家并不理会他的艰辛。由此，他的心无限地悲凉起来。他想，不是讲科技创新吗？我们基层科技人员要参与科技创新为什么如此艰难？

他在信中告诉记者，我们黄山市林业局经济困难，拿不出钱支持我搞科研，我攻克枣疯病实在太困难。现在是发表文章难、扩大试验难，出卖转让技术更难。我多么希望自己研究的这项技术能尽快变成现实生产力啊，可是实在不知道哪一天可以使这个梦想变为现实。

昔日随风飘散 今朝聚集成财

我国率先实现人工开发利用松花粉

营养学家于若木说：松花粉产品开发前途远大，要广泛宣传，大力开发，让这一高营养产品为人民群众造福

本报讯 我国几代林业工作者刻意追求的人工开发利用松花粉的夙愿，如今终成现实：中国林科院亚热带林业研究所的科技人员经过 8 年潜心研究，攻克了马尾松花粉的人工采集、储藏、加工等数道难关，成功地研制出松花粉系列产品。这项重大成果，不仅使昔日随风飘散、视若废物的松花粉资源聚集成财，使我国 3 亿亩马尾松资源的利用和山区人民致富找到了新出路，同时也为世界花粉资源的开发利用提供了可资借鉴的实用技术。

松花粉是我国医药宝库中的传统药材，被列入《中国药典》，自古以来为食疗珍品。据《神农本草》《本草纲目》等多种医学典籍中记载，松花粉有润心肺、益气、祛风止血、壮颜益志、强身健体之功效。经测定，松花粉中含 16 种氨基酸、多种微量元素和维生素，天门冬氨酸、精氨酸，而且有机态镁含量特别高。然而，历史上由于松花粉采集时间极短（仅两三天），采集后难以保存贮藏（采后存放不过两个月就发霉变质），阻碍了它的开发利用。1983 年，正在承担国家油桐速生丰产研究课题的陈炳章，从一本国外杂志获悉该情况后，决心利用业余时间向这一科研"禁区"冲击，让长期废弃的自然资源为人民造福。1984 年，亚

林所科技人员陈炳章组织起一支 3 人攻关小组深入林区，开始了艰难的探索。在野外，他们夜以继日地在树下蹲点观察分析，摸索出不同气候条件下采集松花粉的黄金时间和最佳办法，掌握了大量人工采集的技术要领后，又到花粉产地对农民进行技术培训；在室内，他们通过反复试验，运用大气环流干燥技术将松花粉的水分含量降低到 5%，使松花粉在常温下的储存期延长到 3 年。之后，在上海市药检所、中科院上海植生所、中国水稻研究所和中国人民解放军总医院等单位的支持下，他们又顺利地进行了马尾松花粉形态、显微学鉴定和各种营养成分测定，并完成了精制加工设备及工艺流程的设计。陈炳章等科技人员研制的松花粉，营养丰富，成分稳定，质量纯净。国家食品、药品检测证明：其无"六六六"有机磷等残留毒性，不含动物激素，无任何过敏反应。近年来，在他们的努力下，如中成药松花散、松宝胶囊、松花营养液、松花粉食品及化妆品等系列产品相继问世。

中国营养学会老会长于若木同志一直关注松花粉产品的系列开发。日前，于若木同志告诉记者：中国的松树资源非常丰富，松花粉产品开发前途远大，要广泛宣传，大力开发，让这一高营养产品为人民群众造福。

现在，国家科委、卫生部等有关部委已向全国发文，推广马尾松花粉采集储藏加工技术，并把精制松花粉列为国家重点新产品。据陈炳章介绍，目前，浙江、江西、福建等省市已建立起 21 个花粉采集基地，年产花粉数十吨，生产松花粉系列产品的专业企业杭州松花宝厂已正式投产。

高新技术使马尾松成为"名木"

一向被视为"材次价廉"的马尾松，由于加工中使用了高新技术，一下变得全身都是宝：锯材能生产家具、木地板、建材门窗，边角料可制作工艺品，脱脂后又是生产香料的好原料，木屑可生产"神香"，连叶片都能生产治疗心脑疾病的药物，其综合利用价值越来越高。福建省厦门市涌泉集团生产的马尾松制品已跨出国门，担当起出口创汇的角色，并使马尾松被日本人称为"名木"。

我国南方马尾松资源十分丰富，但是因其木材含有油脂做家具不易上漆、含糖分高易招蚁虫蛀，含酸性强易腐烂变形，因而长期以来一直被误认为材质次，派不上大用场，只用作造纸和枕木的原料，或当柴烧。过去马尾松使用价值低，木材售价也低，不仅造成资源浪费，而且也严重地挫伤了广大林农的造林积极性。

为开发利用马尾松资源，近年来，厦门市涌泉集团在引进、消化日本 90 年代木材深加工技术的基础上，总结了省内松木脱脂技术的经验，吸收国内其它先进技术，创造了马尾松脱脂、阻燃、防腐、烘干等系列化处理工艺。这套高新技术的运用，使加工处理过的马尾松材阻燃率达到国家 CB8625 难燃 B1 级标准，防腐效能达到国家耐腐级标准，极大地提高了木材的使用价值，使之代替阔叶树等优质木材生产制作中高档家具、装饰材料、木工艺品及优良建材，成为出口创汇产品。

近年来，香料市场供不应求，而且目前国内厂家一直以肉桂油、杏仁油等为原料生产天然苯甲醛，由于原料资源极为稀缺，使之生产成本太高。涌泉集团同复旦大学协作开发出拥有自主知识产权并具有国际领先水平的"氢化"高新技术成果以及国际首创的 FY－C 型催化剂，创造了以马尾松脱脂下脚料为原料生产高天然度无氯苯甲醛的全新技术工艺。这种新技术工艺与传统生产工艺相比，具有原料充足、生产成本低、无污染、产品天然度高、香味纯正等优势，从根本上解决了天然香料规模化生产问题。目前该项技术已通过上海科委组织的专家技术鉴定和上海放射医学研究所的产品检测，被誉为香料行业的一项意义深远的技术革命。这项变废为宝、点石成金、一举多得的技术成果一经大面积推广，必将为马尾松资源的充分利用和香料生产的发展开辟广阔的前景。

涌泉集团是厦门市十大高新技术民营企业之一，并跻身于福建省民营高科技企业 100 强的行列。涌泉集团将高新技术运用于马尾松材的综合利用，不仅极大地提高了这一树种的经济价值，同时也给企业带来了显著的经济效益。据悉，涌泉集团木材加工的综合利用率已达 92% 以上，预计今年可创汇 1500 万美元，上缴税收将超过 2000 万元，创利润可达 3500 万元。

稀世珍宝——格氏栲群落

福建省三明市境内有一片举世罕见的格氏栲群落，生长在沙县、永安、明溪三县市的结合部，其中以格氏栲为绝对优势的林份有 3431 亩。在我国，格氏栲分布在南亚热带和中亚热带南缘的几处地方，如台湾中部、海南五指山区和广东、广西的交界处，但是，像三明境内这样大面积的纯林，至今未发现有第二片。因此，植物学家称之为"凤毛麟角"，实属稀有珍贵植物群落。

格氏栲属壳斗科栲属的一种常绿阔叶乔木，由于是英国人格瑞米最先在我国广东采到它的标本而定名的。格氏栲材质坚硬，纹理通直、耐腐蚀，是优良的造船、造桥梁、制作家具、军工生产等用材；其种子富含淀粉，香甜可口，素有"小板栗"之美称；其树皮和壳斗内富含单宁，可以提炼重要的工业原料——栲胶；其树形美观，树冠浓密，叶色碧绿，四季常青，又是营造风景林和庭园绿化的优良树种。格氏栲生长快，寿命长，三明境内的这片林地上有一株 200 多生的格氏栲，树高 40 米，胸径 1.5 米，单株材积达 20 立方米。

这片格氏栲群落形成的历史已有 200 年以上，据考证，是在抛荒的毛竹林地上，经天然下种逐步形成的。伴格氏栲生长的有米槠、樟、楠、观光、砂仁、七叶一枝花等 100 多科 600 多种植物，还有飞鼠、黑熊、果子狸、水鹿等珍稀野生动物。该群落的形成与发展具有很高的科研价值。1958 年已在这里建立自然保护区，1964 年定界，保护区面积为 1.69 万亩。1980 年福建省人民政府正式批准建立了三明格氏栲自然保护区管理站，使其在科研、教学和林业生产中发挥更大的作用。

深圳内伶仃岛薇甘菊泛滥成灾

专家紧急呼吁尽快组织攻关抗灾

本报讯　深圳告急！最近，该市发现一种名为薇甘菊的"植物杀手"，造成内伶仃岛自然保护区大片灌木、小乔木死亡，使生态环境遭到严重破坏。据悉，广东省局部地区也有此类现象发生。有关专家紧急呼吁，必须尽快组织科研攻关，遏制薇甘菊向华南内陆地区蔓延。

专家称，薇甘菊是一种双子叶多年生藤本植物，或匍匐在地，或攀附在灌木和小乔木上，具有无性繁殖能力，种子借助风力进行远距离传播，适宜于温暖潮湿的气候。薇甘菊一旦攀上灌木和乔木，即可迅速形成整体覆盖的态势，使树木的光合作用受到破坏继而窒息死亡。目前，世界上尚无根治的办法。薇甘菊原产于南美洲和中美洲，90 年代初侵入内伶仃岛，由于气候适宜，近年来迅速蔓延，几经治理而收效甚微。从目前情况看，薇甘菊的疯长已严重地破坏了内伶仃岛内的生态环境，如不尽快加以控制，将进一步侵入华南内陆地区，给国家造成难以估量的损失。

据悉，深圳市的龙岗区、福田区也已发现了薇甘菊蔓延的踪迹。有关专家建议，国家及广东省有关部门应对广东省的薇甘菊侵害情况抓紧进行普查，应将治理薇甘菊蔓延视为抗灾，尽快组织科研攻关，遏制其蔓延趋势。目前，广东省林业局已组织科研人员深入内伶仃岛灾区进行调研，商讨抗灾对策。

科技——森防工作的坚强臂膀

——南方省（区）森林防火工作座谈会侧记

7月3日至7日，林业部森林防火办公室在三明市召开了南方15省（区）（除西藏外）森林防火工作座谈会。近百名代表济济一堂共商森防大计。国家森防指秘书长、林业部副部长刘广运同志出席并主持了会议。各地领导及有关人士就森防工作规范化、制度化、法制化建设，充分交流了经验，在抓重点、抓薄弱环节上进行了深入研究、探讨了各项措施，在三明市组织了现场参观，其中科技用于防火给人留下了深刻的印象。

近两年来，在林火监测，火情信息传递，灭火机具装备，生物防火工程建立以及扑火技术等方面，都有明显的突破。科技手段的运用深刻地改变了森防工作的面貌。

林火探测系统已在不断的建设之中。就拿广东省来说，已建瞭望台386座、护林站800多座，并配置了电台、对讲机、电话传真机等现代化通讯设备。三明市明溪县胡坊乡大山瞭望台给代表们留下难忘的印象。高高的塔楼旁还有一个该乡的卫星接收站，最高层的工作室内配备有观察、联络用的各种设施，瞭望范围可及全乡32万亩山林的70%，此外还可瞭望到邻近乡镇的部分山场林地。自1985年建立以来，预报火情26起，使该乡连续5年未发生一起森林火灾。

普遍重视了无线电通讯网的建设。四川省甘孜藏族自治州，共投资130万元，经过几年的努力，已建成从州到县、从县到区、乡（场、段）两段无线电通讯网。全州共有各种型号的电台272部，对讲机54部，建立固定台站162个，基本建成了遍布全州的现代化通讯网络。这一通讯网络的建立，对及时通报火情，传递信息，组织布置兵员、调运扑火物资、迅速扑灭山火发挥了巨大作用。三明市无线电一厂，根据三明林区地形复杂、通讯条件恶劣的特点，选用了从日本引进的几种机型，为之设计了三级组网方式。三级组网的建成，使全三明林区的无线通讯连成一片，并设计了林区各县的公共频率，便利了邻近区县之间的通讯联络，为协同扑火创造了条件。部分区县还利用该系统为营林、林政部门传递信息，更大限度地发挥了它的作用。

会议期间，三明市明溪县翰仙乡实行造林、林道、防火林带"三同步"建设速生丰产林基地的经验，引起了代表们的兴趣。代表们参观了石珩村的一片速生丰产林基地。这片基地已造林 4159 亩，在二、三类林地间开设林道，林道以上栽植马尾松，林道以下栽植杉木与阔叶树，沿山脊和林班、小班界营造了木荷防火林带，山脚田边又营造了 8～12 米宽的青梅等果树，形成了防火闭合圈。由于设计科学，施工中注重质量、精心抚育，二年生杉木林的平均胸径已有 2.2 厘米，超过了省定标准，同时木荷与果树林带将发挥积极的防火作用。县里同志告诉记者，木荷树冠浓密、树叶常绿质厚，不易燃烧，用它作防火林带比开设防火线好。既不用投工维修，又可以发挥永久性防火作用，还可以增加经济和生态效益。生物防火技术的运用已在三明普遍开花。尤溪县大力营造山脚田边果树防火林带也别具特色。这种果园式防火林带必须统一规划，严格标准，保证质量。尤溪县坚持与造林同步规划，同步施工，年年营造，不断延伸，接连成带，逐步形成生物防火闭合圈。他们实行，谁的山谁种，谁的田谁栽，谁种谁管谁防火、收入归己的政策，把果园林带的管理与护林防火的责任落实到户。这样做，一利森林防火，二利提高山田土地的利用率，增加农民的收入，三利减少病虫害，实在是明智之举。

座谈会上，有的专家还建议逐步推广规定火烧。西南林学院的吴友德同志在会上发言以后，向记者兴致勃勃地谈了自己的想法。林地上枯枝落叶、杂草、灌木，是森林火灾形成和扩展的隐患。所谓规定火烧，就是利用物候的时差、位差，在天气、可燃物温度、土壤水分等条件下将这些可燃物，有计划地烧除，人为地降低火险等级，以达到有火源也不易发生森林火灾的目的。吴德友同志强调说，规定火烧是森林防火的一项行之有效的技术措施，它不仅可以改被动防火为主动防火，而且在林业生产上也有重大的实践意义。

可以预见，在实现了森林防火工作规范化、制度化、法制化的基础上，科技必将成为森林防火的坚强臂膀。

森防技术的运用和发展，是需要资金投入的。各地由于对森防工作空前重视，都在积极研究对策，努力开辟日益广阔的投资渠道。广东省在政府档中规定的固定投资渠道已有 7 种之多，肇庆市得益于林业部门集资兴办了林木火灾保险，去年征集的保险费就达 98 万多元。阳山县从一度电征集一厘钱开始，今年已为护林防火设施建设集资 1040 万元。那种只动嘴、不务实，铁公鸡式的领导干部很少见了。不断增加的资金投入，将大大加快森防技术水准的提高，我国森防工作的臂膀将变得更加坚强。

增城兴林事　科技当先锋

位于广州市北部的增城市，近年来林业上有四件大喜事：1992 年提前两年实现了绿化达标，1994 年首批进入"全国造林绿化百佳县(市)"行列，同年又被林业部命名为"全国林业科技兴林示范市"，1995 年获得了"全国造林绿化先进单位"荣誉称号。

增城地处珠江三角洲开放地区，有土地 260 万亩，其中山地面积 130 万亩，过去大多是荒山。改革开放以来，珠江三角洲经济快速发展，增城人乘势而上，全方位地增大改革开放的力度，努力实现强市富民的目标。他们认定了这个道理：要想充分利用依傍广州的地理优势发展自己，就得尽快地改善全市的生态环境，因此，兴市必先兴林；要减少林业建设的盲目性，提高林地的产出率，必须依靠先进的科学技术，让林业的三大效益得到充分发挥。于是，他们举全市之力奋战 8 年消灭了全部宜林荒山，实现了绿化达标。此后，进一步加大投入，把科学技术推上了林业建设的主战场。

　　森林资源是林业建设的基础和前提。增城的科技兴林选择的所有课题中比重最大的是引进优良树种、改造低产林，努力提高森林质量。近年来，增城市的林业科技人员面向林业生产进行了 20 多项科学研究，其中"湿地松的良种繁育和造林技术""容器育苗技术""花角蚜小蜂防治松突圆蚧"等 12 项科研成果荣获了科技进步奖，其中"南洋楹速生丰产林栽培技术"还获得了广州市农业科技推广二等奖。南洋楹是一种原产于印度尼西亚的大乔木，树干通直，年胸径可以生长 6 厘米至 8 厘米，树龄 25 年，树高可达 45 米，木质轻韧，易加工，不翘曲，是做胶合表面板的理想材料。增城山区无霜冻，台风吹不到，土壤肥沃湿润，适宜南洋楹生长。他们从 1989 年开始试验引种，1990 年开始大面积种植，目前已种植 16.1 万亩，单株最大直径已达 45 厘米。去年，他们开始大面积皆伐，1 立方米售价可达 1000 元至 1200 元。增城的南洋楹是广东的"独生子"，"皇帝的女儿不愁嫁"。他们一面继续扩大南洋楹的种植面积，准备发展到 20 万亩；一面提高附加值，利用 600 万元台币，正在兴建南洋楹单板加工厂，设计年产单板 3000 万立方米，主要供出口；同时又确立了新项目：南洋楹间伐研究，目标是培育大径材。引进良种开发林果业也是增城林业科技人员推出的课题，目前已规划选育出以荔枝、龙眼为龙头的近 10 个优良品种。增城荔枝原本已举世闻名，并有 35 万亩适宜栽植的土地，如今在科学育种的推动下发展势头更加强劲，已推广种植 12 万亩，连广州军区也慕名而来采种选苗，要种植万亩增城荔枝，外商更是纷纷来增城投资种果。以培育马占相思良材为目的，1992 年增城的林业科技工作者总结了一套标准化的造林规程和科学的技术措施，为大面积营造速生丰产林提供了技术保证。目前，全市已推广种植马占相思 4.5 万亩，并对现有林分进行了科学间伐，取得了良好的生态、经济效益。增城山地马尾松比较多，20 多年不成林，每亩林地产值只有 43 元，不仅林地产值低、火灾隐患大，而且病虫害也相当严重。1992 年他们在科学试验的基础上，在疏松林地套种马占相思、黎蒴等阔叶树种，使亩均蓄积增加近 4 立方米，平均每亩产值达到 200

多元，提高了 5 倍，最好的试验地增值近千元，松毛虫发生率也大为减少，同时也减少了火灾隐患。菌根菌育苗造林项目，1991 年试验成功，目前也在全市进行大面积推广。

增城的科技兴林是全方位的，即使在发展产业、搞木材加工上也十分讲求增加科技含量，而且，伴随着广东省林业二次创业高潮的到来，这方面正成为科技投入的重点。市林业局要求下属林场、企业，要与科研单位挂钩，各办两个效益好的项目。两年来，全市林业系统共推广科技含量高、经济效益好的加工项目 8 个，为科研成果开辟了新的推广应用领域。

科技兴林不断深入，促使科普宣传活动高潮迭起。增城市把每年 4 月定为全民科技活动月。每年 4 月，增城市的街头或山场林农居民区，到处设有宣传咨询站。科技人员深入到群众中去广泛宣传护林防火、育苗造林、木材加工以及林政法规等知识，有效地提高了全民对科技兴林的认识。为实现科技培训基地化、经常化、制度化，市林业局在增城市中心征地 100 亩，已建起了建筑面积 6000 平方米的培训中心大楼，配套设施完善后即投入使用。据统计，从 1996 年初到现在，全市共举办各种类型的林业技术培训班 12 期，培训人员 1050 人次，召开科技推广现场会 7 次，科技人员下乡宣传 28 天，印发科技宣传资料 5000 多份。

自 1993 年以来，增城市 12 个林业科技获奖项目中，有 3 项获广州市农业科技推广奖，1 项获广州市科技进步奖，1 项获广东省科技进步奖。通过研究推广林业科学技术，全市年林业产值比 1993 年增加了 2.5 倍。

（刊登于 1997 年 8 月 26 日《中国林业报》一版）

迷人的南国风景线

——派阳山林场科技兴林纪实

在广西派阳山林场韦尊太场长的办公桌上，有一张打印清晰的科技项目表。表中列出 28 个重点项目，有造林营林的，有资源管护的，有多种经营、综合利用和兴办产业的，也有实行现代化经营管理的；有的已在实施，有的正在规划论证，有的准备示范推广，还有的将在高科技领域探索研究。这色彩缤纷的科技项目表，展示了派阳山人崇尚科技、开拓进取的时代精神，形成了一道颇为迷人的南国风景线。

派阳山国有林场地处桂南宁明县境内，始建于 1955 年，现有 1100 多名职工，经营着 40 万亩山林。林场在长达 39 年的发展历程中，竟然过了 36 年穷日子．愚昧落后长期困扰着派阳山。从 1992 年起开始深入进行管理体制改革，同时依靠科技挖掘生产潜力，开辟新的产业，当年实现了产值翻番。随后一年一个大发展，疾步登上了全国国有林场 500 强第 34 位，并被林业部授予全国"百佳林场"称号，今年又被林业部命名为科技兴林示范林场。

致富全靠领头人。在派阳山提起场长韦尊太是有口皆碑的。他点燃了科技火种，为林场致富付出了心血和汗水。

韦尊太 1992 年出任林场场长兼党委书记后，大刀阔斧地进行改革。他大胆起用能人，整顿领导班子，严明工作制度，把一个"散"班子变成了团结战斗的领导核心；他大胆地进行了人事劳动与分配制度改革，对下属的 8 个分场废除了拨款制，实行收入与功效挂钩，让它们成为自负盈亏的经济实体。一线工人全部实行计件工资制，对干部实行聘任制，并严格了岗位考核；同时他率先发起并精心培育了"团结、务实、开拓、创新、讲效率"的企业精神，使职工队伍的面貌焕然一新。改革为派阳山林场注入了生机与活力，更为林场实行科技兴林战略创造了团结和谐的良好环境。

人才是科技的载体。派阳山原有职工队伍素质较低，韦尊太抓住时机又启动了"借脑工程"，即广求人才，借专家之脑致富企业，不仅求规模，而且要上水平、出效益。他近跑南方，远上北京，西闯贵州，请来一大批专家教授，有的帮助林场搞规划设计，有的给林场策划论证新上项目，有的协助林场勘测地下资源，还有的为林场打开了运用高科技的通道。

吸纳百川，气象万千。在科学技术的驱动下，林场的桐棉松成了闻名全国的马尾松优良种源，马尾松速生丰产系列技术等一批新成果迅速得到推广，新建起的松香厂已实现了达产达标，松木片厂也在孕育中。林场很快实现了林种与产业结构调整到位，1 万亩八角林基地和 5000亩玉桂林基地已初具规模，今年的八角产量已达 110 万公斤，新建的红砖厂和加油站已开始投产运营，同时陶瓦砖厂、刨花板厂、芳香油厂的建设已摆上了议事日程。林场正准备着手建设集群通讯系统和电脑化的厂长管理系统，以此实现现代化科学管理。今年派阳山林场的收入将突破 2000 万元，职工人均收入可达 4000 元以上。

"借脑工程"的实施，不仅为数十位科技专家面向生产、服务基层提供了用武之地，而且也把强劲的科技春风吹进了林场，熏陶感染着派阳山人，推动了他们的观念更新，不啻为林场办了一所业余大学。专家们的传帮带，为林场培养了一大批人才。目前林场已有了自己的林科所，有专职技术干部 82 人，其中高、中级技术人员 26 人，并选送了 28个年轻人到各种大专院校深造，为实施科技兴林战略培养着新的技术力量。

派阳山人是有宏图大志的。他们要海纳全国的科技英才，推动 28个科技项目的实施，今后几年每年都要建一两个厂并不断提高生产能力。到 2000 年，林场的松香产量可达 1 万吨，松脂生产基地将扩展到 2万亩，八角的产量会突破 500 万公斤，林业生产中的新科技成果的含量将达到 40% 以上。他们要让林场的产值实现 1.2 亿元，在现有山场的基础上再造 5 个派阳山林场！

派阳山人的未来不是梦。当新世纪的曙光照耀在派阳山顶的时候，这南国的风景线将变得更靓丽、更迷人。

（刊登于 1994 年 12 月 30 日《中国林业报》第三版）

千秋不老育林人

——吴中亨和桉树 U6 无性系

吴中亨，广西合浦人，今年 58 岁，黑黑的大高个，目光谦和而不乏自信，言谈举止一派学者风度。1965 年，他从中南林学院林业专业毕业后分配到广东湛江，始终没有挪窝儿，一直从事林业工作。他先在林科所搞研究，1971 年调到市林业局，1992 年开始担任副局长。

提起吴中亨，雷州半岛上的务林人几乎没有不熟悉他的，就连乡村里搞育苗的专业户都跟他有着过深的交往——老吴给他们传授过技术，为他们解决过大大小小的难题。人们说，老吴是湛江市的"林业通"，雷州半岛 1556 公里的海岸线、1.2 万平方公里土地上的坡坡岭岭、3 市 2 县 5 区范围内大大小小的乡村，都留下过他耕耘播绿的足迹；35 年风里来雨里去——育苗、造林、引种、推广、研究，使他对粤西大地上的林情了如指掌。外乡人打听起湛江林业的底细，最权威的说法是：问老吴去！

吴中亨虽然长期在基层摸爬滚打，但他却是一位实实在在的林业专家。他面向生产、面向湛江的实际进行了大量的林业研究，并乐此不疲。他曾主持或参与过多种树种的引种、技术推广和课题研究，具体地说，引种推广过加勒比松（本种）及其造林技术、湿地松及其造林技术、大叶相思（速生树种）及其造林技术以及木麻黄及其无性系造林技术，推广过聚乙烯塑料袋育苗技术、尾叶桉优良地理种源，从事过广东省杉木立地类型区划及立地评价研究、桉树无性系造林技术研究、桉树 U6 无性系选育研究，并都搞得卓有成效，受到过省、市两级的奖励。为此，老吴名声远播，莫说粤西林区，就是省里有些相关的技术难题也要听听老吴的意见。老吴不光知识广博、技术功底深厚，而且始终注视着世界林业科技的前沿，孜孜不倦地探索着现代林业发展的思路。他为培育沿海红树林付出过大量的心血和汗水，为发展湛江的桉树产业熬过无数个不眠之夜；同时，也为推动湛江的林业现代化，参与过在湛江建设50万亩桉树木浆造纸林基地的筹划，并提出了建设桉树基地五大服务体系的构想。

探索并推广桉树 U6 无性系造林技术是吴中亨对湛江林业的一项重大贡献。

桉树是举世闻名的速生用材树种，目前我国已相继引种二百七十多种。湛江多桉树，并以种植面积大而集中，在全国小有名气。在湛江引种的桉树中尤以尾叶桉表现良好，因而，近十多年来，湛江加快了尾叶桉的引种速度。但是，令人头疼的是，尾叶桉抗青枯病的能力弱，尤其是经台风袭击后幼林根系遭到损伤的情况下，这种病害更易发生。1991年，湛江受南海 6 号台风的袭击，已引种的近万公顷尾叶桉发病率重的达 80% 以上，轻的也有 5% 左右，给林农造成惨重的经济损失。面对严峻的现实，吴中亨带领林业科技工作者进行研究，发现要解决这一问题最根本的办法是，对尾叶桉进行品种改良。于是，他们在业已运用的桉树扦插育苗、组培技术的基础上，根据林木的遗传与变异特性和林木具有个体差异的原理，决定通过无性系选育来改良桉树品种。

然而，探索的道路是漫长而艰苦的。

1992 年 9 月下旬，吴中亨和他带领的科研人员经过深入研究和反复论证，制定了选优方案，并进行了初选：在廉江、遂溪、雷州、东海等地 500 公顷两年半生的尾叶桉实生林中选择了 33 株优树。同年 10 月底，进行复选：选择优树 12 株，并砍伐促萌。这 12 株优树皆树干通直、分枝细且分布均匀、叶型相对较小、均无病虫害，其单株材积比一般优势木平均值大 50% 以上。然后，于次年采用萌芽枝条进行萌条扦插、组织培养、嫩梢扦插等三种方式进行无性繁殖。1994 年 7 月，用第二次萌条扦插苗进行了小规模的中试造林。1995 年，又用组培苗建采穗圃，用嫩枝进行扦插育苗，又在36.2公顷的土地上有规划地进行了试种。初步取得成功后，1996年结合生产实践开始了大规模的种植，并形成了最初的商品苗。1997年，再扩大种植，优质桉树苗可投放市场。

经过5年的艰苦努力，桉树U6无性系优良树种终于在湛江大地上诞生了。经专家论证：U6干形通直，抗逆性强，其试种期间经过三次台风的洗礼均未发现病害，而且幼林风后很快恢复了生机；其生长速度快，增益效果明显，单位面积比实生林增加材积43.1%，而且极易繁殖育苗，伐后树头萌芽率达95%～100%。目前，U6已是湛江最受林农喜爱的优良桉树无性系，并在广东、广西、海南形成了广阔的市场。截至1999年7月，采用桉树U6无性系造林已达9862.36公顷。这一研究实践，不仅使湛江形成了我国最大的优良尾叶桉苗木繁育基地，而且为湛江发展短轮伐期的桉树工业原料林开辟了广阔的道路。

吴中亨功不可没！

在吴中亨的办公室里有两个大书柜。书柜里装满了各种科技书籍和调研资料，里面还珍藏着一大摞他在各个时期的获奖证书。这些证书，有证明他获得全国绿化奖章的、省市先进工作者的，还有获得湛江市优秀共产党员称号的。他珍惜自己的荣誉，因为，这众多的荣誉不仅记录了他在人生路上不断前进的脚步，而且还寄托着党和人民对他的信赖和希望，将使他活得永远年轻。

把深情献给长江

——访长江葛洲坝中华鲟研究所

记得，早年读《吕氏春秋》知道，我国古代就把鲟鱼视为珍贵物种，周天子用鲟鱼做祭品，亲自到先王陵寝祈祷五谷丰登。

前不久，采访长江防护林工程建设到湖北宜昌，慕名访问了葛洲坝中华鲟研究所，有幸目睹了长江"骄子"——中华鲟的风采。

这家研究所坐落在宜昌小溪塔镇的黄杨河畔，是 1982 年专为研究中华鲟的人工繁殖而建立的。所内露天地上有两个并排的大水池，池内养有中华鲟十余尾，最大者体长有 3 米许，头硕大，躯干浑圆无鳞，尾似航舵，体态雄健异常，但并不笨拙，游动时依然优美自如，通体上下呈粉红色，显得温顺而端庄。

所里同志介绍说，这是中华鲟的成体。刚出膜的仔鱼状如蝌蚪，但它长得很快，一年大约增重 25 斤，最大的有 4 米长、上千斤重，是鲟鱼家族中的佼佼者。

中华鲟是一种珍贵的鱼类，有很高的经济价值和科研价值。它既能食用，也能药用。其鳞已经骨化，全身上下各部件都能吃。其肉鲜美，鱼子是高蛋白食物，价格昂贵，一公斤鱼子在国际市场上能卖到上千美元，在中药学上被列为高级滋补品。

保护中华鲟是保护长江干流珍稀生物物种的重要课题之一。在研究所办公楼的会议室里，我们采访了所党委书记朱大荒同志。他告诉我们：中华鲟的生存已有 1.4 亿年的历史，是一种寿命长、生长快、性成熟迟、繁殖力强但又不易成活的鱼类。它是海、河洄游性鱼类，其成体每年 7 月至 8 月由长江口溯江而上，直抵金沙江下游和长江上游江段，寻找适合的地方产卵。但是，长江葛洲坝水利枢纽工程的兴建，阻碍了中华鲟的生殖洄游，给中华鲟的生存带来巨大的威胁。为了救护中华鲟资源，国家组建了这个研究所，使之成为中华鲟人工繁殖放流基地。研究所的任务就是，由人工来繁殖中华鲟鱼苗，再把这些鱼苗培养到一定规格，然后放回长江。

长江养育了中华鲟，中华鲟也为长江增添了荣耀与光彩。研究所的科技人员肩负着救护中华鲟的历史使命，也把满腔的深情献给了长江。他们通过数百个夜以继日的攻关，先用杀少量的中华鲟取其脑垂体进行人工繁殖试验，获得成功后又进行深入研究，改用人工合成的促黄体释放激素来代替脑垂体，又获得成功。这样就不再捕杀中华鲟了。朱大荒书记估算了一下，从 1984 年人工繁殖中华鲟试验成功到现在，8 年来，共为长江放流各种规格的中华鲟幼鱼 215 万尾，其中最大的体长 90 公分、体重 600 克。可惜！我们到研究所晚来了 4 天，一次放流 30 万尾中华鲟的壮观场面没有看到。

但是，我们毕竟看到了：人工繁殖中华鲟的成功，已把在长江葛洲坝以下江段放流中华鲟的设想变成了现实，看到了研究所的科技人员们为增殖中华鲟资源而创出的奇迹。

啊，中华鲟的护卫者们，你们告慰了饱经忧患的长江，感谢你们为长江母亲献上的拳拳之心！

（刊登于 1992 年 12 月 18 日《中国林业报》第三版）

把好"三关"实行"四证"
陕西省林木种子工作
走上科学管理的轨道

本报讯　陕西省各级领导部门重视并支持林木种子工作，认真把好"三关（调种关、质量关、使用关）"，实行"四证（调拨许可证、检验证、检疫证、使用证）"制度，使林木种子工作走上了科学管理的轨道。

前些年，陕西省在林木种子采收和调运中一度出现过混乱现象，给林业生产造成很大的损失。1985 年以后，陕西省有关部门认真研究种子工作中出现的新情况、新问题，建立健全种子管理机构，强化管理，把种子生产、调拨、使用纳入林业生产计划，严格把好"三关"，实行"四证"制度。

首先要把好调种关，实行了调拨许可证制度。凡是当年林业生产所需种子、需外调解决的，统一由省种子公司签发种子调拨许可证，用种单位持证到"种子产区"调种。对油松等使用量大、使用范围广的种子，省里依据"种子产区"的要求确定种子流向：秦岭南部自产种子不足部分，可由本省黄龙和乔山地区调入；秦岭北部和渭山地区不足的种子，可由山西调入。

其次是把住种子质量关，实行了检验、检疫证制度。凡调出调入的种子，必须有县级以上林木种子管理部门签发的质量检验证和病虫害检疫部门签发的检疫证。对无证者除没收种子外还要征收相当于种子售价20%至30%的育林费。签发证者，必须具备省级主管部门颁发的检验员证和检疫员证。

第三是把住使用关，实行种子使用证制度。为保证飞播用种的质量，要求种子在上机以前必须进行复检，并由地区以上主管部门根据作业设计和种子复检结果签发种子使用证，凭证上机作业。被列入营造速生丰产林使用的种子，也参照这个办法执行，由省里统一组织供应良种。

（刊登于 1989 年 6 月 24 日《中国了林业报》一版）

科技为新疆经济林建设注入活力

10月中下旬，我在新疆采访经济林建设，印象最深的是，科学技术的应用日益深入人心，大规模的科技投入已为新疆经济林建设注入了生机和活力。

由于信奉科技，人们开始摆脱愚昧和贫穷，正在走向文明和富裕。

新疆的造林种果，已由单家独户分散经营开始走向集约化发展道路。和田竟然出现了阴翳蔽日、蔚为壮观、绵延 100 多公里的葡萄长廊。独具新疆特色的名特优新果品正在各地涌现。如阿克苏的纸皮核桃、喀什的巴旦杏、库尔勒的香梨、库车的大白杏、阿图什的无花果……都可称天下鲜；原产内地的红枣、砀山梨、苹果等，科学引种到新疆后，其品质、色泽、风味、产量却优于原产地，成为新的优质产品。于是，人们开始重视低产果园改造，据悉全疆已低改嫁接 10 余万亩，劣质果品被优质果品所代替，退化了的品种又恢复了产量；于是，更精于果树田间管理，从品种的选择到整地、挖穴、种植，从幼树防寒到施肥、松土、除草、灌水，从授粉树的配置到定干、整形、剪枝，从高接改优到病虫害防治……每一个哪怕是很细小的环节都应用并推广了适用技术，力求做得尽善尽美；于是，人们更重视种苗培育，提出了"不是良种不育苗、不是壮苗不出圃"的口号，有的甚至作为制度来贯彻执行。"两高一优"已经成为新疆经济林建设的目标和方向。

生动的科技兴林实践在新疆农村各地产生了一系列色彩缤纷的优化经营模式。其普遍采用的是引毛渠进条田、林果与粮棉间作。我在莎车县的米夏乡看到一片 1200 亩巴旦杏与棉花间作的情景，村民给我讲起了它的好处：可以一水一肥两用，"多占空间少占地"，既缓解农林争地的矛盾又可在有限的田地上增加收入；其次是改造防护林，有的把副林带改种经济林，有的在大网格内再增加两条十字交叉的经济林带，既增强防护功能，又扩大了经济林的种植面积。另外，还有庭院种植和建园经营两种模式。

科技人员深入乡村，深入果园，开展技术服务，或示范操作，或开展科普宣传，推广适用技术，为农民办科技夜校或技术培训班，使大部分林农都掌握了一两门适用技术。有的还以乡为单位成立了果农协会、技术研究会，乡村里学科技、用科技之风蔚然兴起。

近七八年来，由于科技的大规模投入，全疆经济林面积增加了近百万亩，产量增加了 1 倍多，果品生产带动了农村二、三产业的发展，有的乡村里年收入数万元、十万元的农户不断涌现。

叶城县沙依互格乡有位叫巴拉提艾山的维吾尔族老汉，今年 73 岁了，是全县闻名的核桃种植大户，全家 11 口人，种着 70 亩土地，其中 20 亩地是果园，10 年间嫁接良种核桃 8000 株，今年秋，光卖核桃树苗就收入 5 万元。巴拉提艾山有一手绝活儿，他嫁接的核桃树成活率在 95% 以上，比不少工程师、技术员的水平还高。

巴拉提艾山是新疆农民中学科技、用科技、靠科技致富的典型代表，大多数农民都从他们身边千千万万个"巴拉提艾山"身上看到自己的未来和希望。被称为核桃专家的新疆林业厅造林处高工郑炎甫同志告诉记者，七八年前推广核桃低改换接技术时，和农民的保守思想斗争颇为艰辛。你给他讲低产林改造的好处，磨破了嘴皮子他也不信，经过再三说服，他还将信将疑，还得和一些比较开明的农户签订赔偿合同；改好了，让他看到了实际效果，这时，他才相信。老郑说，农民是可爱的，现在认准了科技兴林这个"死理"，他也不放，对果园低改可支持了。

科技像春雨，滋润着戈壁、沙漠之间的片片绿洲，为祖国的瓜果之乡带来繁荣，展示了新的希望。

（刊登于 1994 年 11 月 22 日《中国林业报》第三版）

绿染江山不了情

——记森林生态学家杨玉坡

杨玉坡，江苏盐城人，今年 67 岁，四川省林科院原院长、教授级高级工程师，我国著名森林生态学家。

见到杨玉坡，不由地让人联想到深秋田野里熟透了的谷穗——默无声息地静立着，载着丰盈的果实，在秋景中沉甸甸地低着头。杨玉坡在我国造林绿化科研事业上已艰苦耕耘了半个世纪，先后出版了 126 篇（部）论文、报告、译著、专著，以他广博的学识、颇多的重大建树足以令人敬佩，但他朴实得却像个静默的读书人，即使在很一般的专家座谈会上，他也总是拣一个不惹眼的地方沉静地坐下来，专心致志地聆听每一个人的发言，从不张扬自己。

我过去在《中国科学技术专家传略》一书中读过有关杨玉坡的评介，但认识并熟悉杨玉坡却是今年夏天的事。我们一同参加了"西部大开发·建设绿色家园"考察宣传活动，他是西南组的专家，我是随行记者，我们一起赴重庆、进四川、上云贵、下广西，一路考察，一路交流，朝夕相处了一个月。在我的印象中，杨玉坡简直就是中国西南森林生态的活字典。你有问，他必答，而且根根蔓蔓地给你讲解得明明白白；当然，你不问，他是从不开口的，只是亲切地看着你笑。那笑，更多的是从镜片后边的眼睛里传达出来的，把极温和的目光洒在你的脸上，让你的心里暖融融的。他身材魁梧，脸庞白净而清秀，洋溢着书卷气，宽阔的额头上布着深深浅浅的皱纹，那是岁月风霜和艰苦劳作留下的痕迹。

1950年，杨玉坡跨进国立中央大学（现南京林业大学的前身）森林系以后，就立下了绿染江山、报效祖国的志向。大学毕业以后，他被分配到原林业部调查设计局森林调查队，从此，读书观察思考、学习实践研究便陪伴着他一步一个脚印地往前走。在数十年艰苦耕耘的岁月里，他察林情、问物候、看水文、观天象、分析林种类别，搞育苗和迹地更新试验，研究引种新品种，做了大量开拓性的基础工作。他踏访了西北、东北、西南和南方广大林区，也登临过日本的富士山和欧洲的阿尔卑斯山，观察并掌握了多种不同自然地理条件下森林分布的特点，对大量的建群树种的天然更新规律逐一地进行了长期而系统的研究，其研究地域之广、树种之多、内容之深入在国内学者中是不多见的，并在川西林区长期进行着高山森林迹地生态定位观测和迹地人工更新技术、模拟天然更新恢复的试验研究，又在米亚罗、金川、翁达、凉北等天然林区开展了很有成效的生产实验，最终形成了完备的营林学术思想体系。

自古忠孝难两全。杨玉坡的思乡之情终成不归路。在报国之情的驱动下，他没能再回海滨盐城，而是把探索的根须漫布在大西南的崇山峻岭，把生命的主根深深地扎进了四川大地。

杨玉坡太爱西南也太爱四川了。对搞森林生态研究的杨玉坡来说，这里是他寄寓爱国之情的最佳载体，也是他实现报国之志最理想的舞台。在这次赴西南地区的考察中，杨玉坡讲起西南乃至四川如数家珍，他动情地说：这里地处长江上游，特别是西南半壁，是我的人口密集区，西南半壁的生态建设搞好了对西北地区有积极的影响；我国地势西高东低，在西南地区分三大阶梯：青藏高原、四川云贵、西南丘陵，而四川云贵是我国的"水塔"，地位十分重要，不加强保护，后果不堪设想；保护西南地区的生态环境也是保护生物多样性，这不仅在中国，即使在世界范围看也有重大的意义。地球上与我国西南同纬度的地区，任何地方都没有我国西南地区保存下来的生物物种多。这里光高等植物就有上万种，森林类型不下 500 种，还有水杉、银杏、大熊猫，金丝猴等生物世界的"活化石"，这都是极其珍贵的稀有物种，更需要精心地加以保护；同时，西南地区人为活动频繁，而且旷日持久，亟需对生态环境破坏进行严格监控。近日报道的成都地区发现"三星堆"这一古文化遗址，其出土文物揭示：这里的东番人生活在 500 万年以前，比过去我们了解的元谋人（250 万年以前）、周口店北京猿人（50 万年以前）都要早。之后，他又对西南地区的巴鄂山区、贵州乌江的石炭岩山地、川东丘陵、阿坝山地、云贵高原以及干热河谷地区的生态环境逐一地作了深入的分析。每一个地区都饱含着他过重的情感，也都留下过他探索的足迹，深深地铭刻在他半个世纪悠长的岁月里。

杨玉坡对西南乃至四川大地山川的热爱是付诸实践的。他凭借着聪颖的智慧和锲而不舍的努力在森林生态的研究领域取得了多项重大成果，为发展我国生态林业工程技术和四川林业建设作出了重要贡献。他揭示了我国西部主要天然林区森林的更新规律，丰富了森林学、森林生态学和种群生态学的内涵；同时还明确地提出了"森林扩展更新"的论点，不仅阐明了顶极森林群落扩展演替的过程和特点，而且为山地森林经营措施的制定提供了理论依据。他对四川森林地理区划作了开创性的研究工作，阐明了四川各类森林的性质、特点和作用，为"带区结合"的分区理论奠定了基础，为当前四川全省正在实施的森林分类经营发挥着重要的指导作用。他凭借着长期以来在生态定位观测、育苗造林引种试验、森林采伐利用以及迹地更新恢复研究所积累的认识和经验，总结并提出了高山天然林经营发展的技术体系，为当前开展的天然林保护工程提供了有力的技术支撑。杨玉坡最早参与了长江防护林体系建设的可行性研究。他作为课题研究的总负责人协调着由上游云、贵、川、渝、湘、鄂 6 省（市）多部门的专家、领导和生产者组成的一支 700 多人的攻关队伍联合攻关，并亲自主持了技术配套研究和生态经济效益监测与评价研究，有力地推动了长江防护林体系建设的顺利开展。

杨玉坡已从四川省林科院院长的岗位上退休了，但他没有终止自己探索的脚步。经过一段时间的酝酿筹备，他发起并汇集了四川省成都地区的主要高等院校、科研单位、设计院所和管理部门的一批资深专家、教授和高级工程技术人员，组建了四川华西生态环境资源科学研究所，他出任所长。现在研究所已参加了国家重点科技攻关专题研究和岷江上游森林资源的开发研究，主持着雅砻江二滩水库区生态防护林工程建设及四川省"3S"工程技术研究推广，并负责四川高效经济资源植物万亩基地建设、西藏八井地热电站和四川泸天化及清溪重水厂治污、四川高速公路水文与冲刷设计方法研究等技术设计。华西研究所是民营科研实体，杨玉坡老当益壮，他正以非凡的勇气带领着这些科技精英闯市场，从另一个侧面续写着他科研人生的履历，但他的宗旨依然是为祖国的江山铺绿。

现在，认识了解了杨玉坡，不禁又使我联想到广西金秀大瑶山上的那株银杉王，挺立在悠悠岁月的风雨中，虽已历尽沧桑，却依然茁壮、坚强！

张嘉宾和现代林学

在中国，张嘉宾是自觉地开创现代林学的第一人，他的业绩注定要写在当代林业发展史的重要章节里。尽管人们对他的学术理论还会提出种种质疑，尽管他充满锋芒的谈吐往往会引起人们产生"言过其实"的误解，但都不会改变上述结论。这是因为，他是现代林学的拓荒者，他执著追求、艰苦探索，构建了现代林学知识体系的基本框架，在林学范围内做了具有里程碑意义的重要事情。

现代林学是与近代林学相比较而存在、相竞争而发展的。它以张嘉宾的两部著作130多篇论文和140多项科研实践作基础，以包含着基础学科、技术科学、工程设计、新产品开发、经营决策和经营管理、林业体制、组织、机制、制度以及政策法规等 10 个方面相互联系"知识纤维"作经纬，构成了比较全面比较完整的知识体系。

现代林学确立的林业经营的目标是：发展经济、优化环境、富裕人民、贡献国家，并为人类的进步事业做出越来越大的贡献。

现代林学认定的林业经营的中心是：为人民谋取在林业范围内可能取得的最优整体效益。

更重要的是，它以新的视角、全方位的思索，重新认识森林和林业，从而提出了关于森林和林业的新概念。现代林学认为，森林是以木本植物为主体的生态系统。因此，森林资源应该包括森林植物资源、森林动物资源、森林微生物资源、森林环境资源(含光、热、水、气、人文景观)以及由上述庞大的资源体系组合在一起形成的整体景观资源，这就不能"只见树干，不见全树，不见大森林"；因此，林产品应该是在这全部资源中被人们开发利用变为经济形态的所有产品，更不能只盯在木材上，并视其为主，认为其他的都是副产品。现代林学认为，林业是结成社会的人们为了自身生存和发展的需要，在同森林进行物质变换的过程中产生、形成并发展起来的行业，是经营森林生态社会系统的行业。因此，林业所要解决的主要矛盾是人们日益增长的对森林的物质与精神正当需求与组织林业生产和力求保障供应之间的矛盾，这就要拓宽视野，全方位地扩展办产业的思路；因此，林业的主体是人，更不能只见林木不见人，把林业仅仅囿于"旱季管好一把火、雨季用好一把锄(植树造林)、平时管好一把刀(制止乱砍滥伐)"的范围内，不仅要做好这些至关重要的工作，还要尽一切可能去谋求"可能取得的最优整体效益"，去富裕人民、贡献国家。森林和林业，这两组新概念目前已被越来越多的人所接受，成为现代林学的两个最基本的理论要点。

现代林学认为，林业有彼此相互联系四个大的产业体系，即直接经营森林生态系统的林业第一产业、以加工为主体的林业第二产业、活跃于流通领域的林业第三产业和以生产各种知识产品培育人才为主要特征的林业第四产业。每个产业系统又都包含着十个、十几个、几十个彼此联系的具体产业，构成了蔚为壮观的产业群体，展现了林业大有作为的广阔天地。现代林学观认为，现代林业产业，在我国应该是林业四、三、二、一产业有机结合的、社会化、市场化、集约化、高效益的社会主义大产业，而不是多部门、各产业彼此分割的小的部门产业。

现代林学认为，现代林业的最终发展，是致力于建立高效益的林业可持续发展系统。因此，必须认真处理好人与自然、人与社会、人与人之间的关系，必须着重解决好林业与社会其他行业之间协调发展问题。

归纳起来，一个目标、一个中心、两个基本理论要点、四个产业体系、一个高效益的林业可持续发展系统，紧密地联系在一起，构成了现代林学观。这"11241"集中地揭示了现代林学知识体系的内涵。

张嘉宾为此呕心沥血，拼搏奋斗了 32 年。

张嘉宾是江苏张家港人，今年 59 岁。他 17 岁开始学习林业，先就读于南京林校，毕业后转入南京林业大学本科学习。1964 年，他大学毕业后到大西北搞森林调查，一年后，因参加金沙江林业大会战调到云南，从此走上了现代林学的探索之路。

1966 年，张嘉宾在学习焦裕禄的热潮中不仅为焦裕禄全心全意为人民服务的精神所感动，而且从兰考治理"三害（风沙、内涝、盐碱）"的规划中获得了深刻的启示：这个规划是县委书记亲自挂帅、多部门运用多学科深入实地调查、在掌握了第一手材料的基础上制定的，因为切实可行，受到兰考人民的支持和拥护。他开始批判旧林学理论指导下的规划方法，萌生了新的林业规划方法论。据此，他一头扎到基层，在昆明市郊的十几个单位搞试点，经过实践、观察、分析、验证，写出了一篇篇调查报告，同时也形成了一组新的知识单元。历经 12 年的潜心研究，1998 年他郑重提出了"森林综合生产力的永续利用理论和技术方法"，第一次向世界展示了现代林学的雏形。在以后的 20 年中，人们追踪张嘉宾探索的足迹看到的是：1986 年，《森林生态经济学》问世；1992 年，《系统林学》出版。钱学森指出："书（指《系统林学》）出版了，林学的现代理论有了。"1994 年 5 月，张嘉宾在吸取众多专家建议的基础上，正式把这一知识体系定名为现代林业或者现代林学。1995 年，香港爱国人士吴体贤先生关心祖国林业建设，并推崇现代林学，在香港注册成立了吴体贤现代林业基金，先在云南试行，后在香港回归之日扩大到全国。同年8月，云南省现代林业研究所宣告成立。

值得强调的是，在这32年执著奋斗中，张嘉宾开辟了众多的试验示范区，写下了400多万字的文稿，并为推广他的试验成果、传播现代林学观而奔走呼号，他的足迹遍及全国25个省（市、区），登上过8所高等林业院校和6个科研院所的讲坛，听众达十余万人次。他敢于正视现实，冲击科研禁区，勇于承受任何责难和压力，义无反顾地向理论的至高点攀登！

张嘉宾是敢想敢干的人。他说，如果世界上也有林业的奥林匹克盛会，我就想在国际林坛上竖起祖国的五星红旗！

张嘉宾是有社会责任感的人。他说，我做这一切的目的就是要加快中国林业建设的步伐。因为，我感到，在我的肩上负载着老一辈科学家的重托和几亿中国农民的希望。

了解张嘉宾，知道他干得太累太苦的人说：张嘉宾真是中国林业的苦命人！钱学森老人评价他是：执着地推动中国林业前进的人。

科学的探索是无止境的，张嘉宾不会停止脚步，他要继续前进。

（刊登于1998年6月18日《中国绿色时报》第三版）

为了马尾松的后代

——黄平马尾松良种基地建设侧记

贵州省黄平县有个马尾松良种基地，因种子优良而远近闻名，又因种子园建得好，在全国小有名气。

马尾松是我国南方特有的用材树种。它生长快，适应性强，用途广，因此，一说搞造林绿化，南方地区首选的树种往往就是马尾松。但是，长期以来，种植马尾松时对其种苗良莠不分，即所谓见种就采、是苗就栽，忽视了良种选育，致使造林效益不高。以贵州省为例，全省用材林资源 1/3 是马尾松，其后备林分年生长量大多 1 亩地只有 0.5 立方米，生态、经济、社会效益都很低。看来，实现马尾松林木良种化是一项事关林业建设全局的紧迫任务。

为了马尾松的后代能苗壮生长，其后备林分能取得良好的综合效益，1977 年，由原林业部投资、贵州省林科院主持选择黄平县国有横坡林场搞试点，创建马尾松良种基地。1983 年以后，基地建设被列为国家重点攻关项目改由南京林业大学和中国林科院亚林所协同攻关，继续加强基地建设并开展全国马尾松地理种源试点。经历 10 年艰苦奋斗，到 1988 年，横坡林场建成良种基地 1865 亩，其中种子园 978.9 亩、采穗圃 94.6 亩、母树林 240 亩、各种种子代测定林 551 亩。1995 年基地建设通过验收。90 年代以来，基地生产的种子已被有关单位竞相争购，而且供不应求。

良种基地建设是一项运作周期较长的生物工程。在 22 年的基地建设中，科技人员和林场职工从建园规划、整地深翻、育苗嫁接、施肥灌溉、疏伐管护到一次次选择—测定—再选择，以及对比试验的科研攻关，他们付出了艰辛的劳动。自 80 年代中期以来，他们相继完成了马尾松小砧嫩梢嫁接、种子园建园方法和外松引种、地理种源试验、种源变异和种源区划分、初级种子园建立技术以及马尾松林区优良种源选择等课题研究，并获得了多项不同级别的科技进步奖。基地建成后，林业部对建设成果大加赞赏，1993 年良种基地被评为"全国林业良种先进单位"。1995 年，国家对良种基地投资"断奶"，横坡林场为马尾松后代优良种质持续繁衍，在经济贫困的情况下勇敢地担当起续建任务。1998 年 3 月，黄平的良种基地又被贵州省林业厅评为"良种基地先进单位"。截至目前，黄平良种基地的建设成果已先后在全国十几个单位推广应用。美国专家曾到黄平考察马尾松种子园，考察后伸出大拇指称赞说："OK！"南京林业大学林木育种专家陈岳武教授生前曾来黄平指导工作，认为黄平的马尾松良种基地是全国初级种子园中的"佼佼者"。全国不少省区科研教学单位的有关人员曾先后到黄平考察学习交流良种基地的建设经验，其中，福建省林业厅和江西林科所曾邀请横坡林场的技术人员到当地林业部门传授建园做法和苗木嫁接技术。南京林业大学的研究生曾到黄平种子园进行研究实习。黔东南州林校多年来一直把黄平种子园作为教学实习基地。这一切都使横坡林场的职工感到自豪，同时也使他们受到巨大的鞭策和鼓舞。

现在，基地的建设者们不满足于初级种子园的建设成果，正在筹划着搞良种与普通种子造林对比试验，加大对良种基地的科技投入，千方百计地筹措资金，营建 1.5 代马尾松种子园。但是，林场的经费实在少得可怜。据记者了解，林场现有职工 107 人，施业林地 2.8 万亩，年财政拨款只有 6.5 万元，人均事业费每月不足 50 元。营林事业的发展、职工开支、良种基地续建，所需的资金都要林场自寻出路。但是，为了马尾松的后代，基地建设者们义无反顾：把困难担当起来，执著地推进良种基地的发展。目前，他们筹划的一批新项目正在实施中。

（刊登于 1999 年 9 月 7 日《中国绿色时报》第三版）

中国林科院改革试点两年挂果

本报讯　全国科研院所改革试点运行两年，中国林科院这片试验地里长出了什么？1 月 29 日，记者在该院 1999 年工作会议上已闻到了果香。

1996 年 8 月，中国林科院被原国家科委确定为全国科研院所改革试点十大单位之一，受命为"九五"期间我国社会公益型科研院所的改革探路子、出经验。两年多来，他们本着"循序渐进、分类指导、以点带面、稳步推进"的原则，在结构调整、人员分流、机制转换和制度创新等方面取得了一系列成果。

中国林科院的试点工作以院部机构改革和组织结构调整为突破口，将院部职能机构从原来的 19 个处室减少到 11 个，机关人员编制从 211

人减少到 93 人，分别精简了 42% 和 56%。各所（中心）也相应精简了机构和人员。为稳步推进科技体制改革，林科院把下属的 16 个研究所和中心分为四种类型，每个类型选择 1 个单位进行试点改革：林化所实行"一所两制"，调整了学研结构，形成了产业开发优势；热林中心正在向现代企业转制；林业所在与重大林业工程的结合中，积极推行首席专家负责制；桉树中心以结构调整促进了 50% 的人员分流。通过以点带面的改革探索，为推动全院的改革起到了引路和示范作用。

在科技企业和经济实体转换机制上，该院提出了新的经营、分配、营销、管理机制，积极开展股份制和股份合作制试点，促进了全院科技事业的发展。两年来，该院 70% 以上的应用成果得到推广，技术转让、技术服务、技术咨询工作开展得十分活跃。林产化工国家工程技术中心去年销售收入已突破 2000 万元，出口创汇 150 万美元；木材工业国家工程研究中心已于今年 1 月 22 日通过了国家计委的竣工验收。这两大工程中心将逐步发展为促进全国林产化学工业、木材工业等新技术和科研成果转化的技术创新基地。ABT 生根粉系列产品在 1996 年获得国家科技进步特等奖后，实现了产品的更新换代，五倍子单宁酸、松香、胶粘剂等高科技系列产品也显示出了强劲的市场竞争力。

据介绍，中国林科院面向经济建设主战场的重大科技项目持续增加，与林业生态环境建设工程紧密结合的"长江、黄河流域生态环境重点治理工程配套技术研究""天然林资源保护与可持续经营技术研究"等科技支持项目已经启动，一批重大科研项目列入国家重点计划，"中国森林生态网络体系建设研究"和"长江中下游低丘、滩地综合治理与开发研究"分别获得科技部、国家计委的重点支持；高新技术和基础研究能力明显增强，"人工林木材性质形成及其功能改良的研究"列入国家攀登计划预选项目，"遥感信息处理、星载雷达"列入"863"计划；一批具有潜在发展前景的应用基础研究项目正在争取列入国家第二批重大基础研究项目。两年多来，该院共获得国家级和省部级奖励 46 项，其中国家科技进步特等奖、一等奖各 1 项，部级科技进步一等奖 4 项。

经过两年的试点改革，中国林科院已初步形成了开放、流动、竞争、联合、协作的科研机制，市场取向与技术创新的成果转换机制，干部能上能下、择优录用的用人机制，定量考核、绩效挂钩的分配机制，应用基础研究、高新技术研究和产业化三个层次协调发展的格局也已初步形成。

每一个成功的建筑和工程都是一座丰碑，记载着劳作者曾有过的辉煌。然而，他们却说，辉煌仅代表过去，我们更关心现在和未来。面对新的机遇和挑战，他们没有别的选择，只有横下一条心

弄潮新世纪

——聚焦林产工业规划设计院

坐落在北京朝内大街的林产工业规划设计院(以下简称设计院)，是1958年2月创建的，直属于国家林业局(原林业部)。全院拥有近600多名职工，汇聚了林业设计系统的精兵强将。设计院具有人造板、木材加工、林产化工、制浆造纸、民用建筑等工程甲级设计资质以及工程总承包，工程监理、机电设备成套和工程设备招标甲级资格证书，并拥有国家授予的对外经营权。设计院的工程咨询设计技术始终处于全行业发展的前沿。全国已建成的70%以上的林产工业大中型项目、90%以上的林业引进项目的咨询和设计都是由他们完成的，而且精品迭出，其中有60多个项目荣获了国家或部级重大科技成果奖或优秀设计奖。

每一个成功的建筑和工程，都是一座丰碑，记载着劳作者曾经有过的辉煌。他们凭借着这种资信和专业技术实力，成为林业规划设计行业的龙头老大。

老大的确有老大的气派。1980年，国家一声令下：设计单位实行收费制改革，让事业单位实行企业化管理。设计院二话没说，挺直腰杆走进了首批试点单位的行列。于是，从1981年起就先行"断奶"——行业的任务全担着，除基建投资外，停发了全部事业费。这意味着，从此以后安安稳稳的日子没有了，全院职工得自己去找饭吃！而真正实行了这项改革的，设计院不仅在原林业部直属事业单位中是第一家，而且在全国林业系统规划设计单位中至今仍是唯一的一家。由此，理所当然地成为全行业致力于改革的排头兵。他们义无反顾，成立了中国林产工业工程咨询公司，一套人马挂出两块牌子，一头扎进工程咨询设计市场的汪洋大海，开始了劈波斩浪的奋斗历程。

改革20年来，全院职工在党委的领导下凭借着对祖国林业建设事业的忠诚和在改革不断探索中所焕发出来的活力，虽历尽艰辛，却走出了一路辉煌的足迹。

首先是实施并推进了三项制度改革。在用人制度上，实行了全员聘任制。对中层干部，采用人事部门考核和职代会民主评议相结合的办法进行考评和聘用，两年一个任期，让能者上，业绩平平者下；对各部门的职工，按有效岗位设置和相应的任职资格进行择优聘任，并实行职工的业绩同职务晋升、工资福利待遇（包括住房分配）挂钩。同时，依据院情制定了《职工应聘、待聘、解聘条例》，并在职代会的监督下严格贯彻执行。在分配制度上，实行了"工效挂钩"的内部效益工资，打破了"铁饭碗"，取消了"大锅饭"，拉开了分配档次；分部门考核，按项目结算，实行多劳多得，有效地调动了部门和职工搞好经营创收的积极性。在管理体制上，实行了技术经济承包制，尽可能地划小核算单位、下放经营管理权限，对生产部门实行所长领导下的项目经理负责制。配合三项制度改革，财务管理体制实行了"双轨制"，并逐渐向企业财务管理方向过渡。

在上个世纪80年代直至90年代初期，初步改革后的设计院焕发了活力，效益在急剧增长，年年有盈余，岁岁发奖金，一时间令许多事业单位羡慕不已。

但是，进入90年代中期，红红火火的工程咨询设计市场开始走向低谷。这一方面是由于国家基本建设投资进行了重大的结构性调整，林业建设也开始了向以生态建设为主的重点转移，另一方面由于市场兴旺之时刺激了工程设计行业的发展，出现了工程任务量大幅度缩减、设计行业急剧膨胀由此而形成了恶性竞争局面。种种不利因素相互作用，设计院的日子也开始难以为继，曾一度亏损200多万元，职工工资也只能发60%。

　　面对严峻形势，设计院把自己放在林业产业大框架中审视自己，发现了自身的价值，看到了再创辉煌的愿景。他们及时调整经营方向，采取了一系列有力措施，实现了三方面的转变。一是，在经营方式上，由封闭式的事业型向开放式的企业经营型转变；二是在业务范围上，由单一的林产工业专业设计转变为设计工程全过程的技术咨询服务，包括管理、规划、咨询、设计、后期服务等，并突破一业为主，实行多种经营，除工程咨询、工程设计、工程承包、工程监理、机电设备成套、建设工程设备招标，以及工业工程设计和民用工程设计一起上，除此之外，装饰工程设计施工、压力容器设计、国内外广告代理、文印、运输服务、物业管理等多种经营，极大地拓展了业务范围；在内部管理上，由粗放式管理，通过开展目标管理和全员工作质量管理，开始转向与国际接轨的全员、全过程的集约化经营管理。通过这一系列的改革，设计院的面貌发生了深刻的变化。更难能可贵的是，他们从一点一滴做起，坚持不懈地塑造企业之魂。这就是集数百名员工的忠诚和智慧，用"优质、高效、创新、守信"概括起来的企业经营理念。他们把这理念解释为：保证优良的产品质量，这是企业的生命；实施高效的科学管理，这是企业健康发展的根本；采用先进的科学技术并坚持科技创新和体制创新，这是企业发展的动力源泉；信守令客户满意的服务承诺，这是企业在市场竞争中立于不败之地的根本保证。从此，在设计院内闲人少了，主动加班加点的忙人多了。随之而来的是全体职工思想观念的变化。在各个设计所的经营方针上明确地写着："领导围着效益转，项目围着成本转，全员围着目标转。"他们也真的像实践自己提出的经营理念那样，认真地贯彻着这一方针。运转的结果是，效益在不断地提升，成本在逐渐地下降，目标在一步步地实现。现在全院人员没有增加，而每年完成的业务量却是改革初期的10倍。

在工程设计市场持续低迷、无序竞争愈演愈烈、连续三年出现亏损的情况下，设计院 1999 年的经济效益又开始出现大幅度的攀升，三年扭亏的目标基本实现了；2000 年不仅彻底扭亏，而且有了数十万元的盈余，经济效益连续两年以超过 25% 的速度增长。同时，2000 年设计院还出现了另外两件大喜事。一件是，设计院在全国林业勘察设计系统首家通过了 ISO9000 质量体系认证，获得了进入国际市场的"准入证"；另一件是，建设部从全国 1.2 万多家勘察设计单位中，评选出 142 名优秀勘察设计院院长，赞誉他们是"带领勘察设计单位改革奋进的优秀企业家"，并进行了隆重表彰，而他们拥戴的院长于建亚就获得了这一殊荣。

记者在采访中见到了于建亚，提起这件喜事和往日的辉煌，他谦逊地笑了笑说："这是全院职工的光荣，我只做了自己应该做的事。至于往日的辉煌，那毕竟仅代表过去，我们更关心现在和将来。"

是的，对信念坚定的人，无论是生活还是工作，他们总朝着已确定的目标往前走，很少去依恋过去的脚印，把每次向前迈出的一步都看作是新的开始。

21 世纪已经来临，设计院又面临着新的机遇和更加严峻的挑战：国务院已郑重下达了中央所属工程勘察设计单位体制改革实施方案，要求半年内全部改制为科技型企业。这意味着设计院正在面临着和国家林业局解除隶属关系、彻底转换机制并与国际完全接轨的重大考验。

对这一重大考验，于建亚和他的战友们做出了非比寻常的认真对待。经过全面规划、精心设计，他们提出了"一二三四"总体改革方案，即争取脱钩转企改制一步完成；实行母子公司两个层次的体制结构；将公司建成具有明晰的产权架构、规范的现代公司法人治理结构、以市场为中心经营机制的有限责任公司；在保险、劳动、人事、分配四项配套政策的支持下，成功地实现改制、转企，按公司模式规范运作。他们始终保持着这样一个神圣的信念，无论怎样改，为林业产业发展服务的宗旨绝不改变！他们设想，通过这次改革，设计院将彻底转为国有控股、职工参股、独立经营的工程咨询设计公司。他们的愿望是，经过努力在三年到五年时间内，设计院将发展成为具有 EPC 总承包能力的工程公司，可为工程由项目策划、建设准备到建设实施的全过程提供最优质的一条龙服务，实现公司由硬件到软件的全面与国际接轨。

刚刚结束的全国林业厅局长会议也给设计院传递了一个令人心情振奋的好讯息：国家林业局局长周生贤强调，在大搞生态建设的同时，也绝不能放松产业的发展，而且要以较高的起点，通过政府有效的宏观调控、行业管理和保护扶持，大力强化林业产业，促进林业产业的发展。这使得于建亚和他的同事们透过国家林业产业结构调整和新世纪林业跨越式发展的全局，看到林产工业发展光辉灿烂的前景，看到了设计院再创辉煌的又一次发展良机。

记者意识到，这一次，设计院已站在更高的起点上正在实施着弄潮新世纪的发展蓝图。他们一定会更大限度地遵循着"优质、高效、创新、守信"的理念，精心设计，认真操作，竭尽全力搞好施工，让一个充满生机和活力的科技企业展现在时代的潮头。

（刊登于 2001 年 2 月 28 日《中国绿色时报》第三版）

敬礼，英雄的团队

国家林业局调查规划设计院（以下简称"规划院"），从 1954 年创建以来，已经走过了整整 50 年的辉煌历程，为中国林业建设事业的发展作出了重要贡献。

开路先锋上路了，磨炼成英雄的团队

穿越时空隧道，打开岁月尘封的历史，可以清晰地见到，规划院所经历的兴衰跌宕、艰苦曲折而又自强不息的发展过程。

新中国成立初期，为适应国民经济建设对木材和林产品的迫切需求，国家亟待开发建设国有原始林区，而原始林区的开发建设要求调查规划工作必须先行。

新中国成立前的林业调查规划设计领域几乎是一片空白，既无任何图片资料，也缺乏调查设计人才和可资借鉴的经验。在当时条件下，学习前苏联的技术和经验是惟一可行的选择。于是国家果断决策，将"森林航测"列为前苏联援建的 156 个项目之一，请苏联派专家来华援助一两年，在我国大小兴安岭等国有原始林区开展森林航空摄影测量和森林资源航空调查，同时为我国培养相关的技术人员。为了配合前苏联援建的森林航测项目的实施，这支生机勃勃的森林调查设计队伍应运而生。

这个英雄的团队创建于 1954 年 4 月。

据历史记载，"林业部调查设计局森林航空测量调查大队"于 1954年 4 月 16 日在黑龙江省齐齐哈尔市正式宣布建队。402 位森调队员成为规划院第一代林调事业的创业者，队址设在北京和平里。6 月中旬，这支英雄团队满怀报国之志和开发建设林区的热情，开赴大小兴安岭的原始林区。从此，茫茫林海便成了他们学习的课堂、施展才智的天地和顽强拼搏的战场。队员们夜以继日地忘我工作，孜孜不倦地向苏联专家学习森林航空摄影测量、森林航空调查以及森林地面综合调查等一整套先进的技术和经验。

开始，队员们以学习为主，辅助前苏联专家工作，很快就能在苏方人员的指导下独立开展专业调查了。有了一定的基础之后，全国的森林经理调查工作全面铺开。到了 1958 年，队员们调查的足迹已遍布于全国的主要林区。

队员们的外业工作条件是异常艰苦的。他们要背着干粮、帐篷、行装和仪器在大森林里徒步跋涉，栉风沐雨，风餐露宿，一干就是几个月。队员们一个个像野人一样——在深山老林里紧张地忙碌着，顾不上理发，头发有好几寸长，衣服被树枝挂得破烂不堪，脸晒得黑黝黝的；有的被蚊虫、小咬叮得满脸尽是疙瘩。夏天，他们顶着酷暑烈日爬山涉水，夜晚小咬、蚊子咬得他们睡不着觉，只好生起篝火过夜。有的时候，干粮吃光了或丢失在山林里，就用野果和山泉水充饥解渴。冬天，他们迎着刺骨的寒风和没膝深的积雪行进在深山老林里，脚被冻坏了，脸被冻伤了。有的在深山里迷了路，又只能拢起一堆篝火过夜，但他们不敢入睡，如果睡下去恐怕就再也起不来了；此外，还经常遭遇野兽的袭击。但是，他们无所畏惧，没有一个人退缩，每个人都把承担最艰险的任务当做自己的荣耀。他们不愧是祖国的英雄儿女、中华民族的骄傲。他们克服了无数的难以想象的艰难困苦，去一次又一次地完成党交给的任务。

在北京和平里总部集中了一摞摞堆积如山的航测底片、照片、图纸以及各种森林调查资料，记录着我国森林资源的基本情况。有了这些宝贵的资料，林业建设工作就有了必要的基础数据，如何合理地经营森林等，也有了科学决策的依据。这最初阶段的辉煌成果，是这个英雄团队用他们的顽强拼搏、英勇牺牲获得的。他们为新中国的林业建设事业立下了汗马功劳！

经历三次高潮两次低谷，一次次创造着辉煌的业绩

在顽强拼搏、执著奋斗的前 25 年里，这个英雄的团队随着国家形势的变化和林业部的机构变迁，其体制和建制始终处于动荡不息的变化之中。无论怎样变化，队员们没有怨言，一切听从组织上的安排，义无反顾地忠诚于党和人民的事业。

其间，调查规划事业的发展经历了三次发展高潮和两次低谷。第一次发展高潮出现在 1954～1959 年，这是第一代人的创业阶段，总趋势是相对稳定、壮大和加强。第一次低谷出现在 1960～1962 年，国家遭遇了 3 年自然灾害，队伍被精简，人员被下放，队伍的元气大伤。第二次发展高潮出现在 1963～1966 年，适逢国民经济贯彻"调整、巩固、充实、提高"的方针，队伍又得到了恢复和加强，由于第二代创业者补充进来，团队的事业得到了复兴。第二次低谷出现在 1967～1978 年，在"文化大革命"动乱的冲击下，队伍被成建制地下放到黑龙江大兴安岭。

身处逆境，仍能为事业的发展继续拼搏奋斗者才算得上天地间真正的英雄好汉。这一时期虽有过两次低谷，事业发展的征途上可谓坎坷多多，但是这个英雄的团队还是把祖国的森调规划事业不断地推向前进。

20世纪60年代，他们引进、试验并推广了分层抽样调查技术，成就了我国森林调查史上第一次重大的技术革命。70年代，他们经受着"文革"动乱造成的障碍和压力，组织并主持了全国"北、南方"森林资源调查试点和江西试点，协助、指导并推动完成了全国"四五"和"五五"森林资源清查任务；同时在森调实践的探索中，他们不仅在上级主管部门的指导下，与全国同行一道建立了我国森林资源连续清查体系，而且在总结经验的基础上由原农林部正式把森林资源调查划分为一、二、三类，并以抽样调查技术作为开展森林调查的基本方法，从而确定了我国森林清查的技术路线。这不仅极大地推动了我国森林调查事业的发展，而且也为我国森林调查这一技术领域步入世界先进行列奠定了基础。

改革开放迎来了我国科学的春天，也迎来了规划院第三次发展的高潮时期。

1979年这支队伍回京重建，一批朝气蓬勃的多专业领域的人才和高等院校的毕业生作为第三代创业者走进了这个英雄的团队。20世纪80年代，在林业部领导的关怀和支持下，规划院加大了科技投入力度，大规模地开展了技术创新，快速提升了队伍的现代化装备水平和综合技术的应用能力。其中，创新与提升最有成效的是电子计算机和卫星遥感图像处理系统。全院实行跨部门、跨学科的技术合作和联合攻关，取得了一批科技含量高的研究成果，并在不断的探索中初步形成了森林资源监测、林业规划设计、林业信息化建设三大主体业务同步发展、协调运行的格局。

20世纪90年代至今，规划院进入了快速发展时期。在顽强拼搏的实践中，这个英雄团队现代化的技术能力、队伍的整体素质以及承担重大生产、科研任务的必备实力都得到了进一步的提升。他们把资源动态监测、林业规划设计和林业信息化建设三大主体业务建在了以计算机网络与"3S"技术为核心的高科技平台上，为推动六大林业重点工程实施、实现林业跨越式发展以及林业生态建设，提供着重要的技术支撑与科技保障，成为我国林业调查规划设计领域IT应用与开拓创新的主力军和排头兵。

这一时期规划院创造的业绩也是最辉煌的。自 1978 年以来，他们共有 40 多项科研和调查设计成果获奖。其中，获全国科学大会奖 1 项，获国家科技进步二等奖 2 项、三等奖 1 项；获国家优秀工程设计金奖 1 项、银奖 2 项、铜奖 1 项，获全国优秀工程咨询成果一等奖 2 项；获省、部级科技进步奖 22 项，另获其他奖励 8 项。规划院的广大科技人员凭借着多年来积累的专业知识和丰富的工作经验积极地著书立说，这段时间全院共有 44 部各种专著公开出版，表现出较强的技术实力和较高的学术水平。规划院已获得了国家颁发的甲 A 级林业调查规划设计资格证书、甲级工程设计资格证书、甲级工程咨询资格证书、甲级测绘资格证书、乙级园林设计资格证书，并拥有了对外业务经营权。国家林业局信息中心、中国荒漠化监测中心、国家林业局湿地资源监测中心、国家林业局陆生野生动物与野生植物监测中心、国家林业局东北森林资源监测中心、国家林业局 GEF 湿地办公室等机构都设在规划院；设在规划院的森林资源和环境管理实验室是国家林业局重点开放性实验室。在这期间，规划院还出色地完成了一批国家林业局(原林业部)和国家有关部门下达的重点生产、科研项目，编制了多项林业技术标准，并完成了一系列林业行业和社会有关单位委托的资源调查、工程咨询、规划设计以及信息系统开发的任务；同时与联合国粮农组织、联合国开发计划署以及日本、荷兰、美国、加拿大、法国、俄罗斯、欧盟等国际组织与国家开展了广泛的项目合作和技术交流，取得了可喜的成绩。

同时，规划院的精神文明建设也绽放出灿烂之花。近年来，规划院先后被中央国家机关精神文明建设协调领导小组、全国绿化委员会、人事部、国家林业局、中国林学会等评为中央国家机关文明单位、先进基层党支部、先进团组织、优秀基层工会、全国森林资源林政管理先进单位、全国防沙治沙先进集体、中国林学会挂靠单位等。

世纪之交，与时俱进，又一次焕发了青春

规划院 50 年发展的历史实践证明，调查规划事业的荣辱兴衰，历来与国家林业发展的总趋势休戚相关。

　　世纪之交，加强生态建设、改善生态状况、保障国土生态安全已成为经济社会发展对林业的主导需求。党和国家已赋予了林业比过去任何时候都更加重要而特殊的地位，我国林业建设正经历着由以木材生产为主向以生态建设为主的历史性转变。为推动林业建设的跨越式发展，国家相继启动了六大林业重点生态建设工程，这些重点工程的全面实施已成为林业快速发展巨大的驱动力。规划院审时度势，适时确立了"精兵高能、优质高效"和"全方位"为林业生态建设服务的方针，及时调整了发展方向和院内的机构职能，尽可能地扩展着自己的技术服务领域，以适应六大林业重点建设工程对科技支撑的迫切需求，为林业建设多作贡献。

　　这支特别能战斗的英雄团队面对新的发展机遇和富有挑战性的工作任务，焕发出了更加高昂的斗志和工作激情。他们进一步加强了计算机信息网络和信息系统的建设和研发力度，扩大了"3S"技术的应用领域，以高水准的现代化技术"全方位"地支持林业的快速发展。他们根据国家林业局的决定而设立的机构已完全置身于生态建设的前沿；同时还建立了森林资产评估、林业工程监理、规划评估、工程咨询、园林设计、自然保护区设计、森林公园设计、种苗基地设计等一批新兴机构和专业，众多的技术服务项目也相继展开，并得到了迅速发展。

　　近几年来，规划院的全体职工紧紧围绕着国家林业局的中心工作和林业重点建设工程承担了大量开拓性、创新性和示范性的生产与科研任务，并取得了丰硕的成果。

　　他们承担了国家六大林业重点工程建设有关项目的规划和工程实施区的资源监测任务；同时完成了相当数量的其他重要的林业生态建设工程、自然保护区/环保建设工程、森林公园及风景林建设工程、植物/花卉保护与病虫害防治工程、速生丰产林及原料林基地建设项目的规划设计和可行性研究，以及中国南、北方和黑龙江、青海、湖北、重庆等10多个省（区、市）种苗示范基地的可行性研究和初步设计，编制了华南虎、大熊猫、藏羚羊、长臂猿、苏铁以及全国野生鹿类等珍稀物种的保护规划；还编制了诸如自然保护区工程项目建设标准、生态公益林建设系列标准、封山(沙)育林技术等一大批国家及行业的标准、规程或规范，做了大量的基础性工作。

在森林资源、荒漠化、湿地资源以及野生动植物监测方面，他们凭借计算机网络和"3S"技术打造的平台，与国家林业局直属的其他3个院合作，共同完成了全国第五次与第六次森林资源连续清查汇总成果报告，编制了《中华人民共和国森林图集》，同时，完成林地征占用调查、采伐限额执行情况检查、生态公益林界定与核查等8项专项调查工作；完成了第二次全国荒漠化监测报告，绘制了全国荒漠化与沙漠化分布图，开展了第三次全国荒漠化和沙化土地监测的技术指导和检查，并对每年的沙尘暴进行监测，对沙尘暴灾情进行评估；开展了全国湿地调查技术指导和检查验收，完成了全国湿地调查成果汇总以及中国高原湿地国家报告；同时还完成了全国陆生野生动物调查成果汇总、全国重点保护野生动物调查成果汇总、全国第三次大熊猫调查成果汇总，进行了全国重点保护野生动物就地保护状况调查，还在全国范围内开展了对金钱豹、白鹳、林蛙和瑶山鳄蜥等重点保护野生动物的专项调查。

规划院在加强林业信息系统建设方面同样做得卓有成效。近些年来，他们研发建立的各种信息系统几乎涵盖了林业生态建设和管理的各个领域。在办公自动化的建设上，他们成功地开发了全国林业综合办公电子传输系统、国家林业综合信息服务系统；在信息网络建设上，他们开发了国家林业局全国视频会议系统、国家林业局专用电子邮件系统以及国家林业局、全国绿化委员会、山区综合开发、森林公园、天然林保护工程和湿地等互联网站，极大地方便了信息共享和交流，快捷、高效地为林业生态建设服务。

经过资源整合、技术创新和用新的管理理念重新武装起来的规划院，又一次焕发了青春！

让历史启示未来

50年来，三代创业者艰苦耕耘，不断地拓展和创新技术领域，把林业调查规划设计事业一步步地推向前进。他们从对森林资源开发的调查、规划、设计，发展到对森林资源与环境的保护、恢复、建设、利用以及可持续经营的调查、规划、设计；从单一的森林资源调查，发展到对森林资源、荒漠化、野生动植物资源、湿地资源、营造林实绩以及生态环境的调查、监测与评价；从运用常规的调查规划设计手段，发展到遥感、地理信息系统与全球定位系统技术充分结合，利用电子计算机快速处理调查、监测和规划设计成果；同时实现了由单一的微观型业务向林业建设多方位宏观型的业务转变，从而做到了更快捷、更准确和更全面地为林业的决策提供科学的依据和高质量的服务。规划院50年的发展史不啻是我国林调技术发展历史的缩影。这一生动的实践再一次证明，这支英雄的团队始终坚持与时俱进，已经形成了顽强拼搏、无私奉献、开拓创新的精神。这是三代创业者留给今天规划院最可宝贵的精神财富。

50年来，规划院坚持以生产带科研、以科研促生产，不仅创造了辉煌的工作业绩，而且也锻炼培养了一大批高素质的专业技术人才。他们正是凭借着这一高素质的人才队伍所造就的科技优势不断地攻克了一道道难关，成就了半个世纪的辉煌。

规划院现有职工近300人，具有中级以上技术职称的人员占职工总数的72%，其人员所拥有的知识和技能已涵盖了近80个专业学科。全院具有博士、硕士以上学位的人员达70人，占职工总数的26%。规划院的领导班子在注意加强自身建设的同时，十分重视在生产和科研实践中锻炼队伍、培养干部，在出技术成果的同时注重造就德才兼备的人才，致使一批朝气蓬勃又具有专业实力的年轻人很快成为科研攻关的主力军，一批资深的业务骨干屡立战功，成为同行业中有一定知名度的专家和各个专业的带头人。长期以来，规划院作为国家林业局的人才库，已陆续向局机关以及相关单位输送了一大批政治素质好、业务能力强的优秀干部。据不完全统计，其中已有50多人先后走上了司局级以上领导岗位，成为国家林业局业务领导的中坚力量。

让历史启示未来。50年造就的辉煌，记录了三代创业者锐意开拓的足迹。从那由远及近、渐显铿锵的足音中让我们再一次清晰地见到已故的和健在的先辈们和蔼的面容，听到了他们留在祖国山林中的嘱托。那踏遍青山的如歌岁月，将永远成为所有林调队员最美好的回忆。

在采访中，规划院的领导与新老同志都一再表示，在建院 50 年中之所以能取得一些成绩，是与上级领导的支持、爱护以及兄弟单位的密切协作，与专家、学者们的指导和帮助分不开的。他们希望在未来的岁月中能继续得到各级领导和专家、学者以及国内同行们的呵护与信托。真可谓其言质朴，其情恳切。因此，我们有理由相信，这英雄团队的当代成员，在新时期林业建设新的形势下，一定会抓住机遇，迎接挑战，团结奋斗，勇攀高峰，为林业跨越式发展再立新功！

在我们结束全部采访之后，由历史回到现实，应该满怀深情地说一句：敬礼，英雄的团队！

关于林业高新技术的对话

——访林业部调查规划设计院总工程师寇文正

寇文正，50 来岁，林业部调查规划设计院总工程师、林业部信息中心负责人。他直言快语，精明干练，听他"侃"林业高新技术，不由得让人感到肩膀上增加了压力，身上也增添了力量。

记者：现代高新技术正以惊人的速度向前发展，出现了信息化、社会化的新趋势，林业是一种什么状况呢？

寇文正：林业在高新技术的开发、应用领域中，已经做了积极而有成效的探索，显示了很大的潜在能力。首先表现在使用气象卫星监测森林火灾上，在国内我们是先取得成功的。其次是应用遥感地理信息技术进行森林资源连续清查与地面清查相结合的技术方法，我们创造的这种技术方法是世界公认的。目前，我们应用的这种方法与运用 GOS（全球自动定位系统）已被列入森林资源检测计划。在电子计算机的开发应用上与有的产业部门相比也并不落后。我们已经成功地建立了全国森林资源数据库、微机林火监测数据信息系统、森林病虫害信息系统、森林公安信息系统、森工调度信息系统等等。我们的落后之处在于，用电子技术改造传统产业还没有起步，或者说，还没有实质性进展，这项任务对我们来说是十分紧迫的。

记者：听说，国务院已做出决定，今后产业技术改造，凡应利用电子技术而不利用的，一律不予投资。这对林业来讲意义何在？

寇文正：这就告诫我们，应用电子技术要有危机感和紧迫感。当然，这对促进林业电子技术的发展也是一种机遇和动力。就拿制材来说，利用计算机，出材率至少提高2%。若以2%计算，全国每年能增收8000万元。用电子技术改造林业传统技术，我们缺少的不是工程师，而是高级技师，开发利用计算机技术可以弥补这个不足。

记者：这恐怕是问题的一个方面，计算机用于科学决策、改善管理、实现信息共享都有巨大的作用。想听您谈谈这方面的情况。

寇文正：计算机对信息可以进行精确地处理和变换，智能软件具有与人脑类似的智力职能，他作出的辅助决策无疑是实事求是的。提高管理水平，没有硬措施不行，而这硬措施之一正是计算机的应用。我们最终的目的就是要建立全国的联机系统，实现信息共享，让科技现代化这个杠杆在林业现代化的进程中更好地发挥作用。

记者：当前在计算机开发应用中，存在的主要问题是什么？

寇文正：主要问题有两个。一个是林业系统内使用的机型过杂，软件共享性差；另一个是低水平开发过多造成了人力、物力上的浪费。其他的问题还有一些。比如，复合型人才太少，亟待加强培养。据初步统计，林业系统现在拥有2000台微机，但多数，或至少有一半是做打字机用的，很可惜！一段时间以来，我们重视硬件投资，而往往忽略软件投资。据统计，硬件投资150万元人民币，而软件投资只有15万元，只相当于硬件投资的1/10。在发达国家，软件投资是硬件投资的比值是1∶1，甚至2∶1。这是宏观决策上的失误。当然，我们已经有了相当的设备基础，林业部信息中心也有了一支很有前途的技术队伍，通过努力，前景是十分乐观的。

记者：看来，我们认识林业高新技术发展状况，也用得着这句话：困难与希望并存。

寇文正：是这样的。不过，最关键的是领导重视。要在深化林业改革中，积极推进林业高新技术的发展，大胆地解放高科技这一重要的生产力，让它在林业经济建设中尽快发挥巨大的作用。

（刊登于 1992 年 5 月 15 日《中国林业报》第三版）

计算机在我国林业建设中的应用

编者按　科学技术发达的国家都非常重视使用计算机。第一代计算机，1946 年产生以后引起了全世界的关注。目前，计算机已经历三代更新，进入第四代，并广泛地应用到社会的各个领域，推动着技术进步和生产力的发展，创造着日新月异的科技成果，改变着社会的面貌。计算机在林业系统应用的现状如何，当前的发展趋势怎样，无疑是全行业普遍关心的问题。本报愿做一座桥梁把这些信息传达给广大读者。同时，发表此文的目的还在于引发思考，加深人们对这一高新技术手段的理解和认识，进一步推动计算机在林业系统的应用和普及。

计算机的产生与应用已走过了半个世纪的发展道路。目前，国外计算机在林业上的应用正向网络化、集成化、综合化、智能化的方向发展。

我国林业应用计算机，最早可以追溯到 60 年代。那时，瑞典人已建立了世界上第一个用于林业的电子计算机中心，开始制作航片摄像和进行森林火险的预测预报，而我们只能用于森林资源调查的数据统计和汇总。

党的十一届三中全会如浩荡的春风吹开了科技兴林之花，使计算机的应用遍及全行业的各个领域。首先，在中国林科院、各林业院校、部调查规划设计院，以及各省属科研院所和林业勘查设计院等部门相继建立了不同规模的计算机中心和微机实验室；接着，部机关和一些基层林业生产单位先后建立了用于生产、计划、财务和人事管理的微机系统。1987 年，林业部成立了科技情报中心，开展了 CAB 磁带计算机检索服务，为林业科研、教学提供了大量的有价值的文献资料。目前，计算机已在科研教学、调查规划、生产管理等各个领域得到不同程度的应用，并研制开发了一系列结合林业生产的软件，在空间信息、信息化建设、改造传统产业等方面取得了重大突破。

扑朔迷离的空间信息领域，留下了林业科技工作者探索的足迹。他们已取得了成功，并将继续创造辉煌

在林业系统，计算机的应用取得了重大的突破，首先表现在我国科技工作者在空间信息领域的成功探索。其中包括遥感技术(RS)的应用、地理信息系统(GIS)的应用和全球定位系统(GPS)的应用等。

从 1972 年美国发射第一颗地球资源技术卫星开始，世界各国即对遥感技术(RS)给予了极大的关注。以徐冠华为代表的我国林业科技工作者，在 80 年代初对它的实用技术与方法也开始了研究。徐冠华成功地研制了中型机和微机上的数字图像处理系统，并运用吉林、陕西的地球资源卫星多光谱扫描(MSS)资料进行森林资源调查。这是我国林业系统独立研制的第一个数字图像处理系统，为应用计算机兼容磁带(CCT)创造了条件。随后，80 年代中期，我们又引进了 C-4500 图像处理系统和 Mode175 图像处理系统等设备，完成了“七五”“八五”国家重点科技攻关项目。

林火监测是航天遥感技术应用的又一个重要方面。林业部早在1987 年 5 月黑龙江大兴安岭特大森林火灾中就用 NOAA 气象卫星的图像进行林火监测并指挥了林火扑救。1994 年，林业部防火办公室的卫星林火监测室开始建立了自己的卫星林火监测系统，承担起对全国各主要林区森林火情的宏观监测任务。该系统软、硬件完备，功能卓越，并与部机关办公自动化网络、林业部防火办局域网以及正在兴建的微型林火监测信息网和全国各省(区、市)护林防火指挥部的远程终端相连接，

直接进行监测信息的传输，为各级领导指挥扑火提供决策依据。3年来，该卫星林火监测系统曾多次为扑灭森林火灾立下功勋。例如，1994年4月16日，内蒙古红花尔基森林大火刚发生一个多小时，卫星林火监测系统即提供了准确的火情报告；25日15时，接收的火灾现场图像清晰地显示了火烧迹地的全貌，计算的过火林地面积其准确度达97%。该检测系统在最初一年的运作中，共测定火情百余起，5个像元以上的较大林火测报的准确率达到了100%！地理信息系统（GIS）技术，经过十几年的发展已在林业生产、科研和管理中得到逐步普及。

林业系统的规划设计部门、中国林科院和各林业高等院校率先配合遥感技术研究开发了自己的地理信息系统，然后又从国外引进了一批功能优良的地理信息系统，经过二次开发，现已陆续应用到规划设计和科研教学中来。在GIS技术开发方面，科技工作者做了大量的积极探索。林业部调查规划设计院推出了Power Map系统，各林业高等院校开发了相应的软件，林业部中南调查规划设计院开发了图形扫描输入系统。广西派阳山林场、长雅林场以及福建省的大部分国有林场等一些生产单位与国内主要的GIS技术开发机构联合，也相继开发了一批适合各自需要的用于林火监测、生产与资源管理的地理信息系统。中国林科院研制的WLNGIS在今年全国微机地理信息系统的测评中，取得了综合测试第一名的好成绩，并获得了国家科委的经费支持。

目前GIS作为一项实用空间技术，已在许多工作领域发挥了积极作用。这主要是：制作卫星影像地图，利用全国一类资源连续清查体系的样地资料编制森林分布图，制作林业局和林场的森林分布图和林相图，制作地形立体模型图和三维立体森林分布模型，制作高程数字模型（DEM）、地形数字模型（DLM）以及坡度、坡向和照度等图件；此外，用图形图像库与属性数据库相连接，可输出各种类型的林业专业题图；还可用于卫星遥感图像计算机自动分类，研制有关专家系统等。与此同时，GIS作为实现林业现代化管理和实施办公自动化的一种主要手段，也得到了比较广泛的应用。例如，林业部调查规划设计院于1995年初着手创建了3S平台，代替了手工计算制图；吉林省露水河林业局经过努力建立了以 WLNGIS 为平台的 GIS 应用系统；广东省所有的国有林场利用 GIS 技术进行地籍管理和信息处理的工作也在进行之中。在空间技术领域的探索之中，全球定位系统（GPS）的研究也是不可忽视的重要方面。

GPS 的研究始于 70 年代美国阿波罗号宇宙飞船登月。此后，历经 20 年的探索试验已成功投入使用。研究 GPS 的初衷是为飞行器与船舶导航，在后来的实践中逐渐扩大了它的应用范围。目前，已开始用它构建大地测量控制网和进行基线测量，而且空中摄影站点与地面控制点测量、大型工程测量、城市测量、海上精确定位、石油平台定位以及野外勘探定位等也都开始了应用试验。

我国林业科技工作者对 GPS 应用的研究付出了巨大的心血，进行了卓有成效的探索。其具体表现是：用于工程测量，例如为林业局建设选址，进行林区公路建设选线；用于森林资源一类清查中样地样点复位；用于森林资源二类清查，确定调查范围和小班面积；用于伐区设计，测定伐区的边界和面积；在林火扑救中为机降队员导航定位，测定火场边界、过火林地面积，估算火灾损失；用于荒漠化土地监测；还可用于造林设计和造林检查。此外，在遥感技术的进一步发展中，全球定位系统是推动新一代遥感应用技术系统形成的重要的技术支柱，将对林业技术进步发挥更大的作用和影响。

林业系统计算机应用的宏观态势展现出生机勃勃的局面，林业数据库与管理信息系统的建设方兴未艾

随着改革开放和造林绿化事业的迅速发展，全行业对计算机这种高新技术手段的应用表现出空前的热情。从最高的决策机关到基层生产单位，从科研部门到林业高等院校的课堂，计算机的应用出现了普及化的趋势，展现出生气勃勃的局面。其中最令人关注的是方兴未艾的林业数据库与管理信息系统的建设。

我国第一个大型森林资源数据库系统始建于 1980 年，是由林业部调查规划设计院组织有关单位完成的。随着林业系统中小型机的不断引

进，科技工作者们开始在小型机上移植和建立国家各个时期的森林资源数据库。林业数据库的建设实践，推动了计算机的普及，培养和造就了一批专业技术人才，同时也为管理信息系统的建设创造力了良好的条件。

纵观十几年来林业数据库与管理信息系统建设的实践，可以看到以下三个特点：

首先，适应了行业管理的需要，具有较强的专业性。

林业数据库与管理信息系统的建设研究，从一开始就走着一条适应行业管理的需求、自力更生的发展道路，十几年来取得的成效是显著的。1988年，林业部规划设计院完成了"森林资源和灾害信息管理系统"。该系统包括：吉林松江河林业局信息系统、松江河林业局生产利用计算机辅助决策系统、松江河林业局企业计划统计软件包、松江河林业局漫江气象站气候资料数据库管理系统，以及利用遥感资料进行火灾损失评估方法。这是一个专业性很强的信息管理系统，可及时准确地提供大量的图像与数据分析资料，直接用于林业局的经营管理，为林业企业数据库与管理系统建设起到了示范作用。此后，林业部规划设计院、中国林业科学院与北京林业大学，这三家计算机应用及软件开发颇具实力的单位，围绕"七五"国家科技攻关项目——"三北防护林遥感综合调查"，分别研制了管理信息系统和地理信息系统，显示了较高的专业水平。进入90年代，林业系统计算机学界在《林业信息系统总体规划方案》基本原则的指导下，不断开拓着林业数据库与管理信息系统的专业应用领域。目前已应用到森林资源管理、林地管理、森林病虫害防治、国家造林项目管理、林业政策法规管理、劳动人事管理、生产计划管理、财务管理以及办公自动化等诸多方面。它标志着计算机的专业应用已经驶入快车道。

其次，适应了各单位、各部门的需求，具有较强的实用性。

目前，林业系统很多单位积极引进计算机技术，从各自的需要出发建立了实用性较强的数据库与信息管理系统。林业部已建成了大院内的局域网，研制了政务信息系统和办公自动化系统，有力地推动了部机关工作的开展。林产工业设计院开发研制了计算机辅助设计系统（CAD），适应了工程与道桥设计工作的需要。福州人造板厂用微机进行生产控制，仅控胶一项每年就可节省资金250万元。林业部常州林机厂建立了两条信息交换线：一条加入了"全国生产流通信息网"，一条直通常州"金三角信息网"，可把反馈的信息传入"厂长查询系统"，使企业决策者耳聪目明，获得了巨大的间接经济效益。近年来，随着计算机应用领域的拓展，各种数据库与管理信息系统软件层出不穷，不少软件操作方便，有较强的实用性，在实际应用中收到较好的效果。

第三，计算机在林业系统的应用正朝着技术综合性与功能先进性、实现网络化的方向发展。

这个特点虽然不是在整个林业系统和所有引进微机的单位当前都能实现的，但是在对这一实用技术的研究中，在颇具实力的科研教育部门，在一些计算机通讯技术比较发达的企业里，已有所体现。

我国林业系统在电子信息化建设中，还没有一个完整统一的管理系统，但在林业部管理信息系统的研制中，已经应用了地理信息系统和多媒体技术，显示了技术的综合性与功能的先进性，网络化建设已初具规模。中国林科院所建的综合林科网络，自建了十几种林业数据库，输入了1993年以来各个国家林业的主要文献，为用户查询、发布、获取、交流国内外林业信息提供了广阔的天地。常州林机厂建立了管理网络系统，已具备了功能先进的厂长查询系统、生产管理系统、销售管理系统、财务管理系统、干部人事管理系统等。这种信息系统的综合运用，让我们看到了现代化企业的雏形。

在发达国家，信息产业已成为国民经济的支柱产业，生产、应用技术与社会服务紧密结合，国民经济信息化过程同信息高速公路建设融为一体。因此，运用超高速、大容量、多媒体等技术手段提供完善、快捷的社会服务，已成为计算机应用所追求的方向和目标。

微电子技术改造着传统产业，以神奇般的魔力加速着企业的发展，科技是第一生产力在这里又一次得到验证

要把国民经济的增长方式从主要依靠增加投入、铺新摊子、追求数量，转移到主要依靠科技进步和提高劳动者素质的轨道上来。这是一个具有深远意义的重大战略决策。微电子技术具有较强的渗透力和经济效益的倍增作用，是提高劳动生产率和产品质量、降低消耗和优化企业管理的有效手段，这一技术的应用是适应这一伟大的战略转移、改造传统产业的必由之路。在这里，常州林机厂的成功实践是发人深思的。

80 年代初，常州林机厂还是一个一般化的传统企业。常林的决策者们高瞻远瞩，从 1983 年 10 月开始将计算机技术引进企业管理。经过十几年的滚动发展，这家企业的微机应用，已从单项开发推进到集成运用和数据库共享，从初始阶段的企业管理发展到计算机辅助设计和辅助工艺设计系统（CAD/CAPP）以及控制领域，出现了综合化、高功能和网络化的趋势。目前，常林人借助微机已经实现了在产品设计中甩掉人工图板的目标。我们看到，工厂设计处已有一个初具规模的 CAD 网络系统，由一台 DEC5200 工作站、16 台 HP486—66 微机、2 台绘制仪和 1 台专用网络服务器组成。设计人员每人 1 台微机，可以独立操作，也可以上网工作。各微机在网络中都有对应的保密区，不需再改的图纸通过网络存入图库，有需要随时可以调出。常州林机厂去年生产的新产品218 轮式装载机的全部制图设计，都是在 CAD 网络系统中完成的。这次设计，共输出图纸 1353 张，占产品图纸的 98% 以上。CAD 技术改变了传统的设计方法，提高了设计质量，缩短了制图周期，也降低了试制费用。

常州林机厂还应用计算机技术对传统的生产工艺进行了技术改造。首先是运用数控切割机。工人先在计算机上模拟一块与实际尺寸大小一样的钢板，将需下料的零件图在模拟的"钢板"上套料，直到"钢板"的利用率最高，再由计算机输出程序，以控制数控切割机的切割线路。最

多可以让 6 个切头同时工作，这样，既提高了切割质量和工作效率，也降低了劳动强度，节约了钢材。其次是投资 220 万美元引进了机电一体化加工设备，提高了零件的加工精度。这也是先用计算机编好程序，然后输入加工中心的控制电脑来实现的。第三是引进奥地利 Aichelin 公司先进的热处理设备。这是一个由计算机控制的密封箱式淬火炉，使用这一设备有效提高了装载机齿轮的热处理质量。第四是研制了焊接机器人柔性生产线（ENC）。整条生产线正常投产后可实现无人操作，达到 90 年代国际先进水平。采用计算机技术，实现了机电一体化，使常州林机厂成为国内机械行业的排头兵。

常州林机厂开辟的道路是建立发达的林业产业体系和振兴林业企业的必由之路。"科技是第一生产力"的英明论断，在这里又一次得到验证。

近年来，我国林业系统计算机的应用，取得了很大的成绩，但发展很不平衡。当前，具有中小型机和工作站的单位，全林业系统不超过 25 家；相当一部分单位至今没有计算机，而配备了计算机的单位，有的也只满足于用它作一般性的文字处理。这是我们必须看到的另一面的现实。

当前困扰我们的主要问题是：保守、落后、封闭的思想观念阻碍着计算机技术的快速普及，有的人甚至认为："人脑都没用完，用什么电脑？"全系统缺乏统一领导、统一规划、统一协调的机构，各部门、各单位的计算机应用处于一种自发的封闭的状态，这就很难实现"资源共享"。因此出现了机型选择不当、更新换代缓慢、软件重复开发、利用效率不高的问题，造成人财物的极大浪费。同时，缺乏，也缺少既懂林业又精通计算机的专门人才，也缺少软件开发与硬件维修的专业人才，更缺乏能进行高层次系统分析和系统开发的专家，因而制约着林业系统计算机开发水平的迅速提高。还有，各地使用的标准、格式、术语不统一，也影响着互相交流。

改变这种状况的对策，首先是要加强宣传教育，提高认识，力求取得各级领导的重视和支持；其次要坚持统一领导、统一规划，设置全行业统一的管理机构，提高林业系统计算机应用综合效益；最后要尽可能地增加投入，积极培养和引进各个层次的专门人才。

（刊登于 1996 年 12 月 31 日《中国林业报》第三版）

岁月留痕

SUI YUE LIU HEN

（中）

李树明 ⊙ 著

中国林业出版社

China Forestry Publishing House

自　序

　　这是一本新闻与散文作品的自选集，是在很多朋友的帮助与推动下问世的。之所以取了一个"岁月留痕"的书名，目的是想给我的那些还不算十分蹉跎的岁月留下一点痕迹。

　　有道是，新闻是时间上的易碎品，除部分散文外，书中大多是林业报刊上的新闻作品，它们似乎已经完成了自己的历史使命，成为了过去。但是，由于珍惜它们的存在吧，便把其中还有些许价值的作品编辑起来再一次给人们讲述那些曾经发生过的故事。因为，昨天的新闻，也正是中国林业曾经有过的历史。

　　这些作品大多是有关林业与生态建设的报道，涉及植树造林、绿化祖国、防沙治沙、修复生态、保护环境、改善民生等等，以及"林家铺子"里的大事小情，所关涉的都是祖国的绿色事业。报纸是这一绿色事业的新闻载体，1987 年 7 月 1 日创刊时称《中国林业报》，这报名是当时林业部的司局长们投票选择的，并曾十分郑重地迎接过这个新生婴儿的呱呱坠地。1998 年，随着林业内涵的日渐丰富、报道内容的逐步扩展、办报人的认识与观念的持续提升、受众范围的不断扩大，遂更名为《中国绿色时报》，到现在已经运行超过 20

个年头了。

记得，刚办报时，那是上个世纪80年代中期，正值改革开放的春天里，报纸还实行着铅字排版，疲惫的森工林区正在"两危"的困境中挣扎，林业在社会公众的意识里大多是干着挖坑栽树、采伐造材、护林防火等事项的经济类行业；而我们对何为"生态"、这"生态"和"林业"到底是什么关系，在理论认识上懵懵懂懂，连"可持续发展"都是颇为新鲜的词语。可是今天，这一切都发生了天翻地覆的重大变化。森工企业早已摆脱了"两危"困境，过去的采伐工一批批变成了种树人和护林人；林业的地位、肩负的使命和所发挥的作用，都得到了空前的提高并被社会认同，受到党和国家决策层领导和社会公众的普遍重视；从那时起，我国林业连续实现了森林面积和蓄积量的双增长，营造了世界上面积最大的人工林，全国森林覆盖率从12.7%提升到22.96%，成为全球森林资源增长最快的国家；从"风沙紧逼北京城"到"蓝天保卫战"大见成效，从"沙逼人退"到"人进沙退"，一座座沙丘牢牢锁定，一片片沙漠化土地变成了绿洲，并带动了沙产业的崛起和发展；林业的年产值已达到几万亿元，广大林农依靠林业脱贫致富已成为不争的事实；以三北防护林工程为先导的一大批生态修复工程迅速发展，长江中上游防护林体系工程、天然林保护工程、退耕还林（草）工程等也已大见成效，建立以国家公园为主体的自然保护地体系也取得了良好成果；大数据、人工智能、航空航天技术等高新技术已在林业生产建设中得到了广泛应用，创造着无比巨大的综合效益；林业报刊早已实行了激光照排，编采工作也告别了纸与笔，电子网络平台已运行多年，并被使用得得心应手；"生态""可持续发展"这些词语都成了时报上最常见的习用词、常用语。

我在报社主要从事编辑工作，有时也做记者进行实地采访，这就有机会把所见所闻所思所感写成报道，随岁月流逝形成了几十万字的文稿。其中，有的是专程采访得来的，有的是偶然相遇抢到手的，也有一些是自己"蓄谋已久"经过精心策划挖掘来的。现在看来，都是曾经发生过的真实的故事，并感动过自己，也希望能感动别人。文集中，除了新闻报道以外，还有一组生态文学论稿、两篇林业文化论稿，还有一组新闻论稿，都是曾经刊登在林业报刊上或相关的文集中的。这算是我对这三个专题的研究心得。《中国沙产业开发与实践》，是我在退休后接受中国治沙与沙产业学会交办的任务而采写的 23 篇述评。河北塞罕坝机械林场是蜚声中外的建设生态林业的典型，被誉为"治理地球的中国榜样"。我曾有幸应邀赴塞罕坝林场实地采访，为林场的展览馆代笔写下了解说词，这次也把这篇解说词一并收到了文集里，以示对塞罕坝人的敬重。此外，我在退休后被国家林业局宣传中心聘请担任报刊审读员，曾对 7 种局管报刊做过 11 年的审读工作，留下了一定数量的"审读报告"和"审读手记"，也在这次编辑文集的过程中，选择了 5 组文存放进了书里，或许对从事编辑工作的人会有些许帮助；书中的"亲情友情乡情"栏目里的文章，是我退休后撰写的，它们既是我成长的记录，也是我心路历程中沉淀下来的感受，如能引起读者的共鸣，这对我将是一种幸福。

需要说明的是，其中有一些报道是我和我社记者共同采访、由我执笔完成的——如若有不当之处，那是我的失误；如若报道还算成功，那是我们共同拥有的。《让绿色铺满中华大地》（《中国林业报》

发刊词）是我代表报社编委会采写的，我只是执笔者，也放到了文集里，以示纪念。在这里向一切帮助过我的同事、报社的编辑记者们表示由衷的谢意！

这个文集能顺利出版，要感谢我社内的朋友邵权熙、郝育军、刘宁、刘慎元、杨玉兰等人的热心帮助，也要感谢我的朋友郭颖在整合与校对文稿上给予的热心支援，还要感谢中国林业出版社的领导，特别是刘东黎、王佳会二位先生和于界芬女士的鼎力支持。请他们接受我言轻意重的致谢！

李树明

二〇二〇年七月三十日

目　录

林业经济观察

文化传播

百年树人

守护绿水青山

丰富"菜篮子" 增加"树林子"

京郊农民编织首都绿色护卫圈

本报讯　北京的"城里人"至少从日益减少的风沙日，感受到了首都生态环境的改善。这里面有一份"乡下人"的功劳。京郊农民连续10年坚持不懈地植树造林，正初步形成一道环绕京城的林带，人们称之为"首都绿色护卫圈"。

沿京郊的平原和山区走一遭，人们可以看到，在平原，以风沙危害区治理为重点，以营造农田林网为主体，以建设干线公路林带为骨架，一个网、片、带、点相结合的防护林体系基本形成。在山区，以密云、怀柔等水库上游和沿山风景区为重点，与河北省乃至内蒙古地区的"三北"防护林体系相衔接，森林面积增加300多万亩，林木覆盖率达到35.9%。

记者从北京市林业局了解到，近10年来按照《北京市城市建设总体规划方案》，本着"服务首都，富裕农民"的方针，北京市的林业建设成绩显著。目前，全市有林地面积达827万亩，比1980年增加387万亩。森林覆盖率达到28.23%，比1980年增长11.63个百分点。

京郊农民为改善首都生态环境，不仅艰辛劳作，甚至做出牺牲。在朝阳区，许多规划林带从宝贵的耕地经过。为保护首都"一盆清水"，密云水库周围实行封山，当地农民减少了牧羊的地方。

但京郊林业也给予农民许多经济报偿。10年来全市建成一批优质高产的果品基地。经济林面积已由1980年的128万亩扩大到现在的172万亩，果品产量已超过2.5亿公斤。

去年底，63名基层林业先进个人和88个基层先进单位受到北京林业部门的表彰，每个先进个人和单位，都有一段与树木有关的动人故事。

魂牵梦绕话西集

前两天传来好消息，西集镇今年植树 25.1 万株，新增林地 4300 亩，林木覆盖率又提高了 4 个百分点，达到 25.1%，把北京郊区这面绿化美化的红旗，又插上了新的高度！

今年北京市绿化大检查的结果表明：全市造林绿化成绩最突出的是通县，而通县最突出的是西集。

我由衷地为西集骄傲，也为西集人的奋斗获得报偿而感到极大的欣慰。

30 年前我去过西集，那是北京东郊通县最东南边的一个乡镇，背靠潮白河与京城相望，京杭大运河横贯东西，但那河水是浑黄的。当年，我是作为大学生为"经风雨、见世面"去的西集，在西集镇的黄东仪村参加了一年的"社会主义教育运动"。批斗村干部的"风雨"让人心寒，而那风沙弥漫、萧条贫困的"世面"却给我留下了极其深刻的印象。

我依稀记得，也时常想起，当时西集几乎见不到什么树，夏天，燥热燥热的，庄稼在焦渴的土地上艰难地生长着；冬天，大风起处黄沙飞扬，遮天蔽日，沙尘遮住视线时，两步之外什么也看不见；一到春天，人们就得赶紧到麦地里清垄沟，扒开盖得厚厚的沙土，好让麦苗返青。在这恶劣的环境下，乡亲们的日子自然过得很苦。红薯、玉米面饼子是一般人家很不错的饭食了；由于缺烧柴，连地里的干草都搂光了，收完秋，那是真正的"场光地净"，整个世界一片昏黄，让人直想哭。

工作队的老钟、一位可敬的新闻界的老报人，曾劝我大学毕业后留在西集，在那里"改天换地"，走董家耕、邢燕子们的道路。他和我一样都深深地依恋着那里的真诚朴实的人民。然而历史的发展并未遂人所愿——大学毕业遇上了"文革"，我被分配到北国边疆"接受工农兵的再教育"去了。在此后的岁月里，在坎坷的人生道路上，也时常想起西集，在魂牵梦绕中一次次追忆着那片缺少绿色的沙荒地上发生过的故事。

30年过去了，西集变绿了，也变美了，真的实现了改天换地。

今年春上，正值西集人起苗植树的时节，我应通县林业局局长张春华（前任西集镇的党委书记）的邀请回访了西集。年轻干练的镇党委书记岳德顺和朴实热情的林业站站长张宏生接待了我，带我参观了西集市容，走访了果园、苗圃，登上运河大堤饱览了西集的秀色，还特别关照我驱车围黄东仪村转了一圈，向我讲述着西集的今天和明天。我整个身心都融化在浓浓的绿意中了。那大运河两岸都已披上了绿装，镇上那条灰蒙蒙的土街已消失得无影无踪，一座座现代化的楼房掩映在绿树与繁花之间，果园、苗圃散布在村庄与农田的边缘，黄东仪村盖满了整齐的新砖房，镇外两处花园式的片林正在建设之中，到处是一派欣欣向荣的景象。

在西集的众多变化中，给我印象最深的是西集人坚定的绿化家乡的自觉性，还有那种以绿引资、以绿开发的意识已经深入人心。他们从历史的苦难中悟出了一个道理：没有良好的生态环境，西集永远不会摆脱贫穷，因此，要想富必须先栽树！镇党委书记岳德顺讲得更有现实感："'种下梧桐树，招引金凤凰'。发展社会主义市场经济，招商引资，吸纳人才，首先要有好的生态环境。西集地处京郊边缘，有9公里乡路，沙荒治理任务重，生态环境差，这是'先天不足'。因此，十几年来，我们始终把主攻目标放在植树造林、改善生态环境上。这叫'再造优势'。"

正是由于这种认识，党的十一届三中全会以来，西集人年年植树不止。从石奇书记开始，接下去：于福亭、李富荣、聂玉和、张春华，直到岳德顺，历任镇党委书记都肯掏"血本儿"抓造林。全镇48.3平方公里土地，有5万亩农田，已有活立木200多万株，林地面积发展到1.8万多亩，完善了农田林网，根治了风沙危害，连续8年被评为首都绿化美化红旗单位。1992年，西集镇林业工作站站长张宏生荣获了全国绿化奖章。

西集人造林，既讲经济效益，又有长远的眼光。他们坚持先调查设计，然后按照规划搞工程造林，广泛采用开沟造林法：先开出 1 米宽、0.6 米深的大沟；然后，在沟底挖坑种树。种的都是乡土树种——毛白杨和自育的 170 杨，胸径 3 厘米的壮苗，并且施足肥、浇透水，因此，种一棵就能保证活一棵。全镇建了 37 个护林组，有一支由 118 人组成的护林队伍，加强对新苗的管护，巩固了绿化成果。他们说，这样种树花多少钱都值得，积累的财富都能留给后代子孙，从长远看，是功德无量的大好事。

今年，他们又在实施一项关系子孙后代的巨大工程：经过三年努力，建成以运河、潮白河大堤两侧为主的环镇果树带，种植果树 1.2 万亩，发展百亩片林 6 个，使全镇的林木覆盖率达到 30% 以上；再经过努力，实现本世纪末全镇林木覆盖率达到 40% 的奋斗目标。岳德顺书记把实施的这一工程叫做振兴西集经济的"林牧战略"。实施这一战略今年已经迈出了关键性的一步。

规划未来的西集，是西集子孙们的事了。相信他们会踏着先辈们的足迹，把这片土地建设得更绿、更美。

林业跨越式发展看房山

房山区位于首都北京的西南郊区，地处太行山与华北平原的交界处。全区总人口 83 万，国土面积 2019 平方公里，其中山区和丘陵区多为造林难度大的石质山，占全区总面积的 69.5%。境内地势从西北向东南逐渐倾斜，依次为中山、低山、丘陵、岗台和平原。房山区是北京市林业建设的重点区县，肩负着建设首都西南绿色生态屏障的历史重任。为此，建设高标准的森林生态体系、高效益的林业产业体系和高水平的森林资源安全保障体系，便成了房山区务林人最神圣的奋斗目标。

大工程带动林业大发展

近些年来，房山区在区委、区政府的正确领导下，加快了植树造林的步伐，实行以大工程带动大发展的战略，先后启动了太行山绿化造林工程、生态示范区建设工程、前脸山爆破造林工程、退耕还林工程、风沙区治沙造林工程、小城镇绿化美化工程、京石公路和永定河绿色通道建设工程、农田防护林更新改造工程等一系列重点造林绿化工程。

这些工程建设项目覆盖了房山区境内的山山水水，全方位、多层次地推动着房山区林业的发展。造林绿化工程项目之多、规模之大、涵盖面之广、建设速度之快、实施效益之好 都是前所未有的。这些工程的实施对改善房山区的生态环境，建设首都西南的绿色屏障发挥了至关重要的作用。全区的林木覆盖率由 1998 年的 41.78% 增加到 2003 年的49.18%。5 年间，年均增长 1.48 个百分点。2003 年，房山区共实施了15 项造林绿化工程，全年人工造林 8.96 万亩，飞播造林 3.5 万亩，是房山区造林史上工程规模最大、造林数量最多、造林质量和标准最高的一年，形成了房山区林业跨越式发展的新格局。

旅游、林果业发展比翼齐飞

房山区林业产业体系的建设同样呈现着跨越式发展的态势。

房山区的森林旅游资源得天独厚，其景点古迹位居京郊之首。早在上世纪 90 年代中期，由山水风光、人文古迹支撑的旅游业就已成为房山区的四大支柱产业之一。近些年来，随着景区绿化美化速度的加快和小城镇绿化美化工程的实施，为房山区的旅游业锦上添花，使风景区的开发速度和旅游收入一路攀升。

以果树为主的经济林综合开发产业也呈现着强劲的发展势头。1998年，全区有果树 14 万亩，年产干鲜果品 4803 万公斤。如今，房山区果树面积已发展到 24 万亩。2003 年，全区新植果树 4.4 万亩，优质果品产量达 8105 万公斤，再创历史最高水平。

保护森林资源安全不放松

房山区不断加快森林资源安全保障体系的建设,并创造着奇迹。经过近 7 年坚持不懈的努力,房山区已把"4S"技术引进了森林防火系统,在森林防火现代技术应用方面已跃居全国领先水平。2000~2002 年度房山区人民政府被国家林业局评为全国森林防火工作先进单位。房山区林业局认真贯彻"预防为主,综合防治"的森林保护方针,采取各种措施为保护森林资源做了大量工作。区森林保护站 2000 年经国家林业局验收达到森林病虫检疫"标准站",成为全国第一批挂牌单位,先后获得 8 项省部级科技进步奖。全区 2003 年的林木病虫害的防治率达 96.02%,监测率达 90.1%,产地检疫率达 96.55%,没有发生过一起虫灾病害。全区大力推行封山禁牧、舍饲养畜,有效地加强了林木资源的保护和管理。

发展再快也要把质量放在第一位

在房山区采访,探索房山林业跨越式发展的奥秘,我们发现,他们在发展林业的实践中历练出来的那种强烈的质量意识,就是一条真经。

房山区在实施大工程带动林业跨越式发展的过程中,特别重视造林绿化的质量管理,确保造林绿化的成效。他们的全部工作都强调"质量第一"。追求林业跨越式发展,就要多造林,但房山人绝不盲目地追求数量。用区林业局长顾金锁的话说,"只有在保证质量的前提下才能讲数量,没有质量就谈不上数量。要从实际出发,能造多少就造多少,条件暂时不具备的,宁可少造林,也绝不搞'广种薄收'。"为此,他们每实施一项造林工程,必先遵循适地适树的原则,进行科学规划;制定规划时既遵循自然规律,又遵循经济规律,根据不同树种的最佳"生态位"和当地的自然、经济条件,确定最适宜的树木品种,做到"天、地、树"合一。在房山区,各级林业主管部门普遍实行了造林质量责任制,包括各级领导造林质量责任制、造林技术人员的责任制、造林施工单位的责任制,并明确奖惩,进行事故追究。

造林成果的好坏不仅取决于造林质量的高低，同样也取决于栽后管护水平的高低。房山区要求每一棵树、每一片林都要有负责管护的单位和个人，并明确要求：树木种植以后一定要浇水、抚育、防治病虫害、预防火灾和防止人畜破坏，并规定一管 10 年，保证林木成活。前 3 年，尤其是种植的当年更要加强管护。

科技兴林加速林业跨越式发展

科学技术的应用始终是房山区发展林业的先导，并像一条红线一样贯穿于各项造林绿化工程进展的始终。每项工程实施，他们都进行科学论证并制定科学规划，之后从实施之前的调查设计、树种选择、树种混交、确定行距和密度，到实施之中的整地挖坑、苗木起运处理、种植，再到种植之后的浇水、施肥、抚育管理等等各个环节，都按技术规范和要求去做。造林中一律使用良种壮苗，荒山造林普遍使用容器苗，并在"彩叶工程"实施中和建设生物防火隔离带时，尽力推广了针阔叶树木混交技术。在干旱地区一律使用生根粉、保水剂、地膜覆盖等保水抗旱技术造林。在平原地区造林，全面推行了先开沟再在沟内挖坑的技术。阔叶树造林已普及了"三个 24 小时"技术，即起苗后保证 24 小时之内将苗木运到造林地，苗木运达造林地后要进行根系浸泡达 24 小时以上，苗木定植后一定要在 24 小时之内一次性地浇足浇透水，以保证苗木不失水，土壤不缺水，造林后还要继续进行浇水管理。所有的造林绿化工程都严格按设计施工，并坚持由专业队造林。与此同时，节水抗旱造林、大容器袋育苗造林、老柿树树体改造矮化栽培、果实套袋、果树网架栽培、果树专用肥应用、微型节能保鲜库以及病虫害生物防治等技术也正在试验和推广之中。房山区每年都要举办林业实用技术培训班，受训人员每年都能达到上千人（次），达到规定水平的发给绿色证书。林业局机关已建成了局域网并投入使用，数字林业在房山区已见端倪。科学技术的广泛应用，使林业发展如虎添翼。

房山区的务林人普遍认为，不把家乡的生态环境建设好，对不起后辈子孙；不尽快建设好首都西南的绿色屏障，没法向全市人民交代。正是有了这些认识，房山林业跨越式发展有了拼搏向上的动力。于是就有了千军万马战太行、石质山区打眼爆破、挑水背土上山造林的壮举，有了在前脸山绿化中造出高标准绿荫密布的混交林、在难度最大的"三防"体系建设中创造出突出成绩。昔日的荒山披上了绿装，过去的风沙危害区如今已变成了绿洲。

林业的跨越式发展正在深刻地改变着房山区的环境面貌，建成首都西南的生态屏障已指日可待。

石家庄山区闹元宵

打响今春绿化太行第一炮

本报讯 元宵节前夕，震耳欲聋的开山炮声连绵不断地在河北省石家庄市山区各县响起，郑重宣告，全市今春绿化太行山的第一炮已经打响。

这开山整地的炮声振奋人心，鼓舞着太行山绿化大军的士气，也为山区群众的元宵佳节平添了祥和欢乐的喜气。

在元宵节开展太行山绿化整地活动是石家庄市首创的，包括今年已连续举办了七届，并在河北省太行山区各县普遍展开。这里的山区群众有在元宵节燃放烟花爆竹的习俗，常常要耗费巨大的财力物力。1994年太行山绿化工程启动以来，石家庄市由政府引导组织，把群众的传统习俗和致富心愿与太行山绿化工程的实施结合起来，创造性地把燃放"烟火"的现场搬到山头，不放爆竹放山炮，从而形成了独具特色的闹元宵活动。这项活动融民俗娱乐、开山整地、造林绿化于一体，既增添了节日的喜庆气氛，又推动了太行山绿化，为群众致富办了实事，因此很受群众的欢迎。

记者2月17日上午在灵寿县燕川乡所设的主会场上见到，山区群众早已在群山怀抱中的一处高地上搭建了主席台，主席台横额上写着：

"灵寿县2000年绿化太行誓师大会"。会场内外彩旗飘扬，一对悬挂着"龙腾虎跃迎新春""千军万马战太行"巨型标语的大气球飘浮在会场上空，身着鲜艳彩服的秧歌队伴随着欢快的鼓乐声翩翩起舞，十里八村的乡亲们穿着新衣裳笑盈盈地汇聚拢来，好不热闹！10时许，誓师大会开始了。台上讲得激动人心，台下听得十分专注，坐在板凳上、土坎上的乡村干部不时在小本本上记些要点。各种讲话程序进行完之后，万炮齐鸣轰太行山把大会推向高潮：顷刻间，四周的群山传出一声声惊心动魄的炮响，土石飞溅，硝烟四起，不多时已炮火连天，山摇地动了。顽石在粉碎，人心在凝聚，这宏伟的开山炮声解除了人们石质山不能造林的疑虑，传递着人们欢度元宵节的喜悦，同时也使人看到绿化太行致富山村的希望，给以巨大的鼓舞和力量。

据悉，石家庄市元宵节太行山绿化整地活动开展六年来共打眼放炮3600万个，整地造林60多万亩，栽植各种经济林木3000多万株，涌现出赞皇大河道、许亭，平山元坊，行唐辛庄等一批靠开山造林、种果致富的典型，同时也形成了赞皇大枣、核桃、行唐大枣、平山花椒、灵寿板栗、元氏石榴等众多的大型林果基地，不仅为林业产业化建设和群众致富奠定了基础，同时也有力地推动了太行山绿化工程的进展。目前，石质山区爆破整地活动已在太行山区群众中形成共识，人们在绿化致富的实践中已重新认识了荒山的价值，变"要我干"为"我要干"，出现了家家锁门、户户上山开山整地造林的热潮。

今年开山整地闹元宵的活动，从2月15日开始陆续在行唐、赞皇、灵寿、元氏、鹿泉、平山、井陉等7个山区县(市)展开，共设立5个主会场、46个分会场，涉及42个乡、168个村。元宵节期间共打眼放炮167万个，预计今年要开发荒山12万亩。

灵寿依恋太行山

河北省灵寿县地处石家庄市西北，太行山东麓，全县 32 万人，1066 平方公里土地沿太行山东缘伸展，呈狭长状。

灵寿山多耕地少，前几年还是河北省境内远近闻名的国家级贫困县。群山耸立、沟谷纵横、坡岗连绵、土质瘠薄、干旱少雨、经济落后，是灵寿县的明显特点。自打 1994 年太行山造林绿化工程启动以来，灵寿人吃尽万般辛苦，一门心思地向荒山进军，飞播造林、人工植树和封山育林三管齐下，给巍巍太行披上了绿装，在低山丘陵栽上了果树，建起了一道道生态经济沟。现如今，灵寿的山绿了，人也开始摆脱了贫困，日渐走上富裕的道路。

去过灵寿县的人，对照现实，都说这里的山变了，人也变了。

山变得嫩绿嫩绿的了，有了叮咚流淌的泉水，山上栽满了树，留住了水土，一条条水平沟像一块块海绵吸收着雨水，把草木滋润得生机盎然。过去冷漠荒凉的大山，如今已向人们展示了它的温情和富有！

灵寿人一向愁苦的脸上绽开了笑容，钱袋子一天天鼓了起来，先富起来的人不仅盖上了大瓦房，而且有的还能拿出一大笔钱来搞山林开发。

在山与人的变化中，最让人感到欣喜的是灵寿人对大山认识上的变化：他们已由见山发愁、揪心，变得依恋山，喜爱山了。

这种变化来自治山造林的实践。

在敲钟上工的年代，人们没钱买煤，于是就上山砍树搂草当柴烧。树砍光了，草搂尽了。大山成了一个个和尚头，有雨就成洪涝灾。荒山秃岭把灵寿人压得喘不过气来，从此山成了灵寿人贫穷的根源、沉重的负担。后来，上级号召植树，厌恶大山的灵寿人实际上在应付着植"数"，挖的鱼鳞坑只有水桶口那么大，栽上树苗也不浇水，天旱无雨全死光。有雨侥幸活下来的二十年才长成根细棍棍儿。太行山造林绿化发动起来以后，灵寿人逐渐看到了治山兴林摆脱贫穷的希望。隆隆的开山炮声把一座座沉睡的山岭唤醒，也让灵寿人头脑开了窍。山炮蹦碎了片麻岩，人们在松动的山坡上修起了水平沟，然后齐齐整整地栽上了果树——板栗、核桃、苹果和红枣。树小时，沟里套种了花生、山药，一亩山地一年下来竟可收入几百元。看到这种情景，灵寿人不仅乐了，而且治山造林的劲头也鼓起来了，于是男女老少齐上阵，连续几个冬春拼命地大干苦干，越干规模越大，越干效益越好，越干越有门道。他们开始由零打碎敲地个人分散搞开发，发展到统一组织，统一规划，"飞、封、造"一起上，"植、管、护"一齐抓，集中连片搞规模开发。他们坚持立体开发，努力形成"山头松槐戴帽，山间干果缠腰、山下鲜果托底"的格局；远山深山搞飞播造林和封山育林，近山丘陵实行爆破整地、人工造林。每到冬、春两季，灵寿人都要集中力量搞会战，形成千军万马战太行的阵势。他们研制出了由三轮车、发电机和电钻组合起来的片麻岩山地爆破打眼机，全县组装了20台、爆破后用推土机整地，极大地提高了工效。经过5年的艰苦奋战，先后建成了马尾松、油松、刺槐等一批防护林基地，在丘陵低山还建成了板栗、红枣、名优杂果、杏扁、速生丰产林基地。目前，在灵寿县，万亩连片的基地有4个，千亩以上的有24个，形成了规模开发的格局。灵寿5年开发太行山，完成人工造林21万亩，飞播造林40.3万亩，封山育林33万亩，林木覆盖率增加了14.9个百分点，达到38%。由于扩大了山场种植面积，全县累计增加收入8000万元。1993年，农民年人均收入490元，到1998年增加到2315元，提高了4.72倍，一举摘掉了贫困县的帽子；由于耕地得到绿色屏障的庇护，粮食产量增加了20%；待到一批批经济林逐渐进入初果期、盛果期，大山对灵寿人的回报将更加丰厚。其中板栗已小有收成，被列为全县的十大支柱产业之一。更为重要的是，太行山区大规模的造林绿化极大地改善了灵寿县的生态环境，干热风天气在逐年减少，水土流失也在逐年减轻，全县山区基本上实现了"小雨不下山，大雨土不走，常年沟有水"；平原地区沿河两岸、村庄四周的防护林抵御了风沙的侵害，大面积农田受到保护。

大山回报着勤奋播绿的灵寿人，灵寿人对巍巍太行寄予一往深情。历史的实践告诉人们，灵寿过去贫困的根源在山，而他们脱贫致富奔小康的希望也在山。以前灵寿人不认识山时，那山是包袱，是灾难，是祸害；如今他们认识了山，向太行进军，治山兴林创效益，这山就变成了金山，变成了潜力无穷的摇钱树、聚宝盆。

大地早已回春，灵寿新一年造林整地的开山炮正在持续不断地震响，太行山伴随着植树节的到来又一次沸腾起来了，同时也给灵寿人带来了又一次新的希望……

他在谱写绿色颂歌

——记新乐县副县长信一民带领群众搞科技兴林的事迹

出石家庄市，驱车北行一个多小时便进入新乐县，扑入视野的是令人惊喜的绿色。整齐的林网像条条绿龙遍布全县，村庄农舍也都笼罩在一团团浓重的绿雾之中。绿，在这里已经主宰了一切。

过去的新乐，是唐代散文家李华笔下描写过的"平沙无垠""草木鲜生，禽鸟声绝"的古战场，百里沙荒——神道滩就坐落在这里。在全县79万亩土地上，河滩沙丘占去了1/3，大风起处，黄沙遮天蔽日，埋水井，盖农田，能在沙底夺粮者，堪称英雄！中华人民共和国成立初期，由于风沙危害，全县42万亩耕地竟养活不了二十几万老百姓。

如今这里上千公顷的沙荒地已经变成了果园和良田。新乐县的领导者和广大人民群众为战胜风沙曾进行过顽强的拼搏。现任副县长、农艺师信一民十年如一日战斗在风沙第一线，他播绿兴林的事迹为人们所称赞。

1952年，信一民从昌黎农校果树专业毕业后，一头扑入了风沙弥漫的新乐。

当地群众迷信神道滩是神仙上西天赴王母娘娘蟠桃会走的路。他们说，要改造神道滩，这是逼着神仙绕道走，万万使不得！人们更不相信荒滩地上能种活庄稼和果树。信一民考察了神道滩，发现这里沙土层虽厚，但地下水充足，完全可以种果树。他决定用事实说服群众，用科学破除他们的迷信思想。他首先说服了农场场长杨祥瑞，又亲自到昌黎买回了树苗，在神道滩大庙后农场的沙土地上试种了30亩苹果树，当年全活了。第三年，他又在何家庄试种也活了。几年后，果树大面积挂果。县里召开了现场会，轰动了全县。

科学破除了迷信，事实增强了群众植树造林、改造沙荒的信心。从此，全县掀起了造林种果的热潮。工作在林业技术推广站的信一民，奔走四乡，精心地进行技术指导，他和全县人民一起挖沙换土，造林种果，不断地改变着沙荒地的容颜。绿在新乐延伸，信一民舒心地笑了。

在那"打倒一切"的年月里，信一民被造反派们以反动学术权威和莫须有的特嫌罪名投入了"牛棚"。他忍受着折磨和屈辱，把强迫劳动当做技术实习，锄、耪、趟、耙、育苗、扦插、嫁接、移植……各种农林劳动技能他都精心地学，认真地实践。经过5年的刻苦磨炼，他倒真的成了新乐县的技术权威了。

信一民对新乐一往深情，冤案一平反，他又开始考虑造林治沙的大事了。经过调查思索，一个依靠科学造林来根治沙荒、发展农业的总体方案在他头脑中形成了。在专家们的鼓励下，他提出了大面积营造农田防护林的主张。他说，要彻底改善新乐县的生态环境，就必须大规模地植树造林，建设防护林网，这是新乐农林业生产全面发展的唯一出路。县委领导积极支持信一民，采纳了他的方案，发动群众挖沙改土，大造农田防护林。历经十几年不断发展，现在新乐县已有农田防护林网1717条，林网控制面积占到全县农田总面积的98%，三荒绿化面积达到96%，已形成了网带片点相结合的综合防护林体系。

十一届三中全会以后，改革的大潮拓宽了新乐人脱贫致富的思路，他们更新了观念，不仅地要变绿，而且人要变富。信一民当上了主管农林生产的副县长以后，他和县委领导经过反复研究，确定了"主攻林业，促进农业，带动牧业，综合发展"的战略方针。从此，这个农业县把发展林业摆上了战略先导地位。信一民重任在肩，他意识到，必须依靠科技让新乐的生产再上一个台阶，要让地快绿，人快富。他开始筹划搞"主体农业"，发展林粮间作。

为此，他带领乡长们三赴河南取经。1983、1984 两年，全县种了 29 万亩农林间作的泡桐树，现在棵棵泡桐都已亭亭如盖了。

搞了林粮间作，充分利用了农田的光热水资源，田间种树减少了干热风，更改善了生态环境，不要说蓄积的林木已为新乐人在绿色银行里增加了几个亿的存款，就粮食亩产每年以 70 斤的速度递增这一事实，就足以使老百姓开心的了。去年新乐县的粮食总产量达到 2 亿公斤，已是建国初期的 6 倍。如今的新乐已成为全国重点粮食基地县了。

新乐地绿了，人富了，农艺师信一民头发也白了。他为了实现新乐依靠科技致富的宏伟计划，仍在操劳着。

在我们和信一民握手告别时，他说："可惜，生活留给我的时间不多了，我要抓紧工作。"

是啊，生活留给老一辈新乐人的时间的确很有限，他们在创造绿色世界的伟大事业中，除了自己抓紧工作而外，同时也把希望寄托给了下一代。在新乐，可以看到几处沙荒遗址，残存着往昔苦难的影像，让子孙后代永远铭记父辈们经受过的苦难和艰苦奋斗的业绩。新乐人将在自己的土地上继续谱写绿色的颂歌。

北京林干院白家务试验林场

科学造林治理沙荒已见成效

本报讯　北京林业管理干部学院充分发挥科技人员的作用，在其与廊坊市林业局联营的白家务试验林场实行科学造林，已使永定河下游洪泛区 2169 亩沙荒地披上绿装，取得明显的生态、经济效益。

白家务乡位于河北省廊坊市郊，属永定河下游洪泛区。历史的灾难使这里风沙干旱严重，成为草木鲜生的不毛之地。中华人民共和国成立以后，当地政府领导群众年年造林，由于技术管理措施跟不上，种一茬死一茬，群众丧失了信心。1984 年北京林业管理干部学院挖掘自己的科技潜力，同廊坊市林业局联合创办了白家务试验林场，计划在洪泛区沙荒地上造林 3697 亩，动员附近 6 个村的 360 户农民投劳承包。学院指派一名学有专长的工程师设计治沙造林规划，与此同时在学院旧州乡的爨庄苗圃培育毛白杨、小美旱等耐旱优质树苗供造林使用。他们在调查研究的基础上决定实行工程造林，精心地平整了土地，推平了沙岗沙丘，又打了 9 眼机井，严格造林技术要求，实行秋冬季造林，保证了树木成活。记者在采访中见到，他们 1985 年营造的 410 亩毛白杨与小美旱，均已郁闭成林，平均树高已达 6 米多，最粗的胸径已达 8 厘米；去年与前年栽植的树木，一排排一行行长势良好。林干院工程师刘庆元告诉记者："所有林地树木成活率都达到了 100%，保存率也达到 90% 以上。造林后这里的风沙明显减少，去年林粮间作地小麦亩产已达 500 斤，群众尝到了甜头，也增强了信心，都争着抢着承包造林任务，积极性很高。"

白家务试验林场科学造林治理沙荒的事实，为永定河下游几百万亩沙荒地的治理起到了示范作用。前不久，廊坊地区 8 县 1 市的主要领导亲赴白家务乡实地参观，准备学习这个林场的经验治理全地区的十几万亩沙荒地，让廊坊，京津走廊上的这颗明珠展现绿色风采。

把大地绘成丹青

——玉田县造林绿化纪实

初秋时节，玉田大地如诗如画：一处处乡村城镇掩映在绿树丛中，一条条河渠道路在绿树长廊的庇护下，通向四面八方。规划整齐的农田林网，一直铺展到北边的燕山脚下。

绿色已经主宰了玉田 1165 平方公里国土上的山川田野，爱绿、植绿、护绿的美好意识已经铺进了 63 万玉田人的心田。

玉田是河北省东北部的一个平原农业大县，过去林业比较落后，林木覆盖率很低。玉田人真正开始大张旗鼓地搞绿化是在 80 年代中期。

1987 年，玉田被列入首都周围绿化项目区后，便开始在 4 个乡镇搞绿化试点，由点到面，迅速向全县推开。1991 年，县委、县政府带领全县人民打了一场十分漂亮的绿化攻坚战，一举实现了全县范围内的平原绿化达标。这一年，玉田人投资 602.5 万元，投劳 148.2 万个，植树 214.4 万株，造林 2.68 万亩，绿化了 9 条公路、770 条乡村道路、6 条河流、24 条干渠，使林地面积增加到 10.7 万亩，林木覆盖率达到了 10.7%，被林业部命名为"平原绿化先进县"。

对这场平原绿化达标攻坚战，玉田人至今记忆犹新。他们告诉记者，阴历正月初八，玉田大地的寒气还未散尽，县委、县政府就下达了全县动员令。县、乡（镇）都成立了绿化指挥部，由政府一把手任指挥长；全县 20 个乡镇划成 5 大战区，每个战区由县五套班子的主要领导任总指挥；县直部门的一把手分别下到各乡镇包绿化工程，与乡镇领导同职同责，并实行同奖同罚。就这样全党动员、全民动手，苦战拼搏了一个半月，打下了这场攻坚战。玉田人总结说，重要的是我们在这场攻坚战中创造了"团结协作、无私奉献、顽强拼搏、争创一流"的可贵精神，这是平原绿化达标留给我们的精神财富。是的，正是这笔精神财富成为永久的推动力，激励着玉田人不断地向绿化的深度和广度进军。

1992 年，玉田人开始向高标准绿化全县大地进军。先是在燕山脚下，发动 8 个乡镇栽下 10 万亩果树带，紧接着开辟了荒山绿化的战场。玉田的山场面积虽然不大，但大多是难啃的硬骨头。那里土层薄、植被少、旱情极其严重，不仅要填客土造林，而且还要顶雨上山植树，这样树苗才能成活。他们艰苦奋斗了 4 年，投资 370 万元，投劳 42 万个，挖土石 60 多万立方米，封山育林育草上万亩，栽植山地水保经济林

1.3万亩，荒山造林3.4万亩，基本绿化了宜林荒山。与此同时，村镇绿化也在迅速向前推进。目前，西部与南部的环城林带已经建成，有600多个村庄达到了唐山市制定的小康村绿化标准，林木覆盖率都在30%以上。

记者在采访中发现，玉田县的造林绿化有三个特点。一是玉田县委、县政府把绿化玉田大地真正当作了全党的大事来抓、全民的大事来办，全社会搞绿化已成风尚。他们的宣传教育工作做得很有成效。每年全县规模最大、最有声势的大会，就是春天召开的造林绿化动员大会。每到植树日，所有应尽义务的公民都要栽够3至5棵树；同时坚持开展兴建"青年林""三八林""军民共建文明林"活动。玉田县的绿化成果巩固得好，和群众尽心尽力投入绿化有关，因为是亲手栽的树，一旦毁了心疼。二是坚持常年抓绿化。玉田县把每年的二月定为《森林法》宣传月，大张旗鼓地开展宣传活动；3月召开全县造林绿化动员大会；3月16日为玉田县的全民义务植树日，从这一天起直到4月中旬玉田全县都在进行平原绿化和村镇植树；每逢夏季他们都会有组织地顶雨上山造林，秋季栽种果树，冬天利用农闲时节进行林业技术培训。玉田县的造林绿化就是这样周而复始、环环紧扣、步步见成效。三是坚持绿化高标准。玉田人植树都按工程造林的要求，高标准推进。他们从县情出发，规划出绿化大框架：一架山（8.6万亩山场）、一条果树带（10万亩）、9条干线公路、6条河以及与之配套的大小农田水渠、3条（县城、乡镇、村庄）环形林带，他们称之为"11963"绿化工程。具体的每一项工程都要精心设计，高标准施工，坚持挖大坑、浇大水、深栽树，而且修路、挖坑、栽树、刷白都要放线，并对道道工序严把质量关。

截至1995年底，玉田人已为绿化全县大地累计投资1500多万元，投劳645.6万多个，共植树1176万多株，造林14.7万亩。目前全县有林地面积已达26.6万亩，林木覆盖率上升到15.2%，比1990年提高了7个百分点。

玉田人依然造林不止。在全力以赴巩固已有的造林绿化成果的基础上，他们要在今年年底实现高标准绿化玉田大地的目标。

玉田，这崛起在燕赵大地上的绿色屏障，护卫着首都北京，为"三北"防护林建设的丰碑增添了新的光彩。"把大地绘成丹青"已成为玉田人的美好追求和自觉行动。

（刊登于1996年9月5日《中国林业报》第二版）

一枝一叶总关情

——玉田县加强林木管护综述

在河北省玉田县，谁要损害一棵树，就要被罚款100元～200元，还要出钱买树苗，自己再动手补栽5棵幼树。"三分造，七分管"，这一凝结着无数实践经验和沉痛教训的认识，已成为玉田人的实际行动。

近几年来，玉田县的党政领导把搞好林木管护作为巩固绿化成果、造福子孙的大事来抓，使全县有林地面积达到26.6万亩，工程造林面积核实率和造林合格率都达到100%，平均成活率达到95%以上，初步形成了以河渠路绿化为骨架、网带片点相结合的防护林体系。

1991年，玉田县实现了平原绿化达标，即同时出台了《林木林地保护管理的暂行规定》，随后县政府又下发了《加强林地林木管护工作的通知》和《加强森林防火工作的通知》，各乡镇据此纷纷制订了《护林公约》和《乡规民约》，使林木管护走上了规范化、法制化的轨道。全县成立了以县长为指挥长、有农委、农林、小康办、监察、公安、交通、城建、水利等部门主要领导参加的护林防火指挥部，乡（镇）、村两级也都组建了护林队伍，共配备专兼职护林员2000多名，设置了遍布全县的护林碑、牌500多处，形成了上下衔接、机构健全的护林网络。县林业主管部门加强林政管理，不仅对老树更新，成材采伐都有明确规定，而且严格审批控制采伐限额，认真落实凭证采伐，同时加强对毁林案件的查处工作。几年来，共查处破坏树木案件十多起，罚款3万多元，制裁了3名违法分子，把依法治林一步步落到实处。

　　明确责任，落实奖惩，建立约束、激励机制，是玉田县做好林木管护工作的又一显著特点。为把林木管护工作真正落到实处，县里制定了林木管护工作岗位责任制。县政府与各乡镇、各乡镇与各个村签订了以保面积、保质量、保成活率为内容的"三保"责任状，实行了县、乡（镇）、村三级首长"四包"（包宣传教育、包定期检查、包管护监测、包案件处理）责任制。每项责任都有明确的目标要求，年终逐项考核，并严格兑现奖惩。全县坚持"一会三查"制度，每年春天都召开一次有乡镇一把手和林业技术员参加的林木管护现场会，推动面上的管护工作，春季造林期间组织乡镇领导进行联查，夏季组织造林质量大检查，冬季组织林木管护大检查。县政府每年拿出 2 万元，对成绩突出的乡镇和领导干部进行奖励，对管护工作做得差的给予扣发当年目标奖的处罚，并提出通报批评。各乡镇实行干部与护林员工资与林木管护效果挂钩，包村的乡镇干部与村干部同奖同罚。有的乡镇还规定，对检举、揭发或抓获损坏树木者的干部群众，给予 50~200 元的奖励。

　　加强宣传教育，提高全民的护林意识，稳定经营政策，处理好利益关系，在林木管护中发挥了不可忽视的积极作用。玉田县每年 2 月和10 月都是林木管护宣传月。通过几年来的不懈努力，已使《森林法》和县政府的有关规定家喻户晓，增强了全县人民护绿致富奔小康的意识和法制观念，提高了群众爱护林木的自觉性。与此同时，县里从实际出发，认定了四种经营形式，落实相应的经济政策，调动了群众管护林木的积极性。这四种形式是：集体栽植，集体管护，收益归集体所有；集体栽植，个人管护，收益按比例分成；树随地走，谁栽谁有，土地变动树木合理作价，树权转让；大户承包，限期绿化，同时承包林木管护。这些经营政策的推行，收到了明显的管护效果。

　　凡去过玉田的人都称赞这里近 10 年来造林绿化搞得好，多数人还要补上一句话：林木管护工作做得更好！究其原因，农林局局长静国忠认为，这是由于县委、县政府对造林绿化工作认识高、决心大、抓得实，他也补了一句话：俺们玉田人和树有了感情！

兴林富山乡 果树当先锋

玉田建成十万亩燕山果树带

本报讯 地处京津唐三角地区的河北省玉田县，适应市场需求，大力发展林果业，历经 4 年艰苦奋斗，在县境北部 8 个山区与半山区乡镇、沿燕山余脉南坡，建成了宽 3 公里、长 37 公里、以红富士苹果为主的 10 万亩果树带。

1992 年秋启动的这项工程，如今已大见成效。截至 1995 年底，全县果品总产量达 2.48 万吨，产值达 3100 多万元，已有 28 个村靠林果实现了小康。花果飘香、翠绿如染的燕山果树带，极大地改善了偏僻山乡的生态环境。首批实现小康的谢甲庄，已被全国绿委评为"全国造林绿化千佳村"。

玉田是河北省农耕文化积淀颇为深厚的平原大县。北部山区农民长期以来靠种粮过日子，在温饱与贫穷交接线上徘徊。进入 80 年代以后，一些山区农民靠经营山地果园率先脱贫致富，是人们冲破了传统农耕思想的束缚，认识到：山区要想富，就得栽果树。以谢甲庄为首的一些山区村决心建成果树专业村。县委、县政府因势利导，1991 年大打绿化攻坚战，实现了全县平原绿化达标以后，推出了建设 10 万亩燕山果树带的宏大构想。经过精心规划，1992 年秋在县委、县政府统一指挥下，这个凝结着山区林农致富愿望的生态经济工程全面启动了。经过 4 年艰苦奋战，全县累计投资 1000 多万元，农民投工 75 万多个，打岩石机井 151 眼，修蓄水池 18 座，埋节水管道 11 万延长米，架设低压线路 3 万多米，新建果园 5 万亩，改造低产果园 2 万多亩，并使原来的 2.5 万亩果园的灌溉经营条件得到显著改善。1995 年底，燕山南坡果树种植面积发展到 10.3 万亩，涌现出一大批果树专业村。

玉田在建设燕山果树带的过程中，始终坚持政策引导，科技先行。

他们通过对比算账、制定优惠政策，调动农民投资投劳的积极性。在果园发展上实行"三统一分"，即统一规划、统一供苗、统一栽植、分片承包。抓果园水电配套，保证园成水通。农林局果树站的技术人员常年深入山村果园，对果农进行技术培训和果园管理指导。经过努力，实现了户户都有明白人，常规技术普及率达90%以上。玉田县把今年命名为果树管理年，加速了丰产技术的推广。今春以来，全县已建成了2000亩苹果脱毒示范园、3200亩苹果矮化密植示范园和1000亩枣粮间作示范园，各乡（镇）村又有自己的科技示范点；同时加大了标准优质园建设的力度，推广了幼树配方施肥、纺锤形整枝、地膜覆盖、人工授粉、疏花疏果、苹果套袋、树下铺设反光膜等先进技术。优化果品结构，发展了一批金丝小枣、银香白杏等名特优果品。如今，燕山果树带已成为玉田县具有一定规模的果品生产基地。

玉田人算过一笔账，到2000年，10万亩果园全部进入盛果期，果品产量可达6.8万吨，产值可达1.1亿元，山区农民靠果树的纯收入年人均将达到8500元，全部果农都可实现小康。

（刊登于1996年8月27日《中国林业报》第二版）

平陆不平沟三千　沟沟都用树来填

全县3195条沟、268座山，都种满了树，
森林覆盖率由解放初的6%提高到35.7%

本报讯　山西省平陆县委、县政府把林业建设放在振兴平陆经济的首位，不断探索发展林业的新途径，开创了全社会搞绿化的新局面。目前，全县的3195条沟，大部分绿荫覆盖；268座山，山山披上绿装；71个滩，滩滩绿油油；24条垣，垣垣林网交织。全县森林覆盖率达到35.7%，比中华人民共和国成立初期的6%增长了近5倍。

平陆南临黄河，北靠中条山，境内山峦起伏，沟壑纵横，素有"平

陆不平沟三千"之称。过去水土流失十分严重。70 年代初，每年流入黄河的泥沙多达 800 万吨，流失面积占全县总面积的 86.7%，月均径流量为 1.1 亿立方米。粮食产量低而不稳，群众生活长期处于贫困状态。

面对严酷的现实，平陆县委提出了"平陆不平沟三千，沟沟都用树来填"的发展目标。1972 年以来，平陆六任县委书记，一任接一任进行着绿化接力赛。70 年代全县主攻荒山造林。80 年代初绿化荒沟、荒坡、荒滩。1984 年以后，在发展用材林的同时，引导群众重点进行经济林建设。近年来，平陆县针对资金和劳力紧张的实际，实行了"两工"造林的办法。全县 12 万适龄公民，每人每年投一个造林义务工，8.7 万个农村劳力每人每年投 10 个造林劳动积累工，每工定值 3 至 5 元，不出工者掏钱。全县每年为造林投工都在 102 万个以上，折合钱款 300 多万元。不仅较好地解决了资金和劳力问题，而且也促进了全民义务植树运动的开展。平陆每年参加义务植树的人数占法定人数的 90% 以上，基本上形成了全社会搞绿化的局面。

平陆的县、乡、村三级都建立了造林绿化基地。规划要求乡基地每年要完成 1000~1500 亩的造林任务，村基地要完成 150~200 亩。县基地由县机关干部、职工义务造林，已完成 4000 多亩造林任务；乡基地由乡林业站管理，已造林 16.43 万亩；全县已有村基地 178 个，经营面积达到 18.5 万亩。各级造林基地基本做到了发展有规划，经营有指标，管理有要求，并把科学管理落到实处。

全民绿化与林业建设事业的发展已显著地改善了平陆全县的生态环境，促进了农牧业的发展，出现了一大批靠林业致富的典型村、万元户。

警钟长鸣抓教育 居安思危搞群防

五龙川乡四十年无森林火灾

本报讯　山西省沁源县五龙川乡从建国之初就重视森林防火工作，坚持群防群治，常抓不懈，40 年来未发生过一起森林火灾。

刘广运副部长前不久视察了五龙川乡，听取了乡党委的工作汇报后，语重心长地勉励说，你们的工作做得很好，各项制度和乡规民约切合实际，要继续把护林防火工作扎扎实实地抓下去，争取每年都不发生森林火灾。

五龙川乡地处风景秀丽的灵空山腹地，有森林 52820 亩，大多是珍贵的天然油松林。五龙川乡党委、政府历届领导班子居安思危，始终把护林防火工作当作头等大事来抓，坚持做到换干部防火制度不变，换人员防火组织不散，一届向一届交接。《中华人民共和国森林法》和《森林防火条例》颁布以后，这个乡及时制定了"四严禁"（严禁上山带火、严禁烧丛棘开荒，严禁在林中烧香火、烤干粮，严禁在林边烧荒燎火）、"五不准"（林中走路、小孩玩耍、山间作业、砍柴放牧、地头林边）不准弄火制度，乡长、村长、护林员层层把关，带头执行。此外，还制定了 10 条乡规民约，实行群众自我约束、互相监督。目前，护林防火、遵纪守法已成为五龙川乡群众的自觉行动。牧羊人韩连喜边放羊边护林，放羊 30 年，天天上山带炒面，从不烧火烤干粮。

现在沁源县人民政府已把五龙川的护林防火经验在全县推广，并拨款资助五龙川乡进一步加强防火设施建设。

把关注的目光投向辽西北

——访绿走辽西之一

今年6月末7月初，我随"绿色辽宁西部行"记者团到辽西采访。在辽西的每一天里，我都被这片苍凉神奇的土地和在这里所发生的与绿色和生态相关的故事、人物深深地吸引着。

辽西极度干旱，由此造成的土地沙漠化非常严重。森林资源不仅总量不足，而且质量不高，除了在凌源县能见到满目的翠绿和比较集中连片的参天大树之外，沿途随时见到的是一小片一小片的似乎永远也长不大的小老树。最多的还是近些年种上的小树和幼林，它们以孱弱的身躯护卫着辽西大地。多数地区水土流失十分严重，有不少地方的土地山川已被切割得支离破碎。生态脆弱，经济落后，是辽西给予我最突出的印象。

生态脆弱与经济落后是一对同命相连的孪生兄弟。辽西北之于辽宁，犹如大西北之于全国——辽西北简直就是祖国大西北的缩影，让人又爱又揪心。

目前，辽宁全省都把关注的目光投向了辽西北，已经开始把越来越深刻的理性思考凝聚在辽西北，把越来越多的关切与支持投入到辽西北。一时间，关注森林、关注生态与关注辽西北成了同义语。

辽宁省林业厅厅长王文权对辽西北林业发展的认识，在辽宁省的决策层中具有代表性。他认为，辽西北地区是全省林业的战略重点。加速辽西北地区林业的发展是一项十分紧迫的任务，也承担着重大的历史使命。没有良好的生态环境，辽宁老工业基地不可能实现全面振兴，更不可能实现可持续发展。辽西北地区的林业发展事关辽宁省林业和生态建设的全局，更关系到全省林业发展目标的实现。因此，辽西北确定无疑是辽宁全省植树造林的主战场。

正是基于这种认识，近年来辽宁省把大部分林业资金都用到了辽西北的生态建设上；同时，在工作支持与政策引导上全力向辽西北倾斜。全省的林业建设项目 80% 集中在辽西北，40 万亩退耕还林任务，39 万亩划拨给了辽西北。各种林业改革试点、实用技术推广、林业范围内的扶贫以及生态公益林补偿项目等，也都优先安排给了辽西北。

与此同时，林业的地位也得到了从未有过的提升。"林业在辽宁经济社会发展和生态建设中，具有特殊重要的意义和不可替代的作用。"这一判断，正在成为辽宁人的共识。在辽西，人们用不同的话语诠释着自己对这一判断的理解。在基层采访中，不少林业干部深有体会地告诉我们：现在对林业的投入多了，上上下下都很重视，工作比以前好干、舒心，虽然也更忙，更累了，但责任重、要求高，忙点儿、累点儿是自然的。

在阜新县认识了林业工作站站长郑庆山。老郑 50 岁，激情饱满，脸上布满了辽西特有的风霜。他身兼数职，干练精明，是名副其实的林业专家。老郑陪同我们在下洼子村采访，走到邵雅民家的退耕地和果园旁，女主人指着老郑快人快语地对我们说："老郑真神了！听他的主意，你看，这杨树、这果树长得多好！老郑可没少给咱乡亲们办实事！"老郑又领我们到基层单位——佛寺镇林业工作站转了一圈。一排高高大大、漂漂亮亮的三层楼房矗立在眼前，林业站已经搬进新分得的三间宽敞的大办公室，新购置的沙发还散发着皮革的味道，计算机、档案柜、定位仪……工作设施一应俱全。镇上重视、支持林业站的工作不用说，老郑没作任何解释我们也明白：林业的地位提高了。

非公有制造林在辽西

——访绿走辽西之二

非公有制造林的迅猛发展在辽西是一个热点，同时也是一个激活林业发展全局的新亮点。

中央林业决定是各地深化体制改革的动力源泉，辽宁省委、省政府的《实施意见》更让承包、租赁或购买四荒地的造林者吃了定心丸。辽西群众一时间看到了发展生态经济的巨大效益和广阔的致富前景，参与林业生态建设的积极性空前高涨。地方各级政府乘势而上，出台优惠政策积极引导。朝阳、阜新两地的各县(市)大体都对现有的宜林四荒地实行了"卖""送""补"等政策，限期造林，绿化四荒，其土地使用期20年、30年、50年不等。"卖"，就是对立地条件好、潜在效益大的宜林荒山、荒地公开拍卖，用于发展经济林或速生丰产林，使其尽快地发挥生态、经济效益；"送"，就是对立地条件一般的宜林"四荒"地，群众无力购买，就无偿地送给他们自行投资绿化；"补"，就是对立地条件太差、水土流失严重、交通不便的偏僻荒山不仅要送给主动"请缨"的绿化造林者，凡是能挂靠工程项目的，都按政策给予苗木和资金补助，尽快让荒山荒地绿起来。同时鼓励私人造林、大户造林。由于做到了"山有姓、树有名、林有主"，造林者在给自己栽树时不糊弄，他们严选苗，慎运苗，背水上山造林，自己买生根粉、保水剂，自己扣地膜，不仅树栽得上、栽得好，保证成活，还能管得住，树长得好。

目前，彰武县非公有制有林地已经发展到44万亩。2003年新增有林地21万亩，其中90%以上是造林者造的私有林，造林保存率达89%以上。高庆军就是其中的一位。老高40多岁，双庙乡北家村人，是某医疗单位的职工。2002年，他以每亩200元的地价买了760亩平整的沙荒地，20年的经营期。为以短养长，他还扣了100亩塑料大棚，种了西瓜和香瓜。老高的林地规划得十分精细，而且经营的目的性很强。他采用林经栽培模式，地上种了杨树，准备发展速生丰产林，林下间种着板蓝根和南瓜。老高说，生态林业综合效益好，既可治住风沙，为改善生态作贡献，又能有经济收益，干得挺起劲儿。目前，他已投入了40多万元。

比起众多的私有造林者，彰武县的周祥是一面迎风招展的红旗。周祥，彰古台镇清泉村人，今年40岁，在阜新市经营金属加工业挣了钱。

但他没有忘记养育他的家乡热土，想治理村东头的流动沙丘，以回报家乡。2002 年，他以每亩 2.3 元的地价买了这片沙丘，经营期 20 年，总计 1000 亩。2003 年春，周祥雇工在沙丘上种了 12 万株彰武小钻杨，现已长到 4 米高，当年成活率有 70%。今春，周祥对林地进行了补植，共补植树苗 4 万余株。为给树苗浇上水，他还购买了 1200 延长米浇水管、4 台柴油机、1.5 吨柴油，租用了两辆拉水车，大干了 16 天；接着，在林地周围建了高标准的封育围栏，并以一年 4000 元的工资雇了两名护林员。为给家乡治沙，他已累计投入 32 万多元。他说，我小时候亲眼见过我家下面的一条小河一夜之间就让风沙给淤平了。我不想让乡亲们再受苦，这座沙丘我会治到底的。

为加快森林、林木和林地的合理流转，目前，辽宁省林业厅正抓紧制定《流转条例》和《森林资产评估办法》，并准备把试点工作放在辽西北地区。

阜新造林"质为先"

——访绿走辽西之三

在林业发展的全局中，最重要的工作莫过于造林和管护。这两项工作关系着生态建设的成败。所谓必须坚持"质为先"，正是这个道理。

辽西地区的群众说，俺们这疙瘩生态恶劣，不干就没活路，要干就得干好，否则不仅白干，还劳民伤财。啥是干好？不仅树要栽得多，在数量上有突破，更重要的是要把树栽活，让树长得好。

辽宁省林业厅副厅长舒兴第曾算过一笔账：按 400 万亩造林面积和每亩造林成本 100 元计算，成活率和保存率的每个百分点就相当于 400 万元。如果能提高 1 个百分点，就等于挽回了 400 万元的经济损失。反之亦然。如果平均成活率只有 50%，就等于损失了 2 亿元，相当于辽宁省一个较发达县（市）一年的财政收入。

　　为保证造林的数量和质量，近年来，阜新县采取了一系列有力措施。首先，从县里到村里层层建立了责任制，明确县乡两级党政主要领导是造林绿化的主要责任人，分管领导是主要负责人；副县级以上的领导包工程造林，乡干部包块、包村，村干部包户；县乡两级林业部门还建立了技术负责人制度。其次，建立了责任追究制度，以敦促造林责任制的落实。县里规定："树活人得奖，树死人下岗。"今年的春季造林，各级干部都佩带袖标或胸卡在造林第一线指挥，干得热火朝天。造林结束后，县委组织联合检查组对各乡（镇）的造林数量和质量核查。对造林面积较大的地块采用 GPS 卫星定位测量仪进行实测，对 5 亩以下的地块用绳子测量或核查株数，对村屯绿化造林，按株数折合造林面积。结果，对完成造林任务较好的乡（镇）进行了通报表扬，对完成任务较差的乡（镇）进行了通报批评，完成任务不足 60% 的两个末位乡（镇）的党委书记和 4 个乡（镇）林业站站长被免职。一时间，事情轰动了辽西。

　　为保证造林面积核实的准确性，阜新县给 35 个乡（镇）和 8 个国有林场都配备了卫星测量定位仪，专门用于造林面积和造林质量的核查。

　　最近 6 年，辽西地区连续干旱，阜新县年降水量不足 300 毫米。为保证造林质量，阜新大力推广抗旱造林技术；坚持做到规划设计、政策宣传、落实责任、技术培训、栽培和抚育现场指导、管护措施、组织发动以及检查验收等"八个到位"，把住整地、种苗、苗木浸泡和假植、浇水、地膜覆盖、补水和管护等"七道关"。他们还根据当地的墒情和林情，加大了雨季容器育苗造林和柠条、荆条种子直播造林的力度，重视使用优良的乡土适生树种，使造林数量增加，造林成活率和保存率提高。

　　新中国成立初期，阜新县森林覆盖率只有 1.01%，历届县委、县政府带领全县各族人民群众治沙不止、种树不息，经过几十年的不懈努力，截至目前全县有林地面积已经达到 300 万亩，占总土地面积的 32%。2002 年，阜新县完成人工造林 34.1 万亩，2003 年完成人工造林 45.9 万亩。

林业产业方兴未艾

——访绿走辽西之四

没有产业支撑的林业体系是不健全、不完善的，生态建设也不会有长久的后劲。

平心而论，辽西林业产业不发达，缺少资金投入，缺少科技支撑，更缺少龙头企业的带动，没有形成充分的市场化运作态势。但是，彰武白鹅和朝阳大枣却是方兴未艾的阳光产业，呈现出勃勃生机。

彰武制定了"以林带草，以草兴牧、以牧促绿、以绿促工、以工富县"的经济发展战略方针，其目标是：建设林业强县和绿色食品强县。彰武县在历史上就有百姓养鹅的民俗，且代代相传。在林业生态建设中，特别是2001年实施退耕还林工程以后，造林面积迅速增加，群众又选种抗旱速生的杨树造林，林下种草，以草养鹅，形成了林牧结合的经营模式。目前，全县养鹅总量超过600万只，其中林下养鹅支撑了半边天。据统计，一只雏鹅在林下饲养成成品鹅大约需要4个月时间，可获纯利10元，集约饲养，其经济效益极为可观。为此，群众养鹅的积极性十分高涨。全县农业人口不到11万户，其中有9万户农民参与养鹅。彰武人将成品鹅屠宰后加工成白条鹅，远销到江南地区，出现了"北鹅南运"的新局面。在彰武县，合丰集团、天照星牧业加工厂和中美鹅业公司都有希望成为领军彰武鹅业的龙头企业。彰武人的奋斗目标是，让彰武鹅业成为国内市场上同行业的龙头老大。

伴着暖风细雨走进朝阳县，正值枣花绽放的时节。在孙家湾乡花章村的一片枣树林里，乡林业站站长王景会介绍说，这片浓密的枣林是花章村农民1984年、1985年种植的，现在正是盛果期。亩均有枣树60株，单株结枣15~25公斤，都是著名的大平顶枣。1公斤大平顶枣少说也能卖到4~6元，优质枣每公斤10元。这片枣林，最初由村集体组织农民栽种，1994 年由于实行承包制，花章村人自愿种枣树，使枣树种植业又有了新发展。退耕还林工程启动以后，农民种枣的积极性空前高涨，退下的坡耕地几乎都种上了枣树。这个村的枣树目前已经发展到1.1 万亩。在这种贫瘠、干旱的土地上，种粮食很难有收获，而种枣树就不一样了，一般年景，1 亩枣树可以收入 1500~2000 元。枣树下萌生的小枣树可以卖苗子，两块钱一株，这又是一笔不少的收入。枣树种上以后头一年要浇 3 遍水，第二年浇 2 遍水，以后管护就非常容易了，省工省时解放了劳动力。花章村建立了大枣产业以后，有上千人外出打工，年打工收入 60 万元到 100 万元。过去花章村是全县最穷的村，现在是最富的村。

围绕花章村人种枣树致富，还有一个很有意思的故事。临近花章村的洞子沟村农民，以前瞧不起花章村的穷棒子们种枣树，以为靠枣树发家根本不可能。1996 年，他们把挖好的树坑填平了种粮食，广种薄收，效益很低。花章村人坚持种枣树，却富了。几年之后，花章村大枣收获季节需要雇工，贫困中的洞子沟人只好去给花章村人打工。实践教育了洞子沟村人，近些年也开始利用退耕还林地种起了枣树，而且发展势头迅猛，现在洞子沟村的枣树已经达到 4000 亩。截至目前，孙家湾乡共有枣树 1.8 万亩，总计 180 多万株，人均 100 株。2003 年全乡人均大枣收入 430 元。

朝阳县种植大枣虽有上千年的历史，但并未形成传统产业，真正自觉地种植大枣，是从 1997 年开始的。现在全县大枣种植面积已达 24.5 万亩，总计 3800 多万株，年创产值 4000 多万元，其重点大枣产区人均年收入超过 1000 元。如今，大枣已经成为朝阳农民脱贫致富的支柱产业。朝阳县因盛产大平顶枣，1997 年被农业部授予"中国大平顶枣之乡"称号。2001 年，又被国家林业局确定为"经济林建设示范县"。目前，朝阳县的大枣产业已逐步由单纯追求速度向质量与速度并进的方向转变，正在大力推广无公害栽培技术，力争在不久的将来把朝阳建成辽宁省第一个无公害大枣生产县。

凌源的封山与北票的还林

——访绿走辽西之五

在辽西的荒原上，凌源市是一片难得的绿洲。这里地处华北植物区系和辽西植物区系的交汇处，通过封山育林不但控制了水土流失，而且使森林生态得到了很好的恢复和保护。

凌源市地处朝阳市的西部，辽、冀、蒙三省（区）交界处。进入凌源，那醉人的绿色即刻扑入了视野和心怀，辽西的苍凉之感顷刻之间荡然无存。

我们走的是由县城到凌源最西端的大河北乡一线，而大河北乡的青龙河流域是凌源封山育林的经典之作。其最卓著的成果是造就了青龙河生态自然保护区。这里有封育最早、管护最好的天然次生林，使花曲柳、水曲柳、糠椴、紫椴、黄波罗、核桃楸等一大批稀有珍贵树种得到了保护和发展。在封山区域形成了天然林与人工林混交、针叶树与阔叶树混交、用材林与经济林混交、乔木与灌木混交的森林景观，成了野生动物的栖息乐土。像大河北乡这样从新中国成立初期就开始封育的山林，在凌源有 21 万亩，已经形成了稳固的森林生态系统。大河北乡林业站站长说，今年这里的封山育林区比凌源城里多下了两场雨。

1982 年凌源被纳入"三北"工程范围，相继封山育林 79 万亩。通过坚持不懈的努力，现在封育区的森林都已经郁闭，乔木成材率达 87%。2001 年以后，随着国家实施的六大林业重点工程陆续启动，凌源市 26个乡（镇）都实施了封山育林。2002 年 12 月 1 日，全市实行封山禁牧。

凌源封山育林也像植树造林一样，首先进行科学规划，由远及近地向前推进，每年都要进行检查验收，并强化管护，一经划入封育区就一定封死管严；同时，还要在林木抚育上下功夫。其做法是：10 年内要进行定株修枝，15 年内要进行透光抚育，有"天窗"的林地要进行人工补植。凌源的山封得好、林育得好，原因也正在这里。

北票市是"中华龙鸟"的故乡，是世界第一只鸟儿飞起的地方，目前正在轰轰烈烈地开展退耕还林。

从2001年北票被列入辽宁省退耕还林试点县（市）起到2004年6月，北票已经完成退耕还林面积36.66万亩，其中退耕还林任务已经提前超额完成，荒山造林任务已所剩无几，到年底就可以全面告捷了。退耕还林是北票最主要的生态建设工程。该项工程全部完成以后，北票市的森林覆盖率将增加4.3个百分点。

在黑城子镇和尚沟流域有一片退耕还林地，总面积2000亩。农民过去在这里种谷子和荞麦，1亩地只能收25公斤左右，辛苦一年收入只有几十块钱。退耕后种上了山杏，用的都是良种壮苗，整地标准高，栽种质量高，当年成活率达98%；由于干旱过于严重，次年保存率有所下降，今年春天进行了补植，目前保存率达89%。镇长陈若非算了一笔账：现在农民1亩山地种山杏225株，挂果后收山杏核125公斤，就是500元；此外，农民退耕还林种山杏，同样享受生态林补助政策，一直可以补助8年。他说，山杏耐干旱，又能保持水土，经济效益高，既改善了生态，农民又有显著的经济收益，借助退耕还林很顺畅地就调整了农村的产业结构，真是一举三得。农民在退耕还林当中得到了实惠，因此都争着抢着要退耕。

北票与退耕还林相配套的荒山造林，改变了以往那种集体出义务工搞大会战的造林办法，采用多种组织方式造林，或集中会战整地，由经过培训的专业队造林，或承包户自己整地自己造林，或委托专业队、专业公司整地造林。造林以后，为加强保护，或施行严格的封山禁牧；或对有林地进行一卖二送三补贴——"不求拥有，但求长在"。

一片片地量　一棵棵地数

山东造林绿化检查在求实上下功夫

本报讯　从 11 月 29 日开始的山东全省造林绿化大检查震动了齐鲁大地，牵动着各级领导和林业工作者的心。目前外业调查已接近尾声。基层干部、群众普遍反映：这次检查求实务实，对林业工作是个有力的推动。

这次在全省 16 个市地全面开展的造林大检查，由副省长王建功挂帅，组织了 200 多名专业干部下基层，认真核实 90 年度责任状的执行情况，并检查"八五"第一年度的造林实绩，检查结果将通报全省，并兑现奖惩。群众说，省委、省政府对林业是真重视，肯动真格的。

12 月 5 日下午，记者在日照市市政招待所的一间小会议室里，旁听了王家政市长颇为严肃的工作汇报会。王市长的汇报谦诚，认真；检查组的同志全神贯注地听。次日，记者追随检查组到碑廓镇的核查现场，看到检查人员在造林地上一片一片地量，在抽查的林网地段内一棵一棵地数，对照图纸一个小班、一个小班地核对。副组长李润华告诉记者，就已检查过的情况看，我们核查的数字比他们自查上报的数字高。"上边动真格的，谁敢虚报？我们自查后，上报数都是留有余地的。"陪同的乡干部颇有感触地说。

检查者求实，被查者务实，在造林绿化工作中干部群众也都实打实地干。检查巡视组的同志跑了好几个地方，他们的评价是，这几年林业工作搞得实，树栽得好，管护得也好。

记者在 6 日雨雪后赶到莒县，也见到类似的情景，听到相同的反映。莒县的林业工作者告诉我们，这次检查，查出了压力，也查出了干劲。但我们对咱林业部门的检查不担心，一是我们自查搞得实，不怕查；二是检查人员的工作作风廉洁高效，接待工作没负担。这使我们看到了山东林业振兴的希望。

走进杨树的世界

——山东莒县发展杨树丰产林见闻

走进山东莒县，就走进了杨树王国。道路两旁，村庄周围，大大小小的河滩上，一排排、一丛丛、一片片，到处都是淡青色的杨树。时值隆冬，虽没见到鹅黄碧绿的风采，却也饱览了杨树林健美壮观的景象。

莒县杨树多，长得也极好。那里的杨树"一年成活，二年成林，三年成檩，四年成梁"，实现了速生、丰产，创造了农区林业发展的奇迹。

一

莒县人偏爱杨树，是因为他们在杨树丰产林建设中尝尽了甜头。

莒县位于沂蒙山东部，临近黄海，境内河网纵横，气候温润，适宜杨树生长。过去这里缺林少柴、贫穷落后。1976 年，他们改造河滩地上的杨树次生林，在陵阳乡于店子村搞杨树速生丰产林栽培试点，取得了成功经验。党的十一届三中全会以后，随着林业建设的发展，莒县大力推广种植杨树速生丰产林试点的经验，从此掀起了广植杨树的热潮，几年时间发展到 10 万亩，千亩以上的片林就有 21 处。记者在袁公河南岸看到的杨树丰产林，竟然是"五十华里一条线，万亩林地连成片"，株株苗壮，气象宏伟，令人叹为观止！杨树丰产林的发展，不仅使莒县实现了烧柴、木材自给，改善了境内的生态环境，而且促进了莒县商品林业的发展，给莒县人民带来的致富的希望。

陵阳乡项家官庄村采取集约经营的方式，从 1978 年起在 700 亩河滩地上种植杨树丰产林，1985 年开始轮伐，6 年来累计收入 30 多万元。他们用这笔钱接通了电，安装上了自来水，兴建了一所学校，全村 160

户人家都看上了电视。目前，莒县已有551个村靠培育杨树丰产林实现了脱贫致富。莒县人说，他们过的是杨树日子，丰产林是他们零存整取、利息可观的"绿色银行"。

莒县人算过一笔账：农业投入1元最多收入2.05元；搞杨树速生丰产林投入1元，收入达15.8元，而速生丰产林又是次生林效益的6至8倍。

集约经营的高效益，激发了群众的积极性。现在种杨树已成为莒县人的自觉行动。

二

莒县的杨树奇迹，是在领导的真抓实干中产生的。县级领导亲自抓，培养典型，分类指导，并在资金和物资上给予扶持。各级领导都有造林工程示范点，层层签订责任状。莒县有一支特别能打硬仗的科技队伍，培养了数以千计的技术能手，组建了遍及全县的科技推广网络。莒县林业局在主管工作中始终坚持了先试验、后推广，先设计、后造林，先培训、后施工，这使集约化经营方式和先进技术、科学管理，经过逐步优化、组装配套、不断完善，使杨树在莒中平原10万亩河滩上深深地扎下了根。

前任林业局长、县人大常委会副主任刘孔钧把莒县的杨树奇迹称作是林业生产上的一场革命，其突出的标志是科学的思想、先进的技术被广大林农群众所掌握。刘孔钧介绍说：

——按要求整地，向下翻1米，挖大穴，栽壮苗；

——像种庄稼一样正儿八经地给杨树施肥；

——莒县地下水位高，土壤湿度够，又都是河滩地，但是有了旱情，还得浇水；

——精心地进行引种试验，在试验对比中筛选优良树种，并且一代一代地更新；

——从培育目的出发确定合理的种植密度，群众已经懂得了过密不成林的道理；

——村庄注意综合防治，招引益鸟灭虫，虽然是杨树纯林，但整片的林子里往往找不到一个害虫；

——为充分利用林地、空间的光热水肥，在林子郁闭的头两年，群众都按照"花生—小麦—夏大豆"的优化模式搞林粮间作，并坚持合理修枝。

创造莒县杨树奇迹的科技工作者们，在十几年的拼搏奋斗中付出了艰辛的劳动，同时也获得了科技上的丰收。他们先后成功地普及了 20 项科技成果，其中有 3 项达到了国际水平。

三

10 万亩杨树丰产林和数百万株四旁树，展示了莒县雄厚的杨树资源。他们并不以此为满足，正在着手进行杨树的全树利用研究，探索深度开发和发展外向型经济的道路。

树头、树枝派作烧柴，结束了莒县人烧稻草、烧林木的历史；树干做檩和梁，盖起了座座新房；杨木家具也搬进了农家的居室。

阳城镇建起了胶合板厂，每年生产胶合板 1600 立方米，工厂已和外贸系统签订了出口合同。县里的同志说，只要资金宽裕，像这样的乡镇企业还要再建几个。杨树的综合利用也很有前途。杨树木材，大的可以搞纸浆、刨花板、纤维板，小的可加工冰棍杆儿、火柴棍儿、卫生筷子、牙签儿什么的，总之有很广阔的发展前景。

科研所的同志把杨树叶的利用纳入科研课题。除落叶归根外，如果能投资建厂，每年能生产杨树叶粉 105 万公斤。杨树叶粉是极好的饲料添加剂，既可增加林农收入，又能促进畜牧业、养殖业的发展。

莒县尤其值得一提的是，赵家二十里堡村在 1989 年建起的杨树皮类脂厂。这是中国唯一的一家利用杨树皮提取 PL 类脂的企业。他们每年需用杨树皮 300 吨，生产类脂 10 吨，年创产值达 65 万元。生产类脂的残渣还可以做畜禽的粗饲料，也可以用它养平菇或当肥料。县林业局准备扶持乡镇，加快杨树皮的深度开发，办制药厂、饲养场，建设食用菌栽培基地。

(刊登于 1992 年 1 月 24 日《中国林业报》一版)

日照掀起播绿大行动

奋战三年，把一个山清水秀的新日照带进 21 世纪

本报讯　入春以来，地处黄海之滨的山东省日照市，全民动手，植树种草，在 3519 平方公里的国土上，摆开了播绿的战场。这次绿化荒山、美化城市的热潮一直持续到 5 月初。目前，全市人民正秣马厉兵，积极备战雨季造林。

据统计，今春全市共完成新造林和补植造林 14.77 万亩，育苗 1 万亩，完善农田林网 15 万亩，新封山育林 30 万亩，"四旁"植树 790 万株，全民义务植树 360 万株，为大地铺展了新绿，给城镇美化了容颜。据悉，日照已作好周密部署，决心举全市之力奋战三年，通过播绿大行动，把一个山清水秀的新日照带进 21 世纪。

日照是一座新兴的沿海港口城市，90 年代以来被誉为欧亚大陆桥的东方桥头堡，具有特殊的区位优势和巨大的发展潜力。随着改革开放和经济建设的迅速发展，特别是近几年来，日照的造林绿化事业取得了显著成绩。但从整体上看绿化美化的速度和水平还不能适应经济建设和对外开放的要求，日照的生态环境还比较脆弱，全市还有不少的荒山荒滩，城市绿化水平不高，缺少精品工程。去年 7 月 24 日在我国南北洪水肆虐之时，日照市的东港、五莲、莒县三区县交界处的 13 个山区乡镇也突发山洪，一时间泛滥成灾，造成严重的经济损失。全市人民经过深刻反思，增强了改善生态环境的紧迫感。秋天，市委书记焉荣竹郑重指出，林业要搞大动作，彻底解决日照市的生态环境问题。

林业部门在全市播绿大行动中发挥了先锋作用。从去年 11 月起，市县(区)两级林业局联合成立了由林业专家和技术人员组成的规划设计调研组，深入山区、河滩和平原，实地勘察规划，紧锣密鼓地一直干到腊月二十八(今年 2 月 13 日)，经过科学论证，制定出《日照市造林

绿化三年规划》。按照规划要求，为筹足造林绿化用苗，全市林业系统及早动手调剂余缺，组织力量排查苗源，先后派人到潍坊、淄博等地引进良种壮苗，为入春后全民播绿打下基础。

今年 1 月 24 日，日照市委、市政府做出决定，在全市开展"全民动手，植树种草，绿化荒山，美化城市"活动，各级行政领导层层签订了造林绿化责任状。从此，海港沸腾了，群山沸腾了，全市人民开赴耕耘播绿的战场，一个声势浩大的造林绿化热潮在日照大地掀起，其规模之大、反响之强烈，在日照林业发展史上是前所未有的。马荣竹书记在《日照日报》上撰文勉励全市人民，要深刻记取我国南北水患和日照"7.24"洪灾的沉痛教训，以对人民、对历史、对子孙后代高度负责的态度，切实把植树种草、绿化荒山、美化城市的工作搞好；积极行动起来，为绿化美化日照做出贡献。

东港区推行区级领导包乡镇、乡镇领导包村庄、村干部包山头路段责任制，并严格督导，落实奖惩政策，精心组织实施了沿海防护林带堵口加宽、经济林基地和农田林网建设工程；完成补植沿海基干林带 570 亩，发展名特优新果品基地 6875 亩，新建茶园 2 万亩，新建高标准农田林网 5 万亩，并在沿河建了 27 公里长的"甜柿、石榴观果长廊"。莒县将植树造林和山区综合开发结合起来，把莒北 10 乡综合开发列为县委、县政府一号工程，组建了专职领导机构，以连接北 10 乡的 225 公里道路为轴线，在沿山、沿滩、沿堰、沿路摆下了造林绿化的主战场，目前已绿化道路 445 公里，新建和完善农田林网 6 万亩，开发经济林 3 万亩。五莲县把密植园建设列为县长工程，全面完成了 2.1 万亩苹果密植园建设、西北 8 乡镇上山苗繁育、5000 亩河滩杨树丰产林建设、叩官镇盘龙河流域绿化 5000 亩沿郝李路经济林开发、222 省道五莲段绿化、2.2 万亩桑蚕基地建设和 2 万亩农田林网建设等八大工程。岚山办事处各级领导亲自抓造林绿化，突出重点，完成沿海公路以东 583 亩土地的退耕还林新造沿海基干林带 217 亩，新建茶园 6270 亩，营造杨树丰产林 1375 亩、银杏园 100 亩，贯通了绣针河林阴大道，沿路植树1.06 万株，新造山上防护林 1490 亩。同时，各县区都新扩建了一批造林绿化苗木基地，为实现"奋战三年，绿化日照"的目标奠定了基础。

在今春的播绿行动中，各级政府和部门，都能坚持以科技为先导，严把质量关，使精品工程不断涌现，在极其干旱的情况下保证了较高的造林成活率。记者在现场采访时看到，虽然各区县都有旱死的新苗，但并不多，而且都有补救措施。

三年奋战看头年。日照的播绿大行动已有了良好的开端，并提出"春季验收，秋后算账"，严格兑现奖惩。人们有理由相信，日照定会有绿化荒山、美化城市高潮迭起的第二年、第三年。

（刊登于 1999 年 6 月 8 日《中国绿色时报》一版）

播绿铺锦绘新图

——日照采访札记之一

山东省日照市下了大决心，要把山河织成锦绣，把大地铺满绿色。目前，市委、市政府已经动员全市人民开展了一个播绿大行动——植树种草、绿化荒山、美化城市，把一个山清水秀的新日照带进 21 世纪。

在这一播绿大行动的感召下，我们于 5 月中旬伴着暖雨清风去日照采访，回来后写下了这一组报道，想真实地记录下日照人播绿铺锦的足迹和他们火热的斗争生活。

日照东临黄海，地处鲁东南，是一个新兴的沿海港口城市。几经行政辖区的变迁，如今的日照市辖一区（东港区）、两县（五莲县和莒县）、一个工委办事处（岚山）和开发区、山海天度假区，土地面积 5310 平方公里、270 多万人口。

优良的海港是日照人的骄傲。90 年代，日照、岚山两大港的崛起，使日照赢得了欧亚大陆桥东方桥头堡的美誉。

其实，日照的林业也是颇有特色的。莒县的杨树、五莲的苹果、东港的茶园——南茶北移的杰作，都早已声名远播；这里有全国驰名广玉兰，也有世界最大的银杏树。沐浴着改革开放的春风，日照林业在迅速发展，有林地面积已达 210 万亩，森林覆盖率 33.6%，林业年产值已经超过了 10 亿元，并拥有了杨树、苹果、茶叶、桑蚕、板栗、银杏六大产业基地。以莒县为龙头发展起来的杨树速生丰产林基地分布在纵横交错的河滩、路渠两侧以及农田林网上，共 15.4 万亩，已更新三代，长势极好。国外专家评价说："莒县的杨树可以同意大利波河流域的杨树媲美。"而波河流域的杨树堪称世界之最。以五莲为主的苹果基地发展到 60 万亩，去年产果 40 万吨，远销全国各地，出口已渐成优势。桑树已有 8.5 万亩，无论面积还是产量均在山东省领先。日照茶堪称中国北茶之极限，已发展到 10 万亩，且开发势头强劲，预计未来 3 年将达到 15 万亩甚至 20 万亩。日照的板栗正在引进日本、韩国优质新品种，"山间板栗缠腰"已成定植模式；1993 年定植的 20 亿株银杏树已到产果期。

日照是南北气候带的交汇处，特殊的自然区位优势，再加上温润的海风，塑造了日照独特的南国风韵。不必说南茶北移在这里创下了奇迹，也不必说适宜南方引种的火炬松在这里也有 3 万亩落地生根，竟成产业基地的后起之秀，单说日照东港的毛竹林，那青翠的绿色同样会染绿空气，同样会使你像走进南国竹海一样的心醉。

为把山河织成锦绣，日照人已付出了艰辛的劳动。他们在近百公里的海岸线上种植了 1.5 万亩沿海防护林带，抵御着海浪对国土的侵袭；在山区丘陵种植了 95 万亩防护林，遏制了大面积的水土流失；同时，以农田林网和道路绿化为重点，初步形成了平原防护林体系。这一切构成了日照生态公益林的基本框架。今年，日照又以空前的规模和声势掀起了全民播绿大行动，计划用 3 年时间完成荒山造林 5 万亩，改造疏林地 15 万亩，新建与完善农田林网 20 万亩，新增封山育林面积 50 万亩，到 2001 年，全市的有林地面积将达到 238 万亩，林木覆盖率达到 35%，林业产值上升到 15 亿元。

在采访中，我们发现，日照人在林业发展的观念上已经实现了两大飞跃：一个是开始把林业当公益事业来办，自觉地注重生态环境建设；

另一个是在林业经营上，摆脱了旧观念的束缚，着意发展大产业，向市场经济迈进。去年，震撼全国的南北水灾和日照 7 月 24 日发生的险恶山洪，深深地教育了全市人民。在深刻反思中，从领导到群众都清醒地认识到，要推动日照经济的发展必须首先从根本上改善全市的生态环境。这种认识迅速引发了"全民动手，绿化日照"的大行动。过去日照林业多依附于农业，发展得比较被动，如今日照人讲起了林业经营，不再津津乐道于种了多少树，有了多少亩林，走遍乡镇村屯到处听到的是，如何建基地，如何搞加工，如何优化品种抢占市场，一股产业化的浪潮正在兴起。

认识是行动的先导。日照人观念上的飞跃必将推动着林业实现更高层次上的突破，通过播绿铺锦的行动也必将在日照大地上绘制出更新更美的图画。

（刊登于 1999 年 6 月 10 日《中国绿色时报》第三版）

山区开发看五莲

——日照采访札记之二

日照的五莲县是全国山区综合开发的一面红旗。

80 年代，五莲就是全国造林绿化先进县，1995 年又首批进入全国"百佳县"的行列，1997 年被国务院命名为山区综合开发示范县。

五莲多山。全县 1500 平方公里的土地，贫瘠的山地丘陵就占了 87%，有名字的山就有 3300 多座；全县 50 万人口，宜林山滩地 105 万亩，人均 1 亩田 2 亩山。这就是五连的县情。

古称"海右奇秀"的五莲，经历了历史战乱已变得童山濯濯，满目疮痍，历史留给五莲人的只是贫穷。建国以后，五莲人在党的领导下开展了大规模的植树造林，治理穷山恶水，年复一年地大搞山区综合开发。党的十一届三中全会以后，五莲人放弃了"以粮为纲"的指导思想，果断地提出"以林为主、多种经营、全面发展"的山区建设方针，把有树的山都封起来、没树的山都造上林。经过艰苦奋斗，他们实现了第一步跨越：把荒山变成青山，给五莲大地披上绿装。进入90年代，五莲人按照发展市场经济的要求，在坚持山水田林路综合治理的同时，抓紧果树品种改良、残次林改造，"山上建基地，山下办工厂，县外抓流通，县内搞市场"，在致富奔小康的路上又迈出坚实的一步，实现了由穷山变富山的第二步跨越。如今的五莲县座座青山叠翠，处处花果飘香，条条碧水潺潺，公路四通八达，焕发着勃勃生机，堪称镶嵌在齐鲁大地上的一颗绿色明珠。

五莲的山区综合开发有一整套长远的建设规划，实行山水田林路综合治理，并把改善生态环境作为大前提。县里有总体规划，部门有行业规划，乡镇有区域规划，村村都有细致的打算，一张蓝图绘到底，领导干部带头干，每届都有新发展，为凝聚人心、落实规划提供了坚强的保证。从50年代造林绿化荒山起步，到现在张振山领导的第十三届县委班子，一届届都留下了大干实干的闪光足迹。他们管这叫"脚印工程"。

大干，是五莲山区开发的鲜明特色。五莲人一年四季埋头苦干，年年苦干不断线。通过一次次的乡村会战，修通了路，接通了电，疏浚了河道，绿化了山滩，一个个小流域、一座座山地治理，直到实现了山清水秀、林茂粮丰。

五莲人苦干实干，但不蛮干，越干越会干，越干干得越好。这同他们注重科技兴林和人才培养是分不开的。从1975年开始，五莲就创办了林业中专，培养自己的乡土人才，先后有3500多人拿到了毕业证书，成为乡村的林果技术骨干。五莲的22个乡镇都有像模像样的文化技术学校，村村都有农民夜校，学技术，扫文盲，形成了遍及全县的教育培训网络。五莲人能列出一长串由全国聘请的技术专家担任林业顾问的名单，能讲出他们长途跋涉到外地学习先进林果技术的经历。治穷先治愚，兴林靠科技，是五莲在山区综合开发中创造的成功经验，也是五莲蜚声全国的一个壮举。

五莲的叩官镇开展的盘龙河小流域治理是五莲山区综合开发的一个

范例。叩官镇的盘龙河过去是一条季节性的害河，河道弯弯曲曲，淤积严重，两岸杂草丛生，道路崎岖难行，旱天借不上力，雨季泛滥成灾。去年初，镇党委集中群众的意志决心向盘龙河宣战！通过周密的调查研究和专家"会诊"，制定了科学的实施方案。3 月 12 日植树节那一天，他们在 8.5 公里的盘龙河畔摆下了战场。3.2 万人的叩官镇，日上劳力 1.5 万人，出动拖拉机 1500 多台、小推车 7000 多辆，上到镇党委书记、镇长，下到普通群众，都是晴天一身汗，雨天一身泥，一样地抡镐挥锹。会战 65 天，整修河道 8 公里，开发高标准水平梯田 1.3 万亩，栽下速生丰产林 2000 亩，建高效经济园 6000 亩、生物地堰 95 万米，扩大灌溉面积 8000 亩，解决了临近 7 个村的人畜饮水问题。如今的盘龙河"上看水库接水库，下看瀑布连瀑布"，成为五莲县发展高效农业和开展生态旅游的靓丽风景线。叩官镇人民治理盘龙河总投资 1100 万元，投工 110 万个，挖填土石 42 万立方米，砌石 50 万块，动用水泥 3000 吨、沙 4 万立方米，浆砌河岸 14 公里，闸谷坊 138 道，修筑连村公路 8.5 公里。我们站在盘龙河畔，看着这一派美丽的山水，不能不感佩于五莲人民的伟大，他们实实在在创造了人间奇迹。

然而，今天看来更重要的是，盘龙河治理是五莲人在市场经济条件下采用旧有的"会战"方式治山治水的一次有益尝试。会战一期工程总投资 1100 万元，资金投入 400 万元，另外的 700 万元是农民的"两工"投入。这种以劳动代替资本的做法，在偏远山区是可行的。盘龙河会战，叩官镇 50 个村的农民齐心协力都上阵，而直接受益的却只有 7 个村、5000 多口人。是什么力量使其他 43 个村的农民心甘情愿地投入会战？五莲人的回答是："工换工，几年清"，即今天我帮你，明天你帮我。他们把农村集体经济"统"的功能和市场经济的利益驱动机制很好地结合起来，解决了市场经济条件下也能组织"大会战"的难题。这是五莲人在山区综合开发中创造的新经验，也是五莲人实干苦干的新创举。

（刊登于 1999 年 6 月 14 日《中国绿色时报》第三版）

"五莲精神"永放光芒

——日照采访札记之三

长期以来，山区开发的伟大实践，不仅极大地发展了五莲的生产力，改变了五连贫穷落后的面貌，而且形成了"自力更生、艰苦奋斗、挖山不止、拼命实干"的"五莲精神"。

五连的山区开发建设有许多值得称道的地方，但是最根本的一点是，历届领导始终坚持一届接着一届干、一张蓝图绘到底，在继承中开拓创新，每届都有新作为。他们50年代栽树治山，60年代兴修水利，70年代治坡改土；十一届三中全会以后坚持"以林为主"，开展大规模的植树造林，同时打了植树种果、治山修路两个硬仗，实现了全县绿化达标；进入90年代，实施了林业产业化战略，加快山区市场经济的发展。去年以来，新一届县委领导通过综合分析，提出依托山区综合开发的基础和自然资源优势，加强道路建设和优质果园开发力度，发展生态旅游，使五莲不仅绿起来、富起来，而且美起来，把山区开发建设推向更高的层次。

在五莲，一届接着一届干的"接力赛"，表现在各个层面上，县里是这样，乡镇、村也是这样。这也正是五莲这面红旗能够长期高高飘扬的根本原因。

"五莲精神"的核心是艰苦奋斗，凝结在一个字里，就是"干"！长年坚持苦干实干，干部在前边领头干，和群众同心协力干，百折不挠地干，勇闯难关一干到底。五莲县西部山区净是横板岩丘陵地，为开发这片荒山，五莲人付出了艰辛的努力。先后栽刺槐，接着栽火炬松，后来又用营养钵栽植松柏，三次探索都失败了，但是，他们不气馁，又在净是石头的荒山岗上打眼放炮，开出一条条2米宽、1米深的大沟，抽石换土栽柿子树，结果成功了，使荒山变成了柿子山，共栽植柿子树4万亩，为山区开发闯出了一条新路。现在，西北部山区几个乡镇沿着这条路子把一座座荒山建成了致富山。像西北部山区四探开发路、叩官镇盘龙河小流域治理这样的故事在五莲哪个乡镇都有。

治山植树是这样，五莲人办企业、闯市场也有一股子拼命实干的劲头。从1993年对老果树改良、低价林改造开始，经过苦干实干建起了六大苹果基地、五大板栗基地、八大桑茶基地，使高效经济林面积发展到42万亩。围绕着苹果、板栗、山楂、樱桃、桃、杏、桑、茶等优势产品，办起了22个龙头加工企业，带动基地25万亩，连结农户6.2万户，增加经济效益6000多万元。同时，引导农民进入流通领域，很快形成了以国企商业为龙头、以批发贩运为主体、以外地客商为补充的多元化销售网络，光运输大军就达1万多人；县内已建7处批发市场，在向外辐射的公路上形成了长达上百公里的三条季节性的果市长廊。全县林果的商品率已达85%，全国50多个大中城市都有五莲的销售网站，并开辟了青岛、大连、天津、上海等10几个外贸口岸，使五莲的果品销售全国与10多个国家和地区。五莲人凭借着拼命实干和开拓创新，争占市场，使山区开发的经济效益不断攀升。

五莲在一步步走向富裕，摆脱贫困。农民富裕起来，盖上了新瓦房，不少企业盖上了现代化的办公楼，而县委、县政府的领导们至今还在70年代建的旧楼里办公，夏天没有空调，冬天门窗四处透风。但县委、县政府这些决策层的领导们对全县的科教事业、社会公益事业和乡镇重大的山区开发项目是舍得投钱的。因此，五莲县的中小学校舍是全县一流的，老干部活动中心、县体育馆是全县一流的，近几年政府每年对乡、村的大型开发工程投入的补贴都在400万元以上。县委书记张振川饱含深情地对我们说："五莲并不太富裕，但我们要把有限的钱都投在社会公益事业上，投在改变山区落后面貌上。因为，我们是共产党员，就得为人民群众谋幸福。"

看来，以艰苦奋斗为核心的"五莲精神"，正是凝聚人心之魂、兴县立业之本；而领导干部的身体力行更是发扬光大这一伟大精神的关键所在。

愿"五莲精神"永放光芒！

（刊登于 1999 年 6 月 21 日《中国绿色时报》第三版）

把情与爱撒向莒北山区

——日照采访札记之四

日照的莒县，有四个很值得自豪的第一：浮来山定林寺里的古银杏树已有四千多年树龄，至今枝繁叶茂，堪称世界第一；杨树速生丰产林是无可争议的全国第一；桑蚕产业基地连续六年保持了山东省第一；银杏种植面积日照市第一。

这是莒县创造的辉煌业绩，也集中展示了莒县林业的风采和魅力。然而，莒县北部东部的东莞、奉山、天宝、棋山、洛河、果庄、桑园、大石头、龙山等 10 个乡镇（简称莒北山区），却是日照生态经济"欠发达"地区。这里植被稀少，山丘裸石遍布，沟壑纵横，水土流失严重，自然灾害频繁发生；长期以来虽几经治理，但都未能从根本上解决问题，山区百姓生活贫穷，有事不能办，有病不能看。莒北山区 10 个乡镇总计 35.84 万人，占全市总人口的 1/7，面积 901 平方公里，占全市的 1/6，几乎是莒县的半壁河山。因此，改变莒北山区贫穷落后的面貌，无论对莒县还是对日照来讲意义都十分重大。

站在两个世纪交汇点上分析问题，市、县、乡（镇）三级领导干部和广大群众形成了共识：不能把贫穷落后的莒北山区带进 21 世纪，绝不能让那里的父老乡亲沦为下个世纪的生态难民，要把深情和关爱撒向莒北山区！

平地一声春雷：在市委书记焉荣竹的倡导下，莒北山区 10 个乡镇诞生了位居全市之首的综合开发建设"一号工程"！

经过去年年底紧张的调研规划，年初绘就了工程建设的蓝图：从今年起到 2002 年，用 4 年时间，投资 2.6 亿元，动土方 6191 万立方米，新建配套水利工程 3128 项，改土整地 16.35 万亩，复垦土地 13 万亩，植防护林 3.4 万亩，植经济林 8.15 万亩，疏林补植 4.65 万亩，植生物地堰 407 万米，铺建公路 579 公里，建 3 座输变电站，架 3 条输变电线路，并架设改配电线路 400 公里。通过大规模的综合治理，在莒北山区建立起比较完善的林业生态体系和比较发达的林木协调发展的产业体系，让莒北 10 个乡镇的 454 个村通水、通电、通路，既为子孙后代留下青山秀水，又使当地农民脱贫致富。

1 月 5 日，市委书记焉荣竹带领市直机关有关部门的负责人到莒县召开了第一次现场办公会，审议了规划，对工程启动作了部署。紧接着，莒县成立了由县委书记刘在德、县长谢世增挂帅的莒北十乡镇综合开发建设委员会，同时组建了工程建设办公室，由副县长郑加贵任主任，成员都是懂技术会管理的精兵强将，办公室就设在工程核心区的棋山镇，亲临会战第一线组织督查、调度协调。10 个乡镇分别设立了工程建设指挥部，并把任务分解到村庄、流域、山头、地块。至此，莒北山区摆开了同荒山和贫穷搏斗的战场。

那政令是极其严明的：大干大支持；小干不支持加批评；不干或干不好，就地免职！

工程凝聚了对莒北山区的情和爱，也凝聚了山区百姓的意志和愿望。莒县上下群情振奋，迅速掀起了开发建设的高潮。人们挖山整地、植树育苗、疏浚河道、修路筑坝、架线建桥……处处是挥锹舞镐的人群，时时有奔波忙碌的身影。为支援莒北山区十乡镇的工程建设，平原各地和县直部门送来了一笔笔捐款、一车车物资，全市四面八方都伸出了援助之手。县委、县政府举全县之力筹集资金，领导干部带头捐款，县直机关和乡镇机关、事业单位的职工每人都捐献了一个月的工资，表达了他们对莒北山区十乡镇的关切之情。

3 月 23 日，焉荣竹二次到莒县召开现场办公会，他动情的讲话深深地感染着在座的领导同志。他希望大家"要带着感情帮扶，动真情，帮实忙"，并当即捐款 2000 元。在焉荣竹的带动下，到会的 13 个部门静待细算，共从办公费、事业费中挤出 50 万元捐给了莒北山区。与会者个人也都纷纷解囊，共捐款 1.95 万元。由此形成了全市上下奉献爱心，帮扶莒北山区开发建设的热潮。莒北十乡镇的百姓被这种深情厚爱感动了，他们有钱的出钱，有力的出力，有物料的出物料，在党员干部的带动下拼命大干。源河村、赵家庄村有两个远近闻名的上访大户，看到政府真心实意地为群众办实事，非常感动，彻底打消了上访念头，分别捐款 3000 元和 1000 元，积极投入了施工会战。截至目前，10 个乡镇已累计完成投资 5088 万元，投工 759 万个，搬运土石 1254 万立方米，环十乡镇经济发展主路已基本打通，整修拓宽道路 187 公里，启动各类水利工程 520 项，治理河道 22 条，垒砌河岸 64 公里，扩建灌溉面积 4.15 万亩，治理水土流失 20.5 平方公里，种植经济林 2 万亩、防护林 3039 亩、行道树 43 万株，治山改土 5500 亩，改造用电村 27 个，架设输电线路 112 公里，产业结构调整已初见成效。有的乡镇用几个月的时间，干了几年甚至几十年想干而未能干成的事情。

沐浴着情与爱的阳光雨露，莒北山乡经过艰苦创业正在发生着历史性的巨变。人们播下了绿色，收获着文明富足的希望。

（刊登于 1999 年 6 月 22 日《中国绿色时报》第三版）

精心塑造现代林业形象

——日照采访札记之五

日照林业经历了规划改造和大幅度调整，正在实现着由传统林业向现代林业的转变。那是冲破了由"林家铺子"单独经营的局限，让全社会办林业，让全民搞绿化，先抓生态建设，打基础、建屏障，确保社会经济可持续发展；那是在三大效益相统一的前提下，适应市场经济的要求，增资源、增活力，着力优化产业、产品和投资结构，努力发展具有区域特色的高效林业，走强市富民之路。

五莲县已不再是苹果当家，他们大规模地进行残次林改造，建立了河滩速生丰产林基地，发展了干果和时兴杂果，光是开发五莲山、九仙山风景点，发展生态旅游，一年收入就达上百万元。

莒县已打破90年代初杨树的一统天下，利用自然优势大搞蚕桑、银杏、水果、板栗种植，建基地、兴办产业、开拓市场，使林业成为山区林农脱贫致富的支柱产业。

岚山区虽然小，林业也在改革中不断发展壮大。建设海防林，引种火炬松，发展蚕桑、银杏、茶园，使林业呈现出一派兴旺发达的景象。

离日照市中心最近的东港区，利用区位优势，大刀阔斧地调整产业结构，更是精心地塑造着现代林业的形象。

蓝天、海浪、沙滩、绿树叠翠、花果飘香，是东港给人留下的鲜明印象。在深入采访中我们了解到，东港已经形成了绿茶、水产、海滨旅游三大支柱产业，而旅游依托的是海韵和林业的自然景观。由此看来，加上茶园，林业支撑了东港主体产业的半壁江山。

东港是南茶北移的成功典范，因而享有"江北第一茶"的美誉。由于特殊的区位优势和气候条件，使东港绿茶叶片厚、滋味浓、香气盛、耐冲泡，具有超群的品质；应测定，东港有28.5万亩黄棕壤土地适宜茶叶栽培，发展潜力巨大。区委、区政府果断做出决策：决定在现在已有5万亩优质茶园的基础上，用3年至5年的时间将茶园的面积发展到10万亩至15万亩，建成"江北绿茶基地"。他们在全区规划了9大片茶叶基地，并以交叉的两条省道为轴线，组织沿路各乡镇连片开发，扩展规模，形成纵横交错的两条"绿茶长廊"。围绕茶叶的开发，东港推出了一系列扶贫政策，全方位地调动林农种茶建园的积极性，竭力培植龙头企业带动加工，并以科技为先导，优化茶叶品种，提高茶叶质量，保障技术服务，培育高素质茶农队伍，出精品、创名牌，雄心勃勃地争占国内外市场。目前，"放水养鱼"的政策已见成效：茶园面积在迅速扩大，加工企业如雨后春笋般地发展起来，茶叶生产经营正向着产业化、规模化的方向发展。

在加强茶叶生产的同时，东港区立足市场调整结构，已对林业动了大手术。在全区建立了东西南北中五大经济林基地，经营承包户已发展到5100多户，连同茶叶在内，经济林的种植面积已发展到40万亩。从培育资源入手，打破原有的种植结构，创建了高效林业的新框架：在不同的区域推广不同的当家树种，防护林、用材林、经济林协调发展，一栽一座山、一种一大摊，形成了规模化的新格局。同时，对残次林进行改造，给老果树嫁接换头，使优质果园达到85%；引种了红雪桃、黄梨、南韩板栗、美国黑提子葡萄等名优特稀品种，培育了新的经济增长点。在投资结构上，实行多层次、多渠道、多形式的投入，一改过去"全面撒花"的做法，实行"集中投放"，重点扶持新品种、新技术的引进和推广。为加快资源优势向商品优势转化，东港区着力抓加工、抓流通，促进二、三产业发展。目前已形成木材、果品、茶叶三大加工系列，为产品走向市场打下了基础；同时，在全区建起林产品批发市场10余处，组建流通组织3500多个，形成了数万人的销售大军。

东港区充分利用林业造就了的自然资源，发展观光旅游业。依托东部沿海防护林和旖旎的海滨风光，建立了鲁南海滨国家森林公园、万平口海滨旅游区，堪称日照的"形象工程"，连同绿垄滴翠的千亩茶园、阳春时节鲜花竞放的万亩果园，吸引着全国各地的游客。

今日之日照，林业已不再是独木支撑的资源消耗型的弱质产业，它已摆脱了传统的窠臼，向充满生机的现代林业迈进。

（刊登于1999年6月24日《中国绿色时报》第三版）

在探索中创造奇迹

——日照采访札记之六

蓝天、海浪、沙滩。在绿树、鲜花的装扮下，日照海滨的夏天是美丽迷人的。

北起潮白河口，南到绣针河畔，在绵延近百公里的海岸线上矗立着日照、岚山这两座现代化的大海港，秀丽的鲁南国家森林公园和万平口海滨旅游区也坐落在这里，散布着一处处山庄、别墅、疗养院和海滨浴场。宽敞的海滨公路在绿树的簇拥下穿越城镇、村庄，向北可直通青岛，向南可抵达南京、上海。这里除岩石海岸外，宜林海滩已全部绿化，1.5万亩沿海防护林带把海滨染成一片片翠绿。

在当今中国，各地的海滨大多如此。但是，当我们了解到日照海滨的过去时，却深切地感到，眼前这如诗如画的景象实在是日照人在探索海滨绿化的实践中创造的奇迹！

建国初期，日照的海滨是植被稀少的荒沙滩，远远近近地分布着半流动的沙丘，北部低洼地区水深只有0.6米，海岸内侧遍布着大片的盐碱滩。每到冬春季节，风沙肆虐，刮得遮天蔽日；雨季一到，又是遍地泥泞，随后接踵而来的是台风和洪水。真是，"冬春白茫茫，夏日水汪汪"，群众生活苦不堪言。

50年代中期，日照从探索中起步，开始建设沿海防护林。这不仅给沿海的经济振兴带来了福音，而且也为在凄惶中漂泊的这块沿海湿地找到了理想的归宿。

他们先在涛雒乡的4000亩荒沙滩上搞造林试点，针对海岸沙滩地土质松散瘠薄、非旱即涝，而且风大、雾多、空气中含盐量大的特点，选用黑松、紫穗槐为先锋树种，而且直播麻栎、柽柳，不断取得成功，而且创造了沙洼压条、沙岭植松、雨季栽种的经验。1960年，继建蔡家滩林场之后，又在北部低洼的海滨沙滩上建立了大沙洼林场，探索和实施了台田整地栽黑松的造林模式，并进行了大面积推广。截至60年代末，日照海滨以黑松为主体海防基干林带已基本建成。70年代，日照人又在探索中因地制宜地引种了水杉、池杉、意大利杨树，进而发展了苹果、山楂、淡竹等经济林，创造了海滩沙地多林种、多树种造林的经验。这种引种新树种的探索始终没有停止过，表现了日照人顽强进取的精神。进入80年代和90年代，岚山区引种了火炬松、刚松等一批国外树种，丰富了海滨湿地的植物类型。在大面积的海滨绿化实践中，他们又创造了乔冠混交、林草结合的种植模式，提高了地表植被的防风固沙效果，造就了大面积的乔冠草相结合的植被群落。此后，又有"以耕代扶、清沟改土""抚育间伐、轻度修枝""保护鸟类、防治虫害""带状改造、天然更新"等一系列做法和经验。那探索是艰难而又曲折的。是张天印等一大批日照的科技工作者付出了极大的心血，日照沿海地区的干部群众数十年如一日地艰苦奋斗，才造就了今天林网叠翠的景象。

海防林的建设带动了沿海的村镇绿化和整个沿海湿地生物物种的回归。人们在沿海村镇周围，河渠、道路两侧坚持不懈地植树种草，建造了庞大而密集的防护林网，使昔日受尽风沙危害的 3 万亩农田成了高产稳产的"四季田"，60 多个海滨村庄摆脱了旱涝风沙之苦，并吸引了 50 多种鸟类到这里安家落户，同时也使水产养殖业迅速地发展起来。80 年代，日照港建设大规模地兴起以后，为使环境建设与海港建设相匹配，推动着海滨绿化向更高的境界攀升，日照人又走上了新的探索历程。

在新的追求与探索中，日照人要凭借海滨绿化的基础和港口的区位优势，加大力度发展海滨旅游。鲁南海滨国家森林公园年内将完成投资 2036 万元，完善旅游设施，提高景点档次；万平口海滨旅游区建设进入二期工程，拟投资 4990 万元，重点建设灯塔小区和海鲜城。他们这样一步步地开发，一年年地积累，就是要把旅游业办成一个大产业。

其实，日照人心里还有一个更大的目标：把日照建成"山东的亚龙湾""东方的夏威夷"！这是瞄准极限的探索，这一次挑战的成功将会创造更大的奇迹！

(刊登于 1999 年 6 月 29 日《中国绿色时报》第三版)

日照播绿大行动首战告捷

本报讯　地处黄海之滨的山东省日照市，去年初决定开展播绿大行动：奋战三年、绿化日照。经过一年的艰苦奋斗，全市新造林和补植造林 17.6 万亩，新建和完善农田林网 15 万亩，封山育林 30 万亩，"四旁"植树790万株，均超额完成了预定的任务，向新千年第一个植树节献上了一份厚礼。

日照去年春旱连夏旱接秋旱，造林难度相当大，但全市人民在市委、市政府的坚强领导下，发扬艰苦奋斗的"五莲精神"、严格按照《日照市造林绿化三年规划实施意见》的总要求，以沿海防护林体系、农田防护林体系、经济林基地建设、荒山绿化和城乡大环境绿化等五大工程为重点，大力开展了扎实有效的造林绿化活动。全年新造沿海防护林1418亩，新建沿海公路林带12公里，进一步提高了沿海防护林的整体水平。去年在大旱无雨的情况下，仍然完成荒山造林2万亩，繁育上山苗木1500万株。莒县把北部山区10个乡镇的开发建设列为县委、县政府的"一号工程"，成立专门机构，多方筹措资金，结合山区开发集中力量抓造林，共绿化道路445公里，繁育营养钵上山苗700万株，为山区开发奠定了基础。东港区沿国、省道两侧的山头都披上了绿装，五莲西部山区的"戴帽工程"也取得突破性进展。东港按照"大穴、大苗、大水"的标准、新建农田林网5万亩；五莲于里镇新建丘陵农田林网，走在了全县的前列；莒县刘官庄镇新建的高标准农田林网成为全市的"新秀"。日照实行科学规划，分步实施，去年集中推进了城乡周围山滩地的绿化美化，以城区"四山""五河"为主战场，营造风景林、混交林2100亩，建成沿河27公里的"绿色观果长廊"；同时，以建设绿荫村镇为重点，大搞庭院、街道绿化，明显改善了城乡居民的生活环境。全市借产业结构大调整的东风，新发展名、特、优经济林基地13万亩，形成了东港区万亩板栗、万亩甜柿、万亩梨枣、2万亩茶园等经济林基地，莒县建成万亩甜柿、万亩蜜桃、2万亩仁用杏三大基地，五莲县建成2万亩苹果密植园、2万亩桑茶基地和3000亩沿郝李路的经济林带。

除各级政府的坚强领导和林业部门的积极努力外，完善并贯彻林业承包政策和大力引进并推广新技术、狠抓科技攻关，为播绿大行动首战告捷提供了有力的支持和保证。全市结合土地延包工作，制定并完善了林木、林地、果园管理办法，极大地调动了群众造林、护林的积极性。市、县两级林业部门共举办新技术培训班60余期，发放科技明白纸10

万份，组织了3次大型科技下乡活动；全市共引进三倍体毛白杨、茶叶无性系、日本板栗、凯特杏等新品种三十多个，推广了容器育苗、杨树浸苗深栽、果茶园微喷灌等十多项新技术，并组织科技人员对一系列难点项目进行了科技攻关，保证了播绿行动的顺利进展。日照市林业局组织基层科技人员严把造林质量关，从苗木选择、开沟挖穴、种植浇水到检查验收，都制定了严格的技术标准和操作规程，并严格进行监督检查。据日前核查数据显示，全市造林成活率达95%，林木保存率达90%以上。

日照播绿大行动引起国内多家新闻媒体的热切关注，因为它在日照林业生态建设史上是空前的。莒北山区整治山河的攻坚战是这"日出曙光先照"之地播绿风采中令人瞩目的热点。据悉，为彻底整治好山河，完全实现山川秀美，日照市委、市政府决定这次播绿行动再延长一年。目前，日照人正秣马厉兵，准备鏖战今年的春季造林。

东阿，一个普通的平原农业县，短短几年，举全县之力，营造了50万亩速生丰产林。东阿人说，他们要彻底改善家乡的生态环境，要致富奔小康，要在中国的平原农区率先进入"绿色文明"。从社会、经济乃至文化观念上考察，这实在是个奇迹！

奇迹是怎样创造出来的？

——对山东省东阿县发展杨树速生丰产林的调查

东阿，因"东阿阿胶"的广告效应早已蜚声全国。

东阿在鲁西黄泛平原上，是一个很普通的农业县，面积787平方公里，有30%是沙化土地，人口43万。新出版的《东阿年鉴》记载：1998年全县人均年收入858元。

长期以来，东阿人的生活一直在温饱线上徘徊。身在鲁西的东阿人并不安于现状。改革开放以来，他们一面羡慕着迅速走向富裕的胶东沿海地区，一面怀着迫切致富的心情在执著地探索中前进。终于，在世纪之交找到了致富的希望——发展"绿色产业"！短短几年的时间，东阿人在黄泛区的沙地上，在沉沙池的沟坎里，在河渠路旁，在村庄周围以及农户的房前屋后，总之在一切可以种树的地方种植了50万亩杨树速生丰产林，再加上长期发展又经过更新改造而保存下来的5万亩优质桑园和果园，全县林木覆盖率达到了45.8%，使东阿绿染大地，一跃成为鲁西地区的生态经济强县。

前提，确立"生态立县"的绿色理念

东阿"绿色产业"的崛起，首先得益于"生态立县"这一绿色理念的确立。县委、县政府的领导和县林业局的一班人无疑是确立这一理念的先行者。县委书记张传玄说："没有良好的生态环境，东阿的经济、社会就很难快速发展，永远只能守着有限的耕地受穷。我们之所以看重林业，认准绿色，就是因为它三大效益显著，这也是从东阿的县情出发得出的结论。"

黄河沿东阿县界流淌56.6公里，在河道变迁的历史上，给东阿人留下了大片大片的沙化土地。同时，东阿又处于引黄干渠的渠首位置，境内有两条从上个世纪50年代就已开通了的引黄灌渠，旷日持久地担负着为下游输水灌溉和"引黄济津"的重任。东阿把涓涓清流献给别人，把黄河的沉沙留给了自己。由于多年引黄沉沙，已形成了3个沉沙池，侵吞了大片的良田沃土。东阿30%的土地呈现沙化状态，而且每年有大约1300万立方米的流沙沉积在县境内。过去在东阿流传着这样一句俗语："身上一天三两土，白天不够晚上补。"人们回忆说：遇到三级风，吃饭就不能开窗户——沙子直往嘴里灌。在沙区，庄稼种一季，每亩能收两三百斤粮食就算不错了。随同我们走进沉沙区采访的有关专家指着脚下的土地说：这是漏水、漏肥又漏土的"三漏地"，根本就不能种庄稼，种树却很适宜。林业局的领导介绍说：10多年来，沙区的老百姓也多以种树为主。例如，姜楼镇的广粮门村地处沙窝子里，共有3700

亩沉沙地，种了 3000 亩林子，大多是杨树，已轮伐了两茬。有的农户有 10 多亩杨树，7 年更新，收入能达到 10 多万元。在东阿，沙区务农的比平川区务农的穷，而沙区种树的，肯定比平川区务农的富！这已是不争的事实。

经济上算账是简单易懂的，而真正深刻地理解获得生态效益和社会效益的重大意义，并让农民兼顾县域经济发展的长远利益，是比较艰难的。东阿却做得非常到位，他们的经验是深入宣传和各级领导者的身体力行。

县林业局局长杜吉利在自己的文章中，在给上级领导的报告中，在大小会议上的发言中，多次引用"绿色 GDP"的概念，着力宣传专家评估"海南省森林资源的生态价值是其实物价值的 15.3 倍"的这一结论，并推论在中原、西北等生态脆弱的地区其生态价值一定会更高。对东阿绿色的希冀常常在他心中如烈火般燃起，使他热血沸腾。他带领的林业局一班人个个成了绿色事业的宣传者和实干家。主管林业的副县长朱凤泽赞扬他们是东阿县"林业建设的尖刀班"！这种认识在东阿大地上日渐传播，并进入了农家小院。县委、县政府审时度势，在世纪之交做出了"以人为本、以林为主、生态立县"的重大决策，并把它作为推动全县经济、社会跨越式发展的根本大计。从此，东阿开始了林业建设的新时期，把全方位开展国土绿化与大规模营造速生丰产林有机地结合起来。2003 年掀起热潮，一发而不可收，洋洋洒洒地形成了今天的格局。

苦干，让杨树染绿东阿大地

从 1998 年到 2001 年，东阿县每年造林都在 1 万亩以上，林业主管部门主要关注的是完善农田林网、城乡绿化、发展经济林和育苗基地建设。

2002 年，东阿县已开始孕育着林业跨越式发展的生机。

这一年，东阿人从外地木材加工企业到山东省寻求建设原料林基地的信息中获得了重要的启示：应该抓住这一时机大力发展速生丰产林，既大面积绿化了国土，又为木材加工培育了资源，使绿色产业成为县域经济的优势产业，尽快实现"富民兴阿"的目标。这一年，绿色通道建设工程全面启动。县林业局的记录显示：这一年，全县有林地面积14.12万亩，林木覆盖率为17.5%。县委书记张传玄指示县林业局，扎扎实实地抓好育苗，为来年大力营造速生丰产林做好准备。当年全县新增育苗面积5000亩，总育苗面积达8000多亩。

2003年，东阿掀起了规模空前的营造速生丰产林的热潮。

元旦刚过，县政府就下发了红头文件，对大力发展速生丰产林提出了具体的指导性意见，并制定了"树随地走，谁造谁有"的政策，要求全县"高度重视"，各级政府部门要"采取有力措施，切实抓好落实"。

值得一提的是，东阿县抓住时机，在这一年进行了新一轮的林权制度改革。他们在1991年姜楼、牛店两镇进行"造林路段拍卖"试点的基础上，在全县范围内实行了大面积的"林地拍卖"，并制定了"三宜三不宜"的原则。即：为鼓励农户搞适度规模经营，拍卖面积宜大不宜小；为防止短期行为，使用期限宜长不宜短；为激发农户买地造林的积极性，林地价格宜低不宜高。同时，还规定："在承包期内，允许继承和转让，承包到期后，优先考虑原承包户继续承包。"这些优惠政策的确定，极大地调动了全县农民买地承包造林的积极性。

当年1月，东阿还处在寒凝大地之时，分管农业的副书记刘德勇主持召开了全县春季林业生产动员大会，县长霍高原出席会议并作了力度很大的动员报告。副县长朱凤泽作造林部署：丰产林建设主要结合绿色通道工程进行，要求沿黄河大堤外营造的绿化林带1000米宽，国道、省道、县乡道路两侧的林带200米宽，乡村路每侧100米宽，村级路每侧50米宽，在规划范围内所有宜林地块都要种上丰产林，不能降低宽度，不能断档。同时宣布了实施细则和工作时间表。

会后，各乡(镇)紧锣密鼓地宣传发动群众，把造林任务分解落实到田间地块。各村召开村民大会，对范围内的宜林地进行规划丈量，落实到农户。大年初四，县林业局肩负督导和供苗重任的职工就分赴各个乡(镇)，投入了紧张的筹备工作。他们一面落实造林工程规划，督导各乡(镇)、村清理林地，一面在路边的空地上搭建简陋的窝棚，安顿好供苗点。在整个造林期间，他们就吃住在这里，夜以继日地紧张工作。有的人手脚冻裂了，嘴上起了泡，嗓子喊哑了，但没有人叫苦喊累。春节刚过，各乡（镇）的造林大军就奔赴造林现场，严格按设计施工。先打点儿后挖坑，每个树坑都必须 80 厘米见方，不合格的不供树苗；一律采用良种壮苗栽植，栽后一律实行大水浇灌，浇足第二遍水后，丈量种植面积。

据县林业局统计，2003 年全县共造林 18 万亩，其中营造了 1000 亩以上的丰产林基地 10 处、500 亩以上的 21 处、200 亩以上的 30 处，共建高标准绿色通道 26 条，总长 135 公里，绿化沟渠 56 条，总长 108 公里，林木成活率达 95% 以上。经过这一年"绿色风暴"的强劲"扫荡"，全县的"三荒（荒地、荒滩、荒沟）"土地已所剩无几了。

2004 年，东阿人心怀着渐浓渐厚的绿色情结，把造林的主战场转移到四旁地、村庄周围和小片荒地上，由乡村统一规划，规划打点后按树坑或面积拍卖，继续大力营造速生丰产林，种植面积达 13 万亩。

2005 年春季又造林 7 万亩。

从此，东阿大地沉浸在浓浓的绿意中，焕发着勃勃生机。

创新，富有东阿特色的生态保护

树种上了，管护是关键。

"树随地走，谁种谁有"，树权所有者自然就会把自己种的树精心地管起来——浇水、施肥、防治病虫害、防火、防盗伐，样样都会做得很尽心思。这种造林机制不啻组建了一支规模浩大的管护队伍，把 50 万亩丰产林置于最稳妥的保护和最严格的监管之下。

但是，东阿县的林业主管部门并不因此放松林业执法，而是从县情林情的实际出发，采取有针对性的措施加强林政执法，把"严管林"真正落到实处。他们调整了林业执法队伍，把林政、公安、森保三股力量拧在一起，组建了强有力的林木管护执法队伍，联通了森警 110，调解林权纠纷，严厉打击滥砍盗伐林木的违法犯罪行为；把严格林木采伐审批、杜绝无证采伐当作工作的重中之重，常抓不懈。东阿县虽从未发生过一起森林火灾，但也建立了火情预报制度和县、乡（镇）、村三级火情预报网络。

树种单一所潜伏的病虫害发生的危机，更是东阿县委、县政府以及林业主管部门格外关注的大事。他们把人工防治与生物防治结合起来，竭尽全力保护造林成果。首先从源头抓起，加强苗木检疫，杜绝使用有病虫害的苗木造林。在人工防治方面，建立并健全了林木病虫害预测预报网络。县里有中心测报站，各乡（镇）林业站强化了病虫害预测预报职能，管区和村都配备了虫病情测报信息员，并以县林业局森保业务人员和乡（镇）林业站人员为骨干组建了专业队伍，配备了防治器械，提高警惕，严阵以待。虽然近些年来一直是"有虫不成灾"，但也不敢有丝毫的放松。

从2003年开始，东阿县林业局大规模启动了生物防治工程。局长杜吉利介绍说："这是我们的长远大计。东阿水好，生长的木材质地优良，化学防治会影响木材质量，再说也会造成污染。"他们的具体做法，首先是引导农民大力种植乡土树种。高集、大桥、单庄、铜城等乡（镇）已在路、沟、渠两侧种植了一定数量的国槐、臭椿、毛白杨、苦楝、柳树等乡土树种和引进的优势树种。这项工作逐年推进，道路沟渠全部种上乡土树种后在速生杨之间就会形成纵横交错的生物隔离带，减少病虫害的发生，阻隔病虫害的蔓延，使树种单一的现状得到改变。

更有特色的是，命名并保护"生态树"。东阿的"生态树"包括：树龄100年以上的古树、有特殊历史背景和文化内涵的名树、筑有鸟巢的树木、可作为母树资源培育的树木和濒危珍稀的树木。一经列为"生态树"的，将建档立卡进行长期保护，不得采伐。同时规定："生态树"的树权不随土地使用权的变更而流转；树权可以世代继承，树权人将得到生态补偿，对保护"生态树"做出贡献的单位和个人给予奖励；如果树权人自愿出让"生态树"，县林业局计划用企业运作的方式进行收购保护。东阿保护"生态树"就是保护林木物种的多样性，不仅可以有效地抑制林木病虫害的发生，而且也美化了东阿大地，为发展生态旅游创造了条件。

大片的林木长起来以后，斑鸠、山鸡、啄木鸟、猫头鹰和成群的喜鹊前来东阿筑巢安家。目前，全县有 14600 多株筑有鸟巢的树已挂上了"生态保护树"标志牌，并明令：凡有鸟巢的树一律禁伐！东阿人说，鸟儿多了，害虫自然就少了。基于这种认识，他们除保护有鸟巢的"生态树"以外，还在树林中挂起了人工鸟巢，希望有更多的鸟儿到东阿安家落户。

算账，50 万亩丰产林的价值究竟有多大？

东阿县 50 万亩速生丰产林拥有活立木 1800 多万株，目前林木蓄积量至少有 300 万立方米，如果按每亩年生长 2 立方米木材、每立方米木材售价 600 元计算，全县每年用材林可增值 6 亿元！如果这些木材都能就地加工，每年可使东阿县实现 20 亿元~30 亿元的工业产值。这是县林业局的领导反复算账得出的结论。

东阿县的老百姓也知道，这不是梦想，是真真切切的现实。他们更知道，这些财富已经存进了可以信赖的"绿色银行"，在自己的账户上人均每年都有上千元的进项，到木材采伐之时，就会变成实实在在的钞票装进自己的腰包里。

50 万亩林木带来的经济效益是直接而可观的。生态效益如何评估呢？

参照生态经济学家对海南省的生态效益评估所得出的结论，在东阿这样的中原地区，其生态价值与实物价值之比应该不低于 15.3 倍。东阿人虽然没有请专家评估过他们的造林成果，但他们自己已有了这样的直觉：近两年，县境内风沙扬尘天气大大地减少了，干热风控制住了，农作物尤其是种植的小麦丰产稳产，空气变得清爽湿润起来，林下的沙地上长满了小草，春风夏日里大地一片翠绿，鸟语花香陪伴着他们的生活，一座座民宅掩映在绿树丛中，昔日炙热的县乡公路如今变成了清爽的绿色通道，带着资金到东阿搞开发的企业家日渐多了起来。这就是他们感受到的生态效益。

他们还算了这样一笔账：东阿全县 10 万个农户，通过种树每户在土地上解放出 1 个劳动力，这些劳动力或经商、或打工、或搞养殖，按每人年收入 5000 元计算，东阿百姓每年可增收 5 亿元。这笔收入接近全县每年粮食的总产值。然而，东阿人更看重的是，50 万亩丰产林为东阿林业产业化发展奠定的基础，凭借这个基础促进二、三产业的发展；而二、三产业的发展会有力地推动城镇化的进程，劳动力转移出来，也为农业规模化经营创造了条件。他们同样更看重的是，能让东阿的年轻人走出去经风雨见世面，磨炼意志，积累经验，学习技术，增长才干，成为东阿现代化建设的生力军。而这种巨大的社会效益是难以用货币数字来衡量的，它会对东阿经济、社会的发展产生更加深远的影响。

当然，东阿县营造 50 万亩杨树速生丰产林的宏伟实践还处于探索的初始阶段，其成果也仅仅是奠定了林木资源的基础。这就像一出威武雄壮的大戏刚刚拉开序幕，后边依托丰厚的林木资源发展林产工业、拉长产业链、实施名牌战略等等连续不断的戏剧情节，肯定会更精彩！但是，就是这个序幕已完全可以启示我们：绿色产业在平原农区同样是振兴县域经济的朝阳产业，具有蓬勃旺盛的生命力。有丰富生态内涵的经济发展，才是健康的可持续的发展。只要我们切实树立了科学发展观并用其指导实践，既崇尚绿色，又能艰苦奋斗，坚持不懈地在探索中前进，就一定会创造出东阿式的奇迹！

江苏省最后一个贫困乡——

水冲港：　冲出贫困的港湾

党中央号召全党、全国人民："不把贫困带入 21 世纪"！江苏省最贫困的山区乡——水冲港乡，过去穷得叮当响，近几年凭着自力更生、艰苦奋斗的创业精神，治山治水，开发荒山，彻底摆脱了贫困，成了贫困山乡兴林致富的一面旗帜。

记者近日赴江苏采访，听到这样的赞语："南学张家港，北学水冲港。"张家港在两个文明建设中创造了不寻常的业绩，已闻名全国。如今在江苏，人们把水冲港乡与之相提并论，由此可见，水冲港人创造的业绩在江苏产生的影响也非比寻常。

水冲港是江苏省淮阴市盱眙县西南边上的一个小山乡。全乡10013口人，虽然只有45.6平方公里的土地，但大部分是山，可耕地只有1.2万亩，能叫上名字的山就有几十座。山是荆棘丛生的荒山，遍布着石质坚硬的玄武岩，只有薄薄的土层。有山却无水，全乡只有2000亩水浇地。为盼水，水冲港人给自己的家乡起了个湿漉漉的名字。外乡人说：吃饭无粮，睡觉无床，有女莫嫁水冲港。水冲港的确穷。当地还有一首民谣："一亩耕地望天收，四亩荒山烂石头；一场大雨土冲光，五日无雨地张口。"这正是水冲港往日岁月的真实写照。直到1991年，全乡人均年收入只有196元。

水冲港的贫穷在于荒山秃岭，水冲港的致富希望也正在于把荒山变成青山。

1988年初，水冲港乡调整了领导班子，32岁的陈家忠被派到水冲港乡任党委书记。陈家忠上任后，带领乡领导一班人踏查了全乡一百多座山头，深入农户调查研究，并请省植物研究所的专家来水冲港考察，听取村民和专家的意见，确定了治山治水、开发荒山的规划：先治水，保农田，扩大水浇地的面积，解决乡民的温饱问题；再治山，实行坡改梯，种果树，致富奔小康。

规划有了，关键是党员领导干部带领广大群众苦干实干。陈家忠以扎根山乡的决心和无私奉献的模范行动感召着乡、村两级领导干部。在党员领导干部的带动下，水冲港人找回了失落的斗志和精神，开始了治山治水的英雄壮举。

在1988年到1992年的5年中，全乡出动了4000多个劳力，垒石筑坝，围山开渠，挖土石120万立方米，搞了9项工程，修建了24个塘库，砌出38公里水渠，兴建了5座扬水站，使水浇地面积扩大到

8000 亩，保住了庄稼的收成。这不仅解决了温饱问题，也为致富奔小康树立了信心。

从 1992 年开始，乡党委和乡政府一班人把精力投放到开发荒山上。他们科学规划，决定实行坡改梯，进行小流域治理。根据山区偏远，鲜果不易外运和贮存的实际情况，决定在梯田上广种板栗，并把第一座高标准板栗示范园建在刁郢后山上。按照预定方案，乡干部们在山坡上划线打桩，确定每个梯面 3 米宽；整平后，垒上护田石埂，然后在梯田上挖 1 米深、1.2 米宽的沟，清除石块，回填客土种板栗。梯田每 220 米长为 1 亩，每亩梯田栽板栗 110 棵；同时还要在梯田上修建好水渠、挖上积水沟、铺上林间路、打上深水井、垒起围林堰。——这就是样板。有了样板，全乡都照着干。一架山一架山地治理，一场一场地打会战。

在以后的 5 年里，水冲港人发扬愚公移山的精神，斗酷暑、战严寒，锹挖镐刨，肩挑手推，铁锹钢钎换了一茬又一茬，扁担土筐压坏了一批又一批。每次会战下来，人人衣服撕成了烂布条，个个手上没有一块好皮肉。水冲港人每年有 4 个月拼搏奋斗在荒山上，每个人都留下了一段难忘的故事。5 年时间，他们共投入 120 万个义务劳动日，挖填土石 300 万立方米，开挖条垦沟长达 317.4 万米，搬运了 6 万立方米的石头，垒砌护林石埂 60 公里；栽板栗树 86 片、1.43 万亩，共 160 万株；此外，还种了 1000 亩银杏树。树种上了，他们还在林间打了 21 口大水井，建了 36 个粪水池。同时，还在姚山上建了一个大水库，取名"姚山天池"，成了漂亮的风景区。

治山治水使水冲港人获得了空前的大丰收。乡里制定政策，采取集体所有、分户承包、收入分成、大头向下的承包方针，并规定 30 年不变，极大地调动了农民的积极性。农户在承包的林地间科学地套种了芝麻、西瓜、花生，1 亩地年收入可达 400 元。今年已有 5000 亩板栗挂果，全乡收获板栗 13 万公斤。到年底，农民的人均收入可达 2800 元。更重要的是，他们用自己不屈服的意志、坚定的信念以及拼搏奋斗，塑造了伟大的水冲港精神：自力更生、艰苦奋斗、长期奋斗、为民造福。

水冲港人还在自加压力，开拓进取。远的不说，明年，在澳门回归祖国之时，他们要实现小康，要带着富裕和欢笑走进 21 世纪。

（刊登于 1998 年 12 月 7 日《中国绿色时报》第二版）

春风染绿张家港

时令已是深秋，北国早已树叶萧萧，而记者到江苏张家港市采访所见到的却是绿色无边、春意盎然的景象。

春天仿佛格外青睐这座绿色的港城，让她绿树繁花竟潇洒；张家港人也格外钟爱绿色，亲近永驻的春天。

张家港城市不大，名气却不小，是江苏省城乡一体化建设的排头兵，几年来被评了二十多项全国先进，作为两个文明建设的典型已经蜚声全国。这一切又与张家港狠抓造林绿化有极其密切的关系。

提起造林绿化，张家港人是肯于动心思、花力气、掏血本的。几年来，张家港人在造林绿化上投入十多亿元，种植了 2.1 万亩片林，扩建了 300 公顷绿地，彻底消灭了"三荒"，绿化了河流渠道；城镇广布景点，520 个单位达到省颁绿化标准，并涌现出一大批花园式的单位；农村大造农田林网，栽种了一千多万株"四旁"树和二十多万亩散生果树，实现了大地园林化。1995 年张家港被全绿委评为首批全国百佳县市，1996 年又被全绿委评为造林绿化先进单位，1997 年江苏省绿化评先，张家港再度榜上有名。

张家港绿得太快，快得让人追寻不上她的脚步。动力来自何方？是改革开放的春风吹开了张家港人的心扉，唤醒了他们的造林绿化意识。张家港人说：造林绿化是一项基本国策，绿化水准的高低标志着一个城市的文明程度和综合实力；张家港是对外开放的新兴港口城市，必须通过大搞造林绿化来推动社会、经济的发展。正是基于这种认识，张家港人创造了坚持"三同步"的基本经验：坚持绿化和经济同步发展，坚持绿化和城镇建设同步推进，坚持绿化和环境治理同步提高。

如今，这座绿色港口城市已有了如此美好的环境，已创建了如此骄人的业绩，然而，张家港人却说，我们还只是刚刚起步，造林绿化——任重道远！

（刊登于 1998 年 12 月 28 日《中国绿色时报》第二版）

利益共享　风险共担

金湖县林业站与乡镇开展合作造林

本报讯　作为事业单位的基层林业部门，如何适应市场经济规律开展工作？江苏省金湖县林业技术指导站（简称林技站）与乡镇开展合作造林，建立利益共享、风险共担的机制，是一个积极的尝试。目前，江苏全省林业系统正在倡导他们的做法。

金湖县林业技术指导站是县多种经营管理局领导下的事业单位，80年代在金湖县平原绿化战场上立过汗马功劳。但随着改革的不断深入，林技站的"皇粮"将逐步取消，林技站就必须"未雨绸缪"，寻求自强自立之路。全站 9 名技术人员，1993 年春开始在县内 9 个乡镇 11 片河滩、湖滩、荒地、荒坡上搞合作造林，造林总面积达 2701 亩。他们第一次成了"绿色银行"里的股东，同时也第一次肩负起有法律约束的风险和责任。

合作造林是建立在双方同意、互利互惠前提下的。乡镇出土地、出劳力，林技站出树苗、出肥料、出技术或资金，种的是速生丰产的意杨，合作期限为 8 年至 10 年。合作一旦敲定，就要签订经过法律公证的协议书，写清双方的责任、收益分配办法和违约的处理事项；由于合作条件不同，收益分配比例也有差别，有的是 13% 和 87%，有的是 18% 和 82%，有的是 25% 和 75%，但都是乡镇拿大头。县林业站虽然拿的是小头，投入产出比例也是很可观的：一亩林地加贷款利息收入 120

元，10 年时间一亩地却可净得 654 元，如按年度计算，一亩地一年收入 65.4 元；合作造林 5 年，县林技站也在 2701 亩林地构建的"绿色银行"里存下了十七八万元。

合作造林充分调动了双方的积极性。林技站有技术优势，可以在造林规划设计、树种选择、苗木栽植以及管护上大显身手，又有 20% 左右的育林基金可用于生产，还可以凭借职能引进资金，借到贷款。乡镇造林缺的就是技术和资金，和林业技术指导站合作最放心。合作双方实现了优势互补，都能在合作造林中受益，自然都有积极性。

合作造林的直接好处是提高造林质量，最大限度地实现了林业生态效益、社会效益和经济效益的统一。县林技站 1993 年春同黎城镇顺河村合作造林 230 亩，当年成活率达 93%，与之只有一埂之隔的上湾村同时栽植了 80 亩片林，当年成活率只有 66%，在今后数年的抚育管理中，由于技术优势不同彼此还要拉开距离。在林技站指导下，顺河村的林木长得好，林相景观美；科学栽植，防护功能强；科学管理自会加速树木成材——这是显而易见的。

5 年来，金湖林技站与乡镇合作造林取得明显成效，他们共同期待着未来丰收的前景。

（刊登于 1998 年 11 月 30 日《中国绿色时报》第二版）

示范引导　转换机制

繁昌退耕还林进展快效果好

本报讯　安徽省芜湖市的繁昌县，通过示范引导、转换经营机制，今年动员组织农民退耕还林 3600 亩，在原来的坡耕地上栽植竹林、果木林，为当地群众致富带来新的希望。

繁昌地处皖南北部、长江南岸，县内多低山丘陵。过去农民把宜林山坡地开垦为农田，造成严重的水土流失，不仅贻害长江，而且山地的土质越来越瘠薄，农耕生产得不偿失。经过对去年长江水患的深刻反思，繁昌县委、县政府加大了山坡地退耕还林的力度。

他们的做法，首先是示范引导。新林乡郭仁村农民在退耕地上种了12亩雷竹，年收入1.4万元。当地群众看到种雷竹一年可收获春、夏、冬三季竹笋，特别是冬笋0.5公斤可卖到13元，因此都相信：退耕种竹，1亩地1千元稳赚！榜样的力量是无穷的。县里抓住这一典型广泛宣传，并在新林乡的启发下，要求每个乡镇都要搞一块试验地，退耕种竹、种果做给农民看。县林业局局长俞清华告诉记者，这一招很灵。退耕后农民种竹、种果，当年不影响林下间作，两三年后，林业有了收益，这样，你不让他搞他也要搞！群众有了积极性，县里给每个乡镇下达退耕还林的任务，并以转换经营机制为切入点，可以发动单位或个人对林地进行经营承包：第一年经营者不付钱，从第二年起给乡村集体1亩地上交20元，第六年以后每亩上交30元，一包到底，30年不变。记者在采访中看到，平铺乡农机厂承包经营的一片全县最大的缓坡林地，面积2400亩，除100亩用作苗圃地外，其余的种了250亩雷竹、600亩板栗、1450亩长枣，新苗苗壮，绿色的山野洋溢着生机。

（刊登于1999年12月29日《中国绿色时报》第二版）

面向新世纪　开创新局面

厦门努力建设生态港口城市

本报讯　面向新世纪，厦门市委、市政府提出，要把厦门建成生态港口城市，最终成为风景优美的国际大都市，并要在新世纪最初的五到十年里，努力建设完备的林业生态体系和发达的林业产业体系，在全国率先实现林业现代化。

　　厦门提出这一奋斗目标是经过科学论证和精心策划的，并在建设上已有了一定的基础。

　　厦门地处东南沿海，是我国五大经济特区之一，改革开放以来已积蓄了较强的经济实力。全市土地总面积234.54万亩，林业用地115.04万亩，其中有林地面积99.92万亩，森林覆盖率42.6%。全市已营造沿海基干林带121.6公里，占可绿化地段的82.3%，已实行两期建设工程，经过多次补植、抚育和在断带处造林，已使基干林带闭合。全市已营造农田林网49.74公里，绿化路、河、沟、渠、堤300公里；在环岛公路建设中，高标准营造了道路内侧的防护林带，同时实行乔、灌、草相结合，完成了连接沙滩的绿地建设和沿海码头、道路的绿化、美化，使环岛路成为市区外缘的一道亮丽的风景线。全市城区道路总长159.5公里，已绿化154.4公里，绿化率达97%；全市40个居民区均已绿化、美化，平均绿化率达30.8%；全市拥有园林绿地总面积36960亩、公共绿地8785亩，人均占有绿地面积达9.5平方米。目前，厦门已基本形成了以沿海基干林带和公路、河渠绿色通道为骨架，以农田防护林为网络，以各类林场的片林为基地，与四旁绿化相配套的生态林业建设格局。

　　面向新世纪，厦门继续坚持生态林业建设优先的方针，加大力度，努力推进三期沿海防护林工程建设。启动红树林保育工程，通过10年努力，使红树林由目前的400亩发展到4000亩，构成沿海滩涂的第一道生态屏障；努力提高沿海防护林的建设标准，加大补植与拓宽的力度，并使之向海堤、鱼塘、盐田内测延伸，使基干林带完全闭合，充分发挥防护效能。大力推进城乡绿化一体化的进程，坚持高档次、高标准绿化，推进"森林进城"和"园林下乡"，努力将城、乡绿化率分别提高到45%和40%以上，使之成为人与自然和谐相处的生态城区和生态乡村。加大科技投入并依靠科技创新，进一步提高交通干道的绿化水平，加快裸露山体整治和劣质林分改造，有计划地开展小流域治理，全面控制水土流失。加强坂头绣、汀溪水库两个水源林保护区和13个自然保护小区的建设，采取有效措施保护好同安金光明湖畔的天然林和全市

539 株古树名木，到 2010 年使保护区面积达到全市土地总面积的 8%。厦门还将继续加大林业产业结构的调整力度，拟建立 5 万亩采脂林基地，同时抓紧建设以香樟为主的香料原料林基地，提高果树的经济效益，充分发挥亚热带海港优势，发展具有沿海风韵的生态旅游，使厦门的林业产业体系日渐发达起来，向林业现代化迈进。

　　未来的厦门将是林海苍茫、鸟语花香，融森林、水体、地貌与秀美景观于一体的现代化都市。

（刊登于 2000 年 12 月 18 日《中国绿色时报》一版）

让新世纪林业大有作为

漳州调整林业战略目标和布局

　　本报讯　地处台湾海峡西岸的福建省漳州市，建设良好的生态环境，对国民经济的发展、人民生活的改善、促进改革开放，具有特殊重要的意义。

　　福建是我国的林业强省，而雄踞闽南的漳州，森林覆盖率高达 61.6%，连同水果、竹笋、花卉的产量均已跃居福建全省的前列。经过上个世纪最后 10 年的林业结构调整，低效而单一的传统林业得到根本改造，绿色产业孕育了巨大的发展潜力。为使新世纪林业有更大的作为，漳州重新调整了林业的发展目标和战略布局。

　　漳州确定新世纪的林业从以经济建设为主转变为以生态建设为先，要大力调整林种布局，扩大生态公益林和自然保护区域的规模。要使生态公益林由目前仅限于沿海防护林扩大到沿海、沿江、沿路以及一切生态脆弱的地区，面积由目前只占林业用地 6% 的 50 万亩发展到 350 万亩，占全市林业用地面积的 1/3 以上。新世纪，漳州市的生态公益林建设将采取以封山育林为主的经营措施和以征收生态补偿费为主的经济政策，重点抓好4项生态工程：继续实施沿海防护林体系建设工程，重点治理风沙口岸，建设高标准的海岸基干林带，抓好木麻黄二代林更新改造，坚决实施退耕、退池还林，沿着860公里海岸线要建起带、网、片相结合、稳固的绿色屏障；实施"六溪一江"生态林建设工程，严禁采伐北溪、西溪、南溪、东溪、龙津溪、鹿溪和漳江中上游的水源林，加大造林力度，抓好小流域治理，对25度以上的坡耕地实行退耕还林，并退果树改种生态林；实施绿色通道建设工程，动员各部门分工协作，抓好324、319国道，厦漳、漳龙、漳沼高速公路以及省道两旁的绿化、美化，同时按照"城市园林化、城郊森林化、乡村道路林荫化"的要求，加快城乡绿化步伐；实施以禁伐天然林为主的生物多样性保护工程，加快启动自然保护区、保护小区以及保护点的建设，使全市自然保护区面积达到6.3万亩。

在新世纪，漳州决定充分发挥区位与资源优势，大力发展绿色产业，在全省率先实现林业现代化。在抓好350万亩公益林建设的同时，余下的850万亩山地将作为重要的绿色产业基地，进行新一轮、高层次的产业结构调整，重点发展商品用材林、工业原料林，建设好名特优经济林基地，大力发展森林旅游业和花卉业，努力突破二三产业瓶颈，加快林业产业化进程。在工作思路上，漳州决定培育、壮大龙头企业，以资产重组为纽带，组建漳州国有林场集团、人造板集团、家具木业集团、果笋加工集团，拉长产业链，构建产业群，并大力推动技术创新，增强产品的出口创汇能力，最大限度地提高林产品的经济效益。目前，漳州已建成规模、阵容庞大的闽南林产品交易市场和闽南花卉市场，面向华东、辐射全国、眺望海外，时时在捕捉着商机。

（刊登于2001年1月31日《中国绿色时报》一版）

林业：创造着美和富足

——漳州采访散记

闽南漳州，是一片深情富饶的土地，她日夜守望着祖国的宝岛台湾。到漳州采访，记者感受最深的是：林业，在漳州，创造着美，创造着富足。

漳州之美看东山

漳州人钟情于东山。因为东山的海韵清风和木麻黄铺就的秀丽景色，是漳州之美的化身，东山的今昔是漳州历史巨变的缩影。

东山是漳州最南部的一个小县，土地面积33.82万亩，人口不到20万。东山本是一个岛屿，后来填海铺路使它和大陆连成了一体。

东山实在是一个亚热带公园。全县最绮丽的景点有三处：东门岛、东山古城和木麻黄海防林。东门岛就在东山东部的海面上，其南北两面的银色沙滩，是难得的海水浴场；岛上有众多的古迹群，使它成为多部电影的外景地，故有"天然海上摄影棚"之称。1986年，林业系统取得了东山岛的开发管理经营权，在岛上开始了大规模的植树造林，使这绿岛成为海上的森林公园。东山古城经过绿化和修整，已成为福建省十大风景名胜之一。在绿树繁花的掩映下，久负盛名的黄道周故居、古关帝庙、风动石奇观，风姿错约，焕发着异彩。海滨的木麻黄林带用它青翠的绿色拥抱着东山。木麻黄潇潇洒洒的枝条，像老人的胡须，在海风的吹拂下，远远望去，更像垂柳织就的绿色烟云飘浮在碧水、蓝天之间，绘就了东山美丽的画卷。

然而，东山过去并不如此。中华人民共和国成立前的东山岛"春夏苦旱灾，秋冬风沙害"，一年四季没有好日子。岛上分布着134座荒凉的秃山，其东南是3万亩寸草不生的荒沙滩，当时只残存着一点风水林，风沙吞没了 13 座村庄和 2001 亩农田。中华人民共和国成立后，大军南下给东山人留下了一位河南籍的焦裕禄式的好干部——谷文昌。从此，东山人在县委谷书记的带领下广植木麻黄，治理风沙灾害，大搞荒山造林，极大地改变了东山的生态环境。如今的东山不仅是全国造林绿化先进县，而且是福建省首批小康示范县。治理了生态环境，东山农民靠渔业和种植芦笋富裕起来。有了钱，东山人更舍得反哺林业去创造更多的美和富足。

新一轮生态建设的回归

漳州也几乎经历了东山巨变的历史过程。特别是最近 10 年，漳州实施了"三五七"造林绿化工程，动员全市人民上山造林、种果、栽竹，有林地面积增加了 448 万亩，森林覆盖率增加了 24.5 个百分点，达到 61.6%，跃居全省的前列。

历经 10 年的努力奋斗，不仅绿化、美化了漳州大地，而且造就了水果、茶叶和竹业的巨大发展，带动了林产品加工业、花卉业、森林旅游业的迅速崛起。林农、果农、茶农、花农和个体加工厂的私人营业主们的收入翻着跟头地往上长。漳州大地繁花似锦、橘柚飘香，昔日寒酸的农舍被一座座新楼房取代，丰富的山地物产堆满了城镇市场。

然而，富裕之后的漳州没有遮掩住生态依然脆弱的景象。有理智的漳州人分明看到旱涝、风沙、海潮仍然在剥蚀着这块神圣的土地，过度的山区开发也在加剧着水土流失。细心的漳州人估算过：收获 1 吨菠萝，大体要用 3 吨泥沙流入江河的代价来换取；陡坡地上的果园也往往是"远看一片绿，近看水土流"。人们最担忧的恐怕还是九龙江——这条漳州人民的母亲河的安危，因为她的河床在淤积，径流量在锐减，水质也在日益恶化，其上游水土流失面积已达 1094 平方公里。人们还有另一种担忧，那就是一部分靠森林庇护而富裕起来的人们保护生态环境的意识却在淡化。由此，漳州人开始呼唤，呼唤新一轮生态建设的回归。

市委、市政府领导首先认识到，林业不是一般的经济产业，对漳州来讲，它是面向新世纪、带有战略性的生态经济型大事业。为此，一定要加快林业发展，加强生态建设，一定要给子孙后代留下青山、绿水和蓝天！

进入新世纪，漳州开始进入了新一轮、更高层次的生态环境建设。他们决定更大规模地实施沿海防护林体系建设工程、绿色通道建设工程、生物多样性保护工程，把生态公益林由沿海扩展到沿江、铁路公路沿线，扩展到一切生态脆弱区，由目前的 50 万亩发展到 350 万亩。

他们决定再苦战奋斗 10 年，让漳州大地再发生一次历史性巨变。

新的理念和新的探索

漳州地处福建黄金海岸、闽南经济开放区。见多识广的漳州人，对发展林业有自己的视角和理念：越是经济快速发展就越要保护好环境，既要靠林业去创造美，又要靠林业去创造富足。一句话，在漳州人看来，鱼和熊掌可以兼得，也必须兼得！他们认为，林业是生态经济型的产业，偏废了哪一方面，都是对林业的片面理解。

在发展林业的实践中，漳州作了全方位的探索。他们立足于丰富的山地资源优势和亚热带的气候优势，下大气力发展林果业、竹产业和花卉业，大力调整优化林种结构；寻找经营投资和分配机制的结合点，实行国有、股份制企业、个体民营经济成分一起上，三大产业共同发展；坚决实行对外开放，推出从育苗、种植到加工、营销一揽子招商引资策略，推动外向型经济的发展；改革国有企业，壮大行业实力，并动员林业职工投资搞自营经济；扩展林业经销市场，全方位地寻找商机。如此的探索、实践、再探索、再实践，效果的确明显。漳州的林果业已有了长足的发展，以果树为主的经济林发展到 396 万亩，占全市有林地面积的 34%，平和的琯溪蜜柚、白芽奇兰茶已成为蜚声全国的名牌产品；竹类资源已发展到 75 万亩，竹笋产品已能大批量地出口创汇；花卉从业人员已有上万人、上千家单位，种植面积达 5000 多亩，已在九湖至漳浦建起 50 公里长的花卉长廊，漳浦的马口段已有了声名远播的闽南花卉交易市场。全市各类非公有制林业经营企业已达 4080 家，从业者达

30多万人，年生产总值已在50亿元以上，出口创汇已达2亿元。目前已引进外商投资林业的企业198家，利用外资总额6000多万美元，同时引进优良品种800多个、栽培技术30多项，推广面积达上百万亩。国有林场通过改制、分流人员、发展多种经营，经营出现了重大转机；各县市林业局、站也都在建基地、办实体，经济实力大为增强。

在漳州，林业已再不是只由林业部门一家经营的弱质、贫困的行业，而是以生态建设为主体、备受重视、由全社会参与兴办的大事业，并且是孕育着巨大发展潜力的绿色朝阳产业。林业正为闽南大地创造着更加美好、更加富足的未来。

（刊登于2001年2月7日《中国绿色时报》第二版）

为了老年职工和孩子们

——永安林业新村采访散记

三明林区改革中新事物多，喜事也多。

只有短短的4年时间，永安市城区东门外范景信山上，就崛起了一座林业新村。它像幸福的甘泉，涓涓地注入了林区老年职工和孩子们焦渴的心田，也洗尽了林业职工的后顾之忧。

永安市林业新村，是永安市林委主持1985年开始筹建的，现已初具规模。新村有两个小区，一个是离退休职工住宅区，一个是职工子弟小学区，共占地9.5万平方米。一幢幢楼房拔地而起，绿色的林阴道纵横其间，各种生活福利和文化娱乐设施已建成或正在加速兴建着，这里将是永安林区老人和孩子们的乐园。

住宅区已建住宅楼16座，绿色的楼房在绿树掩映中显得格外好看。楼内共有大中小住房236套，其中大的88平方米，小的也有75平方米，不少离退休职工已迁入定居。新的住宅楼还在建设之中，预计1991年将完成500套住房的建设。县林委的同志告诉记者，据统计，到 1990 年永安林区离退休职工将超过上千人，其中近一半将在林区安度晚年。为解决"老有所居"的问题，他们多方集资建新村，其中职工个人集资 99.77 万元，企业集资 71.28 万元，省、市主管部门资助 69.20 万元，林委自筹 155，90 万元；45 岁以上的职工，凡是在永安城区没有住房的都可到新村购买住房，房产权归职工个人，子女还可以继承，但不能出租、变卖。一位居住 80 平方米中等住宅的老人说，他买这套房子只花了 4000 多元，安享晚年不发愁了。

新村的小学区占地 2.7 万平方米，新颖漂亮的教学大楼令人羡慕不已，楼内各种教学设施应有尽有。学校去年 9 月 1 日已正式开学，从一年级到六年级，包括学前班，共 7 个班级，在校生达 181 人，有教职工 46 人。教学楼的旁边有一幢学生宿舍楼，有寄宿生 142 人。学校设立了生活指导处，配备了 9 名教师专门对孩子们的生活进行管理和指导，照料他们的饮食起居。小宿舍里各种生活用具样样齐备，房间打扫得干干净净，被褥迭放得整整齐齐。据老师们介绍，学生每月自付伙食费 30 元，学校给每人补贴 20 元，一月 50 元可吃得很好。学校筹集了 3 万元奖学金，用以奖励品学兼优的学生和有突出贡献的教职工。现在，职工把子女送到新村子弟校寄宿学习，既放心又满意。

县林委负责同志介绍说，新村子弟小学是去年 7 月校舍落成后，把分散的 8 所伐木场子弟小学撤销后集中起来兴办的。过去伐木场办学很困难，地处偏远山区，交通不便，工作条件差，教师不安心；生源分散，往往三五个学生也要办一所学校，给本来就紧缺的教育经费造成很大的浪费；更严重的是保证不了教学质量。林业职工为此忧心忡忡，不少人迫不得已把孩子送到永安城区投亲靠友，寄宿求学。办新村子弟小学是解决林区孩子上学难的根本出路，对林业职工来讲，真可谓如愿以偿了。

今年 7 月，林业部副部长刘广运同志满怀喜悦之情视察了永安市林业新村。他深有所感，挥笔题词："林业新村是林业建设上的新事物，应当积极提倡。"之后，又对三明市的领导说：建设林业新村是三明市改革中创造的新经验。林业职工长年累月生活、工作在艰苦的条件下，为林业发展做出了很大的贡献。林业新村使林业职工"老所有依,幼有所学",解除了后顾之忧,希望越办越好。

不是退耕试点 也不能等着瞧

——广西石山区退耕还林建家园

广西壮族自治区需退耕还林山地有 24 万公顷。然而,国家今年未把广西划作退耕还林试点省(区),群众退耕的损失得不到补偿,积极性不高。如何帮助石山区群众在经费紧缺的情况下,走出一条既退耕还林建家园,又利于生产生活的路子?广西所采取的办法是:选准石山造林树种,发展绿色经济。

广西的石质山区主要分布在西部、西北部及中部的百色、河池、柳州地区。这里80%以上都是少数民族居住区,多年掠夺性的生产,导致许多地方岩石裸露,水土流失严重,生态环境恶化,加剧了落后地区群众生活的贫困。广西 28 个国家级贫困县,石质山区占 71.4%,有 20 个;目前广西仍处在温饱线下的 169 万人口,石质山区占 80%以上。一些地方甚至失去了基本的生存条件,政府只好将祖祖辈辈生活在这里的群众异地迁移安置。然而,由于土地有限,绝大多数石质山区必须走的仍然是退耕还林、养山治山之路。

石质山区适宜种植任豆树、吊丝竹,土山区适宜种植甜竹。选准这条路,广西各级政府在多方面给予了扶持。

经济欠发达地区底子薄,自治区林业局出台政策,规定凡在高速公路绿色工程规划范围内种竹的,局里无偿提供种苗。各地也在经济极为紧张的情况下,由县财政给予种苗补助。曾因为毁林种粮种蔗和其它经济作物而受到中央、自治区领导严肃批评的百色地区,为提高退耕还林质量,做好"五个坚持":坚持树种配置适地适树,坚持品种选用择优避劣,坚持种苗自育培育壮苗,坚持定植造林科学为先,坚持加强抚育防治病虫。土山造林"等高环山挖大坑，浆根定植，淋定根水，覆盖地膜"；石山种竹"竹苗顶节留长灌水，包扎盖膜防止水分流失"。

翻开平果县"退耕还林工作实施方案"，我们看到，方案对退耕还林的范围、面积和完成年限、造林树种、经营方式、工作步骤等等，都作了详细的规定。这些，为退耕还林工作落到实处提供了保证。

有了政府的支持和技术作后盾，石山区涌现出一批退耕还林的先进典型。

田阳县那满镇新楼村周围都是石山，从前毁林种玉米，生态环境不断恶化，山间小溪雨天涨水晴天干涸，石窝窝里种的玉米常因水土被冲刷而颗粒无收。每户人家每天须专门安排一个劳动力到几公里外挑水，一桶水洗菜后用于洗脸洗脚，然后喂牲畜。1996 年开始，县财政每年拿出四五万元作为该村发展吊丝竹的经费，坚持每年种竹 2000 亩，至今全村已拥有竹林 1.86 万亩。销售竹筐，为造纸厂提供竹材，新楼村年人均竹子单项收入就达 1325 元，96 户建起了"竹子楼"。退耕还竹使大面积的林地恢复了植被，又见山间流水潺潺。村里家家户户用上了自来水和现代化的家用电器，有的还买了车。新楼村发生了翻天覆地的变化。

任豆树生长快、萌芽力强，是适宜石质山区种植的优良树种，干可作材，嫩枝鲜叶可喂牛羊，叶晒干粉碎作饲料，鲜枝叶还是很好的绿肥。平果县的龙色村，大力发展在石质山区种植任豆树。现在这个有 665 户人家 3645 口人的山村，已在石质山上种植任豆树 13169 亩，户均 19.8 亩、2376 株。使大山披上了绿装，森林覆盖率从 80 年代中期的不足 5.4%上升到 60%，形成了山上"任豆树+牛羊"，地里"地头水柜+种植"，家中"沼气池+养猪"的生态产业链。从前人均收入只有 64 元的特困村解决了能源和饮水问题，群众的生活有了质的变化，林业生态意识在百姓心里扎下了根。

平果与田阳确实闯出了一条石质山区退耕还林发展绿色经济的路子。然而，我们不得不面对的是，这样的典型在广西依然是少数。要从整体上改变广西岩溶地区的生态环境，国家必要的投入才是对山区群众脱贫致富真正的有力扶持。

坚持两手抓 一步一重天

改革开放的大潮，既为区域林业经济带来了迅速发展的机遇，同时也随着一时间人们的精神失落和外来文化的闯入使思想政治工作面临着严峻的挑战。在机遇和挑战面前，北海市林业局坚持两手抓，不断开创林业工作的新局面。

北海市，位于广西北部湾畔，是举世闻名的"南珠之乡"。海湾银滩的秀美和南国珍珠的璀璨，再加上改革开放以来国家给予的优惠政策，使得国内外游客与投资者纷至沓来。

从 1984 年北海被列入全国沿海开放城市以来，短短 10 年，鳞次栉比的高楼大厦和一条条宽敞高档的公路神奇幻化似地建设起来，外来人口激增到 49 万，城市面积扩展了 5 倍，产值突破了 50 亿元。雄心勃勃的北海人，准备到 2000 年让这数字再翻一番。然而，一部分人的迅速致富和其它行业的捷足先登，也使产业脆弱、本来家底寒酸的林业工作者看着眼热，一时间造成了他们的精神失落：敞开的北海大门迅速闯入了外来文化，一处接一处的歌厅舞厅把北海之夜装扮得五光十色，在传统文化与外来文化、精神文明与黄货污染的剧烈撞击中，人们面临着严酷的选择。

1984 年，北海市林业行业面对的现实是：全市还有 70 万亩宜林荒山，林业系统没有一家工厂，没有任何在建项目，全部产值只有 954 万元；市林业局的几十号人集中在一个 40 平方米的房间里办公，连一台电风扇也买不起；职工住房条件更差，破旧的平房总共只有 1000 平方米。职工中有的悲观叹气，耐不住的人想逃离林业。

面对机遇和挑战，林业局领导班子清醒地认识到：随着北海市改革开放的深入发展，人们的思想观念将发生很大的变化，必须尽快适应形势、转变思路，探索新的工作方法，然而不能动摇方向，越是改革开放越要加强思想政治工作。他们建立了两项制度，一项是"二·五"学习制度，一项是"三会一课"制度。北海开放了10年，他们坚持了10年。他们认真组织职工学习党的方针政策和各项法令法规，引导干部职工在政治上与党中央保持一致，维护大局、更新观念，为建设北海多做贡献。同时，以党支部为核心，在职工中开展了"我为经济建设贡献在岗位"活动，激发了广大职工热爱党、热爱改革开放的各项政策、热爱林业工作的热情。党员领导干部严格要求自己，事事想在前、干在前、奉献在前，处处为群众做出榜样。

卓有成效的思想政治工作保全了队伍，稳定了人心，推动了行业的改革开放和建设事业的发展。到1993年，全市提前两年消灭了宜林荒山，使有林地面积扩大到173万亩，绿化覆盖率达到90%，不仅为林业的长足发展积累了后劲，而且改善了全市的生态与投资环境；林产工业从无到有，由小到大。林业系统自己有了水泥厂、渔粉厂、渔肥厂、砖厂、复合肥厂、采石场，1994年林业产值达到9000万元，比1984年增长了10倍。在抓住机遇加快经济发展的同时，局领导班子把对职工的思想教育与改善职工的工作、生活条件和提高福利待遇结合起来，改变林业行业苦、累、差的现实状况，使广大职工投身林业放心、干着舒心，更乐意为之奉献。林业局首先办起招待所，解决了全局职工子女就业难的问题；接着采用集资的办法解决职工住房问题。现在林业局拥有公房面积7360平方米，集资建房面积达3000平方米，1987年以前在局工作的职工每户都有一套100平方米以上垂直分布的住宅；最后，盖起了办公大楼，办公室里装上了空调，绿化美化了工作、生活环境。产业兴旺，职工收入逐年提高，极大地增强了职工的凝聚力。从此，干部职工对林业行业充满了信心，那种失落感逐渐消除了。

实践的发展。使全局的思想政治工作不断升华，其目标是更加重视人的素质的提高。近几年来，他们每年都选送部分职工到有关院校进修，并规定，学业优秀者给予奖励，不合格的学习费用自理。这一激励机制的建立有效地促进了干部职工思想政治素质和业务工作能力的提高。截至目前，60%以上的干部都参加了各种专业的进修学习。为使干部职工适应北海改革开放的环境，这个局近年来突出抓了反腐倡廉工作，认真贯彻党中央两次提出的"五不准"和自治区党委提出的"十项要求"，带领职工自觉抵制"拜金主义"和一时漫延的黄货污染。领导干部以身作则，带头示范，在严格要求自己的同时敢抓敢管；同时注意表扬好人好事，树立典型；制定规章制度，发现违反者，除公开批评教育外，还给予行政党纪处分。

坚持两手抓，一步一重天。北海市林业局在改革开放大潮的冲击下，既抓住机遇推动全市林业建设的发展，又正视现实，勇敢坚定地迎接挑战，引导职工走向文明与幸福。林业局党支部被市直机关评为先进党支部，去年林业局又被评为自治区林业系统思想政治工作先进单位。

改革：　生机与活力的源泉

——钦廉林场启示录

广西钦廉林场位于北部湾畔，是广西最大的国营林场之一。近年来，钦廉林场"出海"观潮赶潮，冲出了经济危困低谷，跃居"全国国营林场500强"的第10位。

钦廉林场是1963年在十几家县办林场的基础上创建的。林场人多，地广，2500多职工经营着7万多公顷瘠薄的丘陵地，直到1980年，职工年均收入尚不足千元。

在改革开放大潮的冲击下，钦廉人由"出海"观潮到"下海"赶潮，经历了艰苦的探索与跋涉。他们在抓好营林主业的基础上，不失时机地调整产业结构、利用土地辽阔、资源丰富的优势，向第二、第三产业要效益。经过几年的努力，兴办各种行业20多家，连续5年经济发展一年上一个新台阶。1992年全场各种产品销售收入达2565万元，获纯利791万元，其中林产工业和多种经营的收入占85.28%，职工人均年收入达到3050元，比1980年增长了三倍多。

探索钦廉人的创业足迹，可以获得许多宝贵的启示。

其一，认清自己的优势，抓住机遇加快产业结构调整，促进林业资源的综合开发。钦廉林场适应市场需要，源源不断地生产出家具、装饰材料、纤维板、牛皮纸、木片、线芯、水果、花卉、树苗、松香、柠檬桉油、红砖、花岗岩板材……他们终于赢得了市场，致富了山乡，也为国家建设做出了贡献。

其二，增强改革意识，大胆地试，大胆地闯，敢走前人没有走过的路。钦廉林场起步之时，同其它国营林场一样也面临着家底儿薄，开发资金紧缺的问题。他们集资 80 万元，试办了与职工联营的股份制机砖厂。之后，投资者纷至沓来，又陆续集资 500 万元，兴建起 4 个机砖厂、华侨石材厂、木材加工厂、东兴沙石场，兴办了商业楼、饭店、加油站。这些项目既有总场主办的，也有分场管理的；资金中既有林场和职工的股份，也有场外单位和个人的股份。在改革中出现的开发主体的多元化，不仅较好地解决了资金不足的难题，也为企业发展注入了生机与活力。

其三，勇于面向市场，坚持以优取胜，在市场经济的运行中发展自己。钦廉林场的新产品开发无一不是投胎于市场，发育于市场。他们在实践中逐渐领悟到，赢得市场就赢得了一切。林场组建了经济信息开发办公室，对方方面面汇聚拢来的信息进行研究分析，为兴办项目的决策提供依据。例如，他们通过市场预测分析，抓住北海、钦州、防城港三个开放城市基建发展势头迅猛的机遇，大上建材加工业，迅速投资兴建了石材厂、沙石场，增建了机砖厂，新产品一上市即成为抢手货，很快实现了产销两旺。与此同时，林场狠抓质量管理，重合同、守信誉，质量不合格的产品包退包换，树立了良好的企业形象。

保青山常在　让碧水长流

广州将对流溪河水源林实行效益补偿

本报讯　为加强对流溪河流域水源涵养林的保护和管理，充分发挥其涵养水源、净化水质和改善生态环境的作用，广州市将对流溪河流域的水源涵养林实行生态效益补偿制度。这是记者日前从广州市林业局局长莫宇乾的介绍中获悉的。

流溪河是广州市的"生命河"，发源于广州从化市的桂峰山，流经从化、花都市和白云区，流入珠江，全长156公里，集雨面积2300平方公里，年径流量28亿立方米。流溪河既是从化、花都、白云三市（区）农田灌溉的主要水源，又是广州市民约70%饮用水的唯一来源。流溪河水源涵养林主要分布在从化市内，规划面积2.67万公顷。这片弥足珍贵的水源林对保障流溪河充分供水、净化水质、防洪排涝和改善生态环境发挥着重要作用。为实现可持续发展，确保水源地青山常在、流溪河碧水长流，日前，广州市人大常委会决定将对流溪河流域这片水源涵养林实行生态效益补偿制度。

广州市副市长郭向阳解释说，要充分发挥好水源涵养林的作用，单靠林业部门的能力是不够的，必须依靠各级政府乃至全社会的共同努力。水源林，只准营造而不准做生产性砍伐，水源林的经营单位或个人，不但长期不能从经营中获得直接收入，而且还要为水源林的保护、管理、改造付出必要的人力、财力和物力的投入，以换取涵养水源、保持水土、改善生态环境等社会效益和生态效益。如果没有适当的补偿，这种公益性经营是难以为继的。

据悉，从今年起，广州市政府每年将筹集1800万元做流溪河流域水源涵养林的生态效益补偿费。按照"谁受益，谁补偿"的原则，补偿金将由市财政局统一向受益单位征收，收取的具体办法由市人民政府制定。

以确定这项制度为主要内容的《广州市流溪河流域水源涵养林保护管理规定》已经由广州市第十届人大常委会第三十三次会议原则通过，以期年内经广东省人大常委会审议通过实行。

（刊登于 1997 年 8 月 21 日《中国林业报》一版）

梅岭三章

——南雄采访散记

6 月上旬，记者赴广东韶关的南雄市采访，有幸踏上梅岭这块英雄的土地。她已摆脱苦难和贫瘠，在绿树繁花中期盼着林业二次创业造就的辉煌。

创业艰难百战多

南雄是广东最北边的一个县级市，其北面的梅岭与江西接壤，春秋时期为百越之地，战国时属于楚国，三国时属吴国，唐代开始建置，宋时得其名。自唐、宋以来，位于梅关古道上的珠玑巷，一直是中原和江南通往岭南驿道上的商业重镇，由此，便成为历代中原人民迁移岭南或向珠江三角洲等地再度南迁的落脚点或中转站。一千多年来，一代又一代的南迁先民在这里创业奋斗，留下了辛勤耕耘的足迹。

在红军革命时期陈毅元帅因身负重伤而未赴长征，留在赣南指挥游击战，虽艰难困苦而无所畏惧。1936 年冬，部队被困梅岭，陈毅元帅"伤病伏丛莽间二十余日"，因"虑不得脱"，写下了撼人心魄的组诗——《梅岭三章》，并发出"创业艰难百战多"的慨叹。

林业的创业，无疑也是艰难的。市林业局的同志告诉记者，10 年绿化期间，南雄人是拼了血本创业的，如今南雄大地绿了，抚育了百业兴旺。但是，由于林业自身基础薄弱，二次创业的启动显得更加艰难，但我们有信心迎接挑战！

王青西副市长介绍了南雄市林业二次创业的宏大构想：决定用 10 年左右的时间，让山地亩均产值由现在的 40 元提高到 500 元，林业产值占到大农业产值的一半；坚持以市场为导向，以经济效益为中心，加大力度调整林业结构，扩大规模办林场，抓管理、创一流，把林业产业推上现代化的发展道路。

小荷才露尖尖角

记者踏上梅岭山路，采访由市农委各部门联合举办的万亩示范林场。苍翠的梅岭向我们展示着南雄人在林业一次创业中取得的绿化成果。

车过角湾林场时，市林业局赖应明副局长对记者说："我们的林业二次创业是以保护和巩固造林绿化成果为前提的。你们看，这道路两旁 4.3 万亩山林，过去分散在农户手中，现在集中起来办了林场，收益按比例给农户分成。开始有人不理解，我带人上山打防火线，他们阻拦；现在经过封育管理，林子越长越好，人们都支持了。下一步，有了钱，我们就加大力度进行低产林改造。"

进入示范林场，我们参观了市林业局 1993 年兴办的占地 1300 亩的十里岭综合开发区，赖应明称它是租山种果模式。这里不仅种了果树，还办起了鱼塘和养猪场。总之，适合发展什么就发展什么。在规划严格的 700 亩果园里种了 1 万株银杏、0.6 万株沙田柚和 0.6 万株三华李。沙田柚长势喜人，那嫁接的银杏树长得已超过了人的头顶，三华李果子已采收完，220 吨果子全部卖给了汕尾市，收入 20 多万元。联办的事业刚刚起步，但充满生机，发展产业的路子今后会越走越宽广。

早有蜻蜓立上头

南雄西北，与梅岭相对峙的是帽子峰。以帽子峰上 4.5 万亩林木为依托、50 年代创办的帽子峰林场，在办产业的路上早已遥遥领先。

早在 1989 年，广东全省还在大搞消灭荒山时，帽子峰就提出了以林为主实行多元化经营的发展方针，冲出山门，走向世界。他们经过数年转变经营机制的艰苦探索，1994 年率先创办了翠屏实业股份有限公司。公司兴办了种猪场、养鸭场、甲鱼养殖场、饲料厂、酿酒厂、发电厂。林场汽运队的修理组利用修理车间和闲置的仓库办起了汽车配件公司；公司在市区办起了饭店和购物中心，参与了梅关古道上的珠玑巷旅游资源开发；同时，吸引了拥有 1 万亩优质稻基地的金友米业公司加盟。如今的翠屏公司已是由 21 家企业组成的囊括了三大产业门类在内的集团化公司，年总产值已达 3 亿元，年利润 4000 万元，并在积极筹划股票上市。

翠屏公司董事长黄履星先生的见解是，在市场经济条件下，资本、技术、劳动力、生产资料和市场只有实现了优化组合，才能加快生产力的发展；只有形成集团化的经营格局，才能有规模效益。

翠萍的今天，即是南雄林业的明天。

（刊登于 1997 年 7 月 8 日《中国林业报》第二版）

梅州大地的历史巨变

梅州，位于广东省的东北部，全市辖 8 个县（市、区）。在 1.58 万平方公里古老而神奇的土地上聚居着 450 万勤劳而善良的客家儿女。

过去，这里是韩江上游严重的水土流失区，林业基础十分薄弱，荒山疏林与贫困相伴，恶劣的自然环境造就了五华、大埔、平顺三个国家级贫困县。

1985 年广东省委、省政府向全省人民发出了"五年消灭荒山，十年绿化广东"的号召，唤醒了客家人的生态保护意识。从此，梅州发生了深刻的历史巨变。

一

1985 年，梅州人带着崭新的生态观念，开始了播种绿色、治山治水的伟大事业。他们制定了"封山、管护、造林、节燃、治理水土流失"的综合方案，发动了大规模的植树造林运动，掀起了全民动手大办林业的热潮。

当时，全市有林地面积只有 844.3 万亩，而且大多是以松杉为主的疏林地，亩均蓄积不到 1.1 立方米，森林覆盖率为 36%，却有荒山近900 万亩，水土流失面积达 2556 平方公里，林业滑入低谷，山区经济贫困。梅州人通过 8 年造林攻坚，提前两年实现了绿化达标，使梅州大地焕发了生机和活力。

梅州人饱含深情地把这 8 年绿化攻坚称为林业第一次创业。绿化达标以后，他们带着新的希望和憧憬，开始了以发展"三高"林业为中心的林业第二次创业。到 1996 年底，梅州的有林地发展到 1600 万亩，森林覆盖率达 70.9%，亩均山地产值增加到 74 元，初步实现了林业经济的良性循环。

林业发展带来了百业兴旺。

梅州的农田在防护林的庇护下，从 1987 年起连续 10 年稳产高产。1995 年，水稻单产首次突破 400 公斤大关，一举实现了全市口粮自给，由缺粮大市变成了产粮大市。

全市水果种植面积达 105 万亩，年总产量达 56 万吨。梅县成为全国最大的金柚产区。全市种茶 18 万亩，其面积和单产均居广东第一，被誉为"茶叶王国的后起之秀"。

绿色山林护卫着韩江清流，滋润着粤东广袤的大地，也为客家儿女带来了安宁和富足。1985 年全市农村经济收入 13 亿元，1996 年达到221 亿元，翻了 4 番多；1985 年农民人均年收入 269 元，1996 年达到2849 元，增长了 10 倍多。

二

梅州八山一水一分田，人均拥有 5.25 亩山地，却只有 0.45 亩农田。从市情出发，梅州人认识到潜力在山、希望在林。于是，他们把兴市富民的期盼寄托在 1825.5 万亩山场上，开始了大规模的山区综合开发，并在实践中形成了"办小庄园、建大基地"的经营模式。

梅县 1985 年有荒山 110 万亩。为治山富民，他们选择发展林果为突破口，在全市大力推广"一户承包一条沟、带包一面山、种上一园果、护好一片林、饲养一栏禽畜、开挖一口塘"的"六个一"山村小庄园模式。在实践中，逐步形成了"统一规划、连片开发、山权不变、分户承包、双层经营、共同致富"的开发思路，引导原来分散的小庄园集中连片开发，兴办百亩园、千亩片、万亩面的大基地。

"小庄园"的经营实现了山区的资源、劳动力、资金、技术等生产要素的最佳配置，效益显著，极大地调动了农民耕山致富的积极性。为使"小庄园"经营与市场经济接轨，由政府组织通电、通水、通路，对山场进行统一规划，形成种植规模；在种植中实行良种良法，优化品种结构，建立健全科技推广网络，兴建示范园红润苗圃场，为林农提供优质种苗和技术服务；同时动员集体组织参与开发，在集中大片的基地上聘请能人兴办或承包经营绿色企业。

实行"小庄园"经营，不仅使梅县消灭了百万亩宜林荒山，森林覆盖率由 1985 年的 41.9% 提高到 71.4%，而且形成了"山顶造林、山腰种果、山间养畜、山洼养鱼"的立体开发、综合经营模式。梅县 10 年兴林发生了巨大变化：全县建起了以金柚为主的水果基地 40 万亩，松脂基地扩展到 150 万亩，种药材、杉木经济用材林 50 万亩，1996 年全县仅水果一项人均收入就达 1400 元，到处是山变绿、水变清、路变宽、村变新、人变富的喜人景象。

梅州在全市范围内普遍推广梅县"办小庄园、建大基地"的经验。全市 3 万亩以上的"小庄园"已发展到 20 多万个，有 40 多万农户年经营小庄园的收入达万元以上，推动林业向规模化、集约化、企业化方向发展。

三

1993 年，梅州实现绿化达标以后，及时启动林业二次创业。他们确定的战略思路是，按照"高投入、高产出、高效益"的要求，集中发展果、茶。三年调整大见成效，成为梅州林业经营变革的又一显著特色。

梅州兴果首推种柚。原产广西的沙田柚，经过梅县人 80 年代的培育、优化，形成了独具特色和形质的金柚，并享誉中外。梅县是金柚的最大产地，现已发展到 22.4 万亩，共培育出中秋节前可上市的四季柚、坪山柚和梅花早等 8 个早熟品种，极大地适应了市场的需求。梅县雁洋镇农民钟加发在种果专业户中是最有代表性的。1989 年，钟加发与弟弟钟加宽一起在城东镇书坑管理区承包山地开发种果 250 亩。他们种了2000 株沙田柚、1500 株早熟金柚、1000 株柑橙橘类水果、200 株龙眼。三年后，果园开始投产，柚果品质极佳，产品销往广州、深圳、香港。1996 年，钟加发兄弟开发的庄园，仅水果收入就达 55 万元。钟氏兄弟种金柚有一手绝活儿：把结果密集的树枝嫁接到果树上，解决了果树生产大小年的问题，在当地传为美谈。金柚耐贮藏，被誉为"天然罐头"。1 亩种柚 25～30 株，单株产果 100 多枚，单果重 1 公斤，市价 3.6 元，管理好的亩均收入可达上万元，投入占产出的 30% 到 40%，回报率比较高。在梅县，像钟加发这样种果收入颇丰的专业户有七八十户。

除种植柚类外，梅州还兴建了龙眼、青榄大果李、脐橙等优质水果基地。1996 年，全市水果产值占农业产值的 25%，成为令人瞩目的大产业。

梅州林业的这场空前的历史大变革，也为茶叶大发展带来了宝贵的机遇。早在 1985 年，梅州就从广东的饶平、潮安，福建的安溪等地引进了岭头单丛、凤凰单丛、大叶奇兰、大叶黄金桂、铁观音等类高香型品系良种茶苗，同时开始开发本地的八大名茶。他们坚持规模经营，实行国家、集体、个人、外商等多元化投资。目前，全市已建起万亩茶场

1 个、千亩茶场 15 个、500 亩茶园 20 个、百亩茶园 41 个，还涌现出一个种茶专业村。

兴宁市的铁山林场，1971 年建场，经营着 11.7 万亩杉木人工林，亩均年产值 30 元，长期靠财政补贴过日子，人心思迁，林场难以为继。为搞活致富，林场决定调整产业结构，从 1993 年开始，与梅州市林业局累计投资 1400 万元，把林场 1/10 的林地改造成万亩茶场，现已种植8200 亩。其中，优质单丛 5000 亩、优质黄金桂 2000 亩、优质奇兰1000 亩，还种了 200 亩苦丁茶，并兴建了年加工能力为 40 万公斤干茶的机械化加工厂和相应的配套设施。1996 年，铁山茶场产茶 1.5 万公斤，产值达 200 多万元。预计 1998 年进入丰产期，亩均产值可达 3000元，年总产值可达 2400 万元，相当于过去林业产值的 75 倍。

蕉岭县林业局开发的昂天堂茶场，经营面积 5300 亩，全是优质单丛茶。茶场起步早、规模大、管理精、效益好，被农业部命名为"名优茶生产基地"。今年，蕉岭县预计产茶 10 万公斤，产值可达 700 万元以上。

大埔县的天王坑村地处深山区，耕地少，曾是梅州有名的特困村。近 10 年来，该村发展茶田 2000 亩，1995 年村民就已实现了年均收入4000 元的目标。现在，这个村户户种茶，人均拥有茶田 1.8 亩，成为远近闻名的种茶专业村。种茶使大王坑村人告别了贫困，过上了富裕文明的好日子。

广东宝丽华集团公司投资 4000 万元在地处梅县雁洋镇的粤东名胜阴那山的山麓，兴建了雁南飞茶田。茶田种植了 1000 亩以单丛为主的各种名茶，兴建了现代化的喷灌技术设施，成为梅州集种茶、加工、品茶为一体的名茶基地。公司在茶田周围兴建了品茶亭、度假别墅、冲浪游泳池。整个山场绿茵铺地，繁花似锦，呈现着一派醉人的田园风光。雁南飞茶田以开发茶文化为主体，成为梅州茶业生产与林业旅游相结合的典范。

梅州市在大力发展茶叶生产的同时，积极开拓国内外两大茶叶市场。他们通过招商会、展销会，广泛寻求茶叶经销商，并在兴宁建起了茶叶批发市场，还通过举办茶文化节扩大梅州茶叶的影响。一批茶叶经销大户应运而生，他们把梅州的大宗茶品销往周边省（区），运往港、澳、台地区出售，使梅州茶叶商品率达80%以上。

四

平远县经历10年艰苦奋斗，已成为粤东地区较大的人造板和家具出口基地，在梅州方兴未艾的林产工业崛起中构成了一道绚丽的风景。

平远的务林人不断地更新观念，解放思想，形成了积极的创业思路：以山区森林资源为依托，发挥自身优势，选准项目，开展木材资源综合利用和深度加工。从这一认识出发，他们首先对丢弃在山场上的2万立方米的采伐剩余物和枝丫材进行综合利用。1989年，县林业局投资600万元兴建了年产5000立方米的刨花板厂，投产一年就达到了设计能力，并成为全国同行业中采用同类设备效益最好的企业。刨花板厂的兴办使他们进一步看到了山区的优势，拓宽了思路。1991年冬，他们选择了一家具有十几年家具生产经验、产品在国际市场有一定声誉的台商企业为合作伙伴，合作创办了元宝家具有限公司，生产出口高档家具。之后，又与一家台商合作兴办了年产500万件家具、创汇200万美元的朝阳木制品有限公司。1992年冬，他们又与另一台商合作兴办了平远雷腾胶合板有限公司，设计年产5000立方米胶合板，1993年9月基建完工，实现了当年投产、当年盈利。从1993年开始，他们分别对企业进行技术改造，开始走上了适度规模经营的道路。他们首先投资50万元，对刨花板厂进行改造，使其生产能力达到1万立方米，产值翻了一番；抓住国际市场家具畅销的时机，给元宝公司增加了一条生产线，使该公司家具的年产量由8万件增加到15万件；1995年，又投资300万元对雷腾公司的烘干和热压工段进行技改，并增加了一条生产线，使该公司胶合板年生产能力提高到2.2万立方米；1996年，又在元宝公司新上了一条内销家具生产线，使家具年生产能力突破20万件。同年10月，他们又与一家台商合作兴办了年产2000万件木制珠宝盒的平远健峰木制品有限公司。至此，一个以木材深加工为主的林产工业群体已经形成。五家木材加工企业各具特色，互为补充。优质材制作家具，大径材加工胶合板，短小材加工珠宝盒，企业的加工剩余物、山上采伐剩余物和枝丫材加工胶合板，使木材得到充分合理的利用，造就了一个充满生机的木材工业生产体系。

在此基础上，平远人进一步拓展思路，实行横向联合，走集团化经营之路。他们在闽、粤、赣"金三角"地区的九县建立了16个搞初加工和半成品的协作厂，获得了强有力的资源支撑；在五个加工厂的基础上，吸纳了县内的森工站、木材公司，组建了平远绿海企业集团公司，为建立现代企业制度创造了条件。为寻求新的经济增长点，他们坚持走增强企业内涵的发展道路。首先是着眼于提高人的素质，加强对职工的教育培训，他们称之为抓"人本"；学习邯钢"模拟市场核算，实行成本否决"，狠抓"成本"管理。通过抓"两本"把企业完全推向了市场，在企业转变经营机制中又迈出了一大步。

1996年，平远的森工企业销售收入达到7349万元，实现利润1209万元，获纯利742万元，比1995年增长了26.36%。平远的林产工业在全县已成为与乡镇企业、经委企业、建材、烟草相提并论的五大支柱产业之一，令广东人刮目相看。

梅州已拥有人造板生产企业20多家，年生产能力达12万立方米。目前正在兴建的年产3万立方米的中密度纤维板厂即将投产；竹材工艺品的生产也有了一定的规模，部分产品已经打入国际市场。

五

记者今年6月中旬在梅州采访，始终被一种高尚而纯洁的情愫感动着，那就是梅州的务林人治山治水的责任心和富山富民的紧迫感。

梅州在8年灭荒绿化的奋斗中，已投入1.23亿元，直到目前全市林业系统还负债3286.6万元。但是，他们无怨无悔，依然精神振奋地继续着这一伟大事业。他们已实行了森林分类经营，在江河水库周围、公路两侧、城镇附近划出614万亩严加保护的生态公益林，每一片林地，每一棵树都"上了户口"、建立了档案。尽管目前没有得到任何生态补偿，但他们依然要尽其所有，下大气力实行封山育林，对疏林地进行补植，对现有林分进行改造。他们知道，韩江不仅是粤东大地的生命之水，而且是供给香港的饮用水源，因此对保护和发展梅州的森林资源做得更加尽心尽力。到本世纪末，还要组织全市人民再造百万亩林，让森林覆盖率再增长 2.1 个百分点，要使年林木生长量达到 140 万立方米以上，实现拥有 2000 万立方米林木总蓄积的目标。全市各级领导签订了保护和发展森林资源目标责任状，建立了 1000 多人的林政、公安执法队伍，要把年森林采伐限额控制在 38 万立方米以下，并投资 1800 万元完成 8000 公里高标准的生物防火隔离带的建设任务，要让梅州大地变得更绿更美。

梅州市林业局肖昭穗局长对记者说，他们对实现这一目标充满信心，因为，经历了 12 年的艰苦奋斗，梅州林业已有了坚实的基础，林业为社会、全社会办林业已在梅州的干部群众中形成共识。当前最紧迫的是搞好林业二次创业，在富山、富民的同时要致富林业行业，用林业的经济效益来保证社会、生态效益的充分发挥。

是的，让梅州大地更绿更美，让梅州林业更富更强，这是多么美好的愿望啊！在这种强烈的追求中，记者不仅看到了梅州林业巨变所造就的梅州人的思想境界的升华，也看到了梅州林业二次创业的逻辑起点！

（本文先刊登于 1997 年 8 月 28 日《中国林业报》第二版，同年 9 月 11 日《梅州日报》一版进行了全文转载）

为给子孙后代留下青山秀水

河南调动千军万马向荒山进军

本报讯　河南省从实际出发调整了灭荒时间表，为在中州大地为子孙后代留下青山秀水，正调动千军万马向荒山进军，决定比原计划提前两年，到 1997 年消灭省内全部宜林荒山。

河南省 1990 年制定了全省"10 年造林绿化规划"，经过 4 年的努力，不仅全省 94 个平原、半平原县实现了绿化达标，而且完成了上千万亩的荒山造林任务，使森林覆盖率由 1988 年的 14.8% 上升到 1993 年的 16.35%，为林业发展打下了坚实的基础。但是，从总体上看，河南还是个贫林的省份，森林资源少，林木覆盖率低，涵养水源能力差，生态环境亟待尽快改善，木材和林副产品供求矛盾依然十分突出，与社会主义市场经济的发展不相适应。面对省情，各级领导增强了灭荒的紧迫感。为此，今年年初，省委、省政府调整了全省灭荒时间表，决定在进一步完善平原林网的同时，动员全省人民主攻荒山造林，提前两年实现全省灭荒。

河南省林业厅马新高厅长告诉记者，河南全省现有宜林荒山 1032 万亩，大部分集中在立地条件差、经济落后的深山区。由于灭荒规模大，要求规格高，未来 4 年的造林任务十分艰巨。任务艰巨就必须加大工作力度。目前，河南已全省动员，形成了千军万马进军山区的态势。据悉，从省委、省政府开始，到地(市)、县(市、区)、乡(镇)、村全部落实了造林绿化责任制，校正了各地、县、乡、村的灭荒时间表，把任务压在了各级领导的肩上。各地将进一步贯彻落实"谁造谁有、合造共有"的政策，加大资金与科技投入，保证荒山造林顺利进行。同时，坚持扎扎实实地开展全民义务植树活动；坚持四季植树，努力组织好冬春两季造林大会战；坚持国家、集体、个人一起上，基地造林和工程造林一起抓，人工造林、飞播造林、封山育林多管齐下，全力以赴打好灭荒攻坚战。

目前，信阳地区已进入决战状态，准备明年消灭全部宜林荒山。所有重点山区县都布下了植树造林的战场。让中州大地山更青、水更秀已成为全省人民的共同心愿和努力奋斗的目标。

(刊登于 1994 年 5 月 10 日《中国林业报》第一版)

平原造林看周口

——周口兴林启示录

周口地处豫东黄泛区，辖 10 个县市，1.16 万平方公里土地，大部分是平展展的农田。

周口虽是农区，但平原林业搞得好。进入周口，特别是进入商水、太康、淮阳、鹿邑等林业搞得更好的县，简直让人分不出是林区还是农区。那农田间、沟河路旁、村庄四周、庭院内外，到处都是树；"白天不见村庄，夜晚不见灯光，下雨不湿衣裳"，是人们描绘周口平原林业欣欣向荣景象的赞语。

改革开放以来，周口人累计植树 4 亿多株，林木总量比建国初期翻了十几倍，基本上实现了点、片、网、带全面绿化，早在 1987 年就被评为全国造林绿化先进典型。

记者到周口采访印象最深的是，周口人抓林业不摆花架子，扎扎实实地做着打基础的工作。

发展林业，领导重视是根本。要让各级各行业的领导都重视，这就要做大量的艰苦细致的工作。周口地委、行署领导不仅率先垂范，而且把这作为一项打基础的工作紧紧抓住不放，每年都要召开有关林业建设的专题会议，突出解决县、乡、村各级领导的认识问题，结合地区实际反复强调造林绿化的重要性和紧迫性，明确目标责任，把林业建设任务落实到各级领导的肩上。鹿邑县县委书记王富国今年在全县大张旗鼓地推行发展林业的"一把手工程"，把这一责任推而广之，落实到所有部门"一把手"的肩上。非林业部门概莫例外；要求各乡镇党政主要领导都要造"一把手林"，并要插牌建卡。林业在鹿邑真正坐上了第一把交椅，谁都要高看一眼。

宣传、教育、发动群众更是周口人十分看重的一项基础性工作。因为他们懂得植树造林、绿化周口大地是全民的事业，只有动员全地区的人民群众多栽树、栽好树、护好林，有了深厚的社会思想基础，才能提高造林质量和绿化水平。他们除了平时注意利用广播、电视宣传造林绿化的先进典型以外，春秋两季造林时节都有集中组织的绿化"宣传月"活动。鹿邑县别出心裁，今春不仅开过两次造林现场会，还给后进单位开过两次绿化加油会。城镇村屯的墙上到处写着宣传绿化的大标语，在路边竖起一座座永久性的宣传牌、护林碑，让人抬头看，低头念，传得家喻户晓。如"要想发家和致富，少生孩子多栽树""《森林法》要执行，毁坏树木要判刑""刷上石灰抹上印，摸着碰着都有事""党委政府撑着腰，谁毁树木都要包"。郸城县因为近几年绿化滑坡被收回了绿化达标县的奖牌，县委、县政府正视问题，痛下决心，动员全县人民搞造林绿化二次创业，编了合辙押韵的顺口溜，让学生们在放学上学的路上齐声喊："植树造林，绿化祖国，洗清耻辱，夺回奖牌！"很快在全县形成了奋起直追的势头。今春，他们又抽调了上千名机关干部深入基层抓育苗，临阵督战，大打造林翻身仗。

发展林业，种苗是最重要的物质基础。周口人始终把育苗工作放在林业生产的首要位置来抓，坚持自采、自育、自栽，实现当年育苗，当年出圃，当年造林。为加快实现高标准绿化，今春以来周口发动了空前规模的育苗大会战。全地区 182 个乡镇全部行动起来，共培育各种苗木9.4 万亩，为再度掀起的造林绿化高潮奠定了物质基础。地区林业局抓得很实，从 2 月 8 日启动这项工作以来到 5 月底，全局职工奋战 100 多天，没休过一个节假日、星期天，所有的行政领导和技术干部都在各县（市）的乡镇、村指导育苗和春季造林工作。工作结束后，又对遍布 550个行政村、1437 个自然村中的 7011 个育苗地块逐一进行面积核实和质量检查。核查结束后立即兑现奖惩。

在周口，造林管护更是极为重要的基础性工作，受到各级领导的高度重视。每到造林季节，各县、乡都要认真规划，精心组织，造林以后都要实打实地进行核查验收。全地区，从县到乡层层建立了护林组织，并制订了责任目标和管护措施，都有一支责任心很强的护林队伍。因此，树栽上了，管得好，长得也好。鹿邑县的郑家集乡 1990 年改造全乡的林网，选择的都是齐刷刷的杨树壮苗。种植前乡领导编了顺口溜："挖好窖等树苗，高标准、不动摇"，给全乡群众鼓劲儿；把挖坑的规格要求也编成顺口溜："三尺长，三尺宽，二尺往下加一锨"传遍村村户户。那树果然栽得好，74 条路总长 181 公里，林网一次成林，成活率和保存率都在 95% 以上。5 月 24 日，记者随周口地区林业局到基层开现场办公会到郑家集乡参观那如诗如画的林网，那杨树已长到大碗口粗，笔直笔直的，简直是绿色的仪仗队，迎接着慕名而来的参观者，放眼望去，到处都是这种景象，令人叹为观止。

然而，周口人说，二次创业正在起步，这仍然是打基础，最后的目标是高标准平原绿化，建设比较完备的林业生态体系。

九尺之台，起于垒土。这全方位的打基础的工作无疑是至关重要的，越是目标高远越需要这样做。

关副厅长的风采

他牵挂着豫东的人民，依恋着那片饱经忧患而又深情的热土。

我们在省厅一见面，他就侃快地邀我到周口去采访，因为那里的平原林海是中州人的骄傲，其实他也早想再去看看哪里的父老乡亲。

他，关耀信，年近六旬，河南省林业厅副厅长，是一位地地道道的老林业。

3 月 23 日，我们一路风尘奔赴周口。他陪我们听完地区林业局的介绍，就情不自禁地领着我们往乡下走。又是一路风尘：奔淮阳，返商水，进西华，上扶沟，东转太康，直达鹿邑，整整跑了一个星期，他依然神情矍铄。

一路上，他认真地考察着平原绿化的新成果，精心地记录着各地创造的新经验，查询护林执法的漏洞，和基层干部促膝谈心，寻找平原林业占领市场的经济增长点……那心劲，真想让林农一下子全都富起来，让周口大地绿得更浓。

听了淮阳县白楼乡林业站兴科技、办实体、促服务的经验，他喜不自禁，到一县讲一县，到一乡讲一乡，谆谆告诫各地一定要把林业站建设好。

商水县的树栽得好。在秦湘湖区更新 34 万亩林网，新植的 4 米高的 72 杨像整齐的仪仗队迎接着我们这些远方的来客。老关问施肥、浇水的情况，问管护的措施，直到放心了才依依不舍地离去，临走还得嘱咐要把林产加工搞上去。

看了鹿邑县太清宫镇的生态林业模式似乎看到了中州大地的美好前景，他那眼睛眯成一条缝，绽开了眼角的鱼尾纹，乐得出了声儿。真是，谁生的孩子谁喜欢，老林家添了新光彩！

在西华，他看着那枣粮间作的田园，深情地抚摸着那一年生的新苗，又笑了。然后，他站起身来对大伙说：平原农区搞林业市场经济，就要像西华这样形成自己的资源优势。西华要发挥好这种优势，搞枣果的深加工，那样，收入将更加可观。

扶沟是黄泛区的腹心，靠造林，艰苦奋斗 30 年治理了内涝和风沙。老关能讲出很多这里发生过的故事。扶沟今天形成了"麦、棉、牛、树"四大优势，林农的日子越过越好，在林业上开始了广植银杏。他又拉着我们兴致勃勃赶到清集乡，看乡办林场正在栽种银杏树苗的情景。

老关巡视着这 10 亩银杏地，脸上满含笑意，又低头俯察农民栽树苗，看着看着，他禁不住走到一个青年农民跟前蹲下身来对他说："你这样栽，不行。挖土要挖得深一些，下苗后要再往上提一下，千万不能窝根儿。"说罢，老关跪下一条腿接过一株尺把长的树苗亲自示范起来，一边栽一边说"这样，这样"地指点着。青年人学会了，点着头用腼腆的微笑回报着这位他不认识的由省厅来的"大官"，然后很认真地一路栽过去。望着青年蹲伏的背影，老关拍去手上和身上的泥土，意味深长地说：栽树很重要，管护好树更重要啊！

太康的树管得好。在码头乡前坡村我们遇到一位姓王的五护员，正用铁锹给路面垫土。老关走上前去亲切地询问村里树木的管护情况，新奇地翻看着老王右臂上佩戴的红色标志，问责任、报酬落实了没有，又问小孩子毁树能不能管住。老王回答：路、桥、沟、树、井都能护好，村里给的报酬挺满意的。老关放心了。告别五护员时，他深情地说着：谢谢你啊！

这一路，他看着，问着，像回到了家乡故里；这一路，他想着，谈着，关怀周口人的今天、明天。他把自己的情与爱又一次融进了田园和林网，把党的关怀和温暖又一次送到了豫东人民的心里。

（刊登于 1994 年 5 月 3 日《中国林业报》第三版）

为大地编织锦绣

——记周口地区林业局长郭金义

1984 年 7 月，年仅 50 岁的郭金义又一次面临着人生路上的重大选择：金融部门看中了这位稳重干练的太康县县长，要调他到一家建设银行当行长；而周口地区林业局更需要他去当家理事。

郭金义抚今追昔，思量再三，毅然要回了省委组织部已转到建行去的档案，执著地跨进了地区林业局的大门。因为，他离不开树，周口大地的父老乡亲也离不开树。

周口地处河南省东部的黄泛区，风沙、内涝、盐碱，在历史上加重了这里的苦难。郭金义在少年时代逃过荒，要过饭，和众多的乡亲们一样饱尝过沙区生活的艰辛。解放了，穷苦的农民盼来了好日月，郭金义也开始编织自己追求绿色的理想。

从十几岁参加工作起，他虽然变更过十几个工作岗位，虽然他干一行爱一行，但他最钟爱的还是种树。他说："沙区没有林，有地不养人；要让周口富，就得多种树。"因此，他爱树如命，看到树种得好，就高兴；看到树被毁坏了，他就生气，就心疼。老伴说他嫁给树了，家里的事情从来没管过，没问过，当局长这 10 年，天天泡在青枝绿叶里！

郭金义上任之后就指挥全地区 1 市 9 县 900 多万群众打了一场加紧建设农田林网的攻坚战，使周口地区初步形成了以公路、河道为网带的农田防护林体系。到 1986 年，周口与商丘、徐州并列成为全国第一批实现平原绿化的地区，1987 年被命名为全国绿化先进单位，受到全绿委和林业部的联合表彰。

郭金义在荣誉面前，感受到的是沉甸甸的压力。他从毗邻的民权县发展林业的做法上找到了周口地区的差距，于是建议地委组织有关领导到民权考察，学习民权大搞经济林、发展加工业的经验。地委采纳了郭金义的建议，考察后召开县、市一把手会议，决定在进一步完善农田林网的基础上，加大调整树种结构，发展经济林，提高林业的经济效益，帮助农民脱贫致富。从此，林业成为周口地区重要的支柱产业，发展经济林被列为周口地区振兴农村经济的战略突破口。

人们说，在周口，出主意、当参谋，调动领导重视林业的积极性，郭金义当立头功。有了地区领导对林业的重视和支持，郭金义的信心更足了。他干脆把局长的办公地点移到了乡村田野、林网。从此，郭金义也更忙了。他北上淮阳、太康，南下商水、项城、沈丘，东赴扶沟、西华，西进鹿邑、郸城，一年当中有七八个月工作在基层，全地区 182 个乡镇处处留下了他艰苦耕耘的足迹。在郭金义领导的地区林业局一班人的推动下，周口掀起了促后进、上水平，发展经济林的热潮，经过连续几年的奋斗，高水平的农田林网扩展到 1700 万亩，经济林总面积发展到 100 万亩。那迅速漫延的绿树红花把周口大地装扮得美丽如锦。

在市场经济的推动下，郭金义自觉地更新着观念，带领局里一班人一次次地到外地"观潮"。他东赴安徽颍上县取经，为周口引进了杞柳和荆条，实行乔灌结合、立体开发，既提高了林网的防护效益，又增加了农民的经济收入。他北上山东、南下江西、西进四川，请来了果树专家，引进了苍溪雪梨、日本的红富士、砀山的酥梨，以及数十万株银杏，姹紫嫣红的花木和数以千计的盆景，扩建了苗圃，健全了基层林业服务体系，开辟了种苗、果品和花卉市场，促使林产加工业蓬蓬勃勃地发展起来。郭金义 10 年奋斗，已使周口林业实现了由单纯的生态防护型到市场经济型的跨越，给周口人日益增添着富足和希望。

成就任何一项崇高的事业，都包括着奉献与牺牲。郭金义太累了，他有愧于自己的妻子和孩子们，没有给过他们起码的抚爱和关心，瘦瘦的身躯不时还要承受着高血压和脑血栓的折磨。他说，1992 年授予他的全国绿化奖章，有一半是属于老伴的。他还说，他总也忘不了乡亲们给他的面条碗里总要多卧上一个鸡蛋。

（刊登于 1994 年 6 月 21 日《中国林业报》第二版）

兴林走上致富路　商水今朝更迷人

地处豫东南部的商水县，地势低洼，十年九涝，过去树很少，农业生产效益差，直到 1979 年人均年收入只有 43 元，是当时河南省 15 个特困县之一。

党的十一届三中全会以后，商水人经过痛苦的反思，对林业的综合效益开始有了深刻的认识，决定把发展林业作为实现商水经济翻番的突破口。1983 年，商水人开始了大规模的植树造林，3 年迈出 3 大步，1986 年成了全国平原绿化先进县。随后，商水人"填空补缺"，完善林网，攻难点，堵漏洞，促后进，1990 年成了河南全省高级绿化达标县。又随后，商水人开辟了生态经济型林业发展道路：农田林网实行乔灌结合，农林间作，实行林果并重，河渠绿化实行乔灌花菜主体开发，在村庄绿化中创造了乔灌花果复合高效多功能模式，1992 年被林业部确定为全国高标准平原绿化试点县。

如今的商水，田野上，沟路边到处是树，1500 个自然村都掩映在绿树之中。树，染绿了商水大地，也富了这一方人民。1993 年，全县农业总产值达 8 亿多元，农民人均年纯收入 533 元，比 1979 年增长了12 倍多。

近年来，商水人以市场为导向，调整了树种结构，大上林木加工业。目前全县以黄桃、苹果为主的经济林产值已达 4800 万元，有上千个林木加工点，林产工副业收入达 1.36 亿元。一向封闭的商水也开始了对外开放。1991 年县林业局与日本明海株式会社以补偿贸易的形式合作兴办的木制品加工厂，年产高档杨木卫生筷子 3 万标箱，创产值 265 万元，利润 52.6 万元，商水人自豪地称之为"出口创汇的窗口"。

今天商水的迷人之处已不仅是平原农田上绿潮涌动的林海，更在于那一处处生机盎然、给商水人带来繁荣富足的市场经济的新苗。

淇县访绿

今年春天，淇县 10 万大军奔赴太行山，拉开了超常规发展林业的序幕。此举震动了河南全省。

记者 5 月底在郑州听到这一消息，便北过黄河越过卫辉，进入淇县寻访那新染的绿色。

淇县地处豫北，东临淇水，西依太行，县城古称朝歌，是商末故都。荒凉孤寂的太行山在其县境内铺展了 47.6 万亩，占全县土地面积的 86%，其中有 29 万亩宜林地，尚有 14 万亩荒山。

淇县的同志带领我向太行山腹地——云蒙山进发。那里有中国第一古军校（传说，春秋时期鬼谷子教练军旅的遗址）等辉煌的人文景观，深藏在这荒凉的大山里。陪同前往的林业厅的同志告诉记者，所谓 10 万大军战太行，就是和这 14 万亩宜林荒山较劲。由于近几年淇县山区造林进展缓慢，今年 2 月被省绿委亮了"黄牌"。淇县人知耻而后勇，变压力为动力，一阵紧锣密鼓准备以后，从 3 月 5 日开始，十几万干部群众顶着春寒带着锅灶在太行山上安营扎寨，大干了一个月，整地造林 12.4 万亩，打了一个翻身仗。3 月底，全省在淇县开了现场会。

透过车窗向山野望去，点点鱼鳞坑已布满处处荒坡，每个鱼鳞坑上都有一株或两株新栽的幼树，大多是耐旱的侧柏。点点新绿连成线织成网，像绿色的云雾笼罩了一座座山，铺满了整个视野。"这还不到新造林地的1/10。淇县的同志说："丛云蒙山往北，蜿蜒几十公里直到小柏峪，全是！"话里透着自豪。

远处，一簇簇人群正在给幼树浇水，依稀传来喷灌机的轰鸣声。据说，大会战后，为了抗旱保苗，县里买了7台喷灌机和一条条输水管，用铁皮做成水箱拉水上山，已轮番浇了三四遍，已经投资130多万元。现在每天都有三四个县直单位全员出动上山给幼树浇水。汽车顺着山路爬上一个高坡停了下来，人们下车步入林地，一面察看新栽的幼树，一面聆听县里的同志介绍造林会战的情况。每一个树坑约1米见方，用石头垒上边儿，据说向下最少要挖半米深。山上土层薄，人们就或挑或扛，从山下取客土运上山来填坑栽树。

为确保造林整地的质量，会战之前林业局就组织了40多名技术人员连干7天，对整个山区造林整地做出了具体规划，又组织了3000多名基层干部上山对各村的责任区划线定点，并挖出标准示范坑，为10万大军进山造林做好了充分准备。随即，县委书记徐光、县长孔令晨挂帅，成立了会战指挥部，并对4个整地任务重的山区乡亲自督战；此外，还由县里其他几位主要领导分别包了全县整地任务重的4个大村做绿化示范点。

为严把质量关，会战指挥部抽调了244名干部组成督查队，经过专门培训后分赴各乡蹲点督查。县里对这次造林实行以奖代补的政策，并明确规定了奖惩办法：完成任务80%～89%的，罚款1万元；完成80%以下的，除罚款和限期返工补齐外，还要追究主要领导者的责任。80多个县直单位都要参加义务植树，每人挖坑80个、植树80株，并实行"谁挖坑，谁买苗，谁栽树，谁保活，谁长期管护"，划定山头，立上标牌，责任到人，一包到底。面对如此贫瘠干旱、裸石满坡的大山，记者不禁想到，林业周期长、见效慢，在市场经济条件下，群众又有急于短期致富的心理，淇县却能发动规模如此巨大的荒山造林会战，并要保证较高的林木成活率，其攻坚碰硬的决心与胆识从何而来？随同采访的县长助理、曾任会战副总指挥的赵德新说，亮"黄牌"激发了我们治山兴林的决心，甩"黄牌"却并不是我们唯一的目的。我们的根本目的在于，较实劲、求实效，兴林富民，造福子孙。这是历史的责任，再苦再累也得干！站在一旁的林业局长杨国正深以为然。他说：我们拼死也要保证幼树成活，资金不够就卖掉咱林业局的大楼！杨局长，他干得太累，黑黑的脸膛上布满了倦容，仍然不停歇地要和太行山的荒凉拼到底。

记者终于寻访到了：这漫山遍野的绿色，既是淇县人艰苦奋斗的成果，又是他们开拓进取的明证；每一点嫩绿中都凝结着淇县人对太行山的一往深情，寄托着他们的追求与期待。

（刊登于 1995 年 6 月 27 日《中国林业报》一版）

荆楚儿女多壮志　绿染大江绘新图

湖北省长防林工程启动 4 年来，共造林 1045.9 万亩

本报讯　在改革开放浪潮的推动下，湖北省委、省政府广泛发动全省人民，从 1989 年启动长江防护林体系建设工程以来，4 年工程造林1045.9 万亩。

长江是湖北省的经济大动脉，其中上游在湖北省境内的流域面积占全省国土面积的 99.2%，素有"黄金水道"之称。但是，由于森林植被的大量减少、生态环境严重恶化，自然灾害连年不断，严重地困扰着全省经济的发展。1989 年国家长防林体系工程建设上马，省委、省政府抓住这个宝贵机遇，广泛发动全省人民在多年营造江汉护堤防浪林的基础上，迅速投入长防林体系建设，先后把谷城、建始、兴山、巴东等 4个县(市、区)纳入工程治理范围。在长防林工程建设中，他们广泛应用先进技术，普遍推广了"统一规划、群众整地、专业队造林、统一管护"等成功经验，把严格管理落实到营林生产的各个环节，不仅有效地

保证了工程造林的质量，也使面上造林质量有明显提高。谷城、咸丰、兴山、宜昌、罗田5个县（市）已实现基本消灭荒山。同时，长防林体系工程建设也推动了全省绿色产业的发展。目前，在长防林工程建设启动地区已兴建各类集体林场3203个，营造各种经济林296万亩，不仅使部分山区群众摆脱了贫困，而且为长防林工程建设增添了活力。

日前，湖北省林业厅厅长韩永接受记者采访时说，更重要的是，4年来，我们在长防林工程建设的实践中探索了一些有效的办法和措施，积累了一些比较成功的经验。在今后的工程建设中，我们将进一步完善这些措施，推广这些经验，不断强化对长防林工程建设的管理，从深度和广度上使长防林建设再上新台阶。

（刊登于1992年11月17日《中国林业报》一版）

夕阳路上放歌人

来到湖北谷城，就听人说，冷集镇的随州村有个离休干部叫罗耀辉。他放着县城里的安闲日子不过，偏要留在农村钻土窝窝。近年来，他带领群众建果园，硬是绿化了汉江边上的两千多亩荒山。

次日下午，冒着深秋的细雨，我们采访了老罗。

镇里随行的同志说，老罗这些年真不容易！他领着乡亲们在荒石山上扩建果园，既当技术指导，又没日没夜地亲自干活儿。果园刚办时，买苗木，买化肥，全是老罗掏腰包，乡亲们没钱；他还自己花钱送村里4个年轻人进县里的果树培训班学习。如今，这个村的果园由当初的14亩发展到2004亩，整座荒山被绿化了，山上种了桃子、李子、杏等好几种果树。今年果树挂果，明年乡亲们就能有四五万元的收入。

我们在离他家窑场沟不远的一片果树栽培试验地里见到了老罗。他六十四五岁的样子，还算健壮，面庞黑瘦，眼睛里闪耀着和善谦逊的目光，一双大手结满了老茧。老罗快人快语，一路谈笑着把我们领进家门。

那是三间宽敞的土房，房顶苫的茅草已有很多年了。屋里清冷而昏暗，东西不多，堆放得有点零乱，一看就知道主人很忙，没心思收拾。桌子中央摆放着一尊毛主席的石膏塑像，旁边有几本园艺学与果树栽培的科技书。还有一个存折，翻开一看，上面只有10元钱存款。看来主人并不富裕。

我们穿越室内来到后院，啊，这里别有洞天！这大约一亩半地的小山坡，竟是一个神奇秀丽的小花园。近处，两株观音柳挂满了翠绿，一盆盆秋菊绽放着金黄。右边小池塘不大，却蛮有情趣。前方，满坡的绿树让人眼花缭乱。我们顺着山坡拾阶而上，一路指点辨认着：桃、橘、李、柿、杏、红参、草莓、白果、板栗、红珊瑚、湿地松……花草树木、干鲜果品应有尽有，而且搭配布局错落有致，展现着主人那高尚而又丰富的感情世界。

老罗说，这是他琢磨的小庭院经济模式，是给乡亲们做示范的。这个小庭院一年可收入上千元，而且干活不用走远道儿，还能美化环境，一举数得。如果，村里家家都建上一个小庭院，不出家门就能有一笔不小的收入。

后院宽敞屋廊下摆放着茶桌矮凳，老罗请我们坐下来喝茶休息，给我们介绍村民种果树、消灭荒山、艰苦创业的经历。说到他自己，他只说："我就盼山尽快地绿起来，乡亲们都富起来，能过上好日子。再过三五年，果园进入盛果期，我就可以松一口气了。"

多美好的心灵，多广阔的胸怀啊！我被老罗的精神感动着，不由得让我寻找着那股支撑着他的巨大的力量。

蓦然回头，我看见廊檐下的白墙上用红艳艳的油漆写着曹孟德的《步出夏门行》中的诗句："老骥伏枥，志在千里；烈士暮年，壮心不已。"诗句下面是用同样的红油漆写的老罗自己的《陋室铭》："一匹伏枥在厩的老马，尚有千里之志；一名共产党员更应该发挥余热，为党为人民做点事。"

我找到了，这不正是一名共产党员从心底唱出的奋斗之歌吗？它穿越了随州村窑场沟，飞出了冷集镇，回荡在建设长江防护林的现场上。

（刊登于 1992 年 11 月 20 日《中国林业报》一版）

廖祖彬育树又育人

"位卑未敢忘忧国"，这是身居低位的有识之士所具有的思想品格和道德风范。当今中国令人挂念于心的大事，一个是树，一个是人：树关系到生态环境；人才是国力的第一资源，关系到中华民族的复兴。

江西省会昌县小密乡的小密村，有一位六十来岁的老人叫廖祖彬，他身居茅庐却心系这两桩国家大事，一天到晚为育树育人忙碌着，并乐此不疲，被会昌人传为佳话。

近些年，江西会昌兴起搞"猪、沼、果"农业生态工程：农民户均建一口沼气池，人均存栏两头猪，人均种好一亩果；猪粪做制造沼气的原料，沼气用来煮饭、点灯照明，沼液、沼渣用来养猪、肥果，由此，农民不用上山砍柴，可以就地靠这项生态经济产业致富。

"猪、沼、果"生态经济模式的发祥地在会昌，会昌搞得最好的是小密乡，小密乡有了赣南农业生态第一乡的美称。而小密乡搞得最好的又属廖祖彬所在的小密村。经过几年的努力，全村农户建池率已达81%。廖祖彬是一位推广沼气池的带头人。他不仅带头示范，而且还到农户家里做宣传。他还写文章介绍沼气池的七大好处，其中最主要的是，不仅以沼气池为纽带，带动生猪生产和相关产业的发展，可以让农户致富，更重要的是，建上沼气池可以关闭"老虎（烧柴）灶"，农户不再上山砍树了。他算过一笔账：建一口沼气池可以保住一个绿化了的小山头！后来，他干脆在自家门上写了一副对联："电器煤气不如建好沼气，金山银山不如绿化荒山"，让进进出出的乡亲们都能看到。

廖祖彬对树情有独钟。他爱树、种树、护树，在小密乡林业工作站操劳了14年。1995年12月，他退休了，但是，离职不离岗，心还系在山林上。村边的山上有2100亩林子，因为是长江防护林，只能栽树不能砍树，因此疏于管理。廖祖彬就主动地把这片山林的管护的任务担当起来，当了义务护林员。3年来，他风里来雨里去，精心地守护着这片山林，补植新苗，抚育幼树，洒下了心血和汗水，却跟乡里没要过1分钱。

廖祖彬育树受到人们的赞誉，育人更令人敬佩。他既不是任何部门的领导，又不是学校的老师，但像对待幼树一样一心牵挂着孩子们的成长。"十年树木，百年树人"，或许是越到晚年，他越明白这个道理。

他先是发挥自己懂林业技术的专长，义务为学校建了一个葡萄园，自己不拿1分钱报酬，只为学校创收，补充办学经费。后来，由他发起，联系志同道合的乡亲在村里创建了一个教育奖励基金会，在全乡的范围内发动群众和企事业单位捐资助学。基金会的宗旨是：服务教育，扶植人才，发展小密，振兴中华。募集的资金用于奖励刻苦读书并取得优异成绩的学生和考取中专、中师、大学（包括研究生）的小密村（含小密籍）的学生，资助刻苦攻读而又生活困难的农家子弟，奖励在小密村任教的有突出贡献的老师。他们认真地制定并发布了《小密村教育奖励基金会章程》，明确规定：自愿捐资者，时间不限、资金不限，均可入会；为本会办事人员无工资补贴，无伙食补贴，无交通费补贴，完全是尽义务；基金存入银行，每年提取利息做奖金和活动经费，并公开财务收支情况，如有损失、挪用、贪污和浪费行为对责任者要进行通报批评，或诉诸法律予以惩处。由于捐资助学是振兴教育、扶持人才、造福小密、昭示后人、流芳百世的善举，又由于廖祖彬和他的同志们奔走呼号、扩大宣传、耐心深入地做工作，更由于他们廉洁奉公、深得信赖，到年底，10个单位、253户村民共捐资52379.82元，廖祖彬本人捐了1165.6元，他家也成了教育基金会的活动站。

今年年初以来又有两个单位、62户村民捐资，共捐了21480.48元，廖祖彬又捐了318元。他和他的同乡廖运发表示，要向基金会年年捐资，终生捐资。

（刊登于1998年12月8日《中国绿色时报》第二版）

赣州"京九"绿化向纵深发展

本报讯　"京九"列车途经的江西赣江段，百里长廊竞相显出日见浓郁的绿色。铁路沿线建设区内，赣县人栽下了一丛丛黄竹、一株株桂花树，全部山场实行了封育，万亩果园正在建设中。

赣县地处江西南部，属国家级贫困县，与全省同步实现了"灭荒"，实施"山上再造"工程以后发展林业正在兴头上。"京九"铁路建设为赣县的经济发展带来福音，他们迅速把绿色长廊建设当作最大的绿化工程、形象工程、致富工程来对待，与"京九"铁路建设同步开展起来。为确保工程建设的高起点、高质量、高标准，县委、县政府预计筹集1900万元资金与途经赣县段的105国道统一规划，历时3年建成绿色通道示范工程，同时实施了桃江流域天然林保护工程，推动"京九"绿化向纵深发展。

赣县县委、县政府对"京九"工程高度重视。首先，下令对铁路沿线的山场实行封山育林育草，严禁在建设区内采石、采樵、伐树，除了推行乡规民约外，大张旗鼓地宣传落实新的森林法，并组建了一支绿色工程护林队，由县财政拨专款支付护林员工资。其次，在"京九"铁路和105国道沿线继续大搞植树造林。按照绿化、美化、香化的要求和生态效益、社会效益以及经济效益相统一的原则种植了枝叶婆娑的黄竹和香气袭人的桂花树，大力建设果业基地。赣县预计通过3年努力，将在铁路沿线建成百里桂花林带，并形成"百里铁路百里竹、百里铁路百里枣、百里铁路万亩果"的绿色风景线。同时对建设区内的4000公顷马尾松纯林开始补植木荷，补植过的林地明显地控制了水土流失，减少了林木病虫害和火灾隐患，而且也使林相大为改观。

赣县重新确立的"京九"铁路、105国道绿色通道示范工程，总规模2.36万公顷，除封山育林育草和针叶林补植阔叶林外，3年内精心造林

600 公顷，"四旁"植树 28 万株。在这一工程的带动下，全县河网、公路和城乡绿化也开始向更高层次发展。

（刊登于 1998 年 11 月 26 日《中国绿色时报》第二版）

甘肃决心奋力再造秀美山川

今春以来退耕还林(草)已现良好开端

本报讯　西北荒凉、甘肃亦甚，且经济相对贫困。但是，面对西部大开发，甘肃决心把生态环境建设作为根本任务和切入点来抓，举全省之力再造秀美山川。今春以来，大规模的退耕还林还草已打了一个漂亮仗。

甘肃山多、沙多、林少，干旱缺水，生态环境极其脆弱。全省土地 70% 是山地丘陵，而且大多是植被稀少的石质山和难以造林的高寒阴湿山区。沙漠、戈壁面积 31.2 万平方公里，占全省土地面积的 68.5%，北部绵延着 1600 公里的风沙线，有风沙口 846 处。全省森林面积 6369 万亩，尚有 4440 万亩宜林荒山和 3000 万亩需要还林还草的坡耕地，森林覆盖率只有 9.04%，水土流失面积 38.9 万平方公里，占全省土地面积的 85.7%。甘肃以干旱著称，大部分地区年降水量只有 300 毫米左右，最低的不足 40 毫米，植树造林相当困难。甘肃又是个经济欠发达省份，大部分地区财政连年呈现赤字，虽然国家对其林业建设的投入逐年增加，但与整个生态建设的实际需求相比，资金仍有较大缺口。

面对如此严峻的形势，甘肃省委、省政府审时度势，抓住西部大开发的历史机遇，把生态环境建设作为实施大开发的切入点，确定了"六位一体"的林业建设发展思路，决心带领全省人民通过长期的艰苦奋斗，实现山川秀美的宏伟目标。一是持久平稳地实施南部林区的天然林保护工程，保护好长江上游、黄河上中游地区的天然林资源。二是建设好以退耕还林还草和地埂地边为主体的农田林网，坚持以控制水土流失为前提，实行统一规划，规模发展，并确保退得下、保得住、不反弹。三是建设以宜林四荒地为主体的荒山造林，加大力度消灭宜林荒山。四是抓好以道路水系为主体的绿色通道建设，高标准推进形象工程。五是扎扎实实地抓好全省城镇乡村的绿化、美化，统一规划，分片包干，责任到人，分期推进，努力扩大林草植被的覆盖面。六是继续抓好以防沙治沙为主的沙区林业，坚持封造结合，节水滴灌，运用高科技，发展沙产业。"六位一体"推进林业建设，始终以改善全省的生态环境为中心，大力推行分类经营和林业经济结构调整，并通过深化改革解决好国有林场长期积累的深层次问题，真正把林种结构调优，把骨干企业和龙头产品调强，把林业的二、三产业的发展速度调快，把林业的发展路子调宽，为林业的长远发展积累后劲。同时，要竭尽全力扎实有效地建设好长江上游、黄河中上游生态建设工程、防沙治沙工程和退耕还林还草工程，依法保护好现有的林草植被，努力达到宜林荒山林草化，川原农田林网化、道路水系林带化、城镇村屯园林化，最终实现山川秀美。

今春以来，甘肃省在全面推动六大主体建设的同时，集中力量抓了全省退耕还林还草试点示范工作。全省 62 个县，在 35 个县搞了试点。各级领导对这项工作高度重视，经过大张旗鼓的宣传动员、组织落实，极大地激发了广大干部群众退耕种树、治穷致富的积极性，县乡争着要指标，村户争着要任务，群众主动退耕积极种树种草建生态防护工程。各地打破乡村行政区划界限，以流域为单元，统一规划，实行田林路水综合治理，组织群众联乡联村搞大会战，建大工程，摆大战场，整架山、整条沟地造林种草，引渠修路。据不完全统计，全省现已完成的任务中，建千亩以上工程 413 处、95.3 万亩，建万亩以上工程 9 处、17.7 万亩。今年大旱，为给新苗浇上水，便人背、畜驮、车拉，千方百计引水上山。由于狠抓了工程质量，层层严把整地关、苗木关和栽植关，造林成活率普遍超过往年，有的示范点达到95%以上；未成活的苗木，各地都要在秋后补植。

前不久，记者在兰州采访马尚英厅长，他宣布了一组最近的统计数字：今春以来，全省造林种草 218.5 万亩，退耕还林（草）80.6 万亩，荒山造林种草 90.7 万亩，治沙造林 32.5 万亩，飞播造林 2.6 万亩，其它造林 17 万亩，义务植树 6741 万株。马厅长说，甘肃的生态环境建设任重道远，需要我们坚持不懈地努力奋斗。

奉节长防林工程建设在艰难中推进

启动 3 年完成重点工程建设任务 22.1 万亩，占下达任务的 2.43 倍

本报讯　地处长江瞿塘峡口的四川省奉节县，克服了山地生态环境恶劣、造林经费不足的严重困难，努力推进长防林体系工程建设。自 1990 年工程启动以来，累计造林 59.2 万亩，其中完成重点工程建设任务 22.1 万亩，占上级下达任务 9.1 万亩的 2.43 倍。记者在 11 月中旬的采访中见到，奉节沿长江两岸绿色产业带正在兴起，部分童山秃岭已见新绿。

由于历史和现实的原因，奉节除耸立在长江两岸大量的石化险山外，在 302 万亩林业用地中，尚有 35 万亩荒山秃岭，全县水土流失面积占国土面积的 67%，自然灾害频繁发生。严重的自然灾害和日益恶化的生态环境，极大地威胁着奉节人生产和生活的安全。他们认真总结历史与现实的深刻教训，从山高水短、地大土薄、岩多林少、人畜难活的县情出发开始思索，清理了人口剧增、耕地锐减、山头秃化、科教落后四大难题，提出了"念好'山'字经，作好林文章"的战略决策。

长防林工程建设的启动，为奉节林业生产的发展带来了机遇，同时，三峡工程的筹建也增强了奉节人加快推进长防林建设的紧迫感。全县人民在深化认识、统一思想的基础上，把长防林建设作为改善生态环境、改变工农业生产条件、尽快脱贫致富的生态经济工程来抓，迅速组建了县、区（乡、镇）工程建设指挥部，层层定任务、定质量、定投资、定任务完成时间、定奖惩，签订以这"五定"为内容的目标责任状。通

过广泛深入的宣传发动和对草堂河流域综合治理试点经验的推广，全县很快形成了领导真抓实干、群众苦战奋斗大搞长防林工程建设的局面。去年8月，县委组织了14位县级领导、90多个部门的干部、1750名县级机关的职工发起"我为长防做贡献"活动，仅用一天时间完成整地130亩，高标准挖大窝40250个，为全县带了好头。之后，奉节又开展了"三个十"整地打窝突击活动，创造了10万人上山、奋战10天、完成11万亩工程整地任务的记录。与此同时，全县在经济比较贫困的情况下，多渠道筹集了工程建设资金136.37万元，群众累计投劳245万个，有效地推进了长防林建设的进展。

（刊登于1992年12月15日《中国林业报》一版）

唤回涧水浮落花

——访草堂河流域综合治理试验区

长江劈断巫山，把奉节分为南北两半。

历经世代，江北的草堂河已经成为一条肆意泛滥的浊流，不仅是奉节人的心腹之患，而且把大量的泥沙带进长江。

1990年，奉节县的长防林体系建设工程就从这里启动，在50平方公里的河谷地带开展了对草堂河流域山、水、田、林、路的综合治理，现已取得了明显效果。

11月17日上午，我们采访组在县里同志的陪同下考察了草堂河流域综合治理试验区，追踪着奉节人治理山河的足迹。

进入治理区，已见南北两山覆盖了片片绿色。

这是与长江平行且紧邻长江的草堂河的中游，正值枯水期，河床最宽处大约有300米，布满了泥沙与乱石。靠北岸的河床内沿河筑起了一道一人多高1000多米长的石堤，堤外平缓处新开了块块农田，绿叶扶疏的马桑有的已爬上北山坡顶。刺槐也是新栽的，一株株新苗依稀可见。南山的绿色更浓重些，那是近几年规划栽植的柑橘园，在山腰绵延成带状，已给南山穿上了墨绿色的围裙。再往上，绿色浅浅的，然而能看到那植被顽强地一直爬上了山顶。走到近前，沿新砌的水泥路拾阶而上，只见那柑橘林呈阶梯状，石块垒砌的堤坝一层层非常整齐，更早几年培植的柑橘已结满橘红色的果实，大多是名贵的脐橙，再过半个月就可以收获了。

县里的同志告诉记者，这里是马石乡河的中游，三国时期的古战场，因森林茂密，诸葛亮在此布过八卦阵。草堂河原是一条清澈的溪水，只有十几米宽，上游分别从奇峰乡、双潭乡发源，由西向东缓缓流来，在石马乡汇集，再往下向南拐，在瞿塘峡夔门处流入长江。虽几经战乱，直到清代草堂河谷依然展现着一派秀色："危石才通鸟道，青山更有人家；桃源定在深处，涧水浮来落花"。这是康熙皇帝对奉节、包括草堂河流域的赞誉。他一共写了6首诗，这6首诗的碑铭就珍藏在白帝庙的碑林里。但是由于近百年来，两岸山民乱砍滥伐、毁林开荒，沿河两岸成了沟壑纵横的荒山，草堂河谷也变成了寸草不生的乱石荒滩。

奉节人治理草堂河是艰难的，几起几落，终未见效。长江防护林建设工程的启动给草堂河流域治理带来宝贵的机遇。国家农业综合开发领导小组办公室、林业部、水利部联合组织了对草堂河流域的综合治理实验，县委、县政府把它纳入了长防林建设工程，进行了科学规划，发动群众砌石垒坝、打窝植树、修路开渠，退坡耕地，整治农田，艰苦奋战了整整3年。

"苦不苦?"记者问家在北山上的农民王才根。这敦实的汉子摸着自己磨出老茧的手掌说："咋个不苦？这山上草都没有一根，尽是石头，难的时候，我起早贪黑一天只能打20个树窝。"这个村组的护林员朱仕勋补充说；"头一年，我们从入冬开始，县上的干部带着我们一直干到正月十五。"从农民那里我们知道县政府和区乡的干部们都是治理草堂河的有功之臣。他们既当指挥员，又当战斗员，这里每一面坡，每一条路，每一块田地都饱含着他们的心血和汗水。3年的治理，绿化了两座荒山，治理坡地6000多亩，修建大小水利工程105处。经过治理，草堂河流域的旱情有所缓解，水土流失部分地得到控制，同时也使农民看到了致富的希望。

农民王银才告诉记者：搞长防林、治山治水，是为群众好。他每天都不误工，他还用承包费雇了 20 个工，干了两个冬春，栽了 32 亩树，治理河滩又增加了 1 亩半田。大家给他的年收入算了一笔账：年人均口粮 700 斤，收入 600 多元。他自己说，每亩粮田增产一倍以上，日子越来越好过了。

在南坡的柑子村，记者跟几位农民攀谈了解到，全村 1700 多口人种了 1000 亩脐橙，又由坡改地新开了 300 亩果园，今年虽不是盛果期，也可收入上百万元。有一位姓塞的农民，虽然他的柑橘树是新栽的，还没有收入，但想到未来，也笑得特别开心。

草堂河流域的治理刚刚起步。一期工程搞完，还要搞第二期、第三期工程，继续治理奇峰乡、双潭乡，那里的上游河谷和下游的入江处，继续提高全流域的治理水平，直到"换回涧水浮落花"，致富草堂河流域的家家户户。

（刊登于 1992 年 12 月 25 日《中国林业报》一版）

绿潮相伴访渝州

去年 11 月 9 日，记者告别梁平，经垫江进入长寿在重庆境内进行了 8 天采访。

汽车在连绵起伏的山岭间穿行，那长防林工程建设掀动起的绿色大潮一路相伴，翻波涌浪，让人心醉，也让人精神振奋。

从 1989 年起，重庆市先后有 12 个县（区、市）开展了长防林工程建设，已完成工程造林 126.7 万亩。在工程建设的推动下，面上造林也迅速向前推进。全市已基本上消灭了荒山，出现了林业用地面积、林木蓄积量和森林覆盖率全面增长的喜人局面。然而最鼓舞人心的是，重庆人的生态觉醒，以及由此而引发起来的绿色革命。

记者在沿途采访中听到众多的干部讲着同样的话：长江流域再不治理不行了，生态环境恶化，水旱灾害频繁发生，已经阻碍了重庆沿江经济带的开发。同时，也听到众多的林农群众讲着同样的话：过去年年闹天灾，日子过的实在苦；现在光山上栽树子，让荒坡坡长头发，抗天灾、保水土，政府搞长防林建设是为咱好。

这种认识是人们在广泛深入的发动中领会到的，是在干部们真抓实干的带动下形成的，更是在长防林工程建设的实践中由于尝到了甜头而确立起来的。市林业局局长戴盛国告诉记者：刚开始时是上级领导要他们干，现在只要是搞长防林工程，他们就自己主动干，甚至还抢着干。重庆的各县(区、市)普遍搞了"工程预备乡"制度：先做"预备乡"，自我启动，搞得好，就列入工程规划；原来列进去的，如果搞得不好，就拿下来。永川市委书记谢远新给记者讲了一个耐人寻味的故事。前年，在永川市石竹乡和晋莲乡交界处的一片大约 1000 多亩的荒山上改建高标准的梯田种果树，男女老少齐上阵，情景很感人。一位妇女背着孩子上山整地，干得很辛苦。谢书记关切地上前询问，你带着娃儿这么吃力，为啥子还上山？那位妇女指了指背上的孩子认真地说：打窝整地，就是为了他！可见，群众中不少的人已经确实懂得了建设长防林工程是为子孙后代造福这个道理。

生态意识的觉醒激发起来的是一场方兴未艾的绿色革命。在这场绿色革命中，干部们既挂帅又出征。1991 年 4 月长寿县李科县长带领机关 400 多名干部和近千名群众，顶着绵绵春雨大战大尖山的情景是非常感人的。李科县长全身沾满了泥水，亲自示范、亲自检查，用十字尺验收，不合格的要求立马返工，绝不含糊。他处处干在前头，在他的感召下，一天就完成高标准整地 229 亩，啃下了这块多年造林造不成的硬骨头。

在工程建设中，各级领导干部层层都办造林绿化示范点。那示范标准是极高的，而且置于群众严格监督之下。记者路经铜梁县枝子坡，参观了道路两旁 400 亩两年生的松树林，新苗一片翠绿，株株苗壮。路边的石碑上刻有项目负责人县委书记曾令锡的大名。造林绿化示范点，它像一面旗帜飘扬在每一个工程施业区的上空，鼓舞并召唤着人们为高标准完成长防林工程建设任务去拼搏奋斗。

长防林工程建设在林业生产上也是一场深刻的革命。它一改过去边整地边造林的传统做法，每个生产环节都追求高效益、高标准。去年6月，林业部徐有芳副部长到重庆来视察了大足县的大弯工区万亩长防林工程现场，看完后赞叹说："这才是真正的人工造林工程啊！"和大弯工区一样，重庆市各地的长防林工程建设在实施中都能认真做到把好"四关"。首先是把好整地关，都要打大窝、填回土、施足肥；其次是把好种苗关，坚决杜绝三级苗上山，力争用最好的苗木造林；第三是把好栽植关，由经过培训的专业队上山造林，保证树苗栽上后株株能活，缺苗处，要补植；第四是把好管护关，栽上树就封山，就配上护林员，其中长寿县竟然提出"一分造九分管"，把管护看作是保证工程建设成效的最重要的手段。

成果保得住、看得见，群众自然会增强对工程建设的信心。因为，他们懂得：繁花朵朵之后，必然是硕果累累的金秋！对于长防林这空前规模的生态建设工程来说，重庆这4年的努力，只是万里长征走完了第一步。工程区的人民懂得，为让长江变清、渝州山川变得更秀美，还需要坚持不懈地拼搏奋斗。

（刊登于1993年1月1日《中国林业报》一版）

长寿人的播绿风采

长防林工程建设，在四川省长寿县已形成了全面推进的大格局。4年来，全县动员了44个乡镇，集资398.3万元，投工7万个，完成工程造林25.54万亩，是任务量的144.3%，面积核实率和造林合格率均达到100%。

长寿是重庆的东方门户，因自古以来山川秀丽、人多高寿而得名。当地曾有百岁老人为更老的寿星送匾、八代同堂的传闻。但是，如今已名不副实了。长期以来，大面积的毁林开荒，造成严重的水土流失，生态环境日益恶化。

长防林工程建设的启动，激发了长寿人治理山河的雄心壮志，他们在荒山秃岭上耕耘播绿展现了动人的风采。

记者去年11月19日到长寿采访，踏着片片新绿，追寻长寿人奋战"长防林工程"的足迹。记者看到了长寿有一大批好干部。他们以长防林建设为己任，真抓实干，既挂帅又出征。县长李科带领机关干部专啃荒山中的"硬骨头"，处处走在群众的前头。义和乡丝栗村的村长余泽明，工程启动前他跑运输很赚钱，工程上马后，他毅然卖掉了自己的汽车，一心扑在长防林建设上，带领全村群众给2700亩荒山披上了绿装。记者踏访了县机关的造林示范基地，那5200亩荒山已被绿树覆盖，新植的马尾松已高过人的头顶，大苗栽种的苍溪雪梨也开花结果了。在这里，防护林、经济林、薪炭林配置合理，实现了一地多用、一林多效。记者在桃花溪畔看到了颇为壮观的沙田柚基地。那1000亩柚林带都是打大窝、高标准种植的，它们有规则地分布在34座山坡坡上，大部分都已定植。在这一系列成果的背后，从发动群众、设计规划，到组织施工、封山管护，几乎都相伴着一连串的生动感人的故事，浸透了长寿人拯救长江的深情。

长寿人建设长防林起点高、作风实。他们采用先进技术培育优质苗，并全部要用自己培育的优质苗造林，严禁三级苗上山。在营林中，一改过去小窝窝整地、边整地边造林的老传统，采取高标准整地，打大窝，栽植时要填熟土、施足肥、浇透水，而且都由经过培训的专业人员栽树。更新鲜的是，别人"三分造七分管"，他们竟然提出"一分造九分管"，实行"一栽即管，未栽先管，一管到底"的做法；实行全面封山，加强抚育，只要千亩连片，就留人建场。截至目前，长寿全县抚育面积已达造林面积的90%，共兴建林场54个，设管护人员2870人。这里，同样浸透了长寿人的汗水，展现了他们勇于开拓进取的精神风貌。

长防林工程建设揭开了长寿人林业发展史的新篇章，并升华了长寿人的精神境界。他们正在告别荒凉和贫穷，他们要通过自己的艰苦努力，给长江条条清澈的溪流，重现老寿星的风姿。

（刊登于 1993 年 1 月 5 日《中国林业报》一版）

重庆市林业公安"打防"结合

全方位为长防林保驾护航

本报讯　重庆市林业公安以长防林建设为契机，坚持打防结合，并依靠社会力量建立林业治安防范网络，充分发挥群防群治的整体功能，使毁林案件大幅度下降。近 4 年来，全市挽回经济损失 78.8 万元，有力地促进了长防林工程建设的顺利开展和林区社会秩序的稳定。

分布在重庆 9 区 12 县的 540 多万亩森林点多面广，由于以前集体护林组织不健全，部分林区无人管护，盗伐滥伐森林现象时有发生，有的犯罪分子甚至殴打残害护林员。1989 年长防林工程建设启动，重庆市林业公安开展了专项斗争，集中优势兵力，打击毁林犯罪活动，期间，共摧毁盗伐林木团伙 10 个，遏制了林区违法犯罪的势头。

在抓打击犯罪的同时，林业公安还依靠林区广大群众和基层组织抓防范工作。为了弥补警力不足，他们先后在 14 个县（市、区）的林场、乡村推广建立林业治安室 96 个，统一印制了林业治安值勤证，并制定了林业治安室管理办法，并采取以会代训、以案代训等措施提高治安人员打击、预防和控制违法犯罪的能力。目前，全市林业公安处、派出所、治安室、综合治理小组、护林员全方位治安防范网络初步形成，设有网点 2400 多个，常年护林人员达 6000 多人，使 80% 的森林监控在防范网络之中。据统计，1989 年至 1992 年 9 月，全市查处各类毁林案件 3700 余起，挽回经济损失 47.5 万元。

重庆市的林业公安干警还经常组织人员深入长防林建设工地开展执

法宣传和咨询活动，广泛收集信息，及时配合县乡政府、林业站、治安室，查处疑难案件，将矛盾解决在基层，消灭在萌芽状态。据不完全统计，近 3 年来，重庆林业公安共组织书写并张贴有关保护长防林建设成果和打击毁林犯罪的标语 1 万多条，出动执法宣传车 600 多辆次，进行法律咨询 116 万余人次，有力地保护了长防林建设的成果。自长防林工程建设启动以来，重庆全市各类毁林案件逐年减少。铜梁县今年发生毁林案件比 1988 年下降 52%；大足县 1990 年发生毁林案件 16 起，今年发生两起；全市 12 个长防林工程建设县的林木保存率均达到 87% 以上，有 6 个县的工程造林成活率和面积核实率均达到 100%。

（刊登于 1992 年 12 月 18 日《中国林业报》一版）

兴办实体　服务"长防"

葛兰镇林业站成了林农的主心骨

本报讯　四川长寿县葛兰镇山村林农都夸自己的林业站，说他们管苗木，传技术，包销售，帮助防治病虫害，是群众的主心骨。有了这样的林业站，干"长防"放心了！

葛兰镇林业工作站是 1989 年随长防林工程建设启动而建立的。为更好地服务于"长防林"建设，这个林业站在完成工程设计后，一面带领群众整地施工，一面兴办经济实体。4 年来，他们先后兴办了家具店、木料燃料油料加工厂（点），开展苗木、果树管理技术服务，年纯收入达 1.3 万元；同时，又在镇内联村联户建立了 5 个名特优经济林基地，经营面积达 8300 亩。这样，不仅方便了群众的生产、生活，而且增强了林业站的活力和实力，为"长防林"建设提供了更有效的服务。

经济林基地是葛兰镇"长防林"建设的重点项目之一。林业站为之先后投资 3 万元买树苗，指导群众整地栽植，帮助群众修枝整型，防虫治病，适时加强抚育管理。去年，嫁接的果树已挂果，基地有了收入，林业站只从中提取千分之五的服务管理费。林农得到大部分收入，对林业站心悦诚服。

县镇联办的兰星种苗场，是全县最大的长防林工程建设的种苗基地。林业站承担了规划设计和技术指导任务；已集中连片育苗 180 亩，育有 21 个优良品种，年产苗 2500 万株，有力地支持了"长防林"建设。林业站与育苗户签订了包销合同，采取实行"定向育苗，包产包销，按质论价，自负盈亏"的办法，实行统一规划、统一技术、统一治虫、统一检疫、分户管理核算。林业站对 120 家育苗户精心进行技术培训，指导他们施肥浇水、间苗除草、防虫治病；修建了蓄水池，配备了流动抽水机、喷雾器及各种小型用具供林农使用，保证了抗旱治虫的急需。林业站只向育苗户收取 5% 的技术服务管理费。这样既做到了以苗养站，又解除了林农的后顾之忧，更为全县的长防林工程建设做出了贡献。

神奇多彩的土地

——思茅走笔之一

2 月中旬，我从北京裹着料峭的春寒飞抵云南，一脚踏上思茅大地便置身在一个暖风习习、繁花铺锦、林海连天的世界里了。

思茅美，美得让人心醉；思茅绿，绿得透人心脾。

思茅地处祖国西南边陲，是一片神奇多彩的土地。这里浩瀚的林海覆盖着逶迤的群山，奔流不息的江河穿越在青山绿野之间，一幢幢阿佤吊脚楼、傣家竹楼掩映在茂林翠竹之中，展现着热带、亚热带的旖旎风光。

这里世代居住着汉、佤、傣、彝、瑶、拉祜、哈尼、布朗等十几个民族，他们和睦相处，以各具特色的风俗民情绘制出一幅幅多姿多彩的画卷。这里的山川与缅甸、老挝、越南相毗连，边界线长达 487 公里，穿越境内的澜沧江被誉为"东方的多瑙河"，是贯通东南亚各国进行旅游观光和贸易往来的黄金水道。思茅行署所辖的 10 个县市各展神奇，有森林之城思茅、绿色茶都普洱、芒果之乡景谷、边地侨乡镇沅、文化古邦景东，还有北回归线穿越县境的墨江，可以一眼望三国的江城、美丽的拉祜族山乡澜沧、神秘的阿佤乡西盟和被称为绿宝石的孟连。它们犹如 10 颗璀璨的明珠镶嵌在思茅大地上。

在思茅采访的每一天里，我的心都被一种浓郁的文化氛围包裹着，陶醉在一个又一个美丽动人的故事之中，同时也为边疆民族同胞至今尚未摆脱贫困而深深地牵动着。

思茅山水相间，优劣共存。地区林业局局长张晓赶介绍说：思茅是"山、少、边、穷"四位一体的地区。首先是山地面积大，在 4.5 万平方公里的土地上山区占了 98.3%；其次是少数民族人口多，在全地区 240 万人口中占了 61%，10 个县市中有 9 个是民族自治县，佤、傣、彝、拉祜、哈尼等 5 个民族人口都在 10 万人以上；第三是地处偏远的西南边境，与三个邻国接壤，这在中国只有新疆的伊犁可以与之相比；第四是经济贫困，尚有 110 万人未完全脱贫，地区一年财政收入 3.1 亿元，支出却达 12 亿元，至今还有 7 个国家级贫困县。但是，思茅资源实力雄厚，地下有黄金，地上有茂密的大森林，据二类资源清查：思茅的森林覆盖率达 51%，林木蓄积量可达 2.33 亿立方米。思茅亟待开发开放，思茅的优势在山，潜力在山，希望在林。

在采访中，我多次听到思茅人用敬佩的口吻讲起他们爱戴的地委书记李师程对思茅的分析：思茅位于云南的西南角，它的辖区如一个正三角形，哀牢山、无量山、怒山（余脉）三大山脉由北向南呈扫帚状延伸，红河、澜沧江、怒江顺势而下，流入大西洋和印度洋。三角形、三大山脉、三大水系、三个周边国家。这不仅仅是神奇的数字巧合，它更显示着一种分量，一种自然优势的分量。李师程指出，资源的富饶与经济的贫困，形成强烈的反差，造就了思茅经济的二元结构，它组成了一道十分难解而又非解不可的方程。

在这位聪慧的地委书记的启示下，思茅人万众一心，正在寻求这个方程的解。他们扬长避短，发挥优势，开拓进取，向贫困宣战。从1984 年起地委行署就确立了"以林为主、粮食自给、全面发展"的方针，并突出强调，发展林业要以保护森林资源为前提，要在保护森林生态的前提下求发展。从此思茅开始了大规模的植树造林，每年造林十几万亩，进入 90 年代以后每年以二十多万亩的速度向前推进。同时加大了管护力度，基本上杜绝了乱砍滥伐，过去被称为"火窝子"的思茅已连续 11 年没发生过森林火灾，去年森林病虫害防治也开始大见成效。与此同时，他们大力推进林产工业的发展，使林产工业产值达到全地区社会总产值的 1/3。如今，林业已成为思茅地区社会发展的支柱产业，群众脱贫致富的先锋产业。十几年来，思茅人抢建了四通八达的公路，建起了一处处旅游景点，铺设了飞机场，扩建了对外通商口岸，各种地下宝藏也在起步开发，使这片神奇多彩的土地焕发出勃勃生机。

　　思茅正与贫穷拼搏抗争，伴随着中国西部的崛起，思茅将展翅腾飞！

生生不息的山林

——思茅走笔之二

　　思茅的各族人民钟爱着养育他们的绿色山林。

　　在思茅采访，我听到这样一个阿佤族传说：阿佤人相信万物皆有灵性，认为太阳、月亮、树木、土地、山川都有神灵，人们只有祭供这些神灵，庄稼才能长得好。于是，阿佤人每年都要在新禾登场时，用新米饭祭供太阳神和月亮神。这一天，他们供奉着新米饭，敲着木鼓，期待神的降临，祈求来年五谷丰登。太阳神和月亮神要借助树木来到人间，先降到树叶上，再落到枝丫、树干上，最后下到地面，走进童林（即新植的和尚未成熟的幼林，下同）里的木鼓屋品尝他们祭供的新米饭。因此，阿佤人不许砍童林，砍了童林里的树，太阳神和月亮神就到不了地面上了，来年就会遭祸殃。按照阿佤族的传说，太阳、月亮、树木、土地、山川是不可分离的，它们之间有一条非常重要的感情线，并和人紧紧地连在一起。因此，阿佤人的祖先非常重视保护森林。他们认为树木、土地、山川是互相养活的，砍了树，水脉就断了，庄稼、牲畜和人都无法活下去。

这传说是美丽的，它生动地揭示了阿佤人的祖先所具有的一种朴素的维系自然生态平衡的观念。

我在思茅西南边界的孟连县看到保存完好的 810 亩小花龙血树，那是傣家先民留给中华子孙的一笔弥足珍贵的遗产。相传是傣族 28 代土司颁布了政令：山上之树任何人都不许砍！他把南垒河两岸遍生龙血树的两座山称之为"金山"和"银山"，认为山上之树皆是神树。这实际上是一道封山育林的禁令，只是在表达方式上显得格外神秘罢了。像这样的故事和阿佤人那种神奇的传说，在思茅地区到处可以听到。

当然，在与蛮荒和贫困相伴的漫长岁月里，毁林之事是很难避免的。战火毁林有之，刀耕火种、毁林开荒有之，甚至乱砍滥伐、乱捕滥猎也有过愈演愈烈之时。因此，在思茅大地上至今尚留有不少的荒山，这也正是思茅贫穷落后的历史佐证。江城，我没去过。据说，那是思茅地区荒山面积最大的一个县。我在澜沧就看到过童山濯濯的情景。

2 月 17 日下午，我们乘车离开绿荫覆盖的思茅城，在青山秀水相伴下一路欢歌向澜沧进发。车过澜沧江大桥进入澜沧县境，我不禁被眼前的景象惊呆了：拉祜族兄弟把田种到了大山上！陪同我们的地区林业局工程师郑立学先生解释说："那是过去毁林开荒造成的。人要吃饭，就得种田。这个县平坝少，就把田开到山上了。现在逐渐退耕还林，在西部地区已开始大规模植树造林了。"果然，不多时片片新林出现在眼前，越往前走青山越加苍翠。然而，荒山的存在毕竟是思茅这颗"绿色宝珠"上掩饰不掉的瑕疵，令思茅人感到羞愧和遗憾。他们已经排出时间表：要加快造林进度，到 2000 年消灭思茅大地上的全部荒山！

就整体来讲，思茅的山林已脱离了劫难，告别了伐木会战和毁林开荒的悲惨岁月。几个有荒山的县造林速度一年比一年快，质量也一年比一年好。目前，思茅已建了无量山、哀牢山、威远江、莱阳河等国家级或省级自然保护区，精心地保护着思茅地区最珍贵的常绿阔叶林、思茅松原始林和我国仅有的小花龙血树，以及一大批珍稀濒危野生动物种群。澜沧江流域的防护林体系工程已经启动，天然林保护工程的实施也在加紧规划之中。思茅最大的森工企业——卫国森工集团正在积极调整产业、产品结构，决定 3 年后对其施业区的天然林停止主伐，停止或削减胶合板生产，扩大刨花板、中密度纤维板的生产规模，凭借小黑江林区山川秀丽的优势发展森林旅游，目前一期工程投资已经完成，二期工程正在建设之中。在实践中，他们把思维升华到一个新的高度，叫做实施可持续发展战略！他们要保山更绿、水更清，让青山绿水长在。

由孟连回思茅后，2 月 20 日下午，我有幸游览了离城 4 公里的梅子湖森林公园。这正是我来思茅时在飞机上看到的梅子湖水库。水面呈狭长形，曲曲弯弯地隐藏在好几条绿色的山谷里。岸边起伏的群山上生长着葱茏茂密的思茅松，把平静的水面染成了翠绿鲜亮的锦缎。我们同行的 3 个人乘坐一只游艇在湖面游览，伴着醉人的春风，人、水和山林融成了一体。这种极度平衡的生态环境使我心旷神怡，终生难忘。此时，我更相信了那个阿佤族传说告诫人们的：树木、土地、山川是不可分离的，这生生不息的山林与人之间确实有一条相互依存的感情线。

是的，厚爱山林就是厚爱自己。这生生不息的山林用它们那博大的情爱维系着思茅各族人民的今天，明天，直至永远。

用文明塑造未来

——思茅走笔之三

思茅地灵人杰，富饶与贫困相交融。思茅的富饶表现在森林、水能、矿产、热区和区域五大潜在优势上。思茅有 350 万公顷森林，林木蓄积总量达 1.35 亿立方米，又是普洱茶的故乡，也是思茅松的原产地，其紫胶的产量位居全国第一，丰富的森林资源为思茅的林产化工业、木材加工业和造纸业铺就了锦绣前程。三大水系、上百条纵横交织的河流构建的水能资源，可充分发展电力、运输和旅游业，是思茅无以计数的财富，被誉为"流动的黄金"。思茅地下蕴藏着金、银、铜、铁、镍、钴、锌、铬、锡等十几种有色金属且贮量颇丰，在谷景已打出第一口油井，食盐、钾盐的贮量之大也实属罕见。除海南省外，思茅是我国最大的湿热地区，其珍贵的热区植物资源令人叹为观止。至于思茅面向东南亚、近窥印度洋特殊的地理环境，在开放的中国所具有的日益重要的战略地位就更不用说了。思茅人对他们的明天充满信心。然而，把潜在的资源优势转化为现实的经济优势，把一个高度文明的思茅带进 21 世纪，是一个艰难曲折的过程。因为今天的思茅还很贫穷。

　　贫穷与落后往往是一对孪生兄弟。思茅的落后突出表现为民众文化素质低下、人才资源匮乏以及文化观念的封闭与保守，更突出地表现为教育文化事业的落后。这严重制约着思茅巨大潜在优势的发挥，阻碍着思茅的开发开放和社会经济的快速发展。今天，思茅人对根治落后同摆脱贫穷有着同样强烈的愿望，他们要实现思茅社会经济的可持续发展，要从根本上改变教育文化的落后面貌，要用文明去塑造思茅的未来。

　　在思茅采访的有限经历中，思茅林校的建设给我留下的印象是深刻的。从这一侧面，我看到了思茅人对人才培养的渴切追求，对科教兴林的一种强烈的责任感，以及这一切综合起来显示出来的一种崇高的精神境界。

　　思茅最富有的是森林资源，而森林资源又是与思茅经济社会可持续发展关系最密切的自然资源，是思茅大地生态系统中最活跃、最基本的因素。因此，地区行署认为，思茅森林与热区资源的开发利用应确立这样的指导思想：在充分保护、促进生态平衡的前提下，有计划、有步骤地综合开发、永续利用。这就要求有足够数量的精通林业的专门人才。于是，1988 年思茅地委、行署做出自力更生创办思茅林校的决定。没有资金，自己筹集！在极度困难的情况下，他们把实行木材价格双轨制，平、议价格差获得的钱由地区林业局一分一分地积攒起来。历时 3

年筹集到 320 万元，有了创建林校的第一笔经费。师资和教学管理人员是由思茅林业系统各单位选调的。经过紧张的筹建，1991 年林校招进了第一批新生，从实际需要出发开办了林学、经济林、林产化工三个专业。澜沧县副县长杨建业受命于艰难之际，担任了校长。

2 月 17 日下午，我们走进了这座已建设得颇具规模的学校。在简陋的会议室里聆听了杨校长和他的伙伴们讲述的林校艰苦创业的历程。他们说：6 年来，省、地各级领导始终是林校建设的坚强后盾。地区领导多次指示，为了思茅的林业发展，再苦再难也要把林校办好。他们除竭尽全力给予人力、财力上的支持外，李忠恒副专员还多次到省计委汇报林校建设问题，争取省里的投资。1994 年 8 月，省领导亲自到思茅现场办公，带领 37 个厅局的负责人视察了思茅林校，并指示："为适应思茅林业发展急需大量人才的客观形势，必须加快思茅林校的建设和发展。"8 月 20 日让林校就办学问题写报告，9 月 15 日省政府就作了明确的批复："所需的教学用仪器设备，责成省教委负责解决；学校急需盖一幢食堂兼礼堂所需资金 84 万元，责成省林业厅负责解决；扩建校园需征地 37 亩，并需 148 万元资金，由思茅地区行署安排；省政府拨给 175 万元，建学生和教工宿舍楼各一幢。"以上 4 笔资金总计 436 万元，为思茅林校办学解决了大问题。他们说，思茅林校建设也离不开基层群众的大力支持。1995 年，思茅各县发动林业职工和各界群众为林校捐资助学。到 1998 年 2 月 3 日结算时，全地区群众共捐款 126627.96 元。这是思茅人在他们极其有限的生活费中硬挤出来的钱，每一份捐款都包含着沉甸甸的情义，寄托着思茅人对新一代人才的期望。学校把捐款者的名字恭恭敬敬地写在纪念册上，并在师生员工的心中树起了一座永志不忘的功德碑。学校的 77 名教职员工在清贫的环境中，爱岗敬业，精心育人，兢兢业业地奋斗了 6 度春秋，收获了喜人的果实：他们送走了两届毕业生，共计 244 人；和西南林学院联合办学，利用函授形式培养着 43 名专科生；举办了 6 期林业职工岗位培训班，获上岗证书者达 478 人；此外，还培训林业工作站站长 78 人，为驻思茅森警大队 54 人传授了果树栽培管理技术。现在还有 7 个中专班、318

人在校学习，今年还要有 145 人毕业走上新的工作岗位。林校的教职工们干得很苦，很累，但眼见着一代新人的成长，心里又充满了幸福和甘甜。

思茅林校的创业史，仅仅是当代思茅人用文明塑造未来的一个事例，但从中我们可以看到他们对这片丰饶的热土所寄寓的一往深情，对改变贫穷落后的现状所进行的执著奋斗，以及在这种奋斗中所表现出的自强不息的精神品格和立足现实、放眼未来的思想境界。我确信，思茅一定会展翅腾飞。

拉祜山乡话今昔

——思茅走笔之四

50 年代看过电影《芦笙恋歌》，那拉祜族山乡奇异的风情和独特的民族生活给我留下了深刻的印象。几十年来，在我的记忆中沉淀着这样一种感受：拉祜族人民生活在高山密林中，他们勇敢、善良、质朴、多情，美妙的芦笙始终伴随着他们的生活。

这次去思茅，第二天研究采访日程时，决定西行第一站就去澜沧拉祜族自治县，我激动得彻夜难眠。带着对这个山地民族深深的依恋，把白天搜集到的全部有关澜沧的资料仔仔细细地研读了一遍。从中了解到：澜沧县位于思茅地区西南部，与思茅市隔澜沧江相望，有 8827 平方公里土地，平坝很少，99.8% 是山岭。澜沧是思茅地区最大的县，有46 万人，其中 26 万是拉祜族人口，是全国唯一的拉祜族自治县。澜沧地处亚热带，气候温暖，物产丰富，大面积种植着旱稻和甘蔗，是著名的普洱茶的重要产地之一，并有丰富的野生药材资源。全县有 130 万公顷森林，林木覆盖率虽达 34.5%，却依然是思茅地区的少林县，至今尚未消灭荒山。这里还是我国古火山喷发地，10 年前曾发生过一次震惊全国的大地震，喀斯特地貌特征明显，有许多石林、溶洞和温泉。拉祜族有许多奇特的神话传说，构成了多姿多彩的民族文化。相传，拉祜族是一个古老而又剽悍的猎虎民族，他们从青藏高原追踪虎迹过苍山涉洱海，跨越滇池、小黑江来到这里，被澜沧江畔秀丽的风光迷恋住了，便定居下来繁衍生息，至今拉祜族男子还有佩戴腰刀显示英武的时尚。拉祜族人以扎迪、娜迪（也有说是阿珊、阿芦）为祖先，而扎迪、娜迪是从葫芦里爬出来的。当时，地面上只有野薯和山茅供他们充饥，后来是天神厄萨教会了他们种五谷才摆脱了蛮荒生活。于是，拉祜族不仅有了举族欢庆的"葫芦节"，而且也有了礼仪隆重的"新米节"。"扩塔"，拉祜语称"过年的节日"，即是"拉祜年"，从正月初一的晨曦微露时一直要过到正月十二的夜幕降临。据说还有"跳水节""祭月节""开门节""关门节"……拉祜人爱过节，过节必跳芦笙舞，那景象一定热闹非凡。

2月17日下午我们抵达澜沧县并没赶上什么节日，也未赶上澜沧的重大集市——据说那集市是非常热闹的，10年前大地震留下的惨痛景象已渺无踪迹，只见男耕女织，城镇山乡一派安宁。我们观赏完县政府大院里震后塑建的两个硕大的金葫芦，便驱车向竹塘乡的一个拉祜新村进发。这里距地震中心战马坡30多公里。陪同的县林业局的同志介绍说，1988年11月6日澜沧地震发生后，澜沧人民在党中央、国务院的殷切关怀和全国各地的大力支援下重建家园，建了不少拉祜新村。农民迁入新居，每户都分到1亩田、10亩山，过上了安定的生活。走进新村，记者看到一排排崭新的砖瓦房，一户三间，统一规格，房间宽敞并铺筑了水泥地面。多数人家大人都上山或下田干活去了，由孩子看家。在一间仅见的木板房门口站着一个拉祜族小姑娘，上前交谈才知道，她叫李娜娃，今年10岁，上小学二年级，她在给爸爸妈妈做晚饭。李娜娃神情虽有些木讷，干活却是尽心尽力的。她的邻居扎发没有下田，在家里看他7岁的小扎多。扎发把我们让到屋里搬来竹椅木凳请我们坐，并告诉我们，他的1亩田种了稻谷，10亩山种了甘蔗，粮食够吃，甘蔗一年收入6000元，农闲时打工赚些钱贴补家用。我们参观了他家的三间房屋，除农具和一些简单的生活必用品外，唯一可以显示盈余的是仓房屋顶上吊着的几条腊肉。扎发平静的表情中也隐含着一种对富裕生活的向往。

晚饭时，见到紧张忙碌的县林业局洪副局长，这是一个颇为英俊的男子汉，36岁，拉祜族人，1992年云南大学政法系专科毕业。他先风趣地给我们讲了一个故事：天神厄萨器重拉祜人，对我们祖先说："高官任你做"，拉祜人听错了，以为是"高山任你住"，于是就选择了山上。从此拉祜人世世代代受穷。接着，他又说，封闭的大山是拉祜族贫困的根源，也是致富的希望所在。现在拉祜人最紧要的是转变观念，正确地对待大山。现在我们在做着两件大事：一是抓紧消灭荒山，改善澜沧的生态环境；二是大力发展林业，加快脱贫致富。现在，荒山造林的速度一年比一年快，凭借山区优势种植了9万亩经济林，同时兴办了木地板加工厂、竹制品加工厂和一家股份制松香厂。近5年林产工业产值已突破2亿元。如果能加紧修建景点，再把森林旅游业兴办起来，澜沧就会尽快地富起来。

是的，绿色产业兴旺之时，正是拉祜山乡富裕之时。我和扎多、小娜娃都盼望这一天快快来临。

让绿宝石永放光彩

——思茅走笔之五

2月18日晨，我们告别澜沧向孟连进发。

由于两县毗邻，汽车不一会儿就驶进了孟连县境。沿途青山绿水相伴，一派南国热带雨林风光，神姿仙态，婀娜迷人。

绿，在这里主宰了一切。

孟连傣族拉祜族佤族自治县，是祖国最西南角上的一个小县。传说，过去这里很荒凉，后来，有一位美丽的孔雀仙女在它的坝子里投下一颗绿宝石，从此孟连就变得山清水秀了，于是也就有了"绿宝石"的美称。

县林业局就在县城边上南垒河的峡谷里。局长李必义在小会议室热情地接待了我们。他建议，先看看然后再座谈。看什么？我想，一定是"绿宝石"的风采。

果然不出所料。他先带我们去看南垒河畔自然保护区的小花龙血树，接着看了边陲"王宫"——孟连宣抚司署，最后看了佤族贺格新寨，让我们感受了"绿宝石"的巨大魅力。

保护区就在林业局附近。南垒河把保护区分为东西两山，一座叫金山，一座叫银山。这里重点保护的小花龙血树原始群落，是已故植物学家蔡希陶先生1972年发现的。他的这一壮举填补了我国植物种群的此项空白，1986年，云南省在这里建立了保护区。保护区覆盖着原始森林，龙血树杂生其间，集中成片的纯林只有15亩。我们没有上山近察，只能仰望它的风姿：树干粗壮而通直，树冠如伞盖，枝叶婆娑，裹一身碧绿。据说，由于它的根扎在岩石上，因此长得很慢，六七年才开一次花，白色的，很美。龙血树的珍贵之处除观赏价值外，更在于可以从它的树心木质里提取血竭。血竭是一种名贵的中药材，有止血止痛之特效，是难得的抗癌药物。这是孟连所独有的"全国之最"。

孟连宣抚司署就雄踞在南垒河畔的金山上，是昔日傣族世袭土司的衙门，28任刀氏土司处理政务、行使统治权和家居生活的地方。这座傣汉合璧的古建筑群，构建精美，雄伟壮丽。据说，在云南18座土司府中它是保存最完好的一座，1965年被云南省确定为重点文物保护单位。馆长张海珍是傣族人。她指着署所内收藏的官服、印信、户籍、公文、兵器、刑具等文物，向我们讲述了660年漫长岁月中刀氏家族的荣辱与沉浮，追忆了孟连曾有过的赫赫声威。突然，我感到孟连宣抚司署与南垒河畔的小花龙血树有着某些相似之处。一个是大自然的瑰宝，一个是社会历史的杰作，都有着神奇而又厚重的文化内涵，同是孟连人的荣耀。

张海珍向我们介绍了她和她的5位馆员为保护这一文化杰作付出的苦心。她们奔走呼告，上下求援，先后获得77万元投资，对这座古老的建筑群进行了初步维修，重现了它的壮丽容貌；她们主办过画展，进行义卖集资；如今又搞起了花卉苗圃，出售花木挣些钱补贴经费不足。

我从这位傣族女性身上看到了一种坚韧不屈的文化品格，一种庄严的社会责任感和崇高的奉献精神，也看到了孟连人的追求和境界，又一次见到了"绿宝石"闪烁的光彩。

临别，张海珍把她近年编著的两本书送我作纪念，并郑重地签上她的傣族名字：召罕嫩。

在勐马镇的佤族贺格新寨，我见到"绿宝石"闪现的另一道新奇的风景。

刚进寨，敏感的阿佤儿童就发现了我们，于是呼朋引伴簇拥在我们前后，似乎在欢迎我们这些山外来客，但又怯生生地同我们保持着不远不近的距离。阿佤人的居所都是传统的木竹结构的吊脚楼，下边养家畜，上边的房屋住人。我们没见到神秘的木鼓屋，也没见到房檐装饰的牛头，看来这所新寨已浸润了现代文明新风，"猎头祭谷"的习俗在日渐消退之中。林业局的岩江（阿佤人）带我们先到岩来家又到岩仁家串门，好客的主人都热情地接待了我们。他们尽管日子过得很清苦，却十分希望我们尝尝他们酿制的水酒，吃一碗鸡肉拌稀饭。

晚上，回到林业局听李必义介绍孟连山乡的今昔与未来。孟连已由植树造林发展到启动林产工业，现在正红红火火地搞着橡胶、茶叶、咖啡三大项目，市场前景看好，但缺的是资金和人才。孟连人让《中国绿色时报》给内地朋友捎个信：欢迎内地人到孟连来观光，尤其欢迎四海朋友到孟连投资和他们一起开发孟连，让绿宝石永放光彩。

卫国是一面旗帜

——思茅走笔之六

10 年前，我陪同原林业部副部长刘广运赴云南考察过滇西北的国有森工企业。当时留给我的印象是：云南森工很不景气，在"两危"的困境中苦苦挣扎，积重难返。大理地区林业局局长李刚，眼里闪动着悲怆的泪花为广大森工将士请命的动人景象，至今深深地铭刻在我的心头。

10年来，同云南滇西北的上述情景一样，全国大部分森工企业也都普遍陷入森林资源危机、企业经济危困的局面，在举步维艰的探索中前进。

然而，这次在思茅，我亲眼见到的卫国森工集团却是另一番天地，另一种景象：蒸蒸日上，朝气蓬勃。这里初步实现了人与自然的良性循环，"青山常在，永续利用"不再只是对企业的要求，而是活生生的现实；凭借着资源优势，造林营林、木材生产、综合利用、多种经营全面发展，企业税利逐年增加，并造福着一方百姓。

卫国森工集团的前身、或者说，她的核心企业是卫国林业局。1969年建局时，卫国林业局从红河州招进了1500名农工，经营着跨景谷、普洱两个民族自治县小黑江林区的10.5万公顷森林，也从事着单一的木材生产。卫国林业局的可贵之处在于，她及时地吸取了全省乃至全国国有森工企业陷入"两危"的历史教训，当机立断：实行"未危先治"，努力探索新的发展道路。

转变指导思想，保资源，增后劲，是卫国人力避森工"两危"迈向成功之路的第一步。

大凡森工企业均以采伐森林、生产木材为主。卫国人反其道而行之：多造林，少砍树。过去辖区的12个林场，9个搞采伐，3个搞营林；改制后，只让5个搞采伐，其余7个都去培育后备资源。就是从事采伐的林区，也保证做到当年采伐，当年完成迹地更新，不留一亩空地，不仅还清了采伐欠账，还在原有的林间空地上多补造了1800亩林子。那更新造林是格外认真的，不是撒播，而是挖穴点种，种完以后要查密度，查数量，查有无漏造的边角地带，要补穴，补种，补空白，还要检查覆土的厚度合不合乎要求，确保种一棵要成活、成材一棵。在管护上，他们创造性地建立了"双连环式"责任制，即在企业内部有林业局、林场、职工三级管护责任网，在企业外部有企业、乡村、各族农民三级管护责任网，要求做到无山林火灾、无乱砍滥伐、无毁林开荒、无乱割松脂，定期检查验收，兑现管护报酬和奖惩。同时，对中、幼树及时抚育间伐，既充分利用了资源，又促进了林木生长，使思茅松的轮伐期由天然林的 45 年缩短到 30 年。这一战略措施的实施，使小黑江林区年木材生长量由 13.4 万立方米提高到 22.8 万立方米，年可采资源达到 8.5 万立方米，

而卫国人一年只采 4~7 万立方米；建局时，小黑江林区森林覆盖率为 62.96%，现在历经 29 年采伐，竟上升到 81.5%，保证了青山常在、绿水长流。

深化改革，兴产业，增效益，是卫国人力避森工"两危"迈向成功之路的第二步。

单一的木材生产是计划经济体制给森工企业造成的经营难以搞活、经济效益低下的弊端。卫国林业局冲破阻力，在地委、行署的支持下大胆改革。1992 年，他们开始承包正处于亏损困境中的普洱胶合板厂，使之当年实现了扭亏增盈，接着实行了局、厂合并、资产重组，不仅壮大了自己，增强了适应市场竞争的能力，而且结束了卖原木的历史。卫国人从此起步，先后组建了股份制中密度纤维板厂、中外合资的绿林竹木地板厂、与外省合作的刨花板厂、综合加工厂、饮料厂、卫生筷子厂、汽运队等，以卫国林业局为核心组建了包括 8 个企业、12 个林场在内的森工集团。其产品由胶合板扩展到烟叶夹板、中密度纤维板、硬质纤维板、刨花板、二次贴面板、火柴梗等，森林资源得到充分的利用，经济效益有了极大提高。企业的国有资产由建局初期的 3000 万元增加到 1.4 亿元；1997 年林产工业产值达 6630 万元，企业在岗职工发展到 2510 人。如今的卫国森工集团已成为雄踞于滇西南林区颇具实力的大企业，飞扬在彩云之乡的一面旗帜。

卫国实行工农共建新林区，是力避森工"两危"迈向成功之路的第三步。

卫国施业区林农交错，施业区内有 7 个乡、204 个自然村，居住着六万多各族农民。过去偷砍国有林木、蚕食国有林地、大大小小的林权

纠纷时常发生。为保大森林的安宁，卫国人决定开门办企业，提出工农共建新林区的建设方针。卫国人眼界宽：他们认为发展林业同林区农民的切身利益息息相关，兴林必同时富民；卫国人胸怀广大：让林区农民参加合法的林业生产获取报酬，成为编外的林业职工，进而做到让利于民；卫国人有胆魄：干脆，委托林区乡村和农民代管国有林。这样做，既调动了各族群众爱林护林的积极性，得到了地方政府的大力支持，又吸纳了劳动力，推动了林业发展，取得了兴林富民搞活企业的好效果。"八五"期间，小黑江林区各族群众更新造林 6.9 万亩，生产木材 12 万立方米，管护了 68 万亩用材林，种植了 1600 亩经济林，再加上养护公路、抚育管理、共收入 680 万元，同时也彻底消除了林权纠纷，使绿色山林得到了有效保护。

近来，卫国人的绿色事业又有了新发展。他们把依托小黑江林区的秀丽山水开办旅游业作为新的经济增长点，高起点的基础设施建设正在紧锣密鼓地进行；尽管山林中还有上百万立方米的可采资源，但为保护好天然林，他们毅然下调了胶合板的产量，决定 3 年后停止主伐。

借用地区林业局张晓赶局长的一句话：卫国森工集团"是在给森林落实政策"。深长思之，我不能不敬佩这位卫国林业局前局长见识之高远：森工企业，包括陷入"两危"困境中的企业，如果在要求国家对自己落实政策的同时，能摒弃短期行为，也能像卫国局那样自觉地先对大森林落实落实政策，恐怕就会找到真正能够解救企业的有效出路。

走卫国人的路，这就是结论。

大江安澜看东川

云南省昆明市北郊的东川区，堪称世界级的泥石流博物馆。这里的泥石流规模之巨大、类型之丰富、危害之严重、影响之深远，创下了中华之"最"，令世人瞩目。

　　所谓泥石流，其实就是水土流失，是水土流失特别严重的表现形态，是一种突发性的山地灾害。东川的泥石流不仅给东川人带来了旷日持久的灾难，危及着滇东北的国土安全，而且每年注入长江数百万吨泥沙，直接威胁着三峡水库。

　　东川境内的泥石流以小江流域为甚。小江发源于东川之南的寻甸县鱼味后山，由南向北流入金沙江，是长江的一级支流，全长140公里。小江在东川境内86公里，流域面积1430平方公里，具有危害性的泥石流共有107条，其中特别严重的有28条。蒋家沟泥石流是东川小江流域内泥石流中最有代表性的一条。其流域面积48.6平方公里，主沟长13.9公里，海拔1042~3269米，地形陡峻，降雨丰沛并集中，流域内植被稀少，崩塌滑坡发育充分，泥石流频繁发生且屡屡成灾。仅1919年到1968年的50年间，这条泥石流就曾7次堵断小江，最长的一次使小江堵断6个月之久。据长期观测统计，蒋家沟平均每年发生泥石流15场左右，最多的一年达28场。一场泥石流有几十阵，甚至几百阵，历时3~4小时，甚至有的达到10小时，最大流量2820立方米/秒，相当于小江洪峰流量的5倍，最大流速15米/秒，最大泥深5.5米，最高容重2.37吨/立方米。蒋家沟泥石流，其规模之宏大、流态之多样、过程之完整、类型之齐全，堪称天下奇观，被专家视为世界上最难得、最理想的天然泥石流观测基地。1961年中科院在此建立了东川泥石流观测研究站。

　　泥石流造成的危害是特别严重的。据不完全统计，从60年代以来的30多年里，小江流域发生大的泥石流滑坡灾害就有32次，冲毁农田3.2万亩，死亡187人，伤69人，堵断铁路2293天，冲断公路1233天（次），直接经济损失7712万元，连同抗灾救灾的费用算起来总计损失达1.3亿元。小江流域年均淤积泥沙4000多万吨，年均注入金沙江的泥沙600多万吨。上述情况表明，小江流域的泥石流是长江安澜的心腹之患！

　　然而，长期以来深受其害的更是东川人民，大面积频繁发生的泥石流严重地困扰着东川经济与社会的发展。

东川南北狭长，小江贯穿其中，总面积 1858.79 平方公里，人口 29.3 万，位于滇东北入口处，距昆明 125 公里。境内多高山，属亚热带季风气候。小江河谷有大约 10 万亩农田，光热资源丰富，素有"天然温室"之称，是昆明市最大的热带作物产区；海拔 2500 米以上的山地是肥美的大草甸，既是牧业基地，又是难得的旅游资源；区内金属铜的储量 335 万吨，占云南全省铜总储量的 1/3，居全国第三位。就因为频繁发生的泥石流，东川不仅丧失了江河之利，而且也使这些区位优势不能充分地造福于东川人民。东川虽然经历了竭尽全力实施的"八七扶贫攻坚"计划，目前仍有 19 个村的 4674 户、19127 人未脱贫。至于泥石流危及长江，更是难以整治的顽症。

造成东川泥石流灾害频繁发生的原因，从根本上说，是由于东川有着特殊的地质构造和地理条件：东川地处高原山地，小江两岸山体有大面积的断裂，而且岩层破碎，分化严重，加上这里又是地震多发区，崩塌滑坡发育充分，形成了数量巨大的可移动的固体堆积物；同时，大量的调研结果表明，与森林植被遭到大面积破坏有关：由于大面积砍伐森林、无节制的人为活动，破坏了地表生态，加剧了水土流失，对泥石流灾害的形成起到了推波助澜的作用。

盛夏 7 月，记者赴东川采访，亲临大白泥沟、小白泥沟、老干沟、石羊河、大桥河、城区后山以及蒋家沟等泥石流现场考察，走访了中科院东川泥石流观测研究站，对东川泥石流灾害感触良多。记者在采访中了解到，东川在东汉时期就是有名的"铜都"，而炼铜需要大量的木炭，烧制木炭就要大规模地砍伐森林，斧锯声声，在东川的山林中持续了近两千年。据说，炼 1 吨铜要用 10 吨木炭，而烧制 1 吨木炭要用 10 吨木材。旷日持久的冶炼必然造成旷日持久的砍伐，再加上上个世纪 50 年代末期大炼钢铁、80 年代初期分山、分林到户等几次大规模的对森林的破坏，致使小江流域的森林几乎被砍伐殆尽。记者在上述泥石流发生地采访时看到，除了已治理的和正在治理的泥石流沟谷两侧的山坡上有新营造的林木外，其他地方大多还是荒山秃岭。当地人告诉记者，东川也有未遭破坏的原始林区，而有林地区从未发生过泥石流。观测研究站的专家也告诉记者，无林山地的泥石流危害要比有林山地的危害大十倍左右。他们还介绍说，小江流域的泥石流，上个世纪 50 年代初期只有 30 多条，现在已发展到 107 条；过去泥石流十几年发生一次，现在几乎每年雨季都有泥石流发生，甚至一年要发生十几次、几十次。这完全是人为活动加剧、生态环境恶化的结果。

建国以后，东川人民在党和政府的领导下，同泥石流灾害进行了不屈不挠的抗争，经历了从破坏森林植被到进行治理、边治理边破坏、直到自觉地全面加速治理的过程。在这个充满忧患与艰辛的过程中，东川人已经完全认识了泥石流灾害的严重性，把防治泥石流看作是东川的"生存工程"和"希望工程"，把它视之为东川百业振兴的基础和经济与社会发展的前提。截至目前，东川为防治泥石流已植树造林、封山育林 80 多万亩，"四旁"植树 1827.3 万多株，建拦挡坝 77 座、固床坝 111 座、谷坊 944 座，筑截留沟 19.4 千米、防护堤 3.6 千米、排水槽 27.7 千米；自 80 年代以来，规划治理的 28 条危害严重的泥石流沟，其中有 9 条已完成，其他 19 条正在治理中。东川的泥石流防治已初见成效：沙滩造出 2.1 万亩，保护农田 1.6 万亩，拦蓄泥沙 2402 万立方米，控制水土流失面积 168.6 平方公里，使全区水土流失面积下降了 12.9%，重点防治地段的滑坡、泥石流灾害得到了有效的遏制和一定程度的缓解。东川区历届政府都把防治泥石流灾害作为头等战略任务来抓，竭尽全力保障资金投入，抓住重点坚持不懈地加以治理，做到了领导班子换届，治理方针、政策不变换，工程不停滞；东川区的百姓为保家园、求生存积极地投工投劳，保证了工程顺利推进。

在长期治理实践中，东川人依靠科学技术总结了一整套治理泥石流的经验，形成了享誉中外的"东川模式"。所谓"东川模式"，即指以"稳""拦""排"为核心的三项有效的治理措施。首先是"稳"，即在小江上游封山育草、植树造林，减少地表径流，固土稳坡；在冲沟中修建谷坊群以稳定沟岸，防止沟床下切和水流渗透侵蚀，尽量使水土分散。其次是"拦"，即在主沟内选择有利地形构建泥石流拦挡坝，拦蓄泥沙，缓解泥石流的冲击力，提高沟床侵蚀基准面，稳定坡角。最后是"排"，即修建排导槽，以束水攻沙，让泥石流按照人的意志排走，达到保护下游城镇设施和开发利用土地的目的。这"稳""拦""排"是东川人手中降服泥石流的三件"法宝"。依仗这三件"法宝"，他们创造了一桩桩征服泥石流的成功范例。这不仅赢得了中外专家的高度评价，而且也千百倍地增强了自己战胜泥石流灾害的信心。

建在蒋家沟泥石流现场附近的中科院东川泥石流观测研究站，拥有最尖端的设备和一流的专业人才。为保长江安澜，他们从 1988 年起对东川的泥石流开展了大规模的野外观测，并以观测实验为手段进行着各类泥石流发生、运动、堆积机理与过程的基础研究，以及泥石流预测预报、警报系统和综合防治的应用研究。他们在东川的泥石流防治中建立了卓著的功勋，是东川人民的保护神和东川人防治泥石流实行科技攻关的坚强后盾。

这是东川之幸，也更是长江之幸！

（刊登于 2000 年 10 月 20 日《中国绿色时报》三版）

贵阳抓紧建设生态园林城市

本报讯 改革开放以来，贵阳人尝到了生态环境建设的甜头。面对西部大开发的新形势，他们把生态环境保护和建设作为根本和切入点，决心抓紧建设生态园林城市：在原有环城林带的基础上，在外环再建一条更大的环城林带，使林带总长达到 235.8 公里，面积达到 43.6 万亩，形成城郊生态园林体系。

贵阳是我国西南地区的重要开放城市，地处长江、珠江上游分水岭地带，地形高差大，气候类型多，适宜多种林木生长。但是由于种种历史原因，近代以来，森林植被破坏严重。建国初期，环贵阳城区的群山皆为荒山秃岭，名山胜景已变得满目凄凉。建国以后，为加快林业建设，整治城市面貌，相继成立了顺海、都溪、孟关和省林科所试验林场等四个国有林场，并扩建了长坡岭林场，同时扶持郊区集体林区，先后建立了105个乡村林场，经营面积由1000多亩扩大到18万亩，构成了环城林带的基本框架。

改革开放以来，贵阳市的各级领导抓林业的观念发生了根本性变化：由单一的抓林产品生产转变为把林业当作生态环境建设的主体来看，确立了生态效益优先的思想，追求生态、社会、经济三大效益相统一，下大气力抓城市与郊区的绿化美化，树立贵阳的新形象。1979年春，市委、市政府正式提出，举全市之力，用10年时间抓紧植树造林，堵漏补缺，建成环城林带。从此环城林带建设成了贵阳市城镇建设的重要内容，并与各级领导的政绩考核挂起钩来。各级各部门的领导按照市委、市政府的指示，抓紧落实规划，超前安排种苗、资金，年复一年地组织群众植树造林。他们把林场环城的森林和扩建中的黔灵、森林、南郊和花溪四个郊区公园以及环城的山坡林地连成一体，补植树、铺草坪，历经10年艰苦努力，形成了一条总面积13.6万亩、环绕贵阳城区宽1~7公里、长70公里的林带。这条林带把贵阳市郊区的林场、公园、风景区连成一体，装扮了贵阳的山水，极大地改善了贵阳市的生态环境，提高了全市人民的生活质量，使之有了休闲度假的好去处。贵阳人为此甜在心里，笑在脸上，这条林带也给他们增添了巨大的光彩。贵阳的环城林带被誉为全国独有的城市森林景观，为此，贵阳三次被评为全国绿化先进城市。

近些年来，随着贵阳市改革开放和现代化建设的深入发展，城市人口的迅速增加，城市面积已由改革开放初期的52.69平方公里扩展到494.6平方公里，导致环境容量不断下降。原有的环城林带已经满足不了现实需要。特别是面对西部大开发的新形势，需要扩大招商引资，进一步提高环境质量，围绕新扩展的城区建设一条新的环城林带已成当务之急。为此，贵阳市委、市政府提出再用10年时间，在外环再建一条规模更大的环城林带。

记者在采访中获悉，新立项的环城林带建设工程总投资10248.5万元，在扩展后的城区周围新建长163.8公里、宽1~4公里、面积为30

万亩的林带。新建的环城林带主要分布在金阳、白云、花溪、龙洞堡、新添寨、二戈寨等6个片区，以人工营造混交林为主；同时，对现有的环城林带中的3.5万亩树种单一长势不好、景观单调的低效林分进行改造。到2010年，新的环城林带建成后将形成总长235.8公里、面积达43.6万亩的城郊防护型、景观型的绿色林带体系，人均林带面积由现在的87平方米增加到207平方米。新的林带将把人文景观、自然园林与防护林带融为一体，扩大贵阳人的休憩旅游空间，使环城林带中有景，景中有林，花果飘香，四季宜人，让贵阳成为风景优美的生态园林城市。

把山河破碎的关岭建成绿色家园

在贵州省2000年退耕还林(草)试点示范单位的名册上所列的12个县(区)中，没有关岭布依族苗族自治县。

然而，关岭县的退耕还林这些年却搞得红红火火，声势不凡，并有许多经验值得借鉴。

关岭县位于贵州省西南部，是个少数民族聚居的贫困县，面积1468平方公里，人口30.1万。县境内以喀斯特地貌为主，西北高而东南低，相对高差悬殊，最高海拔1580米，最低处370米，纵贯中部的是西部北盘江与东部打邦河两大水系的分水岭。关岭多山，山区面积占全县土地总面积的89.27%，丘陵占5.9%，平坝只占4.83%。其山川地貌特征以及人口贫穷的状况，简直是贵州省的缩影。贵州有许多山水名胜，独特的文化物产，关岭也毫不逊色：蔚为壮观的北盘江大峡谷，目睹之间足以令人心灵震撼；老字号——郭正鹏狗肉馆就跻身在关岭县花江镇的街巷上，由于狗肉馆的精妙烹调方式，使"花江狗肉"名扬全国；此外，"关岭牛""关岭猪"也是让人啧啧称道的优良物产。

然而，关岭大地被旷日持久的水土流失已切割得支离破碎，伤痕累累，再加上北盘江遭受其上游煤灰废水的严重污染而成为生命的禁区，让关岭人饱尝了刻骨铭心的生态忧患！

关岭县耕地少，人口增长快，人地矛盾非常突出。长期以来，迫于生存危机带来的压力，便盲目地毁林毁草开荒、陡坡耕地种粮，加剧了水土流失和山地石漠化。全县65万亩耕地，25度以上的坡耕地就有39万亩，水土流失面积已达99.3万亩，占土地总面积的45%，土壤侵蚀模数高达4155吨/（平方公里·年）。严重的水土流失导致库塘淤积，水源干枯，自然灾害频繁发生。近20年来，关岭三年两头涝，年年有旱灾，山体滑坡，桥梁垮塌、水冲沙壅等现象时有发生，大片植被覆盖的山地变成了怪石裸露的荒坡。关岭人本想通过陡坡垦植来增加耕地面积和粮食产量，却事与愿违，不仅付出了昂贵的生态代价，也丧失了最直接的经济利益：全县每年开荒种植2.15万亩，却流走了上好的耕作土层面积2.5万亩，12380亩旱涝保收的水浇地现已减少到8000亩。

面对大自然如此无情的报复，关岭人已痛切地感到若不实行生态重建已再无退路；面对如此的贫穷，必须为自己寻找一条生路；面对西部大开发这难得的历史机遇，关岭人决心治理破碎的山河，建设山川秀美的绿色家园，开辟一条振兴全县经济的出路！

把山河破碎的关岭建成绿色家园，抓好退耕还林是关键。

其实，早在90年代初期，关岭县的局部山区就开始了以小流域为单元，对水土流失实行了山水林田路的综合治理，并涌现出了新铺乡和板贵乡两个典型。在新的形势下，关岭县委、县政府认真总结了新铺、板贵两个乡的成功经验，义无反顾地推进全县的退耕还林。关岭县在退耕还林的实践中，注意把生态建设的指导思想与本地的实际结合起来，从而形成了以林粮间作、坡耕地配置地埂树为主的农林相结合的生态复合型种植模式，既可控制水土流失，又能产生良好的经济效益。他们转变了观念，一改过去那种"政府如何规划，就让农民如何去做"的旧思路，变为维护农民根本利益（眼前的和长远的）角度，积极引导群众，让他们成为退耕还林的主人，种植他们喜欢的既适应立地条件又适应市场需求的树种，政府部门则全心全意地为他们搞好服务。县林业局彭志坚局长把这种做法形象地概括为："农民开菜单，我们来做菜。"

关岭县的退耕还林不仅重视政策引导，而且十分重视加大科技投入。他们坚决贯彻"谁造林、谁受益"的政策；虽然享受不到国家给试点示范县制定的优惠政策，但为解除群众的顾虑，积极筹措资金，采取工程补助、以粮代赈、发放长效小额信贷的方式解决好群众退耕后的口粮和燃料问题。在科技投入上除了向农民大力普及科研成果和林业实用技术外，尤其注重还林树种的选择。在采访中，彭志坚局长说，选对了树种，退耕还林就有了可靠的保障；树种如果选错了，造成的损失将是不可挽回的，因此必须慎之又慎。要针对退耕还林地的立地条件、兼顾生态、经济效益，同时要遵照适地适树、适应市场需要和群众意愿的原则，选择那些见效快的树种。林业部门依据选妥的树种，加大苗木培育力度，为群众退耕还林提供优质、丰产、一树多用的造林苗木。

实行林粮间作、不是退耕不坚决，而是先还林后退耕，这也是关岭县结合县情、民情创造的好经验。无论是新铺乡还是板贵乡，不少退耕还林地上新植的树苗同粮食作物一起生长，树种大多是短期见效的经济林木，坡改梯地段却配植了起防护作用的地埂树，同时配合采用旱作农业技术，使植树造林不但不影响粮食生产，而且起到了良好的防护效果，从而提高了单位面积的产出率。农民既增粮又增钱，尝到了甜头，认识到退耕还林和栽植地埂树不仅能解决温饱问题，而且还是一条脱贫致富的好路子，从而把陡坡耕地退下来改种树。

关岭县在生态环境建设中，还把退耕还林与大面积的封山育林和工程造林结合起来，极大地加快了造林绿化的进程。

剑河实施百里天然阔叶林保护工程

本报讯　位于贵州省黔东南苗族侗族自治州的剑河县，是全国集体林区 48 个林业重点县之一，也是祖国西南边疆尚未完全脱贫的少数民族县。尽管剑河财力有限，但是县委、县政府高度重视天然林保护，在努力抓好"长防林""珠防林"等重点生态工程建设的同时，从去年起主动实施了百里天然阔叶林保护工程。

剑河境内山川秀丽，民族风情浓郁，森林资源极其丰富，是一块镶嵌在贵州高原上的绿色宝石。建设中的剑河县城坐落在风光旖旎的清水江畔，而清水江是长江水系在剑河境内最大的支流；县境南部有一片铺展在久仰、南哨、太拥3个乡境内绵延上百公里的天然阔叶林带，面积15万亩。林区内巫密、太拥这两条河又是清水江在剑河境内最大的支流。这片天然阔叶林景观奇秀，披覆得群山叠翠。林内树种繁多，郁闭度大，庇护着多种珍贵的野生动植物。在天然植被中，不仅有水青冈、榉木、青冈、丝栗、枫香、木荷等阔叶树种，还间杂有红豆杉、福建柏、马尾松、杉木等针叶树种；密林深处、溪水之间栖息着红腹锦鸡、鸠鸟、黄喉、林麝、野牛、小灵猫、蝮蛇、娃娃鱼等珍稀动物。由于多种动植物长期共生，形成了良好的生态环境。

剑河县委、县政府在抓紧山区群众脱贫攻坚的同时，从去年起积极筹措资金，经过精心规划，启动了百里天然阔叶林保护工程。他们组织科技人员会同有关乡村做好规划设计，并在保护区内修建了防火瞭望台、护林碑，铺设了林道，开辟了防火线，设立了管护组织，配齐了护林员，同时制定了乡规民约，落实了管护制度。为保护好这片弥足珍贵的天然阔叶林资源，永久性地保持好溪河两岸的水土，使清水江碧水长流，为长江安澜尽自己的守土之责，剑河作了最大的努力。县委书记杨清源告诉记者，如果资金充足，能有条件运用资源监测等高科技手段，扶持工程项目区3301户农民尽快脱贫，他们可以把保护这片天然阔叶林的事情办得更好。

（刊登于1999年8月31日《中国绿色时报》第四版）

大自然，应该是五彩缤纷的

——访全国人大代表、胖龙公司总经理徐骁力

全国人大代表、胖龙（邯郸）温室工程有限公司总经理徐骁力在接受记者采访时说："温家宝总理在政府工作报告中强调要加强生态建设，这让人很受鼓舞。"

徐骁力说，生态环境不能再继续破坏了，继续破坏将严重地威胁人类的生存。基于这种认识，自胖龙公司创建以来，他带领全体员工在设施林业、花卉、园林、林地灌溉等诸多领域都取得了骄人的业绩，使胖龙公司成为我国很有影响力的温室及设备制造的企业之一，并不断把企业积累的利润回报给绿色事业。前些年，一些地方森林禁伐后，一些国有林区职工身处困境。他对这些默默无闻的绿色事业开拓者寄了深深的敬意和同情，于2001年6月发起并实行了"胖龙绿色助学活动"，历时3年，相继投入50万元，资助林业系统近百名贫困家庭的优秀学生进入林业高校学习，带动了全社会关注绿色、关注生态建设、关注林业人才的培养。

徐骁力作为人大代表对生态建设积极建言献策。他认为，近些年来，林业部门在积极推动生态建设方面做了大量的富有成效的工作，六大林业重点生态工程建设协调配套，成绩卓著。但是，从全面建设小康社会的紧迫需要出发，还必须进一步加大对生态建设的投入，使生态脆弱和破坏严重地区的生态治理速度更快一些。同时，还要加快林业改革的步伐。他分析说，中国有一句老话，民有"恒产"才会有"恒心"，把荒山、荒坡、荒地的使用权，有偿转让给私人经营，使用期限更长一些，可以更充分地调动全社会参与生态建设的积极性。这对避免掠夺性开发和克服短期行为是很有好处的。

近年来，胖龙公司致力于发展彩色园林，先后投资1000多万元从

国外引进彩色树种，建设基地，精心培育，大力推广。有人对这种引进提出质疑，认为不少彩色树种都是我们本土的原生树种，"引进"的做法是多此一举。但徐骁力并不放弃。他说，尽管有不少彩色树种是我们本土原生的，但是经过国外先进技术的培育、驯化和优化，已成为生态、经济和观赏价值很高的优良品种。同时，在杜绝"生态杀手"的前提下，这是增加生物多样性、提高生态建设质量的要求。

徐骁力深信，生态良好的大自然，应该是一个五彩缤纷的世界。

林业经济观察

北方木片出口已打开局面

我国木片产业将迅速兴起

在中国林业发展史上，1991 年将会因木片产业方兴未艾而留下浓重的一笔——我国北方木片出口初步打开局面，国内木片市场出现了转机。

这样评价，不仅仅是因为木片生产在几起几落之后再度崛起，还因为木片生产、出口已成为深化林业改革、扩大林业开放的一个重要标志；更重要的是，木片的生产、出口不仅充分地利用了小径材、伐区剩余物，从而大幅度地提高了林木资源利用率，而且有着显著的综合效益。小木片要办成大产业已成为林业发展的必然趋势。

东北内蒙古国有林区木片生产始于 60 年代初期，此后几十年间，即起又落、徘徊不前。1990 年用"三剩物"生产的木片产量只有 80 多万立方米，与我们丰富的资源相比，这个数字太不相称了。

行家们分析说，导致木片生产发展缓慢的原因至少有 5 个。一是认识不足；二是管理体制不顺，长期以来林纸分家，产运销脱节，责权利分离，既浪费了资源，又限制了木片生产发展；三是因运输得不到保证而影响了销售；四是木片产销税费过多，企业不堪重负；五是林业部门没有木片出口经营权，内销用量又有限，开拓木片市场受到种种限制。

为促进木片生产发展，林业部把这项工作作为"治危兴林"和兴办绿色产业的战略措施来抓，于去年成立了木片生产领导小组，设立了木片生产办公室，负责木片生产、规划、组织、协调、指导和服务工作，并在调查研究的基础上，初步制定了木片生产规划方案。

1991 年 5 月 11 日，满载东北木片的"东信"轮起锚离港，东北林区实现了首批木片出口。此后，木片办与韩国、日本和我国香港、台湾的木片贸易商社陆续建立了业务联系，为东北林区今后的木片出口和出境销售奠定了基础。

据统计，到今年 5 月，东北林区已出口阔叶木片 9 船共 4.96 万绝干吨，创汇 470 万美元。6 月 4 日，第 10 船出口木片已开始装船。北方木片出口试销工作已初步打开局面。

与东北相比，广东、广西、海南的木片生产、出口势头强劲。1991年，三省区出口桉树木片 33.5 万绝干吨，创汇 3000 多万美元。

木片出口还起到了促进内销的作用，内销木片的数量和价格均有所提高。据调查，目前，国内纸厂每层积立方米木片的收购价格已比去年初提高约 20 元。

来自林业部北方木片工作会议的信息表明，大力发展木片生产的条件已经成熟。

理由有 4 条：一、全国每年可供生产木片的"三剩物"和定向培育的专用资源有 2000 多万层积立方米，生产原料有保证；二、生产木片所需的专用技术和设备基本过关定型；三、林区有大量富余劳动力，劳动力资源有保证；四、随着改革、开放的深入发展，内销市场正在扩大，国外市场逐步拓宽。

更为重要的是，林业部将采取措施，在政策、资金、计划上大力扶持木片生产。部长高德占明确指出，小木片要办成大产业是林业发展的必然趋势。

经历过木片生产几起几落之后，人们自然要担心，这一次会不会乍起还落，重蹈覆辙，熟悉内情的人说，看看市场吧——

日本每年进口木片 1400 万绝干吨、韩国和我国台湾每年都进口 100多万绝干吨。他们主要从美国、澳大利亚、智利、南非等国进口，现正在寻求新的货源。与此相比，我国木片外销具有运距短、价格低的竞争优势。

国内每年要花 10 多亿美元进口纸浆及纸制品。由于多种原因，目前，国内木片市场已出现转机，"吃"木片的企业已开始把目光转向国内。

当务之急是，迅速采取有力措施，把潜在的市场变成现实的市场。

涉入商品经济的大潮，木片的质量会成为走向市场的"通行证"，那时，市场会告诉你，为什么说质量是产品的生命。

看得见的是木片，木片兴衰的背后是市场，有没有市场在质量。

滴水见太阳。走向市场，小小木片如此；兴办绿色产业，哪样又能例外呢？

有了可靠的质量保证，何惧木片市场不能巩固，何患木片产业不能兴起！

现在，需要的是行动。用事实再留下浓重的一笔——把小木片办成大产业。

深化林业改革 扩大对外开放

要把小木片办成大产业

本报讯　6月3日至5日，林业部在北京召开北方木片工作会议。与会代表集思广益共商发展木片生产经营大计。林业部部长高德占在会上强调，抓木片生产是深化林业改革的重要标志，抓木片出口是扩大林业对外开放的一个重要项目，抓木片的生产和出口是加快林业发展的重要措施。他强调，对木片生产和出口，要进一步奋力开拓，要增加生产，扩大出口，通过长期的努力，真正把小木片办成大产业。

高德占说，林业部之所以对木片工作这样重视，是由于木片生产在整个林业产业中的重要地位决定的。一是生产木片可以更合理地利用森林资源，提高资源的综合利用率，促进提高采伐作业质量，这无论对保护还是发展森林资源都是非常重要的；二是通过利用伐区剩余物、小径材、抚育间伐材，发展木片生产，可以促进中幼林抚育和低产林改造，促进科学地经营森林；三是木片生产有很好的经济效益，这对于解决森工企业和林场的困难，对增强林业活力都有积极的作用；四是发展木片生产能够出口创汇，扩大对外开放，是林业很有希望的大宗骨干的出口商品；五是通过木片生产可以安排林区的富余劳力，有利于调整林业的产品结构。所以，我们一定要解放思想，开阔思路，抓住时机，提高认识，下大气力把木片工作抓上去。

高德占指出，我国木片生产已经出现了很好的发展势头，但绝不能盲目乐观。目前，是机遇与困难同在，我们必须抓住时机，通过深化改革解决木片生产和出口中的问题，使木片生产在已有的基础上加快发展。对木片生产和出口，我们总的要求是：要进一步奋力开拓，要增加生产、扩大出口，并通过长期的努力，真正把小木片办成一个大产业。

高德占说，要让木片生产和出口再上一个新台阶，就要从实际出发，深化改革，扩大开放，集中力量解决好以下几个问题：

首先，要解决好认识问题。解决认识问题也是改革，是观念上的变革。我们的目标是把木片办成大产业，这是林区深化改革、扩大开放的重要途径。必须把发展木片生产同整个林业工作联系起来，同森林资源的培育、保护、合理利用联系起来，看到它的综合效益，把它当作一项十分重要的工作来抓。要认识到，发展木片生产是林业发展的必然趋势。木片生产在国外已有多年的历史，造纸工业要大量使用木片。从这一发展趋势看，发展木片生产不能小打小闹，也不是权宜之计，木片是大有希望的新兴产业。各级领导一定要把握住这一趋势，要看到木片生产的广阔前景。另外，我国是个少林的国家，到任何时候都要加强保护和合理利用森林资源。随着林业改革的深化，对森林资源的行业管理也要深化改革。小径材、枝桠材也是可贵的林木资源，也要进行充分的利用。今后要做到，生产多少原木，也要相应地生产一定数量的木片。对此，在产业政策上要采取积极措施，对三剩物的利用率要分年度提出明确的指标，以促进木片生产发展。

高德占强调，今后，我们要像对待木材生产那样对待木片生产，无论是从计划上、资金投入上，还是从运输安排上，销售力量上，都要同样重视，要把认识落实到狠抓木片的生产和出口上来。

其次，要解决好组织领导问题。为了抓好木片工作，部里专门成立了木片办公室，作为行业管理机构，要发挥好规划、指导、协调、服务、监督的作用。随着木片生产发展，行业管理工作要继续加强，为基层搞好服务。对木片的生产、经营要用经济的办法，按商品生产的规律办事。在木片生产组织上要建立生产、经营、出口的利益联合体，要用经济的办法管理。在联合体内要实行统一规划、统一计划、统一运输、统一对外，增强木片生产的经济实力和竞争能力。

第三，要解决好市场问题。市场是影响木片生产的一个外部条件，一定要下大气力千方百计地开拓国际、国内两个市场。木片既然是商品，就得坚持以销定产，要积极争取签订中长期合同，稳定供需关系。在生产上必须实行工厂化和基地化运作。所谓工厂化，就是生产要有一定的规模、设备、标准、管理，要讲求效益，其中出口的木片必须实行工厂化生产，以保证质量；所谓基地化，就是要建立有一定规模和实力的生产基地，以保证长期、稳定的供货渠道，保证出口需要量的不断扩大。

第四，要切实解决好质量问题。木片和其它产品一样，质量是生命。我们一定要下决心提高木片产品的质量，加强质量管理。木片这个新兴产业正在开拓时期，一定要高度重视质量，树立良好的信誉和产业形象，为使木片成为大宗商品占领市场奠定基础。

第五，要解决好经营管理问题。木片生产和出口是个系统工程，环节多，工作量大，因此，一定要加强经营管理。经营管理要做到商品化、规范化，不能带有随意性，要狠下功夫，从实际出发，向经营管理要质量、要效益。

第六，要解决好运输问题。运输是影响木片生产发展的又一个外部条件。要从开拓市场的实际需要出发，千方百计地抓好运输。要上下结合，用综合的办法抓运输，要像抓木材运输、抓市场那样解决好木片的运输问题。

高德占要求部机关各司局、各单位要大力支持木片生产和出口，要在计划、资金、项目安排上，以及政策上进一步扶持木片生产，促进木片生产再上新台阶。

参加这次会议的有黑龙江省森工总局、黑龙江省林业厅、吉林省林业厅、辽宁省林业厅、内蒙古自治区林业局、黑龙江大兴安岭林业公司、内蒙古大兴安岭林管局的负责同志和林业部有关司局、公司、林业部木片办公室的负责同志。

屹立在废材堆上的企业

——访兴庆木片加工厂

北京北郊山区延庆县有一个兴庆木片加工厂，是林业部管理干部学院和延庆县乡镇经委合资创办的。去年9月18日工厂正式投产，截至目前，已向韩国出口木片1300绝干吨，产值达100多万元。

兴庆厂小，只有40几个人；原料堆积如小山全是废弃的枝桠材，生产木片却是优质的。全国整顿木片生产质量，山海关港口查验出口木片产品的质量，拒收了不少企业的产品，对兴庆厂生产的木片却一路绿灯——就是信得过！

5月25日，记者慕名采访了这家屹立在废材堆上的企业。兴庆人强烈的质量意识和艰苦奋斗的创业精神给记者留下了深刻的印象。

工厂的办公室，是一排低矮的旧平房。一切设施因陋就简，唯独生产机械却是从镇江林机厂购进的。播筛机、切片机、分离器不仅有专人操作，而且有严格的保养制度，由分管的厂领导监督贯彻。购进的枝桠材要一根根地分捡：大的，高看一眼，留做加工地板块和包装箱板；有腐朽痕迹的或有虫眼儿的甩下来，将来连同锯末一起用来生产木耳、蘑菇；其他的好原料用来生产木片。从选料开始到剥皮、截段、削片、装袋，每一道关都把得非常严格认真，每一道工序都有专门的质检员，各工组都与企业签订了"三保（保质量、保安全、保产量）一挂（与经济效益挂钩）"协议。为使木片不沾泥土，对切削好的木片一边过目检验，一边随手将合格的装入麻袋，42.5公斤一袋，过秤后封口入库。为避免运输、装船过程中有异物混进木片里，麻袋口都是用"一拉得"方式密封的。

在确保产品质量上，兴庆人做得既严格又谨慎，一点一滴地积累着企业的信誉度，一步一个脚印地迈向国际大市场。

工程师李向东是林干院的驻厂代表，一心扑在工作上，谈项目、筹贷款、购设备、搞安装，忙得一连几个月顾不上回家，在小小的木片里浸透着他的一往深情。其他厂领导也都没日没夜地干。资金紧张那阵子他们都从自家积蓄中拿出钱垫付给厂里先用。

现在，生产地板块和包装箱板的流水线正在组装建设中；借用毗邻的果园空地培植木耳、蘑菇也进行了很有成效的洽谈。

兴庆人情不自禁地向记者介绍了他们初步获得的荣誉：他们艰苦奋斗的创业精神和强烈的质量意识受到了来厂参观的林业部前副部长蔡延松的首肯；5月17日，北京市林业局在兴庆厂召开了全市木片生产现场会；延庆县副县长雷占泉赞扬说：你们把废物变成了创汇产品，为带动延庆县的经济发展做出了贡献。

虽然没有奖旗和荣誉称号，但那诚挚的鼓励和一句句贴心的话语，却极大地激发了兴庆人的壮志豪情，他们决心把小木片做成大产业，做全国20万木片生产大军的排头兵。

（1996年6月13日刊登于《中国林业报》第二版）

凝聚在小木片上的情怀

8月中旬的一天，镇江林机厂的技师老贾带着徒弟小赵，急匆匆踏上北去的列车直奔北京，下车后又风风火火地赶往北郊延庆。因为，他们听说，位于北京延庆县的兴庆木片加工厂使用他们厂生产的削片机出了故障。领导派他们日夜兼程赶去维修。

用当今时髦的话来说，这叫"售后服务"。只要用户已投诉，马上就去救急。

其实兴庆厂并没有向镇江厂"投诉"，是在一次偶然的电话联系中不经意之间把"消息"透露出去的；兴庆厂准备自己承担刀具使用不当的责任。因为，建厂初期，兴庆厂没那么多钱买成套设备，是镇江厂急他们之所急，把削木片的设备送上门来，让他们先使用后付款，这才保证了按时投产。这份情谊太重了！其实兴庆厂也不是削片机发生了故障，镇江厂生产的削片机的机械性能是良好的，而是进料口上左旁刀的刀刃打飞了一块，需要更换。

贾师傅此行没带刀具，算是白来了。

不过，贾师傅听了兴庆厂围绕着他们的刀具和小木片发生的一段故事，他又觉得自己没白来。

前不久的一天，兴庆厂的削片机进料口上左旁刀的刀刃突然发生了断裂。机器依然在运转，操作工人没有察觉，断裂的刀刃碎片神不知、鬼不觉地飞卷进木片中，又被收进了包装麻袋，一袋袋成品木片又被装上车运到了延庆火车站，准备发往山海关码头装船出海运往日本。

几天后，厂领导发现了这一问题，当即下令停机，发动全厂职工仔细搜寻刀刃碎片的下落，而且一定要查个水落石出！全厂上下几十双眼睛在机器旁边、废料堆里、未出厂的装满木片的麻袋中一遍遍地搜寻着，但是，未发现这些碎钢片的踪影。于是，他们断定，这些碎钢片肯定在车站的木片麻袋中！

兴庆人心急如焚。一旦这些混进了刀刃碎片的小木片运到了日本，将会造成很坏的国际影响，那时，砸掉的不仅是兴庆厂的牌子，而且将会玷污整个中国木片行业的形象。为此，厂领导下定决心，再难也要把这些碎钢片找回来！

这时，800多袋成品木片还没运走，像小山一样堆在延庆火车站的货运场上。兴庆人又把检查的重点转移到了这里。他们一袋袋打开包装一片片地翻检，没发现刀刃碎片的便重新装袋封严。经过两昼夜的苦战，直到把最后一袋检查完，兴庆人才欢呼跳跃起来。

事后，工程师李向东把这些捡回来的刀刃碎片小心翼翼地包在一个小纸包里。带回厂，他数了数，大大小小 51 块，大的锋刃可见，比蚕豆大，小的如小米粒；他放在秤上称了称，也就 1 两重！

纸包虽小，分量虽轻，但显示了兴庆人强烈的质量意识和社会责任心。

听了这个故事，贾师傅非常感动。他代替兴庆厂向自家厂"投诉"：让镇江林机厂销售公司内销部主任毛利尽快派人带刀具北上，赶赴兴庆厂，再进行一次真正有效的售后服务。

（刊登于 1996 年 10 月 17 日《中国林业报》第二版）

护花神与四维营销——

中国花卉业腾飞的新希望

改革开放的春风吹活了中国的花卉市场，把中国的花卉业鼓荡得一派生机。

如今我国城乡居民买花、养花、亲朋好友交往送花，已成为新的社会时尚；大大小小的花店、花市在越来越多的城镇兴起，不少大中城市出现了颇具规模的花卉集散地，花卉业已成为令人瞩目的朝阳产业。据中国花协统计，1997 年，我国花卉业总产值达 60 多亿元，其中出口产值达 1.5 亿美元。纵向比较可以看出，我国的花卉业已有了长足的发展。

但是，中国花卉业与世界一些比较先进国家相比尚有不小的差距，现在只能说是起步阶段。据业内专家分析，这些差距集中表现为：我国花卉业集约化程度不高，花卉生产技术含量还比较低，营销手段陈旧落后。

北京大学山宝科技开发公司研制成功一种高科技系列化肥——护花神，并采用"四维"营销模式把护花神推向千家万户，为中国花卉业展翅腾飞带来新的希望。

大凡家庭养花，总希望花色鲜丽、叶片碧绿、花枝生长旺盛，最怕出现病虫害。广大百姓盼望能有一种特效花肥问世，它既能促进花卉植物苗壮生长，又能防治病虫害。山宝公司为满足养花人的这种需求，研制出护花神牌系列花肥。这种"超效活性花肥"，既能疏松土壤，增加肥力，又能促进花卉生长，抑制病虫害发生，为千家养花者带来福音。

据山宝公司经理曹文波介绍，我国传统花肥，即人粪尿、麻酱、茶叶渣、动植物残体等有机肥、植物肥，施用起来不仅肥效慢，而且污染环境，还会诱发各种病虫害。后来，施用尿素、硫酸钾、过磷酸钙等化学肥料，虽然肥效快，但极易板结土壤，用多了还会烧花伤叶。1996年4月15日问世的护花神，是公司的科技人员依据花卉营养生理学原理和土壤—花卉—微生物自然生态学原理，采用生物工程和蓄肥缓释、整合技术研制成功的。它既有有机肥的稳效性，又有微量元素的增效性；它无毒不烧花伤叶、不污染环境，能均衡地向植物提供各种养分，并且能防治多种病虫害。护花神的研制技术经鉴定达到了国际先进水平，作为专用花肥，在全国第四届花卉博览会上获得了特别奖，并在其问世当年就叩开了国际市场的大门。

在护花神上市的同时，山宝公司开通了供客户咨询的电话热线。不管咨询者买不买花肥，他们有求必应，有问必解答，信守着公司对客户的服务承诺。在曹文波的办公室里记者看到那一摞摞制作规范、书写工整的咨询卡片。这既是他们销售服务的真实记录，又是调研市场的原始资料。

我们不能不佩服山宝公司这种强烈的市场竞争意识。而曹文波经理正是这样一位聪慧干练的企业经营者。护花神系列产品以神奇的速度推向市场所采用的"四维"模式就是他经过苦心研究率先倡导的。

曹文波解释说，"四维"营销是利用有限的本金，让营销商结合当地的经济环境，将产品迅速投向市场，又能快速获得市场回报的一种营销新方法。护花神的市场在千家万户，需要有相当数量的营销商才能占领市场，启动市场之关键在于调动营销商的积极性。传统的营销方式，比如代销，由于产品的所有权没有变，仍属于生产者，营销商卖出产品后给钱，卖不出则退货，经营风险的承担者还是生产者，这样不利于营销商积极性的发挥。"四维"营销要求各级营销商都有相应的"本金"，并按照现款现货的原则对应为护花神的产品与宣传品，如果营销商退出网，他手里的护花神产品仍可以还原为货币，有效地保证了营销者的零风险。"四维"营销又不同于传统的传销与经销，他把90%的销售利润让给营销商，促使他们尽可能地扩大并快速地抢占市场，快速地获得尽可能多的回报。我们让一省、一地、一县只有一个营销商，更保证了营销商的销售利益，同时也使销售渠道畅通有序。"四维"销售的最大特色是它要形成网络，最适于新技术产品和市场潜力很大的产品的销售。

这就是"四维"销售模式。山宝公司在没有运用这种模式的头两年，护花神尽管有优异的产品质量、出色的产品性能，而销售收入只有150多万元。去年，"四维"销售刚启动半年，销售收入就超过了500万元。

目前，山宝公司还在进行新产品的开发，还会有新的惊喜带给中国花卉业。

（刊登于 1998 年 4 月 22 日《中国绿色时报》第三版）

大鹏展翅

——解读超越京鹏的企业理念

在京城北郊的西三旗，栖息着一只傲视群雄的"大鹏"。它就是研究开发工厂化农业设施工程技术的超越京鹏温室工程公司。

超越京鹏公司隶属于技术实力雄厚的北京市农业机械研究所。在研究所首席专家卢朝义所长的策划带领下，由年仅29岁的青年专家杨仁权担纲，出任公司总经理，组织了一批具有艰苦创业精神的科技人员对工厂化温室技术进行全方位的科研攻关。他们先后完成了"新型节能日光温室""单层膜连栋温室""双层膜充气连栋温室""PC板连栋温室"

"玻璃连栋温室"等 5 大系列 30 多个品种的设计，现已全部推广应用于生产实际，深受用户的青睐，使企业焕发了勃勃生机。

好风借力上青云

大鹏展翅，适遇良机。上个世纪 70 年代末、80 年代初，在共和国改革开放号角吹响之际，国外工厂化农业及其温室技术开始涌入敞开的国门。北京市海淀区四季青乡率先引进了日本的智能化温室，紧接着，中国农科院又引进了罗马尼亚的温室。从此，一场绿色农业科技革命在中国大地上兴起。进入 90 年代，国外温室进口耗用外汇高达 1 亿美元，面积达 400 多公顷，急切地呼唤着国产品牌温室的诞生。

工厂化农业采用现代生物技术、农业工程技术和信息技术进行农林作物生产。由于在相对可控条件下采用了先进的工业化生产方式，完全摆脱了传统农业受土壤、气候等自然环境条件的影响和制约，可以使农林作物产量和生产产值成倍、甚至几倍、几十倍地增长。它不仅大幅度地提高了劳动生产率和土地、水资源利用率，获得最佳的投入和产出比例，而且还极大地改善了作物质量，提高了产量，实现了一年四季优质、高效地生产无公害、无污染的绿色产品，实现农业、林业的可持续发展。它使许多过去无法种植农林作物的高寒地区或不毛之地，变成为优良的农业、林业生产基地，不亚于春风沐浴中的良田沃土；它使许多过去在大田里一年只能种植一季的作物，无视风霜雨雪、严冬干旱，一年四季蔬果飘香、鲜花烂漫。工厂化农业显著的特征是，以现代科学技术为支撑，以市场需求为目的，采用先进的工业生产方式，实现社会化大生产，同时还可实现社会、经济、生态三大效益的高度统一。

中国人口众多、幅员辽阔，人口、资源、环境之间的矛盾越来越突出。在这种情况下，既要保护好已显得十分脆弱的生态环境，保护好十分有限的耕地资源和水资源，又要充分利用好现有的水土资源，满足国民的衣食之需，这不能不处于两难的境地。从这个意义上看，发展工厂化农业预示了中国现代农业发展的方向。党和国家对工厂化农业的发展高度重视，积极引导，并大力扶持。从"八五"以来，科技部先后将工厂化农业及关键技术研究和产业化示范工程列为重点科技攻关项目。刚迈进新世纪，国家又将"可控环境下农业生产"列入国家高科技发展计划，即863计划，给予重点支持。从此，从中央到地方掀起了科技兴农热潮，以工厂化农业为核心的各种农、林高科技示范园区，像雨后春笋般涌现，在中国大地上四处开花。

京鹏得天时、拥地利，应运而生。杨仁权和他的同事们从设计日光温室起步，倾注了全部的智慧和心血。1995年，研究所内部实行机制改革，成立了温室工程科技开发部，在用人制度上不拘一格，大胆启用年轻人，温室工程科技开发部成了研究所内率先走向市场的领头羊。他们边进行科研攻关、边开发新产品，告别了过去那种科研人员申报课题、写科研论文、鉴定评奖的老路，而是注重开拓市场，帮助用户设计、安装并解决使用中的实际问题。很快，温室工程就赢得了用户的口碑。1997年，由于温室工程的快速发展，研究所成立了温室工程公司，这样，研究机构与市场紧密结合起来，针对不同地区、不同气候条件，开发不同类型的温室设施产品，提供不同的解决方案。温室工程公司也因此在温室业上奠定了良好的技术和市场基础。

1999年，公司为进一步打造自己的品牌，注册了"京鹏"商标。在短短5年的发展历程中，京鹏人不局限于研究所的旧机制和旧体制，大胆革新、勇于创新。他们为取得第一手可靠的资料，科技人员风餐露宿，测数据、查数据、建模型、搞校核。5年来，京鹏人的足迹踏遍祖国的山山水水。始终保持和发扬"团结拼搏、乐于奉献、艰苦创业"的京鹏精神，完全把家庭与生活上的琐事抛在脑后，出差、加班已成京鹏人的家常便饭，很少看见他们有一个像样的节假日、星期天。一群年轻人在同样年轻的杨仁权的带领下，红红火火地开创了今天的朝阳产业。公司先后为陕西杨凌国家级农业高科技示范园、新疆农五师的科技示范基地、交通部公路科学研究所、北京青龙湖现代观光暨生态农业产业示范园区、农业部克劳沃草业公司、北京市宠物交易市场等几十家单位，设计建造了不同规格、适应不同地区气候特点及性能要求的拥有自主知识产权的"京鹏"系列现代化连栋温室，而且均按自己研究开发的自动控制技术，配置了智能化计算机控制系统，以此检测并控制温室内的温、光、水、湿、气等环境因子。

目前，这些温室整体运行良好，各项环境因子控制参数的精确度完全达到了设计要求和国内先进水平。许多同行专家和用户反映，京鹏公司设计建造的温室是世界一流的，而且运行费用低，一次性投资造价仅相当于国外同类温室的50%~70%。

大鹏展翅搏云天

京鹏人抓住了机遇，并解放思想，积极开拓市场，敢于把产业做大，推动企业向规模化、产业化方向发展。2001年，公司坚持"以人为本"的方针，积极创造条件，使员工们有一个宽松、和谐的工作环境，安心踏实工作；充分放权，大胆起用新人，给他们以信任、机会和压力，并及时地加以引导和帮助，促其尽快成长。同时又不断从外面吸纳人才，加大淘汰机制，以此充实人才队伍，千方百计保持队伍的稳定和团结。一大批人才在这里聚集，他们中有放弃国外优厚条件的归国博士周增产，有退休后依然抛舍不下这份温室情感又回到工作岗位一线的伊宝仓、冯丽禁、陈雨春3位高工，有放弃自己的公司加盟京鹏温室的高继伟、徐新民，有在外企工作，拿着丰厚薪水并即将升任部门主管的王兴银、田真等等。现如今，这支队伍已经在开拓市场、公关策划、工程技术、客户服务、国际贸易、园艺设计等方面崭露头角。公司目前已拥有91名员工，个个精神饱满，斗志昂扬，又聘请了30多位专家做技术顾问和市场顾问。努力开拓市场，搭建完善的市场营销网络。公司不失时机地组建了昆明、西安、兰州、银川、乌鲁木齐、成都、济南等7个业务办事处，其中有6个选定在西部地区，让京鹏的产品走进了中国经济大开发和生态环境建设的主战场。京鹏的业务人员几乎跑遍了所辖区域的每一个角落，送去了京鹏人热情服务的经营理念和先进的技术、产品。这些办事处广泛搜集信息、联系业务、代理工程投标竞标，构建了颇有生机的市场营销网络。

有了市场，就要有好产品。在市场形势的推动下，公司实施品牌战略：一方面在全体员工中树立精品意识，努力完成京鹏产品的技术升级；一方面利用多种渠道进行"京鹏温室、民族品牌"的产品宣传。为此，科技人员开始了新一轮的技术攻关。他们从国情出发，针对各地不同的地理气候环境和农业生产条件，因地制宜地设计产品，并借鉴国外同类产品的先进技术标准，对5大系列30多个温室产品进行了高档次的设计完善。为了保证产品和工程的质量，要求一律选用优质材料，进行精加工，并严格检查，不合要求的产品一律不许出厂；现场施工必须有技术人员把关，并做到一丝不苟。2001年，在北京小汤山现代农业科技示范园，他们历经3个月的艰苦鏖战，建成了2万平方米的现代大型连栋PC板温室(一期工程)，配置有国内最先进的水处理系统、地热采暖系统、通风降温系统、营养喷灌施肥系统、外遮阳系统、内保温遮荫系统以及环流风机、移动式苗床、防虫系统、自动控制系统等。为取信于天下，接受用户监督，总经理杨仁权将自己的手机号码标示在公司研制的仪表箱面上，随时听取用户的意见。

小汤山国家级现代农业科技示范园不啻一座农业先进信息、技术、成果的博览园，一个农业高科技产品面向世界的展示窗口。京鹏温室雄踞于此，在群芳荟萃中格外惹人注目，展现着京鹏品牌的风采。同行专家和用户一致认为，京鹏建造的这座温室是目前国内最大、最先进的温室之一。同年，京鹏温室首次走出国门落户朝鲜平壤，由于设计精良、技术先进，被朝方列为今年2月纪念金日成主席诞辰的献礼工程。

艰苦的耕耘换来了辉煌的硕果。因为有超越京鹏温室公司不平凡业绩和雄厚技术力量的支撑，北京市农业机械研究所被认定为"北京市工厂化农业设施工程技术研究中心""北京市菜篮子工程中试基地"、科技部"十五"攻关项目和"863计划"参与单位、温室工程系列国家标准制定参与单位、中国园艺学会设施园艺分会常务理事单位，并兼任设施与环境工程组组长。1997年京鹏研制设计的"JW—64型节能日光温室"荣获了北京星火科技一等奖，2001年京鹏的"智能连栋日光温室"又获北京市科技进步三等奖。几年来，京鹏已有多项实用新型技术获得国家专利。2001年，京鹏温室先后在全国26个省(区、市)推广应用，签订中标项目合同 213 个，温室工程总建筑面积达 40.75 万平方米，销售收入达 1.06 亿元，是 1997 年开始起步时的 5 倍，一举取得了温室行业技术与产业化的优势地位。

京鹏展翅穷万里

在科研与生产实践中，京鹏人不断地更新观念，抓住机遇发展自己，在加强管理、吸纳人才和科研开发上取得了重大突破。

在管理上，京鹏建立并逐渐完善了企业运行、激励机制，一切按照市场规律运作，让能者上、庸者下，并完全按业绩表现和工作的成败重奖或重罚。在京鹏公司，贡献最突出的员工，其收入可以高出总经理许多；而工作上出现失误，特别是对受到客户的举报、由于服务质量差而损害了公司形象的，必然重罚，直至对其解聘。在激烈的市场竞争中，员工与企业结成了命运共同体，在激励与约束机制的作用下，京鹏人既有动力又有压力，也使企业充满了活力。

京鹏不拘一格起用人才。公司对在编的职工和聘用的员工一视同仁。伊宝仓高工已 62 岁，由于他老当益壮、工作能力强、业绩卓著，仍回聘做公司的总工程师；今年有一位从哈尔滨建工大学毕业的学生进入公司不到 1 个月，由于搞项目管理表现出色，即被破格转为正式职工，之后又晋升为工程部副经理。现在公司的办公室主任、总工程师、工程部经理、技术服务部副经理、园艺部经理、市场部副经理等职位，差不多有一半的公司中层管理干部都是聘用的员工。京鹏的员工以年轻人为主体，平均年龄不到 30 岁，都特别能吃苦、特别能战斗。他们不仅思想解放、积极进取，而且有团队精神和强烈的合作意识。

京鹏人不断研制开发适合用户需求的合格产品，打造企业品牌，因此，产品一旦售出收到的往往是一封封感谢信和一面面饱含赞誉的锦旗；有的产品销售出去并不赚钱，却为京鹏积累了日益增多的无形资产。京鹏在科研上最大的特色是面向市场、因地制宜地搞设计。中国幅员辽阔、地理环境复杂、气候条件各异，这就迫使京鹏人从各地的实际出发搞产品的研究开发。对京鹏人来讲，几乎每一项新产品的设计都是一项独具个性的科研攻关课题。他们以足够的耐心一项一项地征服着这些课题；征服了这些课题，积累起来，也就征服了整个中国；而征服了中国也就征服了世界——既满足了今天中国市场的需求，也为明天京鹏温室进一步扩大出口，走向国际市场创造了条件。

入世后，由于进口关税降低，进口产品的价格会相应降低，京鹏温室的价格优势将减弱，但技术优势将凸现出来，京鹏的技术人员的本土化，可为用户提供更加完善的服务。另外，从国际贸易来看，进口关税的降低，还可进一步降低京鹏的进口零配件价格。

京鹏温室还将依托"北京市工厂化农业设施工程技术研究中心"，进一步加大科技开发力度，紧紧围绕首都和全国工厂化农业发展所需的设施、装备，依靠科技进步，加强科技攻关，加速以温室设施工程技术产品为主的科技产业化发展，为中国的设施农业实现产业化而努力奋斗！

京鹏公司企业经营理念的核心就是无休止地超越自我。愿这只腾空展翅的大鹏飞得更高、更远！

好风凭借力　改革路更宽

伊春林区经济发展战略格局确定

本报讯　素有"林都"之称的黑龙江伊春林区面对"两危"困境，坚持自我解危、自我发展，使经济发展从低谷开始走向回升。目前，伊春市委、市政府在深入分析客观形势的基础上，确定出今后五年全市经济发展的战略格局。

这一经济发展战略可概括为："两改、两开、两调、两带"。

——"两改"，即加强国有企业的企业制度改革和技术改造。一方面以产权制度改革为重点，加快建立现代企业制度，转换企业经营机制，使企业快速进入市场；另一方面要加快企业技术改造步伐，提高产品质量，增强企业的活力和市场竞争力。

——"两开"即对外开放和资源开发。打开山门，扩大开放，招商引资，发展三资企业，嫁接改造国有企业，大力发展外向型经济。

——"两调"即调整所有制结构和调整产业结构。放手发展乡镇企业、个体经济和三资企业等非国有经济，培育新的经济增长点。在积极培育、保护和发展森林资源的同时，大力发展林产加工业、非林替代产业和第三产业，分离人员，提高社会服务能力，尽快形成资源转换型的支柱产业。

——"两带"即以科技进步带动区域经济发展，以林业经济带动地方经济发展。

为保证这一战略的实施，市委、市政府决定重点抓好以下几项工作：逐步建立现代企业制度，加快向市场经济过渡；大力发展非国有经济，培育新的经济增长点；依托资源开发，大力调整产业结构；加强农业基础地位，促进农村经济全面进步；借助外智外力，加速发展外向型经济；积极实施"科教兴市"战略，依靠科技这第一生产力推动经济发展；强化企业管理，全面提高企业经济效益。

（刊登于 1994 年 8 月 2 日《中国林业报》第一版）

外商外资引进来 拳头产品打出去

伊春市发展外向型经济成效显著

全市已有三资企业 37 家、外专公司出口厂家 40 余户

本报讯　近几年来，伊春市抓住改革开放的有利时机，以国际市场为导向，依托资源优势，内引外联，实行全方位、多层次的开放战略，发展外向型经济，取得显著成效。

　　伊春市在振兴林区经济中找准突破口，他们利用黑龙江沿线、沿江开放城市和林区资源优势，致力于发展外向型经济，先后同德国、日本、俄罗斯等17个国家和地区的财团、企业建立了经济技术合作关系，引进外资建成家具、地板块、集成材、刨切薄板、卫生筷子等一批开发项目；同时，与郑州、大连等135个地市级以上单位建立了合作关系，并与10所大专院校签订了长期经济技术合作协议，已在全国各地建立了78个林副产品经销点。目前，全市已有"三资"企业37家，外贸专业公司、出口产品厂家已发展到40余户。5年来，全市累计出口总额达3亿多元，创汇1832万美元。外向型经济的发展，为振兴伊春经济打下了基础。

　　以木材为原料生产的家具、地板块、板材以及林副产品是伊春发展外向型经济的拳头产品。该市光明家具、桃山牌地板块、中密度纤维板、长城纤维板、集成材等产品远销日本、俄罗斯、新加坡、韩国等国家以及我国的香港地区，深受这些国家和地区用户的欢迎。仅光明家具集团的年生产能力就达22万件，去年实现销售收入1.97亿元，创利润4342万元，出口创汇190万美元；今年头4个月，其销售收入和所创利润比去年同期分别增长了53%和10%，出口创汇更比去年同期增长了209%。与此同时，人参、山野菜、黑木耳等山特产品也已成为出口创汇的主要产品。

　　为了进一步促进外向型经济的发展，伊春市政府1992年颁发了《伊春市鼓励外商投资的政策规定》《伊春市发展国内经济技术合作的若干规定》。在这两个"规定"出台后的一年多时间内，全市已落实经济技术合作项目、贸易合同117项，履约总金额达3亿元。目前，把外商外资引进来，让优质拳头产品打出去，从封闭走向开放，着眼于发展外向型经济，已成为伊春人振兴老林区经济的共识。

（刊登于1994年8月16日《中国林业报》第二版）

黑河林业系统积极发展边贸经济

　　本报讯　在改革开放的大潮中，黑龙江省黑河地区边贸经济的迅速发展，已引起国内外的普遍关注。黑河地区林业系统抓住当前有利时机，充分发挥自身优势，通过内改外联、综合开发，已使林业进入黑河边贸体系，并呈现出迅速发展的势头。

　　目前，世界经济发展中心正向环太平洋区域转移，俄罗斯经济发展战略重点也迅速东迁，我国也正加快沿边开发。在这三大趋势的推动下，黑河建港通货，边境贸易搞得热火朝天，为这里林业经济的腾飞带来了宝贵的机遇。黑河地区行署林业局在对前苏联劳务输出的基础上大力开展易货贸易，1989 年末加入了黑河贸易集团总公司，1990 年 3 月在俄罗斯阿穆尔州布列亚区隆重推出林业商品展销会，一次签订了 10 万瑞郎的现货合同。截至目前，他们已经签订林业商品进出口合同 15 份，金额达 1296 万瑞郎。在合资合作方面也有新进展。行署林业局积极筹备将在俄罗斯维库茨克建中国餐馆、商店，在阿穆尔州塔波尖卡区建果酒厂，在莫斯科建羽绒服加工厂，这 4 个项目已同俄方签署意向性协议，已经过考察论证，并进行了第二轮洽谈。

　　前不久，记者到黑河地区采访，在黑河火车站附近目睹了林业边贸基地建设的盛况。这是一个由贮木场改建的仓储基地，面积 10 万平方米，设计年货物周转量为 30 万吨至 40 万吨。田纪云副总理亲临基地视察，为之命名为"黑河林业边贸基地"。这个仓储基地去年 8 月中旬开始动工兴建，11 月末完成铁路专用线 310 延长米、场区公路 2.4 公里，站台基础工程也已竣工，被海关认定为监管货场。今年初开展仓储业务，收入已达 20 万元。货场上井然有序地存放着 150 辆俄方汽车、几十架米-8 飞机，还有大宗的农机具、橡胶轮胎、建材、化肥等交易物资。基地祁永康主任告诉记者，共计 6 大类、20 多种、5 万多吨。都是即将出口或刚刚进口的货物。基地的发展目标是，建成黑河地区最大的保税仓库。二期工程完成后，将形成相当规模的仓储能力，效益也将成倍增长。1994年，黑龙江公路大桥建成后，基地的仓储业务将更加可观。

目前，黑河地区林业系统发展边贸经济的方略已确定：既要抓好易货贸易，又要积极推进经济技术合作和劳务输出；既要巩固扩大对俄边境贸易，又要积极向独联体、东欧各国乃至世界市场推进；既要巩固老伙伴，又要发展新的合作伙伴；既要发展国外伙伴，又要结交国内伙伴，保证两头畅通、运转灵活；既要注意易货贸易，又要重视现汇贸易；既要发展进口贸易，又要开拓转口贸易；既做大宗买卖，又做小额生意，全方位地拓宽林业生财、聚财的渠道。在这一方略的指引下，一个以地区林业贸易公司为龙头，以黑河、逊克、孙吴3个县市为骨干，有全区7个县市的林业局、51个国营林场和所有林业企事业单位参加的全方位、多层次的外向型经济网络正在逐步形成，展现了广阔的发展前景。

（刊登于1992年10月16日《中国林业报》一版头题）

改革增活力　阔步闯雄关

——物资公司天津分公司转换企业经营机制侧记

面对滚滚而来的市场经济大潮，林业企业怎么办？林业部物资公司天津分公司的回答是：紧紧抓住机遇，主动迎接挑战！

这家只有600万元固定资产、34名正式职工的"袖珍"企业，抓住林业全行业推行改革的大好时机，瞄准重塑企业主体形象这一目标，对计划经济体制造就的种种弊端动大手术，努力转换经营机制，使企业展现了生机和活力，经济效益逐年递增。改革前的1989年，公司年度利润只有38.5万元，历经3年改革，1992年销售收入总额闯过1亿元大关，年利润达 232 万元，是 1989 年的 6 倍；今年 1 至 5 月，公司销售收入猛增到 7800 万元，已创利润 166 万元。

天津公司的改革始于 1990 年，当时企业正面临着困境。由于物资价格逐步并轨，产销衔接面不断扩大，市场竞争日益激烈，公司原有的优势在逐步消失，蒙受着市场经济大潮的强烈冲击。公司内部统得过死的物资体制与流通格局和以平均主义大锅饭为特征的经营机制相互作用，不仅束缚了职工的积极性和创造力，而且也使企业经销能力日趋减弱。经过全员大讨论，一致认识到，企业要想在市场经济的激烈竞争中求生存，求发展，不改革是没有出路的。

1990 年至 1991 年，他们以推行经营承包制为主体，实行目标管理，进行了第一阶段的改革。主要做法是：全方位地分解公司经营管理指标，推行科室承包责任制；实行企业立法，模拟二级企业法人和公司内部"银行"，同时划小核算单位，实行资金统管与分管、公司总账与分科核算账相结合的管理办法，明确科室的责权利；把奖金分解为基础奖和效益奖两部分，冲击了平均主义大锅饭；推行了"风险抵押金制度"。通过两年改革，增强了职工深化改革的紧迫感和承受力，调动了职工办好企业的责任心与积极性，同时也使企业经济效益出现了连续增长的好势头：两个年度实现利润分别为 66.9 万元和 82 万元，是 1989 年的 1.7 倍和 2.1 倍。

在此基础上，根据部总公司关于进一步深化改革和贯彻《条例》的要求，1992 年公司又以转换经营机制为中心推行了第二阶段的改革。他们大刀阔斧地改革人事、用工和分配制度，使企业的经营管理机制朝着适应市场经济的方向转变。在经营管理上，进一步完善了目标管理责任制，变公司领导一个层次的积极性为包括科室、职工在内的三个层次的积极性；在人事、用工制度上，中层干部由任命制改为聘任制，公司赋予科室编制内的人事用工权、奖金分配权、物资经销权；职工实行双向选择，允许调出和在公司待业分配，从而形成了干部能上能下，职工能进能出的局面；在分配制度上，实行了超过包干基数按比例提取，职工收入与效益挂钩，拉开了科室之间以及职工之间的收入档次，并严格兑现奖惩，有效地激发了全体职工搞活经营的积极性和创造力。改革后，顺应市场的要求，核算单位化小了，后勤人员减少了，一线业务人员增加了，形成了分灶吃饭，追踪市场，共创效益的新格局。

改革使企业增强了活力，也使企业迎着市场经济的风浪闯过了道道雄关，不断开辟着搞活经营的新天地。今年以来，天津公司着手在无锡筹建钢厂的同时，又投资 6000 万元与德国一家企业联合创办津德木业实业公司。他们已在天津保税区买下 3.2 万平方米土地，预计年末破土动工兴建年产量为 40 万平方米的层压复合地板厂，产品将全部销往德国，预测年均利润可达 1800 万元。这表明，天津公司已能自强自主地驾驭市场经济，不断冲破物资经销的旧体制，走上了工贸结合的宽广大路。

现在这家公司正酝酿着第三阶段的改革，实行所有权与经营权相分离，推行经营大包干，最后，实现经营机制的彻底转换。

这又是一道更加严峻的雄关，期待着他们的努力和奋斗。

在困境中苦战奋斗求发展

天津林业工具厂跻身津门机械行业 20 强

本报讯　天津市有 170 多家机械企业，在 1992 年的综合评比中，与国有森工企业共处患难的天津林业工具厂因经济效益突出，被排进全市机械行业前 20 佳企业之中。

天津工具厂以服务森工生产为宗旨，始终以带锯条、弯把锯、截锯机等木工工具为主产品。近年来，由于国营森工企业陷入"两危"困境，工具厂的日子也不好过。首先是市场不景气，其次是林区客户的 800 多万元欠款收不回来，再加上外汇升值带来的日本进口带钢原材料涨价使产品成本不断上升，给企业造成巨大的压力。但是，企业干部职工并不怨天尤人，自暴自弃。他们一靠推进改革，搞活经营：从 1980 年起实行承包责任制，在全国各省(区、市)扩建经销网点，尽可能地开拓市场；二靠发扬艰苦奋斗的精神：职工在低奖金、低收入、低福利的困境中依然同心同德，苦战奋斗；三靠推行技改，节约挖潜：自 1989 年以来，共借贷投资 940 多万元，先后改造了带锯条热处理生产线，改建了导板锯链车间(5020 平方米)，更新了一整套木工刀具生产设备，改造了生产供气锅炉房，提高了产品的质量和市场竞争能力。全部欠贷有的已收回资金予以偿还，有的已偿还过半。1992 年，在天津 70%的大中型工业企业亏损的情况下，天津林业工具厂年产值达 2278 万元，创利税 312.3 万元。

但是，天津工具厂和先进的林机企业比尚有不小差距，企业经营机制亟待转换，正如党委书记李世祥所说：企业要想适应市场经济，尽快腾飞，不加大改革力度、动大手术是不行的。

在打造高端品牌的山路上攀登

——访山东百圣源集团有限公司董事长丛威滋

山东百圣源集团有限公司(原山东东维木工机械有限公司)是中国木工机械行业唯一的国家一级企业，久居龙头老大地位。

"百圣源"得地利之先，位于风景如画的威海市经济技术开发区。威海哺育了"百圣源"，"百圣源"也为威海增添了光彩。走进"百圣源"，你会领略到一种现代化大企业的气派。这种浓重的现代化气息，把我们带进了对于打造木工机械高端品牌的深深思索中。

"木机王国"的兴衰和奋起

"百圣源"的前身——威海木工机械厂这个"木机王国"的风采至今还深深地保留在人们的记忆之中。一位"百圣源"的老职工向我们讲述了这个"木机王国"兴盛、低迷而又走向振兴的故事。

威海木机 1958 年建厂时，叫农机修配厂。1980 年，企业开发研制了木工多用刨，从此这"小刨子"托起了大企业，使威海木机不断地发展壮大，一跃成了山东木机行业的领军企业。1995 年，他们研制出了刨切机，后来旋切机也在威海木机诞生了。1995～1996 年，威海木机声威赫赫，成了中国木工机械行业的龙头企业，无论是技术装备还是规模效益，都在全行业一路领先。

威海木机的员工感到自豪，业内人士也啧啧赞叹。

威海木机盛极一时，扶摇直上。其经营范围涉及木工机械、金属锻压与锻切、建筑设备、房地产开发等等多种领域，仅木工机械产品就发展到 13 大系列 400 多个规格 300 多个品种，企业员工也猛增到 8000 多人。

有道是"福兮祸所伏"。市场风云变幻，渐渐地，国内木工机械市场供大于求，威海木机的产品也出现了滞销。企业在经营环境低迷的状态下缓慢发展，2001 年，威海木机几乎到了快要发不出工资的尴尬地步。

2002 年 1 月 15 日，年富力强的丛威滋被正式任命为公司的董事长兼总裁。

丛威滋真可谓受命于危难之际。上任后，他带领企业的新一届领导班子经过认真的反思和周密的市场调查，对企业经营结构和产品结构进行了大刀阔斧的调整。首先他把企业原来自建的 47 家自营店撤掉 45 家，彻底恢复了销售代理制，从而为产品销售打开了局面。丛威滋为企业"消肿"，又继续大刀阔斧地调整公司内部机构，以实现减员增效，一下撤掉了 110 个销售人员和 60 多个财会人员；紧接着，他又雷厉风行地调整了生产结构，果断地把油漆、刨刀等等"零七八碎"的生产项目砍得一干二净；嗣后，为适应市场需求，公司又进行了中、低端产品的整合，剔除了科技含量低、销售效益差的产品，只保留了有市场竞争力的五六个系列 50 多种产品。经过这样一番紧锣密鼓的调整，企业适应了市场，生产力得到了优化组合，威海木机又焕发了勃勃生机。这时，公司员工只有 2000 多人，销售收入却翻了两番。2003 年，东维木机彻底走出了低谷。同年 8 月，经过改制，"山东东维木工机械有限公司"（现已更名为"山东百圣源集团有限公司"）正式成立。

"东维"的"少品种、专业化"发展战略

新领导班子上任后，坚决打破了"不怕不赚钱，就怕货不全"的传统经营理念和多元化的生产格局，坚定不移地实施了"少品种、专业化"的发展战略。

丛威滋心里想的不仅如此，他还要带着"东维"与世界同步发展，通过长期不懈的努力来打造高端产品品牌，让"东维"在市场竞争中永远立于不败之地。

在对威海木机后期经营失误的反思中，丛威滋越来越感知到：一个最有竞争力的品牌，通常也最有广泛的号召力，它是能够攫取高端利润的强有力的臂膀。但他知道，打造产品高端品牌一条重要的原则，就是要集中优势资源——包括企业自身的与行业内外的。这需要经过较长时期的寻求和艰苦的积累，但是，本企业的优势资源却需要尽快地聚集。"东维"集 40 多年的苦心经营已经具备了相当的实力，特别是在大型木工机械的开发与研制上，无论是技术、设备还是生产与管理都居于国内同行业的领先地位。他经过市场调研与搜寻思索，已经成竹在胸：坚定不移地实施"少品种、专业化"发展战略，坚持以市场为导向，首先对产业结构和产品结构进行了大力度的调整。在产业结构的调整上，集中精力做强木工机械、做专金切机械、做大科技术业，为"百圣源"打造高端名牌产品做好准备。

"百圣源"在产品结构调整上走出了三步棋。

首先进行了中、低端产品的整合，即对中、低端木工机械大幅度地减少产品，只保留精品和市场有需求的产品。分期分批地砍掉了 300 多种款式陈旧、生产成本高、市场需求量小、经济效益差的产品。只精选了 50 多种市场前景广阔、经济效益好的产品作为生产经营的对象。

"百圣源"产品结构调整第二步棋是"高端合资"，即高端木工机械

产品的研究开发与生产销售，主要是引进世界顶尖技术，与国际、国内有实力的大企业搞强强联合。目前，"百圣源"与韩国合资生产数控六轴镂铣机、数控裁板锯等木工机械产品，与阿根廷合资生产数控木工四面刨。这些产品均达到了国际先进水平。

"百圣源"产品结构调整第三步棋是做专金属切削机床，即优化精选金切产品品种。具体的做法是，先将"东维"的优势产品 Z32 系列摇臂钻床做专、做精，打造成国际著名品牌，然后在此基础上研究开发生产五面体加工中心、数控龙门铣床、数控龙门磨床和数控车床等产品，也都要打造成国际著名品牌。

走了以上三步棋，调整后的"百圣源"已经形成了高、中、低端产品组合合理，产品少而精的专业化生产格局。

实施"少品种、专业化"的发展战略，4 年来，经济效益年均以 35% 的速度增长。2005 年国内销售收入增长了 50%，出口创汇增长了 105%。

科技木业："百圣源"新的经济增长点

品牌打造历来是一个比拼谋略和耐力的马拉松。

在丛威滋发展"百圣源"的战略构想中，做大科技木业是一个预计开发的战略重点。同样经历着谋略和耐力的考验。他对此充满了信心和勇气，并有着足够的耐心。

2002 年，"百圣源"就已经投入了科研力量，进行建设年产 40 万立方米改性木材的项目调研论证和科技木业园区的施工设计。丛威滋守望着这一项目的实施。在他的办公室里，始终摆放着木材经过改性处理的样品——用速生杨树的改性木材制作的木模。

"百圣源"的木材改性项目启动，为速生丰产林木材的广泛应用创造了条件。据悉，该项目是使用一种专为木材改性而研制的被称为"稳定剂"的药液，对速丰林木材进行改性处理。目前国内木材改性行业刚刚兴起，生产企业比较少，正处于这一行业的导入期。

丛威滋也要把木材改性打造成一个高端品牌，想在国内市场销售看好的基础上，把产品打进国际市场。

"百圣源"以精干的职工队伍，强大的生产能力，实现小的投入、大的产出，"干精品、创名牌"的目标就是促进企业长期、快速、稳定的发展。

告别时，丛威滋满怀信心地说："再经过一两年的打拼，'百圣源'的品牌可以略见眉目了。"让产品卖个好价钱，这对于"百圣源"的掌门人丛威滋来说，恐怕在今后一段很长的时间内，都会成为他的一件最大的心事。

进取：常林人的风采

林业部常州林机厂的"长龄"牌装载机国内市场的占有率已达 10%，在国际市场上营销 25 个国家和地区，并深受客户赞誉。

常林人感到自豪的是，去年企业经济效益又一次创造了历史最高水平。全厂实现销售收入、利润总额、外贸总值分别比 1992 年增长 77.17%、105% 和 74.4%。

常林人以开拓进取精神，驾驭市场风云，练就了强健的企业内功。

他们不断地进行技术改造，提高产品的技术含量。去年投入技改的资金 4500 万元，实现了历史性的突破。目前，从 1.5 吨级到 7.5 吨级的各种装载机都能生产，可以满足各种客户的需求。去年，铁道部工程局建设京九铁路，需要打通隧道用的侧式装载机。常林人紧急研制，满足了 10 个工程局的施工需要。

重质量、讲信誉是常林人的一贯作风。在第一次获得国家质量管理奖之后，常林人发动客户挑产品的毛病并给予奖励的创举一度被传为佳话。为进一步提高产品的可靠性，让用户使着放心，去年他们又在原有的基础上加大科技投入，使产品的故障率减少了近 50%，仅此一项新增效益 140 万元。为此，中国质量管理协会授予常林厂全国用户满意单位荣誉称号。

常林人给自己立了一条规矩：不慢待任何一位客户。他们还在全国建立了 50 多家稳固的销售、维修服务中心，并在制度上明确规定：客户有维修要求，省内维修人员必须在 24 小时以内赶到维修现场，省外必须在 48 小时内赶到，边远地区必须在 72 小时内赶到。去年，他们不用客户打招呼，千里迢迢把零部件、易损件运到国家重点建设工程现场——云南的南昆线、江西的京九线，对新购"长龄"装载机的施工企业进行巡回维修服务。

常林人对此并不满足，他们为适应市场经济发展的需要，正大胆探索实行股份制经营的新途径。去年，他们以资产联合为纽带，以"长龄"装载机为龙头，以自己的主机厂为核心，与一些专业厂结成了命运共同体，趟出了一条专业化集约经营的路子。其中，长龄桥箱厂去年年底已正式投产，长龄铸造厂也在加速建设之中。

向品种要市场 以质量争用户

常林厂在质量品种效益年苦练内功

一季度销售收入比去年同期增长 29.33%

本报讯　4 月 20 日，林业部常州林业机械厂厂长顾黑郎等厂领导来到铸钢车间，祝贺、奖励职工改写了该厂历史上连续"64 炉无疵钢"的纪录，实现了连续"百炉无疵钢"。这是"常林"今年开展"质量、品种、效益年"活动的一个镜头。

在 1988 年，常州林机厂就提出由速度效益型向质量效益型转变，1990 年又荣获国家质量管理奖，并把开展"质量、品种、效益年"活动作为今年全厂的中心工作来抓。新年的第一天，厂大门便挂出"欢迎您跨入质量品种效益年"和"您在质量品种效益年应该怎么办"的醒目标语。元月 21 日，全厂召开"质量、品种、效益年"动员大会，厂长顾黑郎提出，把开展"质量、品种、效益年"活动同深化企业改革、强化企业管理、调整产业结构、推进技术进步、开拓国际国内市场，以及同精神文明建设结合起来，使这项活动纳入全厂的各项工作内容，扎实而丰富多彩地开展起来。

为了动员全体职工广泛参与"质量、品种、效益年"活动，常林厂通过弘扬"工厂有名气、队伍有士气、职工有志气"的企业精神凝聚全体职工，发挥思想政治工作的优势，在全厂上下开展有关质量、品种、效益方面的教育活动，促使职工进一步转变观念。在职工中强化以质量求生存、各项活动围绕市场需求转动和全员经营观念。明确提出向品种要市场，以质量争用户的口号。同时，通过举办展览会等形式，让职工回顾工厂取得的成绩，也展示由于个别人工作马虎给工厂带来的损失，以及某些不注重外观质量的行为给产品出口带来的阻碍。使职工受鼓舞、受教育。厂党委还结合中心工作，向全体职工提出了"讲信念、讲职能、讲责任、讲贡献"的号召，各部门设立党员责任区，党员带头抓质量、严管理。

一系列富有成效的宣传教育活动，使品种质量意识逐步深入人心。今年 2 月，先是金工二车间，后是全厂开展了"挑缺陷"和"无责任返工"竞赛活动。全厂形成了"厂部挑总装、总装挑部装、下道工序挑上道工序、一道挑一道、道道严把关"的热烈气氛。从而形成了人人关心质量、人人把质量放在第一位的风尚。

围绕着质量、品种、效益，常林厂的承包经营在深化。全厂把 1990 年由于加工质量问题而造成的内外部故障损失降低 30%～50% 作为基数，承包到各部门；对销售人员实行全额承包，打破工资分配上的"铁饭碗"；此外，还进行了产品质量攻关承包、新产品开发承包、售后服务承包、"双增双节"承包等 7 项承包。

开展"质量、品种、效益年"活动，已取得初步成果。一季度，全厂内部故障损失降低一半，完成"双节"76.95 万元。4 月 26 日，常林厂党委书记吴建平在北京向首都部分新闻单位介绍说：常州林机厂一季度完成销售收入 1966.5 万元，比去年同期增长 29.33%。

转机制 练内功 抓质量 增效益

常林厂跃居全国工程机械行业领先地位

　　本报讯　新年伊始，林业部常州林业机械厂又传来了振奋人心的好消息：去年，在工程机械市场相对疲软、全国同行业厂家经济效益平均下降 30% 的情况下，常林厂继续保持了跃进的态势，全年实现销售收入 3.4 亿元，利税 4720 万元，利润 3050 万元，在常州市工业企业中、在全国林机行业中和全国工程机械行业中一路领先。

　　常林厂厂长尚德鑫告诉记者，1994 年是常林厂建厂以来为国家贡献最大的一年，全年为国家上交增值税、所得税共计 2666 万元；同时也是全厂职工收入增长最多的一年。

　　1994 年，常林厂坚持深化改革，继续转换经营机制。他们划小核算单位，在铸钢、结构件、热处理等车间实行了模拟分厂制，突出了成本核算，促进了内部机制转换。在同行业厂家竞争日益激烈的形势下，继续强化了销售机制，积极争占国际、国内两大市场。他们先后抽调 10 名得力干部职工充实销售队伍，积极开展促销活动，更加热心地为用户服务。对上门购车的用户在一个办公室内实行"一条龙"服务；接到外地用户要求服务的信息，国内最边远的地区最晚 72 小时保证到达用户单位。厂领导亲自带队走访使用 5 吨装载机的重点用户，收到用户要求服务的信息 1045 条，实际解决了 1008 条，广泛受到用户好评，有效地拓展了市场。去年主导产品 ZLM30 装载机的市场占有率达 33.6%，比前年提高 11 个百分点。常林厂在争占国内市场的同时，又拓展了中东、北美市场。目前常林厂的装载机已远销 20 多个国家和地区，全年实现外销收入 2100 多万元，比上年增长 16.7%。

常林厂进一步强化职工的质量意识，并采取有力措施层层严把质量关。去年年初工厂明确提出了"主导产品 5 吨、3 吨装载机要成为国内同类机型中的最好产品"的奋斗目标，随后深入开展了质量宣传月活动，举办质量曝光展览会和内部质量审核员学习班，使职工受到深刻教育。同时，由厂领导挂帅，全厂成立了思想发动、外协外购、清洁度、油漆外观、结构件和整机可靠性等 6 个质量专题组，认真落实了质量监督责任制，发现问题及时处理，严肃追究责任。他们根据用户回馈的质量信息要求，从设计制造到检验销售都制定了改进措施，把责任分解落实到人，使产品的操作性能、外观质量和使用舒适性等有了明显的改进和提高。据统计，去年该厂总的质量损失率为 0.603%，比上一年下降了 1.63%。在市场上，其 3 吨装载机单台价格比同行业贵 1~1.5 万元，全年销售量仍居同行业第一。常林厂在练内功、增效益上努力加快技术进步，有效地增强了发展后劲。去年最突出的成绩是加速了产品的更新换代：新型的 Z30A 装载机完成了 500 小时工业性试验，并通过了技术鉴定，Z30B 装载机也投入了工业性试验；WA470-1 装载机国产化率达到 49%，这一成果也通过了技术鉴定；SZ40 伸臂装载机完成了设计和试验技术准备，同时还抓了 6 吨装载机的性能改进试验。去年，他们充分利用数控、数显加工中心和计算机功能，使生产工艺装备和工艺水平有了显著提高。新的 21 工位总装生产线通过验收并投入正常生产，年生产能力达 3500 台；热处理多用炉投入试生产；板材落料和焊接生产线建设完成技术论证，引进焊接机器人完成了合同签订；结构件车间扩建竣工并通过验收；机械加工车间的三个大型加工中心已投入生产，新建的钢材库也即将竣工。同时，对全厂的工艺线路进行了较大规模的调整，有效地提高了生产力水平并为工厂的长远发展打下了良好基础。据悉，常林厂与韩国"现代"挖掘机合资合作项目已签字，进入了筹建阶段，与日本小松集团的装载机合资项目也在洽谈之中。国外先进技术的引进与合资合作项目的实施，为常林厂的发展将提供更加广阔的发展前景。

共渡难关 同步发展

常林实业公司联合大戏越唱越好

　　本报讯　常州林业工程机械实业公司，自 1987 年底组建以来，充分发挥联合的优势，大力开拓外向型经济，积极推行技术改造，加强基础管理，不断提高产品质量，在同生存、共命运的努力奋斗中，共渡了重重难关，实现了同步发展。几年来的联合实践，不仅使主体厂（常州林业机械厂）的产值直线上升，而且也使多家濒临倒闭的企业重新获得生机。这家半紧密型的企业集团、在商品经济的海洋里，联合大戏越唱越好。

　　企业走进商品市场后，如何捕捉市场机遇，做出正确的选择，已成为企业兴衰存亡的关键。常州林机厂在深化企业的改革中，面对资金紧缺、难以扩大再生产的困境，走横向联合的道路。他们摆脱了"中而全"封闭型体制的束缚，排除内外种种阻力，从 1984 年开始先后选择了 27 个生产厂、6 所大专院校、2 个科研所、1 家银行和 1 家商行，组建了常林实业集团。常州林机厂在联合前，工业产值只有 1500 多万元。利润 290 多万元。实现联合后，工厂把铸造、锻造、油漆的全部、结构件的大部分、液压件和金加工件分散到成员协作厂加工，从而使主体厂得以集中采用先进技术工艺和装备，抓关键零部件加工和整机总装的深度改造。与此同时，公司对成员厂进行专业化分工，建立了 9 个专业化机械加工厂、5 个液压件厂，使产品质量大幅度提高。公司目前拥有雄厚的技术力量和先进的生产手段，具有国内第一条装载机总装流水线和各种部件装配线，与日本小松制所合作生产的 WA300—1 装载机，进行国产化改造后，已达到国际 80 年代中期水平。联合带动了群体企业的发展。江阴林业配件厂原来没有厂房，是个只有几台电焊机的乡村"小作坊"；参加企业集团后，4 年迈出 4 大步，现在已拥有厂房 7500 平方米，固定资产200多万元。1988年有8个成员厂被各级政府评为先进企业。

常林实业公司自组建以来，始终坚持"三共"（共生存、共命运、共发展）和"三同"（按公司的统一规划，各成员厂做到计划同步、进度同步、质量同优），使联合体各成员既联合又联心。为确保"三同"的实施，公司每年举行一次董事会，每月召开一次厂长会、每周召开一次生产调度会，协调行动，密切合作。在"三共"思想指导下，成员厂都能共想公司之所想，共急主体厂之所急。去年常州厂资金紧缺，各协作厂千方百计筹措资金，宁愿自己厂暂时不给职工发奖金、工资，也要为主机厂解决资金困难。主体厂对其他协作厂主动做到技术扶上马、管理扶上马、质量扶上马、扭转了各成员厂技术管理水平低的局面，保证了产品的质量。

常林实业公司把产品质量视为企业集团的生命。他们在抓基础经营管理的同时，认真地抓了产品质量管理，以主体厂为依托，建立了质量保证体系。首先，制定了严格的质量检验程序，把协作厂自检、主体厂抽检和零部件出厂把关检验形成制度，认真贯彻执行；其次，公司成立了全面质量管理领导小组，由主体厂帮助协作厂建立健全质量管理体系；第三，建立了技术骨干培训制度，由主体厂帮助协作厂提高技术水准和产品质量。由于这些措施的实行，保证了银牌产品的声誉。去年，由于国家抽紧银根，压缩基建规模，林机产品销售由热变冷，而常林企业集团因质量优良销售收入仍有较大增长。

常林实业公司董事长、原常州林机厂党委书记周泉鑫同志，满怀信心地告诉记者：常林实业集团只要坚持下去，路一定越走越宽广，经济效益一定会越来越可观，事业的发展一定越来越兴旺。

危难关头的崇高选择

——林业部常州林机厂抗洪救灾纪实

今年6月中旬至8月上旬，一场接一场罕见的特大暴雨如飞流倒挂的天河，无情地向太湖区域倾泻着。一场暴雨过后，土地已喝得酩酊大醉，人们还未从疲劳中解脱出来，又一场暴雨接踵而来。于是，洪水咆哮着又一次淹没农田，冲进工厂，漫进居民区，又一次吞没了整个世界。但也一次又一次地在抗洪救灾的战场上传出一个个感人肺腑的故事。

常林人用他们的激情和热血在这场"人定胜天"的战斗中也写下了可歌可泣的动人篇章。

在特大洪水袭来的时刻，常林人首先想到的是国家

6月中旬以来，常州林机厂一直被洪水围困着，陷入了极其艰难的境地。但是，在特大洪水袭来的时刻，常林人首先想到的是国家，是常州市抗洪救灾的大局。

6月15日晨，第一次暴雨降临时，正值厂休日。但水情就是命令，没有人通知，在家的厂级领导不约而同地奔向工厂。他们当即做出决定：不惜一切代价支持全市的抗洪救灾斗争，竭尽一切可能减少工厂和职工家庭的损失。紧接着，常林厂便布兵点将，组建了"民兵抢险突击队"和"技术工人抢险突击队"，并决定交市防汛指挥部统一指挥，全天候在厂待命。安排了厂级领导轮流昼夜在厂值班，加强对水情警戒，落实了护厂的各项措施。之后，他们就分兵两路：一路到市里有关部门请战；一路冒雨挨家挨户走访慰问受灾职工家庭，组织抢救撤离。

6月17日，通济河水漫过河堤，西新桥地区1.5万多居民被浸泡在茫茫的洪水之中。傍晚接到市里打来的紧急电话，为解西新桥居民之

困，要求常林厂在通济桥安装一台水泵，要 10 英寸大的，越快越好。正在值班的吴建平书记知道厂里没有这样的水泵，立即组织了 6 名中层干部和 15 名技术工人，连夜赶制。他们下料、焊接、加工、拼装……泥一身、水一身地干，由傍晚 5 点一直干到午夜 12 点多钟。接着，他们又找来两辆三轮车装上水泵和配件，顶洪水赶夜路，连拉带推艰难跋涉赶到现场。这时，洪水已齐腰深，水凉透心，他们也早已饥肠辘辘。但是，他们顾不上这些，此刻只有一个念头：尽快抽水，解救西新桥被淹的居民。凌晨 4 时 50 分，常州林机厂的水泵开始抽水了，比执行同一任务的兄弟单位中最快的提前了 7 个多小时，为西新桥居民区救灾争得了时间和主动。

从此以后，筑坝、运土、排水、清污……展开了一场场抗洪抢险战斗。常州哪里有险情，哪里就传出常林厂装载机的轰鸣声，哪里就能见到常林人挥臂奋战的身影。

7 月 3 日，在二次洪灾中乳品厂告急：700 多头由荷兰进口的奶牛面临灭顶之灾。该厂是常州市供应鲜奶的大户，一旦奶牛发生意外，缺奶的婴幼儿就有断食的危险。市委发出"救救孩子"的呼告。在这危急关头，尚德鑫副厂长带领职工开动装载机迅速奔赴抢救现场。在几千人束手无策的情况下，常林厂装载机大显神威，挥动铁臂装石运土、筑起围坝，抽水机开足马力把水一层层地抽干。经过一夜的苦战，奶牛得救了，乳品厂保住了，人们洒下欢喜的眼泪。

同一天，常州市北门外的常澄公路因被洪水切断而告急。常州林机厂当机立断，开出 4 台即将出厂的"商品车"，涉洪水、穿泥塘开赴现场，又为疏通这条通往江阴的公路要道立下了汗马功劳。

四方求购救灾药品，而市第三制药厂陷在洪水里动弹不得。又是常林厂的突击队员们开动装载机赶赴现场排忧解难。此后，第三毛纺厂、第二毛纺厂、第五棉纺厂、低压电器厂、市钟楼区……在发出救援之声后，常林厂都向他们伸出援助之手，而且是招之即来，来之能战，战必善终。

在洪水泛滥的一个多月里，常林厂共出动装载机 24 台次，援助工厂企业10余家，参加市内抗洪的干部职工达3百多人次，为常州市的抢险救灾做出了巨大贡献。一位市领导深有感触地说：我市有这样一支素质优良的林机队伍，是常州人的自豪！

在工厂受淹，职工遭灾、损失达数百万元的情况下，常林人却想着比自己受灾更重的同胞兄弟，义无反顾地投入了全国赈灾募捐的行列。一位职工家里被淹，已经损失惨重，还要慷慨解囊。车间领导说什么也不肯收他的钱，可他含着眼泪说：收下吧，我在工厂的关怀下有吃有住，比住在大坝上的灾民强多了，收下我这一点心意吧！

截至8月中旬，全厂职工捐款近4万元，捐粮票1732.5公斤，工厂除提供了大量的救灾物资外，还捐赠了一台价值11.3万元的装载机。

在集体利益与个人利益冲突的时刻，常林人欣然选择的是前者

滔滔的洪水，淹进了工厂车间，也淹进了常州林机厂职工们的家庭。有52户职工家中进水严重，最重的深达1.5米，有27户职工的房屋倒塌。常林人承受着从未有过的沉重打击。

干部关心职工，职工心系工厂。在集体利益与个人利益发生冲突的时刻，常林人欣然选择的是前者。厂长顾黑郎在职代会上的一席话，说出了全厂职工的心愿："工厂是我们发展林业事业的根本，我们必须一手抓抗洪，一手抓生产。凭借我们的'三气'精神，今年常林厂上交国家的钱一分也不能少，年初制订的各项生产发展指标一项也不能减！"这气壮山河的誓言，斩钉截铁地回答了洪水的严峻挑战。

厂工会立即在全厂职工中发起了空前规模的劳动竞赛："赛团结，比风格；赛出勤，比纪律；赛产量，比质量；赛管理，比安全"。这"四赛四比"把全厂抗灾自救夺高产的活动推向了高潮。

三金工车间的青年车工冷卫东，家住西新桥，每天都要多带一条短裤，趟着齐腰深的水上班，到厂以后把湿的换下来穿上干的，下班后趟水回去又是全身净湿。天天这样坚持着，保证车床按时开动。金工二车间女工魏琴，家住农村，今年承包了10几亩鱼塘。洪水泛滥，鱼塘受灾，损失惨重。但她顾不得这些，每天让丈夫撑船把她送出村口，然后

趟着没膝深的积水上班。不少职工在暴雨袭来时，眼看着家里进水，却顾不上认真料理，暂时安置了老人和孩子就顶雨赶赴自己的工作岗位。财务科副科长卞陇家住西新桥的最低处，一次次受到洪水的袭击，室内进水 1 米多深，爱人在排洪时不慎跌伤，但他知道自己重任在肩，工厂时时离不开，毅然放弃家庭的安危一心扑在工作上。他收支款，跑材料，忙里忙外，脚上的凉鞋跑断了带挣裂了口，也顾不上买双新的换换。因为他实在没有一点属于自己的闲暇时间。

工厂的排水任务是繁重的，全厂职工就一次次，一处处地排，排了又进，进了再排，齐心协力同洪水抗争着。工厂低洼处垒起了坝，车间门前垒起了坝，机床四周也垒起了坝，层层设防护卫着工厂，边排涝，边坚持生产。7 月初的一场暴雨，又一次使工厂被淹，总装车间流水生产线水深达 1.5 米。全车间的干部职工面对此情此景没有一点悲观的情绪，每个人的精神都很振奋。他们迅速站成一列列长队，一桶一桶地把水排出车间，把防护坝再加高加固。但总装流水线因牵引电机被水毁不能正常运转，这时，总体安装的任务又极其紧迫。在这种情况下，总装线的工人们自动组织起来，用人拉手推的方式替代流水线作业，硬是让一台台硕大的机车一个台位一个台位地向前移进，保证了生产正常进行。

在生产自救的日子里，厂长顾黑郎和主管生产的副厂长刘锦跃等厂级领导没日没夜地沉在车间，置身于生产现场和职工们一起处理着生产上一个又一个难题，并把劳动竞赛和"质量、品种、效益年"活动一层层地引向深入。在他们的带领下，工厂的劳动竞赛已深入到班组。一金工车间团员青年开展了"看一看谁的质量好，比一比谁的产量高"的劳动竞赛。二金工车间，每月能力工时为 1.1 万小时，工厂在 7 月份给他们下达了 72 台装载机的生产任务，要求他们 19 天内把任务抢下来，预计工时为 1.5 万个，他们每天都超干 2 百多个工时，确保了任务的完成。为提高产品的质量，工厂把年初以来厂内开展的"挑产品缺陷"的活动，扩展到厂外，由用户挑工厂未出厂产品的缺陷，用自己给自己出难题的办法促使产品质量上水平。职工也给自己出难题：金工三车间的车工班提出 70 天无次品，向国庆节献礼；钳工班职工比着干，提出 5 个月无次品，年底向党献礼。这作为一项目标是很难达到的，但它集中反映了常林人那种崇高的主人翁责任感和献身事业的奋斗精神。

在近两个来月与洪水的搏斗中，常州林机厂在生产上取得了可喜的成果：6 月至 8 月厂里的几项重大经济指标都大大高于去年同期水平。一台台装载机在常林人抢晴天、战雨天的拼搏奋斗中生产出来，又奇迹般地运往全国各地，打出了工厂的"名气"，显示了队伍高昂的"士气"，同时也在更高的层次上树立了职工的"志气"。那装载机 6 吨级的新品种通过了样机鉴定，并试生产 3 台获得成功，7 吨级的新品种又在孕育之中了。

在遭灾的危难关头，常林厂的干部和党员首先想到的是群众

常州林机厂的职工群众最感到荣耀的是 6 月中旬受灾的第一天。这一天，所有在家的厂级干部几乎都到了受灾户的家庭，那正是他们没着没落，有些手足无措的时候。干部们的到来，使他们住处得到安置，家具安全转移，病弱的老人有了依托，排除了层层后顾之忧。一股股暖流传遍了他们的全身，化作了克服困难的勇气和力量。在以后的日子里，干部们又一次地登门察看水情，带着药品和救济款到家里慰问。但是，干部却顾不上自己的家。

副厂长金荣华身先士卒。6 月 15 日中午，带领在厂实习的 60 名解放军战士冒雨帮助部分受灾职工搬迁转移。他站在没膝深的污水里，全身透湿，嘴唇冻得发紫。职工们心疼他，让他到上边休息，可他始终不肯，一直干到晚上 9 点多钟。冻饿、劳累、整日泡在水中，使他高烧达 39 度，持续 3 天不退。但他全然不顾自己的安危，组织职工抢险。在 6 月底 7 月初的第二次洪灾中，西新桥家属区再次被淹。已经在抗洪抢险中连续奔波了几昼夜的厂工会主席徐桂法，不顾疲劳，一上班就冒着大雨组织职工赶赴西新桥抢险。他跳进齐腰深的污水中指挥调运器材，为各楼口架设"码头"和可以进出的跳板。"码头"架成后，金工二车间的党团员们带着渡船赶来为离休职工李文龙抢运家具。由于雨大船小，人

一踩上去船身就剧烈地摇荡起来。见此情景，徐桂法再次跳进水里，双手抓紧船沿用胸口顶住船头，喊一声："你们上！"他在水中顶着，人们一趟趟地往船上搬东西，一船船地抢运。经过一个多小时的奋战，李文龙一家安全地搬走了，徐桂法爬上跳板，捶捶酸疼的膝盖，又去组织另一场战斗了。

在工厂宿舍区被洪水围困的时候，住在这里的 6 名中层干部及时借来 3 只小船，义务为职工摆渡。他们轮流"值班"，有求必应，遇有难行的地段就跳到水中推船走。上班时，他们把职工一批批送往工厂；下班后，又安全地把他们接回家，他们自己每天还要坚持上班。

常州林机厂的职工们反映，在这次百年不遇的特大洪涝灾害中，损失最小的是离退休职工，而出力最多损失最大的是干部、党员。

历史证明，常林人经受住了特大洪灾的严峻考验，他们能够排除前进道路上的任何艰难险阻，一定能赢得更加光辉灿烂的未来！

部属四家林机厂掀起生产自救热潮

截至 7 月底主要经济指标超过去年同期 水平
泰州厂大灾之际产销双创历史最高记录

本报讯　今年 6 月中旬至 8 月中旬，我国江淮地区连降暴雨，江苏 4 家部直属林机企业(常州林机厂、镇江林机厂、苏州林机厂、泰州林机厂)受到特大洪灾的猛烈冲击，损失惨重。在百年不遇的特大洪灾面前，4 家林机厂的领导带领全体职工奋勇抗洪，不仅保住了工厂、设备与职工、家属的生命安全，而且坚持边排涝边生产，使一批批新产品在洪水泛滥之时不断诞生，奇迹般地运往全国各地。据了解，这 4 家林机厂 1 至 7 份主要经济指标超过去年同期水平，其中泰州林机厂竟在大灾之际产值与销售额创造了历史最高纪录。

记者在 8 月中、下旬的实地采访中看到，这 4 家林机企业厂区都已整修一新，车间恢复了正常的生产秩序，人们的脸上洋溢着自信的神情，从那繁忙操作的情景里、高亢的机床轰鸣声中和那一幅幅抗灾夺高产的大标语上，感受到了生产自救的阵阵热浪。

灾后，企业面临着资金短缺、人力不足、设备急待修复和市场变化的严峻挑战，但他们都把克服困难的重点放在厂内，大力开展生产自救。这几家企业的领导者不约而同地告诉记者：洪灾虽使工厂蒙受了重大损失，但是，我们要通过努力，使今年的生产总值、销售收入、利润指标超过去年，完成国家上交任务。

在抗灾自救中，工厂积极开展了送温暖活动，发动职工搞互助，妥善安置受灾职工的生活；及时召开职代会，分析形势，确定任务，层层进行思想发动，激发了广大职工投入生产的积极性。工厂由于搞"重建"，车间生产岗位劳力不足，科室干部就到第一线顶岗，在岗的职工用加班加点的办法弥补抗灾中损失的时间。泰州林机厂工人把一日三班变两班，每人每天干 12 小时；常州林机厂金工二车间每月能力工时 1.1 万小时，为完成 72 台装载机的生产任务，该车间职工在 19 天内就干了 1.5 万小时，极大地提高了劳动生产率。

广泛开展劳动竞赛是 4 家林机企业在生产自救中共同采取的积极措施。常州林机厂职工的劳动竞赛一直深入到班组，提出"看一看谁的质量好，比一比谁的产量高。"装配车间综合试验站由于油积、水积过多，影响产品质量，他们就建起了"共青团质量岗"，很快改变了生产线的环境面貌，以清洁的环境、严明的纪律和高质量的产品，在劳动竞赛中成为全车间的一面旗帜。苏州林机厂自打年初以来就竞赛不断，高潮迭起。从 6 月中旬起，伴随着滔滔洪水一直开展着以六车间为主有关科室参加的安装调试 BG134 辊筒干燥机为主要内容的单项劳动竞赛，到 8 月下旬竞赛结束时，厂工会主席告诉记者，这次竞赛完成了预定的各项指标，工效提高了一倍。

在生产自救的热潮中，这 4 家林机企业都更加注意提高产品质量，注意用质量品种开拓市场，自觉地把开展"质量品种效益年"活动和劳动竞赛结合起来。水灾刚过，常州林机厂金工一车间的车工班就提出大干 70 天无次品，为国庆节献礼；钳工班也随后提出 5 个月无次品，年终向党献礼。到目前为止，这个车间的车工仅报废 20 分钟，铜工班调试的 72 台装载机只有一台在出厂前有轻微漏油，基本上消除了返工。在此期间，工厂把"挑产品缺陷"活动，由厂内扩展到用户，并加强了销售服务工作，用户深表满意，出现了供销两旺的好势头。他们新开发的 3 台 6 吨装载机，都已有了婆家，即将出厂。镇江林机厂在生产自救中提出"保销售、保外贸、保新产品开发"，用产品质量优赢得市场，调动全体职工的积极性，不断把劳动竞赛推向高潮。

据统计，今年 1 至 7 月份，江苏 4 厂工业总产值达 11986 万元，销售收入达 11039 万元，实现利润 1114.9 万元，分别比去年增长 4.58%、23.05% 和 13.40%；4 家林机企业 6~8 月份主要经济指标普遍呈上升趋势。其中泰州林机厂 6~7 月份产值与销售额分别突破 500 万元，8 月份又有上升，达 550 万元。

产业雄风荡徐州

编者按　过去人们一直以为，在平原农区，林业只能唱唱配角，建上农田林网，闹个林茂粮丰就不错了，发展林业产业谈何容易！然而，地处江苏西北的徐州市，在 11258 平方公里的大地上，平原面积占了91.7%，竟以科技为先导，以林业资源为依托，让林业产业化的雄风鼓荡起来，867 万人口创下了 38 亿元的林业社会总产值。去徐州考察过的人无不发出感叹：平原林业原来也是可以大有作为的！徐州大力发展林业产业的路数为平原农区发展林业提供了很有价值的经验，同时也给不太富裕的地区奔小康带来了希望。

以资源为依托——基础坚实

徐州发展林业产业是近几年的事，是改善了生态环境、林业资源有了厚实的根基以后开始的。徐州人管这叫：不蛮干！

徐州，原是一块苦难贫林的土地，饱受了战争的创伤和自然灾害的蹂躏。建国前，全市的森林覆盖率不足1%。建国以后，历届政府从市情出发，把发展林业当作重要任务来对待，带领全市人民向宜林"三荒"进军，年复一年地植树造林。现在，全市林木覆盖率达到22.5%，有林地面积达250万亩，相当于农耕地的27.7%，农田林网化已达95%，四旁植树保存数为1.5亿株，活立木蓄积量达920万立方米。昔日的荒山秃岭都披上了绿装，过去黄沙弥漫的黄河故道展现出百里花果长廊。如今到过徐州的人获得的印象是：田成方、林成网、山滴翠、路铺荫，田园景象美不胜收。目前，全市河道年淤积厚度已降到70年代的1/6，风速、蒸发量分别降低20%和9%，相对湿度提高了16%，较大地改善了生态环境。

有了这个基础，保证了粮食的稳产高产，徐州的农业发展没有后顾之忧了。有了这个基础，徐州人一年能采几十万立方米的木材用于人造板生产，可采收大量的干鲜果品，组织加工闯市场，就能依托林业资源造就的锦绣山川搞旅游、办三产，使绿色产业的雄风吹遍徐州大地。

以科技为先导——确保高效

徐州发展林业、大力推进林业产业化，有一个很突出的特点是，始终把科技推广放在第一位。对此，聪明的徐州人也有个说法，叫巧用劲儿！

经过多年的努力，徐州各县（市）都建立了林业科技推广中心或林业技术指导站。在徐州，每个乡镇都有林业站，站内都有林业技术员，村村都有"明白人"，科技推广队伍中的专职人员已有1360人。为保证树木成好材、果树结好果、加工出高效，市、县（市）、乡（镇）都建有不同级别、不同规模的林木良种繁育基地，而且越往上标准越高，造林种果用的都是良种壮苗。森林防火、防治病虫害也都注重运用科技手段，使病虫害发病率控制在5%以下，连续10年没发生过森林火灾。

徐州市的林业科技人员凭借着实力积极参与高等林业院校和部、省科研院所的科研课题合作研究，同时完成了相当数量的自选研究课题。凡是能为己用的科技成果，他们都大力推广。在树木品种上，他们推广了 96 杨、72 杨、苏柳 172 和 194、鲁刺 1 号等优良树种；在营林技术上，通过层层培训向农民普及了乔冠草立体种植技术、石灰岩山地雨季造林技术、容器育苗造林技术、银杏与水果高效栽培技术、半粒蜡封嫁接技术等，这些新技术的广泛应用在产业化的发展中发挥了重要作用。每项新技术研究试验成功，他们都要建个基地搞推广示范，让农民学着心里踏实，具体、直观，也能学得会。邳州市的港上、铁富银杏示范园和丰县的大沙河果园都是闻名遐迩的示范基地，也是林业生态旅游的好去处。徐州人建林网也搞科技工程，研究出很高的技术标准加以推行，要求做到：林带网格化、结构立体化、林木良种化、管理集约化。几年后，这些高标准的农田林网都成了优良的林木资源基地。市东沂沭河流域有种银杏的传统，但投入产出周期太长，经济效益低，于是邳州市在这里就建了个银杏研究所，在建设银杏采叶圃和立体种植上取得重大突破。在此基础上，他们又引进先进技术搞银杏叶深加工，把银杏黄酮推向了国际市场。

今年初，徐州市委、市政府把林业工作的重点转移到大办林业技术开发试验示范区上来，给绿色产业的腾飞加足了马力。

从实际出发，把产业办出特色

徐州市大力发展林业产业，善于从自己的特点和优势出发，办那些具有区域特色的产业。他们的体会是：一招鲜，吃遍天！

徐州大地农田林网，在原来"三荒"地上栽的片林、四旁树木，大多是杨树、泡桐等速生丰产林木。依托这些平原的林木资源，他们大搞用材林产业化。就拿铜山、睢宁两县来说，在黄河故道地区建了 30 万亩速生丰产用材林基地，加上农田林网和"四旁"树，每年能采伐 40 万立方米木材。他们从市场需求出发引进技术，建立一批木材加工厂，年产量达 30 万立方米。铜山县三堡镇刁店村办的胜阳木业集团已拥有 2.84 亿元资产，能生产各种规格的胶合板、阻燃板、装饰板等 7 大系列 30 多个品种，年产值达 8.1 亿元，产品畅销国内外市场。

邳州的银杏产业，既有种植传统，又有雄厚的资源基础，于是就搞银杏产业化。目前该市已发展银杏成片园 10.57 万亩，年产银杏干叶 1.2 万吨，相继建了 7 个加工厂，年产银杏黄酮 80 吨，产量占全国的 70%，年创汇 4000 万美元，银杏系列产值 8 亿元。农民种 1 亩银杏收入 4000 元，把银杏看作是致富的摇钱树。

丰县、沛县人民坚持整治河道，筑坝蓄水、种树固沙，彻底根除了土地沙化危害。后来，他们引种果树成功，信心倍增。80 年代后期，两县大胆引种了红富士苹果和白酥梨等优质水果品种，取得重大突破。现在已建成 50 万亩红富士、白酥梨高产果园，年产优质果品 40 万吨，还进行了品牌注册；同时，还建了果品分级包装线、果品罐头厂、果品饮料厂，又组织了上万人的流通队伍闯市场，形成了产加销一体化格局。丰县人 30% 以上的收入来自果品产业。

古城徐州，人文景观荟萃，又处在泰山、曲阜黄金旅游线上。从这一优势出发，徐州大搞林业旅游观光产业。配合城建改造，把自然景观和人文景观结合起来，先后建成了环城国家森林公园，云龙山、云龙湖风景区，"三场一路"绿化工程，以及铜山新区、沛县汉城公园、平县果树大观园、邳州天下水杉第一路、天下银杏第一园等特色景观。这些林业产业与城市现代园林相统一，使徐州成为苏北的一座新兴旅游城市。

产业化的兴起，使徐州的林业实现了生态、经济、社会三大效益的统一，巩固了造林绿化成果，激发了广大群众发展林业的积极性。

在绿色产业雄风的鼓荡下，徐州林业的明天将更加美好。

（刊登于 1998 年 11 月 23 日《中国绿色时报》第三版）

搏击市场显风流

编者按　位于江苏省常熟市郊的虞山林场，宛如镶嵌在苏南大地上的一颗鲜亮的翡翠。虞山林场绿起来之后，主动走向市场搞活致富，成为全国国有林场的一个先进典型。虞山林场搞活致富，早已声名在外：是全国大大小小4296个国有林场中的"十佳标兵"之一。

小而富，是虞山林场的显著特点。在江苏，一提到虞山林场，都说是个"袖珍林场"，其管辖的领地全在常熟市郊小小的虞山上。林场施业区内，处处花团锦簇，绿荫覆盖，美不胜收。这里已成为全场2013名职工安居创业的家园乐土。当前，全国95%的国有林场在困境中挣扎，而虞山林场就在21750亩的山场上积累了2.2亿元的固定资产，凭借着洋洋大观的内外市场，涉足了三大产业领域，兴办了十几家企业，年销售额两个多亿，产值近七千万元，创利税上千万元，今年全场人均工资将突破7500元。

虞山人回忆起林场的发展史，总是深有体会地讲这样一句话："把林场捆绑在木头上是没有出路的！"记得刚建场时，林场的固定资产不足40万元，职工辛辛苦苦干一年，连有限的工资都兑现不了。独木支撑的格局维系了16年，虞山林场也在贫困中熬过了16年。16年的奋斗，让虞山绿起来了，但人却没有富起来。这第一次创业，留给虞山人的唯有满山的绿树和在实践中塑造出来的"艰苦创业、励精图治"的虞山精神。

二次创业，同样充满了艰辛。

1976年，地处改革开放前沿的苏南地区已听到了催春的战鼓。不久顶着"国营"帽子的虞山林场，改革经营体制后被断掉了"皇粮"，逼向了市场。从此，虞山上开始有了茶园、竹林、果树，有了经营性的苗圃；林场开始发展工副业，组建了基建队，办起了纺织厂、服装厂、建材厂、汽车修理厂、无缝钢管厂……在市场风浪的冲击下，企业沉浮起落，虞山人也在探索中前进。在艰苦创业的实践中，他们开始依托地理区位优势，盖房子出租门店，买汽车跑运输，开办饮食店。1989年，抢先一步把虞山报批为国家森林公园，大模大样地搞起了旅游业。此外，他们还利用闲散土地搞起了房地产。当第三产业兴起时，虞山林场彻底活起来了。没过多久，在虞山脚下、常熟城边，一座很上档次的森林大酒店拔地而起，年客房出租率竟然达到80%以上，年获纯利就达100万元。

如今的虞山林场已不再靠木材吃饭，靠的是第二、第三产业，二、三产业的销售收入已占林场销售总额的90%。几经调整，一、二、三产业在林场的经济运营中的比例已达9∶53∶38，已基本赢得了市场。

坚持以林为本，是虞山人在市场经济运行中始终把握的办场方向。如今已能自立自强，他们便开始用发展二、三产业赚的钱反哺林业，走以工养林之路。每年林场都要拿出上百万元投入林相改造、病虫害防治、森林防火和林区基础设施建设。现在的这些投入对虞山上的森林来说，已不再是"雪里送炭"，完全是"锦上添花"，让虞山除发挥好森林的生态、社会和经济效益外，尽情地去美化常熟人的生活。

11月上旬，虞山林场刚刚开过第八次党代会，为进一步适应市场、驾驭市场，部署了全场范围内的产权制度改革，并发起了迎接新世纪、迎接新挑战的第三次创业。这一次规划的奋斗目标是：用3年时间，一二三产业的比例调整为5∶53∶42，生产总值突破1亿元，销售收入达到3.2亿元，坚持科技兴林，大力提高职工生活质量，把虞山林场建成基本现代化的林场。

（刊登于1998年12月7日《中国绿色时报》第三版）

淮阴启动意杨产业化工程

本报讯　江苏省淮阴市从当地意杨栽培实践和未来发展前景出发，近期做出了大力发展意杨产业的决策，即用两年左右的时间，使意杨培植成为全市农村经济新的支柱产业，争取到 2000 年让淮阴市成为全国最大的意杨种苗基地。

淮阴市位于江苏省中部，大部分县(市)属里下河平原地区，气候温润、雨量充沛，很适合意杨生长。在十几年来造林绿化的实践中，意杨成为淮阴首选的绿化当家树种，健壮挺拔的意杨广布淮阴大地。当地群众已普遍掌握了意杨栽植技术，不同规模的木材加工企业已发展到数百家。淮阴市把发展意杨产业作为农村支柱产业来抓，不仅有良好的实践基础，而且有广阔的发展前景；不仅对强市富民具有重要的现实意义，而且对改善苏中地区的生态环境、造福子孙后代具有深远的历史意义。

目前，淮阴市委、市政府已对意杨产业化工程建设作了周密部署，各县(市、区)正在精心规划，超前准备，狠抓落实，整个工程已在淮阴大地全面启动。

淮阴市委、市政府对发展意杨产业提出的要求是：坚持经济效益、社会效益和生态效益并重，因地制宜，统一规划，挖掘潜力，广为栽植，扩大基地规模，努力发展加工流通，尽快形成市场牵龙头、龙头带基地、基地连农户的产加销一条龙、贸工林一体化的经营格局，使意杨产业真正成为全市农村经济发展中具有特色的支柱产业。淮阴市发展意杨产业的总体目标是：一年大见效，二年完善提高；到 2000 年，全市意杨栽植超亿株，建成连片意杨林 40 万亩、种苗基地 1 万亩，争取成为全国最大的意杨种苗基地、栽培基地和加工基地。

据悉，今冬明春淮阴全市计划新植意杨 2000 万株，发展连片栽培基地 15 万亩，使全市意杨总量由目前的 6000 万株增加到 8000 万株，连片栽培基地由目前的 13.5 万亩扩大到 28.5 万亩，意杨种苗基地由现在的 5500 亩扩大到 8000 亩。

（刊登于 1998 年 12 月 3 日《中国绿色时报》一版）

一个木业巨人的崛起

——对邳州发展板材加工业的调查

地处鲁苏交界处的江苏省邳州市，近年来大力挖掘民间人才和资金的潜力，依托当地雄厚的意杨资源优势，大力发展意杨人造板加工业，迅速形成了中小企业铺天盖地的集群效应。仅短短十几年，全市深加工生产线就发展到 380 多条，生产成品板材 300 多万立方米，板材年产量占全国板材产量的 15%，年板材出口量占全国板材出口总量的 40% 以上，一跃成为我国四大板材加工基地之一。

平原绿化孕育了杨树产业的生机

邳州市是"全国绿化百佳县（市）"，早在上个世纪 70 年代就开始大面积地种植意杨。启动平原绿化工程以后，意杨更成了邳州人营造农田防护林和四旁绿化的主要树种。

邳州市地处黄淮海平原，属暖温带南缘季风气候区。这里四季分明，年平均光照 2350 小时，无霜期 210 天，年降雨量为 940 毫米，年平均气温为 13.8℃，非常适宜意杨等速生林木生长。近年来，邳州市把做大、做优、做强林业产业列为新一轮农业结构战略调整的重点和绿色富民工程，不断增加对林业的投入；同时，始终坚持"培育资源、开发新品、提高效益、提高档次"的发展战略，迅速构建了邳州的意杨资源库。

一是在全市大中型河道的两边，在所有的沟、渠、路两侧以及河堤、三荒、四旁、隙地和一切农业结构调整分离出来的土地上，大力营造意杨片林，成材即伐，伐后又种，形成了 8 万亩意杨资源基地。目前，基地上有意杨 300 多万株，林木蓄积量达 14 万立方米。

二是以意杨为主，精心营造农田防护林。全市现有农田防护林 142 万亩，其中意杨占乔木总量的 80%，总计 450 多万株，林木蓄积量约有 20 多万立方米。

三是用意杨绿化村庄，既改善生态又积蓄资源。邳州全市有村庄面积 34 万亩，绿化面积 19.7 万亩，绿化覆盖率达 57%。村民在房前屋后广植杨树，在意杨人造板加工业的驱动下发展势头异常迅猛。村庄种植的杨树占全市杨树资源的 70% 以上，总计有 1750 多万株，蓄积量达 79 万立方米。

四是在绿色通道工程建设中，意杨和毛白杨也是首选树种。目前，已建成徐–邳公路、邳–苍公路、邳–睢公路等三条绿色通道，全长 80 公里，折合面积近 20 万亩；同时，还建成了以意杨为主体的三大河(即大运河、邳苍分洪道和沂河)绿色通道，全长 100 多公里，折合面积 4 万亩。

五是在建设意杨资源库的同时，邳州人还狠抓了杨树种苗培育。他们以市林木良种繁育中心为龙头、以各乡镇林业站的种苗基地为纽带、以广大村组农户育苗为基础，形成了完善的杨树良种苗木繁育体系。目前，邳州市杨树种苗基地面积达 2000 多亩，每年可培育杨树壮苗 500 多万株，增强了杨树产业发展的潜力。

政策引导驱动了木业巨人的崛起

邳州市委、市政府大胆解放思想，积极扶持个体私人经济的发展。邳州市所有的板材加工企业都是民营企业。积极的政策引导无疑是这个木业巨人迅速崛起的先决条件。

邳州市板材产业发展的显著特点是：势头猛、规模大、品种多、销路广。邳州依托杨树资源优势，于上个世纪 80 年代中期孕育了板材加工业的雏形，到 90 年代末期形成了大发展的态势，短短几年便在邳州大地鼓荡起意杨产业雄风，裂变般地实现了由小生产向大基地、小加工向大产业的历史性跨越。目前，全市各类板材企业已发展到 2000 多家，其中大的深加工企业有 150 多家，专门从事旋切单板加工的企业有 400 多家，取得进出口经营权的企业有 19 家，作坊式的小企业星罗棋布，从业人员达 30 多万人。主要产品有胶合板、细木工板、绿色环保版、高档贴面板、覆膜板、阻燃板以及高强度建筑板等 40 多个品种。产品销往全国各地，并出口到日本、韩国、新加坡、伊拉克、科威特、沙特、土耳其、埃及、英国、美国等 20 多个国家和地区，涌现了一批像福华木业、天德木业、夹河木业、福祥木业、秀华木业、鹏程木业、天福木业、中原木业、宏达木业、华瑞木业、徐腾木业、福尔木业等有较强生产实力和巨大发展潜能的明星企业。

邳州市板材加工业的发展可以追溯到上个世纪 80 年代中期。当时，是政府首先依托本地和周边地区丰富的杨树资源，在临近市区的官湖镇建立了木材交易市场。政府对官湖市场放宽税收，保证公平交易，这里很快便成了苏北鲁南最大的木材集散地。如今的官湖市场依然生意兴旺，每天运输木材的车流量达 800 多辆次，日交易额在 3000 万元以上，年原木、板材的交易量达 400 万立方米。一批农民在跑原木经销的实践中，积累了资金，跑出了经营头脑，众多的意杨种植户也鼓起了腰包。

90 年代初期，头脑活络、市场意识强的邳州人开始从原木交易发展到搞原木旋切。一户创业，百户效仿。邳州市各级政府因势利导，积极扶持，使一大批木材加工专业村应运而生。这时的木材加工专业大户主要是为外地的板材生产大厂做板皮加工，进行着艰苦的资金原始积累。当地人不夸张地告诉笔者，他们运到上海的旋切板皮可以铺满整个黄浦江，足见邳州人为此付出的辛劳。

到 90 年代后期，特别是 1998、1999 这两年，官湖、戴圩、土山、陈楼等镇的板材加工业扶摇直上。为提高效益、摆脱外地企业的羁绊，邳州市各级政府又一次因势利导，抓大扶强，推动本地板材业上深加工项目。他们提出"向社会要资金，向能人要厂子"的工作思路，并进一步调整政策，加大扶持力度。企业老板有了钱，凡不思进取、不搞产品更新换代的就对他们坚决收足税费，而对那些富而思进、建大厂、上深加工项目的，就实行挂牌保护，让其发挥龙头带动作用。在扶持政策的推动下，规模较大的企业，除了从事单板加工的400家企业外，生产胶合板的企业已发展到86家，其中，年产量在500立方米以下的企业有6家，年产量为500立方米至1000立方米的企业有8家，年产量为1000立方米至5000立方米的企业有27家，年产量在5000立方米以上的企业有45家；生产细木工板的企业已发展到62家，其中，年产量为500立方米至1000立方米的企业有16家，年产量为1000立方米至5000立方米的企业有32家，年产量在5000立方米以上的企业有6家；生产刨花板的企业有两家，虽年产量暂时不足1000立方米，但有极大的发展潜力。那2000多家从事小作坊式生产的家庭企业，正在积累技术和资金，是新一轮联合办厂的后备力量。

为促进板材加工业的大发展，邳州市委、市政府着力强化软环境建设，充分发挥政府宏观管理和引导、协调的职能。首先是为板材加工业的发展营造良好的政策环境。邳州市推行了林业分类经营，并进行了林业产权制度改革，采取拍卖、承包、租赁等多种形式，充分调动千家万户参与板材加工生产的积极性。市政府明文规定：凡来邳州承包土地、投资办厂的企业和个人，享受招商引资的一切优惠政策，对板材加工的龙头企业实行挂牌保护，并且每年都在三级干部会上对纳税额在50万元以上的加工企业给以重奖。其次是建立了"一条龙"服务体系，实行一个窗口对外，为企业提供全方位服务；在资金扶持方面，市农村信用社全力支持板材加工业的发展，最近三年共为企业发放贷款3亿多元。三是成立了软环境转型治理办公室，严禁查扣调运进出邳州进行原木、板材交易的车辆，严格控制对从事板材加工企业的各类检查和收费，对侵犯企业合法权益的行为依法进行严厉打击。四是充分发挥政府职能，推进邳州市板材加工业的全方位开放。政府积极推动家族式企业的改造，促进建立现代企业制度；积极引导企业参与国内外木材加工业的战略分工，按照比较优势的原则，大力促进邳州市的企业与国内外大企业、大集团的联合；引导企业通过学习、合作和竞争，不断提高板材加工的技术水平，提高自主开发新产品的能力。目前已有 30 多位外地客商来邳州租地发展木材生产；由政府出面聘请了 20 多所大专院校和科研院所的教授专家担任邳州企业的技术顾问，在资源基地上先后引进了 10 多个杨树新品种，并加快了企业的技术创新。

搏击市场 木业巨人构建经营销售体系

邳州市有良好的区位优势，交通极为发达，东临沿海开放城市连云港，西靠历史文化名城徐州；陇海铁路横贯东西，京杭大运河纵穿南北；市区西距徐州观音机场 50 公里，东距连云港白塔埠机场 60 公里，而且邳州境内公路密如蛛网，四通八达。木业兴起后，人流、物流、信息流大量地向邳州云集。这一切都为邳州人开拓大市场、搞活大流通提供了得天独厚的条件。

经过十几年的发展，邳州市的板材加工业已经形成了合理的市场布局。一是产品出口世界四大洲 20 多个国家和地区，形成了触角发达的外销市场，前景极为广阔，并有巨大的开拓潜力。二是在上海、北京、天津、宁波、厦门、福州、广州、成都、西安、兰州、乌鲁木齐等许多大城市建立了 300 多个销售网点，这些网点还在不断扩张。三是在济南、青岛、临沂、徐州、连云港、南京等黄淮海经济区设有 100 多个直销店，成为邳州木业的形象窗口。三组框架连成一体，构成了全球范围内立体交叉的销售网络。

邳州木业的产品从原木、单板、细木工板、胶合板、刨花板、粘合板到设备、零件、下脚料等综合加工产品应有尽有，并有专业运输车队，构成了产供销一条龙的经营销售体系。目前，邳州的木业产品虽然以中低档产品为主，但也有绿色环保板、高档贴面板等板材精品，而且在新一轮产品结构调整中，这些板材精品已被确定为集中力量主攻的高档次产品，可以更好地满足不同消费人群的需求。给笔者的总体印象是，邳州的一些板材加工企业在完成了资本的原始积累之后，日渐注重打造企业的品牌，他们以优质的服务、优良的产品树立着邳州木业的新形象。据悉，邳州的板材已打入长江三峡工程、黄河小浪底工程、苏州工业园区和北京奥运会场馆的建设工地。前不久，官湖镇板材企业生产的1万张厚度为20毫米~30毫米的多层胶合板，已随"雪龙号"考察船运抵设在南极洲的我国中山科学考察站，用于新建综合楼的装修。

邳州的木业巨人已经崛起，正在搅动市场风云，争雄于木业世界！

(刊登于2003年8月28日《中国绿色时报·绿色市场》)

邳州木业看官湖

江苏省邳州市拥有千万元资产的板材加工企业有16家，其中有14家跻身于官湖镇。官湖镇拥有全市最大的木材交易市场，拥有大大小小5000多个木业老板，板材产量占全市的60%以上。2002年，全国出口了160万立方米板材，其中有70万立方米是官湖镇的企业生产的。邳州人称，邳州的板材业就是官湖的板材业。

官湖镇的板材加工业起步于1993年，10年迈出三大步。

第一步：1993年到1996年，官湖人由卖原木到旋切原木，搞板材初加工。这是起步阶段。这一时期，企业少、规模小、档次低，旋切的板皮卖给深加工企业做原料。由一棵树到一层皮、一张板，形成一条短短的生产链，不仅产品的质量不高、效益低下、浪费资源，而且还受制于人。

第二步：1996年到1999年，自己办厂搞成品板材深加工。这是发展阶段。官湖人颇为动情地告诉笔者，他们把外地搞成品板材加工的大厂老板请来，好吃好喝好招待，刚谈好1立方米板皮2300元成交，一夜之间人家就变了脸，硬把价格杀到900元左右。谈不拢，人家拍拍屁股就走。怎么办？只有自己干！官湖的天德木业、福华木业就是这样逼出来的。到1997年上半年，全镇已有了27条深加工板材生产线。1998年春天，在进口胶合板的冲击下，导致国内板材价格下跌，不少板材加工企业纷纷倒闭。而官湖镇审时度势，反弹琵琶，继续大上板材深加工项目，并提出"百条(生产线)大战"的口号。一些村庄的党员干部带头，以集体资产入股，以个人资金招股，镇政府协助贷款、筹措资金。从此，一发而不可收，上深加工生产线、办大厂形成了大气候，板材加工业以神奇的速度裂变、扩张。到 2000 年，官湖镇的板材生产线已达到 200 多条。这时，官湖镇的领导大胆解放思想，只拿"三个有利于"做衡量经济工作的标准，咬住木业不放松，起用能人大胆地试、大胆地闯，奠定了官湖木业集群的实力和基础。

　　第三步：从 2000 年到现在，官湖镇靠已有的基础和优势大搞招商引资，引进资金、技术和管理，努力实现管理人员高层次化，经营手段和生产设备现代化，产品销售全球化，精心打造"天下第一木业"！这是官湖木业的腾飞阶段。这一时期，许多官湖木业的领军企业都有了长足的发展。福尔木业公司由 1997 年创办时 36 股、60 万元资金，如今已扩大到 72 股、450 万元股金，大股达百万元，小股也在万元以上；启动深加工以后，五年迈出三大步，效益翻着跟头地往上长。2001 年，官湖镇扶持和推动福华木业公司技术改造，投资 1600 万元，上了两条榉木装饰板生产线，填补了苏北地区板材生产上的一项空白，同时也使官湖镇的木业发展迈上了新台阶。福华木业公司也由 1993 年创办时只有 45 万元资产的小厂，发展到今天拥有 1600 名职工、6 条深加工生产线、年销售收入近亿元、年上缴国税和地税达 429 万元的现代化企业。官湖镇党委、镇政府抓住机遇，对 45 家骨干企业进行公司制改造，并在此基础上帮助企业建立比较规范的有限责任公司，招商引资，推行现代化管理，建立现代企业制度。在镇政府的帮助下，官湖镇的企业引进了 2100 名大中专毕业生，并聘请了外贸翻译人员。目前，德式管理、日式管理、哈佛管理等现代管理方式已逐步渗透到官湖镇的民办企业之中。这些原本是农民的木业经营者，在消化吸收国外先进管理经验的过程中，也在确立着现代企业经营理念。

　　在产业兴镇的实践中，官湖人已初步尝到了"一业兴带来百业旺"的甜头。近两年，木材加工机械厂、机械修理厂、胶带纸厂、制胶厂、食品加工厂等 20 多家新厂在官湖镇相继涌现，交通服务业、餐饮业、房地产业也异常兴旺。官湖镇现有大型运输车辆1000多台，生意做得红红火火。在小镇的街市上，平地涌出200多家饭店，还有人筹资新建了超市。一位外地来官湖的打工妹靠经营盒饭赚了大钱。人流、物流、信息流都向这里云集。长长的板材加工产业链带动了十几万农民就业。一批在木材经营上起步的农民如今成了经纪人。他们为企业和农户牵线搭桥，帮助企业采购原料、销售产品、搜集信息，足迹遍布大江南北，形成了一支跨地区、跨行业的专业队伍。官湖镇的产业集群效应和撒满阳光的美好前景，吸引了5万多名外地打工者前来就业。官湖人善待外来者，专门建造了"天德公寓"，帮助他们在这里安居乐业。

近来，官湖木业有三项大举动很鼓舞人心。一项是投资5亿元兴建了热电厂，从根本上解决了产业扩张后的能源供应问题；同时也降低了企业的生产成本，增强了产品的竞争力。另一项是投资上亿元，即将兴建中国官湖胶合板生产交易中心，项目建成后将对官湖镇的板材加工业发展起到巨大的推动作用。第三项是引进了家具生产线，就要开工生产高附加值的家具产品。这意味着官湖木业开始有自己的终极产品了，官湖木业即将登上一个新台阶。

官湖木业在拼搏奋斗中崛起，在开拓进取中创造着辉煌。2002年全镇实现工业总产值40亿元，财政收入4235万元。2003年上半年全镇实现工业总产值29亿元，财政收入3000万元，其中工业税收收入达2800万元，分别比上年同期增长52%、40%和41.7%。

"龙腾官湖，惊起四海连天浪；争霸世界，搅得彭城起大风。"这是官湖镇党委书记徐学军今年春节期间创作的一副对联。其壮志豪情溢于言表，同时也表达了官湖人共同的心声：官湖的目标，就是要做中国的第二个顺德！

（刊登于2003年9月11日《中国绿色时报·绿色市场》）

邳州银杏产业走进了第二个春天

银杏树的价格疯涨，米径 15 厘米的银杏树可以卖到 1500 元！银杏叶的价格也回升了，2002 年还稀烂贱，一公斤只给 0.2 元，现在外商给涨到了 1.30 元，而且还有继续上扬的趋势：国际市场上的银杏酮的价格也比前几年翻了一番，行情看好，厂子又可以开工了。这些牵动人心的信息，让寒了几年心的邳州采叶人心里暖呼呼的，让干部们脸上绽放出笑容，让先是赚了钱后又赔了本的加工企业的经营者们神情又亢奋起来。

邳州人总的感觉是：银杏产业的春天又来了！

这是邳州银杏产业的第二个春天。

摇钱树摇出了银杏的春天

邳州人至今对上个世纪 90 年代初出现的第一个春天怀有甜美的回忆。

邳州有悠久的种植银杏的历史。1990 年以前只是种银杏，收白果，挣大钱。一户人家几棵树，1 公斤白果能卖 30 元。银杏果简直成了"金豆子"！盖房子、按电话、孩子上学、乡镇集资修路，有银杏树的庇护是不用发愁的。银杏树就是邳州农家小院的摇钱树！

然而，让邳州人始料不及的是，银杏这种独特的经济树种受到了世界领域的关注，欧美等发达国家早已对银杏的深加工开始了研究。上个世纪 60 年代，德国史瓦伯公司率先发现了银杏叶的提取物有很高的药用价值，从中提取的银杏酮，每吨在国际市场上售价 300 万元，最火的时候每吨 400 万元！简直是"软黄金"！

邳州接通了国际市场，银杏叶 1 公斤卖到了 4 元钱，一下变成了"金叶子"。于是很快，银杏密植园、采叶圃像雨后春笋般地发展起来，一家家银杏酮、银杏保健品、银杏茶加工厂在邳州的大地上崛起。一时间，以银杏产业为依托的"三资"企业办了20多家，银杏产业的年销售额突破了2亿元，利税达3000万元！其中，生产银杏酮的企业有9家，共有13条生产线，银杏酮的年生产能力达到250吨，全市银杏叶的产量占到了全国的1/4。银杏产业成了邳州产业群体的龙头老大！

1992年筹建的邳州市富伟生化制品公司，是当时全国建厂最早、规模最大的提取银杏酮并生产相关系列产品的专业厂家，1996年~1997年最兴旺的时期，企业每天的销售利润可达20万元！港上镇的能人张慎智沉稳、坚毅，不干企业跑单帮，凭着一身本事经营育苗、制作盆景，最好的年景也能挣七八万元。邳州沂河两岸的儿女们拍着日渐鼓起的腰包，又唱起了祖辈流传下来的民谣："走千走万，不如沂河两岸！"

邳州银杏产业笼罩在一派明媚的春光里，银杏树下传出来的是阵阵欢笑。

从巅峰跌入低谷

1998年，银杏产品市场风云突变。一眨眼的工夫，几乎所有的产品价格都开始了迅速下滑。

银杏果的价格，由当年高峰时1公斤优质果35元，滑落到20元、10元。到今儿也没见涨起来！

银杏叶滑落得更惨！一公斤4元，2元，1元，0.4元！这懒怠采摘的价钱，让银杏叶又回到了"任其飘零"的时代。

1998年，银杏酮年初每吨还是300万元，可到了年底竟跌到了25万元！一年之内下滑了10倍还多！

邳州的农民懵了。人们哪里知道，是市场——这只"看不见的手"在操纵着商品价格！于是，疑惑、懊恼、焦虑、揪心和痛苦，一下子塞满了邳州百姓的胸膛。叶农心寒了，加工企业开始出现了亏损；亏损严重的不敢再经营，干脆停工关厂。邳州各级干部的脸上布满了愁云。

其实，这种"蒙难"来自国际、国内两大市场，是全国、乃至于世界性的，并不单属于邳州！

大多数人在迷惘中徘徊。没陷入太深危机的人在观望。邳州的各级领导干部、纵情于银杏开发事业的企业经营者和专家学者们在深深的焦虑中开始了反思：为什么一个新型的朝阳产业会如此悲壮地从巅峰跌入低谷？调查、推理、寻求、论证，以及全方位地进行比较研究，终于使接近事实的答案渐渐地浮出了水面：全国银杏种植面积达300万亩，银杏干叶产量达4万吨，仅邳州就有1.2万吨，而眼下市场的需求只有1万吨左右——严重的供大于求！银杏加工厂家盲目上马，重复建设，而且规模偏小，工艺落后，产品质量不稳定，又在企业危机时竞相压价，引发了恶性竞争——自己把自己打惨了！产品质量不高，而且只在"三药（医药、兽药、生物农药）两品（保健品、化妆品）一茶（银杏茶）"的领域里闹腾，好端端的资源优势并未转化成巨大的经济优势——太亏了！深加工领域的功夫做得太肤浅，缺乏有市场竞争力的高档产品、名牌产品、终端产品，国内市场没开发出来——太低能！市场信息不灵，目不明、耳不聪——太危险了！

当然，还有许许多多十分精微深刻的论证，都有着振聋发聩的效果。在挫折和反思中，邳州人增长了见识，开阔了视野，也进一步增强了开发银杏产业和搏击市场风浪的信心和勇气。心头的阴云也在一点儿一点儿地消散着。

激情躁动的春天

像春风吹来大地复苏了一样，邳州的银杏产业又一次充满了活力。到处挥洒着激情，一桩桩新的成果像孕育中的婴儿一样正在母腹中躁动。

今年全市又新植银杏6万亩，一家家加工企业以全新的姿态陆续开工。荒芜了的采叶圃经过两年来的整治又焕发出一派生机，而且正在按照GAP标准进行无公害培育。苗木与大树市场空前火暴。米径6厘米的银杏树一株就能卖到30元，米径在30厘米以上的银杏树3000元一株抢着买。铁富镇的镇长颜秉山介绍说，镇上有全国最大的苗木、大树市场，北京这两年移栽的银杏树都是从铁富买走的。开市的时候一天能交易四五千株大树，苗子和幼树交易能在 10 万株以上，日销售额达 1000 多万元。但他相信，这种状况不会永久这样下去，就像前几年的银杏叶子一样，有市场调节呢。看来，面对这种火暴的景象，人们已不再浮躁、狂热了。银杏果的价格还在低谷中徘徊，邳州人也不懊恼，还在种树育果。所不一样的是，开始重视发展果、材兼用林和琢磨着进行银杏果食用功能的深度开发。同时，银杏观光旅游业已在大规模启动之中。可见，邳州人已经懂得产业开发必须在打好基础、扩大内涵上下工夫了。

世纪维康公司的董事长樊延生，50 多岁，地道的邳州人。他激动地说，他生在银杏之乡，长在白果树下，非常钟爱银杏，看到家乡有这么好的资源，从小就萌生了开发大产业的想法。他心怀苦楚地向笔者报了一笔账：当前，全球银杏系列产品在国际市场上每年的销售额为 70 亿美元左右，其中 90% 的生产原料来自我们中国，可我们的销售额只占 5%！其激奋之情、爱国之情、焦虑之情都深浸在这简洁的话语中了。

樊延生的激情和思考在邳州人当中很有代表性，成为新一轮更深刻的反思的开始和重整旗鼓、以更大的力度进军银杏产业的起点，同时也让我们看到了邳州人激发创造精神的动力之源。那就是：他们所热爱着的祖国、故乡和银杏，以及他们所追求着的目标——共同致富奔小康！

邳州银杏产业的第二个春天真的来了，她已经走进了产业拓荒者们的心里。

曹福亮要做银杏大文章

曹福亮，42 岁，江苏省姜堰市（原泰县）人。1982 年毕业于南京林业大学林学专业，后随昌士行导师攻读硕士研究生；1991 年赴加拿大短期留学，攻读博士学位，师从著名生态学家 Kiis 教授，长期在南林大任教，先后担任过资源环境学院副院长、院长，并兼任风景园林学院院长。现任南京林业大学副校长、教授、博士生导师。

曹福亮学林爱林，尤其对银杏情有独钟。在 20 多年在绿色世界的探索中，他与银杏这一奇特的树种结下了不解之缘。银杏寄托着他全部的心志。

他用银杏编织着绿色之梦

银杏，大乔木，又名白果树，是第四纪冰川留给中国的特有树种，被誉为植物界的"活化石"。银杏集保健、药用、食用、材用、观赏和生态防护多种功能于一身，被老百姓誉为"摇钱树"，在我国有三千年以上的栽培历史。

全球的银杏看中国，而中国的银杏看江苏。

曹福亮家乡的近邻泰兴市，就是久负盛名的"银杏之乡"。泰兴家家都有银杏树，几乎每个农民都是栽种银杏的行家里手。在泰兴，光百年以上的嫁接银杏老树就有 179 株，500 年以上者 19 株，其中有两株树龄达一千多年。现在全市银杏种植面积发展到 20.2 万亩，人均拥有银杏树 3.9 株；全市年产白果 3100 吨，约占全国年产量的 1/4。

泰兴银杏铺展到姜堰，也在曹福亮的心中深深地扎下了根。曹福亮看惯了银杏树，喜欢品味它的果仁溢出的药香，迷恋它通直的干、青翠的叶、淡黄色的花，崇敬它那洁白如玉的果实和巍峨的云冠。因为有银杏，他以自己是泰兴的乡邻、江苏籍的学者而感到自豪，接触外国友人每次谈到中国的银杏，他的脸上总绽放出得意的微笑。他的博士论文就是关于银杏的研究。

从 90 年代起，曹福亮开始了对银杏的深入研究，实现了由情感到理智的跨越：他开始用学者的眼光来审视银杏文化内涵和栽培历史，用科学家的思维来探究银杏的良种选育、生理生态特性和培育机理，用经济学家的头脑来衡量银杏的综合价值，调研它的市场开发前景，并把自己换位成一个农民掂量着放弃其它树种改种银杏的利弊得失。他北上邳州、郯城，南下浙江、云南、广西，调查银杏的生长和生产情况，汇集了古今中外大量的资料进行研究，并从江苏到全国、从现实到未来进行着全方位的思考。然后，他郑重提出：在我国应该大力实施银杏产业化发展战略——以农田林网和国土绿化为突破口，凡是适宜银杏生长的地方都广植银杏，并实行科学种植、集约化经营，充分发挥银杏的综合效益；大力开发国内市场，让银杏促进农村产业结构调整，成为广大农民致富的大产业。他决心为此付出全部智慧和心血，为全国银杏产业化发展推波助澜。

关注市场风云，抢占科研制高点

记者4月底到江苏采访曹福亮，随他到泰兴、如皋、东台等地踏访银杏，一路走一路看，一路听他边算账边论证自己的观点。

他认为，银杏浑身都是宝，有巨大的开发利用价值，这是实施银杏产业化战略的现实基础。白果营养丰富，是上等的保健滋补品，医食俱佳；银杏叶内含黄酮化合物和内脂化合物两类重要的活性物质，是贵重的制药原料；银杏花粉富含氨基酸、不饱和脂肪酸、人体所需要的矿物元素和维生素 E，对延缓皮肤老化、防治肿瘤、治疗心血管疾病有特殊功效；银杏木材纹理细密，不翘不裂，并耐腐蚀，因有特殊的药香又无虫蛀之虞，是工艺雕刻、建筑装修的优良材料。银杏树形典雅华贵，又能防虫蛀、耐火烧、抗风、抗旱、抗烟尘和污染，是极好的观赏绿化树种。

他认为，银杏的国内与国际两大市场有广阔的发展前景和巨大的开发潜力，这是实施银杏产业化战略的现实依据。我国白果年产量只有1.2万吨，国内人均只有两三粒，市场远未启动；国际市场每年需求至少5万吨，若仅仅满足国际市场需求，就将会带来50多亿元的直接经济效益。银杏制剂、保健品和化妆品，30来年在国际市场上一直畅销不衰；银杏干叶与粗加工提取物和精加工成药制品之市场价值比，约为1:5:100。我国目前年产优质干叶2万吨，若按国际市场每吨售价6000美元计算，干叶可卖10亿元，粗加工提取物可卖50亿元，若能发展精加工出售成药制品，将有1000亿元的经济收益。银杏木材国际市场每立方米售价3000美元以上，国内售价2万元，但几乎是有价无市，开发潜力更大。如果我国城乡广植银杏搞绿化,育苗更是个大市场。

曹福亮指出,进一步挖掘市场潜力是实施银杏产业化战略必须认真解决的大课题。

记者问,1998年以来,我国银杏产品出口出现滞销,严重地挫伤了农民的积极性,对这个问题怎么看?曹福亮分析说,这是内外两种因素影响造成的。就外部因素而言,与亚洲金融风波不无关系,但更重要的是内因,是我国银杏叶深加工滞后,形成了对外企的过分依赖,这是导致银杏叶出口滞销的根本原因。因此,加快银杏叶深加工技术研究,建立科技含量高的深加工企业,苦练内功,开拓国际市场已成为当务之急。对此,我们科技工作者责无旁贷。

看来,面对市场风云,曹福亮早已成竹在胸。

为使自己能迅速捕捉到来自世界科技开发前沿的信息、永远置身于银杏科研的制高点,曹福亮刻苦地学习着,尤其是自觉地强化自己的英语听说读写能力。他虽已是博士生导师,仍坚持每日凌晨"雷打不动"地自修英语,连在下乡劳作的日子里也不改变。他研究国外的资料和中国的文化典籍,梳理着银杏的栽培史,探索着银杏的生物学特性和培育机理,并不断地向微观领域开拓,试图用基因工程进行银杏良种选育,从而大胆地提出建立国家级银杏种质资源库的构想。

近10年来,围绕着银杏,曹福亮领导的课题组承担了四项课题研究,其中有两项已通过国家林业局组织的鉴定:一项是"中国南方主要造林树种耐旱、耐盐碱机理的研究",另一项是"银杏培育机理及综合开发利用研究"(该课题获国家林业局科技进步二等奖)。他主编了近70万字的学术论文。研究结果证实,银杏具有较强的耐盐碱能力和耐干旱能力:银杏的抗盐碱能力仅次于盐碱地先锋树种刺槐,优于侧柏、火炬松和69杨树无性系等主要造林树种;银杏的抗干旱能力仅次于在荒山荒地上也能良好生长的马尾松,超过苦楝和杉木。同时,他所领导的课题组的研究还证实:使用氯化钙、硼酸和多酸唑以及不同类型的抗旱剂对银杏苗木处理,还能提高银杏的耐盐碱和耐干旱能力,这对拓展沿海滩涂的利用率,推动银杏在西北干旱地区发展,无疑具有重要意义。

不仅如此，曹福亮领导的课题组还利用南京林业大学的科研优势积极开展品种筛选、杂交育种和基因工程育种，并进行了多种栽培试验，进而选育出速生、抗盐碱、抗干旱、适应性更广的叶用、花粉用、材用、观赏、农田林网用等多种银杏新品种。

在银杏生存繁衍的 1.7 亿年的历史长河中，经过人为栽培、天然杂交、自然选择和有目的的育种，银杏形成了多种多样的基因类型，但从未得到全面的开发利用。为了妥善地保护好银杏种质资源，为给今后银杏育种提供丰厚的物质基础，曹福亮带领他的课题组努力实现创建国家级银杏种质资源库的构想。1998 年以来，在国家林业局和江苏省农林厅的资助下，他们跋山涉水，从浙江、江苏、安徽、湖北、重庆、四川、贵州、广西等地，甚至从日本和美国，广泛采集了银杏种质基因材料 600 余份。在品种上，有来自古银杏树的，有人工栽培的，有野生和半野生状态的，也有国内外选育出来的优良品种；在用途上，有叶用的、果用的、花用的、材用的，也有作农田林网、沿海防护林和绿化观赏用的，并都一一编号、记录，给每一份基因载体建立了档案。现已在江苏泰兴和盱眙各建立了 100 亩银杏种质资源圃。记者踏访了泰兴的一处，那管理之精细令人赞叹。曹福亮计划到 2002 年，种质资源库面积达到 500 亩，并使之达到世界一流水平，真正建成国内外都可利用的银杏繁育中心。

重实践、育人才，谱写果材花叶四重奏

曹福亮很"洋气"，他不仅有海外留学读研的经历，拥有学者的气质和科学的思维方法，而且是南林大可以用英语给学生讲课的教授之一；他搜集形象数据"新潮"地使用数码相机，计算机技术掌握得也很得心应手。然而，曹福亮又很"土气"，说起话来淳朴实在，不必认真的时候脸上总洋溢着憨厚的微笑，夏天光着膀子赤着脚，在泥水里搞测树，一点也不含糊，下乡攀上农民搞调研，拍着人家肩膀喊"老哥"；基层的林业干部不是他的师兄弟就是他的学生，谈苗情、论技术，伴着调侃的笑声，一副如鱼得水的样子。

曹福亮一年之中有相当多的时间泡在基层，江苏不少县市的乡村都有他的银杏科研联系点和试验基地，那也是他为学生开辟的第二课堂。他告诉学生，下基层有三个目的：首先是在实践中学习，向农民学习；其次是在实践中发现研究课题；第三是把理论拿到实践中检验，运用我们的研究成果帮助基层解决生产中的难题。他身体力行，处处做出榜样，引导他的学生自觉地把对银杏的研究与生产实践结合起来。

就拿这次采访来说。刚进入泰兴，曹福亮就对记者说，这里不得了！农民都是种银杏的高手。他每到一处都要问苗情，看树的长势，遇到可取之处就记录下来供研究之用。在如皋，他了解到当前发展银杏，农民致富心切，大多愿意定植母树，以收获白果。在长庄乡，曹福亮与银杏种植大户吴明光攀谈起来，知道吴明光要"反弹琵琶"，大力发展雄树以求花粉，这同曹福亮的观点相吻合。吴明光解释说：银杏发展快，眼下母树多，过几年就会出现花粉紧缺的情况，雄树产花粉，正好派上用场。他又补充说：致富不仅要有恒心，更要有耐心！曹福亮会心地笑着，对吴明光的见解大加赞赏，同时也为自己的观点得到印证而感到高兴。地处沿海的东台市是江苏发展银杏的后起之秀。近年来，东台人创造的速效型、高效型、专用型与长效型等经营模式，让曹福亮感到受益匪浅；这里盐碱滩上种植银杏测定的一组组数据，给他的银杏抗逆性研究提供了宝贵的信息。这次踏访，他又熟门熟路地去了"白果大王"叶正开的银杏定植园。曹福亮对其经营水平给以高度评价，认为无论分枝角度、树冠形状，还是生长势头都是一流的。到了叶老汉家，曹福亮更钦佩他制作的银杏盆景，不仅像在银杏定植园一样用数码像机作了许多记录，而且当即定购了两盆，准备带回去让全校师生鉴赏，并从中受到启发。

曹福亮遵循着从实践到科研，又从科研回到实践如此循环往复的推进过程，既不断地丰富着自己实施银杏产业化战略的构想，又引导他的学生在紧密联系的科研与实践中增长才干。

曹福亮指导着7个研究生，有6个是研究银杏的。他教导自己的学生要立志做一个高级农民；要深入生产实际，努力解决生产实践提出的问题。他说，我们所有的银杏研究都要能使群众感到用得上，能产生实实在在的效益，这就等于为推动银杏产业化作出了贡献。他既言传身教，又对学生严格要求。1998 年夏天，水灾刚过，正逢放暑假，曹福亮没让他的学生休息，把他们带到姜堰市试验基地搞树苗测量。开始大家很不理解，有抵触情绪，但看到曹老师头顶烈日赤着脚操作起来，顿时似乎都理解了老师的良苦用心，二话没说一个接一个地学着曹老师的样子干了起来。至今，曹福亮挥汗大干的情景还印刻在学生们的记忆里。如今，他的学生们已经习惯了下基层跑农村，他们精心地研究着自己的既定课题，并同曹福亮一起谱写着有关银杏的果、材、花、叶四重奏。

培育银杏果实是令人瞩目的。我国银杏有悠久的栽培历史，常规技术已有相当程度的普及，为进一步提高白果的产量和质量，除了开展银杏叶用园和花粉园良种选育和栽培机理、复合经营竞争机理以及银杏抗逆性研究而外，曹福亮带领他的课题组与基层科研机构合作专门开展了优质丰产果用园栽培措施的研究，有针对性地研究了影响人工授粉的气象因子，人工授粉期预测预报技术，并且进行了人工施肥试验研究，均取得了阶段性成果。

曹福亮非常重视银杏材用林的培育。在我国，直到今天人们栽培银杏，大多是以观赏和收果、采叶为目的，一向忽视材用银杏培育。为此曹福亮提出，要大力发展银杏用材林，并实行定向培育。他的研究表明：只要选地适当、措施得力，银杏的生长速度大有潜力可挖，银杏绝非当代不能受益的树种。实践证明，我国南方地区实生银杏胸径年均生长可达 1 厘米，树高生长可达 1 米；如利用河堤、海堤、荒地、沟渠以及道路两侧营造银杏用材林，只要精细管理，其生长速度要比松、柏树快得多，30 年生长的银杏胸径可达 32 厘米。因此，营造银杏用材林是一项投资少、收益大，一次投入、长久受益的项目，而且市场长期稳定，没有任何风险。曹福亮的研究还告诉我们，银杏抗性强、作用材林培育的银杏树还有绿化观赏价值和生态防护功能，可兼作农田林网和国土绿化树种，在广大平原地区、沿海地区、半干旱地区、风景旅游区以及实施天保工程适宜种植银杏的地区，都应把银杏作为主要树种，积极推广栽植。

曹福亮十分热衷于银杏花粉园的建园研究。他组织课题组测定了银杏花粉的营养成分，并在调研的基础上对银杏花粉的应用前景作了很有说服力的论证。他认为，建立银杏花粉园，不仅可为雌株银杏授粉提供优质花粉，而且也可为银杏花粉的综合开发利用提供稳定的原料，其发展前景十分广阔。据此，课题组已在泰兴、如皋两市各建了50亩和150亩银杏花粉示范园，并计划在国内逐步推广。

本世纪30年代和60年代，国外学者相继发现了银杏叶中含有黄酮化合物和内脂化合物，极大地提升了银杏的药用价值，并为银杏叶用园的培育和银杏叶的开发利用开辟了广阔的前景。近年来，全国银杏叶用园发展迅猛，在建园中提出了一系列科研课题。曹福亮课题组集中攻关，有针对性地研究了叶用银杏良种选育、截杆萌芽、耐盐耐旱耐水新品种选择、农林复合竞争机理、营养特性等培育机理，均取得一定成果。今年3月已通过国家林业局组织的专家鉴定，与会专家认为，该成果达到国际水平。他们突出感到，在银杏产业化发展中，银杏叶加工、特别是银杏叶内含物提取技术研究是个十分薄弱的环节，当务之急是培植一批高附加值的产品、适销对路的银杏叶加工厂，走自己生产、自己加工、自行销售、力争成品出口的路子。

曹福亮指挥谱写着的银杏果、材、花、叶四重奏，并未完结，还在续写和演练之中。其中每一个饱含激情的乐句和欢快跳动的音符，都凝聚着他们殷殷的爱国之情。

如今，曹福亮围绕着在中国实施银杏产业化战略，已写好了三篇文章：一篇是收集银杏种质资源，建立国家级银杏基因库，使之成为国内外一流水平的银杏研究中心；一篇是通过对现有品种筛选，通过杂交育种和基因工程，选育出了抗性强并能速生的叶用、果用、采花粉用以及栽培农田林网、用材林和风景林用的银杏新品种；另一篇是为银杏用材林、农田林网、防护林及风景林建设提供最优栽培模式和配套措施，为银杏产业化发展奠定了基础。至于最终在中国实现银杏产业化这篇大文章，他还要继续写下去，并需要千百万人同他一起来续写。我们将在文章完成之时，再度为他喝彩，为他鼓掌！

徽州社会办林业势头强劲

本报讯　安徽省黄山市徽州区鼓励全社会投资大办林业，在一批志士能人的带动下出现了强劲的发展势头。

杨村乡梅川村青年农民聂玉胜，前几年做木材生意赚了些钱，看到家乡有撂荒的山场，农民单家独户无力开发，便萌发了投资办林场的念头。在乡政府和林业站的支持下，经过说服动员，他和几十个农户签订了租山造林协议书，办了一个经营面积 300 亩的杉木用材林林场。协议规定，林场有收益时将拿出 10% 的纯利给投山入股者分红。截至今年 9 月，聂玉胜已造林 206 亩，投入资金 4 万元，目前又开始了明春造林的整地工作。

1997 年 10 月，洽舍乡林业站出资发动长潭村农户投山入股共同创办了汪四坑林场。该乡 34 岁的农民谢银俊承包荒山造林，当年就造林 181 亩，成活率达 95%。1998 年春，他举家搬到山场决心艰苦创业，今年又造林 158 亩，明年规划的造林任务已整地过半。

近年来，像这样的实例在徽州屡见不鲜。如，一位村党支部书记联合农户办林场、农民洪迎春兴办李树园、潜口乡干部带头办林场、岩寺镇瑶村农民在退耕还林山地上搞林业开发、徐柏良引种"金果李"办经济林基地等，都在当地被传为佳话。

为鼓励全社会大办林业，徽州区委、区政府专门做出决定并出台了一系列扶持政策，"号召全区社会各界跨行业、跨部门、跨区域投资开发林业"，造就秀美山川，让古老的徽州焕发青春。

《决定》明确提出，优先扶持乡（镇）、村集体和农民办林业，优先扶持特困企业和下岗职工投资办林业，大力倡导党政机关、事业单位的干部、职工投资入股办林业，热忱欢迎区外与境外有志者来徽州投资办林业；全区现有的宜林地、残次林地均纳入开发范围，实行统一规划，分期开发；投资者可以通过科技投入改造低产林，也可以承包购买现有的中幼林与经济林的使用权；投资办林业的经营期限可以延长到50年。《决定》郑重强调，投资开发林业坚持"谁投资、谁开发、谁受益"的原则，并在最近下发的《实施意见》中郑重承诺"其合法权益受法律保护"；明确提出："对投资林业开发，造林面积在200亩以上的大户，由公安部门挂牌保护"，"严厉打击偷盗破坏林地苗木、哄抢他人劳动成果等侵犯投资者合法权益的不法行为"。《实施意见》还规定，机关及企事业单位的干部职工投身林业开发，凡个人投资造林200亩以上的，或投资进行竹林、经济林复垦、低产林改造在500亩以上的，以及创（领）办林产品加工或流通企业年交纳税金达3万元以上的，给予5年"保职保薪"待遇，期间工龄连续计算，晋级不受影响，5年后可回原单位从事相应的工作；区外与境外的投资者开发林业，既享受《实施意见》中规定的优惠政策，还享受外商在徽州投资兴业的所有相关优惠政策。

可以预见，有了政策的感召和能人的示范，徽州社会办林业将会有更大的发展。

（刊登于1999年12月9日《中国绿色时报》第二版）

林业二次创业在南陵

安徽省1995年消灭了宜林荒山以后，省委、省政府即向全省人民发出号召：开展林业建设第二次创业。这一顺应省情与林情、合乎广大林农意愿的积极举措，很快得到芜湖市南陵县人民的热烈响应。

南陵县地处皖南低山向长江南岸过渡地带，县境内丘陵岗地多，很适宜发展林业。完成灭荒后，南陵全县有林地面积达到50万亩，覆盖了全县土地面积的31.32%，为长江安澜建起了一座绿色屏障，但林业的基础依然薄弱综合效益在低谷徘徊。据统计，1995 年林业产值只占全县农业产值的 8%。究其原因，主要是领导重视不够，经营机制不活，林种结构不合理：用材林面积过大，树又长得不好，近 10 万亩山场(约占用材林地总面积的 1/10)尽是停滞生长的"小老树"；效益好的经济林只占 1/10，而经济林的品种又过于单一。因此，在二次创业中南陵人决定，在加快生态环境建设的前提下，把大力发展经济林、实现林业产业化列为主攻方向，让南陵山区人民在家园绿起来的基础上尽快地富起来。

南陵人苦干实干但不蛮干。他们相信科学，首先邀请安徽农大教授和省内的林业专家来南陵进行综合考察，几经论证，形成了丘陵山区开发建设的总体规划。县里六大班子的领导率先垂范，在每年的整地造林、抚育管理、病虫害防治的关键时期，都深入山场视察，指导工作，层层创办二次创业示范点，以点带面，推动林业二次创业高潮迭起，不断向纵深发展。经过全县人民 4 年来的艰苦奋斗，经济林总面积达到 11.5 万亩，每年新增 1 万亩；已建千亩以上林果基地 4 个，500 亩至 1000 亩基地 5 个；各级领导创办示范点 24 个，示范基地面积达 2 万亩。南陵发展经济林，大多实行的是低产林改造和坡耕地退耕还林，不仅增加了农民的经济收入，而且控制了水土流失，改善了生态环境.

发挥乡村能人的示范带动作用和搞活经营机制，是南陵县林业二次创业的显著特点。

在县委书记杨世群的示范点——红星水果基地内，有个梨树种植大户叫杨万道，被南陵人誉为兴林致富的带头人。杨万道的家地处戴汇镇与城关镇交汇处的一块坡耕地上，原来房前屋后有 6 亩生长 12 年的杉木林，1991 年全部砍伐，毛收入不足 1 万元，算起来，1 亩林地年收入只有一百多元。杨万道很精明，把杉木砍了改种梨树。那梨树苗是通过安农大引进的日本早熟品种丰水、幸水、早酥，7 月中旬即可上市。1994 年，180 株梨树开始挂果，1996 年渐近盛果期，收入 5000 元；1997 年、1998 年两年共获利 2.5 万元，头 3 年搞农林间作种芋头，还有 3000 元的收入。目前，杨万道的 6 亩梨园不仅 1.3 万元的投资早已收回而且还有近 4 万元的收入。据他自己保守估计，6 亩梨园平均年收入都在 1.5 万元以上。杨万道是富有雄心壮志的农民。1997 年他承包开发退耕下来的 120 亩山场，种了 2800 多株优良梨树，请安农大钟家煌教授作技术指导，贷款 10 万元，完成了基础设施建设，修建了水塘、水塔、围墙、粪池、涵道，并在梨园内套种农作物进行立体经营。新栽的梨树已经开始挂果，从 1997 年起每年都有近 2 万元的收益。

榜样的力量是无穷的。红星水果基地规划面积 3000 亩，涉及戴汇、城关、工山三镇。在杨万道的带动下已建果园 1100 亩，而且退耕一片，扩建一片，建园面积每年都在扩大。其他的示范基地，如葛林乡的千亩板栗基地、丫山林场的 5000 亩果林基地金鸡岩的 4000 亩板栗基地等也都有杨万道那样的故事，也都是南陵县林业二次创业的杰出代表。

红星水果基地之所以成为南陵林业二次创业的典型，与经营机制灵活是分不开的。县委书记杨世群自创办示范点以来，不仅时刻关心基地建设，经常深入现场了解情况、解决问题，并且一再强调：要上规模增效益，要优化经营机制。在他的指导下红星村成立了水果开发公司，按规划设计逐年开发山场；制定优惠政策，发包给农户，收益按 1（村）：2（山场）：7（经营者）分成，走出了一条"公司+农户"的产业化经营之路。目前，南陵县农户个体开发、承包、租赁山场发展经济林的势头越来越强劲，使林业二次创业充满了生机与活力。

这张片是记者拍下的杨万道。他不苟言笑，但心里有道道。他说，他种的丰水、幸水优良品种梨，皮薄核小、上市早，不愁销路；他和安农大的钟家煌教授用电话联系，心里非常踏实；他还养了猪，利用水塘养了鱼，水塘可灌溉，猪粪可肥果，虽然辛苦点，但日子过得甜。

（刊登于 1999 年 11 月 29 日《中国绿色时报》第二版）

天竺林场兴办旅游讲综合
发挥优势招商引资出奇招

本报讯　福建省厦门市天竺国有林场积极调整产业结构，改变"独木支撑"的经营模式，依托当地自然人文资源大力兴办旅游业。一是在规划上讲求综合，融进了科技开发、环境保护、科普教育、技术交流和休闲观光等项目，二是在操作上实行招商引资，推进建设速度。

天竺林场地处厦门西郊、紧邻漳州，324国道和鹰厦铁路从林场的南缘穿过。林场经营面积3.98万亩，森林覆盖率94.3%。林区内的天竺山海拔933米，山岩迭翠，为厦门市第一高峰。两二水库和溪头水库跻身幽谷，风光秀丽。景区内在绿树掩映中还有真寂寺、龙门寺等历史名胜，堪称自然人文景观荟萃，为发展旅游业创造了得天独厚的条件。林场靠近繁华的厦门岛，交通便捷，潜在的客源丰富。目前，天竺林场已经通过福建省林业厅批准兴办天竺森林公园。

面向新世纪，厦门市决定要努力建设生态港口城市，并决定全面加强林业"两大体系"建设，在全国率先实现林业现代化。这为天竺森林公园建设提供了宝贵的历史机遇。天竺人乘势而上，制定了一个综合性的资源开发规划，使之与全市总体建设目标相一致，竭尽全力推动林场旅游业的发展，并为实现厦门新世纪的战略目标做出自己应有的贡献。在天竺森林公园建设伊始，他们就把市里的重点建设项目——海峡两岸生态科技园建设请进了自己的施业区，让该项目在建的生态技术研究所、林木花卉繁育基地、海峡两岸名特优树种标本园、林业立体经营示范园以及林产工业科技园等在天竺安家落户。天竺人对自己的建设项目也进行了精心的构思：为适应科普教育的需要，规划1万亩地建一个森林与环境科教园，里面有休闲度假区、名特优树种展示区、木本花卉区、珍稀植物区、热带雨林模拟区等，让入园游览者年环境容量达到

56万人次；与生态科技园相配套，用600亩地建一个百竹游乐园，内设观赏竹种区、乡土竹种区、引进竹种区和经济竹种区，并建上休闲茶楼、竹林别墅，既可观光又能游乐；拨出1995亩地建一个集种植热带名特优水果、花卉和休闲度假于一体的综合性度假村，地点选在风景秀美的溪头工区；重新修缮两座寺庙，在天竺湖上建湖山亭、九曲桥，在湖畔搭建森林小木屋，让古榕英姿、竺湖夜月、桉丽迎宾、平湖夕照等风景大放异彩——建一座天竺休闲观光园；划出300亩地，为青少年建一个生命极限挑战营地，设置攀岩、滑草、蹦极等具有挑战性、探险性的野外求生训练项目；同时，还要建一个优良动物繁育基地，引进河南的黄牛、优良的山羊、连城的白鸭、泰国的虎纹蛙、美国七彩鸡以及其它名优珍禽，同时配套建起育种室、检疫室、兽医室和饲料加工厂。公园建设项目完全是综合性的，把休闲游乐、科普教育、科技与名优特林产品开发、交流示范以及新技术推广有机地结合起来，适应了未来知识经济社会的要求，充分体现了三大效益相统一。

在天竺人的眼里，即使是公益性的项目也都孕育了无限的商机，因为他们以为这是下个世纪将要兴起的"生态消费"。即使是经营性的项目，也能招徕游客前往观光，因为既能使他们开阔眼界、增长知识，获得需要的信息，又能受到教育和启迪，感受大自然的无穷魅力。因此，在筹建中，他们对所有的项目都一一作了评估和经济效益分析，决定采取灵活的经营机制，实行招商引资。这一招还真灵！广告发出后，相继引来了美国、日本、菲律宾、澳大利亚以及我国港、澳、台地区的客商到天竺洽谈合资、合作开发事宜。为进一步扩大招商，11月中旬，他们又把招商引资建森林公园的信息广泛传播到"中国(福州)国际木材林产品交易会"，吸引了新一轮客商光顾天竺。

内抓现场 外抓市场

柳州木材厂经济发展跃出低谷

本报讯　在全国木材加工企业普遍不景气的情况下，广西柳州木材厂通过深化改革练内功，主动走向市场，使企业经济发展跃出低谷驶入快航道。

柳州木材厂与共和国同龄，是广西区老资格的木材综合利用骨干企业，在计划经济体制下曾有过赫赫功名。在市场经济浪潮的冲击下，柳州木材厂这只不谙市场风云的航船一度滑向低谷，从1989年开始连续3年经营亏损，截至1991年底，累计亏损额高达2400万元。负债运行，步履维艰。

严峻的现实深刻地教育了全厂干部、职工，使他们认识到：必须适应市场经济，加大改革力度，大胆进入市场。

打铁先得自身硬。从1992年起，这家企业大练内功，全方位地加大改革力度，制定了内抓现场、外抓市场的战略方针，决心苦战奋斗大打经济翻身仗。他们重点抓了产品质量、设备更新、工艺改造和现场管理；政工人员把思想政治工作深入到生产销售第一线，对科室干部也向第一线工人一样实行翻牌考勤。这一番改革有效地提高了劳动生产率，实现了优质高产低耗，提高了产品在市场上的竞争能力。为搞好经营，他们在改革中冲破了国营体制的一统天下，组建了集体分厂、厂内三资厂和乡镇企业分厂，出现了一厂四制新格局；同时，又给12个车间下放了采购产销权，让他们直接进入市场，接触用户。在此基础上，他们按照市场需求大力调整产品结构。他们抓紧技术改造，先后推出大幅面胶合板、利用短单板接长生产的大幅面指接胶合板、适应不同客户需求的不同规格胶合板，出口家具、瓦楞纸箱等一大批新产品，使年产值净增6000多万元。

改革给柳州木材厂增添了活力，继 1992 年扭亏之后，去年经济发展出现了全面振兴的新格局。

翠屏公司在"富则思变"中诞生，短短三年竟成为粤北山区颇具实力的企业集团。要问其奥妙何在？请看——

搏击江河争上游

市场经济的发展如滚滚急流，一往无前。企业就像航船，是船就要搏击江河，劈波斩浪，力争上游。广东翠屏实业股份有限公司便是这激流中乘劲风疾驰的一艘快船。

翠屏实业股份有限公司是由南雄市国营帽子峰林场改制而成的。公司组建仅仅三年，就先后跨地区、跨行业创办或接纳了十几家经济实体，成为拥有 18 个子公司的集团公司。1993 年底，原林场的固定资产总额为 1.44 亿元，利润 347 万元，如今集团公司的总资产已达 3 亿多元，利税近 4000 万元，创造了粤北山区林业经济建设的奇迹，充分显示出一个国有企业改善经营机制之后的勃勃生机。

翠屏公司的组建是"富则思变"的结果。它的前身国营帽子峰林场是建于 50 年代末期的森工企业，同全国其他森工企业一样，走过弯路，几经风雨。但是，它与大多数森工企业不同的是，它善于总结经验，吸取教训，迅速转变观念，及时摆脱危困。1993 年是林场产值、利润和职工的工资大幅度上升之后又上了一个台阶的一年。这一年，林场实现产值 1680 万元，上缴税利 286 万元，职工年人均收入达 4750 元，分别比 1989 年增长了 131.4%、100% 和 60.4%。这一年，林场投资上了一批新项目，新增固定资产和流动资金 651 万元。林场各项事业正处于前所未有的高速发展之中。但是，林场的决策者们清醒地认识到：当今市场竞争日趋激烈，林场的经营虽然取得了明显的成绩，但是还有着活力不足、经济结构不佳、经济效益不高等问题。在这种情况下，要想在激烈的市场竞争中发展和壮大自己，必须建立与市场经济体制相适应的现代企业制度，真正做到政企分开、产权明晰、权责分明、管理科学，并且只有早起步，才能早主动、早发展。1993年底，由帽子峰林场提出，经有关部门研究批准，组建了广东翠屏实业股份有限公司。

改制之后，翠屏公司一面抓管理、练内功，一面加大人事、用工、分配三项制度改革的力度，激发企业的活力。同时，董事会根据企业的优势和南雄地区的实际，把经营方针定为"一种二养三加工".

三年来，公司遵循既定的经营方针兴建并扩充了十几家富有市场竞争力的企业。其中属第一产业的有林场、特种水产养殖场、良种种猪场、珍稀动物养殖场、米业基地；属第二产业的有电业公司、黑酒酿造及保健制品公司、饲料加工厂、米业加工厂、松香厂、矿泉水制品公司、建筑工程公司；属第三产业的有运输车队、餐饮酒家、贸易商行、温泉保健中心、森林旅游公司等。这些企业大多有一定的规模和良好的经济效益。

经过股份制改造，集团公司融进了数千万元的资金，大大增强了市场竞争力，经营形式也更加灵活多样。三年中，公司收购了竹高坑万亩银杏基地，并购了拥有15万亩优质米生产基地的金友米业公司，在极短的时间迅速地扩大了企业的发展空间。

站在竹高坑的制高点上，眺望那万亩银杏基地，一种雄阔之气油然而生。陪同采访的南雄市副市长王青西介绍说：这是去年3月，市里按照统一规划、集中开发、连片种植、分户管理这一思路，建起来的高标准万亩银杏基地，水、电、路全都修通了。要使银杏高产高效，没有经常性的大量投入是不行的。为此，市里为这万亩银杏基地找了个财大气粗的婆家，就是翠屏公司。翠屏公司董事长兼总经理黄履星风趣地说："翠屏公司是南雄市培养出来的最棒的儿子，当然要配上最好的媳妇了。可以说，它们的结合是最佳组合。"这也许就是帽子峰林场改制的初衷和奥妙之一吧。——资金与资源作最佳配置，就能产生最佳的经济效益。

万亩银杏基地和 15 万亩优质米生产基地，都是采取"公司+基地+农户"这种模式进行经营的。这种经营模式使资金、资源、劳动力三者得到最佳的配置，既壮大了企业的实力，又带动了一方百姓致富，特别适合于实行"一种二养三加工"的山区企业。

翠屏公司在良种种猪场的经营中，也采取了这种模式。在新建的种猪场里，整洁的猪舍中饲养着 3200 头体壮如熊的种猪，每头猪都有 150 多公斤重。总经理黄履星告诉记者："由这样的种猪配种产生的小猪，出栏时体重 20 公斤，分给农户饲养 3 个月，即可达 90 公斤。公司准备投建一个年出栏 20 万头猪的良种种猪场，为韶关、广州、深圳、珠海、香港等大中城市提供猪肉。目前，公司已投资 1800 多万元，开始了第一期工程建设。为跟猪场配套，公司还建了一个年产 2 万吨饲料的加工厂。公司向农户提供种猪、饲料，并负责防疫治病；农户负责育肥，然后由公司以保护价收购、集中宰杀或直接销售。这样，每头猪公司大概可获利 50 元。据预算，投建 20 万头种猪场，需投资 1.4 亿元，但我们用自己的土地去建，可以节省投资数千万元。"记者意识到，这正是山区企业的优势：廉价的劳动力、属于自己的土地资源，这些一旦与充足的资金、先进的科学技术、现代化的经营管理结合起来，就可以生产出更具市场竞争力的产品来。

今天，翠屏实业股份有限公司已成为粤北林区最充满活力和希望的企业之一，因此到企业求职者甚多。企业的竞争说到底就是人才的竞争，公司也想方设法在引进人才。在短短的三年中，该公司共引进大中专毕业生和有专长的工程技术人员 130 多名，大中专学历的人员已占到公司员工总数的 25%。

翠屏公司成立的三年是初展雄风的三年，也是打基础的三年。下一个三年将会怎样？

在总经理黄履星办公室的墙上贴着翠屏公司"九五"发展目标，不妨实录如下："以提高全员素质为根本，以人才科技为依托，以市场为导向，坚持发展三高农业，走农业产业化道路。到 2000 年实现总产值 15 亿元、利税 2.3 亿元，成为以农产品加工为龙头，集农、工、技、贸、金融、物业为一体，跨行业、跨地区经营，在广东省有一定知名度的企业集团。"

1996 年的总产值是 1.5 亿元，到 2000 年要达到 15 亿元！好一个翠屏！好一艘急流之中迎着劲风疾驰的快船！

（刊登于 1997 年 7 月 26 日《中国林业报》一版）

仁化兴竹闹春潮

广东省仁化县的城口镇方洞村传出一条消息：一根胸径 15 厘米的毛竹卖到 19 元！这条消息很快震动了竹林山乡，传进了林业部门和县政府机关。

精通竹事的人算了一笔账：如果经营得好，亩均立竹达到 150 根，一个经营期下来，不算竹笋，光卖原竹 1 亩竹山的进项就是 2800 多块！面对林地亩均产值不足百元的现实，方洞村的消息能不让仁化人动心吗？于是，在酝酿林业二次创业的背景下他们把兴林致富的目光投向了青青翠竹。

经过北上浙江、东进福建的考察以及踏遍仁化山山岭岭的调查研究，全县上下形成了共识：开发竹类资源成本低、投入少、见效快、加工活、市场大、风险小，是一条富山富民的好途径。于是，一场兴竹春潮在仁化县闹开了。

去年 8 月，县委、县政府向全县发出了进军竹山的动员，做出加快全县竹类资源开发的决定。随即，县委领导挂帅组建了竹类产业化建设指挥部，设立了竹类科学研究所、竹类资源管理站，调集精兵强将指挥竹业生产，紧锣密鼓地掀起了种竹和竹山抚育的高潮。全县干部群众经过准备，苦战一个冬天，当年就种上了 8615 亩新竹，把 20 多万亩竹山深翻了一遍办各种示范点 228 个，扶持竹类丰产示范户 42 户，使竹山面貌焕然一新。

仁化县地处粤北山区，通过 10 年绿化，林木覆盖率已达到 77.8%，极大地改善了生态环境，真可谓兴林种竹正当时。仁化又属亚热带竹材生态区，气候湿热，雨量充沛，土壤肥沃，竹子生长条件得天独厚。仁化发展竹业已有相当的基础：全县现有竹林 24.3 万亩，占有林地面积的 13%；去年全县竹业总产值达 1800 多万元，占林业总产值的 23.2%，13 家竹材加工企业创产值 804 万元。这一切都使仁化人对大兴竹业充满信心。

县林业局按照县委、县政府的指示制定了仁化县竹产业发展 10 年规划，决定到 2005 年全县竹林基地要发展到 60 万亩，其中毛竹 50 万亩，蓄积量达 7500 万根，篱竹与杂竹 10 万亩，达 3000 万根；用 10 年时间实现农村人均拥有 5 亩竹林的目标。按照山上建基地、山下搞加工、山外找市场的发展思路，努力推动产业化进程，把仁化建成广东第一竹乡。

推动这一规划的实施，仁化人迈出的脚步是坚定的。为推动竹林基地建设，县委、县政府出台了一系列优惠政策，鼓励县内外国有、集体、私营企业和农户个人投资兴办竹林基地。规定：凡新办 1500 亩以上连片基地，投资到位，措施落实，投产后 3 年内缴纳的农林特产税可由县财政返还给投资者，并免交"两金一费"；凡种植规模和抚育管理措施符合标准，验收合格后，县里从该基地上交的"两金一费"中返拨 35%给基地用于扩大再生产。仁化县建立了领导责任制，层层签订目标管理责任书，完成任务好的就奖励，完不成任务的就追究主要领导的责任。各级领导层层兴办竹类生产示范点，大大小小，分门别类：有搞新种竹的，有搞低产林改造的，有的搞丰产林，有的扶持示范户，各路英雄齐上阵，闹得竹山红红火火。

山下搞加工、山外找市场也推进的热气腾腾。县、镇两级根据市场信息和需求，大力招商引资兴办笋、竹产品精、深加工企业，一座年生产能力需 180 万根毛竹的竹制品加工厂正在建设之中，规划"九五"期间还要兴办 10 家效益好的笋、竹加工企业。

科技兴竹一开始就摆上了重要地位。他们一面走出去学习先进地区的好经验，送技术骨干到科研院所、大专院校进修，一面请专家到仁化举办培训班，担当技术顾问。去年以来，已举办培训班 11 次，受训人员达 1500 人次。科研所已经培植毛竹优质实生苗 10 万株，并建立了永久性竹苗繁育基地；科技人员已开展了竹蝗防治、低产竹林改造、丰产竹林培育以及引进新品种等实验研究，部分成果已在实践中应用。

日前，记者到仁化县采访，走进城口镇的一片去冬抚育过的竹林，见到那茁壮新竹直指蓝天，下部的直径已达 10 厘米粗，每一根都编号上了"户口"。据说，一亩地复垦深翻后可增竹上百根。整个山场一派兴旺景象。

仁化的竹林今年要扩展到 30 万亩，看来春潮涌动，今年要超过去年了。

（刊登于 1997 年 7 月 31 日《中国林业报》一版）

阳春电白访荔枝

广东电白的荔枝久负盛名。据史书记载，早在东汉永和年间，电白荔枝已作为贡品远奉京师了。至今，在电白，几百年的荔枝老树亦能随处可见。

阳春时节，记者赴广东采访途经电白，听说这里的早熟荔枝再过几十天就可以收获上市了，顿时津液间溢满了甘甜和清香，仿佛那鲜红的果实挂满枝头的景象也呈现在眼前，连周围的空气也变得甜润起来。于是，在主人盛情的邀请下，我们停车，踏访了电白的荔枝园。

在县林业局稍作休息之后看过沿海防护林带，便在蔡瑞林副县长和县林业局李大成、何耀初二位局长的引导下驱车向大衙镇的荔枝园进发。沿途所见，远远近近的坡坡岭岭上时时可见一片片荔枝林，墨绿色的树冠连成片覆盖着山野，有的农家院落四周也种植着荔枝树。

据县里人介绍，电白全面绿化后种植了 70 万亩水果，以荔枝为最大宗，现已发展到 44.1 万亩，由此使电白成为全国最大的荔枝主产区。

去年全县荔枝挂果 35 万亩，总产量达 9.5 万吨。电白的荔枝品种繁多，有白糖罂、妃子笑、三月红、玉荷苞、白腊、黑叶、桂绿等二十多个名贵品种，畅销于国内外市场。电白荔枝以早熟、果实质优而远近闻名。说起早熟，这里的荔枝比广西、福建的要早一个月，比得时令之先的珠江三角洲的荔枝也要早上市二十天左右，有的品种甚至比临近县市的还能提前一个星期上市，因而占尽了市场优势。说到质优，电白人就更自豪了：就拿电白的白糖罂来说，早就是全国数得着的名特优品种，一枚荔枝果重 21 克到 31 克，色泽鲜红鲜红的，剥开薄薄的外皮，露出水灵灵乳白色的果肉，咬一口甜丝丝的爽脆可口并带有微微的清香味，可食率达 70% 到 79%，而且极为丰产稳产，一般年景 2 月上旬开花，5 月中旬就可上市，在国际市场上卖得很抢手。现在电白种植白糖罂已达 3 万亩。白糖罂卖出后，上好的白腊荔枝又该采收了，可赶在端节前后进入香港市场。电白的白腊荔枝曾在 1995 年荣获过全国第二届农博会的银质奖，全县已种植 14 万亩。电白的黑叶荔枝不仅好吃而且产量高、耐贮运，加工也容易，国内外销量很大，6 月上旬成熟，是农民致富的当家品种，其种植面积已占了电白荔枝的半壁天下。其它的品种也各具特色，在市场上很受欢迎。

车到大衙镇，我们简直被淹没在荔枝园的绿海中了。登上镇政府高高的办公楼的楼顶，极目远眺，弥望中的绿色全是荔枝树，一直铺展到天边。镇党委黎秀佳书记伸开手臂在天地间画了一个大圆圈，豪爽地说："这一大片是八千多亩。"他笑得十分开心，不无自豪地告诉记者：世界的荔枝数中国，中国的荔枝数广东，广东的荔枝数茂名，在茂名最大的荔枝种植基地就在咱大衙镇了。全镇开发种植荔枝 4.6 万亩，都是优质早熟的，最早的三月红 4 月中旬就能采收，去年产量是 2 万吨，产值超过 1 亿元，已经实现了人均 1 亩荔枝园的目标！

谈起电白发展荔枝产业的经验，自然少不了领导重视、政策引导、科技先行、狠抓市场、搞好产前产中产后服务等等，似乎同全国各地发展经济林的做法大致相同。然而，电白地处广东茂名，1985 年以前全县荔枝总面积只有 1 万亩，年均产量不过三四百吨，短短 13 年，种植面积扩大了 44 倍，年产量增长了 240 倍，足见其开发力度之大；如此卓著的成效，足见其领导重视程度之高，所办示范点感召力之大，所推行的各项政策符合县情民意了。捕捉商机、抓市场、对于地处广东、久经市场经济锤炼的电白人来说早已是强项，然而，令人敬佩的是，他们十分崇尚科技，实实在在地发挥了第一生产力在推动农民兴果致富中的巨大作用。近十年来，全县请内外林果专家不间断地来电白传授技术，举办种植施肥、修剪管理、防病除虫、控梢促花保果等各种类型的培训班 2150 期，培训果农近 10 万人，并通过试验研究基本解决了荔枝挂果的大小年问题。

临别时县上的领导告诉记者，电白荔枝的发展也促进了其它水果的发展。荔枝的择地性极强，因此，在不适宜荔枝种植的地方他们还有计划地种植了龙眼、香蕉、黄榄，并在海拔 400 米以上的北部山区建成了 10 万亩优质黄榄基地，让记者下次来电白也去看看黄榄。

看来，电白虽拥有骄人的荔枝，但又并不全是荔枝，荔枝在电白只是经济百花园中的一朵奇葩！

河南省淮阳县白楼乡林业站紧紧抓住机遇，主动迎接挑战，兴科技、办实体、促服务，不仅为白楼乡致富做出巨大贡献，而且也使自己的事业越来越兴旺。且看——

白楼是怎样起飞的？

河南省淮阳县白楼乡林业工作站，1987 年创建时，只有一间平房两个人，自己穷得叮当响，更谈不上服务乡里，兴林富民了。

但是，白楼站诞生在改革开放大潮涌动的时代，外面世界的市场经济已经火爆爆地发展起来。白楼站依靠上级领导的支持，以科技兴林强化服务功能为根本，围绕服务办实体，办好实体促服务，在市场经济的推动下一天天地发展壮大起来。

　　记者 3 月末到白楼采访时见到的情景是：白楼站已有 132 名干部职工，其中具有中专以上学历的技术人员 120 人，其外围还有 350 名遍布全乡的林果科技骨干，又聘请了 5 名省内外知名专家做站里的高级顾问；新建起一座 717.2 平方米的办公楼，办公设施、林政管理设施和生产技术装备应有尽有；建优良林果种苗繁育基地 160 亩，有实验苗圃、早熟丰产实验果园，其固定资产达 70 万元，同时手里还攥着 50 万元流动资金。

　　白楼起飞的奥妙，首先在于注重智力投资，壮大自己的科技实力。他们把这叫做加快林果发展的关键性措施。林业站适应市场经济的要求制定了全乡发展果树的战略决策后，就同周口地区农校协商，从回乡的初、高中毕业生中选拔 104 人，分 4 期送到农校的果树班定向培训，每期 2 年，考试合格后林业站聘用。这项培训由站里筹款，先后投资 11.4 万元，如今这些学生已经全部毕业，在白楼乡的林果发展中发挥了巨大作用。站里继续关心他们的成长，时常请有关专家来站里给他们讲课，林业站订了 10 几种科技书刊供他们学习，让他们在实验苗圃和果园里搞科研活动，在为果农服务的实践中锻炼成才。近年来，站里先后获得省地县级科技进步奖，并推广先进技术 13 项，取得了显著的经济效益和社会效益。

　　记者在黄庄村 77 亩苗圃基地中，看到 20 多名站里的技术员正在给苹果树苗进行单芽劈接，都是一水水的年轻人，和地里的麦苗一样洋溢着生机。我们的相机对准了韩红艳和韩双红两姐妹，摄下了她们切磋技术的情景。妹妹韩双红告诉记者，她与姐姐韩红艳都是站里的果树嫁接员，现在她的技术不如姐姐，今后一定要超过她。她们一天要完成嫁接近千株的定额。记者在另一片苗圃地里，见到了从先进的科技殿堂里引进并栽进乡村泥土中的果苗嫁接奇观：下面是中国海棠砧木，根系发达，适应性好，抗性强；中间是英国产的 M26 苹果矮化砧，结实早，见效快，着色好；上面嫁接着比利时的优良品种——红乔纳金。李冶海站长自豪地说，这里是全国最大的果树矮化砧基地。

　　治理和投入使白楼林业站拥有了雄厚的技术实力。凭借着这种实力，林业站建立了完善的服务体系，向果农培训技术成果。林业站面对全乡每年都要举办两次大型技术培训班、十几次小型技术培训班，共培训果树专业户3000多人次；同时，利用广播，举办讲座等形式传播林果知识，并适时举行现场操作示范，把技术要点写在"明白纸"上发给果农，有效地提高了果农的技术水平。通过林业站的技术培训，白楼乡涌现了一大批科技带头人，在此基础上建立了乡村组林木服务网络，一带十、十带百，定期教技术、传经验，有力地促进了全乡林果生产的发展。农民掌握了技术，在白楼乡修改了"桃三杏四梨五年"这古老的经典民谚。白楼乡的农民种的梨树二年就结果，种上桃树当年就见钱，苹果树三年就能见到效益。白王庄农民白金银，栽种良种桃树5亩，开始心里直打怵，后来参加站里的技术培训，提高了桃树管理水平，5亩桃树生长良好，自桃树挂果以来，年均纯收入7000元。白金银乐了，逢人便说："是咱乡林业站把我带上致富路的！"7年奋斗的甘苦，使站长李冶海有这样一种体会：林业站在市场经济条件下没有钱就没有后劲，就没有凝聚力。他们坚定不移地兴办经济实体，承包全乡1.2万亩果园，实行有偿服务，给37万株果树建立档案，并开展管理服务，桃树挂果丰收了，每株果树只收2元钱。技术承包后，站里建立了植保大队，设立了7个病虫害测报点，并向农民提供优质农药；防治时站里100台喷药机同时出动，三下五除二，麻麻利利地解决了问题，使全乡果园的好果率达到92%以上。站里的良种繁育基地，向农民供应的都是上等的好苗木，其中光矮化砧苹果苗就达100多万株，本乡用不了还可以供应外地。此外，林业站还创办了花木公司，经营着鱼塘，常年销售种子、化肥、农药。林业站不大，收入却很可观。去年纯收入50多万元，今年可能会翻番。

　　愿白楼乡林业站在市场经济的大潮中，劈波斩浪，再创佳绩！

　　　　　　　　　　　（刊登于1994年5月13日《中国林业报》第三版）

发挥优势　开拓市场

宁陵建起白蜡条杆生产基地

本报讯　地处黄河故道的河南省宁陵县，充分发挥当地优势，大力发展区域经济，已在 15 万亩黄泛区的沙土地上建起了豫东平原最大的白蜡条杆生产基地。近年来，随着深度加工业的兴起，这个县已有一大批白蜡条杆工艺制品打入国际市场。

宁陵县种植白蜡条杆有悠久的历史，当地群众有丰富的栽培、加工和经营管理经验。这里气候温和，土层深厚，很适宜白蜡条杆生长。同时，白蜡条杆适应性强，不怕淹、不怕旱，耐瘠薄，易繁殖，插条即活。宁陵白蜡条杆品质优良，素以纹理通直、韧性强、弹性大，弯曲加工不开裂而享誉全国。白蜡条杆可以用来编织条筐、背篓，还可以加工工具柄，做铁锤把细而不折，粗者是做双杠的上等材料。白蜡条杆经过蒸、压、弯曲、上蜡等工艺，以蜡杆为骨架配以多种形式的蜡条、柳条和草编部件可以制作成家具和各种工艺品，具有柔韧、光滑、不翘不裂、美观耐用的优点，深受消费者喜爱。

随着国内工矿业的发展和国内外编制工艺制品的需求不断增长，刺激了宁陵县白蜡条杆加工业的迅速发展。目前，宁陵县已建起了东方工艺加工厂，已有一批产品打入国际市场。县林工商开发服务总公司又与日本科络巴哈姆有限会社合资兴建了宁陵科络巴工艺制品有限公司，年产 20 万套蜡杆工艺家具出口国外。

广阔的市场前景和巨大的综合效益，使宁陵人把白蜡条杆视为"沙地之宝"、致富的"摇钱树"。目前，宁陵基地上生产的 800 万根白蜡杆和 750 万公斤的白蜡条，仅根条原料就有 2000 万元的经济收入，如果实现了大规模的加工增值，其经济效益会更加可观。

（刊登于 1994 年 5 月 20 日《中国林业报》第二版）

如何引导农民闯市场？

——访商丘地区行署副专员袁宝星

河南商丘地区的林业干部偏爱他们的副专员袁宝星。因为老袁爱树如命，重视林业，更体察林业干部和林农群众的甘苦。

老袁50多岁，商丘虞城人，同树木、庄稼打了半辈子交道，深谙商丘地区的林情，目光里透着精明与干练。

记者3月底在商丘采访见到老袁，同他谈起林农闯市场的话题。老袁的认识是，要从商丘的实际出发，形成资源优势，大力发展区域经济，推动林业向优质、高效、高产的方向发展。

商丘是豫东平原的黄泛区，过去风沙旱涝和盐碱五大灾害肆虐，使商丘人饱尝苦难。建国后，特别是十一届三中全会以来，商丘人开展了大规模的植树造林，有效地治理了自然灾害，改善了生态环境，初步实现了林茂粮丰。老袁说，没有棵棵绿树就没有商丘的今天。在商丘，林业是农业的命根子，搞市场经济，对林业决不能有短期行为。

老袁讲起1986年治理虬龙沟，在240公里的河段上实现全流域绿化的动人情景，心情极不平静。往事如在眼前，言语间浸透了对群众的敬重之情和对造林成果的珍惜。老袁联系现实，深有感触地说："完善农田林网，保护林业成果，这是商丘发展市场经济的头等大事，必须一代一代地坚持下去。"

发展市场经济要有资源优势。有资源优势才有可能形成加工优势，才能使产品增值，才能在市场竞争中获得好的经济效益。基于这种认识，老袁提出，发展区域经济是解决商丘地区单家独户小农经济与社会主义大市场之间矛盾的唯一有效方法。他们通过统一规划，引导林农搞几十亩连片的基地，形成各具特色的区域性格局。老袁介绍说，今年我们要在原有100万亩经济林的基础上再发展50万亩。种粮、种菜、种瓜、种条子，也要搞区域性种植，形成资源优势。每个乡都要搞一两种独具特色的林产业，努力实现产品增值。经过几年奋斗，这一片是桑园，那一片是红富士苹果，这一处是荆条，那一处是大枣……同时，要不断增加科技投入，完善市场服务体系。这样势单力薄的林农就有了市场竞争的实力，商丘经济翻番就有了可靠保证。

老袁绘声绘色地描画着商丘林业区域化、规模化、科学化的宏伟蓝图。在这幅蓝图里织入了他对故乡山川与 600 万林农的忠诚与热爱。

（刊登于 1994 年 5 月 3 日《中国林业报》第二版）

民权林场的苦恼

地处豫东平原民权县境内的国有民权林场，在黄河古道的风沙线上经营着 4530 公顷生态防护林地。他们把 50 年代栽种的防护林网建成了多林种、多树种、乔冠草相结合的防护用材林基地，使之成为豫东平原上抵御风沙的生态屏障和园林绿化系统的骨干工程，受到中央领导同志与中外林学专家的高度赞扬。民权林场职工建起的防护林网不仅抵挡了在黄泛区弥漫的风沙，改善了民权大地的生态环境，同时给周围的乡村供苗木、传技术，对地方林业的发展起到了示范带动作用。

民权林场的贡献是巨大的，但是，如今却被一桩林地纠纷案紧紧地纠缠着处在深重的苦恼之中。

1958 年，国家在豫鲁两省交界处建大型水库，占地 2.2 万亩，民权县迁出包括魏楼村在内的 12 个村庄。魏楼村被占用 1500 亩土地，国家给魏楼村村民发放了补偿钱款，民权县在库区南边给村民划拨了新的耕地。1960 年，水库干涸，1961 年建立了民权林场，开始勘察设计、植树造林。直到 1985 年林区一直未发生林地林权纠纷。1986 年，有部分林区采伐地空闲，林场以每亩地 7 元钱的价格承包给附近村民使用；1990 年，调整承包费，每亩上涨到 25 元。从此，由个别人挑起并煽动魏楼村村民闹起了与林场的土地纠纷。

魏楼村民强占民权林场流通分场 1500 亩林地据为己有。4 年间，林场在这块土地上树不能栽、地不能种，经营规划不能落实，职工生活难以维持。1991 年林场与村民曾对簿公堂，经县人民法院裁决，林场胜诉，魏楼村村民不服，仍继续抢占这片林地；1993 年，又经商丘地区人民法院终审判决，有争议的土地使用权仍属民权林场，魏楼村村民仍不退让。当年 10 月，民权县委、县政府组织干警依法强制执行后，村民却围攻林场，打伤林场职工。今年 2 月 26 日，为支持林场抢季节造林，维护林场的合法权益，县公安干警又组织第二次强制执行。公安干警与林场职工又遭到村民围攻，有 20 多人被村民打成重伤。

记者 3 月底到民权林场采访，看到林场职工苦恼异常。场长刘大成上个月被打成重伤，刚从医院出来。他满脸愁容地告诉记者：这几年，60% 的精力都搭在里边了。工作多苦多累，我都不怕，就怕这种烦恼的事。建立市场经济的新体制，我们还有许多的事情要做啊！

编后 民权林场的苦恼有一定的代表性，它集中地反映了我国一部分地区的乡村干部法制观念淡薄，同时也是不少群众不懂《森林法》、严重缺乏守法意识的具体表现。少数坏人煽动挑拨是酿成这场林地纠纷并使之愈演愈烈的根源，但有关部门执法不严也是一个重要的原因。民权林场的苦恼再一次启示我们，要深刻地认识《森林法》宣传的重大意义，搞社会主义市场经济必须一手抓经济的发展，一手抓法治建设，两手都要硬。民权林场要摆脱苦恼，除了依法维护自己的合法权益外，要把深入的法制宣传与艰苦细致的群众工作结合起来，力求与魏楼村村民化干戈为玉帛，带动群众兴林致富。

（刊登于 1994 年 5 月 17 日《中国林业报》第三版）

破"无儿不建白果园"的旧观念

信阳发展银杏产业呈良好势头

本报讯　河南省信阳地区充分利用本地的自然条件，把发展银杏作为振兴农村经济的支柱产业来抓。经过几年努力，全地区已栽种银杏树92.4万株，其中1.65万株已结果，去年产白果35万公斤，收入近千万元，不少农户靠种银杏走上了致富路。

银杏是我国特有的高效益经济树种，但结果期晚，民间素有"爷爷栽树，孙子吃果"的说法。由于"无儿不种白果树"这种旧观念的束缚，阻碍了银杏产业的发展。

信阳地区在调查研究的基础上，1986年开展了发展银杏种植的准备工作。他们认真学习外地经验，引进了良种选育、幼树早期丰产栽培、老树低产改造、人工授粉、嫁接苗培育等一批先进实用技术，并广泛建立样板林、示范园加以推广，用科学实验破除了群众的旧观念。

1992年，地区行署因势利导提出把发展银杏作为信阳农村的致富工程来抓，反复修订了银杏产业发展规划。为解决发展资金问题，林业部门增加了专项投资，扶贫办把发展银杏列入扶贫开发项目，财政、银行增加了投资和贷款，城建、交通、水利和黄淮海开发办公室也把种植银杏列入城市、公路、河渠绿化、小流域治理以及黄淮海农业综合开发的重大举措。诸项资金及时到位，保证了银杏生产的需要。今年以来，全地区新植银杏9830亩，约计39万株，比1993年增加了两倍多，从而使银杏成为信阳地区继板栗之后的又一个投资热点。

（刊登于1994年9月6日《中国林业报》一版）

信阳加快经济林基地建设

本报讯 在迅猛发展的市场经济浪潮的推动下，河南省信阳地区兴林种果，上山下滩，进村入院，一场建设经济林基地的热潮正在兴起。从 1992 年起，已连续 3 年，平均每年以 20 万亩的速度向前推进，今年全地区又新造经济林 29.92 万亩，实现了历史性突破。

信阳地区位于豫南大别山北麓，有山区丘陵地 2070 万亩，占全区国土面积的 75.4%。这里雨量充沛，气候温和，适宜多种经济林木生长。信阳地区党委、行署从本地优势出发，大力调整产业结构。动员全区 9 县 1 市、218 个乡镇的 700 多万群众以山区为重点，以市场为导向，大力兴办经济林基地。全地区各县市普遍实行区域种植、规模经营，在山岭、荒滩、村旁摆下了广植经济林木的战场。一个个千亩果园、万亩连片的经济林基地正在兴起，使经济林切实成为信阳人民赢得市场、脱贫致富的绿色产业。经过 3 年的艰苦奋斗，信阳已初步形成了板栗、茶叶、水果、蚕桑、银杏、药材、条林、竹子等 8 大经济林木统帅全地区的格局，改变了以前板栗、茶叶"二重唱"的冷清局面。目前，信阳地区的经济林已由山区扩展到平原，进入农田林网和路渠林带，明显地提高了平原林业的综合效益。

为推动经济林基地建设迅速健康地向前发展，地区行署在调查研究、科学论证的基础上，制定了全地区《经济林十年发展规划》，把发展经济林作为振兴信阳农村经济的支柱产业来抓，建立了地、县、乡三级科技服务体系。3 年来，乡镇林业站培训农民科技骨干 12 万人次，并组织科技人员进场入园搞科技承包和科技服务，积极推广了一大批实用技术和科技新成果。同时，他们狠抓了产品的贮藏、保鲜、加工和销售，有效地实现了产业增值。目前，全地区已建成 20 个大型绿色食品加工厂，拥有全国第一座大型茶叶保鲜库，逐渐形成了 12 个较大规模的专业市场，初步形成了产加销一条龙、林工贸一体化的新格局。全地区每年注入发展林业的资金 2500 万元，同时制定了宽松的政策扶持经济林基地建设。目前，信阳地区乡村两级股份制合作林场已发展到 2544 个，经营面积达 151 万亩，有专业劳力 1.6 万人。

经济林基地的大发展为信阳农村经济注入了生机与活力。目前，以数万计的农户靠林果茶桑业摆脱了贫困，走上致富的道路；大部分乡镇依靠林果茶场壮大了集体经济，带动了乡镇企业的发展。基地建设带来的经济效益已辐射到千家万户，为大别山老区农民齐心协力奔小康带来了希望。

（刊登于 1994 年 9 月 13 日《中国林业报》第二版）

领导重视　措施得力

咸宁地区乡村林场稳步发展

乡村林场发展到 1368 个，有林地面积、森林覆盖率、立木蓄积量均比 1965 年增长一倍

本报讯　"造林必须办场，场好林就好。"这是湖北省咸宁地区兴办乡村林场总结的一条经验。

咸宁地区从 1965 年 6 月设立以来，积极组织广大林农群众兴林办场，在七分山上做文章，全地区森林面积由 1965 年的 328 万亩发展到现在的 658 万亩，其中有 1/3 是乡村林场经营起来的。

咸宁地区下辖二市五县，总面积 1895 万亩。他们采取国家投资一点、地方财政拿一点、银行贷一点、办场单位及林农个人集一点的办法积极筹措资金，每年组织群众"开一片荒，造一片林，固定一班人，建立一个场"。乡村林场由 1965 年的 182 个发展到现在的 1368 个，经营面积由 30.5 万亩发展到 144.62 万亩。

咸宁地区兴办乡村林场经历了一个"发展—巩固—再发展"的过程。

1968年到1977年，他们采取"国营带集体，老场带新场，基地建林场，林场办基地，小片连大片，建立林场群"的办法，建成了以国营林场为中心的林业基地17大片，以公社(乡)林场为主体，队(村、组)办林场为骨干的小基地42片，为发展乡村林场打下了坚实的基础。

进入80年代，农村推行农业承包责任制后，林场建设出现滑坡，减少了28个。为了适应这种新情况，他们组织开展了以"三定"为目标的"稳定发证"工作，绝大部分林场得到巩固，刹住了林场"下马风"。1985年，一些地方照搬农业生产承包模式，把一部分规模小的林场分到户。对此，地委强调"不准拆场分林"，有效地巩固了乡村林场阵营。

从1985年以来，咸宁地区根据农村经济改革的新特点，把办场方针调整为"办好国营林场，巩固和发展乡村林场，积极兴办合作林场，鼓励林区重点户、专业户兴办家庭小林场"，动员国家、集体、个人一齐上，出现了多形式、多层次、多成分大办林场的好势头。乡、村、组办集体林场，林业局或国营林场与乡、村、组或个人联办合作林场，国家和集体联合合作林场，集体之间联办合作林场，农户联办林业合作社，还有个体户办林场。此外，交通、水利、教育、煤炭、化工、轻工等单位在山区农村以建立原料林基地等形式兴办的林场也大量涌现。近年来，咸宁地区又新增林场310个。

(刊登于1989年10月14日《中国林业报》第二版)

引导林业走上规模经营之路

湖北省竹溪县根据当地的实际情况，将农户无力经营的责任山收归集体，由集体兴办林场。这一做法符合当地林业生产的实际，也较好地解决了分林到户后出现的问题。

1984年以来，南方集体林区大部分省区实行"两山并一山"，将山林分到农户经营，出现了一些类似竹溪以前的现象：农户对山高路远的责任山不愿意下本钱投资造林，有些人还乘机对山林哄抢盗伐。这种分山到户所导致的结果是：荒山面积增加，而有林地面积和林木总蓄积量下降。总而言之，这种现象的出现说明了分散经营对林业生产弊多利少。

林业生产的出路在于引导林业走上规模经营之路。这是因为，首先林业生产周期长、见效慢、社会性强、风险大，实行规模经营适应了林业的这些特点，同时也符合林业生产自身的规律和要求；其次我国林区大部分都是比较贫困的山区，在大部分群众温饱尚未解决的情况下，让他们拿出资金投入到回收期如此漫长的林业生产上，这种做法很不现实；其三，根据林业生产的特点，实行规模经营，便于接受国家在资金、技术等方面的投入，便于统一规划和管护，有利于林业生产的发展。遵从林业自身的规律，尽快将那些农户无力经营的"自留山""责任山"收归集体，实行规模经营，弥补短期分散经营带来的损失，还是有希望的。

（此短评是为消息：《竹溪县兴办 7 万亩集体林场》而配发的，刊登于 1989 年 9 月 2 日《中国林业报》第三版）

巩固绿化成果　加强综合开发

远安正向高效生态林业迈进

本报讯　湖北省远安县抓住长江防护林体系工程建设全面启动的机遇，走发展高效生态林业之路，为治理汉江水系的生态环境和兴县富民进一步做出贡献。

去年年底，远安县消灭了宜林荒山，实现了绿化达标后，进一步加强资源和林政管理。他们已建立了森林资源档案与消耗登记卡，做到了一户一张卡、一乡一分册、全县一本账。在坚持依法治林的基础上，加快了"四网两化"建设，有效地提高了森林防火能力。今年这个县建立了义务植树登记卡制度，提高了城镇和全县公路的绿化水平。座座青山，层林尽染。县政府所在地的鸣凤镇，花团锦簇，又添新姿。

这个县对用材林实行了定向培育，调整了林种结构，把发展经济林摆上了突出的位置。他们确定了用材林 4 个培育项目：一是投入 1650 万元，建设 10 万亩采脂林基地，明确规定胸径 20 厘米以上的马尾松只准割脂，不准采伐；二是投资 750 万元改造 20 万亩次生林，建食用菌基地，并对 10 万亩新植国外松幼林实行封山抚育，建成林纸基地；三是投资 125 万元对 50 万亩山林进行封育改造，逐步建成纤维板原料林基地；四是投资 127 万元建设 3 万亩桑园，投资 1540 万元建设 5 万亩板栗园，并继续发展果园和茶园。到 2000 年，全县实现上述目标，届时，林业产出可达 10.9 亿元。

为适应社会主义市场经济的发展，远安县注意增加科技投入。他们决定，依靠科技实施"185"工程，从今年起奋斗 4 年实现全县农村"1 人 1 亩经济林、8 亩丰产林，人均每年林特产品收入 500 元"，为绿化远安、富在远安、改善汉江水系的生态环境做出新的贡献。

（刊登于 1992 年 12 月 24 日《中国林业报》第二版）

谷城县发起林业二次创业

本报讯　地处鄂西北山区的谷城县，抓住湖北全省实施"绿色致富工程"的机遇，发起林业第二次创业。县委、县政府已在全县 18 个乡镇、409 个行政村进行了层层发动，很快在全县范围内掀起了建设"绿色致富工程"的热潮。

1989 年，谷城抓住长防林工程建设的宝贵机遇，发动全县人民开展林业第一次创业。54 万谷城人奋战 8 年，在荒山、荒滩上造林 194 万亩，使全县有林地面积达到 223 万亩，森林覆盖率达到 63.5%，实现了高标准灭荒和高标准绿化达标。第一次创业，不仅极大地改善了谷城县的生态环境，全面推动了林业的发展，而且由于谷城林业多次受到高规格的表彰和奖励，极大地增强了全县干部群众大办林业的热情。这次，谷城县又把实施"绿色致富工程"当作又一次难得的宝贵机遇，乘势而上，发起了林业第二次创业。他们迅速进行调研论证，很快形成了总体规划和工作思路。

谷城林业二次创业的规划显示：将继续以长防林工程建设为龙头，坚持以市场为导向，以推动山区农民脱贫致富奔小康为目标，从谷城的县情、林情出发，到 2000 年建成 60 万亩高效经济林基地，实现农村人均 1.5 亩高效经济林的奋斗目标；推动谷城林业由单一生态型向生态经济型方向发展，在经营方式上由零星分散型向集约化方向发展，形成较完备的林业生态体系和较发达的林业产业体系。谷城人见到了美好的兴林致富前景，激发出建设"绿色致富工程"的积极性，迅速掀起了再次创业的热潮。自去年入冬以来，全县已投入劳力 11.5 万个，累计投工 250 多万个，新建板栗基地 2.2 万亩、茶叶基地 0.75 万亩、水果基地 0.29 万亩、药杂基地 1.08 万亩，同时完成了 21.45 万亩老基地复垦改造任务。

五山的巨变

五山不是山，是个乡镇，在湖北省谷城县的西北山区。五山到处是山，25 万亩土地，山场占 18 万亩。过去那些山山岭岭光秃秃的，有的种啥啥不长；现在满山遍野都是树，可好看了。

五山过去很穷。1988 年以前，全镇欠债 160 多万元，农民人均年收入才 300 多元，90% 的农户住着土坯房。镇办企业也有，但全亏损，干部职工发不出工资。平庸寒酸的小镇，很难给初到五山的人留下任何印象。

　　记者 1992 年到过五山。那时的五山人抓住建设"长防林"工程的机遇，正搞脱贫致富，镇党委书记孙玮波正带着健壮劳力跟凤凰岭较劲。为绿化凤凰岭，他们已有过三次攻坚失败的经历，连打眼放炮也没能征服它。那次是四攻凤凰岭，闹腾得整个山场像个大工地：刨石抽大槽，镐刨断了再换把新的；烘炉烧着，叮叮当当不停地打造工具。五山人已横下了一条心：非要把树栽上不可！

　　年前，记者又到五山采访，已见不到原来的景象。五山全变了！变美了，变富了。

　　一座现代化的茶叶城拔地而起，一幢幢新楼房掩映在绿树丛中，水泥铺筑的玉皇街旁，一条清澈的小河静静地流淌着。这秀丽优雅的小镇连同那条小河都是近几年建起开通的。那山山岭岭都被树木覆盖着，那年在凤凰岭上种下的杉树、刺槐都齐刷刷地长起来了。农民的年收入已上升到 1800 多元，绝大多数农户住进了新砖房，有一半人家盖起了小洋楼，村与村之间修通了公路，山间沟壑架起了桥梁，摩托车成了常见的代步工具。

　　五山之变首先来自解放思想。思想解放了，使五山人认准了一条道：山区要想富，就得多栽树。他们不再苦守着人均 1 亩耕地受穷，在人均 12 亩山地上作起了"兴林致富"的大文章，并确立了以茶为主、大力发展多种经营的开发战略。目前，已种茶 2 万亩，去年销售收入达到 2316 万元，仅茶叶一项人均收入就达 1128 元。五山的茶叶好，前年他们在全国农业精品博览会上送去的 6 个品种，全部获得金奖，相当于四川全省的水平。此外，还开发了 1 万亩板栗、1 万亩杜仲、3000 亩花椒，那漫山的用材林也都存进了五山的"绿色银行"。

　　五山之变，更来自他们的艰苦奋斗。从 1988 年开始，镇党委、镇政府每年都要组织群众挖山造林建基地。冬战三九，夏战三伏，哪里有困难党员干部就战斗在哪里。会战紧张时，一上就是几千人，干部群众吃住在山上。每年他们参加造林整地都在 100 天以上。镇干部连续 9 年，累计牺牲了 500 多个节假日。

五山之所以能在短短的几年里发生巨变，更在于他们认准了集约经营，坚定地走产业化之路。一是抓配套，以茶兴工。有了2万亩茶叶基地做依托，他们先后办起了茶叶精制加工厂、茶叶包装厂，使产值利税成倍增长。二是抓质量，科技兴茶。茶叶城里有技术研究中心，每年都要聘请茶叶专家对制茶技术把关，推广新的研究成果，从栽培制作到包装、销售进行系列化研究。经过几年努力，他们研究出了"反梯田种植法""坡地沟种法"，研制了"滚筒式杀青机""连续杀青机""六烟道回风式节能烘箱"和"多功能名机茶"，设计出了10多种新颖美观的包装形式，开发出了多种香形味俱佳的名茶。同时，通过培训使每户都有生产能手。三是抓销售，搞活流通。五山已建成镇、村、场、户四级销售体系。搞运销的茶农已达400多人。他们上通大商场、大机关，下连小单位、小茶馆，全镇产多少，他们就能销多少。四是抓名牌，拓宽市场。五山的"玉皇剑"牌系列茶已成为国内茶市上的上品，目前正问津国际市场。五山茶场门庭若市，农民怎能不富呢？

编辑点评：发展经济，要找准路子。路子找准了，也就成功了一半。五山人坚持解放思想，实事求是，扬长避短，找准了"以茶兴镇"的路子，结果经济发展驶入了快车道。路子一旦确定，就要艰苦奋斗，不达目的不罢休。这如同打井，测准了井位，就义无反顾地挖下去，不见甘泉不收兵。五山经过坚持不懈地艰苦奋斗，终于把大片的荒山变成了"金银山""聚宝盆"。五山的经验证明，在发展思路上随风转舵，走回头路是不足取的；在做法上投机取巧，靠钻营生财更是要不得的。艰苦奋斗是林业的传家宝，万万不可丢。

（刊登于1997年1月7日《中国林业报》一版）

击水中流

——记巴东县委书记蔡万顺

在改革开放的形势下，如何当好县委书记？蔡万顺用他的行动做出的回答是，带领县委一班人到经济建设的主战场上去建功立业。

巴东位于鄂西北山区，山多坡陡、地薄人穷，是湖北有名的贫困县。1990年，蔡万顺调到巴东任县委书记，正值巴东危难之时：干部心散了，财政赤字1600多万元，经济极度困难，启动一年的长防林工程建设停滞不前。蔡万顺重任在肩。

蔡万顺原来是搞党务工作的，这次到巴东，看来必须投身经济建设的主战场，击水中流了。他很快摸清了县情，看到了巴东的优势在山、希望在林。他看准了长防林建设是巴东经济起飞的龙头，就亲自担任了工程建设的指挥长。这年冬天，他在巴东发起实施"72111"工程（整地7万亩、投放劳动力20万个、大干1周、每个劳力打窝100个、年底以前完成任务的乡镇奖励1000元）。他亲自带领全县人民搞造林整地大会战。结果，仅用了22天，全县投工51万个，整地10.4万亩，一举扭转了长防林工程建设的被动局面。

第二年，巴东遇到了罕见的泥石流，损失惨重。但是，三峡林场的5000亩林子却"保住了一座城，救了一万人"。蔡万顺从中获得了启示，教育干部群众坚持植树造林，努力夺回灾害损失。第九次党代会刚一结束，他就带领有关干部深入巴东的江南林区进行了8天深入细致的调查研究，统一了县委一班人的思想，提出了"以山为本，以林为主，以兴办绿色产业为中心"振兴巴东经济的战略决策。他在调查中发现了三尖观林场场长田天初这个典型。1965年，28岁的田天初靠一口铁锅、5元钱起家办林场，艰苦奋斗28年，造林5682亩。老田办场第三年，妻子和小女儿相继过世。11年前，他决心"生在林场干，死在林场埋"，干脆把自己的棺材抬到林场。蔡书记敬佩田天初献身林业、无私奉献的精神，号召全县："场学三尖观，人学田天初"。如今，三尖观林场6名场员已有近400万元的林木资产，人均65.5万元。蔡万顺给全县农民算了一笔账：巴东481个村，每村只要出一个三尖观林场那样的场员，全县将有3.2亿元的巨资。人们也从中看到了巴东靠林业摆脱贫困的希望。从此，蔡万顺书记走到哪里，就宣传到哪里，也就把这种绿色的希望带到哪里。从此，巴东人脸上的愁容开始消散。为鼓舞今人、启示来者，蔡万顺书记让林业部门建一个馆（纪念馆），出一本书，给林业功臣照一张彩照，为他们树立一块碑，让人们永远铭记他们的业绩。

上月中旬，我到巴东采访时见到了这位有口皆碑的县委书记。他，蔡万顺，四十五六岁，精明干练，一看便知是一个开顶风船的角色。我已听说巴东在三峡工程兴建中要付出巨大的牺牲，几乎要在山上重建一个巴东，想听听蔡万顺的打算。没想到他出口惊人："经过8至10年，我们要借助三峡工程带来的机遇，在山上再建10个巴东！""10个?！"他解释说：巴东之穷，就穷在缺少投资上，这样很难搞活社会主义市场经济，而三峡工程将会给巴东引进项目和资金。接着，他讲了一大堆措施，概括起来就是：把握中心不放手，抓住机遇不松手，穷追项目不舍手，不达目的不罢休！他斩钉截铁地说："巴东要做三峡工程的大战场、服务三峡工程的大市场、支持三峡工程的大后方。三峡大坝建成之日必是我巴东经济振兴之时！"

显然，这位搏击风浪的弄潮儿，早已成竹在胸，相信下一次的中流击水，他仍然是胜利者。

（刊登于1992年12月15日《中国林业报》第三版）

兴林致富看随州

初冬时节，湖北大地寒气袭人，但炎帝故里——随州市却涌动着兴林致富的春潮。记者11月18日到随州采访，看到哪里挖山抽槽兴建经济林基地，干得热火朝天。

近年来，随州市调动全市劳力开发山地资源，坚持"山上建基地、山下办工厂、山外连市场"，实施绿色致富工程。目前，全市609万亩可利用的山场已封山育林583万亩，兴建多种经营基地100余万亩，在随州大地形成了12条绿色产业经济带。预计今年全市绿色产业可创产值12.5亿元，提供税利上亿元，已成为农村经济的一大支柱产业。

在地处大洪山北麓的淅河镇和安居镇，记者看到万亩板栗、银杏基地上红旗招展，参加会战的人们骑着自行车、摩托车汇集到这里抽槽整地，干得热气腾腾。市林业局局长肖先友告诉记者，这是随州人消灭荒山之后的第二次林业创业。在基地建设中，市领导亲自挂帅。市委书记李文烈办了"万亩板栗基地"，市长蒋昌忠办了"10公里葡萄长廊"，市人大主任董字明办了"万亩大枣基地"，市人大副主任廖志新办了"万亩银杏、板栗基地"。我们看到的这个基地正是李文烈书记和廖志新副主任领办的基地示范片。随州市全部的基地建设实行统一规划，采取"市领导包管理区、行政干部和镇小康工作队包村、村干部包组、组干部和党员包农户"的"四包"措施，坚持"定开工时间、定参战劳力、定质量标准、定达标标准"的"四定"原则，要求高标准投入、高质量整地栽植，最后进行严格验收。在市领导的带动下，淅河镇和安居镇投入了数万劳力，已经奋战十余天了，总投工已达到40万个，抽槽160万米，挖窝30多万个，开挖土石方158万立方米，达到了工程建设的要求。

在市区林业实业公司创办的银杏叶提取物加工厂里，记者看到了随州市"山乡办工厂"的喜人景象。这家公司是市林业局主持创办的企业，过去搞单一的木材加工，效益不好，长年亏损。从去年开始，公司凭借着银杏基地提供的银杏叶这一资源优势，把木材加工厂改建成银杏叶提取物加工厂，生产市场上十分紧俏的黄酮甙。从去年11月投产到今年4月，公司已生产黄酮甙1.2吨，创产值430万元，实现利润80多万元；预计今年可生产黄酮甙6吨，实现产值1600万元、利税200万元，收购银杏叶可为农民增收600多万元。银杏叶提取物加工厂的兴建，不仅使企业扭亏增盈，而且也促进了山上基地建设的发展。

在三里岗镇，记者看到了蔚为壮观的香菇市场。一条热闹非凡的香菇交易大街，吸引着十里八乡的菇农带着加工好的产品集中到这里，外地客商也有到这里大量采购的。据悉，三里岗镇生产香菇历史悠久。近年来，随着山场开发和加工业的发展，全镇香菇的生产规模越来越大。三里岗镇村办菇场，家家种香菇，年香菇产量已达 20 万公斤左右，年产值达 1000 多万元。1995 年，全镇人均年纯收入 1862 元，其中 20% 来自香菇生产和经营。三里岗镇的香菇除销售到国内上海、广州、深圳、武汉、长沙等 20 多个大中城市外，还远销到日本、韩国、新加坡等国家和中国的香港地区。1991 年，为促进香菇经销，三里岗镇自筹资金 128 万元，建起了一条长 240 米、宽 18.5 米、拥有 20 个经营门面和 66 个固定摊位的"香菇街"，年成交香菇 2000 吨以上，成交额超过亿元，每年向国家提供税费 120 多万元。目前全镇从事香菇生产的农民达 2 万多人，香菇整形加工厂 15 家，有香菇经营大户 100 多个。全镇平均两户农民拥有 1 辆摩托车，250 多个农户安装了程控电话，有 11 户农民购买了小汽车。如今的三里岗镇成了远近闻名的"香菇镇""摩托车镇"。

（刊登于 1997 年 3 月 12 日《中国林业报》一版）

既保青山常在 又促百姓致富

会昌举全县之力发展林业生态经济

户建一个沼气池，人均出栏两头猪，人均种好一亩果；
猪粪做沼气原料，沼气用来煮饭，沼液(渣)用来养猪、
肥果，农民不再上山砍烧柴，可以就地靠生态经济产业致富

　　本报讯　江西省会昌县举全县之力实施"猪、沼、果"工程，发展林业生态经济，既保住了青山常在，又推动了林农致富。

会昌地处赣南山区，是长江支流赣江和南粤珠江水系之东江的重要源头，在生态环境的建设上有举足轻重的地位。会昌又是革命老区、山多耕地少的贫困县，农民历来缺少烧柴，发展非农林产业举步维艰。为保水源、增资源、拓财源，会昌人艰苦奋斗，1991年在全省率先消灭了宜林荒山，又历时三年艰苦奋斗，实现了全县绿化达标，使森林覆盖率达到73.5%。

山绿了，水清了，但是如何保住绿化成果，如何解决农民的烧柴问题，使40万山区老俵尽快地富起来？会昌县委、县政府紧紧抓住林业发展势头迅猛的机遇，以启动"猪、沼、果"工程为突破口，大力发展林业生态经济，实现"山上再造一个高效益会昌"的战略目标。

"猪、沼、果"工程是一个以沼气为纽带，带动生猪饲养业、果树种植业等相关产业共同发展的林业生态产业工程。其基本内容是：每户建一个沼气池，人均年出栏两头猪，人均种好一亩果园；猪粪（包括人粪）做沼气原料，沼气用来供农户煮饭、点灯，沼液（渣）用于喂猪、养鱼、肥果，从而形成相互促进、良性循环的生态产业链。农户一次性投入800元至1000元，直接受益，包括减少砍柴用工、提高肥效，以及获得照明等能源方面的价值，年内可收回全部资金，同时促进养猪与果业的发展，保护了森林资源，改善了生态环境，推动了山区农民脱贫致富。从1993年启动这一工程以来，该县通过典型引路、政策扶持、加强服务，使全县建沼气池农户达2.3万户，建成生态林业乡镇2个、生态林业村20个。

实施"猪、沼、果"工程，解决了农村的能源短缺问题，有利于保护森林资源。这项工程实施以前，会昌年均消耗薪柴40万立方米，乱砍滥伐现象时常发生，农民的"老虎灶"对绿色山林构成严重威胁。建沼气池以后，农民对柴草的依赖性减弱了，不用再上山砍柴。据测算，一个七立方米左右的沼气池所产生之沼气，足可供一户农家常年煮饭、烧水、照明之用。用县委书记杨人平的话说，建一个沼气池就等于保住了一个绿化了的小山头。

实施"猪、沼、果"工程带动了养猪业和林果业等相关产业的发展，是强县富民的好路子。该项工程的最大特点是，它可以形成生态经济产业链。要有足够的沼气使用，就要多养猪。农民说，用拌有沼液的饲料喂猪，猪长得快，毛光皮嫩，可提前出栏。农民称沼液是"神奇的魔水"，建池养猪的积极性特别高。沼液、沼渣又是通过厌氧发酵完全腐熟了的综合性速效肥料，不仅能促进植物生长，而且还能增强植物抗旱、抗寒、抗病的能力。猪多、肥足，正好发展林果业。在会昌，凡建沼气池的农户必养猪，房前屋后都有几亩、十几亩果园，形成了"猪、沼、鱼(蔗、烟、菜)""猪(兔、鸡)沼、果"等新模式，并涌现出了一批"猪、沼、果"生态林业大户，有的年收入高达十几万元。

实施"猪、沼、果"工程，极大地改善了农民的生活条件。记者在采访中见到，农民的沼气池与卫生间、猪(禽)舍都是经过科学规划、合理布局兴建的，人禽畜的粪便直接进入沼气池进行无害化处理，环境卫生大为改观；在厨房里农民也像城市居民一样使用着电子燃气灶，告别了烟熏火燎的历史。由于再也不用上山砍柴，极大地减轻了妇女的劳动强度。小密乡乡长耿福有告诉记者，当地姑娘出嫁总要问问男方家里建设建沼气池。

今年，会昌县以建设323、206国道和会杉公路沿线百里"猪、沼、果"生态林业长廊为重点大力推行人、房、池、猪、果五上山，再建10000个沼气池，生猪出栏达到32.5万头，新辟果园1万亩，为向林业生态经济县迈进打下坚实的基础。

(刊登于1998年6月15日《中国绿色时报》一版)

争占市场，新疆农民的新追求

新疆的库尔勒香梨和喀什的巴旦杏，金秋时节在北京出尽了风头。

香梨12块钱1公斤，北京市民排起了长队争相购买；巴旦杏——一种一节拇指大小、外有硬壳、长而扁的干果仁，确有美国大杏仁般的美味，出价40块钱1公斤，一上货同样被抢光。

自治区林业厅刘仰嵩副厅长满载盛誉，从全国林业名特优新产品博览会上把香梨和巴旦杏两项金牌带回新疆。喜讯传开，新疆林农感受到的不仅仅是自豪和荣耀，更多的是信心和希望：信心，是开拓、争占市场的信心；希望，是靠发展名特优新经济林致富奔小康的希望。

记者10月中旬踏上新疆这片广袤温馨的土地。在片片绿洲上，在收获后的田园里，在与林农群众的交谈中，深切感受到的也正是涌动在新疆林农思想上的新追求——争占市场。

近年来，新疆农村兴起了一股大种经济林热。为什么？因为名优特林果行情看涨。刘仰嵩副厅长告诉记者，林农看准了经济林有"短、平、快"的特点、经营方式比较灵活，一年种，百年收，终身可以受益，有巨大的发展潜力。尤其是发展名特优产品，市场竞争力强，能卖好价钱，更受林农欢迎。

于是，80年代末建好绿色屏障的乡村，主动调整了生产结构，开始在农田内部发展以名特优为主的经济林，如核桃、大枣、巴旦杏、香梨、榅桲(当地人叫木瓜)、无花果……有本地的名优特产品，也有如砀山梨那样的引进来改造后、优于原产地的新产品，八仙过海，各显神通。大多是把毛渠引进条田，在渠的两侧或一侧栽种果树，地上种粮棉，树上结果品这几乎成了约定俗成的模式。也有新建园的，而且建的大多是高标准的果园，求的是：一出园的产品就是有竞争力的商品。我在莎车县走访了一户叫买买提·阿木提的维吾尔族农民，全家11口人，种着7亩棉、10亩麦，地里间种了50株榅桲果，这榅桲果酿制成的酱汁比蜜还甜。买买提全家农林两项年收入过万元。在莎车、泽普、叶城3县的现场参观时，农民兄弟拿出自家田园里生产的最好的瓜果招待客人，言谈话语间总要论论行情，探探客人品尝之后的反应。

有了市场观念，有了竞争意识，一切都要最好的。于是他们开始重视科学技术，开始看重苗木，开始认同并支持加快低产林改造。莎车县伊什库力乡有个面积50亩的梨园，70年代末建的，后来品种老化，梨果色味低劣，形状不一，900多株梨树收果不足10吨，2角钱1公斤还没人买。1990年改接优质砀山梨，1993年株均产果25公斤，总产量达22.5吨；1.8元1公斤，各地抢着收购，年收入可达4万元。改造后的梨园亩均年收入可达800元，农民笑了，也更服了，积极要求改接新品种。

自治区林业部门对林农与日俱增的这种争占市场的新追求积极引导，积极提供产前、产中、产后服务，开展林果深加工，推动林业市场经济的发展。叶城县国有平原林场1991年以前还是个"穷、乱、差"的老大难单位，经过3年的改革创新开辟了良种壮苗、经济林与瓜菜三大商品基地，正在实现林工商一体化经营。预计今年户均收入可达6000元，人均收入可达1200元。林场不仅对全县乡村发挥了示范辐射带动作用，而且在乌鲁木齐市建起了一座营业大楼，成为致富乡村、沟通市场的对外窗口。农民搞果品加工、跑外部市场的追求越来越强烈。

新疆林农有一个心愿，2020年与全国人民共同奔小康。

绿起来之后还要富起来

和田县发展经济林出现四种优化模式

本报讯　新疆维吾尔自治区和田县是全国治沙造林的先进县。绿起来之后还要富起来，基于这种认识，和田人开始大力发展经济林，推动和田林业由生态型向生态经济型转变。在发展经济林的实践中，和田形成了四种可资借鉴的模式。

和田地处喀喇昆仑山和塔克拉玛干大沙漠之间。和田耕地少，人均只有1.4亩田，而且干旱少雨蒸发量大。然而，绿洲地区光照充足，无霜期长，土壤疏松，昼夜温差大，是发展经济林的理想地区。近年来，在市场经济的推动下，和田人充分利用当地的自然优势，挖掘潜力，加大科技投入，努力发展经济林，在实践中形成了四种优化模式。

——蔚为壮观的葡萄长廊。他们统一规划，在农田副林带靠近公路的一侧连绵不断地种植葡萄，一直延伸 771 公里，形成了极为罕见的天下奇观。盛果期，每公里林带葡萄产量可达 12.8 吨。去年此长廊共产鲜食葡萄 2312 吨。这种种植模式既巧用农田道路增加收入，又增强了林网的防护功能。

——立体高效的果粮间作。实现了农田林网化以后，和田人提出要创吨粮田和千元田（1 亩地收入 1000 元）。怎么办？坚持"多占空间少占地"的原则，把毛渠引进条田，既增强了农田的灌溉效果，又在毛渠边上种果栽桑。目前，已栽种桑树 450 万株，蚕茧产量达 583.7 吨，建成千元田 2.2 万亩，其中果粮间作面积达 1.5 万亩。

——高效益的生态经济型防护林带。改造林网，优化林网结构，把农田内测的副林带改种经济林，或在副林带靠近农田向阳的一侧加种一行核桃，有的在核桃株间加种杏树，还有的在条田中间按十字形加种核桃，形成小林带。经过林网改造，全县新增经济林面积 2075 亩。

——方兴未艾的庭院经济。和田是古丝绸之路上的重镇，农村历来有房前屋后种果树的习惯。近年来，在市场经济的推动下，庭院种果已在和田遍地开花，为农民致富开辟了广阔的前景。

截至 1993 年，和田已发展经济林 14.1 万亩，林果产值达 6436 万元，比 1978 年增加了 71.4 倍。全县 75%的贫困户依靠经济林和庭院经济走上了富裕道路。

（刊登于 1994 年 11 月 22 日《中国林业报》第二版）

政府搭台　企业唱戏

滇交盛会闹思茅

本报讯　早春二月，滇西南重镇思茅市一片欢腾，'98 云南省木材林产品交易会在这里举行。2月18日到2月20日，短短三天的滇交会吸引了省内外数百家企业前来洽谈订货，贸易成交额达1.13亿元。

云南举办一年一度的木材林产品交易会已成传统，早期仅限于原木、锯材，后来扩展到人造板各类产品。近年来随着林产品开发与深加工产业的发展，上会交易的产品越来越多，品种也越来越齐全。今年的滇交会除木材、林化、林药以及品种繁多的森林食品外，又增加了家具、花卉、根雕艺术品，把设在思茅市体育馆内的展厅装点得异彩纷呈。除有形的产品交易外，这次滇交会还引入了技术转让与技术承包项目，有力地推动了科技市场的发展。位于昆明市郊的西南木材市场亮出了"场地出租、摊位上市"的招牌，成为滇交会上的一道特殊的风景，吸引了不少客商。

据省林业厅的同志介绍，云南过去举办林产品交易会只是商家聚会谈生意，今年的交易会布置了产品展示大厅，买卖双方可以拿着样品就质论价，极大地提高了交易效果。同时，客商看样订货后，由政府部门出面为交易双方提供周到齐全的各种服务，有效地规范着市场、培育着市场。政府搭台，企业唱戏，推动林产工业的发展，活跃林区的市场经济，这正是此次滇交会的宗旨所在。

这次滇交会是由云南省林业厅主办、思茅地区林业局和位于思茅地区的云南卫国森工集团联合承办的，光思茅地区就派出了12个参展团，在展厅内占据了"半壁江山"。思茅人这几天如同过节一样，人人脸上绽放着欢笑。一面面彩旗，一条条横幅，把美丽的思茅城打扮得生机盎然。记者在交易会上不仅看到了思茅乃至云南林产工业的风采，而且看到了莽莽山林无比巨大的潜力和西南林区的壮丽未来。

龙里林场从逆境中崛起

当前，地处西南地区的国有林场，大多有两件不顺心的事：一是原有管理体制和生产经营适应不了市场经济迅速发展的形势，效益低下，烦恼多多；二是环境保护与建设已成为林区社会发展的主流，树木不能随便砍了，普遍实行了限额采伐，甚至由于是地处大江大河的源头，还要实行天然林禁伐和保护，因而失去了最后的收入来源，经济陷入困境。

记者前些日子到贵州省黔南州采访，却听说，这里的国有龙里林场虽处于体制上的转轨变型期，又地处珠江上游，森林划入水源涵养林，先是限采，逐渐停采，但由于他们大力调整了产业结构，林场内部又实行了三项制度改革，生产经营有了活力，目前职工的工资收入比龙里县干部们的平均工资还要高。深入林场实地采访后，切实感到，对龙里林场的评说并非虚传，而且龙里林场确有一些成功的经验值得借鉴。

龙里林场是 1957 年建立的老林场，一直隶属于省林业厅，背靠大树，雄踞一方，有过屡战屡胜的历史。林场 600 多名职工，在龙里县内有 16 万亩施业区，营造了并管理着 9.9 万亩森林，不过大部分是马尾松纯林。长期以来，林场一直延续着计划经济体制的格局，经营着单一林种的木材生产，靠消耗森林资源来维持生存。到 90 年代中期，龙里林场风光不再，陷入了困境：全场每年职工（其中离、退休职工 180 人）的工资和生产管理支出费用总额达 500 万元，仅靠省林业厅的事业费（差额）拨款以及日益减少的木材销售收入维持生计，资金缺口越来越大，每次增加职工工资都要以消耗森林资源为代价。林场发展举步维艰，职工看不到前途，积极性受到极大挫伤。

严酷的现实迫使龙里人改变了观念，决心打破计划经济体制下形成的生产经营格局，彻底摒弃等、靠、要的思想，改革管理体制，在保护好现有森林资源的前提下，大力调整产业结构，扩展多种经营，把林场从贫困中解救出来。

1995 年，龙里林场推出了《改革方案》，认真地进行了劳动、人事、分配三项制度改革，彻底端掉了大锅饭、铁饭碗。他们以事设岗，以岗定编，只留下 80 名职工从事资源管护，其余的人向产业项目分流。同时，打破了干部与工人的界限，对中层干部实行聘任制；工资分配实行固定工资和浮动工资相结合，向重要岗位倾斜；建立健全了岗位、生产和经营责任制，实行分级管理，严格考评，有奖有罚，奖罚分明。从此，龙里林场形成了制约和激励机制，有效地调动了全体职工二次创业的积极性，实现了向市场经济转轨。

体制上的改革，为龙里林场大规模调整产业结构铺平了道路。龙里交通便利，气候条件好，林场土地宽裕，又有省林业厅的大力支持，发展经济林具有明显优势。于是林场制定了分步运作的计划，决定到2000年建成3000亩经济林基地，实现人均5亩果树的发展目标。截至1999年底，全场已种植果树2310亩，123人承包了果园，占营林生产人员的66%。林场还实行了向承包人倾斜的经济政策：林场负责前期开发的资金投入，提供技术指导，以最低保护价包销职工的果品；从1996年起，承包的头三年林场给予扶持，规定承包职工完成果树管理后，第一年发工资的90%，第二年发80%，第三年发70%，不足部分由职工在林下套种作物的收益中解决；第四年果园的全部收入即转化为职工的劳动报酬，林场不再对承包者发放工资；从第五年开始，职工从果园的收入中每亩承包地提取50元上交林场，以后逐年增加，直到一亩地上交200元为止。职工上交的钱，一是用来归还果园开发时的贷款，二是用于建立职工养老保险基金。通过几年来的果树经营，承包果园的职工，最高的年收入已达9000元，今年将有50名职工可用果园的收入来保证自己的工资。记者到林场的沙梨基地和猕猴桃基地踏访，已见一派丰收景象，在果园劳作的职工人人脸上洋溢着喜悦和自信。

龙里林场在大办经济林基地的同时，立足自身优势，全方位地开展了多种经营。林场建起了600亩天然林资源保护示范苗圃，经过两期工程建设，明年投入使用后将给林场带来可观的经济收入；培育的4万亩短周期的工业原料林，虽处幼林时期，但长势良好，未来的收益也是巨大的；场部门前，转岗分流从事第三产业开发的职工，正在兴建"商业一条街"，1000平方米的临街门面房已出租，新建的1600平方米的综合服务楼年底将交付使用；此外，职工车队和筷子厂都在努力提高运营服务和产品质量，以求形成市场的竞争力。林场规划了2000亩土地用于创建珍稀植物园，已经国家林业局批准，并命名为"贵州高原濒危树种繁育中心"。记者在已定植的 300 亩园中现场采访，看到有红花木莲、铁杉、红豆杉、福建柏、秃杉等上百种珍贵植物，据说园内共增种了 81 种国家重点保护的树种。目前，植物园正在创建阶段，建成以后，龙里林场又将增添一个集珍稀植物繁育、科研示范和休闲旅游于一体的特色产业。

细察龙里林场的诸项做法，似乎都是各地试行过的一些成功经验，只是他们学得认真，做得精心，才使这个身处逆境的国有林场顺风扬帆驶入了经济发展的快速航道。

绿色市场呼唤苗岭甘泉

都说"雷源"牌康利淡山泉水口感纯正，回味甘甜。到贵阳已见到它的踪迹，饮之，清凉可口，果然名不虚传！

为进一步探访其踪，前不久，记者出贵阳、赴凯里、攀苗岭、上雷山，才知道，这种清澈透明的泉水出自黔东南苗岭第一峰——雷公山，确切地说是在雷公山自然保护区腹地浩瀚的原始森林里，泉点海拔 1605 米，方圆数十公里内人烟罕见，是从地层深处向上循环溢出地表、未受任何污染纯天然的山泉水。

雷公山自然保护区袁继熙主任告诉记者，康利含有比一般矿泉水稍低而易于人体吸收的锌、锶、偏硅酸等多种有利于人体健康的微量元素，硬度和矿化度极小，属中性极软水。经医学专家鉴定，长期饮用，有促进儿童生长发育、增强记忆力、增进食欲、改善消化机能和预防疾病、抗衰老、延年益寿等保健作用。现在生产的"雷源"牌系列饮品——康利天然淡山泉水，是继"康利"天然矿泉水之后在同一泉点开发生产的新一代产品。

第二天，袁主任带我登上了雷公山。茂密的森林覆盖着庞大的山体，浩瀚的林海令人心旷神怡。这里丰富的自然资源同山下古朴清贫的苗寨形成强烈的对比，然而两者之间的文化底蕴又是那么清纯和谐，由此而使我受到深深的震撼！我不禁想到，这清纯的泉水正是伟大的苗族兄弟献给祖国和人民的厚礼！

为了科学合理地开发和利用雷公山得天独厚的自然资源，促进地方经济的发展，改变苗岭的贫困面貌和改善苗家人民的生活，1994年，经过上级批准，由贵州省黔东南州林业集团公司、锦屏县国有林场和雷公山自然保护区实验经营林场联合创建了雷公山自然保护区天然矿泉水有限公司。公司在保护区的监督下，对泉点实行封闭式管理，厂房掩映在丛林中，现有员工百余人，其制瓶、水处理、灌装、旋盖等生产工艺和技术设备均达到了国内的先进水平。据公司人员介绍，月生产能力可达50万瓶。记者在现场看到，产品不但质量好，而且包装精美，携带也方便。

"这样不停地生产，山泉会不会断流？"记者问。袁主任爽朗地笑起来，指着博大的雷公山说："只要保护好雷公山和它的森林，苗岭的甘泉取之不尽，用之不竭！"他脸上充满了自信，流露着心底的自豪。

我相信当今社会，人们崇尚绿色，市场呼唤苗岭甘泉。我祈盼苗岭甘泉快快走出大山，把大自然的厚爱撒向人间！

（刊登于 1999 年 9 月 20 日《中国绿色时报》第三版）

文化传播

我的读书观

读书是一件重要的事情，也是一件快乐的事情。

人为什么要读书？首先是读书可以改变命运。古今中外，莫不如此。外国的暂且不论，就拿中国的例子来说。中国自隋唐以后，寒门子弟要想出人头地，只能通过科考，金榜题名，他们无一例外地都经历过十年寒窗苦读；当今的山乡农家子弟要想成为国家的有用人才，让自己在精英阶层占有一席之地，也无一例外地要经过刻苦读书。为此，改变命运成为世人读书的强大动力。其次是因为，读书可以提高人的修养，完善自己的人生。即所谓"梅花香自苦寒来"。如果前者是表层的原因，那么这后者就是深层次的原因，它体现了读书与人生的密切关系和读书的巨大作用。一切有道德、有修养的人，莫不是通过读书来自觉地汲取营养，提高自己的精神境界，让自己成为有崇高的品格、广博的学识、精湛的专业技能、堂堂正正的人。要有美好的人生，就必有读书相伴。人们常说："腹有诗书气自华。"通过读书来储备知识当然是重要的，不过，更重要的是能把知识升华到精神层面，变成个人修养这才是最有意义的，才是读书的要义。第三，更高的境界是，像青年时代的周恩来所讲的："为中华的崛起而读书"。用我们今天的话来说，就是为中华民族的伟大复兴而读书。树立这样崇高的读书目的，就可以获得更强大的读书动力，甚至通过读书使自己成为济世之才。

鲁迅先生是高境界的读书人。他不仅读书、买书、藏书，而且穷其毕生的精力编书、写书。他1881年出生，1936年病逝，只活了55岁，一生博览群书，又十分爱书，用尽心力藏书。过去在鲁迅博物馆内有一个很大的鲁迅书库，那里存放的都是他在北京生活期间的藏书；他一生写了17本杂文集、3本小说集、1本散文集《朝花夕拾》、1本散文诗集《野草》、两部文学专著《汉文学史纲要》和《中国小说史略》，此外还有

1 部《译文序跋集》、3 卷《书信》（包括他生前出版的《两地书》）、两大卷《日记》和一定数量的翻译作品，可谓著作等身。

鲁迅先生是一切读书人的榜样。而在今天要提高国民素质，就必须倡导并养成读书的风尚。

读什么书呢？首先应该多读通识性的经典书籍。经典作品是经过漫长的历史岁月沉淀下来的人类智慧的精华，是我们最重要的精神食粮。人的一生只有短短的几十年，精力十分有限，除读书以外还要工作、生活，而要把有限的精力用在读书上，使书读得更有效果，就要抓紧时间多读经典作品。我要说读通识性的经典作品，就要坚持通融识见、广博高雅；搞人文的要多读人文类的经典著作，也要读一点理工类的经典书；同样搞理工的在精读理工类经典著作的同时也要读一点人文方面的经典著作，都不能孤陋寡闻。

其次，要读本专业以及与本专业有关的书籍。要成为本专业的行家里手就必须在读专业书上下功夫。中国绿色时报的记者、编辑，就得精通新闻学、报纸编辑学、新闻采访学以及各种新闻体裁的写作，并拥有古今汉语方面的知识和娴熟的运用能力；还要读一点经济学、社会学、心理学、文学、美学、生态学、林学、动物学、植物学、园林学等相关学科的书籍，还要有摄影方面的技能。我们有时结合采访要做相关的社会调查，没有社会学、心理学方面的知识不行；我们有时候要采访专家，不懂相关专业方面的知识就很难提出有见识的问题，对专家研究的领域懵懵懂懂，就没法和专家对话交流。

第三，还要下功夫精读关涉自己研究方向的书籍。

在这三个方面，读通识性的经典书籍是最重要的。正是在经典书籍的阅读中使自己的人生获得完善，精神境界得到升华，生活得快乐精彩。这对每一个人都是一样的。

此外，还应该读一些时髦的畅销书和休闲的书。一些畅销书有可能成为未来的经典读物，进入经典书籍的行列。读休闲的书是为了放松情绪，调节生活，看一看古今笑话、漫画、寓言什么的，增加生活的情趣。

我爱读书，基本上算是个读书人。谈到读书方法，即书需要怎么读，我有这样几点体会：

一、要坚持略读、精读与深入的研读相结合。略读也称快读或概览。拿到一本书大概地读一下，了解这本书的梗概。这样可以节省时间，知道这本书的价值，值不值得继续阅读，怎么去读。如果很值得阅读，就对它进行精读，一句一段地读，真正把它读懂，积累心得体会。如有必要，要写点什么，或进行某项专题研究，就要对这本书进行深入的研读，对书中的重点章节要反复地多读几遍。读书要伴着思考，多问几个为什么。这样阅读才会有较大的收获。不是每本书都要精读，只有重要的书、难读懂的书需要精读，甚至反复地多读几遍；有研究价值的书，就要深入地研读。

二、读书要密切联系自己心灵世界的实际，砥砺自己的品格德行。读书是学习，说到底是一种"为己之学"。学知识、做学问很重要，但是成就自己的"君子"人格更重要。承载着我国传统文化的经典著作之所以能够影响中华民族数千年，关键在于它是一种密切联系社会生活的学问，是一种躬身践履的学问，因此，要把读经典获得的心灵体验，用于增强自己的修为，完善自己的人格，这样才能在读书中获得真正的成效。

三、不动笔墨不读书。我没有超越常人的记忆力，不能做到过目不忘，长期以来养成了边读书边思考边做笔记的习惯。或将书上的重要语句、段落标示下来，提醒自己再次阅读；或把自己的心得、疑问三言两语记录在书页的空白处；或读一本借来的书，重要的例证、观点就做抄录笔记，有的记在笔记本上，有的记在卡片上，以备不时之需。心得比较集中，可以连缀成篇的，就尝试着写成文章。动动笔墨可以加深理解，强化记忆，巩固收获，好处多多。

四、把零碎的时间利用起来，争取多读书。我们在职场上，平时工作很忙，除了节假日很难抽出大量的整块时间用来读书，怎么办？只能挤零碎的时间读书。比如开会来得早等待会议开始的时间，出差采访等车的时间，上下班走路的时间等等，都可以用来读书。方便的时候可以展卷阅读，如果不方便，比如走路，就事先把要记忆的东西写在小卡片上，边走边记诵。只要肯读书，时间总是可以挤出来的。

退休以后，我闲置的时间多了，可以整天泡在文山书海里，充分地享受读书的快乐，真是人生的一大幸事！

读书吧，读书虽然不能让人马上获得现实的利益，但它却是一份无可替代的人生滋养，人就是在读书中崇高起来、丰富起来、完善起来的。

（2014 年 6 月 26 日于柳芳书屋）

于清溪，寻找生活中的靓丽风景

他叫于清溪，黑龙江伊春人，中等身材，蓄着一头齐耳的长发，因为太忙太累，平时清瘦的脸庞上总带着些许倦容，使他的相貌比实际年龄老得多，其实他只有三十几岁。

家境贫寒使他过早地失学参加了工作，开始在伊春林区干活。他以自强不息的精神钻研过机械制图和工程设计，靠着聪慧和灵气，一不留神又闯入了艺术殿堂。1984 年，这个"走到哪里都想留张纪念照"的毛头小伙子，买了一架海鸥 4B 照相机，自己拍了起来，从此一发不可收，干起了摄影创作。家乡的山野是他最迷恋的地方，春华、秋实、夏雨、冬雪、孩童的稚趣、喜庆的欢乐，大到浩瀚的林海，小到绿叶上的露珠，都成了他创作的对象。他一面向专业摄影师请教，一面孜孜不倦地深入生活，琢磨创作的规律，在摄影艺术的征途上整整跋涉了 10 度春秋。

到目前，他已经拍摄了上千个胶卷，其中有数百幅令人注目的优秀作品，并先后有数十幅（次）作品获得过省级以上的优秀作品奖。

翻开于清溪的摄影作品集，呈现在眼前的是一幅幅生活中的靓丽风景。他早年主要拍摄的是故乡的山林景致、风土人情；近年来，他更多地把镜头朝向祖国的山山水水：泰山的日出、黄山的云海、庐山的奇峰、雁荡的飞瀑、武陵的雄姿……使他如痴如醉，黄河两岸、大江南北都留下了他探索的足迹。他拍摄的作品，或气势磅礴，或细腻入微，一人一景，一草一木，无不高雅清新而又富有情趣。在清漤的作品中见不到悲秋的苍凉和严冬的冷漠，他为祖国和故乡以及沸腾的生活唱着热情的赞歌，给人以向上的力量。

清漤懂得搞摄影光靠勤奋或一时的冲动是不行的，必须要有扎扎实实的理论基础和基本功、足够多的生活体验和创作经验，还必须有丰富的想象力、敏锐的观察力、快速反应与熟练操作的能力，因此，他怀着求知的渴望投入了中国摄影函授学院的学习，并以优异的成绩结业，被中国摄影家协会黑龙江省分会接纳为会员。

清漤不苟言笑，他把丰富的情感与对祖国和人民的热爱都浸透在作品中。那幅《秋韵》透着高雅与洒脱，红叶与白桦互相映衬，静中见动，烘托出清秋盎然的生机。那幅《新嫁娘》把人带进了小兴安岭林区特有的质朴而又热烈的现实生活：新娘在这幸福的时刻亦喜亦悲，百感交集，出嫁就意味着离开父母，虽喜在心头，也爱在心头，隐隐地还有淡淡的悲伤萦绕在心头；再看那两位为她倾心欢笑的闺蜜，让人似乎能听到她们那真诚的笑语。那一幅借助艺术想象拍摄的普通人家冬日居室中的"窗花"，像飞溅的瀑布又如倒挂的冰川，更似神话中的广寒宫，面对这精巧的构思不能不让人惊叹叫绝！他把张家界神奇秀丽的风光、黄山苍松傲岸的风姿表现得格外撼人心魄。在这些艺术创作中浸透了他聪颖的智慧和辛勤的汗水。

清漤对摄影艺术的追求是执著的，对生活与工作的追求也同样是执著的。他在伊春市黑龙江省高等专科学校脚踏实地工作着，兢兢业业地完成着领导交办的每一项任务。在新建校舍的施工中，他立过汗马功劳；前不久他又为学校搞自来水塔和供水设施设计，这项工程完工后每年可为学校节省一大笔水费开支。他自愿兼任摄影教师，给学生中60多名摄影爱好者开辟第二课堂，学习班的费用由他自己来承担，任劳任怨地为林区培养摄影人才。

　　清溪是浪漫的，也是现实的。他真诚地对待人生，追求着生活中靓丽的风景，也用辛勤的耕耘让这风景在生活中更加靓丽。

（1994 年 11 月 29 日刊登于《中国林业报》第三版）

《中小学生书法基础》序

　　徐忠平同志到学院工作以来，用了许多精力研习书法，颇有心得。今年，他利用在西安美院进修的课余时间和节假日，撰写了这本《中小学生书法基础》，要我写一篇序文。我虽通读了全书，但在书法艺术方面是个门外汉，不敢高谈阔论，只能就本书的性质和作用说几句话。

　　我国的书法艺术源远流长，有着优良传统，但是近代以来似有江河日下的趋势。在中华腾飞的今天，振兴我国的书法艺术，对加强精神文明建设，提高民族自信心，有着不可忽视的作用。近几年来，普通教育开始重视在中小学开设书法课，但至今还没有合适的教材可供师生使用，本书在这方面填补了某些"空白"，可以说是它的一大特点。

　　本书是普及性读物，写给中小学生看的，内容切合实用，针对性比较强，这是它的另一特点。它全面介绍了书法方面的基础知识，由书体讲到书法，由写单个的字讲到写整篇的字，由写毛笔字讲到写钢笔字。我相信，有志学习书法的学生，如能认真学习领会，刻苦练习，是不难登堂入室的。

　　书是写给中小学生的，字写得不好的中小学教师也可以拿来借鉴学习，教写字课的教师可以用它做备课的参考书。

　　忠平对书法的研究是颇具功力的，他认真地吸取了前人有益的经验，博采众长，分析概括，很多地方引用了传统的说法，但并不墨守成规，处处又融会了个人学习实践中的深刻体会，既尊重先贤，又有所开拓，这也是本书的优点。

　　但是，用忠平自己的话来说，这毕竟是一次尝试，又由于撰写时间仓促，恐怕难免有一些错误或不当之处，这就希望读者多加指正，以便将来修订，使之更加完善了。

（1985 年 10 月 18 日写于伊春教育学院）

直面阳光照不到的角落

宋泽江著《海南十大谜案》序

泽江的新作《海南十大谜案》即将出版，邀我给他这本专写打击犯罪的报告文学集写篇序言，我欣喜地答应了。老朋友出书，我自然高兴。

泽江在海南省公安厅工作，是一位具有 20 多年执法经验的领导干部，他的主要职责是打击犯罪。我在北京从事新闻采编工作，对报告文学情有独钟。他把书稿寄来，厚厚的，印制得整整齐齐。我不敢怠慢。冬夜，在台灯下，伴着他笃实的友情和真诚的信赖，潜心地展卷通读。我想，我恐怕是他这本书的第一读者了。

书中收进了他这些年来，实录下来的 16 宗海南公安干警们侦破的大案、谜案，其中有不少是他亲自参与并组织侦破的。这些作品采写得很及时，其中有许多篇曾经在国内相关报刊上发表过。这 16 篇作品，写了 6 宗大案、10 宗谜案。

他的作品文笔洗练生动，情节曲折迷离，把我带进了海南这片不断创造着奇迹而又躁动不安的土地。让我看到了共和国改革开放的前沿，伴随着新旧体制交替，在善与恶、美与丑、正义与奸诈、真诚与虚伪、文明与野蛮之间所发生的一场场殊死的搏斗；也让我看到了，世纪之交这一特定的历史时期，各种社会矛盾向着以绿色宝岛所承载的大千世界聚集，以及在金钱、美色的诱惑下和在贪婪、愚昧的驱使下所引发出来的形形色色的犯罪；同时更让我看到了不同价值观念的相互碰撞，旧社会黄、赌、毒可怕的回潮，以及邪恶势力簇拥着的沉渣泛起。这尽管不是海南社会的主流，尽管是在有限的人群中发生的一种"背离"现象，但确实是激荡在耳畔的警钟，足以振聋发聩，足以让人听到正义的呼唤声声告急！

我实在感佩于泽江敏锐的社会洞察力和直面现实的勇气。他把那些阳光照不到的阴暗角落，那些麇集在阴暗角落里的丑恶灵魂，以及凶残者的暴戾统统地揭露出来。他一面对这些社会丑类进行无情的鞭挞，激发着人们的良知；一面铁着面孔指示着他们最终覆灭的下场，给人以鼓舞和信心。他的每一篇作品都展现着鲜明的爱憎感情，都洋溢着共产党人的浩然正气！

与这些罪恶的丑类相对，在另一面，他对所有案例中展现出的凶残暴力下的受害者，都寄寓着深切的同情；对那些因愚昧、短视、幼稚、轻信而走向犯罪、尚可挽救者，又都抱以哀怜和惋惜，并就案件评事论理，进行着语重心长的规劝。泽江之善良、忠厚、率直，可赞矣！

尤其令人感佩的是，他忠诚于自己的公安事业，在作品中洋溢着充沛的敬业情。他对自己的战友们——海南全省的公安干警，这支仁义之师，充满了热爱。他在作品中激情饱满地歌颂了他们的正义行动和英勇无畏的献身精神，并多侧面、多角度地刻画了他们的机智、勇敢、果断、顽强、威武不屈、爱憎分明的高贵品格，激情澎湃地把无比坚强的英雄群体展现在世人面前。由此，让人看到震慑邪恶、打击犯罪、保卫社会安宁的希望和力量，对海南的改革开放和社会主义现代化建设充满信心。

《海南十大谜案》所收集的16篇作品，都是纪实性的，写人叙事皆用的是白描手法，绝无雕琢虚构之处，完全遵从客观现实的真实性。在题材上分为两类：大案和谜案。难能可贵的是：写大案，他能写得大气磅礴；写谜案，尚能写得神奇曲折。在选材、布局谋篇和艺术表现上都做了比较成功的探索。由于他是公安侦查工作的行家里手，有丰厚的生活积累，又是具体侦察、破案的参与者，因此在所有案件技术细节上都写得很到位，写出来的是实实在在的法制文学。

读泽江的这些报告文学作品，让我看到了他在海南工作的这些年，在工作上和文学创作上辛勤耕耘的足迹。他精于思考，又善于学习，但绝不重复别人，也不愿重复自己，总是一步一个脚印地往前走。他钟爱文学，又敬重自己的职业，并把二者完美地统一起来，虽已是相当级别的领导干部仍能勤奋笔耕，而且从不懈怠，堪称公安战线领导干部的楷模。有道是"文如其人"，或者是与生俱来的，或者是长期公安工作实践培养的，他心地善良，一向同情弱者，并嫉恶如仇，如此，为作品浇筑了根基、铺就了底色——其作品的刚直，充满激情的风格，亦如其本人的风格。

办案是为了破案，写案是为了把这扭曲的悲剧苦难推向社会给人看，让人们从中受到教育和启示，从而远离犯罪，逐步地减少犯罪，甚至消除犯罪。公安干警们读读这些作品，可以开阔视野，借鉴有益的经验，对侦察破案大有裨益；不搞公安工作的人读读这些作品，既可丰富阅历，增长知识，又可认识社会，受到教育。

无论是谁，只要读了，肯定会有收益。

（2000 年 12 月写于北京寓所）

关不住的满园春色

——常州林机厂企业文化建设巡礼

初夏 5 月，常州林机厂是迷人的。

一幢幢高大雄伟的厂房，坐落在绿树繁花之中，微风过处，送来缕缕清香。高亢悦耳的机车轰鸣声，鼓荡着人们的心胸。这里既有阳刚之气，又有阴柔之美，两种文化气质和谐统一——她，是工厂，也是花园。在常州林机厂工作、生活、可以充分地享受到现代工业文明的幸福。难怪常林人都一往深情地热爱着自己的工厂、愿意为她的兴旺发达努力奋斗。

常州林机厂给人印象最深的是，她那独具特色的企业精神：工厂有名气，队伍有士气，职工有志气。它是常林的"厂魂"，也是常林企业文化建设的高峰。

常林的"三气"精神，是1984年提出来的。"三气"精神集中了全厂职工的意志、理想与追求，也融合了美好的道德情操。从那以后，常林人一步一个脚印地往前走，朝着创一流的目标迈进，也使企业文化一步步得到升华。

由一个文化阶梯向更高的文化阶梯攀登，要摆脱愚昧，克服文化心理偏见和不良习俗，不断地否定"旧我"，实在是不容易的。然而，常林人凭着执著的追求，只用短短几年就改变了面貌，在文化素质上不断地实现着自我完善。

常林企业领导者们具有献身精神，是一个文化素养高、精诚团结的战斗集体，也是培育企业"三气"精神的辛勤园丁。多年来，他们联系工厂的生产实际，加强职工的思想教育，技术练兵，鼓励职工岗位成才；每年都精心抉择，认真提出新的要求，赋予企业精神以新的内涵，使"三气"精神在坚持中深化，在深化中发展。他们懂得人是生产力中最活跃、最有决定性的因素。因此，他们尊重人、信任人，热情地培养、教育、关怀着每一个职工。常林的工人告诉记者："在工厂，我们是主人，说话领导听。"领导们说："我们和职工群众只有分工的不同，作为公民，地位是平等的。"记者看到的是，党委书记、厂长以及所有中层干部在每周一次的劳动日里也像普通工人一样从事着生产劳动。这和老书记周泉翕的文化观念，工作作风一脉相承。

周泉翕曾以高尚的道德风范感染着常林厂的每一个职工。他十年如一日吃住在厂里，和工人们患难与共。常州林机厂改造文化环境，是从周书记修建厕所开始的。他提出要给职工建造第一流的厕所，"让工人在常林厂上厕所都感到舒畅。"随之，第一流的食堂、第一流的澡堂、第一流的托儿所、第一流的单职工宿舍以及第一流的家属楼也都盖起来了；厂房维修后，整洁明亮，面貌焕然一新。在第一流的文化活动中心大楼落成时，厂里举行了隆重的剪彩仪式，职工们激动得眼里闪动着泪花。

工厂与职工结成了命运共同体，"三气"精神也在职工心里深深地扎下了根。经过几年的艰苦努力，严格的劳动纪律建立起来了，明确的质量管理目标树立起来了，全面质量管理获得了明显的成效，文明生产水平也日益提高。工厂建造了先进的科技大楼，为科技人员施展才能开辟了广阔的天地；工厂引进了先进的检测设备和技术，建成了国内第一流的检测中心；随后又借助大专院校的科研力量，创建了我国第一个装载机整机测试场。职工有了志气，队伍就有了士气，他们"爱国、爱厂、爱岗"，为使工厂名扬四海，显我中华国威苦战奋斗。

常州林机厂的领导一个个精明干练，搞政工的通生产，抓生产的又懂政工，文武双全。他们既可审时度势，运筹帷幄，又能在生产第一线上阵指挥。如果没有深厚的文化内涵，达到这种水平是难以想象的。他们有很高的决策能力，创名牌上新品种，横向联合、工厂扩散、发展企业集团；打出国门，开拓国际市场，敢于谋划，敢于决断，而且打一仗胜一仗。当前，他们又把目光瞄准代表装载机技术世界先进水平的日本"小松"企业集团，决心让"长龄"跻身世界。于是常林人也随着他们的领导者，开始心怀全球，把目光投向神秘的大洋彼岸。

常林工人在执著奋斗的实践中，信赖他们的企业领导人，尊重自己的科技工作者。他们已经懂得，企业在强手如林的激烈竞争中，要想立于不败之地，就必须由经验型向知识型转变，再不能用老眼光看待知识分子的劳动，也再不能单纯用汗水和油污的多少来评价干部的优劣。这种文化心态的转变，不仅仅有利于造就工厂尊重知识、尊重人才的良好风气，也不仅仅不利于消除干部和群众之间的感情隔膜，减少企业内耗，而且也加速了工人群体自觉地由经验型、体力型向知识型、智力型的转化。读书学习已日益成为广大青工的良好习惯，岗位练兵已成为全厂职工的自觉行动，每年一次的技术大比武自然也成了常林人的盛大节日。

寓教于乐是所有企业在文化建设中常见的形式，常林也不例外，但一年一度的常林职工体育运动会却别具风采。这种运动规模很大，比赛项目多达几十种，他们完全从自己的爱好出发，热衷于集体性和趣味性，利用工余时间，一搞就是一两个月。他们觉得锻炼身体比晚上熬夜打麻将强得多。职工的其它业余文化生活也是丰富多彩的。每到周末，人们都聚集在文化活动中心，或举行舞会，或参加各种有利于身心健康的游艺活动。去年，工厂常常组织征文比赛、演讲会、黑板报大汇展，举办书法、篆刻、绘画、摄影比赛，以及各种文体活动，已经举办了三届规模较大的"常林之声演唱会"，充分展现了常林企业文化的风姿。

十年改革，喜获金秋。又一个腾飞的十年开始了，常林企业文化建设已展现出关不住的满园春色。愿她常绿常青，更加多姿多彩。

访谷城　话帅瑜

——个基层宣传工作者的剪影

帅瑜，湖北谷城人，本报的通讯员。

近两年，编辑部经常收到帅瑜的来稿，有文字稿也有新闻照片。他的文字稿语言乡土味浓，照片拍得也好，光今年本报新闻版就采用了6张。

11月初，我随长防林工程建设专题报道组到谷城县采访，听当地人讲了不少帅瑜的故事。

帅瑜，今年38岁，已为林业宣传在基层艰苦耕耘了十几个春秋。他跑遍了谷城境内上千个山头，熟悉这里的土地和山村。人们说，近10年来，帅瑜的上千篇报道都是从脚底板下跑出来的，上了省内外十几家报刊。

帅瑜能写更能拍摄，张张照片都是他自己冲洗放大的。由于他素质好、成绩突出，1984年被录用为《谷城日报》的记者；又由于他各项工作都拿得起来，后来当了《谷城日报》的副社长。但他只念过5年书。为夯实业务基础，他嗜书如命，十几年如一日攻读练笔常常到深夜。山里人学摄影没有好条件。相机、相纸、药液都得自己花钱买，帅瑜收入微薄，只能节衣缩食，一点一点从牙缝里向外省。开始学冲卷，大三伏天头顶棉被练，一捂一身汗，那放大机也是老掉牙的，经他多年调理，居然也能得心应手。他干得太苦，太累，亏得也太多了，一米七的汉子体重只有 43 公斤。

当地人说，帅瑜是谷城贤人，家庭孝子，无论从旧道德还是从新道德看，他都是个令人敬佩的人。1990 年元月 25 日下午，他工作得太紧张，出行路上不幸发生了车祸：一只眼睛废除了，脸上皮肉被豁开，颜面神经被切断。全县的人都为他伤心。出院后，他几乎走不了路，看什么东西都是双的。帅瑜处在撕心裂肺般的痛苦之中，因为他要采访，要观察，还没拍完谷城人兴林致富的历史画卷，还要继续记录谷城人绿化山河的足迹。经整容痊愈后，他又以惊人的毅力重新拿起了笔和相机。这时，正赶上在谷城召开全国长防林建设工作会议，帅瑜拖着虚弱的身体投入了紧张的采访，历尽艰苦，他的报道又开始在鄂北山岭间传出。

11 月 5 日，我在谷城宾馆见到帅瑜。他说话慢声细语，黑瘦的脸上依稀可见浅浅的伤痕，那只活着的眸子充满了乐观和自信。长谈后，我捧着他那两大本沉甸甸的作品集，望着这张布满岁月风霜的脸庞，油然而生敬意，我握住他的手，长时间舍不得离去……

我为他祝福，愿那山岭间浸透着他心血的树荫更浓，更绿。

用领导智慧开拓绿色事业

——评介《现代领导智慧》一书

实现林业跨越式发展，不仅要有正确的战略方针、切实可行的法规政策体系作保证，凝聚起千百万人民群众的意志和决心，同时还要有一大批各级各类高素质的领导者。对林业建设来说，领导者即是绿色事业的指挥者、决策者和组织者，各级领导干部综合素质的高低优劣，决定着绿色事业的优劣成败。从这一意义上说，林业系统的各级领导在百忙之余抽出一点时间，静下心来学一点领导科学，能够从理论与实践的结合上全面提高自己的领导才能和综合素质，讲求现代领导艺术，拥有领导智慧，把领导工作做得卓有成效，实在是绿色事业的一件幸事。

中南林学院原党委书记谢朝柱教授，前不久主笔撰写并出版了《现代领导智慧》一书，是一本学习领导科学不可多得的好教材。

谢朝柱教授曾长期担任领导干部，不仅十分注重理论学习，而且十分重视积累工作经验和学习体会。他在教学工作中，还曾经给研究生、本科生以及县级领导干部培训班主讲过行为管理学、领导科学等课程，具有较高的领导科学的理论修养。在长期的学习和工作实践中，他深刻地体会到：领导工作不仅是一门大科学，而且是一门大智慧；领导者的智慧集中体现为一种洞察力，它能看到别人看不到的事物，做到别人做不到的事情，是一种大智大勇的超前思维，是一种出类拔萃的办事能力；领导的过程是用智慧影响人、改变人的过程，通过领导达到用智慧开发智慧的目的。因此，他给他写的书取名为《现代领导智慧》。

《现代领导智慧》融理论性、系统性、科学性、实用性于一体，具有鲜明的时代感和很强的可读性。全书以"创新"为主线，把当代最新的领导科学理论、最新的领导观念、最优化的领导方式和领导方法以及诸多新鲜的领导经验系统科学地介绍给广大读者，使人受到启迪。全书在布局谋篇上，虽然采用的是教科书体例，但要言不烦，论述精当，文笔洗练，不时妙语连珠；书中所列举的案例都是精选的，并经过作者的典型化处理，很耐人寻味；那些精彩的警策语句，浸透了作者深刻的理性思考，也闪烁着智慧的光芒。全书分为"理论篇""艺术篇"和"智慧篇"三大部分，共19章。

"理论篇"纲目清晰地阐述了领导科学的基本理论，是全书立论的前提和基础。"艺术篇"和"智慧篇"是全书论述的主体。"艺术篇"着重阐述了决策艺术、用人艺术、激励艺术、批评艺术、人际交往艺术、语言艺术和写作艺术等，几乎涵盖了领导行为的所有方面。它为我们塑造了一个近乎完美的现代领导者形象，寄托了谢朝柱教授的美学理想，同时也体现了他的马克思主义的价值观念。"智慧篇"从作为一名领导者的德、能、才、学、识诸方面阐述了领导者在 7 个领域中的大智慧，而且每个领域都评介了 10 项。这总计 70 项大智慧是：领导智慧的十大思想指南、强化领导的十大原则、凝聚人心的十大定律、领导成功的十大方法、新官上任的十大要领、人力资源管理的十大创新和领导方式的十大变革。他含英咀华、深思熟虑、批判扬弃、审慎选择，体现了与时俱进的精神和"三个代表"的重要思想，具有很强的时代感和可操作性。这也体现了作者的大学问和大智慧。如果没有长期的领导工作经验，没有多学科的理论与知识的支撑，没有对中国现实社会深入了解和洞察，尤其是没有思想理论工作者的良知和对党的事业的忠诚，是很难为之的。我估计，这本书，谢朝柱教授不仅是写了几个月，而是写了几年，甚至几十年。

　　谢朝柱教授的这本著作虽然不是针对林业系统的广大干部写的，但是林业系统的广大干部阅读也会大有裨益。它不仅适宜于党政领导干部阅读，而且也适宜于企事业单位的领导干部阅读，尤其是只有零散的实践经验而缺乏领导科学知识和相关理论的领导干部，或初次登上领导岗位的干部，更是一本及时的书。

采撷鲜花带春归

——2001 年香港花展集锦回放

　　3 月 18 日，香港本届花展已落下帷幕，但那繁花似锦的迷人景象，至今仍在记者脑海里翻腾。虽对香港的这次花展写过一篇纪实性报道（见 3 月 20 日本报"花草园林"周刊一版），仍感到需要再做一次"集锦回放"。

　　记者流连于花展中，突出地感到中华民族具有聪颖的智慧和神奇无比的艺术创造力。花卉作为植物世界的精英本来就是美的，但经过花卉艺人的造园塑景，其美的品格又实现了巨大的提升。

　　园林是花卉艺术的扩展和延伸，具有深厚的民族文化传统。正因为如此，在全国各地和香港的历届花卉展中，园林小品都是重要的角色。内地花卉赴香港参展的作品，面积只有256平方米，在花团锦簇的平面上竟铺设了水池、小桥、雕塑、花柱、喷泉、花坛和绿地，充分展现了现代花卉园林"自然、流畅、简洁、明快"的特点，表现了新世纪腾飞的意境和自强不息的民族精神。汕头市的"得天苑"设计可谓别具匠心。他们用色彩斑斓的秋海棠造景，在布局上采用自然流畅的线条，又用碧绿的草坪加以衬托，给人以清新、艳丽、自然的美感。这是"得天苑"的"序曲"，只起导景作用。进入贴着红对联、盖着青瓦的独具潮汕地方特色的门楼，望着高高挂起的红灯笼，在洋洋弥漫的喜气中，让你感受到淳朴的中华古韵。迎面是一个精美的木雕隔断，墙角安放着一缸荷花，焕发出潮汕的乡土气息。园内铺设的蜿蜒小径排除了闭塞感。沿着小径，你会看到各种秋海棠的鲜艳组合，在碧绿草坪的衬托下显得格外优雅，再配置以挂满果实的瓜架，瓜架下的竹制桌凳和潮汕地区的功夫茶，以及木雕门厅和门厅外的琴台、古筝等，乡韵十足的乐曲，把园区造景推向了高潮。汕头市园林管理处副主任陈燊解释说，我们设计"得天苑"就是试图展现这次花展确定的"春花乐韵耀香江"这一主题，潮汕人民寄望回归后的香港永远繁荣昌盛，同时也想通过香港花展这一窗口展示汕头花卉业和园林设计实力，让汕头走向世界。陈燊的话表达了众多参展者的心声。

　　同园林小品一样，花卉雕塑、盆景和插花艺术展示也是一派精品迭出的景象。人们情不自禁地驻足观赏，不时发出啧啧赞叹。每一次花展又都是一次花艺交流，不断地把造园、制景、雕刻以及栽培技艺推向新的高度，为花卉业的发展注入活力和生机。

　　生活富裕的香港人爱花，而且热衷于赏花和养花。他们在参观之后总要买上一两盆上好的盆栽花或鲜切花带回家去。也有的是为表现自己的盆栽技艺，把自己的"作品"放在园内展出，与同行们切磋交流。这是个庞大的迷恋花木的群体，造就了香港巨大的花卉市场。花展期间，特别是周末和星期天，花展园内游人摩肩接踵，任何摄影者想称心如意地拍摄都很困难。这也正是国内一些花卉商家看中香港花展的原因之一。其中不仅具有难逢的商机，还能获得许多宝贵的信息。

春天来了，京城的柳树开始含烟吐翠，南国早已繁花似锦，指望冰凌花报春的北国似乎还处在料峭的春寒之中。但爱花是国民的天性，由香港的花展扩展开去，新一年各地的花市将陆续展开，为祖国的大地造就盎然的春意。记者在香港的花展上拍摄了一组照片，让你采撷鲜花把春天带回去。

同时刊登了一组6张照片。其文字说明如下：

○ 董建华夫人董赵洪娉女士（途中居中者）在赏花，人们也在赏花的过程中目睹她难得一见的芳容。

○ 鲜花的艳丽娇媚吸引着众多的摄影爱好者。一时间，它们竟成了香港上镜率最高的景物。

○ 参观花展的人络绎不绝，周末展园内更是摩肩接踵的人群。

○ 广州市在花展上展出了花卉雕塑——"五羊献瑞"，那象征着"羊城"的五只羊栩栩如生，是用3.8万朵小白菊花精心制作而成的。

○ 这盆花色艳丽、造型典雅的盆景吸引着众多的观赏者。

○ 汕头市设计制作的园林小景"得天苑"，内涵丰富、别具匠心。记者能在热闹拥挤的花展上拍下如此幽静的镜头，实属不易。

（刊登于2001年4月3日《中国绿色时报·花草园林》）

用青春染绿祖国的山河

——"五四"随想

今年的"五四"青年节，是"五四"运动80周年纪念日。望着播绿母亲河、治理环境污染的滚滚春潮，跨越历史的时空浮想联翩，让人心潮澎湃，热血沸腾。

80年前，在中华大地上爆发的"五四"运动，是一场彻底的反帝反封建的爱国运动，它拉开了新民主主义革命的序幕，铸就了划时代的历史丰碑。今天，我们站在世纪交汇点上回眸仰望我们的先辈——世纪之初的那一代进步青年，深刻地感到，他们是令人钦羡的；因为他们以无与伦比的辉煌业绩完成了无愧于时代的历史使命；他们是令人骄傲的，因为他们为挽救中华民族的危亡，高扬民主、科学和爱国主义的旗帜，塑造了世代相传的伟大的"五四"革命精神；他们的心里也一定会充满无限欣慰，因为中国共产党继承和发扬了"五四"精神，高举反帝反封建的爱国主义大旗，带领中国人民赢得了民族的独立和祖国的解放，建立了初步繁荣的社会主义中国，由他们高扬起来的爱国主义旗帜依然保持着鲜活的精神底蕴。

一个人，从天真烂漫的孩提时代总要步入朝气蓬勃的青春岁月，青年也会逐步地成为老年；今日之中国是历史之中国的延续和发展。因此，联想到"五四"运动，青春岁月和爱国主义总是让人怦然心动的话题。

我们当代青年弘扬"五四"爱国主义精神，就要充分认识和牢牢把握世界和国家发展的大局。今天，人类即将跨入新世纪，和平与发展已是当今时代的主题。当代中国按照"三步走"的战略目标，到下个世纪中叶，将基本实现现代化，建成富强、民主、文明的社会主义国家。这是 21 世纪前半期中国发展的宏伟目标，也是当代青年的光荣使命。面对历尽沧桑、年已八旬的"五四"老人，我们必须继续高扬爱国主义旗帜为这一宏伟目标的实现执著奋斗，开拓前进。

在我们为之奋斗的宏伟目标中，维护国家生态安全、提高国土绿化水平是一项至关重要的内容。这是因为，当今世界已面临着人口、资源、环境和经济社会发展失衡的严峻挑战，我国的生态环境也在不断地恶化，已威胁着中华民族的生存，影响着下个世纪经济社会的可持续发展。我国目前荒漠化土地面积已达 262.2 万平方公里，已是全国耕地面积的两倍多；70 年代以来，土地沙化面积每年以 2460 平方公里的速度扩展，超过了全国耕地的净减面积；水土流失面积已达 367 万平方公里，占国土面积的 38.2%。由于森林的锐减和人为的乱采滥挖、乱捕滥猎，野生动植物资源遭到严重的伤害，动植物种类在不断减少，有的甚至濒临灭绝。水是生命之源。我国由于严重缺水，致使大片农田经受着干旱之苦，中华民族的母亲河——黄河自 80 年代中期以来年年断流；由于森林植被的急剧消减以及南方降雨量的过度集中，另一条母亲河——长江却不断地肆意泛滥。鉴于此，我们实在不能不为子孙后代和大量的生物物种有效的生存空间而深深地担忧！目前急需要千百万热血青年振奋起来，团结并动员全社会的广大民众，以空前的爱国热情，投入到护绿植绿的热潮中来，用青春染绿祖国的山河。

　　在 80 年来弘扬"五四"爱国主义精神的实践中，中国青年早已形成了"从我做起，从现在做起"的优良传统。那就让我们拿出实际行动来，为再造中华大地的秀美山川贡献自己的智慧和力量。

　　"五四"老人当笑慰，擎旗自有后来人！

（刊登于 1999 年 5 月 4 日《中国绿色时报》第三版）

凌波仙子报春回

　　春节将至，京城依然寒凝大地，书房里的几案上、窗台上的两盆水仙花已亭亭玉立、俏绽枝头，送来春的信息。

　　我爱水仙的玲珑素雅。它不像桃花、杏花盛开时那般热热闹闹，让人心神难宁，也不像牡丹那样艳丽得让人羞于瞩目。我爱水仙的含芳吐翠，它的香气不似茉莉那般轰轰烈烈，而是浅浅的淡淡的幽香，是让人在不经意间觉察到的；它那翠绿的腰肢，会让人联想到城市里青青的草色和素朴的少女，既可人又圣洁。水仙总和春的信息联系在一起，让人从心底滋生出新的希望！

　　这两盆水仙的花球，是远在南国漳州的朋友寄给我的，是水仙之乡的上品。已连续 10 年了，朋友每年都要钉一个小木匣，把上好的水仙花球精选两三枚给我寄来，以宽慰彼此之间的思念之情。从这一层意义来看，水仙又成了传递友情的使者。

妻比我更爱水仙。每次从邮局取来包裹，她都抢着亲自打开，小心翼翼地取出花球，然后翻看着日历计算着距离春节的日子；她便一手捧定花球，一手拿着小刀，开始"开盖""剥苞""削叶""刮梗"，一面专心致志地削剥着，一面想象着水仙的那种理想的造型。刻完了，她便把乳白色的刻好了的花球浸泡在清水中。三天后，她准时将花球入盆供养；此后的浇水、换水和依据室温移动水仙摆放的位置，她都做得格外仔细。妻是善养水仙的能工巧匠，我是观赏水仙的爱好者。我知道，她这样做，完全是为了挖掘水仙的内在之美，让水仙竞现它美丽的风姿，也是为让水仙在春节来临之际给人间通报春的信息。

我对水仙，更钟情于它的报春。因为，春天、春日、春光、春回大地，毕竟是时空间最美好的东西。

记得，早年在北国小兴安岭林区工作期间，因为气候寒冷、冬季漫长，我特别向往春天，在冬夜里总盼望能尽快看到春回大地的景象。在期待中，实在耐不住要去寻找春天的信息。对花之报春，那时，实在不知有水仙，虽然知道有寒梅，却寻觅不到寒梅的踪影，从未领略过它那傲霜斗雪的风采。但是，我见到了冰凌花。

那冰凌花，盛开在银冰白雪之上。她小小的，金灿灿的星星点点地一簇簇地开着，在凛冽的寒风中抖动着娇小的身躯，然而给我的感觉却是伟岸坚强！我完全震惊了，她的身躯在冰雪中站立，她的花朵却绽开笑靥呼唤着春光。那完全是一种令人难以置信的"春动冷天涯"的景象。但它毕竟告诉我：严冬就要过去，春天已经离得不太远了。于是，一种新的希望之火在胸膛里燃烧起来，催促我鼓荡起生命的风帆向前走！

今天，在北国京城，在寒风料峭中水仙已经开了，让我想到，又一个春回大地的时日即将来临。这是新世纪的第一春啊！我们应该努力奋进！

（刊登于 2001 年 1 月 23 日《中国绿色时报·花草园林周刊》）

祝贺《大自然》杂志 20 岁生日

专家聚会畅谈生态环境保护

　　几乎和我国改革开放同步，在新时期经济建设的热潮中诞生的《大自然》杂志已走过 20 年的风雨历程。20 年来，《大自然》杂志在普及自然科学知识，探索大自然的奥秘，宣传保护自然生态环境、保护野生生物资源，提高全社会的环境保护意识以及启示人们正确处理人与自然关系等方面做了大量的有益工作，已成为广大科普工作者和青少年读者的良师益友。

　　为祝贺《大自然》杂志创刊 20 周年，同时也为进一步加强自然资源和生态环境保护宣传工作，10 月 25 日，宋庆龄基金会野生生物保护基金管理委员会、中国绿化基金会、中国野生动物保护协会、中国治沙暨沙业学会、中国科技自然博物馆协会、北京自然博物馆以及国际爱护动物基金会（IFAW）几家联合，在京举办了《大自然》杂志创刊 20 周年暨中国野生生物资源及其生态环境保护研讨会。京内部分专家学者、科普教育工作者、国际自然保护组织驻京机构的代表以及《大自然》杂志的作者与读者代表参加了研讨会，热烈畅谈了我国的野生生物资源和生态环境的保护问题。会议由宋庆龄基金会野生生物保护基金管理委员会会长董智勇先生主持。

　　中国科学院动物所王松研究员就濒危动植物保护与可持续利用问题作了中心发言。他指出，在我国野生动物保护最严重的问题是栖息地遭到破坏，使它们丧失了赖以生存的家园，同时由于长期捕杀、大量不合理的利用和频繁的违法贸易，使很多野生动物濒临灭绝。值得特别关注的是，很多野生动物被用作药材，如不注意加强对野生动物的保护就很难保证医药事业的可持续发展。跨国的非法贸易和全社会大量食用野生动物更要引起我们的密切关注，必须严厉打击猎杀破坏野生动物的违法行为，加大执法力度，同时又要从入"口"抓起，在宣传中倡导科学、文明的饮食文化，动员全民把好入"口"关。

中国科学院植物所钱迎倩研究员就生物多样性保护与公众教育问题作了专题发言。他说，生物多样性遭到严重破坏已成为一个包括中国在内的世界性的环境问题。而造成这一重大环境问题的主要原因是，人类对生物多样性保护及其持续利用至今处于无知的状态，因此必须首先做好公众教育工作，有效地提高全社会的保护意识。公众教育的对象首先是各级领导，其次是保护区的工作人员以及周边地区的群众，同时要向中、小学生进行宣传教育也是不容忽视的。

建设部城市水资源中心主任邵益生研究员告诫人们，要警惕新世纪可能加剧的水危机。他从水资源的供需矛盾、水环境的恶化趋势，以及水污染的危害程度三方面分析并预测了这一事实发生的可能性，并指出，面对新世纪可能加剧的水危机，必须坚持走可持续发展的道路，实施"节流优先、治污为本、多渠道开源"的水资源开发利用新战略，促进水源、供水、用水和排水系统的良性循环。

国际湿地中国办事处主任陈克林先生在发言中呼吁全社会都来关心并积极参与湿地生态系统的保护。他说，湿地作为"地球之肾"，它的消长和变化，与生态平衡、人类的生存和经济社会的可持续发展息息相关；目前我国湿地面积在急剧减少，资源破坏严重，应引起全社会的高度重视。

会上，段永候（国土资源部水利勘察院）研究员、赵一鸣（中国地质科学院）研究员、谢绍东（北京大学环境科学中心）博士、苏扬（北京师范大学环科所）博士等分别就"我国地质灾害的基本特征与发展趋势""矿产资源开发的环境保护""我国酸雨沉降及其影响与控制对策"以及"生态旅游与环境保护"等问题作了精彩的发言。董智勇先生就"实施退耕还林还草，加强我国西部地区生态环境保护和建设问题"以书面的形式发表了自己的见解。

会议代表一致认为，普及科学知识对于提高国民素质，加速我国社会主义现代化建设具有重要意义。代表们满腔热忱地希望《大自然》杂志进一步提高办刊质量，为促进我国的自然保护事业发展发挥更大的作用。

恪守绿色　服务科技　艰苦奋斗　风雨兼程

中国林业出版社走过了半个世纪的创业之路

坐落在北京德胜门内刘海胡同的中国林业出版社，如今已经走过了半个世纪的创业之路。

从林业出版社创建的第一天起，忠贞的创业者们就确立了"恪守绿色、服务科技"的出版理念；后来，在改革开放大潮的搏击中，新一代的林业出版人审时度势，又补充了"拓展市场、奉献精品"的内容，极大地丰富并完善了图书出版理念。

50年来，一代又一代的出版社员工，不辱使命，无私奉献。无论是创业初期的艰难困苦，还是在改革开放大潮中奋力拼搏，也无论是后来出版事业有了长足的发展，还是面对图书市场的激烈竞争，他们都始终恪守绿色，坚持服务科技的林业出版方向，日复一日年复一年地辛勤工作在自己的岗位上，给广大农村、林区和社会多层次的读者奉献了一批又一批林业版的精品图书，使之成为社会了解林业的窗口、林业沟通社会的桥梁，为林业的生态建设和产业发展，为林业科技教育事业的进步和全行业精神文明建设作出了巨大的贡献。

创业初期，从1953年到1960年，是出版社最困难的时期。那时候，办公设施简陋，工作条件艰苦，缺乏经验，人手不足。但创业者们凭借着对祖国绿色事业的忠诚和开拓进取、无私奉献的精神，出版了第一批林业版的图书。这一时期，重点出版了大量林业实用技术类图书和自编林业教材，并翻译出版了苏联林业院校的部分教材，有力地配合了国家第一个五年计划的实施，并为最初掀起的绿化祖国的热潮推波助澜，同时也较好地满足了林业科技教育事业发展的需求。这一时期，林业出版事业有了显著的发展。截至1960年，已形成了由65人组成的专业出版队伍，拥有了年出版91种图书的生产能力。

1961年到1978年，在外部环境的制约下，中国林业出版社被迫走进了备受挫折的时期。1960年，由于贯彻"调整、巩固、充实、提高"的方针，农口四家出版社合并为农业出版社，林业出版人员被削减，林业图书出版的品种和数量显著下降。"文革"期间，林业图书出版更遭受了灭顶之灾。

党的十一届三中全会以后，中国林业出版社沐浴着改革开放的春风，林业出版事业获得了新生，得到了迅速发展。

1980年3月，国家正式恢复了林业出版社，同时中央级的科学出版社、农业出版社、科学普及出版社以及一些地方出版社，也开始了林业图书的出版工作。为迅速提高林业图书的出版能力，1984年召开了全国林业出版工作会议，邀请了近百位资深专家担任中国林业出版社的特约编审和顾问；1985年，又相继组建了东北林业大学出版社。从此，林业出版事业形成了以中国林业出版社和东北林业大学出版社为主体，与其他中央级科技出版社和地方科技出版社共同发展的格局。而中国林业出版社始终是这支林业出版大军的旗手和先锋。1989年，国家设立了林业图书出版基金，每年拿出50万元资助林业图书出版，并逐步开展了国际合作出版交流活动。从此，全国林业图书出版能力迅速提高，林业优秀图书不断涌现，林业图书在林业建设中发挥的作用也越来越大。

辛勤的耕耘结出了累累硕果。50年来造就了一支爱岗敬业、勇于奉献、业务娴熟的出版队伍，累计出版林业图书7900多种，发行图书近1亿册。1996年以来，中国林业出版社先后有24种科技图书获得了全国优秀科技图书奖或省部级科技进步奖，有18种图书获得了首届梁希林业图书期刊奖。这一时期，中国林业出版社还实现了中国出版三大奖零的突破：《中国主要人工林树种木材性质》和《中国森林》（1—4卷）连续两届获得国家图书奖一等奖；出版社已连续八年被评为中央国家机关"文明单位"；黄华强、徐小英、温晋同志被评为全国优秀中青年编辑。1998 年，中国林业出版社被新闻出版署授予"全国良好出版社"称号，开始跻身先进出版社行列。

求实奉献　精品图书明珠璀璨

50 年来，中国林业出版社的员工们，始终坚持恪守绿色、服务科技的正确方向，辛勤耕耘、求实奉献，出版了大量优秀的科技图书。截至 2003 年 3 月，全社累计出版林业科技图书 7900 种，重印书 2100 种，共计出版图书 1 亿多册。图书的内容涵盖了林业建设与发展的各个领域，对我国林业建设与改革起到了积极的推动作用。

在政策法规类图书中，先后出版了《森林保护条例》《中华人民共和国森林法》《中华人民共和国森林法实施细则》《中华人民共和国野生动物保护法》及《中国林业法全书》《中国林业法律使用手册》等。与此同时，还出版了大量的有关林业行政和技术规程的书籍。如：《林业政策与法规》《林业法规与行政执法》《退耕还林条例》《天然林保护和退耕还林还草资金管理手册》等，有力地推动了林业政策法规的宣传与普及。

编辑出版林业科技类图书，是林业出版社工作的主体。

首先是出版林业科学技术专著。20 世纪 80 年代以前出版的《中国主要树种造林技术》代表了当时最高的学术水平。该书被誉为"中国林业科学技术的结晶"，并获得了"全国优秀科技图书奖"。林业科学技术专著的出版，从 80 年代起进入了一个飞速发展的阶段，一批代表着林业科研与技术应用水平、对行业与市场具有重大影响的精品图书相继出版。在林学方面，有郑万钧主编的《中国树木志》、吴中伦主编的《中国森林》(1~4 卷)、肖刚柔主编的《中国森林昆虫》、黄枢和沈国舫主编的《中国造林技术》、徐冠华主编的《三北防护林地区再生资源遥感理论与技术》、王斌瑞等主编的《黄土高原径流林业》、邵国凡等主编的《森林动态模拟——兼论红松林的优化经营》等，都有较高的学术价值，得到了出版行业的好评。在林业工程学方面，有梁希著的《林业制造化学》、成俊卿主编的《木材学》和《中国木材志》、王凯主编的《木材工业实用大全》、鲍甫成和江泽慧等主编的《中国主要人工林树种木材性质》以及贺近恪等主编的《林产化学工业全书》等。在园林园艺方面，有陈俊愉主编的《中国梅花品种图志》、沈隽和蒲富慎主编的《中国果树志》、陈植主编的《观赏树木学》、冯国楣主编的《中国珍稀野生花卉》、江泽慧主编的《中国名花专著系列丛书》，以及《中国牡丹品种图志》和《中国兰花全书》等。在野生动物与自然生态保护方面，有张荣祖主编的《哺乳动物分布》、印象初等著的《世界蝗虫及其近缘种类分布目录》、张词祖著的《中国的鸟》等。在水土保持和荒漠化治理方面，有朱俊凤主编的《三北防护林地区自然资源与农业区划》《中国荒漠化防治》等。在林业史研究方面，有陈嵘著的《中国林业史料》、干铎等著的《中国林业技术史料初步研究》、王长富著的《中国林业经济史》、熊大桐等编著的《中国近代林业史》以及原林业部组织撰写的《当代中国的林业》《中国林业在改革开放中前进》《中国林业五十年》（1949 —1999）《中国林业年鉴》和李范五著的《我对林业建设的回忆》等。在宏观战略研究和林业经济与管理科学方面，有原林业部主持编写的《中国 21 世纪．林业行动计划》、研究项目组主持编写的《国家可持续发展林业战略研究》、雍文涛主编的《林业分工论》、周生贤著的《中国林业的历史性转变》及其主编的《再造秀美山川的壮举——六大林业重点工程纪实》、江泽慧主编的《中国现代林业》、李育材主编的《面向 21 世纪的林业发展战略》以及《中国林业发展报告》等。50 年来，中国林业出版社还出版了一批工具类图书、画册、图谱，在林业生产、科研、教学实践中发挥了很好的作用。在国家新闻出版署组织的全国优秀科技图书评选中，先后有 12 种林业版科技图书荣获了一、二等奖，《中国林业年鉴》获中央级优秀年鉴一等奖。这充分反映了林业科技专著在科技出版事业中的地位和影响。

　　其次是出版林业科普读物。中国林业出版社在建社初期，适逢大规模的植树造林、绿化祖国的群众运动广泛开展，出版了大量的科普图书。这些图书本子薄，语言通俗，图文并茂，深受林区和广大农村读者的喜爱。改革开放以来，林业科普图书的出版得到了进一步的加强。1980 年以来，中国林业出版社共出版科普读物 1900 种，占同期出版总量的 33%。一批优秀的林业科普读物，如《怎样植树造林》《全国青少年绿化知识普及教育 300 问》等，约有 50 多种，分别获得了"全国优秀农村读物奖""全国星火计划丛书优秀图书奖""全国优秀林业科普作品奖"，或被评为"农村青年最喜爱的科普图书"。中国林业出版社和外文出版社合作以中、英、法、德、日等 12 种文字出版的少儿彩色画册《大熊猫来我家》受到国内外小读者的欢迎。1997 年以来，中国林业出版社以市场需求为导向，充分运用面向大科技的政策，拓展选题，生产了一批大众化的应用技术和生活休闲类知识普及性图书。这批图书以丛（套）书方式出版，形成了可观的规模效应，增强了绿色图书的市场竞争力，取得了较好的社会效益和经济效益。如"现代园林设计丛书""绿地空间丛书""草坪全景丛书""植物造景艺术丛书""大众花卉丛书""中国旅游名胜诗话丛书""自求地球的另类公民丛书""我的养花经验采撷丛书""年宵花卉丛书"等。

50 年来，中国林业出版社为借鉴国外的先进经验，翻译（或编译）出版了近 500 种国外图书，并逐渐启动了国际出版交流。上个世纪 50 年代，大量翻译出版外国（主要是苏联）的林业科技图书和教材，达 290 多种，占 50 年来翻译出版国外图书总量的 60%。80 年代以来，面向世界所有林业先进国家，共翻译出版国外林业图书 120 多种。1998 年以来，中国林业出版社先后组团参加了法兰克福图书博览会、东京国际书展、新加坡国际书展和香港书展，先后引进 17 种图书，加快了国际交流。

50 年来，中国林业出版社为适应人才培养的需要，出版了大量高、中等林业院校使用的教材。初期主要翻译出版前苏联林业院校的教材。从 1956 年开始，组织出版我国自编的教材。1977 年教材出版成为林业出版社的一项重要任务。到 1998 年，中国林业出版社共出版教材及教学参考书近 500 余种，其中包括"面向 21 世纪课程教材"28 种、"'十五'规划教材"40 余种。东北林业大学出版社成立后，通过两社共同努力，林业院校的专业教材已基本出齐。其中，《造林学》《水土保持学》《森林采伐学》等被推荐为国际交流教材，有 60 多种教材获得全国或省部级优秀教材奖。

一本本精品图书，犹如一颗颗璀璨的明珠，是一代代林业出版人献给祖国绿色事业的厚礼。

开拓进取　再铸林业出版辉煌

中国林业出版社是林业科技专业出版社，在林业生态建设和产业发展中一直担负着传播林业科技知识、积累学术文化成果、开展社会宣传教育的职责；在 50 年拼搏奋斗的实践中，积累了丰富的出版经验，锤炼出雄厚的业务实力。

新一代的林业出版人，已充实完善了他们独具特色的出版理念，确立了出版社的发展目标。他们的出版理念是："恪守绿色、服务科技、拓展市场、奉献精品"。这一理念突出强调了要坚持建社 50 年来在出版实践中形成的林业版图书的专业特色，在这个他人难以替代的领域里继续打好行业优势牌；同时，也突出地强调了要按照出版产业发展的思路，以强烈的竞争意识和风险意识，在与本专业贴近或在学科交叉、渗透，以及读者群兼有的领域内，拓展选题思路，寻求新的经济增长点，以争创"双效"图书服务于社会，增强出版社的实力、活力与市场竞争力。这一出版理念，充分显示了新一代林业出版人对绿色事业的忠诚和搏击市场大潮的勇气。他们的发展目标是：立足林业、面向社会，通过不太长的一段时间的努力把中国林业出版社建成具有品牌特色和市场优势的、具有中等发展规模的科技出版社。出版社的员工们相信：只要练好内功，真正具有了抗御风险的能力。他们这艘进退自如、转向灵活

"小而精、小而专、小而特"的江河小舟，同样能在市场经济的洪流中乘风破浪。

半个世纪的沧桑经历，使新一代的林业出版人深刻地体会到，出版事业发展的根本出路在于改革。中国林业出版社脱胎于计划经济体制，如果说，过去在行业垄断、政策保护下尚可发展，但在今天，面对全面开放的市场经济，再延续过去的老路往前走，不要说发展，连生存都要受到极大的威胁。他们决心大刀阔斧地进行改革，走内涵发展的道路。改革开放以来，特别是近些年来，出版社"立足本专业，面向大科技"已大面积地接触了市场，在转换经营机制、调整选题结构、提高管理水平、优化人员结构方面程度不同地做了许多有益的改革尝试。在改革中，出版社实行绩效挂钩，逐步形成了一套把选题、编辑、出版、发行统一起来的有效的运行机制；实行全员聘任上岗、竞争上岗，极大地调动了全社员工的积极性和创造性，有效地解放了生产力；优化图书结构、加强品牌建设，创品牌、树名牌蔚然成风，低水平出版的现象明显减少，"双效"图书不断涌现，经济效益明显提高；建立并不断完善各项规章制度，使经营管理、图书生产流程管理、物流管理、营销管理，得到了全面加强，与时俱进、开拓创新，不断积累着出版社的内在优势。

新一代林业出版人非常注重创立品牌，重视提高产品质量，殚精竭虑地致力于多出精品图书。他们把这看作是开拓事业、立于不败之地的关键。他们懂得，良好的品牌来自于出版团队的优良素质，更来自于对图书市场风云变幻的敏锐观察和对图书选题、市场运作的缜密研究。于是，近些年，选题策划在出版社被提升到前所未有的重要地位。在选题策划中，他们更注意原创性策划，即从选题调查入手，对选题内容的取舍、逻辑框架的构思、写作角度的选择、读者对象的定位，乃至选用纸张、书版包装、宣传销售等等，进行全方位、全过程的策划，以此保证产品的高质量和首创性。同时注重创新策划，坚决拒绝水平一般、效益低下、出版即绝版的选题。精心发掘并研究读者需求和潜在的可供开发的图书资源，努力做到"人无我有、人有我新、人新我快"，在力求创新的基础上，推出精品，强占市场。如此，由选题策划到出版规划，由出版规划到细致具体的年度计划，由策划、规划、计划的严格落实到一批批精品图书的出版，形成了良性循环，为出版社增添了无限的生机和活力。

市场竞争的核心是人才。50年来，中国林业出版社培养造就了一支爱岗敬业、业务娴熟、能打硬仗的出版队伍。这支队伍促使出版工作进入了林业建设的主战场，在宣传林业中心工作方面发挥了不可替代的巨大作用。他们有一种锲而不舍、艰苦奋斗、埋头苦干、团结协作精神，这是出版社的一种看不见的优势，更是一笔巨大的无形资产。近些年来，通过改革不仅人员的素质有了极大的提高，而且业务结构也更趋于合理，极大地增强了出版社在图书市场上的竞争力。出版社下一步的改革，将继续优化人员结构，加强岗位培训，进一步提高全员素质；同时也将招聘社会优秀人才，提高学历层次，并将继续调整分配政策，鼓励优秀人才脱颖而出。在开发人力资源的同时，还将引进现代化的技术装备，实现编辑工作和出版流程的现代化，建立数字化资源库和电子商务平台，提高信息化技术的应用水平。

创业艰辛百战多，事业自有后来人。新一代的林业出版人将沐浴着改革开放的春风，开拓进取，再铸林业出版的辉煌！

（这三篇文章组成纪念中国林业出版社建社50周年系列，刊登于2003年7月22日《中国绿色时报》A2版）

建设良好的企业文化是林业
走向振兴的必由之路

林业是国民经济的一个重要的组成部分，发达的林业是国家富足、民族繁荣、社会进步的标志之一。

人们常常带着对大森林的喜爱，把林业企业称之为"绿色企业，由

"绿色企业"又往往会联想到群山叠翠、环境优美的林区社会，以为那里一定是藏储丰实、企业富足的好地方。然而，我国的林业正面临着森林资源危机、林区社会和林业企业经济危困（即所谓"两危"）的局面。

建国以来，特别是改革开放以来，虽然平原绿化和"三北"防护林体系建设取得了举世瞩目的成就，但从总体上看，林业依然比较落后，发展起来十分艰难。我国的土地面积占世界土地面积的1/7，人口已占世界总人口的1/5以上，而森林面积却只有世界森林总面积的1/4，森林蓄积量不足世界森林总蓄积量的3%，人均占有森林面积只有0.11公顷，人均占有林木蓄积量只有8.4立方米，分别约占世界平均水平的18%和13%。目前，全国森林覆盖率只有12.98%。长期以来，由于人们对森林资源无休止地索取，严重的乱砍滥伐以及林业企业过量采伐，使森林资源减少的速度十分惊人。建国以来，一共进行了三次森林资源清查，每一次都发现森林资源有大幅度的下降，同时还发现森林的质量也在下降，总趋势是：森林越来越少，林木越来越小。第三次清查刚刚结束，结果表明，我国的成熟林资源已濒临枯竭，而近熟林接续资源又很不足；年森林资源的消耗量超过生长量9700万立方米。专家已提出警告：一旦主伐进入中龄林，那就会使林地面积和森林覆盖率急剧下降，将使整个森林走向崩溃！

森林资源危机带来的直接严重后果，除了加剧木材供需矛盾，使森林生态环境不断恶化以外，那就是造成了林业企业经济危困。现实的情况正是如此。四川、云南绝大部分国有森工企业已长期无林可采，44万多林业职工只得转产另谋生计；东北、内蒙古的一些国有森工企业也只能维持六七年的采伐生产，而绝大多数企业由于林木采伐量减少，企业收入减少，生产生活欠账越来越多，困难重重，举步维艰。

我国的林业亟待摆脱危机走向振兴，而振兴之路，除了国家重视，从根本上调整对发展林业的大政方针而外，就在于建设良好的企业文化。

实践使我们认识到，在发展林业生产力的过程中，在重视"树"（物）与重视人的抉择上，必须回到马克思主义的观点上来，必须看到，人是生产力中最活跃最具决定性的因素，只有人才是"绿色企业"的主体。只有当人摆脱了愚昧，走向文明，懂得了与大自然和谐相处的重要性，才能自觉地去绿化荒山、植树造林，禁动刀斧，并保护绿色生命；只有当人具有了自强自立的企业精神，才能不畏艰难，艰苦创业，兴林致富，搞多种经营，兴百业致富，以短养长，谋求长远的发展，使绿色企业摆脱危困走向振兴；也只有人具有了良好的职业道德和行为规范，才能使企业更好地服务社会，从而使企业的美好形象得以树立和弘扬。可见，林业企业的经营与管理必须从过去只重视"树"转向重视人，重视人的意识与观念。让这一转变付诸实践，就要培养与创造良好的企业文化，在良好的文化氛围中塑造企业和广大职工的价值观、道德规范、行为准则，提高其业务素质和文化素养，从而形成强大的凝聚力，以推动"绿色企业"的发展和人的成长。

我国林业在 40 年的建设与发展中，已在东北、内蒙古、西南、西北建成了相当规模的 131 个森工企业，在全国所有主要的山区、林区建立了 4000 多个国有林场。党的十一届三中全会以来，特别是近几年来，由于林业政策趋于稳定、林业改革的不断深化和林业商品经济的不断发展，乡村林场已经发展到 11 万多个。这些原本是集体所有制的乡村林场，也都实行了所有制改革，打破了"大锅饭"，搞起了经营承包，或者投山入股，或折股经营，成为独立核算、自负盈亏的经济实体。"绿色企业"几乎占据了我国林业生产与流通的全部领域。因此这些"绿色企业"创办得好坏决定着我国林业的前途和命运。如果我们能在形形色色、大大小小的"绿色企业"中扎扎实实地培育、建设起良好的企业文化，林业的两危局面就会改变，走向振兴是指日可待的。

林业企业的振兴，也期待着良好的企业文化的建立。因为林业企业比其他行业的企业更存在着一种文化的饥渴状态，这也正是形成"两危"的一个十分重要的原因。我国林业企业，大多地处边远，分布在革命老区、少数民族聚居区、边疆地区和贫困山区。这些地区交通不便利，信息难以沟通，不仅经济贫困，而且科学文化相当落后，个别地区甚至还在实行"刀耕火种"，采用"结绳记事"。林业企业的职工业务素质差，文化水平低，文化娱乐活动贫乏，除沿海开放地区外，内陆不少地区长期处于封闭或半封闭的自然经济状态。从文化基础看，这些企业的林业文化更多地与农业文明相联系，属区域性文化类型；由于林业生产本身又带有半工业的性质，而在沿海或内地一些开放地区尚可与现代工业文明相沟通。林区文化的饥渴状态与文化基础的不平衡性决定了林业企业文化建设的紧迫性与艰巨性。尤其是在改革开放的大潮中，一批批乡村"绿色企业"的兴起，对林区社会的物质文明和精神文明建设提出了更加迫切的要求。这些乡村"绿色企业"的场员都是由农民转化而来的，他们是带有强烈的乡村泥土气息、浓厚的小农意识和急于致富的短见走到企业中来的。再加上企业资金短缺，经营方式粗放，管理不成体系，人员素质低，精神文化落后，给企业文化建设带来了极大的难度；但是，从另一个角度来讲，也展现了创建独具特色的"绿色企业文化"的广阔天地。面对现实，只要我们对这一大批"绿色企业"能从现代企业文明的启蒙开始，坚持不懈地自觉培育和建设企业文化，重视人的素质的提高，改善企业的生产生活环境，完善企业的规章制度，逐步形成良好的企业精神和企业的奋斗目标，必将极大地提高"绿色企业"的经营水平，使企业摆脱"两危"，走向振兴。

吉林省白河林业局在企业文化建设上起步较早，已由自发走向自觉，目前已经进入成熟阶段，是森工企业建设企业文化的一面旗帜。这家企业的历届领导者，都以自身的文化美和远见卓识、运筹帷幄的气度，在企业职工中发挥着熏陶与感染的效应。多年来，他们始终以建设企业文化为核心，引导白河人自觉地塑造自己的企业形象，不断完善企业管理，重视职工的业务与科技培训和职业道德教育，采取多种形式来丰富职工的业余文化生活，在两个文明建设中取得了优异的成绩。近几年，白河林业局连续被评为省级文明单位、六好企业、优秀企业，先后有29项专业工作受到州以上单位的表彰。在全国森林资源危机，大多数林业企业经济危困的情况下，白河林业局呈现着一派发达繁荣的景象。白河人把他们创建的企业文化称之为"常青企业文化"。我们可以预见，"常青企业文化"的方向就是未来绿色企业文化发展的方向。

愿"绿色企业文化"在中华大地上崛起，愿中国林业在企业文化建设中摆脱困境，走向振兴。

（刊登于 1989～1990 年出版的《当代企业文化探索与实践·探索篇》）

研究森林文化　推动林业发展

——对中国森林文化研究的思考

对中国森林文化进行较大规模有组织的研究，顺应着改革开放的时代潮流，今天开始起步了。然而从实践到理论，从历史到现实，从物质世界到精神领域，从价值取向到研究方法……一系列疑难问题摆在我们面前，犹如道道雄关。这些难题，既为我们——森林文化研究工作者展示了极其广阔的用武之地，同时也向我们提出了严峻的挑战！

但是，我们毕竟有了这样一个良好的开端，而且在我们这支由学术界同仁组成的暂时还是松散的研究队伍中，有来自高等院校的专家学者，有与森林打了数十年交道的企业家，其中有一大批富有开拓精神的年轻人，应该相信，我们能够战胜困难，成就这一开拓性的事业。

下面，想就几个有关问题谈一点粗浅的意见。

一、进一步提高对森林文化研究工作重大意义的认识，进一步培养对森林文化的温情与敬意

我们今天之所以能走到一起来，从事森林文化研讨，从根本上讲，是因为我们有一个共同的志向和一种相同的情感，那就是我们深深地挚爱祖国的山河和人民，尤其是绿色的大森林和生活与工作在林区的父老兄弟和姐妹；我们面对森林文化深厚的内涵，面对源远流长的林业文明，从中感受到一种生生不息的活力，自然地产生了一种朴素的志向：挖掘其中的精神资源，并把它献给今天的林业建设；如果我们能够研究

出成果，也想用这成果告慰祖先、启示后人。这种志向包含着一种不计功利的义务感和献身森林文化研究事业的热情。正因为如此，牡丹江与合江林区的干部和群众才给予了如此巨大的支持，东北林业大学的同志们才付出了如此艰辛的努力；也正因为如此，我们邀请来的其他单位的专家学者与新闻界的朋友们才积极地参与，对森林文化研究给予了如此热情的关注。归根到底，全在于我们认识到了森林文化研究的价值和意义，对森林文化产生了比较深厚的温情和敬意。

但是，我们必须看到，研究中国森林文化是一项前无古人的大事业，要想成就这一事业，光有今天的付出和努力是远远不够的，这只是万里长征迈出了第一步。从某种意义上说，我们正在做着筚路蓝缕的开拓，需要我们付出比今天的奉献还要大千百万倍的努力，要有几代人顽强不懈地努力工作。因此，我们要有一种团结协作、持之以恒的精神，一种"韧"的战斗精神。从这个角度看，的确还需要进一步提高对森林文化研究重大意义的认识，进一步培养和加深对森林文化的温情和敬意。我们要把它作为一件很有意义的工作担当起来，要对它有一种发自内心的挚爱和依恋，精诚团结，密切合作，不松劲儿，不散伙儿，永远保持这种不计功利的义务感和执著的献身热情。只有这样，我们的研究才能在艰难的困境中坚持下去，才能取得丰硕的成果。

二、抓住关键，选好突破口，有重点地开展研究，稳扎稳打，步步推进，注重实效

这次会上交流的论文，是我们取得的第一批重大的研究成果。这一次的研讨交流，对推动中国森林文化研究工作的深入开展是大有益处的，同时也起到了展示成果、增强信心的作用。

今后的工作怎么开展呢？我认为，权衡利弊，首先必须抓住关键，突出重点，率先搞出一批能开理论先河、具有带动作用的文章，打开理论研讨的局面；同时要选好突破口，尽快在全国形成一个森林文化研究热潮，带动整个林业文化界投入研究。

当前的关键问题是什么？研究工作刚刚起步，关键问题是要搞清森

林文化的实质和内涵。我的粗浅理解是，森林文化是中国传统文化的一个重要分支，或有机的组成部分。广义地说，森林文化是人在对森林这一陆地生态主体的依赖、培育、利用的历史过程中所创造的物质和精神成果的总和，即森林物质文化、森林精神文化以及制度与方式文化的复合体。它同一切类型的文化一样，既有继承性、民族性、区域性的特征，又有系统性、层次性、开放性的特征。随着林业文明的发展，由于林区社会的产生，出现了林业社区文化；随着森林工业的产生和发展，逐渐生成了林业企业文化。林业社区文化与林业企业文化，都是森林文化进一步发展的结果，也都是森林文化的有机组成部分。因此，只有把森林文化、林业社区文化和林业企业文化三者统一起来，有系统有层次地加以认识，才能真正体现森林文化内涵。但是，究竟如何，需要深入探讨研究，尤其需要专家学者们率先在这一关键问题上进行有带动作用的理论研究，因为它不仅是深入探讨有关我国森林文化和各种问题的前提，而且是全部理论研究的基础。

其次是选好一个突破口带动面上的研究。这个突破口可以选择林业企业文化研究。这是因为，"企业文化热"已在全国兴起，顺应形势就会形成顺水行船畅通无阻的效果，也可以取得林业企业的参与和支持，容易带动更多的人投入研究，因而也就更容易获得大面积的丰收，使研究工作更直接地服务于林业建设。

如果上述的意见可行，那么我们就可以确定当前的研究重点：一是中国森林文化的实质和内涵，二是林业企业文化，我们可以集中力量在这两条线上作战。这样做，即有重点地开展研究，可以稳扎稳打，步步推进，这要比全面开花，四面出击式的开展研究效果好得多

三、森林文化重在建设，因此研究工作要面向林业经济建设实际

我们研究森林文化的最终目的是弘扬中华民族优秀的文化传统，更好地服务于林业经济建设，绝不是单纯地为研究而研究。像对待传统文化一样，对森林文化也要运用唯物辩证法的观点来加以研究，既不能采取虚无主义的态度，也不能认为一切都美不胜收，要坚持正确的价值取

向。好的、正确的就加以肯定，就坚持继承，不好的、消极的就加以扬弃；与此同时，还应扩展眼界，批判地吸收外民族的林业文化，特别是先进国家林业企业文化建设的经验，从而推动我们的林业企业文化健康发展，乃至整个森林文化的健康发展。这里涉及一个坚持正确的研究方向的问题，即让森林文化的研究积极地服务于林业的经济建设。

在具体的做法上，可以分为以下三个层次：

一是低层次，起码要做到在研究中分清良莠，明辨是非。如"走出大森林"是人类走向文明的进步，然而随之而来的"破坏森林"又是人类回归蛮荒的倒退行为；如林区的饮酒，有粗犷豪放的美誉，然而有时发展过分了又会显露出粗俗和愚昧；在劝酒中对客人，虽然心地坦荡、赤诚相待，但有时又显得热情有余而礼貌不足，如此等等。我们要在中肯切实的分析中激浊扬清，辨良莠明是非，引导人们择善而从，推动林业文明向高水平发展。

二是中层次，在研究中解剖典型，引导借鉴。这就要走出居室，投入火热的实际生活，在深入体验的基础上进行研究，通过研究，推广文化建设的典型经验，发挥榜样的示范作用，带动林业全行业的文化建设。

三是高层次，在林业企业文化建设上，可以像承包研究课题一样，承包研究设计规划，把研究同企业的文化建设结合起来，让学者同企业家结合起来，有效地帮助企业加强科学管理，改善企业的文化建设面貌。

总之，我们应该坚持森林文化重在建设的观点，使我们的研究服务于林业的经济建设，并从中真正获得活力。而研究工作只有充满活力，才能不断向前发展。

四、为保证中国森林文化研究工作的持续发展，要不断加强理论研究队伍的建设

这次森林文化研讨会的举办，不仅使较大规模的研究工作有了良好的开端，更重要的是，初步形成了一支专兼结合的理论研究队伍，为推

动研究工作的进展打下了良好的基础。但是，这很不够。一方面是人数太少，需要扩大；另一方面组合是松散的，不易巩固。

理论研究队伍要巩固扩大，就要有一个相对稳定的组织机构，制定研究方针，部署研究工作，开辟理论阵地，组织研究活动，筹措必要的活动经费，开展社会宣传，协调方方面面的关系。有个组织机构，把这些必须要做的工作担当起来，形成有一定凝聚力的核心，才有希望实现理论研究队伍的巩固和扩大。建议先成立一个过渡性的筹备机构，经过一段时间的努力，争取成立中国森林文化研究学会。

我们满怀对大森林的深情依恋和开辟新事业的理想，已经迈开脚步，踏上征途，我们同样也能凭借这种挚爱与追求去战胜困难，赢得胜利。

让我们张开双臂去热情地拥抱森林文化建设的春天吧！

（刊于黑龙江人民出版社 1994 年出版的《中国森林文化论文集》，本文被用作该书的"代序"）

百年树人

培养高质量人才 从事高水平科研

国家教委批准林业高等院校建设重点学科点

本报讯　受国家教委委托，林业部组织专家对林业高等院校重点学科点进行了评选。经评选确定的名单，最近已通过国家教委审核并正式批准。这些重点学科是：北京林业大学的造林学、森林经理学、水土保持学，东北林业大学的森林植物学，南京林业大学的木材加工、林产化学加工、森林生态学。

重点学科点将承担教学、科研双重任务。建立重点学科点要达到的目标是：逐步做到能够自主地、持续地培养与国际水平大体相当的博士、硕士、学士；能够接受国内外学术骨干人员进修深造，进行较高水平的科学研究；能够解决社会主义现代化建设中重要的科学技术问题、理论问题和实际问题；能为国家重大决策提供科学根据，为开拓新的学术领域、促进学科发展做出较大贡献。

国家教委要求各高校认真制定出各重点学科点建设规划，根据需要与自身具备的优势，确定主要研究方向，提出在人才培养、科学研究、队伍建设、实验室建设等方面的规划设想，争取用 5 年左右的时间，把重点学科点建成国内一流水平、在国际上有一定影响的学科点。

我国林业成人教育"八五"期间发展迅速

本报讯　记者在 10 月 25 日召开的全国林业成人教育学会团体会员工作经验、学术交流研讨会上获悉，新时期以来不断兴起的我国林业成人教育"八五"期间发展迅速，取得了明显的成绩。

据悉，这一时期林业成教培训网络已基本形成，培训重点更加明确，多层次、多形式的培训工作已全面展开。据统计，"八五"前三年全系统共培训林业从业人员 790 万人次，比整个"七五"期间增加了 322 万人次，全员培训率提高 7.15 个百分点。这一时期部属院校的培训基地建设明显加强，共举办较高层次的专业技术培训班 347 期，培训人员达 1.4 万人次。同时成立了"林业部工人培训考核中心"，已对一些工种的技术工人进行了业务技术培训考核，不仅有效地促进了工人队伍素质的提高，也为今后开展这一工作积累了经验。

这一时期，林业行业各类干部的岗位培训也有了较大进展。林业部组织系统内 100 多个单位的近 700 位各类专家编写完成了《林业行业干部岗位规范》，不仅有了系统的分类目录，而且使 486 个干部岗位有了管理规范，为实现干部管理和培训工作的科学化、制度化、规范化奠定了基础。同时制定了 100 个干部岗位的指导性教学计划，正在请专家审定之中。

自 1987 年中央农广校开办林业专业以来，林业广播电视教育事业有了较快发展。目前，全国已有 26 个省（自治区）开办了林业广播电视教育，各级林广校（班）注册学员已达 9 万余人，已毕业学员 2 万余人。与此同时，全系统成人教育院校和普通高等院校的成教部门也积极增设了社会需要的专业，培养林业建设急需的人才。1995 年，仅部属高校成人招生就达 2400 人，在校生已达 6851 人，共设置了 50 个专业，分别比 1991 年增加了 108.6%、78.7% 和 212.5%。

1992 年 8 月，中国林业成人教育学会正式成立，把全国成人教育研究推向新阶段。目前，这个学会已有团体会员 125 个，相继建立了林农教育、职工教育、学历教育等三个专业委员会，并开展了一系列理论研究活动，通过宣传示范，有效地推动了林业成人教育事业的健康发展。

改革教育体制 调整院校布局

林区普通教育仍然步履艰难

"百年大计，教育为本"。普通教育是整个教育事业的基础，更该是本中之本。然而，我国林区的普通教育至今步履艰难、困境难以摆脱。

由于企业办学存在的严重问题有一定的共性，前不久，包括林业部在内十几个部委主管教育的负责同志，举行了一个联席汇报会，邀请国家教委领导同志对话、呼吁全社会都要关心、重视企事业兴办的普通教育。会后，记者对林业普通教育状况作了一些调查，感到问题严重，应引起国家教委、社会各界，尤其是林业系统内部各级领导的关注。

—— 林业企业经济危困导致教育经费不足，林区办学条件欠账较多的局面短期内很难得到改变。近年来，林区教育经费虽逐年有所增加，但远远满足不了教育事业发展的需要。所谓办学条件改善，也仅仅是消除了危房，有些学校迁出了马棚，学生上课有了教室和课桌凳，而图书、实验、电教设备仍然少得可怜。林业部教育司的同志满怀忧虑地告诉记者："多年来造成林区生产、生活设施(包括中小学校舍建设)欠账达 79 亿元。在林业企业发生资源危机、经济危困的情况下，企业中小学教育经费能保证不再下降就很不容易了，如让企业继续增加教育投资是很困难的。"

—— 林区中小学现有教师数量不足，水平偏低，队伍不稳定。全国林区现有 6 万名中小学教师，其中 9 千名是代课教师，在 5.1 万名中小学专职教师中，有 3.09 万名教师达不到国家规定的学历标准，师资培训任务十分繁重。每年国家分配给林区学校的大专毕业生数量极少，如有 120 万人口的伊春林区每年分到的大专毕业生只有十几人，远远满足不了需要。因为林区生活条件差，近几年教师外流严重，仅黑龙江省林区高中教师近几年外流 200 多人，严重影响了教学质量的提高。

——大部分林区企业地处偏远山区，交通不便，办学布点分散。南方有的企业因经济危困，无力自办中小学，已办的也很难继续维持；学生进地方学校上学、索价太高，企业和职工家庭都担负不起，职工子女上学难。

——企业办学长期得不到重视，林业普通教育实际处于三不管状态。国家把发展普通教育的责任交给了地方，地方对企业办学漠然置之，就企业自身来讲，大木头挂帅、视教育为职工福利的倾向刚刚开始扭转，林业普通教育存在的一些政策性问题需要引起重视，认真加以解决。

当然，30 多年来，随着林区的开发建设和人口不断增加，林业普通教育从开拓者们创办的第一所帐篷小学起步，经过教育工作者艰苦奋斗，已有了较大的发展，但从总体上看，仍然比较落后，而且个别林区出现了办学危机。

林业普通教育存在的上述严重问题，从眼前看，直接影响着职工队伍的情绪，一些科技人员外流的重要原因是子女的出路问题得不到解决。他们抱怨说，为林业建设，我们已经奉献了青春，也可以奉献终生，但不能再让我们奉献子孙了。人心思迁是个林区社会问题，教育落后是其重要的因素。从长远看，今天的学生是明天的企业职工，当前林区中小学教育落后直接影响到未来企业职工队伍的素质，使林业缺少长足发展的后劲。忽视林业普通教育给林业建设带来的危害是显而易见的。

林业普通教育长期就不了位，上不了岗，最根本的原因还在于人们从思想上轻视教育。尽管中央一再强调教育在现代化建设中的极端重要性，但不少企业的领导者还是只图近利而不顾长远，把发展教育看作是软任务；尽管国家已立法，两条腿走路的办学形式一定时期内不会改变，但在实际指导思想上又把发展基础教育的责任交给地方，造成地方不介入、企业又不真管的状态，致使企业办学这条腿长期以来发育不良，走起路来自然步履艰难。看来，在实际行动中，真正落实中央关于把教育放到发展国民经济战略地位上来的指示，是一个需要进行艰苦努力的过程。

林业系统兴办中小学是符合我国社会主义初级阶段的国情和林情的，是社会主义普教事业的重要组成部分。办好林区中小学，一利国家，是企业为提高全民族素质应尽的社会责任；二利企业，是提高企业未来劳动者素质的一项根本措施；三有利于稳定职工队伍，解除职工的后顾之忧。因此，国家应对林业企业办学给予政策上的扶持，社会各界应积极支持林区中小学教育，林业系统的各级领导者要在加强森林资源管理的同时，认真加强对林业普通教育工作的领导。

森林资源是林业的基础，教育也同样是林业发展的基础。对前一个基础我们已经开始有了清醒的认识，对后一个基础的认识也应该提到日程上来。只有这样，林业普通教育才有希望从困境中解脱出来。

林业教育要为林业生产建设服务

——访林业部教育司司长张观礼

记者：教育社会性很强，群众十分关心。目前，正在积极筹备，准备召开全国林业科技教育会议，我们想请您谈谈深化林业教育改革的问题。

张观礼：林业教育要为林业生产建设服务，这既是我们教育工作的方针，又是当前深化林业教育改革的指导思想。林业教育工作中存在的种种与林业生产建设不相适应的问题，只有通过深化改革才能得到解决，而深化教育改革也只有在这一思想指导下才能不迷失方向。其中关键的问题是理顺教育管理体制，增强办学活力、提高教育质量。不把体制理顺，其它问题很难解决。

记者：在《中共中央关于教育体制改革的决定》中明确提出："把发展基础教育的责任交给地方"，但现实的情况是，林区中小学"三不管"

的状况依然存在，您对这个问题怎么看？

张观礼：我们林区现有近 80 万中小学生，在数量上仅次于农垦，这一块不能丢。坚持办好林区中小学，是提高林业后备军素质，稳定林业职工队伍的重要措施。这是件大事，从上到下必须给予高度重视。我们的方针是尽力和地方共同办好林区中小学，而不是推出去。

记者：目前林业基础教育存在的主要问题是什么？准备采取什么对策？

张观礼：有老问题，也有新问题。老问题最主要的是师资问题：数量不足，水平偏低。解决的办法，可以是多渠道地扩大师资来源，加强在职教师培训，但更重要的是加强林业高校师范部与林业师范学校的建设，增强自身的培养能力。新产生的问题是，林区学生中学毕业后就业困难。这要通过教育改革来解决，要办好职业高中，把职业技术教育课引入初中教学中去，教给学生在林区就业的必备的本领，培养他们从事林业生产的基础能力。

记者：从社会主义初级阶段林业发展水平的实际出发，似乎应该大力加强中初级人才的培养，林区普遍反映特别需要中专毕业生。对此，林业部在宏观指导上有什么打算？

张观礼：面向林业建设实际，加速中初级人才的培养，大力发展职业技术教育，正是林业教育的战略重点。当前，要满足林业建设对中初级人才的需求，光靠现有林业中专来培养是不够的，在中央农业广播电视学校开设林业专业是缓解供需矛盾的好办法。广播电视覆盖面大，学习也不用脱离工作岗位，很受林区职工欢迎；现在农广校林业专业，在全国招收了 4 万学员，即使毕业一半也有 2 万人，这比全国现有的 43 所林业中专 3 年培养人才的总和还要多，而且质量并不差。我们在争取中专也能像大学一样搞成人自学考试，如能实现就更能加速中级人才的培养了。目前，就林业中专来讲，要想加速发展，亟待解决的问题有两个：师资缺乏，实习实验条件太差。应该采取有效措施为林校输送合格教师，大力改善林校办学条件。

记者：近几年林业普通高等院校发展规模相当快，这是个好现象吗？

张观礼：不尽然。普通高校规模发展过快，已和我国林业生产建设的实际需要脱节，这种状况必须扭转。当前林业高等教育的改革重点不是发展办学规模，而是调整层次和专业结构，努力提高教育质量。要控制本科生的招生数量，增加二年制专科生的招生数量，本专科都要在提高教学质量上狠下功夫；要压缩长线专业的招生数量，增加短线专业的办学点，扩大招生。新兴专业布点不一定多，关键是保证专业的先进水平。要积极支持高等林业院校办好重点专业和重点学科。

记者：有关高校招生与分配制度改革，已成社会的热门话题，林业主管部门有什么新的思考？

张观礼：改革高校招生制度与毕业生分配制度难度虽大，但势在必行。主要目的是增强高校的竞争意识、竞争能力和学生的求学积极性。面向经济建设实际，按需招生；在分配中实行双向选择。我们林业有自己的特点：我们的学生毕业后几乎都要到林区山区去工作，条件比较艰苦。因此，一方面，学校必须加强思想政治工作，教育学生树立为林业服务的思想，培养他们的献身精神；另一方面，要扩大定向招生的范围，逐步做到定向招生、按需培养。林业院校的学生，只要立志献身林业，努力学习，在校享受助学金，毕业后有单位接收，我想是不成问题的。林业高校和其它普通高校应该有所区别。

记者：林业成人教育是新时期林业教育全面发展的显著标志之一。当前深化林业成人教育改革的重点是什么？还存在什么问题？

张观礼：林业成人教育近 10 年来从无到有、从小到大的确发展很快。它包括两个内容：一是学历教育，招收在职的符合条件的职工，毕业时发给大专文凭；一是进行岗位培训，这是改革的重点。目前正在组织制订各工种的岗位规范，依据岗位规范进行培训，达到要求的可以发给岗位合格证书。成人教育主要依靠地方，要搞好培训分工，增加地方和企业领导的办学责任。要充分发挥普通高等林业院校的多功能办学作用。现在的问题是，谁家搞谁家要铺新摊子，这样势必造成人财物诸方面的浪费，也不利于培训质量的提高。

记者：在结束这次谈话之前，我们还想了解一下全国林业科教会议的筹备情况。

张观礼：继去年年底全国林业厅局长会议之后，决定今年内召开全国林业科技教育工作会议，这体现了部领导对科教工作的关怀和重视。这次会议，就林业教育来讲，打算集中解决两个问题：一是深化教育改革，要讨论林业教育改革方案，以保证改革的健康发展；二是制定2000年林业教育发展规划。部里正在抓紧筹备。这需要沟通方方面面，使方案和规划都能建立在切实可行的基础上，使林业教育更好地为林业生产建设服务。

北京林干院改革办学进行新尝试

组建智囊团提供咨询

本报讯　教育如何直接有效地为经济建设服务，这是近年来一直困扰着教育界的一大难题。现在，北京林业管理干部学院改革办学，在解决这一难题上进行新尝试：聘请专家组建高级智囊团，成立顾问咨询委员会。

北京林业管理干部学院于1983年成立，直属林业部，是我国林业成人教育系统中的最高学府。5年来，这个学院坚持边建校、边办学，利用现有办学条件，先后为林业企事业单位和地方有关部门培训了上千名林业管理干部。然而，由于过去的教学回馈系统不够完善，对基层企事业单位的人才需求了解得不够全面，致使部分专业与课程设置不尽合理，培养出的人才不能完全适应当前林业改革形势的需要。针对这种情况，学院领导认真研究了林业改革的新形势及林业成人教育的新特点，决定成立顾问咨询委员会。顾问咨询委员会由林业部有关司局的司局长、林业重点省的林业厅厅长和重点林业企业的高级经济管理人员共30人组成，代表面广，水平高。顾问咨询委员会的任务是，及时向学院介绍林业改革与发展的新情况、新问题、新趋势、新需求。沟通学院与林业企事业单位的联系，及时反映基层对管理干部培训的要求，为改革办学献计献策，促使学院由单一教学型向教学、科研、咨询服务型转化，更好地为林业经济建设服务。

6月15、16日，北京林业管理干部学院顾问咨询委员会成立，并对学院的教学提供了第一次咨询。会上，原林业部副部长、林干院院长刘琨同志当选为主任委员，赵川雨、刘金恺、李世学、李正柯等4名同志当选为副主任委员。

九尺之台　起于垒土

面对 21 世纪，一切都要更强更高

"林业高等院校在办学中如何适应社会主义市场经济发展的需要?"

十几年前，在商品经济大潮的冲击下提出的这一严峻课题，经历了多方探索之后，今天似乎已经有了比较明确的结论。

北京林业大学经济管理学院正是在探索这一严峻课题中应运而生的。

如果溯本求源，依稀可以看到：1959 年只在北京林学院林学系中有一个林业经济专业。是社会主义市场经济的勃兴给经管院的产生和发展带来了宝贵的机遇：1982 年，顺应市场经济的兴起，北林大在探索中扩展林业经济专业，独立设系；1983 年，在林经系中创办了财会专业；1987 年，经济管理学院宣告成立；1989 年创办计统专业，设经济信息系；1993 年，扩建贸经专业，设贸易经济系；至此，经管院已经形成了拥有 4 个系、包含 8 个专业或专业方向有一定规模的办学体系，成为北林大培养高级经济管理人才很有生气的办学基地。

近年来，北林大招生，经管院几乎是报考者心目中的首选目标，毕业生分配年年都供不应求。前几年，一次广东省审计署公开招聘干部，考试后发榜：前 10 名中有 7 名是北林大经管院的学生，而且前 3 名全是经管院的学生。去年，中国贸易促进会招聘干部，约有 200 人应试，第 2 名、第 4 名又是该校经管院的学生！今年，中国银行在数百名财经院校毕业的应试者中择优录取干部，被选录的也有北林大经管院的学生。

"面对 21 世纪，经管院的一切都要更强、更高。"院长任恒祺教授对记者说："这是我们办学的出发点——我们设置的学科类型，立足林业，面向社会，对市场经济发展的需求要有很强的适应性，而且要培养出高质量、高规格的人才。这也是我们精心探索的最终归宿。"

面对 21 世纪，经管人殚心竭力，在短短 6 年内创造了良好的办学条件。学院建成了会计模拟室、林业商品陈列室、综合案例室、计算机实验室和林业经济与管理信息数据室，购置了 58 台微型计算机、3 万册书籍、近 400 种现刊，拥有大量内部专业数据和音像教具。除学校竭尽全力投入外，他们自己也全力以赴筹集资金，为完善办学条件，投入了 40 多万元。

此外，学院还创办了林业经济、森林生态经济和财会三个研究所，把青年教师推上了学术研究的前台。1986 年以来，全院共完成 97 项科研课题，其中有 35 项成果获得省部级以上的奖励；编撰出版各种专著160 多部，发表各种文章 500 多篇，使一大批新型人才脱颖而出，为办学带来了生机与活力。

经管人始终追踪着改革先行者的足迹，坚持走内涵发展的道路。在教改中，积极推行学分制，扩大选、辅修课，不断更新专业课内容，组织教师及时修订教材，研究改进教法。在管理上，建立了目标管理责任制，引入了约束机制和激励机制，奖勤罚懒，奖优罚劣，坚持实行按劳取酬的原则，激发了教师努力工作的积极性。一个教师最少要讲两门课，全院 75 名教职工担负起 850 名学生(占全校学生总数的 1/3)的教学与管理的重任，而且教得好，管得也好。他们把党支部建在系里，为开展政治思想工作提供了可靠的保证。院系团组织带领学生开展了丰富多彩的课余活动：大学生林业经济研究会成了同学们交流学术思想的园地，优秀论文可以在自办的学术刊物《林业经济论坛》上发表；经管学院大学生"绿苑"艺术团和体工队广泛团结了学生中的文艺和体育爱好者，为校园文化生活增添了欢乐。由于成绩卓著，他们被北京市团市委评为1994年度红旗团总支。

烛光灿灿

——访黑河地区林业干部学校

人们常把教师比喻为蜡烛，说他们照亮了别人，燃烧着自己。

位于北国边陲黑龙江畔的黑河地区林业干部学校，只有13名专职教师，10年间竟然培训了4608名学员，其中90%已成为黑河地区林业建设的骨干，专业对口率达90.5%，有80.3%的毕业生在工作岗位上晋升了职称；1991年学校荣获了全省成人职业中专教学优秀奖。

10年间，国家对这所学校的投资不足百万元，而他们始终坚持勤俭办学，使学校拥有了两座上千平方米的教学楼，教学设备应有尽有，图书馆有上万册藏书，实验室的标本都是师生们自己动手制作的。他们先后创出了岗前培训、岗位培训、函授教育、脱产与不脱产的学历教育等5种办学形式，在大、中专两个层次上为黑河地区培养林业建设人才。

省、地领导评价说：没有对教育事业的忠诚，没有开拓进取、艰苦奋斗的精神，没有一股子拼劲、闯劲，把学校办成这样是难以想象的。

9月7日上午正值第八个教师节前夕，记者满怀敬意慕名采访了这所学校。

学校到处洋溢着新学年到来的喜悦，楼内楼外干干净净，欢迎新学员入学的大字标语赫然醒目。老师们都在忙于备课。新入学的二年制脱产财会专业班正在上课。学员们神情专注地听一位年轻的女教师讲哲学。胡校长告诉记者，这位姑娘是朝鲜族人，刚从哈尔滨师范大学毕业，志愿来黑龙江建功立业，是棵好苗苗。

走出基础课教研室，记者采访了一位姓钱的男老师。他不苟言笑，五十岁上下，两鬓已有根根白发，那山里人的衣裤，那草绿色的胶鞋，一派老林业的模样。听说话，才知道他是江苏人。他是南京林校毕业支边到黑河来的，先在林场当技术员，干校成立后调来当讲师，已在黑河奋斗了 29 度春秋。钱老师的爱人患了重病，正在病榻上同死神抗争，他很困难，但仍坚持给学员们上课。

陪同我们的女校长，名叫胡淳奕，50 来岁，从里到外透着纯朴。她当过山村小学教师，管理过幼儿教育，当过中学校长、县教育局长，十几次变动工作岗位，但是始终未改变热恋教育的初衷。在这所学校里，胡校长身边有一伙忠诚教育事业的中年人，身后还有一伙生气勃勃的年轻人。他们说，胡校长全身心地扑在学校的工作上，跟着她干，觉得痛快。胡校长说，老师们 10 年来没休过一个寒暑假，他们从不计较自己的得失，大伙在一起干工作很贴心。

（刊登于 1992 年 9 月 22 日《中国林业报》第三版）

悠远而炽烈的情与爱

还是第一次见到，在北国的茫茫林海里，偏远的黑龙江省鹤北林业局，有这样一座现代化的幼儿园。

幼儿园占地 1 万平方米，有两座建筑面积总共 2600 平方米的小楼。园内设施齐全，环境优雅，保健室、舞蹈室、音乐室、17 个教学班的活动室、寝室、盥洗室、玩具柜、藏书柜、生物角、图书角，应有尽有。室内配有现代化的教学设备，室外有供幼儿娱乐的多种大型玩具。幼儿园有教职工 87 人，收托婴幼儿 796 名，33 名教师都是年轻人。

建园 12 年，园长潘丽女士为此倾注了无数的智慧和心血。国家的投资是有限的，她积年累月地奔走呼号，招聘人才，筹措资金，像燕子衔泥筑巢一样，一件一件地为幼儿园添置设备。1992 年，鹤北林业局幼儿园被黑龙江省教委评为幼教战线的先进集体，1993 年跨进了省级标准化幼儿园行列。

潘丽说，事业的发展是令人欣慰的，但她不满足，她还要让幼教事业再攀上新的台阶：要建设一流的教师队伍，要让园内形成清新优雅、花园式的新格局，为孩子们创造健康成长的环境，准备一鼓作气，跨进全国标准化幼儿园的行列。

这里教师的学历都在中专毕业以上，最小的只有 19 岁，在幼儿教育园地辛勤耕耘已成为她们神圣的天职，她们用自己灵巧的双手为孩子们创造充满情趣的成长天地。据悉，再过两年他们都能拿到大专以上的毕业文凭。

孩子们是属于未来世纪的。潘丽和她的伙伴们为孩子们做出的奉献，将留给未来的世纪，其中倾注的情与爱是那样的悠远而炽烈，让人油然而生敬意！

你看，园墙外正在扩建店房，大约有 3000 平方米。潘丽开心地笑着，她告诉我们：店房建好后出租，为幼儿园创收，准备告别四处"乞讨"的生活——这也全是为了孩子们！

（配发了 4 幅图片，均是本报记者杨丹拍摄的。）

配发 4 幅照片的说明：

(1)园长潘丽(前排左 2)和其他领导一起研究教学班的新课题，在欢声笑语里为孩子们设计着又一个充满情趣的新天地。

(2)虽然老师年轻、学生小，但音乐课上得还是蛮正规的。这里也许就有下个世纪名噪乐坛的歌手。

(3)游戏课是孩子们最爱上的，在师生的情感交流中洋溢着欢乐和幸福。

(4)寝室里荡漾着甜甜的梦，宝宝们睡着了。老师们还不能休息，她们精心地查看着，也许有哪一颗躁动不安的小心灵需要抚慰。

（刊登于 1994 年 9 月 19 日《中国林业报》第三版）

为了北国林区新世纪的辉煌

——黑龙江省林业高等专科学校建校纪实

鼓乐欢腾，笑语声声。在伊春人民欢庆共和国第十个教师节之际，黑龙江省林业高等专科学校同时沉浸在建校一周年的喜庆日子里。

学校起步高远，显示了创建者的胆略和胸怀，
他们不仅看到今天，更想到未来

学校的建设规格和管理水平给所有来访者留下了深刻的印象：

——在 1300 延长米的围墙内，矗立着 4 座重点建筑。教学楼 8700 平方米、实验楼 5600 平方米、宿舍楼 6000 平方米、文体楼 600 平方米，连同食堂等附属设施，学校总建筑面积 23000 平方米。室内设备齐全，凡办学需要的应有尽有。

——校园内修筑了万米水泥通道，景点处处，环境优雅。不仅有包括封闭式看台在内的标准田径运动场，还另外铺设了 5000 平方米的第二运动场。进入独处一隅的外交招待所，不啻置身于大都市的高档宾馆。

——学校已建中文、外语、数学、物理、财会、外贸等 6 个专业，图书馆在不断地增加藏书的品种和数量，语音室和财会、物理实验室都能较好地适应教学的需要。

——已有两个年级 600 多名在校生和一支业务功底扎实、教风严谨、敬业爱校的教师队伍。

学校已经迈出了第一步。这高远的起步显示了创建者的胆略和胸怀。更重要的是，学校刚刚起步，还要发展壮大，为了北国林区新世纪的辉煌还将迈出第二步，第三步……

仅这一步，就足以使伊春人感到骄傲，因为学校是在伊春林区经济

处于极度困难的情况下创建的，这疲惫与贫困交加的老林区求才之渴，已经到了再难宽忍的程度了！

艰难的建校历程一波三折，
留下了一串串闪光的脚印

在浩瀚的小兴安岭林区创建这样一所较高规格的综合性普通高等专科学校，其动意早在第一个教师节诞生之际就已在伊春人的心中萌生了。

伊春地处边远，信息闭塞，森林可采资源经历了数十年掠夺性的采伐之后已在急剧地减少，人才匮乏更成为经济文化发展的障碍。改革开放的大潮涌起，使伊春与外地原来就有的经济文化实力上的差距进一步拉大。经济建设、改革开放急需人才，然而宝贵的人才在"两危"状态下的伊春却留不住、引不进来，这已使伊春人由最初的失落、困惑与茫然无措变得焦灼不安。

怎么办？伊春人想：自己办大学——在原有职工大学、电视大学、教育学院的基础上再创建一所普通高校，培养留得住、用得上的高规格人才，为老林区生产力的发展注入新的活力。

很快，广大伊春人民的愿望和意志变成了市委、市政府的决议。

然而，最初的决议，仅仅是创建一所高等师范专科学校；最初的行动仅仅是求助于计划经济体制的垂怜，巴望着上级部门的拨款。

伊春人祈盼着、焦灼地等待着……消息传来：国家投资无望！四五年宝贵的光阴在等待中流失了，林区的经济社会陷入了深重的"两危"之中。时至1989年底，空荡荡的工地上只打了一座教学楼的地基。

在这种举步维艰的情况下，市委、市政府没有动摇创建大学的决心，一面动员全市的干部职工、企事业单位捐款集资，一面派出市政府副秘书长王希文同志挂帅出征。

王希文，年富力强，成熟干练，崇高的事业心和强烈的责任感催使他义无反顾地投身到创建这所高校的空前艰难的事业中来。他执著地走向建校工地——一个特殊的战场！

他刚毅、果敢，决心向高标准冲刺！

他坚韧、顽强，决心战胜一切困难！

他摸清了情况，分析了形势以后，和他的同志们一起确定了"坚定信心、多方集资、抓紧时机、加快建设，争取早挂牌、早招生，决不辜负伊春林区人民的重托"的基本方针和工作思路。

在建校工作中，王希文紧紧依靠黑龙江森工总局和伊春市委、市政府的领导，认真贯彻市人大常委会《关于筹集资金兴建师范专科学校的决定》，数百次深入到伊春各县、区、局、厂、矿和市直有关单位，宣传、说服、动员、疏通、恳求，顶烈日，冒严寒，奔走呼号。王希文相信：有志者事竟成！

伊春的干部职工在经济危困的情况下，积极响应市委、市政府的号召，每个人从工资中拿出 30 元钱支援学校建设，上至市长，下至平民百姓，无一例外。

伊春的工矿企业在资金极度匮乏、有的甚至负债经营的情况下，"以物代资"，捐出上千种建筑材料，大至木材、钢材，小到砖瓦、铁钉，一应俱全。

王希文四处求援，上京城省城，跑企业机关，争投资，求贷款，审查图纸，指挥施工，忙得团团转。很快，市计划、财政、建委、规划、银行、设计、人防、建材、公用事业等单位形成了合力，一步步地推进着学校的建设。

心血和汗水，换来了丰硕的成果。到 1993 年 8 月，一所新兴的高等师范专科学校，终于在小兴安岭林区诞生了！此间，他们多方集资，总金额达 1509.2 万元。经省建委、计委、教委的有关专家评估，以及市政府、森工总局和省政府三级专家论证，一致认为：学校布局合理、造价低廉、质量上乘、功能齐全，达到了国家普通高校的设置标准；建校速度之快、质量之好、起点之高，在省内地方大学中没有先例。

这是对创建者们最高的奖赏，更是伊春 120 万人民最辉煌的荣耀！

学校以教学为本，教学以育人为本，一面抓管理，
一面抓育人，共同铺就辉煌之路

　　峰高无坦途。从整个建校史来说，有了校舍仅仅是建校办学迈出的第一步。

　　学校期待着国家教委的验收，期盼着挂牌招生，这又是一段艰难的路程。

　　市委、市政府委派副市长沙英华同志出任学校校长，王希文同志任学校的党委书记兼副校长，主抓学校的党政工作。新一任领导班子组建了，教学走上了健康运行的轨道。他们很快把眼光投向了未来世纪，开始设计另一张更新、更辉煌的蓝图。

　　他们多方求贤，组建教师队伍，大胆启用开拓型人才。他们继续筹集资金，精心购置教学设备，精心研究教学上的每一个细节。他们依据林区未来发展的需要和市场经济对高等人才的要求，大胆设立了财会、外贸两大专业，把计算机教学引进了课堂。

　　学校领导率先垂范，带领师生们继续开展建校劳动，校园里的每一个角落又一次洒下了他们的汗水。全校师生利用课余时间平土地、铺路面、栽树木、建花坛，他们用智慧和双手把学校打扮得多姿多彩。和基础建设一样，一切都是高标准的，其优雅的风韵是与高校相匹配的。王希文书记告诉记者："教书育人十分重要，环境育人也忽视不得。我们不光是要取得一张批准独立办学、正式招生的入门证，立足于中国大地上的高校之林，而是还要用自己的心血和汗水创造一个高质量的育人环境。"

　　学校在一年的教学运行中，一面建制度、抓管理，一面抓教学、抓育人。"团结、奋进、求实、创新"的校风正在形成。从紧张严肃的课堂，到公寓化的舒适整洁的宿舍，从优雅安静的办公楼，到朝气蓬勃的运动场，到处都焕发着生机。在这里，林区学子找到了成才的摇篮，辛勤育人的教师们也找到了报效祖国、献身事业的理想和归宿。他们共同开拓着通向未来的辉煌之路。

前不久，一位熟悉中国林区的外籍专家参观了学校，他十分感慨地说："啊，真是不可思议！真是太好了！"

是的，这的确是一个奇迹，是伊春人民为了北国林区新世纪的辉煌，在"两危"的困境中创造的伟大奇迹！

（1994 年 11 月 1 日刊登于《中国林业报》第三版）

让高校新型人才尽快脱颖而出

——访东北林业大学副校长霍建宇

"文革"10 年动乱耽误了一代人，致使我国高等院校人才断层问题显得格外突出。"论资排辈"这种传统观念长期以来一直束缚着人们的头脑，严重地影响着高校后继人才脱颖而出。

记者带着这种忧虑和思考，前不久采访了东北林业大学副校长霍建宇先生。霍副校长今年 54 岁，北师大数学专业毕业，已在东林大这块培育林业人才的园地里辛勤耕耘了 30 个春秋。他一脸的书卷气，在温和的底蕴中透着执着与热情。

霍副校长给我排出一组数字和一个新型人才榜：东林大 45 岁以下的正教授 7 人，40 岁以下的副教授、副研究员 92 人，青年教师共有 450 人，这个数字已占到 20%以上；在青年教师中涌现出一大批拔尖人才，已成为东林大教学与科研领域中的中坚力量。36 岁的杨传平在林木遗传育种科研与教学领域中有突出贡献，是"梁希奖"（林业行业最高学术荣誉奖）的获得者之一，去年 9 月晋升为副教授，今年又被破格晋升为教授；32 岁的教授王凤友是森林生态学博士，曾获国家青年科技进步奖，现正主持林学系的工作；森林植物学博士祖元刚，1991 年，他 38 岁时被提升为东林大第一个最年轻的教授，是国家教委跟踪培养的青年科学家之一；青年副教授郭建平曾在英国攻读人类工效学硕士学位，学成回国后，一心致力于人类工效学的教学与研究，不仅为学校创立了新型学科，而且取得两项重大研究成果，被国家评为有突出贡献的优秀回国人员……霍副校长如数家珍，展示着这些新型人才的成长足迹，语句中浸透着欣慰和自豪。

"人才'断层'在东林大已不存在了，'论资排辈'的旧观念也在被克服之中。"霍副校长介绍说，培养新型的后继人才，弥补学校人才'断层'问题，把它作为一个紧迫的任务，已在东林大领导班子内形成共识。青年教师在外语水平、计算机操作以及开拓新的科研与教学领域上都有较大的优势。鉴于此，近年来学校在晋升职称上坚持划出一定比例给年轻教师，鼓励他们成长进步。学校坚持因势利导，一次比一次比例划得大，逐渐地淡化了"论资排辈"的心态，为新型人才脱颖而出创造了良好的条件。

东林大造就后继人才采取了两项有力的措施。一是给他们压担子，精心培养，创造条件，促使他们尽快成才。杨传平 1981 年留校后就被派到凉水基地蹲点搞兴安落叶松的种源研究，一年之中有大半年工作在基层，经过近 10 年的艰苦努力，使他的落叶松种源研究通过鉴定，荣获科技进步一等奖；在教学上，学校把 5 门专业课的教学重任压在他的肩上，同时让他担任教材与专著的主审，今年又让他主持科研处的工作。杨传平的体会是：我的进步是学校领导精心培养的结果；我没有后顾之忧，可以全身心地投入工作。去年，东林大评选了 8 名拔尖人才，每人每月发给 120 元资料费，并优先解决他们的住房问题，今年又评选出 18 名拔尖人才，使年轻教师倍受鼓舞。二是大胆地提拔重用。东林大的中层干部一半以上是年轻人。科研处的三名领导平均年龄 35 岁，学校办公室的两位主任一个 37 岁，一个只有 28 岁。与此同时，学校的领导班子也实现了年轻化，平均年龄 54.3 岁，最年轻的副校长李健教授只有 50 岁。一大批新型人才的脱颖而出，又快又好地弥补了科教人才的断层，使东林大的教学与科研步入了良性循环的轨道。

霍副校长谈到了将来的重点学科建设和学校的发展。因为已有了雄厚的实力，随着更多的新型人才的脱颖而出，学校的将来更是灿烂辉煌的。

兰到精时香有声

——记全国"两课"优秀教师晁连成

晁连成教授今年 53 岁，是东北林业大学马列主义原理学科带头人。他由于长期以来执教马列主义理论课、思想品德课，教学成绩优异，今年 7 月被国家教委评为全国"两课"优秀教师。

晁连成高高的个头，笔挺的身板，宽阔的前额下是两道长寿眉，眼神里总透着执著和坦然。1965 年，他从辽宁大学哲学系毕业后就和讲台生涯结下了不解之缘。32 年里，他只做了一件事：教书育人，而且就在东林大教马列，既没挪过窝，也没改过行。他始终耕耘在理论教学的第一线，先是教马列主义原理共同课，后来社科系成立了，他又承担了政治、思想教育专业的哲学原理、经典著作选读、生态哲学、当代西方哲学等多门课程的教学任务，没有一年停歇过。他用自己的青春年华、学识才智化作一届又一届学生的成长。他像吐丝的春蚕奉献着自己的生命。如今，谁也说不清，寒来暑往，他讲了多少节课，在深夜的灯光下他批改了多少本作业，然而他的学生们心里有数：晁老师饱含深情的教诲，使他们懂得了做人的道理，看准了事业的方向。

学生们都说，晁老师的课讲得精彩，听他的课实在是一种享受。那是晁连成精通文理、学贯中西、厚积薄发的效果，其中还渗透着他的人生美学思想。为了适应新时期人才培养的需要，他在刻苦研读马列主义著作、《邓小平文选》，打下深厚的理论功底的同时，还努力学习并掌握了现代人文和自然科学的知识成果。近十几年来，他系统地研读了现代心理学、教育学、管理学、经济学、生物学、生态学、伦理学、美学、数理逻辑等众多的学科知识，还涉猎了大量的东西方有关学者的专著，完善并更新了自己的知识结构，为提高教学质量打下了坚实的基础。同学们说，晁老师的教学有三大特色：知行统一、理论联系实际、课上课下融为一体。

晁连成心境平和，淡泊名利。他认定教书育人是自己终生的职业，便决心让学习和加强自身修养伴随自己的一生，尤其是由于教的是马列主义，更要言行一致，为人师表。他在学生和青年教师中处处率先垂范，深受莘莘学子的爱戴和好评。学生们感佩于晁老师的知行统一观，也就更加信奉他传授的马列主义理论。晁连成十分重视理论教学的可接受性，坚持从实际出发有针对性地对学生进行马列主义人生观、世界观、价值观教育。他善于借助生动具体的事例讲解抽象的道理，提高学生钻研理论的兴趣；他在讲授原理的教学中注重方法论教育，帮助学生提高观察、分析、解决问题的能力。同时，他还进行了范例式教学、讨论式教学和专题式教学的实验和探索，不仅提高了马列主义理论教学的吸引力和说服力，而且为人文学科的教改积累了宝贵经验。晁连成把教书育人结合起来，一有时间就深入到学生的班级和宿舍，了解同学们的学习、生活和思想状况，既为同学们答疑解惑，又做了大量的舒心理气的工作。他还积极组织学生开展第二课堂活动，指导学生学习邓小平理论，开展社会调查，让马列主义、邓小平理论时时处处成为同学们的行动指南。很难估量，他对学生们的爱有多深，对学生们成才的期望有多迫切。

晁连成在肩负繁重的教学任务的同时，积极开展科研工作，精心致力于学科建设。1979 年至今，他撰写发表论文 50 余篇，参与和撰写出版各种教材、专著 16 部，积累了百万字的科研成果。他坚持用科研带动教学，不断地提高教学质量。在学科建设上，他甘为人梯，精心培养青年教师，从不吝惜自己的时间和精力。他经常主动听青年教师的课，帮他们修改讲稿；在科研上给青年教师出题目，帮助他们构思论文提纲，提供文献资料，成稿后亲自润笔，并推荐发表。在他的带动扶持下，有的青年教师已晋升为副教授、教授，有的担当了教研室主任、党支部书记，成为新一代教学和政治思想工作骨干。1996 年，东林大的马克思主义原理课被省教委评为全省的优秀课，原理教研室也被评为省级优秀教研室。

晁连成教授执教马列原理课 32 年，可谓"兰到精时香有声"，春风化雨，已是桃李满园。晁连成被评为全国"两课"优秀教师，但他并不满足于已经取得的成绩，他决心把毕生的精力奉献给党的教育事业，把真诚的挚爱奉献给一届又一届的学生。

教师节前，东林校园又添新风采

为迎接第十个教师节，更为优化育人环境，坐落在松花江畔的东北林业大学，在今年的盛夏酷暑中发动全校师生员工大搞校园建设：美化校园环境、优化学习环境、提高生活环境的质量，为校园增添了新的风采。

东林大开展这次校园建设活动是在 6 月份起步的。5 月份，学校曾派出 12 名中层以上的领导干部赴长春到东北师范大学参观取经。在东北师大校园环境建设创意和精神的启发与鼓舞下，学校领导很快形成了加紧优化育人环境的共识，立即动员全校师生员工大搞校园、学习与生活三项环境建设，决心取得报批"211 工程"的入门证。

全校师生员工总动员，6 月份搞了两周突击会战。4000 多名学生献出了一颗颗爱校之心和一双双勤劳的巧手。上千名工作繁忙的教师放下了未写完的教案和论文，也投入了紧张的建校劳动，其中有鬓发苍苍的老教授。一种崇高的情感鼓荡着它们的心胸，献出辛劳与智慧，为下一个世纪林业的辉煌塑造着北林大这个林业的摇篮。

他们清扫了整个校园，从帽儿山林场采集了三叶草精心地植下了一片片草坪。他们整修了所有的片林和花坛，把一个个景点装饰得更新更美，在每一条甬道边都栽植了鲜花和秀木。师生们伴着涔涔的汗水清除了校园里所有的卫生死角。冷落了 40 多年的主楼顶上的玻璃窗，如今也被擦拭的亮亮堂堂；楼壁上一幅幅精美的浮雕，彻底褪去了污垢积尘，重新展示了高雅的艺术风采。幽静的松林正等待着晨读者的到来，平整一新的操场期待着莘莘学子的跑步声。

焕然一新的校园面貌使东林大展示出勃勃生机。霍建宇副校长告诉记者：美好的校园环境对学生是一种无声的教育，学校的环境建设真正的意义就在于此。他又补充说：进入"211工程"是东林大全体师生的共同期盼，但能否首批进入，并不十分重要，重要的是抓住这一契机，鼓实劲，办实事，把教学质量搞上去，争创第一流的水平。

为改善学生的住宿条件，学校利用假期抓紧翻修了学生宿舍楼。楼里繁忙的施工情景告诉人们，新学年学生的生活环境质量会得到较大的改善。

学校的环境建设还在深入地向前推进。

（刊登于1994年9月9日《中国林业报》第三版）

有感于"杜局长的教育观"

东方红林业局杜业伟局长把教育看作是振兴企业的基础，把提高全体员工的素质当作自己神圣的职责，因此肯于花本钱、下大气力抓教育，经过扎扎实实的努力，终于抓出了成效。

可惜，在我们林业系统内数千个企事业单位中，像杜业伟这样有远见而又能务实的领导者实在太少。尽管中央三令五申地强调教育的极端重要性，一再要求一把手要亲自过问教育，而真正落到实处的却不多。不少领导常常是口头上承认教育重要，一到解决实际问题时就不重要了。再这样下去是要误大事的。教育之所以是立国之本，是因为国力的强弱，经济发展后劲的大小，将取决于亿万劳动者的素质，从根本上来讲取决于教育。二十一世纪中华民族的兴衰，要看我们最近十几年对教育付出的努力，这是万万不可忽视的。面对现实，深入思考，我们多么需要杜局长这种教育观啊！

泰林职教风景线

从 1992 年起，泰州林机厂的生产经营像竹笋拔节般地向上增长，三年迈出三大步：产值先上了 1 亿元，又上了 2 亿元，再上到 4 亿元；利税由 1000 万元左右，上升到 1830 万元，又腾跃到 3300 万元。

年终岁尾，泰林厂又传来振奋人心的好消息：9 月末利税已攀上去年全年的水平，今年全厂的产值可突破 6 亿元大关！

近年来，泰林厂的生产经营驶入快车道，职工教育的大力开展起了加油助燃的作用，在企业腾飞的壮美图画中形成了一道特殊的风景线。

泰林既办厂又办学，走科教兴厂之路，经过几年的运作，目前已形成了岗前培训、技术培训、营销培训、管理培训、质量教育五位一体的职教体系，走上了以提高劳动者素质去获得企业经济效益的轨道。

近年来，由于企业生产经营规模不断扩大，工厂招进青工比较多，又都是不懂技术的中学毕业生。他们贯彻岗前培训制度，培训中坚持正规教学，注重操作技能训练，严格考试考核。不少青工经过培训和实践锻炼已成为生产骨干。在 52FW 汽油机装配线、试车组、90 摩托车装配线上操作的，80% 的工人都是近些年培训的青工。近些年来，这个厂共培训青工 336 人，占全厂职工的 20%，有力地推动了企业生产的发展。

按照生产急需组织专题培训和技术练兵，是泰林厂职教工作的又一特点。为提高生产效率，工厂对旧车床进行微机改造，厂教育部门马上组办微机操作训练班，共培训了 21 个操作能手，解了燃眉之急。去年，为批量生产 1E50FW 汽油机，工厂从台湾引进了一批高技术机床。厂教育部门请台湾厂家派员来厂讲课，先后培养了 30 名操作技工，保证了当年投产出效益。今年初，工厂调整产品结构，组建了摩

托车生产车间，装配摩托车成了急需解决的新课题。厂教育部门把

车间职工组织起来学习摩托车机械原理和维修保养技术，开展装配技术大练兵，很快解决了这一难题。目前，这个车间月产摩托车 2000 多辆，使企业效益大幅度增长。

泰林厂通过培训造就了一支精明强干的销售队伍，他们既能有效地收集市场信息、推销产品，又为用户提供优良的售后服务。由于经销在企业经营中至关重要，他们对经销人员的培训就更严格了。工厂规定，不经培训或培训不合格的一律不准上岗；上岗人员每年年初要定期培训、学习新的技术知识、切磋经销技艺；每逢新产品出厂都要给经销人员办技术培训班，组织他们学习产品的技术原理和保养技能；遇到市场变化也要对经销人员进行培训，提高他们的适应能力和应变水平。这种"一不上岗三培训"制度的实施，使经销队伍的素质不断提高，使企业 5 大类 30 多个品种和规格的产品在激烈的市场竞争中立于不败之地。

提高管理水平的关键是提高管理人员的素质。泰林的厂级领导干部都先后进高等院校专业培训班学习过，并十分重视中层干部和班组长的学习。工厂有计划地选拔 35 岁以下的中层干部进高等院校脱产学习，通过函授形式组织 35 岁以上的中层干部学习高校专科管理知识，目前 70% 以上的中层干部都具有大、中专以上的学历。每年都要集中一段时间组织基层干部学习班组管理知识，举办班组长述职报告会，交流班组管理经验，较好地实现了班组管理规范化。全厂 64 个自然班组经省级考核均为合格班组，全厂班组建设获省先进单位称号。工厂还请日本企业管理专家来厂讲学，让他们实地察看找管理上的弱点，使泰林厂的管理逐步向世界先进水平靠近。

产品质量是企业的生命，这一认识已在泰林人心中扎下了根。1993年，泰林厂大张旗鼓地开展了"质量在我手中，用户在我心中"的活动；1994 年又开展了一切让用户满意和学习"三法两决定"的活动，厂教育部门配合质检部门狠抓了《质量法》的普及教育，同时在全厂范围内组织开展了质量知识竞赛活动，使质量意识深入人心；今年，工厂又开展了"创名牌，争一流企业"活动，进一步深化质量教育。泰林厂已被命名为"全国用户满意企业"，1E52FW 汽油机又被江苏省评为免检产品。

科教兴厂已为泰林孕育了勃勃生机，企业职教工作的进一步发展必将为泰林开辟出更加壮丽的前景。

用改革进取造就新的辉煌

——访南京林业大学

南林大的变化速度可以用"惊人"这个词来形容。一年前，学校外缘还是围墙高筑，显得有点冷清；一年后，学校的围墙换成了楼房，商贾云集，铺店成片，人来人往，热闹非凡。

走进南林大校园，记者发现了几组新气象。一是摄影、动画设计、电视节目主持等影视专业已在南林大安家落户；二是今年南林大录取的部分新生开学伊始就走进了南京炮兵学院，穿起了军装；三是学校实行了处级干部竞争上岗，较大幅度地提高了业务骨干的收入待遇，打破了平均主义。

余世袁校长告诉记者，这都是高校转制后，学校进行的一系列改革的结果。

在南林大，记者采访了新创建的隶属于学校的二级学院——南方摄影学院。这所以培养艺术、影视人才为宗旨、我国南方地区独一无二的公有民办学院一亮相就吸引了大量的考生。学院聚集了一批名师，配置了先进的教学设备。新入学的350名学生正在积极准备将要迎战期中考试。这些学生都是通过全国统一考试录取的，许多学生的高考分数远远高于当地的本科录取线。

在南京炮兵学院，500名南林大新生将在这里度过一年的军校生活。入学时，不少家长把孩子送到南京炮兵学院时纷纷抱怨，孩子上学图的就是在大城市，没想到却到了郊区。然而几个月后，家长们放心了，他们又纷纷给学校来信，称赞学校此举很有必要。不少家长在来信中说，自己的孩子以前什么都不会做，现在不仅能从容地料理自己的生活，还懂得关心他人，能做一些有益的事情。

南林大利用地处南京繁华之地的区位优势，推倒了围墙，办起了市场，科技开发、租赁业、饮食业、服务业等一批新兴产业相继兴办起来，其中，南林大汽配市场的规模成为华东地区之最，校办产业搞得红红火火。

南林大称这种做法为"抢摊"，目的是迅速发展自己，在激烈的竞争中立于不败之地。"抢摊"更表现在扩大招生上。南林大今年除增办了南方摄影学院外，其它院系也都适度扩大了招生规模，预计3年后全日制在校生人数将达到11000人。"抢摊"还要抢出新意。办南方摄影学院不仅引进了人才和资金，而且扩充了学校所办专业的内涵，还为社会培养了需求迫切的影视人才，扩大了学校的招生规模。和南京炮兵学院共建文化素质教育基地，一方面使学生的文化素质、心理素质、知识面都得到了不同程度的增强和扩展，同时把部队的优良作风带进学校，另一方面还缓解了学校扩招后一时宿舍不太够用的压力。

南林大有这样一个观点：高校在激烈的市场竞争中就要抢占制高点，就要实行开门办学，努力扩大学校在社会上的影响力。为了使社会充分认识南林大，学校精心制订了计划，在今年四五月份掀起宣传高潮。今年扩大宣传后，南林大在江苏以至全国各大媒体上频频露面，引起了社会的极大关注。

"高等教育的改革，不管怎么改，最终总要融入社会，实行自主办学。关键是要狠抓教学质量的提高，使学生招得进，分得出，否则就没有学校的前途。"这是南林大的领导集体的共识。

南林大没有被转制和学校的归宿等问题所束缚，而是把时间和精力集中在深化学校改革上。一年来，处级干部实行了竞争上岗，对分配制度进行了改革，业务骨干年收入翻了一番，后勤系统将从学校剥离出来，坚持社会化服务的方向，并走向市场；同时强化了学校行风建设，制止了乱收费……学校不但稳住了阵脚，而且教职员工的精神面貌焕然一新，使南林大充满了活力。

但不管怎么变化，南林大为林业与生态建设服务的办学宗旨永远不会改变，而且还要加强。余校长告诉记者，这是学校的特色所在，更是学校的立足之本。

南林大的历史可追溯到新中国建立之前的金陵大学森林系，在将近一个世纪的历史进程中，为我国林业建设培养了大量杰出人才，立下了赫赫功勋。如何发扬南林大的优良传统，这是南林大领导班子和广大教师当前集中思考的问题。余校长告诉记者，面向新世纪，学校的总体发展规划已经通过论证，学校将用 5 年至 10 年的时间实现规划所确定的目标。现在学校固定资产 3 个亿，校舍建筑面积 32 万平方米，在校生 7200 人，经过 10 年的努力奋斗，固定资产要达到 6.53 亿元，建筑面积达到 35 万平方米，在校生人数达到 1.5 万人，其中研究生达到 2000～3000 人，所办专业 35 个到 40 个。这在南林大的办学史上将写下浓重的一笔。

南林大在即将终结的世纪里已有了辉煌的过去，在新的百年里必将创造出新的更大的辉煌。

迎接新世纪的挑战

——访南京林业大学校长余世袁教授

余世袁教授是共和国的同龄人，他和我们祖国一样地富有朝气，一样地具有挑战艰难险阻的性格。

1997 年 11 月 5 日，余世袁教授被任命为南京林业大学校长。当时，《南林报》发了消息，同时介绍了他的简历：余世袁，福建清流人，共产党员，林产化工专家、博士生导师；1982 年在南林大毕业后，即被国家教委派往加拿大多伦多大学研究生院学习，1986 年获博士学位；回国后，在母校任教、任职，主要从事林产资源生物化学方面的教学和研究。他 1993 年被评为全国优秀教师，后经国务院批准享受政府特殊津贴，并被授予全国优秀回国留学人员称号，是国家重点学科——林产化工学科学术带头人之一。

记者在余世袁上任一年后采访了他，想透视一下这位林产化工专家的人生追求，也想通过采访了解一下南林大面向 21 世纪的教学与科研的走向。

余世袁意味深长地向我讲述了南林大富有挑战性的创业史，并阐述了他以人为本的治校思想。

南京林业大学是 1952 年由中央大学、金陵大学的森林系合并而成的。新中国第一任林垦部长、著名林学家梁希是南林大的奠基人。作为南林大第一代知识分子的杰出代表，还有植物学家郑万钧教授、生态学家熊文愈教授等。他们忠贞不渝的爱国情怀、高尚的师德风范、渊博的学识和精深的造诣，尤其是艰苦奋斗、勇攀高峰的挑战精神，深深地影响着南林大的广大师生，塑造着南林大的优良传统。嗣后，王明庥院士和张齐生院士分别在意杨良种选育和竹材加工利用两大领域挑战林业的难题，在教学、科研和生产实践中创造了骄人的业绩。他们继往开来，成为南林大颇有影响的第二代学者的优秀代表。改革开放之后，有了施季森、周定国等教授为代表的第三代英才。他们分别在自己的教学科研领域，勇敢地挑战禁区，冲击着世界科技的前沿，展示着南林大的风采。

这是一条生生不息的优良血脉，哺育着代代学子，造就了南林大教学与科研的勃勃生机。

余世袁说，人才是立校之本。正是这一代代优秀的知识分子，凭借着他们对祖国和人民的忠诚，对党的事业执著的追求，一次次地挑战难关，开拓前进，才撑起了南林大的天空，同时托起了南林大明天的太阳。如果没有他们，就没有南林大的今天。他说，他只是这优秀的群体中的普通一员。

余世袁，这位年轻的校长不仅具备梁希、王明庥等他的前辈们的责任感和事业心，而且具有填补科研与教学空白的胆魄，只要是难的、新的、具有挑战意义的工作，他都愿意去做。

在国外，他靠勤奋以最短的时间完成了读研深造；回国后，又以最快的速度抢占了科研制高点，使南林大的林产化工专业成了高教系统的重点学科。他研究的领域主要包括：纤维素酶和酶水解、半纤维素戊糖发酵、低聚糖、蛋白饲料、萜类化合物生物转化和木素加工利用等，其中，亚硝酸盐制浆废液和戊糖、己糖同步酒精发酵研究居国际领先水平。他的导师曾挽留他在加拿大工作，美国一家公司也曾以优厚的年薪聘他做化学研究工程师，而他却在人才外流"出国热"潮流涌动中，义无反顾地回到了祖国。

谈到目前的工作，余世袁校长动情地说，立足世纪之交面对新科技革命和知识经济大潮的挑战，一所高校如果不紧紧跟上科技进步的时代潮流，如果不面向实际努力提高科研和教学水平，就会落后，就会陷入极为被动的境地。因此，搞好南林大的工作，一要充分发挥现有人才的作用，并抓紧培养造就新型人才；二要坚持创新。

按照这一思路，余世袁校长和其他的校领导们正在齐心协力办好五件大事。一是进行必要的学科调整，针对国情林情，增加了水土保持和环境保护学科，强化风景园林教学，充实为地方经济发展服务的教学和科研内容；二是推进人事制度改革，优化育人环境；三是理顺财务管理制度，集中调控资金；四是抓住机遇上一批基建项目，改善教职工的生活；五是大力发展校办产业，为学校发展积累后劲。余世袁说，我作为一校之长，最重要的就是做好管理和服务工作，最大限度地调动现有人才的积极性和创造性。

目前，余世袁校长和其他校领导把更多的精力放在第四代人才的培养上。他们竭尽其所能为年轻教师寻找深造进修的机会，激励他们尽快成才，给他们交任务、压担子，并带领他们深入实际增长见识、学习本领，同时尽可能地改善他们的工作条件和生活条件，并注重培养他们的浩然正气，继承老一辈学者的优良传统。他们正在精心地为南林大塑造着未来，赢得挑战新世纪的希望。

（刊登于 1998 年 12 月 15 日《中国绿色时报》第三版）

发挥优势　开创未来

——访南京林业大学党委书记陈景欢

　　陈景欢，今年 50 岁，福建霞浦人，现任南京林业大学党委书记，长期从事政治思想工作和理论研究，曾荣获江苏省高校和林业部院校优秀思想教育工作者荣誉称号。他于 1976 年毕业于南京林业大学木工专业，并留校任教，是在母校的教育培养下成长起来的，对母校一往情深。

　　记者 4 月末赴江苏采访，正值南林大在这次高校体制改革中转制不久，便就南林大调整后的目标定位、发展思路以及党建与思想政治工作的特色等诸多问题，到校与陈景欢书记进行了广泛的交流。

　　记者直爽地问陈景欢，这次高校体制改革，南林大划转到地方，学校是否会改弦易辙，是否会有某种失落感？陈景欢爽朗地笑着，也同样直爽地告诉记者：南林大是一所专业特色很强的高校，以林为主拓展学科，已有悠久的办学历史。请你放心，学校转制后不会丢掉自己的特色和优势，依然坚持立足江苏、面向全国，继续发挥自己的优势，为生态环境建设服务。为了构建新世纪国家教育体制的基本框架，迎接知识经济新时代的到来，高校管理体制改革势在必行。改制的结果，无论归属中央还是划转地方，一所学校的发展最终要靠自己的办学实力。我们划归江苏省管理，依然能得到国家林业局的支持，并没有走与其他学校合并的道路，而且选择了单独办学。尽管目前还有某些困难，但从总体看，机遇大于风险。我们没有丝毫的失落感，相反，全校师生员工将满怀信心，决心把一个充满生机的南京林业大学带进新世纪。

　　转入地方，单独办学，对南林大的发展是难得的机遇。对此，陈景欢进行了深入的分析。他说：首先，有利于发挥学校的学科优势。南林大拥有 9 个博士授予点，一个博士一级学科授予点，一个博士后流动站，3 个国家重点学科，4 个省级重点学科，两位工程院院士，16 个硕士学位授予点，2 个专业硕士学位授予点；拥有 6 个学科门类，理、工、文、管、艺都有，有很强的办学实力。其次，有利于借助江苏的区位优势发展自己。江苏经济发达，南林大无论是过去还是现在，无论是教学还是科研江苏都是施展才能的主战场，而且 50% 以上的生源在江苏；江苏预计 2010 年高校在校生要达到 100 万，同龄人的入学率将达到 30%，这对南林大的发展实在是良好的机遇。第三，转入江苏办学，克服了条块分割管理体制的局限，既不失去国家林业局的关怀，又能得到江苏省的大力支持，具有共建的优势，这就为南林大的发展拓宽了空间。1999 年我们创办了服务全国的公有民办二级学院——南方摄影学院。总之，这次转制有利于南林大扩展规模上水平，办学进入快车道。

育人问题是陈景欢最为关心的问题。他认为，不管学校如何发展，说到底就是为社会主义培养合格人才。培养人才要面向世界，面向未来，面向现代化。学校一定要按照这样的要求来培养和塑造学生："坚持学习科学文化与加强思想修养相统一，坚持学习书本知识与投身社会实践相统一，坚持实现自身价值与服从祖国人民的需要相统一，坚持树立远大理想与培养艰苦奋斗精神相统一"。其中，如何提高学生的综合素质是学校教育工作的重点。他说，我们学校在加强学生素质教育方面有较多的优势和特色。1996 年教育部把加强文化素质教育作为提高学生素质的重要内容以后，在全国选择了 55 所高校做试点，南林大就在其中。学校党委对这项工作极为重视，采取了一系列措施和办法，也取得了较为明显的效果。先后共开设了 37 门文化艺术课并修订了全校的教学计划，规定人文艺术类学科不少于 17%；大力开展了课外读书活动，考核合格计入学分；校与院（系）两级每年都要举办专题讲座，而且不少于 200 场。同时，加强了校园环境建设，营造了浓厚的文化和育人环境。学校投入数百万元专门用于美术、音乐、影视欣赏等学科和开展素质教育的多功能教室的建设，同时建立了学生活动中心，建造了文化广场，建设了学生电视台，并让电视进入学生宿舍，还建立了电子阅览室、梁希铜像、学子园、珍稀竹类标本园、树木标本园等，在校园内每天定时播放中外经典名曲；同时每年都要举办科技文化节和各种形式的文艺演出。由于试点工作特色显著、成绩突出，1998 年南林大又被教育部批准同南农大共建"国家大学生文化素质教育基地"，成为国家32 个同类基地之一。陈景欢深有体会地说，加强文化素质教育对培养大学生的创新意识、创新能力有着不可低估的作用，学生也因此受益匪浅。为了更好地贯彻全国教育工作会议精神，全面推进素质教育，今后我们还要继续加强这方面的工作。

谈到学校发展前景，陈景欢说，今年南林大预计招收近 3000 名学生，此后逐年增加，将扩展为 12000 人以上的规模。半个世纪以来，南林大为国家和社会主义现代化建设培养了 4 万多名各级各类人才，并在长江流域以及南方地区生态保护方面做出了重大贡献。今后要进一步发挥好自己的办学优势，坚持服务江苏、面向全国，继续深化改革，加快发展，努力把学校建设成为集人才培养、科学研究、社会服务为一体的高等教育和科学研究中心，争取为长江流域的生态保护和西部大开发做出更大的贡献。

(刊登于 2000 年 5 月 15 日《中国绿色时报》第三版)

为把绿色良种撒遍神州大地

——记南京林业大学副校长施季森

在南京林业大学校园里，有一座神圣的科学殿堂，它就是蜚声中国林学界的林木遗传和基因工程国家林业局重点实验室。实验室的主任是南京林业大学最年轻的副校长施季森教授。

施季森今年 46 岁，生在江苏农村，长在江苏农村，早已和泥土、田园、绿树结下了不解之缘。20 年前，他满怀绿染神州大地的渴望，在南林大师从叶培忠、陈岳武教授攻读林木遗传育种学硕士研究生。毕业后，他又在王明庥、王章荣、黄敏仁、陈天华诸位学者的指导下，勇敢地冲击科学前沿的难题，一路斩关夺隘，摘下了一项项科学桂冠。施季森顽强刻苦，在他的学习与工作的日历上，几乎没有节假日和星期天，正常的工作日加班加点更是常事。施季森严谨务实，他在崇山峻岭中亲手栽下一片片良种试验林；在显微镜下，细心地观察着每一个遗传特性；在计算机前反复地审核着每一组数据，在微观的分子世界里严格地筛选着基因信息，追踪和破译着遗传物质中的密码。施季森虽不苟言笑，但他忠诚热情，只要是学校交给的工作，他都担当起来，再苦再累也要干到底。他把培育林木良种看作是一场深刻的绿色革命，像革命战争年代的共产党人那样，把自己的情感、志趣、智慧和精力都投入进去了，冲锋不止，战斗不息！

施季森向记者讲述过他从师的经过和成长的历程，其尊师之情溢于言表。

他的第一位恩师叶培忠教授，是一位与世纪同龄的老人、中国林木育种学和南林大林木育种学科的创始人和拓荒者。叶老是在新中国建立后，放弃了英国皇家学会会员的优越地位、冲破重重阻力回到祖国的。他是叶老的关门弟子，叶老带他不到一年就溘然长逝了，留给他的不仅是可以终生受益的治学之道，更有视富贵如浮云的浩然正气和以身示范的对祖国的忠诚。

他的第二位恩师是陈岳武教授，一位注重实践、埋头苦干的学者，终因积劳成疾而英年早逝。陈教授生前器重他，关爱他，使他终生难忘。陈教授去世后留下23项重大的科研课题：杉木种子园营造技术研究、我国主要针叶树种种子园营造技术研究和马尾松遗传改良等等。当时施季森正准备赴英国攻读博士学位，而且每月有850英镑优厚的奖学金。但是，陈岳武教授临终的"嘱托"却重如泰山；没有语言，只有那只与他紧握在一起、充满信赖的手，还有那双充满期待、深情注视着他的眼睛。施季森领会了：这是先生要求他把挑战科学前沿的重担挑起来！陈岳武教授去世后，是出国留学还是留下来接替陈教授的课题研究，学校让他自己选择。他毅然选择了后者，去完成陈跃武先生的未竟事业。

　　施季森至今没有出国攻读学位的经历，但他却凭借着自己的天资和毅力在学术领域登上了更高的层次。1993 年，他被破格晋升为教授，1995 年被聘为博士生导师，成为南林大林木遗传育种学科的学术带头人之一。在王明庥先生的带领下，施季森团结一批学术骨干共同努力，推动着学科迅速发展。1993 年，在江苏省农林院校申报的 93 个学科评估中，南林大的林木遗传育种学科总分第一，在此后两年的评比中，仍然名列前茅，被评为江苏省高校中的优秀学科，为林木遗传和基因工程实验室这座科学殿堂的建立举行了"奠基礼"。

　　施季森教授主持的重点实验室，从 1995 年建立以来，发扬王明庥院士倡导的"团结、拼搏、求实、创新"作风，不断攻克难关，已取得 8 项重大科研成果，并在林木原生质培养研究、杨树系统进化研究、木材形状早期选择研究、杉木和马尾松多世代遗传改良研究以及林木基因组改良研究等一系列重要研究领域取得了关键性突破。目前，实验室已具有了很强的培养人才的能力，在读博士、硕士研究生已达 31 人，占学校研究生总数的 12%。经过多方努力，实验室已经拥有了开展林木遗传和基因工程研究的先进的仪器设备，受到中外专家的一致赞许。近年来，美国、加拿大、英国、法国、意大利、瑞典、日本等国的专家相继到这里进行合作研究和学术交流，都认为，与世界同类学科性比，这里的研究水准处在先进行列。

　　在王明庥院士的指导和老一辈学者的支持下，施季森带领实验室的一班人始终追踪着世界科研的脚步，瞄准国家遗传研究的目标，不断创造着优异的成绩。他们实验室选育的杨树、杉木、马尾松良种已撒遍了黄淮海以南的中国大地，染绿了沿海滩涂，仅从木材来估价，直接经济效益达 4 亿元；他们选育的杨树新品种用于农田林网建设，还可使粮食增产 15%。江苏省原本是林木资源小省，由于广植杨树而成为林木资源大省，其应运而生的木材加工业产值仅次于广东，居全国第二位；杉木做建材，已进行了第一代良种推广，材积增长 30%，经济效益达 3.9 亿元；马尾松良种已在中国南方推广种植了 180 万亩，去年这个项目获得了国家林业局科技进步一等奖。

成绩是大家做的，荣誉属于集体，施季森为有这样团结、拼搏、求实而又勇于创新的战斗集体感到自豪。他作为实验室的主任更需要总结经验，反思历史，追踪求索，超前思考。目前，他们已在常规育种的基础上，结合分子水平育种技术，开展了优质高产工业用材良种选育和改善生态环境的绿色育种研究；同时还开始进行马褂木生物技术育种和栲树类、枫香树等的优良育种研究。

作为副校长，施季森的另一个目标是，实现由专家到"杂家"的转变，努力成为管理专家，尽职尽责地努力工作。在这一领域，他要抓好科研和研究生教育，推进重点学科建设；为迎接知识经济挑战，还要抓紧计算机网络建设和应用，构建学校的科技创新体系。

科学的发展是无止境的，创新永无尽头，施季森还要拼搏、奋斗！

（刊登于 1999 年 1 月 7 日《中国绿色时报》第三版）

"南方"将在新世纪腾飞

——访南林大南方摄影学院

江苏是文化发达之地，有极大的对广告、摄影、影视制作人才的需求，却没有一个有关培养摄影人才的本科专业。正是瞄准了这一"人才市场的卖点"，南京林业大学决定同圣马国际广告公司联合，以民办公助的方式创办南林大南方摄影学院，由圣马公司投资，并由其董事长兼总经理、37 岁的周宁出任院长。

记者 2000 年 11 月初走访了"南方"，结识了林业高等教育改革大潮中涌现的这一新生事物，深刻地感受到它有着全新的观念、全新的管理机制、全新的办学思路，充满了生机与活力，预感到今日之"南方"必将在新世纪腾飞！

南方摄影学院坐落在南京市江宁区，这里环境优雅、交通便利，有较大的发展空间；校舍是"圣马"出资买下的一座三星级宾馆，拥有 1

万平方米的建筑面积，旧有的水榭、花坛、喷泉亦可装点校园，是莘莘学子安心求学的理想所在。经过周宁的一番改造，学校已有了当前足够用的教室、办公室、阅览室、电教室、语音室、培训中心、暗房和摄影棚，而且是按照高水准专业化要求改建的。学院设置了本、专科两个层次的摄影、广告、影视三个专业，已在 2000 年秋季全国高考中以较高的录取分数招进 350 名新生，今年将再招进 650 人，预计 4 年后在校生将达到 2000 人，那时的"南方"真可与"北广"对峙，雄踞中国的南方了。

余世袁校长称"南方"是南林大的"特区"，让"南方"大胆地试、大胆地闯。他说，周宁就是南林大的"董建华"。

周宁很钦佩余校长的合作心态，并感谢南林大党委的知遇之恩，在院长的岗位上尽心尽力，干得激情澎湃。

在记者的印象中，周宁是聪慧过人的青年企业家，虽经商海拼搏仍不失江南才子的道德风范，并对办学情有独钟。经过一年多的建校操劳，他已近乎是兴办教育的行家里手，不仅深谙教育的基本规律，而且有全新的办学思路。

周宁十分重视教师队伍建设。他认为教师是办学的基础和财富，是保证和提高教学质量的前提。他聘用教师的做法和思路是：依靠南林大雄厚的教学实力为"南方"开设基础课，与校内其他的二级学院一样，实行"资源共享"；专业课教师由"南方"自己选聘，水平低的不让登讲台；不惜出高薪聘请学科带头人，让他们来把握学科建设和教学的方向。学校聘用教师完全按照企业化管理方式运作：宁可出高薪聘用能人也不包办福利、住房，永远保持用人机制上的活力。

周宁看重教师，实际上是看重"南方"的教学质量。他深深地懂得，只有把教学质量抓上去，"南方"才能发展壮大。他说，教学质量是衡量办学水平高低的硬杠杆，于是，在教师队伍建设的同时也在抓教材建设。他正在着手组织编写"大摄影"教材，即把摄影艺术、广告制作、新闻采编、影视制作、影视节目主持放到一块讲授，冲出就摄影讲摄影的老路，既能开阔学生的视野，又能提高学生的见识，使学生成为眼高手也高的专业人才。现在《摄影学概论》的大纲已经写出，预计年内可以出书。除了认真抓好专业课教学外，他努力为学生聘请名人名家来院开办讲座课，并郑重其事地设置学分，纳入教学计划。他说，这既可以增长学生的见识，提高他们的自信力，又能弥补现行教材知识陈旧、信息量不足的缺陷；同时还要有目的地组织学生深入社会，甚至到国外去考察学习，看看人家是怎么想、怎么做的，让学生不墨守成规，永远保持鲜活的思维和创造力。最可贵的是，周宁作为一院之长，能坚持从一点一滴抓起。他亲自抓期中考试，亲自抓学生的出勤率、抓学生的自修课，过问学生的课余生活，亲自进行教学检查。他重视学生的品德修养，还设想加开"礼仪课"，比如从"握手"讲起。他强调，必须从"最差"和"细小"抓起，只有这样兢兢业业地抓下去，学生的综合素质才能提高，才能适应未来工作的需要。他希望自己的学生从专业水平到品德修养，都能成为造福于社会的"师表"。因此，他要求学院聘用的教职人员都具有高水准的敬业精神，勉励他们忘却名利，钻研业务，力争在事业和收益上"双赢"。

周宁抓教学质量的提高是有一种紧迫感的。他分析说，中国的教育发展很快，高校都在扩招，照这样的速度发展下去，四五年以后，高等教育就会由"卖方市场"转变为"买方市场"。学校办得质量不高，到那时没人报考你的学校，投资是很难收回的。

周宁一面扎扎实实做着眼前的事，一面认认真真思考着"南方"的未来。看来，他承受的压力比南林大任何一所二级学院的院长都要大。因为，他不仅有办好"特区"的重任在肩，而且还要承担"圣马"对"南方"巨额投资的风险。他现在担当的是企业家和教育家的双重"角色"。这两个"角色"在他身上已经不是表里关系，已经"重合"，不，应该说已经"融合"，像水乳交融那样难以割舍分开。他讲着一种全新的办学理念。谈起学校管理，一切都是"市场化"的原则，比如，要有企业化的管理意识，要有"抢滩儿"的意识、竞争的意识等等。在周宁看来，提高学院的知名度、美誉度，同树立企业形象是同义语，都是在积累企业或"南方"的无形资产，以求在未来的竞争中立于不败之地。

　　周宁毕竟是成熟的企业家，在 8 年商海拼搏的实践中已悟出了一个道理：经营是理念与智慧的拼装，不完全依赖财富。他自信：办学更是如此，不是有钱就能办好，而是要靠理念与智慧取胜。

　　记者在结束采访时，冒昧地问起周宁的经历。他说，他是南京人，1963 年出生，南京师范大学美术系毕业，毕业后在南京航天大学任教，1992 年下海经营圣马国际广告公司。

（刊登于 2001 年 1 月 8 日《中国林业报》第三版）

春雨润物细无声

——南京林业大学开展心理咨询活动纪实

　　学生 A 因学习紧张而异常焦虑，他提出退学，后经过心理咨询和心理治疗，焦虑的心情逐渐排除，便振作精神坚持学习，成绩不断提高；学生 B 因种种原因产生了轻生的念头，在心理咨询中发现了病症所在，经过对症治疗，很快得到康复，愉快地投入了学习；学生 C 由于家庭矛盾造成心理压力，思想痛苦难以解脱，他带着绝笔信走进心理咨询室，经过心理疏导终于走出困境，振奋精神完成了学业，愉快地走上工作岗位……

　　在南京林业大学心理咨询中心的档案中，记载着一个个这样成功的案例。在这里，心理健康教育犹如绵绵春雨滋润着莘莘学子的心田，呵护着他们健康成长。

　　好雨知时节，当春乃发生。80 年代末，市场经济的大潮裹挟着形形色色的价值观念冲击着南林大校园，同时改革开放的春风也吹开了人们的心扉。学校德育教研室的老师们，在开展教书育人的过程中引入心理咨询，把它作为课堂教学的延伸和补充。始料不及的是，这种热情、真诚、充满关心和爱护的心理咨询活动，备受学生们的欢迎，同时也在教育实践中收到越来越明显的积极效果。于是，1993 年 4 月，学校正式成立了心理咨询中心，使这一活动从此走上了科学化、制度化、规范化的轨道。

5 年来，咨询中心始终坚持开展心理咨询门诊，老师像医生对待病人一样，为每一个前来咨询的学生"把脉看病"，一周安排三个半天作为接待日，从没间断过。截至今年 3 月，共接待咨询者两千二百多人次。通过咨询和抽样调查，学校发现本校学生心理障碍的症状指数偏高（为 28.5%，略高于一般院校），其中环境与择业压力、人际关系敏感和各种焦虑症占多数；一、四年级沉重心理障碍发生率较高。他们对症治疗：对普遍存在的共性问题用团体咨询的方式解决，对个别心理障碍严重的同学则满腔热忱地进行个别咨询和治疗。学校在全面开展心理咨询活动中，力求做到"四个结合"：一是坚持心理健康教育与政治思想教育相结合。大学生在心理咨询中反映的问题不少是综合性的，既有心理障碍问题也有思想认识问题，因此，在操作上只有使二者互相渗透、互相补充才能收到好的效果。实践证明有效的心理咨询，既化解了学生的各种心理矛盾与冲突，又为实施思想教育创造了和谐、稳定的接受心境，达到标本兼治、相得益彰的效果。二是坚持心理健康教育与文化素质教育相结合。学校增设了人文社科课程，坚持开展丰富多彩的文化娱乐活动、学术活动和社会实践活动，使学生们在思想观念、心理素质、行为方式等诸多方面获得培训和提高；同时也把心理健康教育融入到各项活动中，开展专题讲座，进行公开咨询，收到相辅相成的教育效果。三是把学生上门咨询与主动发现问题、解决问题相结合。几年来，他们以热情服务温暖了患者的心，以实干精神赢得了学生们的爱戴与信任，及时帮助学生消除心理危机，预防心理疾病。四是坚持心理健康教育与创建良好的心理环境相结合，积极致力于学风、校风、校园文化建设，使学生克服心理障碍具有尽可能良好的心理环境。

学校利用各种渠道普及心理健康知识，提高大学生的自我教育、自我调节、自我管理的意识和能力。几年来，先后开设了"社会心理学""大学生心理健康"等选修课，每年选修生达四百人左右，每学期都要举办两次心理卫生专题讲座，并在《南林报》上开设了"心理咨询"栏目，解答大学生普遍遇到的问题。1995 年以后，学校开发出一套心理测查电脑软件开始为每年入学的新生建立心理档案，极大地提高了心理咨询的质量。利用档案资料，可以对学生的心理发展状况实现早期观察、早期评价、早期咨询治疗。发现个别典型心理脆弱的同学，及时提醒院系有关领导多加关注；对少数心理矛盾冲突激烈的同学，加强心理疏导，直至其心理症状缓解或消除，从而使心理健康教育进行得更有针对性、更富有成效。此外，学校还借鉴医疗卫生工作中的"三级预防"模式，建立了三级心理保障网。学校的心理咨询中心，分期分批地对学生干部、政工干部、班主任、辅导员进行了培训，为保健网的建立打下了基础。一级保健网由受过培训的学生骨干来实施，发现心理异常者及时推荐给咨询中心，既可防患于未然，又能充分利用同辈心理趋同的特点开展心理咨询活动；二级保健网通过学生管理人员来实施，既可为大学生提供直接、有效的帮助，又能尽早发现心理疾病患者，并让心理学者加以治疗；三级保健网则面对全校学生，以心理咨询中心的专业人员为主开展培训教育和心理咨询活动。

目前，在南京林业大学心理健康教育已被列入人才培养的战略目标，受到各级领导的高度重视；心理咨询已被纳入整个教育教学体系之中，形成了齐抓共管的格局。5 年来，他们先后参加了两个国家级、三个校级有关大学生心理健康教育方面的课题研究，编写了三本教材，完成了两部专著，发表了四十余篇专业论文，拥有了一支高水平的心理咨询队伍。

绵绵春雨，随风潜入夜，润物细无声……

（刊登于 1998 年 7 月 16 日《中国绿色时报》第三版）

为南京警校申办高专喝彩

喜闻国家林业局南京人民警察学校，正举全校之力申办森林公安高等专科学校。欣喜之余，深长思之，不能不为警校这一具有战略远见的创举而喝彩！

建国 50 年，我国林业建设取得了令人瞩目的伟大成就，但是，我国仍然是一个森林资源匮乏的国家，由于森林覆盖率太低，资源保护力量不足，生态环境整体恶化的趋势仍在延续。近年来，随着林区改革开放的日益深入和天然林保护工程的全面启动，林业又面临着一些新矛盾、新问题，保护森林资源，制止乱砍滥伐、乱捕滥猎的任务日趋繁重。据统计，近年来我国每年发生各类林业案件 50 万起至 60 万起，并有逐年上升的趋势；林区违法犯罪也出现了作案团伙化、工具现代化、手段智能化的新特点；此外，森林防火的任务也重上加重。这一切表明，现有的森林公安中专教育已很难适应森林公安事业对人才高素质、高规格、高层次的需求，更难适应林业长远发展的需要。

森林公安是我国公安体系中的一个特殊警种，要求从业人员既懂公安业务知识、法律知识，又要掌握林业的专门知识，其教育的职能是其他公安院校所无法替代的。为此，要适应林业建设长远发展的需要，及时补充高层次、高规格的林业公安执法人才，非有独立的森林公安高专院校加以培养不可。据悉，我国现有森林公安人员近 5 万人，按照实际需要最少应补充 1 万人，而且急需的是高素质人才。我国修改后的《森林法》赋予森林公安以崇高的法律地位和新的职权，同时也对其从业人员必须具备的素质提出了更高的要求。出台以后的人民警察法规定，担任警察领导职务的人员，应具有大专以上的学历。可见，森林公安教育向高层次提升已势在必行。

南京警校深明大义，主动为国家的林业发展谋远虑、解近忧，可谓有战略远见矣。他们把艰难的工作担子挑起来，并有勇气向更高的境界攀登，其高度的社会责任感令人钦佩，在申办高专的运筹中所表现出的力争上游、开拓进取的精神更令人赞赏。

有道是"挑战与机遇并存"。申办高专是一次严峻的挑战，但也会为南京警校注入更大的办学活力，使其发展的道路越走越宽广，从这个角度看，的确又是难得的机遇；申办高专，是加速学校发展的宝贵机遇，然而也是严重的挑战：学校领导要有管理高校的能力，师资队伍要能适应大专教学，学校的教学设施、仪器设备和实习训练条件也都要能完全满足办学需求，即使这一切都具备了，筹办期间还需要做许许多多细致艰苦的工作，从这个角度看，的确又是严峻的挑战。南京警校及时抓住了机遇，勇敢而从容地迎接挑战，实在值得为之喝彩！更何况，如其申办成功受益的首先是森林公安事业乃至整个林业建设，这就更应该为之纵情喝彩了！

（刊登于 1999 年 10 月 21 日《中国绿色时报》第三版）

我国第一所森林公安高校诞生

江泽慧、王珉为新校揭牌，马福出席庆典

本报讯　10 月 30 日，国家林业局党组成员江泽慧和江苏省副省长王珉在一片掌声中，为新成立的南京森林公安高等专科学校揭开新校牌，这标志着我国第一所森林公安高等院校正式诞生。

新成立的南京森林公安高等专科学校位于江苏省南京市，经教育部批准在原国家林业局南京人民警察学校的基础上改建而成。学校改建后仍隶属于国家林业局，系专科层次，学制三年，面向全国招生。学校设治安管理系、刑事侦查系、人文社科部、警体教育部、信息技术中心、教学训练基地等，目前开设林业公安、治安管理、森林消防等专业、在校生 1800 余人。经教育部和国家林业局批准，学校已停止中专招生，学校办学规模暂定为 2000 人。

国家林业局党组成员江泽慧，局党组成员、副局长马福，江苏省副省长王珉出席了成立庆典大会。

江泽慧在南京森林公安高等专科学校成立庆典大会讲话中指出，南京森林公安高等专科学校的建立，是国家加强林业建设和生态环境建设的一项重要举措，是林业系统的一件大喜事，是森林公安战线的一件

盛事。

江泽慧说，随着我国林业改革的不断深入和林业重点生态工程的全面实施，森林公安肩负的保护森林资源、维护林区治安、保障林业可持续发展的任务日益艰巨而繁重，急需大批政治合格、作风过硬、业务精湛的专门人才，这是完成新时期森林公安任务的重要前提。南京森林公安高等专科学校的成立，开创了森林公安高等教育的新篇章，为加快森林公安队伍革命化、现代化、正规化建设提供了有力的保证。

江泽慧说，发展森林公安高等教育是科教强警的根本大计。各地森林公安机关要牢固树立"向教育要素质，向素质要警力，要战斗力"的意识，高度重视，全力支持南京森林公安高等专科学校的建设与发展。

江泽慧希望南京森林公安高等专科学校以此为新起点，努力把学校办成全国森林公安教育和科研的重要基地，成为森林公安高级警官的摇篮。

激流顺风走快船

——国家林业局南京森林公安高等专科学校掠影

今年 2 月，国家林业局南京人民警察学校被教育部批准晋升为高等专科学校。消息传来，业内人士无不欢欣鼓舞，更让警校的师生员工激动高兴了好一阵子。因为，他们的艰苦努力没有白费，获得了最崇高的报偿；因为，晋升高专的成功为警校未来的发展开辟了美好的前景：顺风顺水，正可扬帆远航。

直到记者 4 月底走访警校的时候，仍然能在一向严整、紧张、有序而又富有朝气的风范中感受到其间的欢乐与亢奋，依然能品味到那种在申办高专的岁月里形成并保持下来的激情洋溢的进取精神。然而，出乎记者意料的是，从学校最高决策层——党委书记周鸿升、校长苏惠民和他们的战友们，以及中层领导干部都感到了沉甸甸的压力，甚至这种沉重的压力感也传递到了广大师生员工的心中。苏惠民校长告诉记者：办高专可不是一件容易的事情，这意味着我们要为国家森警事业的发展培养和造就更高一级的专业人才，而且没有任何可参照的现成模式，全靠我们自己去探索、去创造一切必须具备的办学条件。我们面对的是激流、是挑战。现在说老实话，连歇歇脚、喘口气的功夫都没有，必须继续拼命奋斗！撂下这番话，苏校长便急匆匆地开会去了。

周鸿升书记为记者的采访组织了一个小型的座谈会。会上，大家各抒己见，分析了压力之由来。原来他们以为申办高专时反复论证研制的办学规划和教学大纲很完善了，但现在再一看就感到不完善也不够成熟了，需要站在更高的层次上重新修订。教材是个大难题，国内没有现成的可以拿来使用，几乎所有的专业课教材都要重新编写，而且时间又非常紧迫。难题最大的是师资，不仅数量不足，而且质量上也有很大的差距，其中感到压力更大的是重点学科没有高水平的带头人。还有，办高校要上科研项目，而科研也是一个重大的空白；同时，建警官基地的任务也加重了，人手显得很不够用。他们并不担心学校的硬件建设，因为硬件建设有国家林业局强有力的支持和地方政府的热情关怀，只要努力奋斗，是可以办到的。而最关键的是软件建设，尤其是师资力量的不足备，更难的又是寻找高水平的重点学科带头人。严圭老师担任公安第一教研室主任，是学校教师中仅有的一位具有研究生学历的高级讲师，但她学的是林学专业，要从事法警教学，尤其是从中专向高专跨越，也感到有诸多的不适应；张高文老师担任公安第二教研室主任，是刑警学院本科毕业生，并有8年的刑侦工作经验，但缺少研究生学历和高水准的林业相关学识。他们都是警校师资中的佼佼者，在原来的中专教学中，他们和自己的学校都处于上游层次中，而办高专后，一夜之间，他们似乎同自己的学校一样落入了共和国高校中的低谷。他们有失落感，而不少教师甚至产生了生存的危机感。让记者敬佩的是，带着这种新的感受，老师们比以前工作得更努力、学习得更刻苦，每天早来晚走，真正做到了以校为家。他们有一种被激流逼近的紧迫感，并认识到了学校的生存与发展，是自己生存与发展的前提。从见微知著的角度看，这实在是一种可喜的变化。

谈到变化，警校人给记者讲了许多耐人寻味的故事。警校升格以后，连学生也变得比过去紧张了，似乎他们也要成为大专生。也的确是，去年的今日，警校已开始同南林大合办大专班，招生简章发到在校的中专毕业班，却没有一个报名的；今年开始自己学校正式招大专生，这一届的中专毕业生一下子报了50多名，争着抢着要到高专深造。离退休的教职工也抑制不住自己的激动，既为学校升格感到高兴，也为学校办高专捏着一把汗，一时间到学校走动变得频繁起来，你一言，我一语，提了不少好的建议。为寻求高水平的学科带头人，学校已探讨用高薪聘用的办法吸引国内能人到校执教；同时力争自己培养，让高水平的人才脱颖而出。现已超常投入，送10名教师进行学历培训。周鸿升书记带领党委一班人通过开办专题讲座、组织干部教师到高校走访、下基层调研等方式，促进教师更新观念以适应兴办高专的形势；同时，他自己决心带头攻读博士学位以激励教师们积极进取的精神。3月下旬，警校以高专的身份参加了江苏省的人才招聘会，短短两天的会期，应聘者达90多人，其中有2名博士生、3名硕士生，其余的都是本科毕业生，其火爆的场面既让警校人感到新奇，又使他们深受鼓舞。据此，张南群、吴马可两位副校长都认为，我们应该树立信心，把压力变为动力去迎接新时代提出的挑战！

在会议室的一角，记者凝视着规划中的未来警校的模型，那是现代化的新一代森林警官的摇篮。想到警校人已经为此付出艰辛和努力，一种敬佩之情油然而生。站在一旁的周书记满怀信心地说，这一天会到来的，而且一定不会太久远！

（刊登于2000年5月15日《中国绿色时报》第三版）

将生命织入热土山林

——记宁波林校校长李贤超

今年 11 月 13 日的早晨，宁波林校的师生沐浴着和煦的阳光，像每一个教学日一样在操场上列队举行庄严的升旗仪式。校长李贤超望着鲜艳的五星红旗心潮激荡，渐渐地，目光开始巡视这美丽的校园，他深情地依恋着校园里的一草一木、一砖一石，依恋着那浸透了他无数心血的热土和山林，依恋着眼前这数百张充满青春气息的脸庞。

升旗仪式之后即宣布了宁波林校领导班子调整的决定：62 岁的李贤超退休了。

有人说李贤超是个怪人，抱着可以出国的路不走，却偏偏依恋什么苦巴巴的林业和教育。我作为《中国林业报》的记者，前些年对此就有耳闻。这次到宁波林校采访了解了李贤超的身世，才破解了这个"怪人"之谜。

李贤超，福建侨乡石狮人，祖上就通达海外，是名副其实的侨眷。他孩提时代是在一个具有五代书香之誉的小康之家度过的。父亲苍岩先生热心教育，涉趣诗坛，德高望重，曾两次漂泊菲律宾，其 9 个儿女有 7 个至今跻身国外，只有李贤超和一个妹妹在大陆生活。李贤超的确很有条件到菲律宾或我国香港等国家和地区过自由自在的生活，或远渡重洋到美国去留学，但他却由厦门读完高中考进了南京林学院林学系，把自己的生命织入了祖国的热土山林。1959 年，大学毕业后，李贤超既没进政府机关，也没能进高雅的科学殿堂，而是服从分配到当时地处四明山区的宁波地区农林学校当了教师。

四明山区贫穷落后，学校刚创建不久，各方面条件都很差，再加上国家正处在极度困难时期，要吃的没吃的，在这里任教一般人都难以忍受，何况李贤超还要承受"控制使用"的政治待遇。但他站住了，从此在林业教育这块贫瘠的土地上扎下了根。他打着赤脚，穿着草鞋，住进低矮潮湿的茅草棚；在油灯下备课，在广阔天地里教学，忍着饥肠辘辘带领学生在四明山上、相量岗巅整地造林。无论是教学管理，还是辅导学习样样做得都好，深受学生们的爱戴。1962年到1966年期间，他担任造林课教学，带领全校师生在四明山造了上万亩林，此后又结合生产实习率领学生协助嵊县、新昌、宁海三县开展森林调查和造林规划设计，有力地支持了宁波地区的林业建设。李贤超把这叫做结合实践进行教学，既树木又树人。为建立稳固的教学基地，1973年已成为学校林科教学带头人的李贤超应宁海县西溪乡的要求，帮助设计建设杉木用材林基地。学校师生与当地林农结合，共营造杉木林12000亩，使这个乡的林木覆盖率增长了29%，蓄积量增长了1.6倍。回忆这段经历李贤超至今颇感欣慰。他告诉记者，西溪乡已经不再是穷山恶水，到1989年通过间伐，全乡的林业收入就达75万元，现在农户更富了，家家过上了好日子。满山的杉木林长得郁郁葱葱，实在惹人喜爱！后来，他还带领学生在宁海县搞沿海防护林树种引种试验，在海岸滩涂上种植了白榆、木麻黄、法国冬青等精心选育的树种，为宁波地区海防林建设作出了贡献。

谈到"文革"动乱的经历，李贤超已淡化了对那凄风苦雨年月的印象，他只记得最怕人的是扣在他头上的两顶大帽子："里通外国"和"反动学术权威"。他说有党中央对侨属政策的保护和群众的关怀，熬过来了。他还记得调地区农委当秘书的三年经历，因为那是组织上对他的信任和厚爱。

李贤超不是怪人，而是实实在在的社会贤人。他献身林业的人生选择完全是出于依恋祖国的热土，出于一个善良知识分子拳拳的报国之心。党的多年教育，不断启迪着他的良知，使他越发苦恋自己的事业，决心与之同呼吸共命运。这种执著的追求支撑着他熬过了苦难的岁月，化解着"极左路线"带来的压抑感，向着自己确定的目标前进。四明山和西溪乡那两个1万亩山林可以作证，苍翠欲滴的宁海边的海防林可以作证，受过他的言传身教倾心教诲的学生们更可以作证。在学校长期处于动荡停滞的岁月里，李贤超奉献了自己的青春年华，换来了荒山披绿、人才成长的美好环境。

党的十一届三中全会给林业教育带来生机，也使李贤超在精神和思想上获得了解放。1979 年一度合办的农林两校开始分家，决定校址迁往奉化溪口镇单独办宁波林业分校，李贤超被任命为副校长。在他的努力下，1985 年学校改为林业部宁波林校，李贤超被任命为校长，后又兼任了党委副书记。他依靠广大教职工一面抓教育教学改革，一面扩大建校，日夜操劳，忘我地工作。经过十几年的艰苦奋斗，学校的专业由 1 个拓展为 3 个，又拓展到 6 个，开设了财务会计、计划统计、市场营销、审计、计算机应用、园林绿化等专业，在一片荒芜贫瘠的基地上建起了 20000 平方米校舍。现在，学校拥有一流的图书馆和试验中心，配备了足够教学使用的 386 型计算机、48 座语音设备、卫星接收录像、闭路电视网等现代化的教学设施，以及实习林场、苗圃、温室、盆景园、树木园等教学基地。近几年，又同加拿大等国家和地区建立了合作关系和校际交流，与北京林业大学联合办学，开办了高等函授教育，培养高层次的人才。如今的宁波林校跻身在风景秀丽的溪口镇，掩映在绿树繁花之中，已经是一所以财经类专业为主，兼有工科、生物学科的综合性中等专业学校，在校生已达 800 多人。

李贤超回忆起伴随着祖国改革开放、他先后 17 年当校长的经历，一切往事都像昨天发生过的一样，话语里流淌出来的都是幸福与甘甜。他特别感谢党给予他的信任，使他有了施展才能的机会；他特别感谢相濡以沫的同事和教职工对他的理解和支持，使他能纵情地绘制学校发展的蓝图，并和大家齐心协力把梦想变成现实；他特别自豪，学校能敞开大门向全国 27 个省市招生，把辛勤的耕耘织入祖国的大地。

他唯一感到遗憾的事是，在市场经济大潮的冲击下一些年轻教师流失了，他们耐不住溪口的偏僻和教学生涯的清苦。他感到他有责任，还有许多工作要做。

但是，他退休了。

李贤超一米七几的个头，身材瘦削，黑黑的脸庞上洋溢着书卷气，架着一副琥珀色的眼镜，从镜片后透出深邃而自信的目光，头发浓黑，实在看不出是一位年逾花甲的老人。

谈起平生的经历感受和退休后的感想，李贤超说："我是侨眷，出国很容易。但我舍不得离开祖国。出去了，即使成了富商大贾，也是等外公民，不如学习、工作在自己的土地上踏实。

"别人嫌林业穷困，我选择了林业；别人嫌教育清贫，我选择了教育。我对自己的选择无怨无悔。

"退休是人生道路上的又一个新起点，退是退了，但恐怕很难休息。我还有许多事情要做。"

敬业者的情思

——访洛阳林校校长许思臣

学校的教学区幽雅安静，操场上的体育课进行得热火朝天，清洁优美的校园令人赏心悦目，学校西南面一座多功能的教学大楼正待拔地而起。这是记者 3 月末走访洛阳林校看到的情景。

校长徐思臣，50 多岁，是 1992 年从三门峡市林业局长改行干教育的。他受命于学校的困难之时，但他凭着一名共产党员的坚强意志和虔诚的敬业精神，团结全校的教职员工把学校的工作一步步地推向前进。

整章建制抓班子，是徐思臣敬业情思的第一步。徐思臣上任后，研究制定了 31 项规章制度，分解出的 51 个岗位，并且都健全了工作职责，使教学管理实现了科学化和规范化。学校的领导班子率先垂范，从而有效地化解了矛盾，出现了团结协作的新局面。

体贴关心育人才，是徐思臣敬业情思的第二步。学校在政治上对教师给予极大的关怀，制订的培养目标是：高尚的道德品质，深厚的业务功底，无私的奉献精神。在工作上严格要求，从 1992 年开始，青年教师实行了坐班制。同时，在生活上对教师体贴关怀。学校新建了一个大餐厅，让师生们吃上了可口的饭菜；新建了两栋家属楼，使教职工都能安居乐业。目前，钻研教学、精心育人，已在洛阳林校蔚然成风，教师队伍的整体素质有了明显的提高。

狠抓教研上质量，是徐思臣敬业情思的第三步。老徐上任后就对教学研究工作紧紧抓住不放，并视之为教育办学的生命。1991年河南全省127所中专学校评估办学条件，当时老徐的工作起步时间不长，学校在评估上获得了排名第9的成绩。1992年全省中专评估教学水平，洛阳林校被评为甲级学校，总分为97.2分；在化学统考中，洛阳林校学生的平均分数名列第一。去年林业部检查评估全国的林业中专的教学水平和办学质量，洛阳林校又获得了97.6分的好成绩，被评为优秀。

大办经济实体增后劲，是徐思臣敬业情思的第四步。学校的办学经费紧张，老徐开始筹建经济实体。他们先推倒了学校东边的院墙，临街建起了57间门面房，对外出租，每年可以净收资金20多万元；开办苗圃、花卉温室，既可以用于教学实习，又可以经营获利，每年收入2万元；去年学校又建了一个汽车修理厂，既可以上林机专业课，又可以揽外活，年收入达十几万元；去年5月，学校创办了一家粘合剂厂，专门生产建筑用胶，又新上了生产无机粘合剂的设施，将会有可观的效益。学校有了经济实力对进一步改善办学条件，提高教职员工的福利待遇，稳定教师队伍，将会产生积极的作用。

这位谈吐文雅的领导者，正在设计着他敬业情思的第五步、第六步……

徐思臣的理解是，在学校，一个领导者的敬业不能只停留在口头上，要对事业投入真情实意，要想方设法为教育、为师生办实事、办好事，千方百计地把教学工作抓上去。老徐对记者说："我不是能人，但我能团结领导干部和群众，努力调动大家的积极性。洛阳林校的发展和进步，是靠全体干部职工共同努力取得的，正是由于大家的共同努力学校才会有今天。"

洛阳林校今天是美好的，凭着敬业者的情思，学校的明天将更美好。

（刊登于 1994 年 5 月 6 日《中国林业报》第三版）

把情与爱洒满雪域高原

——访西藏农牧学院见闻

初夏时节，记者走进西藏，到林芝去采访西藏农牧学院。这正是雪域高原最美好的时节。大地冰雪融化了，到处洋溢着和暖的气息，景色变得更加明丽，连空气都是甜润润的。林芝地处西藏东南部，平均海拔4000 米，雪山、蓝天、白云、草地、飞花碎玉的尼洋河、林木茂盛的色季拉山，铺展开美丽的画卷。

西藏农牧学院就坐落在林芝的八一镇。八一镇不大，是林芝地委、行署的所在地。近年来，借助广东、福建两省对口援藏的外力以神奇的速度发展起来，不仅有了繁华的商业街，还有了现代风韵十足的文化广场和规模很大的优雅秀丽的公园。人们说不清，是因为农牧学院小镇才受到如此的重视变得生机盎然，还是因小镇的兴起让农牧学院备受注目并为其更快发展注入了活力。但是，能够说清楚的是：西藏农牧学院是中国含"林"字号的高校中，所处地势海拔最高的一所。这里地处偏远、高寒，能在这里坚持工作的人个个都是英雄好汉！

学院始建于 1971 年，初期只是西藏民族学院林芝分校，1978 年经国务院批准独立建院招生。学院不仅设有农、林、牧等专业，而且还设有水电学科，坚持服务"三农"和科教兴藏是它办学的方向，这种在相关学科领域里的高度综合性更是它办学的一大特色。

创业是无比艰难的。但全院的师生员工心系西藏高原的今天和明天，把满腔的情和爱洒向了这片家园热土。他们发扬艰苦奋斗的精神，一砖一石一草一木地建设美化着自己的校园，一步一个脚印地向着教学科研的高峰攀登。如今，西藏农牧学院已拥有 7 万平方米的校舍，座座高楼掩映在秀丽的园林之中。学校设立了农学系、林学系、畜牧兽医系、水电工程系等基础课与成人教育部和一个闻名全国的高原生态研究所，开设了本、专科总计 20 个专业。30 年来共为西藏农、林、牧、水电各行业培养了 6000 多名各类毕业生。他们中间大多数已成为西藏经济建设的骨干力量。学校设有电教、微机、语音、植物组织培养、动物疾病诊疗中心、水电综合实验中心、生物技术中心、分析测试中心等 51 个教学科研实验室，并依托色季拉山的茫茫林海和农牧区的广阔天地建起了高原生态定位站和设施比较完备的教学实验农场、牧场、果园、苗圃、饮料加工厂和水电站，广泛地开展了科学研究、科技开发和技术推广，先后承担了国家有关部委、自治区以及其他单位委托的科研项目近 200 项，获得各级科技奖励 70 余项，出版专著和科普读物 30 余部（篇）。

西藏农牧学院党委书记、院长彭隆全同志，重庆人，是个老援藏干部。他 1965 年大学毕业后一往深情地来到西藏。他 36 年无怨无悔，一心扑在农牧学院的发展建设上。他告诉记者，中央第三次援藏工作座谈会后，随着第一、二批援藏干部进藏和中央各部委（局）以及兄弟院校援藏力度的不断加大，西藏农牧学院在教学与科研上得到了迅速的发展。学院过去办学以专科和中专为主，1995 年以后借助援藏干部雄厚的专业实力，将本科专业由 6 个增加到 12 个，办学层次也由以专科为主调整为以本科为主，并正在积极申请重点学科的硕士学位授予权，实现了多层次、多形式、多规格办学。对口援藏以前，学院教师中高级职称人数只有 13 人，占教师总数的 6.4%。对口援藏之后，这些援藏干部凭借专业特长，充分发挥了"传、帮、带"作用，实行导师制，极大地提高了青年骨干教师的教学水平。去年，学院与内地有关院校联合举办了"农作物栽培学与耕作学""动物遗传育种与繁殖学""森林培育学"和"水利水电工程学"4 个研究生课程培训班，以提高教师的学历。通过努力，目前学院教师的高级职称人数已达 43 人，占教师总数的 23.3%。对口援藏以后，学院的科研经费年均增长了 9 倍，年均通过鉴定的科研成果也增长了 9 倍，获奖的科研成果增长了 11 倍。科研水平的提高增加了产业开发的科技含量，也加快了科技成果转化的速度。学院研制并生产的西藏野桃汁、西藏沙棘汁青稞酒、红景天袋泡茶等产品受到市场青睐；规划设计并实施完成的福建公园、广东文化广场等绿化项目通过验收，并受到好评。

西藏农牧学院每一点进步，每一项成绩的取得，都浸透了忠诚于祖国的赤子们对雪域高原的依恋深情。

林学系是西藏农牧学院的一面旗帜。它教学科研实力强，馆藏林业信息资料是全自治区最多、最具权威性的；农林经济管理、林学动植物检疫、木材科学与工程、生态学、森林资源保护与游憩、园林、林业信息管理与信息系统是林学系的强项课程。近年来，林学系在教学中不断引进高科技内容，并在科研上一次次地攻破难关，获得了越来越多的科研成果。

林业系统不少人都知道，西藏农牧学院有个高原生态研究所，最早是南京籍教授徐凤翔女士创建的。现在，研究所已实现了由"小木屋"到科研楼的跨越。学院十分珍视徐凤翔教授为雪域高原生态系统研究开创的光辉业绩和她留给学院的宝贵的精神财富，在研究所的植物园内建造了一座同徐教授当年在波密的山林中居住的一模一样的小木屋，以启示科研人员永远踏着徐教授的足迹前进。国家林业局依托高原生态研究所已在色季拉山建起了一座"西藏高山生态系统定位站"，由此，把生态监测的视野扩展到了西藏高原。

告别农牧学院时，记者躬身领受了院领导敬献的洁白的哈达，心里为之感动。然而最让记者感动的是，学院的教职员工把那深深的爱和浓浓的情洒进西藏的荒原、大地和山林，内地来的老援藏们也常常把这爱和情带进他们思乡的梦中……

（刊登于 2001 年 6 月 13 日《中国绿色时报》第三版）

献给为祖国的绿色事业执著奋斗的朋友们

岁月留痕

SUI YUE LIU HEN

（下）

李树明 ⊙ 著

中国林业出版社
China Forestry Publishing House

自　序

　　这是一本新闻与散文作品的自选集，是在很多朋友的帮助与推动下问世的。之所以取了一个"岁月留痕"的书名，目的是想给我的那些还不算十分蹉跎的岁月留下一点痕迹。

　　有道是，新闻是时间上的易碎品，除部分散文外，书中大多是林业报刊上的新闻作品，它们似乎已经完成了自己的历史使命，成为了过去。但是，由于珍惜它们的存在吧，便把其中还有些许价值的作品编辑起来再一次给人们讲述那些曾经发生过的故事。因为，昨天的新闻，也正是中国林业曾经有过的历史。

　　这些作品大多是有关林业与生态建设的报道，涉及植树造林、绿化祖国、防沙治沙、修复生态、保护环境、改善民生等等，以及"林家铺子"里的大事小情，所关涉的都是祖国的绿色事业。报纸是这一绿色事业的新闻载体，1987 年 7 月 1 日创刊时称《中国林业报》，这报名是当时林业部的司局长们投票选择的，并曾十分郑重地迎接过这个新生婴儿的呱呱坠地。1998 年，随着林业内涵的日渐丰富、报道内容的逐步扩展、办报人的认识与观念的持续提升、受众范围的不断扩大，遂更名为《中国绿色时报》，到现在已经运行超过 20

个年头了。

记得，刚办报时，那是上个世纪80年代中期，正值改革开放的春天里，报纸还实行着铅字排版，疲惫的森工林区正在"两危"的困境中挣扎，林业在社会公众的意识里大多是干着挖坑栽树、采伐造材、护林防火等事项的经济类行业；而我们对何为"生态"、这"生态"和"林业"到底是什么关系，在理论认识上懵懵懂懂，连"可持续发展"都是颇为新鲜的词语。可是今天，这一切都发生了天翻地覆的重大变化。森工企业早已摆脱了"两危"困境，过去的采伐工一批批变成了种树人和护林人；林业的地位、肩负的使命和所发挥的作用，都得到了空前的提高并被社会认同，受到党和国家决策层领导和社会公众的普遍重视；从那时起，我国林业连续实现了森林面积和蓄积量的双增长，营造了世界上面积最大的人工林，全国森林覆盖率从12.7%提升到22.96%，成为全球森林资源增长最快的国家；从"风沙紧逼北京城"到"蓝天保卫战"大见成效，从"沙逼人退"到"人进沙退"，一座座沙丘牢牢锁定，一片片沙漠化土地变成了绿洲，并带动了沙产业的崛起和发展；林业的年产值已达到几万亿元，广大林农依靠林业脱贫致富已成为不争的事实；以三北防护林工程为先导的一大批生态修复工程迅速发展，长江中上游防护林体系工程、天然林保护工程、退耕还林（草）工程等也已大见成效，建立以国家公园为主体的自然保护地体系也取得了良好成果；大数据、人工智能、航空航天技术等高新技术已在林业生产建设中得到了广泛应用，创造着无比巨大的综合效益；林业报刊早已实行了激光照排，编采工作也告别了纸与笔，电子网络平台已运行多年，并被使用得得心应手；"生态""可持续发展"这些词语都成了时报上最常见的习用词、常用语。

我在报社主要从事编辑工作，有时也做记者进行实地采访，这就有机会把所见所闻所思所感写成报道，随岁月流逝形成了几十万字的文稿。其中，有的是专程采访得来的，有的是偶然相遇抢到手的，也有一些是自己"蓄谋已久"经过精心策划挖掘来的。现在看来，都是曾经发生过的真实的故事，并感动过自己，也希望能感动别人。文集中，除了新闻报道以外，还有一组生态文学论稿、两篇林业文化论稿，还有一组新闻论稿，都是曾经刊登在林业报刊上或相关的文集中的。这算是我对这三个专题的研究心得。《中国沙产业开发与实践》，是我在退休后接受中国治沙与沙产业学会交办的任务而采写的23篇述评。河北塞罕坝机械林场是蜚声中外的建设生态林业的典型，被誉为"治理地球的中国榜样"。我曾有幸应邀赴塞罕坝林场实地采访，为林场的展览馆代笔写下了解说词，这次也把这篇解说词一并收到了文集里，以示对塞罕坝人的敬重。此外，我在退休后被国家林业局宣传中心聘请担任报刊审读员，曾对7种局管报刊做过11年的审读工作，留下了一定数量的"审读报告"和"审读手记"，也在这次编辑文集的过程中，选择了5组文存放进了书里，或许对从事编辑工作的人会有些许帮助；书中的"亲情友情乡情"栏目里的文章，是我退休后撰写的，它们既是我成长的记录，也是我心路历程中沉淀下来的感受，如能引起读者的共鸣，这对我将是一种幸福。

需要说明的是，其中有一些报道是我和我社记者共同采访、由我执笔完成的——如若有不当之处，那是我的失误；如若报道还算成功，那是我们共同拥有的。《让绿色铺满中华大地》(《中国林业报》

发刊词）是我代表报社编委会采写的，我只是执笔者，也放到了文集里，以示纪念。在这里向一切帮助过我的同事、报社的编辑记者们表示由衷的谢意！

这个文集能顺利出版，要感谢我社内的朋友邵权熙、郝育军、刘宁、刘慎元、杨玉兰等人的热心帮助，也要感谢我的朋友郭颖在整合与校对文稿上给予的热心支援，还要感谢中国林业出版社的领导，特别是刘东黎、王佳会二位先生和于界芬女士的鼎力支持。请他们接受我言轻意重的致谢！

李树明

二〇二〇年七月三十日

目　录

自序

生态文学

新闻论稿

亲情 友情 乡情

语言文字

林间散记

神奇美丽的大瑶山

　　冬天的大瑶山是什么样子？我没见过，今夏我去过大瑶山，她碧绿碧绿的，那么神奇，那么美丽。

　　7月中旬，我随一伙儿记者走进广西金秀大瑶山采访水源林保护区，同时游览了大瑶山国家森林公园莲花山风景区，她美轮美奂的倩影给我留下深刻的印象。

　　莲花山是大瑶山的一个景区。这里距县城只有14公里，交通很便利。汽车从县城出发，沿着碧绿的林荫道行驶，一直可以开到莲花山的园门。门前已成药材集市，售药者大多都是乡间的瑶医，药材都采自大瑶山，早已闻名遐迩，吸引着进出园门的游客。

　　进入园门，一位瑶族小姑娘（人们叫她瑶妹）给我们做导游。瑶妹走在前边，带着我们一路山歌地走上山来。游山的步道是新整修的，随山势而蛇行起伏。不多时，走到分岔路口，我们接近了莲花山的腹地。再往前走，那黄山之秀、庐山之幽、泰山之雄奇便一幕一幕地在眼前展开，让人目不暇接，并被大自然的鬼斧神工而折服，同时也更深深地慨叹于大瑶山的神奇和美丽了。

　　莲花山的魅力更主要表现在石峰、石林上，不仅多，而且奇，幻化出万千形态，有的像情侣，有的像顽猴，有的像雄狮，有的像伤心的怨妇，有的又像沉思的智者，令人产生无限的遐想。瑶妹一边走一边指着一座座奇峰、一块块怪石给我们讲述着它们演绎出的一个又一个美丽动人的神话和传说。我一向以为这都是导游们杜撰的，深不以为然。但这一次，却由于故事里寄寓着瑶家儿女独特的文化心理和对美好生活的向往与追求，竟听得格外入神，有时竟然感到动魄惊心。

　　其实，莲花山最美的是她的生物世界。满坡满岭的奇花异草，满山满崖的珍稀古树，简直是个天然的大植物园，展现着大瑶山的生机和活力。山谷里，在绿树的掩映中是清澈的溪流，叮咚的山泉应和着百鸟的歌唱。我们一路走一路听瑶妹们唱歌，整个身心都融进了瑶家奇妙的风情里了。据说，瑶族是讲究男女对歌的。听说大伙儿要听对歌，做导游的瑶妹就大大方方地同过路的一位瑶族小伙子对起歌来。自然是甜美的情歌。那歌词直抒胸臆，是信口编成的，音调却柔婉而流畅。唱完歌，大家喜不自禁，邀请瑶妹一起照个相。众人站好，快门刚要按下之际，不料小瑶妹揪住了旁边一位年轻记者的耳朵，这一刻定格在相机的底片上了。这一举动表示："侬姣"（瑶语对女子的称呼）看上了"侬给"（瑶语对男子的称呼）。引得众人开心地大笑起来。

不知不觉中，又绕过了不知多少参天古树，穿过了不知多少危崖深谷，突然来到了原来的分岔路口，前面便是人们走进莲花山的路。

像莲花山这样神奇美丽的景区在大瑶山还有多处，已开发出来的除莲花山以外还有圣堂山、天堂岭、五指山、罗汉山，都是风光旖旎的旅游胜地。

大瑶山，一个世所罕见的风水宝地，真该好好地保护啊！

大瑶山的诉说

金秀大瑶山——享誉祖国大西南的"天然绿色水库"，以其 158.59 万亩水源林为其周边 5 个地市、8 个县、41 个乡镇的 85 万亩农田、近 200 万人口直接提供着用之不竭的宝贵水源，受其惠泽的地区尚可扩展到西江流域的部分地区乃至珠江下游。为了青山常在，碧水长流，世世代代居住在这座"万宝山"上的瑶族同胞守护着山川草木，自己却过着清贫的生活，甚至有的至今尚未得到温饱。值此"西部大开发"之际，需要悉心听听——大瑶山的诉说。

大瑶山地处广西中部偏东的巍巍群山之中，属柳州地区的金秀瑶族自治县，山川奇秀，资源富集，是座"万宝山"，被世人誉为"桃源仙国""天然的绿色水库"。

金秀全县总面积 2513 平方公里，而大瑶山就有 2080 平方公里，占去了 80%，是全国瑶族同胞最集中的居住地。大瑶山是富有的，而金秀人却是贫穷的。在国家"八七扶贫攻坚计划"中，金秀被列为国家重点扶持的 48 个贫困县之一，被广西列为自治区重点扶持的 24 个贫困县之一。

金秀、大瑶山、瑶族同胞，血脉相连，结下了不解之缘；大瑶山的富有与贫穷，相互交织，相伴相随——都在历史与现实交错的时空中演绎着一个个既让人欢欣鼓舞，又让人感到凄婉酸心的故事。

金秀大瑶山是座"万宝山"

大瑶山有茂密的原始森林，为地球同纬度地区之所罕见。

金秀县森林面积 329.35 万亩，森林覆盖率达 87.34%，其中有弥足珍贵的阔叶水源林 158.59 万亩。

大瑶山，由于地理位置特殊，地形复杂，气候多样，土壤肥沃，形成了极其丰富的植被类型。据调查，金秀及其大瑶山有维管束植物 213 科 870 属 2335 种，分别占广西植物区系科、属、种之总数的 76%、52%、39%，其中有银杉、桫椤等 24 种是国家重点保护的珍稀植物。据专家鉴定，这里共有 4 大植被类组、9 个植物类型，是个硕大的天然植物园。大瑶山动物资源也极其丰富，有陆栖脊椎动物 360 种，属国家重点保护的有 12 种，其中一类保护的有瑶山鳄蜥，二类保护的有猕猴、短尾猴、大鲵、山瑞、红腹角雉，三类保护的有白鹇、穿山甲、小灵猫、林麝、毛冠鹿、苏门羚。大瑶山是宝贵的生物基因库，它是金斑喙凤蝶惟一的故乡，瑶山鳄蜥和银杉又是大瑶山特有的孑遗生物。

大瑶山山大、林广、雨多、河密，是广西重要的水源林区之一，也是珠江水系的一个重要的发源地。大瑶山有集雨面积 10 平方公里以上的河流 25 条，总长 1683.8 公里，呈放射状流向周边分属柳州、梧州、桂林、玉林和贵港 5 地市的 8 个县、41 个乡镇，河网密度达 0.74 公里/平方公里，年产水量 25.7 亿立方米，蕴藏的发电量达 26.46 万千瓦，为流域内 570 多处引水工程、1620 多座山塘水库和 500 多处山区水电站提供着取之不尽、用之不竭的水源，灌溉着 85 万亩水田和 1226.5 万亩耕地，为近 200 万人口直接提供着生产和生活用水，为桂东南社会经济的可持续发展发挥着举足轻重的作用。

大瑶山大部分属丹霞地貌，山峰雄奇秀美，峡谷溪流清澈，丹峰、绿树、碧水、白云相映生辉，风景如画，而且冬无严寒，夏无酷暑，气候温润，四季如春，是岭南最理想的旅游避暑胜地。如今已开发出圣堂山、天堂岭、莲花山、五指山和罗汉山等风景旅游区，在绮丽的山水风光中又融入了浓郁的瑶族风情，展现出无穷的文化魅力，是名副其实的"桃源仙国"。

大瑶山还有丰富的矿产资源和土特产资源。境内有铁、铜、铅、锌、钨、锡、金、水晶、重晶石、方解石、石英石、彩色大理石、彩色花岗岩、石灰石、云母、稀土等十几种矿产、近百个矿点，且具有矿石品位高、质量好、埋藏浅等优点。其中重晶石储量 250 万吨，硫酸钡含量超过 80%，已探明彩色大理石储量 3000 万立方米、彩色花岗岩近 3 万立方米、金秀红花岗岩 1100 万立方米，已发现 5 个金矿矿点，总面积 40 平方公里，矿砂含金量一般每吨为 5 克，最高的达 102 克。大瑶山盛产灵香草、绞股蓝、香菇、玉桂、八角、桐油、油茶、甜茶、山苍子、灵芝、生姜、木耳、黄笋、蕨菜和丰富的中草药材。其中，尤以灵香草、绞股蓝、香菇、玉桂久负盛名，不仅享誉中华，而且远销东南亚、欧美各国。把大瑶山的灵香草放在书橱衣柜里，不仅可防虫，而且浓浓的香气可保持 30 年。凭借大瑶山丰厚的药材资源培育出的瑶医在中华医学中独树一帜。据说，瑶族妇女产后用大瑶山上的草药配制的药液洗浴，三天后即可下田干活儿，并终生不留残疾。

更重要的是，大瑶山是一片尚未充分耕耘过的"净土"，不少地方至今保存着古朴的原始风貌，尤其是完好地保存了亚热带的森林生态系统，展现了巨大的生态价值。所有体味过西北大漠荒凉、渴求绿色的人们，所有厌倦城市喧嚣、企盼回归大自然的人们，只要走进大瑶山，目睹了它的大森林的风采，无不惊叹于它的富有和盈实。

金秀人付出了巨大的牺牲

金秀人热爱自己的绿色家园——大瑶山。特别是世世代代深居于大瑶山里的瑶族同胞，他们住山、爱山、靠山、养山，从不轻易毁坏山上的林草植被，因此，虽经数千年的兵火战乱和世事变迁，大瑶山的森林植被仍能得以安然幸存。他们历尽了艰难和清苦，把茂密的水源林，丰沛的甘泉水留给了当代人和后辈子孙。这不能不说是个奇迹！不能不让人对金秀县人民满怀敬意！

金秀人为保护大瑶山的水源林付出了艰辛和努力，作出了巨大的贡献。党的十一届三中全会以后，金秀县在山多耕地少的情况下毅然作出决定：禁止毁林开垦，水源林区坡度大于30度的坡耕地一律实行退耕还林。金秀县有个以杂木为原料的纺织器材厂，年创利税120万元，但为了保护水源林，减少资源消耗，1981年在县财政极为困难的情况下果断作出决定，让这家企业转产。1982年，金秀县又将老山伐木场改为采育场，两年后又决定完全停止其采伐，改为营林林场，由此，县财政不仅每年损失20万元利税，而且背上了向林场拨付数万元事业费补贴的包袱。进入80年代中期，市场经济的大潮开始波及金秀，保护大瑶山水源林面临着越来越严峻的挑战，如不加强行政管理与执法力度恐难以为继。于是，1987年经自治区人民政府批准，金秀县成立了广西大瑶山水源林自然保护区管理委员会，并设立了办公室；1990年，又成立了保护区公安分局，并在林区设立了9个公安派出所；1994年又将保护区管委会改建为管理处，并在水源林区设立了15个保护站。从此，大瑶山的水源林保护有了可靠的组织保障。与此同时，金秀县为使青山常在，碧水长流，一面积极筹措资金，发展小水电，实行以电代柴，大力推广节柴灶；一面发动群众实行封山育林，大搞植树造林。截至1999年底，全县的森林面积由1987年的196.93万亩增加到329.35万亩，新增132.42万亩；其中水源林面积由113万亩增加到158.59万亩，新增45.59万亩；森林覆盖率由1987年的52.6%增加到87.34%。同时，改燃节柴15.21万立方米，相当于保护了4.1万亩森林免遭砍伐。金秀县彻底划清了水源林防护区的界线，并于 1998 年 4 月正式宣布停止砍伐一切防护林，严禁柴炭上市外运，禁止捕猎珍稀野生动物，全面实行封山育林；今年自治县又通过人大立法，从 6 月 1 日起，全县 25 度以上的坡耕地一律退耕还林。

金秀人保护大瑶山的水源林是卓有成效的，不仅有效地扩大了森林的面积，使大瑶山水源林涵养调节水源的功能得到了充分的发挥，而且有力地维护了桂东南地区的生态平衡。

然而，金秀人却为此付出了巨大的牺牲。

前不久，记者随"西部大开发，建设绿色家园"考察宣传组到金秀县采访，听县委书记江文术讲述金秀人目前面临的艰难处境，把他列举的事实连缀起来实际上就是一个让人心情沉重的账单：

—— 为保护大瑶山水源林，不能不实行禁伐和退耕，由此，全县林农减少收入 1233.86 万元，林区 4.9 万群众人均年收入减少 252 元；

—— 县财政每年减少竹木特产税、工商税、加工增值税、林副产品特产税的收入总计 560.5 万元；

—— 林业部门每年减少林业"两金一费"收入 420 万元；

—— 两家国有、15 家集体所有的木材加工企业被关闭停产，企业年利润减少 125 万元，县财政为安置下岗职工，每年支付生活补贴费 27 万元；

—— 大瑶山水源林占用的林地不能再培育用材林和经济林，只有投入没有产出，此项付出更无法计算。

这对于至今还是国家级贫困县的金秀县来说，无疑是极大的经济负担。县长莫忍章无限焦虑地说："我们金秀人简直是手捧着金碗要饭吃！我这个县长心里难过啊！但水源林不能不保护，为保护大瑶山的水源林，已有 1.1 万人返贫。"

大瑶山的贫穷与困惑

到大瑶山的第一天，我们在县里看了一个电视专题片，讲的是距县城 45 公里、地处水源林保护区的一个叫古兰屯的小村庄的贫困状况和赵进安老人一家在温饱线上苦苦挣扎的辛酸故事。我的心不禁沉重起来。

第二天，带着同样沉重的心情，走访了忠良乡永和村板显屯村长蓝永忠一家。蓝永忠，一位淳朴厚道的年轻人，看上去三十多岁，一脸驱不散的愁容。站在他家阴暗潮湿的木屋里，掂量着破桌凳、破碗橱、冷灶和脏兮兮的铁锅，全部家当的价值恐怕不会超过 50 元。踩着摇摇晃晃的木梯走上去窥探阁楼上的卧室，板床上堆放的是破旧的棉絮。走下来到厨房揭开锅盖，锅里残留着一家人吃剩下的野菜和红薯。那历经数十年烟熏火燎和岁月风雨剥蚀的老屋，屋顶虽看不到户外的天空，但已四壁透风。我们实在无法把大瑶山上的这位村长和沿海地区出行时能坐桑塔纳的那些村长联系起来；同时也不敢相信，中华人民共和国成立已50 年，瑶族同胞还生活在如此贫困的状态之中。

据蓝永忠介绍，板显屯与古兰屯同属于忠良乡的永和村。板显屯有20 户人家，83 口人，均属瑶族，是茶山瑶一支。人均有水田 0.16 亩，有坡耕地 2.5 亩，年打粮 50 公斤，收获红薯或木薯 300 公斤；另有 3亩林地，种杉木或茶叶等经济林。由于山地瘠薄，一般种一年粮就得改种树。种粮自己吃，种的红薯、木薯拿出去卖。粮食主要是玉米。由于地太少，大多数人家粮食不够吃。每天吃的只有玉米、红薯、木薯，青菜或野菜，只有逢年过节才能吃点肉。村民除种地以外，采点土特产，或卖杉木换点微薄的收入来维持生活。年人均收入不足 500 元，因此没有钱买其它的生活用品和供小孩子读书，更谈不上修建房屋了。日子过得都很清苦。蓝永忠一家 6 口人，一个弟弟在外打工，能寄回的钱并不多，卖点草药、茶叶赚点钱，有时卖点杉木。他说，他在这个村（屯）是中等户，这个村（屯）在大瑶山里也不算最穷的。因为板显屯离公路近，交通方便，大山里有的村连吃水都困难。

村里的群众反映，五六十年代村民有耕作区，日子自然好一些，现在没有耕作区了，到处都是水源林，树需要保护，不能砍，生活问题就解决不了了。他们说，他们拥护保护树木，保护水源林，只是要给他们一点耕作区，粮和钱都要补一点，小孩子上学要减免点学费，只要有地种，有饭吃，有衣穿，孩子能念上书就行。迁出去？当然愿意，只要政府能帮助解决生产和生活问题。

记者在采访中了解到，金秀县的扶贫工作是很有成效的。开展"八七扶贫"攻坚以来，全县的贫困人口已由5276户、24800人下降到1999年底的2625户、11778人；全县人均年收入由1995年的1016元增加到1999年底的1750元，年人均增加146.8元。但增加最快的是非林区乡镇的农民。全县的交通和人畜饮水问题得到基本解决，贫困面貌初步改善；特困户安置了136户、680人，落实耕作土地8761亩，安置户人均年收入达到1100元。同时金秀县为拓宽群众脱贫致富的门路，实行了小区综合开发，建起毛竹、八角、水果、茶叶4条林带，总面积20.95万亩，辐射农户5414户、66330人（含山外乡镇非贫困人口），为经济发展、群众脱贫致富打下一定基础。但群众的经济生活基础薄弱，贫困群众大部分生活在林区，大部分靠林副业收入来维持生计。随着水源林保护和退耕还林的实施，群众拥有的耕地面积在日益缩小，林副业生产日渐萎缩，一遇天灾人祸极易返贫。金秀县目前尚未脱贫的人口有11778人，80%生活在水源林区。其中特别贫困的，即处在古兰屯、板显屯群众那种境况中的，有263户、1140人，他们生活在水源林的核心区，生活条件更为艰苦，脱贫难度更大。

群众日子过不下去怎么办？免不了还要复垦和乱砍滥伐。记者在采访中调查了十二步屯村民赵秀珠毁林开荒的情况。赵秀珠家住金秀镇共和村十二步屯，全家7口人只有3亩耕地，一分水田也没有，年人均收入只有100元左右。他每年靠外出打工和政府救济的每人35公斤粮食维持生活，日子过得十分艰难。因耕地少，他便举家搬到金忠公路19公里处一个叫有用的地方居住。今年3月，赵秀珠为谋生砍了平社村口处1亩集体的杂木林（立木蓄积量约3立方米），砍后打算种黄豆和小米。毁林开荒后，水源林保护区公安分局依据《森林法》44条规定作出处理：对赵秀珠罚款500元。赵秀珠认识到砍伐水源林是违法的，保证今后不再砍树。这出由贫穷和愚昧酿制出来的悲剧，除留给人们必须维护法律的尊严、严格保护大瑶山的水源林这一警示之外，似乎还有一种深深的酸楚和苦涩。赵秀珠毕竟是个别人，绝大多数的瑶族同胞却忍耐贫穷，让水源林的树木茁壮生长，在他们默默的牺牲与奉献中简直有一种尽忠报国的悲壮！

与贫困群众相联系的是贫困的企业及其职工。如老山林场，过去以伐木为业虽不富有，但钱花得顺畅，职工生活乐而无忧；现在对经营的4.3万亩水源林只能严封死守，断了收入来源便堕入了困境。职工每年至少有6个月领不到工资，只有100元生活费聊以度日，林场已沦为广西的特困林场之一。

大瑶山，因有水源林而富有，也因有水源林而难以摆脱贫穷。

大瑶山的出路在哪里？

大瑶山的深情呼唤

面对大瑶山的困惑与贫穷，记者突出地感到，大瑶山需要理解，需要关怀，需要扶持，需要救助，但更需要有公平的回报！

广西壮族自治区林业局副局长廖培来对记者说，金秀县对广西壮族自治区的贡献非常大。大瑶山的水源涵养林对广西的社会经济可持续发展起着举足轻重的作用，它的水源最丰沛，流域面积最广，流程也最长，是广西的第一水源。瑶族同胞守着这片林子有树不能砍，有地不能种，几乎没有什么补助。自治区一年只给金秀100万元水源林保护事业费，实在是杯水车薪！目前，大瑶山林区的林农、国有林场的职工生活都非常困难，需要尽快解决。大瑶山水源林的保护实在是一个震撼人心的话题。

金秀县政协主席叶文凤女士很动情地对记者说：我是大瑶山土生土长的瑶族干部，我家就住在古兰屯的旁边，我对那里的瑶胞最了解。他们对保护水源林毫无怨言，认为这是他们应尽的义务。但是，他们提出起码要有饭吃，吃饱了才能作贡献。他们说，我们也希望搬到山外去发展；国家经费困难不搬也行，发我们护林费，我们来当护林员！

县长莫忍章，也是土生土长的瑶族干部，大家戏称他"瑶王"——瑶族各支系的最高首领。如在中华人民共和国成立前他将有至高无上的权威，但现在却一脸的无奈。他几乎是用求告的语调说，金秀县的生存与发展需要"输血"，需要国家扶持找到解困的出路，需要上项目。我们为脱贫，为保护水源林，为上专案，跑首府，跑京城，四处要钱，要钱如要饭，脸上不好看啊！保护大瑶山的水源林责任重大，做起来也太难：林区道路设施差，护林太困难，护林队伍素质要提高，装备要配置；现在又要实施退耕还林，但瑶民的生活没出路。搬迁？起码要有资金和粮食补助。处处要钱，不要钱怎么办得到！瑶民很爱这些山林，为保护大瑶山的山林，他们世世代代吃尽了辛苦，应该对他们有所回报，不能再让他们过清苦的生活。

柳州地区林业局党委书记黎达勇认为，金秀是个贫困县，虽然瑶族同胞很淳朴，能甘心于默默的奉献，但如此贫困的状态是很难把大瑶山的水源林保护好的。国家拨给大瑶山的补助经费，除足够他们保护生态环境之用而外，还要能扶持他们发展经济，使其由输血型向造血型转变。要实现这一转变，没有国家的扶持是办不到的。

国家林业局下派到金秀的扶贫干部洪革非，现挂职县委副书记，不无激动地告诉记者，建国50年，瑶胞生活还如此贫困，真使人感到汗颜！他认为，应该尽快出台生态补偿政策，建立生态补偿制度，并给予金秀县特殊的扶持项目，让林农找到脱贫致富的路子，使瑶胞尽快地走出困境，让大瑶山的水源林得到更好的保护。

记者在南宁采访时，聆听了自治区林业局原总工程师曾广荣先生阐述他对广西水源林保护应给予生态效益补偿的看法。他认为广西境内2742万亩水源林产生的生态经济效益总价值达数百亿元以上。曾先生的计算是模糊的，但他肯定了水源林可用货币衡量的生态价值，而且其价值不菲，并认为应该对水源林管护给予生态补偿。记者见过广西林学院森林生态学教授黎向东先生，听过他发表的《关于广西生态环境现状及基本对策》的演讲，知道他也是主张实行生态效益补偿的，并对大瑶山的水源林生态效益价值作过具体的计算评估：每亩森林创造价值143.42元，按当时（1997年10月）金秀大瑶山有123.18万亩水源林计算，每年产生的生态效益价值应该是1.77亿元。他的结论是：从1987

年至 1997 年 10 年间，金秀大瑶山为社会付出了 17.7 亿元的巨额财富，而实际上每年回报金秀大瑶山水源林的经费还不到这片水源林所创造的生态效益价值的 3%，而且水源林的占地补偿费至今还没有补偿过 1 分钱。

其实，实行生态效益补偿正是实行社会公平与公正原则在生态环境建设上的具体体现，同时也符合"谁破坏谁治理，谁治理谁受益"的环境建设方针。大瑶山水源林保护者生活处境的贫困化，再一次启示我们：建立生态效益补偿机制势在必行。

最后，值得强调的是，金秀人并未把解困的指望完全寄托在国家的投入上。新一届县委、县政府领导班子立足于大瑶山的民族特点和自然资源优势，已经理清了发展思路，调整了工作布局，提出了山内山外协同作战，推动区域经济发展的"一县两策、做好八篇文章"的具体措施，同时提出了十几个开发项目并正在进行招商引资。他们正在充分利用中央实施西部大开发战略所提供的难得机遇，加快经济发展，让全县人民尽快摆脱困境，走向富裕，把大瑶山建设得更富有更秀美。

生态　市场　开放

——良凤江国家森林公园印象

良凤江国家森林公园位于南宁市南部，占地 7 万亩，是原林业部批准建立的广西最早的国家级森林公园之一，是青山秀水造就的一颗璀璨的绿色明珠。

我到良凤江采访是去年 11 月上旬。虽是入冬时节，但这里旖旎的亚热带风光却展现着一派春色，鲜花绿树依然让人痴迷心醉。

为采访良凤江，8 日傍晚我就住进了位于公园腹地的菩提山庄。这里环境幽静，景色秀丽，离南宁市区只有 7 公里。山庄之所以名之为"菩提"，是因为这里确有一棵高大的菩提树，因与佛祖释迦牟尼相关联，老菩提早已披挂上了红彩绸，被善男信女们顶礼膜拜。山庄四周青山如屏，良凤江婉如一条碧绿的衣带环抱着山庄，山庄庭院花木扶疏，鸟鸣啾啾，身临其境，有一种回归自然的恬静之感。山庄内建有游泳池、网球场、高尔夫球场、歌舞厅、逗鹿园和垂钓区，有馨园、无忧、梦园和沁园 4 幢客房楼，并有同时可容纳 200 人就餐的豪华中西餐厅。据山庄的主人说，山庄正在引资还要扩建，因为目前的设施、规模满足不了南宁地区兴起的生态旅游热的需要。

9 日上午，公园的陆汉周主任和王巧莲副书记先陪我采访公园的养鹿场。在去养鹿场的途中他们介绍说，公园是在 1964 年建立的良凤江林场的基础上建设起来的，现已形成以森林旅游为主业，包括培植名特优新经济果木林、培育名优花卉、养殖珍稀动物、开发房地产、兴办饮食服务业和商业在内的多种经营的发展格局。这里既有风景区又有可资发展生产的基地，优势互补，相依相存，把保护和建设好这里的生态环境看做是全部经营活动的出发点和归宿。

鹿场建在菩提山庄后边的一个山坡上。场院里的马占相思是 5 月份栽的，当时 20 厘米高的小树苗现在已长到了 3 米多高，为鹿场平添了几分姿色。公园一年前在吉林引进 335 头梅花鹿，年内繁殖 104 头，存活 76 头，已见到最初的效益。在鹿群中，有 20 头性情活泼者被放到逗鹿园供游人观赏，其余的，公鹿与母鹿分舍饲养，幼鹿养在另一个院落中。鹿舍分列两旁，中间被一条人行通道隔开。我们走近鹿舍，每个栏舍内的鹿目光都齐刷刷地朝向我们，带着新奇与警觉，没有一束目光是旁顾别处的；那神态早已失却了野性，但同久居动物园里的鹿也不一样，没有那种由于看惯了陌生的游人而形成的那份悠闲自在，它们有一种本能的惊慌。这时，一头小鹿生病了，一位年轻的兽医在一间简陋的"病房"里给它打吊针，助手小潘姑娘抱着小鹿配合医生操作。在鹿场的办公室里，年轻的场长介绍说，这里的工作人员都经过了岗位培训，给每一头鹿都建了档案。

鹿是温顺的，是山林中的弱者，驯养起来比较容易，但北方的梅花鹿放到南方来驯养却不多见，最终能否成功，良凤江人还要经受风险和考验。

　　近年来，由于经营体制的改革，良凤江森林公园作为经济实体已完全独立面向市场，他们把很有限的资金都投入到旅游设施的建设中了，现有的职工正在同企业共渡难关。离退休职工的生活怎么办？带着这个问题，记者随主人采访了新塘桥管区。

　　新塘桥是离退休职工的居住区。这里的居民利用房前屋后的空闲土地发展花卉业，居然也能把生意搞得红红火火。徐立强老人今年60岁，他有2分地，从前年开始种了16种花苗，一年四季一茬接一茬地栽，一株花苗可卖0.15~0.18元，一年下来收入挺可观。据他介绍，新塘桥一共有五六十户人家培育花木，先是有人为绿化公司打工种花苗出售，在先行者的带动下，周围的人也都开始种了；先是搞盆景，那是技术活儿，难度大，种花苗就简单多了——房前屋后有空地，买一车土20元，一个小塑料袋5厘钱，种上花籽填上土施上肥，剩下的就是工时和浇水了；一株黄蔬梅闹好了可以卖到2元，投入有限，收入挺惹眼的。有的居民告诉记者：有的种花户一年下来可以收入两三万元。说话间，一个妇女骑着摩托车赶集回来，她买了5万个栽花用的小塑料袋，正给围上来的人们分发着。这时，一家花木公司的经理光顾了这里，了解"基地"的苗情和"市场"的行情，从他与居民交谈时熟稔的情景可以确定他是这里的常客。经理走后，小区又恢复了平静。记者发现居民楼间的空地上摆放着两张方桌，一张桌围着的人在搓麻将，一张桌围着的人在打扑克，人们一边自娱自乐一边静候着买花苗的汽车。看来，新塘桥的花木生产方兴未艾，需要扶持引导，帮助退休职工把花卉产业发展起来。

　　告别新塘桥我们驱车去良凤江的连山管区，去踏访建在大王滩水库边上的龙珠岛旅游度假村。

　　去龙珠岛要坐船穿过湖光潋滟的大王滩。"一幅画景千重翠，百里烟波万类春"这正是龙珠岛给人留下的深刻印象。小岛不大，却被绿荫覆盖着，岛上的主体建筑显出一派壮乡风格，小巧而别致。主人在小岛上遍铺了翠绿的草坪，广植嘉木花卉。优雅的木楼客房却是用琼瑶小说的题目命名的，而且每一间客房内的桌面上还摆放着一本琼瑶的小说，供游客度假时消遣。岛上建有休闲娱乐设施，邻近水边建有包厢式餐厅、茶楼，让你凭窗眺望湖光山色。我想，如果谁有幸能在龙珠岛住上几天，融合在大自然的怀抱中，一定是十分惬意的。据悉，龙珠岛的开发已租赁给桂林的一个颇有艺术才能的民营企业家，他独具个性的创意已让龙珠岛展现了浓重的文化魅力，并预示了良好的发展前景，同时也使我看到了良凤江森林公园兴办旅游实施对外开放的力度。像这样的引资开发项目，良凤江森林公园大大小小已经推出 16 个，正敞开胸怀接纳国内外的投资者。

在采访回归的路上，王巧莲书记指着大王滩的百顷碧波对记者说，就拿大王滩来说，既是风景名胜区又是自然保护区，那水库边的山上还是用材林基地，如何保护、如何合理地开发利用的确是个严峻的课题。我们现在的思路是，要立足生态保护，同时要面向市场，把保护和开发利用结合起来，走因地制宜、一业为主多种经营的发展路子，以扩大开放促进保护和开发，实现强园富民。

记者深以为然，祝愿良凤江一路走好！

龙虎山记趣

广西南宁西南 83 公里处隆安县境内有座龙虎山，因南山起伏如龙、北山盘踞似虎而得名。这里山高林密，水秀洞奇，由于地属亚热带季风气候，四季花香鸟鸣，长年春景不衰，是旅游的好去处。

龙虎山趣味良多，每到节假日游人如织。境内风景区占地 13000 多亩，有大小石山 30 多座，山山藏满了神活故事，当地人讲起来妙趣横生。进入仙人洞，你会听到八仙在此炼丹、织锦、修田园、造水坝的传说，洞内千姿百态的钟乳石件件如雕刻的艺术品，在彩灯的映照下，使人产生无穷的遐想。壮观的灵芝洞同时可容纳 4000 人游览。洞内有 30

多米长的天然瀑布，朵朵石灵芝坐落湖底，有的如彩凤飞舞，有的似嫦娥奔月，也有的像天女下凡。风光秀丽的绿水江可供游人泛舟、观鱼、垂钓；神奇的石林盆景呈现着各种奇妙的造型，让人叹服于大自然的造化神工。"翠海观仙女"更是游人必览之景。相传，过去为争夺这块宝地，南龙北虎经常争斗，闹得百姓不得安生。玉皇大帝得知后便派仙女下凡调解。仙女到此指点江山，画线成何，北使虎踞，南令龙盘，不准涉水相斗，并派"雄狮"在西边监视。"雄狮"化作山峰仙女升天后留下化身，便是亭亭玉立在百花山中神态挺秀的"仙女峰"。

　　龙虎山观猴就更有趣了。游人刚进山就被猴子跟踪了。猴子们动作敏锐，神态灵动，如被它发现你带着"猴食"，它们就会紧跟不舍。猴子懂得"先礼后兵"：先是期待着你的"施舍"，你若抓一点"猴食"扔出去，它就扑抢，再扔再扑抢，眼疾手快——如果是花生，转瞬间就剥皮进肚了；一旦让他发觉你不再"施舍"了，它就会趁你不备，以迅雷不及掩耳之势蹿上来将你的衣袋掏空，把"猴食"全部抢走，如未得逞，它就跟你展开争夺战，那激烈的程度令你惊心动魄，弄得你又好气又好笑。

　　猴子是群居的，在龙虎山按计划驯养的有三群。这三群猕猴总计有500多只，每一群栖息的中心地带都建了投食站。有两处是用砖石水泥建造得很漂亮的亭台，有一处搭建的是木棚，显得更质朴，更贴近自然。猴群是定点儿喂食的，生活得无忧无虑，大多很温顺，只有在猴王争夺战中败下阵来、沦为不能入群的散猴，没有食物保障，才显得比较凶悍。散猴们往往三五一伙横在路中央或挡在前头，让游人留下"买路钱"——投食的放你过去，不给的死缠不放！据说，那猴王争夺战是颇惊险、残酷的，不决出胜负绝不罢休！英勇凶悍者胜而为王，便成了猴群的主宰者；败下阵来的被逐出猴群，一旦靠近猴群被发现，猴王一声令下，众猴群起而攻之，它们只好仓皇逃窜。猴王很好辨认，那个眼歪、鼻斜、唇豁、体大健壮者即是。那累累伤痕是它获得荣耀的代价。母猴颇爱自己的幼仔。闲暇时，它爱抚幼仔，会做出许多亲昵的举动，让人感到温馨，但在觅食时却对幼仔不管不顾，甚至冷酷无情地与之拼抢食物——其实，这是在有意锤炼幼仔的生存本领。细想，按照丛林规则，在激烈的生存竞争环境里，这也算得上是"教子有方"了。

碧水群峰、美轮美奂的龙虎山给人以无限的情趣，让人尽情地享受着与大自然亲近的快乐。

龙虎山有着独特的野生生物资源，早在 1980 年，广西壮族自治区就在这里建立了森林和野生动植物类型综合性的自然保护区，主要保护这里熔岩地区的珍贵的药用植物和猕猴。由于管护精心，这里的植被保存完好，森林覆盖率达 98.7%，有"熔岩绿洲"之称。龙虎山自然保护区是个天然生物基因库，有 1200 种野生植物，其中药用植物达 713 种，有各种野生动物 215 种，尤以猕猴（恒河猴）资源最为丰富，共有 2000多只。为提高保护区的综合效益，在加强野生生物资源保护的前提下，1986 年，保护区开始发展森林旅游业，凸显了它的神奇、清秀的野趣，使之成为广西境内一级名胜风景区。我相信在新千年的建设中，龙虎山将以更浓重的情趣和魅力展现在世人的面前。

昭君故里访香溪

清清的香溪河淙淙地流淌，一路欢歌注入浑浊的长江，在西陵峡段入江口处形成"泾渭分明"的奇观。其流经的湖北兴山县就是西汉明妃王昭君的故里。

香溪之清，来源于兴山的千峰叠翠，整个香溪河谷宛如绿色的画廊。

11 月中旬，正是柑橘飘香的季节，记者踏进昭君故里，慕名采访了兴山这个长防林工程建设自我启动的重点县。兴山县自 1989 年以来，依靠自身力量，与邻近的宜昌、秭归、巴东等县同步建设长防林。三年多来，他们给 20.1 万亩宜林荒山全部披上了绿装，治理小流域近百处，有效地控制了大面积的水土流失。去年夏季洪水肆虐，但未成灾，粮果仍然获得丰收。

兴山人兴建长防林有高度的责任感。他们说，兴山县距长江只有20公里，地处三峡库区腹地，为保证动工在即的三峡大坝的安全，长防林工程非建不可，而且建得越早越快越好。他们的艰苦奋斗与执著追求，感动了湖北省与林业部的领导。1991年8月兴山县被正式纳入工程建设基地县。

记者在香溪河畔看到，在长防林工程建设的推动下，兴山已出现了发展经济型林业的新格局。他们把100万亩长防林建设任务纳入了全县山地综合开发的"626工程（60万亩速生用材林、20万亩优质牧草、60万亩名特优经济林）"。香溪河谷已高标准地开发出绵延50公里、4万多亩优质柑橘基地，年产柑橘1500多万公斤，年收入可达1500多万元。香溪河东岸的阳泉橘园里500亩柑橘树上金果累累，美得醉人。像阳泉橘园这样的林果基地，全县已有335个。柑橘、油桐、核桃、板栗等10大名特优林果商品基地已发展到45万多亩，片片基地已是兴山人致富奔小康的经济支柱。

得益于长防林工程，兴山人更爱森林。他们正在加紧让群山绿得更快、更浓。

（刊登于1992年12月1日《中国林业报》一版）

岁月沧桑看河西

从兰州出发往北走，由乌鞘岭翻过祁连山就进入河西走廊了。

记者一行，为采访西部大开发，5月25日下午走进了这片古老而又神奇的土地。

乌鞘岭是河西走廊的东大门。车过乌鞘岭时突然变天了，下起了蒙蒙细雨。不多时，翻上了山脊，可能由于这里因地势高而气温低，那细雨转瞬间化作了纷扬飘洒的碎雪，覆盖了远远近近的山岭。渐渐地，车向山下走，碎雪又变成了细雨。进入民勤县和古浪县后，雨收云散，河西走廊的真实面貌尽现眼前。

此后，进武威，过张掖，穿酒泉，上安西，下敦煌，一直到达河西走廊的最西边，也没碰到一滴雨。天始终是晴朗朗的，太阳始终是热辣辣的，大片大片的沙漠戈壁包围着远远近近的、或大或小的绿洲。沙漠边缘、公路两侧，稀稀落落的沙生植物——白刺、红柳、梭梭、甘草、旋复花什么的，蔫蔫地生长着。整个河西大地被围裹在焦渴与干旱里。

河西缺水。水是河西的生命之源。

然而，河西有水，在南部莽莽苍苍的祁连山上。正是祁连山的雪水造就了千万条细流汇集成淙淙流淌着的石羊河、黑河、疏勒河三大内陆水系，浇灌着武威、张掖、酒泉等地区的片片绿洲，使那里麦浪翻滚，瓜果飘香，让那里的人民安居乐业。

河西多沙漠。狭长的河西走廊三面被大沙漠包围着，东面是腾格里沙漠，西面是库姆塔格沙漠，北面是浩瀚的巴丹吉林沙漠。其北部，由玉门关一直伸向景泰县的营盘水，绵延着1600公里的风沙线，大的风沙口有846处，漫漫风沙成年累月地侵蚀着干旱少雨的河西走廊，造就了15万平方公里的荒漠化土地。长期以来，在河西的大地上，沙进人退、人进沙退这种"人沙大战"一天也没有停止过；一幕幕泪洒荒原、远走他乡的惨痛悲剧，一曲曲撼天动地、治沙播绿的雄壮战歌，在这片历尽沧桑的土地上此伏彼起。

甘肃的沙漠化土地主要在河西，而河西也是甘肃全省防沙治沙的主战场。河西人在省委、省政府的领导下，遵照"北治风沙、南保水源、中建绿洲"这一生态建设方针，经过50年的艰苦努力，在北部风沙线营造了500~1000米宽、1200公里长的基干防护林带，使滚滚南侵的风沙得到一定程度的扼制。为更有效地控制风沙危害，又沿基干林带向南垂直营造了宽300~1000米的支干林带60多条，总长2000公里。到1998年底，河西地区防沙治沙累计造林保存面积达375万亩，控制流沙300万亩，治理风沙口450处，使1400多个村庄和果园免除了危害。绿洲内部营造农田林网130多万亩，林网覆盖率达86%，使800多万亩农田受到庇护。现在河西地区已初步形成网带片结合、乔灌草搭配、造封育并举的防风固沙林体系，林木覆盖率由 50 年代初的 2.5% 提高到目前的 14.6%。应该说，河西走廊的防沙治沙创造了骄人的业绩，不仅有效地改善了区域内的生态环境，而且恢复了 100 多万亩农田，保证了农田的稳产高产，使河西走廊这一风蚀干旱地区竟成了全国重要的商品粮基地——占全省 18% 的耕地提供了全省 30% 的自用粮和 70% 的商品粮——这不能不说是个奇迹！

在我们踏访河西走廊的路途上，布满了古丝绸之路的坚关要隘。有的旧貌犹存，展现着往昔的辉煌；有的湮没在大漠风尘里，只留下了传说、遗址和废墟，引发着你不能不产生出怀古之幽情。在武威、在张掖、在酒泉、在敦煌，到处都流传着许许多多美丽动人的故事，讲述着汉、唐文化的繁荣。莫说敦煌的千佛洞、美轮美奂的鸣沙山和月牙泉，也莫说雄踞戈壁瀚海中的嘉峪关，就连大唐文成公主进藏和亲也曾是路经河西走廊穿越祁连山的大板山口走向青藏高原的。在河西走廊，还可以尽情地饱览大漠孤烟的壮丽风光，如果运气好，一不留神还可抬头望见海市蜃楼。

河西走廊，简直是一条魅力无穷的文化长廊，在驼铃响彻丝绸古道的岁月里，它肯定是一片美丽富饶的繁华之地。

河西有丰富的光热资源和自然资源，河西还有丰富的人文资源和旅游资源，河西期待着实施大开发。

记者一路与河西地区的干部群众谈心，获得的共识是：首先要极其慎重地保护好整个走廊地区的生态环境，不能再干以牺牲生态环境为代价牟取短期经济利益的蠢事；要加大力度南保水源，北治风沙，中建绿洲，扎扎实实地实行生态重建。只要抓住这一根本，实行科学合理的开发，实现河西的全面繁荣便指日可待了。

敬礼！ 苍莽的青海云杉

——踏访祁连山散记

祁连山，河西人民的"母亲山"。

祁连山，胸怀博大，在她 265.3 万公顷的山地上哺育了 46 万公顷以青海云杉为主体的水源涵养林，孕育了 2859 条现代冰川，贮储了 615 亿立方米的水量，每年输出 72.6 亿立方米的纯净水，通过石羊河、黑河和疏勒河三大内陆水系，浇灌着河西走廊 70 万公顷农田，养育着 400 万河西儿女。

没有森林，没有青海云杉难以涵养水源，没有水源便没有繁华一时的古丝绸之路，更没有河西走廊可持续的文明。

6 月 30 日，我们由敦煌赶赴张掖，决定踏访祁连山。

次日上午，祁连山国家级自然保护区管理局局长车克钧陪同我们进山采访。车局长 40 岁刚出头就已是研究成果颇丰的资深专家了。他长期从事祁连山的水源林研究，1998 年还担任着祁连山水源涵养林研究所所长，像青海云杉一样与祁连山相依相伴。

说起青海云杉，那是一种耐寒、耐旱和耐瘠薄的针叶树种，在祁连山海拔 2500 米至 3300 米腹地阴坡或半阴坡的土地上成片地结集生长着，如飘浮在山间的灰绿色的云霞。它们取之于大自然的极少，奉献给大自然的极多，顽强地抵御着风霜与焦渴，适应着严酷的生存环境，执着地履行着自己的职责。

车行至大野口气象观测站停下来，我们在车局长的引领下走进一处小院，这里已是海拔 2700 米。四位留守的主人拘谨地迎接我们这些不速之客。车局长指着刘志娟、杨秋香两位女同志对我们说："这是祁连山上的两朵山丹花！"她们不好意思地笑着请我们到屋里坐。常学向、金铭两位男同志也加入进来接受我们的采访。

在采访中我们了解到，这里既是祁连山水源涵养林研究所的一处气象观测站，也是国家林业局设在大西北的惟一的一处生态定位站。站不大，只有 10 个人，但肩负的职责却是重大的：他们以祁连山水源林定位监测为中心，在定位点上观测祁连山的气象水文动态变化，为科研与决策提供准确翔实的数据和依据。其覆盖的范围，不仅仅是祁连山，而且覆盖甘肃、青海、新疆三省(区)280 万平方公里的山川大地。他们都感到责任十分重大，不敢有半点松懈和疏忽。这里的工作是枯燥的。每天都是周而复始地测温度、湿度、降水量、蒸发量、地表径流和土壤水分什么的，并把它们一一记录下来。程序是刻板的，毫无乐趣可言。这里的工作又十分艰苦。最远的观测点离站所在地 3670 米，要一步一步地走上去，一天要定时观测三次，而且风雨无阻，哪怕是大年三十也不例外。小院有 8 间砖房，既是宿舍又是办公室，吃饭要自己做，粮食蔬菜要从山下往上背。刘志娟和杨秋香已在这里工作了十八九年，她们都做母亲了，但照顾不了自己的孩子，为了生态环境建设事业，默默无闻地奉献着自己的青春年华。金铭领着我们去山上的一个观测点看望张学龙、张虎、金博文、常宗强、王艺林、王作彪 6 位同志，都是一水水的年轻人，朴实得就像这山间的青海云杉。这 6 位年轻人正在给这个气象观测点加固围墙。

我们实在想同他们照上一张合影，把他们朴实而又崇高的形象永远留在自己的记忆里。

祁连山水源涵养林的保护不仅要靠良好的管理和严格的执法，还要依赖强有力的科技支撑。张掖祁连山水源林研究所始建于 1978 年，是全国惟一的水源林专业研究所。在 22 年的建设与科研实践中，科研事业已有长足的发展，并取得了一系列重要的科研成果，有力地推动了祁连山植被资源的保护。专家们正是运用观测站积日累月、积月成年、年复一年实地观测所提供的水文气象动态变化数据，进行了祁连山水源林生态系统结构与功能、祁连山水源林小气候效益分析、祁连山水源林在河西经济建设中的作用等一系列研究，而这些研究又以严密的论证、精辟的分析和科学的结论，成为保护祁连山生态环境制定政策与措施的依据。他们这些人所有的工作，都关系着河西走廊社会经济的兴衰与安危，关系到河西人的命运。

谈起西部大开发，车局长认为，这对加快祁连山自然保护区的生态环境建设是难得的历史机遇，我们决心以高度的责任感与使命感，下大气力改善祁连山以至河西地区的生态环境，保护好祁连山的水源涵养林，为促进河西走廊的大开发提供强有力的保障。

我们怀着依恋之情告别祁连山，望着苍莽的青海云杉，想到祁连山生态建设者的艰苦工作与无私奉献，心里产生了一种崇高的敬慕之感。

敬礼！祁连山的精心呵护者！

敬礼！苍莽的青海云杉！

戈壁田园交响曲

没去新疆、没见到戈壁滩以前，听人一提起大戈壁，总有一种浪漫的遐想，以为那是一种壮阔雄浑、粗犷而又神奇的风景。

然而，今年10月中旬随新疆生产建设兵团的罗处长踏上吐鲁番的戈壁瀚海，才知道现实中的戈壁并不如想象中的那么美妙。

大戈壁无边无际，弥望中全是黑灰色的砾石，大的如斗，小的似炉渣，都是被烈日熔炼过的，见棱见角，拉拉巴巴，蓝天白云下灰蒙蒙的一片，没有一点生命的气息。整个大戈壁寸草不生，森森然，令人触目惊心！

戈壁瀚海，实在是没有生命的死亡之海。

我们穿行大戈壁是去造访在这荒漠瀚海中创造绿色奇迹的211团。

211团，是新疆生产建设兵团的直属场团，地处吐鲁番交河故城以西，东距吐鲁番市区13公里，西距乌鲁木齐市150公里，栖身于大戈壁的腹地。罗处长告诉我，这里属火焰山气候，干燥酷热，年平均降水量不到10毫米，可是蒸发量却在3000毫米以上，兵团发展林业、开辟绿洲，只能引天山的雪水灌溉；这里不仅酷热难耐，而且多大风，一年要刮二三十次，大风起处沙石飞扬，素有"火洲""风库"之称。

早晨出发，一路风尘，汽车渐进"瀚海门"时已过中午。那瀚海门是进入 211 团场的北大门。见到这披金挂彩高大门楼，真有一种逃离死亡之海见到人烟了的欣喜之感。门楼两边洁净的白色墙壁上用斗大的隶书各题着一首诗。左边是《绿洲颂》："亘古戈壁通碧波，瀚海巨画天地阔。火焰山下创耕景，绿洲当颂人当歌。"右边是《军工颂》："身经百战为共和，硝烟未散转大漠。瀚海戈壁建绿洲，改天换地开拓者。"下面分别署着团长田世宏和政委齐桂欣的名字。读着这乐观豪迈的诗句，一种深深的敬佩之情油然而生。

进入瀚海门，再穿过一片迷惘的戈壁滩便见到了浓重的绿色，那是军工战士历经 38 年屯田垦荒、艰苦奋斗创建的富饶绿洲！此时，那种充满心头的敬佩之情变得越发强烈了。

那作为绿洲屏障的杨树林一排排长得葱郁茁壮，种过棉花、玉米、稻子的农田大部分已收得地净场光，一处处果园、梨园、桃园依然泛着浓浓的绿意。其中，葡萄园最大，品种也最多，有无核白、马奶子、玫瑰香、京早晶、哈什哈尔、伊丽莎白等等二十几个品种，而且万亩连片，堪称"世界之最"。在采访中了解到，这里还是蜚声国内的库尔勒香梨的第二故乡，是田团长 1984 年亲自引种的。他历经 8 年实验，采用栽坐地苗、嫁接等办法，并控制了干腐病的危害，使香梨的成活率达到 95%以上，现在已经定植 2000 多亩。目前，团场有 5000 多人，其中职工 2600 多名，在戈壁荒漠上创建绿洲 7.8 万公顷，发展了农、林、牧、渔、工、交、建、商等多种产业，团场已成为实力雄厚的综合性企业，全年产值达 3300 万元，不算庭院经济，年人均收入已达 2149 元，跻身于农业部评定的"经济效益百佳企业"行列。

开发"火洲"的英雄儿女们，他们选择了戈壁，同时也就选择了奋斗与创造，在这气壮山河的英雄劲旅中田世宏和齐桂欣是最杰出的代表。

团长田世宏，沈阳人，是这绿色事业的策划者。他热情、干练，一身的儒将气派，30 多年前毕业于东北农学院园艺系，赴新疆后先在兵团总部，后调 211 团任团长已 13 年，无怨无悔默默地耕耘着。他又是一位优秀的林学家，在指挥创建绿洲的实践中苦心钻研，并撰写出版了 7 本学术专著：《新疆果树的修剪》《新疆哈密瓜栽培技术》《庭院果树栽培技术》

《新疆葡萄栽培技术与加工》等。

政委齐桂欣是位河北籍的老军人，告别了战火硝烟便脱去戎装上了大戈壁，义无反顾地在开拓绿洲的战斗中拼搏了几十年。他爱诗爱得如醉如痴，写下了上千首洋溢着豪迈激情的诗作，是个地地道道的诗人。

田世宏和齐桂欣相濡以沫，又都对戈壁绿洲一往深情。

1990 年，团场组建了新八连，决定在团场北边的戈壁荒滩上开发建设万亩梨园。当年，以八连为主力，出动了 14 台拖拉机、上千名农垦官兵，在砾石滩上进行大规模的整地。如今，梨园已植上了株株新苗，用砾石垒砌的一条条长渠已引来了天山清凉的甘泉。他们用耐旱的杜梨做砧木，嫁接了库尔勒香梨和砀山梨，2 年生的梨树已长到齐肩高，有的明年就可以挂果了。然而驻守梨园的八连职工，至今还住在土窝子里。那土窝子是在戈壁滩上刨走砾石，然后用推土机拱出一个一人半高的土坑，上边就着地面用小木杆、苇席、稻草棚上盖儿，前面入口处按上门，就算完工了。就在这极其简陋的土窝子里，他们熬过了 4 度酷暑和寒冬，让万亩梨园焕发着勃勃生机。

官兵们生活得很乐观，梨园丰收的前景时时在鼓舞着他们。年轻的连长刘建文自豪地告诉我："梨园结果后，用 5 吨重的大卡车装，一辆接一辆地排起来，可以一直排到 17 公里以外的吐鲁番火车站。"在场的兵团战士点着头，欣慰地笑出了声。

刘建文今年 35 岁，在 211 团已经干了 13 年，他回忆起创业的艰难颇多感慨："夏天，吐鲁番大戈壁烫得你脚板受不了，干一阵活儿，就得站进渠水里泡泡脚。不过，团场创业初期比这更苦，我们年轻，没赶上。以后要走的路更长，我们不能躺在前辈们创下的基业上当懒汉，我们要开创自己的事业！"

是的，他们正在脚踏实地地开创着自己的事业，继续扩展着绿洲，让未来更美好。

告别 211 团，继续穿越大戈壁，在眼前的荒凉中织入了充满生机的绿洲风景。想起兵团在这千古荒原上创业，在全疆开出的 172 块绿洲，耳畔分明响起一片雄壮有力的乐曲，融进了绿色的田园，也融进了这神秘的大戈壁。

（刊登于 1994 年 12 月 30 日《中国林业报》第四版）

让长江告诉未来

——聚焦西南看退耕

题记：今夏，记者随"西部大开发·建设绿色家园"考察宣传组到西南地区采访，踏访了重庆、四川、云南、广西、贵州 5 省（区、市）部分山区的退耕还林还草现场，深切地感到这股方兴未艾的绿色春潮即将席卷西南大地，造就波澜壮阔的生动景象。现把这不寻常的历史瞬间记录下来，寄语长江，把西南儿女对母亲河的关爱，把他们重建绿色家园艰辛的探索与追求告诉未来。

烟波浩渺的万里长江，穿越西南地区的高山峡谷流向东海。她裹挟着泥沙负重前行，既用丰沛的乳汁浇灌着两岸的良田沃土，又把无穷的灾难留给了沿江的城镇和乡村。根治长江水患，已是中华儿女的宿愿。

水土流失，长江水患的总根源

走进西南地区，记者突出地感到，这里山高谷深，河流纵横，降雨集中，人口密集，陡坡垦植面积大，水土流失非常严重。

重庆地处长江上游、三峡库区，生态环境保护地位非常重要，但森林覆盖率却只有 23.1%，尚有荒山荒地 1700 万亩，水土流失面积达 4.35 万平方公里，占全市土地总面积的 52.8%，年均流入三峡库区的泥沙达 1.4 万吨，其中 1.1 万吨来自长江沿岸的坡耕地。

四川地处长江上游的最高处，堪称我国的"大水塔"。全省 96.5%
的幅员面积属长江流域，并占长江上游总流域面积的 50%。这里山高坡
陡，植物类型丰富，只可惜，旷日持久的砍伐，已使不少苍翠的青山沦
为秃岭；四川又是人口和农业大省，陡坡垦植连绵不断，全省坡耕地面
积达 6856 万亩，其中 25 度以上的陡坡地有 2700 万亩，水土流失面积
已达 19.98 万平方公里，比两个重庆市或一个贵州省的面积还要大。

长江在云南境内的流程 1560 公里，流域面积 10.95 万平方公里，
占全省土地面积的 28%，水土流失同样十分严重，约占全省土地总面积
的 37%。泥沙下泻，不仅危害长江，也贻害于澜沧江、怒江、南盘江、
元江和伊洛瓦底江等各大水系。昆明市东川区的泥石流已创下世界之
"最"，全省崩塌、滑坡、泥石流灾害点达 20 多万处。由于水土流失，
云南这个"植物王国"已有 100 多个县(市)受到荒漠化危胁，沙漠化和
石漠化土地面积达 188 万亩。

贵州地处长江、珠江上游，喀斯特地貌分布广，又是全国惟一的没
有平原支撑的山区省。沟谷切割深而且密度大、地形破碎、宜农地少、
生态脆弱，是贵州的基本特征。贵州境内长江流域占国土面积的
65.3%，其乌江直入三峡水库；流域内 25 度以上的坡耕地达 916.6 万
亩，水土流失面积 6.7 万平方公里，占流域总面积的 56%，每年流入长
江泥沙 1.9 亿吨。全省 25 度以上陡坡耕地总计 1400 万亩，石漠化山地
面积达 2200 万亩，而且每年仍以 100 万亩的速度扩展。

广西"八山一水一分田"，是珠江的重要源头之一。山多地少，毁
林开荒，陡坡垦植，也是广西的区情和民情。全区水土流失面积 2.8 万
平方公里，占幅员面积的 12%。广西石山面积大，占全区土地面积的
77%，由于水土流失，已有 52.8% 的石山正沦为荒漠。

剧烈的水土流失把大西南的秀美山川切割得支离破碎，让每一条江
河都失去了清秀的本色。泥沙汇入长江、珠江，引发出一场又一场生态
灾难；不断加剧的水土流失，无情地摧毁了大地的生产力，造就了一批
又一批生态经济难民。在西南地区，水土流失几乎成了难以根治的生态

顽症，成为长江水患的总根源。

以粮食换林草：一项拨乱反正的英明决策

在记者走访过的西南5省（区、市），几乎都作过同样的调查，并得出一致的结论：毁林毁草、陡坡垦植是造成水土流失的主要原因，治理水土流失、改善生态环境，除保护好天然林资源外，必须退耕还林还草。

然而，退耕还林还草谈何容易？凡是陡坡开垦指数大的几乎都是老少边穷地区，宜农耕地少，人口又在不断地增加，人地矛盾非常突出，为了求生存、增加粮食产量，只好陡坡毁林毁草种植。从观念上看，自古以来，西南地区少数民族刀耕火种已成积习，在中华民族的开发建设史上，一向都是毁林毁草、开荒种田，以林草换粮食，这似乎已成天经地义的事情了。如此发展下去，不仅由于破坏了生态环境，陷入了越穷越垦、越垦越穷的恶性循环，而且加剧了水土流失，为长江中下游地区带来严重的水患。

党中央、国务院站在国家和民族长远发展的高度，着眼于经济和社会可持续发展的全局，拨乱反正，继开展"天保"工程之后作出"以粮食换林草"的英明决策，即抓住当前粮食等农产品相对充裕的有利时机，采取退耕还林（草）、封山绿化、以粮代赈、个体承包的综合措施，加快荒山绿化，恢复停止耕种的坡耕地和易于造成土地沙化的耕地上的林草植被，保护好生态环境。这标志着我国生态环境建设正在发生历史性的伟大转折。

今年3月，经国务院批准，西南地区退耕还林还草试点工作已全面展开。除广西壮族自治区而外，西南其它4个属长江上游的省（市）都首批列入试点范围。试点地区的各级领导受到巨大的鞭策和鼓舞，都以空前的责任感和志在必得的决心，精心编制实施方案，组织试点工程启动；都由主要领导挂帅，层层建立责任制，创办示范点，并配套出台了相关政策；同时，加大宣传力度，让中央的政策深入人心。

重庆市在万州、城口、武隆、开县、云阳、黔江6县（区）摆下了退耕还林试点工作战场，把 20 万亩退耕任务和 68 万亩还林还草任务分解到农户、地块，并落实了"三补（1 亩退耕地补助原粮 150 公斤、补助钱 20 元、补助种苗费 50 元）、两免（减免农业税和订购粮）、两落实（落实个体承包和发放林权证）"政策，建立了省、地、县、乡四级种苗供应体系，年内还要完成 13 万亩宜林荒山的造林绿化任务。四川提出以"追赶型、跨越式"建设西部经济强省和长江上游生态屏障的奋斗目标，试点工作已于去年 10 月底启动。全省规划了 120 个试点县、300 万亩退耕还林还草任务，试点农户达 132.8 万户；截至 5 月底共退耕 309 万亩，还林草 241.8 万亩，质量合格率达 80% 以上。云南从去年就开始为还林草准备良种壮苗，投资 2340 万元在 39 个县内新建和改扩建苗圃 3684 亩；今春选择 18 个县搞试点，在国家计划退耕 20 万亩、还林草 77 万亩的基础上又追加 10 万亩还林任务，即使这样，还感到退得太慢、还得太少。贵州省普定县县委书记张义刚的话表述了各试点县领导干部的心声。他说："面对如此残酷的大自然的报复，我们已经没有退路；面对广大群众的脱贫要求，我们必须寻找活路；在西部大开发这么好的机遇面前，我们必须找一条好的出路。"这壮烈悲歌式的话语也正好揭示了贵州省贫困山区的社情民意，展现了一种顽强拼搏的精神。贵州省横下一条心要打持久攻坚战，今年在 12 个县区扎扎实实地搞试点，预计退耕还林（草）20 万亩、荒山造林 7 万亩，取得经验后全面铺开，直至把 1400 万亩陡坡地都还给林草植被。广西因属珠江流域，未被纳入试点省份，但他们不等不靠，在没有国家钱粮补助的情况下，从 1998 年底开始自我启动，截至今年 7 月上旬已退耕还林（草）57 万亩。

党中央、国务院"以粮食换林草"的英明决策，已成为西南地区广大山区群众的实际行动，比以往开展的任何一项生态建设工程影响都广泛，都更加深入人心。

天全县退耕：开弓没有回头箭

天全县是四川省退耕还林还草力度最大的试点县，仅短短半年，就退耕还林还草 6.9 万亩，真可谓"追赶型、跨越式"地向前推进！

天全有天全的县情。天全就在歌里唱的那座二郎山的东麓。这里山高坡陡、沟壑纵横，又是川西暴雨集中地区；经济是"粮猪"型的，人多地少，只好陡坡垦植，广种薄收。全县30万亩耕地，27万亩浇不上水，并有18万亩"大字报田"挂在高山上。收成一年不如一年，前景暗淡。

"以粮食换林草"点燃了天全人心头的希望之火：正可抓住机遇大规模地调整产业结构，种树种草种竹，发展多种产业，既能重建绿色家园又能脱贫致富。很快，退耕还林（草）便形成了燎原之势。他们对18万亩陡坡地和30万亩宜林荒山进行了科学规划，绘制了生态、经济建设蓝图：用3年至5年时间建成杂交竹、三倍体毛白杨、优质牧草基地各10万亩；结合产业化建设，培植龙头企业，让企业带动农户、沟通市场，实现生态、经济建设协调发展。

天全引进广西林科所的杂交竹培育技术，已在和源、始阳、向阳3个乡建育苗基地500亩，足可供应基地建设的优良竹苗。目前竹苗早已上山，新竹正在成林。记者在和源乡沙漩村看到农民在退耕地上集中连片种植的三倍体毛白杨，已长到五六米高。当地人介绍说，他们种的都是生长14个月的大规格壮苗，二郎山集团公司对提供的苗木实行质量终身负责制，并回收农户的木材，公司已建大面积基地；这种树材质好，长得快，5年可间伐，10年进入主伐期，每年每亩产材40立方米，收入1200元，种粮食实在无法与之相比。一家民营的三力公司依托四川农大的繁育技术，投资在青石乡沙湾村建了优质天府肉羊繁育基地，采取公司加农户的方式，为农户提供种羊和繁育技术，回收农户的畜产品。农民在退耕地上种植了黑麦草、白三叶草，有的实行林草间作，以草养畜。紫石乡紫石关村农民高全福一家把12亩山坡地退下来大多种了牧草，投入1280元养了26只羊，半年纯收入达3000元。他说，过去这12亩地种粮，一年收入最多1000元。目前，全县的肉羊存栏数已达7.1万只。县里正在筹建胚胎移植中心，继续提高畜牧业的科技含量。

天全还提出，在退耕还林（草）中，不丢掉一个贫困户，更不许出现一个返贫户。县里采取积极的帮扶政策，解除贫困户和全退户的后顾之忧。

县委书记李伊林深有感触地对记者说，现在发展到这么大规模，群众还要求多退、全退。看来开弓没有回头箭，只能挺起腰板往前走。我们虽然承受了巨大的压力，但让群众获得了走出困境的希望，苦点累点，值得！

绿色春潮涌动：西南地区退耕在探索中前进

退耕还林还草是一项很复杂的系统工程。启动之初，各地只能是"逢山开路、遇水搭桥"——碰到什么问题解决什么问题，并都在探索适合本地实际情况的操作模式，积累着日渐成熟的经验，也在深化和提高自己的认识。采访中，给记者留下深刻印象的有以下几个方面。

1. 退耕还林还草，坚持生态效益优先。以粮食换林草、也就是以粮食换生态。这正是启动这项工程的目的和初衷。云南省寻甸县为治理严重的水土流失，前几年就在下大气力搞退耕还林。由于山高坡陡、立地条件差，他们先种草后栽树，在坡耕地上大面积地恢复了林草植被，形成了林牧复合生态经济系统，以草养畜，解决了农民短期收益问题。今年，寻甸县被列入云南省试点示范县后，退耕的决心更大，做得更精心。记者走进县委书记马凤伦的示范片区看到，退下来的坡耕地全都栽上了树，去年7月退耕1400亩，今年纳入试点工程又退耕3000亩。对破碎的坡面进行了治理：沟上筑石坝，水土流失严重处栽了生物篱；种的是华山松、滇杨、旱冬瓜等针阔叶混交林，特别是旱冬瓜既能改良土壤又起防火作用。马凤伦说："就我县地貌破碎、水土流失如此严重的状况，所有的坡耕地都应该退下来，集中连片才能搞规划；退下来的坡耕地主要建生态防护林，否则治理不了水土流失就失去了退耕还林（草）的意义。"这种做法和认识，在西南地区颇有代表性。

2. 以人为本，力争生态环境建设和群众脱贫致富"双赢"。这是西南地区各级领导和山区群众考虑最多的问题。按理说，生态恶化与经济贫困是一对互为因果的孪生兄弟，治理生态和脱贫致富不仅相辅相成，而且目标是一致的，"双赢"应该是必然的结果。但在现实中，在工程建设初期，二者之间却存在着种种矛盾。为解决这些矛盾，各地深入探索，做了大量的卓有成效的工作。贵州普定是国家级贫困县，人口密度居全省各县之首，山多耕地少，陡坡种粮成了农民解决温饱的惟一出路，致使25度以上的陡坡地发展到31.8万亩，占到全县耕地的1/3。普定又是喀斯特地貌广被的山区县，由于水土流失，每年石漠化面积以8300亩的速度扩展。有专家称，如此下去，50年后普定将不再有耕地！面对如此严峻的形势，普定的确没有退路，只能横下一条心大搞退耕还林。记者走进县委书记张义刚的示范点——白水片区，看到一幅精心构建的欲求"双赢"的图画：全片区已人工造林3141亩，其中退耕地造林2964亩；治理的方式是：窄土面上栽生物篱——一条由女贞、火炬松和草本植物构成的滞流防蚀带；中等土面易流失水土，"见土整地、见缝插针"，加大密度种植针阔叶不规则混交的防护林，做到万无一失；宽土面种植板栗、核桃、李子、梨等经济林，让农民在短期内能见到经济收益。普定在非试点片区则引导农民先在坡耕地上种树，树长起来再退耕。他们管这叫"先还林后退耕"，时序倒置而殊途同归。此外，普定从县情出发制定了一系列配套措施。如：对山区缓坡耕地实行坡改梯，梯沿建生物埂，让农民在基本农田上实现稳产高产；对农民进行技术培训，传递市场信息，提高土地的产出效益；积极发展乡镇企业，减轻农民对土地的依赖，或组织劳务输出，减轻土地资源的压力；设立小额扶贫贷款，帮助农民办新项目或渡难关。这些做法和退耕模式在西南地区也很有代表性。

3. 选准树种草种，带动退耕全局。在西南地区的采访中，许多县(市)林业局长都阐述过这样的观点：一个树种选对了，整盘棋就走活了；选错了，一耽误就是好几年，甚至造成难以补救的灾难。他们说，选择退耕后还什么树种，不单要适地适树，还要看准市场，预测生态效益和经济效益。记者在重庆采访，踏访了江津市先锋镇退耕后建的一片花椒基地。当地认准了花椒，规划种植了1万亩，加上农民房前屋后种的，少说也有3万亩。6社农民况海银一家退耕种花椒11亩，有8亩已到收获期，去年卖花椒收入7.8万元；去年全镇光卖椒苗人均收入7000元。这个长江边上的小镇因种花椒农民日子过得一派兴旺。在椒林中，一位采花椒的老农拉着记者指着篮子里的花椒说："清香浓郁、麻味纯正，我们的花椒不是吹！"随行的专家指出：种花椒要松土，林下没有植被，难防水土流失；但能让农民脱贫致富，也不算一种失败的模式，如能栽上生物篱就完善了。贵州省关岭县的板贵乡三家寨村农民退掉种玉米的坡耕地改种花椒，虽不到收获期，但已见到致富的希望。那耕地实行了坡改梯，并套种了沙仁(一种草本植物，果实可作调料)或用沙仁做生物埂，既保水土又一举两得。树种选对了，又走生态经济之路，实现"双赢"是必然的结果。广西的百色地区，由于找到了任豆树和食用竹，在没有国家"以粮代赈"政策扶持的情况下，竟使退耕还林有了重大突破。

此外，在西南地区的退耕还林中，各地正在探索像天全那样大规模地调整产业结构，发展小城镇和二、三产业，转移山区农业劳动力。同时还提出，对三峡库区和没有生存条件的山区实行生态移民；加强种苗基地建设，备足良种壮苗；自觉地运用常规技术，努力推广实用新技术，尝试引进高新技术，不断增加还林还草和产业发展的科技含量；甚至还提出要实行科技创新、耕作制度创新以及经营管理体制创新，力求做到退得下、还得上、稳得住、管得好、效益高。我们相信，由退耕还林还草引发起来的这股绿色春潮，将很快席卷西南大地，必定会塑造出山川秀美的大西南。

牵动人心的话题：生态效益补偿和关注珠江

记者在西南地区采访，每到一地几乎都能听到这样的呼声：恳请国家尽快实行生态效益补偿！越是生态环境恶化严重的贫困地区，这种呼声越强烈。

西南地区退耕还林(草)之所以受到广大农民的热烈欢迎和支持，就是因为国家有"以粮代赈(西南地区每亩退耕地每年补助原粮150公斤、现金20元，补助种苗费50元，并减免农业税和订购粮)、个体承包(一般规定承包期为 50 年)"的扶持政策，农民有了重建绿色家园的经济支撑、见到了脱贫致富的希望。但他们也担心："退了耕，挖了心，没有粮食找谁拼？种了树，勒了肚，没有饭吃咋个做？"因此，退耕地大多要种经济林。为什么？来钱快，放心。干部们分析说，如果能按《中华人民共和国森林法》的规定，对生态公益林实行经济补偿，就不会出现大面积种经济林的现象了，就可以更科学合理地进行规划，大面积地营造防护林，更好地控制水土流失、改善生态环境。

干部们认为，西南地处长江、珠江上游，是中下游地区的生态屏障和水源涵养地，一旦遭到破坏，不仅要危害西南自己，而且会危及中下游地区，甚至对全国都会有重大影响。西部特别是西南地区，作为长江、珠江的生态屏障，强有力地支撑着国家可持续发展战略的实施，保障国泰民安。西部包括西南地区，经济发展滞后，山区百姓生活贫困，很难有巨额资金投入生态环境建设。再说，营造生态公益林、抚育管护天然林、封育水源涵养林所产生的巨大的生态效益、所付出的巨大投入，根本不可能通过市场交换获得回报和补偿。因此，不能总是西部投入，中东部受益，穷苦的山里人奉献，全社会享用生态成果。群众心理不平衡，他们形象地打了个比方：这叫"牛耕田、马吃谷"，不合理！

要求关注珠江的命运也是个牵动人心的话题。特别是在贵州、广西采访，记者感到干部群众对此要求特别强烈，希望把珠江流域纳入天然树资源保护工程和退耕还林还草试点范围。

贵州省珠江流域的森林覆盖率低，水土流失非常严重，每年流失泥沙 3000 万吨。记者去过省内的关岭县，境内浑浊的北盘江、打邦河即属珠江水系，下游即是广西，流域内水土流失面积占全县土地面积的 45%，年流失泥沙 385.3 万吨。可见，贵州省内的珠江流域急需纳入"天保"工程和退耕还林还草工程，加快治理。

广西境内珠江流域面积 20.49 万平方公里，占全区幅员面积的 86.42%，涉及区内 12 个地(市)、79 个县(市)，是全国珠江上游生态屏障的主体。但流域内石山面积大，森林覆盖率低，涵养水源能力差，生态极其脆弱，水土流失同样十分严重。1996 年，全国"珠防"工程启动时计划广西纳入 22 个项目县，后因经费困难只启动了 13 个县，其中有 3 个县 1998 年就停拨专项资金了。广西人民呼吁全社会都来关注珠江流域的生态建设，期盼国家把广西纳入"两大工程"规划。

珠江、长江是姊妹江，都是本流域内人民的母亲河，治理长江也不忘珠江，让她们一起减负前行，千秋万代造福人民。

疲惫的黄果树

黄果树大瀑布——中华民族的骄傲、贵州美丽山水的象征。

外国人到中国来，外省人到贵州去，都想一睹黄果树的风采，听听大瀑布雷霆万钧的轰鸣，饱览她那飞流下落的磅礴气势，同时进行溶洞探幽、石柱观奇、峡谷赏美、踏访神秘莫测的文物古迹。

然而，真的去了，游过黄果树，除获得些许快意之外，沉淀下来的却是深深的遗憾，痛切地感到黄果树实在是太疲惫了，她活得同贵州的山里人一样的艰难！

黄果树位于贵州省安顺地区镇宁、关岭两县的交界处，是国家级风景名胜区，在国内外享有很高的声誉。她以大瀑布为核心，以千姿百态的瀑布群和亚热带山水风光为主体，并融入了周围的石林、石峰、溶洞和丰富多彩的民族风情，成为世人向往的旅游观光和科学考察的胜地。

前不久，记者随"西部大开发·建设绿色家园"考察宣传组到黄果树亲临景区采访，感到黄果树风景区植被太稀少，视觉污染太严重，旅游管理太混乱。瀑布周围的山岭上，原生植被已被破坏殆尽，即使次生的林木也显得稀疏而不足；由于瀑布上游水土流失严重，瀑布下落的水流竟呈现一片浑黄，瀑布河滩以及天星桥景区的水域生活垃圾漂浮物比比皆是；景区内商贩云集，不仅摊点堵塞游路，而且对游人围追堵截，或向游人兜售商品，或乱拉游客照相。黄果树天生的丽质已难觅踪影，俏丽的容颜受到极大的伤害。

　　记者在采访中了解到，黄果树风景区规划面积为 115 平方公里，加上景区外围的保护地带共 310 平方公里，其林灌覆盖率只有 10.3%。大瀑布和天星桥两个核心景区的森林覆盖率也仅为 15.6%，低于全国的平均水平，这在全国的风景名胜区中是不多见的。现有的次生植被已开始逆向演替，如不下大气力进行生态重建，50 年后黄果树风景区将不复存在。由于植被稀少，森林涵养水源的能力低下，大雨时河水浑浊，晴天日久则水源枯竭，甚至出现瀑布断流现象。据当地百姓介绍，60 年代以前从未见过黄果树瀑布有枯水现象，连冬天也是这么哗哗地下落，现在枯水期越来越明显，严重时长达半年之久。据悉，黄果树风景区自 80 年代初向游人开放以来，一直没有垃圾处理厂和排污设施。处理垃圾的办法是，找低洼处堆放，年复一年便堆积如山；污水与雨水自然合流，直接流入白水河，再加上上游小企业的废水对河道的污染，使景区的水质越来越差。

　　1992 年，黄果树曾与张家界、九寨沟一起向联合国教科文组织申报世界自然遗产，黄果树因植被稀少、景区内居民建筑多、人工痕迹重、环境质量差而落选。当时的贵州省领导表示 10 年后再次申报，这其中饱含了对黄果树的关切与厚爱，也包含着对贵州人的鞭策与鼓励。只可惜，近 8 年的时间过去了，成效并不显著。原因何在？资金短缺，各种关系与管理体制没有真正理顺。

　　1999 年，省人民政府决定："撤销黄果树风景名胜区管理处，成立贵州省黄果树风景名胜区管理委员会，并赋予其相应的行政职能，对景区内的资源保护、开发、建设、经营和地域经济、社会发展实行统一领导和管理。"管委会成立后抓紧制定规划，立志对黄果树景区实行生态重建：规划投资 2.8 亿元，用 5～10 年时间使景区的森林面积增加到 80760 亩，使森林覆盖率达到 48.5% 以上。同时，新建完善的排污系统，并把景区内的居民迁出，在 5 公里外建生态旅游城，通过努力使黄果树的环境质量达到申报世界自然遗产的水平。但是没有钱！管委会虽有行政职能，监管着风景区全部的国有资产，所辖 10 个部门全年的事业费只有区区 30 万元。而黄果树景区一年几千万元的门票收入却流进了黄果树旅游(集团)公司的账户！贵州省财力匮乏，难以对黄果树生态重建进行巨额投资，而这一年几千万元的门票收入正应该是黄果树资源保护的生态重建的重要财源，然而流失了，流进了企业账户。这无疑是一种管理权属的错位。这种错位造成了严重的后果。首先是国有资产向企业的大量流失。这是因为"风景名胜资源为国家所有，必须依法加以保护"；国家对风景名胜的资源所有权不仅表现为一种保护和管理的责任，同时也表现为对门票收费的权利，门票经营权力的转移，即是国有资产的严重流失。其次，公司(即企业)不具备行政管理职能，企业行为是追求利润的扩大化，让企业行政管理景区，只能越管越糊涂。黄果树景区个体商贩云集的现象，也正是这家公司实行每人每月交60元即可入园摆摊的"管理"办法造成的。据悉，今年初，管委会按照上级政府部门的要求，在制定全年植树造林计划时，给黄果树旅游(集团)公司下达了2000亩的造林任务，但至今这家公司一亩林也没有造，面对黄果树风景区如此凄惨的植被状况，他们一点也不动心。一面是生态重建形势如此紧迫，没有资金让人心急如焚，一面却是企业手里有大把门票收入，竟对此无动于衷。这是何等鲜明的对照啊！

要让黄果树焕发青春，看来必须彻底理顺管理体制，纠正这种管理上的错位，让本属于国家的钱归还给国家。国家有了钱黄果树生态重建的大事也就好办了。那时，黄果树就不用这样疲惫了，会光彩照人地跨进世界自然遗产的行列。

为了这片山林热土

——长坡岭林场创办森林公园侧记

一段时期以来，国有林场，特别是国有生态公益型林场经济陷入困境，发展后劲不足，都在苦苦探索新生之路。然而，贵阳市国有长坡岭林场却能在经历了相同的苦难之后彻底更新观念，从自身的特点出发，全建制地转产，创办森林公园，既使数十年创业造就的山林热土绿色永驻，又为林场在市场经济大潮的搏击中闯出一条生路。

长坡岭林场创建于中华人民共和国成立初期，隶属贵阳市林业局，地处贵阳市西北部的白云区粑粑坳，跨白云、乌当两个区，经营面积3485.5亩。长坡岭林场既是贵阳市环城林带的组成部分，又是白云工业区的绿色屏障。积数十年之艰苦奋斗，林场职工在原有的荒山秃岭上播下了片片绿荫，造就了美丽的自然景观。

虽说艰苦创业功不可没，然而现实却是严酷无情的。进入80年代中期以后，在市场经济大潮的冲击下，作为国有生态公益型林场的长坡岭陷入了经济窘迫的困境：每年要靠市林业局给的70万元差额拨款来维持经营开支，由于经营渠道单一，收入越来越少，职工工资低，生活困难。1998年8月，国务院下达了《关于保护森林资源制止毁林开荒乱占林地的通知》以后，长坡岭林场由于地处长江、珠江上游分水岭地带而全面停止了林木采伐，失去了最后的收入来源。

也许是由于热爱生活，热爱自己建造的家园，抑或是在摆脱困境的思索中改变了观念，长坡岭人已精心塑造了优美的森林景观，铺设了柔软可人的林间草地，修建了人工湖、主干道和林间公路，为公园的创建打下了基础。

1997年，为彻底摆脱困境，林场大刀阔斧地调整产业结构，决定全建制地转产，提出创办长坡岭森林公园。同年，经省林业厅批准，在林场的原址上建立了省级森林公园。

建设森林公园，不啻为长坡岭人的二次创业，他们又开始了全新意义上的艰苦奋斗：在樱花湖(即原人工湖)北面的山坡上修建了卡拉OK厅、茶室、餐厅，建成了面积为3公顷的樱花园，培植了翠竹、桂花、紫薇、迎春花等一大批观赏花木，修建了休闲山庄和通往公园后门的冰纹路，公园中心还设置了一个美丽的大花坛。今年"五·一"节前夕完成了1390米"古骑道"的恢复、翻铺、补修和建造"水上高尔夫"练习场的工作。富有观赏旅游价值的花卉盆景基地和多功能苗圃基地也在建设之中。记者踏访长坡岭森林公园时，建在樱花湖水面上的凉亭也已动工。目前，公园已经形成了接待游人的格局，并有了一定的收益。据公园的主人介绍，1997 年、1998 年，每年都有大约 1.5 万人次光顾这里；1999 年到长坡岭旅游的达 5 万人次；今年"五．一"放假期间，长坡岭接待游客达 1.5 万人，渐渐成为贵阳城里居民休闲度假的好去处。

贵州省林业厅副厅长张礼安评价说，长坡岭森林公园是贵阳市环城林带开发生态旅游的龙头项目，长坡岭转产开发旅游，不仅有力地推动了贵阳市森林旅游业的发展，而且为国有林场，特别是国有生态公益型林场调整产业结构树立了榜样，提供了可供借鉴的经验。

长坡岭森林公园要历经三期工程建设，而且有一个宏大的目标：到 2010 年，年接待入园游客量将达到 41.2 万人（次），在长坡岭建成生态、经济、社会三大效益协调发展的森林生态经济系统，使之成为贵阳市景观特色鲜明、功能完善、旅游文化品位较高的生态旅游和休闲度假的胜地。由此，记者想到，也有不少的林场改建成了森林公园，其中有不少林场与长坡岭不同的是：改而不建，建而不精，游人进园观光感到平淡无味，最后自己毁了自己的牌子。长坡岭给我们的启示是：国有林场，在西部大开发提供的机遇和造成的挑战面前，既要转变观念，更要扎扎实实地艰苦奋斗；森林公园的牌子既然挂起来了，就要认认真真地对待。

高原放歌

——国家林业局第二批援藏干部赴藏工作纪实

党的好干部孔繁森的感人事迹，从雪域高原传遍祖国的大地。从此，援藏作为一种崇高、无私的价值取向，走进了优秀的中华儿女的心田。

西藏是贫穷落后的。为尽快改变西藏贫穷落后的面貌，实现兴藏富民的战略目标，党中央在 1994 年召开的第三次西藏工作座谈会上，确定实行"分片负责，对口支援，定期轮换"干部的援藏方针。在这一方针的指引下，国家林业局已先后选派了两批干部赴藏工作，对口支援位于林芝地区林芝县八一镇的西藏农牧学院。继第一批之后，第二批干部也已赴藏工作三年，如今即将返回。他们是：国家林业局人事教育司助理巡视员卢昌强、东北林业大学资源环境学院副院长任青山（博士后）、中国林科院森林生态环境与保护研究所研究员郭泉水、中南林学院教务处副处长刘梦飞副教授、西北农林科技大学教务处副处长欧文军副教授。他们在三年援藏、一千多个日夜辛劳的日子里，像孔繁森那样奋力拼搏、无私奉献，用自己的行动诠释了共产党人的世界观、人生观和价值观，谱写了一曲新时期共产党人的正气歌。三年援藏结出的丰硕成果，也是他们向党的 80 周年生日敬献的厚礼。

一行雪域大地的寻梦人　五位忠诚援藏的实干家

1998 年 7 月，卢昌强、任青山、郭泉水、刘梦飞、欧文军一行 5 人，满怀寻梦雪域大地的一往深情，带着国家林业局党组的重托和派出单位的希望来到西藏，在西藏农牧学院开始了为期三年的援藏工作。

记得，7 月底刚到拉萨时，一下飞机，剧烈的高原反应就一步步地向他们逼来，很快就控制了每个人的肌体。午饭后，欧文军这个身强力壮、年纪轻轻的西北汉子，就开始不停地呕吐。其他的人也并不好受，胸闷气短、头疼乏力，走路像踩在棉花堆上。入夜时分更难熬，望着天花板怎么也睡不着觉。第二天，别人似乎好转起来，可欧文军身上的那种类似患了重感冒的症状怎么也不消退，在拉萨的三天里，他每天晚上都是望着天花板等待天明。三天后，要求去林芝了，他们一想起将要奔赴援藏的工作岗位，即刻忘记了身体的困乏，一路谈笑风生地爬越米拉山，伴着乐曲欢歌和飞花碎玉般的尼洋河东进。这时，拉（萨）林（芝）线上正在修路，到处坑坑洼洼，汽车在崎岖不平的山路上走走停停，410 公里的路程居然走了 21 个小时，到达八一镇时每个人浑身上下都是灰尘，几乎要被颠散了架。

这就是进藏之初的情景，让他们至今记忆犹新。

　　然而，古地中海隆起的雪域大地，毕竟是大自然的神奇杰作，那高远奇蓝的天空，那雪峰连绵的大地，那像蓝宝石一样的高原湖泊，那在高原 7 月足以清澈见底的条条江河，还有那神奇的高山植物谱带，以及分布在湿润区域内广袤无边的苍茫林海和绿得让人心醉的草原牧场，这一切实在是如花如梦。西藏是地球表面最迷人的一块处女地，在森林生态领域里有着诸多奇妙的研究课题。他们深信，在农牧学院援藏，他们的学识和才能一定能有用武之地。然而，到拉萨后的高原反应和拉林线上的艰难奔波，毕竟让他们看到了在西藏工作的艰苦现实。因此，在纵情寻梦的同时，必须横下一条心迎接艰苦生活的挑战，忠诚援藏，埋头苦干，实实在在地为西藏的经济建设做出自己的贡献。

　　到达农牧学院，他们顾不上身体的酸疼，马上奔赴自己的岗位投入了工作。稳重干练的卢昌强，接受了担任副院长的任命并兼任院党委委员，重点联系林学系、水电系和高原生态研究所；精明强干的任青山，担任林学系系主任、系党总支副书记，全面主持林学系的工作；淳朴能干的郭泉水当了高原生态研究所的副所长，挑起了所内研究工作的大梁；血气方刚的刘梦飞接手了科研处副处长的职务，协助处长主抓学院的科研工作，同时负责外事接待；坚韧顽强的欧文军被派到教务处任副处长，协助处长主持全院的教学管理。他们胸膛里鼓荡起壮志豪情，决心以孔繁森为榜样，全心全意为西藏人民服务，用出色的援藏业绩去实践自己对党、对雪域高原的承诺。"老援藏""特别能吃苦、特别能战斗、特别能忍耐、特别能团结、特备能奉献"的精神，在他们身上扎下了根。

每一次艰难的跨越都是一次重大的突破
每一次重大的突破又是一首激情澎湃的歌

　　卢昌强是农牧学院林业援藏干部的带头人。他事事想在前边，干在前边，处处严格要求自己，也要求一起进藏工作的伙伴们，做了大量的组织协调工作。他首先组织大家抓好理论学习，并使学理论、学政策成为每个林业援藏干部的必修课。理论水平和政治素质的提高，使他们变得更加成熟，始终保持了高昂的工作热情和旺盛的思想活力，并结成了团结奋进的战斗集体。他们处处做表率，讲大局，做主人，当公仆，不争名，不图利，为学院分忧，为藏族同胞解难，用实际行动维护祖国的统一。

进院伊始，卢昌强带领大家从调查研究入手制定了《西藏农牧学院林业教育和科研工作三年援藏计划》。这计划高屋建瓴，不啻一张具有前瞻性的施工蓝图，为他们完成援藏工作奠定了基础。

从此，在学院党委的领导下，卢昌强带领4位援藏干部，在做好本职工作的基础上，顶酷暑、冒严寒，攻难点、担风险，跑拉萨、上北京，向派出单位求援，同国际国内、方方面面的相关单位联系沟通，为学院争得了一个又一个科研项目，申请到一笔又一笔援助资金，获得了大量的可资利用的宝贵信息。跻身大山里的西藏农牧学院吹进了域外春风，展现出前所未有的生机。

他们整章建制，规范了教学与科研管理。在2000年，使名不见经传的西藏农牧学院教务处跨进了全国高校优秀教务处的行列。

他们在林学系率先创办了研究生课程进修班，造就了勤学上进的学风；又通过请进来、走出去、办函授、"专（科）升本（科）"等办法，组织教师开展专业进修，有效地改善了教师队伍的学历结构，显著地提高了教学质量。

他们为学院引进了14项科研课题、267万元科研经费，占全院同一时期农、林、牧、水、电5大系统课题总量的35.9%、科研经费总量的62.1%；同时推广新技术、新品种，促进科研成果转化。

他们大力推广开门办学，先后争取并组织完成了7个社会服务项目，为学院创收经费550万元，让农牧学院在开展社会服务上实现了零的突破。

他们抓住机遇搞好内引外联，卓有成效地扩大了学院同内地、乃至同国际领域的交往。学院科技开发中心成功地入股西藏高原之宝牦牛股份有限公司，开创了参与科技开发活动的先河；学院的干部、教师第一次远渡重洋到加拿大、芬兰、比利时、美国考察访问，也是第一次迎来了 4 位美国林业专家到学院讲学。这样磅礴大气地敞开院门来办学，是第二批援藏干部们精心努力的结果，在西藏农牧学院对外交往史上树立了一座里程碑。

他们在国家林业局领导的支持下，创建了"西藏农牧学院奖励基金"，并在国家林业局各司（局）的积极帮助下先后引进援助资金总计 170 万元。他们苦心经营，为高原生态研究所新建了温室，为高原生态定位站添置了 300 平方米的工作用房和一批高档的检测设备，为林学系装修了测树实验室、添置了仪器设备，还为林学系新建了真菌实验室、林业信息资料室、森林防火实验室、遥感信息实验室、林业多媒体实验室，极大地改善了办学条件。

3 年援藏，他们每一次历经艰难地向前跨出一步，都是一次重大的突破，而每一次重大的突破，又都是一首唱给雪域高原的激情澎湃的歌！

忙、累、干、闯四重奏，相伴高原放歌人

3 年来，5 位林业援藏干部始终相伴着"忙""累""干""闯"4 种紧张的工作情景。累了，他们唯一的娱乐就是聚在一起唱那首新学会的充满阳刚之气的藏族民歌《康巴汉子》，既可抒发豪情，又能解除劳累和寂寞。

然而，5 个人在"忙、累、干、闯"构成的"合乐四重奏"中表现的特点又各不相同。卢昌强撇开自己，对其他 4 位伙伴作了画龙点睛般的精当概括。他评价说：任青山最"忙"，忙得一天到晚不得闲；欧文军最"累"，累成了"四炎（心肌炎、胰腺炎、胆囊炎、阑尾炎）"干部；郭泉水最实"干"，事无巨细都亲自动手；刘梦飞最有"闯"劲，工作作风泼辣。问起对卢昌强的评价，伙伴们异口同声：他是我们的总指挥，他最"严"，样样事情都要做得一丝不苟。

1. 大"忙"人任青山

林学系是西藏农牧学院的一面旗帜，教学与科研都唱着重头戏。任

青山是系主任，当然特别忙。他今年 36 岁，精力充沛，自上任以来，围绕林学系的中心工作，忙教学、忙管理、忙科研、忙培训、忙科考、忙社会服务。3 年援藏，他没有轻轻松松地休息过半天。2000 年 4 月，他刚从内地返回拉萨，一下飞机放下行装就直奔市政府联系汇报课题研究的事情；第二天，他忍着强烈的高原反应，坚持完成了课题汇报；之后，他又马不停蹄地赶回林芝，投入紧张工作。援藏，让他拥有了丰富的生活内涵，但他最缺少的就是时间。

其实，忙和累是紧紧联系在一起的。高原缺氧，长时间地超负荷运转，把他累得精疲力竭。2000 年 6 月，他带领学生在色季拉山上搞科研，当他爬到 4500 米左右时，只觉得胸闷气紧、举步维艰，心脏也仿佛要从喉咙里跳出来一样，只能躺在地上大口地喘气。这种极度劳累的感觉给他留下刻骨铭心的记忆。野外工作的劳累往往还会伴随着艰险。2000 年深秋，他带领 5 名教师到藏东南原始森林进行科学考察，历时 1 个月，行程 4700 多公里。汽车在海拔 5000 米以上的高山峡谷间穿行，身边有千仞绝壁，脚下有万丈深渊，那一道道高高隆起的山脊，仿佛就是一道道难以逾越的生死分界线。那一时刻，它最突出的感觉是劳累，同时伴随着心灵震撼。

任青山毕竟是富有见识和才华的博士后，他的忙是重点突出的"忙"，高质量、高效益的"忙"。他认为，高校中心的和首要的任务是进行科研和专业建设。因此，他上任后忙的第一件事，就是对原有不合理的学科与专业设置进行大刀阔斧的改革：调整了原来的教研室，新建了森林培育学、森林资源与生态环境、树木学、森林信息遥感、园艺和生理生化等教研室；调整了学科队伍，确定了学科带头人；在林学和园艺两大专业的基础上，针对西藏林业建设特点和实际需要，组建了木材加工、园林、森林资源保护与游憩、水土保持与荒漠化治理等专业。他认为，高校若没有科研支撑便培养不出高水平的人才，更不可能较好地为国家的经济建设服务。为此，他的大部分精力都用在了忙科研上。在卢昌强等人的帮助下，他全力以赴为林学系争取了 9 个立项课题，获得科研经费 230.6 万元，是全院各系中获得课题与科研经费数量最多的。

课题研究也取得了出色的成绩：已鉴定的三项课题中，一项获得自治区科技进步三等奖，两项课题被专家评为"达到了国际先进水平"。

任青山的"忙"，来自于共产党员强烈的社会责任感。他每次看到藏族教师渴求知识的目光，都使它感到提高林学系教师的业务水平是他丝毫不能忽视的主要工作。于是他亲自给系里的教师作学术报告，请国内知名专家到校开设专题讲座，指导年轻教师在科研实践中锻炼提高，或派教师到内地高校进修。1999 年，他在卢昌强和学院领导的支持下，克服重重困难，在林学系办起了全西藏高校中第一个研究生课程进修班。

看到林学系的进步与发展，任青山感到十分欣慰。他说：忙点儿，累点儿，值得！

2."四炎干部"欧文军

欧文军成了"四炎干部"，是因为工作太忙、太累，没有时间顾一顾自己很不适应西藏环境的身体。但是他坚韧刚强，竟能在多种疾病的折磨下把工作干得十分出色！

欧文军到院后，刚接手教务处的工作就赶上西藏自治区 4 所高校搞办学水平评估，学院领导正为搞"自评"着急。欧文军进藏之前，曾参加过内地高校的办学评估，有工作经验。为此，这项工作就历史地落到了欧文军的肩上。虽然轻车熟路，但欧文军没有轻率对待，二是在高原反应尚未消退的情况下，对西藏农牧学院办学的历史和现状进行了深入细致的调查研究。他清理档案、洞悉院情，夜以继日地奔波忙碌，时常加班到深夜。时令刚过 10 月，欧文军就拿出了叙事翔实、论证有据的 20 万字汇报材料，并赶制出 200 多件(套)背景资料。顿时，紧锁在院领导心头的阴云消散了，他们切实领教了林业援藏干部的业务功底、精神风采和蕴含在他身上的巨大潜力。

评估在即，欧文军开始了最后冲刺：三天三夜没合眼，撰写出了高水平的有关办学水平和教师工作的评估报告，并指导各系做好迎接评估的一切准备。

一个月以后，评估开始了，专家组进驻西藏农牧学院。欧文军作为学院的工作人员，把印制精良的《西藏农牧学院办学水平评估自评报告》《西藏农牧学院教师工作评估自评报告》和办学情况汇报材料以及全部附件，摆放在每一位评委面前，评委们看了惊叹不已。随后，欧文军又引领着评委们到各系进行评估，并以听课的方式在50分钟内抽查了7位教师的授课情况。专家组最后的结论是：西藏农牧学院办学水平评估和教师工作评估为自治区高校树立了榜样，起到了示范作用。欧文军却累倒了。当然，他也从此声名大振，被自治区教育厅聘请为自治区高效办学水平评估专家。

这一次的办学水平评估对农牧学院来讲，是一次空前的办学水平的大检阅、历史经验的大总结，管理水平的大提高。为此，2000年西藏农牧学院教务处被国家教育部评为全国高校优秀教务处，那自然是情理之中的了。

3年援藏，欧文军为加强和规范农牧学院教育管理做了大量卓有成效的实际工作；期间，还被自治区教育厅先后借调到比林芝海拔更高的拉萨去工作了3次，帮助筹备全区教育工作会议、撰写教育宏观战略规划、起草重大主题报告；同时还做了大量领导交办的工作。由于劳累过度，他病倒了一次又一次，体重下降了10公斤，最后成了"四炎干部"。

欧文军付出的实在太多。然而他却说：有奉献就要有付出，我支援了西藏，无怨无悔！

3. 实干家郭泉水

郭泉水是5位援藏干部中年龄最大的，为人淳朴厚道，大家都亲切地叫他"老郭"。

老郭话不多，是个实干家。他用埋头苦干来表达对西藏人民的爱和情。

进藏第二周，他就开始撰写第一个课题"色季拉山针叶林天然更新及人工促进更新技术研究"的申报书。写，是老郭的长项。3年里，他执笔写了 8 套课题申报书、1 套定位研究合同书，总计 80 万字，发表了 7 篇学术论文，另外还为西藏林业干部培训班撰写过 3 个专题报告，少说也有 8 万字。他申报的课题他自己写，同别人合作研究的课题他也写。

写是老郭实干的一种形式。然而在西藏高原，写却并不容易。缺少可参阅的资料不说，光是高原反应就能把人搅得头昏脑涨，能文思泉涌般地写下去，难啊！有时甚至会提笔忘字。其中之苦，老郭自知。

进藏 3 年，老郭共从事了 12 项课题研究，引进科研资金总计 139 万元。其中做得很见成效的有两项：一项是"早实优质核桃引种及示范"，另一项是"美国黑核桃引种试验"。他像对待自己的儿女一样地对待引种的树苗，掏尽了千般爱、倾注了万般情。早实核桃是 1999 年的春天引种的，在 15 亩试验地上试种了 14 个品种。试验地分布在西藏半干旱区的林周、曲水和山南，以及半湿润地区的林芝和西藏农牧学院。美国黑核桃是 2000 年年初引种的，共计 18 个品种，种在林周、曲水、墨竹工卡、林芝和八一农牧学院；同时，还从美国引进 51 个品种进行了繁殖试验；2001 年，又从山西和北京引进了 6 个品种，扩大了试验规模。

老郭引种早实核桃和美国的黑核桃搞试验示范，是想让它们在西藏扎根落户，为西藏农牧民脱贫致富再找些门路。

引种免不了补植，补植就要调苗。由于科研经费少，哪一次调苗，老郭都不单去，而是利用每年回京休假的时间调苗，这样既省时间又省差旅费。为调到好苗子，他不辞辛苦地跑遍了河北、河南、山西、内蒙古、陕西，凡是他知道有实验品种的地方，他都要亲自去看看，精心地一株一株地挑选。调苗还难在保活上。从中原大地到雪域高原迢迢数千公里，空运，花不起钱；用汽车运，路远难保活。另外，包严了怕捂着，包不好，又会冻死；树苗聚在一块堆儿，体积大，分量也不轻。真难！老郭每次调苗都是：身上背个挎包，带点儿吃的用的，手里拿顶草帽，好遮阳挡雨，肩上扛根扁担，挑树苗用。就这样，挑上苗子，下了汽车转火车，火车下了转汽车，一路艰难地行进在调苗的苦旅中。

就拿 2000 年 4 月的那次调苗来说吧。他拖着病痛的双腿，从北京乘公共汽车先到河北的涞水，选购了几十株苗子挑着上了火车，接着又到石家庄的赞皇买了些苗子，然后转火车来到河南洛阳，再购进一些。像滚雪球越滚越大一样，这时树苗已增加到 4000 多株。这期间，欧文军正巧也在为学院承揽的"福建公园绿化"项目在山西调苗，老郭知道信息后急忙与欧文军联系，最后决定搭他们的车进藏。他在洛阳租了一辆车押运苗子赶到陕西杨陵，和欧文军会面已是深夜两点钟，欧文军找人帮忙把老郭的树苗假植好，天已经亮了。欧文军调齐福建公园的树苗，又帮助老郭起苗、包装，最后搭车走上了进藏的漫漫旅途。

老郭说，这样做，虽然苦一点，却可以为项目节省不少假植费、运输费。欧文军说，老郭两次调苗到杨陵，在我家坐了不到 5 分钟，他的心思和精力全在苗子上。

4. 援藏闯将刘梦飞

刘梦飞敢"闯"，其实是解放思想，敢想敢干。不仅如此，为了农牧学院的发展，他把个人荣辱、得失置之度外，还敢做敢当！

偏僻的八一镇，有座漂亮的福建公园，是福建省建委第二批援藏的重点项目。公园里亭台楼阁，优雅古朴；绿草如茵，鲜花似锦，秀木扶疏，景致可人。置身其间，仿佛走进了古韵浓郁的江南园林。

可是，谁能想到，这里的园林设计、绿化施工，竟是西藏农牧学院的杰作！可是，谁又能想到，这是刘梦飞"闯"出来的项目！他为之殚精竭虑，苦熬心血，尝尽了甜酸苦辣。

1999 年 9 月里的一天，学院负责外事接待的科研处副处长刘梦飞偶然获悉：福建省援藏，要为八一镇建座公园；他们搞建筑设计施工很在行，绿化施工遇到难题，正在寻求解决办法。刘梦飞突发奇想：何不把这个绿化大项目争到手，扬我农牧学院科技实力之长，搞它个形象工程，在社会服务领域创它个奇迹！他兴奋得睡不着觉，和同宿舍的欧文军一连讨论了好几个晚上，又找来任青山出谋划策。3 个人意见一致，争这个项目，干！于是，电话请示在内地出差的他们的"领头人"卢昌强，获得肯定；于是，又请示院党委，获得积极支持。刘梦飞向福建公园建设主管部门正式申述了承揽公园绿化工程设计施工任务的诚意，对方同意他们参加"竞标"。于是，便同福建当地的园林施工单位展开了严酷的投标竞争。从没下过"商海"的卢昌强、任青山和刘梦飞铁了心要继续"闯"下去，他们受学院领导委托组成竞标谈判班子，开始东进福州。经过艰苦激战，凭着科技实力和援藏奉献的一片诚心，他们终于在 2000 年春节前争得了这个项目。

刘梦飞被指定为项目负责人，开始组织绿化设计施工。

由于工期紧、任务重、没经验，刘梦飞压力非常大。院领导指派欧文军加盟，和刘梦飞一块干。卢昌强、任青山也调动林学系的师生前来助战。他们比照林芝地区半湿润的气候特点，上河北、下河南、进潼关，调来红枫、银杏、桂花、大叶女贞、毛杜鹃、贴梗海棠、大叶黄杨等乔、灌苗木；历尽艰辛，从色季拉山上挖来高山松、林芝冷杉、西南花楸、藏川杨等佳树秀木移栽进福建公园；同时，在反季节栽植的情况下，抢工期培植草坪花卉。但是，花木成活率太低，验收没有通过。刘梦飞这时的心情那真比当众被人扇了耳光还要难受。但是，按理说，造成这种结局，责任不能全在刘梦飞。明摆着：搞绿化，反季节施工本来就违背植物的生长规律，再加上公园建在乱石滩上，立地条件太差；同时，基建、绿化两个工程同时并举，常常是刚种上花、栽上树，就被土建施工给毁了，失败是必然的。刘梦飞虽然蒙受着巨大的屈辱，但他敢做敢当，毫不推卸责任，他把苦水咽尽，振作精神，决定继续"闯"，继续干！

经过再三地请求，获准：验收期延长一年。这一年，刘梦飞和欧文军干得更苦更累了。日晒雨淋，吃劣质盒饭，晴天一身土，雨天一身泥；坐在马路边上打盹儿，睡不上安稳觉；又是组织调苗，又是攀山越岭去挖树木，累得腰酸腿疼。林芝地委秘书长洛桑见过他们几次，以为是福建人雇的"包工头"，最近才弄清楚，他们是国家林业局派来的援藏干部。在这一年中，他们栽植了从内地引进的大苗木上万株，移栽野生树木 2000 多株，培植草花 3 万余盆，植草坪 7 万多平方米；欧文军两次北上，调运苗木 20 车。项目高水平地完成了，获得了高度评价，通过了验收。刘梦飞"闯"关成功！

刘梦飞和林业援藏干部们，把美丽留给了西藏人民，把风险和劳苦担在了自己的肩上。这正是他们"忙、累、干、闯"四重奏展现出的主题乐章。

三年援藏，一朝相别　既归心似箭，又依依不舍

记者前不久登上雪域高原，到林芝采访了卢昌强等 5 位援藏干部，被他们的事迹所感动。再过几天，他们将离任返回了。记者问他们：3年援藏，一朝相别，此时此刻是一种什么心情？他们的回答竟然完全相同：既归心似箭，又依依不舍。

他们真想立刻回去，去了却亲人间的思念。他们不知道每次探亲后回到西藏，母亲掉过多少泪，父亲着过多少急，儿女在睡梦中因想念他们哭醒过几回。但是，他们知道，因为自己赴藏工作，妻子独力挑起侍奉老人、养育儿女、料理家务的重担，也同样干得又苦又累。真所谓一人援藏，全家援藏。单位也是一样。领导要经常到援藏干部家里去嘘寒问暖，倍加操心；他们在西藏遇到难题，单位也总是尽一切可能，有钱的出钱，有力的出力，支持科研项目，帮助培训教师，捐书捐款，也多有付出。亦真可谓派一名干部援藏，全单位也都在援藏。

这些发生在援藏干部背后的感人至深的故事，也都像一首首无文字记载的英雄史诗一样，记入了《援藏》这部无形的光辉史册。

相别西藏在即，他们的确依依不舍。因为，这 3 年，他们响应党的号召，在这里实实在在地干过，付出过，奉献过，那翻卷着清波细浪的尼洋河、那如诗如画的色季拉山、那创造了神奇发展速度的八一镇，都可以作证，他们怎能舍得离开这片深情的高原热土呢？

因为，这 3 年，与他们朝夕行处的西藏农牧学院的领导、干部和师生，关爱过帮助过他们，对他们付出过真情和友谊，共同为西藏的繁荣和发展心贴心、肩并肩地战斗过，彼此已经结下了血脉相连的深厚友情。

　　还因为，这3年，他们是踩着彭隆全院长、郑维列处长等"老援藏"的脚窝由平凡走向伟大的。他们说，比起彭院长这些援藏三十几年无怨无悔、献了青春献终身、献了终身献子孙的老干部，自己援藏3年，付出得再多又算得了什么？因此，实在需要再和彭院长这些老前辈进行一次促膝谈心，再听听他们的教诲。

　　他们忘不了藏族同胞，忘不了他们深情传唱并教会了自己唱的那首《康巴汉子》，在充满苍凉和悲壮的雪域高原、在思乡的寂寞之时，在遇到痛苦和折磨的时候，有时甚至在喜庆欢乐、或由于取得成绩而获得成就感的时候，都想唱这首歌。现在即将告别西藏高原，歌潮又一次涌起在他们的心头——

　　……

　　血管里响着马蹄的声音，

　　眼里是圣洁的太阳，

　　当青稞酒在心里歌唱的时候，

　　世界就在手上，就在手上。

　　（刊登于2001年6月25日《中国绿色时报》一版转三版）

春花乐韵耀香江

——2001年香港花卉展览会巡礼

　　又是一年花盛时，香港铺锦俏春风。

　　新世纪第一春，香港特区花卉展览会于3月9日至18日在风光秀丽的香港岛维多利亚公园举行。展览会盛况空前，连日来观赏者络绎不绝，搅得特区一片欢腾。

　　本次香港花卉展览会以"春花乐韵耀香江"为主题，由国内外86个团体机构（其中包括7个政府部门、46个香港本地的园艺组织和33个内地及海外的园艺组织），展出了世界各地极具观赏价值的奇花异卉、多彩多姿的插花盆景和风格优雅的园林小品，深深地吸引着本港居民和世界各地的赴港旅游者前来观赏。

据悉，从 1987 年开始，香港一年一次，已不间断地举办了 14 届花卉展览，而且每一届花展都要选择一种美丽的鲜花作为主题花卉。今年花展的主题花卉是秋海棠。秋海棠有 800 多个品种，广布于热带、亚热带地区包括赏花和观叶两大类。赏花的秋海棠在适生地一年四季花开不断、绚丽如锦；观叶的秋海棠其叶面的色彩斑纹富于变化，盆栽之，其风姿极尽雅致。为了营造五彩缤纷、赏心悦目的展示效果，展区布置了数万盆各色品种的秋海棠，娇艳柔润，美不胜收，强烈地烘托着光耀香江这一美好主题，同时也预示着香港特区前程似锦的美好未来。

情调高雅，精品迭出，是香港本次花展的突出特色。展览会上，绝大部分作品都以绿化和环保为主题，并表达着对家乡故土以及对大自然的热爱，对新世纪美好生活的向往，对香港特区深情的祝愿，而且件件作品都设计制作得十分精致。香港房屋委员会展示的"城市园林"把人们带进了一个清新愉悦的境界。珠海市园林处塑造的"世纪春晖"表达了普天欢度新世纪第一春的快乐心情。佛山市园林管理处以当地著名的"村尾垂虹""南浦客舟"两大景观为基础，展现了佛山一带的美丽风情。汕头市园林处设计的"德天苑"以古朴典雅的潮汕居民院落为背景，前榕后竹、竹座瓜架，铺满秋海棠的花径，门厅内香案上传出悠扬的笛声，把"春花""乐韵"发挥得淋漓尽致。其命名"德天苑"者，寓意香港得天独厚，寄望香港明天更美好。昆明市园林局推出的"寻梦香格里拉"，用细腻的手法勾勒了一条由玉龙雪山至梅里雪山寻访香格里拉之路，把现代桃花源展现在世人面前。广州市本以五羊为象征，以红棉花为市花。市园林局制作的"五羊献瑞"，用 3.8 万朵小百菊花塑造了 5 只栩栩如生的白花羊，又用了 8000 朵红色康乃馨花在五羊足下铺就了 5 块鲜红的红棉花瓣，寓意广州社会经济发展蒸蒸日上。中国公园协会营造的"古堰流韵"，既简洁流畅，又不乏磅礴大气。中国花协展示的现代花卉园林，成功地运用了虚实对比的手法，更显得高人一筹。人们流连于一处处鲜花建造的美景之前，喜不自禁地举起相机拍照，久久不忍离去。

普及花卉栽培、绿化、环保和园林知识,寓教于乐,是香港这次花展的又一显著特色。香港临海,因此,展览会特意布设了欣赏海洋植物的展区,向人们介绍海草与海藻的特征与作用,让人们在对海洋植物的观赏中去感受蓝色国土的神奇与富饶和精心保护的极端重要性。香港远离沙漠,为此,展览会特别邀请深圳仙湖植物园在"特别展品场地"以"昨天·今天·明天"为题,设计制作了一个沙生植物展区,让看惯了鲜花和海浪的香港人也欣赏一下仙人掌、龙舌兰的神韵和风采,看一看地球的沧桑巨变,从而感悟到自然生态的丰富性和生物物种的多样性。香港人多地少,农耕用地急剧萎缩,于是,嘉道里农场暨植物园特意布展了古老的农舍、水牛和碧绿的稻田,昭示中国农耕文化的传统和智慧,同时也在大力宣传香港近年来兴起的有机农业,同内地参展单位进行交流。展览会还不仅有针对性地安排了插花艺术展示、造园艺术和花木栽培、护理技术讲座,而且还集中设置了"盆栽廊""中草药园"以及东西方不同园圃设计展示区。就拿园圃设计来说,东方的有皇家园林、私家园林、自然美景庭院、水土园和茶园,而西方的有水生庭院、岩石花园、农舍庭院和蔬菜园。为提高参观者的鉴赏水平和对作品及其摆设方式的认识,展览会还配备有导游观赏讲解服务。这样做,不仅使人们更深刻地认识自然,更自觉地保护自然与生态环境,而且能够更好地鉴赏美、享受美,从而更自觉地创造美。

展览的内容和安排的活动丰富多彩,贴近群众、贴近生活,也是这次花展的一大特色。走进维多利亚公园,就走进了鲜花铺就的世界,处处呈现着姹紫嫣红的生动景象。参观者有三五成群结伴而来的,有情侣相伴在百花丛中传递着柔情蜜意的,也有园林花艺爱好者端着相机精心地拍摄、掏出纸笔认真记录、反复观察、凝神思索的。一到周末和星期天,公园内更是人流如潮。花展一时间,竟成了香港居民的盛大节日。为了营造节日气氛,展会安排了多场音乐与文娱表演,还有专为孩子们开设的"开心乐园",为棋艺爱好者安排的围棋对弈,为绘画、摄影爱好者举办的绘画、摄影比赛。两个青年人装扮成两朵硕大的秋海棠为展览会的吉祥物，热情地迎接着每一位参观者，他们笨拙的举止，给人们带来阵阵欢笑。一年一度的花展已融入了香港人的生活，已成为他们展前殷切的期盼和展后的美好回忆。

香港特区行政长官董建华的夫人董赵洪娉女士应邀出席了3月9日举行的花展开幕典礼，并为花展开幕剪彩。她在致词中谈到参观花展感想时说："每一次展览总是赏心悦目，令人流连忘返。今天在香港花卉展览的会场上，置身花团锦簇之中，感受到大自然的勃勃生机，实在令人赞叹不已。"具有这种感受的，何止董建华夫人自己？

香港今年的这次花展，是去年成立的康乐及文化事务署主办的第二次花卉展览。署长梁世华先生说，他们举办花展的目的是，"提高广大市民对园艺的认识和兴趣，并推动绿化香港的工作，使香港成为让特区人民引以为自豪的美丽家园"。

从香港特区政府对一年一度的花展盛会的高度重视、主办者的积极努力、香港各界群众的热切关注以及全国各地大力支持等种种情况看，我们有理由相信，香港每年的花卉展览一定会一届一届地办下去，而且会一届比一届办得更好，他们的良好愿望也一定能够实现。

（刊登于2001年3月20日《中国绿色时报》花草园林版）

南国天涯展风流

——三亚林场采访散记

年终岁尾，北国已是寒凝大地，地处海南省最南端的三亚林场依然和暖如春。

我们驱车进入掩映在椰林绿海中的林场场部，展现在眼前的是一派繁荣富足的景象。新楼座座，职工住房户均100平方米以上；景点处处坐落在鲜花绿地之中；办公室宽敞明亮，各种设备应有尽有。场部东侧的花木苗圃生机盎然，昭示着林场的实力与前景。

然而，谁能想到，这个拥有 2.8 万亩山林和 120 名职工的国有林场，1990 年以前竟然是一个穷得叮当响的破大家。林场负债经营，只有 4 栋破砖房，职工工资发不出，懒惰的穷极闹事，勤快的自谋出路远走他乡。干部们一筹莫展。当时，谁也不愿意也不敢到三亚林场来当这个场长。

李雁，这位当时只有 26 岁的年轻人却"受命于危难之时"。他刚从广东林校毕业就被调来当林场场长——他自己还没成家，就开始为林场百十户人家的衣食操心。然而，实践证明，这戏剧性的历史选择是正确的。李雁凭借着高度的工作责任感、年轻气盛的闯劲和驾驭市场风云的胆略，真诚地回报了三亚林场职工的信赖，改革开放的种种机遇也使他成了林场事业的开拓者和职工脱贫致富的带头人。

李雁上任后抓住的第一个机遇是海南办大特区、三亚扩大对外开放。他们发挥林场的地理优势，转让了位于市区的 50 亩土地，为林场获得了 700 万元的建设资金。李雁用这笔钱，首先启动"安居工程"，建起了花园式的宿舍区，偿还了外债和林场拖欠职工的工资，也使在外谋生的职工重返林场，由此恢复了职工队伍的元气。随后，他开始带领职工大刀阔斧地进行体制改革，调整产业结构，寻找机遇发展替代产业。

慧眼识风云。李雁获悉，三亚市被国家批准为国际性海滨旅游城市，他认定三亚市一定要尽快繁荣市场、建设旅游风景区，这对花草苗木的需求量会是无比巨大的，为此依托三亚旅游区，搞花草园林产业必有可观的经济效益。于是，他紧紧抓住这个机遇，决定投入 250 万元、请广东地区高校和科研院所的专家把脉，建了一个大型的现代化花木苗圃。第一期工程已所建的 60 亩花木盆景区已竣工，1993 年底已开张营业。到 1994 年 6 月，这一项目已有了 259 万元的利润，全年可收入 500 万元。在姹紫嫣红的花木盆景区，李雁指着一株约 80 厘米高的紫宝石告诉记者，这是花木中极名贵的"黑公主"，这培育 10 个月就可以出盆，一株可卖上千元。显然，这种经济效益是单一的木材生产所无法相比的。目前林场正在启动第二期工程：再建 40 亩鲜花生产区和 100 亩草皮生产区。二期工程竣工以后，就可满足三亚风景区建设的多方面需求。届时，林场的收益将更加可观。

有了花木苗圃，林场就有了发挥优势的物质基础。近年来，他们凭着自己的技术优势和造林实力，承包三亚市区各地的绿化工程，相继完成了荔枝湾变电站、市公路局、藤桥小学、海波港度假村等绿化工程。之后，又承接了天涯海角购物中心绿化工程，一期工程竣工在即，二期工程已签订协议。林场聘请的花木园林总设计师——中科院的园林专家孟凡蓬，正在为三亚市搞天涯海角大门、笆篱凝霞、椰林风韵、天涯漫游区和黎族风情村等景点的园林设计，其设计规划批准后，其施工的任务必然落到林场绿化施工队伍的肩上，那时，林场将有更大的作为。

物质文明的崛起，也会给林场的精神文明建设带来机遇。林场绿化、美化了职工住宅区，资助职工家庭买上了彩色电视机，开展了丰富多彩的文化娱乐活动，对职工进行了全面的岗位培训，林场不仅代交学费鼓励职工上大学，而且包揽了每户职工一个子女从小学到大学的全部费用，还捐款10万元帮助附近乡镇建设文化设施。

其实，机遇常有，但是能认准机遇、抓住机遇、主动迎接挑战并能取得成功者，不常有。李雁的可贵之处正在于勤于观察和思索，能够敏捷地捕捉机遇，永不满足地开创新事业。这不，在一阵紧锣密鼓的市场预测后，他又抢先一步：今年将投资200万元，建一个大的养猪场和一个占地20亩的养鱼塘。这鱼塘，要建成三亚垂钓旅游的新景点；猪肉可补三亚肉食市场的供应不足，猪粪可用来养鱼、育花。

记者相信，这一次机遇的把握，又将使三亚林场在南国天涯的市场大潮中、在新的层次上再展风流。

（刊登于1995年1月5日《中国林业报》一版）

为生命放歌

——中国野生动物保护协会成立 20 周年巡礼

1983 年，国宝大熊猫正遭遇着一场前所未有的浩劫——大熊猫的主要食物箭竹大面积开花枯死，一只只可爱的大熊猫在病饿中死去，大熊猫种群面临着灭顶之灾！国务院和地方政府立即组织力量进行抢救。

这件事，震动了中国社会各界，也让世界上所有热爱中国、喜爱大熊猫的人们感到震惊和悲伤。

为了更好地凝聚社会力量救护危难中的大熊猫，这一年 12 月，经国务院批准，中国野生动物保护协会（以下简称"中动协"）在北京正式成立。从此，开始了她为生命放歌的辉煌历程。

一

在大熊猫处于危难之际，作为非政府组织的社会团体，中动协一亮相，立即把社会民众喜爱大熊猫、爱护野生动物的热情激发起来。鉴于此，中动协便把协助政府部门抢救大熊猫作为成立后要做的第一件大事。

第一次新闻发布后，协会工作人员们奔走呼号，组织中央和川、陕、甘 3 省各大新闻媒体广泛宣传，在国内外发动了一场声势浩大的救护大熊猫运动，并向全社会大张旗鼓地发起为大熊猫募捐的公益活动。国内社会各界和一些国际组织纷纷向大熊猫伸出援助之手，短短几年时间里，在国内外募集了上千万元资金，国外一些非政府组织和友好国家还向我国捐赠了一大批救灾物资，有力地支持了我国抢救大熊猫工作的开展。1984 年 4 月，随美国总统里根访华的总统夫人南希将美国小朋友的捐款亲自转交给中动协；同年，中动协组织了一对大熊猫赴美国洛杉矶和旧金山"访问"，以表达中国人民对美国人民的友好情谊。从此，古老的中华大地上第一次以充满正义感和激情昂扬的声音传达出这样的信息：野生动物是人类的朋友！让野生动物与人类永远和谐共处！

中动协成立之前，中国几乎没有一个真正的民间自然保护组织，普通民众对保护野生动物的认识几乎是一片空白，野生动物处于被人漠视和任人宰割的境地。中动协成立后，高举起保护野生动物、爱护大自然的绿色旗帜，成为野生动物最忠实的护卫者。在中动协的带动下，全国31个省（区、市）也相继成立了野生动物保护协会。多一名会员，就会多一份保护野生动物的力量；多一个保护组织，就会多一个凝聚自然保护志愿者的核心。经过20年的努力，中动协在全国各地的基层协会已发展到590个，协会会员达到6万多人。理事会成员分布在各行各业，许多知名学者、专家在协会组织中担任重要职务。协会的组织机构不断健全，自身建设不断加强，已建立了科技、宣传、资金管理、野生动物养殖和水生动物保护等5个专业委员会，还建立了一处野生动物收容救护中心。

在各级协会的影响和带动下，社会上自发建立的各种环境保护组织不断涌现。20年来，成千上万的志愿者走进了保护野生动物的行列，共同为生命放歌，为建设绿色家园做出自己的努力。

二

20年来，中动协始终坚持"以活动促发展、以发展带活动"的工作方针，坚持面向社会开展保护野生动物的宣传教育和普及科学知识的活动。这几乎成了这首生命之歌的主旋律。

每年春季的"爱鸟周"和秋冬季节的"保护野生动物宣传月"，是中动协的两个标志性活动，20年来从未间断过，而且活动形式不断翻新，内容一年比一年丰富多彩，规模、声势一届比一届浩大，取得的社会效果也越来越好。光是在世纪之交的5年里，中动协联合各省（区、市）保护协会开展的"爱鸟周"活动就有：1999年，"让鸟儿与人类共享蓝天——三省一市爱鸟周联合行动"；2000年，"让我们拥有鸟语花香的新世纪——世纪之年十一省（市）爱鸟护鸟南北行大型科普宣传活动"；

2001年，"保护鸟类资源，再造秀美山川——西部五省(区)爱鸟护鸟科普联合行动"；2002年，"关注鸟类，珍爱自然，建设绿色家园——西南四省(市)爱鸟护鸟科普宣传联合行动"；2003年，"关爱生灵，保护鸟类——中南三省爱鸟周科普宣传联合行动"。截至目前，中动协已在全国27个省(区、市)举办了"爱鸟周"联合行动，直接参加人数达上百万人。每次"爱鸟周"活动都吸引着成千上万的群众前来参加，同时也得到了新闻界的广泛关注和积极的支持，在国内新闻媒体上进行了贯穿全程的深入报道，使"爱鸟周"活动更加深入人心，爱鸟护鸟蔚然成风。举一个例子：一年初冬，河北省秦皇岛市有一位农民，一天忽然在自家的后院里发现了一只迁徙路上掉队的灰鹤。有人要出高价钱买这只灰鹤，他坚决不卖。他怕养在家里把灰鹤冻伤，就和儿子一起租了一辆汽车，驾驶汽车跑了30多公里，把灰鹤护送到当地的野生动物保护站。近些年，像这样的事例在全国各地多得不胜枚举。

为了加强保护野生动物的宣传，针对群众普遍缺少野生动物科学知识、保护第一线人员急切需要提高业务素质的状况，20年来，中动协先后编辑出版了有关中国的鸟、兽、两栖、爬行及珍稀昆虫等五大类野生动物的图鉴，出版了《国家重点保护动物图谱》《野生动物和自然保护区》《世界各国国鸟》等一大批科普读物，印制各种宣传画册、宣传单、集邮册等宣传品数十种、100多万册；每年都要与广播电台、电视台制作几次专题节目，在报纸和杂志上开辟专栏近百次，基本上做到了不间断地在电视中有形象、广播里有声音，报刊上有文章。同时，中动协还与有关单位共同举办"地球日""世界环境日"等纪念活动；采用群众喜闻乐见的形式举办"虎年虎展""马年马展""蛇年蛇展""猴年猴展"等，介绍有关动物的科学知识，深受观众喜爱。1992年以来，中动协曾连续在广州、深圳等地举办大熊猫展览，向社会各界宣传大熊猫的科学知识和生态价值、宣传国家保护大熊猫工程；中动协水生动物保护分会还多次在北戴河等地与有关单位共同举办中国珍稀水生野生动物展览，向社会公众普及水生野生动物科学知识，增进公众对水生野生动物的了解和保护意识。

　　中动协在组织开展科普教育活动中，始终把青少年作为宣传教育的重点，开展了"野生动物小卫士"评选活动，注意从青少年的特点出发，把普及科学知识同进行爱国主义教育、保护野生动物法制教育结合起来，坚持每年组织趣味性很强的知识竞赛，组织中小学生观鸟、挂鸟巢，或开展鸟类放飞活动；利用寒、暑假组织青少年到自然保护区、野生动物园举办冬令营、夏令营，开展少先队主题活动。

三

　　20 年来，中动协在推动野生动物科学研究及国际合作与交流方面做了大量的工作，为树立和提高我国在国际保护事业中的形象和地位作出了积极的贡献。

　　自 1988 年以来，中动协每年都要安排一定的资金，支持野生动物保护第一线科技工作者开展野生动物科学研究。20 年来，共组织研究课题 100 多项，取得了一批具有鲜明的现实针对性和很有价值的研究成果。此外，为提高基层保护人员的专业素质，中动协还面向基层不定期地举办各种形式的培训班，接受培训的人员累计达 2000 多人次。1994年以来，与美国密桑宁研究院合作，已举办了 4 期国际自然保护管理培训班，为我国的自然保护区培训了一批中、高级技术骨干。

　　中动协同国内外各自然保护组织建立了广泛的联系，在进行业务交流和友好往来的同时，不断拓展着新的合作领域。早在 1994 年协会即成为世界自然保护联盟的非政府组织成员；20 年来，同国际自然基金会、国际水禽局以及美国、德国、日本等 50 多个国家和地区的自然保护组织进行了友好交往并不断加强着工作联系，有力地推动了我国野生动物保护事业的发展。例如，1992 年，中动协曾作为我国的非政府组织参加了联合国环发大会"'92 环球论坛"，就中国野生动物保护和资源合理利用问题作了两场专题报告，受到与会者的一致好评；1994 年，中动协派团出席世界自然保护联盟第十九次会员代表大会，针对当时国际上某些人对我国在野生动物产品使用方面的不良反映，充分阐述了我国政府在禁止犀牛角、虎骨和熊胆粉的国际贸易以及生产、使用问题上的严正立场，介绍了我国坚决采取的封禁措施，得到了联盟组织和有关国家的理解与支持，成功地维护了祖国的形象。

20年来，中动协主办或参与主办国内、国际研讨会30余次，其中仅大中型国际会议就有10余次。例如，1987年，中动协发起并与香港天龙影业公司共同主办了首届野生动物保护国际会议，近300名中外学者出席了会议，就野生动物保护的行政管理、科普教育以及自然保护区建设与发展进行了深入的交流与研讨；2000年8月，中动协与中国鸟类学会、中国台北市野鸟学会在昆明市共同举办了第四届海峡两岸鸟类学术研讨会，来自中国大陆、台湾、香港的专家、学者以及鸟类爱好者100多人出席了会议，与会代表就近几年鸟类研究在生物学、生态学、分类、饲养繁殖和疾病防治等方面取得的成果进行了广泛的交流，并对加强鸟类保护进行了探讨。中动协还与美国圣地亚哥动物园协会共同举办了"大熊猫2000年国际研讨会"，交流了近年来大熊猫研究取得的成果，与会专家还共同探讨了保护大熊猫的优先领域。

多年来，中动协充分发挥民间组织的优势，与美国、德国等国家的野生动物保护组织开展了合作项目研究。为促进国际间的文化交流，组织中国的珍稀动物大熊猫、金丝猴先后到美国、加拿大、西班牙、爱尔兰、比利时、新加坡、日本等国家展出，既加强了国际间的友好往来，又为保护大熊猫工程，拯救朱鹮、东北虎等濒危珍稀动物，支援自然保护区建设募集了大量资金。阿富汗战后重建备受国际社会关注。为了表达中国人民对阿富汗人民的良好祝愿，中动协商八达岭野生动物世界，在2002年国庆节期间向阿富汗喀布尔市动物园捐赠了一批包括狮子在内的野生动物。这一举动深深地感动了阿富汗人民，在记录中阿人民友谊的史册上写下了光辉的一页。

四

20年来，中动协不断发展壮大，逐渐成为我国民间环保事业的中坚力量，在推动我国野生动物和自然保护事业中发挥着越来越重要的作用。

20 世纪 90 年代以来，物种、资源与环境问题受到世界各国越来越强烈的关注。也正是此时，我国青海、西藏等地，每年都有成千上万只已被有关国际公约列为禁止贸易物种的藏羚羊被猎杀，其皮张或毛绒通过非法渠道不断被偷运出境。尽管中国政府投入了巨大人力、财力并不断加大打击力度，但盗猎、走私团伙的犯罪活动仍然十分猖獗，致使政府主管部门承受着国内外舆论的极大压力。为此，中动协积极配合行政主管部门开展工作，一方面发动打击盗猎藏羚羊资源的宣传攻势，在北京召开保护藏羚羊行动报告会，邀请了可可西里自然保护区、国家林业局保护司、濒管办、公安局的领导和动物专家，讲述保护藏羚羊的生态意义，通报打击盗猎活动的情况，动员社会各界支援保护藏羚羊的正义行动；同时，加紧同有关国际组织联系，呼吁立即制止藏羚羊绒制品的非法贸易活动，并在有关的国际会议上首次提出：虽然盗猎事件发生在中国，但根源却在于境外非法加工、贸易活动得不到有效制止，中国是藏羚羊事件的受害国。由此引起国际社会的高度重视，并在第二届国际自然保护大会上通过了中动协提出的保护藏羚羊提案。

朱鹮是一种像大熊猫那样宝贵，而且目前只分布在中国的濒危鸟类，但它远远没有像大熊猫那样受到世界的关注。日本也曾是朱鹮的故乡，在日本民众中蕴藏着保护朱鹮的极大热情，但中日两国间却没有保护朱鹮的民间交流渠道。为了调动国际力量支持中国拯救朱鹮"工程"，1999 年，中动协发起并召开了第一届国际保护朱鹮研讨会，特别邀请日本各民间保护组织、鸟类专家以及世界自然保护联盟专家组成员参加。会议通过交流、现场参观以及与保护工作第一线人员座谈，极大地激发了中日两国人民共同保护朱鹮的热情和信心。这次会议不久，中动协正式向世界自然保护联盟组织递交了关于保护朱鹮的提案，并获得批准，从而为我国拯救濒危物种创造了良好的国际环境。

长期以来，滥食野生动物现象在我国一直比较突出。为了提高人们的认识、转变人们的饮食消费观念，从 1999 年开始连续 3 年，中动协在国内发起了"提倡不食野生动物，树立饮食新风尚"的大型系列宣传教育活动，得到政府主管部门和社会各界的积极支持。首先，他们联合

16 个省(区、市)的保护协会,组织调查食用野生动物现状。1999 年下半年,邀请专家参与、新闻单位配合,在这 16 个省(区、市)用了 4 个多月时间,总共调查了 21 个大、中城市的 1378 家饭店、286 个副食商场、218 处集贸市场;同时就公众对滥食野生动物的认知和倾向开展了问卷调查,共发放问卷 2.3 万张,收回有效问卷 21739 张。通过调查,基本掌握了当前滥食野生动物的种类、数量、来源等实际情况,以及公众对滥食野生动物的基本态度。随后,中动协组织专家对我国养殖、食用野生动物现状进行研究分析,又委托东北林业大学野生动物资源学院开展了"滥食野生动物对人体的潜在危害和对野生动物资源的破坏"课题研究,发现了几种常见的食用野生动物的人畜共患的疾病,并取得了携带的病菌、化学残留物和内源性毒物的科学数据,据此摄制了《提倡不食野生动物,树立饮食新风尚》的电视专题片,在全国各地播放,并在全国范围内开展了一系列宣传教育活动。为便于政府部门加大对滥食野生动物的管理力度,中动协组织首都的一批著名作家发出《绿色宣言》,邀请部分全国政协委员参加"提倡不吃野生动物,树立饮食新风尚"签名活动,召开了"蛇类资源保护专家研讨会",发出了"提倡不食野生动物,树立饮食新风尚"倡议书。之后,他们又与东方美食学院共同发起了"百万名中餐职业厨师拒烹珍稀野生动植物签名暨争做'绿色厨艺大使'"评选,将整个活动推向了高潮。通过这一活动的开展,持续多年的滥食野生动物的不良风气有了明显好转。

20 年来,中动协为保护野生动物、普遍提高人民群众的自然保护意识,做了大量的工作,得到了党和国家的深切关怀、社会公众的充分肯定和支持。国际爱护动物基金会曾就中动协在中国民众中的影响作过一次调查,结果显示:有 97% 的被访者对中动协表示认同和支持。2000年,国家林业局授予中动协"梁希林业宣传组织奖";2002 年,科技部、中宣部和中国科协联合授予中动协"全国科普工作先进集体"荣誉称号;2003 年中动协先后被中国科协评为"全国防治非典型肺炎先进学会",被民政部评为"抗击非典先进全国性社会团体"。

中动协将继续为生命放歌。

朴实勤劳的韩国人民用深情回报着山林，用绿色装扮着祖国，并雄心勃勃地注视着世界。近半个世纪以来，这个半岛国家发生了一些什么变化？请看——

寻情访绿看韩国

3月中下旬，记者随中国林业考察团出访韩国，对这个绿荫覆盖的半岛国家进行了采访和观察。十几天的寻情访绿给考察团成员留下了深刻的印象。记者深切地感到，看看韩国林业思考中国林业的现实和未来，可以获得不少有益的启示。

韩国在很短的时间内让战火烧成的荒山秃岭
重披绿装，很快实现了国土绿化

韩国是个多山的国家，在近10万平方公里的国土上，有森林645.2万公顷，林木覆盖率近65%，立木蓄积量每公顷为48立方米。二战结束后，世界上完成国土绿化的国家只有两三个，而韩国就是其中之一。

韩国的造林绿化是在极其艰难的情况下起步的。灾难深重的朝鲜半岛（韩半岛）本世纪以来经历了旷日持久的战乱，1955年"6·25"战争结束后，山河破碎，森林破坏殆尽。当时森林覆盖率不足7%，立木蓄积量每公顷只有9立方米。韩国是个私有制国家，私有林地面积达456.7万公顷，占全国山林总面积的71%，而且在195.4万个有林主中，拥有10公顷以下林地者占96%，山林所有权分散，地块破碎，管理难度极大。再加上战后人民处于贫困状态，山林烧柴紧缺，林子造起来能否保住是个极大的问题。

韩国政府对国土绿化很有紧迫感，人民面对严重的水土流失也深切地感到，不尽快回复森林植被，不治理好山河，很难安居乐业。于是抚

平了战争创伤后，1962 年在政府的倡导和组织下，韩国掀起"绿化国土、培育资源"运动，开展了较大规模的人工造林。但是，由于管理粗放、樵采过度，10 年所造 100 多万公顷林木未得保存。经过深刻地反思，韩国政府对林业的发展给予了高度重视，把国土绿化确立为一项基本国策，从制定规划、调整政策和强化法治管理体系两方面大力推行。

1973 年，韩国政府决定建立山林基本计划制度，制定了阶段性林业发展规划，决心经过半个世纪的艰苦奋斗把林业发展提高到世界先进水平。

1973 年开始实施第一个治山绿化 10 年规划。重点是：荒山造林、薪炭林培育和开展大规模的宣传教育。由于政府决心大，政策务实，人民造林绿化的积极性很高，举全国之力仅用 6 年时间就造林 100 万公顷，提前 4 年完成了规划确定的全部任务，为国土绿化和生态环境改善奠定了基础。

1979 年开始实行第二个治山绿化 10 年规划。重点是：荒山造林、次生林改造、建设商品林基地和资源保护同时并举。截至 1987 年末，全民动手共造林 108 万公顷，消灭了全部荒山，基本完成了国土绿化任务，而且兴建了 80 个商品林基地，总面积达 32.5 万公顷，为林业的长远发展奠定了基础。

从 1988 年到 1997 年实施的第三个林业发展 10 年规划，开始把工作重点由国土绿化转移到资源培育、山区开发和公益林利用上。规划确定的目标是：为林业产业发展奠定基础，极大地提高山地的综合效益。经过近 10 年的努力，森林质量有了明显提高，地处山区的 152 万公顷私有林得到综合开发，全国林道总长度扩展到 1.48 万公里（平均每公顷达 2.3 公里），成功地实行了分类经营，多种经营有了巨大的发展。此外，还兴建了树木园、森林博物馆、森林浴场以及大量的修养林。

经过三个 10 年规划的实施，全国共造林 580 万公顷，使韩国林业发展充满了生机。

韩国人民在国土绿化中付出了极大的努力。从浅山到深山，从沿海到内地，他们一块块地绿化着自己的国土，治理着祖国的山河。我在韩国庆尚北道东海之滨的庆州市，听韩国朋友讲过，也在电视录像中看过迎日地区当年的造林情景。那里全是石质山，立地条件极差，而造林标准却很高。成千上万的人进军荒山，在石山上用铁锤和钢钎修好一层层水平梯田，然后按标准挖（不，那简直是凿）出树坑，那土是一兜兜从山下背上来的优质土，那水也是一桶桶从山下挑上来的，每栽一棵树都要施足农家肥。最后迎日地区的山全绿了。朴实勤劳的韩国人民，他们就是这样用深情回报着山林，用绿色装扮着祖国，创造了人间奇迹。韩国林业研修院院长沈同鲁先生深有感触地对我们说，韩国绿化取得成功取决于人民对国土绿化、发展林业认识的提高，没有人民的紧迫感和积极性，要在这样短的时间内完成国土绿化的任务是不可想象的。

韩国科学地经营森林，坚持依法治林，
用强有力的措施巩固着绿化成果

韩国有计划的人工造林只有 30 年的历史，绝大部分森林是树龄 30 年以下的人工林。因此，精心抚育、科学管理显得更为重要。

韩国的森林经营当前的重点不是生产木材，而是生产林副产品，其中包括培育林木药材、采集山林野菜、研制开发森林饮料、发展干鲜果品和食用菌等，还包括发展花卉业和森林旅游业。1996 年，全国林产品总收入达 12 亿美元，其中木材销售收入仅占 7%，其余绝大部分是林副产品的收入。全国每年大约需要 1000 万立方米的木材，其中 90% 依靠进口。

韩国 80 年代末期开始有计划地实施分类经营。按照用途，他们把森林划分为保全林和准保全林两大类。保全林即可开发利用的山林，在管理上以封育为主。保全林又分为生产林和公益林。生产林可用于林业经营，公益林或主要起生态防护作用，或供人们观赏、游憩、开展文化娱乐科普教育活动。

为保护好绿化成果，促进林业快速发展，韩国政府 1961 年正式颁布了《山林法》，1970 年和 1980 年先后对《山林法》进行了两次重大修改。尔后，在《山林法》的基础上相继制定了《山林保护管理纲要》《山林

组合法》《私有林收买规程》《林权转移登记特别办法》以及《鸟类保护和狩猎法》等一系列林业配套法规，形成了比较完善的林业法律体系，走上了依法治林的道路。

为加快国土绿化，保护脆弱的生态环境，韩国政府于 1973 年把山林厅置于内务部的管辖之下，由内务部协调中央和地方的造林绿化投入，同时调集武装警察部队负责森林资源保护，直至树已成荫、法已显威、人已安顺为止。这种对林业的超常呵护、高度集中的管理体制持续了 13 年，在关键时期有力地推动了韩国林业的发展。

为调动国民造林绿化的积极性，宣传发展林业的深远意义，强化人们的环境保护意识，从 70 年代中期开始，政府把每年的 3 月 21 日~4 月 20 日法定为全国造林月，把 4 月 5 日法定为植树节，把每年的 11 月法定为森林抚育月，动员全社会的力量年复一年地造林育林，绿化国土，为民族的繁荣、祖国的昌盛创造着绿色文明。

正是在这种长期的全民性的植树造林、科学经营和严格管理的实践中，韩国人与山林的紧密亲和，使他们对森林有着深刻的理解，把它诠释为"未来的森林、生产的森林和生命的森林"。这的确是耐人寻味和值得我们深长思之的。

从国情出发，扶持私有林在统一规划下协调发展

私有林在韩国山林中占有很大比重，而且 96% 是拥有山林不足 10 公顷的山林主，占有林地面积 50 公顷以上的只有 7000 户，占山林主总数的 0.0036%。私有山林如此分散，经营管理难度很大，实现统一规划协调发展就更不容易了。因此，在韩国管理经营好私有山林是一个至关重要的课题。

韩国政府从国情出发，因势利导：一方面顺从山林私有者的意愿，指导建立了覆盖全国的各级林业协同组合会，并把它缔造成私有林的经营管理机构；另一方面实施了一系列扶持政策，推动私有林的经营和发展。

韩国的各级林业协同组合会自成系统，构成了一体化的私有林组合

管理体系。各级组合会会长由私有林主选举产生，经费由政府资助30%左右，其余自行解决。林业协同组合会把辖区内的山林所有者和经营者组成各种协业体，把临近的地块集中连片进行集约化经营；山林面积大又有经营能力的可以自主经营。所有的经营都要执行林业协同组合会的计划，都必须遵守国家的林业法规。

林业协同组合会主要有两方面的职能：一是指导经营活动，如对山林经营者进行教育，向他们普及林业技术，组织山林主开展技术交流，或指导协业体的经营；二是直接对私有山林的经营进行管理，如编制私有林经营计划，组织育苗、造林、抚育、森林防火、病虫害防治、园林绿化，组织筹集山林开发基金，负责管理协调贷款等等。我们在韩国京畿道的加平郡采访了那里的林业协同组合会，他们除担负了上述无所不包的职能外，还办着一个贮木场、一个钢材加工厂和一个用木粉制作农用有机肥料的车间，有点像中国的乡镇企业，但它的主业还是管理加平郡的全部私有山林。在汉城（今韩国首尔市）郊区，我采访了韩国林业协同组合会的中央会，从那里了解到，中央会的职能更大，工作更繁忙，不仅着眼于国内71%的山林，而且关注着国际市场的动态，俨然一个大韩民国的第二山林厅。全国9个道郡都有中央会的支会。通过林业协同组合会体系，政府的林业政策得以贯彻执行，政府也通过这一系统及时了解山林主们的意见，不断调整林业政策，有效地扶持私有林的经营发展。因此，林业协同组合会，又是政府和私有林主之间互相沟通的桥梁和纽带。

韩国政府对私有林经营的热心扶持，通常表现为贷款与投资上的倾斜。政府每年光对中央会的投资就高达3000亿韩元；私有林主在自己的山地上所营造的公益林，国家依法给予补偿；按照国家要求在自己林地上造林，其造林费用的90%由国家支付。在韩国，各级林业协同组合会都有较高的经济地位，受到政府的尊重与保护。

这一系列的政策的实施为私有林经济的发展创造了宽松的环境，有效地克服了私有经济体制造成的种种弊端，保证了私有林在国家统一规划下的协调发展。

科研面向生产、面向市场，
在森林经营中切实发挥了先导作用

韩国林业科学研究院建立于 1913 年，是国家最权威的综合性的科研机构，人才济济，在国家林业系统中享有崇高的威望。此外，从中央到地方还有一些层次不同的专业性科研机构。韩国重视林业科技，依赖科技兴林的现状可见一斑。

韩国林业科研最突出的特点是直接面向生产、面向市场，科研成果能尽快地转化为现实生产力。其突出的表现是，从造林绿化和林业生产的需要出发，把良种培育摆在首要位置。韩国 1956 年就创建了林木育种研究所，重点选育适合本土造林所需要的速生树种，有力地支持了国土绿化。造林绿化基本完成以后，又从林业生产需要出发，开展了经济林育种研究，同时注重国外良种的引进和本国经济林树种的改良。此间，他们建立了 723 公顷种子园，引进国外树种 415 个，选育出 8 种适合本土栽植的优良树种，并已造林 78 万公顷；同时，培育出 5 个板栗优良杂交品种和 30 个核桃优良无性系，改良了 3 种韩国人喜欢食用的野菜，还选育出其它无性系 48 个。林木育种研究使韩国的林业生产实现了良种化。同时，林木育种研究所还根据市场需求，为山区的林业经营者开发出短周期的林果、食用菌、林木药材和山野菜等等，促进了山区经济发展。

韩国林业科研面向生产、面向市场更主要的表现是，依据国家制定的林业发展规划提出的基础研究课题，科研机构组织专家先行研究，取得成果后先行试验，以便适时有效地运用到林业生产上。值得强调的是，这些研究课题的提出都是经过了调查论证的，既是生产急需的，也是市场需求的。记者在韩国山林厅见到一份明年开始实行的第四个林业发展 10 年规划，上面标示了 87 个需要作基础研究的课题。在韩国林业科学研究院采访时了解到，他们已经分解部署了这些课题的研究。其中，关于可持续发展的课题有 15 个，关于木材利用的课题有 17 个，关于短期受益的多种经营课题有 17 个，关于良种培育的课题有 10 个，关于森林经营和法制改革的软科学研究课题有 12 个，另有 6 个国际合作的研究课题，其中有 5 个课题是与中国林科院合作研究的。

韩国林业的科研成果不评奖，不评优，也不搞成果鉴定。他们认为，在生产中得到应用，产品能占领市场，取得切实的经济效益就是对科研成果最好的鉴定，更是实实在在的奖励。

扶持龙头企业，推行海外开发，增强了企业活力

这次赴韩，在北方的仁川、南方的蔚山采访了各自雄踞一方的东和企业株式会社、利建产业株式会社和东海造纸株式会社，他们都是韩国林业产业系统中颇具实力的龙头企业。

这些大型林业企业的特点是：资金雄厚、产量高、技术先进，人虽不多但效益很好。"东和"是韩国第一、亚洲第二大中密度纤维板厂，同时也生产刨花板，现有职工 750 人，年产量 42 万立方米，其中生产中密度纤维板 24 万立方米，生产刨花板 18 万立方米，生产自动化程度极高。"利建"主要生产胶合板，1996 年创利润 2.88 亿美元。这家企业，1988 年以来先后在 6 个国家设立了 7 家子公司从事各种木制品生产和海外贸易。目前，这几家子公司的产品基本垄断了所在国的市场，同时不少产品还大量外销。"利建"本厂拥有 5 条胶合板生产线、1 条纤维板生产线、1 条贴面板生产线和 2 条地板块生产线，只拥有 860 名职工。工厂的所有废木料都用于发电，整个生产过程见不到资源浪费和环境污染。"东海"年产纸浆 40.5 万吨，其生产的漂白纸浆可满足国内 25%的需求量。1995 年利润达 35 亿韩元，只有职工 480 人。我们参观了一条很大的自动化生产线，只在车间内见到 4 个工人。工厂的所有工业用水全部回收，实行循环利用，基本不向大海排放污水。

这些大型龙头企业是在韩国政府的精心扶持下产生的，对整个木材加工与造纸工业的发展发挥了示范与带动的作用。

60 年代初期到 80 年代中期，韩国的小型木材加工厂遍地都是。这些工厂规模小，技术水平低，经济效益差，资源浪费严重。当时韩国森林资源匮乏，原料大多依赖进口。到 80 年代中期，在激烈的市场与企

业竞争中优胜劣汰，各种加工厂的数量急剧减少，从而造成了木材加工产品大量依靠进口的局面。为保护和发展本国的木材加工业，保证其占领国内市场，韩国政府及时调整了产业政策：在扩大海外开发的同时采取了统一规划、扶持现代化大型龙头企业发展的措施，把仁川、浦项两个港口城市划为大型木材加工企业发展基地，同时在资金和信贷方面给予政策倾斜，并竭尽全力支持大型企业到海外开发森林资源。这些措施实行 10 年，已大见成效。

到海外开发森林资源，不仅是韩国面对国内资源缺乏、力保木材加工企业生产的权宜之计，而且是为节约国内外汇、巩固造林绿化成果的明智之举。60 年代初期，韩国政府便鼓励私营公司，到海外去开发森林。在此后的 20 年中韩国企业在菲律宾、印度尼西亚、马来西亚、巴布亚新几内亚、斐济、圭亚那、所罗门和俄罗斯等国家设立了森林开发公司，进行木材采伐。

80 年代末，特别是 1992 年环发大会以后，世界各国都努力追求森林的可持续经营，过去的木材出口国开始减少或停止原木出口，迫使韩国的林业海外投资由资源开发型向资源培育型转变。目前，韩国的木材加工企业在越南、印度尼西亚、马来西亚、智利等国建立了造林基地。据悉，韩国将在海外营造 100 万公顷的用材林。

韩国东海纸浆株式会社已同我国海南省签订了营造 500 公顷工业原料林的合同。

别开生面的话题：寓教于乐与还林于民

韩国，在山林基本计划制度中，把森林看作是一种文化资源，并明确要求：要培育好山林的文化资源，推动山林文化建设。

于是，在基本实现了国土绿化之后，在实施第三个林业发展 10 年规划期间，韩国政府投入了大量的资金建设树木园、森林博物馆、森林浴场、自然修养林以及城市园林。其目的既是寓教于乐，又是还林于民。

韩国政府认为，人民在国土绿化中付出了巨大的代价，应该努力开发森林公益效益，让人民尽情地享受山林之美，必须还林于民；人民处于优美的山林环境中，在轻松愉快的游憩、度假的过程中，又无时无刻不被森林的文化气息所感染，在潜移默化中会受到熏陶和启迪，从而增强环境保护意识，更加热爱大自然，更加热爱大森林。

毫无疑问，森林一旦深深地植入人们的心灵，人就会自觉地走出蛮荒，走向高尚和文明。

记者在采访中对此非常感动，十分敬佩韩国人的这种美学观念。这对我国人民来讲，的确是一个别开生面的话题。

我们在走访位于京畿道抱川郡的中部林业试验场时，兴致勃勃地观赏了光陵树木园，参观了森林博物馆，也转了一趟森林浴场；在洪川郡考察时，也置身于青太山的自然休养林中领略了它的文化底蕴。有了亲身体验，便更折服于韩国人的见地了。

中韩林业经济合作具有广阔的发展前景

在韩国考察的每一天都被一种友好的气氛包裹着。考察团所到之处都能感到韩方所具有的强烈的经济合作愿望。

在拜访韩国林业协同组合中央会时，李允钟会长一再表示，目前中韩两国林业经济合作，从天时、地利、人和来看，情况都很好，该会非常希望到中国投资造林。他介绍了每年投资 1000 万元人民币在越南造林的情况后，一再要求考察团回国后向林业部转达他们更想在中国投资造林的愿望。

李允钟会长的愿望表达了韩国林业界共同的心声。

中国和韩国是一衣带水的邻邦，早在两千多年前就开始友好往来，具有相似的历史文化背景。在漫长的交往岁月中，两国人民结下了深厚的情谊，为创造东亚文明做出了重要贡献。只是近百年来，由于外国侵略和殖民统治以及二战后冷战的影响，两国人民正常的交往中断了。但经过中韩两国人民的共同努力，很快促成了 1992 年 8 月的中韩建交，随之两国成为东北亚地区重要的贸易伙伴。中韩林业经济有极其明显的互补性，中国林地资源丰富，劳动力资源充沛，又有广阔的市场，但资金缺乏、技术落后；韩国林地有限，缺少加工原料，劳动力价格昂贵（这里有一个笑话：韩国洪川国有林管理所在枫川里建了一片红松采种林，但他们最大的苦恼是雇不到上树采种子的工人，没办法，他们只好研究培育矮化红松母树，实行果园式管理），但技术先进、资金雄厚。双方如能加强合作，必然能更快地促进中韩两国林业经济的发展。

韩国人雄心勃勃地注视着世界，自然会更加关注中国。

一位韩国朋友对中华文化情有独钟，他已是年过半百的人了，却正在一所业余大学读中文系课程，他来过一次中国，只到过上海和北京。他对记者说："你们中国太大了，真了不起！中国在下个世纪肯定是最强大的国家。"

他的这番话，使我感到自豪，也更促使我深深地去思索：我们应该如何面对未来的世纪？怎样为子孙后代创造更美好的明天？

（刊登于 1997 年 4 月 24 日《中国林业报》第三版）

开放进取的韩国文化

——访韩散记之一

从北京乘飞机到韩国的汉城（今韩国首尔市，下同），只需一小时五十分钟。中韩两国距离之近，使人无形中淡化了出国的感觉。

3 月下旬，我随中国林业考察团到韩国访问，那感觉从表面看，的确像到吉林延边地区出了一趟差。不仅距离近，两国人站在一起，如果不讲话，那相像的身材、面孔和现代服饰，一般很难分得清谁是中国人谁是韩国人。但是，踏上了韩国的土地，韩国人一讲话就把你实实在在地抛到了异国他乡。如果没有翻译在跟前，由于语言不通，还会有一种淡淡的孤寂之感。然而相近的文化底蕴又会使你用不了多久就习惯了这里的风俗人情，那种孤寂感也就渐渐地消失了。

韩国文化源远流长，具有开放性和积极进取的特点。在漫长的韩文化发展的历史上，汲取了大量的其它民族优秀的文化成果，并自觉地把那些积极的成分发扬光大。

访韩的第二天，我们在韩国山林厅，听取了郑光秀先生关于韩国林业发展情况的介绍。郑先生不到 50 岁，写得一笔很好的汉字。他站在提示板前边写边介绍，讲得有条有理。讲完了，他意味深长地在提示板上写下了三句话："一年之计，莫如树谷。十年之计，莫如树木。百年之计，莫如树人。"这是中国战国时期思想家管仲阐述"树谷""树木"与"树人"之间关系的话，被这位韩国官员视为至理名言，其钦佩之至溢于言表。我们对他深谙中国文化并表现出谦逊好学的精神也油然而生敬意。

据说，50 岁左右的韩国人大多都认识中国的繁体汉字，有的如郑光秀先生那样汉字写得很好。到韩国的第四天，我们在林业研修院拜访了沈同鲁院长。他边同我们攀谈边用汉字在纸页上写下我们谈话的要点，那汉字写得极好。他说，韩国可以说是个汉字的国家，他在高中读书时就学会了不少汉字。在典雅的研修院教学楼里，我们看到这样两幅用汉字书写的条幅：一幅是"山林是民族的气象祖国的屏障"，一幅是"一年之际在与树木，终生之际在于树人"。那后一幅显然是把管仲的话用活了。没想到中国两千多年前的这位哲人的思想被韩国人一辈辈地传播着，至今仍是他们用来启示后人的格言。

韩国是个汉字的国家，不仅表现在随处可见的墨迹上，就连表音体系的韩文在形体上也像汉字一样。韩文语音系统中 24 个字母，个个取用的是方块汉字的偏旁，一个音节搭配起来也组合成像汉字一样的方块形体，那笔画写起来也像写汉字一样。不仅从汉字而且从绘画、从建筑都能看到中国文化对韩国的重大影响。在韩国古建筑或仿古建筑的廊柱上，必有用汉字书写的楹联，其对仗的形式也是中国化的；厅堂的墙壁上往往要挂着中国式的山水或花鸟画。在韩国南部庆州，我们欣赏了古代新罗文化的遗风。这座历经千年沧桑保存下来的古城是大韩民族的骄傲。新罗的都城是仿照中国唐代的古城长安建造的。街道都是东西或南北走向的，显得笔直而整齐；城内所有的屋宇都是灰色瓦顶，而且都有飞檐。从汉字到新罗时期的古建筑，能看出，凡是能丰富韩国文化内涵的，他们都敞开来吸收，不知疲倦地引进着并极其珍视。

然而，韩国人也执著地保存着自己优美高尚的文化传统。在森林博物馆里，在水原市南部的韩国民俗村，它们向世人，向他们的后辈子孙展示传统的社会文明，那文化之根是蒂固而深厚的。韩国人喜欢穿白衣，因而被誉为白衣族，把纯洁视为民族的象征。每到盛大节日，韩国的男女老少都要穿起素雅飘逸的民族服装载歌载舞尽情地欢庆。他们崇尚传统而绝不守旧。今天的韩国人更热衷于欧美人的西装，因为它的确自在方便，与现代生活更协调，这比阿拉伯人更放得开。特别是国家公务员一律要求着整洁的西装上班，意在从着装这一细节上显示现代民族礼仪并培养严谨的敬业精神。特别是进入现代工业文明以后，韩国人的眼光拓展到世界各地，更积极地汲取着先进国家的优秀文化，迅速地引进了高新技术和现代化管理，早已普及了集团化的企业发展模式和集约化的经营方式。韩国能成为亚洲东方的四小龙之一恐怕与这种开放进取的文化个性是有关系的。

（刊登于 1997 年 5 月 1 日《中国林业报·副刊》）

韩国人的森林文化观

——访韩散记之二

从踏上韩国土地的那一刻起，我在不知不觉中已被一种深沉的绿色情思包裹着。这情思从弥望的视野中一步步推进，很快织入了我的心田。

汽车从金浦机场驶向汉城市区，中途要穿越汉江。3 月的汉江是淡蓝色的，清澈而迷人，深深地刻入了我的记忆。后来，在考察韩国的第三天晚上，有机会登临汉城南山上的电视高塔，我也没有忘记在灯火辉煌的夜景中寻找汉江的身影，鸟瞰它的风姿。它虽然据我远远的，静静的，我依然能感受到它的清澈的存在。

"汉江的水可以放心地喝，没污染。"站在一旁的翻译金元哲先生对我说。一位韩国朋友不无自豪地解释说，汉江经过了净化，是目前全世界最干净的河流。我简直惊愕了。

汉江只有500公里，算不上韩民族（朝鲜民族）文化的发源地，但它的确是韩国森林庇护下造就的杰作。

于是，在后来十几天的采访中，每次从汉城（今韩国首尔市）出行穿越汉江我都要流连地注视它，心里不由地对韩国人民也会涌起一种敬佩之情。

韩国人渴望拥有森林，因为本世纪以来旷日持久的战乱已把他们的山林毁坏殆尽。与荒山秃岭、浑浊的江河相伴难以安居乐业，于是，他们吃尽辛苦植树造林，终于把千里江山绿化起来。

韩国人珍惜森林，因为在回复森林植被的过程中他们积数十年的努力付出了艰辛的劳苦，森林也确实给他们带来了富足和安宁。他们不断总结经验健全了法治管理体系，运用各种手段大张旗鼓地宣传爱护森林的重大意义，让全体国民养成植树护林的良好习惯。在韩国，不仅有法定的植树节，而且还有法定的"造林月"和"森林抚育月"。

韩国人对森林寄托着殷切的希望，因为在他们看来，森林具有多样的经济价值、环境价值和文化价值，森林就是能创造出这样价值的"在生命体中存在的不可或缺的资源"。韩国人要凭借这样的资源（绝不是单纯的木材）造就发达的林业（更不是独木支撑的那种产业），并凭借着大森林的有力支持，在21世纪进入世界先进国家的行列。

在韩国山林厅采访时，我聆听了林政厅计划课长曹连焕先生阐述韩国从明年起开始实施的第四个林业发展10年规划．这个规划文本集中展现了韩国人的森林文化观。

韩国人把森林看作是与人和文化相互融合的统一体，森林资源（包括林地资源）对于人类来讲既是一种未来的资源、生产的资源，同时又是一种环境资源和文化资源。因此，在未来的10年中，他们要致力于培养未来的森林（能世世代代永续利用的森林）、生产的森林（能让林业产业在国际市场上有竞争力)和生命的森林(造就有活力的生存发展的环境，这里恐怕不仅仅是指人，应该是指包括野生动物在内的森林群落本身)。他们认为，森林作为一种多元的资源，可以满足现在与未来的社会、经济、文化、环境发展以及人们精神上的各种需求，必须给予高度重视，要竭尽全力精心地培育，认真地保护严谨科学地加以管理。

曹连焕先生说，按照规划应具有"综合性、先进性和能够展望未来"的要求，他们对未来10年提出了9项具有核心意义的重大课题。这些核心课题是：创建生态型的山林管理体系；全力培养并保护好后备森林资源；实现地域林业的活性化；加快山林文化建设；山区综合开发；增强林地生产的活力；进一步扩大国际贸易，促成东北亚森林经济圈；为有效地利用森林资源开发尖端技术；进一步完善山林保护法规和投资体系。他强调，在全部规划的实施中，处理好人与自然的共存关系、保证开发与保护协调发展，是实现总体目标的关键。

走出山林厅大楼，穿过植物园，便看到了一个长长的画廊，那里展示的全是大幅山林风光照片。这长长的画廊一直延伸到山林厅的大门口，通达街巷。山林厅大院是开放的，汉城市民可以随时到这里"与大自然约会"。

我想，这种绿色的约会久而久之一定会增强人们与森林的亲近感，像我对汉江的感受一样。这也是一种享受，一种对森林文化的享受吧。

我又想起了汉江，眼前又呈现出它缓缓流淌的秀美风姿，在凝思中更深刻地体会到绿色带给人们的幸福……

（刊登于1997年5月6日《中国林业报·副刊》）

山林中的绿色情思

——访韩散记之三

在我访韩的印象中，韩国的山林景观其实并不奇特，在中国能望其项背者比比皆是。然而，在他们的山林中，往往更自觉地寄托着一种生态文化意识，把大自然对人的熏陶和感染看作是一种建造现代社会文明的重要手段。

在 80 年代中期，实现了大面积国土绿化之后，韩国政府提出："还林于民"，即让人民充分地享受山林之美，回报人民在绿化祖国的劳动中付出的代价。于是，他们开始投资营造自然休养林、植物园和森林浴场，让山林的绿色情思融进人民的现代生活。

我们在江原道横城都踏访了坐落在青太山顶峰上的一处自然休养林。这里虽然位于海拔 1200 米处，交通却十分便利，距汉城 162 公里，在高速公路上驱车一个半小时就可到达。在浓浓的绿色包围中，休养林幽美而静谧。林中建有住宿室、讲义室、野外教室、乡土植物园、游泳场、野营场、篝火场、体育训练场、展望台、休息亭。有四通八达的林荫路，还建有餐厅、更衣室、停车场、给水台、污物处理场等生活服务设施，看来应有尽有。整个休养林同时可供上千人娱乐，每天可接待400 人住宿。据韩国朋友介绍，休养林占地 403 公顷，其中 86% 是人工林。为建造这座休养林，韩国政府共投资 852 亿韩元（相当于 8.52 亿元人民币）。他们建造自然修养林的目的是，为城市里的人提供自然形态的休憩空间，让人们到大森林里来保健休养，同时也给人们特别是青少年提供一个接触自然、了解自然的机会，让他们在愉悦身心、涵养情绪的同时更亲近自然、热爱大森林。

讲到森林的作用，提到涵养水源，业内人恐怕早已耳熟能详，提出森林可以涵养情绪，这就让人有新奇之感了。

让人感到新奇的还在于他们创建了森林浴场。我们在位于京畿道抱川郡境内的韩国山林厅中部试验场观赏了那里的一个森林浴场。这种由日本人首创、韩国人继之而建造的森林浴场，其科学依据是，树木能释放出一种有芳香味的物质，这种物质能浸入人的肌肤并起到杀菌作用，因此人在森林中"沐浴"对身体健康十分有利。韩国人有这种体验：他们爱吃的打糕蒸好后，铺上一层鲜嫩的松树叶放一段时间，不仅不会发酸，而且味道会更鲜美。由此，他们确信森林浴是从健康的角度享受森林最好的活动方式。所谓森林浴就是身上穿着透气性尚好棉织品裸露着腿臂，脚上穿着便鞋在森林中散步。

中部试验场中的森林浴场是迷人的。在 290 公顷森林内分布着休养林、相逢林、读书林、冥想林、诗林、雕刻林、惜别林等浴场。由于主要的"沐浴"方式是散步，因此在林中铺筑浴路是关键。那浴路分 2 公里、4 公里、6 公里、8 公里长度不等的 4 条环形路可供不同年龄不同体力的沐浴者选择。森林浴讲究一个人集中神情，在山林中朝着前方静走，由于是环形路，不会有与其他人相遇的时候。试想，远离喧嚣的城市，一个人静静地独步山林，凝神于弥望的绿色之中，听轻柔的风声鸟语，松松爽爽地活动活动筋骨，这本身就是一种健康的享受，更不要说还能吸收那种树木散发的有益物质了。因此，韩国人对森林浴很热衷。这个森林浴场自 1988 年 7 月 9 日开放以来，共接待游客 121.37 万人次，1996 年日均接待 4086 人，最多时达 2.4 万人。

比起自然休养林和森林浴场，韩国的树木园更富有文化色彩。树木园除具有游憩、观赏价值外，还具有教学与科研功能，也是宣传普及林业知识的文化场所。韩国在很多地方都建有不同规格的植物园，其中规模最大的要数中部试验场的树木园了。

中部试验场的树木园是韩半岛（朝鲜半岛）保护最好的一片林地，总面积为 2240 公顷，其中除 1723 公顷规模宏大的试验林外，最引人瞩目的就是树木园了。所谓树木园其实是以乔、灌为主的植物园，占地 500 公顷，其中有 400 公顷是多姿多彩的天然树木园，另有 100 公顷是各具特色的专业植物园。园内共有 2931 种植物，其中乔灌类 1663 种，草本类 1268 种。专业植物园精心建造了 15 种类型，有食用植物园、药用植物园、针叶树木园、阔叶树木园、水生植物园、湿地植物园、高山植物园、地被植物源、暖带植物园、灌木园、蔓木园、花木园、观赏树木园、外国树木园和盲人植物园。暖带植物园建在一个硕大的温室里，走进"园"中暖气扑面，繁花似锦，洋溢着浓郁的亚热带风情。盲人植物园是专为盲人建造的，占地 0.3 公顷，共有 15 科 125 种植物，都是精选的特殊植物。为适应盲人的特点并方便他们"观赏"，园内设有引导围栏、用盲文写好的说明标牌，所有树木枝叶都恰到好处地伸向"观赏"者。他们虽然看不到，但可以嗅到树叶的气味，触摸到植物的枝叶，在无光亮的世界里同样可以欣赏到松柏的挺拔、樱花的烂漫、木莲的娇艳、丁香的甜美以及连翘那金灿灿的风采……享受到大自然带给他们的温情和慰藉。

我无从考究，据说这里的盲人植物园是世界上同类园中规模最大的。其实我想，是否是最大的并不重要，能把大自然的回报惠及残疾人，让山林的绿色情思也融进那黑暗的世界，就足够了。

（刊登于 1997 年 5 月 15 日《中国林业报·副刊》）

森林是一面绿色的旗帜

——访韩散记之四

韩国有座森林博物馆，坐落在京畿道抱川郡的国家山林厅中部试验场内。这里离汉城不太远，乘汽车两小时便可到达。

我国新时期经济建设开始以后，有识之士就曾提出，为大森林建座博物馆，让森林融入现代生活，向社会充分展示森林文化的魅力和风采，但尚未实现。在我们 80 年代中期议论这件事的时候，韩国的森林博物馆破土动工了。他们做得那么坚决，那么投入，而且做得相当迅捷：只用了一年零六个月。

韩国的这座森林博物馆堪称世界之最，占地 4017 平方米，分上下三层：地面两层，地下一层，气势宏伟，豪华典雅，既有民族特点，又有时代气息。中部试验场的实验林，其主体是韩半岛（朝鲜半岛）上面积最大、保护最好的一片原始林，有 1700 多公顷。博物馆身临其境，掩映在茂密的森林之中，自然就更加名副其实了。

在一个风和日丽的下午，我们在主人的陪同下参观了这座森林文化殿堂。

推开敞亮的大玻璃门走入博物馆的前厅，首先映入眼帘的是一幅巨大的韩半岛地形图，形象地展示着韩国土地上森林分布的状况。迎面墙壁上镶嵌着 9 个硕大的电视荧屏，显现在荧屏上的是一幅幅韩国各地的森林景观图像，据说，总共可以显示 700 个画面。大厅左侧，是一组由雄鹰、老虎和黑熊为主体构成的山林局部雕塑。那鹰的矫健、虎的威猛和熊的强壮无不神形毕现。这既是韩国人最珍视的动物，也是韩民族（朝鲜民族）顽强不屈的精神象征。

我们扶着光洁的木栏杆顺着宽绰的楼梯拾阶而上，发现那两侧同样光洁的墙面使用相同规格（都是大约一尺半长、三寸多宽）、不同材种的小木板拼合而成的，而且没有两块是相同的。每一块木板上都用韩文注明它所属树种的名称和产地。没想到，在这有限的天地里从树种的角度展现了大森林的富有，实在令人叹为观止！

馆内的收藏是极为丰富的，总计陈列着 12775 种、33651 件展品，都是很有价值的森林文化遗产。这些展品布置得井然有序，除实物展示外还配置了文字、图表说明，再加上现代化的声、光、电手段的运用，把大森林深邃幽远的奥秘和博大精深的内涵生动形象地呈现在参观者的面前。在布局上，它像一位知识渊博的老人给孩童讲故事一样，先从古生代与中生代化石讲起，讲到人类在大森林的养育下进化，揭示了人类与大森林密不可分的关系，告诉人们：森林是人类的家园。紧接着，它用电视图像显示了森林保护水土、防风固沙、维护光热、吸收灰尘、消除噪音、保安国土的种种作用。然后，这位博士老人结合韩国的社会历史用大量的实物与图像展示了大森林为人类造就的物质文明；由远及近地介绍了韩国的木材加工、房屋建筑、造船、造纸、焦炭烧制以及精美的竹编工艺。在参观的过程中，有两个展点让我怦然心动：一个是讲到造纸，告诉人们，中国蔡伦是造纸术的发明者，韩国的纸业文明之根在中国；另一个是讲到造船，在一个大玻璃罩内陈列着一大块船状的朽木，标牌上说，这是韩国先民与唐代中国进行贸易往来渡海用的木舟的遗骸。可见，尊重科学、尊重历史、尊重中韩两国的友谊也是这个博物馆的明显特色。

　　博物馆的现代科普特色也是十分明显的。在接下来展现了韩国现代林业发展和国土绿化的成就之后，有重点地介绍了当前急需广为传播的林业知识。其中有：森林火灾的危害及其预防；韩国多发性森林病虫害，虫害天敌，以及各种防治办法；韩国重点保护的野生动植物，即所谓天然纪念物；森林中的野生动物、千姿百态的蝴蝶、繁多的菌类植物，以及韩半岛的名山奇观。这一切在声像电光的辉映中，给人以耳目一新的感觉。

　　更让人感到耳目一新的是，处于地下的标本室。偌大的标本室干净得一尘不染。我们换上同样干净的拖鞋小心翼翼地走在橘黄色的木地板上；环顾四周，所有的墙面都是用红松薄板拼贴的；仰望大厅天棚，又都用的是落叶松木板。标本室里同样布置得井然有序。这里收藏着包括化石、木材、昆虫、野生动物、林木种子、菌类植物等6大类3.2万个标本，同样"博"得让人惊叹。

　　走出博物馆，就像结束了一场人与森林的约会。我感到森林是伟大的，人类也是伟大的；我想，人与森林永远应该和谐相处。

　　我们也应该建一座大森林博物馆，在中华大地上扬起森林这面绿色的旗帜，让人们跟随它走向未来。

（刊登于 1997 年 5 月 20 日《中国林业报·副刊》）

殷殷一水情

——访韩散记之五

　　这次赴韩考察时间虽短，但韩国朋友的殷殷之情却给记者留下了深刻的印象。

　　3 月 17 日中午，我们飞抵汉城，在金浦机场受到韩国朋友的热情迎接。汽车开动后，韩国朋友送给我们每人一张中文版的韩国地图和一份有关这次考察日程安排的说明书，一路嘘寒问暖，有说有笑地把我们送到邻近山林厅的玛格丽特宾馆。这时，我们心里的那种生疏之感已消除了大半。

一同来迎接我们的中国籍韩方翻译金元哲先生告诉我们，韩国山林厅对这次考察已做了十分周密的安排，明天访问山林厅之后，林政局安商国局长将用富有韩国风情的晚宴和精彩的民族歌舞为我们洗尘；考察结束后，他还要利建集团的总裁安排晚宴为我们送行。

此后，两周的考察具体地证实了金先生的说法。那安排的确十分周到，浸透了韩国朋友的深厚情谊和良苦用心。

我们按照日程安排，先后访问了韩国山林厅、林业研究院、林木育种研究所、林业研修院，考察了中部林业试验场、大青山自然休养林、洪川国有林管理所、枫川里的红松采种林、北部地方山林管理厅以及韩国林业协同组合中央会、加平都的林业协同组合会，已对韩国林情从宏观到微观、从国有林到私有林、从林业政策到森林经营有了比较明晰的了解。随后，又在韩国朋友的安排下，我们离开花事寂寞的北方飞到已被连翘花染成一片金黄的南国，在蔚山市参观了东海造纸和现代汽车两大企业，拜访了庆尚北道的林业环境研究所，饱览了浦项市的绿化风采，考察了规模宏大的浦项钢铁厂；接着，又飞回连翘花依然沉睡的北方，到仁川考察了东和与利建两个企业集团。我们所到之处，无不受到韩国朋友的殷勤接待。在紧张的考察之余韩国朋友还陪同我们浏览了水原市的韩国民俗村、庆州市的古代新罗时期的文化遗址和浦项市的佛国寺、石窟庵。他们说，这样安排是为了让我们对韩国的国情、社会经济与文化有一个比较深入的了解，在这样广阔的背景下观察韩国林业就会对它认识得更全面、更深刻。其殷殷之情已溢于言表。那情景，真像是一位久别重逢的老朋友捧着一本厚厚的记录着他们生活与奋斗经历的画册，一面耐心地一页一页地翻给你看，一面慢声细语地给你讲解，还时不时地问你要不要休息一下。

中韩两国是一衣带水的邻邦，早在两千多年前就开始了友好往来，在漫长的交往岁月里结下了深厚的友谊。记者切实感到，这株友谊之树已冲破了近百年来由于外国侵略、殖民统治和二战后的冷战造成的冰封的层面，长出了新枝绿叶，焕发了新的光彩。在考察中，我们结识的几十位韩国朋友都热情地向我们表达了与中国加强经济文化交流的愿望。他们说，他们同中国人民一样敬仰世纪伟人邓小平，由衷地为中国经济的振兴感到高兴。在香港回归倒计时 100 天那一日，韩国电视台在黄金时段大篇幅地介绍中国香港，一时间成为韩国国际新闻的热点。精通中国文化的郑光秀先生敬羡中国源远流长的历史，评人论事总有说不完的话题。尹元可先生说他读过 5 遍《三国演义》，他的女儿在汉城大学正研习中国历史。韩国林业协同组合中央会会长李允钟先生恳切地要求到中国出资造林，利建集团副总裁李庆奉先生一再表达要把建在中国图门的中韩合资企业办好，韩国山林厅的许多官员都认识中国朋友杨禹畴、陈昌洁、张久荣、洪菊生，向我们饱含深情地述说着与中国朋友相处的愉快情景。韩国朋友朴东哲至今想念着他去年来华访问结识的中国朋友黄洛华，让我们回国后一定给黄先生打电话代他问好。他说，中国给他留下了深刻美好的印象；中国真大、真美，中国一定是下个世纪世界上最强大的国家。他喜欢中国文学，现在正在一所大学进修中文。在浦项考察时，他恋恋不舍地陪了我们两天，临别时说了许多一定会想念我们的话，让我们别忘了他。

　　韩半岛的黑熊与老虎已经灭绝。为帮助他们恢复这两种珍稀动物的种群，1994 年江泽民主席代表中国寄赠韩国一对东北虎，今年中国还将赠送一对黑熊给韩国。韩国人民感念于斯，捐赠中国 10 万美元支持中国的野生动物保护事业，并举国上下祈盼着那对落户韩国的老虎快点儿生儿育女。现在，熊舍恐怕已经盖成，那对黑熊已经落户韩国了吧？

（刊登于 1997 年 5 月 22 日《中国林业报·副刊》）

韩国企业的人本理念

——访韩散记之六

　　韩国土地面积不大，不到 10 万平方公里，相当于我国的江苏省，资源相对缺乏。但是，韩国国富民殷，已展现出近乎现代化的景象。记者在到过的汉城、蔚山、仁川对此感受尤为强烈。于是，从去蔚山考察东海纸浆集团的那一天起，记者就想透过社会空间的表层去探询韩国企业的理念，触摸一下这个亚洲"小龙"的企业内涵。

　　时间有限，走马观花，所见不多，只考察了南方的东海纸浆、现代汽车、浦项钢铁和北方仁川市的东和、利建等五个企业集团。其中，除现代汽车使用的钢材是国内供给外，其它 4 家企业的原料大多依靠进口。东海集团年产 40.5 万吨漂白纸浆，占国内 25% 的市场份额，年需木片 81 万吨，而国内自产的只有 4 万吨~5 万吨，大部分要从中国、美国、俄罗斯以及南美洲国家进口。浦项钢铁集团是世界第二大钢铁公司，年产 2300 万吨钢材，其原料，只有石灰石是国产的，其他全要依赖从美国、澳大利亚以及中国进口。堪称亚洲第二、韩国第一刨花板与中密度纤维板生产企业的东和集团，其原料也要来自其他国家，其海外造林投资每年达 600 多万美元，已在海外国家建造林地 100 多万公顷。以生产胶合板为主的利建集团也在国外造林 33 万公顷，并正在大规模地搞海外原料林基地开发。原料如此不足，企业却蒸蒸日上，并呈现着巨大的发展潜力，这其中的奥妙在哪里？记者在东和找到了答案。对照分析，其他几家企业也都是一样的，那就是韩国企业经营始终重视人才作用的发挥，蕴涵着一种深刻的人本理念。东和明确提出以人本为核心的"三重视"企业经营理念，即重视人间、重视技术、重视革新。所谓经营理念，可理解为企业的经营战略。这其中人的因素是第一位的。在他们的示意图中，"重视人间"放在最高位；企业同时重视技术开发和生产的工艺革新，在示意图中并列地放在下边；三者用弧线连接起来，表明三者之间不是彼此孤立的，而是互相影响、互相渗透、共同促进的。在这里，人是第一位的，是推动企业发展的根本动力，因为人是企业技术的载体，是一切革新的创造者。

韩国企业人本理念的内涵是十分丰富的。首先是尊重人、理解人、重视人才培养和人才作用的发挥；其次是培养员工的爱心和信心，让他们倾心地热爱自己的企业，关心企业的命运，让他们从领导者的意志和企业发展的成就中获得信心；同时还包括增强人与人之间的亲和力和建立健康和谐的人际关系。现代汽车集团告诫自己的员工：现在是一个可以梦想成真的时代，要追求至上的质量，向世界汽车的顶峰全力以赴地冲击！他们以此来激励全体的员工自强不息的精神，并提出"企业努力为每一位员工设计未来的蓝图"，把"勤勉、俭朴、友善、提倡感谢与和解"作为社训。这些企业大多都有技术研究院（所）、员工培训中心、体育场（馆），重视改善职工的福利待遇。我们在东海用过一顿企业的中餐：白米饭、两样炒菜和一碗味道鲜美的汤，那是给全体员工免费供应的工作餐。据介绍，75%的员工都分到了企业供给的住房，面积最大的达32坪（1坪折合3平方米）。

正因为充分重视人才作用的发挥，高素质的人才、尖端设备和技术、高度自动化和先进的管理成为整个企业的突出特点。现代汽车集团建有技术研究院，从锻铸造、变速器生产、焊接、冲压、发动机制造到喷涂、总装、测试，实行一条龙作业，生产自动化水平高达95%，生产状态全在计算机系统的控制和监视之中。利建集团拥有的旋切、干燥、冷热压、中盘加工，粘接等5种50台机械设备都是当今世界最先进的，焊接由机器人操作，全部废料都用于发电，日发电量可达7.8千瓦，企业900多人，年总产值达2.6亿美元。记者无法作充分的人才考察，但在浦项钢铁集团认识崔周永却给记者留下了深刻的印象。崔周永30多岁，一张秀气的脸总带着诚恳谦逊的微笑，讲着一口流利的汉语，不仅发音吐字准确地道，连用词也十分贴切，让中国人听了叹服。他说，他的汉语是在国内学的。查看名片上的职务，他只是总务本部的"仪典"，即我们常说的企业办公室的普通接待人员吧。

值得一提的是，这些企业都有很强的环保意识，重视保护人的生存环境，用绿树和鲜花把厂区装点得十分优雅。东海纸浆实行废水回收，提取药液循环利用，基本上消除了对环境的污染。这恐怕也是韩国企业人本理念中的固有之义吧。重视人、重视环境保护、不搞急功近利，这也是韩国企业给记者留下的深刻印象。

韩国企业的人本理念是一种文化上的高境界，他们的目光一直面向现代化，面向世界，面向未来，切实依靠高素质的人才和优良的员工群体去战胜困难，赢得胜利。这样，加上国际大环境提供的众多机遇，原料就显得不那么重要了。看来，对企业来讲要紧的的确是人，是人的素质。

（刊登于 1997 年 5 月 29 日《中国林业报·副刊》）

无穷花和天然纪念物

——访韩散记之七

无穷花是韩国的国花，它像太极旗、爱国歌一样是韩国的一种礼仪性的象征物。韩国人钟爱无穷花，像热爱他们的"华丽江山"。

到韩国的第二天，一位韩国朋友不无惋惜地对我说："你们来得太早了，可惜看不到我们的无穷花。"我当时并不理解无缘目睹无穷花的风采到底有多大的损失，但这位韩国朋友对无穷花如此珍重的感情却深深地撞击着我的心灵。于是，我便开始在韩国的土地上默默地追踪无穷花的身影。

听韩国朋友介绍说无穷花叫槿花、木槿花，是一种耐寒的落叶灌木，有 200 多个品种，花朵有白色的、粉色的、紫色的等多种颜色，开起来特别好看。我想，光这无穷花一族铺就的天地足可以繁花似锦了，难怪韩国人喜爱他。他们说，无穷花在野外一般每年的 7 月份开花，一开就是100多天，朝开夕落，周而复始，常开常新。他们又说，只要有光照、温度和湿度适宜，它可以在室内终年开花，永不凋谢！真是奇了！有道是"花无百日红"，无穷花竟然从夏至秋绵延开花，称之"无穷"真是名副其实了。

于是，我更渴望见到无穷花。在抱川郡试验场的森林博物馆里见到了，那是展示着国花神韵的照片，的确艳丽多姿，只是缺少实感，嗅不到它的香气，自不免惋惜起来。几天之后，飞到南国，在庆尚北道环境研究所的花房里，我终于见到了无穷花！不多，只有两三株，盆栽的，都是五瓣花；纯白色的花瓣鲜红色的蕊，粉红色的花瓣金黄色的蕊，在绿叶的衬托下煞是好看。熟悉韩国文化的朴东哲先生给我讲起无穷花之所以成为韩国国花的由来：本世纪以来，韩国的知识分子为振奋爱国精神，极其赞美无穷花的高洁和坚韧，把无穷花看作是自立自强的韩国的象征。无穷花干净，从不染病虫害。在30年代创作的《爱国歌》的副歌里，就有了"无穷花三千里华丽江山"的句子，历经几十年传唱，使无穷花高洁伟大的形象越来越深入人心。由此，它便成为公认的韩国国花了。于是，我又惋惜起来，只在温室里见到无穷花，而不是在山野里，终于没有欣赏到它繁花似锦的风采。看来，我们的确"来得太早了"。

韩国的新奇之处，还在于由政府指定的"天然纪念物"。

韩半岛（朝鲜半岛）居于古北区动物地理分布区域。其北部高山地区的气候与中国的黑龙江、乌苏里江一带相似，过去在其茂密的森林中狍子、老虎、棕熊、老鹰等野生动物也曾生息繁衍过。但是，随着战争毁林、工业发展、土地开发利用，野生动物的栖息环境不断恶化，不少动物种群已经灭绝。为保护现存的濒危动物，从60年代开始，韩国政府将本土特有的的世界珍稀的动物法定为天然纪念物，并划定区域对他们努力加以保护。现在已指定的天然纪念物有23种兽类、20种鸟类、4种鱼类和若干种昆虫，并在全国划定了18个保护区。

其实，韩国最大的野生动物保护区是他们没划在内的"三八线"区域。

"三八线"一道举世闻名的政治风景线。提起"三八线"总让人有一种沉痛之感。那里的板门店距汉城只有 56 公里，是国土分裂的象征。据说，板门店在朝鲜停战谈判历经两年零 17 天，共举行了 575 次会议，留下了 1800 多万字的谈判记录，堪称世界之最了。1953 年 7 月 27 日，停战协定签署以后，双方以军事分界线为基准各向后撤军两公里，从此形成了横贯韩半岛（朝鲜半岛）东西狭长的无人区。由于长达 44 年之久杜绝了人类的骚扰，这里便成了野生动物的乐园。

我们忙里偷闲，利用周末整休之时去了一趟"三八线"。汽车溯临津江东上直抵开放处的风景点。登上高高的瞭望塔可以鸟瞰北国——朝鲜苍茫的山川大地，俯视这沿江形成的静寂的"三八线"和同样静寂的"野生动物保护区"。这里有电影厅，正播放专题片：《通向平壤的路》。这里有展览厅，展示着北国同胞的生活风情。无论影片还是展览，留给人们的不是敌视，而是对同胞的依恋和对祖国统一的向往。司机小赵善解人意，离开瞭望塔后又拉我们到临近板门店的临津阁参观。他指着一条废弃的铁路和一列停运了 40 多年的火车告诉我们，穿过桥往北可以直达平壤，过江就是板门店。在回归的途中韩方翻译金元哲先生介绍说，从 70 年代起已开始了南北对话，80 年代末双方已进行了局部性的贸易交流，祖国统一、民族团结看来是人心所向；韩国政府已提出与朝鲜共同组织专家考察"三八线"保护区，为祖国统一后这里的生态建设做些准备。当然这统一要经过艰难的历程。

这个韩半岛统一的那一天，恐怕国家的象征物要重新审定了，无穷花的命运会是怎样的呢？恐怕天然纪念物也要重新权衡吧？尽管保护野生动物的信念不会改变。

（刊登于 1997 年 6 月 5 日《中国林业报·副刊》）

生态文学

时代的呼唤

——试论生态环境文学的兴起与发展

一

80 年代以来，在中国文坛上生态环境文学的兴起是一个令人瞩目而又欣喜的现象。

以徐刚、乌日尔图、李青松、郭雪波、方敏等为代表的一批富有社会责任感的作家和新闻工作者，带着全新的观念密切地关注着生态环境的变化趋势和人类赖以生存的地球的命运，深切地感受到环境的恶化给地球生物圈与人类生存带来的危机。于是，他们把自己的情感与智慧托付给山川、大地、鸟兽、荒漠与森林，饱含激情地写下了第一批讴歌党的环保事业、揭示生态危机并具有警示意义的力作。这批作品虽然数量还不算多，能否成为优秀的精品还有待历史的验证，尽管在中国涉及这一创作领域的作家和新闻工作者人数还比较少，作品题材还比较单一，但是，他们以自己的创作实践已为生态环境文学的兴起做了筚路蓝缕的开拓，并为此发展奉献了最早的奠基之作。他们的有益探索，宣示了生态环境文学蓬勃旺盛的生命力。

二

生态环境文学是一个以描写和反映生态环境现实及其问题为主题的文学种类，它受命于地球的危难之时，是承载着强烈的社会需求、应和着急切的时代呼唤而兴起的。

当前人类世界面临着人口膨胀、粮食匮乏、能源短缺、自然资源减少和环境污染严重五大问题。这五大问题交织在一起又集中反映了生态环境的空前危机。各国政府的文告以及新闻传媒不断披露的事实一再表明：由于社会经济与科学技术的迅猛发展，人类以空前巨大的能力无节制地向大自然索取，对自然资源不合理地开发利用造成了对自然生态环境的严重破坏；工业"三废"污染和温室气体大量排放，已超出了整个地球生物圈的自净能力，严重地污染着天空、大地、江河和海洋，威胁着整个地球生物物种的生命；对森林的乱砍滥伐造成大面积的水土流失，加速了荒漠化的进程；自然生态系统的急剧缩减，又加剧了生物物种的消亡，而这一切又都危及着人类的生存。

这里有几个(组)发人深思的实例和数据，从不同的角度具体地反映着当前自然生态环境不断恶化的状况：

——根据联合国环境规划署对全球荒漠化作出的最新评估，目前全球土地荒漠化已遍及110个国家和地区，有1/5的人口受到土地荒漠化的侵害，其生存正面临威胁。

——全球干旱、半干旱土地面积已达61亿公顷，约占世界总土地面积的41%，几乎等于俄罗斯、加拿大、中国和美国国土面积的总和，而且正以每年5万至7万平方公里的速度扩展，相当于每年都吞噬一个爱尔兰或者一个比利时加丹麦。

——全世界约有36亿公顷的耕地和牧场受到荒漠化的危害，从1984年到1991年间，土地荒漠化每年以3.4%的速度增加。由于荒漠化，人类每年造成的经济损失达423亿多美元。

——由于人类对大自然的破坏，近100年来地球物种灭绝速度超出其自然灭绝率的1000倍，而且这种灭绝速度今天依然有增无减，并且还在加速。据统计，仅本世纪以来，已有249种动物从地球上消亡，已有600多种动物处于濒危的境地。不少珍稀动物的数量已经减少到屈指可数的程度。比如华南虎只剩下50多只，东北虎也只有200余只，其他如大熊猫、金丝猴、朱鹮、白鳍豚等。科学家警告：一种动物数量减少到100只以内时，抢救的难度将相当巨大。

——据《中国环境报》最近披露，地球一半地下水受到污染。缺水现象已影响到80个国家和世界40%的人口。由于缺水，全世界所有的大城市在21世纪将面临严重危机。目前，全世界每年要抽取5500亿立方米的地下水。亚洲最近 40 年，由于人均水的拥有量减少 60%，取用地下水已面临失控状态。大量地取用地下水导致许多农田盐碱化，甚至成为不毛之地。我国的地质学家们认为，我国 80% 的地质灾难是无节制地抽取地下水造成的。

——随着工业文明的发展和生态环境的恶化又造成连年不断的水患。以我国为例，今年是我国进入 90 年代以来第 4 个洪涝灾害年。去冬北方大旱，一直持续到今年的春夏之交，黄河断流 133 天后，紧接着水灾汹涌而来。长江的支流沅江和资江发生了历史上最大的洪峰，洞庭湖和长江下游一度险象环生；珠江的支流柳江出现了本世纪以来最大的洪水，海河的三条支流同时泛滥成灾，连一些小河流也相继洪水肆虐。一时间，全国一半以上的省区发生了程度不同的洪涝灾害。人们说，水少了，水多了，水脏了。这三个问题已成为中华民族的心腹之患。这不是危言耸听，而是我们必须正视的国情。中国如此，世界亦然。

本世纪 60 年代末成立的罗马俱乐部曾大声疾呼，要充分揭示人类面临的生态环境危机，唤醒全世界的环保意识。1972 年以来，联合国多次召开讨论关于人类生存环境问题的国际会议，呼吁人类要爱护自己唯一的家园——地球，并组织实施"人与生物圈"计划，协调世界各国的环保活动。与此同时，一些发达国家以绿色和平组织、绿党为代表的生态政治运动和以保护环境为宗旨的群众运动风起云涌。

我国严重存在着的生态环境问题已引起了党和政府的高度重视，以及社会各界的深切关注，10 大生态工程建设相继启动，其建设热潮已席卷了神州大地。然而边治理边破坏的严峻现实又不能不使人时时产生忧虑。

这一切不能不触动并促使有良知的作家和新闻工作者感怀投笔，献身于空前紧迫的生态环境保护事业。他们感奋起来，应和着时代的呼唤，自觉地做大地的代言人，为地球及其养育的各种生物请命，为森林的护卫者高唱赞歌，勇敢地同我们生存的世界辩论，为重圆人类的绿色之梦而斗争。

三

生态环境文学是现代生态科学的思想与文学的艺术形式相互融合的结晶。因此，生态环境文学的兴起是建筑在生态学及其大量的分支学科汇聚了丰富的研究成果之上的，是人类科学研究出现了生态化趋势的情况下产生的。实践证明，几乎所有的生态环境文学创作者都是在现代生态科学哺育下动笔写作的，他们创作的全部作品都带有生态科学思想的印记，显示着浓重的理性色彩。

科学发展史告诉我们，生态学作为一门独立的学科兴起于19世纪晚期(德国动物学家赫克尔在1888年所著的《有机体普通生态学》一书中最早提出"生态学"这一概念)。生态学以生物个体、群体、群落和生态系统(英国生物学家坦斯勒1935年提出这一概念)为研究对象，探索有机体及其环境之间的相互关系及其相互作用的规律和机理，是研究生物的生存条件与其生存环境之间相互关系的科学。生态学的兴起和发展同其他学科一样，经历了综合、分解，不断与其他学科相互渗透、融合的过程。它在一个多世纪的发展过程中相继产生了植物生态学、动物生态学、微生物生态学、水生生物生态学、陆栖生物生态学、寄生生物生态学、都市生态学、地理生态学、行为生态学、经济生态学、森林生态经济学、个体生态学、群体生态学、种群生态学、人类生态学、社会人类生态学、生态美学、生态伦理学等等众多的分支学科。经过了长期的酝酿与积累，经历了再一次的综合，近几十年来，凝聚着人类对地球这个最为复杂的生态系统的新认识和新理解，又产生了生物圈科学。纵观这一发展历程，可谓生机勃勃，蔚为壮观！

然而，人类的认识永无终结。生态学在它的发展过程中，不可避免地要寻求其艺术化的表达方式，这就导致了它与文学这种语言艺术的结合，从而推动了生态环境文学的兴起。从另一个角度讲，文学作为一种艺术门类，在它的发展过程中始终在关注着新出现的各种现象和问题，其艺术触角一旦伸展到自然生态环境领域，其创作必然与生态科学的思想相沟通、相融合，也必然导致生态环境文学这一边缘性的文学种类的兴起。这也正是生态环境文学产生的科学思想基础和深刻的社会历史渊源。

四

在生态科学浩瀚的思想领域里，给予生态环境文学创作者们以极大启示的主要是人类生态学、生态伦理学和近几十年来产生的生物圈科学。这些学科丰富的思想内涵，使创作者们树立起新的生态美学观念，以全新的视角探索人类与自然之间的关系，不断获得创作冲动和灵感。

现代生态学的重大发展是人类生态学的产生。人类生态学兴起于本世纪二三十年代，到 60 年代已趋于完善。人类生态学把人与自然界相互作用的演变作为统一的课题来研究，深刻地揭示了人类与自然界兴衰相依、命运与共的密切关系。这不仅为生态学的发展找到了真正的归宿，也使生态环境文学创作者们开阔了眼界与胸襟，校正了创作的立足点。

生态伦理学是在本世纪四五十年代、生态环境问题已成为严重的社会问题的情况下产生的。生态伦理学认为，生命价值之所以有高低尊卑之分，完全是由于我们人类对各种生物物种在生态体系的循环中所起的作用全然无知与伦理道德的自私偏狭造成的。生态伦理学提出了尊重生命的伦理思想，并指出，人类与动植物之间的关系是一种特别密切、相互感激的关系，人要树立生态道德观念。在这种思想认识的感召下，生态环境文学创作者们见山则情满于山，观海则情深如海，对他们笔下的一草一木、一兽一鸟都寄予了深深的敬爱与温情。

生物圈科学向生态环境创作者们展示了分布于地球表面充满神奇色彩的最大的生态系统，让他们敬羡不已，激情奔涌。生物圈科学指出，它是人类生存环境的整体，人类生存所依赖的稳定的环境条件，人类生产活动所利用的一切自然资源，无不依赖于生物圈所提供的全部物质功能；人类所依赖的全部自然资源不是物质的偶然堆积，其自然环境也不是可以任意排放废弃物的垃圾场，自然界更不是人类可以随意宰割的消极客体。它还指出，大自然是一个活的有机体，如果我们损坏了它的结构和功能，我们人类也就无法生存下去。因此，人类应该和这个生物圈——地球表面布满生物的最大的自组织系统共惠共生、友好相处。这些思想与认识，几乎成了这一时期生态环境文学的共同主题。同时，生物圈科学还告诫人们以及生态环境文学创作者们，要树立新的资源观，摒弃并批判传统的"牧童式经济"模式（即追逐水草放牧，耗尽一块草场再把牧群迁移到另一块草场上去，而不考虑草资源是否可以恢复，草场有无荒废的那一天），积极追求自然资源的永续利用，热情宣传并推动社会经济的可持续发展；要大声疾呼，再也不能持续那种自寻毁灭的陈旧的资源利用方式，形象化地告诉人们，那是导致资源枯竭、环境恶化的根源所在！

纵观地球生物圈演变的历史，生态环境文学创作者们不断获得这样的启示：为什么生物圈在物种竞争规律的作用下运行了几十亿年而没有发生资源枯竭、环境恶化，而我们人类却在几千年，甚至几百年的暂短时间里就把资源消耗到匮乏的程度，并把环境破坏得一塌糊涂了呢？他们在思考中不能不把审视的目光投向所谓"征服自然、主宰自然"的思想观念，投向整个社会的生产体系结构与生产技术方式；他们在探索中深刻地感到，那种自以为是大自然的主人、主宰者，可以任意改造、征服，甚至宰割大自然的思想观点，是多么无知、狭隘而又可笑啊！同时也深刻地感到，传统的生产方式相悖于生物圈的能流物流循环体系，与地球生态系统的演变规律相抵触。生态环境文学创作者们自觉地投入千里风沙线、长防林体系工程建设的主战场、广阔无边的湿地保护区，走进大熊猫、朱鹮的繁衍栖息地，以及一切治理被破坏了的生态环境的奋战前沿，去采访，去感受播绿的风采，去追踪科技工作者探索的足迹，热情地关注着整个生物圈各个层次的实验，为他们的成功喝彩，为人类的可持续发展战略决策高唱赞歌！

正是千百万人回报自然的伟大实践和生态学丰厚的知识乳浆哺育造就了新一代的文学工作者，以高度的社会责任感，执著地开拓着生态环境文学创作的处女地，播撒着对大地的爱，对生命与绿色的追求。

五

从生态环境文学最初的表现形态看，其大体有以下三个明显的特点：

一、鲜明的纪实性。生态环境文学针砭时弊，直面人生，是顺应着时代对拯救生态环境急切地呼唤产生的，它要代表大地同我们生存的世界辩论，要摆事实，讲道理，就不能不带有鲜明的纪实性。这也正是这一时期这类作品中纪实性散文与报告文学作品居多的主要原因。作家们获取创作素材大多如同新闻记者一样，主要是进行实地采访，写的人物事件、自然界的草木鸟兽都是具体的、真实的。它的真实性、它与现实的接近性产生着震撼人心的力量。

二、强烈的思辨性。生态环境文学作品展现给人们的，大多是一幅幅交织着有关人类生命与生存意识的画卷，或是生机盎然的绿色世界，或是怆凉悲壮的大漠景观，或是冷酷无情的物种竞争场面，有时在细腻的笔触下展现着人与动物友爱相处的景象，也会拨动起人们的心弦。这种感动不能不引发人们的思考。大多数这类作品的构思也往往选择提出问题，伴随着艺术形象来分析问题，最后总要有启示性的结论。因此，在生态环境文学创作上，形象思维与逻辑思维总是并驾齐驱的。这种强烈的思辨性赋予生态环境文学作品鲜明的理性色彩，显示了较大的教育与警示作用，而这也正是我们所迫切需要的。我们完全可以说，生态环境文学的美学价值正在于此。

三、强烈的悲剧色彩。生态环境文学授命于大地和自然生态环境的危难之时，它的作品大多表现的是人类"征服"与"主宰"自然的失败，因此就不能不带有悲剧色彩。但是，它不是挽歌，而是高扬的战旗。它痛斥偏狭与邪恶，赞美善良和正义。在它描述的一幕幕悲剧里，浸透的不是对人类与祖国的怨恨，而是一种充满理智的真诚炽烈的热爱。他们期望人类走向文明、繁荣和幸福，期望祖国和养育他们的大地母亲变得更美好。在这一幕幕人与自然格斗的悲剧中，回荡的是震撼心魄的警钟和向荒漠进军的号角。生态环境文学的艺术魅力恐怕更多地表现在这里。

这些特点并不是一成不变的，随着创作实践的发展，生态环境文学创作的题材和体裁的不断丰富和扩展，一定会展现出百花争艳的新风采、大格局。

六

我国环境保护事业的巨大发展为生态环境文学创作开辟了广阔的天地，展示了辉煌的发展前景。

1992 年 8 月，联合国环境与发展大会之后，中国政府即提出加强环境保护的 10 项对策，并明确提出，走可持续发展道路是当代中国及未来的必然选择，同时把环境保护确立为一项重要的基本国策。通过努力，国家已逐步完善了生态环境保护的法律体系和管理体制，在全国人大主持下连续 4 年开展了环保执法大检查；城市工业污染防治与城市环境综合治理正在加紧进行，大面积的国土整治和农村的环保事业随着防沙治沙工程的启动也在迅速向前推进；生态环境保护与生物多样性保护工程已经大规模地开展起来。从 1978 年起，国家已先后确立并启动了以保护自然生态环境、实现资源永续利用为目的的"三北"防护林体系工程、长江中上游防护林体系工程、沿海防护林体系工程、平原农田防护林体系工程、太行山绿化工程、防沙治沙工程、淮河太湖流域综合治理防护林体系工程、珠江流域综合治理防护林体系工程、辽河流域综合治理防护林体系工程和黄河中游防护林体系工程等 10 大林业生态工程，涌现了无数的可歌可泣的动人故事。国家建立了 227 个野生动物繁育中心，并把 612 种珍稀濒危动物列为国家重点保护对象；建立了 60 多个大型植物园和 255 个植物引种保存基地，已建成 799 处类型比较齐全的自然保护区，其中有 10 处加入了国际人与生物圈保护区网；同时还建起了 710 处森林公园，设立了 512 处风景名胜区。其中，每一分耕耘都浸透着开拓者的心血和智慧，每一步进展都融进了自然之子对绿色的向往和希冀。这是生态环境文学发育成长的肥沃土壤，这也是生态环境文学创作取之不尽、用之不竭的源泉。

生态环境文学与方兴未艾的环保事业的命运相始终。不管经历怎样的曲折，只要破碎的地球生态系统未得到完善治理，就有环境保护的急切需求；只要有急切的环境保护需求，就有生态环境文学生存与发展的天地。

七

党的十四届六中全会绘就了我国社会主义精神文明建设的宏伟蓝图，为发展社会主义文学事业指明了方向，同时也为生态环境文学创作指明了方向。

生态环境文学创作是社会主义精神文明建设有机组成部分。因此，我们的作家、新闻工作者在创作中必须自觉地坚持"二为"指导方针，坚持以科学的理论武装人、以正确的舆论引导人、以高尚的精神塑造人、以优秀的作品鼓舞人，尽可能地塑造在生态环境建设中涌现出的鲜活典型，鼓舞人民大众振奋精神，自觉地植树护林，多为地球留下一片绿荫。

繁荣生态环境文学创作，首先要多出优秀作品，要满腔热情地弘扬主旋律，积极探索多样化的表现形式。要树立精品意识，努力创作出"思想艺术性统一，具有强烈吸引力感染力，深受广大群众欢迎的优秀作品"。

和一切文学艺术一样，生态环境文学必须把生活和人民群众治理生态环境的实践看作是重要的创作源泉，因此，创作者们要深入群众，深入生活；此外，从生态环境文学的特殊性出发还要深入生机勃勃的大自然；在社会生活与自然生态两个方面吸取营养，丰富自己，力争把最好的精神食粮奉献给人民，奉献给大地。

让人与自然相互依存的世界永远充满爱，让山川海洋、草木鸟兽永驻人们的胸怀，让象征生命的绿色多些，再多些。

（刊登于 1996 年 11 月 7 日《中国林业报》，后收入《中国林业报创刊 10 周年优秀作品选》）

守望与呼唤

——评徐刚的《守望家园》兼谈生态环境文学的现状与发展趋势

对于中国的生态环境文学来讲，今年发生了两件大事：一件是自入夏以来，我国长江和松花江、嫩江流域发生了震惊全国的特大水灾；另一件事是著名报告文学作家徐刚的新作——《守望家园》的出版。前者再一次强烈地呼唤着生态环境文学要为江河大地、森林海洋鼓与呼，后者不仅引起读书界与新闻舆论界的广泛关注，而且为生态环境文学创作提供了宝贵的创作经验。

一、长江和松花江、嫩江水灾的反思与启示

今年入夏之后，我国长江发生了自 1954 年以来又一次全流域的特大洪水，松花江、嫩江也出现了超历史记录的特大洪灾。由于水量大、持续时间长、降雨范围广，洪涝灾害极其严重。截至 8 月 22 日的统计，全国共有 29 个省（区、市）受灾，受灾人口达 2.23 亿人，死亡 3004 人（其中长江流域死亡 1320 人），倒塌房屋 497 万间，当时各地上报的直接经济损失已达 1666 亿元人民币。其中，江西、湖北、湖南、黑龙江、内蒙古灾情最严重。

在今年的水灾中，中央领导高度重视。朱镕基总理等中央领导亲临一线指挥，朱镕基总理泪洒九江；国家共调集了 27.4 万兵力和难以计数的物资投入抗洪抢险。有 110 位将军把生死置之度外，上阵指挥。人民群众和广大官兵同生死、共命运，坚守荆江、哈尔滨大堤，抢救被洪水围困的群众，保卫大庆油田和沿江大中城市，阻隔江河下泻的滔滔洪水，谱写了一曲曲感天动地的壮歌，创造了一个个可歌可泣的英雄事迹，为抗拒天灾、救民于水患、保卫共和国的安全做出了巨大的贡献。

现在，洪水退去了，暴怒的江河撤出了人与水的搏斗，把重建家园、收拾山河的重任和因追念死难者、清点灾情损失在心灵上刻下的累累伤痕留给了我们。痛定思痛，我们不能不再一次想起恩格斯在《自然辩证法》一书中讲过的一段名言：“我们不要过分陶醉于人类对自然界的胜利。对于每一次这样的胜利，自然界都对我们进行了报复。我们最初的成果又消失了。”今年的大洪水，反思起来，也正是大自然出动江河对我们破坏自然生态环境所进行的无情报复。因此，公允地评论，这场洪水，既是天灾，也更是人祸！

说它是天灾，是因为造成这场大洪水的直接原因是气候异常，降雨量过大，这是人为的力量所无法抗拒的。说它是人祸，是因为造成大洪水的深层次原因是，长江、嫩江、松花江上游的森林植被惨遭砍伐，江河湖泊的生态环境遭到惨重的破坏。共和国的总理也确认了这一点。朱镕基9月1日在东北林区讲到今年我国南北方发生特大洪水时说：“造成这一灾害的原因是气候异常，普降暴雨。但是，洪水长期居高不下，造成严重损失，也与森林过度采伐、植被破坏、水土流失、泥沙淤积，行洪不畅有关。”它的这段话有两层意思，前一层意思讲的是天灾，后一层意思讲的正是人祸。

长江，中华民族的母亲河。前几年，人们尚在担忧：长江会不会变成中国的第二条黄河？今夏，长江泥沙俱下、浊浪滔天、洪水泛滥的严重现实已经真真切切地告诉了我们：长江已经是中国的第二条黄河！长江之所以变成了第二条黄河，其根本的原因在于长江上游的森林植被砍伐殆尽，已经失去了滞洪能力。长江上中游的水土流失，又使河道和沿江湖泊泥沙淤积，长江在许多险段成为“悬江”，原本行洪的湖泊成为“悬湖”；再加上人们围湖造田，使天然湖泊面积缩减，输洪蓄水能力下降，导致行洪不畅。如此之人祸，对天灾必然推波助澜，使灾情愈演愈烈。松花江、嫩江也是一样，就是因为大兴安岭森林植被超限度采伐造成了洪水泛滥。

目前，中国上上下下对这场空前的生态劫难进行着深刻的反思，保护生态环境的呼声从来没有像现在这样高涨。一大批林业生态专家列举了大量的事实和实验数据论证森林的重要作用，论证长江和松花江、嫩江水患的根本原因，并发出了"治水之本在治山，治山之道在兴林"的强烈呼吁！这也成为新闻与社会舆论关注的热点。一大批有分量的水患反思报道频频推上报端，很多记者仗义执言，批评"重水轻山、重取轻予"这种传统的经典的经济建设指导思想，提出动员全社会的力量保护森林，增加对林业建设和生态环境建设的投入。面对这次洪灾和灾后的反思，更坚定了国家权力机构和林业主管部门启动保护天然林工程的意志和决心。国务院决定，先从长江、黄河上游各省林区做起，实行禁伐、封山育林。朱镕基总理指示：要"下决心把砍树人变成种树人，把伐木工人手中的油锯变成种树的锹镐"。于是，国务院正式发出了《关于保护森林资源制止毁林开荒和滥占林地的通知》；于是，全国各地纷纷行动：东北内蒙古四大森工集团决定封锯护林；甘肃省决定停止采伐森林；黑龙江、辽宁、吉林等省加大制止毁林开荒和滥占林地的力度；四川、云南决定停伐长江上游的天然林，并关闭当地的木材市场……这种对森林的关爱和切实的行动是中华人民共和国成立以来从未有过的，在林业发展史上具有划时代的重大意义。

看来，长江和松花江、嫩江水灾，这件为千百万中国百姓家庭带来深重灾难的坏事，对增进全民的环保意识、推动生态环境保护事业的发展正在变为一件好事，倘能如此，我们中华民族付出的血泪代价是值得的，会令今人与后人感到欣慰！

今年入夏以来的大洪水给我们生态环境文学创作者以如下深刻的启示：

1. 顺应江河与时代的呼唤，拿起笔，为保护生态环境呼号呐喊。我在第二届生态环境文学研讨会上曾提出，生态环境文学虽不是处女地，但在我国80年代中期酝酿产生竟成为独特的文学现象，是顺应着时代的呼唤而出现的。当时，我列举了大量的生态环境遭到破坏的事实，论证了这一文学现象产生的时代根源。现在看来并不过时。今年入夏以来的大洪水，让我们又一次倾听到江河与时代的呼唤。一切有良知的文学创作者，都应该感奋起来，用自己的笔投入战斗，做大地与江河的代言人，为绿色的大森林伸张正义，为保护人类的绿色家园而呼号呐喊，并通过我们的笔，让伐木者停下手中的斧锯，让植树的队伍发展壮大，让爱绿护绿成为中华民族的自觉行动，让中华大地成为山川秀美的绿色家园。

2. 面对洪水肆虐、生态脆弱的山河，使我们感到生态环境文学肩负的责任是无比重大的。如今中国的现实是生态灾难愈演愈烈，任其发展下去，后果实在不堪设想。分析今年的水患，黄河静静的，在断流后默默地喘息，一向不温顺的淮河也退让了一步，珠江流域的暴雨没有持续地下起来，只对西江发难于一时，闽江的泛滥没有持续太久时间，只突出了长江和松花江、嫩江，否则如若诸多江河共同发力，必将把中华民族推向更加深重的灾难之中。

水多了是这样，水少了、水脏了，生态灾难依然是令人痛心疾首的。水旱灾害、淡水危机是这样，曾几何时，蝗虫成灾也重现于华北大地。这一切也都赋予生态环境文学以神圣的社会责任与紧迫的历史使命。作为植根于现实生活的文学，只有关注现实、干预现实、正确地反映现实，并以自己强烈的表现力积极地影响现实，才有旺盛的生命力。我们应该"铁肩担道义，妙手著文章"，去执著地实现生态环境文学的历史使命。

3. 禁伐天然林是一件大事，在中国林业发展史上具有划时代的伟大意义。生态环境文学创作者应当热切地关注这件大事，并热情地讴歌这一挽救大森林的壮举。

这一次中国南北大洪水，再一次把树与人、树与水以及人、树与水同整个生态系统的关系及其自然规律，向我们沉痛地"演示"了一遍。通过今年的大洪水，人们对树木和森林有了更深刻的认识，进一步看到了种树与护林的重要性，看到了砍树与毁林的恶果，认识到维系人类的生存、根治江河的水患，离不开大森林，因此也就有了停止采伐天然林的一道道禁令，有了一个又一个省和重点林区以及森工企业执行禁伐的自觉行动。这是中国经济社会走出蒙昧的明智选择，是中华民族环保史上的空前壮举！然而，真正能够实现这一步，必须要有相当的经济支撑力做依托，并不是轻而易举的。因为，要"把砍树人变为种树人"，意味着几百万森工队伍要转产，要大幅度地调整林区的产业结构，而且目前国有林区又正处于经济危困之时；同时，又需要有巨额资金来进口木材，以满足国家经济建设的需要。这也正是生态环境文学需要热切关注的重大题材，用我们的笔去记录下林业生态建设史上的这一重要篇章，用我们的笔写出林区人民为此付出的代价和甘苦，用我们的笔去讴歌共和国的进步与追求。

深刻反思今年入夏以来长江和松花江、嫩江的特大洪水，从不同的层次、不同的角度还会获得许多有益的启示。上述三点，只起抛砖引玉的作用。我们有了这些启示，又能从自己熟悉的题材出发，切切实实进入创作过程，就能写出许多优秀的作品来。

二、试论徐刚的《守望家园》

去年年底，湖南科技出版社承印、今年面世的徐刚创作的报告文学系列丛书《守望家园》，是生态环境文学领域的一件大事，在生态环境学界、文学界、读书界和新闻舆论界引起了强烈的反响。

徐刚是国内著名的诗人、报告文学作家，是 80 年代中期以来中国生态环境文学的开拓者。他自从发表了颇有影响的《伐木者，醒来！》之后，笔耕不辍，相继创作了《沉沦的国土》《江河并非万古流》《中国：另一种危机》《绿色宣言》等一系列引起读者关注的作品。他始终高举绿色生态大旗，为挽救沉沦的国土和潜伏着生态危机的江河而呼号呐喊，为播绿护绿者大唱赞歌。如今，他又推出另一部力作《守望家园》。徐刚在作品的《后记》中说："《守望家园》是我迄今为止二十多年写作生涯中工作量最大，也是最费时费心的一部作品。"据悉，这部书他整整构思撰写了 10 年。全书总计 70 余万字，包括《最后疆界·海洋之卷》《荒漠呼告·大地之卷》《流水沧桑·江河之卷》《根的传记·森林之卷》《神圣野种·动物之卷》和《光的追问·星空之卷》，共 6 册。他把创作的视野扩展到地球和宇宙空间，可谓气势磅礴、结构严谨的鸿篇巨制。整部作品集自然科学、人文历史、哲学思考与文学描绘于一体，"成为世纪之交在文学创作上最有价值、最有意义的一部作品"。《守望家园》无论如何在目前生态环境文学领域里算得上是优秀的精品，同时在徐刚的创作道路上树起了一座新的里程碑。

说起《守望家园》的艺术特色和创作成就，我感到在以下三个方面有重大突破。

1. 在主题的深刻性与题材的广泛性上有重大突破。

徐刚过去创作的关注点，大体在国内，即他的祖国，大多是金刚怒目式的呐喊，充满强烈的"悲剧色彩"。而这一次创作的《守望家园》把视野扩展到整个地球和宇宙空间，从辽阔的海洋写到广袤的大地，从江河湖泊写到奇妙的植物世界，又从鸟兽虫鱼写到宇宙空间的日月星云。他在作品中既有对远古岁月的追忆，也有对现实历史的分析，还包括着对未来发展的祈盼。面对一粒沙、一滴水、一丝细小的根须、一片树叶、一枚羽毛，他都有无限的遐想。他把地球及其整个生物圈看作是人类的也是他自己的家园，饱含深情地守望着，并真诚地期盼着有更多的人同他一起来守望。他一项一项地历数着人类践踏自己家园的罪恶，由整体到局部一笔笔地描绘着家园的奇妙和美好，一遍遍、苦口婆心地讲述着珍爱家园的道理。他热情地歌颂着榆林之绿、牛玉琴夫妇、陈玉莲老人的英雄业绩。他祈盼着人们能抑制自己的贪婪、私欲，克服自己的偏狭与愚昧。他一次次在心里对自己说：人啊，你应该改悔！他从生态伦理学的观念出发，又用自然科学史来论证人在地球生物圈中的地位，并无情地剖析着人类，让我们看到自己造下的罪孽。这正如长沙的一位读者李绍谱讲的：让人读了竟如芒在背，如火在心……他使人惊惧，使人恐怖，使人忏悔，使人惭愧。

中国生态环境文学因《守望家园》的问世，可以说跃上了一个很高的水准。

2. 在表现方法的多样性与灵活性上有重大突破。

有的读者评价说：说《守望家园》表现方法独特，是因为这部作品无法归类：可以看作是自然主义哲学，也可以看作是生态大散文，还可以看作是有关环境问题的纪实文学，同时也可看作是环境问题的"百科词典"，即生态环境领域的"小百科全书"。

这里有一个文学理论问题，即所谓"有一千个观众就有一千个哈姆雷特"。读者的感受不同，得出的认识或结论自然不一样。其实，自然主义哲学、生态大散文、环境问题的纪实文学、生态环境领域的"小百科全书"，都是又都不是，这正表现了作者表现手法的多样性和灵活性。

如果要给《守望家园》归类，并得出一个中肯的结论，我以为还应该看作是报告文学。因为书中充满了大量的纪实性描写，而且这种描写构成了全书的主体框架，这些纪实部分正是作者"守望"的实体。他用大量的自然演变的事实、人类破坏践踏自然生态环境的事实，以及每一次人类征服大自然都遭到报复并仍不知改悔的事实，反复深刻地揭示着人应该尊重自然规律、放弃罪孽，珍爱并虔诚地守望自己的家园这一主题。

他融会贯通地写进了大量的科普知识，有极强的审美价值和认识价值，让人读了的确感到像生态环境领域的"百科全书"。这正体现了生态环境文学的根本特点，即生态科学与文学艺术相结合。难能可贵的是，徐刚运用得如此之好，他完全学懂弄通了那些知识，并能运用自己独特而又形象的文学语言，把这些科学知识深入浅出、娓娓动听地讲出来，使读者大开眼界，获得吸取知识的满足。因为具有显著的知识性也就增强了作品的可读性；因为具有丰富的知识量，也使主题、观点以及作者反复论证的思想具有了强大的说服力。

作品通篇运用的是散文的写作笔法，天文、地理、古今中外、山川河流、花草虫鱼，散得十分潇洒。然而，形散神却不散，处处又都贯穿着"守望家园"这条红线！因为是散文式的报告文学，读这部作品给人一种艺术之美的享受。

值得强调的是，徐刚敢于创新，敢于突破，不断地超越着同时代的作家，同时也不断地超越着自己。这是最值得我们敬佩和学习的。

3. 文笔优美，语言生动，在表达方法上有突破。

我真正惊叹于徐刚语言表达的功力，是从这部作品开始的。我读这部作品的突出体会是：(1)作者观察入微，笔触细腻，描写事物准确、形象、生动而又得体；(2)多种修辞手法综合运用，语言极具表现力；(3)过去徐刚的作品长句运用过多，而这部作品则短句多，使语言显得简洁、明快、生动、优美。

徐刚的《守望家园》，在创作上，给我们以下几点启示：

一是，勤奋刻苦是生态文学创作的必经之路。《守望家园》让人折服于作者的知识渊博。徐刚是搞文学的，却读了那么多自然科学方面的书，并如此精通自然生态哲学，实在令人敬佩。

二是，要下功夫学习语言，因为文学是语言的艺术。徐刚语汇丰富，抽象概括与形象描绘都极具功力，所以他的作品就使人爱读。

三是，坚守信念，不懈地追求。徐刚在生态环境文学创作上的痴迷与执著，那种由此而激发出来的创造与进取的精神，应成为我们的榜样。

三、生态环境文学创作的现状与发展趋势

先谈谈现状。我们欣喜地看到，生态环境文学已成为中国文坛上的一道独具特色的风景线。

文学评论界和新闻舆论界已有这样的评论：认为生态环境文学已在部分读者圈子里成为一种"文学新宠"。尤其是与戏剧、诗歌这两种传统颇为深厚的文学样式被冷落的情景对照，的确是这样。生态环境文学在十几年的发展历程中已涌现出一批可读性较强的作品，徐刚的作品不必说，此外像郭雪波的《沙狼》，李青松的《遥远的虎啸》《林区和林区人》已引起评论界的重视，并受到赞扬。在读者群的阅读口味颇为挑剔的情况下，生态环境文学能成为一些读者的"阅读点"和"评论点"，这是让人感到欣慰的。许刚的《守望家园》更是一部有冲击力和震撼力的上乘之作，产生了更为广泛的社会影响。其次，作品日益增多，创作队伍不断扩大。报载，据"碧蓝绿文丛"的编辑们统计，在他们编选的视野中报告文学作品就不少于七八十万字，小说作品有二百多万字，散文作品更是数不可计。《中国绿色时报》副刊的编辑们也有这种体会。

综合分析，目前的创作队伍大体可以分为三个层次；一是，专门从事生态环境文学创作的作家，如徐刚、郭雪波、李青松、陈桂棣、方敏、岳丘非、张抗抗等；二是，间接参与生态文学创作的作家，如乔迈的《中国：水危机》，黄宗英的《没有一片绿叶》，叶楠的《大沟》，刘恒的《老魏种树》等等；三是，不能忽视的日益壮大的业余作者队伍。

但是，生态环境文学在发展的过程中，目前也存在着不能忽视的三个问题：一是好的作品数量不多，目前还像一块"疏林地"；二是专门从事生态环境文学评论的人少，星星点点有一些评论，水平很有限；三是出版界对域外作家的作品评介得太少，不知域外生态环境文学创作是一种什么态势，这不便于借鉴，也不便于在更大范围内交流。

对未来生态环境文学的发展趋势，我们可作如下表述：

1. 纪实文学作品将是生态环境文学创作的主流和主体。在体裁的选择上主要是纪实散文和报告文学。

2. 生态环境文学在一段时间内，估计不会有很大的推进。但随着全社会生态环境保护意识的觉醒，对治理和保护生态环境的重视，这一创作一定会有长足的发展，我们对此应充满信心。

3. 未来的生态环境文学的发展应坚持创作与评论并举，应建立评论队伍。评论应有前瞻性、指导性，不断为创作的发展开辟前进的道路；要扶持并推动各种体裁样式的发展，实现创作形式的多样化，让万紫千红去打扮生态环境文学创作的春天。

（刊登于 1998 年 10 月 13 日《中国绿色时报》副刊）

为家园奉献忠贞和情爱

——《守望家园》研讨会聚焦

1997 年的一个夏夜，徐刚改定《鸣沙之祷》，并决定将它作为长篇报告文学《守望家园》的《自序》。那时，他也许并未意识到，他的这部力作今天会成为文学评论界的热点话题，在人们心里产生了如此强烈的共鸣。

10 月中旬，在文学创作者们的广泛呼吁下，环境文学研究会和湖南科技出版社在中国作协举办了徐刚《守望家园》研讨会。

徐刚是国内著名的散文作家、诗人、报告文学作家。1988 年他撰写的《伐木者，醒来！》在中国文坛颇具反响，徐刚因此被誉为中国新时期生态环境文学的拓荒者和奠基人。据徐刚介绍，《守望家园》是他倾注了对人类生存家园的忠贞与情爱，积 10 年之功力，苦苦写了两年完成的长篇巨著，其中饱含了一生的心血。《守望家园》包括"最后疆界·海洋之卷""荒漠呼告·大地之卷""流水沧桑·江河之卷""根的传记·森林之卷""神圣野种·动物之卷"和"光的追问·星空之卷"等 6 个专题，整部作品集自然科学、人文历史、哲学思考与文学描绘于一体，结构严谨，气势磅礴，主题鲜明。与会专家一致认为，《守望家园》是世纪之交中国生态环境文学领域出现的最有价值、最有意义的一部作品。

《人民文学》副总编辑韩作荣认为，《守望家园》不仅是生态环境文学的重大收获，也是报告文学领域的重大收获。徐刚在作品中揭示了生态环境的脆弱和美丽，他对"家园"的守望令人感动，整部作品充满了大智慧。评论家严刚指出，是时代造就了徐刚。今夏的大水患，对我们，既是一个灾难，又是一个证明。它证明了《伐木者，醒来！》不是虚妄之作，徐刚在《守望家园》中对长江水患的忧虑不是危言耸听，完全是中肯的预言。许刚的胆识和勇气是令人钦佩的。评论家李炳银说，徐刚很善于从一粒沙、一滴水等细小的意象入手去反映色彩缤纷的大千世界，反映生态环境惨遭破坏的令人悲伤的现实。这既是徐刚的一种能力，也是一种境界，一种无私奉献的精神境界，一种知行统一的思想境界。徐刚由写散文、写诗歌，转变为写生态环境文学，是出于一种强烈的社会责任感。这在当前许多作家为个人名利而奔忙的情况下，在整个社会处在充满浮躁情绪的氛围中，作家徐刚能忍耐贫困和寂寞，潜心于难度很大的生态文学创作，这不能不让人对他更加充满敬意。

与会者都感佩于湖南科技出版社对生态环境文学的关注，以及在行动上所给予的切实支持，祝愿徐刚能有更多更好的作品奉献给祖国和人民。

（刊登于 1998 年 11 月 2 日《中国绿色时报》第四版）

寄望长江万古流

——读徐刚的新作《长江传》

作家徐刚，原是活跃在中国文坛上的诗人，散文家，近十几年来由于对人类的生存环境的忧心，潜心于生态环境文学创作，先发表了《伐木者，醒来！》《中国：另一种危机》《绿色宣言》《守望家园》《地球传》等一批有深刻社会影响的作品，近期又推出了另一部新作——《长江传》。

一

《长江传》是徐刚继《守望家园》《地球传》这些优秀的生态纪实文学作品之后发表的又一部力作。《守望家园》《地球传》与《长江传》这三部作品有着近乎相同的主题意象、相互传承的艺术风格，又都是主题重大、构思缜密、大气磅礴的鸿篇巨制。在创作手法上既能做到大开大合、收放自如，又能大起大落、跌宕迂回——虽都不是小说，都没有首尾相连的故事情节，但都写得波澜起伏，高潮迭出；于细微处，又都精雕细刻，使之神形毕现——即使是一粒沙、一滴水、一棵小草、一片树叶，也都写得精致入微，凄楚动人。读过徐刚作品的人都能感受到，这就是他一贯的创作风格。《长江传》把这种创作风格展现得淋漓尽致。所不同的是，《守望家园》和《地球传》或多或少还能看到某些尝试与探索的印记，而《长江传》更显得挥洒自如，在艺术创作上表现得更加成熟。

我读了以后，切实感到《长江传》把生态环境文学创作提升到了一个新境界，引领这一文学品种的创作实践登上了一个新高度。

二

中国文学历来只给形形色色的人物写传记，而且从西汉时期太史公司马迁开创了传记文学之先河以后，风起云涌，一直长盛不衰，尤其是在今天，几乎无人不可"传"一下，人物传记发展到了极致。但是，运用纪实文学的手法给地球、给长江写传，而且又写得这么好的，古往今来，在中国文学界，徐刚恐怕是第一人。

在《长江传》里，徐刚以长江作为立传的主体，他从一万年前远古蛮荒时代、长江诞生的初始写起，追溯寻找这一派彷徨流水的源头，然后一路写下去，写到金沙江、岷江、巴山蜀水和秀丽凶险的大三峡，又写到荆楚大地长江水系的河流湖泊，写到洞庭湖、鄱阳湖，一直写到下游地区的湿地，连长江最末的支流——黄浦江都浓墨重彩地写了一笔，最后写到长江归海。全书文脉清晰，繁而不乱，气势恢宏，多彩多姿，刻画出长江这条中华民族的母亲河壮丽辉煌，而又伤痕累累、痛苦疲惫的形象。

作者抓住长江的特点，把这条母亲河写得特别传神。长江源远流长，劈山凿岭，奔突穿越，一泻千里，是一条神圣而又神奇的大江；长江是天造地设的，既有汹涌澎湃的阳刚之气，流到舒缓处，又不乏细腻婉转的柔情；长江是母亲的流动形象，就是泽被中华的母亲河，既神圣又庄严；然而，由于人类贪婪地索取和残酷地掠夺——无情地砍伐森林，残暴地猎杀野生动物，疯狂地陡坡垦植，肆无忌惮地乱采滥挖，用工业废弃物和生活垃圾随意污染她的河道，使长江泥沙俱下、浊流翻滚。长江这条神圣之水已惨遭践踏与破坏，变得痛苦不堪，更渐渐变得失去耐心了。

徐刚在长江入海口处的崇明岛上度过了童年时代。他儿时听惯了长江的涛声，被这涛声开启过心智。他有过对长江发大水经历的记忆。他说，他血管里的血，其实就是长江之水；他的血脉是长江的延伸，是最细小的长江支脉。他从初学写作开始，就试图把笔触伸向长江了。他是怀着一种热爱和敬畏之情来写长江的。他曾一次又一次溯流而上，在心里积累着有关长江的种种细节，直到 1995 年秋天踏访长江中上游防护林工程建设，萌动了为长江立传的念头。1998 年，他走进了青海高原苍茫的荒野，回想格拉丹东雪峰下细水如冰川的初始流出，于是，他凭借着十几年来在生态环境文学创作实践中积累起来的自然、地理、历史、环境以及生态哲学的全部知识和一大批鲜活的资料，踏上了为长江立传的创作历程。

他对远古的长江作了深入的考证，借助人类学、地球物理学等丰富的科学知识和考古学的有关成果作了合情入理的"猜想"，力求"亲近水源"；用了大量的史料来证实有关长江的一切细节的客观真实性，并用现实与历史铁铸一样的事实来评说长江对于人类的千秋功罪，从而把长江的形象呈现在读者的面前。

我敬佩徐刚高超的创作功力，他写得实在是出神入化，令人读之情迷心醉，同时由于看到母亲河的悲惨命运，心灵受到极大的震撼。

三

《长江传》又是一部有关长江的极具魅力的山水文化史，具有很强的知识性和可读性。

作者以长江干流为主线，引领我们从青海高原的格拉丹东进入冰山雪峰铺就的江源区，然后穿越沱沱河、通天河，顺流而下，穿越金沙江、过三峡，经历千回百折直至江尾的入海口，一面让我们饱览沿江两岸乡土地理风光，一面向我们展示着长江流域丰富多彩的人文历史画卷。他时而溯源及流地讲述着沿江的生态变迁，时而引经据典评介着各地的风俗民情、科学创造以及环境变化中的毁誉得失，时而娓娓动听地讲起当地流传的神话和故事，时而吟唱起古朴的民谚歌谣，时而又诵读着骚人墨客的诗章佳句……举凡长江流域重大的山水变迁、历史事件、发明创造，重要的风云人物、名胜古迹、文化宝典在作品中都有形象生动的记录，显示了长江无比深厚的文化底蕴，实在是气象万千，美不胜收。书中或谈天说地，或旁征博引，在对一事一物的评介中又写进了许许多多自然科学知识和人文地理知识，让人既获得了思想上的启迪，又受到趣味良多的美的享受。

读《长江传》让人爱不释手。为此，我们不能不敬佩徐刚的开拓进取精神、广博的学识功底和聪颖的创作活力；同时也要感谢徐刚给我们提供了那么多宝贵的知识和那么多实际体验，实在受益匪浅。

四

然而，徐刚写《长江传》的宗旨并不在于单纯地记述山水，其真正的目的是，揭示已经发生在长江流域空前严峻的生态危机，告诉人们必须加强对长江流域生态环境保护，呼唤我们要举全国之力关爱呵护母亲河——长江。警示我们，要清醒地看到："我们正在走着一条离物质财富越来越近、离开江河大地越来越远的不归之路"。

《长江传》整部作品有两条线索：一条是贯穿于全书首尾的由长江源头到出海口、以空间转移为顺序所构置的叙事线索，这是作品的一条副线，也是一条具象的明线；另一条是贯穿全书的思想线索，这是一条主线，是一条抽象的暗线。总之，一条是具象的，一条是抽象的，一明一暗，一副一主，两线交织，互相融合，深刻而又充分地展现了加强保护长江流域生态环境这一主题和宗旨，让人感到十分厚重。有了这两条相互交织的线索，作者就可以旁征博引，大开大合，大起大落，更加集中地凸现着这一饱含强烈忧患意识的重大主题。

在《长江传》里表现的正是这一主题。在展示"长江序曲"——一万年前彷徨流水中，作者让人感悟到长江之诞生不是"瞬息之作"，而是经历了漫长的自然变迁，在圣洁的冰雪中由大自然缔造的伟大辉煌。我们本来应该很好地爱护这条母亲河，因为她是中华民族的生存之根，然而，"20世纪中国人破坏长江源区，灭绝其他物种的战争，一直打到世纪末。"作者满怀激愤地谴责道："说是战争，指其残酷而言，其实不确，因为对方只是恩泽于我们而且手无寸铁。贪婪和丧尽天良，把我们无可分辨地钉到了大地的耻辱柱上。"在《长江传》每一章节的推进中，作者都紧紧地抓住这条主线，曲尽其意地阐发着这一思想。在长江上游让我们饱览大江劈山穿岭、奔突流泻的壮观景象，同时也去体会她纳百川、汇细流的艰辛，看到她在每一个渡口都造就出一座文化名城。作者对母亲河纵情地赞美道：你是"流水的长江、文化的长江、历史的长江"；你"最惊险、最壮美、最值得（我们）自豪"！在我们解读壮丽三峡的"山水经典"时，听着屈原放逐的历史悲歌，缅怀济苍生、忧社稷的王昭君，欣赏楚地文化古韵，惊叹于楚文化的包容性和创造性的时候，同时也分明地看到长江两岸由于旷日持久地大规模地砍伐森林，陡坡造田，造成山地荒漠化和空前严重的水土流失，让母亲河裹挟着泥沙负重前行。在长江的中游，随着江水奔流一路欣赏江南的三大名楼——黄鹤楼、岳阳楼、滕王阁，追寻大溪文化变迁的足迹、重温苏东坡的《赤壁怀古》、造访古琴台、探险神农架的时候，同样忧伤地看到，湖北这"千湖之省"的美名已不复存在，由于大规模的围湖造田，八百里洞庭在急剧萎缩；长江每到夏季就险象环生，人与江河残酷地争夺着每一寸土地。这严峻的现实让你不能不动魄惊心！在长江下游，历代文人览胜山川时创作的华丽诗章同样让你目不暇接。这里诞生过沈括的《梦溪笔谈》，流传着苏东坡、范仲淹的治水佳话，还有徐霞客的故乡，然而，长江已是疲惫不堪，长江更加破损，脚步更加沉重！

为进一步突出作品的纪实主题和立传宗旨，作者在叙事接近尾声时，加进了《千秋功罪，大江为证》和《绿色中国梦》两个章节。在这两个章节中，全方位、多侧面、多角度地分析并提出了长江生态问题的极端严重性。他列举了大量的事实，引用了大量的数据，披肝沥胆地告诫人们：保护长江已刻不容缓，中华民族已经到了最危险的时候！

作者怀着无限的感慨发出深情的呼唤："我们不仅要追问别人，更重要的是追问自己，在这关乎中华民族生存基础、国土保安的历史时刻，每一个人都应该挺身而出，成为绿色行动的志愿者！"

这些深刻的叙述和分析，把《长江传》的情思推向了高潮——作者要站在中华民族可持续发展的历史高度，抱着"中夜四五叹，常为大国忧"的情怀，勇敢地站出来要为母亲河——长江向毁灭她的这个世界请命，讲讲公道话！

他讲了，讲得正气凛然，讲得有理有据，讲得振聋发聩！

如何解决长江的问题？

徐刚提出了必须迅速沟通并加紧实现绿色蓝图的倡议。他认为：治水的关键在治山，治山的关键在兴林。一句话：就是种树！多多地种树！倾全国之力在长江流域大规模地植树造林！用 20 年时间实现绿色中国梦！

五

徐刚是真正的大地之子、长江之子、英勇的森林卫士，是一位有良知的作家、生态启蒙的先行者。他在生态环境文学创作的领域里，为生态环境保护事业忠心耿耿、无私无畏地奉献着自己的智慧和力量。近几年他对生态环境保护事业更加关注，追求也更加执著，笔耕也越发勤奋。1998 年，他完成并出版了 70 万字的《守望家园》；1999 年，完成并出版了 36.3 万字的《地球传》今年又推出了这部 45 万字的《长江传》。他的每一部作品都是呕心沥血写出来的。著名楚辞专家文怀沙教授称赞许刚的《长江传》是"旷世之作"。

但愿中华民族在 21 世纪能够实现"绿色中国梦"！

但愿长江母亲河能尽快焕发青春！

祝愿徐刚在新世纪里能写出更多更好的作品！

（刊登于 2000 年 12 月 18 日《中国绿色时报》第四版）

守望家园，为大地放歌

——第六届生态文学研讨会侧记

第六届生态文学研讨会于 9 月 23 日至 25 日在祖国的林都——黑龙江省伊春市召开。来自全国 8 个省（市）的 34 名作家、新闻记者和生态文学创作者出席了会议。全国著名生态文学作家徐刚、郭雪波出席了会议并发表了充满激情的演讲。

　　会议受到伊春市委、市政府亲切关怀和大力支持，同时也得到了黑龙江省作家协会、陕西省生态文学研究会的热情关注。陕西省生态文学研究会会长、著名作家陈忠实为会议题词致贺，中国绿色时报社王宏祥社长为会议发来热情洋溢的贺信，山东籍作者国效宪通过邮电方式向会议致贺并敬献了鲜花。

　　会议以"保护森林，关注人类家园"为主题，对生态文学的性质、地位、作用、创作规律以及当前的任务、发展趋势进行了集中的研讨，并广泛交流了创作经验和体会。

　　会议期间，代表们以集中采访的方式，聆听了伊春市委宣传部华景伟部长对小兴安岭林区颇具历史纵深感的情况介绍，并通过实地考察，了解了伊春林区在风雨激荡的半个世纪中的生态变迁；同时聆听了全国劳动模范、育林功臣孙海军感人至深的事迹报告，并为他无私的奉献和崇高的追求所感动。孙海军30多年如一日依恋青山，以保护生态环境为宗旨，带领双丰林业局茂林林场的职工造林11万多亩，植树2000多万株，创造了高寒地区育林的奇迹，被伊春人民誉为"新时期的马永顺"。代表们一致认为，孙海军建设并保护生态环境的感人事迹也正是他用自己的激情和生命写在伊春大地上的最为生动的生态文学作品。伊春人民与大森林的兴衰与纠葛是人类与自然关系的一个缩影，其52年苦乐曲折、令人回肠荡气的壮阔历程永远是小兴安岭林区的作家们创作生态文学作品取之不尽、用之不竭的活水源泉。

　　研讨会在对生态文学认识上取得了重大的收获。结合学习"三个代表"重要思想，代表们认识到，坚持生态文学创作就是自觉地坚持先进文化发展的方向，从而增强了从事生态文学创作的责任感，树立了崇高的信念。在研讨生态文学的艺术内涵时，作家徐刚认为，生态文学是大地的文学。他满怀深情地赞美了大地之美，并谈古论今、旁征博引，深刻地阐发了这一命题。他结合创作实践，畅谈了对大地与文学之间关系的理解，并着重强调了文学创作，特别是生态文学创作，一定要尊崇大地，观察自然，把生命与情感同大地之山川草木融合在一起，只有这样才能真正写出富有生命力的作品来。他预见，生态文学将是对传统文学的挑战！他认为，当前的生态文学依然被主流文学冷漠着，处在一种边缘文学的境遇中，因此，从事生态文学创作的人们，应该像孙海军学习，淡泊名利，决不动摇自己的意志，要在没有掌声的寂寞的境遇中执著地讴歌大地，守护人类的绿色家园。作家郭雪波认为，生态文学是生命的文学。他自认为是体验型作家。他从自己的人生感悟出发，动情地讲述了他的故乡——科尔沁草原消失了秀色、沦为科尔沁沙地的悲惨经历。为此，他提出搞生态文学创作必须用生命去感受自然生态的变迁。而对地球生态严重恶化的现实，面对科尔沁沙地的满目疮痍，他谴责着人类的贪婪，热情地赞扬孙海军的崇高选择。他主张生态文学创作者们一定要向孙海军学习，也要依恋森林、依恋青山、满怀激情地为大地放歌。他认为，自然生存环境治理的紧迫性同生态文学创作的紧迫性是一致的，因此，一切有良知的作家要耐得住主流文学对生态文学的冷漠，自觉地做大自然的歌者。两位作家的讲演在研讨会上引起强烈的共鸣，他们阐述的观点为生态文学研究提供了新鲜的成果。

通过深入研讨，进一步认识了生态环境保护与治理的紧迫性，增强了从事生态文学创作的自觉性和使命感。代表们在研讨中从自己的感受出发，列举了大量的事实论证了森林在陆地生态系统中的主体地位，保护仅有的森林包括湿地和草原已显得刻不容缓。共同的感受是在地球上，森林的命运几乎是相同的：森林遭到掠夺式砍伐，接踵而来的便是水土流失、土地荒漠化、江河泛滥、淡水减少，旱涝灾害频繁发生，大气污染加剧；最终的结果是，人类受到大自然的无情惩罚。郭雪波动情地说，人类真的已经到了应该认真反思的时候了，我们不能等到森林被砍光，草原消失殆尽、物种几近灭绝，再去治理破碎的家园。每个与会者都感到自己的肩膀上担负着时代赋予的神圣使命。

研讨会上各地代表充分地交流了创作的体会和经验，更坚定了搞好生态文学创作的信心。作家徐刚提出，要深入到大自然中去感受，要倾心地热爱并尊崇我们脚下的土地，专注地倾听大地的声音。要激情满怀地去欣赏大地之美，要能心醉；面对大地的破碎，要能心碎。为此，他认为，文学就是要写人与自然的关系。这是对文学创作带有根本意义的认识。他对"文学即人学"这一传统的经典命题，提出了大胆的质疑。郭雪波提出，要用生命去感受自然生态的变迁。他认为，只要这样做了，即使是童年时代的感受——只要这种感受是用生命获得的，也是用之不竭的创作源泉。此外，代表们还认为，搞文学，就要勤奋，懒散与创作无缘。徐刚说，他写《守望家园》和《长江传》写得很累。这两部作品动用了他几千万字的素材"资源"。徐刚强调，搞生态文学创作要多读书，孜孜不倦地读书。他说，他的《地球传》就是在采访、观察的同时一边读书学习一边写作完成的。读书不仅可以去掉俗气，比"去俗"的境界更高一层的是，读书可以使人获得思想。因此，对生态文学创作者来说，读书不是围炉夜话的伴侣，更不能是打发时光的消遣。

研讨会期间，代表们参观了金山屯鹿场、美溪回龙湾风景区，考察了五营原始森林，饱览了伊春林区秀丽的"五花山"秋色。

生态文学创作与西部大开发

当前，"西部大开发"已成为人们议论最多的话题。我们已经感到，西部大开发的热潮即将席卷中国大地。

江泽民总书记指出："改善生态环境，是西部地区的开发建设必须首先研究解决的一个重大课题。"朱镕基总理也一再强调："生态环境保护和建设是西部大开发的根本和切入点。"经过一个时期以来的宣传发动、研究论证，西部开发必须坚持生态先行已逐渐成为社会舆论界的共识。事实也正是如此，在我们满怀激情地议论这个话题的时候，新千年的浩荡春风裹挟着黄土高原的地表土和内蒙古高原上的沙尘，一次又一次地袭击了北京，甚至使远在东海之滨的上海也出现了很少见到的浮尘天气。中国西部如此脆弱的生态环境究竟能经得起多大的经济开发力度？在西部的开发建设中，如何保护好现有的生态环境，如何偿还历史的欠账、实现生态重建？这些问题不能不引起生态文学创作者们的思考。

一

中国的生态文学创作者们热爱西部，一向关注西部，深知西部是中国生态环境最严重的脆弱区，因此，从历史的教训出发，无不担忧西部大开发会不会造成新一轮的生态大破坏。

然而，西部的开发势在必行。

中国西部是一片神奇美好而又充满了贫困与忧患的土地，中国西部亟待开发。

从严格或保守的意义上讲，中国西部包括着西北5省（区）即新疆、青海、甘肃、宁夏、陕西，以及西南5省（区、市）即西藏、云南、贵州、四川、重庆，再加上内蒙古西部，共11个省（区、市），总面积540万平方公里，占国土面积的56%，区域内人口2.98亿，占全国人口总数的22.9%。如果从开发建设的实际需要出发，与东部发达地区相对照，又可扩展到西部相邻的省份，甚至辐射到中部地区，其范围更大，人数也就更多了，因此，称之为"西部大开发"。

西部是一片神奇而美好的土地。中华民族的母亲河——黄河与长江以及其它许多重要的河流均发源于西部，西部孕育了源远流长的华夏文明。雄伟的喜马拉雅山——地球的"第三极"也在中国西部，连同拥抱着它的壮丽的雪域高原，以其傲世特立的自然风貌展现了无穷的生态魅力。在广袤的大西北和大西南的土地上都有通往东亚和南亚诸国的丝绸之路，印证着古老的中国往昔岁月的辉煌。西北的大漠金沙织就了雄浑、辽阔、粗犷、豪放的自然与人文景观，而西南的绿色河谷中时时映现着的傣家村寨、布依族的吊脚楼又以柔美恬静的民族风情令人心驰神往。"三江"源湿地、雅鲁藏布大峡谷都是最具生物多样性的地方，而云南作为"动植物王国"更是东部各省难以望其项背的；新疆塔里木河流域有世界最大的胡杨林群落，而胡杨树号称"三千岁"（它生长一千年，枯萎后还要站立一千年，树倒之后要一千年才会腐烂），造就了生物界的奇观。西部有丰富的矿产资源和丰盈独特的物产，中国许多珍贵稀有的生物物种也大多分布在西部。中国除汉族之外的 55 个少数民族，有 51 个聚居或散居在西部地区，绘制了五彩缤纷的民俗风景画卷。加快西部的开发建设将会使西部尽快地崛起。

　　然而，中国的西部又是贫困落后的，在生态护卫中充满了忧患和苦难。中国的贫困人口 90% 以上集中在西部地区。特别是西部的老少边穷地区，聚居着众多的经济与生态的双重难民，有的至今不得温饱，有的刚刚脱贫只要经受一场偶发的自然灾害马上又会返贫。地处西部的贵州省是我国最低收入地区，其人均收入只相当于全国人均收入的 36.3%；与上海相比，1990 年上海人均收入是贵州的 7.3 倍，而如今是贵州的 12 倍。总之，由于改革开放与开发建设的相对滞后，中国西部地区与东部沿海地区的差距越来越大。中国西部的贫穷虽有政治、经济、文化以及历史与现实的种种原因，但无论是西北还是西南，其贫困与落后都是与生态环境的严重恶化直接联系着的。西部地区生态环境极其脆弱、大部分地区森林覆盖率很低，其中西藏为 5.84%，甘肃为 4.33%，宁夏为 1.54%，新疆和青海分别只有 0.74% 和 0.35%。森林植被的稀少造成连续不断的水土流失和土地荒漠化的加剧。正是这旷日持久的大面积的水土流失，愈演愈烈的农田干旱和越来越频繁发生的沙尘暴以及有雨便可形成的洪灾、泥石流，严重地困扰着西部的经济建设和社会发展，为西部人民带来深重的灾难。由于生态环境的恶化加剧了西部的贫穷；又由于贫穷驱动着无序的"开发"——盲目开垦、超载放牧、乱砍滥伐、乱采滥挖以及乱捕滥猎，从而又加速了西部生态环境的恶化。如此恶性循环，使中国西部的生态环境充满了忧患和苦难。不根治西部的贫穷，不彻底改善西部的生态环境，中国就很难实现可持续发展。

　　因此，要消除中国西部的贫困，改善西部的生态环境，再造山川秀美的西部地区，惟一的出路就是在保护好生态环境的前提下实行包括建设生态环境在内的全面的西部大开发。

二

　　西部大开发作为一项重大的战略性部署是党中央根据邓小平同志

"两个大局"的构想提出来的。邓小平指出，一个大局是在东部沿海地区，先一步发展起来；一个大局就是到本世纪末全国达到小康水平时，发展中西部。其核心是分步实现经济的高速增长——让一部分地区先富起来，然后先富起来的地区支持贫穷地区，实现全社会的共同富裕。

西部大开发之所以具有重要的战略意义，是因为西部地区幅员辽阔，具有丰富的自然资源和人文资源，在不破坏生态环境的前提下进行科学合理的开发，对实现国家经济的可持续发展具有重要意义；同时，更是因为西部地区有占国土面积 56% 的山川土地，有近 1/3 的华夏儿女，西部贫穷落后，如不通过有规划的合理的开发建设来推动其经济发展和生态环境改善，一方面将使若干年后全国的经济发展丧失后劲，另一方面由于西部贫困的延续会使国家长期处于不平衡的状态中，这势必伤害社会公平，削弱中华民族的凝聚力，难以在整体上消除贫困，更难实现中国西部的生态重建。因此，从这个意义上讲，西部大开发是中国经济建设与生态环境建设史上的一次伟大的壮举。一切有良知的生态文学创作者都应该满腔热忱地投入西部大开发，用自己饱含激情的笔墨去呵护西部的山川草木以及过度疲惫的生态系统，用卓有成效的文学创作支持西部地区的生态环境建设，为推动西部大开发的健康发展作出自己的贡献。

西部大开发必须坚持生态保护与建设先行。因为舍去生态环境保护与建设这一根本，一味地追求所谓的"商机"，或急功近利，实行片面的经济开发和单纯的资源开发，必将付出惨重的生态破坏的代价，势必加剧西部地区生态环境的进一步恶化。这种沉痛的教训在西部发展的历史上与现实中实在是太多了，切勿使"后人复哀后人"！生态文学创作者可以在面对对历史与现实的反思中，把足以反映这些沉痛教训的典型事实用文学的手段描写出来，或创作出栩栩如生的艺术形象，时时向社会敲响警钟。

为保证西部大开发生态先行，党和国家领导人在充分调查研究的基础上早已作出理论与重大政策上的准备。1997 年 8 月 5 日，江泽民总书记通过分析和论证，向全国人民发出号召："经过一代一代人长期持续的奋斗，再造一个山川秀美的西部地区。"经过了对 1998 年夏季发生的震惊全国的洪灾的反思，1999 年 6 月江泽民总书记在视察黄河的途中，提出了西部地区的开发建设首先要解决改善生态环境这一重大课题。他指出："如果不从现在起，努力使生态环境有一个明显的改善，在西部地区实现可持续发展战略就会落空，而且我们整个民族的生存和发展条件也将受到严重威胁。"1999 年朱镕基总理曾多次在西部地区进行深入考察，沿途一再强调生态环境保护与建设的极端重要性。1999 年 8 月 5 日他视察陕北，结合西部大开发、实现生态重建，又提出了"退耕还林（草）、封山绿化、个体承包、以粮代赈"的战略措施。这一"以粮换林（草）"的构想和 1998 年在洪水尚未平息之际国务院下达的"保护天然林"的指令构成了西部大开发保证生态先行之政策体系的基本框架，并成为加强西部地区生态环境保护与建设的重大举措。

西部开发方兴未艾，生态建设已经先行一步了。具体的表现是：国家林业局已经按照党中央、国务院的部署、在长江上游、黄河上中游地区，组织实施了以天然林保护、荒山荒地绿化、坡耕地退耕还林（草）为主要内容的生态建设工程；在西部与近西部地区 13 个省（区、市）范围内的 174 个实施"以粮代赈、退耕还林（草）"的试点示范县，今年将率先退耕植树种草 515 万亩，并完成 648 万亩荒山绿化任务。青海省按照生态先行的指导思想，开发建设的第一项工作便是按照国家林业局的规划在玉树藏族自治州 2360 公顷的湿地上建立了"三江"源自然保护区，它和同样在西部的青海可可西里、西藏羌塘、新疆阿尔金山自然保护区一起构成了世界上最大的自然保护区群。此外，内蒙古建设中国北方的天然生态屏障的设想，已列入了自治区决策者们的重要议事日程；新疆已在研究塔里木河流域的综合治理，并形成了水利及生态建设一期工程《项目建议书》；云南已规划在滇西北"三江并流"的高山峡谷区和滇西南的西双版纳州建设"中华生物谷"；陕西正在加大力度治理黄土高原的水土流失，并已涌现了一批先进典型；重庆市先后已有 36 个县被列为生态环境建设重点县，决心加大力度对三峡库区的生态环境实行综合治理，以排除长江经济带的隐患……

深长思之，从过去无处不在的疯狂地砍伐天然林到今天千方百计地保护天然林，从过去盲目地毁林毁草开荒扩充耕地到今天的大面积实行退耕还林(草)，从过去陷入"人定胜天"的认识误区从而大面积地毁林开荒、围湖造田到今天崇尚自然、对生态环境加以保护和重建，不能不说是一次全国性的重大的生态伦理的回归、一次具有划时代意义的伟大转折！由此，已见端倪：中国的生态环境建设史又翻开了新的篇章。我们的生态文学创作者应该在细微中觉察发现这一重大的历史变革，记下时代前进的脚步。

三

千百万人开发中国西部的伟大实践，应该成为生态文学创作的活水源泉，那里有广阔的创作天地，生态文学的创作者投身西部大开发是大有作为的。

国家建设重点向相对贫困落后、生态环境极度脆弱的西部地区转移，绘制的蓝图是"再造秀美山川"，开发的目的是让西部的贫穷人口尽快地富裕起来，最终达到国家富强。这一扶危济贫的举动是最容易唤起国民感情的。生态文学作为反映人与自然关系、关注人类生存命运的生命文学，用富有情感的艺术语言去塑造具有感染力的艺术形象鼓舞人、教育人，唤起人们的生态保护意识，在推动西部大开发、实现生态重建的实践中是最实用、最有优势的。具体地说，可以发挥以下三个方面的积极作用。

第一，生态文学关注西部地区的生态保护，形象而真实地反映西部地区生态脆弱的现状，揭示生态环境恶化的严峻现实，继续发挥启迪、教育人民的警示作用。例如，西北地区日益严重的荒漠化，黄土高原难以根治的水土流失，江河源头的生态危机，黄河的断流，长江的污染，越流越短的塔里木河，愈演愈烈的沙尘暴，三峡库区泥沙淤积形成的隐患以及可可西里藏羚的悲惨命运等等，我们写过与没写过所有的关涉西北的重大生态问题，都应该成为生态文学的关注点。在一省一地或某一方面，只要我们留心观察都可以找到创作的题材，写出震撼人心的作品。在创作中，要有勇气抢占西部开发生态重建的至高点，这个至高点就是"开发"人们的生态观念，使人们从蒙昧中清醒起来，脱离蛮荒走向文明，自觉地投入保护生态、建设美好家园的实践，把曾经编织过的"绿色之梦"变为现实。要知道，愚昧与偏见形成的落后的文化观念所构筑的无形的生态杀手——这种杀手几乎是无处不在的，要比有形的杀手对生态环境的破坏更惨重，更持续得久远。关注并致力于人们生态观念的改变，这是一项十分艰难的工作，但是再艰难我们也要有勇气坚持不懈地做下去；在这一"抢占至高点"的进击中，生态文学虽不能包打天下，但我们要付出努力，做出自己应有的贡献。

第二，运用文学艺术手段，娓娓动听地说古论今、生动形象地写人叙事，激励人鼓舞人，明白晓畅地揭示西部大开发与保护建设生态环境之间的辩证关系，为西部大开发提供正确而积极的舆论支持。要善于捕捉典型，发现西部生态重建中的闪光点。典型事例可以是正面的，也可以是反面的，可以是现实的，也可以是历史上曾经发生过的，通过艺术构思，创作出富有感染力的文学形象、做到以情动人，以理服人，使读者从中受到教育和鼓舞。西部大开发是千百万人参与的伟大事业，又是包含着基础设施建设、生态保护、产业结构调整、发展科技教育事业，以及深化改革、扩大开放等一系列重要工作在内的系统工程，若不激发起人们积极参与的热情，不用正确的舆论引导人是很难奏效的，也很难持久地推动这一事业的健康发展。从事这项工作，尽管新闻媒体将发挥主力军作用，但生态文学的作用也不可低估，并具有特殊的不可替代性。比如，文学可以用典型化的手法概括生活，揭示事物的本质，不必像新闻作品那样必须毛发俱现地写真，却可以做到一鳞一爪地传神，因而更有打动人心的魅力。在广袤的西部有"大漠女杰""绿林好汉"，以及实现人进沙退建起的绿洲，也有大漠尘封的古楼兰、难觅踪迹湮灭在丝绸之路上的古驿站以及望枯水而饮痛的壮烈悲歌。我们应该把这些重大创作题材搜集起来，写出足以呼唤良知的力作，为西部大开发、重建秀美山川推波助澜。

第三，与新闻相结合运用报告文学的形式揭露破坏生态环境的违法行为，鞭挞乱砍滥伐、乱捕滥猎的丑恶行径，谴责在急功近利思想驱动下出现的片面开发造成生态破坏的错误做法，发挥舆论监督作用，推动西部大开发健康发展。边治理边破坏、破坏大于治理，这是中国西部生态环境所面临的现实，实施西部大开发尽管有明确的指导思想、严谨的规划部署、各种各样的政策法规作保证，但是我们面对的是贫穷落后的西部以及将很快纠结于西部的各种利益与文化观念的冲撞。因此，在西部大开发中，难免有"淘金者"涌现，也会有只见"商机"而不顾生态恶化后果的投机者登台表演，一时一地还会出现片面开发的决策失误，再加上固有的敢闯环保禁区的冒险家，很难说在局部地区不会造成新的生态破坏。有破坏，就必须有监督。因此，生态文学的创作者要有勇气担负起生态护卫者的神圣责任，保持敏锐的洞察力，用笔作武器，同一切破坏生态环境的行为作不知疲倦的斗争。

西部大开发为生态文学提供了宝贵的发展机遇，也使生态文学在其成长的道路上面临着新的考验。路漫漫，西部大开发任重道远，生态文学创作同样任重道远。

让我们和鸟儿共享蓝天

——写在全国"爱鸟周"30周年到来之际

一

鸟是大自然的精灵，也是我们的朋友。

一只惯于"报春"的杜鹃，一年能吃掉 5 万多条松毛虫；一只猫头鹰在一个炎热的夏季，可以捕捉 1000 多只田鼠，帮助人类"鼠口夺粮"达 1 万吨；一对啄木鸟可以保护 500 亩林木不受虫害的侵扰，是当之无愧的"森林卫士"；把一窝燕子一个夏天吃掉的蝗虫首尾连接起来，足可以绵延 3 公里……有些鸟类虽然不以害虫、害兽为食，但它们却是花粉和树种的传播者，勤勤恳恳地营造着花木葱茏的绿色世界。

鸟是大自然的重要成员。作为一个生物物种，科学研究证实，鸟类起源于距今 1.5 亿年以前，比我们人类生存的历史久远得多。

"劝君莫打三春鸟，子在巢中盼母归。"这充满怜惜、温情与苦苦呼告的诗句，就出自我们祖先之手，而萌生于他们的心中。它确定无疑地表明：中华民族具有爱鸟、护鸟的优良传统；同时，它也确定无疑地告诫着我们：爱鸟、护鸟是人类的一种颇为高尚的美德。

人们之所以关爱鸟类，不仅仅由于鸟语花香给大自然造就了无限生机，莺歌燕舞给人类带来了无穷的情趣，更重要的是，鸟类维护了我们人类赖以生存的地球家园的生态平衡。阅尽了历史的沧桑，人类社会的思想者们早已警觉到：我们今天拥有了有史以来最好的生活，但却遭遇到了有史以来最为严峻的生态和环境危机。这足以看到，鸟类维护生态平衡的极端重要了。

据此我们相信：没有鸟鸣的世界是冷酷、沉寂的世界；鸟类一旦灭绝，地球的绿色将会渐渐消失殆尽，人类也就无法继续生存。

二

我国地域广阔，具有丰富的野生动植物资源，也是世界上鸟类资源最丰富的国家。为保护和拯救珍贵濒危的野生动物，包括加大力度保护生存环境比较恶劣、生存状态相对脆弱的鸟类，国家颁布并实施了《野生动物保护法》以及一系列相关的法规和规章制度。1981 年，国务院批准设立"爱鸟周"以保护野生鸟类资源，形成了全国爱鸟护鸟的美好风尚。各省(区、市)人民政府非常重视"爱鸟周"，相继确定了本省(区、市)"爱鸟周"时间，用爱心庇护着鸟儿自由飞翔。

今年届时，"爱鸟周"将"迈进"而立之年。

三

1983 年 12 月 23 日，在拯救"国宝"大熊猫的危急事件中，经国务院批准在北京成立了中国野生动物保护协会(简称"中动协")。历史性的机遇赋予了中动协重要的历史使命，这就是：组织动员社会力量，广泛开展科普宣传教育，加强国内外科技交流与合作，拯救珍稀濒危物种，保护生物多样性，努力倡导人与自然和谐发展。

在各级政府和社会各界的支持下，中动协从诞生开始就与各级野生动物保护管理部门共同开展科普宣传活动，成为全国"爱鸟周"活动的组织者。中动协组织遍布全国的各级野生动物保护协会和数十万会员与生态保护志愿者，开展了一系列吸引社会公众参加并能产生广泛社会影响的科普宣传教育活动。"爱鸟周"活动设立初期，由只有个别省份的重点城市，在某街道或广场上摆几张桌子、立几块展板，挂几条横幅、发一些宣传品或请几位专家接受过往群众咨询等，开展这样零星、分散和影响很有限的活动，发展成为全国性的大型联合活动。每年统一主题、统一要求、各省（区、市）协会统一行动，使"爱鸟周"内容一年比一年丰富，规模一届比一届浩大，社会影响和公益效益越来越好。

目前，中国野生动物保护协会已在全国 27 个省（区、市）举办了"爱鸟周"联合行动。至今仍有许多人对中动协开展的爱鸟护鸟 11 省市南北行，西南 5 省、中原 7 省"爱鸟周"联合行动记忆犹新，"让我们拥有一个鸟语花香的新世纪""让我们与鸟儿共享蓝天"等等动人心弦的主题语一时间在全国传递。

近年来，"爱鸟周"活动内容和形式不断创新，文化气息更加浓厚。中国野生动物保护协会带领全国各级野生动物保护协会，根据国家林业局建设现代林业和努力构建主题突出、内容丰富、贴近生活、富有感染力的生态文化体系的建设要求，以科普教育为载体，以生态文化为引领，进一步打造"爱鸟周"活动品牌。除每年启动大型仪式外，还举办文艺演出、文化讲坛、鸟类摄影展、鸟类科普长廊、书法笔会、征文比赛、知识问答、科普讲座、图书出版、野外考察、爱鸟志愿者行动，引入了国际上流行的观鸟活动，联合地方共同举办了洞庭湖观鸟节、北戴河国际观鸟大赛等观鸟活动，引领公众科学观鸟、爱鸟、护鸟。

2010 年，"爱鸟周"活动又增添了新的色彩，中动协与国内大型门户网站搜狐网联手，邀请了鸟网、北京观鸟网以及深圳市观鸟协会等单位，成功地举办了首届网络"爱鸟周"活动，开展了网络观鸟"闯关"活动、网友实地观鸟体验活动、"爱鸟箴言"网上征集活动、"科学爱鸟护鸟倡议"网上支持活动、在线访谈以及"野鸟图片鉴赏"等丰富多彩的活动，发挥互联网跨越时空的优势，加大公众的支持力度和传播影响力。网络传播的方便、快捷和便于互动等特点，不仅使网络"爱鸟周"活动获得了新的载体，也使受众群体的覆盖面得到迅速扩大，把更多的人带进了爱鸟护鸟的世界。

"爱鸟周"活动的覆盖面越来越广，参加的人数越来越多。2010年，全国政协副主席罗富和出席了在湖北省襄樊市举办的全国第29届"爱鸟周"活动启动仪式，各级人民政府、政协、人大领导亲自莅临"爱鸟周"活动，更推动了"爱鸟周"这一生态文化活动的影响力；社会名人、演艺界人士、社会公众人物纷纷出现在"爱鸟周"活动现场，书画展、摄影展吸引了众多爱好者观摩欣赏。爱鸟、护鸟生态文化活动吸引了成千上万的公众参与，在全国形成了爱护鸟类和爱护生态环境的热潮。

30年，让"爱鸟周"这个与生命结缘的活动，成为传承生态文化、提高社会生态保护意识的知名品牌活动，成为最具影响力和公众广泛参与的重要平台，成为遍地开花、群众喜闻乐见的全国性爱鸟节日。

四

随着候鸟迁徙，当前辛卯年的"爱鸟周"活动在中国大地上从南到北、从城市到乡村轰轰烈烈地开展起来。

但是，在全国各地涌动着爱鸟、护鸟热潮的同时，我们也仍然会随时见到打鸟、捕鸟，甚至残忍地猎杀鸟类的暗流。岂不见，在南方的一些餐馆还在烹食野味，鸟儿的栖息地还能见到偷设的捕鸟网，宠物交易市场上仍有出卖濒危鸟类的叫卖声……尽管这些暗流见不到阳光，在偷偷摸摸的状态下蠢动，也只能是暗夜中的勾当；尽管随着社会生态保护意识的增强，可以预见这种违背人类良知的行为、意识、观念总有消失的一天，但是，当前保护鸟类的形势仍然不容乐观。

我们应该加大力量，更积极地开展工作，通过新一届的"爱鸟周"

活动，让爱鸟、护鸟的人多起来，再多起来；让生态保护的旁观者少一些，再少一些；让猎杀者放下屠刀，把偷设的捕鸟网扯碎，让一切违背鸟类天性而被困居在笼中的鸟儿解救出来，让他们重新飞上蓝天！

而蓝天，不独属于人类，也要让鸟儿和我们共享。

（刊登于2011年4月出版的画册《全国"爱鸟周"活动30周年纵览》）

《林间的诱惑》序言

萧学菊，湖南人，其人其文，均属于我国当代文学青年及其创作优秀的那一类。他邀我为他将出版第一部中短篇小说集《林间的诱惑》写篇序言，我应允了，因为我对它的生态文学创作的确有一些要说的话。

当今世界环境问题，从各国的政治家到有良知的普通百姓，都极为关注，对于保护资源和环境，保护人类共同的家园，有着高度一致的认识。因为资源和环境是人类赖以生存、繁衍和发展的基础，而且环境污染、生态恶化已经严重地制约着各国经济社会的进一步发展，成为摆在全人类面前的一个亟待下大气力解决的紧迫问题。在这一社会历史背景下，一批环保事业执著的追求者应合着时代的呼唤，开始尝试着用语言艺术手段真实地反映生态环境严重恶化的现实，为自然界的生灵倾诉疾苦，警示人们保护生态环境，关注地球的命运和子孙后代的生存与发展。他们通过努力，创作了我国第一批具有现代环保意识和奠基意义的生态文学作品，使生态文学脱颖而出，成为当今中国文坛的一朵绚丽的奇葩。学菊就是生态文学创作的探索者之一。他以自己颇具个性的创作实践写出了一批带有浓郁的湖南乡土气息的佳作，使自己跻身于生态文学奠基者的行列。

学菊学林并务林，他走遍了家乡的山山水水，倾心地热爱着山川草木、鸟兽虫鱼，与大自然结下了深厚的感情。他悟性高，有才气，又能耐得住寂寞与清苦，1994年开始追求文学，一接触这一语言艺术领域，便"领略到前所未有的幸福和喜悦"。从此，一发而不可收，写下了一篇篇散文和中短篇小说，读之，很耐人寻味。几年下来，他居然在全国几十家报刊发表了 60 万字的文学作品。学菊不是职业作家，他担负着繁重的业务工作，这些作品都是他忙里偷闲，挤掉睡眠、娱乐和休息时间写成的；没有谁强迫他非要这样做，完全是"良知驱使，心血流泻"，完全是出于一种崇高的社会责任感，出于一种对被伤害的山川鸟兽的同情心、对大自然热切关爱的感情而为之的；他更不是饱有创作经验、资历深厚的作家，完全是在处女地上耕耘，他所创造的每一个文学形象都凝结着探索的艰辛。虽然很苦，但他锲而不舍，一往无前地在崎岖的山路上攀登。他坚持独立思考，既不想重复别人，也不想重复自己，刻意求新，在创作的路上一直往前走，因此，写出来的作品也越来越好看。作为编者、读者，我喜欢他作品的质朴、热烈的风格，更敬重他的为人品德。

我与学菊相识，是 1996 年秋天在四川省洪雅县瓦屋山召开的生态文学研讨会上，在这之前只读过他先期发表在《中国林业报·副刊》上的《连环夹》《猎殇》《山狗》等五六个短篇，又大多读的是原汁原味的手稿。之后，我们常常通信，既交流又交心，便开始关注他的创作。今年以来，又有幸拜读了他写的《林间的诱惑》和《嗷嗷罗霄山》两个中篇，当然也是原汁原味的手稿，知道他已在下功夫研究创作规律，并已自觉地致力于艺术形象的塑造和对个性化语言的追求，在创作构思上也在逐渐形成自己的风格，比起先前读过的那些短篇来，他的创作已有了长足的进步。

现在学菊的小说结集出版了，我自然为他高兴。尽管这些作品还带着年轻的文学创作者的某些稚气，但它是穿越大森林的响箭，是探索着的丰碑，是向生态文学进军的第一步，也是平凡的务林人走向文学殿堂唱出的正气歌！我可以断言：学菊，他，作为新中国林业工作者留给中国文坛的是骄傲和光荣，他的探索与追求必将成为生态文学创作者所共有的精神财富！

（写于 1999 年 12 月 22 日北京寓所）

《青山路》序

《青山路》是凌纯阶出版的第一本文集。

我与凌纯阶相识、相知，始于 90 年代初，他，一位副厅级干部，兼任着我们报社驻广西壮族自治区记者站站长，勤勤恳恳，兢兢业业，举轻若重，一丝不苟，从不居官自傲；他擅长写作，精于思考，资质深厚而又激情满怀，却谦逊待人，诚恳笃实，安常处顺，从不张扬。因此，赢得了许多报业同行的爱戴。

凌纯阶颇有才情，只是岁月辜负了他。早年，他从军习武，转战西南边陲，后来从事政务，忙忙碌碌，繁复的工作挤占了他太多的时间，很少有专心笔耕的时日。他把对文学的酷爱掩埋在心底，默无声息地做着组织上安排的一切工作，一步一个脚印地向前走，执著的目光从来没有游移过，一切名与利都在淡化之中。因此，我对他更加敬重。现在《青山路》凝结着他对绿色的情与爱，眷恋与追求，带着质朴与纯真的气息，终于出版了，聊以告慰他的凤愿。我该向他庆贺，向他祝福！

《青山路》是凌纯阶的自选集，并以散文为主。他把 105 篇文章分为五辑。"高山流水"收入了 20 篇抒情散文，清秀隽永，玲珑雅致，犹如一幅幅绚丽多彩山水画卷，大多是他退休后放情山林写成的。其中有 15 篇在《中国绿色时报》发表过，发表之前我就拜读过。他对家乡热土、对大森林的热恋深深地感染着我，一次又一次地诱发着我对广西的思念。"边关明月"大多是对青年时代生活的追忆，算得上是朝花夕拾了。那一人一事一景一物都鲜活地印刻在他的心里。他说，他实在忘不了那段军旅生涯，忘不了那些滚烫的岁月，还有那边寨的迷人风光。怀旧是人常有的癖好，怀旧有时能净化人的心灵，这恐怕正是作者格外珍视这组散文的原因吧？"绿海泛舟"选择的是他改革开放以来采写的林业建设题材的 18 篇通讯，如实地记录了广西林业前进的脚步，显示了这位老新闻工作者的业绩和才华。"田园小景"由 23 篇新闻随笔和生活小品组成，题材丰富，涉足领域广泛，其时间上的跨度也最长，最早写成的带着青春的朝气，那运笔成熟的是近年的新作，似乎还可以嗅到新闻纸的油墨香。或描摹人物，或叙事说理，或感念抒怀，无不挥洒自如，读了更让人怦然心动。虽说是随笔、小品文，却更能展现凌纯阶的文品和人格。最后是"心声放歌"，其间汇集了作者对社会世情的思考，亦不乏真知灼见。

凌纯阶一生爱绿，乐于为江山铺绿竭尽身心之力。他把这本充满爱国之情的书命名为《青山路》，昭示着他对绿色寄寓的厚爱与深情。因此，《青山路》也是他追求与向往绿色的心路、情路、思路以及崇高的人生之路的综合体现。我诚挚地希望凌纯阶同志在《青山路》中对人生的感悟能感染更多的人，让更多的人也能踏上铺绿织锦的青山路，把祖国的山川建设得更美好。我也希望《青山路》不只是凌纯阶的第一本书，还有第二本、第三本书问世。

（1999 年 12 月 7 日晚写于南宁）

《绿色之歌》序言

万振甫，山东莒县人。我是《中国绿色时报》的编辑，他是作者，我们之间诗文交往已有数年了。今获悉振甫先生数年来创作的诗文即将集结为《绿色之歌》出版，感到是一件可喜可贺的事情，他邀我为此书写序，我应允了，因为我对振甫先生的诗文创作的确有一些要说的话。

加强生态的治理与保护，已成为当今世人普遍关心的大问题，在这个社会历史背景下，生态文学带着神圣的使命和勃勃朝气，应和着时代的呼唤脱颖而出，成为中国当代文坛一朵艳丽的奇葩。振甫先生在他年越半百之际，对此产生了强烈的共鸣，于是满腔热忱地追随着生态文学奠基者的足迹，又义无反顾地走进了生态文学创作探索者的行列。其志可嘉，令人感叹！

中国是诗歌大国，古往今来，优秀的诗歌浩如烟海，富有创作成就的诗人灿若群星。中国历代的散文创作也是一样。而振甫先生的诗歌格调清新，不事雕琢，带着质朴的乡土气息和热爱自然、注目生态、讴歌绿色与赞美生命的激情。他的散文写得也很好，叙事、论理，平实自然，全为实用而作。其诗文虽不能与文学大家比肩，却有其自身的审美价值和特色，是向生态文学进军纯真的宣言，也是一位平凡的务林人敬献给大森林的厚礼。振甫先生在自己的诗歌中，以独特的视角，抒发着对绿树的深情依恋，对花开花落的纵情畅想，对充满顽强生命力的小草的崇敬之情，以及对整个人类所处的这个自然生态大环境的诘问和思考。他的诗写得自由奔放，不拘一格，其中有散文诗、自由体诗，也有略尊格律的旧体诗，并还尝试着填词，甚至有时童心突现也染指儿歌创作，总之，完全是让感情的潮水倾泻，他只想"变作雷电，将远离的绿色呼唤"。

振甫先生似乎一生未离开过生于斯、长于斯的家乡——莒县。他倾心地热爱着他的故乡和这里的山川草木、父老乡亲，又为家乡的生态状况担忧。因此，莒县的风土人情和生态变迁在他的诗文创作中都有集中的反映。从这本诗文集中可以看到，他一往深情地追求着曾经广布于莒县大地的杨树林，并为其遭受劫难而痛惜；他为莒北山区的生态建设纵情高歌，写下了 12 首《莒北赞》；他为家乡的"行道树""丰产林""路边草"步韵歌唱，也为荆棘、葛藤、山杏等这些"绿色家族的'小字辈'"树碑立传；家乡引种南茶成功让他激动不已，兴奋之中写下了"浮来青"礼赞；家乡的"巾帼园"让他自豪，天下闻名的"银杏王"更让他骄傲，他便欣然命笔，触景赋诗。总之，家乡所拥有的绿色和与之相关的人和事都是他诗文创作的题材，都融入了他的赤子之爱和拳拳情意。

我与振甫先生曾见过两次面，一次是到莒县采访，一次是在黑龙江伊春市参加第六届生态文学研讨会。振甫先生中等身材，黑黑的，瘦瘦的，脸上布满了深深的皱纹，嗓音粗哑，言谈质朴，眼睛里总闪现着谦和的温情与笑容，像一位饱经风霜的老农。欣赏他的诗文才知道他心中充满了锦绣，更感到他的诗文同他的人品一样的质朴。同时还知道，他童年是在绿色的田野上度过的，从沂水师范毕业以后即在基层工作，大多是播绿种树。之后，当过乡党委书记、县环保局局长和长达九年的县林业局局长，长期为绿化莒县奔波劳碌、呕心沥血，是全国绿化奖章获得者——其实他早就实实在在地把情感激越的诗文写在莒县大地上了！

如今，振甫先生退居二线，"十八载为官"画上了"一个小小的句号"，但他为绿色事业的耕耘却并没有离岗，而"爱诗、读诗、写诗"，竟成了他"生命的重要组成部分"，他所钟爱的诗歌创作也随之进入了"新的起跑线"，将与他以后的人生之路相伴同行。由此，我们有理由相信，越过"求学""求职"阶段以后，一个人退休之后，其人生的确进入了重要的"事业"阶段，完全可以在自己所钟爱的"事业"上随心所欲地挥洒激情。振甫先生这种乐观进取的人生态度着实令人敬佩！

愿振甫先生新的人生旅途幸福、辉煌，在诗歌创作上不断取得丰硕成果。

（2005 年 3 月写于北京寓所）

《响古箐滇金丝猴纪事》序

读完于凤琴的书稿《响古箐滇金丝猴纪事》，我的心久久不能平静——这本书写得实在是太好了！它不仅题材新奇、故事生动，而且保护生态的立意非常鲜明，能给人以多方面的启发和教益，这正是我们这个时代所急需的一本书。

于凤琴河北平山人，从青年时代起就做记者，先是在地方电视台，后来又借调到中国绿色时报社，始终勤勤恳恳、兢兢业业地工作，直到退休。在长期的数百上千次的采访历练中，她不仅增长了阅历和才干，而且成了富有社会良知和崇高社会责任感的媒体人，同时练就了使用手中的笔和相机书写自然、记录社会、捕捉新闻的本领。退休后，她成了环保志愿者，并矢志不渝，不知疲倦地全身心投入工作，其足迹遍及祖国各地，更多涉足的是大西南和大西北的高山峡谷、荒漠湿地，哪里生态脆弱、哪里野生动物陷于危难，她就到哪里去，不知"老冉冉之将至"。她起草的一份份调研报告送到国家林业局的主管部门，她撰写的一篇篇深度报道频频见诸报刊，并引起了良好的社会反响。2010 年，她荣获了中国野生动物界的最高奖项——"斯巴鲁野生动物保护奖"。

她从 2004 年在北京动物园与滇金丝猴结缘，为它们被"囚禁"的命运而担忧，竟至怆然泪下。从此，她一直牵挂着这群人类的"表亲"，梦想着能到野外亲自看望在自由的状态下生存的这些"雪域精灵"。2014 年，正值花甲之年的于凤琴实现了夙愿。她克服高原反应和心脏病与高血压的困惑，来到地处云南白马雪山上的"响古箐"，见到了她日思夜想的滇金丝猴。自此，一发而不可收，在两年半的时间里，她一次又一次地到"响古箐"实地采访、观察、体验、研究，和数十个十分可爱的长着"朋克头"、丹凤眼、朝天鼻、红嘴唇的滇金丝猴近距离地接触、交流，给它们喂食同它们玩耍，用心体会它们的喜怒哀乐，并倾注满腔的感情记录那里的人和事，拍下一个个鲜活的场景。她终于熟悉并通透了滇金丝猴的世界，开始写作这本《响古箐滇金丝猴纪事》。

她感动于一群傈僳族护林员在艰苦环境条件下守护滇金丝猴工作的艰辛，以及这些生态卫士们无私奉献的崇高品格，同时也格外体谅人类生态位与灵长类动物生态位之间的巨大差异——白马雪山虽然是滇金丝猴的乐园，却并不适合人类在这里常年生活。为此，她拿出自己的退休金和多年的积蓄为"响古箐"护林点捐赠了 3 顶棉帐篷，并利用自己的影响联系有关慈善部门为"响古箐"保护事业的需要捐赠了照相器材和其他一些必需品。她觉得，不这样做，不足以表达她对滇金丝猴的热爱，也不足以表达她对奉献于滇金丝猴保护事业的人们的敬重之情。

《响古箐滇金丝猴纪事》以作者自 2014 年以来，在云南迪庆藏族自治州维西县白马雪山国家级自然保护区塔城保护站的"响古箐"实地考察为线索，通过一个个鲜活的故事，生动地记述了栖息在这片山林中的滇金丝猴的行为习性和生存状态，以及奋战在生态保护第一线森林卫士们的精神风貌；同时用纪实的手法，描写了一幅幅鲜为人知的生活图景，刻画了一个个性格鲜明的滇金丝猴与护林人的艺术形象，并配有大量抓拍的照片，图文并茂地展现了那里的山林、树木以及人猴共生的感人画面。这既是一曲献给滇金丝猴和生态保护者们的赞歌，又是一首人与自然和谐相处的赞美诗。

滇金丝猴，又称黑白仰鼻猴，是我国特有的、栖息海拔最高的灵长类动物。由于他们生活在 3200 米～4600 米的高海拔山区，迄今只在云南和西藏有其种群分布记录，生存环境极其恶劣，人很难在这样的环境里长时间地跟踪观察，再加上它们生性机警而又胆小，人也很难与它们接近，因此，至今有关滇金丝猴种群的很多秘密还不为人知。作品用叙述、描写与议论相结合的手法，很有层次地为我们具体、生动地再现了滇金丝猴种群的生活百态，甚至包括它们的心灵世界。在"响古箐"，生活着 8 个滇金丝猴家庭和 1 个全雄（猴）家庭，凡重要的猴子，特别是家庭的"主雄"（猴家长），护林员都依据它们自身的特点，分别起了名字，什么"断手""白脸""大个子""偏冠""红脸""兴盛""白眉""肉瘤""联合国""红点""丹巴""小白脸"等等，一个个各具形态，个性鲜明；负责保护它们的傈僳族护林员，都对应着猴群的各个家庭，分别担任着"人家长"，负责保护猴群的安全，协助猴子们搜寻食物，同时还担负着一定的观察与科研任务。他们每天天不亮就要上山，看着猴子起床、进食、睡觉；他们陪伴猴子的时间比陪伴家人的时间更长，对猴子的了解也比对家人的了解更多，在朝夕相处中与猴子建立了生死与共的感情。作品围绕着滇金丝猴写得妙趣横生，这在题材上为新时期的生态文学填补了一项空白。

作品进行的是探秘性的书写，如同曲径通幽般地带领读者进行着自然探秘，十分生动有趣。这也是该书的又一个特点。作者在总结归纳了以钟泰为代表的保护区管理者、科研工作者以及护林员们对滇金丝猴观察体验获得成果的基础上，联系自己实地观察的心得体会，在作品中探索性地大胆地书写了滇金丝猴的群体结构（没有猴王、以一雄多雌家庭为单元组成社群）、社会关系（除"主雄"打斗、小猴玩耍，家庭间几乎不来往，但又若即若离；全雄家庭成员不仅主动承担起抵御天敌、寻找食物和保卫猴群安全的职责，而且其成员还是猴群中"家长"的后备军）、生态习性（树栖，采食树叶、松萝、嫩枝条、芽孢等，除了睡觉之外总在吃，而且是跑着吃；理毛是他们之间最常见的社交活动，具有沟通感情的功能）、婚姻制度（类似人类社会中出现过的一夫多妻制；一个家庭只有一个"主雄"，最多的能有9个"妻妾"；"主雄"只要有一只雌猴陪伴，仍可保住家长的地位）、生育机制（竞争上岗的"主雄"皆体格强健、智慧卓然，保存了较好的遗传基因；其产下的雄猴一旦性成熟即被逐出家庭，到接纳单身汉的全雄家庭中历练成长，其产下的雌猴未及性成熟，作为父亲的"主雄"已沦为挑战者的手下败将，即离开原有的家庭；因此，在滇金丝猴的家庭中决无近亲繁殖的可能），以及小猴出生（母猴产子多在夜间，即使在白天分娩也都有母猴们围成圈，保护着产妇的隐私；婴猴产下后就会有脐带缠身的困惑，猴子们自己不会处理，只能等待几天后脐带自行烂断）和它们的"家暴"行为。

此外，作者还生动地记述了滇金丝猴的喜怒哀乐，描写了它们的情感人生。在作者的观察中，它们和人一样有亲情和友情，有仇恨和悲愤，有江湖义气，有仁爱之心，有自卑感，有同情心，有烦恼，有困惑，有爱怜，有激情，有狂暴，有沉静，有自傲和卑怯，也有懦弱和沮丧——感情极其丰富。作者重点写了威震"响古箐"的"断手"、部落新贵"大个子"和有情有义的"白脸"，都列有专章讲述了他们的故事，有的细节感人至深。

该书的另一个特点是，作者用倾心热爱和无限崇敬之情成功地刻画了"响古箐"以钟泰为核心的生态保护者们的英雄群像。其中感人至深的章节有《"老革命"与断手的父子情怀》《"猴王"余建华父子两代人的追求》和《钟泰与滇金丝猴的不了情》。他们日夜守护着滇金丝猴，观察研究着滇金丝猴，与滇金丝猴相伴为友、生息与共，为祖国的生态保护事业探索、开辟着前进的道路，默默地奉献者自己的生命年华。他们是我们这个时代生态保护的先行者，是最可尊敬的人。他们的足迹已经留在了高高的白马雪山上，也定将植入无数后继者的心里。

我相信，当响古箐生机勃勃的生态之美和这群充满豪情的探索者的足迹印在更多人心里的时候，生态文明之光必将照亮祖国大地。这，也正是《响古箐滇金丝猴纪事》出版的意义。

（2016 年 9 月 22 日于北京柳芳书屋）

薪火传承　绿染昭通

——对云南昭通文学的门外管窥

一

云南省昭通市，改革开放以来，特别是在最近的十几年来，崛起了一支数量可观的作家队伍，在他们周围吸引并团结了一大批文学爱好者，潜心学习，精心创作，"歌乌蒙之志、咏百姓之言"，不少人笔耕不辍，在省内外以至国家级的文学刊物上发表了大量的具有积极反响的小说、散文、诗歌、文学评论以及纪实文学作品，被国内媒体誉为"昭通作家群""昭通文学现象"。

在当前社会享乐主义泛滥、物欲横流、纯文学日益边缘化的情势下，昭通的一些人却苦心孤诣、惨淡经营、痴迷于现实主义文学创作，并形成了出现在滇东北这片热土上的一道靓丽风景，不能不引起社会的关注，让人感到温暖而欣喜。

二

风起于青苹之末。据业内人士观察研究，昭通作家群萌芽于上世纪70 年代末、80 年代初。这和全国不少地区兴起的文学热一样。文学寄托着年轻人的梦想，也是改变人生命运的希望，伴随着思想解放，文学成为一些读书人最重要的精神需求。

昭通的情景是，1979 年春天，地区群众艺术馆应这种需求创办了文艺杂志《新花》，紧随其后，盐津县的《芳草》，昭通县的《烟柳》也应运而生。这些期刊很快成为昭通文学爱好者的"练兵园地"和他们发表处女作的"精神家园"。

在上个世纪80年代的文学热潮中，昭通师专成了昭通作家群的摇篮。昭通作家胡性能在《云南昭通文学现象调查》一文中说："昭通师专的一些老师，具有老师兼作家双重身份，他们除了致力于教学和科研外，还创作发表小说、诗歌、散文、评论，并担任学生文学社团的指导老师。"他又说，在此后昭通作家群的核心成员中十之八九，是"曾经在昭通师专生活的老师和就读的学生"。当青春与文学相遇，必然会迸发出激情的火花，再加上名师的示范、指导，必然焕发出蓬勃旺盛的生命力。据胡性能回忆，从上世纪80年代初到90年代末，活跃在昭通师专的主要文学社团就有"野草""茂林""拓荒""秋雁""洪湖""星火""家园""南星"等十余个。昭通师专的"野草"文学社延续了近30年，其所办的《守望者》成为云南高校中最有影响的社团报刊，还曾获得过"全国百佳民间文学报刊"的荣誉称号。

当一批批莘莘学子心怀文学梦想走出校门，他们就把文学的种子播撒到了乌蒙大地的山山岭岭。使昭通文学呈现出星火燎原之势。上个世纪90年代，由于经济浪潮的冲击，许多文学爱好者弃文经商，在全国各地的文学热潮普遍降温的态势下，昭通文学依然热火朝天。一个个文学社团相继成立，一份份文学期刊遍地开花，许多学校、工厂、单位都创办着文学小报，作者是教师、学生、干部、工人和农民，他们勤奋学艺、执著于文，守望着自己的文学家园。胡性能的《调查》称："近100种自办的报刊杂志成为昭通作家相互交流的平台。《守望者》《星星河》《骑手》《红土地》《红枫》《山风》《星星草》《方寸天地》……这些由学校、企业和个人所办的文学报刊，几乎都是自筹资金，免费赠阅。"在学校，穷学生没有钱捐资，就把自己节省下来的饭票捐出来办报刊，其钟爱文学之心可以想见。

这一时期，昭通作家取得了丰硕的创作成果。《诗刊》《人民文学》《十月》《当代》《收获》等国家级大型文学刊物频繁地刊出昭通作家的力作，不少作品还被《小说选刊》《小说月报》和《新华文摘》等刊物选载。

1999年6月，昭通师专的一些文学青年成立了"星火文学社"，开展课外文学阅读与创作活动，并创办了《星火》文学小报，交流创作成果。虽几经沉浮，但"铁杆"星火成员始终坚持不懈地努力奋斗，终于使"星火"在2011年燃遍了昭通大地——在市委、市政府的关怀支持下，这个校园社团嬗变为"昭通市星火文学学会"，堂堂正正地在政府主管部门注册，创办了大型文学季刊《星火》。"星火文学社"变身为"昭通市星火文学学会"之后，已经出版《星火》文学季刊7期，文集《星火传承》1部、《星火》文学报16期，发表作品300余万字，现有会员1100多人，参与其活动的人数已达上万人。

三

昭通文学之所以充满魅力、受到青睐和关注，是因为昭通地区参与文学创作的人数多，作家群体的规模大，作家涉足文学创作的体裁品种齐全，文学热经久不衰；同时还因为昭通文学植根于文化积淀深厚的"诗书之乡"，热爱文学在昭通近乎是民风时尚，继承者源源不断，因此具有旺盛的生命力。他们是真正的高境界的读书人，不仅买书、读书，而且还藏书、写书。据说——我没有亲见——昭通街上的书店较多，纯文学期刊和中外文学名著都有不菲的销量。

经过30多年的创作积累，昭通已经拥有了阵容强大的中青年作家群体，有一定名气的作家、诗人、文学评论家多达上百位。其中，像小说家夏天敏、诗人雷平阳都是鲁迅文学奖的获得者。昭通作家，他们或专职或兼职，长年累月潜心于文学创作，从事小说、诗歌、戏剧、评论、报告文学创作的都有，文学门类比较齐全。经过上个世纪90年代的艰苦历练，现在他们都力求让自己的作品刊登在全国的大刊物上，以此来检验自己的创作水平和价值。其勇于探索、不断创新的品格实属难得。尤其令人钦佩的是，他们甘于寂寞和清贫，崇尚写作，矢志不渝。有的在涉足文坛之初，创作环境极端艰苦，据说有的作者与油灯相伴写作，在艰苦繁忙的打工之余书写自己的心灵体验，但他们不畏劳苦，只有奋进，绝不放弃。

众多的作家在一个地区，坚守着文学家园长达 30 余年，这在全国恐怕是绝无仅有的。特别是上世纪 90 年代，在中国的经济热浪、商业大潮冲击下，曾使许多文学爱好者放弃了对语言艺术的追求，不再安于清贫，改弦更张，下海经商。而昭通籍作家们却义无反顾地坚持笔耕，并乐此不疲。尽管有种种分析与推断，什么昭通交通不便、信息闭塞、商业浪潮影响滞后，什么昭通在历史上作为云南边陲与中原文化交往的"脐带"，深受汉文化的影响，什么文化的自信与经济的落后形成了昭通作家特有的人文气质，还有什么文学改变命运的示范作用，等等，尽管这些分析与判断都是合乎情理的，但是说到底最核心的因素还是昭通作家对文学的倾心钟爱、执著献身。有道是人各有志，昭通地区的作家们就是把艰苦的文学创作看作是太阳底下最神圣的事业，他们以为只有文学最能体现自己的人生价值。

当然，这还与昭通历届市委、市政府的领导高度重视昭通文学的发展有密切关系。

昭通市的领导是有远见卓识的。多年来，市委、市政府为扶持作家的创作，不仅在政治上关心，在生活上关爱，在政策上倾斜，在精神上鼓励，在资金上投入，还安排作家们到他们最需要造访的地方去挂职锻炼、体验生活，到外地学习考察，帮助作家们出版文集。更令人感动的是，市委、市政府还出面动员四川伊利集团、云南红塔集团捐资，为作家们建设了一处占地 13 亩、建筑面积为 4530 平方米的"昭通文学艺术家创作中心"。市委、市政府的领导若不是把昭通文学放在心尖儿上，绝不会有这样情谊厚重的举动。现任市委书记刘建华和市长张纪华带头担任"昭通市星火文学学会"的总顾问。刘建华既是作家们的朋友，又是文学创作的高手。他一面带领昭通五大班子的领导谋划着全市经济社会的发展，一面抽出时间为文学学会的工作排忧解难，指示方向，帮助作家们谋划创作选题，真可谓意气勤勤恳恳。在去年学会召开的一次颁奖大会上，他站在理论与时代的高度，从"与时俱进、紧贴时代脉搏"，"深入群众、贴着大地行走"，"顽强拼搏、植根清贫与困苦"，"改革创新、注重发展与继承"等四个角度深刻地评价与论述了昭通文学的发展道路，极大地起到了凝聚人心、鼓舞士气的作用。市委、市政府的其他领导也都是文学学会的顾问，也多次在各种场合发表过扶持和指导昭通文学发展的言论。这一切都保证了昭通文学的经久不衰。

昭通文学自"星火文学学会"成立以后出现了强劲的发展态势。学会按照市领导"把星火文学学会办成培养作家的摇篮和作家的精神家园"的指示精神，在昭通市各区县的学校中发现人才、发展会员，并在全省16个地州、全市11个区县成立了分会，建立了网络交流平台。近两年的昭通学子已将《星火》期刊带进了全国各地的高校校园。去年，昭通籍清华大学物理系毕业的学生迟焕杭，在即将赴美国斯坦福大学攻读高能物理博士学位前，加入了昭通星火文学学会，他立志将"星火"精神带出国门。

四

昭通文学缺什么？依我看，还缺少生态文学题材的作品。昭通的作家关注人生、关注社会，写尽了昭通的古往今来、日升日落，坚持现实主义、剖析底层、书写忧患，尤其是昭通人的苦难与贫穷，这已成为昭通文学的主要特征，但是其中缺少生态文学的元素。在当今社会，特别是在建设生态文明的重要历史时期，文学缺少了对生态的关注，终归是不完善的，也终归是一种缺憾。

生态文学说到底也是一种民生文学。改革开放30年来我国经济建设取得了伟大的成就，深刻地改变了国家贫穷落后的面貌，极大地提高了人民的生活水平。但是，在推进工业化的过程中，尽管时间不算长，却造成了严重的环境污染、资源紧缺和生态破坏，形势非常严峻。为此，党的十八大以生态文明为核心，提出了国家新的发展战略，并强调："建设生态文明，是关系人民福祉、关系民族未来的长远大计"，要求全党全国各族人民"必须树立尊重自然、顺应自然、保护自然的生态文明观念，把生态文明放在突出的地位，融入经济建设、政治建设、文化建设、社会建设各方面和全过程，努力建设美丽中国，实现中华民族永续发展"。毋庸置疑，这是我们党深刻地总结了历史与现实的经验与教训，集中了全国人民的意志与智慧，从全民族根本利益出发提出的新的中国发展道路。文学作为最灵活、最敏锐的艺术表现形式，对此应当有最迅速、最及时的反应。在中国，老百姓的生活一旦跨越了温饱线以后，便开始致富奔小康。这时候，人民群众最烦恼、最痛恨的就是破坏他们的生态家园，污染践踏他们的生活环境；最庆幸、最有幸福感的就是，生态环境获得了治理和改善，有清洁的空气、安全的饮用水、放心的食品，有清凌凌的河水、绿油油的青山，享受森林城市、美丽田园的惬意。良好的生态环境已成为民生最迫切的需求。文学书写民生，自然不能忽略生态。生态已和民生密不可分，因此，生态文学也就是民生文学；在建设生态文明新的历史时期，民生已经融入了厚重的生态内涵，因此，作家关注民生也必须关注生态。

其实，创作生态文学，也是昭通当前迫切需要改变生态环境日益恶化的现实所提出的迫切要求。"星火文学学会"顾问、昭通市政协副主席赵洪乖的散文《人类不能没有"神气"》中有这样一段叙述和描写："我生在昭通、长在昭通，在我小时候的记忆中，昭通有四多：山多、水多、森林多、湿地多，生态环境优美无比。现在基本都被破坏了。山：过去的青山绿水已成历史传说，大多数的山已没有什么森林了，有的已经开荒变成了耕地，山间小溪多数已断流，有的山被开矿、爆石、取土已破坏得不堪入目，可以说山河破碎。水：如今用山穷水尽、穷山恶水来形容它一点都不过分。森林就不多说了，每年都在植树造林，……只见数字增长，不见树林生长，……湿地：湿地已基本消失，多数变成田地，少数已成高楼大厦。每年秋末、冬季、初春时节，远远看去一片荒凉，干旱无比，尘土飞扬，天空中笼罩着一片黄尘雾霾。过去的蓝天白云很难再现，好像她怕羞，常用一条黄色的丝纱蒙面，再也不想看一看对她造成如此伤害的人类了。"这段话，用形象化的文学语言，概括地揭示了昭通目前的生态现实，让人感到触目惊心。改变这种现状，使昭通回归作者小时候记忆中那种"优美无比"的情景，该是多么重要啊！这不应该是奢望，而应该是昭通人民生态复兴的绿色梦想！而要实现这个梦想，昭通作家们不应该是旁观者，而应该是积极的参与者——伟大生态复兴绿色梦的激情歌者，一切践踏破坏生态环境丑恶行为的严正剖析者和鞭挞者！

　　因此，我诚望，昭通的作家们能在今后的创作实践中多向生态文学题材倾斜，用生态文学的创作、阅读、宣传在昭通民间开展一场绿色启蒙教育，唤起人们的生态保护意识，推动建设"美丽昭通"的伟大实践，使昭通人心中的绿色梦想尽快成为现实。

　　中国的生态文学也是在上个世纪80年代顺应着时代的呼唤崛起于中国文坛的，经过30年来的努力，现在已经形成了蔚为壮观的大气象。昭通文学应该自觉地汇入这一文学潮流，经过作家们的探索和努力，写出像作家许刚《伐木者醒来》《守望家园》《长江传》那样反响强烈的力作，像姜戎《狼图腾》那样经久不衰的畅销书并终成文学经典，为中国生态文学的发展做出无愧于时代的伟大贡献。

新闻论稿

新闻论稿之一

对《中国林业报》三版采编工作的
回顾与思考

　　《中国林业报》从去年7月1日创刊到现在已有半年了，在林业系统产生了积极的影响。半年来，我参与了第三版的采编工作，有一些粗浅的感受，连同初步思考的一些问题，写下来，算是编辑工作札记。

一

　　《中国林业报》要和中国林业同呼吸、共命运，要为滚滚而来的林业改革大潮推波助澜。按照版面分工，第三版是科、教、政思、社会生活版，它的主要任务是以林业科技、教育、政治思想工作为报道重点，兼顾反映社会生活，推动林业系统的社会主义精神文明建设。这里有两条报道主线，一条是改革，即报道林业科技、教育体制及政治思想工作的改革，集中报道这三方面改革中出现的新情况、新经验、新问题；另一条是反应林业系统的精神文明建设，尽可能地展现改革年代广阔的社会生活。这两条主线互相交织，构成了报纸三版绚丽多彩的主题。过去对林业科技、教育体制改革的报道缺乏自觉性，今后在这方面要下大气力。党的十三大以后政治体制改革已经显得极为紧迫，各地的改革方案都将陆续出台，我们要跟上这一形势，充分发挥报纸的作用，及时组织这方面的探讨、体会文章，推动整个林业改革的迅速发展。

　　过去三版最大的问题是办得四平八稳，缺少生气，不够新、不够快，也不够活。这说明我们的思想不够解放，手脚没有放开。看来解决三版上述问题的根本出路在于改革。我们应该加速自身的改革步伐，采取更加灵活多样的报道方式，改变目前"慢三拍"的状态，以更好地适应深化林业改革的新形势。

二

　　就去年出版的报纸看，如果说三版还具有某些特色的话，那就是创办了一批较有可读性的专栏，我们要继续把这些专栏办好，不断提高专栏的质量，年前我们编辑室的同志们研究版面改革时提出，办好专栏应该达到以下四条标准：一是"新"，内容要新鲜，形式要新颖；二是"短"，文章力求短小精悍；三是"精"，要精选、精编，文要精粹，图要精美；四是"活"，内容要生动活泼，形式要灵活多样。新、短、精、活就是我们今后办好专栏的努力方向。

　　今年三版要办以下五个综合性专栏。1. "科圃"。主要是传播林业科技信息，介绍林业科技新成果，普及林业科技知识，介绍林农急需的实用技术，突出科技成果转化为生产力的报道，其中设有"科技信息""成果库""科普""知识小品""实用技术"等小栏目。2. "教育园地"。反映林业系统各级各类教育的改革动态，反映各地在改革中出现的新情况、新经验和新问题，设有"校园内外""教改信息""教育杂谈""园丁赞"等小栏目。3. "国外之窗"。介绍国外林情以及可资借鉴的先进科学技术，国外林业教育动态。4. "法制与道德"。集中报道我国林业系统法制建设与精神文明建设的新情况、新气象、新问题，宣传并普及森林法，反映在改革中出现的新的道德风尚。5. "生活之友"。以服务为宗旨，介绍生活小常识，引导读者追求文明幸福的新生活。综合性栏目力求新，力求反映的面广，精选精编，做到时效性强。

　　在办好综合性栏目的基础上，力争办好一批独具特色的小栏目。它们有："百家言"（采编与本版主题相吻合的精辟的言论）"林业史话"（以一系列精彩短文，用翔实的史料漫话我国林业发展的历史）"森林与我们"（介绍森林对人类的各种效益）"名人与森林"（选编古今中外名人爱护森林、植树造林、发展林业的短小故事）"古树名木"（评介知名度高的古树或树种）"动物世界"（介绍我国一、二类珍奇的野生动物）"植物珍闻"（介绍珍奇稀有的花草树木）"读者来信"（适时发表读者寄给本版的信件，反映群众对精神文明建设的意见、建议、要求和呼声）等。其中"古树名木""动物世界""植物珍闻"，都力求配有好的照片，做到图文并茂。

为了办好这些专栏，除认真做好组稿采编工作外，要拥有一定数量的专栏作者积极为本版撰稿。我们热切希望有志于某一专栏写作的同志，积极为本版撰稿，编者与作者通力合作把专栏办好。

三

我时时在思考扩大报道面和增强可读性的问题。因为这是三版提高报道质量的关键所在。

"杂"是三版的特点，也是三版的优势。要突出这一特点发挥好这一优势，必须拓宽三版的报道面，尽力去展现广阔的社会生活。过去的报道面窄了些，没能很好地发挥三版的优势。三版的报道范围是极其广阔的，关涉林业系统内党政工青妇、东西南北中、古今中外、五行八作、方方面面。我们要努力选取典型，不搪塞敷衍，要在报道的深度上下功夫；唯实、求真，慎思而行，使我们的报道真正展现林业改革年代的沸腾生活，沟通上下左右，增进理解，调解矛盾，促进整个林业系统社会主义精神文明建设的发展，推动林业深化改革的进程。

增强可读性是三版改革又一重要议题。可读性是衡量报纸质量高低的重要标志之一。由于报纸创办时间短，我们对读者对本版的要求了解研究得很不够，一时很难有什么深刻的认识，但从一般的经验和粗浅的感受出发，我觉得应该强化决策、资料、信息、知识的宣传报道。要迅速地反映科研、教育、政治体制改革的探索与决策，提供重要的科研、教育以及人文资料，向读者传播尽可能多的信息，普及科技、教育与生活知识，满足广大读者多方面的需求，争取使广大读者喜欢读、乐意看。

（刊于 1988 年《编通之友》第 1 期）

新闻论稿之二

试谈市场经济条件下产业报改革
及其价值取向

党的十四大指出，我国经济体制改革的目标是建立社会主义市场经济体制。这是一个历史性的战略决策。它像进军号角，召唤着神州大地千行百业朝着既定的目标扬帆竞发，掀起了中国改革开放的第二次浪潮。

由传统的计划经济体制向社会主义市场经济体制过度，实现两种经济体制的转变，不是细枝末叶的修补，而是经济领域里的一场深刻的革命。它必将引起整个中国社会、经济、政治、科学、文化，包括新闻在内的各个领域的深刻变革。作为中国新闻战线有机组成部分的产业报界也不例外。笔者在本文中，想就中国产业报在市场经济条件下，新闻报道和经营管理体制的改革，以及这些改革的价值取向做一些粗浅的探讨。

一

80 年代初，伴随改革开放的滚滚大潮，中国产业报异军突起并不断发展壮大，逐渐成为党的新闻战线上的一支生力军。中国产业报，作为各经济部门的机关报，它以公有制为基础，带着各个产业鲜明的特色，伴随着本行业的改革开放不断成长。到目前为止，光首都中央单位创办的报纸就已有 50 多家，再加上省、地(市)各产业部门以及企业单位创办的产(企)业报，已发展成为多层次的报业群体。就拿首都 50 多家产业报来说，多数是周一至周四刊对开四版的大报。它们以报道本部门、本行业的经济建设和改革开放为中心，大力宣传党和国家发展各产业的方针政策，激励和鼓舞本部门、本行业的干部群众进行社会主义现代化建设，实行行业内部的舆论监督，传播相关的文化科学知识和信息，以成为本部门、本行业范围内重要的舆论阵地。

但是，在建立社会主义市场经济体制的过程中，作为事业单位和新闻传播的产业报，如何跟上时代潮流，尽快实现与社会主义市场经济相对接、相配合，更好地与社会主义市场经济相适应，目前已成为不容回避的重大课题摆在了产业报这支新闻队伍的面前。

产业报同所有的机关报一样，其报社，既是新闻宣传的事业单位，按照市场经济的要求，它又是国家单位主办的第三产业。作为新闻传媒，它与一般的事业单位不同，是部门与行业内部党政机关的耳目喉舌，是重要的舆论工具；同是舆论工具，它又与电台、电视台和通讯社不同，它生产的报纸是作为商品出卖的，不是免费赠阅的宣传材料，从报纸的生产到流通服务都与独立核算的经济单位，即企业没有两样。然而，目前我国的产业报，由于是部门出资创办的，要接受国家机关的领导，所需经费大多由国家机关统包，并不完全实行独立核算；同时，报纸又是一种特殊的精神产品，不能同一般的商品相等同，作为新闻传媒又是意识形态的组成部分，这和"独立核算、自负盈亏、照章纳税"的生产性企业又有着重要的区别。总之，目前中国的产业报，既是产业又不完全等同与产业，既是事业单位又有企业的性质与特征，报纸是商品又不能与一般的商品相提并论，在市场经济条件下，表现出一种特殊的"二重性"。产业报与国家创办的综合性报纸也不相同。由于它是产业部门创办的报纸，与市场经济有着直接的融合性，体现在它身上的这种"二重性"将表现得更加突出，它在中国报业中将是最先被推向市场的，在竞争的风险中它除了依附于部门外不会受到国家的全力庇护。目前，在市场经济的作用下，多数产业报尚未实现内部机制的转换，这种"二重性"表现出日益尖锐的对立，处于一种进退两难的境地：是继续适从计划经济体制，还是顺应市场经济，二者如何权衡统一，需要做出明智的选择。

建立社会主义市场经济体制，是要把市场这种经济手段和运行机制与社会主义制度结合起来，既体现市场对资源配置的基础作用，遵循价值规律的要求调节供需关系，运用竞争机制优胜劣汰，促进效率的提高，又坚持以公有制为主体的所有制形式、以按劳分配为主体的分配制度、以实现共同富裕为目标等社会主义本质内容，形成一种充满生机和活力的新的经济体制。社会主义市场经济体制的建立，既要求产业报为其提供舆论支持，又把报纸这种特殊的商品吸纳进市场的运行中来，使其靠质量求生存、图发展；既要求产业报在公有制基础上，继续担当起机关报的职责，在国家对市场的宏观调控中发挥好传播新闻、实行舆论监督的作用，又把产业报社改造成经济主体逼向市场，受价值规律这只"看不见的手"的支配，搞活经营，参与市场竞争。产业报能否通过深化改革，实现"二重性"的辩证统一，突破这种两难的境地，实在是一场关系到生存与发展的严峻挑战。

二

在市场经济条件下，产业报首先必须深化新闻改革，以提高报纸的质量求生存、求发展。

市场经济要求把新闻作为一种产业来看待，报社也一样，要成为"自主经营、自负盈亏、自我发展、自我约束"的经济实体，同样要参与市场竞争，承担风险和压力。因此，报纸质量的好坏必然成为产业报在市场竞争中命运之所系了。报纸办得好，读者欢迎，就得以发展；报纸办得不好，读者不欢迎，发行量就下降，报社就亏损，就只能像企业破产一样，倒闭关门。

但是，报纸进入市场，而作为思想观念的新闻又不能像商品一样地进入市场，这是由新闻的党性原则决定的。这就要求作为精神产品的报纸，又要同一班商品区别开来，不能为单纯"争占市场""扩大发行量"，而以低级趣味、轰动效应去迎合某些读者群的所谓"精神需要"，或搞等价交换式的有偿新闻。因此，在办报中始终要把社会效益放在第一位，认真处理好社会效益与经济效益、舆论导向与利益驱动之间的关系，在这一原则指导下努力提高报纸质量。

近年来，我国新闻界有些报纸，其中包括少数产业报，在经济利益驱动下，以牺牲社会效益为代价迎合部分读者的低级趣味，创办了格调低下的周末版、月末刊，或以小报养大报，以为制造轰动效应招徕读者，或披露名人隐私，或刊登色情、暴力、凶杀之类的文章，或堆砌奇闻异事，求得增加发行量，或混淆新闻与广告的界限，与报道对象讨价还价，刊登有偿新闻，这不仅为读者所不齿，也是新闻道德所不容的。如果说，这是一种探索，那也只是标志着新闻的堕落与失败的探索，它提供给我们的不是办报的经验，而是报业走向穷途末路的教训。

在市场经济条件下，产业报新闻改革正确的价值取向应该是：紧跟时代潮流，服从并服务于经济建设这个中心，在促进经济发展与社会进步两个方面同时发挥作用，在坚持解放思想与正确的舆论导向相统一、指导性与可读性相结合上下功夫，努力提高报纸质量尽可能地为读者提供使之满意的信息服务和健康有益的精神食粮，使报纸成为广大读者的良师益友。当前，对产业报来说，最重要的是要通过深化改革实现三个转变，并处理好几方面的关系。

首先，坚持正确的舆论导向，实现新闻价值观念的转变。产业报虽绝大多数产生在改革开放的年代里，但其新闻价值观念与传统的计划经济体制下的价值观念是一脉相承的，即严格地按照本部门的首长意志行事，大多数新闻反映的并不是生动的经济生活现实，而是本行业的"四季歌"或"胜利进行曲"。这种新闻读者不愿意看，报纸自然很难占有市场。因此，我们必须解放思想，开阔视野，努力把握改革开放和市场经济推进的脉搏，用新的价值观念去捕捉新闻，写出读者喜闻乐读的好作品来。同时要正确地把握市场经济条件下的新闻导向，从时代与本行业的特点出发，用读者可接受的形式宣传正确的人生观、价值观，反对腐朽作风和拜金主义，鼓励人们为产业的繁荣兴旺而努力奋斗。

其次，扬长避短，实现新闻时效性观念的转变。产业报出版周期长，新闻时效性差。常常是新闻发生后，10天或半个月才能见报。这已经算快的了，有的甚至数月、半年才能见诸报端。这样，读者打开报纸见到的尽是旧闻，因此很不满意。新闻如果不新鲜，再重要，也缺少吸引力。再这样下去，在市场经济条件下，报纸自然会丧失竞争能力。

因此，产业报必须积极采取措施，十分重视新闻的时效性，抓紧采编，尽快发稿，凡属要闻要尽一切可能保持它的新鲜感。为弥补产业报因为刊期间隔长造成的缺陷，发挥读者群相对集中的办报优势，要少刊登一般化的动态新闻，多采写有分量的触及社会热点的深度报道，多采写新鲜活泼的独家新闻，真正做到贴近生活、贴近基层、贴近读者。

第三，扩大信息量，实现报道领域由小到大的转变。当前产业报的一个很大的不足就是报道内容太"专"，信息量太小。改革开放和市场经济的不断发展，经济领域的不断扩展，人们的视野不断拓宽，产业报再继续维持这种现状就很难满足读者的要求了。因此，要扩大版面的信息量，及时向读者提供尽可能多的可靠的有用的信息，提供与本行业相关的有用的知识，特别是有关社会主义市场经济的知识，使报纸成为企业搞活经营、群众勤劳致富的好帮手。要不断冲破旧观念的束缚，开拓新的报道领域，最大限度地满足读者的需求。

实现上述三个转变，需要我们解放思想，冲破禁区，充实新知识，探索新领域，改革新闻写作方法和报纸的编排程序，优化版面组合，为读者提供良好的服务。同时，还要适应社会主义市场经济体制的需要，认真处理好以下几方面的关系：

一是行业经济建设报道与精神文明建设报道的关系：坚持两个报道一起抓，同时都要抓好，为市场经济的发展提供正确的舆论导向和智力支持。二是共性与个性的关系：在遵循党的新闻工作的原则要求和新闻报道一般规律的前提下，注意发挥产业报在市场经济报道上的优势，办出自己的特色。三是动态报道与深度报道的关系：从产业报的实际出发，坚持动态报道要搞活，重在抓"活鱼"，深度报道要加强，重在推动观念转变。四是当前与长远的关系：要重视眼前兼顾长远，着重报道二者兼顾的典型，要杜绝那种把损害长远利益、搞急功近利的行为当作搞活经营的典型来加以报道，不能捡进篮子就是菜。五是正面宣传与批评监督的关系：要把正确的反面监督看作是对正面引导的补充，充分发挥新闻的导向作用。

三

产业报社从它诞生的第一天起，就缺乏明确的体制界限，被模糊地界定为"事业单位，企业化管理"。市场经济的潮水涌来，在新旧体制交替的过程中，社会形成的空当、断裂的现象以及思想文化领域里的冲突、震荡，尤其激烈地反映到产业报系统中来。这种带有"二重性"的模糊体制，一时处于两难抉择的境地：由于报纸是商品，可以出卖，产业报似乎是企业，但又是行业公费办报、公费订阅，报社经费由国家包，主管部门对报社干预甚多，管之太严，很难实现企业化管理，其机体虚弱，经不起市场风浪的冲击；由于是部门办报，国家包亏损，报社缺少最终的经营决策权，职工吃平均主义大锅饭，办报力量不足，发行量上不去，报社缺乏应有的生机和活力。

产业报上述实际情况，很不适应市场经济的要求，必须通过综合配套的改革，在报业体制上动大手术。其基本的价值取向应该是：在体制上确定产业报是担负新闻宣传功能的企业，在保证报纸功能发挥、保证社会效益的前提下，让产业报走向市场；在经营管理上，让产业报有充分的经营管理自主权，真正做到按市场机制运行，由市场去取舍，让读者来挑选！

首先是界定体制，克服其两难的境地。因为产业报的主产品是报纸，其生产过程除版面内容外，其原料配置、加工销售、流通服务与一般企业几乎没有区别；同时，又因为报纸是一种精神产品，必须把社会效益放在首位，因此，可以把产业报看作是具有新闻宣传功能的社会公益性企业，隶属于政府的具体部门，称之为这一部门的机关报。

其次，在产业报内部，要像对待企业一样，实行产权分离，逐步实现经营管理机制的转换。其着眼点应该放在政府主管部门与报社体制关系的改革上。政府部门只在宏观报道上把关定向，在微观的采编领域和经营管理中完全放权给报社，不再进行干预。其具体做法是：一、逐步"断奶"。确定一个合理期限，把产业报推向市场，使其真正具有经济动力和谋求生存发展的能力，从而成为"自主经营、自负盈亏、自我发展、自我约束"的市场经济主体。二、产业报在内有动力、外有压力的情况下，不断深化经营管理体制改革。实行干部聘任制，搞好优化组合，拉开收入档次，真正实行按劳分配，充分调动采编人员的积极性；同时，在搞好报纸发行和广告经营的前提下，以报为主努力开展多种经营，不断提高经济效益。三、打破部门所有制界限，倡导报业集团化发展。如农、林、水、机电、能源、交通等相接近的行业可以联合创办综合性的产业大报。这样做有利于集中人才优势，提高报纸质量，增强市场的竞争能力。在实行企业集团化的过程中，可以协商组合，也可以对经营不善、严重亏损的报社实行兼并，总之，通过深化改革，完全把产业报纳入市场经济的运行轨道，彻底打破目前这种"官办、官订、官看"的僵化格局，使产业报在顺应社会主义市场经济运行中获得生机与活力。

最后，在深化改革中，不断争取宽松的发展环境。产业报改革是一项系统工程，不仅要实现内部经营管理机制的转换，还要改善外部的发展环境。一、国家要改革邮发合一的管理体制，降低邮局发行费率，减轻产业报的发行负担。目前邮局在报刊发行上实行行业垄断，征收的发行费率高达报纸价格的40%，报社不堪重负。在有法律保障邮路畅通的条件下，报社也可以打破邮局的行业垄断组织自办发行。二、加快转变政府职能，放宽对产业报的管理政策，简化广告增版的审批手续，促进报纸扩大广告经营和开展多种经营活动，为产业报搞活经营创造比较宽松的外部环境。三、鉴于产业报实施着新闻宣传功能，是社会公益性企业，仍具有机关报的性质，同时也鉴于当前产业报经济实力普遍比较薄弱的现实情况，建议国家在经济政策上予以倾斜，实行低税率政策，尽可能核减税种，使产业报得以休养生息，有自我积累自我发展的能力。

改革是社会进步的加速器。产业报只要坚持正确的价值取向，不断推进改革，就能适应市场经济潮流，获得发展，赢得未来。

（1993年7月完成于北京大兴黄村林干院）

新闻论稿之三

优势、 特点与选择

——对精神文明建设报道的一些思考

《中国林业报》创刊快 5 年了。5 年来，它带着鲜明的林业特色和崭新的时代风貌，生活在林业行业广大干部职工与农林群众之中，为推动林业行业的物质文明建设和精神文明建设发挥了积极的作用。从总体上看，报纸的质量在不断地提高，越来越受到读者的喜爱。

但是，由于办报时间不长，积累的经验还不够多，仍然存在着许多不尽如人意的地方，离党对新闻工作的要求还有不小的差距，特别是精神文明建设的报道，在一定程度上缺少自觉性，存在着盲目性，大量的报道仍处于一般化状态，缺少深度、力度和情趣，亟待改进和提高。

包含着思想道德和科学文化两大精神成果的社会主义精神文明，不仅是社会主义社会的主要特征，而且是使社会主义事业立于不败之地的重要保证。正因为如此，党和国家领导人一再告诫我们，必须在推进物质文明建设的同时，用极大的努力不断地加强精神文明建设。新闻，作为舆论工具，每日每时都在深刻地影响着经济建设、民主政治建设和精神文明建设。从社会生活历史的积淀可以看出，新闻往往对精神文明建设的影响更大，更强烈。这是因为新闻(报纸、广播、电视)是社会信息的载体，可以迅速而广泛地向广大群众传播科学文化知识，尤其是因为"新闻舆论对人们的思想和行为具有迅速、广泛而深刻的导向作用"。

《中国林业报》作为行业报同样是舆论工具，是中国新闻队伍中的一员，因此，在推动林业行业精神文明建设上有着义不容辞的责任。我们应该自觉地、清醒地担负起这一历史责任，积极传播林业战线思想道德和科学文化两大精神建设成果，把林业行业的精神文明建设不断地推向前进。

这里有必要从行业报的特点出发，具体地说明《中国林业报》在宣传林业行业精神文明建设中的地位和作用，从而认识自己的优势所在，以便使我们更自觉地发挥优势，在推进精神文明建设中做出正确的选择。

特点之一：是林业部和全绿委的机关报。

这一特点说明，《中国林业报》同其他行业报一样，是建立在社会主义公有制基础之上的，有着鲜明的社会主义的性质，严格地区别于西方的资本主义报纸，也不同于前几年风行一时的街头小报。因此，它必须旗帜鲜明地坚持四项基本原则，反对资产阶级自由化思想。《中国林业报》是林业部和全绿委的耳目喉舌，和所有机关报一样，也是"党、国家和人民的耳目喉舌"，它和其他的机关报的区别在于行业地域不同、层次高低不同以及读者对象的范围大小不同。对《中国林业报》来说，这里的"人民"具体指的是林区的广大职工和林农群众。这就决定了《中国林业报》必须坚持为人民服务的政治方向，必须坚持无产阶级的党性原则，以及对党和对人民负责的一致性。《中国林业报》的这一特点，决定了它在林业系统与行业内部的权威性，而这种权威性也正是它行业系统内宣传精神文明建设上的优势所在；行业内部的广大群众信任它，把它看作是"第二级别的党报"，它所传播的信息在受众心里往往会产生良好的感应，一切正确的宣传很容易取得良好的结果。因此，《中国林业报》应该充分发挥自己的优势，在本系统、本行业内积极开展精神文明建设的宣传报道，热情地讴歌人民的业绩，大力宣传马列主义，宣传社会主义、集体主义、革命英雄主义的道德情操，促进林区职工和广大林农群众道德水平的提高。相对于其他综合性大报，《中国林业报》的读者群比较固定，读者面比较窄，报道易于集中、深入。这也是一大优势。这就要求我们，把林区职工和林农群众看作是报纸的主人，使他们占据报纸的主要位置，经常反映他们的思想道德风貌和科学文化状况，热情地激励他们在精神文明建设中积极进取，不断提高自己。

特点之二：是严肃的舆论工具，是精神文明的教科书。

　　所谓严肃性，指的是对人民的高度负责，非常重视引导人民群众健康发展，而不是板起面孔，把报纸办得毫无生气。正因为具有这一特点，所以《中国林业报》和其他行业报一样，趋近于党报风格。这和西方报纸以及其他非机关报有根本的区别。因此，我们必须时时告诫自己，必须向林业战线的广大读者传播正确思想和健康的道德观念，积极传播林业科学和情趣健康的文化知识，提高他们献身林业建设的觉悟，开阔他们的眼界，使他们成为现代林业建设真正的主人，而不能传播庸俗低级的东西，散步耸人听闻的奇闻异事，更不能用腐朽的思想污染人们的灵魂。《中国林业报》要成为读者的良师益友，成为他们走向精神文明的鼓动者。《中国林业报》是林业行业自家办的报纸，因此它更贴近林业行业的读者，在读者中有广泛而深厚的基础。这又是它的一大优势所在。报纸应该听取读者群众的意见、批评和建议，按照林区职工和林农群众的愿望，旗帜鲜明地扶持正义，打击歪风，反对一切损害党和人民利益的思想和行为，反对迷信、愚昧、野蛮，绝不迎合落后群众的低级趣味。同时，要通过认真的批评和自我批评，扶正祛邪，推动全行业精神文明建设的发展。

　　特点之三：鲜明的林业特色，浓郁的林业企业文化气息。

　　这一特点是针对综合性以及地方性报纸而言的，也是《中国林业报》区别于其他行业报的显著标志之一。《中国林业报》是林业部和全绿委办的机关报，是用来指导林业系统的工作、联系群众的纽带和舆论工具。他从林业发展的需要出发来确定自己的报道内容。近几年来，报社编辑部几乎每年都要按照全国林业厅局长会议的精神制定当年的报道计划，确定报道重点，建设绿色屏障发展绿色产业，便成了它的报道主体。打开《中国林业报》就吹来绿色的春风，在眼前就会展现出以森林为主体的绿色世界，这在其他报纸中恐怕是见不到的。这种鲜明的行业特色，使林业系统的广大读者感到亲切，使外系统的读者感到新鲜，因而有广泛的群众基础，有较强的吸引读者的潜在优势。此外，它作为行业报，常常报道人们物质和精神的活动以及二者成果的总和，让人感到浓郁的企业文化气息。人是企业活动的主体，人是生产力中最活跃的因素，人自然也是新闻报道的中心。不仅如此，而且人都有思想感情、道德操守、文化气度，甚至有一定的科学素养。因此，如以人为中心进行宣传报道，最容易把物质文明和精神文明建设结合起来，有利于克服"两张皮"的弊病。只要我们自觉地在办报思想上认真协调，在编辑工作中认真谋划，就可以防止顾此失彼，防止削弱精神文明建设报道的倾向。

特点之四：相对集中的经济建设内容与广泛的林区社会生活内容相结合。

《中国林业报》作为行业报，其读者群体相对集中在比较稳定的林业系统内，要面向读者，报道内容自然要集中在林业建设上，而在林业内部又包含了广阔的社会生活。林区人民的生活尽管有其独具特色的内容，却依然是一个应有尽有的大千世界。其中有政法，有经济，有科教，有多姿多彩的文化生活等等。在每一个系统内又有许多相互联系的子系统，并和其他系统、其他行业以至中国社会的广阔生活互相渗透、互相包容，发生着千丝万缕的联系。这一特点就为报纸办得生动活泼、丰富多彩创造了巨大的优势和条件。只要我们经常注意在林业现实生活中"抓活鱼"，抓住林业行业两个文明建设中的有意义的典型，努力做到内容与形式的统一，就能办出自己的特色。此外，林业行业内的多层次、多方面的精神文化生活，为我们宣传报道精神文明建设提供了广阔的天地和取之不尽、用之不竭的活水源泉，只要我们林业新闻工作者（包括本报记者和广大通讯员）能坚持到生活中去，"老老实实地向群众学习，学习他们的优秀品质，宝贵经验，丰富知识，生动语言"就能把报纸办活办好，就能把精神文明建设报道好，就会使报纸受到广大读者的喜爱。

《中国林业报》在中国报业中是一名新兵，尽管目前还缺少丰富的办报经验，还处于艰难的探索阶段，但我们有自己的许多特点和优势，只要我们在办报指导思想上认真的克服忽视精神文明建设报道的倾向，不断提高自觉性，减少盲目性，充分发挥自身优势，就可以把这方面的报道搞得有声有色。

近两年来,《中国林业报》固定了两个版面开展这方面的报道, 开辟了《政工园地》《林业科学》《林业教育》《法制与道德》《动物世界》《滴翠园》《文化与生活》《大观园》等专版、专栏, 并在编辑工作中明确提出"两个文明建设报道一起抓"、"既树木又树人"的指导思想, 这是办报思想走向成熟的表现。《中国林业报》第三版的各个专版、专栏, 在今后办报实践中, 要不断丰富报道内容, 要在报道的深度和力度上下功夫, 在扩大信息量的同时增强文章的可读性。要坚持"文图并茂、两翼齐飞"的办报方针, 力求使报纸的版面活泼新颖、图文并茂。《滴翠园》要成为林区文学艺术爱好者的良师益友, 大力扶持生态文学创作, 培养年轻的文学爱好者, 努力反映林区的现实生活。《文化与生活》争取办得更贴近读者, 与《大观园》一样, 都要克服雷同与一般化倾向, 提高审美趣味, 逐步形成专栏的个性, 办出自己的特色。《华夏名山》去年开始起步, 并受到读者的欢迎, 今年还要继续办几期, 并争取办得更好。

过去对于精神文明建设的报道, 在要闻版见之不多, 从今年起要扭转一轻一重的现象, 力求有更多的精神文明建设成果排上报纸的重要位置, 突破报纸正刊经济建设打天下的格局。

艰难历程, 任重道远, 我们必须开拓进取, 继续在探索中前进。

(刊于 1992 年《编通之友》第一期)

新闻论稿之四

加强学习,　追赶时代变革的潮头

我们所处的时代, 是一个空前伟大的变革的时代。以经济建设为中心, 以改革开放为先导, 建立社会主义市场经济体制和运行机制已成为席卷中国大地的时代潮流。要追赶时代变革的潮头, 肩负起林业建设赋予的重任，把握正确的舆论导向，林业新闻工作者当前最重要、最紧迫的任务就是学习。

首先，要密切联系林业改革和林业建设的实际、结合我们的本职工作，认真学习邓小平建设有中国特色的社会主义理论。这是因为，在新旧体制交替，时代急剧变革之中，我们必须改变旧观念，冲破旧框框，树立新观念，探索新思路，改革报道方式和表现方法，适应社会变革新形势对新闻工作的要求，这就需要用邓小平理论清理一番，认真达到"换脑筋"的目的。比如，林业新闻如何树立开放的观念，在林业经济日益开放的今天，我们如何继续维系自己的"绿色天地"，怎样正确处理走向社会，扩展报道面与保持自己特色之间的关系；比如，在宣传当前国家发展林业的方针、政策的同时，如何强化信息观念，真正把传播信息摆上重要的地位；又比如，如何强化服务观念，是否还要固守机关报的严肃殿堂，要不要走向寻常百姓家，走向沸腾的现实生活和色彩缤纷的经济市场，真心实意地为群众服务，为林业企业服务。如此等等，都需要按照邓小平理论认真地加以清理，使我们冲破旧观念的束缚，树立新思想、新观念，真正站在时代变革的潮头去正确地反应、记录生活，如其不然，就不能很好地完成自己的任务。同时，还因为，在建立社会主义市场经济体制的过程中，时时会出现新情况、新问题、新矛盾，而且互相纠结，彼此渗透。现实社会变得越来越复杂，如果没有一定的马列主义理论水平，很难从中理清头绪，正确地辨别现象和本质、主流和支流，从而很难找准角度，把握正确舆论导向，有分析、有说服力地搞好报道。这也必须借助邓小平理论的指导。因此，刻苦认真地学习并掌握邓小平建设有中国特色社会主义理论，对于我们新闻工作者来讲实在是太重要了。

其次，要下大气力学习新知识，不断地吸取营养，充实自己。就拿市场经济来说，它是一个庞大的知识系统，如商品市场领域里有关生产、分配、流通、销售系统中的各种知识，生产要素市场领域里有关生产资料、资金、技术、劳务、期货、房地产等市场方面的知识，特殊市场领域里有关产权交易市场、拍卖市场等方面的知识，以及涉及宏观经济调控决策，诸如林业的经济思路、经济战略、发展规划、产权结构、人才规格，涉及微观经济的市场价格、成本利润、经营管理和与林业市场经济一切相关的法律法规。总之，它所包含的知识林林总总，既庞杂又丰富。如果不尽快地更新和占有这些新知识，怎么能较好地适应市场经济条件下新闻采编工作的要求呢？

与此同时，新闻工作者还要深入生活，善于面向实际，通过调查研究来学习活的知识，提高自己的业务素质。林业改革开放展现了空前活跃的社会生活局面。我们应该深入到现实生活中去调查研究，了解群众的创造，观察体验研究生动的生活形式和改革形式，把握第一手材料，把它当做自己的报道源泉和宝贵的写作财富，吸取生动的新闻语言，创造出贴近群众、贴近生活的表现形式。这种深入实际的学习，不仅是新闻采访与写作的需要，而且是我们自身成长的需要。如果说，过去时代的新闻工作者需要这样做，那么，在社会空前剧烈的变革中，一切明智的新闻工作者更需要主动地这样做。尤其提倡我们的记者、通讯员能深入新旧体制交错过程中经常引发出来的矛盾焦点、群众关注的热点与难点，调查研究，采写有深度的新闻报道，既卓有成效地开展工作，又在实践中增长知识和才干。

时代在前进，林业建设在发展，我们要抓紧学习，尽快地追赶时代变革的潮头，切实地把握好舆论导向，为推动林业新闻事业的健康发展做出积极的贡献。

（刊于 1994 年《编通之友》第 1 期）

新闻论稿之五

维护大局，坚持正确的舆论导向

办报实践告诉我们，新闻舆论是社会舆论的先导，社会舆论影响着社会的发展进步，办报办刊第一位的任务就是对新闻舆论乃至社会舆论发挥正确的导向作用。

当前以邓小平建设有中国特色社会主义的理论和党的基本路线为指导，全面贯彻党的十四大和十四届三中全会精神，加快建立社会主义市场经济体制，保持国民经济持续、快速、健康发展，维护政治稳定，促进社会全面进步，这是全党工作的基本方针。抓住机遇，深化改革，扩大开放，促进发展，保持稳定是全党工作的大局。宣传贯彻这一基本方针，维护全党工作的大局，坚持正确的舆论导向，即认真做好"用正确的舆论引导人"的工作，激励动员全国人民团结一心为实现我们的宏伟目标而奋斗，这是新闻工作者神圣而光荣的使命，也是党在新时期对新闻工作最基本、最重要的要求。这对我们林业新闻工作者来说，维护大局，坚持正确的舆论导向，就是要在行业内部，通过林业报刊去开启思想解放的闸门，造就推动深化改革、扩大对外开放、加快社会主义市场经济体制的建立、发展林业社会生产力的舆论环境；就是要在林业行业内部，通过林业报刊去推动新的探索、新的创造、新的突破，为新生事物唱赞歌；就是要在林业行业内部，面对社会大变革造成的倾斜、震荡、失衡，多做舒心理气、说服疏导的工作，通过新闻舆论引导人们振作精神、向前看，昂首阔步走向新生活；就是要在林业行业内部抵制市场经济可能引发的消极影响，加强舆论引导与监督，为林业社会主义市场经济体制的建立扫清障碍；就是要在林业行业内部，通过林业报刊努力贯彻"两手抓，两手都要硬"的方针，唱响主旋律，为市场经济的发展创造良好的思想文化氛围，推动社会主义精神文明建设；也要在林业行业内部加强法制宣传，提供制止乱砍滥伐、乱捕滥猎、保护森林资源和抵制不正当、不平等竞争的舆论支持，鼓励林业职工和广大林农群众艰苦创业，为增资源、增活力、增效益，尽快地绿起来、活起来、富起来而努力奋斗。

我们必须清醒地看到，在亿万人民群众投身于社会主义市场经济体制建立的伟大实践面前，在林业进一步深化改革、扩大开放的新形势下，我们林业新闻要正确地引导舆论绝不是一件轻而易举的事情，仅仅固守着一般化的办报办刊原则与方针是难以奏效的；同时对正确的方针、原则只做教条化的理解，不能审时度势、把握大局，不讲求策略方式，提高引导艺术，也很难收到预期的效果。因此，我们必须深入学习认真研究林业新闻工作所面临的新课题，积极迎接挑战，力求把"用正确的舆论引导人"的工作做得卓有成效。

首先要加强学习，解放思想更新观念。建立社会主义市场经济体制是一场深刻的社会革命，是一场以摆脱计划经济体制约束为核心的思想解放运动。我们坚持舆论导向并不是一般性地坚持新闻的党性原则，在这里最迫切最急需的是推动人们解放思想，帮助人们更新观念，为社会主义市场经济体制的建立发挥新闻舆论的先导作用。在这里"以其昏昏，使人昭昭"是不行的。新闻工作者自己必须首先抓紧学习，认真地掌握邓小平同志建设有中国特色社会主义理论，联系林业建设实际学习社会主义市场经济的基本知识，研究其伴生的新事物、新情况、新问题，进而使自己首先能够解放思想，更新观念。只有这样，我们才有可能较好地帮助人们明辨是非，排忧解惑，造就适应社会主义市场经济体制建立的舆论环境。

其次，要严格自律，坚持正确的人生观、世界观、价值观和新闻观，增强林业新闻队伍的战斗力。所谓"自律"，就是要自我约束，淡泊明志，在市场经济、商品经济的大潮中，不为金钱所动，不以笔、稿、版面谋取一己之私利，自觉遵守职业道德、政治纪律、宣传纪律和法律法规。道理很简单，己不正，焉能正人？长城公司案件中记者犯罪的沉痛教训启示我们，一旦利欲熏心，就会背离无产阶级的党性原则，哪里还会有正确的舆论导向？自律的自觉性是建立在正确的人生观、世界观、价值观与新闻观的基础之上的。只有具备了为人民服务的人生观、价值观，才能自觉地把党和人民的事业放在第一位，廉洁自守，崇尚新闻的社会效益，才能"铁肩担道义、妙手著文章"，以强烈的社会责任感去坚持正确的舆论导向；只有具备了辩证唯物主义世界观，才能摒弃唯心主义形而上学，自觉地去解放思想，更新观念，立足社会变革的潮头去引导舆论；也只有树立起马克思主义新闻观，自觉地坚持无产阶级党性原则，真正把报刊作为党、政府和人民的耳目喉舌去办，自觉地宣传贯彻党的基本方针和全党工作的大局、把握好正确的舆论导向。只有用这"四观"凝聚起来的队伍，才真正具有战斗力，才能加大力度打击歪风、弘扬正气。

　　第三，要始终坚持并认真贯彻新闻工作的"六项原则"。这六项原则是：全面正确地宣传党的基本路线；政治上同党中央保持一致；坚持团结、稳定、鼓劲、正面宣传为主的方针；体现精神文明重在建设的方针；坚持唯物主义和辩证法，避免形而上学；弘扬时代精神和积极向上的主旋律。这"六项原则"虽然是对编辑们讲得，但记者和广大通讯员也要了然于心，在采写新闻时自觉地用它们做"尺子"衡量自己的稿件，指导自己的采访写作。按照"六项原则"的要求，具体地讲，要多采写排忧解惑、舒心理气的稿件，推动林区社会安定团结，要帮忙，不要添乱；要坚持实事求是，力戒浮夸，保证新闻的真实性，自己没搞清的不要写报道；要积极投入经济建设的主战场，努力报道改革开放，林业建设以及林业市场经济生长发展中的新事物、新典型、新趋向、新问题，并见微知著，把握好度；对群众敏感的问题（包括社会"热点""焦点""难点"）要冷静思索，不感情用事，不盲目随从，有的要适当保持距离；对基层单位或个别地区新出台的改革措施要慎重分析，要坚持调查研究，真正拿准了再写报道，不能"捡到篮子里就是菜"；要实事求是地写批评性报道，并站在党和人民的立场上、站在党性和党的原则的立场上去写，不能掺有个人恩怨，不能追求猎奇和所谓的轰动效应。

　　第四，办报办刊也要坚持"两手抓，两手都要硬"的方针。在当前新旧体制交替过程中会出现某种无序状态、约束松弛、行为失控的现象，市场经济的运行也会出现或诱发一些消极的东西，拜金主义泛滥与"黄货"的流行就是事实。因此，新闻媒介必须"两手抓"，而且"两手都要硬"，加大力度，理直气壮地弘扬正气，加强舆论监督，大义凛然地抨击歪风，为社会主义市场经济体制的建立提供智力支持和舆论保证。尤其要重视加强正面引导，宣传革命的人生理想，宣传爱国主义、集体主义，倡导正确的价值观、人生观和健康文明的生活方式、和谐美好的人际关系和高尚纯朴的道德情操，热情歌颂人们的创造精神和林业行业的优良传统，大力宣传优秀人物的先进事迹，推动精神文明建设。倡导什么、反对什么、赞扬什么、鄙视什么，都要旗帜鲜明。

最后，要努力增强新闻报道的指导性、服务性和可读性，使正确的舆论导向做得更富有成效。指导性是坚持正确的舆论导向的应有之意，需要强调的是对林业新政策、新举措、新经验的报道，要更自觉地更有计划地加以解惑释疑，以便让广大受众明事悟理，更好地接受和领会。服务是指导的合理延伸，因此坚持正确的新闻导向就必须强化报刊的服务功能，努力为社会服务，为林业企业服务，真心实意地为广大读者服务，这应该成为我们的宗旨。在市场经济条件下尤其要注意扩大信息量，增强政策宣传的服务与科技、经济信息服务。新形势下，新闻引导舆论更需要有情有理，循循善诱，形式多样，活泼生动，让读者爱看爱读。试想，一张报纸，一本期刊如果居高临下，板起面孔说教，读者不爱看，不爱读，即使舆论导向极其正确也是徒劳无益的。

（刊于 1994 年《编通之友》第 5 期）

新闻论稿之六

导向、可读性及其他

——对进一步提高《中国林业报》报道质量的思考

《中国林业报》创刊已快 9 年了，目前已经出到 860 多期，犹如登山，攀上了 860 多层台阶。

回头看看以往走过的路，那风景一处连着一处，煞是好看。办报人感到欣慰，这山的确没有白登：报纸的刊期增加了，由周一刊发展到周三刊，去年 10 月还在报中办起了《绿色周末》，发行量由原来的不足 1 万份扩大到 7 万多份，增加了八九倍；读者普遍评价是，舆论导向正确，宣传基调平稳，报道内容积极、健康、向上，像《人类的绿色太阳》《博士回到大山里》《创叔》等精品不断推出。总之，越办越好。

往前看，往上看，今后的路更长，风景恐怕也更加奇特秀丽。的确，我们正处在世纪之交的关键时期，无论从内部条件还是从外部条件看，为《中国林业报》的腾飞和发展都提供了很好的机遇，然而也面临着不容乐观的严峻挑战，对《中国林业报》是否能进一步提高质量，办得更加可亲可信可读，读者也正拭目以待。

提高办报质量，首先要提高报纸的政治质量，全面、正确地把握报纸的舆论导向。导向是否正确是办报质量高低的首要标准。

《中国林业报》是具有鲜明特色的行业报，同时也是林业部党组的机关报。从机关报的角度看，它同任何别的党报的性质和功能都是一样的，以正确的舆论引导人，首先要正确把握政治导向。从行业报的角度看它所进行的大量的有关林业经济的报道，其中也蕴含着大量的政治倾向，搞得不好，出现了问题，不光是林业经济问题，首先是政治影响问题。因此，作为行业报，也必须牢牢把握政治导向。实践使我们体会到，几年来，我们所积极从事的造林绿化、改善国土生态环境的报道，搞活国有森工、林机、林化等企业的报道，以林业"三防"为主体的加强依法治林、加强行业管理的报道，以及以宣传林业战线典型人物和科教兴林为主体的精神文明建设的报道，对造就全行业健康的舆论环境，对维护全党工作的大局发挥着不可低估的政治导向作用和宣传教育作用，而这一切都与我们在一定程度上正确地把握了政治导向是分不开的。

然而，我们又不能把坚持正确的舆论导向仅仅理解为坚持正确的政治导向。如果仅仅作这样的理解，，不仅是片面的，而且是有害的。过去我们的确存在着把政治导向涵盖或代替所有舆论导向的看法，片面地认为，我们办的是行业报，一般不涉及国际、国内的政治问题，只要始终如一地搞本行业的经济报道，就可以高枕无忧了，不会犯导向上的错误。这种错误认识是有害的，会使我们忽视无时无刻不渗透在我们行业报道中的其他导向，如思想导向、价值导向、行为导向、知识导向、生活导向，甚至还有文艺副刊中频繁渗透着的审美导向，而诸多的这些带有特殊性质的导向更是需要我们认真对待并牢牢把握的，稍有疏忽就会出现舆论导向失误的问题。前不久，为了配合防火宣传，副刊选发了一篇儿童见义勇为上山扑火的文学作品，这是一种错误的宣传。因为，孩子们这种见义勇为的精神虽值得赞扬，但他们未成年，应该受到国家和社会的保护；我们不支持也不提倡让未成年人上山扑火，毕竟山火凶险，后果难料。稿件上版后，我们及时撤下了这篇作品，制止了一次导向上的失误。这一事例再一次告诫我们，必须全面正确地把握舆论导向，在这一重大问题上决不能掉以轻心。

严格地对照检查起来，我们在主动地引导舆论上还有不小的差距，具体表现在有计划、有目的地推出的言论比较少，有计划、有目的地推出能引导和影响舆论的系列性报道也比较少。在这方面不少大的机关报为我们树立了榜样。如《人民日报》有关"东西南北中"的系列报道，《经济日报》不断推出的搞活大中企业的报道，《光明日报》有关加强精神文明建设的系列评论等等。这些报道，这些评论很好地发挥了舆论导向的作用，产生着良好的社会影响。我们应该向这个方向努力，真正肩负起时代赋予历史使命。

在全面、正确地把握好舆论导向的前提下，要集中精力认真研究，采取切实有效的措施增强报纸的可读性，不断扩大《中国林业报》的社会影响。

可读性是报纸让人爱看的程度，即适应读者的心理，吸引读者的程度。可读性直接影响着报纸的宣传效果，反映着报纸社会影响力的大小。

有一种认识，报纸要增强可读性就要迎合读者的口味，势必削弱甚至排斥政治导向；要加强政治导向就不能考虑读者爱读不爱读，两者是很难兼容的。

这种把用正确的舆论引导人与增强报纸的可读性对立起来的认识是不正确的，不仅在理论上是错误的，而且在实践上也是有害的。实践中的确有这种情况，在思想认识上就把二者对立起来：一种是一味地迎合部分读者的低级趣味，放弃了对舆论导向的把握，或追求猎奇，或宣扬暴力、凶杀，或公开宣传伪科学，宣传封建迷信，或有意无意地宣传资产阶级生活方式和价值观念，结果对舆论进行了严重的误导，危害读者危害社会；另一种是表面化地理解把握导向，使报纸远离实际、远离读者、远离现实生活，只保证不犯政治错误，不惜放弃对增强可读性的追求，结果把报纸办得死气沉沉，读者在整张报纸上找不到几篇可读的文章和报道、望而生厌。这两种情况都是要不得的。

其实把握舆论导向与增强可读性二者的关系是辩证统一的，是相辅相成的。实践证明，我们报纸的广大读者真心实意地欢迎那些高扬主旋律、推进改革开放和现代化建设的新闻报道，喜欢那些围绕党和政府不同时期的工作重点、实践操作中的难点、社会上诸多议论的热点、广大读者感到困惑的疑点组织的报道，喜欢那些积极、健康、有高尚审美情趣、知识性强而又能受到教育和鼓舞的文章和作品。一切新闻精品，既包含着正确的舆论导向，又具有极大的可读性和感召力，都是读者爱读爱看的。因此，把二者对立起来的观点是没有根据的。

与前几年相比，特别是与办报初期想比，《中国林业报》的可读性有了很大的加强，不断涌现出一些主题重大、思想深刻、形式活泼、深受读者喜爱好报道、好文章、好专栏。但是，从总体上看，我们的报道信息量还不够大，时效性还不够强，内容和角度还不够新，不少报道如蜻蜓点水不深不透，贴近性、知识性、趣味性还有待进一步加强和提高。对办好报纸我们还处在探索与学习阶段，我们还不太善于把党和国家发展林业的方针、政策同现实生活、实际工作，特别是同广大林业职工、林农群众的需要结合起来，"从群众的利益、群众的生活、群众关心的话题入手"，充分运用群众的语言和群众喜闻乐见的形式来进行宣传报道，做到入情入理，让群众容易接受。

在全面、正确地把握舆论导向的前提下，追求报纸的可读性是永无止境的，因此，提高新闻报道的质量，不断增强报纸的可读性，是我们需要不懈努力，并认真研究的永恒课题。

衡量报纸可读性强不强，读者的评价是最靠得住的。从读者对报纸评价反馈的情况看，当前衡量一张报纸的可读性大体有以下四条标准：一是刊发的信息量大不大；二是信息的覆盖面广不广；三是反映群众的呼声及时不及时，充分不充分；四是报道的形式是否吸引读者。这四条标准反映了读者对报纸的追求心理和普遍的要求，这也正是我们报纸的编辑、记者和广大通讯员需要共同努力的方向。要让有限的版面容纳较多的信息，我们的报道必须写的短些、精粹些。要增加报道的覆盖面，就要团结、动员各个层次的方方面面的读者都来动笔为报纸写稿，使全国各地、林业系统各个部门的情况都能在报纸上得到反映。要反映读者的呼声和要求，报社的采编人员就要充分重视并认真处理读者的来信来访，要广泛地与读者交朋友，倾听他们的意见，关心他们的疾苦，热情为他们排忧解难，发挥好报纸的服务功能使报纸真正成为广大读者的良师益友。我们的报纸要能真正地吸引读者必须采取切实有力的措施努力提高采编人员的素质，除业务素质外尤其不能忽视政治思想素质的提高。经验告诉我们，好作品常常折射地反映出作者的优良素质，好的素质又常常集中表现为主动承担社会责任的意识。

就《中国林业报》来讲，提高办报质量，增强报纸的可读性，当前尤其要强调新闻报道的贴近性，即要贴近工作实际，贴近读者，贴近现实生活，做到紧扣读者关心的问题进行报道，为读者解惑释疑，提供满意的服务。我体会，从对党负责和对人民群众负责一致性的原则出发，"三贴近"不仅是我们提高报道质量、增强报纸可读性的有效途径，而且是一条必须长期坚持的办报方针。

新闻界许多成功的范例启示我们，在新闻工作中始终要保持高度的政治意识、大局意识、引导意识，同时还要始终保持精品意识和自律意识。

为提高报纸质量，我们必须树立精品意识。目前应该提出"多出精品，争创一流"的口号来集中全体编采人员的意志，并扎扎实实地落实在行动上。新闻精品必须导向正确，报道的主题必须是部与厅(局)各级领导与广大群众共同关注的问题，写作上要有创新，有一定的审美含量和知识含量，有自己的独到之处。在稿件处理上，包括标题制作、版面语言运用，也都要做到精当得体。精品稿件，也一定是可读性很强的作品，也必然具有很强的感召力。

我们要在自己的采编系统内来一次全面的发动，从记者到通讯员都要竭尽所能为编辑部提供新闻精品、文学艺术精品；编辑部要精改精编所选定的每一篇见报作品，精心制作标题，精心设计每一个栏目和每一个版面，痛下决心消灭版面差错，把高质量的报纸奉献给殷切期待着我们的广大读者。

为不辱我们的神圣的事业和新闻工作者的光荣称号，我们要不断强化自己的自律意识，要严格遵守新闻工作者的职业道德，当前特别要从自身做起，杜绝有偿新闻。实践证明，没有较高的政治、业务和职业素质就谈不上用正确的舆论有效地引导好新闻传播，特别是道德传播，而且还会导致混乱和失控。因此，强化自律意识与把握新闻导向、提高报纸质量是并行不悖的。

我们相信，在大量新闻精品不断地涌现出来的同时，一支"政治强、业务精、纪律严、作风正"的跨世纪的林业新闻工作者队伍一定会健康茁壮地成长起来。

我们相信，当我们并肩携手、奋力开拓、攀上 1000 层台阶，或更高的台阶时，《中国林业报》将会更加赢得党和人民的信任，办成深受广大读者喜爱的报纸。

（刊于 1995 年《编通之友》第三期）

新闻论稿之七

登高声自远　锦绣铺前程

——纪念《中国林业报》创刊十周年

欢快的锣鼓响彻了神州大地，欢庆的礼花装扮着节日的夜空，欢歌笑语滋润着中华儿女的心田……

今天，1997年7月1日，东方之珠香港回到了祖国的怀抱，中国人民又一次扬眉吐气了！今天，又是中国共产党成立纪念日，标志着我们党走过了76年的光辉历程。

一日双庆，把全国人民投进了欢乐的海洋，使我们沉浸在无限甜美的幸福之中。

在这举世瞩目、举国欢腾的时刻，我们还要告诉您——敬爱的读者：今天，还是我们《中国林业报》创刊十周年纪念日。这真是一种不平凡的巧合。

10年来，在林业部党组和部领导的亲切关怀与正确的指导下，在林业系统各部门、各单位和社会各界广大读者的大力支持和帮助下，中国林业报的宣传报道和报社的经营管理都有了长足的发展。报纸由创刊初期的周一刊发展到周三刊，1995年10月又创办了《绿色周末》，今年初《绿色周末》又改印成彩色版。采编队伍不断发展壮大，培养了一大批业务骨干，在全国各地组建了46个记者站，发展了1600多名通讯员。在出版手段上，早已告别了"铅"与"火"，实现了激光照排，并正在加紧普及计算机技术，向告别纸与笔迈进。经营管理走上了健康发展的轨道，报纸发行量逐年上升，经济实力不断增强。1995年初，报社党委提出并开始实施"1224"工程的报社发展思路。这就是：报社工作要"把握一个宗旨"——为建立林业两大体系、促进林业两个文明建设创造良好的舆论环境；"确立两大目标"——办一流报刊、创一流效益；为此，要"启动两个轮子"——搞好报刊编采、搞好经营创收；"抓好四项保证"——建设一个好的领导班子、带出一支好的队伍、形成一个好的机制、建立健全一套好的制度。"1224"工程的实施，使报社充满了生机与活力。

10年来，《中国林业报》拥有了越来越多的读者，日益受到社会各界的关注和林业系统广大干部职工的喜爱。回头看我们走过的路，那风景一处连着一处，煞是好看。10年来，我们准确、及时地宣传报道了党中央、国务院和全绿委、林业部有关绿化国土、发展林业的大政方针，迅速充分地交流了全国各地在深化改革、扩大开放的实践中创造的好经验、好做法；一批批系列报道不断推出，一个个鲜活的典型人物相继走上版面；从北国的千里风沙线到绿潮涌动的南粤大地，从伊犁河谷的林家小院到东海之滨的茶场果园，描绘了一幅幅耕耘播绿的生动图画，提供了一条条兴林致富的实用信息。我们在连续两届部委产业报综合质量评比中，分别获得了第四名和第三名的好成绩；我们的一些新闻作品多次在国家级新闻评比中频频获奖。《中国林业报》以其朴实的风格、健康的品位、众多的精品、新颖的形式立于产业报乃至全国报业之林。读者的普遍评价是：舆论导向正确，宣传基调平稳，报道内容丰富多彩，表现形式灵活多样。面对此情此景，作为办报人，我们感触最多的是：10 年来，各级林业主管部门的领导同志、广大读者和作者给予《中国林业报》太多的关怀与厚爱。在纪念报纸创刊十周年之际，我们满怀深情向你们——我们敬爱的领导同志和广大读者、作者表示诚挚的谢意！

往前看，今后的路更长，那风景也会更加壮丽。我们清醒地看到，我们正处在世纪之交的重要历史时期，地球生态环境问题已成为国际社会关注的热点，我国林业生态体系和产业体系建设正在蓬勃发展，林业系统深化改革、扩大开放，社会主义市场经济体制发展日益深入。要按照党中央、国务院的战略决策和全绿委、林业部的工作部署，实现全国林业"九五"计划和 2010 年的远景目标，林业新闻宣传工作者肩负的责任将更加繁重，读者对《中国林业报》的要求也将更高。为此，我们必须振奋精神，开拓进取，把《中国林业报》办得更好，让她在我国林业两大体系建设中，在林业系统两个文明建设中发挥更大、更好的作用。

办好《中国林业报》的核心是进一步提高宣传报道的质量和编校质量。首先，要把"以正确的舆论引导人"作为新闻宣传工作的出发点和落脚点，进一步把握好舆论导向。要继续坚持政治家办报，坚持在政治上、思想上与党中央和林业部党组保持一致，坚持党的基本理论、基本路线和林业工作的基本方针，确保新闻宣传的权威性、指导性。要坚持以正面宣传为主的报道方针，审时度势，把握大局，突出重大主题的报道，唱响主旋律，同时发挥好舆论监督作用。要努力改进宣传报道方法，坚持图文并重，坚持文章短些、再短些，增强新闻宣传的吸引力和感召力。其次要进一步增强新闻的可读性，把报纸办得让读者喜闻乐见。我们要继续努力增加报纸的信息量，一方面要积极创造条件，尽快增加刊期，扩大版面；另一方面要在精采精编上下功夫，提高质量，多出精品，创一流水平。要进一步发挥"林业走向社会的阵地、社会了解林业的窗口"的作用，继续扩大新闻的覆盖面，认真做好发行工作，增强新闻报道的贴近性和社会性；认真处理好读者来信来访，反映群众的呼声、意见和要求，使《中国林业报》真正成为广大读者的良师益友。第三，要继续提高采编人员的政治业务素质，不断办出好栏目，推出好报道，写出好文章，努力提高编校质量，把《中国林业报》办得更加可亲可信可读。我们要借香港回归和创刊 10 周年的东风，来一次全面的发动，精写、精改、精编每一篇新闻作品，精心设计每一个专栏和每一个版面，精心校对每一个字、句和每一篇文章，把差错率降到最低水平，把高质量的报纸奉献给广大读者。

登高声自远，锦绣铺前程。我们决心在邓小平建设有中国特色社会主义理论指导下，在林业部党组和各级林业主管部门的关怀和支持下，认真全面地实施"1224"工程，向一流报纸的高峰攀登。我们要用办好《中国林业报》的实际行动，庆祝香港回归祖国怀抱，为党旗增添光彩，为祖国奉献忠诚。愿广大读者与我们同行，用锦绣华章铺就我们前进的路程。

（刊登于 1997 年 7 月 1 日《中国林业报》一版转二版）

新闻论稿之八

凸显特色 走向市场

一

《中国绿色时报》作为全国绿化委员会和国家林业局(原林业部)的机关报，以生态建设为主要报道内容，对开四版。1987年7月1日创刊，前期称"中国林业报"，创刊11年后，即1998年1月1日改为现名。

《中国绿色时报》现为周五刊，办有两个专刊，即每星期三出版的《花草周刊》和星期五出版的《绿色周末》。其他三张正报，围绕林业和生态环境建设的一些重大主题，有《自然保护》《生态旅游》《法治时空》《绿色科教》《绿色大市场》《国际瞭望》《理论探索》等专版。在此基础上，结合生态建设中的一些重大的热点问题，如野生动植物保护、荒漠化生态环境治理、全国较大的生态工程建设、全民义务植树运动、城市绿地认养、重大科技成果推广、特别重要的人物和重大的事件等等、固定在三版、不定期地、整版地推出这些专题报道，这种专版即称"专题"。

办报初期，《中国林业报》是周一刊，1990年改为周二刊，版面没有大的改变。1994年，改为周三刊，开始深入地探索如何增强报纸的可读性，进一步凸显行业特色，推动报纸走向市场的问题。经过认真筹划，创办了《中国林业报·特刊》，每月出一期，很受读者欢迎，也给报社同仁以深刻的启示：只有面向读者办报，把报纸办得读者爱读，凸显特色，走向市场，报纸才能在竞争中站稳脚跟，谋求发展。

沿着这条思路深入探索，1995年报纸发展到周四刊，停办了《特刊》，创办了《绿色周末》，一、四版先是套绿，后改为彩色版，在凸显报纸特色上前进了一步，并寄希望于让《绿色周末》冲出行业，走向社会，进而走进家庭，至今《绿色周末》已出版344期。

1999年，在周五刊的运行中，为适应花卉、草坪业的发展形势，经过积极筹备在原有"花草园林"专版的基础上，4月28日正式创办了《花草周刊》。

二

《中国绿色时报》的专版和专刊是在艰难的探索中发展起来的。从目前的认识看，专版是固定或非固定的专题新闻的载体，是报纸整体不可分割的有机组成部分，既是传统性专栏的扩展，又是典型与深度报道的表现形式；而《绿色周末》与《花草周刊》则是报纸主体的扩展和延伸，同时也是对正报职能的丰富和补充。但是无论专版还是专刊都比较好地遵循了以下四项定位原则。

一是坚持办报宗旨，端正新闻导向。《中国绿色时报》虽依附于林业，但把它定位为生态环境类社会性报纸，其办报宗旨是面向社会，面向世界，面向21世纪，为推动我国生态环境建设创造良好的舆论环境。这一办报宗旨是创办专版和专刊必须坚持的。同时，专版和专刊尽管在风格和职能上与报纸的主体（即正报）有所不同，但也必须坚持新闻的党性原则，坚持团结稳定鼓劲和以正面为主的报道方针，并坚持把社会效益放在首位，把握正确的舆论导向。

二是兼顾行业，面向社会。行业报面向社会，使报纸的生存与发展获得了更广阔的空间，而创办适应社会需要的专版与专刊是行业报走向社会的最佳途径。但是，无论专版还是专刊，如果不顾本行业的客观需求，甚至脱离了本行业的实际，不仅会失去多年来苦心经营的基础，也会丧失自己的优势和特色。

三是面向读者，增强可读性。《中国绿色时报》的读者定位是全社会所有从事和关心生态环境建设的人士，其报道的内容自然由植树造林、绿化国土、环境保护、资源合理开发利用以及可持续发展的一切相关领域，一直扩展到社会公众普遍关心并与他们切身利益息息相关的环境生活领域。专版内容的选择，专刊的定位，必须坚持为读者，特别是为它们特有的读者群体服务，要有较强的可读性，把报纸办得可亲、可信、可读，让人喜欢看，这样才能使报纸产生广泛的社会影响。

四是突出特色，面向市场。专版、专刊要办得好，要拥有广大的读者群，甚至能引起众多企业的关注，能吸引更多的广告，面向市场无疑是一项重要的定位原则。而要赢得市场，拥有广大的读者，就必须尽可能地突出专版、专刊的特色，增强它们的社会影响力。

《中国绿色时报》的专版和《绿色周末》《花草周刊》两个专刊，总的编辑思想是：顺应绿色潮流，荟萃绿色信息，倡导绿色时尚，共建绿色家园，创造良好的社会效益和经济效益。在这一总的思想指导下，这些专版和专刊依据其不同的特点又各有侧重。专版要在选择新闻典型性上下功夫，通过有深度的报道增强报纸的影响力，以此来赢得读者，争占报业市场；《绿色周末》则要"走向社会，走进家庭"，增强生活服务性、知识性、休闲娱乐性，扩大报纸的新卖点；《花草周刊》则要竭诚为花卉、草坪业服务，引导大众消费，推动花草业发展，同时也为报社增加广告收入。

三

专版和专刊在读者中引起了良好的反响，普遍认为报纸的可读性增强了，从而也使报纸扩大了社会影响。

承载深度报道的专版实现了内容与形式的重大突破，许多专题报道引起强烈的社会反响，有的还引起了国内一些重要新闻媒体的关注。如《13.92%（我国森林覆盖率——作者注）的背后》《虎年话虎》《荒漠羚哀》《镌刻在苗岭上的丰碑》《野生植物大劫难》《拯救黄河别忘了杨家将（指杨树——作者注）》等专题，有的被中央人民广播电台多次转播，有的被一些大报转载，有的被收入新闻出版单位的丛书；其中《荒漠羚哀》这一专题报道刊出后引起青海省委、省政府的高度重视，当即召开会议，对保护藏羚羊采取了积极的措施。《绿色大市场》和《花草园林》专版引起了绿色食品、家具木地板、装修涂料以及花卉、草坪业的厂家、商家和消费者的热切关注，使报纸切实成了承载绿色市场信息并被广泛认同的良好的新闻媒体，明显地扩大了花草广告的市场份额，与《中国花卉报》形成了竞争的态势。在《绿色科技》专版上多侧面、多角度地宣传报道了"九九无土栽培营养液""杨树三倍体栽培技术"以及"SSAP保水剂"之后，收到大量的读者来信和咨询电话，有的要求报社出面邀请专家举办培训班。

《绿色周末》推出一系列精品，受到读者的赞誉和喜爱。中国工程院院士、著名水保学专家关君蔚教授说：《绿色周末》大力报道我国林业和生态环境建设中出现的新人、新事、新观点、新趋势、新问题、新成就，揭露和抨击了一些破坏生态环境的丑恶现象，为促进我国林业和生态环境建设作出了不可忽视的贡献。北京林业大学党委书记胡汉斌说：《绿色周末》报道范围广泛，内容丰富，形式活泼；她既是我们从事管理工作、思想政治工作人员的好帮手，又是我们对林业大学生进行专业和思想教育的好教材。北京师范大学博士生导师童庆炳教授来信说：《绿色周末》之美文铸成的山、水和万般景致都和真的自然、和绿色一样让人流连忘返，玩味不尽，每读一篇都让人有新的发现。不少读者和作者在来信和来搞中对办好《绿色周末》提出过了不少的意见和建议，给予了热情的鼓励与支持。

《花草周刊》创办的时间比较短，但由于有原来的《花草园林》专版的基础，已引起国内花卉界人士和草坪企业的广泛关注，其广告收入已占整个报社广告总收入的80%，已经初步显露出市场化报纸的雏形，其经济效益和社会效益都呈现出良好的发展前景。

四

专版有内容相对集中、重点比较突出的优点，因而，当前办专版已成为报业系统的潮流和时尚。专刊是对专版的全面扩展，往往有一贯到底的风格和贴近社会、贴近生活、更贴近读者的优点，因而备受报人的青睐。

《中国绿色时报》在办专版、专刊的实践中积累了一些经验，也有不少值得记取的教训。

1. 科学定位，凸现特色，是办好专版或专刊的前提。所谓科学定位，是要在精心研究和充分论证的基础上，确定专版或专刊的性质，确定专版或专刊在实现整个报纸的报道宗旨、发挥整体功能中所处的地位，预测其可能拥有的特定读者群。只有定位科学，才能妥善地设计出专版或专刊特定的风格和形象，明确其具体的报道宗旨，确定其所担负的职能，才能对为谁办这块专版或这张专刊了然于心，从而减少编辑工作的盲目性，也才能恰到好处地去设置专栏，有效地制定并实施报道计划，有目的地开拓稿源，培养作者队伍，构建卓有成效编辑系统。同时，要依据定位，尽一切可能去凸现专版或专刊的特色。有特色才有个性，有个性才不会被其它媒体所取代，在日益激烈的报业竞争中立于不败之地。这是办好专版或专刊的前提，也是首先要解决的问题。

2. 加强深度报道，多出精品，是办好专版或专刊的关键。只有正视自己的弱点，寻找自己的优势，才能扬长避短办出报纸的特色。办报是这样，办专版或专刊更是这样。产业报时效性差，而必须抓典型报道，集中版面、集中力量搞深度报，这正是专版或专刊的优势所在。搞得好的典型报道和深度报道，或正面宣传的，或揭露问题批评曝光的，常常能产生巨大的社会震撼力。在《中国绿色时报》的专版中，以非固定性专题出现的，如对保护老虎和藏羚羊全方位的连续报道，对防治荒漠化、保护濒危植物，以及如天津市市民认养绿地的组合报道等，都是成功的实例，均给读者留下了深刻的印象，并引起社会的广泛关注。出精品，更是办专版或专刊所必须的。只有精品、美文才能使读者赏心悦目，让读者对报纸的专版、专刊倍加喜爱，才能切实提高专版、专刊的美誉度。因此，一味地追"星"、猎"奇"、媚俗，以至粗编滥造是不可取的。

3. 贴近社会，贴近读者，是创办专版或专刊必须努力坚持的方向。增强报纸的社会性是报纸受众的一致要求，同时也是增强行业宣传报道的客观需要和报社创办专版，尤其是专刊的初衷。因此，必须坚持"兼顾行业、面向社会"的定位原则，尽可能地使专版或专刊贴近社会生活、贴近读者，尤其是专刊更要做到这一点。但是，面向社会绝不意味着专版或专刊的报道可以游离于行业之外，可以把与行业毫不相干的内容随意推上版面，而是要寻找行业与社会的结合点，选择那些既是行业发展的重大主题，又是社会普遍关心的热点问题加以报道。必须打破只从行业出发的那种单一的思维定式，采用双向的、开放的、产业与社会密切结合的思维方式采写报道，即通过行业(产业)这个"窗口"看社会、写社会，或站在社会的角度看行业(产业)写行业(产业)，努力实现行业(产业)与社会的双向沟通。要把这种认识努力贯彻到采编工作中去，让专版或专刊与社会、与读者贴得更近些，再近些。

4. 走向市场，讲求效益，是办专版或专刊必须解决的重大课题。当前，中国报业面临着激烈的市场竞争，产业报群体将面对由机关报向行业报过渡、报社由依附于具体部委(局)的事业单位转向自主经营、自负盈亏、自我约束、自我发展之经济实体的严峻挑战，重视经济效益，面向社会市场已成为各家报社必须认真解决的重大课题。因此，办好专版或专刊也必须像企业对待自己的产品那样，把市场占有率和经济效益预测作为决策的重要内容之一来看待，严格按照市场运行规律来办事，不能再办直接或间接地毫无经济效益的专版或专刊，要着力追求社会效益与经济效益的最佳结合。我们在创办《绿色周末》时并未充分认识到经济问题的严重性，报纸出版后并为获得理想的经济效益，也没能使这一专刊具有较强的市场竞争力，现在不得不在保证社会效益的前提下，对这一专刊按照市场经济规律重新进行定位，对报道内容作重大调整，决定从2000年起，把《绿色周末》改为《绿色市场》。而《花草周刊》创办时却面对着另一种情景：它所依附的花草业已成为最具活力的朝阳产业之一，发展态势迅猛。目前花卉、草坪业从业人员已达120万人，小企业有上万家，规模较大的企业也有2700多家，新崛起的草坪企业已超过1000家，而且花草业方兴未艾，具有极大的发展潜力。在这种情况下，创办《花草周刊》不仅具有广阔的发行天地，而且又有日益增多的广告资源。由于进入了市场，《花草周刊》尽管刚从专版中脱颖而出，创办三个月，但已展示了喜人的发展前景。上述两个专版创办的实践告诉我们：无论专刊还是专版，必须走向市场，讲求效益，才能推动报业健康发展。

上述四项体会，最重要的是凸现特色，走向市场。因为丢掉了特色就失去了专版、专刊立足的根本，也丧失了占领市场的竞争力；离开了市场，专版、专刊办得再有特色也是枉然。

《中国绿色时报》创办专版、专刊存在的主要问题有三个。其一，让专版和专刊冲破行业的局限，走向社会，还要做艰苦的努力。解决这一问题的关键是在所有重大报道领域都要找到行业与社会的结合点。由于目前对这一问题研究得不深不透，在相当多的领域内还只停留在纯行业报道的水平上，因此，所办的专版、专刊还不能得到社会的广泛认可；尽管改版、改刊之后，社会性有一定的增强，但从总的情况看，还并不尽如人意。表现在报纸的发行上旧有的发行渠道有的对改刊、改版抱迟疑态度，而新的通向社会的发行渠道还没有建立起来，正处于两难的境地。其二，完全适应社会环境的市场化的专版、专刊仅仅处于探索阶段，还缺少可资借鉴的经验；很多专题版块，还都是公益性的，很难给报社带来经济效益，而且改动起来也有一定的难度。在这方面还需要做许多艰苦的探索。其三，报社底子薄，资金不足，采编队伍还不大适应创办市场化专版、专刊的需要。报纸的改革是需要有资金投入并承担一定风险的。目前报社所能具有的资金投入十分有限，因此，不敢"轻举妄动"，一旦造成损失后果将十分严重。同时，由于涉及领域过多，采编力量显得严重不足，而且搞市场化的专版、专刊要涉足许多新的领域，编采人员的素质显得很不适应，新的作者队伍形成也还要有一个不断培养、联系和组建的过程。这也是报社所面临的一大难题。这个问题不解决，既定目标也很难实现。

然而，事在人为，改革要在不断探索中前进。只要我们能坚定信念，坚持不懈地执著追求，坚持探索革新之路，而绝不故步自封，一切难题会逐步解决，一定会在凸现特色，走向市场的实践中有所作为。

　　　　　　　　（刊登于 2000 年《中国产业报协会第五届学术年会论文集》）

新闻论稿之九

为绿色家园放歌

——记者生涯断想

一

新闻记者，是太阳底下最美好的职业。

因为，他用良知审视社会、直面人生，他把最新发生的事实准确无误地报告给人民大众，它既歌颂光明与先进，又无情地揭露腐朽与罪恶，正直与无私、同情与善良、勇敢与坚强，一切高尚的情操和健康纯真的情感永远同他的生命联系在一起，他是世界上最值得信赖的人。

我在童年时代就有一个梦想，长大以后一定要当一名新闻记者。但是，由于家境贫寒无力自费步入大学，去研修新闻专业，只好退而求其次，依靠助学金就读师范，学习教育。毕业后，顺理成章地当上了人民教师。我在"文化大革命"动乱的年代，被分配到黑龙江省伊春林区，一干就是17年，为林区教育奉献了自己最美好的青春年华。但我依然依恋新闻记者的职业，默默地期盼着那颗理想的种子能有萌发破土的那一天。

1986年夏天，林业部要创办《中国林业报》，宣传司副司长袁有德和报社副总编辑贾培信到伊春林区抽调干部，经过考核，我入选了，从此成了一名新闻记者，让我圆了儿时的梦想。那时，我实在感到自己是世界上最幸福的人。

我半路出家当记者，人到中年步入新闻行业，自知自己是报业队伍中的一名新兵，首先要做的就是：补课——补习新闻专业的全部课程，使自己成为一个完全合格的新闻工作者。从此，读书、写作、采访、研究、调查新闻事实、追踪报道线索，便成了我的全部工作。15年的新闻生涯，我穿越过焦渴的风沙线，走过茂密的大森林，踏查过水土流失严重的江河古道，也饱览过荒山铺绿的风采。只有在这时，我才真正地懂得，记者的光荣是与他神圣的社会责任紧密地联系在一起的，记者的幸福是与艰苦的耕耘相依相伴的，新闻记者既要"铁肩担道义"，又能"妙手著文章"，要为党和人民的事业负责！新闻记者永远站在社会生活的前沿，纵观时代风云，为捍卫正义和真理冲锋在前。

正因为如此，新闻记者的工作才是最神圣的，当然也是最美好的。

二

我们今天已经进入了一个全面的跨越式发展的新时代。人类已能观测到太阳 100 光年以外的宇宙，也能看到亿万分之一纳米以下的微观结构，并不断地向知识的新境界挺进。世界和平与民主的力量迅速壮大，有效地遏制了霸权主义和强权政治，形成了多极化发展的格局。虽然局部地区战争依然时有发生，但和平与民主为世界经济的发展造就了文明进步的大趋势，科学技术的新成果连续不断出现，给人类带来一次又一次的惊喜。

我们今天也正处于中华民族上下五千年的最好时期。中国人民基本上摆脱了封建统治的枷锁和对资本主义的困惑，告别了蛮荒、愚昧、贫穷和苦难，坚定了社会主义的理想和信念，在改革、开放大潮的推动下创造着层出不穷的人间奇迹。

这一切为新闻报道提供了广阔的大舞台，让我每一天都处于欣喜和亢奋之中。然而，无论是世界还是中国，都有着让人忧虑的大悲哀和大问题。特别是由于人口的迅速增长和经济的迅速发展，造成资源锐减和生态环境的严重破坏，人类生存的家园受到严峻的威胁。据此，我所处的世纪之交"绿色与环保"已成为人类共同关注的重大主题。据联合国发布的信息：至今，地球上的森林已经减少了 50%，80% 的原始森林已遭到严重的破坏；亚太地区 1990 年到 1995 年，森林面积减少了 1700 万公顷。森林锐减带来了严峻的生态危机：占世界 1/4 的土地严重荒漠化，110 个国家和地区的人民饱尝风沙危害造成的困苦；全世界每年有

600 多亿吨肥沃的表土在流失，已有 23% 的耕地丧失了肥力；有 60% 的陆地淡水资源不足，120 个国家严重缺水，干旱年复一年地困扰着人类的生存；洪涝灾害日益频繁；大量的动植物物种相继灭绝，其灭绝的速度是其自然消亡速度的 1000 倍；温室效应加剧，近 100 年北极地区冰盖层减少了 42%，海平面上升了 50%；与此同时，噪音、垃圾、污水、雾霾这些现代文明的污染物给脆弱的生态环境带来严重的创伤，"空气污染""湖泊富氧化""海水赤潮""沙尘暴""湿地流失"以及"生态难民"逐渐成为这个时代越来越流行的词语。人们的观念也在更新：森林已被视为陆地生态的主体，林业从经济类行业中解脱出来，成为生态治理与环境保护的主力军；绿色是生命的象征，被视为地球上生物多样性的源头，被看作是人类健康发展的根基；人们把生存、温饱、发展与森林状况紧密相连，植树种草、扩大森林和草地的面积、防治土地荒漠化、水土流失，治理环境污染，创造优美环境，建设绿色家园的呼声越来越高。

正是在这样的背景下，《中国林业报》改名为《中国绿色时报》，我也从林业行业报的记者成为了绿色环保卫士、一个涉足生态保护领域的新闻记者。我开始在"黄"与"绿"的激战中观察思索，深入生态建设的主战场采访人物、调查新闻事件，整个身心都沉浸在浓浓的绿意中，纵情地为绿色家园放歌。

做生态环境类记者真好，与绿色结缘让我感到幸福和向自然回归。

三

报社实行采编合一。为此，十几年来我做记者，又当编辑。外出采访，我是堂堂正正的记者；回到报社工作，我又是正儿八经编辑。稿件来自祖国的四面八方，频频地向编辑部传递着各地的信息。每一份来稿都沉甸甸的，都是一颗充满情意的心。它们包含着作者深沉的思索和辛勤的耕耘，而且寄托着作者的期待与激情。因此，编辑的工作是最不能轻浮和懈怠的。我给自己立下一条不成文的规矩：通读每一份来稿，把最有新闻价值的稿件精改精编，然后及时推上版面；不能发的稿件，只要自己有精力、有时间，就给作者写一封回信，说明不采用的原因或提出需要补充、修改的意见。这样做自然十分辛苦，但是，久而久之，在报社周围团结了一大批作者朋友，有的至今未能谋面，实在是熟悉的陌生人。文稿见报了，并受到读者的好评，这时，编辑和作者享受着同样的幸福。

有时为了精编一篇稿件，编辑付出的辛劳几乎是与作者对等的。特别是遇到上万字，乃至于两三万字的长篇稿件，从通读到形成删改思路，再到字斟句酌地修改润色，迫使你不得不挑灯夜战，甚至除工作之外，要占去一两天的工作时间；编好后，再署上作者的姓名，见报后似乎一切与编辑无关。此时，我的心是平和而宽慰的，那份超脱之感使心灵又一次得到提升和净化。我相信，不谙新闻规律的人当不了报纸的编辑，没有广博的知识当不了报纸的编辑，没有本事修改文章的人也当不了报纸的编辑，没有崇高的责任感、甘愿为别人"做嫁衣"的品德和无私敬业精神更当不了报纸的编辑。

编辑的生活是平淡无奇的，但他决定着报纸的命运；编辑劳作后，往往看不到鲜花听不到掌声，但新苗成长的泥土里少不了他浇灌的汗水，在作者的成功里少不了编辑的那份无私奉献。

做编辑，我尽心尽力；我亦无怨无悔。因为，在报纸成长进步的过程中，记录着我辛勤耕耘的脚步、向上攀登的足音。

四

记者、编辑都要有广博的人生阅历和知识，新闻工作者实在应该是通晓百科的"杂家"。做生态环保类报纸的新闻记者更要成为这一领域内的行家里手。因为，常常要采访林业专家、生态学者，孤陋寡闻的记者很难让专家们敞开心扉，更难同学者们讨论相关的话题；因为，常常要在采访中洞察各色人等的心灵世界，要把握新闻事件的历史与现实，要破解生僻的掌故，采纳地方民俗，更需要将深奥的科学道理用通俗的语言加以表达。因此，没有广博的人生阅历和知识，很难把新闻写得鲜活、厚实。

同时，与时俱进、开拓创新也应成为编辑、记者的宝贵品格，解放思想、实事求是更要成为编辑、记者的崇高追求。恪守老一套的编辑手法，一次次地重复"成绩斐然""迈上新台阶"，大唱"四季歌"和"胜利进行曲"，只能让报纸陷入平庸呆板的困境。记者一次次地重复自己，一遍遍地用八股文敷衍塞责，也会断送报社的声誉和前程。因此，创新是新闻工作永恒的主题。墨守成规、不思进取，与新闻工作水火不相容，因为这不仅辜负并背离了日新月异的时代，也会不断地泯灭新闻工作者的良知、严重地玷污党的新闻事业。记者永远是思想解放的先行者和党的实事求是思想路线最忠诚的实践者。他既敢于突破思想禁区，又能脚踏实地地调查研究，真实地反映现实，揭示违背社情民意的各种错误的倾向和问题，为捍卫真理而斗争。要杜绝一切虚假的报道，不以拥有"报道权"而谋取私利，不说大话、假话和套话，用一篇篇生动、新鲜、真实的报道去烙下自己永无休止探索的足迹。

语言是报道新闻的工具。作为一名称职的新闻记者，除了要有一腔成就事业的忠贞热血，一双借以发现新闻极具洞察力的眼睛之外，还要有一支善于表情达意的妙笔。只有这样，才能保证写出的新闻是准确无误、灵动鲜活的。常常有这样的情况，新闻人物和新闻事件是十分感人的，但到了记者的笔下却失去了光彩，只有"干巴巴的几条筋"，让人难以卒读。究其原因，并不是采访不认真，也不是素材不足备，而是语言缺乏功力。因此，要干好新闻这一行，就要随时随地地刻苦认真地学习语言，孜孜不倦地丰富自己的语汇，不断地学习研究富有表现力的表达方式，让自己的报道写得生动活泼、意境高远、流畅明快、耐人寻味。

新闻记者和作家之间没有一条不可逾越的鸿沟，相反，他们之间有着一脉相通的亲近之缘，这也正是不少名记者也是名作家的道理。

五

做编辑、做记者，都让读书伴随着我的生活。"读万卷书、行万里路"，是学者的格言，也当成为记者的座右铭。所不同的是，学者以治学为业，是从事某一学科高深领域研究的人，而记者以从事新闻报道为业，是专门发布新闻信息的人，两者都要有深邃的思想、广博的学识和驾驭语言的高超的技能。因此，不读书或对读书无浓厚兴趣而想当记者，如同想当学者一样是不可思议的。同是记者，读不读书，必有"高下之分、文野之分"和进步"快慢之分"。这也是因为，读书不仅可以去俗气，而且还可以形成思想；而有无思想和思想境界之高下，永远是衡量大、小记者的尺码。

记者要做"杂家"，读书的领域不可不博。然而，博览并不意味着滥读，当今社会，书籍浩如烟海，要想夙兴夜寐一一叩访，无论如何是办不到的。更何况当今的"书界"，由于出书的便利，利润的驱使、物流的畅通，难免泥沙俱下、鱼龙混杂，许多书读了白费工夫，甚至读了还不如不读。再加上人生苦短，杂事繁冗，实在没有时间和精力去博览群书。但弱水三千，也需取其一瓢饮，那些相关领域的扛鼎之作是不能不读的，否则会留下缺损和遗憾。对这些书，非但要读，而且要含英咀华般地精读，因为它们储存着人类文化之根的很有价值的密码。记者必须保持清醒的头脑，选择对自己开拓事业有用的书精读细读，合理地吸纳对自己有益的养分，在深入透彻的钻研中打好成就事业的基础。

十几年的新闻生涯，读书始终陪伴着我，让我饱览了文化奇峰的春色，同时也获得了愉悦身心的享受，把从中获得的认知和体验浇铸进新闻报道的字里行间，同时也改善了自己的文化气质，升华了精神境界。

前不久，我已度过了生命的 60 华诞，一种惆怅之情油然而生。我似乎感到，自己刚刚懂得如何当好一名新闻记者。可惜的是，在我刚刚闯进新闻殿堂大门的时候，工作履历表上最末的空格即将填满。

我只能期待来生，在允许我再一次选择职业的时候，我仍然选择记者——一个专门报道绿色家园情况的记者，再一次为大地母亲放歌！

（刊登于 2001 年《编通之友》第 5 期）

新闻论稿之十

20 年，只是一个开头

——纪念《中国绿色时报》创刊 20 周年断想

经过 1987 年 2 月至 6 月的 6 次试刊，当年 7 月 1 日，创刊号《中国林业报》正式出版了。我按照宣传司吴兰芬司长的指示，数清 50 份散发着油墨香的报纸，兴冲冲地送到当时主管我们报社的副部长董志勇同志的手里。他放下手中的工作接过报纸，激动地赞叹说："啊！真棒！"

"啊！真棒！"这，既是对我们全部工作的肯定和鼓励，也是对《中国林业报》这个新生儿的诞生所表达的衷心祝福和赞赏。我不禁浑身热血沸腾，心里充满了无限的幸福感和崇高的使命感——这，恐怕是我们第一届林业报人此时此刻所拥有的共同心态。

一

从此，我们报纸通过邮路飞向了全国各地。林业系统有了自己创办的报纸，信息得到了及时的沟通，分散在千山万壑间的林业单位仿佛一下子距离拉近了，部里指导工作也有了便捷的渠道。

这是当时的认识，还没有意识到这张报纸将是中国绿色新闻的重要载体和处于生态建设前沿的大众传播媒介。

报纸当时是周一刊。创刊初期，报社只有二十几个人，还没有建立党委，也没有相对集中的办公场所，采编稿件全靠纸和笔，印刷报纸也是老式的铅字排版，全国没有建立任何记者站。——一切处在草创阶段，主办者真是日理万机！

之后不久，报社建立了党委，机构健全了，并在全国绝大多数的省（区、市）建立了记者站。办公地点渐渐地集中着，随着队伍与规模的不断扩大，最后报社有了独立的办公楼。报纸改用激光照排，也由周一刊发展到周三刊，直到现在的周五刊。采编及办公系统全面实现了网络化，编辑与作者完全用电子邮件进行交流，记者外出采访也带上了笔记本电脑和数码相机，电子网络在一次次地升级。

更重要的是，报纸所关注和报道的内容发生着深刻的变化：由浅层次的报道不断向深层次报道推进，由单一的中国林业发展报道向全方位的生态建设报道推进，由面向计划经济体制进行报道向自觉地面向国内外林业和生态产品的大市场展开报道推进。1998 年开始更名为《中国绿色时报》。从那以后，报社更加注重了报道的时效性（开始印制周五刊）、可读性、服务性以及作为大众传播媒体的社会监督作用；各种"专刊"也在报纸上相继出现，花样翻新。现在回过头来看一看，有时表现得虽然有些幼稚和不冷静，却蕴含着一种可贵的积极进取的探索精神。

在改革大潮的推动下，伴随着祖国的成长与进步，报社的发展走出了一片新天地。

二

回顾 20 年来报社成长发展的历史，我的心里不禁涌起一种庄严的神圣之感。

我们全社的绿色报人用自己的抱负、理想、意志、智慧以及良好的审美情趣、纯洁执著的人生追求和顽强探索的精神，努力成就着一项神圣的事业。那就是让祖国的大地尽快地绿起来，让林业产业尽快地活起来，让广大的林农群众尽快地摆脱贫穷，过上富足美满的新生活，让山川草木和野生动物得到自由和安宁，让蓝天碧水重归人间，让社会、自然和人伦走向高度的和谐与文明。

在当今时代，这无疑是太阳底下最神圣的事业！

20 年，这在川流不息的历史长河中只不过是微不足道的一瞬间，但是，对于一个人来讲，能以报人的资质生活、工作和战斗，用去的却是人生中最为宝贵的生命年华，这的确是弥足珍贵的。但献身于如此伟大而神圣的绿色事业，我们无怨无悔。因为，是我们用自己的双手翻开了中国绿色报业发展的第一页，是我们用自己的心血浇灌着生态文明传播之花，是我们这一代人为绿色新闻事业的成长做了具有奠基意义的重要工作。有了这些就已经够了，其他的属于自己的得失荣辱以及曾经遇到的挫折和困难，都可以忽略不计了。

因此，我们这些第一代绿色报业的拓荒者是幸福的。

三

在这一代绿色报业拓荒者的行列里，最重要的是林业部的高层领导和以吴兰芬司长为代表的相关领导，他们直接操作了中国林业报社的孕育和诞生，是报社这个新生婴儿的"接生婆"和孩童时期的哺育者。20年来，林业部(局)历届党组的领导始终关怀着报社的成长，殚精竭虑地为报社谋划着发展大计，不断地开辟着正确的前进航向。没有部(局)领导付出的艰辛努力，就没有报社的今天。

在这一代绿色报业拓荒者的行列里，还有各省(区、市)厅(局)的主要领导和以凌纯阶、李广联等为代表的记者站的一届又一届的相关领导，他们为组建遍及全国的通讯员、作者队伍，扩大报纸的发行做了大量的细致入微的工作，为报纸采写要闻，不厌其烦地接待并陪同报社记者下基层采访，为扶持报社成长作出了不可遗忘的重要贡献。

在这一代绿色报业的拓荒者中，还应该有热心参与办报的通讯员和来自五湖四海的作者们。他们为报社编辑部源源不断地提供着稿件或善意的批评与热情的帮助。在20年谱写的绿色新闻乐章里有他们奉献的乐句和音符。

四

20年，只是一个开头。

我深信，绿色新闻之树常青！我也深信，开一个好头对于做任何事情都是重要的。

报社成长发展的20年，已经为绿色报业的发展实实在在地开了一个好头。因此，我深信，报社未来的前途将更加美好！

在绿色新闻从业的实践中,我的最重要的感悟是,责任义务、尊严荣誉、勇气信念,这是构建绿色报人思想品格的灵魂,特别是在浮躁喧哗的市声中,这是永远需要固守不变的潜质,否则,你担当不了这神圣事业所托付的重任。值此纪念《中国绿色时报》创刊 20 周年之际,愿以此与报社的年轻同志共勉。

亲情　友情　乡情

我的母亲

　　我的母亲郝凤珍，1912 年 7 月 6 日（农历壬子年五月二十二）出生于河北省阳原县辛堡，昨天——2012 年 7 月 6 日（农历壬辰年五月十八）正是她诞生一百周年的纪念日。

　　母亲，她是一个平凡而又伟大的女性，她的一生经历了动荡不息的社会变迁、旷日持久的贫穷、"丧夫"丧子的心痛、养育儿女的艰辛、顶着沉重的政治压力度日的苦难，以及为我们——她的孩子们健康成长，操碎了心，并付出了巨大的辛劳，……在中国改革开放已见曙光之际，中国人开始要有好日子过了，却积劳成疾，在 1991 年 10 月 28 日晚 8 时，溘然长逝，永远地离开了我们。

　　我们李氏家族、他老人家的后辈子孙，以及与我们有着深厚的亲情友情联系的亲朋好友，济济一堂，共同纪念我的母亲郝凤珍夫人百年诞辰，又一次寄托我们的哀思和无尽的眷恋，我感到无比欣慰。

　　我们之所以纪念我的母亲，是因为，在她那疲惫羸弱的身躯里，尤其是在她那宽广纯净的心灵里有一个储量丰富的精神富矿，那里蕴含着中华民族劳动妇女巨大的精神财富，尽管所有这一切都已化作文化基因浸透在我们悠远绵长的血脉和每个人的心灵里，已在悄无声息地传递与继承着，但是我们还是要自觉地开掘这个精神富矿，把其中最有价值的精神因子挖掘出来继承下去，回归家族的亲情友情，过好我们的生活，同时回馈社会，尤其是清醒而自觉地关照后辈子孙，继承和发扬其中的优良传统，激励孩子们找准人生的坐标，引用鲁迅先生的一句话，叫做"幸福地度日，合理地做人"，我想，这一定是很有意义的。

一

　　我的母亲长得很美。她中等身材，方正的面庞，高高的鼻梁，有一双极其和善的眼睛。在我的记忆中，母亲从不打扮自己，因为她没心思、没兴趣、没动机、没时间也没有稍稍奢侈一下的条件来打扮自己，她心里只装着别人，从来就没有装过自己。但在她孩子们的眼里，她是最美的。她的美是与生俱来的，是艰苦的生活磨砺出来的，是天地造化所赋予的——让人一望就有一种亲近感、归属感、愉悦感。因此，母亲美丽、鲜活的面容永远珍藏在我的心中。

母亲出生在桑干河畔辛堡村郝家的一间土窑里，不远处有一棵大柳树，家里开着一个不大的车马店儿，间种薄田，家穷，没念过书。她在家里排行第三，舅舅叫她"三姐"，舅舅家的孩子们叫她"三姑"。嫁给父亲以后，她的名字就没有了，以"李氏"或"李郝氏"相称。因父亲在其兄弟间排行第二，家里与她平辈的称她"二嫂"，侄子们叫她"二大娘"，北京胡同里的街坊们都叫她"李大娘"，我们则叫他"娘"。"郝凤珍"是建国后父亲给起的、堂堂正正地写在户口本上的真名大号。

父亲读过书，略有才气，为人笃实，在家乡教过书。据家乡人说，抗战期间，他宣传过爱国思想，和三兄弟一起参加过抗日，光复后在国民党统治下的政府里任过职、做过事，甚至当过两三个月县长，后来国共两党战事紧张，被调任国民党第九兵团教官。社会动荡、你死我活的政治斗争搅得他心神不宁，心情极度苦闷。在两种命运决战的最后关头，他虽然选择了弃暗投明，追随傅作义将军在绥远（今内蒙古呼和浩特市）起义，归顺了中国人民解放军，但在1950年的镇反运动中，还是被错定为历史反革命；虽然1986年中华人民共和国统战部和河北省军区予以甄别平反，但其人至今不知所终。

父亲的一生是一个巨大的悲剧。他的悲剧人生，也给家庭造就了极大的灾难。这在"以阶级斗争为纲"的年代里是可想而知的。这就造成了母亲在政治风雨摧残下的苦难生活。

母亲自嫁给父亲以来，就把自己的人生理想、兴衰祸福都义无反顾地托付给了父亲。她对父亲忠贞不二，倾心相许，并竭尽心力地为父亲营造着可以安放心灵的温馨港湾。她非常尊重父亲，一辈子没跟父亲吵过架、拌过嘴，相夫教子不辞辛劳。

抗战胜利后，父亲经人介绍从家乡出来做事，就职在张家口（当时为察哈尔省省会），让母亲在家侍奉公婆。不久奶奶已定居北京，家里尚有年近九十高龄的太太（父亲的祖母），母亲一直精心侍候，直到太太寿终正寝才带着儿女到张家口和父亲团聚。

在封建家族中，媳妇也者其地位一如下人。母亲终日辛劳，不得安闲，既要养育自己的儿女，又要小心翼翼地侍奉公婆，还要为兵匪作乱担惊受怕，虽嫁给了揣骨瞳的"名门望族"，但她在家乡的生活却与安福尊荣无关，而郝氏家族善良本分的遗风让她继承下来，也让李氏家族宽厚包容、坚忍不屈的品格在她的心灵里扎下了根。

二

母亲一生养育了七个儿女，都是她的亲生骨肉。但在 1947 年到 1950 年的四年间，由于社会动荡和家庭极度贫困，先后夭折了大哥、三哥和七弟三个孩子。晚年，二哥的去世——白发人送黑发人，更使她悲痛不已。

先是大哥夭折。大哥从老家出来到北平弘达中学读书不幸染上了肺结核。父亲带大哥求医问药。医生说，可治，但需要两根金条。父亲当时在察哈尔省国民党政府做职员，虽有一定的俸禄，但上有老下有小，而且正在资助五叔和另外两个亲戚的子女读书，家里的日子过得依然捉襟见肘，哪里去弄两根金条？只好眼巴巴地看着孩子一天天地消瘦。母亲日夜操劳并对大哥精心调养，也无回天之力。大哥死时只有 14 岁，母亲内心的伤痛溢于言表。她攥着大哥的手，眼泪扑簌簌地下落，无声地啜泣着。那一幕至今犹在眼前。

大哥死后，肺结核像魔鬼一样纠缠着我们家。先是我被感染了，接着是三哥。我的肺病让家里不得安然，同样是治不起；母亲黯然神伤，同样是呵护备至。我已经骨瘦如柴，父母已在张罗后事。突然，患上了急性疟疾，父亲的收藏中有早已过期的金鸡纳霜（即奎宁），一种白色的粉末，用已发黄的白纸包着。危急之时，顾不了许多，只能死马当活马治了。没想到奇迹出现了：吃上金鸡纳霜，不仅疟疾症状在几日后消失，而且肺部的结核菌不知为什么也被绞杀殆尽。一家人喜出望外。冥冥中似有上帝在眷顾，但我更相信，是"以毒攻毒"和母亲的精心调养给了我二次生命。

可七弟和三哥就惨了。

当时正值北平解放前夕。见我病情好转，父亲走了，先是不知去向，后来知道，他参加了绥远的"九一九"起义，被整编进中国人民解放军的队伍里。有消息传来，他在绥远整编学习，部队实行供给制，家庭生活无着落可随其到绥远，每月供给一定数量的糜子米和土豆。有这些给养，勉强可以糊口。当时北京已家徒四壁，贫穷到乞食谋生的边缘，母亲在三舅的帮助下拖儿带女地举家迁往绥远。父亲把自己的全部津贴费悉数交给母亲，由母亲来打点一家人的生活。当时，部队只给土豆和糜子米，而且限量供应；除了吃饭之外，一家人还要租房住，要买烧柴做饭取暖，菜可不吃、油可不用，但盐却不能少，母亲还想让大一点的孩子上学念书——这些都需要钱。父亲在部队里是不许回来的，母亲精打细算地支撑着一家人的生活，夜以继日地辛勤忙碌。这时，三哥的结核菌潜伏期已过，病情凶狠地显露出来。他的病变发生在右脚面上，医生说是骨结核。先是红肿，进而溃烂并不愈合，最严重时皮下组织溃烂，露出白花花的骨头，渐渐地骨头的碎渣开始脱落。缺医少药不说，营养也跟不上。听人说，产妇分娩时分离出的胎盘营养价值很高，生完孩子胎盘就扔掉了，跟医院要了，拿回来洗净，焙干，擀成细粉服用，可做营养品滋补身子。母亲一双小脚，冒着烈日沙尘，步行十几里到地处郊区的部队医院讨取这种胎盘，三天、五天就要去一次。我跟着去过几次，每次都累得筋疲力尽。而母亲回来还要忙着清洗胎盘，精心焙干，擀药面，还要忙活一家人的饭食，缝缝补补，洗洗涮涮，一直忙到深夜才能睡下。给三哥清洗伤口，是每天必做的，一天三次。母亲不知从哪里听说，用压豆腐挤下来的水清洗创伤，可有消炎的功效。每次给三哥换药，她都到附近的豆腐房去要这种热乎乎的废水来处理创面。她做得小心翼翼，生怕三哥疼痛。砂布重复使用，总要洗得干干净净。三哥很听话，从来不哭不闹，可能怕母亲伤心；母亲只在背地里哭，面对三哥总是笑语盈盈。

三哥的病情正让母亲烦心的时候，突然，初冬的一场感冒夺去了七弟的生命。

七弟刚两岁多，长得活泼可爱，在苦难岁月里是母亲的"解心宽"（犹如今天说的"开心果"）。七弟的感冒已烧成了肺炎，母亲整日价抱着七弟，喂稀米汤他也喝不进去，最后让二哥卖了一床家里最好的被子——说"最好的"，只是没有补丁罢了——才请到一位医生，医生来家看了七弟的病，说必须马上打链霉素消炎退烧，其他的办法治不了。说罢，医生走了，母亲惊慌而无奈，当晚七弟就断气了。七弟已经死了两三个时辰了，母亲还把他搂在怀里，眼泪一滴滴撒落在孩子的脸上。

父亲难得准假回来，回来也是稍坐一会儿就得匆匆离去。七弟去世三天，他才回家。知道了噩耗，他坐在炕沿上默默垂泪。

三哥的病由于根本得不到救治，没过多久，也去世了。去世时，他只有13岁。母亲十分看重三哥，因为他极聪明，读书几乎过目不忘，母亲痛惜没能把他抚养成人。三哥死后她几天吃不下饭，睡不着觉，不知道流了多少泪。

不到三个月，母亲先后又失去了两个孩子，她太苦太累太伤心，大大地病了一场。她病了也不躺下休息，只是忍受着病痛的折磨，该做的事照常去做，她需要看护自己的其他儿女。

这一年的春节，家里断粮了，再也没有可卖的东西换钱了。三十晚上、揭不开锅，屋里只有一盏小油灯，我们兄弟姐妹四个人围着母亲，听他讲老家的故事。她说，你们爹忙，不过，米他会背回来的，明天你们都穿上新洗的衣服好好过年。今天晚上娘给你们"道道古"（就是讲故事）。我们谁都不说话，静静地听她讲，慢慢地睡着了。

三

在中华人民共和国成立初期，母亲也有省心愉快的好时光。可惜太短暂了，区区只有半年左右。

1951年春，父亲整编结束，分配到河北军区分科医院（现驻北京通州的二六三医院前身）担任文化教员。父亲工作在河北保定市里，作为其家属的我们生活在离市区八里的焦庄，住老乡家，吃食堂里的大锅饭，以学习为主，附带干一点农活儿。二哥是儿童团团长，带领家属中的大孩子唱歌、军训。一家人生活得有滋有味。但好景不长。到这一年秋天，席卷全国的镇反运动开始了。9月里的一天，父亲被河北军区保卫部逮捕，定为历史反革命。消息传来，势如晴天霹雳！从此，我们再也没有见到父亲。10月底，母亲领着她的孩子们，蒙着一身的羞辱并怀着恐惧的心情告别了这梦幻般的生活，投奔居住在北京的奶奶。秋风看似那般的凄凉，落叶在空中纷飞，天阴沉沉的，似乎很冷。记得，坐火车到北京的那天晚上，由于找不到奶奶家，就在前门火车站前面的空场上，母亲给我们围着被子坐了一宿。我依稀记得，母亲，她哭了。但离开焦庄时她没掉一滴眼泪。

奶奶住在西城区南太常胡同的一所小杂院里，过去是公寓，每个屋子的间量都不大。在这院里，奶奶租了两间房，把院内南房最靠里边的一间腾给我们居住，只有9平米，放进一大一小两张床，人多就转不开身了。这里就成了我们兄弟姐妹成长的地方。

刚安顿下来没多久，警察就以查户口为名，上门问母亲：你男人跑到哪里去了？知道就如实交代！由此得知父亲没有死，但他人在哪里，确实不得而知，这终于成了历史的疑案，并直至今日。但当时母亲惶恐悲伤的情景始终萦绕在我的心中，我不知道如何安慰母亲破碎的心。警察每隔三日、五日就要上门问话一次，街坊邻居时时侧目。母亲是最要脸面的人，"不可忘记：人活脸，树活皮"是她贯彻终生的遗训，如今在百感交集中又添加了屈辱，望着未成年的孩子，她只能选择忍受和沉默。

奶奶上过私塾，识文断字，有见识，能担当，亦能谋划大事，是我们全家的精神支柱。可惜，年事已高，四叔1956年从部队转业以后就把奶奶接到新疆去了。奶奶一走，母亲更显得无依无靠。

这时，堂弟树桐，父母双亡，也到了我家，母亲视为己出，和所有的子女一样疼爱抚养。二哥尚未成年，就已千方百计地找工作帮助母亲抚养弟妹。他先在一家裁缝铺给人家记账，每月挣9块钱，16岁那年到电车公司当了售票员。工资 24 块钱。他每天喝饱了白开水去上班，一天只花一角一分钱吃饭，其余的全交给母亲补贴家用。这时，远在新疆工作的四叔和五叔隔一段时间寄些钱来接济我们，这样勉强可以维持最低水准的生活。

我不知道在母亲身上何以能有如此巨大的能量，她像一架永不休止的机器，成年累月不停地运转。母亲从街道上揽活儿来干，屋里不足两平米的空地和窗前的小夹道有限的地面都成了她的生产车间，放上洗衣盆，清洗脏兮兮、油腻腻的工作服，或是拆洗散发着异味的被褥，做完这些活儿，就坐在床沿儿上锁扣眼或绣花。母亲衣服洗得干净，针线活儿做得也好，每次都按时交活儿，而且报酬不论、力气不惜，雇主愿意让她做，活儿源源不断地总有。但她挣得全是辛苦钱。

四

母亲住的小南屋只有 9 平方米，一家 6 口人挤住在一起，夏天闷热，冬天阴冷，终年不见阳光。但房租便宜，一个月只要一块五毛钱，因此她不觉其苦。她不管活儿多忙，自己多累，总要把屋子清扫得干干净净，收拾得清清爽爽。邻居们都说："李大娘是个勤快人。"我们小时候穿的鞋都是母亲亲手做的，衣服也是她亲手缝制的。她还给我做过很好看的背心，不过是旧衣服改制的。我有一个书包，蓝色的，是母亲自己缝制的。我从上小学开始一直背到大学毕业，几乎一天也没离开过身。上面有不少补丁，有的地方是补丁摞补丁，但是，母亲缝补得很巧妙、很精致、很好看，我背着一点也不觉得寒碜。毕业时，北京师范学院中文系要办展览，把我的学习成绩推到了展台上。团总支书记李燕杰老师特意找到我，对我说："树明，把你的书包留给学校吧，做个纪念。"我觉得这是母亲的光荣。

在我们还不太能自理的那些年月，母亲离不开手的，一个是针线盒，一个是碎布头，还有一个是水胶碗。母亲常把我们的衣服洗得干干净净，破了就挑合适的布头及时补好，绝不隔夜；鞋帮磨破了，就用水胶粘好，也绝不隔夜。母亲每天不管多累，都要把我们的衣服、鞋子一一检查完，缝补好，安放好，她才睡觉，常常要忙到午夜。第二天，她比我们谁都起得早，又开始忙碌起来。母亲不会说，但她心里明白，孩子们在学校里仪表整洁，老师、同学都会喜爱，这对孩子的心灵也是一种慰藉和关照，有利于他们健康成长。因此，苦点、累点，值得。因为生活拮据，我们很少买新衣服穿，都是大的穿短了，转给小的穿。记得我们兄弟姐妹，只有在加入少先队时，母亲为了奖励我们才给买了或做了新的白衬衫、蓝裤子，再给两毛五分钱在学校买条红领巾。我上大学时穿的是二哥发的穿过了还能再穿的工作服，蓝裤子，蓝上衣，里面的背心是母亲给做的：把袖子一卷，过夏了；秋天凉了，把袖子放下来；冬天里边穿上旧棉袄、旧棉裤，既体面。也不冷。在母亲的影响下，我总要把衣服洗得干干净净，破了带回家，母亲会给补好。这样我在学校渐渐地还有了一点名气。有人问："谁叫李树明？"认识我的人会说："就是中文系那个三伏天儿穿蓝褂子的。"逢年过节，母亲也要想方设法给孩子们改善一下生活。端午节，母亲也给我们包粽子吃，粽叶是去年或前年用过的，吃罢粽子，能用的叶片一定洗净收好，以备明年包粽子再用。中秋节没钱买月饼，母亲自己做月饼，孩子们一样吃得香甜。

母亲自己虽然很苦很忙，终年不得休息，但她很愿意帮助一切需要帮助的人。母亲小屋的门框上有一个长钉子，露着大半截，像一个小挂杆儿，是院里人钉的，用来挂街坊家的钥匙。尤其在冬天，这个"挂杆儿"用处可大了。街坊邻居不管谁上班走了，开门，打一声招呼："李大娘，钥匙挂这儿了。"他的家就交给母亲了。母亲会记得什么时候要看看炉火，什么时候要加块蜂窝煤，什么时候给哪个孩子热饭，并一一做得井井有条。这真是一种真诚的信赖和托付。在今日之中国，起码是北京，已经不多见了。这，真真切切地写在母亲平凡的历史上。这也说明，在母亲生活的圈子里，她的确是大家最信赖的人。

母亲虽然很穷，但她同情并愿意帮助比自己更穷的人。记得，我在小学读书的时候，不愿意走路，或为了多看点书就中午带饭吃。当然，并不天天如此，家里有剩饭才带，没有，上午放学后就乖乖地回家，吃完饭再去上下午的课。我们班有个叫穆双喜的同学，家里常常没饭吃。

一天中午，我发现他趴在座位上哭，问他才知道，是饿的。父亲死了，母亲病了，没钱买粮食。我安慰他，把带来的窝头和白薯跟他分着吃。第二天我坚持要带饭，而且跟母亲说我还想多带一点，母亲没在意，当然是约好了和穆双喜一起吃。第三天还要如此，母亲发现不对劲儿，就让我说实话。我把穆双喜的家境告诉了母亲，母亲应允了。后来母亲从不限制我带午饭，而且每次都悄悄地给我多带一点，偶尔还在头一天晚上蒸几个馒头，说是给我们明天带午饭吃的。这让我很感动。穆双喜终于撑不住，最后辍学了。这大概是1955年前后的事情。13年以后，我被分配到黑龙江小兴安岭伊春林区工作，在一个林业局的中学里教书，这时文化大革命开展得如火如荼，我的心绪沉落在孤寂和凄凉之中。一天，突然接到穆双喜的来信。真是太意外了！他在信上说，他辍学以后，捡烂纸卖，帮人拉排子车，在小店里帮过工，什么苦活累活都干过；后来参了军，现在是部队的排长。他回忆了儿时的岁月，很难忘我们共同分享母亲给我带的午餐，让我有机会向他至今没见过面的这位善良的妈妈表达他的敬意。看完这封信，当晚我无法入睡，它使我想到我和母亲的处境与现实的巨大反差，越发哀叹母亲命运，不知是感动还是悲伤，不由得泪水流淌在腮边。那一晚，我特别想念母亲，大冬天的，她在寒风中扫街，不知道有没有暖和一点的手套？

五

母亲生前有一个巨大的奇迹是不能忽略的。

1961年北京市进行肺结核普查，给所有的市民免费照透视，在人民医院，是弟弟树陆陪母亲去的。体检中，医生在母亲拍的肺部影像上发现有非常吓人的孔洞，断定母亲曾患过严重的肺结核，但已经钙化。医生对树陆说，吓坏我了，是一场虚惊。那些孔洞都已钙化，不是病灶。他指着片子又说，你看，你母亲当年得了多么严重的肺结核，这些孔洞像筛子眼儿一样。她没有治疗？是怎么好的？这简直是个奇迹！

母亲一心想着她的儿女，唯独没想过自己。她生病从来不说，有药就吃，没药就扛着，就这样跌跌撞撞地一直活到79岁。这，在中国当时那种经济贫困、社会动荡的环境里，应该算是高寿了。街坊老梁说，这是李大娘修来的福分。母亲有没有福分不敢讲——我作为她的儿子，一想到母亲的"福分"，就感到汗颜——但我通过母亲的长寿更相信孔夫子"仁者寿"的断言。

在我的记忆里搜寻不到母亲任何一点特殊的嗜好。勉强地说，随着孩子们一个个长大成人，相继成家立业，家里的经济状况开始好转，母亲时不时地喝点茶。但她从来没有自己提出去买茶叶，都是孩子们买了交给她劝她喝的。她打开茶叶桶，欣喜地闻一闻，称赞："好香！"脸上充满了笑意。其实，是对孩子们对她回报的赞许，其中确也洋溢着一种幸福感。既然有了香喷喷的茶叶，她想起来就会自己沏上一碗。还有，就是爱吃油炸糕，八分钱一块。记得我开始领第一个月工资把钱带回家来，交给她时，她说，你马上要到东北报到工作了，这钱就是路费，不能动。你就给我买块油炸糕吧。这是她多少年来唯一的一次向我——她的儿子提出的给她买东西的要求。她爱吃的油炸糕，是从小珍藏在记忆中的天底下最好的美食。

喝茶和吃油炸糕，这是我最终断定的属于母亲的嗜好。我每逢母亲的忌日，一个人向隅沉思，默默地祭奠她，想起她的这一嗜好，心里就充满惆怅，有时还一阵阵地感到心酸。

母亲晚年最劳累的是抚养孙子。先是二哥的长子小磊出生了，她把小磊抱在怀里，有一种悠长的幸福感。但二哥二嫂心疼母亲，基本上是自己带孩子。1966 年，在扫四旧最恐怖的日子里，妹妹的大东出生了，母亲从医院直接把大东抱回家，一直抚育到上学住校为止，妹妹的二东上学以后也一直和姥姥生活在一起。后来，我的长子文超也被要到了母亲身边。她对我说，东北冬天太冷，生活艰苦，还是把孩子交给我，将来让他在北京念书。树桐的两个女儿，都是自己带大的。最后是树陆的小倩出生。小倩虽然长期生活在自己父母的身边，但也承受过祖母的爱怜。对小岩、小颖、小韧和文平，母亲虽没亲自带过，但也不时牵挂。母亲给她带的孩子们做饭、洗衣服、洗脸、洗澡，病了求医喂药，其辛苦与劳累是可想而知的。这和我们今天有了孩子动辄请保姆的现实比较，自然相别天壤。

因此，我至今想不明白，母亲的晚年何以有这种勇气去担当如此劳累的重任，她的筋骨难道比钢铁还要坚强？但是，事实告诉我，母亲她只为别人，不顾自己。1976年唐山大地震发生在雨夜里，母亲偌大年纪，硬是连抱带拖地把两个熟睡的孩子（大东和文超）弄到院子当中，表现出的不仅是体贴和关爱，还有勇敢和智慧。后来，母亲的腰椎发生骨折，默默地忍受着疼痛，背着儿女自我疗伤，每天照常给孩子们做饭、洗衣。依靠自然愈合，骨头错位了，从此母亲的脊背驼了下来。直到春节探亲回来，我才发现异样，才从邻居的口中知道了实情。我的心灵被深深地震撼了：这需要怎样的忍耐和毅力呀！

母亲的晚年，比起其自身的疾病和痛苦，最让她感到惨痛的事情，就是二哥的去世了。二哥和母亲相依为命，不幸在49岁上患了肺癌。头一年，医生误诊，说是肺结核，治疗经年不见效果，后来查出是恶性肿瘤，已是晚期。这对我们这个家庭几乎是天塌地陷般的巨大灾难。二哥同母亲一样，很少有轻松快乐的时光。他对母亲关爱至深，对弟弟妹妹们体贴至深，既教诲又抚养，为长兄亦为密友，遭此厄运让人心如火燎。二哥怕母亲担忧，叮嘱我们对他的病情要守口如瓶。当时二哥的两个孩子都在读书，家里极度拮据，二嫂终日以泪洗面，对她来讲更是难上加难，苦不堪言。虽然全家人竭尽所能、千方百计、四处求医，但终究未能留住二哥。二哥弥留之际，我从伊春林区匆匆赶来，树陆也从平谷赶到，一起陪着二嫂和两个孩子在医院里，边守护二哥，边准备二哥的后事。这样八天八夜，二哥在沉沉的昏迷中，始终醒不过来。眼看已经不行了，只好回家告诉母亲。母亲一脸的惊愕，站立不稳。对我说，其实我早已料到了，说着，眼泪已经流了出来。母亲赶到医院二哥已经咽气了。母亲用颤抖的双手抚摸着二哥的全身，嘴唇抽动着痛哭起来。此情此景，让我悲痛无比。

六

母亲1991年10月21日因肺心病加重住进中日医院急救观察室，

24 日晚转入病房，26 日转入中医老年科病房，27 日病情更加严重，28 日晚 8 时停止了心脏跳动，永远离开了这个世界。11 月 1 日，我们怀着无比悲痛的心情护送母亲的遗体在八宝山火化，11 月 20 日上午把老人家的骨灰安葬在京西佛山陵园。她在重病期间，只占用了亲人们 8 天时间，抢救治疗、火化安葬只花了 5792.37 元，如此而已。

母亲给予我们的极多极多，而我们给予她的极少极少。我每每想到这些，心里都充满了深深的愧疚。

母亲在住院之前的几天对我说，我看来不行了，只能做这些了。孩子们都好，你们要好好地培养他们。我这一辈子对得起你们，但我歉媳妇们的，结婚时我连一个像样的物件儿都没给过她们，……。她可能想念父亲，但临去世也没有提起过。

世界上的人，按道德标准划分，可鉴别为三大类：一类是损人利己者，另一类是利己却不损人者，还有一类，即如母亲，是损己利人者。第一类人多了，这个社会就会你争我夺，灾难无穷，社会动荡，民不聊生；第二类人占大多数，这个社会将会处于均衡发展的态势，但缺少凝聚力，人与人之间敬而远之，绝不心心相印；唯有第三类人多了，这个世界才能真正地充满爱。这也正是我崇尚母亲的深层次原因。

母亲是地地道道的家庭妇女，她不识字，也没有任何社会性专业技能，因此她不可能直接高效益地为社会做出贡献，但是，她纯洁无私、含辛茹苦地养育了她的儿女还有后辈子孙，耗尽了自己全部的情感、精力、心血和汗水；她奉献极多，而取之极少，并无怨无悔她始终是一个高尚的人，一个心灵纯净的人。

母亲的言传身教，真是深入骨髓，它深刻地影响了我们的一生。多少年来，从二哥开始直到树玲、树陆、树桐，我们兄弟姐妹在她的哺育和影响下，淡泊名利，低调做人，绝不追求奢华享受，厌恶暴殄天物，不歧视地位低下的人，并同情普天下的弱者和穷人，遇有别人正当的诉求，愿意尽可能地给予帮助，而且只做好事，绝不做坏事。我以为这是一种最起码的人生选择，以此为原则——这是母亲贯彻始终的人生原则——来处理人与人之间的关系，家庭内部各成员之间的关系，人与社会之间的关系，以及自己心灵世界中各种矛盾之间的关系。我想，不管按照旧道德还是新道德来看，这都是堂堂正正的人生。

母亲，她承受的苦难和屈辱太多太多，她得到的回报太少太少；她襟怀博大，纯洁无私，只求奉献，不慕享受。这样的母亲，连她的孩子都想不到认认真真地去纪念她，那么，这个世界对她来讲，也就太冷酷了。这也正是我们今天之所以要在家庭内部公开纪念她的动因。

纪念母亲就是要弘扬她甘于奉献、损己利人的精神，吃苦耐劳、无怨无悔的优秀品质，善良无私、宽厚包容的高尚情操，以及忍辱负重、坚忍不屈的刚强性格。这些，都是母亲留给她的子女乃至孙子、孙女们最可宝贵的精神财富，我们需要认真地继承。

我的母亲，她在我的心中，永远是最圣洁的女神，是至高无上的楷模，是我取之不尽用之不竭的力量源泉！

母亲的精神永在，母亲永远活在我的心中！

阳原——我们的故乡

关键词：阳原县　泥河湾　揣骨疃
李氏家族　过去　现在　未来

我们的故乡——河北省阳原县，是一片古老而又神奇的土地。她生动地记录了东方人类起源、生存、发展的艰难历程，也孕育了中华民族源远流长的文明根基；同时她也是我们李氏家族繁衍生息的摇篮。

我们的父辈都出生在这片热土上的一个叫做揣骨疃的村庄里。他们在这里度过了少年和青年时代、后来把我们带到全国乃至世界的其他地方。故乡，她与我们息息相通、血脉相连，让我们梦魂牵绕、割舍不断……

一

提到阳原县，首先要说泥河湾。因为，泥河湾是故乡最亮丽的一张名片。

泥河湾，是阳原县境内桑干河畔的一个只有 90 户人家的小村庄。村庄虽小，名气却大。

一位叫做文森特的法国传教士到泥河湾传教。就是他，在 1921 年发现了泥河湾的特殊地貌，同时还发现这里有大量的贝壳、蚌类和哺乳动物的化石。他将这一发现欣喜地告诉了同在中国传教的法国古生物学家桑志华、德日进和美国的地质学家巴尔博，引起了他们极大的关注。由此，拉开了国际研究泥河湾的序幕。之后，随着他们的发掘和研究，"泥河湾地层""泥河湾动物群"相继被命名，并得到国际上的认可。文森特在这里定居了，一生也没有离开过泥河湾。村中有教堂，教堂的旁边就是文森特的家。

考古发现，两百多万年以前，这里是一个面积达 9000 多平方公里的大湖，阳原县就在大湖的东北靠近湖畔的地方。后来，随着气候的变化，许多动植物遗骸被沉积到湖底，形成化石。大约又过了 20 万年左右，由于地壳运动，湖底上升，大湖渐渐消失，湖的底层裸露出来，这就向世人展现出了沉睡在我们故乡的"泥河湾地层"。泥河湾地层的特定标志是，含有大量的远古时期的哺乳动物化石，它是包括早更新世、中更新世和晚更新世的跨越时代的地层，是国际上进行第四纪地层对比研究的标准地层。

建国以后，中国有了自己的考古专业工作者，对泥河湾地层进行了不间断的考古发掘和研究，出土了数万件古人类化石、古动物化石和各种石器。这些石器，出现在旧石器时代的早期、中期和晚期，揭示了那个遥远时代漫长的发展历程，都是远古人类的珍贵遗存。截至目前，中外考古学家共在阳原发现了 160 处古人类遗址，百万年以上的遗址就有40 余处，特别是在 1978 年发现的距今 136 万年的小长梁遗址，在 2000年，被作为人类最北端的活动地点镌刻在北京中华世纪坛青铜甬道的第一块铜牌上。其文如下：

距今 300 万~200 万年

人类已经出现。在中华大地，黄河尚未形成，

今天的黄土高原是茂密的森林和气候温润的大草原。

距今 200 万~100 万年

我国云南、四川、山西、河北已发现这一时期

直立人化石或文化遗存，最北一处石器地点是河北

阳原小长梁。

中华大地的古人类开始用火。

更可喜的是，2001 年，在故乡又发现了距今 200 多万年以前有人类活动迹象的马圈沟遗址。这一发现，使泥河湾震惊了世界！过去，世界公认的人类起源地惟有东非的奥杜维峡谷，马圈沟遗址的发现对这个"人类起源单一论"提出了严峻的挑战。从此，泥河湾被誉为"东方人类的故乡"。

我们常说，中华文明上下五千年，可谁能想到在我们的故乡阳原县揭示的奥秘是：从人类起源到利用石器时代的结束，经历了充满艰辛的 200 多万年的漫长岁月。这一历史的记录珍藏在我们阳原的大地上。

今天，我们可以骄傲地告诉人们，到我们的故乡去看看吧，那里古人类遗址之多、密度之高举世罕见。目前，光在泥河湾遗址群中发现的涵盖早、中、晚期旧石器遗址就有 156 处；全世界百万年以上的遗址共有 53 处，而我们的故乡就有 40 处！我们故乡的马圈沟遗址，别以为它不起眼儿，它动摇了全世界人类起源研究的基础！

到我们的故乡去看看吧，我们的故乡历史文化绵延不断，是中华民族文化起源的真正始祖。你会知道，东方人类从两百万年、到百万年、到十万年，再到一万年、五千年，都一直在我们故乡的这片热土上生息繁衍，创造着文明。这种文化源远流长的传承，无论是非洲的奥杜维峡谷，还是拥有古老文明的埃及、印度、巴比伦都没有！

我们故乡的"泥河湾地层"是稀有的世界公认的第四纪标准地层，近百年来已经吸引了数以千计的 50 多个国家的知名学者前来考察研究。

目前，泥河湾已经被列为全国重点文物保护单位和国家级自然保护区。近几年，阳原县已经自筹资金2亿多元在县城建成了泥河湾博物馆，现在已经正式开馆；同时正在筹建旧石器考古遗址公园。

泥河湾充满了奥秘与神奇，其中还有许多不解之谜。

世界正在关注泥河湾，期待着在这里继续能有惊人的发现。

二

我们的故乡阳原县位于河北省的西北部，地处内蒙古高原、黄土高原与华北平原的交汇处，属晋西北雁状排列断陷盆地之一。

往昔的阳原盆地山川秀美，其县境的南面和北面群山雄踞，奇峰傲立，中间是奔流不息的桑干河，具有名水携群山的地貌特色。

阳原是个古老的地方，历史悠久，布满了沧桑。这里春秋战国时期就有建制，西汉时期设桑干、东安阳、阳原三县，属幽州管辖。东汉时期设桑干县和东安阳县。唐代为河东道蔚州安边县。辽金时期属西京大同府，置弘州。元代为顺圣、襄阳二县。明代为京师左卫地，天顺四年（1462年）县内筑东、西二城。清康熙三十二年（1693年）改称西宁县，属直隶宣化府管辖。民国二年（1913年）恢复西汉时期的旧县名，称阳原至今。阳原的县政府所在地在西城，西城是全县的政治、经济、文化中心。现在，阳原全县辖5镇9乡，总土地面积1849.35平方公里，总人口27万。

阳原亦可谓物华天宝、人杰地灵。这里民风淳朴，文化积淀深厚，名胜古迹星罗棋布。

县境内，淙淙流淌的桑干河把全县分为南北两半，南北山区奇峰罗列，也曾有苍翠的林木，山泉随处可见。夹河两岸，是平畴沃野和农家田园。相传，郭西绿廊、天马行云、黄岩幽洞、天门耸翠、温泉午浴、上观仙桥、桑干古渡等景观也曾美不胜收。

桑干河，是阳原儿女的母亲河。据民国二十五年李泰棻先生总纂的《阳原县志》上说，桑干河由山西发源，过县境"凡百里"，其下游是永定河，县境内的"南北诸水，皆流入该河。所谓万流同归者，桑干于本县诸水，当之无愧也"。其县志又说："桑干河水量，仲冬结冰，季春溶解，夏秋二季水量增减，均以旱涝为定：旱则六寸至一二尺，涝则三四尺至一二丈不等。质含肥料，宜于灌田，开渠筑坝，可济荒旱。"县境内河网密布。据其县志记载，桑干河北岸有：虎沟河、温水、目涟水、五里河、响水、天河、鳌鱼河、观谷水、水峪水、温泉；南岸有：王灵池、青龙泉、洗马沟水、曲泉、瓷窑水、濯缨泉、车厂水、大沟河、壶流河。其中，北岸之虎沟河，为"古阳原之阳水"；温水"经冬不冻，泉汇数十处，皆珠涌而出，游鱼曲穿青藻间，与珠花上下荡漾，清澈可数也。上有龙洞祠，祠南有龙泉书院"。南岸之大沟河"由辛堡入桑干河"；壶流河"发源于山西广灵县，至小渡口入桑干河，在县内流经二十余里"。

水是生命之源，如此丰沛密集的河网，足以使阳原成为令人向往的鱼米之乡。

阳原矿产资源丰富。有煤炭，有玉石（属软玉，有绿、白二色），有玛瑙，还有铜矿。铜矿在古代就开采过，相传曾用阳原之铜铸佛像千尊。此外，阳原的供佛杏、圪渣饼、大青椒、鹦哥绿豆、裘皮、陶瓷、石雕等都是地方有名的特产。

阳原的历史上名人辈出。古代有以杨惟中为代表的元朝"四相国"、金代诗人李纯甫；现代有反袁（世凯）斗士毛凤书、历史学家李泰棻、早期共产党人王仲一、铁路工程专家王勉之；当代有水利专家张子林、著名笛子演奏家冯子存等等。20世纪60年代，阳原还曾是文化翻身的典型，被誉为全国普及小学教育的一面红旗。

这里曾经有西汉古刹龙门寺、笔架石窟三悬洞、五岳莲台竹林寺、鳌鱼息壤云盖寺、北魏行宫温泉池、元代古刹大觉寺、战国古邑开阳堡，道教胜景玉皇阁等等，古寺庙、古建筑群比比皆是，每一处都是内容丰富的史书，也都是古建筑的精品。

阳原还是遐迩闻名的侨乡。据《阳原县志》记载，清末民初，本县桥居于外蒙古恰克图、库伦、多伦等地的侨商达万人，大多从事毛皮生意。"张家口皮货商人皆本县侨民"，"计张、库、恰、多四地侨商年汇本县银元达五六十万。民国四、五年间，超至百二十万。"可见阳原人亦有晋商开放之思想、奋斗之精神和处世之遗风。

但是，历史的沧桑巨变，特别是历经现代军阀混战、兵、匪、战、乱，使阳原民生凋敝，百姓贫困。在民国期间，县境内的农户大批破产，外蒙古独立后，本县侨商在彼国的资产被悉数没收，县内商铺经营惨淡，老百姓度日极其艰难。"文化大革命"的十年浩劫，又进行了一次严重的古建筑、古文物的洗劫，致使全县庙宇古建，有的已成残垣断壁，更多的已荡然无存。再加上气候干旱，生态环境严重恶化，使山泉相继枯竭，河水断流，大片的土地严重退化，阳原的面貌已非比昔日了。

社会与自然的各种复杂因素交织在一起，使昔日的锦绣阳原变得地瘠民穷。和今日之中国日新月异的飞速发展相比，故乡阳原方方面面都落伍了，那些曾经创造了灿烂文明的往昔，都已成为昨天的故事。但是，也不能说没有发展。走进西城(即阳原县县城)，能看到道路拓宽了，道路两侧也是商铺一家接一家，楼房一栋连一栋，但已经没有原来的特色了。

阳原——故乡，至今还是国家级的贫困县。

三

揣骨疃村，是我们真正的故乡。她是阳原县境内最大的村庄，是河北省的第二大村，现住村民有9000多人。

她是所有在这里生活过的李氏族人的摇篮，所有的李氏族人的后辈子孙寻根问祖，必须走进揣骨疃。

揣骨疃位于桑干河的南岸，恒山余脉箭口山北麓，东临永安庄(2公里)，南与南庄(1公里)、三泉(1.5公里)为邻，西接西庄(1.5公里)，北依桑干河，土地面积11.8平方公里，占全县总面积的1.11%。村南为山前倾斜平原，村北为河川区，地貌特征是西南高而东北低。村南的山前倾斜平原可视为缓坡丘陵区，由南山(本地称玉屏山)北麓逐渐向桑干河畔倾斜，这里沟壑纵横，水土流失十分严重，每年流失土壤大约 500 到 1000 吨。村西是河川区，地表平坦，土层深厚，土壤比较肥沃，是村里主要的产粮区。

揣骨疃是行政村，也是揣骨疃镇人民政府的驻地，位于阳原县县城（西城）东偏南约 12 公里，位于张家口南偏西直线距离 98 公里，位于北京西偏北直线距离 175 公里，天走公路（山西天镇至河北走马驿）、永芦公路（北京永定河至阳原芦子屯）相互交错、穿村而过，交通十分便利。

揣骨疃属东亚大陆性季风气候中的干旱区，春夏秋冬四季分明。春季少雨，干旱，多风沙；夏季炎热而短促，降雨集中，7 月最热；秋季天空晴朗，凉爽湿润，但降温速度快；冬季漫长而寒冷，1 月份最冷。这里平均海拔 800 米，无霜期 133 天左右，农耕期 240 天左右，一年只能种一茬庄稼。年降水量 350~425 毫米，全年的蒸发量约为 375 毫米，可见，天上的甘露留给家乡的不多。

桑干河流经揣骨疃，在村内流域面积大约 10 平方公里，但从 1999 年开始全年断流，并直至今天。昔日的母亲河，如今已是一条毫无生机的荒沟。春天大风日多，皆为西北风，近年来随着桑干河断流，频频出现沙尘天气。

村中的耕地面积 8608 亩，占全村总土地面积的 48.6%，以棕壤土为主。棕壤土适宜种玉米、高粱、小麦、豆类和蔬菜。这种农田有 4550 亩，占全村耕地面积的 52.9%，是揣骨疃的主要产粮区。其他为沙面土、草甸土和轻度盐碱土，有机质含量低，只可种向日葵等油料作物。就目前的发展趋势来看，土地在退化，弃耕面积在增加。近些年来土地退化的表征，一是水土流失严重，一是土壤盐碱化，这都与生态环境日趋恶化有关。风灾、水灾、雹灾、霜冻、虫灾，乃至地震，都摧残过家乡的土地，但最严重的是干旱。近些年来十年九旱，春季年年旱。

尽管自然条件如此恶劣，村主任李志林说，这几年，咱村粮食年年丰收。说这话时，他脸上洋溢着自信，那是一种长期的太平年景所赋予的自信。看来，是党的政策好，人勤地不懒也是重要的原因。

家乡最缺的是水。那是萦绕心头、痛彻骨髓的水荒。地表水随着泉源干涸、桑干河断流已经丧失殆尽。地下水位越来越低，打井要打到100米以下才能见到水，打上来的水还不能喝，苦的，而且有异味。现在家乡人吃的自来水，是从3里外的西庄引进的。

有道是，林茂才能粮丰。如今揣骨疃已经没有天然林，人工林也只有区区545亩，林木覆盖率只有3.08%，和沙漠戈壁荒滩面积最大的新疆差不多。村庄的绿色很少。田园缺少了绿色，也就缺少了生机。最让人担忧的是，可持续发展的后劲不足。

四

揣骨疃东周时期属于古代国。而代国为世居甘陕之地的山戎民族中的一支——代戎部族东迁后所建。代戎出产白狐皮，具有高超的养马技术，其饲养的骏马闻名天下。当时，这里是各民族杂居地区。再往前的情况，我们就不得而知了。

战国时期，揣骨疃就已形成了村落，名叫古城，属赵国安阳邑。古城的遗址就在现村东400米处。这里气候温润，雨量充沛，水草丰美，土地肥沃，既是放牧狩猎的天然牧场，又是耕稼收获的粮仓，还是安阳邑的屯兵哨所，很适合人们繁衍生息。渐渐地，古城人口不断增加，村庄不断扩大。

安阳邑离本村不远，就是县内的开阳古城，即现在的开阳村。那是战国时期的古迹，十分珍贵，是阳原现存的最古老的人文景观了。

西汉元狩年间(前221年~前117年)，骠骑将军霍去病统兵讨伐匈奴途经此地，在古城西南设立屯兵哨所和后方医院，建筑堡墙。由于面积不大，故称小堡。小堡筑堡墙，以防御外敌和野兽侵扰；堡内设有高高的土楼，供士兵观察瞭望。先民大多在堡内聚居，后方医院也迁入堡内，留守的医护人员、伤病员和原居民生活在一起。据考证，当时的居民共有18个姓氏，亦有姓李的，但和我们的李氏不是一个家族。西汉时期，即在这里进行了大规模的军垦屯田，开荒耕种的土地面积越来越大。

冷兵器时代，战争使用弓箭刀戟厮杀，农田里使用牛马耕作，出现骨伤是经常发生的事情，因此，擅长接骨者应运而生，且不断增多，他们的技术越来越精湛，并世代相传，以至遐迩闻名。"揣"即揣摸、揣度、估量的意思；"揣骨"即揣穴摸骨，这是诊断病情和进行治疗必做的。因这里能治骨伤的人多，而且颇有名气，之后即称"小堡"为"揣骨堡"。旧时称屯兵哨所为"疃"，因此，后来又改称"揣骨堡"为"揣骨疃"。这就是故乡"揣骨疃"村名的由来。

铮铮铁骨，是历代村民希望自己所能拥有的宝贵性格。

揣骨疃在历史的更迭兴衰中不断地发展着，其行政区划亦随着阳原县的变化而变化，居民有迁入的也有迁出的，但总的趋向是迁入的人越来越多，村落的规模越来越扩大。

魏晋南北朝时期，从东胡族分离出来的鲜卑族，由东北迁居到桑干河流域。公元386年拓跋珪建立北魏。北魏政权建立后，拓跋氏即在桑干河上游、离揣骨疃不远的今山西大同所在地兴建都城，称平城，并在揣骨疃设置弘州。之后，"弘州"几乎成了揣骨疃的别名。

揣骨疃在明朝以前人口流动大，大的家族少。大约明朝中叶李氏家族迁入揣骨疃深刻地改变了村落的面貌。

明朝初年，为加强对元朝残余势力的防御，发展边塞经济，创立卫所兵制。军屯是其重要的内容，揣骨疃及其周边地区是屯田的重要地点。同时，由政府推动，从内地大量移民至塞外。明朝弘治年间（1488～1505年），山西介休商人李公明之子李刚携子李时香经商来到揣骨疃，发现这是一块风水宝地，对这里情有独钟，便举家迁到揣骨疃安家落户。从此李氏家族就在揣骨疃扎下了根。

明孝宗朱祐樘登基后奖励农耕和民屯，下令移民可以无偿开荒，对开垦者，奖励骡马、车辆。揣骨疃周边很快出现了经济繁荣的景象。历史上称这一时期为"弘治中兴"。李氏父子抓住时机，积极参与民屯，就此发祥

李时香有四子，长子李珏、字金山，是对家族影响最大的人。李氏家族兴旺在明万历年间，即1600年前后。李珏长子李齐松为明朝东川通判，次子李齐梅为光禄寺署丞，三子李齐槐为礼部儒官，之后五子李

齐橖为明崇祯年间的湖广衡州府挂藩左长史，为朝廷拾遗补缺。此时，李氏家族可谓权重一方。至明朝末年，屯田政令基本废除，大量的田地折价出卖。李氏借此机会购得数万亩田产，然后将购得的土地再租佃给他人耕种收取地租。据史料记载，在县境内，租佃其田亩的村子有南庄、西庄、华家岭、王家窑、季家窑、闫家窑、小井沟、香草沟、沙河窑、谢家窑等等，桑干河以北从大白嘴村到东、西福地、二分滩，都是李家的田产，在小梁村建有种地房，租房院，由李氏派族人专门管理。经营田产渐成李氏家族的主业。后至清末，光绪二十八年（1902 年）政府下令：不论卫所还是州县隶属之屯田一律废除，田地折价变卖。李氏又一次购得大量田产。——当然，这是后话。

明朝时，李金山家大业大，生五子，开始分门立户：长子李齐松，为六门；次子李齐梅，为七门；三子李齐槐，为八门；四子李齐桐，为南门（封建社会，民间不能称"九"）；五子李齐橖，为十门。其五子中，齐松、齐梅、齐槐、齐橖皆为朝廷命官，后来，齐桐之子李源在清初顺治年间（1644～1661 年）中得武举，被封为怀远将军。

李氏家族一边扩大商贸，一边扩充并经营着田产，家业越来越兴旺，但是，比起商铺与田产经营，李氏更重视对子孙的培养，舍得在教育上投资。清康熙庚戌年（1670 年）李恒耀两兄弟中同榜进士，朝廷赠匾："双凤齐鸣"。光绪三十一年李氏开设萌养学堂，民国初年村里最先创办女子小学的也是李氏族人。李氏家族在思想品德教育上，奉行的是"修身、齐家、治国、平天下"的儒家思想，重视家族子弟在"礼仪、廉耻、孝悌、忠信"方面的八德修养。在启蒙教育中，一般读杂字书，如《三字经》《百家姓》《千字文》《名贤集》等，大一点的孩子也学习四书五经，用小麻纸描红、临帖，写大、小楷。阳原曾流传着这样一首歌谣："井家银子用斗量，用斗量量不完；李家秀才排两行，排两行还剩三。"看来，族人的素质修养是决定家族兴衰的关键。

五

李氏家族富甲一方。17 世纪前后在揣骨疃开始大兴土木。盖房建宅筑堡墙，选坟地，至今在揣骨疃繁衍发展 500 余年，大约传承 20 几代。

李氏家族所建的堡子在阳原曾名噪一时。堡内的建筑格局称"三街六巷"，即东西三条街，被中间的南北大街分割成六条巷。

西一巷(北街)路北建有六门祠堂，其堂号为"树德堂"，六门坟地在华家岭村。

西二巷(中街)路南建有七门祠堂，其堂号为"序事堂"，七门坟地在村西的吴皮坟。

西三巷(南街)路北建有南门祠堂，其堂号为"克复堂"，南门的坟地在浮图讲乡的谢家窑村。

东一巷(北街)路北建有十门祠堂，其堂号为"爱敬堂"，旧址在今村委会办公楼西边，坟地在村东古城。

东二巷(中街)路北建有李氏大家族的祠堂，俗称"老祠堂"，李氏家族的祖坟在村东十步地。东二巷里除老祠堂外，另建有一座砖木结构的大楼，地下 1 层、地上 5 层，楼内备有石碾、石磨、粮库等设施，还挖了水井。据传，大楼内有一条石头砌的通道，直通位于西庄八门的大楼。

东三巷(南街)亦有几处很讲究的宅院。

八门在西庄盖房建宅、也筑了堡墙、建了大楼。堡内建有祠堂，其堂号为"书忍轩"，八门的坟地在小辛堡村。八门始祖李齐梅的牌位至今还保存在西庄其后人李润红的家中。

堡子北墙外建有下寺庙。堡子周围是厚厚的堡墙。北堡门的堡墙上建有真武庙，东南角的堡墙上建有魁星阁，西三巷路北建有火神庙、三义庙各一座，东三巷、西三巷交汇处建有观音殿。

堡子的西门紧临西沙河，西沙河到夏天有时会发洪水，后来族人就把西堡门填土夯实封闭了。堡子只开北面的门。但封建社会民间不能开正南、正北的门。因此，李氏家族就在北门建了一个瓮圈，在瓮圈东墙开了一个门，过北门进瓮圈出东门。这样不违反宗法制度的规定。

堡内的建筑格局是按照"灵龟八卦"营建的，取"龟寿延年"之意。

南北一条街、东西六条巷，把居民区分为八块，即为"八卦"。北门瓮圈外的东门即为龟脖、龟头，龟头前面有大水圪洞，旧时洞内泉水清澈，叮咚有声。堡子外面，东西两边各有一条河，东边的叫东沙河，西边的叫西沙河，呈"灵龟探水"之势。堡内的真武庙、火神庙、观音殿和三义庙蕴含着"忠孝节义"的道德理念。北边有真武大帝坐镇龟颈，南边有观音菩萨坐镇龟尾，意思是：二神镇住灵龟，恒定不移，家族可消灾避难，长治久安。堡子里边的居民区有28眼井，与天上的28星宿对应。堡内有多处砖木结构的楼房，建筑考究，磨砖对缝，木雕、石雕、砖雕皆异常精美，堪称建筑上的精品。街巷布局严谨，整洁清爽，居民的房舍都是明清时代的建筑。李氏家族的建筑群堪称精品，有人说，其规模和精美程度，都可以和山西的乔家大院、王家大院相媲美。

李氏建堡后，村庄人口迅速增加，贸易活跃，经济繁荣，至此，揣骨疃的村落布局已经形成。

站在村南的玉屏山上鸟瞰揣骨疃，恰似一只展翅翱翔的凤凰：下寺庙是风头，四巷廊是风颈，大水圪洞是风囊，整个堡子是风背，南北主街是风脊，东西三街六巷是凤凰的肋骨，八片居民区是凤体，居民区的建筑是凤凰的羽毛，堡子南边的菜园是美丽的凤尾，东西沙河以及河两岸铺展开来的居民区，就是凤凰的翅膀。即使现在，我们还可以依稀看到她的模样。就在这里，我们的故乡哺育了一代又一代勤劳、善良、朴实的揣骨疃人。

六

揣骨疃民风敦厚，村民勤劳善良，孝顺父母，敬重长辈，宽厚待人，生活朴素而节俭，能耐艰辛，并有坚忍不拔的秉性，从不排斥外来户，有古燕赵遗风。但乡人目光短浅，急功近利，有的还胆小怕事。出门在外，出苦力、耍手艺的多，能独立创业的少；办事求稳，缺乏豪气，小富即安，容易满足。

建国前，揣骨疃以堡子为中心，东西一条大街，堡子东西各有一条河，汛期是疏导南山洪水的泄洪道，平时又是村民出行的必经之路，和南北大街相接，形成"H"形的道路格局。建国以后，堡墙逐渐拆除。上个世纪60年代修筑蔚阳公路(蔚县至阳原)揣骨疃路段时，将西沙河填平变成了村子的南北大街，1991年铺了沥青路面；同时将东西主街进行了改造，也铺了沥青路面。2007年硬化了东沙河这条东街路面，同时修了路边的拦洪坝，使其通行和泄洪两用。此外还修建了环村道路，总长3800米。原来的大水坑洞干涸已久，1982年填平，在上面建了一个文艺舞台，在舞台前修建了一个大约200平方米的广场，1993年用水泥硬化了地面。村里早已通了电，村民家家接通了自来水管道，农田灌溉用上了低压电力设备，总之新农村现在应有的村里都有了。

建国初，全村人口2825人，共有房屋3703间，以土窑、土房为主，而且建房无序，直至"文化大革命"前变化不大。改革开放以后出现了建房热。现全村有住房1.2万间，而且砖瓦结构的居多，有的人家还盖起了小洋楼，坐上了小轿车。阳原虽是国家级贫困县，揣骨疃却已是小康村。

村民非常重视读书，很舍得在子女的培养教育上花钱。村民子弟读大学、念研究生的也不再是新鲜事了。

揣骨疃是全县有名的文明村、文化村。自从20世纪80年代末开展精神文明建设以来，村民的精神面貌发生了很大的改观，村容整洁，村民团结互助，很讲礼仪，从1989年到2009年揣骨疃连续被评为省、市、县级文明单位；2002年和2005年还被中央文明办评为"全国创建文明村镇工作"先进单位；2009年被评为"第二届全国文明村镇"。

揣骨疃有金代的大诗人李纯甫，他是当时诗坛上的一面旗帜，留下的诗作至今被人传诵；著名的历史学家、方志学家李泰棻是李氏南门的族人，他在史学领域功绩卓著，著作颇丰，这是李氏家族的光荣，也是揣骨疃的光荣。

中华人民共和国成立前揣骨疃庙庵楼阁遍及全村，可惜，都拆毁了。村人都喜欢晋剧(俗称"山西梆子")，也喜欢听二人台。村人芦子堂1945年创建了晋剧班子，是阳原县晋剧团的前身。心灵手巧的妇女都能剪窗花。李氏族人李亚宏创作的歌曲《阳原是个好地方》，在全县很流行，传唱过好几年。建国前，村里办"社火"，踩高跷，还有正月十五元宵节"放杆"，那是很喜庆，很热闹的。

揣骨疃人喜欢吃咱自己做的圪渣饼，爱喝糊糊，爱吃糕。那糕是黍子磨成面做的，去皮儿的是黄糕，不去皮儿的是毛糕。糊糊很好喝，黍子面熬成的。"早晨粥，晌午糕，晚上糊糊煮山药"，一日三餐，久吃不厌。过去，李氏家族生活富裕，也这么吃，只是黄糕吃得多一点罢了。

村人做皮子的手艺很高超，不过是很辛苦的活儿。但活儿做得好，远近闻名，至今这种皮毛加工手艺仍有流传。

揣骨疃的民俗，源远流长，充满了文化魅力。

七

我们是十门的子孙。祖父之前，已一无所知。

祖父这一代，兄弟三人。祖父是长子。名叫李秉钧，字周卿；祖父的二弟早逝；三弟李秉铎，字周彦，其经历不详。

祖父是李家的掌门人，既经营家里的商铺田产，又做社会公益事业，抗战前，他在张家口任察哈尔省救济院养老残废所主任，做捐资助残、捐资救灾一类的事情。祖父精明干练，持家节俭，管教子女严格，为人端方正直，又有仁爱之心，因此在家族内部和村坊间广有威望。村志上说：他"家有宅院、田亩、商铺，衣食无忧，并能接济别人"。抗战爆发不久，张家口沦陷，他不得已回到家乡赋闲，村里有大事小情，找到他，他都能尽心尽力地给予帮助。据说，抗战初期八路军杨成武率领的部队进驻阳原县和最后撤离，都经过揣骨疃村，祖父都主动出面组织村民迎接部队进村，并捐献钱、粮、布匹，帮助解决马料、运力，处处提供方便支援抗日。有一支叫做东北义军的抗日部队，经过本村也驻过一段时间进行修整，他也领头组织村民尽力给予帮助。那时他经常教育儿子们，不能当亡国奴，要支援并参加抗日。从此产生了亲共思想，只是默默地藏在心里。解放前夕，共产党派地下工作人员进村，他曾带着他身边的儿子们密密地接待过，并给予妥善的安排。祖父为人忠厚、持家过日子极其节俭、又待人谦和，深得村民的敬重，实属开明士绅，应是统战对象。但是解放前夕，不幸被代表新政权的人误杀了。据目击者传说，曾要处决他，村民上书保他，很多人都跪在要杀他的人面前恳求说："这老汉儿是好人啊，可不能杀！"当时无奈把祖父放了，之后，祖父是在去曲长城的路上被人打了黑枪。这是近些年听村里人讲的。当时的目击者已难以见到了。

祖母龚守庭，阳原曲长城人，贤淑聪颖，持家育儿，相夫教子，精明强干。祖母读过私塾，通四书五经，能阅读书报文章，喜欢看张恨水的《啼笑因缘》《金粉世家》，亦偏爱《红楼梦》，说她是旧时之才女，当之无愧。祖母心胸豁达，有见识，在乱世中，最早迁居北平，住西单灵境胡同把口的红楼内，抚育子孙，协助他们完成学业。建国后被其四子接走移居新疆乌鲁木齐，1970 年 1 月 21 日病逝，享年 87 岁。

祖父与祖母养育了五个儿子，没有女儿。

长子李荫溥，1928 年前后在天津北洋大学读书，毕业前夕不幸患脑膜炎病逝。

次子李荫溪，字耀潭，1912 年出生，毕业于天津高等师范，1935 年任职于张家口救济院的孤儿院。1937 年抗战爆发后，张家口沦陷，他想回家乡办学，但适逢张家口原警备司令张诚德，以阳原郑家窑为根据地创办抗日游击队，他自称司令。荫溪就毅然与其三弟荫深参加了张诚德的游击队抗日，他被分配做抗日宣传工作。后来游击队不知为何被某抗日组织强行解散。他们兄弟只好回到村里。他利用十门祠堂创办了弘州书院，一面教孩子们读书认字，一面继续宣传抗日思想，教孩子们唱《苏武牧羊》《满江红》和《渔光曲》等弘扬民族气节、充满爱国激情和申诉大众苦难的歌曲。光复后，他被故友招引，也为谋生，到察哈尔省政府财政厅工作。国民党政权大势已去，指令他当了"替罪"的三个月伪县长。之后，他被整编到部队，任第九兵团教官。1949 年 9 月 19 日，他随董其武将军在绥远起义，经解放军部队整编后，调河北军区医院担任五官科的文化教员。不料，1951 年秋，在全国开展的镇反运动中，他被河北军区保卫部以历史问题为由逮捕。据说，在解送阳原县的途中，被押解人员放走，至今下落不明，即成历史疑案。事隔35年，1986年3月27日，河北军区保卫部查清事实予以平反，但已铸成历史性的冤假错案，而且无人对其负责。这就是他的人生悲剧。

三子李荫深，抗战前在张家口师范学校上学，未及毕业抗战爆发，张家口沦陷，他回到家乡。他同二哥一起参加了张成德的抗日游击队，并当了队长。游击队被解散，他回到村里务农，主要是种家里的菜园。他与其在家的兄弟都陪同父亲积极而又慎重地接待过八路军的地下人员。他是个有血性的硬汉。父亲被误杀后，为给父亲"报仇"与新政权发生了激烈的冲突，据说，被人打黑枪致死，亦酿成终生的悲剧。

四子李荫沂，1920年出生，参加革命后改名李浴。抗战前，他在宣化中学上学。抗战爆发后，1936年他随母亲到山西龙保村亲戚家避难。王震率领的三五九旅在这一带打游击，他即在那里参军抗日，当时才16岁，后随部队转战到了延安，1939年5月加入中国共产党。抗战胜利后，他随部队转战到新疆，历任新疆汽车运输2团、5团政委、团长兼任中国人民解放军酒泉办事处政委，1953年2月任中国人民志愿军汽车15团团长、政委，赴朝作战。抗美援朝胜利后，他的团成建制地整编为东北军区后勤运输部汽车15团。1956年，他由部队转业到新疆，任水利厅勘察设计院副院长，1959年任水利厅党组副书记、副厅长，1973年任新疆水电局副局长、党组成员，1983年3月任新疆电力局副局长、党组成员，1986年离休。他参加工作、投身革命，把毕生的精力奉献给了党和人民的事业。他2000年5月病逝于乌鲁木齐，享年80岁。组织上对他的评价是：在战争年代"英勇善战，不怕牺牲"，"表现了共产党员的坚强意志"；"在抗美援朝战争中，历尽艰辛，圆满完成了任务"；转业后，能"继续发扬战争年代的革命精神和光荣传统，身先士卒，埋头苦干，夜以继日地忘我工作，为新疆的水电事业做出重要贡献"。

五子李荫泰，1923年出生，抗战前在宣化读中学，后转入北平志成中学读高中，1943年仲冬之际，远赴重庆入国立政治大学。1944年底。由于战事紧张，他参加青年远征军随孙立人将军赴缅甸抗日。驱除日军后，于 1945 年 6 月归国。光复后 1946 年 11 月退伍，复回南京政大读书至 1948 年毕业。1949 年 2 月在北平参加中国人民解放军第四野战军南下。1950 年在桂林军政大学任副主任教员，1951 年学校改制为二十四步兵学校，任教育干事。1954 年支援新疆生产建设，被分配到乌鲁木齐十月拖拉机厂从事职工教育工作，直至 1980 年离休。他是一位民间学者，平生博览群书，有数十万字的文稿存世。病故于 2011 年 3 月 2 日，享年 88 岁。

和我们的父辈相提并论的还有三祖父之子李荫沼，即父辈们的本家兄弟。他参加革命后改名为李英沼，抗战前毕业于北京大学工学院，建国后任河北省交通厅公路局总工程师，长期工作、生活在石家庄。揣骨疃的桑干河大桥就是他设计的。他 2001 年病故，享年 81 岁。

这就是祖父传下来的后辈子孙，包括在座的我们和不在座的我们的兄弟姐妹。

大树分枝。李氏家族十门中，祖父的这一支，即如此，其他的支脉，所知仅有居住在今张家口市宣化区的李荫洲（参加工作后更名为李英洲）一家和生活在张家口市的李荫洲叔叔的叔伯兄弟李跃生和李跃英两家。我们和他们可能是同一位曾祖父的后代。荫洲与夫人一生养育了四个优秀儿女，为韵梅（长女）、树文（男）、韵华（次女）和韵贞（三女）。荫洲叔叔坎坷一生，晚年不幸身患肺气肿、肺心病，去年又转成肺癌，医治无效，于 2012 年 6 月 27 日溘然长逝。现在还在揣骨疃生活的十门的后代，已经没有了；生活在别处的十门后代所知寥寥。

李氏家族其他各门在揣骨疃生活的人还有，但不过百人左右，占全村人口总数 1% 略多一点。

这是动荡的社会使然，也是历史发展的必然。因为，人们总要寻找能够生存以致最适宜他们生存与发展的社会空间。当年我们的老祖宗李刚、李时香不就是这样做的吗？他们的后辈儿孙也必然会做出同样的选择。

八

岁月沧桑，天地茫茫。人生以来，谁能没有爹娘？谁能没有故乡？

先辈，我们敬仰他们，是因为他们在自己生存的那个时代创造过属于那个时代的辉煌和奇迹；我们怀念他们，是因为他们传承性地养育了一代又一代的后辈儿女，直至泽被于这些儿女们。

我们更要敬仰和怀念我们的故乡，因为，故乡养育了我们的家族，她与我们的家族血肉交融，那里是我们血脉延续的根，也是我们文化传承的根！——不管你承认与不承认，也不管你生活在地球上的哪一个地方，但你的祖先，你的父辈都在故乡这片充满温情的热土上生活过，奋斗过，都是从故乡带着理想和憧憬走出来的，在你的文化基因中浸透着故乡所拥有的元素和她留给你的或深或浅的印痕。这也正是故乡，她使我们梦魂牵绕、割舍不断的原因。

我们今天邂逅故乡，怀念故乡，绝不是要去复古，而是渴望知道我们从哪里来，进而理性地选择我们明天要到哪里去，去开拓怎样的事业，如何更有意义地度过自己的人生。

我们接触故乡，了解故乡，探求先辈的足迹，了解家族的历史本末，了却认祖归宗的夙愿，但绝不是跪拜在先人虚幻的牌位之下，单纯地去当李氏家族的孝子贤孙，而是权衡先辈们的成败得失，汲取他们的生存经验和历经坎坷甚至失败的教训，从中激发自强不息的精神，让我们去开拓更辉煌的事业，对国家、对民族做出无愧于先人的有益贡献。

我们亲近故乡，热爱故乡，感念故乡对我们家族的养育之恩，使我们能想到我们还有一个值得共同亲近与怀念的母亲；使我们能有兴趣，在生活与工作忙碌之余，尽可能地抽出时间回家看看；使我们在有能力的条件下，能想到也为故乡做点什么，为故乡的繁荣与发展出一份力，尽一份心。

愿故乡之树永远长青，愿家乡的父老乡亲能尽快过上安康幸福的好生活！

愿李氏家族蒸蒸日上，代代相传！愿家族的每一个成员平安幸福，益寿延年！

永远的揣骨疃

——写在《揣骨疃村志》即将出版之际

《揣骨疃村志》付梓在即，村总支书记梁玉成先生邀我写一篇文章，言辞恳切，不敢怠慢。揣骨疃是我的故乡，少小离家，长期隔膜，未对家乡的建设添置一砖一瓦，如今家乡修志，尽自己一点儿绵薄之力，理所应当。

盛世修志，在我国是文化建设的一大优良传统，一向广受重视。新中国建立以来，党和政府十分重视各地的修志工作，各级政府、企事业单位设置专门机构，投入了相当大的人力、物力和财力，一批批县志、通志、行业志、企业志，纷纷涌现，蔚为大观。

但是，修村志的，还真没听说过。

国家似乎对村一级修志也从未有过具体的要求。

这就是说，家乡人修志是自觉自愿的行动，而且修村志更是史无前例的一大创举。

因此，我不能不佩服梁玉成书记所带领的一班人的胆略和气魄。他们敢担当，不退缩，筚路蓝缕，摸索前行，居然把村志修成了！他们有勇气把自己生于斯、长于斯的乡村当作中华大文化历史长河中的一个文化单元来看待，从建置沿革、自然环境、人口状况、教育发展、文化演替、民政事业，到兵事、运动、乡村生活、精神文明建设，乃至《人物志》《大事记》，志书中应有者尽有之；其各章节中的叙事、议论，以及所下的各种断语皆有依据，一切数字记载都明明白白，足以见修志者用心之良苦。

揣骨疃是中华大地上位于桑干河畔的一个古老的村庄，东周战国时期就已经形成村落。期间，两千多年的历史变迁，跌宕起伏的建置沿革、自然物候的交替变化、时代变迁镌刻下的或深或浅的印记与伤痕、喜怒哀乐的人间戏剧一出接一出的上演，以及乡土风俗的积累与生成，等等，的确应该如实地记录下来，以供学者们研究，当政者参阅，后来人借鉴，同时，先辈们的开拓进取、无私奉献的精神也一定会成为后辈子孙学习的榜样。由此看来，为自己的家乡编修一本高质量的村志，实在是一件功德无量的大好事。对此，做出无论怎样高的评价都不算过分。

修志具有存史、资政与教化三大功能，编修村志亦不例外。

比起县（市、区、旗）、地（市）、省（区、市），乡村虽然地域面积小，人口不多，却是中华民族不可分割的具有相对独立性的文化单元，具有独特的地域文化内涵，因此也需要存史，即完整地保存属于自己家乡的独特的尽可能详实的史料。有了这样详实的史料，就会清晰地显现村庄特殊的社会经济、政治以及文化的发展脉络，否则就永远处于迷迷蒙蒙的失忆状态，既不知道家乡的往事，也看不清未来的发展趋向。从这个意义上讲，保存了乡村的史料，就保存了乡村的大文化，在更大的时空范围内保存了乡村的凝聚力。

从另一个角度说，家乡有村志也是一切漂泊在外的游子们的期盼。人们常说，故乡是哺育我们及家族生长的摇篮，因此故乡总会让我们魂牵梦绕，割舍不断，甚至生活在异国他乡的孤独老人，大多盼望"落叶归根"——或到自己的故乡去安度晚年，或死后嘱托亲朋故友把自己安葬在家乡的土地上。然而人们大多总要离开故乡，就像婴儿长大以后必然要离开摇篮一样——人们走出故乡，去寻找适合自己生存和发展的地方，有的甚至会游历海外，迁居于异国他乡。但无论你走到哪里，故乡永远是你的根。"认祖寻根"、再度回归故乡便成为所有漂泊者萦绕心头的情愫。这时，如果故乡有一部记事详实的村志，拿来读读，便可使漂泊的游子获得巨大的慰藉，甚至使其心灵获得最终的归宿。

资政，也是村志的一大功能。如若村志编修得好，很受执政者重视，他们并不束之高阁，时常拿来参阅、研读，据此来谋划村庄未来发展大计，必将大有裨益。就拿手中的这部《揣骨疃村志》来说，书中明确无误地记载了近几十年来生态持续恶化的严重景象，执政者就应该据此思索揣骨疃的可持续发展问题，并通过深入研究寻找到相应的对策。否则眼前的"粮食丰收"一定不会持续太久。有道是"林茂"才能"粮丰"，而林业恰恰是本村经济发展的短板，而且长期处于被严重忽视的境况。据村志记载，揣骨疃已经没有天然林，人工林也只有区区545亩，林木覆盖率只有3.08%，并未有产业，林木大多处于无人管理的状态。发展林业不仅能为村民提供多种林产品，满足村民日益增长的物质、文化需求，而且更重要的是，发展林业可以为村民提供重要的生态产品，满足村民对良好的生态环境的需求。发展林业当前的办法只有一个，那就是：坚持适地适树的原则，大力植树造林。因为林木能够涵养水源、净化空气、防风固沙、保持水土，从根本上改善生态环境。或以为，揣骨疃干旱少雨，植树造林效益低，很难办到。岂不知，近30多年来我国西部很多干旱半干旱地区都在戮力发展林业、植树造林，有的地方比揣骨疃的自然条件还要差，但搞得很好。有的甚至在沙漠化地区建造了绿洲；有不少风沙危害极为严重的地区。通过植树造林、大力发展林业生产，不仅有效地遏制了风沙危害，实现了"人进沙退"，而且取得了明显的经济效益。我想，只要当地政府积极倡导，村民重视植树造林，每人每年能坚持种上3至5棵树，并都能保栽保活，坚持十年、二十年、一百年，甚至数百年，一代又一代地坚持下去，揣骨疃的生态面貌就会大大地改观，山泉就会涌现出来，大地就会重现生机。这是利在当代、荫及子孙的大事，应该做好。这是我一个"局外人"初读《揣骨疃村志》粗略想到的。如若是村、乡（镇）、县乃至以上的相关领导读这部村志，他们在观兴衰、品得失之中恐怕会想得更深更远。

　　至于村志的教化作用更是显而易见的。村志里记录了先贤们的闪光足迹，荡漾着淳朴的乡俗民风，集纳了历代先民丰富的生产经验和生活经验，不啻是一部人文历史教科书。读《揣骨疃村志·人物志》就是在聆听一场生动的英模报告会：据村志记载，揣骨疃的村干部们兢兢业业、埋头苦干、正直廉洁、无私奉献，由此而形成的具有强大凝聚力的集体群像是感人至深的，也必然会对村民及其后辈子孙发挥教育感化的作用。

我通读这部志书的初稿，不仅被它宏大的叙事深深地吸引着，而且被它时间跨度之久远，网罗史实之详备深深地震撼了。我从而意识到，《揣骨疃村志》的确是一部文化内涵十分厚重的史书，能给人以多方面的启迪。然而，更让我震撼的是：村党总支、村委会在 2010 年 5 月 6 日做出"编修村志"的决定，到村志修成，只经历了不到两年半的时间；期间要搜集、整理、调查、核实资料，甄别资料的真伪，琢磨编修体例，研究布局，谋划篇章，一字一句地书写，最后整合校对，反反复复地修改，还要将书写稿件转化为电子文本，这是一个多么艰辛的过程！他们集中的全是乡村的秀才，没有外援，也没有来自上级部门的任何资助，各种费用全是自己筹集的，如果没有无私奉献的精神是根本做不到的。

还有两个细节亦让人感慨系之。其一是，揣骨疃村委会老主任刘钟十分重视村史资料的积累和保存，1975 年他就亲自编写刻印了一本《揣骨疃大队 1952~1974 年历史资料汇编》，其中汇集并保存了大量的各种档案资料，"为本次编修村志提供了历史依据"。其二是，村民曹淑善 1956 年 1 月 16 日担任会计，开始为揣骨疃大队记账，直至 1960 年，期间要记的有大队的账，20 个小队的账，食堂、托儿所、幼儿园、敬老院的账，账目多而细，他不辞辛苦、严谨细致、认真负责，做到日清月结，笔笔准确。其会计账簿一直保存至今，实属难得。不仅如此，接班人继往开来，传承他的廉洁严谨的作风，直至今日！揣骨疃村的账目从建国以来一笔笔清清楚楚、利利索索、完完整整，一直保存到现在，让人叹为观止！这也证明了村干部们的清白，没有人在上面沾过半点污水！这实在是中国乡村的一道绝佳的风景！揣骨疃修志顺利，和这两个细节有关。

以上文字，仅是《揣骨疃村志》读后感而已，倘若能印出来，亦算是对《揣骨疃村志》出版的祝贺。同时，也借此机会祝愿故乡之树永远长青！

半个世纪的情缘

——记我在北京师范学院读书时的老师们

我是北京师范学院预科毕业的学生，1962 年 9 月进入本院中文系学习，决心通过四年的深造修炼，能成为合格的中学语文教师。

在这四年的学习生活中给我留下深刻印象的是，为培养我们成才而倾注了智慧和心血的老师们。当时处在"阶级斗争年年讲、月月讲、天天讲"的年代里，学校在"左"的路线控制之下，虽缺少学术自由，但也掩盖不住老师们的才华。他们的道德文章、立身立言的风范，让我感念钦佩，也让我终生受益。

一

我的老师们，老中青三代人都有。老的如刘世儒、向锦江、王景山、徐仲华、施振业、胡显东等诸位先生，中年的有鲁允中、王慕曾、魏树人、饶杰腾、王敬堂、王铁成、孙怡山等诸位才俊，青年教师如刘庆俄、常志华、潘燕琴、马啸凤、鲍季、季馥兰、白令言等等，还有教我们俄语课的赵先生和朱先生。半个世纪的时光虽已过去了，但他们和蔼亲切的面容仍保留在我的记忆里。

他们是我的榜样，是值得我终生效法的楷模。从中让我体会到，"师范"也者，重以师者为风范也，是其学校的灵魂，也是其办学的第一要义——老师实实在在地做出表率，学生自会效法，我们学到他们的真传，再为学生传道授业解惑，我们的学生再效法我们，倘能如此，并竭尽全力，一代接一代地传承下去，建设美丽中国的梦想是可以更早实现的。

二

在大学读书，多以自学和独立研究为主，老师和学生的接触不会像中学时代那样频繁。但在我师院的老师中，刘庆俄、常志华和潘燕琴三位先生却是例外。

刘庆俄先生当时不授课，一开始是当我们中文系一年级四个班的政治辅导员，到大约三年级时，改成管理两个班，而我们班始终是在他的管理之下。连续四年，他恭谨守职，不辞辛劳，和我们朝夕相处，很努力地监护着同学们的品德行为，督促我们的学业，极其认真负责。改革开放以后，刘先生弃政从教，执教汉语文字学，并颇有建树。每有研究成果，便分送我们这些老学生，与之分享。先生的进取精神着实令人敬佩。他让我懂得了对待事业必须忠实积极，既勤勤恳恳地做事，又堂堂正正地做人，同时又要追求高境界，永远力争上游。

常志华先生既是文学概论课的助教，又是兼职的政治辅导员。她家离学校很远，可她每天早来晚走，坚守在学校里，围着学生转。为做好助教工作，她每课必听，还要认真地做好笔记，以准备课后给大家答疑解惑。向锦江先生执教文学概论，常常在晚饭后的自修时间找学生"质疑"（先生提问，让学生解答，也让学生提问，由先生来解答，师生互相交流），常先生自然也必须晚上留在学校，来往于教授与学生之间做好辅助工作。常先生跻身于高级军干家庭，自己当过兵，又是共产党员，政治条件在当时看来非常优越，但她做人异常低调，从不炫耀自己，也不摆架子，相反，她却非常平易近人，和同学接触脸上总带着微笑，充满了朴实的亲近感。因此，我们班上无论男生还是女生，谁有什么心里话，无论是欢喜的、还是忧愁的，或者是困惑和牢骚，都愿意也都敢于和常先生讲。她和学生分享着快乐，也用春风春雨般的话语拂去学生的忧伤，解除学生的困惑，浸润着学生们的心田。在那个动辄上纲上线的年代里，有常先生这样的恩师是十分难得的。我们在"文革"动乱中的1968年6月分配工作离开学校，常先生眼里含着泪依依不舍地给我们送行，临别时她讲的"走好人生之路"的嘱咐至今还铭记在我的心中。

潘燕琴先生给我们上教材教法课。她是所有任课教师中唯一与我班同学接触最多、也最亲近的人。她两次同我们一起下乡劳动，吃苦在前，休息在后，给予同学许多关爱。潘先生带我们进行毕业实习，悉心指导同学们上好每一节课、开展好每一项课外活动，并鼓励同学大胆创新。她还热切地关心着我们毕业之后的工作和生活。我毕业后分配到黑龙江省小兴安岭林区工作，与京城相距上千公里，当时工作负担重，经济条件差，交通又极不方便，很少能回家关照母亲。母亲年迈体弱多病，生活很艰难。潘先生知道这种情况后，不辞辛苦，走街串巷地找到我家，看望我的母亲，嘘寒问暖，让我非常感动。在潘先生的身上，我懂得了，教师与学生的关系是终生的，教师对于学生意味着永远的关爱与付出。

先生们的这些品质铭记在心，沉淀积累起来成为滋养我继续成长的精神源泉。

三

在师院学习的四年中，参加政治运动多，参加劳动多，砍掉了不少的教学时间。大学二年级的时候，在通县（今北京通州区）西集公社完完整整地参加了一年的"四清"运动；后来配合阶级教育又在昌平小汤山公社访贫问苦、写过家史和村史。在校内，停课挖过建图书馆大楼的地基，打石头修建过游泳池；在校外，到门头沟下苇甸公社干过农活儿，到昌平黑山寨公社给果树打药灭虫，每次大约都用去一个多月的时间。算起来，参加政治运动与劳动锻炼的时间大约占去了全部教学时间的三分之一。为此，不少课只开到一半，有的如外国文学课就干脆砍掉了。

不过，那个年代有那个年代的理由，用当今时兴的话说，叫"办学理念"，即"教育为无产阶级政治服务，教育与生产劳动相结合"（教育方针）；"政治统帅一切、政治压倒一切"（形象性的口号）；培养又红又专的接班人，不能走白专道路（这一项对师生们的压力最大，也最荒唐），等等。当然，这对我们也有好处：有机会较多地接触了社会，较多地了解了下层人民的疾苦，开阔了眼界，同时也锻炼了筋骨，养成了吃苦耐劳的品德。

在这种政治氛围中，老师们恭谨敬业，虽不能尽情地施展才华，但凭着教育者的良知，传道授业解惑依然乐此不疲。

向锦江先生执教的文学概论，把我们带进了文学殿堂。记得还是在中学时代，我在广播的"阅读与欣赏"节目中就听到过先生撰写的《<三国演义·关云长温酒斩华雄>赏析》（大概是这个题目，究竟如何，记不清了，只记得文章写得极好），对先生的才情非常佩服，这次有机缘能成为他的学生，自然感到十分荣幸，因此上课听讲格外专注。先生知识渊博，旁征博引，挥洒自如，从先生的课上了解到的古今中外的文学名著多多，著名的作家的创作实践多多，文学流派异彩纷呈，实在是琳琅满目，那真是一种巨大的精神享受。

王景山先生执教现代文学，学问功底极其深厚。他上课从来不看讲稿，高挑的身材，站在讲台上侃侃而谈，评介作家、分析作品、梳理流派，清清楚楚，明明白白，尤其是鲁迅的作品评介讲得十分精彩。先生对教学十分负责任。我当时是我们班的班长，负责学习方面的事情，奔走于师生之间。景山先生对学生每有嘱托，就用娟秀的字体很认真地书写在两三页稿纸上，让我传达给大家。如此有七八次之多。1966年夏天，"文革"爆发，学校一片混乱，领导体系顿时瘫痪，后来各种各样的战斗队纷纷成立，有的任意揪斗领导、教师甚至同学，派仗也打得越来越升级。我在迷惘中，心里充满了悲凉，这样的运动实在不想再参加了，便和几个志同道合的同学突发奇想：编一本《鲁迅语录》。这既不与政治形势相抵触，不会惹来麻烦，又可学习，还能干一件正经事。我们先是读书摘录，继而分类编排，最后搜罗报刊和其他书籍中的引文加以补充。在后期整编的过程中发现有19条语录找不到出处，无头无序地找起来不啻大海捞针，便想起王景山先生。一天晚饭后，我叩响了先生宿舍的门。开门之后先生一脸的惊讶。我连忙解释："王先生，我是来向您请教的。这里有19条鲁迅语录找不到出处，请您指教一下。实在感谢!"我语态诚恳,先生释然,笑着接过写有语录的稿纸说:"你明天早晨来取吧。"我鞠躬告辞。次日晨,我从先生那里取回语录,19个出处全部查清。先生是信手拈来,还是苦苦地查阅了一个通宵?不得而知。但他精熟鲁迅的著述是肯定的,勇于担当、义气勤恳、更让我感动。

胡显东先生,东北人,教我们先秦文选。先生每次上课西服领带穿戴得齐齐整整,仿佛出席一场重大的仪式。能看得出,他很重视给我们上的每一节课。先生嗓门洪亮,讲课富有激情,处理教材极其精细,字音咬得实,词义解释得详细精确,文章的脉络结构梳理得明明白白。点评也十分精当。他评价《左转·郑伯克段于鄢》的艺术特色称:"不是毛发俱现的写真,而是一鳞一爪的传神"至今还刻在我的脑子里。据说,先生能整回整回地背诵《红楼梦》,我没有亲见,却见到听见过的同学讲先生背诵《红楼梦》第四回的情景,这是笨功夫,然而也是学文史的硬功夫。在那个年代,先生不敢公然提倡,同学议论起来亦见仁见智,我却满心地佩服。后来在从教的岁月里常常效法,每遇精彩文章便频频诵读,直至熟烂于心。

徐仲华先生执教古代汉语,那是一种学者的气派。他的教学目的很明确,意欲提高学生阅读古书的能力,不教训诂与音韵,也不系统地传授语法知识,以剖析文章为主来带动古汉语知识的学习,虽然我们得到的知识不系统也不全面,却还是听得津津有味。史振晔先生的汉语修辞课把我带进了语言的高境界,其影响一直蔓延到我后来的教学与编辑记者的工作中,让我受益无穷。其他的老师也都为我们的成长注入了心血和感情,成为我绵远悠长的记忆。

四

这里,我还要提到两位与我有特殊交往的老师。

刘世儒先生是我的老师当中最富有个性的一位。他自信、孤傲,甚至有点桀骜不驯。他执教现代汉语语法并不鸡零狗碎般地什么都讲,而是只讲教材的重点与难点。他撰写的教材在全国独树一帜。其最突出的特色是：把句子的结构分析和词语的逻辑语义关系结合得更紧密；在他的语法体系中，句子成分有"足语"（即主语的补足语）、"宾足"（即宾语的补足语）等独特的称谓；在复句系统的分析中引入了"句群"（即若干句子的组合，近乎通常所说的"句组"）等概念；对无论单句还是复句，甚至整篇的文章都可以进行图解，那解图犹如树形状，可以做到"字字上线"。据传，刘先生完备地继承了"黎派"的语法体系，先生是语言大家黎锦熙的得力弟子。除我们手中的这本教材外，先生还撰写了厚厚的三卷辅导教材。为彻底听懂先生的讲课，我从图书馆借到这套辅导教材，利用课余时间认真地进行了研读。这时，我才感到先生的课讲得要言不烦，有大家风范。当时"黎派"在语法学界已处于孤立的地位。他至少有两次引用"吾爱吾师，但吾更爱真理"这一名言讲述他在学术辩论中的情景。先生以极大的勇气捍卫着"黎派"体系，并一步也不退缩，由此可见一斑。这也正是先生之孤傲与自信之由来。对此不能不使人油然而生敬意。

　　"文革"结束后，迎来了改革开放的新时代，文化教育开始复苏。1978年3月我被调到伊春市教育学院，给"文革"后招收的第一届大专生讲授现代汉语课。学校处在草创阶段，校舍是借用的一所中学的院落，教材自然没有，让我自己想办法，而且5日报道，10日就要开课（学生入学已经耽误了一个学期，现在已经陆续报到）。在现代汉语课中，语法教学是重头戏。情急之下，我找到了带到伊春的刘世儒先生编写的语法教材。一边讲着语音、文字课，一边掂量着这本富有个性的教材。我断定刘先生讲的是专家语法，和通常的"暂拟体系"相比，有体系完备而又严密的优点，但由于地处偏远，信息闭塞，不知道事隔十几年先生对他的这本教材有没有改动，用它做教材是否合适宜，更不知先生的近况如何，能否给我做些指导。于是，我怀着惴惴不安的心情给先生写了一封信。没想到，没过几天先生回信了！我真是喜出望外。先生在信上依然自信地说，教材没有改动，也不需要改动，让我坚信教材的体系是正确的。鼓励我要加深理解，增强信心，坚持到底。在先生的鼓励下我竭尽全力进行教学，比较成功地传布了一次"黎派"的语法体系。

学生们接受了"主足""宾足""句组"这些概念，对图解句子产生了浓厚的兴趣，经过训练能自觉地把句子结构分析和词语的逻辑语义结合起来。他们说，听这样的语法课，对阅读与写作非常有好处。

鲁允中先生只给我们上过现代汉语的语音课。先生教得格外认真，为我们全面掌握北京音系打下了坚实的基础。我在伊春教育学院给学生上语言学概论课时涉及国际音标，但在学校里没学过。这时我想起了鲁允中先生，不知先生能否教我认读这些音标，如果有录音，让学生听听也好。我在1980年暑假回北京探亲期间到母校拜访了鲁允中先生，交给先生一盘录音带，请先生试读。没想到先生爽快地答应了。几天后，我取录音带时没有带给先生任何礼物，先生却送给我一本他刚刚编著出版的音韵词典，其笃实之情溢于言表，其鞭策鼓励亦在不言中。我给先生深深地鞠了一躬，算是暂时的答谢。

五

毕业之后，我常常想起母校，也常常想起我的老师和同学们，在这大千世界、茫茫人海中，我们——我的同学们和他们——我们的老师们，因某种机缘而相识，建立了纯洁的师生关系，无论如何这是一种缘分。

有道是，"谁言寸草心，报得三春晖。"报答母校，报答我们的老师们，我们除了努力工作报效国家、服务人民，从而展现老师们为培养教育学生所建立的功勋而外，只能捧出"寸草"之心，主动地为他们做些力所能及的事情。

1986年，产业媒体异军突起，以空前的态势发展着。林业部和全国绿化委员会乘势而上，也要办自家的报纸，为此要从林区抽调几名干部，我有幸被列其中，而调回了北京工作。

1987年夏天，和同在一个大院工作的老同学侯淑珍相约到学校换毕业证书，不经意间在学生食堂前的小广场上遇到了向锦江先生。双方都非常高兴。先生热情地邀请我们到他的宿舍看看。我们不假思索随先生前往。这时发现，先生老了。他须发已经斑白，拄着拐杖，步履十分缓慢，但说话的声音一点也没有改变，喉音依然重而高亢。先生住在师院教工宿舍21号楼3层6号。这是一个小两居室，一间小的堆放杂物，另一间大些的做起居室兼书房。起居室南面临窗摆放着一张旧三屉桌，邻桌墙壁上方悬挂着周总理的遗像和一幅溥杰的墨迹；靠东墙是一个可坐三个人的旧沙发，暗紫色人造革面，有两处弹簧已经裸露在外；北面靠墙是先生的睡床，木板拼的，被褥、床单皆老旧；西面靠墙正中间在一张小课桌上放着一台中等大小的电视机，电视机的左边是一张旧躺椅，右边的书架几近空空。墙壁和天棚从未刷新过，起皮，且布满灰尘。水泥地面上有一层浮土，从北面的房门到南面书桌再到躺椅有清晰的脚印。可见房间很少打扫、也很少有客人光顾，那脚印是先生自己踩出来的，彰显着在居室内固定的行走路线。先生要烧水沏茶，我们忙抢过来去烧，走进屋门外过道的小厨房才发现这里更是一塌糊涂。

看到这种情景，我内心唏嘘不已：这就是我们敬爱的老教授晚年的生活，过得很艰难，也很孤寂。先生一生没有结过婚，七十余年始终独来独往。先生从未做过家务，晚年老迈多病，不会也没能力更没心情料理家务，只对付着做口饭吃。在交谈中知道先生已决意封笔，不再如从前那样孜孜不倦地读书，——记得，我到过他1967年在师院的居室，也去过70年代末期居住在宣武门附近的寓所，都是一屋子的书，堆得到处都是——如今全部藏书都已捐献给了他的母校——镇江中学了。有老学生光顾，先生十分兴奋，介绍他带研究生的经历，到加拿大讲学的感受，以及从宣武门换到学校住的原因等等，还一一问了我们的生活和工作情况，足足谈了一个多小时。

告别了先生，我和侯淑珍商量能为先生做点什么。我们不谋而合，决定发动老同学给先生的家做一次大扫除，改善一下先生的生活环境。我们分头联系了十几位住得比较近的、身体强健的、又很想看望向先生的同学，和先生约定好，选择了秋后的一个休息日的上午8点，分别带上洗衣粉、肥皂、抹布，准时来到先生的家。师生相见，寒暄之后便行动起来。清扫的清扫，采购的采购，做饭的做饭。居室很快焕然一新。中午，丰盛的饭菜摆满了临时拼凑的桌案上，师生挤在一起有说有笑地共进午餐。先生很高兴，还喝了一点红酒。饭后，男同学陪先生聊天，女同学清理厨房。一切收拾停当并把先生的晚饭做好以后，我们同先生一一告别，并分别留下了自己的联系方式。走出先生的家，我们商量每年春天和秋天都来给先生的家清扫一次，如有时间，不定期地常来看看先生。如此经历了十多年，直到先生在人们的劝说下请到了保姆。此间，除了清扫先生的居室外，时常有同学来看望先生，并每次有人来，都会带来或鸡蛋、鲜肉，或大米、蔬菜、油盐酱醋等生活必需品。有的还给先生买了床单、水壶、电风扇等等。同学们都像对待自己的亲人一样尽可能地照料着先生的生活。我们还借车陪先生游过颐和园，逛过王府井，十几个同学接先生到翠花楼聚会，还在师院的教工食堂和先生频频聚会，也在师院附近的饭店给先生过过生日，以减少先生的孤独和寂寞。

由于多有交往，更深入地了解了先生的性格和为人。先生痛恨暴殄天物，更痛恨贪官腐败。他告诫我们，生活无论多富裕，都要以节俭为好。它自己每月退休金只取300元用于生活，其他的钱都存在系里，先后支助了6名中文系的贫困学生完成学业。我每次同先生联系师生聚会，他都要来信宣布杜绝浪费的"约法三章"，如此信件先生大约写给我有30多封。他后来建议每个人自己做一个菜带来，大家一块吃，并说一定不能卖外边的熟食。同学们只要带给先生礼物，先生便尽其可能也拿礼物来回赠同学。遇有师生一起在外边聚餐，先生极端强硬地非要自己付账，谁也争执不过。一次，我单独去看望先生，先生约我到教工食堂吃饭，匆忙中他忘了带钱包，该付账时，他阻止我付，自己又拿不出，非常尴尬。我推说去洗手间偷偷结了账，并嘱咐服务员不可告诉老先生，只说"免单"。我扶着先生回家，他还不住地责备自己。次日，先生拄着拐杖去食堂结账，终于知道了底细，便大为光火。不久我再次看望先生，他把我狠狠地批评了一顿。我百般解释劝说，他才消了气。1998年，全国水灾，我在《人民日报》上看到"首都师范大学向锦江捐献灾区1万元"的报道。就在这一年，先生写了一篇文学评论，刊发在我报的副刊上，我社支付给先生二百元稿费，先生让我直接把钱捐给希望工程。

这就是晚年的向先生！先生 2010 年与世长辞，享年 95 岁。一位孤寂的老人在艰难的境遇中活到如此高龄，真是个奇迹！

修辞学讲移情，文学创作也讲移情。其实，我们这样做也是一种实实在在的移情。——我们把对众多的老师们的爱与尊敬全部转移集中到向先生的身上，向自己的老师们捧出我们的"寸草"之心。

在我的心中，母校永远是圣洁的殿堂，老师永远是值得尊敬的人，用多少笔墨都述说不尽这跨越了半个世纪的情缘。

我祝愿我的老师们，愿仙逝者在九泉之下含笑，愿幸存者健康长寿、晚景灿烂！

（2013 年 7 月 14 日记于柳芳书屋）

在社教运动的日子里

1963 年的夏天，我在师院中文系读二年级。上学期快要结束的时候，我们突然接到通知：到北京通县（现北京市通州区）东南的西集公社（现通州区西集镇）参加一年的农村社会主义教育运动。

政令一下，马上收拾行装，迅速奔向社教地点。

一

我被分配到西集公社的黄东仪大队。这是一个毗邻潮白河、靠近北运河的村庄，在西集公社东北 3 公里处。村庄不大，有百十户人家，农户聚居在村庄里，四周是他们赖以生存的田园。

盛夏时节，地里生长的只有玉米、谷子、麦茬红薯和少量的萝卜。天气燥热燥热的，只有树上的知了叫个不停，街巷里很少有进进出出的村民，可能都歇晌了。我几经辗转打听到工作队的驻地，很快就找到了周队长他们。报到结束，我就成了社教工作队的正式队员了。

临来时，学校一再嘱咐，我来这里的主要任务是学习，——向工作队的干部们学习，向农民学习，在阶级斗争和生产斗争的实践中学习，要遵守工作纪律，完成好工作队交办的一切任务。

我们这个社教工作队，是以人民日报社的同志为主体、组建起来的，共有20来个人。其中有我们学校来的4名师生、1位北京某法院来的老张，其余的都是人民日报社的干部。黄东仪大队分村东和村西两个小队。为便于联系群众，工作队也分成两个小组，一个居住在村东，一个居住在村西。周擎宇同志是队长，居住在一组；杂文家、文艺评论家陈笑雨同志，是副队长，居住在二组。他们都是延安时期的老革命。一组的组长是钟立群，资深编辑，副组长是王一平，老党务工作者；二组的组长是漫画家英韬，副组长是名记者金凤。他们都是人民日报社的精锐和中坚。他们每个人都是一本内涵丰富的教科书，很值得我认真地拜读，从中汲取智慧和力量。我被留在了一组，同来的师院老师刘赛玲和徐先生是外语系的，同我们系华五班(因印尼排华而回归祖国，分到师范学院中文系上学，又因要补习汉语，学历增加一年，故称"华五班")的孟凡弟同学留在了二组。我们组还有4位同志：一位是人民日报社保卫科长冯宝同志，40多岁，高高的个头，军队转业干部，耿直，敢担当，爱吸烟，对我特别和蔼；一位是老张，胖胖的，老北京人，从法院来的，很少和别人来往，除涉及法律问题而外，对其他问题很少发表意见；一位是丛林中，36岁，东北大学中文系的高才生，人民日报记者，堪称我的学长；还有一位女同志，是小黎，湖南人，30岁左右，额头宽阔，眼睛大大的，个儿不高，但很聪明，是人民日报社的会计。我，共青团员，22岁，进入工作队有了一个新名字，叫"小李"。队里还有一位来自人民日报社的解放军战士，年轻的李章成，算是二组成员。社教工作队的各色人才都配备齐了，很快投入了工作。

"社教"运动，也称"四清"运动，清什么？初期提出的是："清工分、清账目、清仓库、清财务"，带有反腐败性质。目的是整顿干部作风，解决干群矛盾，防止中国发生修正主义、出现"和平演变"，最终要巩固社会主义制度。在此前，中共中央召开了党的八届十中全会，提出了党的工作要以"阶级斗争为纲"，阶级斗争要"年年讲、月月讲、天天讲"。1963年5月，在杭州会议上制定了《关于目前农村工作中若干问题的决定(草案)》(即前十条)，这就是我们工作的总纲。当年9月，在中共中央北京会议上为指导"社教"运动健康发展，又制定了《关于农村社会主义教育运动一些具体政策的规定(草案)》(即后十条)，强调要"以阶级斗争为纲"，提出了团结95%以上的农民群众和农村干部，打击并孤立一小撮坏人，要正确对待地主、富农子女等政策。后来发展成为"清政治、清思想、清组织、清经济"这四个方面，亦简称为"四清"。

二

"社教"工作队要和驻村的老乡实行"三同"，即同吃、同住、同劳动。

"同吃"，就是吃派饭，即工作队员被派到农民家里吃饭，接纳工作队吃饭的都是"基本户"。所谓"基本户"也并不都是贫雇农，成分是中农的也有，这要看家里有没有能力给工作队做饭。一是得有闲人、能有人做饭；二是有食材，一般情况，队里分什么粮食就做什么饭给工作队员们吃，这也不难；三是做饭要用烧柴，这就难了。

黄东仪村周围的树早就砍光了，既无防护林，也无薪炭林，烧水做饭和冬天取暖，烧的全是晾干了的茅草和玉米秸。秋收把玉米棒子掰下来，割倒玉米秸秆，捆成个儿，再把玉米根(当地叫"楂子")刨出来，一起交到队里，队里像分粮食一样分给农户。田野里的茅草，队里不管，那就看谁的手快了，手快就搂得多，手慢了搂不着。你再看田野，那才叫场光地净，连一丁点杂草都没有了。吃派饭用的烧柴，是大队分给的，这一点不能含糊。

工作队员把一定数量的粮票、饭钱如数交到农户手里，或一日一清账，或一月一清账。我和王一平、小丛、小黎4个人一组，每顿饭都是叫齐了一起去，由小黎给结账。我把由学校领到的饭菜钱和粮票全部交给小黎，就不用再操心了。农民家里做什么我们就吃什么，从不挑拣，从入村到离村，没发生过任何问题。承担派饭的农户六七家轮流接待工作队员。各家做饭不一样，有的人家贫穷，拿不出像样的饭食接待工作队，几乎顿顿都是玉米面贴饼子、煮红薯、玉米面粥和腌萝卜条，相对富裕一点的人家，如中农黄度，有能力隔些日子给工作队员们烙顿白面饼吃，或吃顿擀面条什么的，还可以炒上两三个菜。但从总体来看，农民基本上是在饥饿与温饱线上徘徊。我们与农户同甘苦，理所应当。

我们住在基本户黄大爷家，这是一处四合院旧瓦房，正房三大间，一明两暗。西头住着房东一家，东头住工作队。

西屋两大间，收拾得利利索索，通体大炕，地上有躺柜，可存放衣物，是黄大爷一家4口人住的。闺女黄桂兰十六七岁，已是整劳力了，弟弟桂希正念中学。黄大妈是位贤妻良母，在桂兰的帮衬下操持着家务，也一天忙个不停。黄大爷少言寡语，一天到晚忙里忙外地干活，很少歇息。

中间是堂屋，兼做灶房：灶台在靠近西屋一边，靠近东屋这边在门后立着一个大水缸；正对门靠墙摆放着老旧的条案和同样老旧的八仙桌。墙上没有字画和条幅。黄大爷一家和我们工作队的同志进进出出都要经过堂屋。这就说明我们是一家人，工作队和农民实行了"同住"，但在做派饭人家的名单里没有黄大爷家。

东屋是三大间，把最东边的耳房也扩进来了，也是通体大炕，对面靠东耳房的部位还有一铺小炕，堆放着杂物和队员们暂时不用的东西。地上挨着墙摆放着两张办公桌，平常是组长老钟和小丛的座位。靠窗的大炕被一个矮矮的墙垛子分割成两半，西边大炕是老钟、小丛和冯宝的铺位，墙垛子东边靠西是法院老张，我在最东边，周队长在我和老张的中间睡觉。由矮墙垛到门这一截儿都是窗户，分上下两层，下面的窗格糊着白纸，上面是亮窗，也糊了白纸，但可以打开，用一根短棍儿支起，就能通风换气。——这就是我们工作队6位男同志的家和全队开会办公的场所。王一平和小黎两位女同志住在另一处老乡家。

院里的东房一溜三间，空着，成了黄大爷一家的仓房。

西房也是一溜三间，住着一个孤寡老太婆，中等个头，瘦瘦的，稀疏的花白头发，没牙，嘴瘪瘪的，脸上布满了皱纹，眼睛不小，但呆滞而没有神采。她很少出屋，工作队里的人从不和她打招呼。这老人是地主成分，据说，这院子解放前是她家的，土改时分给了黄大爷家，因为她无儿无女、无依无靠，就留在了西屋。

队长老周个儿不高，亲切和蔼，平易近人，但睡觉打呼噜，很响。老周很自觉，他克制着自己，从不先睡着，始终是等啊等的，等到大家都睡熟了，他才放心地睡去。我在他旁边睡觉，看得很真切，这让我很感动。有时他睡着了，那呼噜声也会把人吵醒，任凭被吵醒的人辗转反侧，他却浑然不知。入冬后的某一天，他又把熟睡的人吵醒了，第二天一屋子的人都议论老周的呼噜声，开着各种善意的玩笑。只有冯宝认真地说："老周，你这呼噜能打得轻一点吗？我神经衰弱，听着呼噜，这觉真没法睡。"事后，老周和房东大爷商量，能否让他的在东房炕上睡觉？黄大爷说："这，没问题。就是东房太冷，得烧火炕、点炉子。"生产队分给工作队的玉米秸不少，够用。老周简单地把东房打扫了一下，就把行李搬过去了。他舍不得烧炕，只点上炉子就睡觉了。第二天吃早饭了，大家发现老周还没起来，就去喊他，听不到回应，就推开门到炕跟前查看，发现老周煤烟中毒了！赶紧给他穿上棉衣扶他到院子里的木凳上坐下。房东大娘说腌酸菜的汤水能解煤毒，便赶紧舀了一大碗，给老周喝下。果然灵验：老周醒了！他睁开惺忪的双眼，问大伙这是怎么了？"你煤气中毒了！"大家告诉他，是一碗腌酸菜汤把他救过来的。他觉得头有点疼，就和黄大娘再要一碗。大娘说："别喝了，这不是什么好东西。"大家哈哈哈地笑着，扶老周洗漱完就一起吃饭去了。因为吸取了教训，再也不敢点完炉子就睡觉，监督老周烧火炕取暖，从此这类煤气中毒事再也没有发生过。

三

我的劳动是从学习挑水开始的。

工作队驻地和黄大爷一家共用一个大水缸，这水缸我承包了，每天早起一定要挑上两挑水，把水缸装得满满的。接着，去给6家五保户挑水，大多是地主富农以外的孤寡老人，或体弱多病的人。我也要把他们的水缸挑满，扁担水桶自然要借用黄大爷家的。后来，我从眼神看，发现大爷不太乐意，就改做给谁家挑水就用谁家的扁担和水桶了。村庄不大又分作两个小队，我只负责一队的五保户，大多住得很近，因此也不用太费力。有时还给同院西房住着的老人捎上一挑，但不能太多、太勤快，怕惹来麻烦，因为她毕竟成分不好。工作队的同志不说什么，老钟说："小李很善良。"

水井离我们住处不算远，而且井里的水位高，井沿上没有辘轳和井绳，我看村民们都是把水桶梁挂在扁担钩上，再用扁担把水桶下到井里，水桶刚碰到水皮儿，一翻个儿，水桶便下沉，水装满了，就抓紧扁担往上拽，拽到井沿，把水桶拎过来就齐活了。两桶水打满，挑起来就走。如此一连串的动作做得捻熟，如行云流水，手上干着活儿，嘴上还不耽误和来打水的人聊天，自在惬意极了。

我却笨手笨脚地，足足学了一个星期，才能独立操作。有一次还把水桶掉进井水里，惹得村民好一阵忙乎，用一根长长的竹竿才把水桶捞上来。

挑水也不容易，是个需要磨炼的力气活。刚挑水时，总觉得水桶太大，装满了水很沉，挑起来两腿发软，走起路来直打晃，而且肩膀压得生疼。一担水挑回去，晃晃悠悠地，真不容易。一大早挑完水，已经累得筋疲力尽，肩膀上压担处十分疼痛，一整天都不自在。两三天后，肩膀头肿起来了；再挑，红肿处碾破了皮，更疼；我咬紧牙关接着挑，破皮处渐渐结成了痂，又过几天，再挑，不疼了，走路也不打晃了，似乎水桶也变小了，担子也不沉了，从井里提水也稔熟多了，我也能做到一边打水一边和村民聊天了。秋天，光着脚和村民一起从大河里取水，挑着两只大桶踩着河滩地上松软沙土给红薯秧浇水，我也能干得像个壮劳力。

此外，我还撸过锄杠、锄过草，割过麦子，收过玉米，拔过萝卜，捆过玉米秸，刨过楂子，和全村的老少爷们、大姑娘、小媳妇坐在场院里搓过玉米，分清了白玛牙和金皇后，也帮助黄大娘推过碾子磨过面，还知道麦茬红薯产量高，可以更有效地填饱肚子。在劳动中，我体会到，颗颗粮食来之不易，决不能随便浪费；我也真切地感受到，农民真苦，农村真的很穷。当时红极一时的邢燕子、董加耕、侯隽、王培珍等确实是知识青年的好榜样，他们放弃了学业和城市生活，志愿到农村当农民，立志在这"广阔天地"建设社会主义新农村，是真正的当代英雄！

为这，老钟还真的和我谈过一次话。他对我说："小李，你当个董加耕怎么样？"我说："心向往之。"他说："我看你经过这段时间的锻炼，对农村还是蛮有感情的，也很同情农民，工作队撤走时，你可以申请留下来，在这里干一番'改天换地'事业。当然，不可一时冲动，要认真考虑考虑。"他的眼神里全是热爱和期待。

四

工作队召集村民开大会，往往都在晚上，这样不耽误农活儿。天热时，大会在场院开；天凉了，就挪到生产队的大屋子里。开全村大会一般是一家出一个代表，冬天聚集在大队部的那间大房子里，没有电，点一盏煤油灯，类似马灯那样的。屋里一边一铺通体大炕，足够百十人坐的了。也有妇女带着吃奶的孩子来开会的，孩子先是玩儿，玩儿够了，妈妈敞着怀给孩子喂奶，不用躲避别人的眼光；孩子困了，躺下就睡。人聚多了，屋里传出杂七杂八、嗡嗡嘤嘤的聊天声，空气中弥漫着呛人的旱烟味并混合着人体的酸臭味。门开在侧面，对着门的这一头，放着一张油腻腻的办公桌，桌上立着那盏马灯。工作队的人，就在桌边站着讲话，讲当前运动的形势，讲下一阶段开展运动的方法和要求，以及要执行的各项政策。大多情况是队长老周和我们的组长老钟讲，讲得通俗易懂，明明白白。经过广泛动员以后，工作队掌握好火候，发动群众揭盖子，把生产队长陈连和推上了风口浪尖。

陈连和40多岁，大高个儿，臂长手大，总是一身的黑衣黑裤，眼窝深陷，一口纯正的通县口音，一幅死皮赖脸的表情，任你说他什么他都不认账。其实，他的主要问题就是偷盗。经过几次三番的斗争，可能是实在顶不住了，陈连和选择在一个无人注意的夜晚，跳井了！

工作队组织民兵把陈连和从井水里捞出来送回家，连夜开会，认为陈连和是在负隅顽抗，很有必要打击他的嚣张气焰。于是就组织了全面攻势——

漫画家英韬准备了一大摞白纸，铺展开来作画。他画了一张又一张，张张都是陈连和，三只手，到处偷，大挖社会主义墙脚，挖得集体经济的大厦都要倒塌了！我这次真是大开眼界，真正见识了漫画家的风采——他几笔下去就是一个活脱脱的陈连和，画得又像又滑稽，让人止不住发笑。英韬先生一个多钟头，十几幅陈连和的漫画就画完了，用图钉钉在场院旁边的围墙上，惹得围观的人里三层外三层地谈笑不止。

陈笑雨先生，人称"陈提纲"，至今还用马铁丁这个笔名写杂文，他把村里的十几个知识青年召集起来，让他们自带钢笔，每人发给几张稿纸来写批判稿。他说：要以理服人，不靠骂人，不靠扣帽子，咱就是要摆事实、讲道理。一人讲一两件事。他启发大家：陈连和爱偷盗，事实真不少。他偷粮食、偷钱财、偷农具，偷牲口，什么有用就偷什么；他白天偷、晚上偷、随时随地地偷、长年累月地偷，不偷就浑身痒痒不自在，偷盗成了他的生活习惯和看家本事；他偷集体的，也偷个人的，连孤儿寡母家的东西也偷，真是不看对象、不择手段、丧心病狂；他场院里偷、仓库里偷、大田里也偷，连外村的东西也都偷，实在是无处不偷，只要别人看不见伸手就偷走。他又分别给他们出题目、列提纲、定主题，通思路。在他的指导下，这些年轻人很快就写成了一篇篇批判搞，拿出来念一念，满是那么回事。最后，笑雨先生嘱咐大家不要怕，要大声地念出来，捍卫我们集体的财产，不要让陈连和这样的蛀虫把集体经济搞垮！——我又一次大开眼界，见识到了杂文家的风采！

对陈连和的批斗大会开始了，地点就在场院里，在那一大组漫画作品的旁边。工作队选派英韬同志讲话。我真没想到，这位白面书生面对一大群农民能把话讲得掏心掏肺，让村民们动心思、动感情；他又斩钉截铁地警告陈连和，不可再耍花招、负隅顽抗，那话说得像连珠炮一样气势难挡，又像战鼓声声，铿锵有力！年轻人的大批判开始了，一个个摆事实、讲道理，和英韬的讲话相呼应，村民们自发地喊起了口号："偷盗可耻！""劳动光荣！""打倒陈连和！""死不悔改没有好下场！"如此，把批判会推向了高潮。

事后，金凤带我到她的住地，对我说，咱们按照老周的指示出一期黑板报，我这儿有几篇稿子，供你选择使用。她在炕桌旁边坐下来，让我随意选择地方等她一会儿。她铺开稿纸，拽出钢笔刷刷地写起来，一会儿一篇，一会儿一篇，也就 40 来分钟，七八篇稿子出来了！我说："大姐，太快了吧？您才思敏捷，真是快手，领教了！"——我又一次大开眼界，见到了名记者的风采。

黑板报出来了，村民们都围着看。有消息，有短评，有新闻故事，还有简短的村民来信，也有通俗的政策解读，还有两个顺口溜。认字的念给不认字的听，还真管用，如此一连热闹了四五天。后来，出黑板报成了我的又一项任务，我也学着金凤大姐的做法干，一次次地把任务完成好。

我还有一项任务就是组织村里青年开展活动。我请桂兰帮忙，把村里的青年都召集起来，并和生产队联系，要下了一间空房作为活动场所。第一次活动请王一平同志来讲话。她真不愧是训练有素的老党务工作者，把青年工作讲得头头是道。她鼓励村里的年轻人，不辜负青春年华，努力学知识、学文化，学技术，有志气、敢担当，一定要把黄东仪建设成社会主义新农村！此后的活动就由我来主持，每周活动两次，有时我给他们讲向秀丽、黄继光、邱少云、雷锋、邢燕子、董加耕的故事；有时上团课，介绍共青团的知识；有时教他们唱革命歌曲。尤其是唱歌，大家非常喜欢，我尽自己会唱的歌曲都一一教他们唱，什么《听妈妈讲那过去的事情》《社员都是向阳花》《革命人永远是年轻》，什么《十送红军》《学习雷锋好榜样》《我们走在大路上》等等。歌声在夜晚传出，传遍了村庄，传遍了原野，工作队的同志们也听到了，我回到驻地，老钟说，这样的活动好，小李，一定要坚持下去！

转眼间，春节快到了，工作队准备了红纸和笔墨，给乡亲们写春联。我打小就练过写毛笔字，还临摹过柳公权，但没给谁写过春联，拿起毛笔战战兢兢地试了又试，才敢动笔。我照着报纸登出来的《春联一览》挑着写，一笔一画地写楷书，好半天才写成一副。在一旁的丛林中把袖子一挽，就招呼起来，一手利落的行书挥洒自如，自己出词儿，写得又快又好，真让人佩服。

春节前工作队放假修整，老钟交给我一项任务：给"黄东仪青年活动站"做一个牌子，挂在活动站的门边上。他说："我们走后，他们也要继续开展这项活动，长期坚持下去！"

放假回家，告别黄东仪村，老乡们给我们送行。黄大娘牵着我的手一直把我送到村口，她把篮子里的红枣花生一个劲儿地往我的书包里塞。突然，一阵大黄风刮起，刮得我和大娘之间对面看不见人。——真是，太可怕了！这一幕让我终生难忘。

回家以后，我就落实老钟交办的这项工作，找木板、买油漆、写牌子，一直忙乎了两三天，牌子做成了。春节后，我抱着牌子返回黄东仪，把它挂在了青年活动站门口，很新鲜，引来不少村民驻足观看。

五

陈连和的队长职务已被村民罢免，经内查外调，他除了偷盗严重外，没有发现其他重大问题，最后处理是：留村接受群众监督改造。

黄东仪大队组建了新的领导班子，贫农黄源当了生产队长。其他队委会成员经过"洗澡下楼"（检查自己的问题，获得群众的谅解），大多"官复原职"，说话有点结巴的黄湛还是大队会计。新的团支部也建立起来了，青年活动站已交由他们自己组织活动。

春天来了，乡亲们赶紧到麦地里清垄沟，扒开盖得厚厚的沙土，好让麦苗返青。一年的农事从此开始了。

在驻村的最后日子里，一天，大家都跟社员劳动去了，老钟把我留下和他一起写离村报告，即工作队的"社教"工作总结。基本上是他起草，我誊写。老钟写得很快，却让我不用着急，一定要保证字迹工整、清晰。我边誊写、边思考，追踪着他的写作思路，看他是如何去展开全文的。我不能不佩服他的精密构思，思维的清晰度极高，那文章不仅大层次清楚、中层次清楚，连小层次都清清楚楚；他遣词造句的功夫更属难得，调整句子也很见功夫。他的草稿的确很潦草，但校对符号用得极其到位，添加的一段话、一个句子、一个词语，甚至是一个字，哪怕是一个标点符号，它们所处的具体位置都勾画得清清楚楚，交代得明明白白，我根本不用问他，都能很顺畅地读下来。我又一次大开眼界，看到了资深老编辑的风采！这一上午我学到的知识让我受益终生，先是当教师，给学生批改作文，后来进报社当编辑，修改各种各样的稿件，都做得得心应手。

工作队圆满完成了"社教"任务，1964 年 6 月撤离黄东仪村，我也回到了学校。

数十年过去了，我曾不止一次地回忆起参加"社教"工作的这段时光。我始终记得，老钟、这位可敬的新闻界的老报人，曾劝我大学毕业后留在黄东仪，在那里"改天换地"，走董家耕、邢燕子们的道路。然而，历史的发展并未遂人所愿——我大学刚毕业就遇上了"文革"，全国一片混乱，两年后，我被分配到北国边疆"接受工农兵的再教育"去了。

在此后的岁月里，在坎坷的人生道路上，我也还时常想起黄东仪，在魂牵梦绕中一次次追忆着那片缺少绿色的沙荒地上发生过的故事。

1993 年秋天，我到西集镇做过一次采访，亲眼看到西集乃至黄东仪村发生的巨大变化。改革开放以来的这些年，那里种了许多树，风沙基本上消失了，农民种下的麦子，到春天不用再清垄沟了，烧柴短缺的问题早已解决，农民的日子越来越富裕，已经彻底地"改天换地"，黄东仪成了名副其实的社会主义新农村！

老钟要是还活着，今年已经 100 岁了吧……

预科：　孕育我教育生涯的摇篮

北京市师范学院，现在称首都师范大学，是北京市政府 1954 年创办的，只招收北京户籍的学生。目标很明确：为北京市城乡培养合格的中学教师。不过，创办之初，生源不足、质量不高。几年之后，经过总结反思，学院决定创办一所"预科"，招收一批专业思想稳定、学业优良的学生，先培养教育三年，然后让他们回校读本科，希望以此来改善生源状况、提高办学质量。

于是，师院 1959 年开始创办预科。我就是这一年走进预科的。

一

预科招收的都是好学生，是从北京市各中学初中毕业生中择优选录的。有的是城区的，有的是农家子女，但都是将来愿意当教师、学习成绩又好的学生。共招 6 个班，每班 50 人。我们 1959 年入学，叫 59 届，一共 300 人。据说，其中有 8 名学生是从全市中考中录取的，其他 292 人都是保送生。

保送者也都得经过面试。面试看什么？看你头脑清楚不清楚、谈吐流畅不流畅、五官端正不端正，有没有明显的生理缺陷；政审是学校背后做的事情。——当时，有一个教育理论：教师上课是传授知识的，不能因为口吃、语言逻辑混乱、相貌有缺陷或者爱穿奇装异服，吸引学生的注意力，影响教学效果。这也是我最早获得的有关教师要修炼语言、提高表达能力，并注意自己仪表等方面的教育。

入学报到，是在师院本部进行的，因为，这时预科的校舍正在加紧建设之中，学校是一片大工地。

预科的学生享受师范生待遇，学校提供住宿和伙食，学费全免。伙食费每人每月十二块五，而当时北京人均生活费标准是每月 8 块钱。对我来说，犹如走进了天堂。——我从懂事时起，就遵循"君子食无求饱，居无求安"的古训，并以此贯彻终生，预科能让我"衣食无忧"地读书，我实在是心满意足了。

我们先在师院跻身。学习占用的教室是师院中文系在东风楼腾让的，除了上课外，经常是做自习室用，有一些课也在相关系里的教室上，因此师院的"东风""胜利""红旗""跃进"这四大教学楼我们几乎跑遍了；住宿在师院的学生宿舍。师院的宿舍楼共有四栋，分别称"德斋""智斋""体斋"和"美斋"，我住在"体斋"三楼的一间宿舍里，上下铺、四张床，共住 8 个同学，我和赵天琪是 59 五班的，其他同学都是59 六班的。预科的领导是师院党委指派的有办学经验的年轻干部，各科老师都是师院各系支援的老教师或前三届各系的毕业生，行政人员也都是从各系抽调的。

我们入学没多久，一天夜里刚睡下，就听到有人喊："救火啦！快来救火啊！"我们穿上衣服操起洗脸盆急忙跑下楼，跟着人流就往冒浓烟的方向跑，原来是校外一家建筑工地起火了。跑到起火地点，在工地工作人员的指挥下，跑到喷水管处用带来的脸盆接水，又很快端着水盆排起长队，一盆接一盆地向下传递，紧紧张张地干了差不多一个小时，火头熄灭了。同学门一个个满头大汗，每个人的裤腿、鞋袜都溅满了泥水，但没人抱怨；再找自己的脸盆，有的摔得面目全非，我的脸盆已不知去向。第二天，我们预科同学受到了学校的表扬。

次年二月，预科的教学楼在距师院东南方向不远的马神庙地区落成了，绿楼顶、白墙面，上下三层，漂亮极了，和刚建成的西单民族文化宫色调一个样——那墙面都是用白色瓷砖铺的，那楼顶也是用翠绿色的瓷砖、磁瓦盖上的，简直就是民族文化宫的缩小版！

我们很快就搬进了新校舍。二楼是教室，三楼是宿舍，住宿和上课同在一个教学楼里。虽然有点简陋，周围又是农田和菜地，但是方便多了。同学们的心里都踏实了许多，毕竟有了自己的家园。同年九月，学校又建成了宿舍楼、大餐厅、伙房、锅炉房、传达室、校门和院墙，至此，学校初具规模。学校教学楼可容纳 18 个班级上课，宿舍楼可住进900 名学生和百余名教职员工。刚搬进来时，只有 59 届学生，学校显得空落落的。第二年、第三年相继招进了 60 届和 61 届，各 6 个教学班、各 300 名学生。学校的学额到位了，就开始热闹起来了，到处是生动活泼的景象。这时，我们也成老大哥了。

老大哥自有老大哥的样子。我们参加的建校和支农劳动最多，表现也最突出。除了紧张地学习以外，我们利用课余时间平整校园、栽树绿化、修筑道路、扩建操场、盖传达室、打机井，给建宿舍楼和大餐厅挖地基，这些活儿可没少干。1960 年暑假，我们还到门头沟下苇甸乡支援农业生产，干过收麦子，给果树打药的农活儿。这是贯彻党的教育方针：教育为无产阶级政治服务，教育与生产劳动相结合。

二

我们的三年预科生活，正处于全国熬度的三年自然灾害时期——从我们入学到毕业，正与这三年困难时期相始终。在我的记忆里，这三年大部分时间处在饥饿中。

开始还好，越到后来越严重。到 1960 年 2 月搬到预科教学楼上课以后，我们的粮食定量由每人每月 31 斤减到 29 斤，后来又减到 27 斤。粮食少、定量低，物资匮乏，没有副食，每人一个月半斤油，整年见不到肉，不少人得了浮肿病。每到吃饭时间，大家都到一楼中间大厅打饭，没有菜，只给酱油，大铝盆盛着，自己用勺子舀到碗里；主食通常是馒头，没有碱，发不起来，馒头很小；那时用的计量单位是 1 斤 16 两，1 个馒头 2 两，4 个馒头 8 两（即半斤），用一只手就拿住了；我也不要酱油，由一楼向三楼教室走去，边走边吃，没走到教室 4 个馒头就吃完了。我几乎每天中午都是这样吃饭，倒也不耽误时间。

学校利用这一机会对学生进行艰苦奋斗教育，学习延安时期的革命传统，也在校园里开出一块地来种蔬菜，让种地的老把式撒菜籽给大家做示范。这是发扬延安精神，和饥饿作斗争。身体热量少，普遍缺少营养，学校就减少同学们的运动量，强运动量的体育课压缩了，有的改成了室内课；所有的体力劳动都取消了，开出的菜地也不用我们管理；后来，连体育课也不上了，开会也减少了，除上课外空出了大量的休息时间，给我的读书创造了优越的条件。

但还是解决不了太大问题，人们的饥饿感并未减轻多少。有一位老师，教外语的，我没听过他的课，也不记得他的名字，只依稀记得他身材不太高，中等个头，一脸的书卷气。但是，万万没想到，一天夜里，他溜出校门，跑到不远处的农田里偷偷地挖了一棵白菜。他抱着白菜跑回学校时被人发现了，又被人追到教学楼里。他赶忙钻进男厕所，躲进便池间，关上门，战战兢兢地蹲下，怀里还抱着那棵白菜。就这样被查夜的人和我们几个上厕所的学生"堵"在了那里，抓了个"现行"——"人赃俱获"。这位老师太可怜了，他可能是饿极了，实在忍受不了，才出此下策。一棵白菜价值几何？堂堂教师，为此丢尽了脸面，所失太过惨重！果然没几天，这位老师从学校消失了，是被解职了，还是送去劳教了，抑或是批评一下又回到原来的系里教课去了？都一概不得而知。在那极"左"路线统治的年月里，哪种情况都会发生，就看处置者的心地了，倘若能怀着善良悲悯之心，那就是这位老师的福气了。不过，我的心为他疼痛了好几天，并沉淀下来，成了惨痛的记忆。为什么？我，至今也说不清，只知道有饥饿的因素在！

还有一件惨痛的事，让我记忆犹新。寒假过后开学了，钱素文老师布置作文，让大家写一篇《寒假见闻》。59 六班有位同学叫刘让，真实地写了回到家乡农村（是密云，还是顺义，我记不清了），见到农民吃不饱，多有抱怨的情绪就如实地记录了下来。这一下惹出了大祸！方成校长在一楼大厅召开全校大会，狠狠地批判了刘让同学，说他是故意给社会主义国家抹黑，并批评钱素文老师在大是大非面前站错了立场，质问钱老师：这样的作文为什么还给及格成绩！但我相信，在"三年困难时期"乡下农村肯定是重灾区，最困难的还是农民。刘让说的是真话，他没给谁抹黑；钱老师也没错，错的倒是方校长自己！听了方校长的"教诲"，我心里真是不寒而栗——肚子瘪瘪的，心里空空，眼前一片茫然。

后来，我们的宿舍楼和大餐厅建起来了，60 届新生也招收进来了，开始启用餐厅。那餐厅很大，并设有舞台，可供开大会或听报告、搞演出之用，舞台右侧拐角处还建了广播室。餐厅内，等距离地摆放着几十张四方桌，从门到舞台前的打饭处是一条宽宽的通道。餐桌旁没有凳子，大家围在四周站着吃饭。饥饿的状态虽未改变，不过学校有了些许蔬菜，能见到菜粥了，主食还增加了棒子面菜团子。仍然没有菜，甚至连咸菜也没有。同学们分成小组用餐，一组固定一张桌，组内成员轮流当值日生负责给大家打饭和分饭。在预科，吃饭原本是一件小事，可这时却成了大事，谁当值日生谁着急。一到第四节课心里就盘算着怎么第一个冲出教室，第一个跑向餐厅，力争排在前面打上饭，端上餐桌等候大家。分饭倒不当紧，多一点少一点表面上谁都不会计较。为此，打饭排队争争抢抢成了常态，实在不雅观。一天中午，同学们在争抢中刚要排好队，突然，方校长出现了！他满脸怒容，向着队列大声喊：向后转！——队首变队尾。大家都愣住了，整个餐厅鸦雀无声。等大家醒过神来，看明白是什么意思时，突然哄堂大笑。笑过之后，方校长开始讲话了："同学的们啊(这是他的口头语，历来讲话开头都如此)，这成什么样子！"他气得声音都颤抖了，又讲了好几桩学生中的不良行为，最后他告诫我们："将来为人师表的人，你们好自为之吧！"事后大家琢磨琢磨，觉得方校长讲得有道理，抢着打饭排队的现象就再也没有了。

"三年困难时期"，我们被封闭在校园里，对外部世界一无所知，只听说，国家经济困难，毛主席都不吃红烧肉了。又听说，一次在人民大会堂开劳模会，供应甜点，不限量，一位农村来的大叔，不顾体面地一个劲地吃，最后撑死了。

饥荒年代，当时叫"三年困难时期"，开始于1959年春天，严重的是1960年，略有好转是1961年，至9月，最后的61届学生进校了。到1962年初，国家开始实行"国民经济调整"政策，"调整、巩固、充实、提高"就是贯彻这一政策的"八字方针"；同时号召全国"大办农业、大办粮食"，形势渐渐好转了。到1962年，学校的饭食质量有了明显的改善，见到蔬菜了。在我们参加高考前，为了给同学们补充营养，每人隔几天还能分到一小把奶油糖块。不过，没过多久我们就离开母校了。

三

预科的三年，是我读书最多的三年。同学们都爱学习，有良好的环境影响和浓厚的读书氛围。

念初中时，我在西城区35中上学，有一位语文老师叫李廷蔚，湖南人，戴着深度近视镜。李先生有一次上课谈到读书，用了一个形象的比喻：学习知识，就要像饿虎扑食一样！类同，高尔基讲的："要像饥饿的人扑向面包"。

在预科，我最缺的是食物，而最不缺的是书籍。我就来了一个"扬长避短"——忘掉饥饿，发愤读书，并也要像"饿虎扑食"一样！

课程挤得满满当当，课余时间极为有限。在59五班时，我的同桌是张慈康，他喜欢打乒乓球，更喜欢理科的各门功课。我在他的影响和带动下也对理科功课发生了浓厚的兴趣。刚开学，新书发下来，我们就对全册书进行集中自学，面对一个未知世界，激发了好奇心和积极探索的精神，学习得很主动。事后总结，这要比先听课后复习好。比如代数，自学完了一章就紧接着做书后列出的练习题，一道道地做下去，有不会的，就互相切磋琢磨，直到弄懂作对为止。那真是抓紧分分秒秒，连课间休息时间也不放过，晚自习过去还要延续一段时间，我们用两三周的时间一本书就自学完了。上课时，照样专心致志地听课，这就等于老师又给我们进行了一遍高质量的复习。这样，也就完全学会弄懂了。接着我们又继续攻克下一本书，比如物理或化学。如此一科科地自学下去，不到一学期的1/3时间，全部理科功课都自学了一遍，感到十分的轻松愉快。张慈康赢得了更多的时间打乒乓球，我也得到了更多的时间满足了自己读课外书的心愿。

到二年级时，我们按文理科分班了。我因为迷恋文学，就学了文科，分到了59三班，张慈康学理科去了。我的新同桌是王克仁，个头和我差不多高，瘦瘦的，学习非常刻苦，字写得漂亮，爱拉二胡。我的前面是龙必明，她的同桌是武辉，都是勤学上进的好同学。文科班照常要学理科课程，而且未见减少多少。他们三位都没有张慈康那种学法和兴趣，只有我还是坚持自己先自学的办法应对这些课程，并且依然奏效。

预科的图书馆，因为是新建校，藏书有限，但也足够我看了。当时中国各方面都在学苏联，在文学上，苏联文学在国内炙手可热，我也被深深地吸引着。于是，就从奥斯特洛夫斯基读起。我先读了他的《钢铁是怎样炼成的》，接着又读了他的《暴风雨所诞生的》，后来发现国内翻译出版了《奥斯特洛夫斯基讲演论文书信集》，我也借来看了，的确很有收获。

"苏联文学是我们的良师益友"，在这一认识的鼓舞下，我继续踏着苏联社会主义与现实主义文学道路往前走，相继读了法捷耶夫的《毁灭》《青年近卫军》、科斯莫杰米扬斯卡娅写的传记体小说《左娅和苏拉的故事》、叶·伊琳娜的《古丽雅的道路》、帕·茹尔巴的《普通一兵（亚历山大·马特洛索夫）》、波列伏依的《真正的人（无脚飞将军）》、阿扎耶夫的《远离莫斯科的地方》、恰科夫斯基的《我们这里已是早晨》、薇拉·凯特琳斯卡娅的《勇敢》，还有阿·托尔斯泰的《苦难的历程》（包括《两姐妹》《1918 年》《阴暗的早晨》三部曲）和波列伏依的报告文学集《当代人》与《我们是苏维埃人》，还有绥拉菲莫维奇的《铁流》和革拉特珂夫的《士勚土（水泥）》等等。知道苏联文学着重刻画的是社会主义新人、爱国者、英勇的卫国战士、革命与建设事业的英雄，作家用共产主义理想来塑造人，鼓励读者沿着他们开辟的人生道路前进。

寒假里，我从图书馆借了一套《红楼梦》带回家，认认真真地读了一遍，开学后写了一篇关于晴雯的分析评论文章，受到闻国新老师的表扬。闻老师说我选题好，分析透辟，评得很到位。

二年级下学期，我把苏联作家、教育家马卡连柯的长篇小说《教育诗》读了三遍，仍然爱不释手。接着，又读了他的另一部作品——《塔上旗》。后来图书馆老师告诉我，他那里还有《马卡连柯全集》，共七卷。老师看我是认真读书的，而且爱护书籍，坚守信用，准时归还，就都借给了我。书中除了《教育诗》和《塔上旗》两部小说外，大部分是马卡连柯的教育论文、书信和随笔。我一篇一篇地读着，深深地被这位伟大的教育理论家与实践家的事迹所感动。在上个世纪 20 年代，他为因战乱失去父母、无家可归的 3000 多名流浪儿和大批失足青少年，创办了"高尔基工学团"和"捷尔任斯基公社"，充满爱心地教育他们，把他们培养造就成了具有共产主义理想并有一定知识和技能的社会主义劳动者。他的教育理论始终结合着教育实践，阐述了集体主义教育的极端重要性：即除对个体进行单独的教育外，更多更重要的是，要精心地构建受教育者的集体（他还强调构建教师集体），并用集体的力量来教育个人。马卡连柯把这种教育称之为"平行教育"，这也正是他的教育思想的核心。除此之外，他还十分强调道德教育、劳动教育和家庭教育。他形象地比喻：家庭是孩子们的第一课堂，父母是孩子们的第一任老师，要为孩子们的人生做出榜样。

我继续搜寻，又读了萧三写的《毛泽东青少年时代》、德国历史学家、文学批评家弗兰茨·梅林写的《马克思传》（上下两册），又看了《列宁青少年时代》，接着又读《克鲁普斯卡娅教育文选》。克鲁普斯卡娅是列宁的夫人，苏联著名的教育家，她的教育理论内容极其丰富，几乎涵盖了教育实践的所有方面，对中国教育有着深刻的现实影响。我自觉地感到自己是在为做一个合格的中学语文教师默默地做着准备。

列宁说："只有用人类创造的全部知识来丰富自己的头脑，才能成为共产主义者。"到三年级，我读完了苏联社会主义现实主义文学先驱高尔基的《母亲》和他的自传体三部曲：《童年》《在人间》和《我的大学》，就开始读俄罗斯文学了。

从契诃夫开始，只读他的名作，像《套中人》《凡卡》《小公务员之死》《变色龙》以及悲剧《樱桃园》什么的，一路读下去，涉猎了车尔尼雪夫斯基的《怎么办？》，托尔斯泰的《复活》《安娜·卡列尼娜》；普希金的《纪念碑》《致大海》《叶普盖尼·奥涅金》《驿站长》《青铜骑士》和我们班同学孙亦芬的父亲翻译的《上尉的女儿》，普希金的《纪念碑》我至今还能背诵。后来，在俄罗斯文学之父普希金的引导下，我又读了莱蒙托夫、涅克拉索夫的一些诗歌，也涉猎了别林斯基、冈察洛夫、赫尔岑、果戈理、屠格涅夫、陀思妥耶夫斯基和杜勃罗留波夫的一些有名的评论文章和经典作品。越读心里越没底，越读越觉得自己太渺小，知道的太少，我就去找我们班最爱读书的王俊鸣，向他请教如何能在最短的时间内读更多的书。王俊鸣说，他也正为此感到苦恼。后来，为了提高阅读效果，我们商量能组织一个同学读书会，请徐艳英老师来做我们的指导教师。记得只开展了一次活动，就在其他原因阻隔下"流产"了。

我的读书还想扩展到欧美文学领域，但在临毕业前两个月有消息传来：我们也要参加高考！——我的课余读书中断了。

四

我们预科的老师大多都非常优秀，在教学上为我们树立了榜样。

记得，一年级语文课上，钱素文老师讲王愿坚的小说《粮食的故事》，她声情并茂的朗读，竟让作品把全班同学感动得哭了，为此，创造了朗读教学的范例。这件事，我印象很深，后来我在伊春教育学院当教师，给接受培训的中学语文老师讲朗读课时，经常举我的老师钱素文的这个例子。高三时教我们语文课的徐艳英老师，教态端庄，教学语言精致典雅，堪称一绝，你就找不出她的一句废话，连每个字的字音都咬得那么准确！教中国现代史的孙崇菀老师，不仅能给合唱队很帅气地当指挥，而且写得一手非常漂亮的粉笔行书，下课了，让人不忍擦去。教世界史的黄一欧老师，不仅课教得好，而且是个训练有素的演说家。他高高的个头，深邃的眼神，稳重的步态，徐徐走上台来，仰起头，来一段演说，抑扬顿挫，妙语连珠，绝不亚于人民艺术剧院的老演员，那才叫精彩！我们二年级时的班主任冯克男老师，教俄语课。她俄语发音纯正流畅，夏天又爱穿布拉吉（连衣裙），身上有一种俄罗斯知识女性的气质，能把你带进俄语的文化氛围中。高三时的班主任黎端明老师，给我们讲授辩证唯物主义，他思路清晰，逻辑严密，讲解分析透彻全面，对我们世界观的形成大有裨益。还记得，徐艳英老师在语文课上讲鲁迅的长篇杂文《论费厄泼赖应该缓行》，那课讲得深刻透辟，结束时，放了一个录音，是徐先生请赵俊杰老师朗读的《论费厄泼赖应该缓行》，真是美妙绝伦，具有大家风范；后来赵老师给我们上了一堂书法课，讲汉字和汉字的写法，精辟至极，让我们终生受益。我至今怀念着我的这些老师，并承受着他们的影响和教诲，扎扎实实、圆圆满满地走完了自己的从教之路。

我们预科的同学团结友爱，至今60年过去了，还彼此互相牵挂着。记得，入学时，我报完到刚走进体斋宿舍连行李还没有打开，就来了一伙新同学，聚满了屋子。大家热情地打过招呼，彼此作着自我介绍。不一会儿，有人敲门，进来的是一位女同学："嚯，人还真不少。你们谁是共青团员？请举手!"我不是，内心有点羞愧，有几个同学举起手来……这场面真是朝气蓬勃，对我的心灵产生了巨大的冲击力——我想，我也要加入共青团！后来我知道，她叫谷景莲，是我们59五班的团支部书记。我们的班长是冯宝琴，稳重成熟、谦逊和蔼。她们很快就把大家团结在一起，形成了一个积极向上的班集体，不让裴兆仁老师（班主任）操半点心。这个班还有像《红旗谱》里朱老忠一样的任秉忠，爱说爱笑的李振平、魏莉莉，善良温顺的李明生、张淑珍，生机勃勃的张文俊、张家瑞，老成持重的侯慎修、郭劲，聪明睿智的范宝良，热心憨厚的沙澄亮等等。

转过年，我们按文理科分班了，我进入了59三班，团支部书记换成了刘慧明，一位善良朴实的老大姐，大家都很敬重她。不需多时，同学们就团结在一起了。班上有一点瑕疵，或不良现象的苗头，任秉忠就写一个小剧本让他们组的同学演出一场微型剧，或讽刺、或警示、或善意的批评，同学们看得很开心。我们班的张廷歧同学，俄语学得极好，又会唱歌，被选为学校的文艺部长，大家请他教唱俄语歌。张廷歧不辞辛苦，陆陆续续教了我们好多首，什么《一条小路》《喀秋莎》《莫斯科郊外的晚上》《共青团员之歌》《山楂树》等等，都是广为传唱、脍炙人口的。在轻松愉快的歌唱中，提高了同学们学习俄语的兴趣。大家都讨厌懒惰邋遢、不爱学习的人，我们班没有；都讨厌自私张狂，无事生非的人，我们班也没有。两年的学习生活，没见谁跟谁过不去，也没见谁和谁红过脸。年轻人在一起学习生活，日久天长，难免生情，有的同学开始恋爱了，同学们不议论，更不嘲笑，都表示宽容和理解。更多的人能克制自己，即使暗恋着谁，也不表白出来，只在心里默默地祝福着对方。

文科班还隔长不短地和师院中文系的大同学举行联谊活动，请他们到学校开展一场朗诵会，展示自己的才华；或举办一场读书报告会，交流彼此的阅读心得。这既开阔了我们的视野，又丰富了同学们的课余生活。那朗诵会促进了一本叫《教师之歌》的朗诵诗选的流传，其中有一句诗："把孩子们编成队伍/向共产主义进军"，像雄壮的号角，鼓荡着我心胸，让我激动不已。那一次的读书报告会，好像讲的是读苏联文学的体会，和我产生了颇为强烈的共鸣。

1962年春季的一天下午，学校请来了中央人民广播电台、北京人民广播电台和北京电视台（现中央电视台的前身）的齐越、葛兰、林如、潘杰、黎明等播音高手，在我们饭厅的舞台上作朗诵表演，精彩极了！我记得，他们朗诵了很多有名的诗篇，其中给我印象最深的是，朗诵唐代大诗人白居易《琵琶行》的情景。朗诵者靠声与情所营造的那种幽美、沉郁而又怆凉的艺术氛围，至今成为我永远抹不掉的深刻记忆。

我们班最大的最有吸引力的就是春节联欢晚会，人气旺盛、热闹通天。晚会除有才艺的同学给大家表演节目外，最有意思的是，上演："张冠李戴"：先让全班同学每人写三个纸条：一个是自己的名字（做主语），一个是写一种动作（做动词性谓语），还有一个是写动作所涉及的对象（做宾语）；大家写完了，主持人负责把纸条收上来，分成三大类，每一类像洗扑克牌一样把它们打乱混排在一起；最后，主持人请上三位同学，每人拿一摞纸条，按打乱重新排列的顺序念起来：第一个人念到谁，大家都看着他；第二个人很滑稽地念出他的行为，第三个人宣布承受的事物——由于是同学们胡乱写上去的，稀奇古怪的词语什么都有，又因为随意组合的动宾关系，多数不搭配，因此就像相声段子里的抖包袱，一下子引发了哄堂大笑。有的连眼泪都笑出来了，有的控制不住笑得直跺脚。一阵阵笑声拉近了同学之间的距离，也让大半年的劳累发泄了出去。

圣诞老人和春姑娘的出场把晚会推上了高潮。浓眉大眼的马常魁扮演圣诞老人。他高高的个头，反穿着一件翻出白毛的皮大衣，脸颊上用棉花粘着大白胡子，头上戴着宽大的红红的辣椒帽，肩上背着一个大口袋，口袋里装着给大家的新年礼物——那礼物都是同学们事先准备好交上去的，没有敬赠的对象，只有祝词和自己的落款。漂亮的郎美芳扮演春姑娘，穿着一身很好看的花衣服，脸上化着淡妆，搀扶着圣诞老人慢慢地走来。春姑娘热情地向大家招手致意，给大家拜年，引起同学一阵阵掌声。在热烈喜庆的气氛中，圣诞老人和春姑娘给大家分发礼物了。

气氛又一次热烈起来。每个人都希望自己送的礼物对方接到后喜欢满意，也都把送给自己礼物的同学这份情谊珍藏在心里。礼物发完了，圣诞老人和春姑娘谢幕了，晚会也进入了尾声。

高三下学期，进入6月，就开始紧张的备考复习了。同学们或独立复习，或自愿组合，弥补漏洞，补齐短板，紧紧张张地拼搏了40多天，我们班考上大学的有17人，其他同学都以中师毕业的资格、按照杨伯箴院长的指示精神，大多分到了师院周围的花园村、老虎庙、玉渊潭等地的小学任教了。我进入了师院中文系。

师院预科，到61届学生毕业后就停办了，它在北京的教育小学史上，共计存在了5年。预科的停办，似乎和国民经济困难、办学经费紧张有关，或许还有别的什么原因就不知道了。但是，在预科学习的三年，是我人生成长的一个重要的阶段，它是孕育我教育生涯的摇篮。我怀念预科的学习生活，也更怀念我的老师和我的同学。

母校的思念

悠悠岁月犹如一坛老酒，越品越有味道。由此让人想起母校，想起我的孩提时代。

孩提时代是充满天真和浪漫想象的时代，应该是欢乐幸福、无忧无虑的。然而，我们的孩提时代却是在贫穷与艰难中度过的。

1956年到1959年这三年，我们这一群大多十三四岁的少年正在母校——三十五中读初中。因为学校是男校，所以都是一水水的男孩子。当时，年轻的共和国高举总路线、"大跃进""人民公社""三面红旗"，正在狂热地"超英赶美"，二年级时还赶上了反"右派"斗争。由于年纪小，这些政治上的风风雨雨并没有在我们这些天真烂漫的孩子们的心灵上留下过重的创伤。那时，同学们的家境大多比较贫寒，家里吃上顿接不上下顿的也有，穿带补丁的衣服上学没人笑话，课余时间守在邻居家的收音机旁听听连阔如的评书、侯宝林的相声、孙敬修老人讲的故事，或在学校的操场上美美地踢上一场足球、看上一场露天电影，就是最好的享受了。同学们的心灵纯洁得像一张白纸，出轨的事就是偶尔淘淘气，都只想着做个普通劳动者，现在好好学习，将来长大了好去建设祖国。总之，那时的母校就是我们的乐园。

在母校生活的三年里，留给我们印象最深的是我们的老师。

依照当时的礼俗，学生把老师一律尊称为"先生"。先生们的学识和人品在学生们的心目中是最大的荣耀，并用这种荣耀在心灵的世界里编织着最美丽的光环。这光环是温暖，是幸福，是向往，是富有，是驱逐贫穷的利器，是健康人生的坐标。在我们的记忆里，先生们都很朴实，并不摆师道尊严的架子，平易如常人，很好接近。尤其是我们的两位班主任老师，更给我们留下了终生难忘的美好记忆。

两位班主任女老师都姓高：一位年龄大些，执教初中部的美术课；一位年龄小些，执教初一年级的语文课。为了区分，我们管年龄大的叫"老高先生"，管年龄小的叫"小高先生"。小高先生叫高俊梅，是我们念初一时的班主任，二十出头，像大姐姐。谁有困难她都肯帮助，谁有难题她都给排解，同学们的事她样样都记挂在心上。她教课也很用心，又写得一手好字，很让人佩服。"汉语是科学，文学是艺术"的概念就是小高先生给我们确立起来的。老高先生叫高蕴青，是我们念初二、初三时的班主任，四十多岁，像和蔼的妈妈，她对同学从来不严加管束，让每个人都能保持活泼的天性，但指导细腻，连每天都要洗手绢这种小事儿，她都提醒我们。她画儿画得挺好，而且就爱画苍劲的青松，隐隐有一种阳刚之气。她教我们如何欣赏艺术美和自然美，她说，生活也是美的，应该好好地享受生活。在50年代，全国都在批判资产阶级思想的情况下，她居然每天都在化淡妆，穿当时很少见到的高跟皮鞋，一派高雅的仪表，让人看着很舒服。她指导我们欣赏列宾的名作《伏尔加纤夫》，感受画家笔下俄罗斯下层劳动者曾经经历过的苦难。她教的有关画"二方连续"（一种装饰图案）要求有变化有统一的知识，至今还留在我们的记忆里；连民间工艺品蓝印花布的知识，也都是在她的课堂上学到的。两位高先生都心地善良，从不把同学分为三六九等，平等善意地对待每一个人，关心着同学们的健康成长。那时，她们时常做家访。她们做家访不是去向学生们的家长"告状"，而是嘘寒问暖，沟通情况；不是学生出了问题才去家访的，而是像走亲戚串门一样。同学们都把这当作一种荣幸。多少年过去了，连我们的父母至今还记得"老高先生"和"小高先生"。今天，在北京的大街上，她们走在人群里，不会有人留意她们的身影，但她们在我们学生们的心目中却是最高大的。

升到初中二年级，教我们语文课的是马步乾先生。他五十多岁，吸烟，话语深沉，一脸的书卷气，能把课文蕴含的内容挖掘得很深刻，常常给爱好语文的同学带来一个又一个惊喜。鲁迅小说《故乡》所描绘的那种世事艰辛，充满忧患和苦难的情景，就是马先生第一次带领我们感受到的。后来，马先生不来上课了，听说他被划成了"右派"，就像从这个世界永远消失了一样，我的心也"不禁悲凉起来"。后来，李廷蔚先生接替马先生教我们语文课，一直到我们毕业。李先生的课讲得激情澎湃，又细腻入微，课堂里总是静静的，只有李先生生动的话语和一双双专注的眼神。

记得，还有一位教音乐的女先生，好像叫杨瑞霞。她不仅教大家唱歌，还教乐理常识，后来又别出心裁地给我们开设了音乐欣赏课。她既讲解，又做演唱示范，还让我们欣赏唱片。什么独唱、齐唱、合唱、重唱、对唱、轮唱、配器、和弦、声部、音区……，林林总总，应有尽有，让我们这些少年人大开眼界。虽然我们大多数同学缺乏艺术天赋和进入音乐殿堂的条件，以后似乎也没有人专攻音乐这一行，但听了杨先生的课却可以终生受益，继续接受音乐的熏陶。教体育课的是任佩璋先生。任先生大高个儿，皮肤黑黑的，有一双明亮的眼睛，一上运动场虎虎有生气，又能和同学打成一片，大家都很喜欢他。他是先生们当中惟一博得"雅号"的老师，大伙叫他"任黑子"，他听惯了，欣然领受。我们当面从不叫他的"雅号"，只在背后聊起他的时候，无忌惮地敢称呼他为"任黑子"——只觉得亲切。

岁月悠悠，近半个世纪过去了，但先生们的音容笑貌依然珍藏在我们的记忆里。从初一算起来，算术、语文、代数、几何、地理、历史、动物学、植物学，所有的文化课都开设得丰富多彩，不啻为我们这些贫困中的学生建造了一座魅力无穷的百花园，而浇灌百花盛开的园丁就是我们所敬佩和爱戴的这些先生。

我们在先生们的培养和教育下健康成长。后来，有的直接参加了工作，有的继续读书深造；中专、大学毕业或读完研究生以后，有的留在了北京，有的分到了外地。期间，经历了共和国的三年困难时期和"文化大革命"的十年动乱，在那艰难的岁月里，我们都能老老实实地做事、堂堂正正地做人；十一届三中全会以后，又都赶上了改革开放的好时代，更是"不用扬鞭自奋蹄"了。从总体上看，我们都没有辜负母校的期望和先生们的教诲。几十年来，我们虽然大多离散四方，但都没有失去同母校，尤其是同两位高先生的联系。在外地工作的人偶尔回到北京，也总想到母校去看看，去了却那悠远无尽的思念。

自上个世纪90年代初开始，我们班的同学不自觉地发起了聚会，聚会时也都把我们所爱戴的两位高先生请到一起，师生心心相印，还是那么具有凝聚力。每次聚会都有说不完的话题。小高先生这时已年逾六旬，不幸患了肺癌，后来医治无效，溘然与世长辞了。同学们像失去亲人一样，沉浸在巨大的悲痛之中。先生重病期间，不少同学前去看望。懂得医疗保健知识的谭丁同学时常上门给先生送医送药，或做保健按摩，以缓解先生的痛苦。先生离开的那一天，我们组织起来前去送葬，表达对这位善良的恩师依依惜别之情和永恒的思念。老高先生是刚强而又豁达的。她虽经历了"文化大革命"时期的屈辱与苦难，仍坚强地生活着；虽已处耄耋之年，依然神情矍铄。现在先生深居简出、陶然自乐地安度晚年。每逢年节，都有同学去看望她，总想再一次聆听先生的教诲，并以此为最大的幸福。

我们不少同学还都珍藏着全班同学的毕业照。今年春节前夕，在建设部工作的高家骊同学把毕业照冲洗放大后制作成贺年卡赠送给大伙。他在贺卡上书写了饱含深情的《寄语》："四十四年任东西，少年已是白发翁；历经沧桑风和雨，难忘三载同窗情。"这首诗表达了全体同学的心声。在那次聚会当中，高家骝读完他的《寄语》，即刻响起热烈的掌声，一股暖流涌遍了在座的每个人的全身。抚今追昔，此情此景不禁使人感慨良多。之所以如此，其中自然有少年同窗结下的纯真友谊，也有我们在人生岁月中积累的深切感悟，都感到这是高尚无比的情愫，然而更在于我们的恩师，是他们以自己的学识风范在三年的执教中早已把我们的心紧紧地凝聚在一起了。

母校是伟大而又永恒的，她是我们人生的起点。无论我们的人生是壮丽的还是平庸的，母校都曾给过我们每个人走向辉煌的推动力。因此，从这一点来说，母校是永远值得我们怀念的。我们敬爱的老师是无私而又崇高的，他们把雨露和阳光洒满了我们的心灵，他们学而不厌、诲人不倦，堪称师表。愿母校的事业永远欣欣向荣，祝我们的老师永远健康长寿！

流金岁月　咏之如歌

——北京 35 中 59 届初三 1 班老同学聚会巡礼

2009 年 10 月 16 日，秋阳灿烂，惠风和畅，我们北京 35 中 59 届初三 1 班的老同学，在母校老教协活动中心的会议室里举行了一次跨越半个世纪的很有纪念意义的聚会。

这次老同学聚会得到了 35 中校领导的热情关怀和大力支持，很荣幸地请到了学校老教协原负责人、同学们的老朋友王喜荣老师。

一

出席这次聚会的老同学有：吕元良、倪文治、陆贵生、魏和生、余寿庆、李福义、栾凤仪、李树旺、陈佑先、陈英华、李如林、李霞、温振焜、才毅、王振元、宫一衡、高家骝、张友计、李达顺、张云台、李树明、谭丁、沙澄亮、赵月芳、田世武，总计 25 人，已占到原班同学总数(45 名)的 55.5%。就一个初中毕业的班级而言，跨越半个世纪风风雨雨和曲曲折折的心里路程，还能聚集 25 人之多，这恐怕为北京市之所仅见，在国内也是少有的。就此可见，我们这个当年跻身于 35 中这所历史名校的班集体，曾经有过的强大的凝聚力。

未能出席聚会的同学，高征凯教授是特殊的一例。由于他在外地出差，公务缠身，难离岗位，不然他肯定会来的！

其他的同学，有的如孙玉林已去世有年矣；有的如王湘君正旅居海外，有的如刘宏则在病中，不能过于激动；也有的如韩吉湘等始终在外地工作，长期和同学失去联系，一时难接到通知；还有一些同学隐没于这座城市或另一座城市的某一个角落，杳无踪迹，……他们给大家带来了无尽的思念。

二

通知上午 9 时 30 分到会，其实 8 点多钟就已经有人来了，或为聚会忙这忙那，或迎候在小口袋胡同的校门前，看一看下一位来的是谁。每期盼到一位老同学出现在胡同口时，迎候的人总是先判断一下他是谁，走近了，认出来了，就上前热切地握手，或激情满怀地拥抱，然后就是抚肩搭背地嘘寒问暖，想一下子把阔别之后对方的经历、目前的状况全装在心里。此时此刻，同学们的共同感受是：当年活泼泼的少年，如今都成了须发花白、皱纹满面的老人了。

会议室聚集的人越来越多，荡漾着欢声笑语。9 时 30 分，同学们陆续到齐。按照主持人余寿庆(即本届聚会的轮值主席)的指令围坐在会议室的圆桌前，期待着这激动人心时刻的到来。

会议室布置得朴实无华。黑板上还是依照我们 50 年前开班会时的老"规矩"，用彩色粉笔书写着聚会的主题词："怀念母校　友谊长青"(肩题)、"35 中 59 届初三 1 班同学聚会"(主题)、"1959—2009"(副题)，标题周围装饰着花束图案；桌上摆放着"佐谈"的茶点。仅此而已。——平实、质朴，庄重而又不失温馨，淡淡地透着旧时的印迹。

三

我们老同学的这次聚会是在认真策划和精心筹备的基础上举行的。

2008 年秋，在 35 中建校 85 周年校庆时，我们班有十几位同学参加校庆并举行了一次小规模的聚会。聚会即将结束时，在场的同学即刻想到明年是毕业离校 50 周年，于是有人提出，要不要届时举行一次较大规模的班级聚会，纪念我们半个世纪的相识相别又相逢？高家骝当即表态："一定要组织聚会，好好庆祝一下!"他的提议激起了在座同学的共鸣，很快形成了共识。陆贵生也当即表态，要为同学聚餐提供资金上的保障。会后，由温振焜牵头组成了一个能办实事的策划纪念毕业 50 周年班级聚会的筹备小组，并得到王喜荣老师的鼎力相助。

扎扎实实的筹备工作开始了。

白发苍苍、心脏按着三个支架的温振焜，多次跑学校联系与聚会相关的事宜，并在王老师的帮助下找到了 53 年前同学们入学时建立的学籍档案上的老照片，一张张齐齐全全，一位也不少，经过精心制作，还标上了每个人的出生日期和当时的学号。这不啻是一份送给大家的弥足珍贵的礼物，据此可以拂去岁月的风尘，寻找少年时期自己和同学的影像，实在乐趣无穷！——后来，高家骝把它复印出来，在这次聚会时发给了大家，果然让每个人都获得了一个意外的惊喜。

寻找未知下落的同学是最难的。筹备组发动同学搜集线索，寻亲访友，一旦抓住些许线索便一追到底，李福义甚至到街道派出所去查阅户籍档案来寻根究底。筹备组先后召开了两次会，集思广益，讨论并确定了聚会的主题、内容、程序、时间、地点，把一件件琐琐碎碎的事情一一分解落实到人头，并复查了每一个细节；然后，由温振焜、李如林、高家骝负总责，一一通知同学按时到会。

其实，这是一群人在寻找一段珍贵的人生记忆。他们都非常珍视曾经有过的这个集体，都非常留恋同窗三年结下的深厚友情，都把那段时光视为自己人生的流金岁月。

四

聚会开始后，主持人余寿庆交代了聚会的动议，以及由此形成的三个主题：一是追忆在校三年的学习生活，增进彼此的感情；二是，母校即将启动并落实搬迁计划，借这次聚会，跟母校作一次郑重的集体性的告别；三是共同回顾与共和国一起成长的经历，增强安度晚年的信心。简称之为"忆旧"——"告别"——"交流"。他说，聚会分三段进行：一、座谈，这是主要的；二、再看看母校，致告别之礼，在校园内主要的景点合影留念；三、在学校东边的石化酒楼聚餐，这是交流的延续。

座谈会上，昔日的老班长李树明受筹备组的委托对这次聚会作了致辞，其实，就是引导性的主题发言。他深情地回忆了我们曾经有过的那段宝贵的少年时光。随着他的叙述，大家又回到了那个天真烂漫、质朴纯真的时代。

——曾记得，1956 年 9 月，在 35 中南院小木楼二楼最东头的一间教室里，我们这群男孩子开始相识相聚，在一位年轻的姑娘的引领下，结成了一个团结友爱的班集体。这位姑娘就是我们至今依然深深地怀念着的高俊梅先生（"先生"，是按照当时的习俗对老师的称呼）。高先生当时大学毕业不久，就当了我们的班主任兼语文教师。她和蔼可亲，平等待人，对同学们关怀备至；而我们天真无邪、纯洁质朴，却也贪玩淘气，让小高先生操了不少心。

——曾记得，从初二开始班主任换成了教美术课的高蕴青先生。我们一向称她"老高先生"。她有美的素养和气质，40 多岁，爱化淡妆，穿深棕色的高跟皮鞋，衣着考究，有一种略显高雅的贵族风韵，一如今日社会群体的追求，而那时却和崇尚艰苦朴素的世风有点格格不入，可她我行我素，并不以为然。她的学生们日渐习惯，对她亦有亲近感。她也像妈妈一样呵护着每一个学生。

——曾记得，那会儿，大多数同学家境贫寒，上学不穿带补丁衣服的很少，家里吃了上顿儿愁下顿儿的也有，而我们从不挑吃挑穿。我们爱劳动，不自私，富有同情心，同学之间都能互相帮助。这些好品质成了我们最可宝贵的精神财富。在后来绵长的岁月中受用无穷，不少同学虽历经坎坷，仍能自强不息。我们都深谙社会下层人民的疾苦，最易体恤国情和民情。

——曾记得，我们住得都很近，大约是以二龙路、辟才胡同为中心向附近扩散，有的甚至还是邻居，课余时间互相串门，或在一起复习功课、做作业，同学家里什么情况，父母、兄弟姐妹什么脾气秉性，甚至一天三顿饭吃的是什么，全知道。同学之间亲密无间，心贴着心。

——曾记得，我们班都是一水水的男孩子。当时，时兴男女分校，当然也有男女合校的，但纯男校或纯女校总会被人高看一眼。35 中是男校，这是泛起在我们心头唯一的一点点优越感。男校，如今已经不存在了，这是在北京的教育史上那个时代遗留下来的一种办学模式，让我们赶上了，我们成了它的历史见证人。学校学生多，校舍有限，初一实行"二部制"，我们是初一年级 12 个班级中打头的，自然是上午上课，下午的时间就可以由自己支配。虽然只上半天课，但我们对学校一点也没有疏离感，下午有的是时间在学校的操场上踢球疯跑，或从图书馆借回书来看。我们反而获得了自由发展的巨大空间。

——也曾记得，学校贯彻以教学为中心的办学宗旨，注重培养人才。我们学习的课程门类齐全，内容十分丰富，老师们的执教水平又很高。这实在是为我们这些在贫困中读书的学生建造了一座魅力无穷的知识百花园，使我们受益良多。而这也是我们更热爱母校的真正的原因。

——我们还记得，学校在不经意之间经历了反右派斗争和人民公社化运动，后来是大跃进和大炼钢铁，全国都在为"1070"奋斗。有的先生从课堂上消失了，可能是被划成了"右派"；学校的操场上也垒起了小炼铁炉。同时，颁布了"教育为无产阶级政治服务，教育与生产劳动相结合"的教育方针，从初二开始每年都要下乡参加劳动。下乡劳动不仅锻炼了筋骨，学习了劳动技能，而且丰富了我们的生活阅历，期间发生的许多故事，至今让我们记忆犹新。由于年纪小，这些政治上的风云变幻在我们的心灵上没有留下过重的创伤，那时的母校依然是我们的乐园。但也从此开始一波又一波的政治运动席卷了全国。……

此时此刻，大家特别怀念教导过我们的先生们，尤其怀念两位高先生。可惜，她们都相继离开了我们。小高先生刚到花甲之年，就被肺癌夺取了生命。老高先生顽强地活到了94岁高龄。她们如果今天还能和我们一起参加这个聚会，那该是多么欢乐的情景啊！

同学们在座谈中，多角度、多侧面地对三年的在校生活作了融合着爱和留恋的回忆，思念的情感得到了宣泄，心灵上的距离又一次拉近了许多。

五

在座谈中，王喜荣老师给大家介绍了学校拆迁的进展情况，同时还介绍了一部分还健在的先生们的近况。

从同学们的交谈中获悉，1959年我们离校后，一部分同学继续在母校的高中就读，大部分同学有的转入其他学校求学，有的开始就业。我们走出校门不久，共和国开始了三年大饥荒时期（即所谓"三年自然灾害"），然后是反右倾，又转而陷入了延续10年之久的"浩劫"。"文革"动乱结束后，迎来了十一届三中全会的召开，开始了改革开放的新时代，同学们又以不同的姿态投入到新时期的建设之中，默默地为国家的发展做着自己的贡献。

经历了半个世纪的沧桑巨变，祖国已经由一个贫穷落后、饱受战争创伤的国家，变成了经济与外交强国，正以让人难以置信的力量影响着整个世界。在此期间，我们的母校也有了长足的发展，35中已成为新时期北京市的重点（高中）示范学校，更让人激动不已的是，拆迁后母校将摆脱"在夹缝中求生存"的办学困境，一所崭新的现代化的35中将矗立在世人的面前。

50年，半个世纪，我们相别又相逢，期间相隔18250天、43.8万小时！我们共同经历了社会的风雨波折、人世间的喜怒哀怨，已经由不谙世事、天真烂漫的少年（或青年）开始成为步履蹒跚、两鬓染霜的老人；由开始步入人生的旅途，经历了无数的变故——娶妻生子，日复一日地劳作，甚至工作与家庭一次次地变迁，认识了许多人，也经历了许多事，有过欢乐，也有过痛苦和哀伤，有过顺风顺水，也有过坎坷迷失，……现在陆陆续续地离职离岗了，终于走进了日月静好的人生驿站。在我们蓦然回首，在正要盘点人生成败的时刻，我们看到了夕阳下灿烂的彩霞，蓬勃着富有生命力的光焰。这让我们又一次鼓起勇气去拥抱新的生活！

大家默默地意识到，这一次的老同学聚会，便是新的生活的开始。

六

座谈之后，我们开始瞻仰校园。多数同学近些年都曾拜访过母校，但看着她亲切的面容依然浮想联翩。校园里每一个景点都会让我们想起50年前在那里发生过的故事。想到不久的将来这里将要变成一片废墟时，心中不禁涌起无限的留恋。我们挤挤挨挨地照了一张又一张合影，依然兴犹未尽，直至最后挥手和母校告别。

聚餐时，大家首先怀着沉重的心情祭奠了两位敬爱的高先生和深深怀念着的孙玉林同学。互相敬酒时讲得最多的祝福语是：老同学，好好安度晚年，一定健康长寿！

我们相约：2013 年，母校 90 年华诞之际还要再聚会！

我们期盼：2023 年，母校百年寿辰时再聚会，今天在座的一个也不会少！

李荫泰先生文存序

荫泰先生，沉思楼之主人也。

沉思楼者，新疆乌鲁木齐先生居家陋室之书房也，一桌、一椅、一旧电脑、书籍若干而已。

先生 1923 年出生于河北阳原揣骨疃一个书香之家，病故于 2011 年 3 月 2 日，享年 88 岁。先生从小受到良好的国学教育，启蒙后，即到宣化市读初中，后转入北平（即北京）志成中学（今北京市第三十五中学）读高中。1943年仲冬之际，远赴重庆入国立政治大学，至1944年底。由于战事紧张，参加青年远征军随孙立人将军赴缅甸抗日。驱除日军后，于1945年6月归国。光复后，1946年11月退伍，复回南京政大读书至1948年毕业。

先生追求光明，对国民党政府之腐败以至祸国殃民深恶痛绝，即于1949年2月在北平毅然参加中国人民解放军第四野战军南下。1950年在桂林军政大学任副主任教员，1951年，学校改制为二十四步兵学校，任教育干事。1954年支援新疆生产建设，被分配到乌鲁木齐十月拖拉机厂从事职工教育工作，直至1980年离休。

先生一生酷爱读书，青年时就仰慕先贤，终生遍览古今中外之名家名著，涉猎甚广。先生可谓民间之学者也，追求高尚之生活，青年时深谙哲人罗素之教诲："高尚之生活是受爱的激励并由知识导引之生活。"由此，先生与书籍结下了不解之缘。先生尊崇儒学，亦偏爱老庄，对经史之学颇有研究，可惜，留下的笔记不多；后关注哲学，其阅读之范围更扩展至欧美。其对文史哲之偏好愈到晚年愈甚矣。有道是"学如牛毛，成如麟角。"先生深味其难，但无畏也，终生学而不厌。90年代初，先生开始自学电脑操作，读书每有心得便敲击键盘记录之，并把此前留存之读书札记、文章一一输入之，日积月累，蔚为大观。

先生勤学慎思，手不释卷，提要钩玄，小大不捐，焚膏继晷，兀兀穷年，并不觉其苦，反以为乐也。先生曾说：夜深人静，摊开一本喜欢的书，读至忘我之境地，那真是人间最大之享受。先生洁身自好，布衣素食，不沾烟酒，不贪安逸，憎恶天下之不公，崇尚心灵之自由与思想之独立。虽怀才不遇，亦不悲观懈怠，生活之惟一乐趣——"嗜书"也。先生不幸，未能跻身于中国学术之林展现其才华，终生处于边缘状态。然，先生淡泊明志，不慕荣利，甘于寂寞，专心读书，并深求其解，亦如陶潜之"每有会意，便欣然忘食"。先生把读书与人生亲密无间地结合在一起，书在先生心灵世界中充满了生命之活力，像活生生之人牵扯着先生之胸怀，与先生相依相伴，徜徉于人生之旅途。先生是真正的爱书家，限于财力，未能成为藏书家，此为其终生之遗憾。先生不求文垂千秋、才盖天下，只求能品读千秋之美文，善解盖世之才人——先生说，倘能如此，即不负此生矣。

先生曾有言："对于'嗜好读书'者来说，读书本身的趣味比实效更重要，读书的过程比要达到的目的更诱人，为读书而读书，其读书本身就是我的目的。"可见，一切抱功利之心而读书者，与先生不可同日而语，何况至今与读书无缘者，就更难望其项背，更何况当今嗜钱、嗜权、嗜利之恶癖风行于世，由此，更觉先生之嗜书，委实寂寞，也伟乎其大哉！

先生心胸豁达，于读书外酷爱运动，晚年并不稍减，且神情健朗，思维敏捷，必百岁老人也。岂料，2010 年 11 月 13 日因身体不适住进医院，诊断为胰头癌，已成不治之症！2011 年 2 月 2 日已虚弱痛苦不堪，在电话中哭述说："我的《资治通鉴》还没读完，我还有许多事情要做……"言及此，已泣不成声。未及 1 个月，便溘然长逝。呜呼哀哉！痛惜也，痛惜也哉！

先生于我，如父如师，亦如友如知己，存于我处遗稿有数十万言之巨。先生之夫人已先于先生而去。先生临终前惟有牵挂于心者一双儿女也：一男，现漂泊海外；一女，在乌市守护先生之亡灵。现将先生之文存编辑付梓，不欲扩散于外界，只愿珍存于先生之儿女以及先生之相知者之手，不时披阅之，抚摸之，以重现先生之音容笑貌，慰藉先生在天之灵也。

此文存，收录先生生前所写之文章 91 篇、读书笔记 59 篇、哲学笔记 56 篇、人文社会学笔记 52 篇，另有先生创作的诗歌 32 题 34 首、与友人交往之书信 5 封，凡 59 万余言，皆先生之心血也。

（2012 年夏于先生与夫人合葬前）

记抗日名将王冠五的那些事

记得，改革开放初期，是 1986 年吧，中国大陆公映了一部影片叫《血战台儿庄》，是广西电影制片厂拍摄的。该片讲述了 1938 年春，国民党军队在台儿庄与日军展开正面作战，最终取得胜利的故事。

影片大气磅礴，国民党军队浴血奋战的场景极其令人震撼。我第一次知道，国军将士同样也有热血男儿，面对侵略者同样可以做到同仇敌忾，奋勇杀敌，驱逐日寇不遗余力，在抵御外辱的战场上同样创造了可歌可泣的英雄事迹！

在台儿庄战役中，最激烈、最残酷的战斗自然是守城之战，担任台儿庄守城总指挥的就是王冠五将军。而王冠五将军是我的连襟王彤的亲祖父。现在台儿庄抗日纪念馆的陈列室墙上还悬挂着将军身着戎装的大照片！

这是一个民族的记忆，一个时代的记忆，任何人都是抹杀不了的，它将永远记录在中华民族的史册上！

一

王彤的父母亲都是黑龙江伊春林区的名人。

父亲王荫槐，1948 年毕业于上海交大，是位青年才子。建国后，当时担任上海交大土木系助教的他，主动要求支援祖国东北建设，先到哈尔滨，又调沈阳、然后又回到哈尔滨，几经辗转，最后来到黑龙江伊春林区工作。只要关涉建筑、道桥的设计与施工，他无所不通，是伊春林业工程公司当之无愧的总工程师，为人博学广识、朴实宽厚、德高望重。

母亲鲁如贞，早年毕业于河南大学，是一位德才兼备的教育家，在伊春林区从事教育工作。伊春当地教育界的同行们对她敬重有加，都亲切地称她"老鲁太太",并郑重其事地举办过"鲁如贞同志从教40年教育思想研讨会"。

他们育有三个儿子:长子王彤、次子王彬、三子王彰,都是忠诚、正直的男子汉。

王荫槐先生1998年因患癌症去世。去世之前,对儿子们讲述了自己的家世。由此,引发了王彤兄弟们的寻根之旅。先是思念,真正踏入河南实地寻根,是在2002年。我也有幸参与其间,从王彤那里陆陆续续了解了有关王冠五将军的英雄事迹,并获得了诸多的相关资料。我在研读这些资料的过程中,王冠五将军高尚的人格、悲壮的人生历程深深地扎根在我心中,成为永不磨灭的珍贵记忆。

二

王冠五1899年农历六月初一出生,原名步洲,字鸿声,河南省汝南县三桥镇殷店村人,家境殷实,年幼时在汝南师范附小接受正规的启蒙教育,后又改入私塾就读。成年后投笔从戎,一直是冯玉祥、吉鸿昌的部下,因为作战勇敢,由士兵逐步递升为排长、连长、营长。他爱兵如子,常说:"兵比将大,官比民小"。

他在国民党黄埔军校高级班学习期间,结识了黄公略、贺国中(红五军第四纵队的纵队长)等共产党人,接受了革命思想,毕业后回西北军吉鸿昌部继续任职。吉鸿昌将军被蒋介石枪杀后,部队缩编,王冠五因受牵连,由旅长降为营长,而后,又在池峰城部任师附。

1937年淞沪会战后,上海、南京相继失陷。继而,侵华日军妄图打通津浦线,夺取徐州,然后沿陇海线西进,取道郑州直下我抗战的中心城市——武汉。李宗仁将军临危受命,担任第五战区司令长官,坐镇徐州,指挥津浦线保卫战,部署重兵,诱敌于台儿庄试图聚而歼之。

台儿庄是大运河上的古镇,距徐州东北60公里,扼运河之咽喉,乃徐州之门户,为兵家必争之地。李宗仁调集孙连仲第二集团军驻守台儿庄坚持阵地防御战,又以汤恩伯第二十军团开展运动战,迂回至台儿庄以北,从侧翼打击敌人。

1938年3月下旬，日军的坂垣征四郎和矶谷廉介两个精锐师团三万多人两路夹击，向战略要地徐州逼近。抗日军队在台儿庄筑起了"血肉长城"。当时，王冠五将军任第二集团军三十军第三十一师九十一旅旅长兼一八六团团长，在台儿庄战役中担任守城总指挥。他们所面临的对手板垣、矶谷两个师团是装备精良的日军王牌精锐。而第二集团军由于不是蒋介石的嫡系部队，武器装备差，重兵器很少，有的战士手里只有一把钢刀。这注定是一场武装力量悬殊的战斗——血肉对钢炮，已预示着这是一场恶战！

3月22日，王冠五奉命率部进入台儿庄布防。

3月23日，日军矶谷廉介第十师团派队南下，与我军北上部队在康庄遭遇，台儿庄之战爆发。

王冠五义愤填膺，发出"宁同孤城共存亡，不与倭寇戴天地"的钢铁誓言。

战斗打响后，日军先以狂风暴雨般的猛烈轰击，把台儿庄外围的防御工事彻底摧毁。我军一无平射炮，二无坦克，无法还击，只能死守台儿庄城。王冠五将军将指挥部设在城内距城北门不足200米的清真寺里，而北城门又是日军主要的攻击点，清真寺处在极度危险之中。日军认为台儿庄背后是大运河，守军背水作战，一定不敢死守，便先以飞机投弹、大炮轰击，两小时内，小小的台儿庄城承受了上万发炮弹的践踏。然后，日军又以轻、重机枪作纵深轰击，压制守军火力，掩护步兵冲锋。王冠五将军沉着指挥，待日军爬城及半时，命令机枪、步枪齐射，手榴弹齐发，狠狠打击敌人。这一招十分奏效，打得日军极其狼狈。如此反复攻防，连日厮杀，双方伤亡都很惨重。

日军不断增兵，用炮火作地毯式扫射，猛攻台儿庄。血战至27日，数千日军在坦克掩护下攻入城内。守军在王冠五将军的指挥下，寸土必争。那真是一寸土地一寸血，战士们浸泡在腥风血雨中，一个个像血人一样，但没有一人退缩。巷战最激烈时，王冠五曾一日之内两三次被人从炸塌的房屋废料堆中扒出来，他抖落掉身上的土石瓦块，继续指挥战斗。

3月29日，为坚定战士们守城的信心从而与敌人决一死战，王冠五将军一边命令炸断运河上的浮桥，以示破釜沉舟，一边向下传令："士兵打完了，连、营、团长上，连、营、团长阵亡了，我就填上去，直至全体将士阵亡，决不后退一步！"他又说："台儿庄是我们全体将士的光荣所在，也是我军官兵的坟墓，虽所剩一兵一卒，也誓与阵地共存亡！"王冠五身先士卒，与全体官兵齐心浴血奋战，与敌隔墙相接、临屋而战，一堵墙一间房地争夺，有时敌我仅一墙之隔，便互相凿洞射击。这时的台儿庄"无半掌之壁不饮弹，无方寸之土不沃血"！三十军副官倪志本回忆说："敌人机群轮番轰击，战斗进行得相当艰难。4月1日、2日，官兵们手持大刀，以血肉之躯与敌厮杀，其惨烈之状非笔墨所能形容……"

蒋介石的副官居亦侨在《台儿庄大战亲历记》中写道："4月3日，台儿庄前沿阵地31师电讯联系突然中断，李宗仁急电向蒋介石告急。"（蒋介石飞抵徐州后，指派他去前线慰问并联系。）他又写道："我火速启程，经乘车和步行到达前沿，……师长池峰城、旅长王冠五，已经血战六昼夜未下火线。他们声音嘶哑，眼睛里布满血丝，精力却很旺盛。他们告诉我：31师已经损失70%，我军已经击毁日军4辆坦克，打落日机1架，击毙日军63团团长等。"

记者范长江在《血战台儿庄故事》中有这样一段描写："4月3日，台儿庄在最危机之时，王冠五旅长所部仅占城内五分之一，眼看此最后根据地即将不保，后方司令部打电话问他怎么样时，他说：'不要紧。'前方下级干部问他如何支撑这样危难的局面时，他说：'自有办法。'其实，他哪有什么特别的办法。不过，他相信上级长官一定会全力支持台儿庄，绝对不会做退后的打算。同时，他相信部署抗战的决定不会动摇，他的部下对他也是如此信任。因为有此互信，故造成牢不可破的共信。池师长不仅是他的直属长官，而且是负责保守台儿庄的人。他清楚地知道台儿庄的实情，当他（池师长）听到王旅长说不要紧时，一面感动，一面立刻吐出一口鲜血，因为他确实知道'不要紧'的实际，是如何要紧啊！"（此文刊登在4月18日《大公报》的第一版上）

4月初，一八六团伤亡殆尽，预备队也打光了，台儿庄城已经成了尸山血海，街边尸体叠加，堵塞街巷。王冠五和中国守军顽强抵抗，与敌周旋搏杀，没有退缩一步。日军使用燃烧弹，妄图将台儿庄夷为平地。4月4日，台儿庄城内一片火海，我军阵地频频告急，一度失陷四分之三。

4月5日午夜，王冠五组织守军敢死队，官兵们深明大义，扔掉了"重赏勇夫"的现大洋，分组向敌奋勇夜袭，用大刀片、手榴弹反复冲杀。这时，敌军连续血战数天，已精疲力竭，更没料到中国军队会在夜幕庇护下袭击。日军顿时大乱，一面仓皇应战，一面拼死撤退。我军乘胜追击，一举夺回四分之三的城池。

4月6日，第五战区司令长官李宗仁听到台儿庄城内守军夜袭成功的消息，高兴极了，立即率随员赶到台儿庄郊外，亲自指挥反攻。一时间杀声震天，日军失魂落魄，狼狈逃窜，各种辎重武器丢得到处都是。矶谷本人率残部拼命突围。至此，日军逃离了台儿庄

一八五团二营五连连长牛洪凯回忆说："反攻胜利后，师长正在开会，王冠五旅长来到。池师长赤脚出迎，高声对王冠五说：'兄弟，我这里跪迎了！'王旅长急忙趋前，握着池师长的双手。两人相对无言，眼里流出了泪水。"

4月7日，台儿庄战役胜利结束！

三

台儿庄战役结束，王冠五守城有功，被提升为少将副师长。

捷报传来，一时中外新闻记者云集，赞扬不已。著名记者范长江、赵家欣、陆诒等都先后亲赴军中采访王冠五。赵家欣撰写了长篇专题报道《台儿庄血战记》，范长江和陆诒的专题报道刊登在当时《大公报》的头版上。郭沫若在收集了大量第一手资料后满怀激情地编集了《血战台儿庄》专刊，歌颂王冠五等为国家、为民族英勇奋战的光辉业绩。著名诗人臧克家历时10余天，先后三次深入战地采访，写成《津浦北线血战记》一书。此后，他又写了轰动一时的长诗《红血洗过的战场》，深情地

赞颂了抗战英雄的事迹。

6月7日前后，李宗仁、李品仙向蒋介石呈报了《徐州会战奖励人员名单》，其中提到王冠五时，是这样写的：第三十一师九十一旅旅长王冠五，守备台儿庄内最困苦时犹能沉毅以致全胜。为此，授予王冠五华胄荣誉奖章。

这场战役最终载入了中国抗日战争史册！

四

徐州会战结束后，王冠五又参加武汉会战中的大别山北麓激战。8月中旬，随第二兵团司令孙连仲由鲁南开赴湖北麻城附近。10月上旬率部在河南商城至麻城公路两侧的打船店、沙窝、白雀园一带山区与日军第十三、十六师团反复激战，形成胶着、对峙状态。

王冠五将军一直与共产党新四军的游击总队密切配合，积极抗日。据《汝南县志》记载："民国二十八年（1939年）冬，王冠五率部在豫东驻防待命，结识了豫东抗日游击队主要领导人鲁雨亭。鲁雨亭当时是新四军彭雪枫部游击支队第一总队总队长，率有三个团的兵力，政委是孔石泉（曾任成都军区、广东军区政委，他的入党介绍人是担任过中央军委副主席的张震）。他们密切配合，协同作战，不断袭击日军。在此期间，王冠五曾多次资助物资和武器装备给游击队。为此，彭雪枫将军曾多次会见他，赞扬他的抗日爱国、倾向革命的行动。"

王冠五与鲁雨亭亲如兄弟，据他的女儿王荫凤回忆，她和哥哥那时常常在鲁雨亭家和他的孩子们一起看戏，一起上学，彼此不分你我。他们常去鲁雨亭的父母所在的邓县。在此期间，由王、鲁二人做主，将鲁雨亭的女儿鲁如贞许配给王冠五的儿子王荫槐（订了民间所谓的娃娃亲）。1940年4月1日，鲁雨亭总队长在河南永城山城集地区与日寇作战时不幸牺牲（在抗日战争胜利七十周年，民政部授予鲁雨亭首批300名抗日英烈——这是后话）。鲁雨亭牺牲后，王冠五和国民党第二集团军三十一师师长池峰城把鲁雨亭一家七口人（最多时二十多口人）接到自己家中生活，还资助鲁雨亭的孩子们上学，并最终落实了与鲁雨亭生前的约定：让自己的儿子娶了鲁雨亭的女儿。

王冠五虽然是国民党的将领，但他受冯玉祥、吉鸿昌的影响很深，家国和民族的意识非常强烈，脑子里没有那么多的党派之别、番号之争。王冠五看不惯国民党的腐败，不愿打内战，解放战争期间，他曾给处于困境中的李先念部队让路。1947 年初，王冠五曾去南京向伪国防部述职，并怀着关切的心情看望在南京中央大学读书的鲁雨亭的长子鲁如坤（中国土壤学专家、曾任中科院研究员）送他一支派克钢笔，并深情地对鲁如坤说："看来，你父亲的这条路走对了！"后来，由于王冠五在进攻解放区的行动中表现消极、迟缓，被国民党政要们剥夺了军权，排挤出军界。

他，王冠五饱含悲愤，准备解甲归田，不再参与政治！不久，国民党当时的河南省主席刘茂恩和当时共产党在河南省的负责人吴芝圃，都再三劝他出山，为国为民办些事情。因此，1947 年，王冠五又被派往兰封（即今河南兰考、开封）第十二专区任行政督察专员。

后来，在开封第一次解放时，王冠五带妻携女准备去往台湾，当时他们已经到了武昌。原池峰城师部的一位参谋（中共地下党员）再三劝说，请他留下；名记者范长江也前来劝说他。他们说：你，王冠五与别的国民党反动官员不一样，你与共产党关系密切，曾多次资助过共产党，你不要害怕，应该留下来。在他们的再三劝说下，王冠五排除顾虑，选择了——留下。

后来，好事却酿成了悲剧-——据《汝阳县志》记载，王冠五于 1950 年被误杀。

五

家乡的人民怀念王冠五将军。说他是抗日大英雄，为家乡增添了光彩。

村支书谢长春回忆说：王冠五的父亲王廷铎，是咱殷店村的寨主。为保一方平安，他带领村民用三年时间为村子修筑了寨墙。老寨主王廷铎积德行善，在家乡非常有威望。

村民马四说，他从小就知道王冠五是抗日将领，是参加台儿庄战役的大英雄。将军为人低调、平易近人。他打完仗后曾回家乡，离家5公里就不再骑马，一路上遇到乡亲，都一一打招呼，从不摆谱。

家乡人听说，王冠五的亲家公——抗日英烈鲁雨亭烈士，在家乡永城有纪念馆，还有独立的烈士陵园，永城人年年祭拜他。于是，他们也热心支持并与王冠五的后人共同在王家旧居处建了一座纪念亭，让家乡的后辈子孙永志不忘抗日英雄王冠五的事迹，继承中华民族优良的爱国传统。

台儿庄战役爆发时，王冠五的女儿王荫凤才两岁。现在，她已是古稀老人了，但对父亲的思念从来没有间断过。她说："我父亲身材高大，体魄健壮，两只眼睛炯炯有神，很威严。他写得一手好字，酷爱书法，喜欢京剧，也喜欢下象棋，高兴时会和我母亲在棋盘上对局。他从不睡懒觉，天明即起来练剑。他不喜欢舞会、宴席、打麻将，而偏好看书、习武，有很深的传统文化积淀，特别喜欢看《资治通鉴》《聊斋》等文言书籍，记忆中常见父亲思考问题时叼着雪茄来回踱步。……"

王冠五将军的离去，使一家人的生活堕入了凄凉和贫困之中。王荫凤回忆说："在父亲生命的最后阶段，他嘱咐母亲，不希望我们这些孩子与政治接触，但一定要好好读书，做一个对社会有用的人。"王荫凤曾考上过中央音乐学院，因为出身不好，家境又特别穷困，最后就上了政审门槛低又不收学费的河南省艺术学校，学习音乐、美术专业，毕业后一直当老师，再后来调入开封市龙亭区教育局，直到退休。

王彤一直要寻找爷爷坟墓，并想做一次认真的修缮，以了却父亲的遗愿。但是，几经询问，结果茫然，已经没人知道祖父的坟茔在哪里。岂不知，爷爷死后很凄惨，在近于恐怖的政治压力下，草草埋葬后，家人连墓碑都不敢立；嗣后，立碑时，墓碑埋得很深，只露出一小截，以为自己能辨认就是了。每年清明节扫墓，都是偷偷摸摸进行的。"文革"以前，家人还知道是埋在开封东郊的，现在那里已经被彻底铲平了，连那露出的一小截墓碑也都没了踪影。……见此情景，真让王彤内心滴血啊！

凄凉的寻根之旅，令人五味杂陈、百感交集。

六

中央电视台军事频道在纪念台儿庄战役七十周年之际专门播出五集电视文献片，片中客观评价了王冠五在台儿庄战役中发挥的重要作用。中国社会科学院近代史研究所研究员韩信夫先生曾对台儿庄战役进行过深入研究，并主编出版了《鏖兵台儿庄》一书。我曾认真地拜读了此书，非常感佩。后来有机会分别与王彤、王彬和王彰三兄弟拜访过韩先生几次，亲聆他的教诲。韩先生每次都一再强调：王冠五的英雄事迹确实应该大书特书。近年来，韩先生应国内各种媒体之邀，或参与座谈，或撰写专题文章，都饱含深情地讲述台儿庄战役和王冠五的英雄事迹，昭示着一位史学家的良知。前不久，信夫先生不幸因病去世了，给我留下了深深地哀痛。

赵家欣老人的故事同样令人感动。在台儿庄大战发生时，赵家欣是厦门《星光日报》派出的战地记者。他亲临现场采写了战地通讯《台儿庄血战记》。在战火纷飞中，他把稿件寄回报馆。等他再回到报馆时，厦门已遭日军占领，报馆关门了。为此，赵家欣始终不知道这篇报道到底刊登了没有，或者在动荡的年代丢失了。

69 年之后的 2007 年重阳节，已步入耄耋之年的他，意外地收到一位报纸收藏者寄来的一份旧报纸——当年的《星光日报》，上面登载着他的作品——《台儿庄血战记》！这对赵家欣老人来说不啻是最好的节日礼物！那是一张经过几十年岁月风尘熏染过的旧报纸。"死守台儿庄之旅长王冠五"几个黑体字和一张王冠五的战地戎装照片赫然入目。它又旧又黄，好像漫长的历史岁月留下的沉重的痕迹，默默地告诉人们那段血与火的惨痛经历。这是怎样伟大的报人，怎样奇特的事情啊！——足可载入中国新闻史册了！当时，福建省《石狮日报》刊登了这条消息，并被全国多家报刊转载。

更让人感动的是，《福建日报》的高级记者朱开平先生。他为了纪念震惊中外的台儿庄血战 70 周年，为继承和弘扬爱国主义精神，他应

《石狮日报》的邀请，为该报撰写一篇文章。他耗费了半个多月的时间，埋头于福建省图书馆、中国第二档案馆等地，搜集、挖掘、参阅并考证了70年前那场大战的文献资料，最后，选择了王冠五的英雄事迹，撰写了《宁同孤城共存亡　不与倭寇戴天地——追记台儿庄血战守城总指挥王冠五将军》一文，在《石狮日报》登出一个整版。这是对旧闻作新报道，一样地别致。更感人的是，朱先生完全用事实说话，文中没有丝毫的穿凿附会，这真是新闻大家的手笔。

　　他不仅"在采访时认真，在写作时同样认真"。之所以这样做，在回复转载这篇文章的美国出版的《侨报》编辑苏劲松的信中，他说：他"必须对70年前那段血写的历史和无数流血牺牲的将士负责，对刊登此文的媒体负责，对海内外的广大读者负责。"他说：他"唯一的办法，就是要挖掘60年前的文献资料，让真实的历史为王冠五作证。"他说："结论是水落石出的-——王冠五是有口皆碑的抗日名将。"他表示：对抗日战争正面战场的国民党军队将士，我们经历过一个越来越接近真理的认识过程。他考证的结论是："王冠五是一位舍生忘死、艰苦卓绝的抗日名将、爱国英雄。"最后，他饱含深情地说："70年前，他作为守城总指挥，九死一生；70年后，我们正面宣传他这个典型，正当其时！"

　　2008年，当《石狮日报》发表朱开平文章之时，正值台儿庄战役70周年，全国各大媒体都开辟不同的专栏对台儿庄战役进行报道。台儿庄大战纪念馆也在这一年的4月8日举行了隆重的纪念活动。

　　是的，是4月8日，这个靠近清明节的日子，正是血战台儿庄取得胜利的纪念日。从此，这一天，年年有成千上万的人到台儿庄祭拜死难英烈们的忠魂，能够如此，也就够了。

　　历史证明，为国家和民族做出贡献的英雄，人民是不会忘记的，王冠五将军永远活在人民的心中！

郭颖印象

郭颖，山东东平人，去年年底从黑龙江伊春国家安全局退休了。他是我的一位很要好的朋友。

我认识郭颖是在1984年的秋天，一个很平常的日子，可能是星期天吧。他敲开我家的门，我看到了他：个子矮矮的，黝黑的脸膛儿，长得很敦实，张嘴就叫我"李老师"。他说："我是来向您打听我宋哥在北京住院的地址的。"我看他有点怯生生的，就赶紧把他让到屋里，请他坐在客厅的椅子上，并给他沏了一杯茶，放在他的跟前。

我一边做着这些事，一边在脑子里飞速地搜寻着有关他的"记录"。突然，想起来，是宋有海（我在职工大学授课时熟识的一位学生）曾向我提起过他——伊春的一个怪才，他自修外语，颇有专长。我陪他坐下来，认真地读着他的这张脸，一边和他搭讪，很想知道他"怪"在哪里、"才"在何处。

我告诉了他宋有海在北京住院的地址后，就和他攀谈起来。在一问一答间，我知道他是从亚布力来伊春的，投靠他的姨家。姨夫修汽车，他给打下手，姨夫隔长不短儿地给他点零花钱，大多用来买书了——他爱书，更喜欢读书，没有任何职业，甚至连正式的城镇户口也没有。我说："你姨夫一个月给你多少钱？""几块钱吧"他说。"够用吗？""不够。不过，我还打点儿零工，抬抬扛扛，或给别人画点儿玻璃画什么的。将就吧……"他很歉意地笑笑。他告诉我，他已经给他宋娘——我知道，这是指宋有海的老妈妈——劈好一仓房柴火，似乎说，过冬没问题了。我对面靠墙的书架吸引了他，他站起来走到书架跟前浏览起来。不一会儿，回过头来对我说："李老师，你是学俄语的？""是啊。"我回答说。这时，他不再胆怯，对我说："你的这本《俄汉词典》已经过时，现在新出了一本《俄汉大词典》比较实用。""你懂俄语？""随便翻翻，别的语言我也感兴趣，法语、德语什么的，我最喜欢的还是英语。"他还评价了中国的成语词典，以为没有好的版本，汉语还应该有一种从双音词后一个字进行检索的词典。对前者，我有同感；而后者，我没想过，他太异想天开了。他不想过多打扰我，告辞走了，茶一口没喝。

郭颖走后，我一直在想，如何能有机会帮助他在生活上渡过难关？不久，我们教育学院要找一个值班守夜的人，我推荐了郭颖。

过了些日子，郭颖从北京看望宋有海回来了。他又来我家，告诉我宋有海的治疗情况，并跟我讲了他这趟旅行的种种情景：他没钱买车票，只能逃票坐蹭车；到北京，在舅舅家住，舅舅舅母工作忙，没时间照顾他，他饿了，就到点心铺买处理的饼干渣子吃，一块钱一大包，可以吃两天；省下钱，还得给宋哥买点吃的。——真是有情有义的人。我说"逃票"？他说，穷人是很难保持尊严的。我也想有尊严，可我没钱。

我介绍他到学院来打工。他欣然同意。但他没干成守夜的活儿，让别人抢先了，只干了勤杂工，清扫院落和厕所。就这，他也满心欢喜，并干得兢兢业业。时间长了，和学院的教职工们都混熟了。

一天，干训部的田家明老师碰到我，对我说："郭颖是你介绍来的？……这个年轻人有点才气。我们有一次研究现代教育，看英文资料，上面讲按照现代教育观点来说，对人的教育是终生的，即从摇篮到坟墓。总觉得这'从摇篮到坟墓'有点别扭，连北京来的英语外教曹颖老师都说，没办法，只能这么译。那天，郭颖也在场，他说，按照汉语的习惯，可以译成'从生到死'。你看，他翻译得简洁明快，又符合汉语的习惯，的确高人一筹！"我是教汉语的，虽不懂英文，也能感到郭颖翻译得好。

后来，学院实行划分清洁区，让学员按照班级分片包干打扫卫生，就不再用清洁工了，郭颖失业了。我一时爱莫能助。

盛夏来临，突然，伊春出现了暴雨山洪，一夜之间大水淹到了市区，抗洪成了当务之急。住在低洼处的吴兆忠院长一家被淹，他住的是平房，有院落，需要清理积水、烘干墙壁，然后才能进行维修。这时吴院长想到了郭颖，说这小伙子人老实，干活又实在，还是请他来帮个忙吧。这样,郭颖又二次上岗了。清理积水只是几天的活儿,比较长一点的时间是烧火墙、看屋子。暂时有活干,说到底也不是长久之计。我想,总得有个长远打算。

在郭颖这个活儿快要干完了的时候,正好,市区北边的上甘岭林业局英语教学告急,局里领导让我给推荐一位能教英语的教员,说无论如何要帮这个忙。我问,到什么程度了?他们说,课都开不出去了!我们的英语教师普遍水平低,而且数量又不足,实在是太困难了。我不假思索,便向他们推荐了郭颖。第二天,正是我没课的时候,便带郭颖到上甘岭面试,先去见林业局局长张乃堂,再去见教委主任周迪荣。

上甘岭是我的老窝,我被分到伊春林区工作时,就被分到了上甘岭林业局当教师,张乃堂、周迪荣和我是同一年分来的。张乃堂,陕西人,是北京林学院毕业的,学的是林业经济专业,和我同在上甘岭二中教书,他教数学,我教语文,现在他是林业局局长;周迪荣,上海人,华东师范大学历史系毕业,当时在上甘岭一中教历史课,现在是教委主任。他们都是我的好朋友。我把我所知道的有关郭颖的底细如实讲给他们听,并一再强调说:郭颖小学没毕业,他的英语完全是自学的,胜不胜任英语教学,由你们把关,如果可用,也只是解个燃眉之急。我丢下这句话,走了,把郭颖留在了上甘岭。

不两天,电话铃声响起,是周迪荣打来的。他告诉我:郭颖人品好,学问也好,他英语水平比我们上甘岭各校所有的英语教师都高,这个人我们用了。谢谢你!我问,具体怎么安排他?周迪荣告诉我,学校校长安排他教高三年级英语课。我一听,吓了一跳。赶紧说:老周,这可不行!教个初中还可以,要一下子教高三,你不是难为他吗?他很为难。我又补充说:他一天课也没教过,不懂英语教材教法,也没学过教育学、心理学这些必备的专业课程,这样安排,太冒失了!最后,在周主任的建议下,学校安排郭颖代教高二年级的英语课,很快成为一中的主力英语教师。三个月之后,高三的学生一致要求任英语课的陈东亮老师放弃在本校高考补习班的兼职,理由是现在有胜任补习班的师资了,陈老师必须全力以赴帮他们备战高考。结果是学校又安排郭颖任高考补习班的英语课。

半个月后，我抽出时间回访了上甘岭林业局，专门到上甘岭一中看望了郭颖。郭颖似乎变了一个人，满脸洋溢着笑容，有时会嘎嘎嘎地笑出声来，原来压抑的神情已不见了踪影。他拉着我去看他的宿舍：一间极普通的砖房，门窗齐整，室内有一铺土炕，挺大的，铺着崭新的炕席，除了郭颖的铺盖，就是散乱地堆放着的书籍，白色墙壁没有任何装饰物，空地上只有一个略大的课桌和一把椅子，是给他学习和备课用的。他依然笑着说：这么大的屋子就我一个人住，太方便了！他随手拉开了电灯，亮得直晃眼，灯泡可能是 100 瓦的吧？他又来了一句："校长说了，我不用交电费！哈哈哈哈……"他又笑个不停，似乎是"出于幽谷、迁于乔木"一样的快乐。也难怪，他是从姨夫家墙外的偏厦子里搬来的。郭颖兴致勃勃地跟我讲起了他的教学情况：学校高二年级一个班，一周 6 节课；同学们很喜欢他，很快就适应了他的教法，他也很喜欢自己的学生；除了上课、备课和给学生批改作业，剩下的时间就可以看书了。哈哈哈哈……又是一阵开心的笑。

我见到了吴校长，也是老熟人。他说：郭颖，人谦虚，教学很认真，光干活不挑食，好伺候。吴校长也笑了。

郭颖不抽烟，不喝酒，从不参加任何聚会，特别是宴席，实在躲不过，再熟悉的人，他也是不声不响地坐在一个不惹眼的地方，默默地看着大家；吃饭时，他只夹眼眉前儿的菜，吃得很少，而且能逃席就逃席；碰到对心思的人，他就爱说话，而且滔滔不绝，几乎没完没了。对不相识的人或是他看不上眼的人，就默默地坐着不开口。有时间，他就看书和琢磨问题。他也喜欢大自然，偶尔有空儿，也望望山、看看水，到树林子里转一转，寻思着能发现点什么。他说，这是人生一大乐趣。

我知道，这一切和他的人生经历有关。他出身不好，"文革"开始，就在老家东平辍学了，被别人骂作"狗崽子"，紧随父母迁居尚志县亚布力。伴着"狗崽子"这称号渐渐长大，能独立生活了，他又辗转去了伊春。心情压抑，也没有什么朋友，只有英语成了他的终身伴侣，而读书学习成了他最大的乐趣。

郭颖很珍惜眼下的工作，勤勤恳恳，积极努力；上甘岭的领导也很有情义，两个月以后，给郭颖上上了城镇户口。一年后，伊春市常务副市长罗树清惜才，特别批准把他由代课教师转成了正式教师，郭颖从此进入了国家干部行列。

1986年，林业部决定办一张自己的报纸，要从东北林区抽调一批干部，条件是熟悉林区生活、懂林业、会管理、能吃苦、有写作能力和团队合作精神，我被选中了，经市委批准，从此调到了北京。

4年后，有消息传来：郭颖调到了伊春市安全局工作了，是市政府出面从上甘岭调的。——安全局按照新的职能要求，要设置一个能处理外语信息的岗位，迫切需要一个精通外语，特别是英语的人才。郭颖通过考核，专家鉴定认为他能胜任这项工作。于是，安全局通过市政府批准就把他由上甘岭调到了伊春市区。这对上甘岭是个损失，但对郭颖是个福音——给了他一个施展才能的大平台！

后来，郭颖结婚了，媳妇赵智慧是双城的，听说媒人是罗市长的夫人。他不怕苦，也不给局里添麻烦，就在伊春东郊安了家，——那里是城乡结合部，租房便宜。小慧没工作赋闲在家，他只好自己骑自行车上下班，工作很辛苦，小兴安岭的冬天特别冷，有时超过零下40摄氏度，那种老式自行车骑一段时间就因润滑油凝固挂不上挡，上班途中得用报纸点燃烤两次。遇到上冻又化冻时节，经常挨摔，听他说一天最多摔倒过12次。后来，夫妻俩添了个女儿，乖乖的，一家人其乐融融。郭颖工作兢兢业业，不辞辛苦，生活克勤克俭，能省就省，不几年就攒够了钱在市区卖了一处两居室的楼房。别人搬新房，邀请人装修，一花就是几万、十几万，甚至几十万。郭颖却要自己动手，他花了2000来块钱，买齐了各种装修工具和材料，干起了瓦工、木工、电工的各种活儿，打麻丝、抹墙、刷灰、铺地面、埋电线、装灯具、做碗架柜，安煤气罩、装抽油烟机，卫生间装瓷盆、坐便器……一应俱全，都是利用下班后的业余时间、星期六和星期天自己干的，虽不豪华，却也温馨。

郭颖家安顿好了，节省下来的时间多了，就开始迷恋电脑了。那时，伊春，这个偏远林区还不兴这个，他凭借着特有的敏感性和超前意识，知道中国即将进入信息化时代，要想进一步提高工作的效率和质量，就得掌握电子计算机技术，进入数字化领域，触摸到那神奇的世界。于是，他决心克服一切困难向网络进军。他说干就干，不再犹豫，就利用休假时间到北京中关村买了一台电脑——一个大大的显示器，一个体量不小的主机，一路辛苦地把电脑搬回了家。他借助熟练的英文阅读能力，很快就征服了电脑操作，继续钻研，终于进入了计算机编程语言，数据库等专业的殿堂，看到了百科争艳的广阔世界。这一世界是他独享的，任他的思绪在计算机开辟的大道上驰骋，那种快乐是别人无法与之分享的。

在微机开始普及的年月，他已经靠着强大的自学能力捷足先登了！

2007年初，郭颖随黑龙江安全厅的一位处长去某厅考察一款专用软件，当查看了那款软件后，他对那位处长说："如果按照这种水平，我30分钟给你开发出来"，那位处长大吃一惊，说你别光吹，回去给我开发吧！回来后厅里正式向郭颖下达了开发任务。当时全国安全系统有六七个厅(局)都在进行这项技术攻关，大多的省厅都组建了由高学历人员参加的专业化团队，并有充足的科研经费支持，而伊春就由郭颖一个人在自家的陋室里使用自己的电脑惨淡经营，进行着艰难的探索。郭颖，他搜寻、构思、设计，再搜寻、再构思、再设计，一次次地比较修改，一次次地推敲琢磨……在这里融进了他数十年文化积累而形成的美学思想，也融进了他对国家安全事业的忠诚和敬畏之情，同时也融进了数年来的工作经验和对安全工作的深入研究和体察。他力求用最通俗易懂的计算机语言把这一切浅显、流畅、并极尽完美地表达出来。

经过夜以继日的艰苦奋斗，郭颖成功了！

郭颖的软件交出去，经过省厅专家们的初步检阅，都说好；又送交国家安全部鉴定，经过北京局的使用，均给予了充分肯定和高度评价，认为是安全系统非常实用的工作软件，很值得推广普及，是这次任务完成的佼佼者！后来，郭颖因这项业绩获得了国家安全部"技侦尖兵"荣誉称号，一年后被国家人社部授予副译审证书。

这个矮个子、连小学都没毕业的郭颖，从此令人刮目相看！人们惊讶，怀疑，难以想象，又感到不可思议。人们几乎都在想：郭颖的智慧从哪里来？结论只能是：勤奋、刻苦、孜孜不倦地钻研学习，这样，郭颖从此成了黑龙江安全系统自学成才的典型。省厅组织郭颖到全省各地区（市）安全局巡回给干警们上课，讲解这个软件的使用方法，同时也介绍了郭颖这个自学成才的典型，号召大家向他学习。郭颖就这样切切实实地在全省范围内风光了一把。嗣后，省厅把他聘为全省安全系统专家组成员、中高级技术职称评审委员。

真可谓好事连连。国家安全部就某一热点专题向全国安全系统征集调研论文，郭颖的论文又被评为一等奖。

2014年12月，郭颖去安全部出差，得知国家安全部急需一款有关金融方面的软件，某研究所计划立项开发，后来因为缺乏关键数据，知难而退了。郭颖得知此情后立即向部相关领导说自己拥有这方面的数据！相关处立即召开临时会议听取他有关数据的详细汇报和软件开发的构想，并在会上决定，郭颖回黑龙江后立即行动，全力以赴投入工作！这对郭颖来说，最大的难题恐怕是迅速掌握有关金融学方面的系统知识，而这又是一个他完全陌生而又广阔的领域。我虽然孤陋寡闻，但也知道，金融是一个难度很大的系统学科，内涵极其丰富。需要掌握经济学理论、高等数学、统计学等基础知识，涉及金融管理、金融市场、金融结算、国际金融信息交换以及汇率等专业知识。我不禁为郭颖捏了一把汗。但郭颖有他的迅速掌握知识、搜索信息的办法和强大的搜索能力，他有超常的记忆力，因此在如此海量的信息集群中，他可以做得游刃有余。一年后之后，他拿出了自己的研发成果。

这个软件的研发又一次获得了成功，得到了国家安全部的认可、惊叹和赞扬，也为黑龙江安全系统赢得了荣誉。省国家安全厅特意向伊春局下发了一个指标，经过完整的干部提拔程序，批准郭颖为副处级调研员。在他临近退休前夕，省安全厅聘请专业团队专人拍摄了介绍郭颖等人事迹的专题片，在全省宣传。后来根据这个专题片压缩的短视频，被国安部评为优秀短视频，并被相关部门在全国内部发行。

郭颖的确是个怪人，从不注重仪表，到哪里，无论什么场合，穿的总是一身的地摊货，头发从不梳理，也总是乱蓬蓬的；问他吃什么，他总会笑笑说：凡猪能吃的，我都能吃。跟着就是哈哈、哈哈的笑声。他对自己的这副尊容从不以为然，因为一切"以貌取人"、只靠外表品评人的，无一不是蠢货！

郭颖，心怀傲骨，是曾经掩埋在草莽中的一颗珍珠，其实，他也是一个开顶风船的角色！

语言文字

试谈现代汉语的被动句

现代汉语中的被动句，是动词性谓语句中的一种特殊类型，无论在句型的研究上，还是在语言运用的实践中，都是不能忽视的。笔者在本文中，想就被动句的转换生成、表现形式及其修辞功能，尝试性地谈一些粗浅的看法。

被动句是相对于主动句而言的：凡动词性谓语句，其谓语中的动词对主语是被动关系的就叫做被动句。反之就是主动句。主动句的主语是施事，即动作的发出者；而被动句的主语是受事，即动作的承受者。

主动句和被动句之间存在着密切的转换关系。例如：

(1) 老师批评了王小明。

这是个主动句。主语"老师"是施事，"批评"这一动作的施发者；动词"批评"对主语"老师"是主动关系；宾语"王小明"是受事，是承受"批评"的人。为了强调受事宾语，可以用介词"把"将宾语"王小明"提到动词"批评"的前面，构成"把"字句：

(2) 老师把王小明批评了。

"把"字句仍然是主动句，因为谓语中的动词对主语仍然是主动关系。如果再强调受事宾语，就将其提到句首——强调到了极限，就索性"反宾为主"了，彻底改变了动词和主语的关系，生成了被动句。那就是：

(3) 王小明被老师批评了。

这种句子是通过介词"被"将施事主语移到状语的位置，而让原来的受事宾语变成主语。人们把它叫做"被"字句。

现代汉语的被动句有两种表示法：一种是常见的，用"被"字句；一种不用"被"字句，只在语义上明明白白地表示是被动句。例如：

(4) 无数奇迹在创造着。

(5)数学作业做完了。

(6)论文将发表在报纸上。

"被"字句不是一种句型的名称，而是一种句型的总称。"被"字句的典型格式是：用介词"被"引进施事(主动者)，同时指明主语是受事(被动者)。例如：

(7)阵地被我们攻占了。

(8)敌人的后路被我军切断了。

在现代汉语里，"被"字句的其他格式还有四种。

1. 口语中的"叫(教、让)"被式

在口语中，常用"叫(教)……"或"让……"来代替"被"来表示被动语势的。例如：

(9)可惜他不在村里，叫人家撵跑了。

(10)什么事让他知道了，还不跟上广播一样。

对这种句式要注意被动句和兼语式的区别。例如：

(11)我不叫他欺负你。

(12)你让我干什么？

例(11)(12)都是兼语式。在这里"欺负"和"干"都另有对象，和主语无关。被"欺负"的是"你"，而不是主语"我"；"欺负你"的是"他"，也不是主语"我"。例(12)也一样。这里的"叫"相当于"使"，"让"相当于"任凭"。被动句里的"叫""让"是介词，而兼语式里的"叫""让"是动词，不能用"被"来代替。

2. 文言遗留的"为……所"式。

"为……所"式是古代汉语中常见的表被动的句式。例如：

(13)愿君留意臣之计，否，必为二子所禽矣。(《史记·淮阴侯列传》)

此句意思是：希望你留意我的计策，不然，一定被他们二人抓住。

(14)嬴闻如姬父为人所杀。(《史记·信陵君传》)

此句意思是：侯嬴我听说如姬的父亲被别人杀了。

古代汉语的这种被动表示法一直沿用到现代汉语的书面语里。

例如：

（15）我们的文学艺术，……首先是为工农兵的，为工农兵而创作，为工农兵所利用的。

（16）他的名字并不为许多人所知道。

也有把"为"改成"被"，而使其成为"被……所"式的。例如：

（17）我们不能被表面现象所迷惑。

（18）劳动人民创造的社会财富，被贪官污吏所攫取。

现代汉语用"为（被）"也还要用"所"，这大多是为了音节上的需要。

3."被"状动宾式。

所谓"被"状动宾式指的是，用介词"被"引进施事（主动者），构成介词结构做状语，修饰后边的动宾词组，这样形成的被动句。例如：

（19）在那次战斗中，他被敌人打断了一条腿。

（20）这些人被事实打开了眼界。

（21）他被村里人送了个外号。

这三个句子有一个共同的特点：全句的主语和动词的宾语都是受事，并且主语和动词的宾语在意念上有领属关系。这实际上是一种半被动句。谓语中的动词对主语是被动的，而对宾语或宾语的一部分，又是主动性的。这种被动句的形成是由于只把宾语中的一部分提到句首做了主语，而另一部分仍留在动词后充当宾语造成的。例（19）主动句的宾语应该是"他的一条腿"，转换成被动句时，提到句首的只是原宾语的定语，即定语反宾为主形成了被动语势，而宾语中定语的中心语"一条腿"，仍留在动词后做宾语，保持着主动语式。例（20）同上。至于例（21），换到前边做主语的，是原双宾语主动句的近宾语"他"。总之，主动句转换成这种被动句式，反宾为主的只是原动词宾语的一部分。宾语的中心语提到句首可以吗？当然可以。请看：

（22）张大爷的猪被地主抢走了两只。

4."被"附动前式。

有时介词"被"并不引进施事（主动者），只是直接附着在谓语动词的前边，表示被动的语势。例如：

(23) 老教授的眼镜，已经被打碎，他那肥大的棉袍已经被扯烂。

(23) 敌人全被消灭了。

值得注意的是，作用与"被"相同介词"叫""让"没有这种直接附着在谓语动词前边的用法。

句子是语言交际的基本单位。被动句的存在，丰富了现代汉语句子的表达形式。一般对于主动句来说，被动句不仅有突出、强调原受事宾语的作用，而且还能调整叙述角度，有加强句子连贯性、畅通文气的作用。例如：

(24) 将军一面走，一面四下里看着，他被这劳动的场景深深地感动了。

这是个复句，前面两个都是主动句，是陈述将军行为的；为了使叙述角度一致，最后一个分句就用了被动句，仍以"将军"——"他"为陈述对象。这样，整个复句陈述角度一致，结构单一紧凑，语气也更连贯畅通。

小序　我在 2005 年到 2016 年期间，曾被聘为国家林业局所管报刊的审读员。每一次的审读都是一次难得的学习机会，也是辅助局管报刊编辑工作的一次宝贵的实践。其中，《审读报告》和《差错登记表》是要求必做的，那《审读手记》是我的"独家创作"，只想和报刊编辑之间有一个交流意见的平台。今任意选择几例刊载于此，为这 11 年的劳作留下一点印记。

《生态文化》（2011 年第 1 期）审读报告

2011 年 4 月 15 日

《生态文化》是国家林业局主管、由中国林业文联主办的大型专题类期刊。我这次审读的是该期刊 2011 年第 1 期，今年 1 月份出版。

《生态文化》杂志以"弘扬生态文化、倡导生态文明"为宗旨，紧跟时代潮流，全方位、多角度地展现生态文化的内涵和魅力，积极宣传生态文明，在办刊的实践中已形成了清新、朴实、稳健的期刊风格，堪称林业系统期刊中的佼佼者。《生态文化》主动配合国家林业局以生态建设为主的中心工作，既有一定的新闻时效性，又有文学艺术的感染力，为宣传林业生态建设做出了积极的贡献。《生态文化》叙述的主题是鲜明而正确的，有高雅健康的审美情趣。

这一期《生态文化》延续了去年改版的水准和风格，在原有的基础上进一步扩展了涵盖的内容，而且更贴近读者，也更有可读性。本期保持了新闻解读的深度，坚持以正面报道为主的方针，进一步突出了办刊的宗旨，继续增强了期刊的知识性和趣味性；同时，注重向生态文化的深度开掘，真正使期刊站到了生态文明舆论建设的前沿（让人欣喜地看到，经过一年来的努力，已更加接近了这一目标）。

本期《生态文化》刊登了一批有较高水准的阐释生态文化内涵的力作。如：《生态公民：生态文明的主体基础》《非物质文化遗产保护与生态文化建设》，还有《南岭人的生态文明之路》等，无论从论说文的写作（如前者），还是从新闻通讯的写作（如后者）看，都是上乘之作。《右江——一条意味深长的河》和《山乡轶事》，以散文的笔法、独特的视角，分别描写了右江的壮美及其前世今生，以及"我"的家乡大树屯由于人们保护了山林，而使这里拥有了清新的空气和绿色的粮蔬，让大城市的人羡慕不已。文章在看似平淡的叙述中，流露着赞美生态文明的激情，那真挚的情怀让人感动。本期《生态文化》依然有不少情趣盎然、可读性很强的作品。如《诸葛孔明与黄葛树》《1960年的水耗子》《美不胜收富春江》《蝉壳》《野荷湾》等。很贴近读者生活的"胡萝卜""大葱""红薯"等走进了杂志的科普文章，也是本期的一大亮点。在"生态文学"栏目里继续连载了长篇小说《森林中的红盖头（之十五）》，依然是被看好的作品。"生态时讯"也是很不错的"刊中报"。可见，"新装起航"之后的《生态文化》未负众望，已经是越办越好了。

总之，本期《生态文化》导向正确，思想健康，佳作多多，在审读中没发现任何违背国家新闻出版条例的问题，也没有失实、虚假的报道，没有刊登任何广告，本期所转载的文章均一一注明了出处，出版质量良好，出版形式完全符合现行规范。

更让人欣喜的是，本期《生态文化》语言文字上的差错明显减少。在审读中共发现17处、21个差错，按全册杂志10万字计算，差错率约为0.021%。

希望《生态文化》编辑部进一步把好语言文字关，把杂志办得更好。以上意见谨供参考。

《生态文化》2011年第1期
差错登记表

期刊页：64页（全册）

差错情况：差错17处，计21个差错，差错率为0.021%。

页	行	误	正	差错
5	右16	因此，全球环境问题的解决必须采取全球治理的模式；生态文明建设必须在全球范围同步展开。	因此，全球环境问题的解决必须采取全球治理的模式，生态文明建设必须在全球范围同步展开。	1
13	左16~17	瑰丽神奇的纳灵洞，被称为"山水画卷"的靖西旧州风光，静谧的鹅泉，夕阳下的小桥流水，在云淡风轻的天地间，凝固成一幅幅诗般的画卷。	瑰丽神奇的纳灵洞、被称为"山水画卷"的靖西旧州风光、静谧的鹅泉、夕阳下的小桥流水，在云淡风轻的天地间，凝固成一幅幅诗般的画卷。	3
19	上右竖行2	书河上亭壁四首（其一）【南宋】寇准	书河上亭壁四首（其一）【北宋】寇准	1
19	下左，竖行2	夜　深【唐】韩	夜　深【唐】韩偓	1
20	中2~3	……，一首首苍劲别致、不同字体的古今诗句，……	……，一个个苍劲别致、不同字体的古今诗句，……	1

（续）

页	行	误	正	差错
22	右 33	那我会不会昏迷呀？老乡说应该不会，你那么大的个子，它那点毒走不到你的脑子里，就会不昏迷。	那我会不会昏迷呀？老乡说应该不会，你那么大的个子，它那点毒走不到你的脑子里，就不会昏迷。	1
22	右 41	我说那这肿什么时候才能消啊。老乡说……	我说那这肿什么时候才能消啊？老乡说……	1
23	左 14	因为尖嘴鼠被关在笼子里，所以我每天都要捉些虫子来给它吃，尖嘴鼠吃虫子并不直接去吃，……	因为尖嘴鼠被关在笼子里，所以我每天都要捉些虫子来给它吃。尖嘴鼠吃虫子并不直接去吃，……	1
23	右 49 ~50	地爬子是一味很好的中药材，具有理气，解毒，杀虫等功效。治痛疽，疗肿胀，痔疮，喘息，淋病，蛔虫等	地爬子是一味很好的中药材，具有理气、解毒、杀虫等功效。治痛疽、疗肿胀、痔疮、喘息、淋病、蛔虫等	3
31	左 24	……棕熊寿命大约有 20－30 年，……	……棕熊寿命大约有 20～30 年，……	1
34	左 13	……，还有朱红、桔黄、姜黄等，而且……	……，还有朱红、橘黄、姜黄等，而且……	1
45	左 23	直到十几年前一位姓陈的夫妇承包了这片水塘，……	直到十几年前一对姓陈的夫妇承包了这片水塘，……	1
52	中 44	"……。我让你看看我绫子的手段，和你相比有过之而不及。"	"……。我让你看看我绫子的手段，和你相比有过之而无不及。"	1
61	右 35	存在于植物性食物中毒的纤维素属多糖类。	存在于植物性食物中的纤维素属多糖类。	1
62	左 12	中医认为红糖性温味甘，入脾，具有益气、缓中、化食之功。能健脾暖胃，还有……	中医认为红糖性温味甘，入脾，具有益气、缓中、化食之功，能健脾暖胃，还有……	1

（续）

页	行	误	正	差错
62	右 10	……，水果、蔬菜和粮食都可随时提供人体所需的糖，所以不用刻意地吃糖，人体也不会缺糖，如果人体里的糖过多不但无益反而有害，最大的害处就是……	……，水果、蔬菜和粮食都可随时提供人体所需的糖，所以不用刻意地吃糖，人体也不会缺糖。如果人体里的糖过多不但无益反而有害，最大的害处就是……	1
63	4	1、太阳头痛，…… 2、太阴头痛，…… 3、阳明头痛，…… ……	1. 太阳头痛，…… 2. 太阴头痛，…… 3. 阳明头痛，…… ……	1

《生态文化》（2011 年第 1 期）审读手记

——关于语言文字差错的分析

2011 年《生态文化》第 1 期审读完了，共发现语言文字方面的差错 21 个。这 21 个差错可分为 5 类。

一是，标点符号使用不当。这方面的错误最多，共有 13 个，占全部差错的 62%，可见应该引起足够的重视。

造成标点符号使用错误的原因大体有两种，一种是句子的结构分辨不清形成的，这是个误用问题；一种是忘记了国家制定的规则，用错了，这是个滥用问题。

语法讲的是语言的结构规律，点标点用的是其中的造句法，指的是句子的结构。只有认清了句子的结构才能点对，才不至于误用。这 13 个标点符号使用上的错误，大部分属于这一类，即误用。例如：第 5 页、右栏第 13 行的句子："因此，全球环境问题的解决必须采取全球治理的模式；生态文明建设必须在全球范围同步展开。"这是个单层复句，由两个并列关系的分句组成，既然只有一个简单的层次，分句之间的停顿只能用逗号(,)，而不能用分号(;)。这是由于没有看清复句组合的结构和层次关系造成的标点误用。

有的是该"断句"（一句话已经说完，应该在句末停顿处用句号）的地方没"断句"，相反，有的不该断句的地方却断句了（一句话还没说完呢，就用句号"句断"了）。例如，第 62 页右栏第 10 行这个句子："糖无处不在，在水果里，在蔬菜里，在粮食里，水果、蔬菜和粮食都可随时提供人体所需要的糖，所以不用刻意地吃糖，人体也不会缺糖，如果人体里的糖过多不但无益反而有害，最大的害处就是可导致肥胖症、动脉硬化、消化不良、胃酸过多、糖尿病和龋齿等疾病。"这其实是相互关联的两句话。第一句说，糖无处不在，人体不会缺糖；第二句说，人体里的糖过多，无益有害。可见，这两句话都分别表达了相对完整的意思，都应该独立成句。因此，应该在"人体不会缺糖"这一小分句之后"点断"，画上句号。这是该"断句"而未"断句"的病例。又例如：同一页左栏第 12 行这个句子："中医认为红糖性温味甘，入脾，具有益气、缓中、化食之功。能健脾暖胃，还有止疼、行血、活血、散寒等功效。"这句话的中间在"化食之功"的后边误用了句号(。)。其实这里不该"点断"，因为一句话还没说完，其前面的分句说红糖对人体的功效，后面的分句也在说红糖对人体的功效，"点断"了，去掉了后一半，句子表达的意思就不完整了；不仅如此，如果像原句那样"点断"了，后一个"句子"就成了主语残缺的病句了。因此，这个句号(。)应改为逗号(,)，把它视为句间的停顿。这是不该"断句"而"断句"了的病例。这也是标点符号的误用。

句间的停顿常出错的是顿号(、)。顿号只用来表示并列词语（有的是并列的词，有的是并列的短语，即所谓并列的词组）之间的停顿。例如，第 13 页左栏第 16～17 行这个句子："瑰丽神奇的纳灵湖，被称为'山水画卷'的靖西旧州风光，静谧的鹅泉，夕阳西下的小桥流水，在云淡风轻的天地间，凝固成一幅幅诗般的画卷。"句子看似很长，其实它是个单句。它表达的意思是：……纳灵湖……靖西旧州风光……鹅泉……小桥流水……凝固成……画卷。句中的前四者（即"纳灵湖""靖西旧州风光”"鹅泉"和"小桥流水")并列地组合在一起，构成联合短语充当句子的主语。这"四者"之间的语音停顿自然应该用顿号表示。可惜，原句在它们之间用的都是逗号(,)。用了顿号，他们之间的逻辑语义关系表达得清清楚楚；而误用为逗号，其逻辑语义就一时说不清了，直接的后果是制造了阅读和理解上的障碍。

　　本期还有一个标点符号误用的比较综合的病例(见本期第 23 页右栏倒数第 4~3 行的句子)："地爬子是一味很好的中药材，具有理气，解毒，杀虫等功效。治痈疽，疗肿胀，痔疮，喘息，淋病，蛔虫等。"这不是两句话，而是一个二层复句(前面"地爬子是……中药材"是一个分句，后面都是讲地爬子的治病功效的，是第二个分句，两者是承接关系；第二个分句又是一个小复句，由"具有……功效"和"治……等"两个更小的分句组成，两者是并列关系。)复句也是句子，一个复句也只能是一个句子。因此句间，即在"……杀虫功效"后面"点断"是错误的。这里是二层复句大层次之间的停顿，由于分句之间是承接关系，所以应该用逗号(,)表示停顿。此外，在第 2 个大分句中的前后两个小分句内，分别有并列词语，如"解毒"和"杀虫"，又如"痈疽""疗肿胀""痔疮""喘息""淋病"和"蛔虫"，这些并列的词语之间都应该用顿号隔开。可惜，原句中用的都是逗号。

　　句子从语用(即表达功能)的角度，按照语气、口气的不同可以分为陈述句、祈使句、疑问句和感叹句等四大类。本期尚有一处没能辨清句类，把疑问句当作陈述句来处理，句末应用问号，却用了句号。第 22 页右栏倒数第 2 行的句子："我说这肿什么时候才能消啊。"此句的句调赋予了它疑问的语气，句末的语气助词("啊")强化了它的疑问语势，句中有疑问代词"什么"，后面的句子对此进行了回答："老乡说也得等毒气散了才能消肿"。从以上分析可以看出，该句确切无疑应该是疑问句，句末应该用问号。

　　再说标点符号滥用的情况。不按照国家的规定使用标点符号，在本期的具体表现有两个：一个是，国家规定，用阿拉伯数字书写数词，在表示两个数值之间的范围时，应该使用浪纹式连接号(~)连接，但在本期的文章中却使用的是一字线连接号(—)或半字线连接号(-)。例如，第31页左栏第24行："……棕熊寿命大约有20-30年，……"，用的就是半字线连接号。像这样的例子本期还有4处(只提示，没有记入差错)。另一个是，国家规定，用阿拉伯数字做序数词，其后边要用实心圆点(.)与正文隔开(或表示停顿)，但本期出现的一处(仅出现1处)，使用的却是顿号(、)。

　　二是，量词使用不当。本期有两处错误：一处是第20页中栏第2~3行，句中"……，一首首苍劲别致、不同字体的古今诗句，……"。"一首首"是数词"一"和量词"首首(量词叠用)"构成的数量短语，在句中做"诗句"的定语。但是，"一首首"(定语)和"诗句"(中心词)搭配不当，量词用错了。因为"诗句"论"个"或"行"，而不能论"首"，这里的"一首首"应改为"一个个"或"一行行"。另一处是第45页左栏第23行，句子的前半段是："直到十几年前一位姓陈的夫妇承包了这片水塘，……"。这里，"一位"(数量短语，做定语)与"夫妇"(中心词)搭配不当。因为既然是"夫妇"肯定是两个人，而限制它的定语却是"一位"，量词用错了，应将量词"位"改成"对"。

　　三是，文化常识方面的错误。第19页右上(竖排)第2行："[南宋]寇准"。寇准是我国历史上著名的政治家，曾三次拜相，与同样著名的杨家将息息相关，他是北宋人。这里的"南宋"，错了。

　　四是，错字。由于电脑的畅行，抑制了人们的手写，因此，手写造成的多一笔或少一笔的错字在正式出版物中已消失殆尽。现在所谓的错字，都是张冠李戴，用错了。从这个意义上说，当代出版物上的错字都是用错了字。本期用错的字只有1个。见第34页左栏第13行，把"橘黄"误用为"桔黄"。目前，计算机尚不能辨认，我们做编辑的必须辨认清楚，"橘"和"桔"不能混同。这两个字经常相混，需认真对待。

　　五是，其他差错。具体为：

　　1. 语序问题。汉语的语序是严整而微妙的。语序乱了，自然会影响正确的表达。本期第22页右栏第33行的句子，就存在语序不当的问题。为说明问题，让引文充分些："那我会不会昏迷呀？老乡说应该不会，你那么大的个子，它那点毒走不到你的脑子里，就会不昏迷。"问题就出在"就会不昏迷"上。从语境看，"老乡"应该回答"会不会昏迷"这个问题；回答应该是"会昏迷"或"不会昏迷"，而不能是"会不昏迷"。可见语序错了。

2. 丢字问题。文章中丢字，是马虎造成的。本期有两处丢字。好好的文章，在关键之处把关键的字丢了，是瑕疵，是缺憾。一处是，第19页左下(竖排)第2行："［唐］韩"。

《夜深》这首诗的作者，只有姓("韩")，没有名，显然丢字了。这是晚唐诗人韩偓的诗，把"偓"字丢了。另一处是，第52页中栏第44行："……。我让你看看我绫子的手段，和你相比有过之而不及。"其中，成语"有过之而无不及"中的"无"字丢了。原成语的意思是，只有超过的而没有不如的。这里丢了"无"字，就变成了只有超过的而不如的，语义完全被扭曲了，应该把"无"字补上。须知，成语有凝固性特点，不可轻易改动一字一词，更不应该丢字了。

3. 衍文。第61页右栏第35行的句子；"存在于植物性食物中毒的纤维素属多糖类。"其中"毒"字是多余的，无用有害的，必须去掉。

《绿色中国》(2011 年第 2A 期)审读报告

2011 年 4 月 23 日

《绿色中国》是国家林业局主管、由国家林业局经济发展研究中心主办的大型社科人文类期刊，由《绿色中国》杂志社出版。我这次审读的是该期刊2011年第2期A刊(上半月)，今年2月1日出版。

《绿色中国》立足林业，面向社会，积极宣传生态建设与环境保护的科学理念，较国家林业局主管的其他期刊扩展了报道领域，刻意追求时尚，在探索中日益形成了图文并举、叙事活泼的风格。并能做到集科学性、时效性、知识性、服务性于一体，对中国社会的生态建设和环境保护事业有一定的影响力和积极的指导作用，被誉为"全国优秀社科期刊"和"国家中文核心期刊"。

本期《绿色中国》针对并配合今年是"'十二五'开局之年"和"农历新年才是一年的开始"这一中华民族的习俗，以及欢度春节即已来临，之后还有"情人节"等时令特点，在《卷首语》刊发了表达良好祝愿的文章：《给力2011》，并在"图片故事"和"绿色生活"两个栏目里刊发了一组特稿：《回家过年》《旅游过大年玩的就是新鲜》和《情人节：自制甜品调情》。这样做，贴近了世情，贴近了百姓生活。在时事报道方面，本期《绿色中国》在"资讯"专栏里刊发的近10条有关生态与环保的短消息都是近期的新鲜事儿；此外，针对1月初召开的全国林业厅局长会议发表了独家新闻——由本刊记者采写的会议侧记。本期有两篇比较震撼人心的力作：一篇是，本刊记者亲临现场采写的伊春万人大搬迁的"生态移民"事件，笔触细腻，深入到了"移民"的心灵世界，彰显了伊春人保护绿色与生态的决心；另一篇是有一定力度和深度的批评报道：《烧烤"蚕食"淮河源森林》，表现了期刊正视现实、鞭挞丑恶、捍卫正义与生态建设成果的立场和文化良知，文章提出的问题亦发人深思。本期的其他报道和文章也都是健康积极的。

从这次审读的情况看，《绿色中国》坚持了正确的舆论导向，严格地遵守了《期刊出版管理规定》，在期刊的显著或适当的位置上，刊登了期刊出版许可证号、国内统一和国际标准连续出版物号、邮发代号、印刷厂、广告经营许可证号、通讯地址、联系电话、出版日期、期刊单价等必须刊登的内容；每篇文章之后都登出了责任编辑的姓名，同时也刊登了投稿邮箱的网址，体现了对读者负责的精神，也方便了与读者的联系。在审读中没有发现任何违反国家新闻出版管理条例的问题，也没有发现虚假广告和有偿新闻。

本期《绿色中国》最大的问题，依然是语言文字上的差错比较严重。在审读中，共发现语言文字上的差错50处，计59个，按期刊总字数11万字计算，差错率约为0.054%，略好于前一次审读的情况。希望期刊编辑能认真重视这一问题，努力把好语言文字关，使《绿色中国》真正能担当起"国家中文核心期刊"的责任。

以上意见谨供参考。

《绿色中国》(2011 年 2A 期)
差错登记表

差错情况：差错 50 处，计 59 个差错，差错率为 0.054%

页	行	误	正	差错
3	13	"一天之际在于晨""千里之行，始于足下"，这些中国的古语告诉我们，……	"一天之计在于晨""千里之行，始于足下"，这些中国的古语告诉我们，……	1
7	左5~6	3-4 月植树节期间，……，由各省(区、市)分别组织开展 1-2 项有特色的造林绿化活动；……	3~4 月植树节期间，……，由各省(区、市)分别组织开展 1~2 项有特色的造林绿化活动；……	1
15	左38~42	……，采取了'四个充分考虑到'的做法：第一、安置移民就业充分考虑到他们的一技之长，第二、……充分考虑到移民的未来发展，……	……，采取了'四个充分考虑到'的做法：第一，安置移民就业充分考虑到他们的一技之长，第二，……充分考虑到移民的未来发展，……	1
16	左19	……，50 平方米的房子收拾的整洁干净，……	……，50 平方米的房子收拾得整洁干净，……	1
21	下	森禾花卡——品质生活的标志！登录森禾天天送花卉网，获取更多信息！	森禾花卡——品质生活的标志。登录森禾天天送花卉网，获取更多信息。	1
32	中12~13	……，只有一双大眼睛黑亮黑亮的。"上小学之前就能弹琴、唱歌、跳舞、打手鼓更是伸手就来。而且，一提到唱歌，就能把我的情绪调动起来，很神奇。"	……，只有一双大眼睛黑亮黑亮的。她说："上小学之前就能弹琴、唱歌、跳舞，打手鼓更是伸手就来。而且，一提到唱歌，就能把我的情绪调动起来，很神奇。"	3

（续）

页	行	误	正	差错
33	右 2 ~5	她还身兼"中国保护母亲河形象大使"，"中国禁毒形象大使"，"中华爱国工程形象大使"，"中国公益事业形象大使"等称号，并常年资助贫困地区的孩子。	她还身兼"中国保护母亲河形象大使""中国禁毒形象大使""中华爱国工程形象大使""中国公益事业形象大使"，并常年资助贫困地区的孩子。	2
34	5	1992 年，中国正式加入国际湿地公约，……其中黑龙江扎龙、……青海鸟岛等六块湿地已经列入了《国际湿地重要名录》。	1992 年，中国正式加入国际湿地公约，……其中黑龙江扎龙、……青海湖等六块湿地已经列入了《国际湿地重要名录》。	1
34	20	如今，扎龙的水开始出现了危机，水是湿地的命脉，没有水……	如今，扎龙的水开始出现了危机。水是湿地的命脉，没有水……	1
37	16	当时那种形式，谁也不知道比赛会怎样，更没想到我会拿冠军。	当时那种形势，谁也不知道比赛会怎样，更没想到我会拿冠军。	1
38	左 27	蝴蝶后来称这次报道是历史最长也是收获最大的，"如同经历了一场人文的洗礼、科技的启蒙。"	蝴蝶后来称这次报道是历史最长也是收获最大的，"如同经历了一场人文的洗礼、科技的启蒙"。	1
38	右 19	记者：说说你对绿色的理解吧？	记者：说说你对绿色的理解吧。	1
41	左 27	想在想起来，……	现在想起来，……	1
41	左 35	蒋珊珊正如同一轮美丽的彩虹，……	蒋珊珊正如同一道美丽的彩虹，……	1
41	右 14	尤其是尼古拉斯凯奇的那部《变脸》，非常的精彩。	尤其是尼古拉斯凯奇的那部《变脸》，非常精彩。	1
41	右 20	……，而这些东西或许是你在其它演员身上无法获取到的。	……，而这些东西或许是你在其他演员身上无法获取到的。	1

（续）

页	行	误	正	差错
42	7~10	北京的发展优势集中在三方面：1、政治优势。……。2、文化优势。……。3、科技和教育优势。	北京的发展优势集中在三方面：1. 政治优势。……。2. 文化优势。……。3. 科技和教育优势。	1
42	11	在建设世界城市中，笔者认为，在建设世界城市的过程中，……	笔者认为，在建设世界城市的过程中，……	1
43	左36	去年召开的哥本哈根联合国气候变化大会，在全球吹响了低碳发展的明确信号。	去年召开的哥本哈根联合国气候变化大会，在全球发出了低碳发展的明确信号。	1
43	右4	随着绿色奥运和绿色北京的不断宣传。这些年来，北京公众环境意识不断提高。	随着绿色奥运和绿色北京的不断宣传，这些年来，北京公众环境意识不断提高。	1
43	右9	……，使广大市民不断提高公众环境意识和绿色概念。	……，使广大市民不断提高环境意识。	2
43	右21	……使地球的二氧化碳气体浓度人为的增加了五倍，……	……使地球的二氧化碳气体浓度人为地增加了五倍，……	1
58	3	……升高1.8-2.4℃，……	……升高1.8℃~2.4℃，……	1
58	21	"……，无疑将成为……减缓气候……的重要手段。"	"……，无疑将成为……减缓气候变暖……的重要手段。"	1
58	22	……吸收固定OC_2……	……吸收固定CO_2	1
59	右9	……进一步挖掘林业潜力：一是……。二是……。三是对林木进行科学分期轮伐和分期种植，形成循环经营模式。在上述一系列措施的实施过程中，金光集团……	……进一步挖掘林业潜力：一是……。二是……。三是对林木进行科学分期轮伐和分期种植，形成循环经营模式。在上述一系列措施的实施过程中，金光集团……	1
61	中39	……非常的清楚，……	……非常清楚，……	1

（续）

页	行	误	正	差错
61	右21~22	所有的法规与监管，不可能如天网般网住食品安全的所有漏洞，这个时候靠什么，靠良心，靠对食物的尊重。	所有的法规与监管，不可能如天网般网住食品安全的所有漏洞。这个时候靠什么？靠良心，靠对食物的尊重。	2
62	1	2011年是国际生物多样性年，在这一年中，……	2010年是国际生物多样性年，在这一年中，……	1
64	2	……，数量在800到1000只的群体数量最为常见。	……，数量在800到1000只的群体最为常见。	1
64	20	海南霸王岭国家级自然保护区的核心区——斧头岭下海拔600到1400米的孤岛般的3万亩热带山地雨林里，海南黑冠长臂猿的栖息地。	海南霸王岭国家级自然保护区的核心区——斧头岭下海拔600到1400米的孤岛般的3万亩热带山地雨林，是海南黑冠长臂猿的栖息地。	1
64	33	1980年，霸王岭自然保护区成立才得以成立。	1980年，霸王岭自然保护区才得以成立。	1
66	17	……"北方针叶森"……	……"北方针叶林"……	1
66	20	……，只有2-3%的泰加林受到了足够的保护。	……，只有2%~3%的泰加林受到了足够的保护。	1
73	8	此次评选突出青春的知性美，以内心丰富的情感、外在活力魅力和超炫的网络人气，打造激情四溢、引领绿色时尚的中国绿色宝贝。	此次评选突出青春的知性美，以内心丰富的情感、外在活力魅力和高涨的网络人气，推出激情四溢、引领绿色时尚的中国绿色宝贝。	2
74	左2	……从节前不停的采买置办年货到除夕贴春联、做年夜饭，……	……从节前不停地采买置办年货到除夕贴春联、做年夜饭，……	1
74	左12	现在得生活好了，……	现在的生活好了，……	1

(续)

页	行	误	正	差错
74	左26~28	可张先生却说："平时工作忙，想带上老婆、孩子、父亲母亲出去转转玩玩，简直是奢望。春节长假正好了了我这个心愿"，去年张先生……，舒舒服服的喝着椰汁躺在沙滩上晒太阳，……	可张先生却说："平时工作忙，想带上老婆、孩子、父亲母亲出去转转玩玩，简直是奢望。春节长假正好了了我这个心愿。"去年张先生……，舒舒服服地喝着椰汁躺在沙滩上晒太阳，……	2
75	中2	……在这一天都得回家吃顿饭"团圆饭"。	……在这一天都得回家吃顿"团圆饭"。	1
75	中12	滑雪场也不错的选择：滑雪场不但能够体验滑雪、坐狗拉雪橇的乐趣，还能……	去滑雪场也是不错的选择：去滑雪场不但能够体验滑雪、坐狗拉雪橇的乐趣，还能……	2
75	中20	……结冰期长达六、七个月。	……结冰期长达六七个月。	1
75	中25	当然除了国内，出镜的冰雪游也是佳选。	当然除了国内，出境的冰雪游也是佳选。	1
75	右18	……，旅游过年虽然新鲜刺激可是也不能忽视安全问题，记者提醒您：……	……，旅游过年虽然新鲜刺激，可是也不能忽视安全问题。记者提醒您：……	2
76	右13	……，把拇指饼干快速的蘸一下咖啡，	……，把拇指饼干快速地蘸一下咖啡，	1
77	中29	《浓情巧克力》的女主角朱丽叶比诺什说："你不能拒绝巧克力，就像你不能拒绝爱情"。	《浓情巧克力》的女主角朱丽叶比诺什说："你不能拒绝巧克力，就像你不能拒绝爱情。"	1
77	右9	……，弄好后在平盘里；……	……，弄好后放在平盘里；……	1
78	11	隽刻	镌刻	1
79	左40	她说笑呵呵地说：……	她就笑呵呵地说：……	1
79	右31	……张先生在《电报街和汉口路》一文中写到："……	……张先生在《电报街和汉口路》一文中写道："……"	2

《绿色中国》(2011. 2A) 审读手记

——语言文字差错简评

《绿色中国》2001 年 2 月发行的 A 刊，语言文字上的差错比较严重，故此简评，聊以提出一孔之见。

在审读中，共发现本期有 50 处总计 60 个语言文字方面的差错。这些差错涉及面很广，大体可以分为 5 大类。据此，分别简评如下：

第一类是语法方面的病句和"话语成分"残缺。

就语法病句而言，和通常各种报刊所犯的毛病一样，要么是句子成分不搭配，要么是句子成分残缺，本期亦如此。

句子成分不搭配，本期多见于句中的动词和它所连带的宾语不搭配。例如，第 33 页右栏第 2 行开始的句子："她还身兼'中国保护母亲河形象大使'，'中国禁毒形象大使'，'中华爱国工程形象大使'，'中国公益事业形象大使'等称号，并常年资助贫困地区的孩子。"句中的谓语动词"身兼"这四种"形象大使"当然可以，但"身兼……等称号"就造成了动宾不搭配的病句。这里的"等称号"应该删除(另外，句中的四种"形象大使"之间用的逗号，是错的，并列短语之间的停顿，应该用顿号(这里的并列短语都带有引号，其之间的顿号可以省略了。)，这是标点符号使用上出现的差错。这里顺便提一下)。例如，第 43 页左栏第 36 行的句子："去年召开的哥本哈根联合国气候变化大会，在全球吹响了低碳发展的明确信号。"句中"吹响……信号"亦属动宾不搭配。其他病句不再赘述。

再看句子成分残缺的病例。例如第 64 页第 20 行的句子："海南霸王岭自然保护区的核心区——斧头岭下海拔 600 到 1400 米的孤岛般的 3 万亩热带雨林里，海南黑冠长臂猿的栖息地。"作者在句中似乎要表达一种判断，即：这里是黑冠长臂猿的栖息地。没错，是这个判断。但是把表示判断的动词丢了，造成了句子成分残缺。编辑在审稿时应在"海南黑冠长臂猿"的前边加系动词"是"。此外，"热带雨林"后边的方位词"里"用得多余，应删除(这是修辞问题，不在此评之列)。

另外，本期有 3 篇文章("泉阳泉·焦点人物"栏目中的《红旗歌手刘媛媛》和"绿色宝贝"栏目中的两篇文章)共有 15 处引文缺少提示语或必要的交代。现将第 32～33 页的一段话实录如下：

"这个时代，你唱美声、民族还是通俗并不重要，重要的是你唱出的内容、传达的信息，是不是能够打动人。"在众多美声歌手和民族歌手中，刘媛媛可以将"红"歌唱红；在流行音乐独霸一方的唱片市场，《五星红旗》专辑为何在推出短短 3 个月内突破 10 万张，(取得)超过流行唱片的好成绩？或许这就是原因。

在这个段落里，有一句引用的话，但没有提示语，也没有交代出自何人之口，这也是表达上的病态。这种让读者猜谜般的表达方式，并不为读者喜闻乐见，应该避免。这和句子成分残缺看似没有太大的关系，但它是"话语成分"残缺的一种表现，暂且放在这里评述。

第二类是标点符号的误用。

本期在标点符号使用上出现的差错共有 5 种：

1. 有的该"断句"(一句话已经说完，应该在句末停顿处用句号)的地方没"断句"，而有的不该"断句"的地方却"断句"了(一句话还没说完呢，就用句号"点断"了)。例如，第 34 页第 20 行的句子："如今，扎龙的水开始出现了危机，水是湿地的命脉，没有水谈何湿地?"这其实是两句话，前一句说扎龙出现水危机，后一句说水对湿地的重要性，中间应该断句。又例如，第 43 页右栏第 4 行的句子："随着绿色奥运和绿色北京的不断宣传。这些年来，北京公众环境意识不断提高。"其实，这是一句话，前边只是一个介宾短语，不是一句完整的话，不应该断句。其他病例还有一些，亦不再赘述。

2. 句类分辨不清，句号、问号、感叹号有时用错。从语用的角度，按照句子的表达功能，把句子划分为四类：陈述句、祈使句、疑问句和感叹句。这样的句子类型，就是句类。现代汉语标点符号中的句号、问号和感叹号，这三种点号都用于句末，表示句末的语音休止，他们与不同的句类相对应。因此，分辨不清句类，自然用不准这三种点号。例如，本期第 21 页下部有两句广告语，一句是"森禾花卡——品质生活的标志!"另一句是"登录森禾天天送花卉网，获取更多信息!"句末的感叹号都用错了，因为这两句话都是陈述句，都不是感叹句，都应该用句号。例如，第 38 页右栏第 19 行的句子："(记者:)说说你对绿色的理解吧?)"这是个语气轻缓的祈使句，句尾应该用句号，这里却用了问号，错了。又例如，"所有的法规与监管，不可能如天网般网住食品安全的所有漏洞，这个时候靠什么，靠良心，靠对食物的尊重。"(见第 61 页右栏第 21 行。)文中的"靠什么"，是设问句(自问自答)，这里应该断句，而且要用问号。相应地，在"漏洞"后面应该用句号点断，因为前面的句子是陈述句。

3. 引号末尾句号的处理出现错误。按照标点符号中引号的使用规则，引文如果是完整引用(简称"全引")的，句末的点号在引号内，如果是随叙述语言引用，即不是完整的引用(简称"非全引")，句末的点号在引号外。本期有些地方搞错了。试举两例："《浓情巧克力》的女主角朱丽叶比诺什说：'你不能拒绝巧克力，就像你不能拒绝爱情'。"(见第 77 页中栏第 29 行。)此句有提示语，引用完整，是全引，句号应放在引号内，却放到外面了。"蝴蝶后来称这次报道是历史最长也是收获最大的，'如同经历了一场人文的洗礼、科技的启蒙。'"(见第 38 页左栏第 27 行。)此句没有提示语，只是断章取义地随叙述语言不完全的引用，句号应放在引号外，却放到引号的里边了。还有，由于引文过长，引文的开头用了引号，引文末尾的引号忘记了，没有画上。第 79 页就有这样的病例。

4. 浪纹式连接号使用出现错误。国家规范：用阿拉伯数字书写数词，在表示两个数值之间的范围时，要用浪纹式连接号连接。本期没有这样做，用错的地方多多。例如，第 7 页上的"3-4 月"(见左栏第 5 行)、"开展'1-2 项有特色的造林绿化活动'"(见左栏第 6 行)都用的是半字线连接号。需要强调指出的是，本期在浪纹式连接号的使用中还有其他的连带性错误。例如，"……升高 1.8-2.4℃，……"（见第 58 页第 3 行），其中不仅误用了半字线连接号，而且把"1.8"后边的摄氏温度符号(℃)丢了。正确的表达应该是："……升高 1.8℃～2.4℃，……"。又例如，"……，只有 2-3%的泰加林受到了足够的保护。"（见第 66 页第 20 行。）这句话犯了同样的错误：不仅误用了半字线连接号，而且把"2"后边的百分号(%)丢了。正确的表达应该是："……，只有 2%～3%的泰加林受到了足够的保护。"

5. 个别序数后面的标点误用。国家规定：用汉字书写序数，"第一""第二"……后面应该用逗号表示停顿，本期只出现 1 例，却用的是顿号。如第 15 页左栏第 38 行的病例："……，采取了'四个充分考虑到'的做法：第一、安置移民就业充分考虑到他们的一技之长，第二、……充分考虑到移民的未来发展，……"。国家规定：用阿拉伯数字表示序数，"1""2"……后面应该用实心圆点(.)表示停顿，本期出现的两例都用的是顿号。现举一例："北京的发展优势集中在三方面：1、政治优势。……。2、文化优势。……。3、科技和教育优势。"（见第 42 页。）另一例出现在第 81 页的"订阅"广告中。

第三类是，结构助词"的""地""得"的误用情况非常严重。

这三个助词，在口语中是同音词，但在书面语的句子结构里，其功能却大相径庭。"的"是定语的标志，用在定语和中心词之间；"地"是状语的标志，用在状语和中心词之间；"得"是补语的标志，用在中心词和补语之间。但是本期用错的地方多达 8 处。例如："收拾的整洁干净"（见第 16 页左栏第 19 行），应该用补语"得"。例如："非常的精彩"（见第 41 页右栏第 14 行），"精彩"是形容词，"非常"是状语，用"的"，显然是错了。这里什么助词都不用，因为"非常"是副词，而副词可以直接修饰形容词。正确的表达应该是："非常精彩"。例如："人为的增加了五倍"（见第 43 页右栏第 21 行），"增加"是动词，"人为"是表示"增加"的原因和方式的状语，应该用"地"，却用了"的"。例如："现在得生活好了"（见第 74 页左栏第 12 行），"生活"是名词，"现在"是定语，应该用"的"，而不能用"得"。其他的病例就不再列举了。

第四类是，词语重复的现象也挺严重。

为了引起重视，着意重复，是一种积极的修辞手段，除此之外毫无意义的词语重复，使语言拖沓累赘，是一种语言表达的病态。本期有四处明显的病例。例如："在建设世界城市中，笔者认为，在建设世界城市的过程中，文化的特点是……"（见第42页第11行），句中的两个状语重复，应该删除其中的一个。例如："1980年，霸王岭自然保护区成立才得以成立"（见第64页第33行），句中两个"成立"在打架，把整个句子搞得一塌糊涂。为保留"成立之艰难"这一隐含的义项，可将前边的"成立"删除。例如："……，数量在800到1000只的群体数量最为常见。"（见第64页第2行。）句中用了两个"数量"，累赘，应将后一个删除。又例如："……这一天都得回家吃顿饭'团圆饭'。"（见第75页中栏第二行。）句中前一个"饭"多余。

第五类，错字。

传统意义上的多一笔、少一笔的错字，因计算机用作书写工具已在出版物中消失殆尽。现在出版物中的错字都是张冠李戴用错的字。在这次审读中发现，本期的错用字现象也很严重。例如："一天之际在于晨"（见第3页），"际"错了，应该是"计"；"当时那种形式，谁也不知道比赛会怎样，……"（见第37页），"式"错了，应该用"势"；"想在想起来"（见第41页），是"现在"，而不是"想在"，"想"字错了；"在其它演员身上无法获取到的"（见第41页），这里应该用"其他"，"它"字错了；"北房针叶森"（见第66页），"森"错了，应该是"林"；"出镜的冰雪游也是佳选"（见第75页），"镜"错了，应该是"境"；"隽刻在我的心中"（见第78页），"镌"丢掉了金字边；"她说笑呵呵地说"（见第79页），估计不是衍文，是"就"的误用；"写道"误为"写到"（见第79页）。

还有，把二氧化碳的化学分子式"CO_2"写成了"OC_2"。

第六类，其他。这是零零碎碎的一些差错，但也不能不提。

1. 关于用词不当。先看第73页上的这个句子："此次评选突出青春的知性美，以内心丰富的情感、外在活力魅力和超炫的网络人气，打

造激情四溢、引领绿色时尚的中国绿色宝贝。"(见第73页)

句中的"超炫",无疑是生造词。生造词的词义有很大的模糊性和不确定性,甚至除造词者外,谁也不懂这个词表达的是什么意思,它并不被社会公众所认可,不能畅通地进行公开的语言交流。生造词是一种语言的病态。为保证民族语言的健康和纯洁,一切公开的出版物都要严格控制生造词,不能任意使用生造词,否则必然引起词语使用的混乱。鉴别生造词的办法,就是看这个词是否畅通流行,因为约定熟成毕竟是语言使用的最高原则。"超炫"还不能流行,起码目前社会公众还没有给它独立存在的地位,因此我们可以判定"超炫"为生造词。在这个句子里,"超炫"可改为"高涨"。

句中的"打造"属于用词不当。因为,"绿色宝贝"是现实中客观存在着的,评选在于发现,在于比较和用规定的方式进行推选,焉能去"打造"?在这个句子里,"打造"可改为"推出"或"推选出"。

2. 有一处量词使用不当。第41页左栏第35行的句子:"……蒋珊珊正如同一轮美丽的彩虹,……。"量词往往带有形象性特点,"轮",是圆的,所以我们常常说:一轮明月,一轮朝阳,等等,但绝不说"一轮彩虹",因为"彩虹"的形象不是圆的,而是一道弯弯的弧形。用于"彩虹"的规范的量词是"道",而不是"轮"。

3. 有一处叙述层次发生了逻辑混乱。本期第58~59页的《发展碳汇林业应对气候变化》一文主要介绍金光集团APP(中国)充分利用成熟的科技成果,积极发展碳汇林业,提高人工林固碳能力的事。文中从第六自然段开始分段讲述金光集团采取的三项措施。即成为如下格式:

一是……。

二是……。

三是对林木进行科学分期轮伐和分期种植,形成循环经营模式。在上述一系列措施的实施过程中,金光集团……

分段讲完三项措施之后,接着总结性的话:"在上述一系列措施的实施过程中,金光集团……"排在了第三项措施的叙述之后,发生了逻辑层次的混乱。这些讲实施效果的话应该另起一段来说。

4. 用汉字表示约数出现问题。现代汉语规定，用汉字书写数词，两个相邻的数词连用表示约数，数词之间不能用顿号隔开。但是，本期第 75 页的"结冰期长达六、七个月"，"六"和"七"之间用顿号隔开了。

5. 在第 34 页《想起鹤乡》一文中，作者把"青海鸟岛"称为国际重要湿地，犯了文化常识性的错误。其实，我国被列入第一批国际重要湿地的是青海湖，而非"青海鸟岛"，"青海鸟岛"只是青海湖的一个重要的组成部分。这里顺便提一下，《想起鹤乡》是张洪波十几年前的旧作，当时"香港米埔–后湾"还未被列入《国际重要湿地名录》。发此旧作，会伤及期刊的新鲜感。

6. 本期第 62 页的文章，把国际生物多样性年说成是"2011 年"错了。应该是"2010 年"。

以上简评的《绿色中国（2011.2A）》的语言文字差错，只供编辑人员参考，促进期刊语言文字质量提高。

《国家林业局管理干部学院学报》
（2011 年第 2 期）审读报告

2011 年 10 月 27 日

《国家林业局管理干部学院学报》（以下简称《学报》）是国家林业局主管、由国家林业局管理干部学院（以下简称"林干院"）主办的社科类学术性期刊。我这次审读的是该期刊 2011 年第 2 期，今年 6 月 20 日出版。现将审读结果以及审读中的感受报告如下：

《学报》紧紧围绕林业系统党员领导干部培训工作，联系林业与生态建设的实际，引导理论研究与工作实践研究，在林业系统广大管理干部中间搭建了一个开展学术研究与成果交流的平台，也是展现当前本系统学术理论研究水平的重要窗口。《学报》长期稳定地开辟了"党校园地""培训工作研究""教育教学研究""政策法规研究""人力资源管理研究"以及综合性的"工作研究"等栏目，同时利用封二、封三两个彩色页面刊登与林干院工作相关的动态新闻。在长期的办刊实践中逐渐形成了自己特有的朴实、平易的期刊风格，《学报》办得比较严谨，稳重，亦有一定的学术水准。

本期《学报》把六大栏目全部推向版面，以培训工作研究为重点，共发表了16篇文章。

"党建园地"里发表的3篇文章是学员在党校学习期间的研究成果，都密切联系了本系统、本单位的工作实际，在理论与实践的结合上做得很到位。其主题涉及了天然林资源的保护与管理、森林资源经营对策的探讨以及水灭火系统的建设等。

"教育教学研究"栏目发表的两篇文章，一篇论述完善财务管理课程的教学，一篇探析案例教学法在管理教学中的应用，皆出自有丰富教学经验者之手。

"人力资源管理研究"栏目发表的两篇文章关涉电子商务人才的培养和森工企业的人力资源管理，对林业企业来讲都是前沿性的选题。

"政策法规研究"和"工作研究"两个栏目各发表了一篇文章，前者是谈环境侵权损害赔偿的，后者是讲太湖县林业发展现状和前景的，都有比较扎实的研究功底。

干部培训工作，是林干院全部工作的主旋律。本期"培训工作研究"栏目共刊发了5篇文章，占据的页面最多。其中有两篇是有关"教育培训'十二五'规划"的调研报告，一篇是讲山东的，一篇是讲新疆的。其他三篇文章的主题分别是：构建林业干部教育培训项目评估体系，对林业行业培训需求的调查分析，以及对林干院对外开展培训服务的思考。

本期《学报》利用封二和封三，分别报道了林干院举办发展中国家森林执法与施政官员研修班和北京市基层林业工作站站长能力测试培训班的消息。

总体来看，本期《学报》的文章都有一定的学术价值。所有的文稿均符合期刊的编辑宗旨，具有积极的研究导向。在审读中没发现任何违背国家新闻出版条例的问题。

《学报》严格遵守了《期刊出版管理规定》，在期刊的显著位置上刊登了期刊出版刊号、主管、主办单位名称，印刷单位，中英文编辑人员以及通讯地址、联系电话、出版日期等必须刊登的内容；每篇文章都注明了"收稿日期"并都有"作者简介"，同时也刊登了投稿邮箱的网址，体现了对读者负责的精神，也方便了读者与作者和编辑的交流与联系。在审读中没有发现任何违反国家新闻出版管理条例的问题。《学报》没有也不经营任何广告。

本期《学报》在语言文字上有一些差错。审读中共发现 14 处、14 个差错。全册期刊按 11 万字计算，差错率约为 0.013%，比过去又有不小的进步（记得，去年审读过的一期出现差错 20 个，差错率约为 0.018%）。

在这 14 个差错中，有 3 个病句、2 个错别字，标点符号使用上的错误有 3 个，用字多余的有 2 处，专用名词用得不规范的有 1 处，排字错误 1 处，丢字 2 处。可见把好校审关是编辑工作中十分重要的环节。

另外需要强调指出的是，本期《学报》所用的浪纹式连接号共 33 处，全部用错了。在审读结论中我只计算差错 1 处，因为，它们用错的性质是相同的——编辑不知道他的规范用法，自然会全部用错；如果知道了规范的用法，一通全通，就不会用错了。须知：用阿拉伯数字书写数词，在表示两个数值之间范围的时候，必须用浪纹式连接号（~）连接。希望以后不再犯同样的错误。

以上意见谨供参考。

《林干院学报》(2011 年第 2 期)
差错登记表

检查刊期：《林干院学报》2011 年第 2 期　期刊页：64 页(全册)

差错情况：差错 14 处，计 14 个差错，差错率为 0.013%。

页	行	误	正	差错
5	右 28	积极推进林业局转变为国家林业局的森林经营管理事业单位或纳入国家公益林生态补偿金实施范围，实现林业局彻底转变，其主要功能包括资源管理、森林管护、营林生产、森林防火为一体的森林资源管护经营体制。	积极推进林业局转变为国家林业局的森林经营管理事业单位或纳入国家公益林生态补偿金实施范围，实现林业局彻底转变，建立并健全集资源管理、森林管护、营林生产、森林防火为一体的森林资源管护经营体制。	1
6	左 23	依托西林局一局对俄罗斯……两州的区位优势，……	依托西林吉林业局对俄罗斯……两州的区位优势，……	1
8	左 17	无霜期 67—128 天，……	无霜期 67~128 天，……	1
27	右 19	……集进行问卷调查，……	……集中进行问卷调查，……	1
33	左 33	国营林场	国有林场	1
36	左 11	学院在长期的风雨耕耘与坚持不懈下积累了丰富的办学、培训经验，……	学院在长期的风雨耕耘与坚持不懈的努力下积累了丰富的办学、培训经验，……	1
41	右 10	ERP 沙盘模拟，是针对代表先进的现代企业经营与管理技术——ERP (企业资源计划系统)，设计的角色体验的实验平台。	ERP 沙盘模拟，是针对代表先进的现代企业经营与管理技术——ERP (企业资源计划系统) 设计的角色体验的实验平台。	1

（续）

页	行	误	正	差错
43	左9	……，有利于培养应型、技能型人才；……	……，有利于培养应用型、技能型人才；……	1
45	左24	……，学生在分析案例的过程中对纷繁复杂的信息进行分类、去粗取精、由表及里，通过一系列的思维活动……	……，学生在分析案例的过程中对纷繁复杂的信息进行分类、去粗取精、由表及里的分析思考，通过一系列的思维活动……	1
53	左6	在国有森工企业改革化过程中，改变传统的人力资源……	在国有森工企业改革过程中，改变传统的人力资源……	1
61	左21	……；由毁林开荒向以退耕还林转变；由……	……；由毁林开荒向退耕还林转变；由……	1
62	左40	集体林权制度改革就象一针"兴奋剂"，……	集体林权制度改革就像一针"兴奋剂"，……	1
63	右25	搞好林产品加工增值，一是要优化资源的配置，提高资源的利用率。二是要培植龙头企业，加快产业化步伐。1. 建立……	搞好林产品加工增值。一是要优化资源的配置，提高资源的利用率。二是要培植龙头企业，加快产业化步伐。1. 建立……	1
64	左6	增加市场占有力	增加市场占有率	1

《中国花卉园艺》(2011 年第 19 期)
审读报告

2011 年 10 月 31 日

　　《中国花卉园艺》是国家林业局主管的、由中国花卉协会主办的大型专题类期刊。我这次审读的是该刊 2011 年第 19 期，即今年 10 月份上半月发行的综合刊，于今年 10 月 1 日出版。现将审读的结果和本人的感受、意见综合报告如下：

《中国花卉园艺》的综合刊，能竭诚为国内花卉园艺行业及广大花农服务。该期刊基本上做到了总揽国内外花卉园艺产业发展的全局，除认真报道我国花卉园艺界新近发生的大事之外，坚持开办"动态"（含"花卉"与"园艺"两大领域）"资讯"栏目，及时报道产业发展的最新趋向；能立足产业经营，有选择地评介国内外优秀企业和出色的企业经营者以及业界的佼佼者，积极传播他们在企业经营管理或在花艺探索上取得的新经验和新成绩；同时亦能及时地披露国内（外）花卉、苗木市场的最新动态及其价格走势，分析花卉市场的最新行情，剖析行业发展中出现的难点和热点问题。此综合刊信息量比较大，时效性也比较强，对全行业具有积极的指导作用，为花卉园艺界构建了一个互相交流的平台，也成为了充分展现行业风采的窗口和中国花协密切联系行业经营者的桥梁和纽带。

本期《中国花卉园艺》，别开生面，精心策划并制作了"彩叶植物"专题。首先在"卷首"文章中从"我们的生活需要绚烂的色彩"出发，旗帜鲜明地提出了大力发展彩色植物的观点，特别提醒我国东北地区的从业者，更要"盯紧耐寒彩叶树种"。在栏目中，期刊面对现实需求和园林绿化事业与苗木市场的发展实际，组织了9篇报道和文章，积极引导彩叶植物的发展。"专题"记者观察到，"进口彩叶树"，"应用区域增势明显"，已"从热炒走向理性""从苗圃推向工程"，开始注重"科学引种"；特别强调，在大量引种外来彩色树种的背景下，更要注重乡土彩叶树种的栽培和推广；同时不能忽视"缤纷地被"这"城市景观的动人表情"。"专题"记者还特别关注和报道了"后奥运时期"观赏草的发展情况，预测了本产业未来的发展前景。在专题中，做完了以上报道之后紧接着把报道的角度指向了领军企业、先锋人物和优质产品。记者报道了盛世绿源科技有限公司引进、驯化和推广彩色苗木以及不断开拓培育市场的发展历程，并借此进一步透视行业内存在的问题，以便引起借鉴和思考；报道了辽宁省开原市"榆树王"郭云清抓住机遇做大做强企业的生动事迹，让人分享其成功的喜悦；同时评介了新型彩叶植物中华金叶榆及其成功的选育过程，介绍了西双版纳植物园中一些名贵的彩叶植物；还把视线转向全球，介绍了欧美庭园里的"蓝色精灵"——蓝云杉。整个专题配发了接近 50 幅精美的图片，做得比较成功。更难能可贵的是，专题中所有的报道，都是行进式的，不求采访对象如何完美，只求客观真实。

本期的产业、花事动态传递的花卉信息，以及"资讯"栏目发表的有关产业与花事的 9 条消息，继续让期刊保持了鲜活的气息。此外，本期依然用了 9 个版面分别报道了国内各地（包括中国台北）8、9 月间切花和盆花的市场行情，并继续通报了"日本大田花卉市场"8 月份的切花行情和"荷兰花荷拍卖市场"9 月 14~16 日的花卉拍卖行情，一如既往地为花农和花卉经营企业及时准确地提供了国内外市场信息，做到了努力为中国花卉产业发展服务。之后，又对务实高效的荷兰花卉业，以通讯的方式进行了评介

本期《中国花卉园艺》内容比较丰富，信息量比较大，有较强的可读性，也很贴近读者。

从这次审读的情况看，《中国花卉园艺》坚持了正确的办刊宗旨和正确的舆论导向；同时严格地遵守了《期刊出版管理规定》，在期刊显著的位置上，刊登了出版许可证号、国内统一和国际标准连续出版物号、广告经营许可证号、国内与国际的邮发代号、印刷厂名称、通讯地址、联系电话、出版日期、期刊单价等必须刊登的内容；同时还刊登了采编机构和责任编辑的姓名、投稿邮箱的网址，体现了对读者负责的精神，也方便了与读者的联系。在审读中没有发现任何违反国家新闻出版管理条例的问题，也没有发现虚假广告和有偿新闻。

在审读中，共发现本期《中国花卉园艺》有 19 处、计 21 个语言文字上的差错，差错率上升到了 0.023%（全册期刊按 9 万字计算），虽依然在合格期刊的范围之内，但比今年历次审读的结果都要高，应该引起高度重视。

《中国花卉园艺》(2011 年第 19 期) 差错登记表

期刊页：72 页(全册)

差错情况：差错 19 处，计 21 个差错，差错率约为 0.023%。

页	行	误	正	差错
2	9~14	参会人员： 1. 国家相关部委主管领导…… 2. 中国花卉协会……	参会人员： 1. 国家相关部委主管领导…… 2. 中国花卉协会……	1
11	右 17	山东泗水县美枫园林有限公司目前的产品主要以小规格美国红枫苗为主，总经理王忠雷介绍说，目前国内……	山东泗水县美枫园林有限公司目前的产品主要以小规格美国红枫苗为主。总经理王忠雷介绍说，目前国内……	1
15	左 36	……种植的是都是彩叶树种，……	……种植的都是彩叶树种，……	1
15	中 23	很多新品种不能进入市场部分原因在品种特性而另一方面在推广之初往往需要不懈的努力与坚持。	很多新品种不能进入市场部分原因在品种特性，而另一方面在推广之初往往需要不懈的努力与坚持，却没有做到。	2
18	右 23	厦门爱垦园艺有限公司总经理詹瑞琪说，不仅是百姓和设计师，销售人员的观念也要跟得上。在中国人……。”	厦门爱垦园艺有限公司总经理詹瑞琪说，"不仅是百姓和设计师，销售人员的观念也要跟得上。在中国人……。"	1
19	左 7~14	北京野草之美国际绿化有限公司是国内规模较大的一家观赏草的专业企业，总经理叶开松也认为认知度是目前观赏草发展的最大的问题，"虽然人们的接受程度在逐步提高，……，比较容易接受新的景观材料。	北京野草之美国际绿化有限公司是国内规模较大的一家观赏草的专业企业，总经理叶开松也认为认知度是目前观赏草发展的最大的问题。他说："虽然人们的接受程度在逐步提高，……，比较容易接受新的景观材料。"	2

（续）

页	行	误	正	差错
19	右2	"现在观赏草在上海已经不是什么稀奇、罕见的植物了"孙杰说。	"现在观赏草在上海已经不是什么稀奇、罕见的植物了。"孙杰说。	1
28	左12	四是营养繁殖容易。	四是培养繁殖容易。	1
39	右17	……粤西的梅州地区……	……粤东的梅州地区……	1
45	左5	据南靖土楼兰花场介绍：……	据南靖土楼兰花市场介绍：……	1
48	右7	嵩明县、会泽县等夏秋百合产量的大幅增加，云南百合行情明显回落，……	嵩明县、会泽县等夏秋百合产量大幅增加，云南百合行情明显回落，……	1
54	左6	荷兰的设施花卉生产在欧洲乃至世界都是相当先进的，其高效性主要源自以下方面：设施规模化……	荷兰的设施花卉生产在欧洲乃至世界都是相当先进的。其高效性主要源自以下方面：设施规模化……	1
56	上	2011. 11. 3—5	2011. 11. 3～5	1
56	中	一站式采购订货会！	一站式采购订货会	1
64	左下	生育适温约22℃～30℃	生育适温约22～30℃	1
64	中	（花叶姜）……是园林景观上近几年用量较大的植物！	（花叶姜）……是园林景观上近几年用量较大的植物	1
65	上	北美冬青在杭州3月下旬萌芽，4月上旬春梢生长，5月中旬开花。10月上旬果色转红，……	北美冬青在杭州3月下旬萌芽，4月上旬春梢生长，5月中旬开花，10月上旬果色转红，……	1
66	中	特色课程 《初、中、高级证书班》 《酒店花艺……设计班》 《高级干花课程》 《高级婚庆策划班》	特色课程 初、中、高级证书班 酒店花艺……设计班 高级干花课程 高级婚庆策划班	1

（续）

页	行	误	正	差错
封三	中	拥有三处大型专业化北美海棠、美国红枫种植基地、面积近3000亩； 设有专业的容器苗栽培苗圃、拥有大型组培室……	拥有三处大型专业化北美海棠、美国红枫种植基地，面积近3000亩； 设有专业的容器苗栽培苗圃，拥有大型组培室……	1

《中国花卉园艺》（2011 年第 19 期）审读手记

——透视《中国花卉园艺》2011 年 19 期的语言文字差错

2011 年第 19 期《中国花卉园艺》语言文字差错达 21 个，比今年审读结果最好的 11 期（差错 7 个）高出了两倍。的确令人有些担忧。

记得上次审读 15 期时，我在《审读手记》中专门谈了标点符号使用上的问题，而那一次出现的标点使用方面的差错只有 6 个，而这一次的差错竟达到 15 个之多，而其他的差错只有 6 个。可见期刊编辑部对标点符号的正确使用应给予高度重视。

其他的 6 个差错是：2 个病句（一个是话儿没说完就断句了，一个是误用结构助词"的"造成的）、1 个用词不当、1 处衍文、1 处丢字，还有 1 处是广东梅州的地理方位写错了。其中有些差错，只要编辑工作用心是完全可以杜绝的。

再看 15 个标点符号使用上的差错。其中近一半（7 个）是在广告中出现的，而且都是多次提示、嘱咐，甚至告诫过的，只要用心，也是完全可以避免的。即使是正文中的差错，有一半只要用心，也完全可以消除。如：前引号丢了，后引号丢了，句末的句号丢了，分句末尾的逗号丢了，等等——校对细致认真了，杜绝这些差错是完全可以做得到的。

需要再强调一次：对广告的语言文字差错，一定不能放松。须知广告也是期刊十分重要的组成部分，万万放松不得！

《中国绿色时报》（2012 年 6 月份）审读报告

2012 年 8 月 3 日

　　《中国绿色时报》是全国绿化委员会和国家林业局共同主管、由中国绿色时报社主办的行业报，以报道国土绿化和林业全方位的生态、产业、文化建设为主要内容，有很强的公益性。《中国绿色时报》面对国内外公开发行。

　　我这次审读的是该报 2012 年 6 月 18 日至 6 月 21 日出版的 4 期报纸（其中 6 月 19 日和 21 日的报纸不含正报），总计 16 个版。它们分别是：6 月 18 日正报 4 个版、6 月 19 日《花草园林》周刊 4 个版、6 月 20 日正报 4 个版、6 月 21 日《绿色产业》和《林浆纸》周刊共 4 个版，皆于当日出版。

　　现将审读结果以及我的阅读感受和意见综合报告如下：

　　一、《中国绿色时报》拥有国土绿化及林业生态、产业以及文化体系建设信息发布的权威性，并集新闻性、时效性、科学性、知识性及服务性于一体，在国土绿化和林业行业内信息的覆盖面与相关媒体相比是最大的，是对全国国土绿化事业及林业全行业具有重大影响和指导作用的新闻媒体。经过二十多年办报实践的积累，《中国绿色时报》已经形成了颇为稳定的报纸特色，即尽可能快捷、准确地传达国家高层领导与权威机构有关国土绿化和林业发展的大政方针以及最新指示与相关的信息，新闻时效性比较强；内容丰富，信息量巨大；风格朴实，贴近读者；版面眉目清秀，比较好看；自觉地关注近期中国林业发展与生态建设的重大事件，忠实地、全方位地为林业行业发展和林农致富服务。我这次审读的 4 期报纸均符合以上的评述和判断。

　　二、该报为周五刊，每周周一至周五出报。每周一、三、五只有正报，各 4 个版；周二附加《花草园林》周刊，共 8 个版；周四附加《绿色产业》和《林浆纸》周刊，共 8 个版。我这次审读的 16 个版（约计 16 万字）包括了正报及所有的周刊，并且是随意抽审的，因此颇能反映该报常态下的编排质量和基本面貌。

三、这一时段的 4 期报纸出版之际，正值国家林业局赵树丛局长赴甘肃省考察和"林业援青工作座谈会"在西宁召开。对前者，本报在已发消息的基础上，6 月 8 日在正报的一版全文刊登了赵树丛局长的讲话——《紧紧围绕生态文明和民生需求加快建设现代林业》；对后者，6 月 20 日在正报的头版头题，以"赵树丛在林业援青工作座谈会上指出坚持保护优先构建高原生态安全屏障"为题刊发了消息，并配有"赵树丛、骆惠宁签署合作备忘录"的图片。本报的其他要闻还有："2012 荒漠化防治国际高层研讨班开班"、我国"岩溶石漠化防治"见成效（6 月 14 日国家发表公报，6 月 18 日在本报一版以"石漠化防治过程是持续减贫过程"为题刊发了消息，并在当天三版全文刊登了《中国石漠化状况公报》）、中国和马来西亚签署大熊猫保护合作研究协议、国家林业局副局长张永利在国务院新闻办举行的新闻发布会上阐述发展木本粮油对维护国家粮油安全的重大意义、"2012 年 IUCN 红色名录公布：19817 个物种受到威胁"等，此外还有：湖北省第十次党代会强调加强生态建设、山西造林绿化资金投入日趋多元、云南启动林权管理信息系统、《陕西省森林公安条例》10 月 1 日施行、福建生态林 100% 入森林保险、北林大与辽宁省林业厅全面合作、加格达奇运输机场举行通航庆典等等。正报二版采集了大量的地方新闻，和一版构成了本报的新闻主体，比较全面地反映了这一时段全国林业与生态建设的新人新事、新思想、新决策、新动向、新趋势。正报 6 月 20 日三版制作了"中国森警"专题。该专题由 1 个长篇通讯、4 条消息、1 组新闻图片和 1 篇评论组成，集中反映中国森警部队学法普法的生动现实生活，更侧重于部队为森警官兵及其家属和驻地群众提供法律咨询服务与司法救助。6 月 18 日正报副刊推出的是"生态文化"专题。该专题由 5 篇作品组成。分别是：当代作家陈世旭的散文《鄱阳湖，生命萌动的乐园》、何百源的小说《官禄县改名》、余剑锋写的纪录片《三江源·生命如歌》观后感《百灵鸟爱在延续》、消息《"为地球上色"儿童绘画展亮相水立方》(配有三幅画作),还有黎云昆的旧体诗《咏石榴花》。专题选发的这些作品都很有感染力。6月20日正报副刊的专题是"人与自然"。该专题在头题的位置刊登了本报记者张向往采写的通讯《中国"库布其模式"催生联合国2012年全球防治荒漠化工作目标》。通讯以6月17日中国企业家王文彪在"里约+20峰会"荣获环境与发展奖为由头,满怀激情地记叙了全国工商联副主席王文彪带领亿利资源集团24年如一日,坚守沙漠治理事业,发展沙漠绿色经济,在有"死亡之海"之称的库布其沙漠建造绿洲的感人事迹。王文彪和他领导的亿利集团所创造的奇迹促成了联合国2012年全球防治荒漠化工作目标——"土地退化总面积零增长"的提出,彰显了中国防沙治沙的辉煌成就。新闻故事《用平生向大熊猫赎罪》,通过一个村民由猎杀大熊猫到保护大熊猫,并用一生对保护大熊猫事业的坚守来向大熊猫赎罪,生动地反映了我国野生动物保护的社会环境与民众的生态保护观念发生的巨大变化。专题中开设的"动物奇趣"和"植物物语"栏目所发表的散文也很富有情趣。

四、6月19日出版的《花草园林》周刊,按照"资讯""苗圃苗木""城市绿化"和"花卉"四大专题布局,面向各自不同的领域,为读者提供了丰富的产业信息。或剖析热点,或报道企业的业绩,或介绍新知识、新技术、新观念,都做得中规中矩。6月21日出版的《绿色产业》和《林浆纸》周刊能兼顾国际与国内两大市场,围绕涉林产业发表了大量的信息。

五、从这次审读的情况看,《中国绿色时报》一如既往地坚持着正确的办报方针、宗旨和正确的舆论导向,同时严格遵守《报纸管理暂行规定》,在报头刊登了出版期号、国内统一刊号、国外发行代号、邮发代号和报社网址,并在报纸第四版下端刊登了通讯地址、各主要部门的联系电话、印刷厂名称、广告经营许可证(编号)、报纸定价等必须刊登的内容;每个版面都登出了本版主持人和版式设计者的姓名,以及投稿邮箱的网址、热线电话,体现了对读者负责的精神,也方便了与读者的联系。在审读中没有发现任何违反国家新闻出版条例的问题，也没有发现虚假广告和有偿新闻。

六、在审读这 4 期报纸、16 个版的过程中，共发现语言文字方面的差错 22 处，共计 28 个，占版面文字总量（约计 16 万字）的 0.0175%，据此可以断定，该报是合格的出版物。从出现语言文字差错的情况来看，正报好于周刊，三个周刊需要加油。

以上意见谨供参考。

《中国绿色时报》2012 年 6 月份
差错登记表

报纸版面：4 期、16 个版

差错情况：差错 22 处，计 28 个差错，差错率约为 0.0175%。

刊期	版面	误	正	差错
6月18日	2版、中左	……，完成 20 米—50 米范围内绿化景观带建设面积 8160 亩，……	……，完成 20～50 米范围内绿化景观带建设面积 8160 亩，……	1
6月18日	2版、下	……，以逐步改善保护区管理人员的工作条件和生活水平。	……，以逐步改善保护区管理人员的工作条件和生活条件。	1
6月19日	B1版、上中	中国鲜花速递网，中国鲜花礼品网，中国鲜花精品网，全国鲜花速递网，天天鲜花速递网，七彩鲜花速递网，七夕鲜花速递网，全球鲜花速递网，中国鲜花商城网，北京鲜花速递网、广州鲜花速递网，深圳鲜花速递网，昆明鲜花速递网，杭州鲜花速递网，武汉鲜花速递网等等，数不胜数。	中国鲜花速递网、中国鲜花礼品网、中国鲜花精品网、全国鲜花速递网、天天鲜花速递网、七彩鲜花速递网、七夕鲜花速递网、全球鲜花速递网、中国鲜花商城网、北京鲜花速递网、广州鲜花速递网、深圳鲜花速递网、昆明鲜花速递网、杭州鲜花速递网、武汉鲜花速递网等等，数不胜数。	1

（续）

刊期	版面	误	正	差错
6月19日	B1版、上右	滕州市副书记邵士官在新闻发布会上表示，……	滕州市委副书记邵士官在新闻发布会上表示，……	1
6月19日	B1版、下右偏中	……，宜丰县和平兰花有限公司是基地的经营单位。主要种植兰花、培育精品兰花、红豆杉杉苗和竹柏等。	……，宜丰县和平兰花有限公司是基地的经营单位，主要种植兰花，培育精品兰花、红豆杉苗和竹、柏苗等。	2
6月19日	B 1版、下右偏中	基地兰花先后荣获国家级兰展特别金奖3项、金奖5项、银奖6项；省级兰展特别金奖2项、金奖6项，银奖8项。	基地兰花先后荣获国家级兰展特别金奖3项、金奖5项、银奖6项，省级兰展特别金奖2项、金奖6项，银奖8项。	2
6月19日	B3版、上1栏9行	绿化是城市之肺，其主体应是乔木，因为……	绿地是城市之肺，其主体应是乔木，因为……	1
6月19日	B 3版、中偏下	……，打造月季产业观光带，形成独具行特色的外围生态景观。	……，打造月季产业观光带，形成独具特色的外围生态景观。	1
6月19日	B4版、上左	温度：喜欢温暖的环境，所以寒冷的冬日要放入室内种植，……	温度：多肉植物喜欢温暖的环境，所以寒冷的冬日要放入室内种植，……	1
6月19日	B4版、下偏中	麻竹的叶片宽大，可以用来包粽子，包出的粽子，煮熟后味道清新，干爽清冽。	麻竹的叶片宽大，可以用来包粽子，包出的粽子，煮熟后味道清香。	1
6月20日	1版、上偏右	龙川县是广东省荒山面积全省最大的县，……	龙川县是广东省荒山面积最大的县，……	1
6月20日	1版、下偏右	世界自然保护联盟物种生存委员(SSC)会副主席……	世界自然保护联盟物种生存委员会(SSC)副主席……	1
6月20日	3版、下左	……，变"以人讲"为"大家谈"，变……	……，变"一人讲"为"大家谈"，变……	1
6月20日	3版、上右	……，帮助驻地百姓和官兵家属解决涉法、涉诉问题20余起，……	……，帮助驻地百姓和官兵家属解决涉法、涉诉问题20余个，……	1

（续）

刊期	版面	误	正	差错
6月20日	4版、下中	走进大院杜鹃花林，我驿动的思绪已经不只停留在杜鹃花海和原始森林，我想走进的应该是心灵的最后归宿地。	走进大院杜鹃花林，我的思绪已经不只停留在杜鹃花海和原始森林，我想走进的应该是心灵的最后归宿地。	1
6月21日	B2版、上右	……，也填补了竹林碳汇量化计算一直是空白的历史，并……	……，也填补了竹林碳汇量化计算历史的空白，并……	1
6月21日	B3版、上左	……，掌握了从育苗到栽培、嫁接、配方施肥、修剪、施虫等一整套管理技术。	……，掌握了从育苗到栽培、嫁接、配方施肥、修剪、灭虫等一整套管理技术。	1
6月21日	B3版、上左偏中	隆回县引导农民利用广阔的山地资源发展种植业，主要栽植杨梅、板栗等水果，通过……，全县林果产业得到了全面发展，目前，全县已建成……	隆回县引导农民利用广阔的山地资源发展种植业，主要栽植杨梅、板栗等果树，通过……，全县林果产业得到了全面发展。目前，全县已建成……	2
6月21日	B3版、最下居中	……，因地制宜大力发展核桃、花椒产业，鼓励群众"谁种植、谁所有、谁受益；可以继承"等优惠政策。	……，因地制宜大力发展核桃、花椒产业，为了鼓励群众积极投入生产，实行"谁种植、谁所有、谁受益、可以继承"等优惠政策。	2
6月21日	B3版、下右	……平时总是省吃勤用，……	……平时总是省吃俭用，……	1
6月21日	B4版、下中	……，在造纸工业发达的国家中，目前加拿大走的比较快。	……，在造纸工业发达的国家中，目前加拿大走得比较快。	1
6月21日	B4版、下偏中	纳米材料用途非常广泛，比如制作化妆品，液晶膜等十几种用途。……通过纤维素开发出来的高附加值的产品，对于造纸业来说就相当一次革命。	纳米材料用途非常广泛，比如制作化妆品、液晶膜等，有十几种用途。……通过纤维素开发出来的高附加值的产品，对于造纸业来说就相当于一次革命。	3

对《中国绿色时报》2012 年 6 月抽审报纸语言文字差错的解读

近日审读了《中国绿色时报》2012 年 6 月 18 日至 6 月 21 日出版的 4 期报纸(其中 6 月 19 日和 21 日的报纸不含正报),总计 16 个版。它们分别是:6 月 18 日正报 4 个版、6 月 19 日《花草园林》周刊 4 个版、6 月 20 日正报 4 个版、6 月 21 日《绿色产业》和《林浆纸》周刊共 4 个版。审读中共发现语言文字方面的差错 22 处、28 个,差错率为 0.0175%,报纸的质量比较好。这些差错大体可分四种类型。

一、语法方面的错误。

这 4 期报纸语法方面的错误有三个。

一是句子成分不搭配。见 18 日正报 2 版:"……,以逐步改善保护区管理人员的工作条件和生活水平。"句中动词"改善"和它连带的宾语"生活水平"不搭配。我们可以说"提高生活水平""改善生活状况",或"改善生活条件",而不能说"改善生活水平"。应将"生活水平"改为"生活条件"或"生活状况",也可改为"……,以逐步改善保护区管理人员的工作条件,并提高他们的生活水平"。

二是句子成分残缺。见 19 日报 B4 版:"温度:喜欢温暖的环境,所以寒冷的冬日要放入室内种植,……"从这个句子看,全句缺少了主语,致使不知道"什么"喜欢温暖的环境,寒冷的冬日要放入室内种植?本文讲的是"多肉植物的种植与养护"。从整篇文章看,这个主语应该是"多肉植物"。因此,应该在句首,即动词"喜欢"的前面加上"多肉植物"。

三是 21 日报 B4 版上有一个句子缺少关键性动词。请看:"纳米材料用途非常广泛,比如制作化妆品,液晶膜等十几种用途。"这个句子有三处表述不当。之一是"制作化妆品，液晶膜等"，其中"化妆品"与"液晶膜"是一组并列短语，它们都是动词"制作"的宾语，它们之间的停顿应该用顿号，而原句用的是逗号，错了。之二是，助词"等"后边应该有停顿，因为助词"等"的功能之一是列举后煞尾，所以"等"后边应该停顿，在"等"的后边用逗号把分句点断。之三是，"等"的后面停顿了，下面的分句"十几种用途"就没有了着落，明显地缺了谓语动词"有"。这是一个很隐蔽的语法病句，不太容易发现。

二、标点符号使用不当的错误。

这四期报纸标点符号使用不当出现的错误比较集中，主要表现为顿号、逗号、分号和句号使用上的错误。

顿号表示句中并列词语之间的停顿，本次审读的报纸遇到这种情况却误用了逗号。见19日报B1版："中国鲜花速递网，中国鲜花礼品网，中国鲜花精品网，全国鲜花速递网，天天鲜花速递网，七彩鲜花速递网，七夕鲜花速递网，全球鲜花速递网，中国鲜花商城网，北京鲜花速递网、广州鲜花速递网，深圳鲜花速递网，昆明鲜花速递网，杭州鲜花速递网，武汉鲜花速递网等等，数不胜数。"句中共列举了15个网站的名称，都是并列关系的短语，它们之间的停顿都应该用顿号，句中除"北京鲜花速递网"一处用对了，其他皆用的是逗号。

句号表示句末的语音停顿；顿号表示并列词语之间的停顿；逗号一般表示单句内主谓之间、动词和宾语之间以及提前状语（也称全句修饰语）和全句之间的停顿，也表示大的并列词语之间的停顿，或复句中分句之间的停顿；分号是用在多重复句中有并列关系的大的分句之间、表示这种分句末尾停顿的。对这四种点号的使用条件和具体语境分辨不清，往往要出差错。本次审读的报纸在个别的文章中这四种点号用得比较混乱，由此也造成了句子内部结构的混乱。例如："……，宜丰县和平兰花有限公司是基地的经营单位。主要种植兰花、培育精品兰花、红豆杉杉苗和竹柏等。"（见19日报B1版）句中的错误有四处。一是，"经营单位"之后不能断句，若用句号点断，后边的句子就成了主语残缺的病句了。因此这里应判断为分句末尾的停顿，应该用逗号。二是，"主要种植兰花"和"培育精品兰花……"不是并列短语，而是并列关系的分句，它们之间不能用顿号，而应该用逗号。三是，"红豆杉杉苗"，现代汉语没有这种说法，其中一个"杉"字可视为衍文，或重复用字，应删除。四是"竹柏"也有问题。从语境看"竹"与"柏"没有连用的可能，因为这家公司经营的是育苗基地，不可能去培育"成品竹"和"柏树"，"竹柏"应该是"竹苗"和"柏树苗"，故应改作"竹、柏苗"。分析之后，此句应改为："……，宜丰县和平兰花有限公司是基地的经营单位，主要种植兰花，培育精品兰花、红豆杉苗和竹、柏苗等。"又例如："基地兰花先后荣获国家级兰展特别金奖 3 项、金奖 5 项，银奖 6 项；省级兰展特别金奖 2 项、金奖 6 项，银奖 8 项。"（见 19 日报 B1 版）此病例也出自前一篇文章中。句中要表达的是基地培育的兰花先后荣获诸多奖项，其各种奖项可分为两大类：一类是国家级兰展奖，另一类是省级兰展奖。其中，具体的奖项按等级又分为"特别金奖""金奖"和"银奖"三项。这是个单重复句，因此"银奖 6 项"后边的分号用错了，一般分句后的停顿，应该用逗号。前一个分句中的三个并列词语："特别金奖 3 项""金奖 5 项"和"银奖 6 项"之间都应该用顿号表示停顿，而在"金奖 5 项"后边却用了逗号。后一个分句与前一个分句的语境、条件一样，也在"金奖 6 项"的后边误用了逗号。再举一个病例："……，因地制宜大力发展核桃、花椒产业，鼓励群众'谁种植、谁所有、谁受益；可以继承'等优惠政策。"（见 21 日报 B3 版）这个句子有两个问题：一个是两句并成一句说，致使句子结构杂糅；另一个是句中的分号使用不当。先看第一个问题。"……，鼓励群众'谁种植、谁所有、谁受益；可以继承'等优惠政策。"从逻辑语义上看，这应该用两个分句来表达：前一个分句说，为"鼓励群众"积极投入生产，后一个分句说，实行"优惠政策"。而原句却生硬地把两个分句杂糅在一起，各用"半句话"来拼接，造成了句子结构的混乱，致使表达的语义不清。因此，前一个分句应在"鼓励群众"的前面加上表示目的的连词"为了"，并在"鼓励群众"的后面加上"积极投入生产"来补足语义，分局末尾要用逗号；后一个分句在"谁种植、谁所有、谁受益……等优惠政策"的前面应加动词"实行"，否则缺少动词便不能成句。再看第二个问题。句中"谁种植、谁所有、谁受益；可以继承"是一个大的并列短语，即由"谁种植、谁所有、谁受益"和"可以继承"组成，因为是大层次上的并列短语（前面的短语又是一个并列关系的短语，由三个并列的主谓短语组成，这三个并列的主谓短语之间已经用了顿号）两者之间应该用逗号，而原句在这里使用的是分号，错了。分析之后，此句应改为："……，因地制宜大力发展核桃、花椒产业，为了鼓励群众积极投入生产，实行'谁种植、谁所有、谁受益，可以继承'等优惠政策。"

三、用词和用字的错误。

这次审读的四期报纸有不少用词和用字方面的错误，分别列举如下：

1. 用词不当，有三例。

见 19 日 B3 版："……绿化是城市之肺，其主体应是乔木，因为……"句中"绿化"用得不当，而且造成判断适当。这里的"绿化"应改为"绿地"。

见 19 日 B4 版："麻竹的叶片宽大，可以用来包粽子，包出的粽子，煮熟后味道清新，干爽清冽。"句中用来形容用麻竹叶包粽子煮熟后粽子的味道，句中一连用了三个形容词："清新""干爽"和"清冽"，可惜，都不贴切。"清新"说的是清爽而新鲜，或新颖而不俗，常用来形容空气、环境，或是色调、画面等等，不用于形容味道；"干爽"是干燥、清爽的意思，是人的感觉，而且大多情况下是皮肤的感觉，常用于形容空气、环境、土地、道路等等，绝不形容味道；"清冽"是清冷、清凉的意思，更多地用来形容水，也不形容味道。其实，三者统统删除，改用"清香"就很贴切。

见 21 日 B3 版："隆回县引导农民利用广阔的山地资源发展种植业，主要栽植杨梅、板栗等水果，通过……，全县林果产业得到了全面发展，目前，全县已建成……"句中的"水果"用得不妥当。"杨梅"是水果，而"板栗"不是水果，"水果"不能涵盖"杨梅"和"板栗"。如果改用"果树"就妥当了。

2. 结构助词使用不当，有一例。

见 21 日报 B4 版："……，在造纸工业发达的国家中，目前加拿大走的比较快。"句中"走"和"比较快"是动词（即中心词）和补语的关系，而中心词和补语之间应该用结构助词"得"，原句误用了"的"。

3. 量词使用不当，有一例。

见 20 日正报 3 版："……，帮助驻地百姓和官兵家属解决涉法、涉诉问题 20 余起，……"句中说的是"涉法、涉诉问题"，既然是"问题"与之匹配的量词通常是"个"，而不能是"起"。句中的量词用错了。

4. 词义重复，有一例。

见 20 日正报 1 版："龙川县是广东省荒山面积全省最大的县，……"句中前面已指明参照对象是"广东省"，后面的"全省"实属多余，它和前面的"广东省"词义重复，应删除。

5. 生造词也是一种用词上的错误，有一例。

见 20 日正报 4 版："走进大院杜鹃花林，我驿动的思绪已经不只停留在杜鹃花海和原始森林，我想走进的应该是心灵的最后归宿地。"句中"驿动"实属生造，应删除，而且删除后对句子表达的意思没有丝毫的影响，因为"思绪"，无论是指思想的头绪，还是指人的情绪，都属于心理活动范畴的，就不必再强调"驿动"了。

6. 有一例是该用介词却没有用。

见 21 日报 B4 版："……通过纤维素开发出来的高附加值的产品，对于造纸业来说就相当一次革命。"句中的"相当"是动词，做动词用的"相当"不带宾语，其后面的连带成分（这里是"一次革命"）是它的补语。名词或名词性的短语做补语时其前面要加介词"于"。句中，介词"于"必须用，但没有用，丢掉了。

7. 字用错了，即通常所说的错字。本次审读共发现三个。

见 20 日正报 3 版："……，变'以人讲'为'大家谈'，变……"句中的"以人讲"应该是"一人讲"，"以"字用错了。

见 21 日报 B3 版："……，掌握了从育苗到栽培、嫁接、配方施肥、修剪、施虫等一整套管理技术。"句中的"施虫"，应该是"灭虫"，"施"字用错了。

还是 21 日 B3 版："……平时总是省吃勤用，……"句中用了成语"省吃俭用"，却把"俭"误用为"勤"了。

四、语序混乱、丢字和衍文。

本次审读共发现两个语序混乱的病例。

见 20 日报 1 版："世界自然保护联盟物种生存委员（SSC）会副主席……"句中"（SSC）"应该放在"会"字的后边。这样放置语序就乱了，语序乱了，逻辑语义也就乱了。

见 21 日报 B2 版："……，也填补了竹林碳汇量化计算一直是空白的历史，并……"从句子要表达的意思看，是"填补……空白"，而不是"填补……历史"。因此，"空白的历史"应调整为"历史的空白"。

19 日报 B1 版有一处丢字："滕州市副书记邵士官在新闻发布会上表示，……"句中"滕州市委"的"委"字丢了。丢了"委"字，就不知道邵士官是哪个级别的书记了。因此，这个"委"字不能丢。

19 日报 B3 版有一个衍文："……，打造月季产业观光带，形成独具行特色的外围生态景观。"句中的"行"字是多出来的无用字，应删除。